El señor de la guerra

Encadenados

El duque

Elizabeth Elliott

El señor de la guerra
Encadenados
El duque

Círculo de Lectores

El señor de la guerra

Traducción de
Darío Romaní García y
Yolanda Aldana de la Torre

A Nancy Fulton, extraordinaria ciberamiga.

Quiero agradecer especialmente el apoyo y los inestimables consejos de mis amigos del Litforum y de RWA On-line.

Prólogo

Tierra Santa, 1278

Quedaba muy poco de la antigua ciudad. La obra de incontables generaciones quedó reducida a escombros en una batalla que duró poco más de tres días. Los esqueletos de las murallas y edificios que habían estado en pie desde los tiempos de Cristo se alzaban como una sombra de su gloria pasada, siluetеados contra el cielo del amanecer en el desierto. Los rescoldos liberaban finas columnas de humo que serpenteaban hasta unirse al neblinoso manto que cubría la ciudad como un sudario.

Un caballero solitario cabalgó a través de lo que quedaba de un arco, pasando por encima de las puertas hechas pedazos que habían cerrado el paso a los enemigos durante cerca de mil años. Dispersa entre las piedras caídas y las vigas quemadas, yacía la gente que una vez vivió allí. Sus cadáveres daban mudo testimonio de la fiera lucha que había tenido lugar en la ciudad el día anterior.

Con las visiones y sonidos de la batalla aún frescos en la memoria, el caballero no parecía afectado por la carnicería que lo rodeaba. Su corcel iba escogiendo cuidadosamente el camino a través de los escombros, atento al lugar donde pisaba a pesar de que la cabeza se le caía de agotamiento.

El sombrío rostro de Kenric de Montague permaneció inexpresivo. El caballero se sentía tan poco conmovido por aquellas muertes como por las muchas otras presenciadas a lo largo de los tres años que llevaba de Cruzada en Tierra Santa.

La población de Al'Abar se había negado a rendirse. Su ciudad había sido sitiada hasta que no quedó nada de sus murallas y ni un solo edificio entero que pudiera proveer algún cobijo. Todos murieron. Sucesos similares se habían repetido demasiadas veces con el paso de los años como para que Kenric pudiera sentir algo más que no fuera el cansancio hasta los huesos que seguía a una larga batalla.

Al igual que la de su caballo, la armadura de Kenric se encontraba cubierta de una corteza de ceniza y sudor, y el cuero estaba rígido por la sangre seca. «Otra túnica arruinada», pensó distraídamente, bajando los ojos a la vestimenta que una vez fue blanca con la cruz escarlata blasonada en el pecho. Sólo las costuras que delineaban la cruz diferenciaban el emblema sagrado del resto de la tela desgarrada. Por suerte, en aquella ocasión la sangre no era suya. Con un irritado suspiro, urgió a su caballo para que siguiera adelante cuando éste, fatigado, se detuvo.

Lo primero que vio fue el escudo, tres leones dorados sobre un campo rojo encendido. Estaba abandonado frente a las ruinas de lo que podría haber sido el hogar de un próspero comerciante. El cuerpo semidesnudo de una mujer yacía junto al escudo. El guerrero que Kenric estaba buscando se hallaba boca abajo a menos de un paso de la mujer, cubierto casi por completo por el cadáver de un muchacho árabe.

Kenric examinó la escena con la fría lógica de alguien que ya no se deja impresionar por las atrocidades de la guerra. El chico probablemente fuera el hijo o el hermano de la mujer. Al parecer, la había salvado del primer asaltante, pero otros terminaron lo que el primero comenzó.

Kenric desmontó y empujó el cuerpo del caballero con la punta de su bota, haciendo rodar el cadáver hasta que quedó de espaldas. Metió la mano bajo la cota de malla del guerrero y arrancó una cadena de oro con un diestro tirón. Después quitó un anillo de la mano del muerto y puso a resguardo ambos objetos bajo su armadura, antes de volver a montar y dirigir su caballo hacia las afueras de la ciudad.

Normalmente Kenric no se molestaría por tales baratijas, pero el rey Edward vería con desagrado que el anillo de sello de su sobrino o su crucifijo cayeran en manos de los infieles. Las pertenencias también probarían al rey que su familiar murió en la batalla, en vez de hallar una muerte ignominiosa bajo alguna de las muchas torturas infligidas a los cristianos por sus captores árabes. Sabía que los trovadores compondrían afligidas baladas sobre el joven repletas de gloria y hechos valerosos, sin mencionar que había muerto intentando violar a una mujer. Kenric dudaba que los poemas que hablasen de él fueran tan generosos si cayese en la batalla. No, ya había demasiadas baladas sobre Kenric de Montague, y de ninguna de ellas podría decirse que fuese halagadora.

Uno de los caballeros del pequeño grupo que se había reunido en las afueras de la ciudad señaló hacia Kenric cuando emergió de las ruinas. Los hombres se volvieron al unísono para ver acercarse a su líder, tratando de adivinar su estado de ánimo mientras cabalgaba hacia ellos desde la ciudad. Con certeza, el rey se sentiría apenado por la muerte de su sobrino favorito, pero Kenric no había mostrado más preocupación por su muerte que por la de un vulgar peón de tropa. Algunos se preguntaban lo que haría falta para que alguna emoción asomara al semblante del cruzado.

Un joven escudero se apresuró a sujetar el caballo de Kenric y, cuando éste desmontó, un caballero llamado Roger Fitz Alan se apartó del grupo para saludarlo. Un joven sacerdote lo imitó y también trató de acercarse a Kenric; ambos advirtieron la presencia del otro en el mismo momento y apresuraron sus pasos tratando de ser el primero en alcanzar al guerrero.

–Sir Kenric –llamó el sacerdote, haciendo señas con su rolliza mano–. Concededme un momento.

Kenric ignoró al sacerdote y tiró las riendas del caballo a su escudero.

–Asegúrate de que tenga agua en abundancia, Evard. Y dale un buen cepillado. Date prisa en hacerlo, porque salimos dentro de una hora.

–Sí, milord –murmuró el escudero, llevándose al caballo.

–Ya sabe lo de los hermanos De Gravelle –dijo Fitz Alan, señalando al sacerdote con un movimiento de cabeza.

Kenric se dio por enterado con un leve asentimiento.

–Envía a Simon para asegurarte de que las carretas de suministros están cargadas y listas para partir. Los rastreadores volvieron al amanecer con noticias de que el ejército de Rashid se halla a menos de dos días de marcha de aquí. Los hombres están demasiado fatigados para enfrentarse a ese diablo ahora mismo. Con suerte, no tendremos más que algunas escaramuzas antes de llegar al mar.

Fitz Alan hizo una pequeña reverencia y fue en busca de Simon para llevar a cabo la orden de Kenric.

–Sir Kenric –llamó el sacerdote otra vez. Se detuvo cerca del codo de éste y se irguió, pero ni siquiera su metro setenta de estatura le hizo parecer menos pequeño e insignificante al lado de la imponente figura del guerrero. Su cara estaba sonrojada por el calor de la mañana temprana y el sudor ya se acumulaba en los carnosos pliegues de su pálido cuello–. No podéis estar hablando en serio sobre lo de castigar a los De Gravelle de la manera que he oído. No importa cuál haya sido su crimen, ningún cristiano merece semejante muerte.

–Marchaos, sacerdote.

Kenric despidió al padre Vachel con un indolente gesto de la mano, como si se sacudiera al sacerdote de encima. Avanzó con paso resuelto hacia el grupo de hombres, dejándolo atrás. Los caballeros estaban reunidos en torno a dos hombres que yacían uno al lado del otro en la arena, despojados de sus ropas y atados a estacas con los brazos y las piernas extendidos. Se detuvo a sus pies, mirando detenidamente a ambos. Las expresiones de sus rostros reflejaban su miedo. Kenric cruzó los brazos sobre su ancho pecho y pronunció su sentencia.

–Ranulf y Dominic de Gravelle, ha quedado demostrado que conspirasteis para asesinarme. No conseguisteis llevar a cabo vuestro objetivo, pero vuestro vino envenenado mató a cuatro de mis hombres. Moriréis por ello.

Kenric concedió a los hermanos De Gravelle un momento para comprender su destino. Miró al sol que se alzaba rápidamente en el horizonte y luego su mirada abarcó las ruinas de la ciudad.

–Sí, moriréis por el calor del sol o a manos de los infieles que vendrán desde todos los puntos del desierto, atraídos por el humo que aún surge de Al'Abar.

Ranulf de Gravelle apretó los dientes con bravura, pero Dominic se derrumbó y empezó a sollozar, emitiendo súplicas de piedad casi incomprensibles. Kenric desenvainó lentamente su espada sin que sus oscuros ojos denotaran emoción alguna.

–O podéis tener una muerte más honrosa que la que planeasteis para mí –continuó.

Dominic siguió gimoteando, pero Ranulf entornó los ojos, sopesando a su señor.

–Queréis saber quién nos contrató –afirmó llanamente.

Alzó los hombros, luchando contra sus ataduras para mirar la cara surcada de lágrimas de su hermano. Tras una breve ojeada, su cabeza volvió a caer en la arena, vencida. Una muerte rápida era la única compasión que podían esperar; morir a manos de un hombre que debería estar muerto. Ranulf maldijo en voz baja, rehusando revelar la identidad del hombre que había tramado la conjura.

–Fuimos abordados en la corte –soltó Dominic–. Hicimos saber que éramos mercenarios y que nuestras espadas tenían precio. Mi hermano y yo no teníamos intención de convertirnos en asesinos, pero la recompensa por vuestra muerte era demasiado tentadora, milord. Oro, un buen castillo y tierras prósperas. A Ranulf también le prometieron la dote que acompaña al matrimonio con vuestra hermana.

–Mi padre –dijo Kenric con calma, sin parecer sorprendido.

Sabía, antes de que se lo dijeran, que el viejo caudillo manejaba los hilos de la conjura. Pero quería estar seguro.

Dominic asintió, vacilante.

–El barón de Montague dice que sois un bastardo. Un engendro del diablo. Se hace viejo y está enfermo, pero está resuelto a que vuestro hermano menor, Guy, herede su título y tierras. Tenía la esperanza de que murierais aquí en Tierra Santa, como tantos otros. De hecho, se sabe que los infieles os buscan en el campo de batalla para ganar la gloria de daros muerte. Hasta ellos han puesto precio a vuestra cabeza. Y, sin embargo, no habéis muerto. Cuando supo que el rey tenía la intención de enviaros de vuelta a casa, el barón de Montague lo arregló todo para que viajáramos aquí y nos uniéramos a vuestro ejército.

–¿Mi hermano Guy es cómplice de esta traición?

–No sabría decirlo –admitió Dominic–. El chico no estuvo presente en ninguna de nuestras reuniones.

–¿Había alguien más implicado?

–No, sólo Ranulf y yo. Pero tenéis que saber que la idea de envenenar el vino fue de Ranulf, no mía –confesó Dominic–. Os lo suplico, milord, tened piedad. Yo no deseaba participar en esta venganza familiar y así se lo dije a Ranulf.

–Pero no me lo dijiste a mí, ¿verdad, Dominic? –preguntó Kenric con suavidad–. Conocías el plan pero permaneciste callado, provocando así la muerte de cuatro hombres. Pagarás el mismo precio por tu traición.

–Has malgastado tu aliento, querido hermano –dijo Ranulf con sarcasmo, aunque sus ojos relampaguearon con odio hacia Kenric de Montague–. Deberíais haber muerto –afirmó dirigiéndose a él. Su voz tan sólo era un áspero susurro derrotado–. ¿Qué es lo que os mantiene con vida?

–La voluntad de Dios –mintió Kenric.

Su inexpresiva mirada se movió despacio de un hombre a otro. Los aterrorizados ojos de Dominic se abrieron de par en par mientras la espada del guerrero se movía hacia su cuello. Clavado al suelo, Dominic no pudo evitar su destino, ni decir nada que disuadiera a su verdugo. El grito de Ranulf para que afrontara la muerte con valentía fue ahogado por los gritos de su hermano.

Con ánimo sombrío, Kenric se dio la vuelta y se alejó a grandes pasos de los De Gravelle. Cuatro hombres habían muerto a traición. Dos más habían seguido el mismo camino por su mano. Y, a su espalda, las ruinas de la ciudad rebosaban de cadáveres. Kenric calculó sus pérdidas mentalmente, planeando ya a qué caballeros y hombres de armas ascender para reemplazar a aquellos que nunca saldrían de Al'Abar. Su mente evocó imágenes de los muertos; hombres que habían reído, bebido y alardeado de su destreza hasta que fueron silenciados para siempre bajo el implacable sol de aquel lugar infernal. Pero siempre había otros para ocupar su lugar. Caballeros y peones, todos ellos ansiosos de oro y gloria. Y todos ellos hallarían la misma muerte que los que les precedieron.

Y Ranulf de Gravelle se preguntaba cómo podía sobrevivir Kenric entre tanta destrucción. La respuesta era tan sencilla que le daban ganas de reír en voz alta: ya no le quedaba ningún temor a la muerte. Se había enfrentado al Cuarto Jinete todos los días de su vida durante los últimos tres años y se había acostumbrado a la constante presencia del espectro. Lo que mantenía con vida a Kenric era, junto con su habilidad con la espada, la aceptación de la muerte. Un guerrero que lucha sin miedo comete pocos errores, con su mente liberada para concentrarse únicamente en la estrategia y las tácticas.

Sí, Kenric conocía su valía para su rey y el reino. Tenía todas las características del guerrero perfecto: un cuerpo moldeado desde la infancia para el arte del combate, una mente educada en las estrategias militares de un millar de años e incontables culturas, y un corazón despojado de su alma largo tiempo atrás. Un guerrero semejante no dejaba más que violencia y destrucción a su paso, pues era un instrumento de la misma muerte. Para un guerrero así no había pensamientos de gloria y honor, ni regocijo y jactancia, tan sólo una impasible resignación. Otra batalla ganada. Una más le seguiría muy pronto.

Kenric se dirigió hacia una tienda de franjas azules y blancas, la única que quedaba del campamento de asedio que se había levantado junto a la ciudad durante casi una quincena de días. Tras tomar una rápida comida y cambiarse de ropa, daría órdenes al ejército de avanzar rumbo al mar, hacia Inglaterra. Y hacia otra guerra.

Sí, en verdad el barón de Montague tenía motivos para temer su regreso. El viejo sabía que el poder de Kenric crecería enormemente cuando el rey le enviara a participar a la guerra de Gales. Asesinar al lugarteniente favorito del rey no sería tarea fácil en Inglaterra. Ni siquiera en los brumosos bosques de Gales. Puede que hasta viviese lo suficiente como para heredar las tierras por las que el barón de Montague luchaba tan desesperadamente, intentando evitar que cayeran en sus manos.

–¡Sir Kenric! –gritó el sacerdote, tirando de la manga del cruzado en un intento de lograr que se detuviera.

Kenric se limitó a sacudirse su brazo de encima y continuó sin cambiar el paso.

–Empezáis a incordiarme, sacerdote. Será mejor que echéis vuestras bendiciones sobre Al'Abar y que encontréis vuestro burro. No nos demoraremos más aquí.

–No les disteis a los De Gravelle una oportunidad de confesar sus pecados para que pudieran encontrarse con el Creador con la conciencia tranquila –dijo el padre Vachel en tono desafiante, aunque parecía aplacado por el ajusticiamiento de los traidores. Abandonarlos vivos allí habría sido el mayor de los pecados.

–Yo escuché su confesión –contestó Kenric con indiferencia.

–¡No blasfeméis!

Kenric se encogió de hombros, con la atención puesta en los preparativos para la marcha de su ejército.

–Dad un paseo por las calles de la ciudad, sacerdote. Contad cuántos yacen muertos allí. Ninguno tuvo el beneficio de una confesión con un sacerdote cuando se encontraron con la muerte.

–No es lo mismo. Los pocos caballeros pertenecientes a vuestro ejército que dieron sus vidas valientemente en la batalla no tenían necesidad de confesión –dijo el padre Vachel, intentando razonar–. Y los infieles de la ciudad no tenían derecho a ella. Murieron por la voluntad de Dios.

–No –dijo Kenric despacio, volviéndose por fin para encarar al sacerdote. El padre Vachel retrocedió ante la fría mirada de aquellos ojos que no parpadeaban. Se llevó la mano al pecho, santiguándose para protegerse de lo que vio en ellos–. Murieron por la mía.

1

Cinco años más tarde
Norte de Inglaterra

La invernal noche no era lo bastante oscura para la misión de Kenric. Su mirada barrió la negra silueta de la torre de Langston, explorando las sombras de las almenas, buscando algún movimiento fuera de lo normal mientras maldecía en silencio el cielo despejado. La brillante media luna teñía el terreno cubierto de nieve de un matiz azul plateado, haciendo que cualquiera que se aventurara al descubierto resultara un blanco fácil para los guardias apostados en las murallas de la fortaleza.

–Puede que esto no sea más que una trampa, después de todo –susurró Fitz Alan.

Kenric asintió, reconociendo que era probable. Pudo ver el vaho de su aliento bajo la débil luz de la luna y se agitó inquieto, tratando de librarse del gélido aire nocturno y de sus propios recelos. Los bosques que se hallaban tras ellos apenas proporcionaban protección. Serían presa fácil, si les tendiesen una emboscada. El mismo hecho de que su plan estuviera supeditado a que un escocés traicionara a otro casi garantizaba una trampa. Pero Kenric estaba decidido a conseguir su objetivo y Fitz Alan no osaría oponerse a su decisión. No cuando el mismo rey participaba en la compleja trama.

–El plan parece demasiado sencillo –le previno Fitz Alan en voz baja–. Deberíamos haber traído algunos hombres para guardarnos las espaldas.

Kenric no contestó. Estaba mirando fijamente un grupo de grandes arbustos que estrangulaban un barranco que llevaba hasta el castillo. Las vagas siluetas de dos figuras envueltas en capas fueron definiéndose a medida que emergían de los arbustos. Su aproximación venía anunciada por el suave crujir de la nieve bajo sus pies. A pesar del peligro en el que se hallaban, Kenric tuvo que contenerse para no reír cuando avistó a sus presas. Una era alta y de gran envergadura, la otra, baja y sorprendentemente voluminosa. Los soldados de Kenric no podrían evitar carcajearse cuando vieran a sus prisioneros. Un oso y una bola de manteca no eran trofeos apropiados para dos de los caballeros más fieros de Inglaterra. Cinco años en Gales, sufriendo todas las penalidades que pudiera conocer un guerrero, ¿y ésta iba a ser su recompensa?

–Tal vez su cara no sea tan desagradable de contemplar como su figura –susurró Fitz Alan, riendo en la oscuridad–. Es la mujer de formas más extrañas que he visto nunca.

El hombre que se acercaba levantó la cabeza como si hubiera olfateado el peligro. Kenric se movió silenciosamente hacia el borde de los arbustos y desapareció entre las negras sombras del bosque. Fitz Alan se agachó y se pegó al suelo, observando a las dos extrañas siluetas mientras caminaban con cautela procurando ocultarse.

Se detuvieron a menos de diez pasos de distancia.

–Esto podría ser una trampa, tío Ian.

La suave voz femenina pertenecía a la bola de manteca. Sus palabras agradaron a Kenric considerablemente. El que su presa compartiera su preocupación era una buena señal.

La mujer echó hacia atrás su capucha para poder mirar alrededor del pequeño claro, escrutando el oscuro bosque mientras susurraba su advertencia.

–Creo que sería mejor que escapáramos por nuestra cuenta mientras podamos. Puedo cubrirte la espalda si nos encontramos con bandidos. Es obvio que no va a venir nadie. Vayámonos de aquí.

La mujer soltó un grito ahogado en el mismo instante en que su tío se dio la vuelta con su espada desenvainada.

–Dejad vuestra espada en el suelo, laird Duncan. Despacio –ordenó Kenric.

Ian Duncan no se movió. La luna proporcionaba suficiente luz para que Kenric pudiera distinguir la forma del lord escocés, pero su expresión permanecía oculta por las sombras de la noche.

–Haced lo que os digo –avisó Kenric, tocando ligeramente con la punta de su espada el bulto que formaba la mujer–. Si no obedecéis, hundiré mi espada entre sus costillas.

Ian obedeció la orden y luego atrajo a su sobrina a su lado, apartándola de la espada del guerrero. Miraba a Kenric, pero hizo un gesto con la cabeza señalando a Fitz Alan.

–Teníais que venir solo.

–Mi hombre es leal –contestó, encogiéndose de hombros–. Trae los caballos, Fitz Alan.

–Lady Remmington cabalgará conmigo –dijo Ian, manteniendo un brazo protector sobre la joven–. Dejé mi caballo a menos de un kilómetro de aquí.

–Tenemos vuestro caballo.

Kenric recogió la espada del laird y envainó la suya, extrañamente decepcionado por el hecho de que la dama hubiera caído en sus manos con tanta facilidad. No tenía el menor deseo de mirar desde más cerca a su cautiva. Por muy bonita que fuese la cara, no podría compensar el resto de su persona. Sin duda alguna era tan atractiva como su caballo, si no ya se hubiera mostrado.

–También se han hecho ya los preparativos en la abadía de Kelso.

–¿Estáis seguro de poder llevar esto a cabo y hacer lo que se os pide? –preguntó Ian.

Aguardó una respuesta durante un largo y silencioso momento.

–Sí. –La respuesta de Kenric fue firme–. Podéis quedaros en la abadía de Kelso hasta que las partidas de búsqueda sean llamadas de regreso, o dirigiros a vuestra fortaleza inmediatamente después.

–Cabalgaré a Escocia esta misma noche –interrumpió Ian.

–¿Por qué vamos a la abadía de Kelso? –preguntó lady Remmington en un susurro apenas audible, a causa de la pesada capucha de la capa.

–Calla, Tess –la regañó Ian–. Aquí están los caballos. Sé buena chica y todo irá bien. Vamos, debemos apresurarnos.

–Sí, tío –contestó Tess, sumisa.

Fitz Alan regresó con los caballos y los dos guerreros montaron. El laird colocó a la rolliza joven en su silla y montó tras ella. Los animales se movieron casi en silencio a través del bosque, con sus cascos envueltos en trapos para amortiguar el ruido. A aquella hora tan tardía de la noche no tendrían que preocuparse por patrullas provenientes del castillo de Langston, pero los bosques eran el refugio de proscritos: ladrones y asesinos que controlaban los caminos del rey y hacían prisioneros a los viajeros desprotegidos. Kenric sabía que podían encargarse de ese peligro, pero no tenían tiempo que perder con una distracción semejante. La mitad de la noche ya había transcurrido y cada hora contaba.

Tess de Remmington no pensaba en los ladrones. Su preocupación se centraba en la partida de soldados que podrían salir en estampida de la fortaleza en cualquier momento. Su padrastro se pondría furioso cuando descubriera su huida. Sólo pensar en Dunmore MacLeith hacía que se le helara la sangre. En apariencia, no había nada desagradable en el escocés. Alto y fornido, las sienes plateadas en contraste con su oscuro cabello le daban un aire distinguido. Pero Tess, más que ninguna otra persona, conocía la maldad escondida bajo la engañosa fachada, capaz de asesinar a sangre fría. La bestia se había casado con su madre tan sólo una semana después de la sospechosa muerte de su padre. El extraño conjunto de circunstancias que se dieron para que Dunmore MacLeith estuviera en la fortaleza justo en aquel momento parecían demasiado convenientes. Un mes más tarde su madre había recibido sepultura en el cementerio de los Remmington, tras una «caída» por las escaleras de la torre. Todo el mundo sabía que la baronesa planeaba hacer una petición de nulidad a la Iglesia y al rey Edward. Algunos, incluido Dunmore MacLeith, creían que podría obtenerla.

Tess se preguntó una vez más cómo el rey Edward podía haber mirado para otro lado, ignorando las atrocidades cometidas por MacLeith durante los últimos años. ¿Acaso la guerra en Gales, los problemas con la Iglesia y las interminables disputas entre sus barones habían mantenido al rey demasiado ocupado para preocuparse por una baronía tan remota?

Sí, se fue y se olvidó de todo, dejando a Tess sin medios para presentar su causa ante él. Dunmore MacLeith se sentaba en el sillón de ceremonias como señor del castillo de Remmington, mientras que Tess, la legítima heredera, llevaba encerrada en la distante torre de Langston más de cinco años.

Lo único bueno que le había ocurrido en todo ese tiempo era el reciente descubrimiento de un pasaje secreto que comenzaba en su alcoba y que conducía al barranco fuera de las murallas. Ese tipo de pasadizos eran construidos para proporcionar a la familia un medio de fuga si la torre caía ante un ejército invasor, y solían ser habituales en los feudos fronterizos tan antiguos como Langston. Ahora, había proporcionado a Tess otro tipo de huida. Escapaba de los planes que Dunmore MacLeith tenía para ella.

Dos horas más tarde, el grupo desmontó ante la puerta principal de la abadía de Kelso.

Una pequeña puerta lateral se abrió y, como si hubiera estado aguardando su llegada, un monje encapuchado sacó un farol a través del umbral. Tess observó como el más alto de los dos hombres con los que se habían encontrado en el bosque se acercaba para mostrar su cara. El monje asintió y se volvió para señalar, sin decir palabra, la entrada a un oscuro pasillo.

Tess apretó la capa aún más a su alrededor, intentando protegerse del súbito frío que se propagó en su interior. El monje parecía un impío espectro de la muerte, con sus negros ropajes y su largo y huesudo dedo indicándoles que avanzaran. Se agarró a la parte de atrás de la capa de su tío y caminó tan pegada a él como se lo permitía el angosto pasaje.

El estrecho pasillo conducía hasta las puertas de una capilla grande, y el grupo se adentró en ella. Tess se retiró ligeramente la capucha, pero sólo lo suficiente para poder ver mejor el lugar. Mantuvo la precaución de mantener su cara oculta, tal y como su tío Ian le había ordenado. Él no estaba seguro de la clase de hombres con los que se encontrarían esa noche, y cuanto menos supieran de Tess, mejor. A pesar de su advertencia, una vez dentro de la capilla no pudo evitar quedarse asombrada y mirar maravillada, con los ojos muy abiertos, la elegante arquitectura gótica y la artesanía normanda que convertía la abadía de Kelso en una de las joyas más preciadas de la Iglesia. Tess estaba segura de no haber visto nunca nada tan magnífico. Bellas pinturas sacras cubrían las paredes y techos, y la mayoría de las estatuas tenían pan de oro. El suave brillo de un incontable número de valiosas velas de cera de abeja confería a la capilla una apariencia de castillo de cuento de hadas. Un anciano sacerdote los esperaba de pie cerca del púlpito, ataviado de satén rojo con ricos brocados y vestiduras orladas de hilo de oro. Su presencia dotaba a la escena de un aire de majestuosidad. Los años habían dejado su huella en el rostro del sacerdote surcándolo de arrugas, pero sus ojos brillaban con una sonrisa que se ensanchaba a medida que el pequeño grupo se acercaba, dejando atrás las filas de los reclinatorios.

–Bienvenido seas, hijo mío. –El sacerdote caminó con rigidez hacia Kenric, con pasos vacilantes por la edad, y cogió las fuertes manos del guerrero entre las suyas, delgadas y frágiles–. Han pasado muchos años y has crecido hasta convertirte en un gran hombre.

–Gracias, padre Olwen. Es agradable ver un rostro familiar como el vuestro en esta noche. –Kenric sonrió torvamente al sacerdote–. Estoy seguro de que recordáis a mi amigo Roger Fitz Alan. Este otro caballero es el laird Duncan.

Kenric se volvió entonces para poder ver bien por primera vez al gigante escocés. Aunque él medía más de un metro noventa, Ian Duncan casi lo superaba en altura. La cara del laird escocés mostraba los signos de su edad, y las pronunciadas arrugas en las esquinas de sus ojos azules indicaban que era un hombre que sonreía a menudo. Incluso en ese momento, dirigía una sonrisa en dirección a Kenric.

El motivo del buen humor del escocés pronto quedó al descubierto. Su capa descansaba sobre sus hombros para revelar, no sólo el tartán azul y blanco del clan Duncan, sino también la empuñadura de una enorme espada *claymore*, típica de los escoceses, que estaba sujeta firmemente por correas a su espalda.

«Y yo que creí que lo había desarmado.» Kenric reconoció su descuido con un leve asentimiento, y después sus ojos bajaron al costado del escocés para inspeccionar a lady Remmington. Le daba la espalda y parecía absorta contemplando las pinturas sobre el Juicio Final en un muro de la capilla. Trató de imaginarse una versión corpulenta y baja de Ian Duncan, e inmediatamente se sintió aliviado de que tuviera el buen gusto de permanecer tapada. Quienquiera que le hubiera dicho al rey Edward que aquella muchacha era un deleite para la vista tenía un extraño sentido del humor.

El sacerdote interrumpió los pensamientos de Kenric aclarándose la garganta, indicándole con sutileza que esperaba que se hicieran las presentaciones.

Kenric dijo sencillamente:

–Padre Olwen, ésta es lady Remmington.

La muchacha dio un respingo. Bajó la cabeza y se volvió para mirar al sacerdote.

–Me complace conoceros, querida mía. –El padre Olwen dio un paso adelante y sujetó las manos de la joven, dándoles un firme apretón–. Estas circunstancias no son muy habituales, pero estoy seguro de que podemos...

–Disculpadme, padre –interrumpió Ian. Ignoró la mirada de sorpresa del sacerdote, atrajo a Tess hacia sí y la mantuvo a su lado–. ¿Hay algún lugar donde pueda hablar con lady Remmington en privado?

–¿Para qué? Creo que hay una...

–Lo que tengáis que decirle a la dama, lo podéis hacer aquí mismo. –Esta vez fue Kenric, con expresión amenazadora, quien interrumpió al sacerdote.

–No estoy tan seguro de eso –replicó Ian, dubitativo–. Mi sobrina sabe muy poco de este plan. Pensé que era mejor explicarle la situación una vez que estuviéramos a salvo lejos de Langston.

–¿No sabe nada del matrimonio? –preguntó Kenric con dureza en su voz.

–¿Matrimonio? –graznó el voluminoso bulto.

–Espera, pequeña, no te enfades antes de que tenga ocasión de explicártelo –rogó Ian, obligando a Tess a darse la vuelta para poder cogerle las manos.

–¡Matrimonio! –repitió ella en voz más alta. Arrancó de un tirón sus manos de las de su tío y trató de ponerlas en sus caderas.

Los caballeros y el sacerdote observaron con asombro cómo la amplia cintura de lady Remmington caía al suelo de repente, formando una masa abultada a sus pies. Continuaban mirando asombrados y en silencio, cuando Tess dio unos pasos acercándose a Ian, arrastrando su capa y revelando a su paso dos grandes sacos de lino caídos en el suelo. Sólo les llevó un momento darse cuenta de que los bultos habían colgado de sus hombros bajo la capa, con la intención de mantener sus brazos cubiertos por ellos y protegerse así contra el frío.

–¡No dijiste nada sobre un matrimonio!

Los hombres dejaron de mirar al suelo y centraron su atención en lady Remmington casi al mismo tiempo.

–No es gorda después de todo –susurró Fitz Alan.

Lady Remmington todavía estaba de espaldas a los hombres, pero Kenric sonrió cuando la recién adelgazada figura clavó un dedo en el estómago del laird Duncan. La capucha de su capa cayó sobre sus hombros cuando irguió la cabeza para mirar con ferocidad la cara del alto escocés, proporcionando un agradable atisbo de su cabello, rubio como la miel.

–No estaba seguro de cómo te tomarías la noticia –empezó Ian.

–¡Sabías condenadamente bien cómo me la tomaría! ¡Y ahora me has hecho maldecir delante de un sacerdote! –Se volvió a toda prisa para dirigirse al padre Olwen, con las manos entrelazadas con recato y sus ojos fijos en el suelo–. Perdonadme, padre. He dicho una palabra impía llevada por la ira. Ruego a Dios que sea consciente de que éstos son tiempos difíciles para mí y pueda perdonarme esta transgresión. Al parecer, los planes de mi tío para esta noche y los míos propios son completamente diferentes.

Kenric no se dio cuenta de que estaba conteniendo el aliento hasta que la mujer se volvió de nuevo hacia su tío. Un solo vistazo a esos deslumbrantes ojos violetas hizo que le flaquearan las rodillas. Ahora estaba seguro de que el rey se había burlado de él.

Sólo un ciego describiría a aquella mujer como «bonita». Tess de Remmington era magnífica.

–Te exijo una explicación –ordenó Tess a su tío, asintiendo bruscamente para dar mayor énfasis a sus palabras. Desabrochó su capa y se la quitó, tras lo cual dobló la prenda cuidadosamente sobre un brazo como si tuviera todo el día para oír la explicación–. Y más te vale que sea buena.

–Iba a decírtelo –dijo Ian. Habló en gaélico, bajando la voz–. Pero tenías la idea del convento tan metida en la cabeza, que no estaba seguro de que accedieras a marcharte si hubieras sabido que ibas a casarte con un hombre al que nunca has visto.

–Este plan no tiene sentido, tío. –Tess contestó también en gaélico, mirando de soslayo a los dos mercenarios que los habían escoltado hasta allí–. Entrar en un convento puede explicarse como vocación religiosa. Pero ¿un matrimonio con un conocido tuyo? No es probable que ni tu rey, ni el mío, crean que no estás involucrado. Arriesgas tu vida con este plan.

–Cálmate, pequeña. –Ian puso sus grandes manos sobre los hombros de Tess–. Sabes que sólo pienso en lo que es mejor para ti. Tu propio rey Edward ha escogido a tu prometido.

–¿Qué? –Tess pareció esperanzada por un momento, luego su expresión se volvió suspicaz–. Pero el rey ya ha dado su aprobación a la elección de esposo que hizo mi padrastro. ¿Cómo puede cambiar de opinión cuando ya ha dado su palabra a MacLeith?

–Ésa es la parte más difícil de explicar –admitió Ian, frotándose la barbilla–. Las acciones de MacLeith, desde que tomó el control de Remmington, han tenido muy preocupado al rey Edward. En apariencia, ha sido un súbdito leal estos últimos cinco años, pero Edward sabe que tu padrastro no es más que un traidor. Ya no queda ningún inglés como señor en ninguno de los feudos de Remmington y hay guerreros con el tartán de los MacLeith en las almenas de todos los castillos. Tu padrastro sabía que tu matrimonio era la pieza clave que determinaría el futuro de la frontera. Si el rey se hubiera opuesto a su decisión, MacLeith habría tenido la excusa perfecta para desobedecer a su señor feudal y comenzar las hostilidades. Y una guerra tan cerca de la frontera y en la que estuviese involucrado el rey de Inglaterra pronto implicaría también al rey de Escocia. Cuando aprobó la elección, Edward evitó una guerra, pero prácticamente le entregó Remmington en bandeja a MacLeith.

–Entonces ¿el rey no tiene intención de cumplir su palabra? –preguntó Tess, frunciendo el ceño, perpleja–. ¿No le dará este plan otra excusa a MacLeith para desafiarlo?

–No si Edward finge ignorancia sobre el matrimonio. –Ian sonrió ante la inteligencia del plan. Todavía seguía sorprendido por el hecho de que un inglés pudiera ser tan astuto–. Todo queda entre tu esposo y tu padrastro. Tu rey puede proporcionar ayuda a tu esposo, pero siempre que evite implicarse directamente, el rey Alexander no tendrá ningún motivo para interferir.

–¿A quién piensa el rey enfrentar contra MacLeith?

–Tu prometido es uno de los barones más distinguidos del rey –explicó con entusiasmo–. No esperabas que tuviera una baronía, ¿verdad?

–No –admitió Tess, despacio–. Antes de que aprobara la elección de MacLeith, pensé que el rey entregaría mi mano a uno de los caballeros sin tierra que compiten en sus torneos por obtener premios parecidos. Es poco habitual ofrecer una dote tan cuantiosa a un hombre que ya tiene tierras.

–Así es, tu prometido no es un mendigo. Es posible que su patrimonio no sólo iguale el tuyo, sino que incluso lo supere. De hecho, es un hombre conocido por proteger aquello que es suyo. El rey Edward ha prometido tu mano al único guerrero capaz de expulsar a Dunmore MacLeith de la frontera. Vas a casarte con el barón de Montague –anunció con cautela–. El barón es...

–¿El Carnicero? –Sonó como si la estuvieran estrangulando. Se llevó las manos a la garganta, con la voz ronca por el miedo–. ¿Piensas casarme con el Carnicero de Gales?

–Vigila tu lengua, muchacha. –Ian se irguió. El amable tío se transformó instantáneamente en el poderoso laird–. No pienso escuchar cómo injurias al hombre con el que vas a casarte. Has oído demasiadas habladurías. El barón de Montague es un hombre temido por sus enemigos y respetado por aquellos que luchan por tu país. Ni yo mismo podría haber hecho mejor elección de haber tenido la oportunidad. Dormiré más tranquilo teniendo al barón de Montague en mi frontera, en vez de ese chacal de MacLeith que sólo desea apoderarse de mis castillos. ¿Acaso hubieras preferido la elección de tu padrastro?

–Sabes muy bien el destino que me esperaba.

–Sí, escogió a Gordon, su propio hijo. Aunque tengo mis dudas sobre si Gordon MacLeith es un hombre de verdad.

–¿Acaso es mejor este otro destino? –susurró Tess.

Se dio cuenta de que todavía tenía las manos sobre su garganta y, rápidamente, las bajó a su cintura apretándolas con fuerza, preguntándose qué le había hecho ella a su rey para merecer lo que le ocurría. Todo el mundo, desde Escocia hasta Normandía, había oído hablar del barón de Montague. Primero, se ganó la reputación de ser invencible en los torneos. Más tarde, se fue a las cruzadas del rey, donde creció su fama de intrépido guerrero. Su nombre se convirtió en leyenda en la guerra contra Gales. Pero las historias de sus hazañas nunca estaban envueltas en gallardía o heroísmo. Al contrario. Los relatos sobre el Carnicero de Gales estaban bañados en sangre. Tess pensaba en el barón de Montague más como en un demonio que como en un hombre que de verdad caminara por la tierra al igual que el resto de los mortales. Hasta los hombres de MacLeith susurraban su nombre con reverencia, como si su sola mención fuese razón suficiente para santiguarse y de esa forma protegerse contra el mal. Tess conocía la razón de su sobrenombre y se estremecía con sólo pensarlo. El Carnicero de Gales no hacía prisioneros. Se decía que había zonas en Gales donde no era posible encontrar a nadie de sangre galesa hasta donde alcanzara la vista, porque los había masacrado a todos.

Por supuesto, algunas de las historias no eran más que exageraciones, pero debía haber algún fragmento de verdad en aquellos horribles relatos. Tess no sentía ningún deseo de comprobarlo por sí misma. Sabía, por su forma de permanecer erguido y el firme tono de voz, que la decisión de su tío estaba tomada y que cualquier protesta por su parte sería malgastar el tiempo. Decidió que escucharía lo que el laird tenía que decir y luego le pediría al sacerdote que le permitiera acogerse a la protección de la Iglesia. Seguramente un hombre de Dios no desearía ver a una gentil doncella forzada a casarse con semejante monstruo. Cuando el barón llegara, estaría bajo la protección de la Iglesia, a salvo y fuera del alcance de cualquier hombre.

–Tu rey eligió al barón de Montague hace algún tiempo –continuó Ian–. El padre Olwen, aquí presente, fue su confesor cuando era más joven. Celebrará la ceremonia y enviará una copia del acta de matrimonio a Londres. Los MacLeith tienen que creer que escapaste por tu cuenta. Se les dirá que el barón de Montague te atrapó pensando en cobrar una recompensa, pero que en vez de eso decidió casarse contigo.

–MacLeith hará cualquier cosa para recobrarme. Si lo consiguiera, el matrimonio podría ser anulado. Hasta los barones ingleses tendrían que respetar ese derecho. ¿Qué pasaría entonces con el plan del rey?

Ian frunció el ceño ante su lógica, pero siguió tratando de hacerla entrar en razón.

Kenric entendía el gaélico lo bastante bien como para seguir la conversación, pero en realidad no estaba escuchando. Dejó que sus ojos recorrieran la longitud de la gruesa trenza rubia, pasando por una cintura increíblemente estrecha y unas caderas voluptuosamente redondeadas. Sus dedos ansiaron tocar ese sedoso cordón, deshacer los rizos pulcramente entretejidos y llenar sus manos con su oro.

Esa idea centró la atención de Kenric hasta que empezó a pensar en el color de sus ojos. Algunas joyas podían reflejar ese intrigante e hipnótico tono azul violeta, pero nunca lo había visto en los ojos de una mujer. Mientras Kenric pensaba en aquel insólito color, lady Remmington volvió su cabeza ligeramente dándole la oportunidad de poder atisbar su rostro. Los fascinantes ojos se hallaban velados por gruesas pestañas entrecerradas, que le permitieron examinar sus rasgos sin distracción. Su expresión era tranquila, serena, casi majestuosa. Pero notó la forma en que las comisuras de su boca se torcían hacia abajo cada vez que su tío mencionaba la palabra «matrimonio». El gesto no restaba exuberancia a su boca. El labio superior formaba un arco exquisito y el inferior estaba deliciosamente lleno. No podía esperar a sentir esa deliciosa boca bajo la suya. Deseaba tocarla, seguro de que su piel sería tan suave como parecía. Sus labios se entreabrieron ligeramente para revelar la punta de su lengua cuando se los humedeció. El gesto fue tan inconscientemente inocente y, sin embargo, tan dulcemente seductor, que Kenric se encontró conteniendo el aliento de nuevo. No le llevó mucho tiempo darse cuenta de que su increíble belleza no necesitaba unos ojos embrujadores para distraer la atención de un hombre. Por sí sola, su curvilínea silueta lograba tensarlo hasta el punto del dolor.

Se forzó a apartar la mirada, tratando de controlar su desbocada imaginación. No pudo recordar cuándo había sido la última vez que reaccionó físicamente ante una mujer sin ni siquiera tocarla. Diablos, ni siquiera la conocía. ¿Qué le pasaba? Su mirada se dirigió hacia Fitz Alan y se sintió complacido al advertir que su vasallo estaba tan aturdido como él por la apariencia de lady Remmington. Fitz Alan tenía la boca abierta de una forma casi ridícula.

–Estás babeando –le susurró Kenric al oído. La boca de Fitz Alan se cerró de golpe, pero no apartó los ojos de la muchacha–. Tenías razón después de todo –continuó Kenric, con cierto engreimiento en su voz–. No me disgusta contemplar su rostro.

–Es un ángel –susurró Fitz Alan, asombrado.

Sonriendo, Kenric miró a lady Remmington de nuevo. Estaba discutiendo con furia con su tío. Debía de tratarse de un ángel con carácter.

La sonrisa desapareció por completo cuando oyó sus siguientes palabras.

–La única solución es ingresar en un convento. Tomaré los votos.

–Los únicos votos que tomaréis serán los del matrimonio –gruñó Kenric desde la espalda de Tess, en un gaélico casi perfecto.

–Yo...

Sus palabras se apagaron en el momento en que giró sobre sí misma y miró detenidamente a los dos mercenarios contratados para ayudarla a escapar de Dunmore MacLeith. Se dio cuenta en ese momento de varias cosas desagradables.

No eran mercenarios.

Los mercenarios no solían poseer ropas de tan buena calidad como las que llevaban los hombres que permanecían de pie ante ella. También fue consciente del trabajo artesanal de sus armaduras y de lo costosas que debían ser. No, no podría acogerse a la protección de la Iglesia antes de la llegada del novio, porque ya se hallaba frente a ella.

Pero ¿cuál de ellos era?

Su mirada se dirigió al hombre de la derecha y no encontró nada que objetar en su apariencia. De hecho, era francamente apuesto. Tenía el cabello de un color castaño leonado y profundos ojos marrones que probablemente habían hecho mella en el corazón de más de una doncella. La atrevida sonrisa revelaba que era consciente de su atractivo, pero sus labios dejaron de sonreír y pareció avergonzado, como si le hubieran descubierto haciendo algo que no debía.

Tess sintió que su corazón se hundía junto con sus esperanzas. Debería haber imaginado que el barón de Montague no tendría un aspecto tan agradable. No, sin duda se trataba del otro, el que se parecía al diablo.

El diablo sobrepasaba en altura a su amigo y a su tío Ian, y su corpulencia le confería un aspecto mucho más temible. Su capa estaba echada hacia atrás y Tess pudo recorrer lentamente su cuerpo con la mirada, estudiándolo con franca curiosidad. Portaba una cota de malla de intrincados anillos, cubierta por un sobreveste azul y blanco. Su armadura apenas ocultaba su poderosa constitución y la desmedida amplitud de su tórax. Su mirada se demoró en uno de los enormes brazos cruzados sobre su pecho. Ella no podría abarcar esos poderosos músculos ni siquiera con las dos manos. El hombre era un gigante, aunque tuvo que admitir que no había en él nada descomunal o tosco. Cada parte de su cuerpo parecía en perfecta proporción con su tamaño. Le recordaba a la esbelta y peligrosa pantera que Dunmore MacLeith tenía como mascota; el poder contenido era tan fascinante como letal. Su mirada continuó hacia arriba hasta llegar al almófar, que en esos momentos estaba echado hacia atrás, revelando un cabello tan oscuro como su feroz y peligrosa mirada. Unos ojos aún más oscuros la miraban con llamas ardientes desde una cara marcada por una cicatriz de aspecto maligno que recorría una de sus mejillas.

Pero había algo desconcertante en su expresión.

Los labios de Tess se entreabrieron levemente por la sorpresa cuando se dio cuenta de que había algo en aquel hombre que le resultaba intensamente familiar. Se trataba de un recuerdo que escapaba a su memoria. Y, sin embargo, la realidad difería del recuerdo de una manera que no alcanzaba a definir. Para empezar, sus ojos eran demasiado oscuros, decidió Tess, frunciendo el ceño pensativa. Y los rasgos de su cara eran demasiado afilados, demasiado marcados. Volvió a contemplarle de la cabeza a los pies, tratando de recordar dónde había visto a aquel hombre con anterioridad.

Kenric sabía que su expresión era lo bastante sombría como para inquietar tanto a amigos como a enemigos. Pero comprobó que su gesto no tenía ningún efecto en lady Remmington. La forma en que lo recorría con la mirada, como un cocinero inspeccionando un solomillo de buey, era insultante. Estaba a punto de redoblar sus esfuerzos para poner en su lugar a la descarada muchacha cuando sus ojos se encontraron.

–Sois vos –susurró ella, a punto de gritar.

–Por supuesto que soy yo –contestó con voz sarcástica.

Por un momento habría jurado que sus ojos lo habían reconocido. Se trataba de la misma mirada que una mujer usaría para saludar a un amigo querido o a un amante. Pero la calidez en sus ojos desapareció tan repentinamente que se preguntó si lo había imaginado. La actual expresión de aturdida incredulidad de la muchacha se adaptaba más a la reacción normal de una doncella. Le acababan de presentar al Carnicero de Gales; un hombre que llevaba el nombre que las madres usaban para asustar a los niños que se portaban mal.

Al menos no se había desmayado.

–Os casaréis conmigo tanto si os gusta como si no –dijo en inglés. No se le daba bien la difícil pronunciación del gaélico escocés con sus marcadas erres, y quería que la dama entendiera todas y cada una de sus palabras. No importaba que ella prefiriera casarse con una cabra de tres cabezas. El rey de Inglaterra le había prometido a Tess de Remmington y Kenric estaba decidido a quedarse con ella. Se detuvo para dedicarle una breve y escalofriante sonrisa de triunfo–. ¿O acaso os atrevéis a desafiar la orden de nuestro rey?

Tess luchó por recobrar la serenidad bajo la helada mirada del barón. Un esfuerzo casi imposible, pues la había cogido desprevenida por completo. Pero ¿quién no se sorprendería al ver una imagen salida de sus sueños convertida en realidad? Era demasiado increíble. Ésa era la razón, sin duda, de que se le hubiera formado un nudo en el estómago. De repente, sintió que iba a desmayarse.

«No seas cobarde», se reprendió a sí misma, sacudiendo la cabeza para librarse de esa tonta idea.

De acuerdo, había visto la imagen de un hombre de cabello oscuro mientras dormía, un hombre cuyo rostro se le había aparecido en sueños tan a menudo, que creyó reconocerlo al ver al imponente caballero que se erguía ante ella. Sí, había tenido el mismo sueño todas las noches durante la semana anterior. Una coincidencia. De eso se trataba, una simple y sencilla coincidencia. Se arriesgó a mirar de nuevo la cara del barón, sólo para asegurarse.

Una energía escalofriante y despiadada emanaba del hombre que estaba frente a ella. Un hombre que podría matar sin emoción ni remordimiento. No había ningún rastro de calidez en los fríos y negros ojos que la contemplaban, ni el menor asomo de gentileza en su tensa mandíbula. Sus miradas volvieron a encontrarse y, en aquella ocasión, no le pasó desapercibido el propósito de su feroz expresión.

«¡Vaya, intentaba intimidarla!»

Y lo estaba consiguiendo.

Sintió un escalofrío recorrer su espalda y que la piel se erizaba. Estaba tan atrapada por esos ojos como una presa cogida en una trampa. La cautivaban. El poder que sentía en ellos era absoluto, capaz de forzar a cualquiera a someterse a su voluntad. Para su sorpresa, las emociones que la abrumaban eran completamente opuestas al temor u horror que debería experimentar. Era de lo más extraño, porque sentía un impulso casi irresistible de acercarse más al guerrero... de tocarlo... de...

–¿Vais a responder, lady Remmington? –La voz del barón de Montague rezumaba sarcasmo–. ¿O tendré que repetir la pregunta? Parecéis confundida.

Tess se indignó y dejó ver su temperamento.

–No es de buena educación mirar de esa forma a una gentil dama. –Se volvió hacia el padre Olwen, con lo que se perdió la expresión de incredulidad en la cara de Kenric–. Tal vez podáis ayudar a estos hombres a entrar en razón, padre. Me gustaría explicaros la situación. Cuando lo haga, estoy segura de que veréis lo juicioso de mi decisión y aconsejaréis a los presentes en consecuencia.

–Lo haré lo mejor que pueda –dijo el padre Olwen con inseguridad–, pero deberíais saber que el mismo rey Edward me informó del motivo de este matrimonio, lady Remmington.

Tess asintió. Luego se echó su trenza sobre un hombro y empezó a retorcer la punta.

–Tessss... –protestó Ian alargando su nombre, de modo que sonó casi como el siseo de una serpiente o como una advertencia.

–No deseo casarme. –Tess observó que su tío se aproximaba y se apresuró a darle al sacerdote sus razones–. Mi deseo es hacerme monja. Como es costumbre, mis tierras pueden ser repartidas cuando haga los votos. Será como si hubiera muerto.

–Estáis muy lejos de estar muerta, milady.

–Remmington revertiría al rey Edward –continuó Tess, ignorando la interrupción del barón. Trató de no pensar en su profunda voz, en cómo llenaba la estancia sin esfuerzo, en lo penetrante que era. Casi podía sentir el sonido vibrando a través de su cuerpo. «Santo Dios, ¿qué me está pasando?», se preguntó, sintiendo pánico. Se esforzó en continuar con su argumentación–. Si entro en un convento, Remmington seguirá en manos inglesas sin derramamiento de sangre. Mi padrastro y el rey Alexander no podrán protestar, porque las leyes canónicas son las mismas en ambos reinos y no se atreverían a enfrentarse a la Iglesia en este asunto. Si me caso con alguien, habrá guerra. –Finalizó su pequeño discurso inclinando la cabeza, incapaz de seguir mirando a los ojos al padre Olwen ni un momento más. ¡Le había mentido descaradamente a un sacerdote!–. ¿Veis lo acertado de mi plan, padre Olwen?

El sacerdote frunció los labios, mirando al suelo mientras se mecía hacia delante y hacia atrás sobre sus talones. Tess advirtió al fin que la punta de su trenza estaba deshecha y alisó la borla deshilachada antes de dejar que cayera a un costado. Estaba segura de que su tío sabía que mentía. Él siempre se daba cuenta de sus argucias. Pero ¿qué pasaría con el barón de Montague? ¿También sospecharía? Que el Señor la ayudara, ¡sentía un demencial impulso de casarse con aquel salvaje caballero!

–¿Qué decís de la historia de la dama? –preguntó el sacerdote a Kenric.

–Por lo que yo sé, todo es cierto –dijo, mostrándose de acuerdo afablemente–. Excepto una parte. –Tess sintió que su corazón dejaba de latir. Esperó conteniendo el aliento a que el barón descubriera su engaño–. Habrá guerra sin importar lo que ella haga con su vida.

Cerró los ojos y suspiró aliviada. Su mentira estaba a salvo del barón de Montague. No le oyó moverse en silencio a través de la estancia, ni supo que se le acercaba, hasta que las cálidas puntas de sus dedos levantaron su barbilla, haciendo que sus párpados se abrieran de golpe por la sorpresa. La miró fijamente a los ojos con expresión insondable. Tess hubiera podido asegurar que el tiempo se detuvo. Se miraron el uno al otro sin decir una palabra mientras algo parecido a un mensaje pasaba entre ellos en ese intercambio silencioso. Una advertencia, sí, pero quizás algo más.

–Se casará conmigo –afirmó, arrogante, sin apartar los ojos de los suyos. Alzó su mano y deslizó el pulgar por el labio inferior de Tess, haciendo que otro extraño escalofrío recorriera su espalda–. Seguro que ya sospechabais esto cuando estábamos en el bosque, lady Remmington. –No le dio ocasión de responder. Su mano cayó de golpe a un costado, como si no pudiera soportar seguir tocándola ni un momento más–. No os hagáis la difícil, milady. No soy un hombre conocido por su paciencia con los ardides femeninos.

Tess frunció el ceño ante su arrogancia, pero permaneció en silencio. No iba a explicarle que había pensado que eran mercenarios, espadas de alquiler contratadas para escoltarla hasta un convento. Si lo hiciese, él pensaría con toda seguridad que estaba tratando con una estúpida.

–Mejor que hagamos esto de una vez –apremió Kenric al sacerdote. Tomó la mano de Tess y la arrastró hacia el altar–. Ya hemos perdido bastante tiempo.

Eso fue todo lo que Tess necesitó para entrar en acción. Trató de soltarse de la mano del barón y, cuando eso no funcionó, se volvió para enfrentarse a él.

–Todavía tengo que escuchar el consejo del padre Olwen. –Tomó la mano del sacerdote con la suya libre y siguió hablando en voz suplicante–. Estos hombres son guerreros, padre. Sólo piensan en combatir. Seguro que podéis ver lo acertado de mi plan y que lo mejor es que me acojáis en la Iglesia.

Tess casi hizo una mueca de dolor ante el fuerte apretón de la mano del barón en sus dedos, pero mantuvo sus ojos en el sacerdote, esperanzada al ver que el padre Olwen parecía sopesar sus palabras. El hombre de Dios era su única esperanza.

–La Iglesia es para aquellos que sienten auténtica vocación –dijo el padre Olwen finalmente–. Debéis obedecer los deseos de vuestro rey.

–Pero... –Tess emitió un extraño sonido ahogado cuando Kenric apretó su mano con tanta fuerza que pensó que le iba a romper los huesos.

–Se hace tarde –dijo éste en tono seco–. Vuestro tío tiene que estar muy lejos cuando vuestra ausencia sea descubierta.

–¡Todo está sucediendo demasiado deprisa! –Tess miró a su tío pidiéndole apoyo. Ian alzó las manos, sugiriendo que debía seguir adelante con el asunto. Ella bajó la cabeza y susurró sus objeciones–. Tengo tan poco tiempo para pensar sobre este nuevo plan...

–Mejor que penséis deprisa, o vuestro padrastro estará aquí para presenciar la ceremonia. –Kenric suspiró con impaciencia–. Podéis elegir, milady. MacLeith o yo.

Consideró seriamente la idea de casarse con MacLeith, pero sólo por un momento. A su modo de ver, el Carnicero de Gales no era ni de lejos una buena elección. Estaba fuera del alcance de su padrastro por primera vez en cinco años y no tenía prisa en renunciar a esa libertad. Pero ¿el matrimonio? ¿Con ese hombre? El precio de su libertad era demasiado alto. Sin embargo, si era lo bastante lista, podría escapar del barón tal como había escapado de MacLeith. Si pudiera llegar hasta el rey Edward y explicarle su plan de ingresar en un convento, él vería lo acertado de sus acciones y anularía el precipitado matrimonio. Su mirada pasó lentamente desde las puntas de las botas del barón de Montague hasta los poderosos brazos, de nuevo cruzados sobre el pecho. Casi sonrió ante la ironía de la situación, pues el barón de Montague era el único en toda Inglaterra cuya reputación de hombre peligroso sobrepasaba a la de MacLeith. No importaba cuánto durase su matrimonio, daría casi cualquier cosa por estar presente en el salón del castillo cuando Dunmore MacLeith se enterara de que se había casado con el Carnicero de Gales.

–Estoy dispuesta, milord.

2

Apenas tardaron una hora en firmar las actas del matrimonio y ser conducidos hasta sus caballos. La ceremonia fue un borrón confuso para Tess, aturdida como estaba. Las palabras de buenos deseos, provenientes de su tío, sonaron lejanas en sus oídos cuando la tomó del brazo al final de la ceremonia y la condujo fuera de la capilla.

–Cumple con tu deber –ordenó Ian con brusquedad a su sobrina. Se detuvieron fuera de las puertas de la abadía, donde rodeó a la joven con sus brazos y la abrazó estrechamente–. Haz que tu familia se sienta orgullosa, muchacha.

–Lo haré. –Tess bajó los ojos sintiéndose culpable. Posiblemente fuera su propio plan el que hiciera que su familia se sintiera orgullosa, razonó. Pese a lo mucho que lo deseaba, sabía que no podía ir a Escocia con su tío. El rey Alexander era aliado de Dunmore MacLeith y ordenaría a Ian que la devolviera a su padrastro. No podía permitir que su tío cayera en desgracia ante su rey. Abrazó a su tío con fuerza, preguntándose cómo la recibiría si volvía a verlo alguna vez–. Dios te guarde.

–Trata de no preocuparte –dijo Ian con ligereza. Su angustiada expresión desmentía sus palabras–. Si no dejas de fruncir el ceño, los Montague pensarán que estás emparentada con osos.

Tess trató de ofrecerle una sonrisa de ánimo, pero no lo consiguió. Supo que se acababa el tiempo cuando su tío le dio un rápido y tranquilizador apretón en la mano. Tras espolear a su caballo, el barón de Montague se acercó, se inclinó y la alzó sin esfuerzo para sentarla en su regazo.

Resultaba extraño estar sujeta tan cerca del desconocido que era su esposo. La cabeza apenas le llegaba a sus hombros, y sus brazos la rodeaban con facilidad para sostener las riendas. Estaba apretada contra la solidez de su cuerpo de la cabeza a los pies y su calor la rodeaba por todas partes. Decidió que, después de todo, le gustaba la sensación de estar protegida por tanto poder. Reprendiéndose por ese pensamiento, se recordó que aquella fuerza podría ser utilizada contra ella algún día.

–Sé que la trataréis bien, barón –dijo Ian a su espalda.

Había una clara nota de advertencia en su voz.

–La mantendré a salvo –replicó el barón con arrogancia, como si le ofendiera la insinuación de que no fuera a hacerlo.

A salvo. Ésas eran las palabras que Tess estaba buscando. No se había sentido segura en años. ¿No era extraño que un hombre conocido en toda Inglaterra por su crueldad le proporcionara esa sensación con tanta facilidad? Su cuerpo se relajó un poco y apoyó la cabeza en los anchos hombros del barón.

Kenric alzó una mano en señal de despedida y obligó a su caballo a dar la vuelta, ansioso por acercarse a su fortaleza. El cielo empezaba a teñirse de rojo en el horizonte. Sabía que la desaparición de Tess sería descubierta en poco más de una hora. Por fortuna, no tenían que cruzar las tierras de los Remmington como el laird se vería obligado a hacer. El escocés sería condenadamente afortunado si lograba cabalgar por la frontera hasta su propio castillo sin encontrarse con una de las patrullas de MacLeith. En cuanto a ellos, tenían por delante una dura cabalgada de dos jornadas, pero alcanzarían la primera de sus patrullas en pocas horas. Había llevado consigo a más de doscientos hombres que se hallaban diseminados a lo largo del camino, previendo que era menos probable que pudieran alcanzarlos al comienzo de su fuga. Quería que sus hombres y sus caballos estuvieran frescos y descansados si se veían obligados a enfrentarse a MacLeith en campo abierto. Se tomó un momento para envolver a su esposa con los bordes de su capa y luego espoleó al corcel.

Con el plan ya en marcha, no tenía que preocuparse por el viaje.

En vez de eso, los pensamientos de Kenric se volvieron hacia su nueva esposa y la agradable sorpresa que había resultado ser. Un momento después, sintió cómo su cabeza se apoyaba contra su pecho mientras se abandonaba al sueño. Cada una de sus suaves curvas parecía fundirse contra su duro cuerpo, causando una inesperada y calurosa reacción en sus entrañas. De nuevo, se quedó sorprendido del profundo deseo que despertaba la joven en él. No pudo contener un gruñido cuando ella movió las caderas y se apretó contra él buscando su calor. Le estaba llevando a un punto de excitación tal, que hacía que cabalgar fuese doloroso. Tiró de las riendas para que el caballo fuera al paso y respiró profunda y tranquilizadoramente en un intento de aliviar su incomodidad.

–¿Hay algún problema? –preguntó Fitz Alan, acercándose a su lado.

–No –contestó Kenric, con más brusquedad de la pretendida.

–¿Ya hemos llegado? –preguntó Tess, adormilada.

–Los caballos han de caminar todavía durante un buen rato –mintió Kenric con voz cortante–. Volved a dormiros.

Kenric sujetó a Tess más estrechamente y la apretó contra su pecho. Sólo deseaba llevarla entre los árboles, a lo más profundo del bosque, y aliviar la increíble lujuria que despertaba en él. El lado razonable de su mente le decía que aquel pensamiento era una temeridad. El sol ya era visible y se podían encontrar con los hombres de MacLeith en cualquier momento. Además, hacía un frío de mil demonios. Con todo, la idea no dejaba de distraerle.

–No pensé que pudiera quedarme dormida tan fácilmente. –Se estiró e intentó colocarse mejor hasta que Kenric puso una mano firme en su cadera, deteniendo el enloquecedor movimiento–. Vuestro cuerpo desprende un increíble calor, milord. –Tess no pudo ver la mueca de Kenric hasta que se volvió levemente en la silla–. ¿Es mal momento ahora para hacer una pregunta? –Enarcó las cejas esperanzada, pero la severa expresión del barón no cambió. Tampoco contestó. La rudeza parecía ser su rasgo predominante. Incapaz de enfrentarse a su intimidante mirada un momento más, volvió su atención al camino, ignorando su silencio–. Me preguntaba cómo debo llamaros.

–Soy vuestro amo y señor, milady. Podéis dirigiros a mí como «milord», «barón» o... «esposo».

Su increíble arrogancia dejó a Tess sin habla. Pensó en agradecerle que le permitiera hablar, pero después se arrepintió. Se comportaría educadamente mientras durase la farsa aunque él no lo hiciera.

–Lo que quería preguntar es vuestro nombre propio, esposo. Conozco vuestros títulos, barón de Montague, pero no sé cuál es vuestro nombre de pila.

Él tuvo el descaro de sonreírle. Tess bajó rápidamente su mirada de vuelta al camino, un tanto temerosa de olvidar su enfado y devolverle la sonrisa.

–Mi nombre es Kenric. –Aunque su capucha se interponía entre ellos, Tess casi podía sentir sus labios contra su oreja y su aliento en la mejilla. Se maravilló de la forma en que su profunda voz parecía robarle la voluntad–. Podéis llamarme así cuando estemos solos, esposa. –Tras un momento de silencio, él apartó su capucha–. ¿Encontráis mi nombre gracioso?

–¿Cómo? –inquirió ella, distraída.

–¿Por qué estáis sonriendo?

–Vuestra voz –contestó Tess ensoñadoramente–. Puedo sentirla. Justo aquí. –Puso su palma entre sus pechos y rió con suavidad–. Me hace cosquillas.

Kenric contempló su pequeña mano hasta que su cuerpo le dijo que ya era hora de volver a respirar y tuvo que apartar la vista. Cerró los ojos y un millar de imágenes pasaron ante ellos. La mayoría eran de su esposa, desnuda por completo. Abrió los ojos de golpe y torció el gesto, disgustado consigo mismo y con su falta de control. Era demasiado. La joven era una experta seductora, o la más dulce inocente que jamás viviera. Pero estaba resuelto a encontrarse a salvo dentro del castillo de Montague antes de descubrir la verdad sobre sus encantos.

–Parece que os gusta demasiado mi compañía para ser una mujer que pretendía ser monja.

La expresión culpable que advirtió en el rostro de su esposa le recordó su falta de colaboración ante el altar. Eso le ayudó a enfriar su deseo.

–Tengo que hacer una confesión –susurró. Su voz sonaba arrepentida–. He pensado mucho en ello y creo que es mejor informaros de mi pecado.

La declaración cogió a Kenric desprevenido. Casi podía sentir cómo la sangre de sus venas se convertía en hielo. «Ha tenido un amante», pensó, sombrío. Qué delicadeza por su parte descargar las culpas de su devota alma antes de que descubriera la verdad por sí mismo. Endureció su expresión intencionadamente, preparándola para la cólera que seguiría. Si pensaba que tomaría su confesión como un acto de nobleza, se equivocaba. Aunque estaba obligado a quedarse con ella a pesar de que hubiera tenido una veintena de amantes, no tenía por qué gustarle. Tiró de las riendas del caballo y le hizo señas a Fitz Alan para que se adelantara, permaneciendo callado hasta que estuvo seguro de la privacidad de su conversación.

–Os escucho –dijo en tono sarcástico, arrastrando las palabras.

–Le dije una mentira al sacerdote. –Habló en voz tan baja que Kenric tuvo que inclinarse para oírla. Frunció el ceño, deseando que continuara–. Le dije que no quería casarme.

–Contádmelo todo, Tess. –La voz de Kenric era tranquila, pero la furia bajo la superficie no podía pasar inadvertida.

–No suelo mentir, milord, y jamás hasta ahora había mentido a un sacerdote. –Se apresuró a explicarse–. No os culpo si pensáis que soy una pecadora, pero deseaba tanto que no hubiera derramamiento de sangre...

–¿Y bien? –gruñó él.

–Cuando nos encontramos en la capilla no me desagradó la idea de casarme con vos. Pero aun así, mi obligación era intentar evitar la guerra. El plan del convento parecía tan bueno... Por otro lado, puesto que estaba diciendo que quería ser monja, fui incapaz de admitir ante el padre Olwen que me sentí atraída por vos desde que os vi, y que la idea de ser vuestra esposa me parecía bastante atractiva. Las monjas no tienen semejantes pensamientos carnales. Oh... quiero decir... En realidad no tuve mucho tiempo para pensar en ser vuestra esposa, pero estaba bastante intrigada con la idea, aunque mis deseos eran los de tomar los hábitos y no casarme nunca. ¡Oh, Señor!

Tess sintió como sus mejillas se encendían, sorprendida de todas las confesiones que de alguna forma habían salido de su boca. ¡Maldita fuera su lengua y ojalá se le pudriera y cayera! ¿Por qué no admitir abiertamente que había sentido lujuria por él, ya puestos? Su pobre esposo parecía asombrado. Con toda seguridad, se estaría preguntando con qué clase de mujer se había casado. Tess apartó la vista. Ganarse su confianza admitiendo su mentira era la idea más estúpida que se le podría haber ocurrido.

–Miradme, Tess –exigió con severidad. Ella alzó la mirada, con los ojos llenos de lágrimas de vergüenza. Kenric puso una mano en su mejilla y acarició la cremosa piel con el pulgar–. ¿Me estáis diciendo la verdad ahora?

–Así es –admitió. Su mirada bajó a su boca, incapaz de seguir mirándolo a los ojos ni un momento más–. Aunque no pensaba decir tanto.

La sonrisa que curvó su boca dejó a Tess atónita. Se echó hacia atrás para ver el resto de su cara, y contempló asombrada como sus ojos cambiaban de un color oscuro y acerado a un suave matiz de gris.

«Es él», se dijo entre incrédula y aturdida. ¡Kenric de Montague era el hombre que había visto en sus sueños! La imagen que repentinamente se había hecho realidad ante sus ojos hizo que afloraran otros recuerdos. Su tío Ian le contó en cierta ocasión que su abuela tenía la capacidad de ver pequeños fragmentos del futuro. Hasta ese momento, Tess desconocía que también ella poseía ese extraño talento.

Necesitaba meditar sobre una revelación tan importante, pero en aquel momento parecía que no podía pensar en otra cosa más que en la cautivadora mirada de su esposo. Alzó una mano hasta su mejilla, fascinada por la áspera sombra que delataba que había pasado más de un día sin afeitarse. La sonrisa de Kenric desapareció en el momento en que su mano tocó su cara.

–Vuestros ojos son grises –susurró cuando sus miradas se encontraron.

–Me alegra que me lo hayáis dicho.

–¿No lo sabíais? –preguntó ella, dejando caer la mano sobre su hombro.

A Kenric le llevó un momento ordenar sus pensamientos para poder seguir la conversación. Los ojos de su esposa bastaban para seducir a un santo. De hecho, cambiaban de color según su estado de ánimo. Zafiros un momento, amatistas al siguiente.

–Lo sabía –contestó. Levantó la mano de Tess, le dio un beso en la palma y sonrió ante el escalofrío que sintió que la recorría–. Estoy contento de que me hayáis dicho lo que sentisteis cuando nos vimos por primera vez. No es pecado apreciar la elección de nuestro rey.

Ella se sonrojó y trató de darse la vuelta de nuevo, pero Kenric apresó con facilidad su barbilla, curioso por ver su reacción en el color de sus ojos. «Azul oscuro, casi negro», pensó mientras sus labios se curvaban en una sonrisa.

–¿Estáis enfadado porque mentí al padre Olwen? –preguntó ella, vacilante.

–No, Tess. –Kenric no pudo resistirse a darle un suave beso en la frente. Le gustó su tacto bajo sus labios, pero se forzó a sí mismo a separarse. Su tímida confesión sería recompensada zanjando de una vez por todas la idea de llevársela al bosque–. La mentira fue pecado, pero la dijisteis impulsada por un motivo noble –concedió. De nuevo, su actitud se volvió arrogante, y su expresión, impenetrable–. Las mujeres no siempre son responsables de sus actos.

Tess se mordió el labio, intentando contener las cortantes palabras que luchaban por salir de su boca. No era el momento de empezar una discusión. En especial, cuando no se encontraba precisamente armada con pruebas abrumadoras para refutar su opinión sobre las mujeres. En vez de eso, asintió rígidamente y le dio la espalda, esperando que el desgraciado fuese lo bastante sensible para darse cuenta de la razón por la que estaba enfadada. Había cien preguntas que quería hacerle para descubrir cualquier cosa que facilitara su huida. Pero aquel hombre necesitaba una buena dosis de silencio para meditar sobre su grosero comentario.

¿De verdad había imaginado que el barón de Montague era el hombre adecuado para juzgar su pecado? «Piensa que no soy responsable de mis actos.» Cualquier idea agradable que se hubiera podido formar sobre él fue apartada a un lado. Estaba convencido de que ella era un ser inferior, una niña que no podía ser castigada porque era incapaz de distinguir el bien del mal. «¡Ja! Ésa sí que era buena. Como si el Carnicero de Gales pudiera distinguir lo uno de lo otro.»

Kenric sonrió por encima de la cabeza de su mujer, satisfecho al darse cuenta por la rigidez de sus hombros de que sus palabras la habían afectado. Espoleó al caballo, más ansioso de alcanzar el castillo de Montague de lo que lo había estado en toda su vida.

La primera señal de problemas llegó menos de una hora después. Una patrulla de doce hombres que vestía el tartán de los MacLeith cabalgaba derecha hacia ellos. Rápidamente, Kenric y Fitz Alan evaluaron la situación y decidieron que había muchas posibilidades de que la patrulla no supiera de la desaparición de Tess. El grupo cabalgaba hacia el norte, regresando probablemente de alguna misión de correo a Londres. Kenric guió sus caballos hacia el margen del camino y frenó hasta ir al paso. Había envuelto a Tess con su capa para escudarla del cortante viento, pero echó rápidamente los bordes por encima de sus hombros, de modo que la prenda no pudiera estorbar el manejo de su espada.

–Despertad, Tess.

Las palabras fueron pronunciadas con suavidad, pero Tess reaccionó al apremio en la voz de su esposo y a la súbita tensión de su cuerpo. Rápidamente se despejó de su letargo, y supo de forma instintiva que algo iba mal.

Kenric se inclinó para susurrar en su oído:

–Se acerca una patrulla de MacLeith, pero dudo que sepan que habéis desaparecido. Vienen del sur. Cubríos el rostro y manteneos agarrada a mí pase lo que pase.

Antes siquiera de poder asentir en señal de que había entendido, Kenric la levantó de su regazo y la elevó en el aire para sentarla a su espalda. Tess se bajó la capucha, rodeó la cintura de su esposo con brazos temblorosos y comenzó a rezar.

Los guerreros se acercaron rápido, pero frenaron al encontrarse con los viajeros. El sonido de los cascos, el tintineo de los arreos y el crujido del cuero se apagaron hasta que se impuso el silencio, interrumpido por el resoplido de un caballo que fue contestado por otro.

–Saludos –dijo su jefe. Se trataba de un hombre de aspecto tosco e insolente con una espesa barba que parecía querer compensar el hecho de que su pelo ya escaseaba. Su mirada iba de un caballero al otro, con evidente curiosidad–. ¿Qué es lo que obliga salir a unos hombres honrados como vosotros en un día tan penosamente frío?

–Viajamos de Revensforth a Montague –mintió Fitz Alan, tratando de engañarlos con una mirada de total sinceridad en sus cálidos ojos marrones, mientras se frotaba su propia barba incipiente–. El barón de Montague ha regresado de la guerra de Gales y se rumorea que busca guerreros para reemplazar a los caídos en batalla. Mi primo y yo hemos cumplido nuestro servicio con el barón de Revensforth, y esperamos prestar nuestros servicios a Montague.

Los pequeños ojos del jefe examinaron despacio a los dos caballeros mercenarios. Su caballo pateaba nerviosamente el suelo, como si aguardara una decisión. No era buena señal. Un caballo inquieto era a menudo el reflejo del nerviosismo de su amo. El hombre gruñó y señaló el camino con la cabeza.

–Vamos a Remmington. ¿Está el camino despejado hacia allá?

–Así es –contestó Fitz Alan–. No hemos tenido ningún problema.

–Entonces os deseo un buen día.

El guerrero comenzó a mover su caballo a un lado y entonces se detuvo. Se ladeó en la silla, tratando de mirar a Tess desde más cerca. Como no lo consiguió, volvió su atención a Kenric.

–No creo que Montague acepte tu espada si vas cargado con una moza. ¿Acaso es lo bastante valiosa como para arriesgar tu salario?

–Es mi esposa –replicó Kenric, encogiéndose de hombros–. Se ganará su sustento.

El guerrero asintió, pero no hizo ningún movimiento para marcharse. Su mirada fue de Kenric a Fitz Alan, y luego de vuelta a Kenric. Ambos reconocieron lo que revelaba el gesto. Estaba evaluando a sus adversarios.

–Mis hombres y yo hemos tenido una fría y larga cabalgada desde Londres. –El jinete no apartó los ojos de Kenric, pero su mano se flexionó sobre el pomo de su espada–. Ha pasado más de una semana desde que cualquiera de nosotros haya tenido una mujer para calentarse. –El jefe hizo una señal casi imperceptible y sus hombres sacaron sus espadas. Cruzando los brazos sobre el alto pomo de su silla, se inclinó hacia delante y sonrió desagradablemente a Kenric–. Tal vez tu mujer pueda ganarse también el sustento en el camino del rey. –La sonrisa del líder de la patrulla fue maligna, pero acabó desvaneciéndose cuando ninguno de los dos hombres movió un solo músculo. Kenric y Fitz Alan simplemente se le quedaron mirando–. Claro que os pagaríamos por sus servicios.

Su caballo empezó a pisotear el suelo, inquieto, y él se irguió en la silla.

Kenric desenvainó la espada tan velozmente que el cabecilla apenas tuvo tiempo de parpadear antes de que el filo encontrara su cuello. Sus compañeros miraron sin poder creer lo que veían cuando su dirigente cayó del caballo. Esos instantes perdidos les costaron la vida a dos más. Los guerreros pronto despertaron al ardor del combate y dividieron sus fuerzas para atacar por separado a los dos caballeros. Sin embargo, no tardaron en lamentar el precipitado desafío de su capitán muerto.

Kenric y su caballo luchaban como si fueran un solo cuerpo, y Tess se sentía como si tratase de agarrar un relámpago. Mantenerse sujeta en torno a la cintura de Kenric era una tarea casi imposible que requería toda su atención. Cada vez que su espada daba un mandoble, el golpe repercutía en sus huesos con tanta fuerza que casi la tiraba del caballo. No podía ni imaginarse cómo sería recibir semejantes golpes.

Kenric y Fitz Alan se dedicaron a su tarea con la metódica precisión de luchadores experimentados. El denso bosque les guardaba las espaldas y mantenían las grupas de sus caballos lo bastante cerca como para proporcionarse protección en un costado, a la vez que se procuraban un amplio espacio para blandir sus espadas. Aunque los dos guerreros viajaban sin sus pesados escudos, compensaron esa desventaja esgrimiendo una espada en cada mano. Una era utilizada para atacar. La otra, para detener los golpes enemigos.

–¡Se llevan a la perra de Remmington! –gritó uno de los soldados cuando la capucha de Tess se cayó–. ¡Matadlo! ¡Tiene a la chica!

Kenric aprovechó la distracción para hundir su espada en dos guerreros más. Fitz Alan no fue tan afortunado y únicamente derribó a uno. De los escoceses sólo quedaba la mitad de su número inicial.

Uno de los adversarios de Fitz Alan trató de sorprender a Kenric embistiéndolo por la derecha. No tuvo éxito, pero lo distrajo el tiempo suficiente para que otro se abriera paso a través de las espadas del barón y así conseguir atacarle por su desprotegido lado izquierdo. Tres atacantes más arremetieron contra Kenric sedientos de venganza, mientras que el cuarto se afanaba en separar a Tess de la cintura del barón. La tarea era dificultada por la espada de Kenric, que dejaba caer uno de cada dos golpes sobre el maltratado escudo del asaltante.

Cuando uno de sus camaradas cayó en el ataque frontal, el guerrero perdió los nervios. Dejó caer su escudo y se abalanzó para rodear el cuello de Tess con su brazo, dando un poderoso tirón. Ella opuso poca resistencia, y aquello sorprendió tanto a su atacante, que ambos se cayeron de sus respectivos caballos. De espaldas en el suelo y sin aliento por la caída, el soldado abrió los ojos para encontrarse con un ángel enfurecido alzándose amenazador sobre él.

–No os mováis.

Tess sostuvo la hoja de un puñal afilado como una aguja contra el cuello del escocés, pero no se dio cuenta de que la mano de éste se movía poco a poco hacia la espada que había soltado en la caída. El hombre no paraba de mover los ojos nerviosamente hacia un lado, de modo que Tess giró la punta del puñal para que descansara contra su garganta. Su intención era darle un ligero pinchazo y conseguir así que le prestase atención. En ese mismo instante, él la golpeó en la cabeza con la empuñadura de su espada. El golpe no estaba bien dirigido y causó más sorpresa que dolor, pero la fuerza de su ataque empujó a Tess hacia delante.

Con repulsiva facilidad, su daga se deslizó y se clavó hasta la empuñadura en el cuello de su atacante.

Tess se apartó del hombre herido con un jadeo dolorido, como si se hubiera quemado. Se arrastró hacia atrás sobre la fría tierra hasta quedar a una distancia prudencial. Desde allí contempló al guerrero caído, fascinada morbosamente por la visión. Había sangre por todas partes, ya que manaba de su cuello a modo de macabra fuente. Nadie que perdiese tanta sangre podría seguir vivo, pero todavía podía oír los jadeos y gorgoteos de su respiración. Extrañamente, el hombre no trató de taponar su herida. Una mano aferraba la espada sobre su pecho, mientras que la otra yacía inútil por encima de su cabeza, moviéndose espasmódicamente de tanto en tanto.

La agonizante respiración se detuvo al fin. Su piel se volvió, casi al instante, tan dura y pálida como la cera, y sus labios adquirieron un intenso tono azul. No podría reconocerlo como el mismo hombre que la había atacado. Tess se inclinó despacio hacia delante y cubrió la máscara mortuoria que era ahora su cara con el tartán ensangrentado, demasiado conmocionada para poder rezar una plegaria por su alma. Se puso en pie y dio unos cuantos pasos hacia el bosque, tratando de borrar la horrible visión de su memoria. No vio cómo caían los otros soldados, ni la rápida pero frenética búsqueda que estaba llevando a cabo Kenric, tratando de encontrarla.

–¡Os dije que no os soltarais! –rugió mientras saltaba de su caballo. La agarró por los hombros y le dio la vuelta con brusquedad para mirarla a la cara–. ¡Lo hicisteis a propósito!

Ella no se estremeció ni mostró ninguna emoción mientras su esposo le gritaba, pero los ojos se le llenaron de lágrimas.

Kenric no pudo recordar la última vez que le había gritado a alguien y, mucho menos, a una mujer. Su ira era siempre tan fría y escalofriante como el acero y comunicaba su desagrado en un tono bajo y mortal que era mucho más eficaz que levantar la voz. Que su mujer ignorase el grado de su furia sólo hacía que su ira fuese mayor.

–Me tenía cogida por el cuello –susurró Tess. Su voz se alzó temblorosa mientras ponía sus manos en los brazos de Kenric para sostenerse–. Si hubiera tratado de sujetarme os habría desequilibrado, dando ventaja a los que os atacaban por el frente.

–¡Nunca volváis a desobedecerme! –gritó Kenric, ignorando por completo su endeble explicación.

No pudo resistir el impulso de zarandear a Tess una sola vez, antes de estrecharla con fuerza entre sus brazos. Su corazón todavía latía desbocado por el temor desacostumbrado que había sentido cuando ella fue apartada de su lado, sabiéndola desprotegida y completamente vulnerable. A raíz de eso había luchado con la furia de un demonio, despachando con rapidez a los necios que amenazaban con quitarle lo que era suyo.

–Callad ahora –ordenó bruscamente. Tess estaba llorando sobre su pecho. ¡Dios, cómo detestaba las lágrimas de una mujer! Aunque no le desagradaba acariciar su cabello, tan suave y sedoso como había imaginado. Su perfume le recordó al de las flores en primavera. Sacudió la cabeza, tratando de librarse de una idea tan fantasiosa–. No hay razón para llorar. Ahora estáis segura.

Ella murmuró algo contra su pecho. Kenric le levantó la barbilla y esperó a que lo mirara. Le maravillaba lo increíblemente bella que seguía siendo pese a las lágrimas.

–¿Qué habéis dicho?

–He dicho que siempre me sentí segura. –Tess sorbió ruidosamente; parecía contrariada–. Vaya esposa sería si no confiase en que mi esposo me mantendría a salvo.

Kenric casi sonrió ante el destello de fuego en los ojos de su joven esposa. Era buena señal. Las lágrimas se secarían pronto.

Tess volvió a llorar con renovado entusiasmo. Su llorosa promesa se quebró a causa de los pequeños sollozos.

–Pero me esforzaré... mucho... para obedecer vuestras órdenes en el futuro.

–Están todos muertos –les informó Fitz Alan alegremente, limpiando su ensangrentada espada en el tartán de un soldado caído.

–Será mejor que montemos –contestó Kenric por encima de la cabeza de Tess–. Me sentiré mejor cuando lleguemos a nuestro primer campamento.

–Al menos sólo eran doce –comentó Fitz Alan.

Se deshizo del tartán tirándolo al suelo, condujo los caballos al camino y se preparó para montar.

–Te agradezco la ayuda con el que intentó atacar a mi dama –dijo Kenric a su vasallo mientras guiaba a Tess hacia los animales–. Los otros me tuvieron muy ocupado.

Fitz Alan se detuvo con un pie en el estribo y una expresión extraña en su cara.

–Yo no lo maté.

Los dos hombres intercambiaron miradas y luego dirigieron su atención hacia Tess. Seguía cabizbaja, secándose los ojos con el puño de una manga. Kenric señaló con la cabeza hacia el guerrero en cuestión y, al instante, Fitz Alan se dirigió al lugar donde yacía el cuerpo del escocés y utilizó la punta de la espada para apartar la tela que le cubría el rostro. Los ojos del guerrero estaban abiertos de par en par, pero miraban sin ver el cielo gris. El tartán se quedó enganchado un momento y luego se soltó, revelando la pequeña daga hundida en el cuello del hombre. Kenric reconoció inmediatamente el puñal incrustado de joyas que Tess había llevado al cinto. Se fijó en la daga por primera vez cuando estaban en la abadía. Le había impresionado la intrincada artesanía de la empuñadura. Ahora estaba impresionado por su víctima.

–Lo mató ella –musitó Fitz Alan.

Kenric sacó la daga y negó con la cabeza, incapaz de imaginar a su delicada esposa apuñalando a un hombre en el cuello. Sin embargo, las pruebas indicaban que era muy capaz de defenderse.

–Fue un accidente –explicó Tess muy seria.

Kenric apartó sus ojos del muerto por un instante para mirarla. Ella podía ver por su incrédula expresión que no iba a creerla. Naturalmente, ¿quién podría culparle? Quizá la hubiera creído si se hubiese tratado de una puñalada en el hombro o en el vientre. Pero ¿atravesar por completo la garganta del hombre? Parecía un tanto deliberado. Se volvió hacia Fitz Alan, con la esperanza de que fuera más comprensivo, pero el guerrero la estaba mirando como si le hubiese crecido una segunda cabeza.

–¡Pero quién os creéis que sois para juzgarme! –estalló. Indignada, descruzó los brazos y barrió la escena con uno de ellos, señalando la carnicería que los rodeaba–. Gracias al cielo que vuestras manos no están manchadas de sangre.

Kenric y Fitz Alan intercambiaron una mirada de confusión.

–Milady –comenzó Fitz Alan en tono de disculpa–. No pensamos...

–Sí, eso es evidente –murmuró, frunciendo el ceño. Había cruzado los brazos de nuevo y miraba con fiereza a los caballeros, aunque las lágrimas amenazaban con caer por sus mejillas–. Es cruel por vuestra parte hacerme sentir peor de lo que ya me siento por acabar con la vida de un hombre. Lo habríais matado antes o después, así que el resultado es el mismo. Ahora que lo pienso, deberíais haberos encargado del canalla antes de que me viera forzada a hacerlo yo misma. Por vuestra culpa, ahora tengo que cargar en mi alma con el pecado de matar.

Les dio la espalda y caminó hacia el corcel del barón, mientras Kenric hacía un ademán a Fitz Alan advirtiéndole de que no se riera. Su vasallo cumplió la orden con dificultad, pero no pudo ocultar una amplia sonrisa.

Se hizo el silencio mientras Kenric subía a Tess a la silla y montaba tras ella. Echó su pesada capa de piel hacia delante para abrigarla, y la acomodó firmemente contra su pecho antes de compartir una exasperada sonrisa con Fitz Alan.

Tess suspiró y cerró los ojos. Le daba igual lo que su esposo pensara de ella; no había matado a aquel hombre a propósito. Aunque el sol todavía no había llegado a su cenit, sabía, sin lugar a dudas, que aquél era el peor día de su vida.

3

Tras abandonar el lugar de la contienda, cabalgaron sin tregua. Al principio, Tess se vio sorprendida por los grupos de guerreros de Kenric que encontraron a lo largo del camino. Por la tarde, más de un centenar de hombres de armas cabalgaba tras ellos, y comenzaba a acostumbrarse al estruendo metálico producido por tantos caballos y guerreros armados para la batalla. MacLeith dejó de preocuparle. Sus nuevas preocupaciones se centraban en su esposo. A medida que avanzaba el día se volvía más irritable, contestando las ocasionales preguntas de sus soldados con secas y cortas respuestas que les disuadían de entablar conversación.

Incluso el único intento que hizo Tess de hablar con él acabó mal. Pensando que Kenric se tomaría su curiosidad como la preocupación propia de una esposa, preguntó quedamente y con humildad si estaba complacido con la dote que había logrado mediante su matrimonio. Tenía la esperanza de que su respuesta afirmativa le permitiera saber más sobre sus planes para el feudo de Remmington.

Mientras aguardaba su respuesta, examinó los angulosos rasgos de su rostro. Tess se sintió abrumada de nuevo por la imponente aura de poder que lo rodeaba. Estaba jugando a un juego peligroso con un hombre peligroso. Ni siquiera los MacLeith habían logrado nunca ponerla tan nerviosa con tan sólo una mirada. No tenía ninguna duda de que Kenric de Montague era completamente distinto de cualquier hombre que hubiese conocido. También era el menos dispuesto a colaborar. En vez de contestar a una pregunta que sólo podía tener una respuesta, continuó mirándola durante una eternidad sin revelar los pensamientos que ocultaban sus ojos de color gris invernal. Tess sostuvo su acerada mirada sin parpadear; una proeza notable teniendo en cuenta el miedo que sentía.

–No lo estoy.

Tanto ella como su pregunta fueron rechazadas.

Tess frunció los labios para liberar un suspiro de decepción. Se dio cuenta demasiado tarde de que su pregunta no tenía sentido. Al mirar el asunto desde la perspectiva de Kenric, llegó a la conclusión de que ella todavía carecía de valor. El matrimonio le había aportado una esposa que tan sólo poseía las escasas pertenencias contenidas en los dos sacos, y un suegro que no tenía ninguna intención de entregar la herencia que le correspondía por derecho. Un señor feudal no valoraría eso en un matrimonio.

–Bueno, quizá mi pregunta no ha sido muy acertada –admitió–. Me doy cuenta de que mi padrastro dará muchos problemas.

–Milady, encuentro que tanto vos como vuestro padrastro dais muchos problemas. Ahora, cesad en vuestro parloteo.

–¡Parloteo! –repitió como un eco, indignada por el insulto–. Sólo he hecho una pregunta educada que...

–Así es, parloteáis. Además, es completamente inapropiado que una esposa haga preguntas a su esposo.

–¿Y qué es lo que deseáis de una esposa, milord?

Las comisuras de la boca de Kenric se tensaron ante la clara nota de reproche en su voz.

–No quiero una esposa. No más de lo que vos deseáis un esposo, milady. Nos casamos por orden de nuestro rey y sugiero que aceptéis la idea lo antes posible. Podéis empezar por permanecer en silencio hasta que me dirija a vos, pues me desagradan las mujeres que no paran de hablar.

Tess permaneció callada prudentemente, hirviendo de indignación ante la injustificada rudeza de los comentarios de su esposo. Hablaba de ella como si no tuviera más importancia que un sabueso, una bestia sólo apreciada cuando se hallaba postrada fielmente a los pies de su amo. Sólo que su amo no tenía ningún deseo de tener una mascota. Con esa actitud, sin duda se sentiría exultante de alegría cuando el rey anulara su matrimonio. Ella, desde luego, lo estaría.

Estaba tan absorta en sus pensamientos, que actuó de manera instintiva cuando vio a Kenric levantar la mano como si fuera a golpearla. Al instante, alzó los brazos para proteger su cabeza y volvió su cara hacia la protección de su pecho.

Como el golpe nunca llegó, echó un vistazo por encima del brazo y volvió a proteger con rapidez su rostro. La mano de Kenric descansaba sobre su hombro, como si se hubiese detenido en el acto de ajustar su capa. ¡Ja! Ella no caería en ese viejo truco. Gordon y Dunmore MacLeith la habían engañado, golpeándola en el momento que bajaba la guardia. Había aprendido con el paso de los años que si escondía su cara el tiempo suficiente, acababan por cansarse de esperar. Sin embargo, odiaba la espera.

–Miradme.

Tess apretó sus brazos con más fuerza sobre sus orejas y negó con la cabeza. Kenric resistió el impulso de sacudirla, sabiendo que eso no ayudaría a convencerla de que no pensaba hacerle ningún daño.

–No voy a golpearos –dijo con impaciencia. Daba gracias porque cabalgaban varios cuerpos por delante de su ejército. De esa manera sus hombres no presenciarían la escena. A algunos podría metérseles en la cabeza la idea de que la dama no se mostraba feliz con la unión. No necesitaba esa clase de problemas–. ¿Por qué pensáis que quiero hacerlo?

Tess se mantuvo en silencio durante un rato. Por fin, su débil explicación surgió por debajo de uno de los brazos con los que se cubría.

–Os he hecho enfadar con mis preguntas.

–¿Creéis que os pegaré cada vez que me enfade? –Pero ¿qué otra cosa esperaría ella del Carnicero de Gales?, le preguntó su conciencia con lógica. Sintió como Tess asentía con la cabeza contra su pecho–. Me irritasteis mucho más en la abadía de Kelso con vuestras necias discusiones. ¿Os golpeé entonces?

–Mi tío podría haberos devuelto el golpe –argumentó, todavía ocultando el rostro contra su pecho.

–Me enfurecí cuando desobedecisteis mis órdenes al soltaros de mi cintura durante la escaramuza de esta mañana. ¿Acaso os pegué entonces?

Ella siguió callada, inmóvil.

–Y también me desagradó que mintierais al buen sacerdote que nos casó.

No podía ser malo añadir una pequeña mentira de cosecha propia. Se esforzó en pensar en otro ejemplo, pero se dio cuenta de que sería estúpido señalar que le estaba enojando sobremanera en aquel mismo momento. En vez de eso, apartó con delicadeza los brazos de su cabeza. Ella se lo permitió y no protestó cuando la sujetó por los hombros y la apartó de su pecho. Pero se estremeció cuando levantó la mano para alzar su barbilla. Kenric frunció el ceño ante su reacción, pero aguardó pacientemente a que ella alzara la vista para mirarlo. Cuando lo hizo, sólo vio temor y recelo en sus ojos.

–¿Os golpeaban a menudo? –preguntó en voz baja.

La mirada de Tess se apartó a un lado y la joven se encogió de hombros.

–Eso depende de lo que vos entendáis por «a menudo» –dijo con rigidez–. Los MacLeith creen que un puño es más útil que las palabras duras si alguien les desagrada.

–Ya veo.

Examinó su cara detenidamente para ver si tenía alguna cicatriz, pero no encontró ninguna marca reveladora que señalara que hubiera sido golpeada con frecuencia.

–Yo prefiero las palabras duras –aclaró él con sequedad, permitiéndole saber al menos eso respecto al futuro que la esperaba. No deseaba una mujer que se encogiera de miedo o se estremeciera cada vez que la tocara o hiciera un movimiento repentino–. No habrá más palizas.

Ella asintió nerviosamente y luego inclinó la cabeza, pero no antes de que su esposo viera la sorpresa en sus ojos. Kenric pudo sentir como el alivio invadía el cuerpo de su esposa cuando se permitió a sí misma relajarse y apoyarse en él. Un momento antes había querido que ella se pusiera la capucha y le volviera la espalda, pero cuando lo hizo, se sintió decepcionado.

A pesar de todo, aguardó con paciencia a que recitara su lista de quejas. Con toda seguridad ahora le contaría lo mal que la habían tratado los MacLeith, aburriéndole con los detalles más nimios. A las mujeres les encantaba quejarse; en especial ante un hombre capaz de luchar por ellas y hacerles justicia. No fue hasta que Tess se hundió más profundamente bajo su capa, que Kenric se dio cuenta de que no tenía intención de hablar. Permaneció callada. Debería sentirse complacido, pero se quedó mirando hosco la parte superior de la cabeza de su esposa.

Tess se despertó horas después en una habitación a oscuras, sin saber qué era lo que la había sobresaltado. Su mirada enfocó una pared que parecía hecha de pellejos de animales. Sus ojos se desplazaron hacia arriba y se dio cuenta de que no se trataba de ningún aposento, sino de una tienda. Estaba tendida sobre una piel de algún tipo; de oso, determinó, ensortijando la hirsuta pelambre entre los dedos. Pasó un largo y feliz momento antes de recordar los acontecimientos del día anterior. Su corazón empezó a palpitar dolorosamente en su pecho cuando los recuerdos la inundaron.

Tess rezó otra plegaria silenciosa por el alma del soldado escocés que había matado, tal y como había hecho cada vez que recordaba el horrible incidente. No creía posible que su esposo tuviera tanta consideración con los hombres que morían a sus manos. Y en el caso de que los recordara, pensaría en cualquier cosa excepto en rezar. Sin embargo, ese mismo hombre tenía el poder de hacer que se sintiera segura y protegida.

Tess frunció el ceño, con la cara apoyada contra la piel de oso. Cambió de postura y miró a hurtadillas por encima de su hombro. Kenric estaba sentado con las piernas cruzadas sobre un montón de pieles a un par de metros de distancia, con los brazos sobre las rodillas. Una gruesa vela parpadeaba cerca de la abertura de la tienda y le permitía ver su cara, pero tal como era de esperar, su oscura mirada no revelaba nada. Con todo, había una intensidad en sus ojos que la ponía nerviosa, una sutil diferencia en su forma de mirarla que le erizaba el vello de los brazos.

Probablemente estaría pensando que se había casado con una consumada asesina, pensó. En efecto, ¡qué prometida más apropiada para el Carnicero! Una mujer que mataba a un hombre pocas horas después de su boda, exhibiendo una destreza que, sospechosamente, parecía fruto de la práctica. No era una buena manera de ganarse su confianza. Nunca le daría la espalda a una asesina tan diestra.

Luchando por reprimir su miedo y su inseguridad, se sentó y empezó a alisar su vestido, acariciando la gastada tela marrón con exagerado cuidado mientras intentaba pensar en algo que decir. El silencio de la tienda parecía antinatural, casi siniestro, después de haber soportado el ensordecedor ruido de los cascos de los caballos durante tantas horas.

–Me he vuelto a quedar dormida, ¿verdad?

Kenric no respondió a la absurda pregunta y ella trató de no estremecerse. Sus ojos le recordaban los de un lobo acechando a su presa. Era inquietante tener tan poca información de aquel hombre y de su temperamento. Lo poco que sabía apenas si le proporcionaba consuelo. Había dicho que no quería una esposa. Su mirada, sin rastro de calidez humana, enmascaraba con toda seguridad pensamientos sobre cuál sería la mejor forma de librarse de ella. Su corazón se puso a latir más rápido cuando empezaron a tomar forma en su mente las historias que había oído del Carnicero.

Quizá fuese cierto que bebía sangre en sus comidas.

Sus ojos se entrecerraron y se preguntó si podría leer su mente, si podría sentir su miedo. Se humedeció los labios nerviosamente y trató de apartar a un lado sus preocupaciones.

–Tengo hambre.

Tess torció el gesto. Le hubiese gustado decir aquello de otro modo, recordarle que había pasado un día entero desde su última comida y luego pedir cortésmente algo de comer. Pero el humor de su esposo también parecía haber afectado a sus modales.

Kenric se puso en pie y salió de la tienda sin decir palabra. Volvió unos minutos después, pero no estuvo segura de si le había hecho caso hasta que se oyó una voz fuera de la tienda.

Tras el consentimiento de Kenric, entró un muchacho de unos

trece o catorce años con una bandeja cargada de comida y vino. En esa incómoda edad, entre niño y hombre, el chico apenas se atrevió a dejar de mirar la bandeja. Pero cuando alzó la vista, se olvidó de todo. Miró a su nueva baronesa como si fuese él quien estuviese muerto de hambre, tan asombrado que no se dio cuenta de cómo se oscurecía la expresión de su señor.

–Déjanos –gruñó Kenric.

La ira en la voz del barón hizo que el escudero se pusiera en movimiento instantáneamente. La estabilidad de la bandeja peligró por la prisa con la que trató de obedecer.

–Gracias –murmuró Tess con una sonrisa amable.

Esperaba calmar el nerviosismo del chico, pero la intranquilizó el hecho de que hasta los propios servidores del Carnicero pareciesen aterrados en presencia de su señor. Aquello no era muy esperanzador.

El muchacho se quitó la gorra de pieles de su cabeza e hizo al menos cinco reverencias mientras retrocedía hasta salir de la tienda, repitiendo una y otra vez palabras de agradecimiento como si se tratara de un eco.

–¿Vuestro escudero? –preguntó ella, encantada de tener algo de qué hablar. Kenric no respondió, pero ella levantó la vista a tiempo de verlo asentir–. Parecía bastante... incómodo.

–Thomas siente curiosidad por su nueva baronesa.

Tess asintió distraída, no muy tranquilizada por la explicación. Pensó que probablemente Fitz Alan le habría contado al chico lo del escocés que había matado. Eso explicaría su extraña conducta. Otro pensamiento la cogió desprevenida, y sus ojos se abrieron alarmados: Kenric la había llamado su nueva baronesa. Ahora era la baronesa de Montague, su esposa, y aquello era lo más parecido a una noche de bodas que su precipitado matrimonio llegaría alguna vez a tener. Tess no tenía muchos conocimientos sobre el matrimonio, pero sabía que las recién casadas se acostaban con sus esposos en la noche de bodas.

Tratando de entretenerse con algo para disimular sus inquietos pensamientos, Tess cogió un cuchillo de la bandeja y cortó una cuña de queso en pequeños trozos. Kenric no actuaba como un hombre ansioso de acostarse con su nueva esposa. Tal vez quisiera realmente librarse de ella. Tess sabía demasiado bien que la muerte de una esposa podía explicarse con mucha facilidad.

El queso que se metió en la boca pareció hincharse hasta que amenazó con atragantarla. Como si hubiese adivinado lo que le pasaba, Kenric sirvió dos copas de vino, le entregó una y se volvió a sentar en su montón de pieles. Ella bebió el vino con ansia y, cuando terminó, puso la copa en la bandeja de madera. Su apetito había desaparecido. Con todo, había dicho que tenía hambre y él se extrañaría si no comía más que un bocado de queso. Cogió una barra de pan, partió un trozo pequeño y se lo llevó a la boca, manteniendo el vino a mano para bajarlo. Miró de reojo a Kenric y, al instante, volvió los ojos a la comida. Consiguió tragar una rebanada de manzana seca y rezó por que su voz no revelara lo temblorosa que se sentía.

–¿Vais a comer al... algo de esta deliciosa comida?

–No. Comí cuando llegamos, hace menos de una hora.

Tess extendió la mano para coger el vino, pero su mano temblaba tanto que en su lugar cogió otro trozo de manzana.

–No tengo intención de acostarme con vos esta noche, si es eso lo que os tiene tan preocupada –dijo, mirándola por encima del borde de su copa–. No seréis mi esposa más que de nombre hasta que estemos sanos y salvos en Montague. Sin duda habéis oído muchas historias sobre mí, pero no soy una bestia salvaje, ni un tosco campesino incapaz de contener su lujuria.

–No... no he oído muchas historias –dijo sin convicción.

–Sin duda las que escuchasteis debían estar llenas de horribles sucesos para provocaros tanto miedo. Parecía que estuvieseis a punto de desmayaros cuando vuestro tío os dijo mi nombre en la abadía de Kelso.

–Me sorprendí, eso es todo.

–Y yo voy camino de que proclamen mi santidad.

Tess puso mala cara.

–Sólo intentaba ser amable. Deberíais intentarlo alguna vez.

Kenric reprimió el impulso de sonreír. El valor que ella parecía haber perdido, volvía con renovado brío. También debía influir que ya se había bebido una copa entera de vino y que iba por la mitad de la segunda. Seguramente no era consciente de que él le rellenaba la copa cada vez que bebía.

–No deseo arriesgar mi reputación volviéndome amable a estas alturas.

–No sois el mismo hombre que el de esas historias –adujo Tess, enarcando una ceja. Era casi una pregunta–. De acuerdo, admito que he oído esos relatos –dijo con algo de impaciencia–. Es evidente que no son más que invenciones.

–Muchos son ciertos –le advirtió, muy consciente de los rumores.

La mayoría no se podían negar y había pocos en los que hiciera falta exagerar. Era un guerrero por encima de todo, un hombre entrenado para matar. Y se le daba bien, muy bien. Lo mejor sería que Tess comprendiera y aceptara la realidad cuanto antes: él no era lo que a ella le gustaría que fuera.

Tess se quitó una imaginaria mota de polvo de su vestido para así rehuir su mirada.

–Se dice que coméis niños pequeños para cenar.

–¿Qué?

–También se dice que las recién nacidas gorditas son vuestro plato favorito. Y que matáis a un enemigo durante vuestra comida para beber su sangre y entreteneros.

–Muy bien. Admito que los relatos son exagerados y que están lejos de ser ciertos. –La expresión de Kenric se volvió sombría–. Pero he matado a muchos hombres, Tess. Soy implacable y despiadado. Mi reputación está fundada en sólidos motivos.

–Puede ser, pero todos en Inglaterra saben que sois el barón más poderoso del rey. El resto de los nobles deben teneros mucho respeto.

Él sonrió ante su ignorancia.

–No alberguéis pensamientos de llevar una regalada vida en la corte, o de ser aceptada entre la nobleza, Tess. La mayoría de los barones de Edward están agradecidos por tenerme a su lado en la lucha, pero pocos están dispuestos a mostrar amistad a un hombre con tanta sangre en sus manos. Muchos en la corte preferirían verme en el infierno antes que en su mesa. Como mi esposa, seréis tan poco bienvenida como lo soy yo.

–Quizá sientan envidia –señaló, sin mostrar preocupación por su advertencia.

Kenric notó que ella empezaba a tener dificultades para pronunciar cualquier palabra que tuviese la letra s; alargaba su sonido, casi arrastrándolo.

–Estoy acostumbrada a ser odiada por el nombre que llevo –prosiguió–. Así que podéis estar tranquilo. Los pensamientos de los demás no hieren mis sentimientos. Si hubiese tenido poder de decisión, es posible que os hubiera elegido yo misma como esposo. –Asintió con la cabeza, como para asegurarle que al menos eso era verdad–. Vuestro nombre es el único que teme mi padrastro...

–Así que llevaréis mi nombre con agrado –afirmó con una sonrisa irónica–. ¡Y pensar que todo este tiempo he confundido vuestra abrumadora alegría con miedo y oposición!

–No he dicho que estuviera contenta. Recordad que mi intención era hacerme monja. Pero he aceptado que mi rey desea una vida diferente para mí. Haré caso a vuestro consejo y sacaré el mejor partido posible a nuestro matrimonio.

–Mi alivio es indescriptible, milady. –Kenric tuvo la osadía de sonreír ante su indignada expresión. Alargó el brazo para coger su copa y empujó la bandeja con comida hacia la cortina de la tienda–. Habéis tomado dos copas enteras de vino, Tess. Mañana tenemos por delante una larga cabalgada y no será más fácil de sobrellevar si hoy bebéis demasiado. Será mejor que tratemos de descansar lo que podamos antes del alba.

Notó que Tess miraba su boca con mucha atención, como si tuviera problemas para concentrarse en su conversación.

–¿Cuándo llegaremos a Montague? –preguntó.

–Mañana. Hacia el anochecer.

–Una cama caliente estaría bien.

Tess sonrió mientras se metía entre las pieles.

«Una cama caliente estaría bien.»

Kenric rechinó los dientes. Las palabras resonaron una y otra vez en su cabeza como un eco, hasta que no pudo pensar en otra cosa. Miró ardientemente al otro lado de la tienda, observando cómo Tess arreglaba su cama de pieles antes de arroparse con su capa.

–Buenas noches, barón. –Tess finalizó su frase con un bostezo, estremeciéndose visiblemente por el frío bajo la abultada capa.

Kenric no contestó, apagó la vela y escuchó los apagados ruidos que hacía Tess mientras daba vueltas, inquieta. No pasó mucho tiempo antes de que sus dientes empezaran a castañetear.

Kenric levantó su capa y se metió junto a ella en la cama de pieles. El peso adicional de su propia capa forrada de piel cayó sobre ellos. Ella soltó un largo suspiro de satisfacción y se arrimó a su cuerpo buscando calor.

–Quedaos quieta –gruñó él, apartando sus caderas con las manos.

Tess obedeció.

–Me gustaría daros las gracias, esposo –dijo con timidez.

–¿Por qué? –preguntó Kenric innecesariamente, suponiendo que le agradecería que dejase su preciosa virginidad intacta.

–Por llevarme lejos de los MacLeith –aclaró Tess con voz queda–, y por hacerme sentir segura. Habéis sido amable conmigo a pesar de que he aportado poco a este matrimonio, aparte de provocar una guerra. Los MacLeith tratarán de hacerme volver, lo sabéis.

El suspiro de Kenric casi le hizo una raya en el pelo.

–Ya no tenéis nada que temer de los MacLeith, Tess. Nunca volverán a tocaros. Ahora dormíos.

Permaneció callada durante casi un minuto.

–¿Milord?

–¿Qué?

La irritación de su voz hizo que Tess cambiara de idea.

–Eh, bueno, nada. No era nada.

Kenric gruñó y pasaron varios minutos en silencio mientras Tess se removía inquieta. Se giró sobre el costado, se puso boca abajo y luego volvió a rodar de costado, utilizando siempre el brazo de Kenric como almohada. Él apartó el brazo tan rápidamente que ella no pudo reaccionar a tiempo y su cabeza se golpeó con el suelo helado a través de las pieles.

–Me diréis lo que estáis pensando y luego os dormiréis. ¿Me habéis comprendido?

–Sí, bueno, eh...

–¡Hablad!

–¡Os olvidasteis de besarme tras la ceremonia de la boda! Supongo que no es obligatorio, pero pensé que sí lo era, y me hacía mucha ilusión... Bueno, habría sido mi primer beso. Me besasteis en la frente pero...

Se quedó callada en el momento en que la mano de Kenric aferró su barbilla. Sus dedos cubrieron una de sus mejillas y su pulgar se extendió a través de la otra. Volvió a quedar sorprendida al comprobar la gentileza que había en él, a pesar de su abrumador tamaño. Su cálido aliento acarició su cara y sintió su cercanía. Le pareció que pasaba una eternidad antes de que sus labios tocaran los suyos en un beso tan tierno, tan exquisito, que sus ojos se abrieron de par en par, sorprendidos. Nunca hubiera imaginado que pudiese existir ternura en un guerrero tan feroz. Todo en él parecía duro, pero sus labios eran increíblemente suaves mientras se movían sobre los suyos.

Kenric había pensado en darle a Tess su beso de novia y ordenarle luego que durmiera, pero el dulce sabor de su boca y su entusiasta respuesta le hicieron desear seguir besándola durante mucho más tiempo. Ella aprendía deprisa, imitando rápidamente sus acciones, presionando su boca algo más fuerte contra los labios de Kenric cada vez que éste pensaba en finalizar el beso y trataba de apartar la cabeza. Fue fácil abrir su boca, profundizar el beso, pero su gemido en voz baja casi le llevó a la perdición. Kenric no pudo resistirlo. Usó su lengua para saborearla y sus entrañas reaccionaron instantáneamente ante el erótico estímulo. Ella ni siquiera intentó defenderse contra el asalto. Aguardó hasta que él terminó de saquear su boca y entonces practicó lo que acababa de aprender, tímidamente al principio, osadamente después.

El beso de Tess fue tan embriagador como el mejor de los vinos. Los sentidos de Kenric estaban saturados. Se sintió lleno de una salvaje y feroz necesidad de poseer su boca por completo. Trazó el dibujo de sus labios con la lengua y luego los mordisqueó con ansia, sorprendido, aunque complacido, cuando ella lo imitó. Seguía inclinado sobre ella, soportando su peso con un brazo, cuando sintió que las manos de Tess se deslizaban hasta su pecho.

Descansaron allí durante un momento y él aguardó a que lo empujara tratando de liberarse. El beso era muy diferente al que una novia debía recibir en la ceremonia de su boda. La boca de Kenric trató desesperadamente de saborear tanta dulzura como fuera posible antes de ser apartado. La soltaría a la menor señal por su parte. Juró que así lo haría.

Ella agarró su camisa con más fuerza y, a su pesar, Kenric alzó su cabeza. Pero en vez de empujarlo, Tess, con un quejido, intentó por todos los medios obligarlo a besarla de nuevo. Kenric no podía haber estado más aturdido ni aunque lo hubiesen golpeado. Un sonido primitivo emergió de su pecho, y la besó como nunca antes había besado a una mujer, fundiéndose con ella, estrechándola contra sí, probando su maravilloso sabor. Sin embargo, conservó un pequeño fragmento de cordura y forzó a sus manos a no ir más abajo de su cuello. Tocar a Tess, la aterciopelada calidez de su piel, los suaves contornos de su cara, su sedoso cabello, todas esas sensaciones lo mantuvieron satisfecho durante un tiempo. Un tiempo demasiado corto.

Se separó tan repentinamente que ella no tuvo oportunidad de atrapar sus labios antes de que la abandonaran.

–Ya te he dado tu beso. Ahora duérmete.

Tess se quedó completamente inmóvil, luego rodó sobre un costado y enterró su cara en las pieles. Kenric oyó sus apagados sollozos y supo que sus ásperas palabras habían herido sus sentimientos.

¿Por qué sentía la necesidad de consolarla?

Esa idea era impensable. Estaba más decidido que nunca a esperar para poseerla. Había hecho un juramento. Era un guerrero acostumbrado a la incomodidad y las penalidades. Una noche de espera para el placer no significaba nada. Quería hacer suya por primera vez a Tess en la calidez de su lecho, verla estremecerse de deseo, no de frío. Sí, ella se lo agradecería cuando entendiera las razones. Y eso pasaría muy pronto.

–¡No te ha gustado mi beso! –le acusó ella entre sollozos.

Kenric puso los ojos en blanco y suspiró, seguro de que estaba decidida a volverle loco.

–Me ha gustado.

–¡Ja!

–Todavía no eres mi esposa por completo –dijo, atrayendo su rígido cuerpo contra su pecho–. No deseo hacerte mía en esta tienda. Seguirás siendo mi esposa sólo de nombre hasta que lleguemos a Montague y al cálido lecho que te hace tanta ilusión. ¿Entiendes lo que te digo, Tess? Tus besos me agradan mucho, pero me hacen desear más. Mucho más.

Ella calló, pero Kenric pudo sentir que su cuerpo empezaba a relajarse.

–A mí también me ha gustado besarte –dijo ella tímidamente.

–Me he dado cuenta. –Acarició su pelo, tratando de ignorar la punzada de sus entrañas y la tentación de dejar que sus manos vagaran por su cuerpo–. Ahora duerme. Tenemos un duro viaje por delante. Necesito descansar.

Ella se arrimó aún más y suspiró. Fue un suspiro largo y satisfecho. Kenric sonrió en la oscuridad, divertido por los rápidos cambios de humor de su esposa. Era tan franca y sincera en sus reacciones que resultaba una delicia para un hombre que había crecido entre los ardides e intrigas de los cortesanos. Decidió que ése era el motivo por el que se mostraba tan considerado con sus sentimientos. Tess era una de las pocas mujeres que despertaban su instinto protector. Dependía enteramente de él y confiaba por completo en la seguridad que le proporcionaba.

Sí, le concedería otro día para que pudiera conocerlo mejor, para que se diera cuenta del noble esposo que le había tocado en suerte y de lo delicado que estaba siendo con ella. Cerró los ojos y se sintió más cerca de la santidad de lo que había estado nunca.

Tess se despertó con la sensación de estar al borde de la muerte. Entumecida y dolorida, al darse la vuelta descubrió que Kenric se había ido. Se sintió aliviada de que no la viera en ese estado. El frío suelo había logrado transmitir su dureza a sus doloridos músculos durante la noche. Después de dos intentos, consiguió ponerse en pie a pesar del espantoso dolor que sentía. Pero no era el frío ni la dureza del suelo la verdadera causa de su agonía.

Habían pasado casi quince días desde la última visita de

Gordon MacLeith a Langston, pero las marcas de sus golpes estaban tardando más tiempo del habitual en curarse. Era de esperar. Lo había insultado gravemente y a cambio recibió la peor paliza de su vida. Por fortuna, llevaba puesto su más grueso vestido de lana. En caso contrario, la habría dejado marcada para siempre. Rezó otra plegaria agradeciendo que Gordon sólo hubiese tenido a su disposición una delgada fusta de montar, en vez de un látigo capaz de cortar a través de cualquier túnica. Algunos de los azotes la habían hecho sangrar, aunque las marcas no eran profundas. La larga cabalgada no había ayudado a que se curaran, pero las magulladuras se borrarían en unos quince días más. Aunque hacía tan sólo una semana que había conseguido levantarse por fin de la cama, empezaba a tolerar el punzante dolor, que se reducía cada día que pasaba.

Se preguntó si podría escapar de su esposo antes de que descubriera sus heridas. Con su temperamento, seguramente pensaría que los golpes eran merecidos. Aunque no había acusado a Gordon de nada que no fuera verdad. Todos en el clan MacLeith sabían de su preferencia por los jovencitos en la cama. Ella tan sólo fue la primera en decírselo a la cara. Y frente a sus soldados, nada menos. Sí, se había buscado la paliza. Pero ¿cómo podría haber imaginado que tendría un esposo tan pronto? Un esposo que seguramente querría verla desnuda tarde o temprano. Debía pensar en algo para retrasar ese momento.

–Es hora de montar –anunció Kenric.

Tess pegó tal salto que casi se dio con el techo de la tienda. Su esposo estaba de pie justo a su espalda.

–No quería sobresaltarte –dijo en voz más baja–. ¿No me oíste entrar?

–Una sombra hace más ruido que tú, milord.

Creyéndose recuperada de la sorpresa, se volvió para mirarlo. Observarlo le hizo replantearse la idea. Vaya, ¡lo encontraba mucho más atractivo que la noche anterior! Contempló abiertamente su cara, preguntándose cómo pudo haber pensado que se parecía al diablo. El color de sus ojos era demasiado claro para un diablo y las duras líneas de su cara eran demasiado atractivas. Su divertida sonrisa resultaba casi angelical.

–¿Hay algo que vaya mal?

–¿Mal? –repitió ella, embobada.

–Tienes una expresión muy peculiar en la cara.

–Oh. –Tess se obligó a apartar la vista del imponente caballero; una tarea difícil dado el espacio que ocupaba en la tienda. Torpemente, buscó una explicación rápida–. Quizá tenga siempre esta expresión por la mañana.

Tess se lamentó mentalmente tan pronto salieron las palabras de su boca. «Quizá soy la mujer más boba que existe», añadió para sí.

–Eso espero –dijo Kenric sonriente–. Esa expresión me recuerda de alguna forma la mentira que le contaste al padre Olwen.

–Creo que estoy lista para partir –declaró Tess tajantemente, en un evidente intento de cambiar de tema.

Kenric recogió la capa de Tess y se la puso sobre los hombros, sin darse cuenta de su mueca de dolor.

–Hoy hace más frío –dijo, cubriendo la cabeza de su esposa con la capucha–. Esperemos que no nieve antes de avistar Montague.

La esperanza de Kenric resultó vana. La nieve empezó a caer menos de una hora después del comienzo del viaje.

Copos suaves como el algodón caían del cielo en perezosos círculos, hasta que el viento comenzó a soplar con brío y los convirtió en duros proyectiles que cayeron con fuerza. Tess estaba cubierta por dos abrigadas capas, pero le preocupaban Kenric y sus hombres. Los guerreros se pusieron gorros de piel, y aquellos que los tenían, se pusieron guantes, pero el camino era bastante duro. Ella era la mejor protegida y, sin embargo, se debatía entre un extraño calor y horribles escalofríos que hacían que entrechocase los dientes.

«Fiebres», concluyó al fin con un estremecimiento. «Por favor, Dios, que sean leves», rezó. Ricos y pobres temían las fiebres por igual. Aunque la mayoría no eran fatales, nunca se podía estar seguro hasta que era demasiado tarde. Rodeó con sus brazos la cintura de Kenric y decidió que Dios no sería tan cruel.

Kenric cambió de posición a Tess, sintiéndose como si fuera una cama muy usada. No podía culparla por recurrir al sueño para evadirse de la monótona cabalgada y el áspero temporal, pero a medida que el día transcurría, empezó a extrañarse de que alguien pudiera dormir tanto. «Al menos así estará bien descansada», pensó con una torva sonrisa. Necesitaría todas sus fuerzas para la velada que tenía pensada.

El tiempo se aclaró hacia mediodía y Kenric sintió alivio al descubrir que la nieve apenas había cubierto el camino que tenían por delante. Marcharon a buen paso por la tarde y avistaron el castillo cuando el sol del crepúsculo surgió entre las grises nubes que se retiraban.

Kenric echó su capa hacia atrás y susurró en el oído de Tess:

–Estás en casa, esposa.

4

El castillo de Montague se alzaba, oscuro y amenazador, recortándose contra la última luz del crepúsculo. Era un lugar sombrío, que resultaba aún más lúgubre por las docenas de árboles arrasados por el fuego que lo rodeaban. Sus ramas sin vida surgían de la nieve como espectros; silenciosos centinelas apostados circundando la imponente fortaleza de piedra. La oscura visión bastaba para hacer que Tess sintiera escalofríos.

–No es mucho mejor por dentro –la previno Kenric–. Prepárate para lo peor, quizás así no te parezca después tan malo.

–¿Qué les pasó a los árboles? –preguntó, haciendo caso omiso de la advertencia. No necesitaba dejar que su imaginación se desbocara preguntándose qué podría ser lo «peor» dentro de la fortaleza del Carnicero de Gales. Pronto lo averiguaría.

–Hice que los quemaran. Resultarían demasiado peligrosos si un ejército enemigo pusiera sitio a la fortaleza.

Tess asintió y echó un vistazo por encima del hombro de Kenric. Sus soldados cabalgaban en silencio y con semblante serio. «Qué extraño», pensó, meditando sobre ese raro comportamiento. Los hombres de MacLeith entrarían al galope en el patio de armas dando hurras y gritos si hubiesen secuestrado a una heredera para su laird. Sus solemnes miradas aumentaron su temor.

El barón apartó su caballo a un lado y permitió que los hombres pasaran ante él por las puertas de la barbacana. Tess pudo sentir cómo el ánimo de su esposo se ensombrecía cuando atravesaban el recinto existente entre la muralla exterior e interior de su lúgubre hogar. Franquearon los portones sin recibir siquiera una palabra de saludo desde lo alto de las murallas. Los hombres del barón seguían montados, alineados en dos hileras una a cada lado del camino que llevaba de las puertas interiores a unos grandiosos escalones de piedra. Éstos desembocaban en el gran salón de Montague. No había ningún sirviente a la vista, algo que resultaba extraordinariamente insólito hasta en una torre pequeña y con poca guarnición. Tess estaba tan sorprendida ante la extraña recepción que no se sintió ofendida por la fría bienvenida a su nuevo hogar. Lo cierto era que los hombres de Kenric actuaban como si no hubiera nadie tras las murallas.

Kenric cabalgó hasta los escalones de piedra, desmontó y ayudó a su esposa a bajar del caballo. Todas las miradas siguieron su ascenso por los escalones. Tess nunca había sido el foco de tanta atención. Era la baronesa de todos aquellos hombres, la esposa de su líder. ¿Sabían que Kenric no deseaba estar casado? ¿Sabían que pronto irían a la guerra por su causa, arriesgando sus vidas por una esposa impuesta, una extraña, una asesina?

Aferró con más fuerza el brazo de Kenric, y él puso una mano sobre la suya. El efecto fue inmediato. Sintió que su fuerza la protegía, calmándola, envolviéndola, reforzando la suya propia. Tess estaba convencida de que su gesto no era intencionado, de que él no podía saber lo asustada que se sentía, pero entonces Kenric se inclinó para susurrar en su oído:

–Cálmate, Tess. Estos escalones llevan al gran salón, no al altar de los sacrificios.

Se giró para encararse con sus hombres y salvar a Tess de una situación embarazosa.

–He tomado a Tess de Remmington como esposa –comenzó. El profundo sonido de su voz resonó por todo el patio, reverberando en los muros de piedra–. Todos conocéis las consecuencias que traerá el desafío lanzado a los escoceses cuando tomé su mano. A partir de esta noche, Dunmore MacLeith es un proscrito en mis tierras.

Tess observó de soslayo a Kenric y deseó no haberlo hecho. La expresión de la cara de su esposo era sobrecogedora. Sí, había una sonrisa en sus labios, pero no caldeaba la frialdad de sus ojos.

–Los MacLeith se opondrán a este matrimonio, pero tengo la intención de tomar el castillo de Remmington y rescatar todas sus fortalezas inglesas de manos de los intrusos escoceses, por cualquier medio que sea necesario.

Los hombres vitorearon al final de esa declaración. Sin embargo, Tess llegó a la conclusión de que realmente no se trataba de vítores. No, aquél era el rugido de gritos de batalla. El sonido era casi ensordecedor y convertía el dolor febril de su cabeza en algo insoportable. Mientras el tremendo ruido continuaba, Kenric la obligó a adelantarse, bajó su capucha y le quitó la capa. Fue entonces cuando puso sus manos sobre sus hombros en una evidente proclamación de que le pertenecía. Tess juntó las rodillas para que no le flaquearan las piernas.

–Protegeréis la vida de mi señora con la vuestra. La lealtad que me debéis se extiende ahora a mi esposa.

Fitz Alan desenvainó su larga espada de batalla y todos los hombres que allí había le imitaron hasta que el patio de armas relució de espadas desenvainadas, alzadas en una silenciosa promesa de fidelidad. Tess pensó que debería decir algo, pero se encontró sin habla por primera vez en su vida. El ejército más feroz de toda Inglaterra le acababa de ofrecer su lealtad. No, Kenric le había ofrecido la lealtad de sus hombres. Y ella pensaba traicionarlos a todos.

–Vamos, Tess –dijo Kenric, guiándola hacia las puertas.

Tess trató de no pensar sobre la cuestión de la fidelidad mientras su esposo la conducía al interior y subían otro tramo de escalones de piedra hasta el salón. Concentró su atención en lo extraño de su nuevo hogar. El interior de Montague ofrecía una extraña mezcla de ostentación y pobreza. La riqueza era bastante patente. Sus ojos se vieron atraídos por las intrincadas tallas de rostros, flores y escenas en miniatura que adornaban las esquinas y las intersecciones de las grandes vigas de madera que sostenían la construcción. Las ventanas, tan bellamente decoradas como las vigas, lucían vidrieras de todos los colores. No había uno, sino dos enormes hogares, uno a cada extremo del salón. Ambos tenían su propia chimenea en vez de un simple agujero hecho en el techo, como era el caso en la torre de Langston. Ricos y coloridos tapices cubrían las paredes, y los estandartes de Montague pendían de las enormes columnas redondas que sostenían el techo.

Sin embargo, la pobreza era igual de evidente. El suelo estaba cubierto de cañas sucias y rotas. Su olor, sin duda, se veía empeorado por los restos de más de una comida y por la jauría de sabuesos que correteaban sueltos por la estancia. Las mesas, dispuestas en forma de U en medio de la estancia, estaban hechas con toscos maderos y ni siquiera se hallaban cubiertas por telas. Los únicos asientos disponibles eran largos bancos y sencillos taburetes.

Tess concluyó, al finalizar el inventario del lugar, que los malos tiempos para el salón habían llegado recientemente. Si tuviera alguna intención de quedarse allí, limpiaría aquel estropicio y visitaría al carpintero. El gran salón necesitaba que la señora del lugar se hiciera cargo de sus necesidades. Alguien como la dama que caminaba hacia ellos.

La mujer vestía con una suntuosidad que durante su estancia en Langston Tess sólo había podido imaginar. Su túnica era de terciopelo azul con lujosos remates y estaba adornada con bordados en forma de ciervos blancos. En su cuello y orejas destellaban zafiros del mismo color que sus ojos, y los rizos de su cabello, negro como la noche, enmarcaban un rostro delicado de altos y exóticos pómulos. Parecía algo mayor que Tess, pero quizás esa sensación fuera el resultado de la rígida dignidad con la que caminaba. Sus ojos se entrecerraron con un odio mal disimulado cuando se detuvo ante Kenric.

–Bienvenido a casa, hermano.

El saludo de la mujer fue tan frío que Tess creyó que se formarían carámbanos en el aire.

–Buenas noches, Helen –respondió Kenric secamente.

Tiró de Tess acercándola más a él y le presentó a su hermana.

–Estoy muy complacida de conoceros –dijo Tess con sinceridad. Aquella mujer podría ser una aliada, alguien que la ayudara a escapar. Tomó las manos de Helen entre las suyas y le sonrió, con la esperanza de fundir algo del hielo que cristalizaba sus ojos–. Espero que seamos buenas amigas.

Helen perdió durante un momento la compostura antes de recobrar la fría máscara de indiferencia. Después, liberó sus manos y las entrelazó delante de su cintura.

–Ya veremos –contestó, asintiendo altivamente.

–Mis hombres necesitan comer –dijo Kenric a su hermana, con una expresión tan insensible como la de ella–. Dispón todo lo necesario para que sirvan la comida tan pronto como sea posible.

–La cocina no está lista para preparar nada a esta hora –le informó Helen. Se dio la vuelta y caminó hacia las cocinas. Luego se detuvo y añadió–: Veré qué se puede hacer.

El rostro de Kenric no mostró emoción alguna. Tess se asombró del autodominio de su esposo. Los MacLeith habrían golpeado salvajemente a Helen en el momento en que hubiera abierto la boca para pronunciar sus palabras en aquel tono.

–¿Helen ignoraba que llegarías esta noche? –preguntó, incapaz de contener su curiosidad.

–No. –El tono de Kenric señaló que el asunto estaba zanjado.

Se sentó a la cabecera de la mesa e hizo un ademán para que Tess se acomodase junto a él.

Finalmente, aparecieron los reticentes sirvientes llevando grandes jarras metálicas de vino y cerveza a los grupos situados en torno a las mesas y chimeneas. Tess reconoció a algunos de los hombres que había visto en el patio; otros ya estaban presentes en el salón a su llegada. Al observar sus ricas y coloridas vestimentas, supuso que debían ser los vasallos de Montague, caballeros al mando de las torres o las fortalezas menores de Montague. No era extraño que se reunieran en la fortaleza principal de su señor, aunque a Tess le llamó la atención la ausencia de sus damas. Aparte de algunas criadas, ella era la única mujer presente en el salón.

Varios hombres parecían impacientes por tratar asuntos con Kenric y no tardaron en acaparar toda su atención. Tess trató de no escuchar y buscó alguna otra distracción, pero no resultó tarea fácil. Helen había desaparecido y Fitz Alan estaba hablando con gente que ella no conocía. Pensó que no sería de buena educación empezar una conversación con alguien que no le hubiera sido presentado apropiadamente.

Aburrida al no tener con quién hablar, dejó de fingir desinterés y escuchó con avidez la conversación de Kenric, en la que descubrió algunos detalles intrigantes sobre el pasado de su esposo. Lo más curioso era el hecho de que Kenric no había pisado las tierras de Montague desde su partida a las Cruzadas, nueve años antes. Las batallas libradas en Tierra Santa justificaban la primera etapa de su ausencia, pero en los cinco años de guerra en Gales Kenric o no había tenido tiempo o no había querido visitar a su familia. Ni siquiera había pisado su hogar cuando asumió el título a la muerte de su padre, acaecida hacía tres años.

Los vasallos de Kenric continuaron hablando mientras Tess trataba por todos los medios de mantenerse atenta. La excitación de su llegada se estaba apagando y la conversación empezó a girar sobre asuntos cotidianos que no le interesaban. Pasó casi una hora antes de que se sirviera la bazofia que les ofrecieron como comida. Los platos estaban crudos o demasiado hechos, y algunos eran incluso irreconocibles. Todos eran poco menos que basura. Si pensara seguir casada con Kenric, lo primero en su lista de tareas sería realizar una inspección de las cocinas, justo después de un recorrido del castillo. Pero no permanecería en Montague el tiempo suficiente para preocuparse por sus deberes como señora del lugar. Se marcharía a la primera oportunidad.

Nadie perdió tiempo en la mesa después de la insípida comida. Kenric se levantó de inmediato tras comer lo que pudo y se unió a un grupo que se había reunido cerca de una de las chimeneas. Tess permaneció sentada, sin saber lo que se esperaba que hiciera. Trató de mantenerse ocupada pensando en las tareas que serían necesarias para arreglar aquel lugar, diciéndose a sí misma que lo hacía por puro hábito. Desde su nacimiento, la habían instruido para administrar una propiedad del tamaño de Montague. Sin duda, la instrucción de Helen dejaba mucho que desear. Las esteras hechas de cañas estaban mugrientas, los perros no parecían adiestrados para que hicieran sus necesidades fuera y las sobras de la cena seguían encima de la mesa. Sólo Dios sabía en qué condiciones estaría el resto de la fortaleza. Gracias al cielo que no se quedaría mucho tiempo. Tess se balanceó de un lado a otro, tratando de aliviar las punzadas de dolor de su espalda y de ignorar el pensamiento de lo maravilloso que sería dormir en una cama. Pesaba sobre ella la leve preocupación de que Kenric cumpliera la promesa de hacerla su esposa no sólo de nombre, pero dudaba que la llevara a cabo esa noche. Él cargaba a sus espaldas con al menos cuatro días de dura cabalgada y, en los últimos dos, apenas había bajado de la silla. Seguramente su esposo no tendría fuerzas para llevar a cabo su promesa.

Un momento más tarde levantó la cabeza de golpe, alarmada y asombrada por haberse quedado dormida un instante estando todavía sentada a la mesa. ¡Delante de Kenric y todos sus hombres! No se calmó hasta que una rápida mirada por el salón la convenció de que su desliz no había tenido testigos.

Relajarse era un error.

Parecía que los párpados le pesaran como el plomo. Desesperada, recorrió el salón con la vista, buscando algo que atrajera su interés lo suficiente para poder seguir despierta. Observar a Kenric le parecía muy atrayente, pero mirarlo fijamente sería considerado con toda seguridad de mala educación. En su lugar, centró su atención en la inmensa variedad de armas expuestas en una de las paredes y empezó a estudiar los diferentes diseños. Se estaba concentrando en mantener enfocada la pared cuando le entró el pánico. No podía seguir luchando, sus ojos estaban resueltos a cerrarse. Puso los codos sobre la mesa, apoyó la barbilla en las manos y utilizó la última reserva de fuerza que le quedaba en mantener los ojos abiertos. Un momento después se le cerraron.

«¿Por qué resistirme?», se preguntó. Permanecería así durante unos momentos y luego abriría los ojos y se sentiría bien de nuevo.

El fuerte ruido producido por una bandeja que se le cayó a un sirviente despertó a Tess con un sobresalto. Desorientada, levantó la cabeza y se llevó una mano a la frente, deseando que la habitación dejara de oscilar ante sus ojos. Kenric estuvo a su lado en un instante.

–¿Qué te pasa? –le preguntó. Se sentó en el taburete junto a Tess y le pasó un brazo por los hombros para sujetarla. Cuando le puso una mano en la frente, soltó un horrible juramento entre dientes–. Estás ardiendo de fiebre, Tess. ¿Por qué no me dijiste que estabas enferma?

–¿Enferma? –Tess trató de negar con la cabeza, pero el repentino movimiento hizo que se sintiese mareada. Puso una mano en la rodilla de Kenric para sostenerse–. ¿Estoy enferma? –Dándose cuenta de que él estaba en lo cierto, trató de tranquilizarlo–. Sin duda es sólo una ligera fiebre, milord. Estoy segura de que mañana estaré bien.

Kenric no contestó. Cogió a Tess en sus fuertes brazos sin notar su mueca de dolor y avanzó hacia los escalones que llevaban a los aposentos superiores. Se detuvo sólo un momento para dar órdenes a Fitz Alan.

–Dile a los hombres que nos retiramos porque mi esposa está agotada por el viaje, pero que pueden seguir disfrutando de mi hospitalidad. Tiene fiebre –continuó, bajando la voz–. Envía a alguien a buscar a la vieja curandera de la aldea. Puede que tenga que darle sus brebajes si mañana no ha mejorado.

Tess trató de protestar, pero la mirada de Kenric fue lo bastante feroz para hacerla callar hasta que llegaron a su aposento. Siguió sin decir palabra cuando entraron en la habitación y la dejó con suavidad en la cama. No era el dolor de la espalda ni el malestar de la fiebre lo que provocaba el silencio de Tess. Sencillamente, estaba demasiado asombrada por lo que la rodeaba para poder hablar.

Los aposentos de Kenric contenían un sinfín de objetos lujosos, en su mayoría hechos de oro. Candelabros de exquisito diseño y platos y objetos de aspecto extranjero se apiñaban en la repisa de la chimenea. Había dos cálices tan incrustados de joyas que era difícil determinar el metal en el que estaban forjados. No había cañas sucias en el suelo. Mullidas alfombras persas cubrían las frías losas, probablemente traídas de las Cruzadas. La cama estaba cubierta por un pesado brocado azul, y las cortinas y el dosel estaban confeccionados de resplandeciente seda azul medianoche con filigranas de hilo de oro.

–¡Eres rico! –exclamó, tratando de salir del letargo de su breve sueño para examinar la habitación–. ¡Esta alcoba es más lujosa que la del rey!

–Mis esfuerzos han tenido su recompensa –reconoció Kenric secamente. La recostó sobre las almohadas y se volvió para ocuparse de poner más troncos en el fuego–. ¿Y qué sabes tú de cómo es la alcoba del rey?

–Nada –admitió ella–. Pero estoy segura de que no puede ser tan bonita.

–Me alegra que te guste. –Regresó a su lado y se quedó de pie junto a la cama, con los brazos cruzados y los pies afianzados como si estuviera preparado para la batalla–. Ahora me complacerás tú a mí quedándote en esta cama hasta que te baje la fiebre. –Señaló los sacos de lino a los pies de la cama–. Thomas trajo tus bolsas antes. Te ayudaré a quitarte esas ropas y a ponerte tu camisón.

–Yo... prefiero dormir con el vestido puesto, milord.

–Necesitas descansar. Ese grueso vestido no puede ser cómodo.

–¿Puedes hacerme el favor de no mirar mientras me cambio?

–Soy tu esposo –dijo con arrogancia–. Puede que estés demasiado enferma para cumplir con tu deber de esposa esta noche, pero no hay razón por la que no deba ver lo que no puedo tener... –su mirada reflejaba su decisión– todavía.

–Estoy muy cómoda con mi vestido –aseguró ella entrecruzando las manos sobre su pecho mientras cerraba los ojos–. De verdad, me encuentro demasiado fatigada para moverme. Por favor, deja que descanse ahora, milord.

Aguardó a que Kenric objetara. Pero al darse cuenta de que éste permanecía callado, abrió un poco los ojos para mirar entre las pestañas. Sus ojos se abrieron de par en par cuando vio que Kenric empezaba a desvestirse.

–A diferencia de ti, prefiero la comodidad al pudor cuando duermo.

Sólo iba a dormir a su lado. Tess se contuvo para no soltar un suspiro de alivio. Se había acostumbrado a la calidez de su sólido cuerpo los dos últimos días en la silla de montar y, en realidad, deseaba compartir su calor durante la noche. Después de todo, no era pecado disfrutar de la seguridad y la comodidad que le brindaban los brazos de su esposo.

Kenric la ignoró por completo mientras se desvestía y ella no pudo evitar mirarlo. Pronto contempló abiertamente el cuerpo de su esposo. Lo que la tela iba poniendo al descubierto casi la dejó sin aliento. El poder y la fuerza que sólo había podido suponer, fueron claramente evidentes cuando los atavíos de la civilización cayeron y revelaron el guerrero primitivo que acechaba bajo la superficie. «Éste es el hombre peligroso de los relatos», decidió mientras observaba la forma en que sus músculos se tensaban con la simple acción de desvestirse. Apenas podía imaginarse el aspecto que tendrían esos músculos cuando blandiera un arma y utilizara todo el increíble poder de su cuerpo.

Ahí estaba esa sensación de nuevo, el extraño temblor que comenzaba en su vientre y se extendía con rapidez a la totalidad de sus miembros. Ahora reconoció lo que era: deseo. Deseo por Kenric. Quería tocarlo, averiguar lo que sentiría al tocar su fuerza contenida.

Él se volvió para quitarse los calzones y Tess cerró los ojos de golpe. Los abrió como platos cuando sintió que se deslizaba dentro de la cama junto a ella.

–Duérmete, Tess. Ahora estoy demasiado agotado para discutir contigo.

«¿Dormir? No iba a ser fácil», pensó Tess. Dormir a su lado en una tienda, estando él completamente vestido, era una cosa. Dormir en una cama junto a un hombre desnudo, ¡su esposo!, otra muy distinta. El pensamiento le provocó un escalofrío de excitación que recorrió su cuerpo. Pero existía una preocupación más urgente en la que pensar. Ya conocía lo bastante a Kenric para saber que había aceptado con demasiada facilidad su deseo de seguir vestida. ¿Cuál era su juego? Estaba demasiado cansada para intentar leerle el pensamiento, demasiado enferma para pensar con claridad. Se mordió el labio hasta que decidió cerrar los ojos y fingir dormir, sólo para averiguar sus intenciones. Momentos después, se quedó dormida por completo.

Kenric aguardó a que su esposa durmiera profundamente antes de empezar a desvestirla. Persuadir a Tess de que se desvistiera ella misma era una pérdida de tiempo. Había tomado parte en demasiadas batallas como para saber cuándo una táctica era inútil. De aquella forma conseguiría con mucha más rapidez el mismo objetivo. Kenric estaba tan complacido consigo mismo que tuvo ganas de ponerse a silbar. Dejó las precauciones a un lado cuando ella ni siquiera se inmutó al quitarle la túnica por la cabeza.

–Duerme como un muerto –murmuró.

Ella gimió en sueños cuando le quitó otra prenda. El débil gemido de dolor le recordó que podía mirar pero no tocar. Y lo hizo. Se recreó en la visión que se le ofrecía. El fuego proporcionaba la suficiente luz para ver su perfección y hacía que su piel adquiriera una tonalidad de oro líquido. Su mirada se demoró en los generosos y firmes pechos antes de viajar más abajo, a través de una cintura esbelta y un vientre plano que conducía hasta un triángulo de rizos color rubio oscuro. Pasó un largo momento lleno de lascivia antes de que sus ojos fueran finalmente capaces de dejar esa tentadora visión para apreciar la esbelta belleza de las piernas más largas y elegantemente torneadas sobre las que alguna vez hubiera puesto los ojos.

–Bella.

Pronunció la palabra con reverencia y su mirada la recorrió por entero una vez más. Sí, era pequeña, pero no había nada de aniñado en su cuerpo. Sus femeninas curvas habían sido cinceladas para las manos de un hombre. Las suyas. Ardía en deseos de tocarla, pero el ardor aún mayor de sus entrañas le dijo que una sola caricia sería imposible. Nunca había yacido con una dama tan bella, dado su brutal tamaño y las cicatrices de su cuerpo, y nunca había soñado con casarse con una mujer tan exquisita, tan perfecta.

«Sólo una noche más», se prometió a sí mismo, asombrado al darse cuenta de cuán profunda era su decepción. Quiso enseñarle una lección a Tess y acabó siendo él quien aprendiera algo: no empieces lo que no puedas terminar. Ella tenía fiebre y él estaba cansado. Definitivamente, no era el momento adecuado. Gruñó frustrado y se tendió junto a su esposa virgen sin poder aliviar la rigidez de su cuerpo. Tiró de las sábanas y la colcha para ocultar la tentación y cruzó las manos en la nuca. Completamente excitado, apeló a su fuerza de voluntad para ignorar sus necesidades. Decidió que debía haberse vuelto loco al estar torturándose a sí mismo de este modo.

–Será mejor que estés tan sana como mi caballo cuando llegue la mañana –ordenó a su esposa dormida.

–Hummm –suspiró Tess, rodando hasta quedar boca abajo, con su cabeza casi enterrada bajo las mantas, ignorante y despreocupada de la incomodidad de su esposo.

Kenric concluyó que Dios estaba poniendo a prueba su resistencia y se colocó de costado para verla dormir. Había obtenido una esposa que no quería y ahora deseaba a una esposa que no podía tener. La situación no podía ser más irónica.

Tess se revolvió dormida y la manta se deslizó y dejó al descubierto su espalda. Kenric dejó de luchar, incapaz de resistirse a recorrer con sus dedos la suave curva de uno de sus hombros y a bajar la mano un poco más para acariciar... De pronto, se detuvo. Despacio, movió las puntas de los dedos para recorrer las extrañas marcas que surcaban el omoplato de su esposa. Confundido, frunció el ceño, abandonó la cama y se dirigió a la repisa de la chimenea en busca de una vela. Necesitaba más luz que la tenue iluminación ofrecida por el fuego para examinar su extraño descubrimiento. Sostuvo la vela con una mano y retiró las mantas con la otra, incapaz de creer lo que veía. Asombrado, Kenric contempló en silencio el laberinto formado por incontables hematomas y marcas de un color rojo vivo. Alguien había usado un látigo con su pequeña esposa, azotándola sin piedad.

Tess se despertó sobresaltada y el corazón le dio un vuelco en el pecho. El rugido de alguna bestia salvaje todavía resonaba en sus oídos. Pasó unos momentos de pánico antes de conseguir orientarse. El advertir súbitamente que estaba desnuda en la cama de Kenric no contribuyó a aplacar sus temores. Sus ojos se agrandaron por el pánico cuando oyó su pregunta.

–¿Quién te ha hecho esto?

Su voz salió en un susurro sin apenas inflexiones.

–Ya no me duele mucho –dijo ella con rapidez. Sabía exactamente de qué estaba hablando. Trató de mirar a los ojos a su esposo, pero había olvidado que estaba desnudo. Apartó la vista de golpe y la fijó en la almohada–. Ahora no tienen muy buen aspecto, pero no es tan malo como parece. Apenas se me notan ya. Hasta Mag, la mujer del panadero, dijo que no me quedaría ninguna cicatriz esta vez.

–¿Esta vez? –Habló despacio, pronunciando cuidadosamente cada palabra–. Dime el nombre del que te hizo esto.

–Gordon MacLeith –murmuró, sin ni siquiera intentar fingir que no entendía la pregunta.

Sobrecogida, esperó a que le preguntara la razón de la paliza, sabiendo que tendría que decirle la verdad. Estaba demasiado alterada para pensar una buena mentira.

Kenric permaneció en silencio. Su cara no mostró emoción alguna mientras contemplaba la espalda de Tess. Los cardenales iban del cuello a la cintura. La mayoría ya había adquirido una tonalidad amarillenta, lo que indicaba que habían pasado muchos días desde que sufriera aquella atrocidad. Observando el resultado, Kenric supo que tenía suerte de seguir con vida. Gordon MacLeith era hombre muerto. Darse cuenta de que el hijo no hubiera hecho nada que el padre no aprobara le revolvió el estómago y aumentó su furia. Juró que no volvería a subestimar a sus nuevos enemigos. Los animales de esa calaña eran demasiado impredecibles. Aquél no era un castigo adecuado para una muchacha con mal temperamento. Aquello era odio personificado en un látigo.

Por fin, se alejó de la cama y se dirigió hasta la puerta de la alcoba; la abrió tan silenciosamente que Tess casi saltó de la cama cuando gritó en dirección al salón.

–¡Fitz Alan!

Aguardó un momento, escuchando, y cuando sólo obtuvo el silencio como respuesta, maldijo entre dientes. Volvió a la habitación el tiempo suficiente para ponerse un par de calzones y se marchó.

Tess se dio la vuelta en la cama y se arropó hasta la barbilla. El nudo de vergüenza que sentía en el estómago de pronto se convirtió en algo peor. Miedo. No había duda de que Kenric estaba enfadado. Pero ¿por qué no le había hecho más preguntas? ¿Qué podía querer de Fitz Alan?

Kenric volvió a aparecer en el vano de la puerta, seguido casi inmediatamente por Fitz Alan y otros dos hombres. Sus espadas desenvainadas revelaban que su esposo no les había explicado el motivo de su llamada. Se detuvieron trastabillando dentro de la habitación y volvieron los ojos en silencio hacia el barón, aguardando a que les explicara la situación. Kenric la miró. Su helada mirada le produjo un escalofrío.

–Ponte boca abajo.

Sus palabras hicieron que el temor recorriera su espalda como el filo de un cuchillo. Supo entonces cuál era su intención. Un hombre podía repudiar a una mujer mancillada. Negó vigorosamente con la cabeza, incapaz de hablar. Kenric rechazó de plano su objeción.

–¡Ahora!

Su rugido tuvo el efecto deseado. Tess se escondió bajo las mantas y se colocó boca abajo. Él agarró la ropa de cama y soltó sus dedos con facilidad antes de tirar cuidadosamente de las mantas hasta su cintura. Ella apretó los flexionados codos contra los costados y se cubrió la cara con las manos mientras lágrimas de humillación escapaban en silencio a través de sus dedos.

–Dime otra vez quién te ha hecho esto –exigió Kenric.

Siguió callada hasta que él le apartó una de las manos con que se tapaba la cara.

–¡Gordon MacLeith! –gimió Tess entre sollozos.

Enterró la cara en la almohada, con la esperanza de tener la suerte de asfixiarse.

–El rey se interesará por este matrimonio en algún momento –dijo a sus hombres con voz fría y precisa–. Todos vosotros sois testigos de que ella llegó a mí en este estado. Id a por vuestras armas y aguardadme en el salón. Necesito hacer algo de ejercicio para desahogarme de...

–Así se hará, milord –afirmó Fitz Alan en voz queda–. Te esperaremos en el salón.

Kenric asintió y los hombres se marcharon. Echó las mantas con suavidad sobre los temblorosos hombros de su esposa y se vistió rápidamente.

–No te atormentes, Tess –la consoló, mientras le acariciaba el pelo con ternura. Ella seguía sollozando sobre la almohada–. No es culpa tuya.

Tess trató de asentir, pero ¿cómo podía estar de acuerdo con semejante mentira? Por supuesto que era culpa suya. Había provocado a Gordon deliberadamente. Pero aquél era el castigo más cruel y retorcido de todos: dejarla creer que había escapado de sus torturadores para después enviarla de vuelta, repudiada por lo que ellos mismos le habían hecho. Lloró con más fuerza sobre la almohada, sin notar que Kenric había abandonado la habitación hasta que por fin levantó la cabeza. Se incorporó despacio, tratando de calmarse lo suficiente para poder pensar con claridad.

–¿Qué puedo hacer? –susurró, abrazando sus rodillas.

En cierta ocasión, Mag le contó una historia sobre una novia rechazada por su esposo porque tartamudeaba. La chica y su prometido no se habían visto antes de la boda. A ella se le había dicho que permaneciera callada hasta después de la ceremonia. Pasó un día entero antes de que su esposo lo descubriera, pero fue devuelta a su familia y el matrimonio quedó anulado.

Tess sabía que debería estar contenta. Quiso la nulidad del matrimonio desde el momento en que se casó. El que Kenric también lo quisiera hacía que el trámite fuera mucho más sencillo. Pero ¿ser devuelta a los MacLeith tras humillarlos con su fuga? No sobreviviría al castigo. Conociendo a Gordon, éste se aseguraría de que sufriera mucho y durante largo tiempo por su atrevimiento.

Tess dejó caer su frente sobre las rodillas. De repente, creyó en todas y cada una de las historias que había escuchado sobre su esposo. Realmente era el Carnicero de Gales, un hombre sin sentimientos ni conciencia. Debía saber tan bien como ella cuál sería su destino a manos de los MacLeith. La había sentenciado a muerte con tanta certeza como si fuera él mismo quien la matase con su espada.

Su barbilla tembló y en sus ojos se formaron nuevas lágrimas. Se las secó enfadada. Llorar no iba a cambiar nada. Salió de la cama y encontró sus ropas, preguntándose por qué Kenric se había tomado la molestia de desvestirla. ¿Había adivinado que ocultaba algo? «Sí, seguramente se trataba de eso», concluyó. Kenric apenas la conocía, pero ya era capaz de descubrir sus mentiras y engaños.

Un plan empezó a tomar forma en su mente mientras se vestía. Pasara lo que pasase, no volvería con los MacLeith voluntariamente. Tenía que llegar hasta el rey.

Salir de Montague era el primero y el mayor de todos los problemas. Aunque consiguiese atravesar las puertas del castillo, no tenía caballo ni comida. Su mirada se detuvo en los cálices que había sobre la repisa. Con tan sólo uno de ellos tendría sus necesidades cubiertas al menos durante un año. Contempló las gemas durante un largo rato antes de negar con la cabeza.

Había un pequeño arco y una aljaba de flechas en uno de sus sacos. Se le daba bien cazar piezas pequeñas. Prefería buscar su sustento en los bosques del rey antes que robar a su esposo. El rey nunca echaría en falta un conejo de vez en cuando, pero Kenric seguramente notaría la desaparición de uno de sus hermosos cálices. No, no le daría ningún motivo más para que pensara mal de ella, si eso era posible.

Terminó de vestirse, se colgó sobre los hombros los sacos de tela que guardaban todas sus pertenencias y se cubrió con la capa. Al salir, se detuvo en la puerta para mirar por última vez la bella alcoba, memorizando cada detalle para poder disfrutar siempre del recuerdo de que una vez había dormido en aquella lujosa habitación.

5

El gran salón estaba extrañamente silencioso. Sólo había un puñado de hombres de armas reunidos en torno a una de las grandes chimeneas. Nadie se percató de que la nueva baronesa bajaba por las escaleras y, al escuchar el ruido de la puerta exterior al ser abierta, creyeron que se trataba de algún sirviente que volvía de realizar sus tareas.

Tess se colocó cuidadosamente la capucha sobre la cabeza para protegerse contra el frío, tratando de recordar la ubicación de las puertas principales. El lugar parecía muy distinto de cuando había entrado a caballo en él, rodeada por los hombres de Kenric. Ahora el patio estaba desierto y se apresuró a través del espacio vacío, arrimándose a las sombras. Las puertas de Montague aparecieron al otro lado de las cuadras, pero Tess casi lloró ante la visión que se encontró.

El puente levadizo estaba subido.

¿Cómo podía haber pasado por alto ese problema? No había ningún guardián encargado de la seguridad en toda Inglaterra que fuera lo bastante imprudente como para bajar el puente a aquella hora de la noche. Incluso si conseguía convencer a los guardias para que lo bajaran, Montague poseía un segundo puente levadizo en la barbacana de la muralla exterior. Nunca lo conseguiría.

Abatida, se recostó contra la pared de la cuadra. Al alba, bajarían los puentes para los aldeanos, pero sería demasiado tarde. Su fuga debía llevarse a cabo durante la oscuridad. Así tendría una oportunidad de alejarse lo suficiente como para poder ocultarse en los bosques, en el caso de que Kenric enviara una partida en su busca.

Tenía que haber otra forma de salir. Tess cerró los ojos y recordó los días pasados en el castillo de Remmington. Aunque de diferente trazado, el hogar de su infancia era de tamaño similar a Montague. ¿Cómo saldría de Remmington si las puertas estuvieran cerradas? La respuesta vino en un relámpago de inspiración.

«¡La poterna!» Casi todas las grandes fortalezas tenían una poterna situada a bastante altura en la muralla. Aquellas pequeñas puertas eran construidas para impedir que soldados o espías enemigos entraran en el castillo, escondidos en las carretas de suministros. Las mercancías se descargaban al pie de la muralla y se subían por una rampa de madera hasta la poterna. ¡Una rampa que llevaba directamente a través de la muralla exterior! Con toda seguridad el castillo de Montague poseía una de esas puertas. Pero ¿podría encontrarla antes del amanecer?

Tess se deslizó palmo a palmo a lo largo de la muralla, procurando no ser vista por los guardias que se hallaban en el muro por encima de ella. La suerte estaba de su lado y su búsqueda se vio recompensada menos de una hora después. Se ocultó en las sombras e hizo un reconocimiento de la puerta antes de atreverse a salir.

La poterna de Montague era sencilla. Se trataba de una puerta grande atravesada por dos trancas. Una cerraba la puerta varios centímetros por encima de su cabeza y la otra se hallaba a la altura de su pecho. El centinela de la puerta montaba guardia sobre la rampa desde su puesto en el muro. Una antorcha de cañas parpadeaba y silueteaba su hacha, que tenía a mano para cortar las cuerdas y hacer caer la rampa en el caso de que la fortaleza se viera amenazada.

Haciendo acopio de valor, Tess llamó al centinela, que se sobresaltó en su vigilia. Inclinándose sobre el muro, el soldado entornó los ojos bajo la tenue luz de la antorcha tratando de averiguar cuál era su identidad.

–¿Qué es lo que quieres, Mary?

–Marcharme –contestó Tess, preguntándose quién sería Mary.

–Marcharte –repitió con un resoplido–. No a estas horas de la noche.

–Mi... mi esposo me ha echado.

Era una excusa muy débil, pero fue la única que se le ocurrió.

–Búscate una cama con las mozas de la cocina y vuelve a entrar por la mañana –ordenó–. El cocinero estará sobrio para entonces y volverá a acogerte como si nada hubiera pasado. Deberías tener la sensatez de no tomarte en serio nada de lo que ese hombre diga cuando ha bebido.

–Mi esposo insiste en que me marche del castillo esta noche –siguió Tess, comprendiendo que la había confundido con otra mujer. Tal vez pudiera aprovecharse de la confusión del centinela–. Debo obedecerlo.

–Se cree que es el amo de Montague –refunfuñó–. ¿Vas a ir a casa de tu familia en la aldea, entonces?

–Así es. –Tess contuvo el aliento.

El centinela maldijo a todas las mujeres, que no hacían más que dar problemas, y empujó con el pie a un muchacho que dormía a sus pies.

–Ve y levanta la tranca de abajo.

–¿Alguien trae provisiones? –preguntó el chico, frotándose los ojos, adormilado–. Es de noche, ¿por qué lo...?

–La mujer del cocinero necesita ir al pueblo con su familia. –El centinela le pasó la mano por el pelo afectuosamente–. Encárgate de la tranca de abajo, vete a casa y métete en la cama, hijo. Esta noche no necesitaré tu ayuda.

Tess respiró de nuevo cuando las barras fueron apartadas a un lado. No podía creer que realmente se le permitiera salir hasta que las puertas se abrieron. «¡Qué buena mentirosa me estoy volviendo!» Aunque admitió que ser confundida con la mujer del cocinero ayudaba.

Las puertas se cerraron tras ella y, vacilante, empezó a bajar a oscuras. Era un camino traicionero y estaba iluminado sólo por la débil luz de la luna. La rampa parecía más empinada que la de Remmington, aunque en realidad nunca había puesto el pie en ella. El centinela la llamó desde la muralla, como si leyera su mente.

–Vigila al andar. Un tropiezo y te partirás el cuello.

–Gracias por el aviso –murmuró.

Tess bajó con sumo cuidado la inclinada rampa y estuvo tentada de besar el suelo cuando por fin llegó abajo. Se apresuró por el sendero del castillo, pero se detuvo un momento al llegar al verdadero camino. Rápidamente tomó la dirección opuesta a aquella por la que habían cabalgado desde la abadía de Kelso. En el borde del bosque, se volvió para mirar por última vez la amenazadora fortaleza. Todavía no podía creer que hubiera escapado con tanta facilidad. No se sentía muy satisfecha del logro, pero no quería que la devolvieran a los MacLeith. Ojalá pudiera haberse quedado en la preciosa habitación de Kenric hasta que se sintiera mejor. Le dolían todos los huesos del cuerpo.

Tess se dio la vuelta y se alejó del castillo antes de que la autocompasión interfiriera con su plan. «Caminaré hasta el amanecer –se dijo–, y luego encontraré un lugar donde esconderme para descansar durante el día.» El plan parecía razonable. Mantenerse caliente mientras dormía sería un reto, pero podría afrontar ese problema más tarde. Su preocupación más inmediata era alejarse tanto de Kenric como fuera posible antes de que descubriera su desaparición.

Ya se había fugado una vez de la torre de Langston, así que podría hacerlo de nuevo. En esta ocasión, no tenía un caballo ni la protección de un caballero, pero mientras no pensara en las abrumadoras posibilidades en su contra, ese razonamiento tenía cierto sentido.

Ya había amanecido cuando John arrastró los pies hacia las cocinas para tomar el desayuno. Mientras bajaba de la poterna notó que los hombres del barón corrían en todas las direcciones. Se enteró del motivo de la conmoción gracias a un soldado que pasaba.

–La nueva baronesa ha desaparecido –le informó el soldado, sacudiendo la cabeza con incredulidad–. ¿No viste nada durante tu guardia?

–No –contestó John, perplejo ante la noticia–. Sólo a la esposa del cocinero, que pasó por la poterna anoche. –John se rascó la barba–. A menos que... No, estoy seguro de que era la esposa del cocinero. Dicen que la esposa del amo es muy bonita. Pequeña y delicada, ¿no es así?

–Sí. El barón está medio loco pensando que alguien la ha raptado. ¡Como si hubiera alguien que se arriesgara a sufrir su cólera!

–No es muy probable –acordó John.

El soldado se marchó con prisa a registrar la bodega, dejando a John sumido en sus pensamientos.

–No, no puede ser –se dijo John a sí mismo, sonriendo ante lo estúpido de su idea. Con todo, no haría daño comprobarlo. Probablemente el cocinero pensaría que era un tipo raro, pero descansaría más tranquilo tras asegurarse.

La cocina era un caos, al igual que el resto del castillo. Todos los sirvientes estaban ocupados registrando cada tonel del almacén buscando a la baronesa. A John le hizo gracia que se registraran huecos tan pequeños buscando a una mujer adulta. Era poco probable que una mujer cupiese en los pequeños barriles de nabos y, sin embargo, los habían abierto y las tapas estaban esparcidas por toda la habitación. Finalmente encontró al cocinero cerca de los sacos de harina. La cara del centinela se volvió tan blanca como esa misma harina cuando vio a la fornida mujer que estaba de pie a su lado.

–¿Dónde fuiste anoche?

John agarró el brazo de la mujer y la obligó a mirarlo.

–A ningún sitio –jadeó ella, aturdida por el repentino ataque.

–¿Qué está pasando? –rugió el cocinero, soltando de un tirón la mano de John del brazo de su mujer–. ¿Qué...? –Sujetó al pálido centinela por los hombros–. ¿Estás bien? Tu cara tiene el color de la cera, centinela.

–¿Tu esposa salió del castillo la noche pasada? –susurró John, esperanzado. Ante el gesto de negación del cocinero, siguió insistiendo–. ¿Hay alguna otra mujer de su tamaño en el castillo?

–Mi mujer es única en su clase. Un hombre de mi posición puede permitirse una mujer bien alimentada. Ella es...

–¡Oh, Dios! –sollozó John–. Soy hombre muerto.

–¿De qué hablas? ¿Por qué...?

–El ba-barón –tartamudeó John–. ¿Dónde está el barón?

–Lo último que oí es que andaba por las cuadras.

El centinela desapareció a través de la puerta de la cocina más velozmente de lo que jamás se había movido antes.

John buscó de forma frenética a su señor y al fin lo encontró cerca de la entrada a la barbacana exterior. Se precipitó hacia él, pero los guerreros que rodeaban a su barón actuaron instintivamente para proteger a su líder de la aparente amenaza. De pronto, John se encontró boca abajo sobre el polvo y con tres espadas apuntando a su cuello.

–La señora –graznó John–. Debo decírselo al barón...

Fue levantado de golpe y agarrado por el cuello de tal forma que sus pies quedaron colgando en el aire.

–¿Dónde está? –rugió Kenric.

–Juro que parecía la mujer del cocinero –balbuceó, aterrado hasta lo inimaginable por la expresión de la cara del barón de Montague–. Era grande como un caballo...

–¡Contesta!

John hizo dos intentos de hablar antes de que las palabras pudieran salir de su garganta, debido a que el barón le tenía cogido por el cuello.

–Familia –jadeó–. Dijo que volvía con...

Kenric arrojó al hombre a un lado como un trapo viejo, girándose ya hacia las cuadras. La furia apresuró sus pasos, pues sus peores temores se habían visto confirmados. Tess estaba fuera de las murallas. Podía haberse congelado ya, o haber sido pasto de cualquiera de las fieras que acechaban en los bosques. Una mujer sola no duraría ni siquiera un día en el exterior con aquel frío, especialmente una mujer debilitada por la fiebre. En el estado en que se hallaba, seguramente desearía morir antes de que pudieran encontrarla.

Menos de un cuarto de hora después, el corcel de Kenric salió con estruendo por las puertas junto con cincuenta jinetes armados y preparados para afrontar cualquier peligro. El grupo siguió por el camino principal hasta adentrarse en el bosque. Kenric enviaba hombres para registrar los bosques cada quinientos metros. Una media hora más tarde, hicieron un alto.

–Va a pie –dijo Kenric a Fitz Alan, aunque hablaba más para sí mismo que para su amigo–. No puede haber llegado muy lejos.

–No es probable –acordó Fitz Alan.

–Tess sabía que Ian Duncan no podría darle refugio. Y lo último que haría sería volver con los MacLeith.

Kenric arrugó el entrecejo al darse cuenta de que pensaba con claridad por primera vez desde que descubrió que su esposa había abandonado el castillo. Volvió a maldecirse por dormir en el salón la noche pasada, por pensar que podría afrontar las heridas de Tess con más calma por la mañana.

–¿A qué otro sitio podría ir? –preguntó Fitz Alan–. ¿Un convento?

–El rey. –Kenric hizo dar la vuelta a su caballo con expresión torva–. No puede ir a ninguna otra parte. Ha tomado el camino que lleva a Londres.

Los hombres volvieron sobre sus pasos hasta el castillo y empezaron a buscar en dirección sur. El sendero estaba helado, lleno de huellas y repleto de carretas y caballos, lo que hacía casi imposible seguir rastros. En vez de eso, escrutaron con atención ambos lados del camino, buscando alguna huella inusual en la ligera capa de nieve.

–¡Allí! –Kenric señaló una brecha en un arbusto congelado a un lado del camino. Siguieron el rastro de pequeñas pisadas dentro del bosque y, finalmente, llegaron a un pequeño claro bordeado en tres de sus lados por abruptas colinas y repleto de grandes rocas. Kenric examinó el campo abierto y urgió a su caballo a seguir las huellas hasta llegar a una aglomeración rocosa flanqueada por dos enormes peñascos.

–Quedaos donde estáis –les ordenó una voz aguda.

Tess salió de su escondrijo tras una de las enormes rocas para enfrentarse a su esposo. La flecha que apuntaba al pecho de Kenric daba a su orden el suficiente peso como para que sus hombres obedecieran y tiraran de las riendas hasta detener sus monturas. Kenric ignoró la amenaza y continuó avanzando. Tess parecía a punto de morir congelada. Su cara tenía el color de la cera y sus labios estaban casi tan azules como vidriosos sus ojos. Las oscuras ojeras de agotamiento daban a su esposa un aspecto etéreo y atormentado. Por lo que él podía ver, estaba a punto de derrumbarse en cualquier momento.

–¡Para, te digo!

Había una nota de angustia en su voz, pero Kenric se limitó a hacer un gesto de negación con la cabeza y dejó que su caballo siguiera avanzando sin pausa.

–Te clavaré la flecha. ¡Juro que lo haré!

Tess sonaba desesperada, pero la voz de Kenric era resuelta.

–Aun así te llevaré de vuelta.

–¡No volveré con los MacLeith! –gritó Tess. Esa declaración hizo que Kenric frenara por fin a su montura–. Antes prefiero morir a tus manos o a las de tus hombres –juró, señalando con la cabeza a Fitz Alan. Su esposo la contemplaba como si dudara de su cordura. Ella tensó aún más la cuerda del arco–. Lo digo en serio, Kenric.

–¿De qué estás hablando, pequeña estúpida? Voy a llevarte a casa conmigo.

–¿Por qué?

–¿Que por qué?

El caballo de Kenric se agitó nervioso y éste se tomó un momento para calmar al animal. Resistió el impulso de lanzarse al galope y agarrar a su descarriada esposa. Su arco estaba más tenso de lo que la había creído capaz. Si tuviera una mínima práctica con él y decidiera atacarlo, su flecha le atravesaría el pecho. ¿Cómo hubiera podido imaginar que para recuperar a su esposa iba a necesitar la armadura?

–Basta de tonterías, Tess. –Trató de evitar que su ira se reflejara en su voz. La flecha apuntada a su pecho exigía algo de diplomacia, pero no pudo evitar seguir hablando–. ¡Vendrás a casa conmigo ahora mismo!

–Me has repudiado –le acusó Tess mientras gruesas lágrimas arrasaban sus mejillas–. No me quisiste por esposa. Incluso llamaste a tus hombres para que vieran que estaba mancillada y poder así justificar tu pretensión cuando pidas la nulidad del matrimonio. No viviré más de una semana tras mi regreso a Remmington. Los MacLeith no son conocidos por su capacidad de perdonar. Si soy afortunada, no viviré ni siquiera un día. ¿Cómo puedes enviarme de regreso, sabiendo el destino que me espera?

–¡Olvidas que ayer te prometí que nunca volverías con Dunmore MacLeith! –le recordó, dejando que Tess viera algo de su ira. ¿De verdad creía que era un monstruo semejante?–. No te repudié. Lo único que harán mis hombres será atestiguar ante el rey que mis motivos para matar a Gordon MacLeith son justificados.

Tess no respondió a esa revelación, pero sus ojos se agrandaron y el brazo que sostenía el arco empezó a temblar visiblemente.

–Si no bajas ese arco pronto, me dispararás por accidente. –El caballo de Kenric pisoteó y resopló, como si se hiciera eco de la impaciencia de su amo. Tess todavía vacilaba–. Una herida no mejorará mi humor, esposa.

–Tú... ¿no me engañas? –preguntó, mientras dejaba caer despacio el arma.

Kenric espoleó a su caballo hacia delante. Saltó del corcel y agarró a su mujer en un único movimiento, sujetándola por los hombros con violencia.

–¡Nunca más vuelvas a huir de mí! –Gritó tan fuerte que Tess hizo una mueca de dolor–. ¿Te ha quedado lo suficientemente claro?

–Sí, esposo –dijo con voz débil.

Rodeó su cuello con sus brazos y tiró de su cabeza hacia abajo para susurrarle algo al oído. Kenric estaba tan sorprendido por el inesperado movimiento que la dejó hacer.

–La verdad es que nunca me he desmayado, pero siento un extraño... zumbido en mis oídos y...

La voz de Tess se apagó y su cuerpo se volvió flácido.

Kenric sacudió la cabeza y la alzó en brazos.

–Estás ardiendo de fiebre y aun así pensaste en viajar a Londres sola –dijo entre dientes–. Eres increíblemente osada o increíblemente estúpida. Todavía no lo he decidido. –Se dio la vuelta–. Haz que alguien recoja sus cosas –ordenó a Fitz Alan, señalando con la cabeza los fardos con las pertenencias de Tess que continuaban tirados en el suelo–.Tengo curiosidad por saber qué otras sorpresas guarda.

Kenric montó sin apenas esfuerzo, echándose a Tess sobre un hombro mientras subía a la silla.

–Su error es comprensible –dijo Fitz Alan.

–¡Su error fue una idiotez! –estalló Kenric–. Debería haber sabido que no la habría enviado de vuelta con esos bastardos.

–La han estado aterrorizando durante cinco años –apuntó Fitz Alan con cautela–. Es poco probable que olvide su miedo de la noche a la mañana.

Kenric no mostró signo alguno de haber oído las palabras, pero aun así, las sopesó. Sintió que Tess se agitaba en sus brazos y apartó la capa. Sus ojos seguían vidriosos y su cara mostraba una palidez mortal. Se contemplaron el uno al otro, tratando ambos de leer los pensamientos del otro. Tess finalmente rompió el silencio.

–¿Has decidido ya cuál será mi castigo?

Su voz era plana, sin emoción.

–No –replicó Kenric.

El aspecto de Tess mostraba que había tenido sufrimientos de sobra por el momento. Una hora antes no habría dudado en castigarla severamente. Pero ¿ahora? Ahora no estaba tan seguro.

–¿Qué castigos has recibido en el pasado por desobedecer?

–Una semana encerrada en mi habitación –confesó con voz patéticamente débil–, a dieta de pan y agua. A veces una semana de trabajo en las cocinas, en las cuadras, en los campos o...

–Entiendo –dijo Kenric. Las comisuras de su boca se torcieron hacia abajo–. ¿Ésos son los castigos que solías recibir de los MacLeith?

Primero asintió, luego negó con la cabeza.

–Utilizaban sobre todo el látigo.

Cerró los ojos, demasiado cansada para mantenerlos abiertos durante más tiempo. Tess se sentía un poco culpable al contarle unos castigos tan triviales. No le importaría recibir ninguno de ellos. Teniendo en cuenta cómo se sentía, una semana en su habitación... No, en la habitación de Kenric... sería como estar en el cielo.

6

Cuando Tess volvió a despertarse estaba rodeada por vaporosas nubes doradas que flotaban en el cielo más azul que hubiese visto jamás.

–¡Qué bello es! –jadeó, asombrada–. Es tal como lo imaginaba.

–¿El qué? –preguntó una voz grave.

Levantó los brazos, tratando de abrazar las hermosas nubes. ¡El cielo! En ese momento, algo frío y mojado cayó sobre sus ojos, cegándole la visión de la hermosa escena.

–¡No! –gritó angustiada, mientras unas manos fuertes la empujaban hacia abajo, arrastrándola más y más hasta hundirla en un profundo y negro agujero.

Trató de aferrarse a algo, intentando frenar la caída, pero aterrizó sin hacerse daño sobre algo suave. Sus ojos se abrieron despacio y vio sólo la negrura del pozo que la rodeaba. De pronto, se encendió una llama, y otra, y otra más, hasta que se alzaron en torno a ella en un círculo completo, tan altas y calientes que estaba segura de que su piel ardía. Su cuerpo parecía hecho de piedra y se veía incapaz de reunir fuerzas para intentar escapar de la hoguera.

Las caras de feroces demonios tomaron forma en las llamas, con la misma apariencia de los que estaban representados en las escenas del Juicio Final en la capilla de la abadía de Kelso. Con cabezas cornudas, ojos saltones y dientes afilados como cuchillas, las criaturas reclamaban toda la horrorizada atención de Tess. La cabeza de un monstruo se elevó del fuego para cernirse amenazante sobre ella, riéndose de su indefensión, mientras su aliento le abrasaba el rostro como metal fundido. Tess cerró los ojos con fuerza y gritó de puro terror.

De repente, un par de fuertes brazos descendieron y la sacaron del pozo. Temió que el demonio la hubiera apresado, reunió el suficiente valor para abrir los ojos y, al hacerlo, se quedó asombrada de hallarse en brazos de Kenric.

–No me dejes caer –suplicó. Se aferró a los brazos de Kenric y miró por encima de su hombro al pozo ardiente y amenazador que se hallaba bajo ellos, estremeciéndose al ver las llamas lamiendo las botas de Kenric–. Era horrible estar ahí abajo.

–Te tengo, estás a salvo.

Siguió hablando, pero sus palabras parecían confundirse y superponerse unas encima de otras hasta que se convirtieron en un murmullo que se perdió en el vacío.

A veces, retazos de conversaciones en voz baja penetraban el velo de silencio, pero los sonidos se desvanecían antes de que pudiera llegar a entenderlos. El tiempo se volvió tan remoto como la realidad. No existía pasado ni presente, sólo remolinos de colores en un extraño sueño sin forma ni sustancia. El vacío no se desvaneció hasta que los susurros empezaron de nuevo, sonando cada vez más alto hasta que Tess se vio forzada a salir del sueño sin forma. El murmullo se convirtió en un sonido que le resultaba familiar, pero no conseguía asociar ningún rostro a aquella voz que continuaba hablando de forma monótona. ¿Estaba hablando en latín?

–Un sacerdote –susurró, pensando que había reconocido su triste cántico.

Habían llamado a un sacerdote, lo que significaba que alguien estaba muriendo. Trató de abrir los ojos pero no lo logró. Le llevó un momento entender la relación, darse cuenta de que ¡era ella la que se estaba muriendo! Empezó a llorar, pero paró cuando oyó la voz de Kenric rugir a través de la niebla. Pudo oír sus palabras con total claridad.

–¡No llamaré a un sacerdote!

–Pero debéis acceder a su petición –contestó alguien–. Se muere.

–No se está muriendo. ¡No lo permitiré!

Tess cerró los ojos y se dejó flotar en la niebla de nuevo, muy aliviada al saber que no iba a morir. Sí, estaba bien no tener que preocuparse por eso. Kenric la mantendría a salvo. Él la protegería. Con sus pensamientos puestos en Kenric, otro extraño sueño empezó a tomar forma en su mente. Vio a su esposo no como un hombre adulto sino como un muchacho de no más de quince años. Estaba en medio de un grupo de chicos de la misma edad, pero sobresalía por encima de todos ellos; su cuerpo ya se estaba desarrollando para convertirse en el poderoso guerrero que llegaría a ser. De pie en el centro del grupo, se enfrentaba a un chico con la cara picada de viruela y pelo castaño claro. Los dos discutían con ferocidad y Tess se esforzó en oír sus palabras.

–Eres un bastardo –dijo el muchacho desconocido con desprecio–. Tu madre no era más que una puta que abrió las piernas para el rey.

Kenric cerró los puños a sus costados. La rabia endurecía los rasgos de su rostro, pero no hizo ningún movimiento hacia el chico que se mofaba de él. La dimensión de su ira era evidente en su voz de adolescente.

–Retirarás ahora mismo esas palabras y declararás que eres un vil mentiroso –exigió Kenric en voz alta–. O te mataré, Royce de Northon.

–¡Ja! –Se rió torciendo la boca con desagrado–. De modo que el bastardo del rey mataría a un hombre por decir la verdad. Bien, tengo noticias para ti, Kenric, hijo de la puta del rey. No eres capaz de hacerlo. –Confiado, Royce se volvió hacia sus compañeros buscando su apoyo–. ¿Nunca os habéis preguntado por qué hasta los más experimentados guerreros caen con tanta facilidad cuando se enfrentan con él en los torneos? Yo creo que el oro del rey facilita sus derrotas para lograr que su bastardo quede en buen lugar.

–¡Por Dios, Royce! –exclamó uno de los chicos–. Lo que dices es traición, no...

–Cállate. –Royce entrecerró los ojos mirando a Kenric–. He esperado mucho tiempo para empapar mi espada con la sangre de este bastardo. Se ríe de nosotros con cada torneo que gana, haciéndonos parecer niños tontos. Explícame, ¿cómo es posible que lo derrotemos en los entrenamientos cuando caballeros veteranos caen ante él en los torneos como si fueran débiles ancianas?

–¿Has pensado... –preguntó Kenric apretando los dientes– que puede que os deje ganar?

–¡Ja! ¡Eres tú quien miente! –Royce le dio un empellón con una mano en el hombro, pero Kenric giró el cuerpo a tiempo para esquivar el golpe–. ¡Eres la vergüenza de todo caballero honorable a causa de tus trampas! Tienes que morir.

Royce desenvainó su espada, pero Kenric fue más rápido y desvió con facilidad el precipitado golpe. El círculo de muchachos se amplió. Algunos gritaban dando ánimos a Royce. Otros, clamaban a favor de Kenric.

Cruzaron menos de una docena de golpes antes de que todo el mundo se diera cuenta de que el combate estaba desequilibrado. Royce peleaba como un demonio mientras que Kenric no tenía que esforzarse para defenderse. No había necesidad, mantener a Royce a un brazo de distancia le resultaba muy fácil. El saber que estaba jugando con él y su incapacidad de traspasar la cómoda defensa de su oponente llevó a Royce a gritar de furia, con la cara sudorosa contorsionada ahora por el odio. Kenric ni siquiera respiraba agitado.

El chirriante sonido del entrechocar de aceros continuó hasta que Kenric finalmente se cansó de la lección y, con facilidad, arrancó la espada de la mano de su contrincante. A continuación, golpeó con el plano de su espada el pecho del chico, lo tiró al suelo y apoyó la punta de su arma en la garganta de Royce.

–Así queda demostrado. –La voz de Kenric sonó tranquila. Su rostro estaba desprovisto de emoción–. Las justas que ganaste contra mí tenían como fin ahorrarte esta humillación, Royce. El honor lo es todo para un caballero, y yo nunca lo sacrificaría para convertirme en uno. Hoy he ganado mis espuelas con justicia y no he hecho nada que merezca tus viles calumnias contra mi familia. –Apretó su espada un poco más contra el cuello del chico y todo rastro de indiferencia desapareció de su voz–. Ahora te disculparás.

–Vete al infierno, bastardo.

Kenric contempló al muchacho caído durante un largo momento. El asco y la tentación eran fácilmente visibles en su expresión. Por último, bajó la espada.

–Levántate, gusano indigno. –Metió de golpe la espada en su funda–. No ensuciaré mi hoja con tu sangre.

Kenric giró sobre los talones y se marchó con paso decidido. La silenciosa multitud se hizo a un lado para dejarle pasar. No se dio cuenta de que estaba en peligro hasta que alguien gritó una advertencia en el último momento. Kenric se giró veloz, un instante antes de que la espada de Royce encontrara su nuca. Actuando por puro instinto, desenvainó su espada y la clavó hasta la empuñadura en el pecho de su atacante en un imperceptible movimiento. Royce estaba muerto antes de caer al suelo.

La niebla empezó a espesarse y Tess se esforzó en enfocar a Kenric. Él estaba mirando a su alrededor, buscando en vano a la mujer que había gritado su nombre para prevenirle.

–Estoy aquí, Kenric. ¿No me ves?

–Te veo perfectamente.

Tess luchó para despejar la niebla y se sorprendió de encontrarse en una cama. Su esposo estaba sentado en una silla a su lado, pero este Kenric era mayor, era el hombre con el que se había casado.

–Vi como lo matabas –susurró. Su mano encontró la de él sobre las desordenadas sábanas, buscando inconscientemente que la reconfortara–. Tuve tanto miedo...

Kenric frunció el ceño perplejo mientras le apretaba distraídamente la mano y alisaba las sábanas.

–¿A quién me viste matar?

–Al chico que dijo esas cosas horribles. –Tess extendió el brazo para tocar la mejilla de su esposo. Necesitaba asegurarse. Su cara era tan familiar y reconfortante... como si lo conociera desde el principio de los tiempos–. Le llamaste Royce.

La expresión de Kenric cambió de sorpresa a ira, envarándose visiblemente.

–¿Quién te ha contado eso?

–Nadie. Lo acabo de ver en mi sueño. Cuando Royce te atacó por la espalda, grité tu nombre para avisarte. Estoy segura de que me oíste llamarte.

«Desde luego que lo oí», pensó Kenric torvamente. Recordaba bien aquel día. Pero Tess no estaba allí. Uno de los espectadores había gritado el aviso. Su voz se quebró con la excitación del momento y sonó como un agudo grito de mujer. Kenric también recordaba que todos habían mirado a su alrededor, confusos, cuando intentó buscar al que le había avisado para darle las gracias. Todos insistieron en que no habían oído nada. «Sí, la tensión del momento», se había dicho Kenric. ¡Todo había pasado tan rápido! No le había dado muchas vueltas al extraño asunto, hasta ahora. ¿Cómo supo Tess que había oído una voz de mujer?

Buscó en su memoria, tratando de recordar el sonido de aquella voz. De repente, se dio cuenta de lo que estaba haciendo y sacudió la cabeza con incredulidad. La idea de que Tess gritase y que su advertencia hubiese podido viajar en el tiempo para oírse diez años antes era ridícula. ¿Cómo podía siquiera planteárselo?

Torció el gesto y pensó que sus alucinaciones eran contagiosas. Probablemente, el relato se habría difundido como todos los demás que Tess parecía haber oído. Sí, el misterio estaba resuelto. Se trataba tan sólo de alguna historia que habría escuchado en alguna parte y que la fiebre habría retorcido hasta hacerla parecer real.

Cogió con delicadeza la mano de Tess que descansaba en su rodilla y la metió bajo las sábanas. Dormía de nuevo y su frente seguía ardiendo de fiebre. Habían pasado dos días desde que la había llevado a casa y todavía no había signos de recuperación. A veces su sueño era tranquilo, pero en la mayoría de las ocasiones el delirio de su fiebre la mantenía en un estado torturado entre el sueño y la realidad. Al menos, no parecía estar empeorando.

Todavía no podía creer que hubiera intentado escapar a pie, sin ni siquiera comida, para realizar un viaje de varias semanas. No habría durado ni un solo día. Si hubiese pensado con claridad aquella noche, no la habría dejado sola. Era su responsabilidad proteger a su esposa, incluso de sí misma. Había subestimado gravemente a Tess. Esperó lealtad y confianza inmediatas de una mujer que apenas si había conocido esas cualidades en su propio hogar. Con todo, había traicionado su confianza y nunca más le daría la oportunidad de volver a hacerlo.

Kenric se levantó y estiró los músculos, entumecidos por las largas horas de vigilia. La falta de confianza era también el motivo de que se negara a apartarse de su esposa durante su enfermedad. Tess era una amenaza para muchos en Montague, y no había ningún sirviente dentro de la fortaleza al que pudiera confiar la vida de su esposa. Más de uno se alegraría si sucumbiera a la fiebre.

Con la esperanza de poder dormir unas pocas horas antes de que ella sufriera su próxima pesadilla, se tendió junto a Tess y se frotó los ojos, fatigado. Ella trató de acercarse y, cuando gimió suavemente en sueños, Kenric la acercó con cuidado a su lado. Parecía estar a gusto así. No pudo resistirse a recorrer con las puntas de sus dedos la suave curva de su mejilla, maravillándose ante su suavidad. Su expresión satisfecha no revelaba ni asomo de miedo u odio, o el vivo genio que ahora no parecía importarle. Se mostraba tan inocente y vulnerable cuando dormía que el impulso de protegerla era irrefrenable. Kenric no se planteaba dudas sobre ese impulso. Su deber era proteger a aquellos que estaban bajo su cuidado. Lo que le preocupaba era la opresión que sentía en el pecho.

Alguien acercó el borde de una taza a los labios de Tess, pero sólo se le permitió un pequeño sorbo de agua fría antes de que se la apartaran de nuevo. Abrió los ojos para protestar por aquella crueldad, pero en vez de eso dio un grito sofocado, maravillada por la visión que contempló. ¡Un ángel estaba sentado junto a su cama!

El ángel estaba rodeado por nubes doradas y por una deslumbrante luz que impedía a Tess ver bien su cara. No necesitaba preguntar la identidad del ángel, pues resultaba evidente. Se trataba de san Pedro, y la cegadora luz provenía de las puertas del cielo.

–Se supone que yo no debería estar aquí –le dijo al ángel, sonriendo ante el error que se había cometido.

–¿Y eso por qué? –preguntó el ángel.

–Porque no voy a morir. Lo dijo Kenric.

El ángel tardó en contestar. Probablemente estaba sorprendido de que ella lo supiera. Sus siguientes palabras confirmaron su sospecha.

–Pensaba que no habías oído eso.

–No estés tan triste. –Tess extendió el brazo para darle palmaditas de consuelo en la mano–. Fray Bennet dice que hasta los ángeles pueden cometer errores.

–¿Piensas de veras que soy un ángel? –preguntó, asombrado por la idea.

–Pues claro –dijo Tess, complacida con su sagacidad–. Eres san Pedro. Te voy a contar todo sobre mi vida y luego decidirás si puedo pasar por las puertas del cielo. –La expresión de su cara fue pensativa–. No creo que deba estar aquí. Oí muy claramente a Kenric decir que no necesitaba un sacerdote porque no me iba a morir. –Sus ojos se llenaron de lágrimas y empezó a llorar de nuevo–. Aunque quizá sólo imaginé que Kenric decía esas palabras...

–No vas a morir. –El ángel enjugó las lágrimas de sus mejillas y colocó su cabeza sobre su regazo. Sus temores fueron aplacados al instante bajo aquel abrazo protector–. ¿Por qué no me cuentas cosas sobre tu vida mientras esperamos a que se corrija el error? Me gustaría saber más de ti.

Tess no podía negarse a la petición de un ángel. Le contó todo lo que se le ocurrió, lo bueno y lo malo, sabiendo que el bondadoso ángel no sería demasiado duro juzgando sus faltas. A menudo se quedaba dormida durante el relato, pero cuando se despertaba, encontraba al ángel esperando pacientemente cerca de su cama. Siempre le hacía la misma pregunta. Cada vez que se despertaba, le pedía que dijera su nombre. Parecía como si temiera que ella fuera a olvidarlo.

El ángel estaba especialmente interesado en la clase de vida que había llevado en la torre de Langston. Aunque Tess admitió que no le gustaba hablar de aquellos tiempos, contestó obediente a sus preguntas. Luego las preguntas recayeron sobre los pocos días de su vida de casada.

–Kenric me asusta a veces –admitió, pensativa–. Nunca he conocido a un hombre como él. Las leyendas que le rodean son tan atroces... Sin embargo, no veo en sus ojos la crueldad que veía en los MacLeith. Tal vez se le dé mejor ocultarla. Es preocupante no saber nunca lo que está pensando.

–¿Por eso le temes?

Negó con la cabeza.

–Temo su tamaño. No creo que pueda sobrevivir a muchas palizas suyas.

–Tu esposo prometió no pegarte. ¿Dudas de su palabra?

–Los hombres olvidan sus promesas cuando se enfadan –contestó con franqueza. –El ángel no replicó, y Tess jugueteó con las sábanas un rato antes de admitir su otro motivo para temer a Kenric–. Tú sabes que él no me quiere a su lado. Es fácil para un hombre librarse de una esposa no deseada.

–¿De verdad crees que tu esposo es capaz de cometer un asesinato simplemente para librarse de un matrimonio?

Tess pensó sobre ello durante un momento y luego se encogió de hombros.

–Gordon MacLeith prometió matarme tan pronto como le hubiese dado un heredero sano. Dijo que lograría que todos creyesen que había muerto durante el parto. Fue estúpido por su parte confesármelo, porque sólo reforzó mi decisión de escapar. Pero Kenric es mucho más listo y astuto que cualquiera de los MacLeith. Si pensara matarme, no me enteraría de sus planes hasta que sintiera el filo de su espada en mi garganta. No es fácil vivir con ese miedo.

–Es un miedo estúpido y sin sentido. Tu esposo no piensa hacerte ningún daño.

–¿Estás seguro? –preguntó Tess esperanzada–. No parece que yo le guste mucho, aunque si me lo planteo fríamente puedo entender su descontento. Seguramente Kenric pudo escoger entre las damas más hermosas de la corte, pero el rey le ha obligado a quedarse conmigo.

–¿No te encuentras a ti misma atractiva?

–Oh, mis padres decían que era bonita, pero todos los padres piensan que sus hijos son guapos. No, no llamo la atención de los hombres como la reina o la hermana de Kenric. En estos tiempos está de moda el pelo oscuro y la tez pálida. Me sentí como un trapo cuando estuve frente a Helen. –Tess suspiró con resignación–. Con un poco de suerte, quizá Kenric se acostumbre a mi aspecto.

–¿Y tú te acostumbrarás al aspecto de tu esposo?

–Dudo que eso ocurra alguna vez. –Resopló de forma muy poco apropiada para una dama ante la improbabilidad de tal acontecimiento–. Me tiemblan las piernas y se me forma un nudo en el estómago cada vez que lo veo.

–¿Tan horrible es?

–Oh, no –suspiró soñadora. Bostezó de nuevo, esperando que al ángel no le importara que cerrara los ojos sólo durante un momento–. Es muy apuesto.

Kenric se pasó una mano por su oscuro cabello; se sentía tan agotado como su esposa. Había dormido a ratos los últimos cuatro días. Cuando estaba tranquila se tendía a su lado, pero casi siempre dormía sobre la silla que había situado junto a su cama. Al menos su fiebre estaba siendo muy instructiva. Bostezó de nuevo y trató de despejar su mente de todo pensamiento para poder dormir. Poco tiempo después, se despertó sobresaltado.

Tess estaba sentada en la cama y su sonrisa era maravillosa. Él le sonrió a su vez, inseguro, preguntándose con quién le confundiría ahora. Parecía casi recuperada, aunque había algo extraño en su expresión, algo que se le escapaba y que le hacía parecer varios años mayor. Su mirada reflejaba sabiduría. El color había vuelto a su rostro y estaba, si eso era posible, más bella que nunca.

–¡Kenric! –Su sonrisa casi lo cegó. Extendió los brazos y lo estrechó contra su cuerpo cuando él se sentó en la cama–. ¡Te he echado tanto de menos!

Su efusivo saludo aturdió a Kenric.

–¿Te sientes mejor?

–Me siento de maravilla ahora que has vuelto. Parece que haya pasado un año en vez de un mes. ¿Qué piensas de tu nuevo hijo?

–¿Mi hijo? –preguntó Kenric, verdaderamente atónito por el giro que estaba tomando la conversación.

–Tu hijo –le reprendió Tess, dándole juguetonamente un pequeño golpe en el brazo–. Te marchaste sólo una semana después de que naciera. ¡No puedes haberte olvidado ya del bebé! ¿O todavía estás refunfuñando porque aún no he dado a luz una niña?

–Yo... no sé qué decir –confesó Kenric con sinceridad.

–Entonces di que estás feliz de tener tres hijos maravillosos. –Se apretó contra su pecho–. Ya ha pasado el tiempo suficiente desde el parto para empezar a trabajar en tu niña –ronroneó, seductora.

Tess comenzó a formar un sendero de pequeños besos a lo largo de su cuello hasta que Kenric la apartó.

–Ahora no es el momento –la regañó, molesto al notar que la lujuria enronquecía su voz–. Debes descansar.

–Llevo descansando más de un mes. –Hizo un mohín mientras dejaba vagar los dedos por el interior del muslo de su esposo. Kenric apartó su mano, incapaz de creer que ella fuese a llevar hasta sus últimas consecuencias lo que sus gestos indicaban. La sonrisa juguetona de Tess se desvaneció–. ¿No me deseas?

–Ahora no es el momento –repitió, preguntándose cómo demonios afrontar esa situación. Sabía que la fiebre poseía su mente, pero había algo en su mirada y en la certeza de sus palabras, que lograba erizarle el pelo de la nuca–. ¿Cuánto tiempo llevamos casados?

–¡Qué pregunta tan extraña! ¿Te has olvidado ya de la celebración de nuestro quinto aniversario? –Parecía preocupada por su reacción y puso con delicadeza una mano en su frente–. ¿Seguro que te encuentras bien, milord?

Kenric, recordando las palabras de la vieja Martha sobre las alucinaciones provocadas por la fiebre, se levantó de la cama. Sin embargo, no podía librarse de la extraña sensación de realidad que le invadía.

–¿Qué ocurre? ¿Le pasa algo al bebé?

–No, eres tú quien ha estado enferma, Tess. Has tenido fiebre durante los últimos cuatro días. Llevas así desde que te encontré en los bosques apuntándome al pecho con una flecha.

–Eso fue hace años –discutió–. ¡En nombre del cielo! ¿Por qué me dices eso ahora?

–Porque es cierto. No he abandonado esta habitación los últimos días y tampoco me he ido de viaje durante un mes.

–Creo que eres tú el que debería estar en la cama –se burló Tess a medias, dando palmaditas en las sábanas–. Ven y descansa conmigo un rato. Has tenido un viaje muy largo, mi amor.

Kenric se metió en la cama en contra de lo que le dictaba la razón. No se sorprendió en absoluto cuando Tess trató de besarlo.

–Sólo un beso –prometió–. Luego descansaremos. ¿De acuerdo?

Kenric sonrió ante la forma en que sus cejas se arquearon, esperanzadas. Se inclinó y la besó suavemente, sintiendo el abrasador calor de la fiebre a través de la breve caricia. Tess se quedó dormida antes de que él alzara la cabeza de nuevo. Kenric se reclinó en la almohada y suspiró, preguntándose qué pensar de aquella última alucinación.

7

Tess abrió los ojos despacio, con los sentidos desorientados y adormilada. La tenue luz que atravesaba la ventana indicaba que el día acababa de empezar o de terminar. Llegó a la conclusión de que estaba amaneciendo. Sabía, sin mirar, que su cabeza descansaba en el pecho de Kenric y que su fuerte brazo la sostenía rodeando su cintura. Su respiración, profunda y regular, le hizo creer que estaba dormido.

Una de las pestañas de Tess rozaba al parpadear la hirsuta mata de vello negro, y sus ojos tenían una vista parcial de su pecho desnudo. Las sábanas les llegaban hasta la cintura y Tess sabía por la forma en que su pierna yacía enroscada en torno a la de él, que bajo las sábanas llevaba puesta poca o ninguna ropa. Nunca antes había yacido con un hombre desnudo, ni había tocado a nadie tan íntimamente. El claro y constante sonido del latir de su corazón era, de algún modo, reconfortante, y su olor le pareció familiar cuando inspiró profundamente.

Tess subió un poco la pierna. Sólo pretendía ponerse más cómoda, pero sus ojos se agrandaron, alarmados, cuando su rodilla rozó su miembro. Puede que su esposo no estuviese despierto, pero su cuerpo desde luego sí lo estaba. Antes de que pudiera ordenar sus pensamientos lo suficiente para sentirse conmocionada por ese descubrimiento, Kenric la agarró de la barbilla y la forzó a mirarlo a la cara.

–¿Cómo te encuentras?

Sorprendida por el hecho de que no sólo estuviera despierto, sino que parecía que llevara así un buen rato, apenas si pudo susurrar roncamente:

–Mal.

Kenric alargó la mano por encima de ella para coger una copa que estaba en la mesilla de noche. Luego pasó su brazo por sus hombros para incorporarla y acercó la copa a sus labios.

–Bebe esto.

Tess vació el contenido con ansia. Kenric dejó la copa vacía en su sitio y su mirada volvió a centrarse en su cara para examinarla serenamente.

–La fiebre ha pasado.

–Ya te dije que se me pasaría por la mañana –le respondió a la defensiva.

Despertarse en una cama con un hombre desnudo era razón suficiente para andarse con cuidado, especialmente cuando el hombre no parecía estar de buen humor ni mucho menos. Pero Tess apenas podía pensar. Presionó las puntas de los dedos contra sus sienes, tratando de concentrarse. La cabeza le dolía violentamente y, cuando la movía, sus ojos no podían enfocar de forma adecuada.

–¿Lo ves? No había nada de qué preocuparse.

Kenric apartó las sábanas de un tirón y se levantó de la cama con una maldición apenas ahogada.

–En efecto, es por la mañana, esposa. Y creo que es hora de ajustar cuentas.

–¿Qué cuentas? –preguntó Tess, tratando de ordenar sus pensamientos.

Miró a su alrededor, sorprendida de encontrar la alcoba desordenada. Una bandeja con sobras de comida estaba sobre una mesa y algunas de las ropas de Kenric se hallaban desparramadas por el suelo. No recordaba que la habitación estuviese en aquel estado la noche anterior.

–¿De verdad piensas que puedes desafiarme sin ser castigada? –preguntó Kenric mientras se ponía un par de calzones.

–¿Te desafié por tener fiebres? ¿Voy a ser castigada por caer enferma?

–Serás castigada por hacerme perder el tiempo persiguiéndote –dijo Kenric apretando los dientes–. Y también por estar a punto de ponerme en la extremadamente incómoda situación de tener que explicar tu muerte justo después de nuestra boda. Casi te mueres, pequeña estúpida.

–Sólo fueron unas fiebres –musitó ella.

Él estudió su cara buscando una respuesta que al parecer no encontró.

–¿Qué recuerdas de tu enfermedad?

–Recuerdo que anoche me trajiste a esta habitación. Estuvimos hablando un rato y nos fuimos a dormir.

–Deja que te refresque la memoria, milady. –Kenric juntó las manos a su espalda y la miró ceñudo–. No habían pasado ni dos horas desde que te traje a esta habitación cuando te marchaste huyendo como un ladrón. No sólo abandonaste mi cama, sino también la fortaleza. Y no ocurrió anoche, sino hace cinco días.

La expresión de horror que empezaba a vislumbrarse en la cara de su esposa indicó a Kenric que su memoria estaba volviendo. Tess apretó las manos contra su frente, como si tratara de detener el torrente de recuerdos que la inundaban.

–Imagina lo que sentí cuando encuentro por fin a mi esposa y ella me amenaza con lanzarme una flecha en el pecho. Comparado con eso, preguntarse durante cinco días si morirías o vivirías sólo ha sido una preocupación menor.

–Oh, nooo... –El gemido fue largo y profundo. Tess siguió cubriéndose la cara con las manos y empezó a mecerse ligeramente.

–Supongo que eso significa que has recordado tu estupidez. ¿Hace falta que aclare algún detalle? ¿Algún punto que no puedas recordar bien? Házmelo saber, esposa. Me encantará contarte todas y cada una de las cosas que hiciste.

–No puedo recordar mi enfermedad –admitió Tess, desvalida, tratando de unir las piezas del rompecabezas–. Lo que pasó antes, sí, pero no sé lo que ocurrió después de que dejáramos el bosque.

–Te volviste una lunática delirante –le respondió en un tono casi aburrido–. El primer día, le echaste una mirada a la anciana Martha, la sanadora que mandé llamar para que cuidara de ti, y tumbaste a la pobre mujer de un puñetazo.

–¡No puede ser!

–Así fue. Los sirvientes pensaban que estabas poseída por demonios. ¿Sabes que muchos creen que la única forma de exorcizar a los demonios es aplicar carbones al rojo vivo sobre la piel?

Tess se puso pálida y negó con la cabeza.

–En vez de dejar que mis aterrados sirvientes cuidaran a una mujer de cuya cordura dudaban, asumí yo mismo ese deber. Deberías estar muy complacida, milady. Muchos estarían impresionados al saber que convertiste al Carnicero de Gales en poco más que un sirviente.

–To... todo eso es muy difícil de creer –susurró Tess.

Su mente era incapaz de aceptar todo lo que le había contado.

–La noche que nos casamos yo habría dicho lo mismo –replicó Kenric sin alterar la voz–. Y sin embargo, desde nuestra boda, le has cortado el cuello a un hombre, me has traicionado y me has causado más problemas que cualquier otra mujer que haya conocido. Si estabas intentando lograr que me arrepintiera de este matrimonio, lo has conseguido. Debería haberte llevado a un convento cuando tuve la oportunidad.

–Así es, deberías haberlo hecho –contestó suavemente–. En un convento nunca habría conocido el peso que supone arrebatarle la vida a un hombre, o arriesgar la mía para huir de lo que creía que era una muerte segura. Y, seguramente, el mayor problema que podría haber causado sería no parar de hablar durante las horas dedicadas a la oración.

La gélida expresión que cubrió los rasgos de su esposo hizo que Tess se arrepintiera de su imprudente arrebato. Sabía, antes de que él hablara, que debería haber permanecido callada.

–No tergiverses mis palabras, Tess. Tu patético intento de despertar mi compasión es inútil. Lo único que me indica es que estás tratando de culpar a otros de tus acciones, en vez de aceptar tu responsabilidad. Y la vas a aceptar. En efecto, esposa. Es el momento de ajustar cuentas. A causa de tus actos, has perdido cualquier derecho a la consideración que podría tenerte. Hoy te juzgaré como tu señor. Ponte en pie ante mí, Tess.

La implacable frialdad de sus palabras llenó su corazón de terror. Paralizada por el miedo, Tess lo contempló en silencio, tratando desesperadamente de pensar en algún argumento en su defensa. «Lo he traicionado. Seré castigada igual que cualquier otro traidor.» Los castigos que le venían a la mente hacían que sus pensamientos giraran vertiginosamente.

Aunque trató de cumplir su orden, el miedo, combinado con su prolongada enfermedad, hizo que le fuera imposible obedecer. Consiguió dejar caer las piernas por el costado de la cama, pero al ponerse de pie sus rodillas cedieron y se derrumbó en el suelo. Humillada por su derrota y aterrada por su indefensión, permaneció allí, aguardando.

–Ponte en pie ante mí –repitió.

Su voz carecía de cualquier rastro de compasión.

Hizo un intento de negar con la cabeza y susurró:

–No puedo.

El silencio duró tanto que Tess sintió como el sudor de sus palmas se volvía frío e incluso pegajoso. Luego sus manos empezaron a temblar.

–De modo que no estás en condiciones de recibir tu castigo –dijo por fin–. Al igual que no estás en condiciones de convertirte realmente en mi mujer en un futuro próximo.

Tess asintió. Su arrugado camisón dejaba ver gran parte de sus muslos y un hombro se le había salido de la manga, pero estaba demasiado asustada para preocuparse por algo tan trivial como el pudor. Sus peores temores se estaban haciendo realidad. Había intentado escapar del Carnicero, y él la había apresado. Y al igual que los MacLeith, la quería viva. Sin embargo, el hecho de que todos tuvieran interés en que siguiera viva no hacía que fuera más fácil seguir viviendo. Le haría pagar por su engaño y el precio sería alto.

Tess cerró los ojos, sintiéndose más allá de las lágrimas o el llanto, más allá de las súplicas pidiendo clemencia. Sabía cuáles eran las consecuencias de antemano, y ahora no podía hacer nada salvo aceptarlas. No había compasión en el hombre con el que había yacido tan íntimamente esa mañana, ni ternura o sentimientos hacia ella que atemperaran su sed de justicia. Había dejado claro que le desagradaba profundamente. Tenía mucha experiencia con hombres que la odiaban.

Kenric la cogió por los brazos y la puso en pie de un tirón, con la intención de desahogar algo más de su ira. Había sabido desde el principio que estaba demasiado débil para ponerse en pie ante él. Le había dado la orden sólo para subrayar que era su señor. Y eso, probablemente, era lo único que iba a satisfacerlo durante bastante tiempo. Viendo la mortal palidez de su cara, adivinó lo que pasaba un momento antes de que Tess pusiera los ojos en blanco y se desmayara en sus brazos.

–Voy a marcharme durante siete días. Ella no saldrá de esta habitación por ningún motivo mientras estoy fuera. ¿Ha quedado claro?

El sonido de la profunda voz de Kenric despertó a Tess de su sueño, pero sólo entreabrió un poco los ojos, sin moverse de su capullo de mantas. Vislumbró a través de la espesura de sus pestañas a dos soldados cerca del umbral. Ambos asintieron y contestaron al unísono:

–Así se hará, milord.

–Eso también va por ti –añadió Kenric, volviéndose hacia una mujer que estaba de pie cerca de la cama–. Si ella habla con cualquiera de vosotros y le persuade de desobedecer mi orden, os meteré a los tres en la mazmorra. Miriam, te encargarás de que sane tan pronto como sea posible. Quiero verla completamente curada cuando regrese.

–Sí, milord –respondió Miriam.

–Aparte de la anciana Martha, no recibirá ninguna visita. Decidle a mi esposa que no podrá hacer nada que ponga en riesgo su salud y que deberá emplear el tiempo en prepararse para recibirme apropiadamente cuando regrese.

Tess cerró los ojos, temiendo que alguien sintiera su miedo si los mantenía abiertos. Tenía siete días para prepararse para su castigo.

Después de la marcha de Kenric, Tess se atormentó tratando de imaginar qué horrible castigo recibiría. Luego intentó animarse pensando en lo que no le podría hacer. Si Kenric había dicho la verdad aquel día en el bosque, no pensaba devolverla a los

MacLeith. Ése habría sido el peor castigo que podía imaginar. También le dijo que no la golpearía, pero no le daba ninguna credibilidad a esas palabras. Ahora no. Él le hizo una promesa y ella lo traicionó. No tenía derecho a esperar que él mantuviese su palabra.

No se dio cuenta de que había suspirado en voz alta hasta que Miriam levantó la vista de su costura. Los dos guardias se habían ido con Kenric, pero la criada se había quedado.

–¿Estáis aún despierta, milady? –preguntó Miriam innecesariamente.

Tess asintió, abatida.

–Mi nombre es Miriam, milady. El barón se ha ido de viaje no hace mucho. Estará...

–Oí todo lo que dijo. No hace falta que lo repitas.

Miriam inclinó la cabeza, y Tess se sintió culpable por la seca respuesta. No era culpa suya que le hubieran ordenado custodiar a su baronesa. La criada tenía una cara amistosa, bondadosos ojos azules y suaves ondas de pelo gris que le daban un aire maternal. La calidad de su túnica de color beis revelaba que tenía una posición de alguna importancia en Montague; probablemente fuera la doncella de Helen. Tess trató de hablar en un tono más amable.

–Parece que vamos a estar juntas durante un tiempo, Miriam.

–Sí, milady.

Pasó un largo momento de incómodo silencio entre las dos mujeres. Tess contempló detenidamente a la criada, tratando de adivinar su lealtad a Kenric e intentando pensar en algo que pudiera ofrecerle, preguntándose si podría sobornarla. Sin embargo, aunque pudiera persuadir a la criada de que la ayudara, había dos guardias tras la puerta; los mismos que se habían apresurado a entrar en la alcoba la noche en la que Kenric descubrió sus heridas. Eso quería decir que probablemente se tratara de dos de los soldados de más confianza de Kenric. Nunca conseguiría pasar de la puerta. Miriam bajó por fin los ojos a su regazo y continuó con su labor de costura.

–Me gustaría que me contases todo lo que sabes sobre el castillo de Montague –dijo Tess bruscamente.

La doncella levantó la vista de su trabajo y la miró con recelo.

–Lady Helen no permite que haya habladurías sobre la familia, milady.

Era un tanto revelador que a Miriam no le preocupara Kenric, sino Helen, pero Tess tuvo que hacer caso omiso de algo tan extraño por el momento.

–No me interesan los cotilleos sobre la familia –dijo Tess–. Soy tu baronesa, Miriam. Tengo derecho a saber quiénes viven aquí. Puedes empezar por decirme los nombres de aquellos que tienen puestos de importancia en el castillo, los deberes de los sirvientes, y qué artesanos viven y desarrollan su actividad dentro de las murallas o en la aldea.

–¡Milady! Hay más de trescientas personas viviendo dentro de las murallas y otras tantas en la aldea.

–Entonces tendremos que revisar la lista dos veces, para asegurarme de que no me olvido de ninguna.

Recitar la lista le llevó dos días a Miriam, aunque Tess no pidió a la mujer que repitiera los nombres como había amenazado. Para gran contento de Tess, la criada era chismosa por naturaleza, y no podía evitar entremezclar opiniones y habladurías con los hechos. Descubrió que Kenric se negaba a involucrarse en cualquier cosa relacionada con la administración del castillo. Se aseguraba de que las defensas de la fortaleza estuvieran en orden, pero era deber de su hermana supervisar las actividades cotidianas del lugar. Y, por lo que podía apreciar, Helen había cumplido con sus obligaciones más que correctamente hasta el regreso de Kenric. Desde entonces había hecho poco o nada. También descubrió que el tiempo se medía de forma extraña en Montague. Cualquier cosa de importancia había ocurrido o «antes de que muriera el viejo barón» o «después de que muriera el viejo barón». El «después» equivalía al momento en que Kenric asumió el título. Ése parecía ser el punto de inflexión a partir del cual comenzaron a decaer las cosas en Montague, y Tess sintió que existía una corriente subterránea de resentimiento hacia su esposo por esa causa. «Tanto mejor –pensó, mientras apartaba a un lado el persistente pensamiento de que Kenric estaba siendo juzgado injustamente por su gente–. De hecho, no tienen ningún derecho a juzgarlo.»

La anciana Martha, la mujer que Tess había golpeado sin pretenderlo durante su fiebre, también la visitó y demostró estar muy dispuesta a perdonarla. Especialmente después de que Tess prometiera pedirle a Kenric que encontrara un ayudante para la enérgica anciana. Necesitaba que alguien la ayudara a recoger hierbas en sus excursiones al bosque, y Tess guardaba la secreta esperanza de ser esa persona. Un paseo fuera de las murallas para recoger hierbas podría representar otra ocasión de fuga. A pesar de que su primer intento resultó ser un fracaso total, no había renunciado a su plan de llegar hasta el rey; aunque era consciente de que le llevaría más tiempo del que había pensado, pues había puesto a Kenric en guardia.

Tan sólo tres días después, daba paseos por la habitación como un animal enjaulado. El paulatino regreso de su salud había traído consigo un caso grave de aburrimiento, interrumpido tan sólo por su temor a lo que pasaría cuando ese aburrimiento llegase a su fin.

Aunque Miriam trató por todos los medios de ser una buena compañía, el forzoso confinamiento hizo que Tess estuviera más nerviosa que nunca. Consciente de que no era la persona más agradable con la que convivir bajo aquel estado de ánimo, Tess sintió lástima de la criada y le dio permiso para volver a la mayoría de sus tareas habituales.

Privada de la compañía de Miriam, Tess sólo tenía la distracción de explorar la lujosa habitación de Kenric. Los arcones, bellamente tallados, se hallaban alineados a lo largo de las paredes de la habitación y estaban bien cerrados contra manos curiosas, lo que provocaba su frustración. Sólo podía abrir el arcón dispuesto para su uso y el cofre de las ropas de Kenric. Un descubrimiento en el fondo del cofre de su esposo alivió su confinamiento en gran medida.

Kenric poseía tres libros.

Lo que más asombró a Tess fue encontrar libros en un cofre sin cerrar. Si incalculables tesoros como aquéllos eran tan fácilmente accesibles, sin duda las riquezas guardadas bajo llave y cerrojo debían ser verdaderamente fabulosas. El mismo rey poseía tan sólo cuatro libros y todos sabían que permanecían custodiados en la tesorería real. Empezó a preguntarse cuál sería la magnitud de la fortuna de Kenric.

Tocó los valiosos objetos con gran cuidado. Aunque nadie podía verla, miró alrededor sintiéndose culpable antes de abrir la primera cubierta, hecha de cuero delicadamente repujado. Pocos hombres, fuera del clero, sabían leer. Y ese conocimiento era verdaderamente insólito en una mujer. Fray Bennet alentó la sed de conocimiento de Tess sin importarle las consecuencias. Kenric probablemente se escandalizaría si descubriera sus inusuales habilidades. En ese momento, Tess estaba demasiado excitada ante el inesperado entretenimiento para que le importara.

El primer libro estaba escrito en latín. Una página introductoria explicaba que se trataba de una traducción de una recopilación de historias griegas llamadas *Las fábulas de Esopo*. La primera letra de cada página ocupaba casi una cuarta parte del espacio y estaba dibujaba con bellos y llamativos colores. Los personajes descritos en la historia se entretejían artísticamente con las letras para representar sus acciones. Con unos dibujos tan ilustrativos que acompañaban el texto casi no hacía falta saber leer. Tess se acurrucó en el centro de la gran cama de Kenric y empezó a pasar páginas. La luz del sol fue desplazándose a lo largo de la habitación con sorprendente velocidad, hasta terminar siendo tan sólo un pobre reflejo. Miriam se presentó en su puerta demasiado pronto con la cena y volvió loca a Tess con su interminable cháchara. No podía esperar a continuar el apasionante cuento sobre un zorro presumido, que había dejado a medias y estaba escondido bajo la almohada. Pasó una hora antes de que pudiera despedir cortésmente a la mujer. Que Miriam se quedara tanto tiempo con la buena intención de aliviar su aburrimiento hizo que Tess se sintiera algo culpable, pero ni siquiera las historias de cotilleos de Miriam podían compararse con Esopo. Al final de la semana, Tess había leído *Las fábulas de Esopo* cuatro veces, y dos, los aburridos libros sobre estrategias militares.

«Sólo queda una noche», se recordó por centésima vez mientras se acomodaba en la cama para pasar la noche. Kenric regresaría al día siguiente y su confinamiento terminaría de una bendita vez. Casi estaba dispuesta a subir al patíbulo si con eso lograba salir por fin de aquella estancia. Nunca le había gustado que los MacLeith la encerraran en su habitación, pero entonces al menos sabía que su castigo terminaría cuando pasara el tiempo prefijado. Estar encerrada para recibir su castigo al salir era todavía más cruel.

Aunque no hubiese servido para nada más, su desastrosa fuga había demostrado que había hecho bien en intentarlo. Todo lo que había aprendido esa semana le decía que estaba casada con un hombre que no era mejor ni más justo que los MacLeith y que se cobraría su venganza con la misma minuciosidad. Con todo, necesitaba recuperar algo de su confianza para tener alguna esperanza de salir de la fortaleza. Descartó inmediatamente cualquier pensamiento de suplicar su perdón. Nunca había sido capaz de interpretar ese papel de forma convincente, pero quizás él apreciara una disculpa. Eso podría hacerle creer que estaba lo bastante arrepentida como para obedecerle en lo sucesivo. Al menos, no empeoraría las cosas. La vela de la mesilla de noche finalmente chisporroteó y murió en un charco de cera, señal de lo avanzado de la noche. Se levantó de la cama un momento para echar más troncos al fuego, se hizo un ovillo en la gran cama y practicó su disculpa en susurros. Así se entretendría en algo que no fuera el temor al regreso de su esposo.

8

Al cabo de una hora, Kenric entraba en Montague. Lo temprano de su regreso sorprendió a todos, incluido a él mismo.

«Regresar temprano ha sido un error», decidió. Tess probablemente pensaría que no podía esperar ni un día más sin verla. Se dirigió de inmediato a sus aposentos, con la intención de asegurarse de que su esposa estaba donde se suponía que debía estar. Al menos, ésa fue la excusa que le dio a Fitz Alan. No se dio cuenta de lo ansioso que estaba hasta que abrió la puerta de su alcoba. Entonces, suspiró de alivio.

Tess dormía profundamente en su cama. Había apartado las mantas y su camisón estaba subido hasta las caderas, lo que dejaba al descubierto sus largas y elegantes piernas. La luz de la chimenea arrojaba un brillo cálido sobre su piel y su cabello resplandecía con un fuego dorado propio. Tenerla en su cama era la visión que lo había perseguido desde el primer momento que la vio. «Todavía le falta algo para estar completa», decidió, frunciendo el ceño. Sus labios deberían estar curvados con la sonrisa de una mujer satisfecha en la cama.

Una amarga mueca asomó a sus labios y su fantasía casi le hizo reír. ¿Cómo podía creer que una mujer que se estremecía ante la más inocente caricia disfrutaría con él en la cama? En vez de soñar con sonrisas que nunca vería, debería preguntarse si vendría a él de buen grado o si tendría que tomarla como todo lo demás en la vida. Por la fuerza.

Kenric apartó sus pensamientos y cerró la puerta de un fuerte golpe a propósito para despertar a Tess. No tenía intención de dejarla dormir esa noche.

–Pensé que ya estarías dormida –mintió con expresión severa cuando sus adormilados ojos se abrieron.

–¡Kenric!

El cuidadoso discurso que había preparado se borró de su mente en el momento en que lo vio. Había olvidado el extraño efecto que su presencia ejercía sobre sus sentidos, algo que nunca podía impedir ni prever. Ansiosa, lo observó sintiendo el mismo torrente de contradictorias emociones que la asaltaron aquella primera noche en la abadía: temor, deseo y un abrumador sentimiento de familiaridad. Sentía, con una intensidad que la asustaba, que lo conocía mejor que cualquier otra persona.

Todavía llevaba puesta su armadura y sostenía el yelmo bajo un brazo. La otra mano descansaba en la empuñadura de su espada. Tess dejó vagar sus ojos por la enorme extensión de la cota de malla, preguntándose ociosamente cuántos metros de tela se habrían necesitado para confeccionar su sobreveste. La mayoría de los hombres tenían un aspecto envarado y torpe con la armadura puesta, ya que el esfuerzo de llevar tanto peso adicional era evidente en sus forzados movimientos.

Kenric soportaba más de cuarenta kilos entre armas y armadura. Sin embargo, se movía como si no llevara puesto nada que fuera más incómodo que la seda. De hecho, eran sus prendas las que parecían estar bajo tensión por el esfuerzo de contener tanta fuerza.

La espaciosa estancia se hizo repentinamente más pequeña. Tess supo que no era la corpulencia de Kenric lo que llenaba la habitación, sino su mera presencia.

–Ven, Tess. Ayúdame a quitarme la armadura –le ordenó, mientras soltaba la hebilla del cinturón que sujetaba su espada.

Soltó el aliento que había estado conteniendo cuando ella apartó las mantas y, levantándose de la cama, caminó hacia él. Era tan bella como recordaba. Aún más, ahora que había recobrado la salud. El frágil camisón que vestía dejaba poco a la imaginación. Kenric se dio la vuelta antes de sucumbir al impulso de apretarla contra su pecho, desgarrar la delicada prenda y arrasar con la mirada lo que sólo le pertenecía a él.

«No, no tomaré todavía lo que es mío, no hasta que sepa que ella también lo desea», pensó en silencio. Eso haría que el poseerla fuese mucho más dulce, que la espera valiera la pena. «Mejor no contener el aliento», le previno su conciencia. Mejor prepararse para lágrimas y súplicas.

Dándole la espalda, Kenric puso su yelmo encima de un arcón destinado a guardar ropa y le ordenó desatar las calzas de malla de su armadura mientras él se ocupaba de quitarse la cota. No era tan rápida como su escudero, pues tenía que encontrar las hebillas ocultas, pero el roce de las manos de la joven fue perturbador, delicado, completamente distinto de la eficiencia a la que estaba acostumbrado. Kenric ignoró las sensaciones que sus manos despertaban y se concentró en las ataduras de su cota.

–¿Tuviste buen viaje? –le preguntó.

–Sí.

«Un viaje excelente», pensó Kenric mientras colocaba la cota de malla en un cofre. Era justo lo que necesitaba para recuperar su rígido control. Le demostraría que se había casado con un hombre, no con una bestia salvaje ansiosa de forzarla.

–Puedes esperarme en la cama, Tess.

Kenric se había quitado la armadura con cuidado, pero se despojó de su túnica y camisa con rapidez, mientras su mente anticipaba el momento de unirse a ella en la cama. Vaciló durante un momento y decidió dejarse puesto el calzón. Aunque solía dormir desnudo, no quería que su intención fuese demasiado obvia. La escasa prenda apenas bastaba para protegerle de la intrigada mirada de su esposa.

Cuando se volvió para mirarla sólo hizo falta un latido para que la expresión en sus ojos violeta convirtiera sus huesos en gelatina y su carne en acero templado. La osada mirada de Tess recorrió toda la superficie de carne al descubierto y logró que su piel ardiera por el deseo de sentir sus manos recorrer ese mismo camino. Soltó el aliento de golpe cuando su atención volvió al fin a su rostro. Los ojos de Kenric no se apartaron de los de ella mientras se acercaba. Se tumbó sobre ella y apoyó las manos a ambos lados de su cabeza.

–¿No le vas a dar un beso de bienvenida a tu esposo?

Los ojos de Tess se agrandaron con algo de incertidumbre mientras asentía. Kenric bajó la cabeza, saboreó la calidez de su aliento contra sus labios y cubrió su boca con la suya. Se demoró en el beso, mordisqueando y tirando de los labios de Tess casi juguetonamente antes de besarla profundamente. Se sintió complacido al descubrir que no había olvidado su primera lección sobre cómo besar. Por fin, se desplazó hacia la suave columna de su cuello. Estaba hambriento de ella, como si no hubiese estado con una mujer en años.

«Se convertirá en mi esposa de buen grado», decidió con sonrisa torva. Sus manos se deslizaron por sus hombros y bajaron por sus brazos, para volver a subir y repetir el movimiento, como asegurándose de que no fuera a escapar. Su ancha palma envolvió su frágil mano y le estiró el brazo para besar el latido de su pulso en la muñeca. Sus labios bajaron dejando una estela de pequeños besos a su paso y llegaron hasta la suave piel en la curva de su codo, donde se detuvo para saborear el lugar.

–Me gustaría...

–Te gustaría ser mi esposa.

–Ya soy tu esposa –le recordó.

Entonces ladeó la cabeza levemente en un movimiento que dejaba su cuello al descubierto, mientras los labios de Kenric sobrevolaban las mangas de su camisón.

–Lo eres sólo de nombre –murmuró él sin dejar de besar el lóbulo de su oreja. Su cálido aliento logró que el de Tess se entrecortara–. Pero eso cambiará muy pronto, pequeña.

–Quiero... quiero decir...

Tess se rindió cuando sintió la lengua de Kenric jugando con su oreja. Su cuerpo se tensó, y no hubo nada de suave o de suspiro en el gemido que le ofreció entonces.

–Que te gusta lo que estoy haciendo –terminó la frase Kenric de nuevo.

–Sí –susurró ella, curvando los dedos de sus pies al sentir su lengua una vez más.

Kenric permaneció quieto un momento, luego usó su boca para recorrer la línea de su mandíbula hasta que sus labios tocaron los de ella.

Se apartó bruscamente y su mirada examinó su rostro, como buscando respuesta a alguna pregunta.

–Quiero ver tu espalda.

–Está curada.

Las heridas de su espalda eran lo que menos le interesaba en ese momento. Su piel estaba tan sensible que se sentía casi entumecida. No podía pensar, pero no se sentía mal en absoluto y su corazón golpeaba rápido pero no dolía. Un extraño calor parecía adueñarse de todo su cuerpo, una sensación que la hacía querer arquearse contra el cuerpo de Kenric. Le echó los brazos en torno al cuello y lo atrajo hasta sus labios sin encontrar resistencia.

Kenric dejó de besarla y la liberó de su peso poniéndose de costado a un lado. Estaba resuelto a ver su espalda antes de que estuviera demasiado cegado por la lujuria para preocuparse del daño que su pasión pudiera causarle. Su deseo estaba a punto de estallar en llamas, pero sabía que la primera vez que se unieran era demasiado importante como para dejar que el fuego ardiera sin control y la dañara descuidadamente más allá de toda curación. La trataría con delicadeza, le mostraría su paciencia y habilidad al avivar las llamas del deseo en ella despacio y cuidadosamente. Pero no lo haría hasta que supiera cuánto podía soportar su cuerpo herido.

–Muéstrame tu espalda –exigió.

Tess se sonrojó y bajó la mirada. Él levantó su barbilla, tratando de mostrarle la paciencia que le había prometido en silencio.

–Es natural que te dé vergüenza dejarme ver tu cuerpo. Pero debes saber que lo vi a menudo durante tu enfermedad. Incluso te bañé.

Ella jadeó asombrada.

–¿Hiciste eso?

–Lo hice. –Kenric no pudo determinar si Tess parecía más ultrajada que humillada, o si vacilaba entre ambos sentimientos. Le gustaba su timidez, pero tenía que encontrar la manera de hacer que se sintiera más a gusto con la situación, de mostrarle su paciencia de alguna manera. Le vino una idea a la mente casi de inmediato–. Si lo prefieres, puedo esperar hasta después de mi baño para mirar tu espalda.

–¿No es muy tarde para un baño, milord? –preguntó, vacilante–. Los sirvientes estarán ya acostados.

–Los sirvientes no han estado sobre una silla de montar todo el día y la mayor parte de la noche –dijo en tono irónico, alejándose de ella–. Dudo que sufran demasiado teniendo que calentar agua y llenar una tina para un hombre que sí lo ha estado. ¿No crees?

Casi sonrió ante la cara de alivio de Tess, por el respiro que le había dado. Ella asintió apresuradamente.

–La cabalgada desde Marshall parece haber entumecido mis músculos –mintió–. Un baño me aliviará.

–Una idea excelente, milord.

–Eso pensaba –dijo sonriendo ante su astucia.

Despojado de sus ropas, no pasaría mucho tiempo antes de que Tess lo siguiera. Pronto estaría tan cómoda con su desnudez como él lo estaba con la de ella... Bueno, aquello no era del todo cierto, pero ¿qué mejor forma de familiarizar a Tess con su cuerpo? Hasta el último centímetro de él.

Kenric caminó con paso decidido hasta la puerta y dio varias órdenes a uno de los soldados que montaban guardia en el pasillo. Se entretuvo afeitándose la barba de varios días mientras un pequeño ejército de sirvientes empezaba a llegar en un flujo continuo. La mayoría acarreaba cubos de agua humeantes para llenar la tina que había sido colocada delante del fuego, pero uno de ellos llevaba una bandeja de comida.

Cuando terminó de comer, Kenric cogió la bandeja, la puso a los pies de la cama y se sentó junto a Tess.

–¿Tienes hambre? –le preguntó.

Cuando asintió, le dio una gruesa rebanada de pan con mantequilla y una jarra de cerveza no muy fuerte.

–¿Siempre te paseas casi desnudo delante de los sirvientes? –susurró Tess, dirigiendo una mirada significativa al breve calzón que llevaba.

Kenric se encogió de hombros con indiferencia.

–No parece que les importe.

La expresión de Tess indicaba que a ella sí le importaba.

–¿Crees que debería ponerme una bata?

Ella asintió, mientras su mirada vagaba por su pecho y sus anchos hombros. Le miraba con tanta atención que él empezó a preguntarse si estaba tratando de contar las cicatrices que cubrían su cuerpo. Nunca les había prestado mucha atención en el pasado, pero repentinamente se sintió consciente de cada fea marca.

–Fue una osadía por mi parte hacerte esa sugerencia, milord. –Se le quebró la voz–. No tienes que llevar una bata sólo por mi causa.

Kenric ocultó su sonrisa tras la jarra y vació el contenido, con la confianza reforzada en su capacidad para seducir a su esposa. No podía dejar de mirarlo. La bandeja fue apartada a un lado cuando el último sirviente se marchó.

Kenric se puso en pie junto a la cama y observó a Tess con expectación.

–¿Milord? –preguntó.

–Estoy aguardando a que te ofrezcas para ayudarme con mi baño.

–¡Oh!

Tess salió de la cama y caminó vacilante hacia el arcón donde se guardaban el jabón y los lienzos de baño. Luego se dio la vuelta y bajó la mirada para estudiar el patrón del dibujo de la alfombra mientras Kenric se quitaba su calzón y se metía en el agua.

–¿Has hecho esto alguna vez? –preguntó.

–No –admitió ella.

Estaba esforzándose en no mirar por debajo de su pecho. Su poderoso cuerpo casi llenaba la tina que había parecido tan grande un momento antes.

–Bien –contestó, satisfecho–. No me gustaría pensar en ti bañando a esos sucios escoceses.

Aferró los lados de la tina, cerró los ojos y se echó hacia atrás, sumergiendo la cabeza bajo el agua. La levantó un momento después y se alisó el pelo mojado con las manos. Tess se quedó clavada en el sitio; esos sencillos movimientos eran lo más erótico que había visto jamás. El agua imprimía en su piel un brillo de bronce fundido, y la forma que tenía de moverse exhibía su físico a la perfección. El calor de sus mejillas bajó rápidamente por su cuerpo hasta instalarse en el vientre.

Sin ser consciente del efecto que causaba en su esposa, Kenric le hizo señas para que se acercara.

–Empieza por lavarme el pelo.

Tess se aproximó y empezó a frotar el jabón en su oscuro pelo. Le gustaba el tacto de su espesa melena deslizándose entre sus dedos. Llevaba el pelo más largo que la mayoría de los caballeros; más corto por delante y cayendo libre por su espalda hasta sus hombros. Jugó con las hebras más largas, disfrutando de la manera en que los mechones se enroscaban en las puntas de sus dedos.

Una voz silenciosa le recordó que era un buen momento para disculparse, ya que ahora no la miraba hoscamente. Estaba claro que esa noche tenía pensado seducirla, pero ¿la castigaría después? El pensamiento hizo que sus manos se detuvieran de forma brusca sobre su cabello.

–Me gustaría disculparme por lo que sucedió antes de caer enferma –dijo vacilante, forzando a sus manos a continuar con su trabajo.

–Haces bien, pero será mejor que me lo recuerdes más tarde. Habrá una ocasión mejor.

–Como desees –suspiró, y sintió el miedo enroscándose como una serpiente en torno a su corazón.

Kenric le permitió pacientemente jugar con su pelo, pensando que aquel baño se iba a convertir en el más largo que hubiese tomado jamás. Finalmente, se echó hacia atrás para sumergirse de nuevo cuando se hizo evidente que estaría contenta de darle masajes en la cabeza todo el día.

–He tenido siete largos días para pensar en lo que me espera –empezó ella, cuando su cabeza emergió del agua–. Aunque desees oír mi disculpa en otro momento, milord, me gustaría saber ahora cuál será mi castigo.

Puesto que estaba de pie a su espalda, Kenric sabía que ella no podía ver su sonrisa. ¡Dios! ¡Qué atrevida era! Tras marcharse a Greshan, se le ocurrió que Tess pasaría los días de su ausencia preocupándose por lo que la esperaría cuando él volviera. Hasta se había reído en voz alta en alguna ocasión ante la imagen que la idea le traía a la mente. Le estaba bien empleado por causarle tantos problemas. Había perdido cuatro valiosos días de entrenamiento con sus soldados mientras jugaba a ser su sirviente, y su fuga le había hecho quedar como un estúpido. Sí, se merecía cada momento de terror que hubiera imaginado.

–¿De modo que quieres saber qué castigo considero apropiado por tratar de huir de mí?

–Sí –dijo con firmeza.

Kenric se tomó su tiempo mientras se iba secando el agua de la cara.

–¿Quieres saber el precio que me cobraré por descubrir al volver a la alcoba que la mujer con la que acababa de casarme había huido? ¿Por despertar a toda la fortaleza al amanecer para registrar cada palmo del lugar? ¿Por las molestias causadas a mí y a otros cincuenta hombres que cabalgaron en tu búsqueda? ¿Por negarte a volver con tu esposo tras encontrarte? –Sacudió gotas sueltas de agua de su mano con un golpe de muñeca–. Y por apuntarme con una flecha, podría añadir. ¿Se me ha olvidado algo?

–No –contestó, vacilante esta vez.

–Me imagino que has tenido muchas y largas horas para meditar sobre tu necedad durante esta semana –dijo pensativo–. ¿Te has arrepentido de tus acciones, Tess?

–Sí, lo he hecho. –La voz fue firme de nuevo.

–¿Y tengo tu promesa de que nunca volverás a intentar escapar de mí otra vez, sin importar lo que creas que pueda tener planeado para ti?

Tess vaciló mientras se llevaba una mano a su trenza. El silencio duró lo suficiente para despertar las sospechas de Kenric.

–Sí, tienes mi promesa.

Estaba mintiendo y Kenric lo sabía. No confiaba en él, no más de lo que él confiaba en ella. Con todo, se aseguraría de que cumpliera su promesa aunque no quisiera. Si Tess necesitaba un guardián, lo tendría.

–Estoy seguro de que las torturas que has imaginado por ti misma esta semana son muy explícitas. Me complace que te hayas atormentado pensando en ellas a menudo, pues ciertamente merecías alguna de ellas. Sin embargo, estoy dispuesto a tener en cuenta que tu estado febril contribuyó en gran medida a la locura que cometiste. Ninguna mujer en su sano juicio habría intentado una acción tan arriesgada, pues era obvio que no produciría nada excepto terribles consecuencias, tanto si tenía éxito como si fracasaba. Por consiguiente, he decidido que tu cautiverio durante esta semana bastará para resarcirme.

Kenric observó su cara detenidamente en busca de alguna señal de agradecimiento. Supuso que estaba demasiado abrumada por la gratitud para expresar sus pensamientos. Lo miraba aturdida, con una expresión vacía en su rostro.

–No me malinterpretes, Tess. Si vuelves a hacer algo tan estúpido, el castigo se llevará a cabo. Será algo que recordarás, no durante una semana, sino para siempre. Algo tan terrible que ninguna dama de buena crianza podría imaginar ni en sus peores fantasías. Recuerda eso si alguna vez vuelves a pensar en desafiarme.

Satisfecho con su discurso, empezó a salpicarse agua en brazos y hombros, deseoso de terminar y empezar una tarea mucho más agradable.

–¿Es todo? ¿No voy a recibir ningún otro castigo más?

–¿Acaso deseas que cambie de opinión? –preguntó con suavidad.

–No, claro que no –respondió rápidamente con expresión perpleja.

–Puedes continuar ahora con mi espalda –ordenó cuando Tess no hizo ningún movimiento para seguir bañándolo. Entonces ella cogió un paño de lino, pero él se lo arrebató y lo tiró con descuido a un lado–. Quiero que uses las manos para bañarme.

Tess no replicó y, pasados unos instantes, Kenric sintió sus dedos enjabonados que se deslizaban por sus hombros. Pronto comenzó un trabajo tan minucioso como el que había hecho con el pelo, recorriendo hacia abajo su espalda músculo a músculo. Las suaves y eróticas caricias lograban acelerar su respiración y el ritmo de su corazón. En la mente de Kenric se formó una sombra de duda sobre lo juicioso de la idea de tomar aquel baño.

Tess estaba demasiado absorta en sus pensamientos para advertir el efecto de sus atenciones. Kenric era un enigma, un hombre conocido por su crueldad que podía besarla con una dulzura tan conmovedora que le hacía perder el sentido. Un hombre que se pasaba cuatro días cuidando de ella hasta verla recuperar la salud, aunque no quería una esposa. Incluso a pesar de traicionarlo, parecía haberla perdonado sin ni siquiera darle una bofetada. ¿Cómo, en nombre del cielo, podía aquel hombre haber ganado la reputación de ser el guerrero más sanguinario de Inglaterra? ¿Era posible que el Carnicero de Gales fuese de verdad capaz de hacer justicia y a la vez tener compasión? Daba que pensar.

Cuanto más jabón extendía Tess por la espalda de Kenric, menos le temía. Él no pensaba hacerle ningún daño. No por ahora, al menos. Pero sí que tenía planeado acostarse con ella. No era tan ingenua como para que la engañara ni por un momento con el asunto del baño. Seguramente era su forma de preparar la seducción, aunque en ese momento fuera ella la única que lo acariciaba. Contempló su espalda con una nueva conciencia, observando cómo sus hombros y músculos se flexionaban al paso de sus manos. Kenric estaba disfrutando con el baño. A fondo.

–¿Desearás que haga esto con tus caballeros? –preguntó mientras experimentaba distraídamente con caricias circulares en su espalda.

–¡Ni hablar! –gruñó Kenric–. Si alguna vez te piden que asistas a un caballero en su baño, te negarás cortésmente. Les dirás que tu esposo lo prohíbe, que deben pedirme permiso a mí. –El pensar en las manos de su esposa sobre el cuerpo de otro hombre hizo que su expresión se volviera amenazadora–. Nunca lo daré.

–¡Oh, me alegro! No es que no me guste ayudarte, milord. Pero no creo que me gustase tocar a otro hombre tanto como...

Tess bajó la mirada a sus manos. Parecían muy pequeñas sobre sus anchos hombros. La cálida piel de Kenric era mucho más oscura que la suya, y poseía un tono dorado a pesar de estar en pleno invierno. Se preguntó si se quitaría la túnica en verano en el campo de prácticas. ¿Qué aspecto tendría entonces? ¿Cómo reaccionaría ella al verlo con el pecho desnudo en público, sabiendo que le había acariciado tan íntimamente en privado? Tanto como...

–Entiendo lo que quieres decir –afirmó, apremiándola para que el masaje continuara en sus brazos.

Sus músculos parecían contraerse dondequiera que ella lo tocase. Sus reacciones la hechizaban. Sus dedos siguieron cada elevación y contorno. Se quedó fascinada cuando lavó su pecho, haciendo remolinos con los dedos en su ligera mata de vello y trazando pequeños círculos en torno a los endurecidos pezones. Abrió las palmas, extendió sus dedos sobre su pecho y movió las manos hacia abajo hasta que llegaron al agua que cubría su vientre plano, demasiado absorta en la exploración de su cuerpo para advertir el jadeo de su esposo.

–Las piernas –dijo con voz ronca, levantando una y apoyándola sobre el borde de la tina.

Tess lavó su pierna con movimientos largos y lánguidos. No pudo resistir rodear su tobillo con sus manos y empujar hacia arriba, sin ser consciente de que lo masajeaba en vez de lavarlo, hasta detenerse finalmente donde el agua cubría su muslo. Sintió el extraño deseo de apretar sus labios en los sitios que sus manos tocaban y probar así el sabor de su piel.

Kenric no sabía si tendría el dominio de sí mismo necesario para llevar a cabo su plan. Cerró los ojos y trató de ignorar lo que ella le estaba haciendo, pero su excitación estaba llegando a cotas inimaginables.

La sensación de sus manos sobre su cuerpo se estaba haciendo rápidamente insoportable. Lograba que su piel ardiera, y ansiaba tocarla de la misma forma en que ella lo atormentaba deliciosamente. Le costó hasta la última onza de su fuerza de voluntad permanecer quieto, tratando de prepararse para la exquisita tortura que aún estaba por venir.

–Ahora el resto –ordenó abruptamente.

Se apoyó en los lados de la tina y se puso en pie, cerrando sus ojos cuando oyó jadear a Tess. Casi podía sentir su mirada recorriendo con avidez todo su cuerpo.

«Paciencia», se dijo Kenric, repitiendo la letanía una y otra vez en su mente.

Tess contempló a su esposo fascinada. Su mirada se vio atraída involuntariamente hacia la firme prueba de su deseo por ella. Estaba hipnotizada por la visión de su miembro, y se sentía incapaz de evitar explorar esa parte suya con los ojos. Su dureza y rigidez desató un nudo de calor en su vientre que se extendió como fuego por todo su ser.

Alzó la mirada con reticencia, avergonzada de mirarlo tan abiertamente y durante tanto tiempo, pero se sintió aliviada al darse cuenta de que Kenric no podía saberlo. Sus ojos estaban firmemente cerrados y la expresión de su cara era de dolor. Todo su cuerpo estaba duro y tenso como el acero, cada uno de sus músculos sobresalía en rígidos relieves y sus puños estaban apretados a los costados.

–¿Sientes dolor? –preguntó, sorprendida ante esa posibilidad.

–Sí. –Su respuesta fue mitad gemido, mitad risa.

–¿Estoy haciendo algo mal?

Abrió los ojos para mirarla. El feroz y primario deseo en su mirada la hizo retroceder un paso.

–Hay algo que estás haciendo muy bien. –Inhaló profundamente–. Quiero que conozcas mi cuerpo, Tess. No deseo que me tengas miedo.

Tess dejó que su mirada paseara con detenimiento por el cuerpo de Kenric una vez más. Era un gigante; su pecho era al menos el doble de ancho que el suyo y sus brazos poseían poderosos músculos que la podían aplastar bajo su presa. Sus piernas eran tan gruesas como troncos de árboles, igual de sólidas y musculosas que el resto de su cuerpo. La visión de tanta fuerza y poder desnudos era casi abrumadora. Todavía existía un rastro de temor en ella, la incertidumbre de no saber si alguna vez usaría esa fuerza en su contra.

«Es mi esposo», trató de decirse a sí misma. Aquel magnífico hombre era suyo, para tocarlo, besarlo, acariciarlo...

Sus ojos volvieron al jabón olvidado, todavía sujeto en una mano. Se movió hacia su espalda y deslizó las manos sobre sus nalgas, convencida de que la suave y firme piel envolvía acero. Sus manos temblaron al llegar a las caderas, y trató de reunir suficiente valor para tocarlo donde más deseaba.

–Basta –dijo él roncamente, apartando sus manos a la vez que se volvía hacia ella–. No puedo aguantar más, Tess. Quítate el camisón.

Los dedos de Tess temblaron al deshacer los lazos. Los ojos de Kenric la mantenían prisionera y no se sonrojó hasta que su mirada se desplazó hacia abajo. Su piel parecía quemar dondequiera que sus ojos se posaran. Se detuvo en sus pechos y Tess sintió cómo sus pezones se endurecían en respuesta a la ardiente mirada. Cuando estudió sus piernas, sus rodillas empezaron a temblar.

«Mi cuerpo pertenece a Kenric ahora», se dijo, resuelta a agradarle siendo tan franca con su cuerpo como lo era él con el suyo. Forzó a sus brazos a quedarse a los lados, reprimiendo el impulso de cruzarlos sobre el cuerpo para cubrir su desnudez.

Kenric salió de la tina y la levantó en brazos. Ambos jadearon ante la sensación de tanta piel cálida y mojada tocándose. No había tiempo para disfrutar de la sensación. La llevó hasta la cama y, despacio, la fue bajando hasta ponerla sobre sus pies, haciendo que su cuerpo se deslizara íntimamente a lo largo del suyo. Sujetándose con una mano a la cama, la tendió y la cubrió con su cuerpo.

–No sé... no sé cómo...

Tess trató de decirle entre besos enloquecedores que no sabía qué hacer. Se rindió cuando sus labios se colocaron sobre su oreja. Su cálido aliento arrasaba sus sentidos hasta un punto inaguantable.

–Lo sé, pequeña –murmuró. Su boca dejó un rastro de fuego por su cuello mientras bajaba hasta su pecho–. Quiero tocarte en todas partes, Tess.

Sus manos acariciaron sus caderas, acercándose al centro de su calor, hasta que sus dedos se deslizaron entre los calientes y húmedos pétalos. Deslizó un dedo en la apretada funda y capturó su gemido con la boca, uniéndolo al suyo. La besó larga e intensamente, imitando su lengua la acción de sus dedos mientras empezaba a moverlos dentro de ella, rozando, acariciando, preparándola para lo que vendría.

–Pronto estaré dentro de ti –susurró, besándola en el rostro. Sus palabras salieron en cortos y bruscos jadeos–. Tendré que hacerte daño un momento antes de poder darte placer. Más placer del que hayas soñado jamás, pequeña.

Tess no creía que aquello fuera posible. ¿Cuánto más placer podía existir? Sus labios dejaron otro rastro ardiente hasta sus pechos, donde usó su lengua para acariciar los hinchados y sensibles pezones. Sus manos buscaron las de ella, animándola con insistencia a explorar. Atrapada en su propio deseo, Tess casi había olvidado el placer que podía obtener al tocarlo. Dejó que sus manos vagaran libremente, disfrutando de su tacto, su calor, su fuerza, de la necesidad que hacía que su cuerpo estuviera tan tenso de anticipación como él hacía que estuviera el suyo.

Kenric acostumbró a Tess despacio a sus caricias y a la ferocidad de su lujuria. A medida que despertaba la pasión en ella, la suya se acrecentaba sin control. La primaria sensualidad de su respuesta era como una poderosa droga para sus sentidos. Se retorcía bajo él, arqueando las caderas para corresponder a sus caricias. Finalmente sus labios se encontraron al mismo tiempo que se ponía en posición para poseerla por completo.

–Calma, pequeña.

Agarró las caderas de Tess para mantenerla quieta y empujó con cuidado. Hizo un enorme esfuerzo en ir despacio, en ser cuidadoso, abriéndola a su deseo tan suavemente como fuese posible. Su barbilla descansaba en su pelo y todo su cuerpo se esforzaba en mantenerla inmóvil bajo él. El impulso de empujar sin freno, de abandonar su preciado autodominio y de tomarla con toda la dulce ferocidad que sentía, casi lo sobrepasó.

Se echó hacia atrás, pero Tess le urgió a que volviera, aferrándose a él para que impedir que se alejara.

–Por favor. No pares.

Su súplica susurrada empujó a Kenric hacia delante, y se estremeció al hundirse más profundamente en su cuerpo. La prueba de su virginidad frenó su avance, y vaciló para saborear la sensación, el momento final antes de la posesión completa. Hasta ese momento había tenido la pequeña, pero persistente duda, de que no era posible que ninguna virgen respondiera tan abierta y apasionadamente. Sólo podía imaginar cómo sería cuando tuviera experiencia. Una oleada de calor fundido corrió por su sangre y cerró los ojos con fuerza, tratando de acallar ese pensamiento en una batalla desesperada para mantener su autodominio.

Perdió.

Kenric se retiró un instante y después volvió, adentrándose en la suavidad de su cuerpo con todo el poder de su fuerza, incapaz de detenerse hasta que estuvo enterrado por completo en su apretada funda. Su gruñido de placer quedó ahogado por el grito de dolor de Tess. Gimió derrotado e inmovilizó su cuerpo, intentando desesperadamente darle tiempo para recuperarse del impacto de su invasión.

–Tranquila, cariño –susurró, disgustado por el ronco sonido de su voz. La sangre corría a toda velocidad por su cuerpo, martillando en sus oídos y apremiándole a completar la posesión–. No te volverá a doler, pequeña.

Kenric la sintió temblar violentamente bajo él y vio como cálidas lágrimas arrasaban sus mejillas. Le levantó la cabeza para darle suaves besos por todo el rostro, susurrando reconfortantes palabras, tratando de ser delicado mientras acariciaba su cabello y su rostro. Pero ella contraía su pulsante y acerado miembro en oleadas de convulsiones. La sensación era demasiado fuerte para ignorarla y sus caderas se movieron instintivamente contra las de ella. Tess sollozó y cerró los ojos apretándolos con fuerza.

Kenric recurrió a los últimos vestigios de su fuerza de voluntad, tratando de distanciarse de la maravillosa sensación de estar enterrado profundamente dentro de su cuerpo, de estar unido a ella de tal forma que la sentía como una parte de sí mismo. Respiró de forma entrecortada y trató de avivar de nuevo el deseo en ella, rezando para que su dolor se desvaneciera pronto.

–A partir de ahora sólo sentirás placer, Tess.

–Algo va mal –jadeó, girando la cabeza para evitar sus labios–. Por favor, deja que me levante. Quiero parar ahora.

–Shhhh, calla. Es demasiado tarde para parar.

El cuerpo de Tess se puso rígido y empujó a Kenric hasta que logró que se apartara unos centímetros. Su voz estaba cargada de miedo, y la mirada asustada y acorralada en sus ojos hizo que Kenric vacilara.

–Me pasa algo malo. ¡No puedo hacer esto!

El ansia fue reemplazada al instante por un extraño deseo de reconfortarla. Acunó su rostro entre las palmas y secó sus lágrimas con los pulgares, molesto al advertir el temblor en sus manos. Nunca antes había temblado. Por nada.

–No te ocurre nada malo, Tess. –Su voz no sonaba tan tranquila y firme como le hubiera gustado, pero ella pareció escucharle–. El himen de una virgen sólo se puede romper una vez. No te volverá a doler.

–Me haces daño ahora –susurró entre lágrimas.

«Maldición.» Deseó haber prestado más atención a las obscenas conversaciones de sus soldados sobre las mejores formas de yacer con una virgen. Probablemente lo había hecho todo mal. No había sido muy delicado y, realmente, no tenía ni idea de cuánto tiempo le llevaba a una mujer recuperarse después de ser poseída por primera vez.

–¿Te duele tanto como cuando entré en ti al principio?

Ella negó con la cabeza, insegura.

–¿Ves? –Sonrió para disimular su ansiedad–. Tu cuerpo ya se está adaptando al mío.

Su sonrisa desapareció cuando ella se estrechó instintivamente contra él, como si pusiera a prueba sus palabras.

–Debes confiar en mí, Tess. –Su voz era ronca de nuevo, reflejando el deseo que regresaba con fuerza–. Quiero darte placer, hacerte olvidar el dolor. Déjame que te bese de nuevo, pequeña.

Ella vaciló sólo un momento antes de ofrecerle sus labios, devolviéndole el beso. Él no forzó el regreso de la pasión en ella, sino que la dejó marcar el ritmo hasta que sus sentidos se rindieron ante sus besos. Sabía cuál era la importancia del momento. Si la forzara en ese momento, tendría que volver a hacerlo cada vez que la llevara a la cama. Nunca volvería a confiar en él. Debía conseguir que ella disfrutara.

La tensión en el cuerpo de Tess pareció ceder y comenzó a responder a sus besos. Empezó a agitarse inquieta bajo sus caderas y gimió con placer ante el sencillo movimiento.

–Dios, Tess –dijo entre dientes–. No te muevas...

No pudo terminar la frase. Enterró su cara contra su cuello y afianzó su cuerpo, luchando por mantenerse quieto.

–Es maravilloso sentirte dentro de mí –suspiró Tess.

Kenric se retiró hasta que la sintió arquearse bajo él. Luego empezó a penetrarla. Oleadas de puro placer los atravesaron con cada delicioso y medido impulso del cuerpo de Kenric. Ella se movía y arqueaba de un modo sobre el que no parecía tener control. Él conocía el lugar exacto donde debía tocarla. Sus movimientos estaban destinados a incrementar sus sensaciones y hacerla desear más.

Sus gemidos, ahogados y entrecortados, le dijeron a Kenric que se estaba entregando a él por completo. Le susurró seductoras palabras de ánimo al oído y sus movimientos se hicieron más fuertes, llevándolos a ambos a los más primitivos límites.

Sintió el comienzo de las contracciones en ella y vio cómo sus ojos se agrandaban en una mirada de maravillado asombro antes de cerrarse, sumergidos en las olas de plenitud que fluyeron por su cuerpo por primera vez. Un rugido de satisfacción desencadenó su propio y estruendoso clímax.

Kenric tardó en volver a la realidad; se sentía como si Tess le hubiera robado hasta la última onza de vida de sus músculos. Probablemente la estaba aplastando, pero no parecía tener fuerzas ni deseo de apartarse. No quiso moverse hasta que se vio forzado a hacerlo para dejarla respirar. Era la primera vez que sentía esa extraña sensación de completa satisfacción que lo invadía. Nunca había experimentado nada parecido. Su costumbre era rodar a un lado apartándose de la amante de turno, una vez satisfecha su necesidad. El deseo de languidecer en brazos de su esposa era una emoción completamente nueva e inquietante.

Se obligó a descargar su peso en los codos para ver la reacción de Tess a la nueva experiencia. Sus ojos color violeta lo miraban con ternura y sensualidad. Su cabello, revuelto en algún momento por sus manos, se esparcía en una brillante oleada dorada por las almohadas y su mirada, fija y maravillada, todavía reflejaba su inocencia.

Apartó la mirada de repente, incómodo. Lo que habían hecho no tenía nada que ver con la inocencia y sí con la lascivia. Había querido su cuerpo, su respuesta. Nada más. Sus ojos vagaron de vuelta a ella y advirtió las marcas de su pasión: moratones que estropeaban la cremosa piel de su cuello y sus pechos. Su hosca expresión se ensombreció mientras trataba de recordar cuándo había sucedido, preocupado por no poder recordarlo. Nunca había perdido el control tan completamente. ¿Qué le había hecho Tess? Cuando sus ojos volvieron a su cara, la expresión adormilada y satisfecha se había borrado. Parecía preocupada.

–¿No te he gustado?

Kenric no calmó sus temores. De hecho, ni siquiera oyó su pregunta. Estaba demasiado ocupado frunciendo el ceño y pensando en su reticencia a separar sus cuerpos. Se forzó a apartarse a un lado. Cruzando las manos detrás de la nuca, miró sin ver al techo. «Vaya con el autodominio del que tanto alardeaba», pensó disgustado. ¿Dónde se había quedado su firme intención de refrenar la lujuria que provocaba en él? Lo había convertido en un animal incapaz de pensar.

«Nunca más», se prometió solemnemente. Nunca más le daría tanto poder sobre su cuerpo. Jamás le daría a nadie tanto control sobre él. La próxima vez cumpliría con su deber marital como lo que era: un deber. Ella no volvería a mirarlo con ojos que le hacían sentir como un bárbaro conquistador y, a la vez, el más tierno de los amantes.

Tess rodó y se apartó de Kenric, sintiendo como la vergüenza atenazaba su corazón. Apartó las sábanas con la intención de levantarse, pero él la detuvo agarrándole la muñeca.

–¿Adónde vas?

–A bañarme –respondió con esfuerzo, incapaz todavía de mirarlo a los ojos.

–Aún no.

Su voz no admitía discusión alguna, pero consiguió convencerla de volver a la cama besando la palma de su mano. El beso no sirvió para relajar la tensión de su cuerpo y ella le dio la espalda y se cubrió descuidadamente la cara con su espesa melena.

–Mírame, Tess.

Ella negó con la cabeza, murmurando que prefería no hacerlo. Sus labios se apretaron en una delgada y tensa línea.

–¿Tanto daño te hice?

Tess bajó su mirada y le respondió en voz baja.

–No, no es eso. Sólo quería bañarme.

Quería lavar su humillación, frotar hasta borrar el recuerdo de lo que, neciamente, había significado tanto para ella y nada para él.

–No te lavarás mi semilla –afirmó con crueldad–. Este matrimonio no me ha causado más que problemas. Aunque no sirva para otra cosa, al menos me darás un heredero.

–Entonces ¿sólo voy a ser una yegua de cría?

–Tu capacidad de darme herederos legales es lo más valioso que posees en este momento –dijo con sequedad–. Cualquier plebeya puede satisfacer mis otras necesidades.

Tess resistió el impulso de abofetearlo.

–¿Crees que mi capacidad de darte hijos legalmente es la única cosa que me distingue de tus siervos y sirvientes?

Él se encogió de hombros con indiferencia. Tess se indignó en silencio, sin ganas de empezar una discusión. Si de verdad era tan estúpido que pensaba que las esposas no valían para nada más que para procrear, ella no iba a hacerle cambiar de opinión. Aunque quizá valiera la pena demostrarle su equivocación. Dado el estado en el que se hallaba Montague, podría señalarle su error en poco tiempo. No es que tuviera ganas de hacer algo para facilitarle la vida a ese bruto sin corazón. Era...

–Deberías estar satisfecha por el hecho de que haya sentido placer contigo.

Sus ojos se estrecharon por la cólera, enfurecida por su descaro al mirarla desdeñosamente mientras le decía una mentira tan obvia. Le dolía que pudiera pensar que de verdad ella no valía nada.

–Ahora sé que cuando frunces el ceño es una señal de placer. No volveré a confundirlo con desagrado, milord.

–¿Desagrado? –Kenric empezó a reír suavemente y acabó riéndose a carcajadas. Apartó un rizo de la cara de Tess y se lo colocó tras la oreja, luego recorrió la suave curva de su mejilla con un dedo–. En efecto, el sabor de tus labios me desagradó bastante, Tess. Quizá necesite acordarme de lo poco que me gustó.

–No creo...

Selló sus labios antes de que pudiera emitir otra protesta y sujetó su barbilla firmemente cuando ella trató de apartar la cabeza. No la forzó a besarlo y levantó su cabeza antes de que pudiera responder.

–No, no encuentro nada que me disguste en tus besos. Tal vez fue la visión de tu cuerpo –bromeó, recorriendo su desnudez con la mirada.

Tess se sonrojó y trató de cubrirse, pero él apartó sus manos.

–No, no veo nada que me desagrade –dijo con exagerada desilusión–. Debe de haber sido el tacto de tu piel en mis labios, o el sentir tu cuerpo bajo el mío.

Depositó tiernos besos en su hombro, subiendo por su cuello hasta mordisquear el lóbulo de su oreja y cubrir de nuevo su cuerpo con el suyo.

–Creo que tenemos que probar de nuevo, sólo para asegurarnos –susurró en su oído.

Tess trató de seguir estando furiosa con él, de usar su ira como un arma contra su despiadada seducción. Pero era un conquistador nato, implacable hasta conseguir la rendición total. Se sintió perdida cuando le murmuró el deseo que sentía por ella, cuando le dijo cómo le haría el amor, murmurando dulces palabras que nunca hubiera podido imaginar. Cualquiera que fuera la razón por la que había mostrado aquella expresión hosca, estaba segura de que no tenía nada que ver con lo que acababa de pasar entre ellos.

Cuando terminaron, su semblante seguía siendo sombrío, y la contemplaba con la misma expresión feroz de siempre. Maldijo entre dientes y, dándose la vuelta, le dio la espalda. Tess suspiró con resignación, preguntándose si llegaría a comprender alguna vez a su esposo.

9

Habían pasado varias horas desde la partida de Kenric para liderar una patrulla, pero Tess podía sentir su presencia en la habitación incluso en ese mismo instante. Sostuvo su espejo en un nuevo ángulo y concluyó que no parecía diferente en nada. No era justo. Tendría que existir algún signo que evidenciara que una doncella se había convertido en mujer. Debería parecer, de alguna manera, mayor, más sabia.

Ciertamente, Kenric no había cambiado. Ni por dentro ni por fuera. Esa mañana había fruncido el ceño de la forma acostumbrada y se había levantado de la cama siendo otra vez el desconocido sin emociones con el que se había casado. No dijo ni una sola palabra mientras se vestía. Se marchó con la breve explicación de que estaría fuera con una patrulla y que la vería a la hora de la cena. No le había hecho ninguna pregunta sobre sus planes para aquel día, ni le ofreció ninguna sugerencia sobre cómo comenzar sus obligaciones como la nueva señora de Montague. Todo aquello le indicó que había pronunciado en serio cada palabra dicha la noche anterior. Su valía estaba limitada a los deberes que cumpliría en la alcoba.

Tess se sentía muy tentada de hacer exactamente lo que él esperaba, lo cual era exactamente nada, sólo para fastidiarle. Podía ignorar alegremente sus deberes y dejar que su esposo se revolcara en la mugre que invadía su hogar. Podía sentarse cruzada de brazos y ver como todo dentro de la fortaleza se desmoronaba lentamente, mientras aguardaba a que Kenric se le uniera cada noche para llevar a cabo el único deber que esperaba de ella. Sin embargo, su ánimo se rebelaba contra la idea de permitir que la usaran de esa manera. Por otra parte, él nunca sabría lo que se estaba perdiendo si no se lo enseñaba. Hacer lo opuesto de lo que Kenric esperaba era la única forma de mantener un vestigio de autoestima y de probarle lo equivocado de sus ideas sobre la utilidad de una esposa.

Su comportamiento le recordó que no debía permitir que sus recientes relaciones íntimas influyeran en sus planes de fuga. Tenía que hacer cualquier cosa para escapar de nuevo. No podía volver a fallar. Entretanto, no sólo dirigiría el hogar de Kenric tan eficientemente como él dirigía su ejército, sino que también representaría el papel de la esposa perfecta. ¿Qué mejor forma de recuperar su confianza y la de su gente? ¿Qué mejor forma de planear su fuga que actuar como si la idea no se le pasara por la cabeza? A la larga bajarían la guardia. Surgiría una oportunidad más pronto o más tarde. Entonces Kenric se daría cuenta de lo valiosa que era, de lo mucho que había aportado a su vida, no en tierras o dinero, sino en riquezas que no podían ser contadas. Las sombras en el muro se alargaban, lo que indicaba que la cena comenzaría en poco más de una hora. La idea de ver a Kenric de nuevo le aceleraba el pulso en una mezcla a partes iguales de temor y excitación. Aparte de pasar la tarde planeando traicionarlo, ¿cómo podría cenar tranquila sentada junto a un hombre que la había visto desnuda apenas unas horas antes? ¡Cielos! Había hecho mucho más que yacer desnuda con Kenric.

Soltó la cinta que sujetaba su pelo y frunció el ceño ante su incapacidad para hacerse la trenza. Cogió su cepillo y se dirigió a la puerta. Ya tenía la excusa que necesitaba para hacerle una visita a Helen. Era hora de conocer a su cuñada. Empujó la puerta pero se detuvo repentinamente, sobresaltada ante lo que se encontró allí. Los guardias apostados en el pasillo parecían casi tan sorprendidos como ella.

–¿Todavía estáis aquí? –preguntó Tess. En realidad era una afirmación, y su expresión así lo indicaba–. Supuse que era libre de dejar mi habitación ahora que mi esposo ha regresado. Me dijo que me encontrara con él en el gran salón para la cena.

–Sois libre de ir dondequiera que deseéis, milady. –El más viejo de los dos le hizo una pequeña reverencia, ajustando su túnica azul oscura con un firme tirón–. Soy sir Simon Delacort y él es sir Evard de Cordray –dijo señalando al hombre más joven, a su derecha.

Al apartar la mirada del veterano guerrero, Tess advirtió que Evard llevaba la misma túnica azul oscura que su compañero. Su oscuro pelo estaba algo encrespado, como si acabase de pasarse los dedos por él, y tenía los ojos de un verde brillante aún abiertos por la sorpresa de verla. Parecía que casi todos los hombres de Kenric tenían el extraño hábito de quedarse mirando a las damas.

–El barón desea que os acompañemos cuando salgáis de vuestros aposentos –prosiguió Simon–. Le preocupa que os podáis perder, al ser nueva en el castillo. Estamos aquí para escoltaros a dondequiera que deseéis.

–¿Y tenéis que dormir ante mi puerta para hacerlo? –preguntó Tess mordazmente, mirando los jergones dispuestos a lo largo del muro en el corredor. «¡Ja! Nueva en el castillo, vaya excusa.»

–Estamos siempre a vuestro servicio, milady. –Simon hizo otra reverencia–. Es lo que el barón desea.

–Sólo me dirigía a la habitación de lady Helen –dijo ella con vacilación. Era su oportunidad de averiguar si tenían órdenes de seguirla a todas partes–. Hay algunas preguntas que deseo hacerle, pero no es algo para lo que necesite una escolta. Basta con que me señaléis el camino a sus aposentos.

–El lugar al que vais no es asunto nuestro, milady –dijo Simon pacientemente, a la vez que sonreía de manera forzada, como si no disfrutara con su deber–. Vayáis donde vayáis, estamos a vuestro servicio.

–De acuerdo –murmuró Tess después de recibir respuesta a su pregunta.

Cuando Tess vaciló, Simon señaló con un ademán el pasillo sur y luego siguió a la baronesa. Ella miró por casualidad por encima del hombro y vio como Evard se había quedado clavado en el sitio, con la misma expresión de asombro que tenía cuando abrió la puerta. Simon retrocedió unos pasos, agarró a Evard por el brazo y siseó una advertencia entre dientes.

–¡Despierta de una vez, muchacho! ¿Tendré que decirle al barón que descuidas tus responsabilidades para quedarte mirando embobado a su mujer?

Evard abrió los ojos de par en par, se puso firme y empezó a andar con pasos rápidos y precisión militar.

Tess vaciló por un momento cuando llegaron a la habitación de Helen, insegura ahora sobre si la visita sería buena idea. Tomó aliento y llamó a la puerta. Para su sorpresa, Simon alargó el brazo y abrió, diciéndole en voz baja que una baronesa no tenía que llamar a sus propias puertas. El soldado la precedió y anunció con formalidad:

–La baronesa desea vuestra compañía, lady Helen.

Simon le dedicó una leve reverencia a Helen. La hermana de Kenric estaba sentada ante una mesa pequeña y tenía la mano detenida en el aire mientras intentaba alcanzar uno de los muchos frascos pequeños que había dispuestos frente a ella. Simon se volvió y le hizo una reverencia formal a Tess antes de marcharse de la habitación.

Helen ignoró a Tess por completo y dirigió de nuevo su atención hacia los cosméticos. Obviamente, la dama era lo bastante presumida como para cuidar en extremo su apariencia personal. Tess se preguntó dónde iba esa vanidad cuando se trataba del estado de su hogar. La habitación también estaba en perfecto estado, al igual que la de Kenric, aunque los muebles de Helen no eran tan suntuosos. Una cálida alfombra tejida a mano cubría el suelo frente al hogar. El resto del piso estaba cubierto con esteras de cañas, pero estaban limpias y había hierbas aromáticas esparcidas para perfumar el ambiente. De hecho, todo en la habitación estaba tan inmaculado y arreglado como su propietaria. O a Helen no le importaba el aspecto del resto del castillo, o estaba así a propósito.

–Date prisa con esa costura –ordenó Helen.

–Sí, milady –murmuró Miriam.

La criada estaba sentada sobre unos mullidos cojines de terciopelo azul junto a la ventana de la habitación. El asiento parecía tan acogedor que Tess decidió poner uno igual en su cuarto. La luz de la ventana haría que la lectura fuese más fácil. Sin embargo, Miriam utilizaba la luz para coser un vestido color rosa extendido sobre su regazo.

–Vuestro guardián es muy brusco, señora –declaró Helen, prestándole atención por primera vez a su cuñada.

La mirada que le dedicó a Tess fue tan breve como la que le dedicaría a una mosca fastidiosa.

–Es un poco solemne para una reunión informal de familia –dijo Tess vacilante, desconcertada por el frío tono de la mujer–. Aunque, realmente, no nos conocemos bien.

Tess aguardó una respuesta mientras se preguntaba por qué Helen se mostraba tan odiosa. También había notado un breve indicio de desagrado en el rostro de su cuñada cuando señaló su reciente parentesco. ¿De verdad odiaba tanto Helen a su hermano como para extender su odio a su esposa? ¿Y por qué odiaba a Kenric, para empezar? Tess abandonó la idea de pedirle a Helen que la ayudara a trenzar su pelo y decidió ir derecha al grano.

–He venido a pediros vuestra colaboración en un asunto que podría ayudarnos a conocernos mejor. Al ser una recién llegada en Montague, he tenido ocasión de advertir que se podrían hacer algunos cambios para mejorar el lugar. El castillo es grande y creo que una mujer sola tendría dificultades para administrar una propiedad tan extensa, pero podríamos lograr mucho trabajando juntas.

Helen contempló a su cuñada sin rastro de emoción. Tess no podía evitar ponerse nerviosa ante la forma tan impersonal en que los Montague podían mirar a alguien. Levantó la barbilla de forma retadora y se afianzó en su postura. La sonrisa que le dedicó finalmente Helen le produjo escalofríos.

–Os deseo suerte con las mejoras que deseéis hacer, lady Tess. –Helen se volvió de nuevo hacia la mesa, quitó la tapa de un frasco y metió los dedos dentro. Echó su cabeza atrás, se untó la crema en el cuello y siguió hablando a Tess como lo haría a una niña–. Pero encontraréis que los sirvientes se mostrarán resentidos ante la intromisión de una extraña. Les llevará tiempo aceptaros como su señora.

–Eso me imaginaba –concedió Tess–. Sin embargo, no estaba pidiendo todavía la ayuda de los sirvientes, lady Helen, sino la vuestra. Por ejemplo, el salón mejoraría con sillas robustas y cojines tan bien cosidos como éstos –dijo Tess, pasando la mano por los cojines azules de la ventana–. Los carpinteros tendrán que hacer las sillas, pero apreciaría vuestra ayuda con los cojines. ¿Cosisteis éstos vos misma?

–Yo no coso.

Helen apretó los labios hasta convertirlos en una fina línea que mostraba una expresión más pétrea que nunca.

–Así que no coséis –repitió Tess despacio. Dejó vagar la mirada en torno a la habitación y examinó los numerosos tapices de la pared y los bordados que engalanaban un enorme montón de almohadas sobre la cama–. O quizá no lo hacéis cuando el trabajo no es de vuestro agrado. ¿Quién bordó las almohadas de vuestra cama, lady Helen?

–No logro acordarme. –Helen se encogió de hombros.

Tess calló durante un momento antes de encogerse de hombros a su vez.

–Con el tiempo, creo que veremos grandes mejoras en vuestras habilidades para la costura, lady Helen. –Caminó sin prisa hacia la puerta, pero se volvió de pronto para encararse con su cuñada una vez más–. De hecho, creo que en un par de semanas tendréis la suficiente habilidad como para empezar a coser cojines para los asientos del salón.

Tess cerró la puerta con esa predicción, ante la rebelde expresión de Helen. Era un comienzo, decidió sonriendo sin ganas. No era un comienzo muy positivo, pero al menos era un comienzo.

Kenric se esforzó al máximo en no empezar a pasear nervioso por el gran salón mientras aguardaba la llegada de su esposa. Fitz Alan estaba hablando monótonamente sobre algún estúpido caballo de su cuadra, pero los pensamientos de Kenric estaban en otra parte. La vela que marcaba el tiempo y que tardaba una hora exacta en consumir cada uno de sus rojos anillos le indicó que Tess llegaba tarde. Kenric odiaba que la gente se retrasara. Revelaba falta de disciplina. Tendría que tener una charla con ella sobre el asunto.

Tal vez le estaba haciendo esperar a propósito, sólo para molestarle. Se preguntó si estaría enfadada con él por abandonarla para dirigir la patrulla de la tarde o por algún otro motivo. No parecía enfadada cuando se marchó. Ni tenía por qué estarlo. Era su deber patrullar el perímetro del castillo cuando residía en él. La tarea demostraba a sus hombres la seriedad con la que se tomaba sus obligaciones. No era un señor negligente que se diera a la bebida o que se quedara en una blanda cama en el castillo mientras otros se encargaban de su protección. Cabalgar con sus hombres les demostraba que se preocupaba por su seguridad. Seguro que Tess lo entendía.

«Sí, por supuesto que lo entiende», decidió Kenric. Se relajó contra la repisa de la chimenea y extendió un brazo con descuido a lo largo de la viga de roble pulido. Un momento después vio a Tess con el rabillo del ojo y se irguió de golpe, con sus sentidos repentinamente alerta. Se apartó un poco de la chimenea para tenerla en su línea de visión. El fingir hablar con Fitz Alan era una forma conveniente de observarla sin revelar su interés, mientras ella tomaba asiento en la mesa principal.

–Sí, ese potro es del color rosa más sorprendente que alguna vez haya visto –declaró Fitz Alan.

–Hmm –murmuró Kenric distraído, sin dejar de mirar a Tess.

Pensó que sus ojos centelleaban como joyas y que su cabello poseía un brillo que ni el oro podría igualar. «Dios, qué hermosa es», se dijo. Iluminaba su sombrío salón como si se tratara de un rayo de sol. En ese momento, Kenric supo que nunca se cansaría de mirarla.

–Imagina mi asombro cuando a la bestia de repente le brotaron alas y salió volando de la cuadra por encima de mi cabeza.

–Sí, sorprendente –acordó Kenric con seriedad.

Tess se volvió para darle las gracias a Simon cuando le sirvió una copa de vino, pero mantuvo su mirada fija en la mesa. ¿Por qué no lo miraba? Kenric arrugó el ceño pensativo, intentando recordar si había dicho algo que hubiera podido ofenderla.

–Por supuesto, era de esperar. La yegua que parió al potro era verde brillante con grandes alas azules.

–¿De qué diablos estás hablando? –le preguntó Kenric, irritado por verse finalmente forzado a oír la conversación de Fitz Alan–.

No, no me lo digas –continuó, seguro de que la explicación no sería de su agrado–. Es hora de cenar y estoy hambriento. Guárdate tus cuentos para algún escudero crédulo.

Fitz Alan hizo una profunda reverencia para disimular una sonrisa que estuvo a punto de convertirse en risa. Caminó hasta la mesa y tomó asiento a la izquierda de su señor.

Kenric habló en voz baja con Evard antes de sentarse en su silla y le dirigió una rápida mirada a Simon, que parecía estarle contando a Tess una historia muy graciosa. Todavía no se había dado la vuelta para mirarlo. «¿Es casualidad o lo hace deliberadamente?», se preguntó Kenric.

–Puedes ocupar tu asiento junto a Fitz Alan –ordenó a Simon, disgustado con la atención que su vasallo mostraba a su esposa. No era apropiada. Tampoco le gustó la forma en que la espalda de Tess se puso rígida ante el sonido de su voz.

Simon se quitó de en medio y ella se giró en la silla y extendió una mano hacia su copa de vino. Tomó un pequeño sorbo y, por fin, le prestó atención.

–Buenas noches, esposo.

Kenric pensó que su voz sonaba deliciosamente ronca.

Su pelo, libre de la trenza, enmarcaba su cara como una suave nube dorada. Kenric estudió detenidamente los ojos del color de las violetas en primavera y no vio rastros de enojo. Suspiró y se dio cuenta de que había estado conteniendo el aliento de nuevo. El alivio que sintió lo sorprendió.

–Buenas noches, esposa.

Kenric subrayó la palabra «esposa» para recordarle que estaban verdaderamente casados tras consumar su matrimonio la noche pasada. Incluso le sonrió para mostrar su placer ante el hecho. Tess bajó la cabeza y se miró fijamente las manos.

La comida empezó con un silencio incómodo. Tess miraba a cualquier parte menos a su esposo, quien, al sentirse tan ignorado, mostraba un gesto adusto. Tras intentarlo tres veces, Fitz Alan cejó en su intento de charlar con Kenric y se volvió para empezar una conversación coherente con Simon. Su charla en voz alta pronto encubrió la conversación susurrada entre el barón y la baronesa.

–No llevas el pelo trenzado –comentó Kenric, y se sintió estúpido por parecer incómodo y no saber qué decir.

¿Por qué se sentía tan fuera de lugar? Si seguía así, acabaría hablando del tiempo.

–¿No te gusta de esta forma?

–Al contrario. Me gusta mucho.

–Entonces lo llevaré así a menudo.

Tess se sonrojó, hundió la barbilla en el pecho y centró su atención en la comida menos apetitosa que jamás hubiera visto.

–Bien.

Kenric también volvió su atención a la comida, preguntándose qué podría haber cambiado su conducta tan drásticamente. Parecía avergonzada de algo, pero ¿de qué?

–Evard me ha dicho que visitaste a Helen esta tarde –comentó con la intención de seguir conversando.

–Así es –replicó, evasiva.

–¿Fue una visita... agradable?

Kenric no había experimentado una visita agradable a Helen en toda su vida. Era una pregunta sin sentido.

–Sí, de lo más placentera.

–¿Hablasteis de algo en particular? –le preguntó, ahora con auténtica curiosidad.

Tess se encogió de hombros, ocupada en apartar un nabo pasado de su plato.

–De esto y de aquello, milord.

–¿Como por ejemplo?

–Lady Helen está de acuerdo en que hace falta reemplazar los taburetes del salón con sillas y bancos. –Tess utilizó la punta de su cuchillo para dar vueltas al nabo una y otra vez. Su otra mano cayó en su regazo y empezó a retorcer un rizo suelto de su cabello–. Se ofreció amablemente a coser bonitos y mullidos cojines para los nuevos asientos.

Kenric estuvo a punto de reírse en su cara. Helen jamás había hecho nada que pudiera beneficiar a su hermano «amablemente». Tess le estaba mintiendo de forma descarada.

–Ya veo. ¿Hablasteis sobre algo más? ¿De nuestro reciente matrimonio, tal vez?

–¡Oh, no, milord! –Tess se mostró horrorizada. Bajó la cabeza y se inclinó para acercarse y poder susurrar en su oído haciendo pantalla con la mano–. Nunca hablaría de lo que hemos... quiero decir, nuestro... nunca hablaría de eso con nadie excepto contigo.

Kenric no pudo evitar su perplejidad. Le llevó un momento darse cuenta de que Tess estaba pensando en lo que había ocurrido entre ellos la noche anterior.

–¿Estás segura de que no hay nada de lo que desearías hablar? ¿Algo de carácter personal, quizás?

–¡En absoluto, milord! –Tess se abanicó el rostro con una mano antes de darse cuenta de lo revelador que era el gesto, entonces dejó caer la mano en su regazo.

–Creo que sí lo hay –dijo él, presuntuoso, sonriendo ante su desasosiego.

Tess negó con la cabeza y empezó a cortar su comida en pedazos irregulares, esforzándose al máximo en ignorarlo de nuevo. Kenric a duras penas podía creer que la dama que se sonrojaba de aquella manera fuese la misma mujer apasionada con la que había yacido horas antes. De repente, la razón de su timidez cristalizó en su mente. Quiso reír en voz alta de la satisfacción que sintió. Lo que ocurría era que su modestia virginal había vuelto con toda su fuerza. Había esperado que Tess actuara como las otras mujeres que había conocido: mozas que lo manoseaban y se colgaban de su brazo tras haberse acostado con ellas y que le engatusaban con sus mañas para sacarle cumplidos o regalos. Pero Tess no era así. Probablemente se desmayaría del susto si la tocara en aquel momento. Con sonrisa de lobo, deslizó una mano tras su espalda y acarició suavemente la curva de su cadera.

No se desmayó.

Sí, eso tuvo que reconocérselo. Pero Tess pegó un salto en el aire de casi medio metro y en el proceso tiró su taburete. Se habría caído fuera del estrado si Kenric no la hubiese sujetado. Rápidamente puso en pie el taburete y sentó a Tess de nuevo antes de volverse hacia los espectadores. Eran observados por todos y cada uno de los ojos del salón.

–Una rata –carraspeó Kenric, sin dirigirse a nadie en concreto.

Se sentó y se inclinó para susurrarle al oído a Tess–: ¿Estás segura de que no hay nada que te preocupe, pequeña?

Tess se acarició la oreja.

–Nada importante –contestó, pétrea.

Él alargó la mano sobre la mesa para coger la suya y acarició perezosamente sus dedos con el pulgar.

–¡Por favor, no hagas eso, milord!

Tess apartó la mano de un tirón, como si se hubiera quemado.

–¿Por qué no?

–¿Por qué no? –repitió mientras alzaba la vista para mirarlo a la cara.

Los ojos de Tess se volvieron tiernos y sensuales. La visión de los labios de Kenric hizo que se extendiera el calor por su vientre. Mientras ella contemplaba su boca, él cerró los puños para evitar agarrarla, atraerla a su pecho y besarla larga y profundamente.

–No deberías mirarme de esa forma en público –susurró Kenric sin convicción. A decir verdad, le encantaba la forma en que lo miraba. Pero no en aquel salón, donde todos podían verlos–. Ve arriba, Tess. A nuestra alcoba. Me reuniré pronto contigo.

–La comida no ha terminado –señaló, todavía en susurros–. Es de mala educación levantarse de la mesa antes de que hayas terminado de comer. Tus hombres murmurarán.

–Imagina lo que dirían si te hago el amor aquí mismo.

Tess se quedó asombrada. Le llevó un momento recobrarse, pero luego asintió tímidamente, con sus ojos aún fijos en los de él.

Fitz Alan aguardó a que la baronesa desapareciera escaleras arriba antes de dirigirse a Kenric.

–Tal vez éste sea un buen momento para dar las órdenes que quieres que se lleven a cabo mañana, milord. –Fitz Alan se estiró y cogió un cántaro de cerveza para rellenar las jarras de ambos–. Así nadie tendrá que molestarte la mayor parte del día.

Kenric se giró y contempló a Fitz Alan en silencio durante un largo momento, mientras el significado de sus palabras penetraba en sus aturdidos sentidos. Su esposa le estaba volviendo loco, rebajándolo hasta el punto de hacerle actuar como un escudero locamente enamorado delante de sus hombres.

–¿Es tan obvio?

–Me temo que sí –contestó Fitz Alan jovialmente–, milord.

Kenric frunció el ceño.

–Me distrae en exceso. Ocupa mis pensamientos demasiado a menudo.

–Tener una esposa bella no es ninguna maldición –señaló Fitz Alan–. Muchos hombres querrían tener una dama como la tuya.

–No debería tomarle demasiado cariño –dijo Kenric en voz queda–. Sabes tan bien como yo el peligro que eso implica. Aquel barón galés... Welton, se llamaba. ¿Te acuerdas de cómo usamos a su esposa contra él?

La expresión de Fitz Alan se endureció. Entendía con toda claridad lo que quería decir Kenric. Lo último que necesitaba un hombre con enemigos era un arma que pudiera ser usada contra él. Lady Tess estaría más segura si los que odiaban al barón creían que no ocupaba ningún lugar especial en sus pensamientos.

–Probablemente no sea más que un encaprichamiento pasajero –vaticinó Fitz Alan.

–Sí, esto tiene que terminar pronto. Voy a poseerla hasta saciarme. El deseo siempre acaba por desvanecerse –añadió con seguridad tras tragar una generosa cantidad de cerveza–. En muchas ocasiones, después de una noche o dos, me cuesta recordar la razón por la que una moza me pareció atractiva en un principio.

Fitz Alan asintió.

–¿Deseas que supervise la instrucción por la mañana?

Kenric estuvo encantado de dejar atrás el tema de su mujer. Y, sin embargo, no podía negar el apresuramiento con el que dio a Fitz Alan sus órdenes ni la expectación que sentía ante la noche que lo esperaba.

10

A veces un hombre tiene que apartar sus preocupaciones y disfrutar únicamente del momento. Un razonamiento poco habitual para un guerrero que vivía todos los días de su vida con una rígida disciplina. Pero esa mañana Kenric había decidido dejar a un lado los deberes y responsabilidades en favor de la compañía de su esposa. Quizá le dedicara un día entero. Casi había llegado la tarde y todavía seguía en la cama, con Tess apoyada sobre su pecho como una cálida manta.

Su firme juramento de recobrar su autodominio cuando le hiciera el amor resultó ser imposible de cumplir. Empezaba a seducirla con las intenciones apropiadas y conseguía mantenerlas durante dos minutos justos. Una caricia, su olor, la suavidad de su cabello acariciando su pecho, el cambio de color en sus ojos cuando la poseía el deseo... Kenric había perdido la cuenta de todo lo que le hacía perder el control. No había una sola cosa que pudiera hacer para evitarlo y así ponerse en guardia contra ella. Quería culpar a Tess por la lujuria que le hacía perder el juicio hasta que acababa saciado en sus brazos, maldiciendo a su propio cuerpo por traicionarlo. Cuando lo miraba con inocente confusión, no podía hacer más que fruncir el ceño ante el poder que ella tenía sin saberlo. Era consciente de que su esposa se hacía preguntas sobre sus cambios de humor, pero jamás lo expresaba en voz alta. «Deja que se preocupe», pensó con un atisbo de satisfacción. Él ya tenía su parte de preocupaciones.

«La cura acabará por funcionar», se dijo con optimismo. Nadie miraría con extrañeza que un hombre recién casado pasara un día entero con su esposa. Nunca había estado más de dos días con una mujer sin acabar completamente hastiado. Acabaría por cansarse del parloteo de Tess o se aburriría de sus silencios. Su belleza se desvanecería hasta que sólo pudiera ver sus defectos. Se saciaría hasta un punto en el que ni siquiera una orgía romana despertaría su interés. Sí, su deseo acabaría por apagarse. Preocuparse no tenía sentido. Sencillamente, actuaba como un niño con un juguete nuevo, fascinado durante un solo instante. No pasaría mucho tiempo antes de que dejara de divertirlo, de cautivarlo tan completamente. ¿Por qué no disfrutar de ella mientras durase? Kenric dejó que su mirada vagara por la habitación buscando alguna distracción. Sonrió cuando vio un cubo caído cerca de la tina. La noche pasada había regresado a su aposento para encontrarse con un baño caliente y una esposa no menos caliente aguardando para darle placer. El recuerdo de sus manos mojadas y enjabonadas moviéndose por su cuerpo hizo que arqueara sus caderas contra Tess, mientras apretaba el brazo en torno a su cintura para mantenerla en su sitio. Sí, le había enseñado demasiado bien cómo bañar a un hombre.

–Mmm –suspiró ella, estirándose con laxitud sobre él. Sus ojos parpadearon y se abrieron para revelar dos estanques color violeta, adormilados y satisfechos.

–Buenos días.

–Es por la tarde, esposa. Nunca he conocido a nadie que durmiera más que tú.

–No es mi costumbre –admitió. Su sonrisa se tornó pícara mientras movía sus caderas seductoramente–. Pero me siento muy descansada.

Kenric agarró sus caderas para detener sus movimientos e hizo una mueca.

–He desatado a una diablesa lasciva.

–¿Te arrepientes? –le preguntó inocentemente, mientras continuaba moviéndose de una forma de la que nunca podría decir que fuera inocente.

–Quizá. ¡Deja de hacer eso! –gruñó Kenric.

Tess se frotó contra su pecho una vez más antes de obedecer la orden.

–Puede que no necesites dormir, pero necesitas descansar –aseguró él.

–¡Ja! –se burló, con una sonrisa que seguía siendo provocativa–. Mi esposo está evidentemente agotado por el...

Tess hizo una pausa buscando la palabra apropiada. Miró al techo como si pudiera encontrar la respuesta allí.

–¿Entusiasmo? –sugirió Kenric con suavidad.

–Eso es. Por el entusiasmo de su mujer –acordó Tess–. ¿Crees que una siesta te vendría bien, esposo?

–Tus palabras me suenan falsas, esposa. No soy yo el que será incapaz de caminar el resto del día. –Acarició la parte posterior de sus piernas, abiertas a horcajadas sobre sus caderas–. Juraría que apenas eres capaz de ponerte en pie ahora.

La sonrisa de Tess se desvaneció cuando, al tratar de cambiar de posición, una de sus piernas y sus músculos se negaron a responder. Kenric la ayudó, pero sus gemidos también borraron su sonrisa.

–No deberías haber dormido de esa forma. –Su voz reflejó preocupación, pero también estaba teñida de un perverso orgullo masculino cuando le susurró seductoramente al oído–: Al menos no hasta que te hayas acostumbrado a la posición.

A pesar de sus dolores, Tess sonrió ante la maliciosa sugerencia y empezó a subir las rodillas poco a poco. No había pecado al disfrutar de su esposo, se dijo razonablemente, y apartó a un lado el pensamiento de que no seguirían casados durante mucho tiempo. Por el momento no eran distintos de cualquier otra pareja casada.

–Espero practicarla con asiduidad, milord.

–Más no –gimió Kenric mientras apretaba sus dedos en sus caderas para mantenerla quieta–. Acabarás matándome.

–Seguro que no puedes morirte por esto –murmuró Tess con voz provocativa.

Se irguió para sentarse a horcajadas sobre las rodillas de Kenric y comenzó a pasar los dedos a través de la suave mata de vello que cubría su pecho. No había ninguna parte de él que no la fascinara. Su plan de actuar como la esposa perfecta tenía recompensas que nunca hubiera podido imaginar. Le costaba tan poco esfuerzo interpretar el papel que empezaba a preguntarse cuánto había de actuación en ello. Sonrió triunfante ante la expresión de la cara de Kenric cuando movió sus caderas una vez más.

–Sólo me estaba poniendo cómoda.

–No te pongas demasiado cómoda, gatita. –Kenric cogió unos cuantos rizos desordenados de su cabello y arregló las sedosas hebras que caían sobre sus hombros–. O si no cambiaré de opinión acerca de llevarte a recorrer el castillo.

–¿Una visita? –preguntó Tess, encantada con la idea. No podía creer que él hiciera algo tan conveniente para sus planes–. ¿De verdad?

–De verdad –dijo Kenric riendo entre dientes.

–¡No puedo esperar! ¿Podemos irnos ya? ¿Me lo enseñarás todo?

–Sí, todo –le aseguró–. Será mejor que tengas cuidado, cariño, o tu entusiasmo herirá mis sentimientos. Hace un momento no parecía que tuvieras ninguna prisa por salir de mi cama.

Una suave sonrisa curvó los labios de Tess y su expresión se volvió seductora una vez más.

–Si lo deseas, no saldré de tu cama en todo el día.

–Eres una embustera, esposa.

La sonrisa de satisfacción de Kenric se desvaneció cuando la levantó de sus caderas y sus ojos se demoraron en su cuerpo. Su voz tenía un matiz de brusquedad cuando le ordenó vestirse.

Tess rodó fuera de la cama, pero se tomó un momento para masajearse las piernas e intentar devolverles la movilidad. Se lavó rápidamente con un trapo húmedo y rebuscó al azar entre sus ropas para decidir qué ponerse. La perspectiva de recorrer el castillo con su esposo hizo que se apresurara.

Tess se vistió en poco tiempo, pero arreglarse el pelo la retrasaba fastidiosamente. Se quedó asombrada cuando Kenric le quitó el cepillo de las manos y empezó a deshacer con delicadeza los enredos de sus largos cabellos. La extraña expresión en su cara le hizo preguntarse por el motivo de su acción.

–¿No te importa cepillarme el pelo? –preguntó con suavidad–.

Sólo una dama o su doncella se preocupan por esta tarea. Nunca había imaginado que a un hombre le gustara hacerlo.

–Me gusta sentir tu pelo en mi piel –respondió, levantando un mechón y dejando que se deslizara entre sus dedos–. Es como hilo de oro, Tess. Me recuerda la historia del viejo avaro al que le encantaba acariciar pilas de monedas de oro, aunque sé que no serían tan suaves al tacto.

Tess sonrió ante las hermosas palabras, sorprendida por aquel inesperado aspecto de su personalidad. Vaya con el Carnicero, se rió para sí. Qué distinto era su esposo del hombre de las leyendas.

«Piensa en Remmington», se dijo Tess con firmeza, sabiendo que se estaba ablandando de nuevo. No importaba que Kenric tuviera un lado amable. Seguía siendo un guerrero que tenía la intención de arrasar sus tierras a sangre y fuego. Sólo una estúpida se dejaría engañar por sus mentiras. Las siguientes palabras de Kenric no hicieron más que reforzar su determinación.

–Vamos, Tess –dijo con brusquedad mientras le tendía una mano–. Ya has tardado bastante. No tengo ganas de malgastar todo el día en esta habitación.

Tres horas más tarde se hallaban a gran altura, en las almenas de la torre del homenaje, observando desde arriba los patios interiores del castillo. La vista desde allí quitaba el aliento, pero Tess sólo tenía ojos para los edificios anexos y las construcciones dentro de las murallas de la fortaleza; intentaba memorizar ávidamente la información que Kenric le daba sobre cada parte de Montague. Le había enseñado las estancias más importantes del castillo y sus fortificaciones, pero no la había llevado a los sitios que más deseaba ver. Para asumir el papel de señora del lugar necesitaba saber cómo funcionaban las cocinas, la curtiduría, la herrería y el resto de los lugares dedicados a actividades vitales para el funcionamiento diario del castillo. Sabía que esas faenas tenían poco interés para un hombre como Kenric, así que decidió esperar y pedirle a Miriam la visita guiada que realmente necesitaba. Asumiría sus deberes muy pronto, pero deseaba tanto estar con Kenric, que no podía arriesgarse a que se cansara y se marchara.

De cualquier modo, un mensaje de parte de Fitz Alan interrumpió a la pareja, y su esposo se marchó con Simon tras prometerle que volvería pronto. Tess se asomó sobre las almenas y contempló la vista del calcinado paisaje, encantada de tener unos minutos a solas para absorber todo lo que había visto del castillo. Había apartado, horas antes, los planes sobre hacer cambios radicales en Montague, debido sobre todo a la actitud de los sirvientes. Reconocía que eran obedientes, pero en las caras de todos ellos existía una insolencia apenas disimulada. Era de esperar, teniendo en cuenta el ejemplo que les daba Helen. Lo que no esperaba era que Kenric fuera tan tolerante con su comportamiento.

Apoyó los brazos sobre el frío muro de piedra, descansó la barbilla en sus manos entrelazadas y observó los destellos del acero producidos por los hombres de Kenric que practicaban en el campo de instrucción mucho más abajo. La actitud de los sirvientes era preocupante, pero los soldados de Kenric eran algo completamente aparte. Toda actividad en el campo de instrucción había cesado cuando ella y Kenric llegaron para hacer una inspección. Los hombres aguardaron en respetuoso silencio hasta que su barón se dirigió a ellos. Fue entonces cuando la saludaron cortésmente. En efecto, Kenric no toleraba a sus hombres nada que no fuera la obediencia absoluta. Una simple mirada ceñuda a un caballero que, a su modo de ver, estaba demasiado ansioso por impresionarla, hizo que el hombre se deshiciera en balbucientes disculpas.

¡Cómo se habrían reído los MacLeith si Tess les hubiese pedido el mismo grado de respeto a Gordon y sus hombres! Ellos la insultaban abiertamente, pero al menos obedecieron la orden de Dunmore de mantenerse apartados. Era la única muestra de bondad, aunque hecha por motivos egoístas, que Tess podía agradecerle. Sencillamente su padrastro no quería que pariera un bastardo antes de estar casada con Gordon y haberle dado un heredero legal. ¡Ja! ¡Como si Gordon fuera capaz de tal proeza! Kenric, por otra parte, era más que capaz de engendrar en ella un heredero. Al ritmo que iban, no pasaría mucho tiempo antes de que se quedara embarazada. «Cuántos problemas», pensó con un suave suspiro. Tantas decisiones que no quería tomar.

Kenric se quedó parado en silencio en el umbral de la torre, cautivado durante un momento por la imagen que Tess presentaba mientras miraba desde las almenas. Con la barbilla descansando en sus manos, su cara se perfilaba perfectamente contra el despejado cielo azul, y la brisa agitaba de vez en cuando el manto refulgente como el sol que era su cabello. Hermosa, pero triste. No parecía más feliz de estar dentro de las murallas de Montague de lo que él se sentía.

No, ella no le había molestado con huecos halagos sobre su hogar. Había caminado en silencio a su lado mientras le enseñaba la fortaleza, frunciendo el ceño a menudo con expresión pensativa y haciendo pocas preguntas. Había sentido un impulso absurdo de llevársela en volandas de vuelta a su habitación, buscar a Helen y ordenarle que arreglase el desastre en que su hogar se hallaba sumido. Pero no, no haría nada que hiciera creer a nadie que sentía algún orgullo por Montague, que significaba algo más para él que un engorro inútil y no deseado. En vez de eso había llevado a Tess al campo de instrucción para enseñarle la única cosa en su vida de la que se sentía orgulloso: su ejército.

Había esperado que ella se sintiera horrorizada. Las damas sentían poco aprecio o interés por saber cómo funcionaba un ejército. Las mujeres que conoció en la corte se habrían sentido insultadas si hubiese expuesto sus delicadas sensibilidades a la zafiedad del campo de prácticas, y profundamente ofendidas si hubiera decidido presentarlas a los soldados rasos. Tess saludó a sus hombres con cordialidad y conversó con los sudorosos guerreros como si fueran cortesanos elegantemente vestidos.

Sus hombres actuaron como idiotas. Había estado tan preocupado por la reacción de su esposa hacia sus soldados que no había considerado la de éstos ante su esposa. Algunos simplemente se quedaron mirándola boquiabiertos mientras que otros hacían de todo, salvo malabarismos con sus espadas, para impresionarla. El efecto que una mujer bella había tenido en los fornidos y veteranos guerreros sería hilarante si la dama en cuestión hubiese sido cualquier otra que no fuera Tess. Kenric lo sabía, y también que sus posesivos celos le habían obligado a reprender a cualquier hombre que tuviese éxito en llamar su atención durante más de un segundo. Dejó a sus soldados mucho antes de lo que había pensado en principio, pues de repente dejó de estar de humor para compartir su nuevo juguete.

Como si aquélla hubiese sido la parte más agradable de la visita, Tess comenzó a sonreír de nuevo después de abandonar el campo de prácticas. Por alguna razón, Kenric se sintió absurdamente complacido por esas sonrisas. Ahora ella parecía a punto de llorar. Dado su extraño comportamiento hasta el momento, probablemente estaría recordando algún suceso. Era casi imposible adivinar su estado de ánimo. Desdeñaba un hogar que cualquier mujer apreciaría a pesar de su suciedad y sonreía ante un ejército que había aterrorizado a la mitad del mundo civilizado.

Fantaseando por un momento, Kenric se imaginó a Tess de pie allí, sola, aguardando su regreso de alguna guerra o batalla, con su corazón atenazado por el temor de que no volviera. La idea de que una mujer tan hermosa como Tess lo añorara era una fantasía muy agradable. Estar atada de por vida al Carnicero de Gales bastaría para hacer que cualquier mujer llorara. Lo más probable es que estuviese sintiendo lástima de sí misma por hallarse tan prisionera como él en aquel lugar infernal. ¿Sería capaz de admitirlo?

–¿En qué piensas?

Estaba tan absorta en sus pensamientos que no oyó regresar a Kenric. Sus tranquilas palabras la sobresaltaron.

–En que no deberías acercarte en silencio a la gente –le regañó, sonriendo para suavizar la reprimenda. Kenric se encogió de hombros y volvió su atención a la vista desde las murallas. Aunque no se movía, Tess sintió como si de repente se hubiera apartado de ella y hubiera levantado entre ambos una muralla tan sólida como en la que se apoyaba–. ¿Terminaste tu asunto con Fitz Alan?

–Era algo de poca importancia. Todavía no has contestado mi pregunta. ¿Por qué una expresión tan seria en un día tan magnífico?

Tess pensó en mentir por un momento, y luego decidió que no haría daño decir la verdad.

–Han pasado menos de cuatro semanas desde que me creí destinada a ser la prometida de Gordon MacLeith. Estaba pensando en lo diferente que habría sido mi vida con él. –Echó la cabeza atrás, con inseguridad en su mirada mientras lo miraba a los ojos–. Quisiera decirte el motivo por el que me azotó la última vez.

–No hace falta. –Kenric le dirigió una sonrisa sagaz–. Me lo confesaste cuando delirabas por la fiebre.

–¿Que confesé qué…? –preguntó Tess en tono preocupado.

–Que le dijiste a Gordon que no le gustaban las mujeres, sino los niños y jovencitos.

–Es cierto –susurró Tess–. Vino a mi habitación después de azotarme, e hizo salir a todos. Pensé que quería matarme, pero su único propósito era humillarme y amenazarme. Me dijo cuánto le desagradaba y prometió entregarme a sus hombres después de casarnos. Dijo que al pertenecer todos al clan MacLeith no importaría quién fuera el padre de mi hijo siempre que diese a luz un niño. Hizo otras promesas pero son… son obscenas, tan viles que no puedo repetirlas.

Kenric se acercó y sostuvo su cara en sus manos.

–No puedo borrar el dolor de tu pasado, pero puedo garantizarte que nunca más tendrás que temer a Gordon o a su padre. Jamás. Ahora eres mía, Tess, y yo protejo lo que es mío.

La inundó una oleada de ternura tan dulce y feroz que finalmente consiguió hacer que afloraran las lágrimas ocultas en sus ojos. Se refugió en sus brazos y descansó su mejilla en su suave capa de pieles. Le estaba diciendo la verdad. En su corazón, Tess supo que la protegería con su vida. Y ella pensaba pagárselo escapándose. La culpa, decidió Tess, era la más desagradable de las emociones. Sería mucho más fácil vivir con su decisión si Kenric fuera un hombre cruel, un hombre no mejor que los MacLeith. Él no se merecía a alguien que fingía ser su esposa y que trataría de abandonarlo a la primera oportunidad.

–Los MacLeith son chacales en los que no se puede confiar –dijo Tess vacilante, y le avisó de que debería estar prevenido en el caso de que alguna vez se enfrentara con su padrastro–. No esperes una pelea limpia si te enfrentas a esos traidores.

–Bueno… también me dijiste eso cuando estabas enferma.

–Parece que fui muy habladora –dijo Tess, cautelosa–. ¿Qué más te dije?

–¿Qué más? –repitió, levantando la mano para frotarse la barbilla–. Bueno, déjame pensar. Probablemente haya muy poco que no me hayas contado. Al menos, muy poco que sea de importancia. Tienes tendencia a hablar demasiado, esposa.

Ella frunció el ceño ante su mirada de lobo.

–No fue decoroso por tu parte escuchar mis delirios.

–Te gustan mis ojos.

–¿Hablé de ti?

Tess estaba horrorizada ante la idea. Casi cualquier cosa que dijese sobre Kenric sería humillante. Sus siguientes palabras probaron que su suposición era cierta.

–Te recuerdo a un caballero con el que soñaste durante todas las noches de la semana anterior a nuestra boda.

–Oh, Dios –gimió Tess. Se recuperó pronto y trató de recobrar la compostura adoptando una expresión de incredulidad–. ¿Lo ves? Obviamente no sabía lo que decía. No debes darle mucho crédito a nada de lo que dijera mientras estuve enferma.

Kenric asintió, pero su expresión indicaba que no creía ni una palabra. A Dios gracias, cambió de tema.

–Es casi la hora de cenar. ¿Te gustaría continuar esta discusión en nuestra alcoba? Podemos llevarnos la comida allí.

Para gran consternación de Tess, su esposo decía la verdad. Le contó lo concerniente a su enfermedad con todo lujo de detalles. Tess lo negó todo, poniendo mala cara cuando Kenric se reía a carcajadas de sus ridículas protestas. Pero esa risa desapareció cuando Tess le preguntó sobre su vida antes de que se conocieran. Adujo que había poco que contar. Fue el turno de Tess de reírse de una mentira tan obvia. Le siguió preguntando con tanta insistencia que al final cedió y le contó relatos fascinantes sobre Tierra Santa.

Tess no recordaba haberse quedado dormida en la silla, o que la llevara a la cama poco tiempo después. Cuando se despertó durante la noche, Kenric estaba tendido junto a ella, apoyado sobre un codo y con la cabeza reclinada en una mano. El brillo de las brasas arrojaba sombras sobre su expresión, pero estaba segura de que la miraba mientras le acariciaba el brazo con suavidad. No pudo recordar su respuesta cuando, adormilada, le preguntó si algo iba mal. Creyó oírle decir que no estaba seguro. La respuesta fue tan extraña que la convenció de que lo había soñado todo.

Los días que siguieron pasaron en una cómoda rutina. Kenric se levantaba temprano para entrenarse con sus hombres o salir de patrulla, y Tess se mantenía ocupada explorando el castillo.

A veces Kenric se unía a ella en el salón para almorzar, pero en la mayoría de las ocasiones pasaba el tiempo con el senescal, el mayordomo o cualquiera de sus hombres que tuviera problemas que resolver. Las cenas eran muy parecidas, aunque Kenric nunca se entretenía después y, en realidad, no probaban bocado en el gran salón. Ambos esperaban a llegar a sus aposentos para compartir comida y conversación.

–No me extraña que hayas conseguido convencerme para cenar aquí –comentó Kenric una noche, con la mirada puesta en una cucharada de espeso cocido–. ¿Cómo te las arreglas para encontrar una comida tan buena en este lugar?

Aunque se trataba de alimentos sencillos, eran considerablemente mejores que los que se servían en el gran salón.

–Me siento tentada de apuntarme el mérito –respondió Tess con una sonrisa, complacida de que su plan para parecer la esposa perfecta progresara tan bien–. Pero es Miriam la que se encarga de nuestras cenas todas las noches.

–Dale las gracias de mi parte.

Tomó una cucharada del cocido, lo acompañó con un trago de sidra y cogió una rebanada de pan fresco.

–Se lo he agradecido muchas veces, pero ella se pone nerviosa y no hace caso de los cumplidos. Si no estuviera segura de que no es así, diría que tiene miedo de que alguien se entere de lo que está haciendo.

Miriam temía a Helen. La criada había dejado entrever que su cuñada pondría fin a aquellas excelentes comidas si se enterara de que estaba siendo tan complaciente con ella. Tess deseaba preguntar a Kenric sobre el patente odio de Helen hacia él desde que llegaron a Montague.

–Vi a tu hermana en el patio hoy –empezó–. ¿A quién os parecéis tanto los dos, a tu madre o a tu padre?

Kenric levantó la vista lentamente de su plato, y la helada furia de su mirada hizo que Tess tragara saliva, nerviosa. «¿Qué he dicho para provocar tanta ira?»

–Mi familia no debe importarte.

–¿Por qué no? –preguntó, retándolo–. Cada vez que le pregunto a Helen sobre tu familia, me responde que tengo que preguntarte a ti. Cuando te pregunto a ti, cambias de tema o me dices que no es asunto mío. ¿Soy tan indigna del apellido Montague que no vas a decirme nada para ayudarme a encontrar mi lugar aquí?

La ira se desvaneció de los ojos de Kenric hasta que sólo pareció molesto. El suave tono de su voz la sorprendió.

–Es precisamente el nombre de Montague el que no es digno de ti, Tess. Sientes curiosidad y es natural, pero no hablo de mi familia con nadie. Quizá te cuente más cuando tomemos Remmington, pero eso no va a pasar en mucho tiempo, a menos que me puedas decir lo que sepas sobre sus defensas. Se dice que Remmington es inexpugnable, por lo que es probable que el asedio sea prolongado. ¿Hay algún túnel bajo las murallas?

–Ninguno que yo sepa –respondió Tess, todavía asombrada por la revelación de que pensara que su nombre no era digno de ella. Increíble. Hasta ahora, todas sus acciones le habían hecho pensar que era justo al contrario–. Mi padre no permitió que se construyera ningún túnel de seguridad. Llegó a afirmar que no era necesario, pues estaba muy orgulloso de que Remmington pudiera resistir cualquier asedio.

–Y, sin embargo, Remmington cayó ante los MacLeith –dijo Kenric con suavidad.

–Mi padre fue atraído fuera de las murallas con engaños –dijo Tess tajantemente. Apretó su copa de vino hasta que sus nudillos se pusieron blancos–. Con toda seguridad Dunmore MacLeith se quedará cómodamente a salvo tras las murallas de Remmington, a menos que logre hacerme volver.

Kenric se apartó de la mesa y se acercó caminando hasta su silla, sobresaltando a Tess cuando la estrechó contra su pecho.

–Eres mía –le recordó–. Yo me encargaré de tu padrastro.

Tess quiso decirle que estaba equivocado, que no quería que se ocupara de MacLeith, pues sabía que los métodos de Kenric destruirían todo lo que su familia había construido, todo lo que su familia representaba. Quería llorar ante tanta injusticia, sus palabras la tentaban más allá de toda lógica y despertaban en ella una tristeza tan grande que dolía. No pudo hacer ninguna de las dos cosas, porque los labios de Kenric cubrieron los suyos con un salvaje beso de posesión. Tess le devolvió el beso igualando su ansiedad, deseando desesperadamente que la hiciera suya una vez más, sabiendo que la haría olvidar durante un tiempo que su lugar no estaba allí.

Al comienzo de la siguiente semana, llegó un visitante con noticias que pusieron fin al tranquilo interludio. Uno de los vasallos de Kenric había muerto en la torre de Penhaligon y el hijo bastardo del caballero se había hecho inmediatamente con el control, negándoselo al legítimo heredero.

Todos se enteraron durante la cena, y Tess no pudo evitar inquietarse por el extraño silencio que causó aquel anuncio. ¿Acaso era el bastardo de Penhaligon un hombre tan peligroso? Miró a Kenric y sus temores se vieron calmados por su expresión. No estaba preocupado en absoluto.

Casi una hora más tarde, cien de los soldados de Kenric estaban montados en sus caballos y preparados para partir de la fortaleza. Tess sabía que el deber de su esposo era cabalgar con sus hombres. Sí, lo entendía y estaba de acuerdo con su decisión de encargarse personalmente del asunto. Pero no comprendía su extraña reticencia a verlo partir.

–Hay una larga cabalgada hasta Penhaligon. –Estaban de pie en el patio principal y Kenric sostenía las riendas de su corcel con una mano mientras se despedía de ella–. Puede que esté fuera un mes o más, pero Simon y Evard se quedarán aquí para protegerte.

–Estaré bien, milord. –Tess le dirigió una sonrisa animosa, satisfecha por no estar llorando. Para ella era un misterio la terrible necesidad que sentía de llorar. Debería estar encantada de su partida, ya que le daba la oportunidad perfecta para poner sus planes en marcha–. Me preocupa que todo sea una trampa para obligarte a salir de la fortaleza.

«En nombre del cielo, ¿por qué he dicho eso?», pensó Tess frunciendo el ceño. Aunque debía reconocer que era un buen detalle. Llevaba interpretando el papel de esposa devota durante tanto tiempo que estaba pasando a formar parte de su personalidad.

–Darvell viene causando problemas desde hace tiempo –le dijo, intentando tranquilizarla–. La mayor parte de mis hombres se quedarán en Montague, y también los guardias habituales de la fortaleza. No es más que lo que parece, esposa. –Extendió la mano para acariciar con ternura su mejilla–. Si necesitas algo, sólo tienes que pedírselo a Simon.

–Si no tienes ninguna objeción, me gustaría asumir mi lugar como señora de la casa mientras estás fuera –dijo rápidamente. Kenric pareció perplejo y se apresuró a explicarse–. Hay algunos cambios que me gustaría hacer, sobre todo en las cocinas y en el gran salón. Seguro que te has dado cuenta de que la comida podría mejorar.

–En efecto –rió entre dientes–. Las comidas serían considerablemente mejores si al menos mis hombres consiguieran digerirlas. Hablaré con Simon antes de marcharme. Se asegurará de que obtengas toda la ayuda que necesites. –Su expresión se tornó seria–. Ven aquí y bésame, esposa. Es hora de que me digas adiós.

Siendo conscientes de los espectadores, el beso fue dulce pero breve. Él fue el primero en apartarse, y al momento llamó a Simon para que caminara con él.

–Mi dama desea hacer algunos cambios como nueva señora de Montague. Te encargarás de que no encuentre ninguna dificultad –informó a su hombre. No le dio al veterano caballero el resto de las órdenes hasta estar seguro de haberse alejado lo suficiente como para que Tess no pudiera escucharlos–. No la pierdas de vista a menos que esté en nuestro aposento. No quiero que vaya a ninguna parte sin ti. Cuento contigo para encargarte de su seguridad, Simon.

–Así se hará, milord –contestó Simon–. La mantendré a salvo por vos. La baronesa no sufrirá ningún daño mientras esté bajo mi protección.

11

Sólo hicieron falta tres días para que Simon reconociera que había mentido a su señor. De haber tenido oportunidad, casi cualquiera que habitara dentro de las murallas de Montague habría matado con gusto a su nueva baronesa. En efecto, a Simon no le quedaba ninguna duda de que el Carnicero de Gales se había casado con una mujer decidida a eclipsar la reputación de su esposo. Al cabo de dos semanas, admitió su fracaso como guardián de Tess y envió un mensaje a su señor. La ira del barón al ser llamado a casa para ocuparse de su descarriada esposa seguramente sería menor que la de ser llamado para asistir a su funeral. Varios días más tarde, en la torre de Penhaligon, el mensajero no estaba tan seguro de la opinión de Simon cuando le presentó su informe a su señor.

–¿Que ella ha hecho qué?

–Así es, milord –dijo el mensajero, retrocediendo varios pasos–. Amenazó con dejar cojo al cocinero cortándole los dedos de los pies. En realidad lady Tess amenazó con ese castigo a todos los que trabajan en la cocina, si no lograban satisfacerla.

Kenric se puso las manos a la espalda y contempló la vista desde las almenas con la esperanza de que la pacífica visión del bosque que rodeaba la torre mejorara su humor. No funcionó. Su voz estaba cargada de ira cuando ordenó al soldado que continuara con el mensaje de Simon.

–El mismo día que os marchasteis, fue enviada una patrulla a cada una de vuestras posesiones por orden de la baronesa. Dio órdenes de que cada feudo debía proporcionar una décima parte de sus productos al castillo de Montague a intervalos determinados. Cuando el pueblo de Derry se negó, ordenó que quemaran el granero de los diezmos. El alcalde cambió de opinión antes de que vuestra esposa condenara al mismo destino a la cervecería. Sir Simon desea también que sepáis que la baronesa metió a vuestros sabuesos en la perrera y que espera que paguéis lo que se le debe al encargado de los perros para que ejerza sus funciones. Además, ha puesto a un gran número de soldados a tejer esteras de cañas para el suelo del gran salón. –El tono del mensajero indicaba claramente su disgusto por un castigo tan insultante–. Sir Simon también está muy preocupado con la decisión de vuestra dama de acompañar al bosque a la curandera de la aldea para recolectar hierbas medicinales. Trató de disuadirla, pero ella se mostró de lo más decidida, y afirmó que le disteis permiso para nombrar un ayudante para la anciana y que ella es la más cualificada. Aunque sir Simon y una veintena de hombres acompañaron a la baronesa, le preocupa su seguridad porque tiene la intención de ayudar a la anciana todas las semanas.

Kenric aflojó los puños y se inclinó sobre las almenas. Recuperar la torre de manos de Darvell no había sido un trabajo fácil y, sin embargo, durante ese tiempo Tess había causado un problema aún mayor. «Éstos son los problemas que causa el encariñarse demasiado con una esposa.» Las mujeres se volvían atrevidas cuando creían que estaban por encima del castigo.

–¿Es todo?

–No, milord –contestó el mensajero–. Ha habido muchos otros incidentes; en su mayoría con artesanos y aldeanos, pero sir Simon desea hablar con vos en persona sobre esos asuntos y os hace saber que piensa que son de carácter menos serio. También os envía sus disculpas por molestaros con estos problemas, pero cree que sus atribuciones para controlar la situación son limitadas. La baronesa aduce que tiene vuestro permiso para actuar como la señora de Montague, por tanto, está obligado a acatar sus deseos aunque piense que vos no los aprobaríais. Sir Simon dice que os estaría de lo más agradecido si arreglaseis la situación antes de que le suceda una desgracia a vuestra dama.

Kenric se habría reído del dilema de Simon si no fuera por la cólera que le producían los actos de su esposa. Sacudió la cabeza con incredulidad, preguntándose si Tess tenía ganas de morir o si era tan estúpida que no se había dado cuenta de lo peligroso de sus actuaciones.

–Encuentra a Roger Fitz Alan –ordenó al mensajero–. Dile que salimos para Montague dentro de una hora.

–La habilidad con la aguja se adquiere con práctica y paciencia –aconsejó Helen al ver cómo Tess comenzaba la tediosa tarea de deshacer varias filas de puntadas recién dadas para corregir su error. Admiraba la determinación de Tess de crear un patrón tan complejo para el estandarte de Montague cuando tenía tan poca experiencia para facilitarle la tarea.

–Puede que este proyecto acabe siendo demasiado ambicioso para mi talento –admitió Tess.

Se hallaban sentadas una frente a la otra junto a la chimenea de la habitación de Helen.

–Lo haces muy bien teniendo en cuenta que no has cosido en cinco años. Para ser inexperta, tu trabajo es muy bueno –afirmó la hermana de Kenric mientras se inclinaba hacia delante para inspeccionar el complicado tapiz.

Tess asintió para demostrar que se daba por enterada del cumplido. Helen se echó hacia atrás para observar el progreso del bordado de su cuñada y se preguntó el porqué de su reticencia a desanimarla. Debería odiar a la mujer de su hermano. De hecho, estaba decidida a hacerlo. Pero Tess había entrado en su habitación pocos días después de la partida de Kenric y le había dicho que no iba a salir de allí hasta que empezara a hacer cojines para los asientos del gran salón. Helen ya había destrozado a propósito casi un rollo entero de tela cuando descubrió que cenaría a pan y agua hasta que la tarea se llevase a cabo correctamente. Pasó dos lentos días en silencio regodeándose ante la falta de habilidad para el bordado de su cuñada mientras clavaba su aguja con furia en la tela de los cojines. Tess hablaba sin cesar, contándole historias como si a Helen de verdad le interesara lo que decía. Ver como su cuñada arrancaba las mismas puntadas una y otra vez acabó por ser demasiado para ella. Al tercer día, le enseñó a regañadientes cómo coser correctamente, y la guerra no declarada dio paso a una especie de incómoda tregua. Dos semanas más tarde, ya no veía a Tess como su enemiga, aunque tampoco la consideraba su amiga.

–Debería seguir enfadada contigo por chantajearme para que hiciera esta tarea –dijo Helen mientras se inclinaba sobre su propio tapiz, intentando fingir interés.

–Sí, deberías –acordó Tess, sin molestarse en levantar la vista–. No eres nada rencorosa, Helen. Pensé que protestarías mucho más antes de aceptar ayudarme a coser estos cojines. Y no estaba nada segura de que llegaras a hablarme alguna vez. –Tess dejó la aguja y contempló el fuego con expresión pensativa–. Ha pasado mucho tiempo desde la última vez que tuve a alguien con quien hablar.

–Casi haces que se me caigan las orejas de tanto oírte hablar los primeros días –admitió Helen con una sonrisa sincera–. Me hiciste tantas preguntas que al principio pensé que era alguna clase de castigo. ¿Cuál era mi color favorito? ¿Tenía alguna mascota? ¿De dónde saqué la tela para mis vestidos? Acabé por empezar a responderte, esperando conseguir un poco de silencio. Pero una vez que empecé a hablar, me di cuenta de lo mucho que echaba de menos tener compañía. –Helen bajó la mirada y volvió a su bordado–. Antes de que muriera mi padre no daba ninguna importancia a mis amigos, sin saber que pronto les obligarían a regresar a sus casas.

–¿Tus amigos ya no te visitan?

–Lo hacen de vez en cuando –dijo Helen–. O al menos lo hacían antes del regreso de Kenric. Pero antes solían vivir aquí. Enviaban a muchachos para ser entrenados como escuderos con el fin de que llegaran a ser caballeros. Las muchachas venían para aprender cómo llevar una casa grande, aunque la mayoría estaban más interesadas en encontrar esposo.

–Pero ¿por qué los obligaron a volver a casa? –preguntó Tess.

Helen siguió trabajando afanosamente en su tapiz, tan concentrada en su tarea que Tess casi dejó de esperar una respuesta.

–Porque sus padres no querían que estuvieran en la casa de Kenric. Se fueron todos en menos de un mes. Incluso mi hermano pequeño, Guy, fue llamado para servir al rey.

–¿Tienes otro hermano? –preguntó Tess bruscamente, sorprendida por la revelación.

–Guy cumplió dieciséis años el verano pasado. –Los ojos de Helen se velaron por las lágrimas y se volvió de espaldas–. Hace casi un año que no lo veo. Su entrenamiento le tiene muy ocupado y sólo se le permite visitarnos una vez cada verano.

–Ahora que Kenric ha regresado, quizá se podría persuadir al rey para que dejase a Guy volver a casa. Kenric está más que cualificado para encargarse de que vuestro hermano esté bien adiestrado.

Helen se envaró visiblemente y su rostro asumió su estudiada máscara de indiferencia. Tan sólo le dedicó a su cuñada una mirada fría e inexpresiva, sin que ninguna muestra de ira o emoción cruzara su rostro. Tess deseó de nuevo ser la mitad de buena que los Montague en disimular sus pensamientos. ¡Qué bien le hubiera venido ese talento cuando trataba con los MacLeith!

–Guy nunca volverá a vivir en Montague. No mientras Kenric esté aquí.

–Pero éste es el hogar de Guy –argumentó Tess–. Si de verdad Kenric cree que Guy no debería regresar, tendrías que hacerle ver lo equivocado que está.

–Hay mucho que no sabes sobre los Montague –comentó Helen amargamente, negando con la cabeza.

–No sé prácticamente nada sobre los Montague. No hay duda de que pasa algo raro en esta fortaleza. Hasta un ciego lo notaría en el momento que entrara por las puertas. Pero nunca sabré qué es lo que va mal si nadie me lo dice.

–¡Qué ingenua eres! –se burló Helen despectivamente–. ¿No sabes con quién te has casado? ¿No sabes el motivo por el que le llaman el Carnicero de Gales? Mata por diversión. Y no sólo soldados enemigos, sino también mujeres y niños indefensos.

–Kenric no mata por diversión –dijo Tess con firmeza–. Es un caballero y un guerrero. Los caballeros matan a sus enemigos, no a inocentes.

–El Carnicero de Gales sí lo hace. Pregunta a cualquiera. Hace cuatro años, Kenric y su ejército se encontraron con un campamento rebelde en los bosques de Gales. Los guerreros galeses estaban fuera, luchando en alguna otra parte, de modo que Kenric pasó a cuchillo a sus mujeres y niños. –Helen entrecerró los ojos y su tono se volvió venenoso–. Ésa es la razón por la que le llaman el Carnicero. El código de honor de los caballeros no significa nada para un hombre que carece por completo de honorabilidad. Mata a cualquiera que se ponga en su camino. Piensa en las mujeres que violó cuando te tenga en sus brazos por la noche, en cómo les cortó el cuello después. Piensa en los niños que cortó en pedazos cuando algún día los tuyos se reúnan en torno a tus faldas...

–¡Basta! –gimió Tess, tapándose los oídos.

–¿Crees que un monstruo como él vacilaría en matar al hermano al que ha quitado su derecho como barón de Montague? ¿Al que ha robado su herencia? ¿Quieres saber la verdad? La verdad es que te ha engañado, milady. Te ha hecho creer que es el legítimo barón de Montague y, por tanto, digno de casarse con una mujer de sangre noble, cuando de hecho no es más que un bastardo.

–No te creo –susurró Tess, todavía pensando en la historia sobre Gales.

Ningún caballero honorable mataría a mujeres y a niños indefensos. Aunque bien pensado, a ningún otro se le llamaba el Carnicero. Cruzó los brazos sobre el vientre y comenzó a mecerse hacia delante y hacia atrás.

–Es la verdad. Te has casado con un bastardo –añadió Helen dramáticamente–. Tus hijos estarán mancillados con la sangre de un bastardo. Aunque te viste unida a Kenric sin conocimiento de su pecado, tu propia alma está manchada más allá del perdón divino. El padre Bronson dice que los bastardos son la semilla malvada del hombre encarnada. Engendros del diablo venidos a la tierra para castigar a los hombres por su conducta pecaminosa.

Tess quiso huir a su aposento para esconderse de las verdades que tan temerariamente había exigido a Helen. Pero ahora que por fin estaba obteniendo lo que quería, no tendría sentido marcharse. El conocimiento era un arma útil. Haciendo un esfuerzo, intentó rebatir las ridículas creencias de Helen.

–Tú y Kenric tenéis un gran parecido –empezó Tess, pero su cuñada la interrumpió para explicarse.

–Es el hijo de mi madre –admitió Helen–. Ella era una de las damas de compañía de la madre del rey Edward. Nuestro rey era tan guapo en su juventud como lo es ahora en su madurez. Los hombres Plantagenet siempre han tenido buen ojo para las mujeres bellas, y mi madre lo era –añadió, encogiéndose de hombros–. Tan pronto fue descubierto su embarazo se arregló el matrimonio con mi padre.

–¿El rey es el padre de Kenric? –susurró Tess, completamente conmocionada por esa revelación.

¡Oh, Señor! Eso lo cambiaba todo.

–En efecto, ésa es la triste verdad.

Helen se puso en pie y se volvió hacia el fuego. Tess permaneció sentada, silenciosa y aturdida.

–Mi padre estuvo casado anteriormente, pero su primera esposa murió sin tener hijos. Tenía casi cuarenta años y era el último de su linaje. Sin un heredero, Montague revertiría a la corona a la muerte de mi padre. El viejo rey Henry vio una forma de eludir los problemas que causaría nombrar un nuevo barón y de evitar el escándalo de la amante preñada de su hijo. Le dio a mi padre un heredero ya preparado para presentarlo como suyo y proporcionó a mi madre un apellido para su bastardo. Nadie esperaba que tuvieran más hijos. Pero yo nací cuatro años después de su boda y Guy me siguió tres años más tarde. Mi madre ejercía una influencia apaciguadora sobre mi padre, pero su odio hacia Kenric se hizo evidente para todos cuando nació Guy. En los últimos años de su vida, mi padre hizo todo lo que estuvo en su mano para expulsar a la malvada simiente del rey de nuestro hogar. Pero no había nada que pudiera hacer para cambiar el hecho de que Kenric era su heredero legal.

«Y yo que pensé en pedirle al rey la nulidad de mi matrimonio con su hijo.» Se reiría en su cara. El complejo plan para ganar el apoyo del rey se desvaneció en el aire.

–Tienes...

–Tengo que pensar –interrumpió Tess, agitando una mano para pedir silencio.

Tal vez un sacerdote podría anular el matrimonio a causa de la bastardía de Kenric. «Si pudiera encontrar un sacerdote sin deseos de vivir una larga vida», pensó lúgubremente. ¿Y cuánto valdría su propia vida si sacara a la luz un secreto que el propio rey se había tomado tanto trabajo en ocultar? Nunca funcionaría. No habría anulación.

–Los que viven en Montague saben la verdad –informó Helen, aparentemente decidida a interrumpir los pensamientos de Tess–. Ése es el motivo por el que no aceptan a Kenric como su barón.

–Y tú no has hecho nada para facilitar la situación –afirmó Tess, irritada.

El odio de Helen hacia Kenric era la menor de sus preocupaciones en ese momento, pero el siguiente comentario de su cuñada hizo que prestase atención de nuevo.

–La verdadera razón de que mi hermano menor no pueda volver a casa es que si regresa, morirá a manos de Kenric. Guy es el verdadero barón de Montague –dijo con altivez, haciendo que Tess enarcara una ceja–. Si hubiese tenido la oportunidad, creo que mi padre habría matado a Kenric para dejar resuelta la sucesión.

–¿Tu padre no tuvo ocasión de hacer daño a Kenric?

–No, el rey debió sospechar el peligro que corría –dijo Helen–. Fue llamado a la corte para llevar a cabo su aprendizaje como escudero poco tiempo después de que mi madre muriera al dar a luz a Guy.

Helen calló y empezó a pasear. Tess se recostó contra el frío muro, aturdida por el relato de Helen. No le extrañaba que Kenric fuese tan despiadado. Sintió un momento de intenso pesar por el niño forzado a crecer sin cariño y odiado por la única familia que tenía. ¿Cómo podía un hombre mostrar compasión cuando jamás la había conocido? Tess sacudió la cabeza. ¿En qué estaba pensando? No importaba si sentía pena por él o no. Esa falta de compasión causaría la muerte de sus vasallos cuando tomase Remmington.

Pensó en la gentileza con la que Kenric podía besarla y acariciarla, y después lo imaginó poniendo el filo de una espada en su cuello. «Piensa en las mujeres que violó cuando te tenga en sus brazos por la noche, en cómo les cortó el cuello después.» Él volvería pronto y, sin duda, la querría en su cama de nuevo. ¿Cómo podría soportar que la tocara, si cada vez que cerraba los ojos le venía la imagen de niños inocentes cayendo bajo su espada?

Tess se estremeció al recordar lo que le gustaban sus caricias y hacer el amor con él. El hombre al que había amado era una creación suya, alguien que sólo existía en su imaginación. La verdad era que había yacido con un asesino. Los Montague habían creado un monstruo, el que un día sería llamado el Carnicero de Remmington. Su rabia se concentró en el hombre responsable de la crianza de su esposo, el hombre que había convertido a un niño inocente en un demonio desalmado.

Tess se levantó y cogió a Helen por el codo, empujándola suave, pero firmemente, para que se sentara de nuevo. Juntó las manos a la espalda y se puso a pasear. Su voz fue sorprendentemente tranquila, considerando el tumulto de sus pensamientos.

–Es normal que aborrezcas a Kenric por causar tanta angustia a tu padre y por impedir a Guy asumir el título que le corresponde por derecho.

–Por supuesto que sí –acordó Helen vivamente–. El rey plantó su malvada semilla en nuestro hogar y...

–¡Basta! –gritó Tess. Helen, asustada, retrocedió tanto como le permitió la silla y abrió los ojos de par en par. Tess continuó paseando–. Las palabras «malvada semilla» no volverán a ser pronunciadas en mi presencia. No es justo culpar a un hijo por los pecados de sus padres. Está mal querer vengarse de un hombre que no tuvo el control de su destino, culparlo por un pecado que no cometió. Eso es lo que tu sacerdote debería haberte enseñado, Helen, aunque parece que no tiene una sola gota de caridad cristiana en su devota sangre. Sin duda alguna, tu padre influyó enormemente en su forma de pensar.

Las lágrimas empezaron a nublar los ojos de Tess mientras se imaginaba la fría y solitaria infancia que Kenric debía haber sufrido. Se las limpió enfadada, consciente de que no podía permitirse sentir pena por él.

–El pecado no recae sobre los hombros de Kenric –afirmó, odiando al padre de Helen más de lo que había odiado a nadie en toda su vida–. Y su sangre no es más impura que la tuya o la mía.

Detuvo sus pasos y se quedó de pie enfrente de su cuñada, aunque ésta continuaba mirando fijamente al vacío con la cara pálida. Tess se inclinó hacia delante para tratar de recobrar su atención.

–¿Me estás escuchando, Helen?

Se produjo un silencio. Estaba a punto de repetir su pregunta cuando fue respondida por otra voz.

–No creo que lo haga.

–¡Oh, santo Dios! –gimió Tess.

Tambaleándose levemente, rezó con la esperanza de que sus oídos la hubieran engañado. Cerró los ojos, incapaz de reunir el valor suficiente para darse la vuelta y enfrentarse a su esposo.

12

–Deseo hablar contigo en nuestros aposentos, esposa. –La voz de Kenric sonaba forzada, como si temiera ponerse a gritar si alzaba la voz. Tess sabía que aquello no era una buena señal. Inclinó la cabeza y juntó las manos a su espalda para ocultar que le estaban temblando–. ¡Ahora, Tess!

Kenric giró sobre sus talones y salió de la habitación dando un portazo. Ambas se sobresaltaron ante el brutal sonido, y entonces Helen comenzó a sollozar.

–¡Lo ha oído todo! –gimió Helen, retorciéndose las manos aterrada–. Me dará una paliza por decírtelo. Sé que lo hará.

Tess se quedó mirando la puerta sin mostrar ninguna emoción. Si hubiese tratado de imaginar el peor final posible para su conversación con Helen, aquél lo sobrepasaría. ¿Qué más podría salir mal?

Sintió una extraña calma, una sensación de paz que la insensibilizaba, que era demasiado grata para resistirse a ella. Bajó la vista a la cara surcada de lágrimas de Helen y consiguió esbozar una sonrisa de ánimo.

–No temas, Helen. Seguro que descargará toda su ira en mí.

Su cuñada pareció horrorizada y sus ojos reflejaron la piedad que sentía. Tess palmeó su mano para tranquilizarla y caminó hacia la puerta. Estaba a punto de coger el tirador cuando Kenric abrió la puerta de golpe, la agarró por la muñeca y la sacó de un tirón al pasillo.

–¡Me haces daño! –dijo Tess sin aliento, tratando de zafarse de su dolorosa presa.

Le seguía casi corriendo para evitar ser arrastrada escaleras abajo de la torre. Los largos y furiosos pasos de Kenric y los suyos, rápidos e irregulares, casi le hacían entrechocar los dientes.

Kenric se detuvo tan bruscamente al pie de la escalera que Tess chocó con su espalda, al igual que los dos soldados que los seguían pisándoles los talones. Kenric extendió un brazo por encima de su hombro y apartó a los guardias de un empujón.

–No conoces el significado de la palabra «dolor». Aún no. –Los guardias de Tess retrocedieron varios pasos, espantados, cuando ella abrió la boca para replicar. Por fortuna, una interrupción desvió la atención del barón.

–¡Milord!

Kenric se giró para encararse con Simon.

–¿Y tú dónde estabas? ¿Cómo te atreves a perderla de vista? –bramó Kenric, arrastrando a Tess hacia delante, como si su sola visión fuese prueba suficiente para su acusación.

–Milord, había un asunto urgente que requería mi atención en el patio inferior –explicó Simon.

–¡Había un asunto urgente que requería tu atención en los aposentos de mi hermana! –rugió. Simon torció el gesto e hizo una reverencia de disculpa. Kenric lo empujó a un lado y se llevó a Tess a rastras–. Me ocuparé de ti más tarde, Simon.

–Barón, por favor –rogó Simon, corriendo para mantenerse a la altura de Kenric–. Debo hablar con vos respecto al mensaje que traigo. Es muy urgente.

Kenric abrió de una patada la puerta de su habitación y la cerró de un portazo en la cara de Simon.

–¡Después!

Tess casi cayó de rodillas a causa de la fuerza con la que la impulsó dentro de la estancia. Tratando de poner distancia entre ellos, se acercó a la chimenea. Le iba a hacer daño. Acababa de prometérselo. Apretó los dientes y trató de calmar su desbocado corazón. Pasara lo que pasase, no se humillaría pidiendo clemencia. Kenric no la tenía.

–Si me matas, le darás a los MacLeith una justificación para conseguir la nulidad del matrimonio y perderás todo derecho sobre Remmington. –Señalar la verdad no era suplicar. Teniendo en cuenta la fuerza de Kenric y su tamaño, no era probable que sobreviviera a una paliza. Trató de mirarlo a los ojos, pero su mirada se detuvo en sus manos. Sus ojos permanecieron fijos en ellas, observando cómo se abrían y cerraban–. Los MacLeith también me necesitaban viva, aunque Gordon olvidó ese hecho cuando perdió la cabeza. Deberías recordar eso, milord.

Tess rehusó mirar más arriba de sus hombros, temerosa de lo que pudiera ver en su cara. Se había tomado el tiempo suficiente para quitarse la armadura, pero todavía llevaba puesta la negra túnica guateada que actuaba como acolchado bajo la pesada cota de malla. No había tardado mucho en ir a buscarla tras su vuelta. Sus sentidos captaron el débil aroma a cuero y a caballos, lo que indicaba que había cabalgado deprisa para llegar a Montague antes de que cayera la noche. Se preguntó si podría oler su miedo.

–Quieres morir, ¿verdad?

–¿A tus manos? –preguntó inexpresiva–. Pienso que sería un fin más rápido que el que Gordon me tenía reservado. Defendí a mis vasallos cuando abusó de ellos y volcó su ira en mí. El precio iba a ser la muerte. Tú me pegarás hasta dejarme inconsciente o matarme, sólo por hablar con tu hermana. No me parece que eso sea muy honroso.

–¿Hablar? –El resoplido de Kenric sonó como un gruñido de rabia impotente–. Pero ¿qué estás diciendo? No me importa lo que haya podido contarte mi hermana.

–Me cuesta creerlo –dijo Tess audazmente, enfurecida por su mentira. ¿Por qué si no estaba tan furioso? Decidió que no tenía nada que perder si preguntaba la verdad–. ¿Dijo Helen la verdad? ¿De verdad mataste a mujeres y niños en Gales?

–No te he traído aquí para hablar sobre lo que hice en Gales. Estás aquí para explicar tus propias acciones.

Tess se desmoralizó. Estaba segura de que un hombre inocente habría negado la acusación hasta su último suspiro. Evitar la pregunta era casi lo mismo que obtener una respuesta afirmativa.

–No hice nada excepto hacerle a tu hermana algunas preguntas –explicó Tess, tranquila.

Kenric nunca había negado lo que era. Ella lo había hecho por él, para convencerse a sí misma de que era merecedor de su afecto. No era menos atractivo ahora que sabía la verdad. Aparte de su ira, todavía seguía sin poder ver la oscuridad en su alma. De hecho, era distinto de cualquier hombre sin piedad que hubiera conocido alguna vez. Se había casado con el mismísimo diablo.

–Hablo de los problemas que causaste en mi ausencia –explicó–. Lo que Helen haya podido decirte carece de importancia.

Tess negó con la cabeza. No podía dejarle cambiar de tema tan fácilmente.

–¿Crees que es insignificante que tu hermana te acuse de ser un asesino?

–Lo que hice en Gales o en cualquier otra parte no es de la incumbencia de Helen. Ni de la tuya –añadió secamente–. Dime ahora mismo la razón por la que tres de mis soldados están ocupados tejiendo esteras en el gran salón.

–Los tres se negaron a cumplir mis órdenes, ellos...

–¡Silencio! –La palabra restalló en la habitación como un látigo. Señalándole una silla cerca del fuego, le ordenó–: ¡Siéntate!

Tess decidió que sería mejor obedecer. Se sentó en la silla y arregló su falda, distraída, preguntándose cómo podría conseguir la nulidad. Su tío Ian nunca debería haber permitido que aquel matrimonio tuviera lugar. No creía posible que hubiese dado su consentimiento de haber sabido más sobre el barón de Montague. Tess alzó las cejas cuando una nueva idea tomó forma en su cabeza. Un sacerdote inglés nunca anularía su matrimonio, pero un sacerdote escocés podría entender sus razones.

Kenric dio un paso adelante, pero se detuvo bruscamente. Se dio la vuelta para mirar sin ver a través de la estrecha ventana de la habitación, con las manos firmemente unidas a la espalda.

–No volverás a asumir la autoridad de castigar a cualquiera de mis hombres. Nunca. Jamás. Por ningún motivo. ¿Queda claro?

–Pero yo...

Se giró para lanzarle una mirada amenazadora.

–¿Queda claro?

Tess asintió, pero se olvidó del asunto al instante, mientras se frotaba la barbilla inconscientemente. Escapar de Montague sería ahora incluso más fácil, pues conocía el plano del castillo y sus rutinas. Sin embargo, las tierras de su tío estaban a más de una semana de viaje y el camino más corto la situaría a menos de un kilómetro de distancia del castillo de Remmington. Sería un viaje tan peligroso como ir a Londres.

–Mis perros ya no están en el salón. ¿Eres tú la responsable?

Tess asintió de nuevo, pensando que no tendría muchos problemas si conseguía un caballo y provisiones. Ya había pensado en cómo salir de la fortaleza con ambos.

–¿Amenazaste a los que trabajan en la cocina con cortarles los dedos de los pies?

Otro asentimiento distraído. Tras la anulación, un convento sería el lugar perfecto para hacer penitencia por los pecados que había cometido en los últimos meses y por aquellos que todavía tendría que cometer para poner fin a su matrimonio. En un convento nunca más volvería a ser engañada por un rostro bello que escondía un corazón negro. Tanto ella como sus vasallos estarían a salvo. Aliviada al tener un nuevo plan que reavivaba sus esperanzas, volvió su atención a la conversación.

–¿Requisaste una décima parte del producto de mis posesiones sin mi permiso?

Tess abrió los ojos sorprendida, preguntándose cómo se habría enterado de aquello tan pronto. Asintió insegura.

–¿Eres responsable del incendio del granero de diezmos del pueblo de Derry?

–Sí, pero...

–¡Sí o no!

–Sí –susurró, y sintió como el terror se iba adueñando de su estómago.

–¿Le encargaste a uno de mis soldados que llevase a cabo tus órdenes, a pesar de que te dejé a cargo de Simon?

Tess pareció sorprendida por un momento y luego asintió, más insegura ahora.

–¿Desobedeciste la autoridad de Simon al irte a vagar por los bosques, sabiendo que era posible que te toparas con una facción de los MacLeith, que sólo esperan una oportunidad de oro como ésa?

–Soy culpable de desobedecer a Simon en lo concerniente a ir al bosque, porque conocía los riesgos –admitió Tess mientras retorcía distraídamente un pliegue de su falda–. Pero también sé que Martha es ya mayor. Puede que no pase de este invierno. Nadie ha mostrado interés en aprender sus habilidades de curación y nadie conoce los lugares en los que recoge sus hierbas y medicinas. Era necesario que supiera dónde encuentra los ingredientes para sus pociones, pues si ella cayera enferma, yo podría ocupar su lugar y encargarme de las enfermedades y heridas en Montague.

–¿De modo que arriesgaste tu vida y la de mis hombres sólo por la hipotética posibilidad de que una mujer pudiera morir? –Exasperado, puso los ojos en blanco y siguió hablando en tono airado–. Pudiste ordenar a alguien que acompañara a Martha. También he oído que mutilaste a algunos de los sirvientes –continuó con rapidez–. Me darás los nombres de los que así castigaste y tus motivos para hacerlo.

–No he mutilado ni castigado a ningún sirviente –aclaró Tess a la defensiva–. Nunca llevaría a cabo esa amenaza. Pero tras el incendio en el pueblo de Derry, los siervos de la cocina creyeron en mis palabras sobre cortarles los dedos de los pies. Eso les dio un incentivo para preparar comida comestible y utilizar alimentos frescos en vez de desperdicios.

–Nunca amenaces con un castigo a menos que estés dispuesta a llevarlo a cabo –dijo, cortante–. ¿Ordenaste a mis soldados rascar las paredes de la bodega sólo para que a los sirvientes les fuera más fácil hacer limpieza, sabiendo que los apartaste de sus deberes de adiestramiento?

–Haces que parezca tan...

Repentinamente, el motivo de su ira cristalizó en la mente de Tess. Se había enterado de todo lo que había hecho durante su ausencia e, increíblemente, estaba furioso por ello.

–¡Contesta!

–¡Así es! –El grito de cólera sorprendió a Kenric. Se quedó atónito cuando ella se puso en pie y dio un paso adelante con osadía, poniendo las manos retadoramente en sus caderas–. ¡Y me gustaría oír alguna palabra de elogio en vez de escuchar cómo me echan en cara mis logros, como si fueran acusaciones de crímenes!

–¿Elogio? –consiguió decir Kenric–. ¡No te he dado permiso para ponerte en pie! –gruñó, señalando de nuevo la silla.

–Ni yo te lo he pedido. –Tess se echó su trenza sobre un hombro con un brusco movimiento de cabeza para retarle abiertamente, pues su temperamento había estallado, ignorando la cautela–. Si hubiese sabido lo que pasaba en Montague, que ignorabas tus deberes como señor por un motivo válido, no habría trabajado tanto las últimas semanas para tratar de recuperar el tiempo perdido por tu abandono. Sí, nunca más volveré a interferir en los asuntos de tu casa, milord. Tus soldados pueden volver a vivir como cerdos y dormir entre sus propios desperdicios en el gran salón, junto con las ratas que vienen a alimentarse de los restos de sus comidas.

–¿Te atreves a acusarme de abandonar mis responsabilidades y luego rehúsas aceptar las tuyas? –le preguntó amenazador–. Las cosas no funcionan así, Tess. Tu obligación es encargarte de mi hogar y lo sabes muy bien. Tu deber no es interferir en el trabajo de mis soldados o excederte en tu autoridad. Y, por supuesto, continuarás con las obligaciones que lleva consigo el estar casada conmigo, sin queja alguna.

Tess abrió la boca para mostrar su desacuerdo, pero se dio cuenta, justo a tiempo, de que necesitaba seguir supervisando los asuntos de la fortaleza para tener otra oportunidad de fuga. Asintió brevemente, conteniendo su rebeldía a duras penas.

–Si tienes alguna otra explicación para lo que has hecho en mi ausencia, la oiré ahora.

«¿Explicaciones que harías trizas para hacerme parecer culpable? Ni por asomo.» Tess negó con la cabeza, mirando enfurecida al suelo para que no viera su enojo.

–No has hecho más que desafiarme desde el momento en que nos casamos –dijo Kenric en voz baja–. Mírame, Tess.

Ella lo miró sin vacilar. Sus ojos eran casi negros y su amenazadora expresión petrificaba los rasgos de su cara. Sí, estaba claro que tenía la intención de castigarla por trabajar como una esclava, por hacer cosas que debería haber hecho él mismo hace mucho tiempo. La idea era exasperante. Sin embargo, sabía que la ira le daría la fuerza necesaria para soportar el castigo. Él la necesitaba viva, se recordó a sí misma.

–Si alguno de mis hombres pusiera en peligro tantas vidas o hiciera la mitad de lo que has hecho tú las últimas semanas, haría que lo ataran a un poste y lo azotaran. Si alguien muriera como consecuencia de su estupidez, él también moriría. Has tenido suerte. Nadie ha sufrido daño a causa de tus acciones. –Le dio un momento para que sopesara sus palabras. Su inescrutable expresión y la completa calma que demostraba su cara la atemorizaban más que cualquier palabra dura o mirada–. No ordenaré que te azoten. Ni siquiera lo haré yo mismo. Tu espalda fue abierta por un látigo hace sólo unas semanas y, seguramente, otra flagelación te mataría. Pero esta vez no puedo ignorar lo que has hecho. Esta vez serás castigada.

El miedo atravesó a Tess como un cuchillo y la hizo tambalearse levemente. ¡Santo Dios, pensaba usar sus puños con ella! Cerró los ojos para no ver sus manos, pero recordaba muy bien su tamaño. Había sido abofeteada por Dunmore y Gordon, pero nunca cuando estaban verdaderamente furiosos. Sólo lo hicieron cuando los había irritado y tenía la mala suerte de estar a su alcance. Pese a su aparente calma exterior, sabía que Kenric estaba completamente furioso.

–En general, tu habilidad para cumplir con los deberes propios de una esposa es nula. Sin embargo, hay un deber para el que sí pareces tener talento. –Su voz estaba impregnada de la misma frialdad que sentía ella en su interior–. Quítate la ropa, Tess.

Ella sintió que la palidez invadía su rostro. No iba a ser golpeada, pero no sintió ningún alivio. Lo que Kenric tenía en mente era mucho peor.

–¿Me humillarás todavía más exigiendo que cumpla con ese deber contra mi voluntad?

–No puedes negarte. Estuviste de acuerdo en llevar a cabo tus obligaciones como esposa sin quejarte. ¿Me estás diciendo que mentiste?

Tess agachó la cabeza, aliviada de poder esconder su cara. En efecto, había aceptado su responsabilidad como señora de la casa. Si ahora se negara a cualquier cosa que le exigiera, probablemente sus deberes domésticos se verían amenazados. Mientras siguiera siendo su esposa, no tendría derecho a negarse. Juró que él no tardaría en aprender la diferencia entre lo que se daba de buen grado y lo que se tomaba sin permiso.

–No mentí. –Vaciló durante un momento. Luego, temblando de miedo, empezó a deshacer torpemente los lazos de su vestido.

–Métete en la cama.

Tess obedeció. Dejó caer la camisola que había estado aferrando contra su pecho, se metió en la cama y se tapó hasta la barbilla con las mantas. Cerró los ojos con fuerza y esperó a que él apartara la ropa de cama de un tirón y empezara a forzarla. Los minutos pasaron lentamente. En vez de saltar sobre ella, Kenric se metió bajo las mantas sin apenas molestarla. No la forzó ni la poseyó con rudeza, sino que la atrajo casi con delicadeza a su lado. Estaba desnudo. Tess sintió como su palma acariciaba sus caderas y tensó el cuerpo. Cuando su mano bajó por sus piernas, juntó las rodillas tan estrechamente como pudo. Él siguió acariciándola, tratando de conseguir una respuesta. Las puntas de sus dedos recorrieron con suavidad la línea entre sus piernas y, aunque Tess se negó a obedecer la orden implícita, sintió como sus músculos se relajaban levemente. Procuró concentrarse en imaginar el derramamiento de sangre de inocentes. Fue imposible, sus manos eran una distracción demasiado grande. La tensión de su cuerpo no se debía ya a lo que Helen le había contado, sino al deseo que Kenric estaba despertando en ella. Su cuerpo no podía cambiar sus reacciones tan fácilmente; había ansiado sus caricias demasiado a menudo durante las semanas en que habían estado separados.

Su respiración se aceleró a pesar de que trataba de negar lo que estaba ocurriendo. Él no la forzaría. Haría algo peor, la seduciría para que se convirtiera en su amante y avergonzarla así con sus propias necesidades. Tenía el control de su vida y también quería el de su cuerpo.

–¿A cuántas mujeres has violado, milord? –preguntó, apretando los dientes–. ¿Las mataste tras haber terminado con ellas o dejaste vivir a algunas? Matar es lo que mejor sabes hacer, ¿no es así? ¿Durante cuánto tiempo me dejarás vivir después de conseguir el control de Remmington?

Kenric cambió de posición bruscamente. Antes de que ella pudiera cerrar las rodillas, introdujo una de sus piernas entre las suyas. Una mano aferró su trenza y tiró de ella hasta obligarla a abrir los ojos para enfrentarse a su sombría mirada.

–¿La idea de venir voluntariamente a mi cama te repugna tanto? ¿Es la idea de ser seducida por un bastardo demasiado desagradable para tu delicada sensibilidad?

–¡No! –dijo sinceramente, dándose cuenta de que sí le importaba lo que hubiera podido contarle Helen.

Lo curioso es que parecía más preocupado por la parte que menos importaba.

–Mentirosa.

–No, yo...

–¡Silencio!

Soltó su trenza y sus manos cubrieron sus pechos. Desmintiendo las duras palabras, sus manos la acariciaron hasta que ella tuvo que morderse el labio, tratando de frenar la creciente excitación que se iba adueñando de su ser.

–Te gusta lo que te hago –murmuró en su oído–. Aunque te niegues a reconocerlo, tu cuerpo no puede evitarlo.

Se movió un poco y deslizó su mano más abajo, dejando un rastro a través de su vientre hasta sus piernas. Luego, varió el rumbo y buscó el centro de su placer.

–No... –suplicó Tess con voz ronca, esperando que la palabra apagara su gemido.

Fue inútil. No pudo disimular el sonido que hizo cuando la acarició, ni negar su excitación.

–Así es, esposa. Tu cuerpo está listo para el mío. Me deseas. Admítelo.

Tess cerró los ojos y negó con la cabeza. Sus dedos la abrieron, explorando hasta encontrar la parte más sensible de su feminidad. La acarició con delicadeza y minuciosidad. Ella siguió negando con la cabeza, luchando para que los apagados jadeos no salieran de su garganta.

–Dime que me deseas, Tess.

No tenía sentido negar la verdad, sólo estaba retrasando lo inevitable. Su voz fue un áspero susurro vencido.

–Te deseo.

Kenric retiró su mano y ella gimió de nuevo, pero él ignoró su silenciosa súplica para que continuara dándole placer. Sintió como le acariciaba las piernas y las caderas, preparándola para que lo recibiera. Los brazos de Tess se abrieron sobre la cama y sus manos se aferraron frenéticamente a las sábanas cuando por fin entró en ella, sin poder evitar gritar de placer cuando la llenó por completo.

Tess no logró imaginarse las horribles imágenes que se suponía que debían aparecer en su mente en aquel instante. No podía pensar en nada excepto en el inmenso placer que la invadía y que le había sido negado durante demasiado tiempo. Empezó a temblar bajo el cuerpo de Kenric y se entregó por completo a su posesión, dispuesta a no preguntarse por qué estaba mal lo que la hacía sentirse tan bien.

13

Kenric reajustó su ropa con rápidos y violentos tirones. Una mujer dispuesta era prácticamente lo único que quería de un matrimonio. Tess había tratado de negarle incluso eso. «Debería haberla tomado por la fuerza, haberle mostrado exactamente la clase de animal con el que se ha casado», pensó sombrío. Ella seguía tumbada en la cama dándole la espalda. Se preguntó si estaría llorando.

Se pasó una mano por el pelo, le dio la espalda y se dirigió con paso resuelto a la puerta. Al regresar al salón, se alegró de ver a Fitz Alan allí. Necesitaba la compañía de un amigo para distraerse de sus negros pensamientos. Sus soldados echaron un vistazo a su sombría expresión y la sala se vació con una rapidez asombrosa. Sólo se quedaron Fitz Alan y Simon.

–No esperaba verte de nuevo hasta la mañana –saludó Fitz Alan con una sonrisa insegura.

Simon se aproximó vacilante por un lado y tocó el hombro de su señor. Cuando Kenric se volvió para mirarlo enfurecido, retrocedió un paso.

–Milord, deseo hablar con vos sobre lady Tess.

A Kenric le encantó la oportunidad de poder desahogar parte de su ira.

–Yo también deseo saber por qué no la encerraste en su habitación la primera vez que causó problemas, de modo que no pudiera causar más.

–Es vuestra esposa, milord. –El sorprendido tono de Simon revelaba que no se le había ocurrido una medida tan drástica.

–Es una entrometida que lo único que hace es dar problemas. –Tomó asiento y se sirvió una jarra de cerveza–. ¿No se te ocurrió pensar que tanto mis hombres como los sirvientes podrían haberse sentido justificados para rebelarse contra ella? Tu propio mensaje decía que temías por su seguridad.

–Ese mensaje fue enviado antes de saber las verdaderas intenciones de la señora. Sus acciones parecían no tener sentido al principio, pero luego llegué a entender sus razones. Todo lo que lady Tess hizo fue por el bien de Montague y de vuestros hombres, barón.

–¡Puso a mis soldados a hacer un trabajo de mujeres! –gritó Kenric–. ¿Crees que alguno de esos guerreros podrá perdonar a la mujer responsable de tal humillación? He visto como se mataba a hombres por insultos menores que ése.

–No se atreverían a hacer daño a vuestra dama.

Simon negó con la cabeza varias veces para subrayarlo.

–¿Crees que no? Probablemente yo sea la única razón de que no ocurriera. Sabían que era mi derecho y mi responsabilidad el ocuparme de su castigo personalmente.

–Han llegado a apreciar sus métodos –sostuvo Simon con voz tranquila.

Kenric se preguntó por qué el caballero estaba tan resuelto a defender a Tess cuando no había defensa posible.

–Los ha puesto en su contra. Te ha embrujado, anciano. ¡Ha impedido que veas que sus inocentes ojos sólo encubren una mente que está constantemente maquinando!

La cara de Simon se volvió roja por el esfuerzo de contener una réplica.

–Dime la razón que la movió a saquear mis posesiones –exigió Kenric.

–Lady Tess no me contó los auténticos motivos hasta que el senescal desapareció –contestó Simon, evasivo, tirando del cuello de su túnica nerviosamente–. Vuestro senescal estaba conspirando contra vos. La baronesa buscaba poner fin a su traición antes de que alguien más descubriera que había debilitado las defensas de Montague.

–¡Explícate!

Simon retrocedió medio paso.

–Es una larga historia, milord.

–¡Entonces cuéntala de una vez!

El guerrero asintió.

–Recordaréis que hubo cierta preocupación cuando llegamos aquí desde Gales. Se sabía que los almacenes de Montague eran grandes y estaban bien provistos. Pero alimentar a quinientas bocas más, en medio del invierno, era un esfuerzo difícil para cualquier fortaleza.

–Me aseguraste que mi ejército no agotaría los suministros del castillo –dijo Kenric.

–Así es, milord. Esa información provino directamente del senescal. Poco después de vuestra partida a Penhaligon, lady Tess descubrió la verdad. Pasó varios días inspeccionando los almacenes y descubrió que estaban prácticamente vacíos. En realidad, los aldeanos estaban cerca de empezar a pasar hambre, y la comida para vuestro ejército y los sirvientes del castillo estaba casi agotada.

–¿Qué? –Kenric se levantó a medias de su taburete.

Fitz Alan se colocó al instante junto a él, con una mano en la espada.

–¿Dónde está el senescal ahora? –preguntó Fitz Alan.

–Huyó hace casi dos semanas –respondió Simon. Su frustración también se reflejó en las caras de Kenric y Fitz Alan.

–¡Encuéntralo! –ordenó Kenric con rotundidad.

–Envié a una docena de hombres en su busca, pero no han tenido fortuna en encontrar al traidor. Se ha estado escondiendo en las aldeas que se hallan esparcidas entre las fortalezas de Montague. Ha conseguido estar siempre un paso por delante de nosotros. Lady Tess cree que es posible que se dirija a Remmington para pedir la protección de su padrastro. Hice caso de su consejo y envié hombres a patrullar los caminos del norte.

–¿Confías más en el juicio de una mujer que en el tuyo?

Un músculo latió peligrosamente a lo largo de la tensa línea de la mandíbula de Kenric.

–El consejo tenía sentido.

–Ordenarás a esos soldados que continúen registrando las aldeas. –Kenric apretó los dientes al darse cuenta de que el hombre que había dejado al mando de su ejército estaba aceptando órdenes de su esposa–. El senescal no ha puesto un pie fuera de las tierras de Montague en toda su vida. No huirá ahora de ellas. Buscará refugio en algún sitio que conozca.

–Así se hará, milord.

–¿Por qué nadie me informó de esto antes? –inquirió Kenric, resuelto a llegar al fondo de la traición.

–Lady Tess se preguntó lo mismo –contestó Simon, frunciendo el ceño cuando su comentario le costó otra mirada enfurecida–. Todas las personas a las que interrogó sobre los almacenes le dijeron que tenía que hablar con el senescal. En vez de acudir a la persona que aseguraba que no había ningún problema, la baronesa abordó a vuestro mayordomo. Éste admitió lo grave de la situación y le confesó que muchos habían mostrado su preocupación al senescal. Al parecer el traidor les ordenó que mantuvieran silencio y les advirtió de que vos erais consciente de la situación, pero que no se os podía convencer de reclamar el tributo de provisiones en vuestros feudos. Les infundió miedo cuando afirmó que habíais prometido castigar a cualquiera que volviera a mencionar el asunto antes de la primavera.

Simon hizo una pausa y continuó hablando.

–Lady Tess supo por el mayordomo que vuestros feudos tienen abundancia de grano porque el tributo que os deben cada año no ha sido cobrado durante los últimos tres. El vasallo a cargo del cobro de los tributos murió poco después del viejo barón y el senescal nunca nombró un sustituto. El mayordomo no tenía autoridad para requisar personalmente, aunque estaba convencido de que le cortaríais el cuello hiciera lo que hiciese. Confesó y se entregó a merced de vuestra dama. Ella le prometió que no se le castigaría a cambio de su ayuda para requisar las provisiones. Vuestra dama se encargó de la situación con gran astucia, milord. En vez de alertar a todo el mundo de lo grave de la situación y arriesgarse a más traiciones, envió órdenes a cada uno de vuestros feudos exigiendo un décimo de sus provisiones para el invierno, con el fin de reabastecer Montague. Se aseguró de que todos pensaran que el motivo de su orden era su propia codicia y les hizo creer que estaba ansiosa por cobrar el dinero que las provisiones generarían al ser vendidas en el mercado. Ésa fue la razón por la que el pueblo de Derry rechazó su petición. Fue entonces cuando ordenó quemar su granero de los diezmos para obligarles a cooperar. El pueblo de Derry había construido un nuevo granero el año pasado. El viejo estaba vacío y a punto de derrumbarse, pero servía para proporcionar una buena historia sobre la falta de escrúpulos de vuestra dama, que se extendiera por vuestros demás feudos. El ejemplo que dio bastó para que los almacenes de Montague fueran reabastecidos rápidamente.

–¿Cuál es la situación ahora?

De pronto, Kenric deseó no haber pedido nunca una explicación de las actividades de su esposa y añoró estar en el campo de batalla, donde nadie podría acusarle jamás de negligencia. «Y preferiría oír alguna palabra de elogio...» Las palabras de Tess le remordieron la conciencia. Tenía razón. Había olvidado su deber para con Montague, que había abandonado completamente. Había permitido que su odio al lugar nublara su juicio y le hiciera ignorar las señales de aviso que su esposa había visto con claridad. Y él la había castigado por ello.

–Los almacenes están repletos, milord. Hay comida y forraje más que suficiente. Durará hasta que llegue el verano y, con él, la primera cosecha.

–¿Qué hay de ti, Simon? ¿Tienes alguna excusa para no haberme contado estas noticias hasta ahora?

Simon bajó la vista al suelo con culpabilidad.

–Tenía la certeza de que mi primer mensaje os haría regresar, milord. Y lady Tess controló la situación antes de que una segunda misiva pudiera llegar hasta vos. También sabía que no os habría hecho volver más rápidamente. Si un mensaje como ése cayera en manos enemigas, habría significado...

–¡Respondes ante mí, lo sabes muy bien, no ante mi esposa! ¡No me hubiera importado que el mensaje me llegara estando ya en las murallas de Montague! ¡Nunca más volverás a tenerme en la ignorancia sobre aquello que me corresponda a mí conocer en primer lugar!

–Sí, barón –murmuró Simon, haciendo una reverencia de disculpa–. Cometí un error.

–Procura no cometer más. –Kenric despidió al soldado con un seco ademán–. Ve a tu puesto ante la puerta de mi dama antes de que decida darte el castigo que mereces.

Simon hizo otra reverencia y salió apresuradamente, sin esperar a que se lo dijeran dos veces.

–¡Cristo! –blasfemó Fitz Alan, y se sentó de nuevo en su taburete. Agarró su jarra con tanta brusquedad que derramó la cerveza sobre su túnica de cuero. Frotó la mancha con la amplia manga de su camisa sin dejar de proferir maldiciones.

–Vaya lenguaje –comentó Kenric, rellenando su propia jarra.

Fitz Alan ignoró la burla.

–Si tus vasallos del norte hubiesen descubierto la verdad que se escondía tras la «codicia» de tu dama, si hubieran sabido que Montague estaba a punto de morir de hambre, habrían caído sobre el castillo como una nube de langostas. En especial ahora, puesto que la mayoría sabía que estabas a más de una semana de viaje, en Penhaligon. La fortaleza habría caído.

–En efecto –asintió Kenric con tirantez–. Pero habría recuperado el castillo rápidamente.

–Ah, entiendo. Cualquiera que hubiese capturado el castillo se habría encontrado también escaso de provisiones –razonó Fitz Alan.

–Y ahora estarían muertos.

«Matar es lo que mejor sabéis hacer, ¿no es así?...» Kenric arrugó el ceño y trató de apartar el recuerdo de la burla de su esposa e intentó ahogar sus palabras bebiéndose el contenido de la jarra de cerveza.

La mirada de Fitz Alan se volvió pensativa mientras observaba la jarra vacía.

–Tu esposa...

La furia de la helada mirada del barón cortó la frase.

–La castigaste antes de saber lo del senescal –dedujo Fitz Alan, con expresión comprensiva.

–Poco importa que el entrometimiento de Tess consiguiese buenos resultados –dijo Kenric con brusquedad, enojándose más. Había ido al gran salón para quitarse a su esposa de la mente. Lamentablemente, hasta el momento ella era el único tema de conversación–. Se puso en peligro a sí misma y a otros al... –Kenric dejó de hablar repentinamente y aferró con más fuerza la jarra mientras miraba enfurecido a Fitz Alan–. ¿Te atreves a cuestionar los métodos que utilizo para impartir disciplina a mi esposa?

–No, por supuesto que no, milord. Seguro que te perdona con el tiempo.

–¿Perdonarme? –Kenric golpeó la mesa con la jarra–. ¿Por qué demonios tendría que perdonarme? Debería haber mandado a buscarme en el momento en que descubrió la traición del senescal. Tess no debería haberse hecho cargo de asuntos que no eran de su incumbencia. ¡Me desafió y lo sabe!

Fitz Alan, prudentemente, se calló. Bebieron cada uno dos jarras más de cerveza en silencio.

–¿Has tenido que castigar a una mujer alguna vez? –preguntó Kenric con los ojos fijos en su jarra para evitar la mirada de Fitz Alan.

–Una vez. Pillé a una moza de taberna tratando de robarme la bolsa y le di una buena tunda. –Fitz Alan se encogió de hombros–. Salió bien parada. El alguacil de aquel condado la habría ahorcado por ese crimen.

–No es lo mismo –decidió Kenric, vaciando una vez más su jarra. Su pulso era sorprendentemente firme mientras se servía otra ronda más–. Una esposa es un asunto completamente distinto.

–¿La pegaste? –preguntó Fitz Alan sin rodeos.

–¿Crees que me rebajaría a ese extremo, que le daría razones para pensar que soy igual que los MacLeith? –Kenric hizo un profundo ruido de desagrado con su garganta–. Créeme, no sufrió durante mucho tiempo.

Fitz Alan asintió pero continuó mirándolo expectante, deseando saber qué clase de castigo había usado. Kenric se dio por vencido y suspiró.

–Me limité a acostarme con ella, si es que te interesa saberlo. –Kenric ignoró el hecho de que Fitz Alan no había hecho ninguna pregunta en realidad–. Y no es asunto tuyo.

Fitz Alan le sorprendió con una risita, pero ocultó rápidamente su expresión llevándose la jarra a los labios.

–¿Es que te parece gracioso? –preguntó Kenric, con un peligroso brillo en la mirada.

–Sí, milord –dijo Fitz Alan temerariamente–. Me imagino a tu esposa temblando de miedo cuando se enteró de las graves consecuencias de su conducta.

–También se enteró de que soy un bastardo. –Esa revelación ensombreció la expresión de Fitz Alan. Puso su jarra sobre la mesa y aguardó la explicación en silencio–. Al llegar la encontré en la habitación de Helen. Mi hermana estaba deleitándola con los detalles de mi parentesco, además de explayarse en las razones por las que me llaman el Carnicero.

–¿Cómo se lo tomó? –preguntó Fitz Alan, vacilante.

–Le disgustó. Trató de rechazarme.

Fitz Alan pareció pensativo durante un momento.

–Lo más probable es que te rechazara porque su orgullo estaba herido. Seguramente se sintió decepcionada al ver que no apreciabas sus esfuerzos.

«Me gustaría oír alguna palabra de elogio...» «¿A cuántas mujeres habéis violado, milord...?» Kenric frunció el ceño y se preguntó cuántas jarras de cerveza harían falta para acallar la voz de su cabeza.

–Me odia –dijo convencido.

–Deberías tratar de seducir a tu esposa en vez de ordenarle que se meta en tu cama –sugirió Fitz Alan con un guiño de complicidad.

–Ten cuidado, amigo mío. No estoy de humor para burlas esta noche.

Kenric alzó su jarra y miró amenazadoramente a Fitz Alan por encima del borde, pero su amigo hizo caso omiso de la advertencia.

–Quizá te venga bien alguna distracción para quitarte de la cabeza los problemas con tu esposa. Hay muchas muchachas atractivas en Montague que estarían más que dispuestas a concederte sus favores.

–No quiero a ninguna otra mujer –murmuró Kenric, y vació la

jarra. Cogió el cántaro de cerveza y se sirvió otra ronda–. Sólo quiero otra jarra de esta cerveza y dormir sin ser molestado hasta mañana.

Fitz Alan asintió comprensivo y continuó emborrachándose con su señor.

Tess se despertó cuando la gruesa puerta de roble de su habitación golpeó con estrépito la pared al ser abierta de una patada. Al tremendo ruido le siguió un siseo en voz alta.

–¡Shhhh!

Se incorporó de golpe en la cama y aferró las mantas contra su pecho mientras se esforzaba en ver el umbral, cubierto ahora en sombras a causa de la escasa luz del moribundo fuego.

–¡La vas a despertar, buey patoso!

Tess reconoció el sonido de la voz de Kenric y se arropó con las mantas cuando advirtió que su esposo no estaba solo.

–Mis máss sentidasss disculpasss, lady Tess.

Fitz Alan se acercó lo bastante a la chimenea para que Tess pudiera identificarlo y cometió el error de intentar hacer una profunda reverencia, olvidando que gran parte del peso de Kenric descansaba en el brazo que tenía echado sobre sus hombros. Desequilibrados por el repentino movimiento, ambos cayeron desmañadamente al suelo entre grandes gritos.

Tess saltó de la cama y fue rápidamente junto a Kenric, segura de que uno de ellos tenía que haber resultado herido por la caída.

–¡Milord, estás demasiado cerca del fuego!

Se estaban riendo como niños traviesos. Kenric fue el primero en tratar de incorporarse para sentarse. La visión de Tess, vestida sólo con su camisón, borró la sonrisa de su cara. Se puso una mano sobre los ojos y gritó por encima del hombro.

–¡Cúbrete los ojos, Fitz Alan!

–Milord –suspiró Tess, tirando de la mano de Kenric–. Has cubierto los ojos equivocados.

Kenric bajó su mano unos centímetros, tratando de ver la cara de Tess para confirmarlo. Cuando lo hizo, extendió el brazo de nuevo para cubrir los ojos de su vasallo. Su puño dio de pleno en el pecho de Fitz Alan, lo que provocó que éste volviese a quedar tumbado en el suelo.

–Deberías estar en la cama –regañó a Tess, olvidando a Fitz Alan.

–Lo estaba. Tal vez tú también debieras estar en ella, milord. –Miró nerviosa a la chimenea, consciente de que ambos estaban más que bebidos. Abanicándose con una mano, les espetó–: Oléis como si os hubieseis bañado en cerveza.

–¿Es eso insolencia, esposa? –Los potentes vapores del aliento de Kenric casi la tiraron de espaldas–. ¡No pienso tolerarla!

Ella le dedicó la más inocente de las miradas, pues sabía que era inútil discutir con un hombre borracho.

–Claro que no, milord. Nunca me mostraría tan irrespetuosa con mi esposo.

–Mientes –dijo sin convicción mientras luchaba por ponerse en pie. Señaló hacia la cama, con su brazo oscilando ligeramente en el aire–. Estás casi desnuda. Métete en la cama antes de que Roger te vea.

–No creo que vea nada en bastante tiempo –rebatió ella, señalando con la cabeza al suelo.

Kenric siguió su mirada y se fijó en Fitz Alan. El sonido de un ronquido le confirmó que estaba dormido.

–¡No puedes dormir aquí! –rugió, empujando las costillas de Fitz Alan con el pie–. ¡Levántate!

–Déjalo, estará bien ahí –sugirió Tess con firmeza, dando tirones al brazo de Kenric. Era justo lo que necesitaba, un borracho agresivo. Al menos Fitz Alan había tenido la amabilidad de desmayarse. Temiendo que un borracho pendenciero se convirtiera en uno realmente desagradable, utilizó su tono de voz más persuasivo–. ¿Por qué no nos vamos todos a descansar? Ha sido un día duro, milord.

–¡Basta ya con esa tontería de «milord»! –Apartó las manos de Tess de un manotazo y agitó un largo dedo peligrosamente cerca de su nariz–. Prefiero oír mi nombre en tus labios.

–Es hora de irse a la cama –corrigió Tess, negándose a pronunciar su nombre. Estaba convencida de que dormiría tan profundamente como Fitz Alan en el momento en que su cabeza tocara la almohada. Entonces podría escabullirse y encontrar una cama que no apestara como un barril de cerveza.

Se metió en la cama, esperando que él la siguiera pronto, pero el quitarse la ropa le estaba llevando más tiempo del habitual. Lo haría mucho más rápido si se sacase una de las perneras de sus calzones por completo antes de intentar quitarse la otra. Tess sofocó una risita sorprendida y se cubrió la boca con la mano. Sus patosos esfuerzos eran vagamente similares a los de un oso danzante que había visto el año anterior en la feria de primavera.

–En el futuro, preferiría que contuvieras la risa mientras me desvisto. –Kenric le dirigió una mirada amenazadora y se subió a la cama. Apoyó la cabeza sobre un codo flexionado y sonrió, repentinamente de buen humor–. ¿Crees que estoy borracho?

Tess enarcó una ceja, desafiante.

–Sé que lo estás.

Él metió un brazo bajo ella y la acercó para que apoyara la cabeza sobre su hombro.

–Bien. Ésa era mi intención –aseguró.

Tess se puso rígida, agradecida por el hecho de que su cuerpo no la estuviera traicionando como era habitual, respondiendo a su cercanía. Los vapores que parecían envolverlo por completo le impedían tener pensamientos lascivos.

–¿Cuál era tu intención?

–Emborracharme. –Apoyó su barbilla sobre la cabeza de Tess y suspiró–. Es culpa tuya, esposa. Me estás volviendo loco.

«Por fin hay algo de justicia en el día de hoy», pensó Tess. Le habría gustado decirle que se merecía todos los problemas que le iba a causar, pero Kenric ya estaba durmiendo. Pensando en esperar unos minutos a que su sueño fuese todavía más profundo para poder salir sigilosamente de la habitación, apoyó de nuevo la cabeza en su hombro y cerró los ojos. Tenía que escapar de Montague. Pronto.

14

El brillante rayo del sol de la mañana se movió inexorablemente a través de la habitación hasta que alcanzó la cama. Kenric rodó para apartarse de la luz y, en el proceso, atrapó a Tess bajo su enorme peso. Ella estaba teniendo un sueño placentero en el que nadaba en un lago bajo el sol veraniego. El sueño se volvió aterrador cuando sus piernas quedaron enredadas en algas invisibles y fue arrastrada tan profundamente bajo las oscuras aguas que sintió los pulmones a punto de estallar. Luchó contra los largos zarcillos que se enroscaban en torno a su cuerpo como bandas de acero, pero sus forcejeos sólo sirvieron para que se sintiera todavía más aprisionada.

–¡Quieta!

Las palabras susurradas con rudeza en su oído hicieron que luchara aún con más fuerza. Con las manos y piernas inmovilizadas, su boca era el único medio que tenía para liberarse. Tratando de escapar, hundió los dientes en algo que no parecía en absoluto hierbas acuáticas.

–¡Ay!

Sus ojos se abrieron de golpe por fin y soltó un pequeño grito sorprendido. Kenric se cernía sobre ella con una expresión que distaba mucho de la alegría y le dirigía una mirada entre enfadada y acusadora, mientras se frotaba una marca de aspecto sospechoso en el hombro.

A Tess le llevó un momento darse cuenta de lo que había pasado, y entonces se sonrojó violentamente.

La muestra de arrepentimiento no pareció apaciguar en absoluto el enojo de Kenric.

–No te hagas ilusiones, Tess. No estoy de humor esta mañana –le informó, y entrecerró amenazador sus enrojecidos ojos.

El débil olor a cerveza rancia asaltó sus sentidos y Tess arrugó la nariz mientras se incorporaba. Él malinterpretó su expresión y su gesto se ensombreció.

–Ya veo que tú tampoco estás de humor para mí.

–Ugh, mi cabeza... –Fitz Alan se sentó en el suelo apoyando los codos en sus rodillas y se frotó la cabeza con una mano.

Kenric subió las sábanas para cubrir a su esposa hasta los hombros y se sentó en la cama para mirar colérico a su amigo.

Tess sujetó las mantas bajo sus brazos y su mirada fue de la tez levemente verdosa de Fitz Alan a la saludable de Kenric, asombrada de que uno tuviese un aspecto mucho peor que el otro. Tenía la rencorosa esperanza de que Kenric se sintiera tan mal como parecía estar Fitz Alan.

–Buenos días –dijo con sarcasmo.

Fitz Alan hizo una mueca de dolor. Su saludo le había parecido igual de molesto que un grito. Alzó la cabeza despacio hasta que su vista se detuvo en la amenazadora expresión de Kenric.

–No creo que lo sean, milady. No parecen tan buenos vistos desde aquí.

Tess no podía estar más de acuerdo. Se arriesgó a echar un vistazo a Kenric y lo descubrió mirándola fijamente. Su mirada indicaba que tenían asuntos pendientes que tratar, pero ella no sentía ningún deseo de saber cuáles eran. Se maldijo por haberse quedado dormida cuando se podría haber escapado por la noche y sujetó con más firmeza las mantas bajo sus brazos para cubrirse el pecho, pues el camisón que llevaba era casi transparente.

–Una buena esposa le tendría ya preparado un abundante desayuno a su esposo –la aguijoneó Kenric sin quitarle los ojos de encima.

–Un buen esposo no bebería hasta caer redondo.

Tess se mordió la lengua. No era prudente provocar a un hombre con resaca.

–Habría cumplido de buen grado con mi deber conyugal cuando volví del gran salón, si hubiese sabido que te ibas a molestar tanto por no haberlo hecho. ¿Acaso la atención que te presté cuando regresé de mi viaje no bastó para saciarte?

Advirtiendo la peligrosa tensión que asomaba a sus ojos, Tess decidió no provocarlo con una respuesta.

–Esta mañana tienes un aspecto mucho más saludable que tu vasallo.

Kenric se encogió de hombros.

–La cerveza no me afecta.

Tess resopló al recordar la noche pasada. Tener problemas para desvestirse no era desde luego lo que ella llamaría no estar afectado.

–Se le da mejor disimularlo que a mí –murmuró Fitz Alan poniéndose en pie con dificultad.

–¿Aún sigues aquí? ¡Vete de una vez! –ordenó Kenric con voz pastosa, sin apartar los ojos de los de su esposa.

–Lo estoy intentando, milord. –Fitz Alan se apoyó en la repisa–. Concédeme tu paciencia durante un momento.

Kenric suspiró y se echó hacia atrás para apoyarse en un codo. Tess trató de bajarse de la cama, pero él cogió el extremo de su trenza y la retuvo. Cuando ella se giró para mirarlo enfurecida, se estaba acariciando la barbilla con la sedosa borla.

–Disculpadme, lady Tess –dijo Fitz Alan con una leve reverencia. Se giró y trató de caminar recto hasta la puerta, pero tuvo que detenerse varias veces para sostenerse, apoyando una mano en la pared.

Cuando la puerta se cerró tras él, Tess aguardó en un tenso silencio a que su esposo la soltara. Él, impasible, sujetaba su trenza con una mano y se frotaba el pecho con la otra.

–Creo que después de desayunar tomaré un baño –dijo bostezando con indolencia.

El impulso de huir que invadió a Tess fue tan instintivo que olvidó que la tenía sujeta por la trenza. Se abalanzó hacia delante, pero sólo logró caer de espaldas con bastante brusquedad sobre la almohada. La longitud de su cabello no le había permitido llegar muy lejos.

–¿Cansada de nuevo?, ¿tan pronto? –Negó con la cabeza. Su

sarcástico tono desmentía las amables palabras–. Enviaré a uno de tus guardias a las cocinas para que ordene que me traigan el desayuno y que preparen agua para bañarme. Tú, mi pobre y agotada esposa, puedes descansar aquí hasta que requiera tu asistencia para mi baño.

Fue hasta la puerta y dio las órdenes sin preocuparse de su desnudez. Tess se cubrió la cabeza con las mantas y se escondió bajo ellas, deseando poder convertirse en una serpiente para escabullirse.

Algunas pisadas apagadas y el sonido del agua siendo vertida en la tina fueron las únicas indicaciones de la llegada de los sirvientes. Cuando estuvo segura de que se habían marchado, aguardó a oír el sonido que indicaría que Kenric estaba dentro del agua y ansió contra toda esperanza que la creyera dormida y la dejara en paz. No fue así. Al cabo de unos momentos, él apartó las mantas de un tirón.

Kenric miró desde su altura a su esposa con expresión sombría. Estaba acurrucada como si intentara protegerse y tenía la cara sepultada en la almohada. No era exactamente la imagen de una esposa dispuesta a cumplir los deseos de su esposo. Cualquier rastro de culpa que le quedara tras la explicación de Simon fue borrado por la reticencia de su esposa. Antes de partir a Penhaligon, siempre estaba dispuesta a bañarlo; entusiasmada, de hecho. Se había convertido en algo que aguardaba con ilusión al final de cada día, y ahora ella quería quitarle también ese pequeño placer.

–Es hora de mi baño.

Tess se deslizó de la cama y miró con anhelo la puerta.

–No lo conseguirías –aseguró Kenric, leyéndole el pensamiento–. No creas que el no llevar ropa me impediría perseguirte.

Tess asintió, se dirigió hacia la bañera y aguardó allí con la cabeza baja.

Kenric se metió despacio en el agua caliente, sintiendo dolor en cada músculo de su cuerpo. No estaba preocupado por su salud. Sabía por experiencia que demasiada cerveza podía incapacitarle para reaccionar ante cualquier mujer, incluida su esposa.

Se sumergió bajo el agua para mojarse el pelo y reprimió una oleada de náuseas, resuelto a ocultar lo mal que se sentía. Estaba a punto de enseñarle otra lección a la pequeña bruja. Sabía que le gustaba tocarlo. Había observado su expresión muchas veces cuando ella deslizaba sus manos por su cuerpo. Antes de conocer la verdad sobre su verdadero padre había estado más que dispuesta a compartir la cama con él. Cuando terminara el baño, lo desearía de nuevo.

Kenric imaginó la cara que pondría Tess cuando se diera cuenta de que no iba a satisfacer sus necesidades. Entonces sabría lo que significaba no sentirse querido. Esa lección le daría una pequeña muestra de lo que él llevaba experimentando toda su vida.

Inspiró profundamente con un largo siseo. Le estaba frotando la espalda tan fuerte que le iba a hacer sangrar.

–¡Guarda tus garras!

Tess obedeció y él se inclinó hacia delante con los codos en sus rodillas, ahuecó las manos para echarse agua en el pelo y se aclaró el jabón. No estaba del todo seguro de poder volver a la superficie si sumergía de nuevo la cabeza. La presión de una mano contra su hombro le hizo inclinarse todavía más para que ella pudiera llegar a la parte más baja de su espalda. Su estómago protestó con violencia. Había devorado media barra de pan con mantequilla y una jarra de sidra mientras esperaba a que llenaran la tina. Ahora estaba arrepintiéndose de cada bocado.

Se concentró en respirar hondo mientras Tess enjabonaba sus brazos, aunque no requirió la clase de dominio de sí mismo que necesitaba habitualmente en presencia de su esposa. Estaba seguro de que si ella llegara a cortarle con sus afiladas uñas, saldría cerveza en vez de sangre.

–¡Deja de arañarme! –estalló, tragándose la bilis que le provocó el esfuerzo de hablar–. No soy un caballo al que haya que almohazar.

Tess aclaró sus brazos con movimientos más suaves y luego rodeó la tina para empezar con su pecho. Seguía cabizbaja, pero él advirtió la forma en que se mordía el labio. «Bien», pensó al darse cuenta de que empezaba a verse afectada. No tardaría mucho antes de tenerla donde quería. Observó como su expresión se suavizaba cuando apretó las manos contra su pecho. Pero la sonrisa que esbozó para sí mismo duró menos de un segundo.

Cuando las manos de su esposa se deslizaron hacia su estómago, a Kenric le entró el pánico y la agarró para impedir que siguiera adelante. Aunque no se estremeció, Tess se sobresaltó ante el rápido movimiento y lo miró insegura para ver qué le pasaba. En el momento en que soltó sus manos, Tess se abalanzó hacia un cubo de agua vacío, que le entregó justo a tiempo.

Los ruidos de las arcadas de su esposo fueron gratificantes. Se merecía cada momento de su miseria. Frunciendo el ceño, corrió a la mesa para coger una jarra de sidra que sobraba del desayuno, recogió un paño y volvió a la tina para esperar.

Cuando por fin acabó, Kenric puso el cubo en el suelo y se recostó en la bañera con los ojos cerrados y el rostro mortalmente pálido. Manteniendo el cubo lo más distante de su cuerpo que pudo, Tess lo llevó hasta la puerta y se lo entregó a un desafortunado guardia. De regreso a la tina, mojó el paño en un cubo de agua fresca y le limpió el rostro con delicadeza.

–¿Quieres un trago de sidra? –preguntó, ofreciéndole la jarra.

Kenric asintió, pero no levantó la cabeza ni abrió los ojos. Sosteniendo su cabeza con un brazo para incorporarle, Tess le acercó la jarra a los labios. Después de beber apenas un sorbo, Kenric le dio las gracias con voz ronca.

Tess se mordió el labio, tratando de decidir cuál sería la mejor forma de hacer que volviese a la cama. Aunque él mismo era el culpable de su malestar, su naturaleza no le permitía ignorar a alguien que estaba tan enfermo. Se preguntó de pasada cómo se encontraría Fitz Alan y terminó concluyendo que debería hacerse cargo de él otra persona. Kenric la iba a mantener ocupada la mayor parte del día.

–¿Puedes ir hasta la cama?

Él abrió un ojo inyectado en sangre, receloso de la invitación.

–Aún no.

Tess se preguntó qué debería hacer ahora. Sacar con un cubo el agua de la tina para evitar que se ahogara era probablemente buena idea, pero entonces podría resfriarse y eso no le convenía en absoluto. Como alternativa, llevó la jarra de sidra a la mesa y vertió casi todo su contenido en el cántaro. Luego rebuscó en su cofre hasta que encontró las bolsitas de hierbas en polvo que necesitaba y echó unos pellizcos de cada una en la jarra antes de remover la mezcla hasta que se disolvió la mayor parte.

–Bebe esto –le ordenó, llevando la jarra a los labios de Kenric de nuevo.

–¿Se trata de veneno?

–No, se trata de su antídoto –aclaró, mientras vertía el tónico en su boca.

Él sintió un par de arcadas, pero consiguió tragarlo.

–¡Tiene un sabor espantoso!

–Así es.

Se sintió aliviada de que abriera los ojos de nuevo, a pesar de su colérica mirada. La amenaza se veía disminuida por unos ojos vidriosos e inyectados en sangre, bajo los que aparecían unas profundas ojeras. Puso la jarra a un lado y cogió una toalla de lino.

–Vas a coger un resfriado si sigues más tiempo sentado en el agua. ¿No te apetece más una cama caliente?

–Lo único que me apetece en este preciso momento es una muerte rápida.

Haciendo caso omiso de sus quejas, le secó la cabeza y los hombros, esperando que aquello le diera el tiempo que necesitaba para recobrar las fuerzas. Cuando se irguió con las piernas a punto de ceder y salió de la tina, terminó de secarlo. Kenric apartó vacilante su brazo cuando le cogió del codo para intentar llevarlo hasta la cama.

–No soy un inválido –dijo apretando los dientes mientras se tambaleaba–. Puedo ir hasta mi cama sin tu ayuda.

Tess mantuvo la boca cerrada. Había llegado a la conclusión de que el orgullo y una cabeza dolorida hacían que los hombres se comportasen como unos tremendos estúpidos. Cuando por fin estuvo en la cama, empezó a recoger las ropas que él se había quitado descuidadamente por la noche.

–Pronto te sentirás mejor. Con unas pocas horas más de descanso estarás sano de nuevo.

Miró por encima del hombro para ver su respuesta, pero se dio cuenta de que ya estaba dormido. Su cara todavía estaba pálida y ojerosa, aunque parecía estar más cómodo en la cama que en la tina. Quizá terminara por agradecerle sus cuidados.

Tess alzó la vista al cielo y pensó que era una pobre crédula si esperaba recibir gratitud del Carnicero. Sin duda encontraría alguna forma de echarle la culpa por su malestar. La acusaría de servirle cerveza envenenada o de algún otro disparate. Iba a estar de un humor de perros todo el día. Debería encargarse de sus asuntos y dejar que sufriera solo. Miró anhelante la puerta y volvió sus ojos a Kenric. La puerta parecía mucho más atractiva, pero pensó que él podría volver a sentirse mal. Si ella no estaba presente para sostener un cubo, podría vomitar por toda la cama o en la alfombra. Se estremeció ante la imagen mental de aquel estropicio y resolvió que era mejor quedarse.

Tras recoger la habitación, encontró un vestido cuyo dobladillo necesitaba un arreglo. Era el más feo que tenía y Tess había estado postergando la tarea durante algún tiempo, pues no tenía ganas de remendar un vestido que parecía un rompecabezas de retales. En realidad era una combinación de varias prendas que Mag había cosido hábilmente. El cuerpo era de un vestido azafrán, y la falda estaba hecha de tiras de uno color calabaza y otro color verde bosque. Los vestidos se le habían quedado pequeños años antes. Mag decía que el resultado era «curioso». Comparado con cualquiera de los trajes de Helen, resultaba cómico. Pese a todo, era una de las escasas prendas de vestir que poseía y había aprendido a arreglarse con lo que pudiera. Horas después, el dobladillo roto y otros pequeños desgarros estaban casi arreglados.

Finalmente Kenric despertó y emitió un prolongado gemido en voz baja.

–¿Vas a volver a vomitar?

–No. –Parecía cansado, pero sus ojos no estaban tan inyectados en sangre cuando la miró. Su mirada se detuvo en la prenda extendida sobre su regazo–. Tienes un gusto horrible para la ropa, esposa. Ese vestido me hace daño a la vista.

Tess apretó los labios en una fina línea y rehusó responder al insulto. Deseó haberlo abandonado en el momento que empezó a vomitar. ¡Patán ingrato!

Kenric cerró los ojos de nuevo y respiró hondo varias veces, comprobando el estado de su estómago. Estaba revuelto, pero podía controlarlo, decidió mientras se incorporaba. El mareo había disminuido, aunque seguía siendo molesto. «La cerveza no era de buena calidad», concluyó, olvidando convenientemente el número de jarras que se habían bebido entre Fitz Alan y él. Su mirada volvió a Tess, que continuaba sentada junto a la cama, y la contempló pensativo. Si saber que era un bastardo no la había disgustado por completo, sin duda la borrachera había acabado el trabajo. «Y yo que quería darle una lección...»

–Creía que te habrías ido hace mucho tiempo. ¿Te quedaste para verme dormir?

–Pensé que podrías volver a sentirte mal.

–Ah, ¿te quedaste con la esperanza de ver el espectáculo de nuevo? –Kenric ignoró su mohín de disgusto–. ¿Qué había en el tónico que me diste?

–Manzanilla, menta y otras hierbas pensadas para calmar el estómago y aliviar el dolor de cabeza.

Kenric se dio cuenta de que, en efecto, su dolor de cabeza había desaparecido. Hasta su estómago empezaba a sentirse mejor. Dolorido, pero mejor.

–¿Por qué?

Tess miró al techo, como si hubiese llegado al límite de su paciencia.

–Me atrevería a asegurar que fue porque bebiste la suficiente cerveza como para emborrachar a medio ejército.

–No, quiero decir ¿por qué me diste la poción? Pensaba que te complacería verme sufrir ¿Por qué habrías de hacer algo para aliviar mi dolor?

–No me agrada ver sufrir a nadie, aunque tanto Fitz Alan como tú os merecéis vuestro dolor de cabeza. Ninguno de los dos os podíais mantener en pie anoche. De hecho, al entrar en la habitación caísteis redondos junto a la chimenea. Te habría dejado allí si no me hubiese preocupado la posibilidad de que se te quemara el pelo.

–No hice nada parecido.

Kenric arrugó el entrecejo, confundido.

Tess sonrió.

–Entonces ¿no te acuerdas de cómo te disculpaste ante mí?

–¿Por qué debería haber hecho eso?

Kenric se quedó horrorizado ante tal posibilidad. La pregunta le recordó que Fitz Alan le había mencionado algo similar durante la larga noche. Se pasó una mano por el pelo y maldijo en silencio la cerveza, a todos los hombres que la hacían y, muy especialmente, a sus ancestros.

–¿Por qué? Por no haber sabido apreciar todo lo que hice en tu ausencia.

Kenric contempló la mano de Tess, ocupada en retorcer su trenza, y esbozó una sonrisa amarga.

–Eres una pésima embustera, esposa.

Tess suspiró y se dio por vencida.

–Lo sé.

–Ahora que mencionas el tema, tengo que decirte que he sabido más de lo ocurrido desde la última vez que hablamos. Simon vino a buscarme ayer por la noche y me contó la verdad sobre tu intromisión en el asunto del senescal. –Kenric apartó las mantas y se levantó con cuidado de la cama para vestirse–. Le dije, y te lo digo también a ti, que si alguna vez se vuelve a producir una situación tan seria, debo ser yo el primero en saberlo. Se ha evitado una tragedia en Montague por pura casualidad.

Kenric levantó la vista de los cordones que estaba atando cuando oyó que Tess echaba un bufido para mostrar su desacuerdo, aunque seguía callada y con la cabeza baja.

–Si pensaste que iba a estar satisfecho al saber toda la historia, te equivocaste –declaró, mientras se ponía una camisa de lino limpia. Se negaba a darle la satisfacción de saber que estaba secretamente complacido de que hubiese evitado un desastre con tanta habilidad–. Corriste riesgos innecesarios y te involucraste en asuntos que no son de tu incumbencia. En el futuro te limitarás a las atribuciones propias de la señora de la fortaleza y a las que yo te ordene. ¿Te ha quedado claro todo lo que he dicho, Tess? ¿Entiendes exactamente lo que quiero de ti y lo que no toleraré?

–Sí, pero hay una cosa más sobre la que tengo que advertirte –empezó vacilante, inclinando la cabeza de nuevo–. Le pedí al cocinero que preparara un festín cuando regresaras. Tenía instrucciones de tenerlo todo listo para mediodía. Me doy cuenta de que hoy no te sentirás de humor para festejos, pero la comida seguramente está casi lista y se echará a perder si no haces acto de presencia en el salón y animas a tus hombres a disfrutar de todo lo que se ha cocinado.

Kenric suspiró aliviado, pues se había preparado para noticias mucho peores. En realidad, empezaba a sentirse hambriento de nuevo. Fuera lo que fuese lo que Tess había puesto en su tónico, era eficaz.

–Estoy seguro de que mis hombres están dispuestos a celebrar el hecho de que su señor ha regresado y ha puesto fin al reinado de terror de su esposa. No estoy tan débil como para no asistir a un banquete en mi honor. Ven, Tess, bajaremos juntos.

Kenric extendió su brazo, pero antes de que Tess pudiera llegar junto a él, levantó la mano para detenerla.

–Antes de unirte a mí en el gran salón, irás a los aposentos de mi hermana y solicitarás su presencia en el banquete. Puedes decirle que tengo que hablar con ella y que será mejor hacerlo en compañía de otros, donde no me sienta tentado de darle la paliza que se merece.

Tess, nerviosa, tragó saliva y asintió.

15

La visión que se encontró Kenric en el gran salón le agrió el ánimo. La comida ya había empezado, aunque los sirvientes no deberían haber puesto las viandas en las mesas hasta que no estuvieran presentes sus señores. Varios de sus hombres le saludaron a gritos mientras arrojaban huesos grasientos y sobras por encima del hombro. Kenric no había creído que fuese posible, pero la escena tenía incluso peor aspecto que cuando se marchó a Penhaligon.

Sus hombres le estaban poniendo a prueba. Parecían muy seguros de que su señor no iba a apoyar las nuevas reglas de su esposa. Y, teniendo en cuenta la comida, los cocineros también estaban tratando de ver cuál era su límite. No le cabía duda de que todos sabían el motivo de su temprano regreso y su enojo con Tess. Muy poco de lo que hacían el señor y la señora del castillo pasaba desapercibido. En aquel momento, todo Montague esperaba ver su reacción.

Si Tess viera aquel desastre, sin duda lo culparía a él y le echaría en cara de nuevo el abandono de su deber. Frunciendo el ceño ante ese pensamiento, hizo señas con el dedo a Evard para que se acercara.

–Dile al cocinero que quiero verlo de inmediato.

El cocinero apareció y se apresuró a ir hasta el barón, mirando a su alrededor con nerviosismo cuando se detuvo. El ruido en el salón se apagó, pues todos se esforzaron en escuchar la conversación con una evidente curiosidad.

–Quítate los zapatos. –La voz del barón era engañosamente tranquila.

Cuando el cocinero obedeció, Kenric sacó un pequeño puñal de su cinto y empezó a jugar con el arma, dándole vueltas una y otra vez en la mano.

–Veo que sigues teniendo todos los dedos de los pies.

El cocinero se tambaleó.

–Sí, milord.

La mirada de Kenric se detuvo en una fuente llena de irreconocible comida grasienta.

–Me parece que eso va a cambiar cuando mi esposa descubra que has servido a mis hombres bazofia para cerdos.

–Sí, milord –tartamudeó el cocinero.

–Como soy un hombre justo, te daré a ti y a tus ayudantes la posibilidad de que elijáis.

Kenric arrastró las palabras, haciendo girar la punta de la daga en uno de los nudos de la madera de la mesa.

–¿Una elección, milord?

–Sobre qué dedo queréis que os corte.

La cara del cocinero perdió el color.

–Por otra parte, mi dama todavía no ha bajado. –Kenric se dio golpecitos con la punta de la daga en los labios, como si sopesase una importante decisión–. Puede que tú y tus ayudantes logréis arreglar este estropicio antes de su llegada.

El cocinero casi cayó de rodillas, susurrando su gratitud con voz ronca mientras se inclinaba profundamente ante su señor.

–Así se hará, milord. Los platos que la baronesa pidió para vuestra llegada están casi listos.

El cocinero pareció a punto de presentar excusas por la bazofia de la mesa, pero finalmente cambió de idea. Kenric le despidió con un ademán y esperó a que él estuviera casi fuera de la sala antes de detener su huida con otra inquietante pregunta.

–¿Estuviste de acuerdo en preparar el festín que ordenó mi esposa?

–Eh... sí, milord.

–Entonces es mejor que sepas que los castigos de mi esposa son los que pensaría una dama de buena crianza. Yo a los mentirosos les corto la lengua para que no mientan más. Tienes media hora para cumplir tu promesa.

El cocinero abrió la boca sorprendido, pero la cerró al instante de golpe, como si intentara proteger su lengua.

Kenric se volvió para dirigirse a sus hombres.

–Haríais bien en seguir el consejo que le doy al cocinero –advirtió, mirando con intención varios montones de huesos.

Los hombres dejaron caer su comida casi al unísono y se apresuraron a limpiar los desperdicios del suelo.

Kenric le hizo una seña con el dedo a Evard.

–Encuentra a mi dama y evita que venga antes de media hora.

–¿Qué le digo? –preguntó Evard.

–Eso es problema tuyo –contestó Kenric, brusco.

–Sí, milord. –Evard gimió y le hizo una reverencia a su señor antes de marcharse aprisa.

El tiempo asignado casi había transcurrido cuando Tess entró en el salón. La flanqueaban una pálida Helen a su derecha y un sonrojado Evard a su izquierda. Simon seguía al trío con una amplia sonrisa dibujada en su rostro.

–¿Seguro que te sientes mejor? –preguntó Tess a Evard–. Todavía pareces bastante sonrojado.

–Estoy bien, milady –respondió con voz seca.

Sus labios formaban una fina línea.

–¿Qué te ocurre, Evard?

Kenric saludó a Tess con un movimiento de cabeza y la conminó a sentarse antes de volver su atención a Evard.

–Evard, no has respondido a mi pregunta.

–¡Se desmayó!

Simon tosió sonoramente para encubrir su risa.

–Vaya. –Kenric miró comprensivo a Evard–. ¿Te encuentras mejor ahora?

–Estoy perfectamente bien –aseguró Evard apretando los dientes mientras miraba furioso a Simon. Después, le hizo una rígida reverencia a Kenric y se dirigió muy tieso hasta su asiento.

Simon ocupó un taburete junto al de Evard mientras silbaba una desafinada melodía. La silla de Fitz Alan permanecía notoriamente vacía.

El cocinero entró en el gran salón encabezando un desfile de sirvientes que llevaban humeantes platos, fuentes y cuencos. A Tess le costó reprimir el impulso de aplaudir de alegría. Sospechaba que el cocinero tenía talento, pero la comida servida ante ellos sobrepasaba sus expectativas. Una bandeja de pollo bañado con delicada salsa de nata fue seguida por remolachas caramelizadas, trigo tostado, manzanas con especias y gruesas lonchas de asado de buey. Dos sirvientes pusieron una mesa en el centro del salón y seis más aparecieron portando un cerdo asado entero.

A continuación, los escuderos entraron en el salón vestidos con sus mejores ropas, recién remendadas o cosidas por las costureras de lady Helen. Los muchachos esperaron a que Thomas sirviera un plato para Kenric y Tess, antes de empezar a llenar los platos para los caballeros a los que servían.

Kenric trinchó una porción de asado de buey y ofreció con galantería el bocado escogido a su dama. Los ojos de Tess destellaron suspicaces, pero aceptó el ofrecimiento con gentileza.

–¿Pensabas que no tenía modales cortesanos? –preguntó, sarcástico–. Incluso a los bastardos se les puede enseñar a cenar con los reyes.

El placer que Tess sentía ante la comida desapareció de pronto. Se inclinó hacia él para que nadie pudiera oír su comentario y le dijo:

–Como eres el bastardo de un rey, eso no me sorprende.

Se miraron con hostilidad hasta que Fitz Alan se sentó en el taburete que había junto a Kenric, murmurando una excusa por su tardanza.

–Mis disculpas, barón. Me retrasé debido a una... molestia... inevitable.

Fitz Alan miró con recelo la comida mientras uno de los escuderos se apresuraba a llenar su plato con una abundante ración y a servirle vino. Fitz Alan observó la copa como si contuviera una serpiente.

–Mi esposa prepara una poción que curará tus molestias –dijo Kenric. Fitz Alan pareció esperanzado ante esa posibilidad–. Encárgate de tomarla después de la comida. Tienes deberes que atender que no incluyen vomitar en un orinal –ordenó Kenric.

–Sí, milord –murmuró Fitz Alan, que seguía mirando apesadumbrado la comida.

Kenric volvió su atención a su hermana.

–Helen, acércate hasta mí. –Su hermana mantuvo la vista baja mientras daba la vuelta a las mesas para colocarse frente a su hermano–. Es evidente que has estado demasiado tiempo sin una mano firme que te guiara –comenzó Kenric–. Has tenido tiempo de sobra para probar tu valía a Montague y a tu señor, pero no veo pruebas que demuestren que esta fortaleza sufriría por tu ausencia. Y yo, Helen, no necesito mujeres inútiles. –Su hermana abrió los ojos atemorizada y negó con la cabeza–. Hay dos soluciones para este problema –prosiguió–. El incentivo de tu dote es suficiente para convencer a cualquier hombre de encontrarte alguna utilidad. De hecho, mi vasallo, Roger Fitz Alan, es bien conocido por su habilidad para tratar con mujeres testarudas y difíciles.

Fitz Alan se atragantó con el sorbo de vino que finalmente había conseguido probar con un esfuerzo de voluntad. Simon le palmeó la espalda con simpatía. La mirada horrorizada de Helen se clavó en Fitz Alan, mirándolo como si de repente se hubiera convertido en un repulsivo sapo. Kenric sonrió. Fitz Alan también era bastardo y sabía que su hermana era consciente de ello. Recordaba todas y cada una de sus palabras sobre semillas malvadas y almas mancilladas. Esperaba que la memoria de Helen fuese igual de exacta. Era el castigo perfecto.

–¿Y la otra solución? –susurró ella, volviendo su mirada aterrorizada a Kenric.

–Has administrado Montague durante muchos años. Estás familiarizada con los deberes requeridos de la señora de este lugar. Mi esposa no parece tener claro qué obligaciones le corresponden dentro del recinto. Tu otra elección es serle de utilidad a mi esposa. Trabajarás con ella, le enseñarás los cometidos de su posición y aceptarás cualquier tarea que te encomiende.

–Haré cualquier cosa que lady Tess requiera de mí –dijo Helen con rapidez.

–Quiero que sepas que si fracasas en esta tarea sólo te quedará una opción. –Kenric se dirigió a Fitz Alan–. Cortejarás a mi hermana hasta que haya demostrado ser más útil a mi esposa de lo que lo ha sido para mí. Si no, puede que acabe siendo tu prometida.

Fitz Alan se limitó a asentir. Parecía haber perdido la facultad de hablar.

Kenric despidió a Helen con un leve movimiento de la mano.

–Puedes retirarte a tu aposento para pensar en tus nuevos deberes hasta mañana por la mañana.

Helen se quedó inmóvil durante un momento. Después recogió sus faldas y salió caminando despacio del salón con la barbilla alta en un majestuoso gesto. Tess sintió simpatía por ella. Kenric había humillado a su hermana tan completamente como acababa de humillarla a ella. Apartó su plato, pues había perdido el apetito.

–Si has terminado tu comida, estás excusada para ir a preparar el brebaje de Fitz Alan –dijo Kenric–. No creo que pueda volver a probar la comida sin él.

Tess abandonó encantada el gran salón, seguida de Fitz Alan. Insensible, terco como una mula, arrogante, altanero. Hizo una lista de todas las quejas que tenía de su esposo en silencio mientras recorrían el camino hasta su habitación, y se juró permanecer igual de silenciosa en presencia de su esposo a partir de ese momento. El muy grosero se lo merecía. Sí, nunca más volvería a dirigirle la palabra.

Fitz Alan la siguió hasta la alcoba, pero detuvo su movimiento cuando ella quiso cerrar la puerta a su espalda y, en vez de eso, la dejó abierta de par en par.

–No me gustaría que tu esposo sospechara que la puerta está cerrada para ocultar algo. Puede decidir reunirse con nosotros.

Tess se encogió de hombros. Le daba igual cuáles fueran los pensamientos de Kenric, en un sentido u otro. Rebuscando en su cofre, encontró las hierbas, las extendió en la mesa y llenó de agua un pequeño caldero que colgaba de un espetón sobre la chimenea. Una vez añadidas las hierbas, utilizó un atizador para empujar el caldero sobre las llamas.

–La poción funciona mejor cuando está caliente –explicó, apartándose del fuego–. Aunque no haría ninguna falta si ciertos hombres supieran cómo controlar su sed.

Fitz Alan juntó las manos a la espalda y miró al suelo.

–No es habitual que Kenric necesite una cura para la resaca. Desaprueba el beber en exceso.

–¿De veras? Nunca lo hubiera imaginado.

–Bueno, entiendo que te cueste creerlo después de lo que ocurrió la noche pasada –concedió–, pero nunca había visto al barón consumir tanta bebida de una sentada.

–Entonces ¿te sentiste obligado a acompañarle?

–Así es, milady. No sentía muchos deseos de estar sobrio en su compañía. –La sonrisa de Fitz Alan fue deslumbrante, pero su mirada se volvió pensativa–. No después de que Simon relatara los sucesos que habían tenido lugar en nuestra ausencia.

Tess empezó a guardar las hierbas, esperando que Fitz Alan no notase que se había puesto tensa de repente.

–¿Debo entender que estaba furioso?

–Parecía más preocupado por otra cosa que había oído ese mismo día. Para ser precisos, por tu reacción ante ella.

–Kenric escuchó muchas cosas ayer que no fueron de su agrado –replicó Tess por encima del hombro–. Sé más concreto, Roger.

–Parecía preocupado por lo que te dijo Helen.

Tess se encogió de hombros.

–Si piensas negar la verdad, no te molestes. Prácticamente admitió sus horribles crímenes.

–¿Crímenes? –repitió Fitz Alan.

–Sé que dio muerte a mujeres y a niños inocentes en Gales.

–Como hice yo –admitió, agitando la cabeza–. Sin embargo, no eran todo lo inocentes que sin duda Helen te hizo creer.

Tess entrecerró los ojos.

–¿Qué quieres decir?

–No había ningún niño de menos de catorce años en esa banda de paganos, y todos ellos cometieron atrocidades y matanzas hasta que Kenric puso fin a su salvajismo. Que hubiese tres mujeres en ese grupo, tan sanguinarias como cualquier hombre que haya conocido, no fue culpa de tu esposo. Decidieron matar o morir, y pagaron el precio de su decisión. Cuando se difundió el rumor de la muerte de las mujeres, no se contó toda la verdad. –El leve fruncimiento de ceño de Fitz Alan fue una amonestación tan severa como cualquiera de las amenazadoras miradas de Kenric–. A eso me refería, milady.

–Ya veo. –El alivio de Tess estaba templado por la cautela–. Tu explicación no cambia el hecho de que Kenric vaya a masacrar a mis leales seguidores junto con los hombres de MacLeith cuando asediéis Remmington.

Era casi una pregunta, pero sabía que Fitz Alan no podía darle la respuesta que quería. Él se encogió de hombros de nuevo, sin disculparse.

–Así es la guerra. Los inocentes mueren junto con los culpables. Debería reconfortarte el hecho de que Kenric te devolverá las tierras que te pertenecen.

–¿Acaso debería reconfortarme, sabiendo que las tierras de Remmington quedarán bañadas con la sangre de mi gente? –Tess hizo un movimiento de negación con la cabeza, sintiéndose reafirmada en la decisión que había tomado–. Sé muy bien lo que pasa cuando un ejército pone bajo asedio una fortaleza. Todos aquellos que se encuentren dentro de las torres y castillos quedarán cercados y acabarán por morir de hambre o verse obligados a luchar. Con el ejército de Kenric ante las murallas, morirán de todas formas. Mis vasallos y seguidores tendrán las espadas de los MacLeith a su espalda y las de Kenric en el cuello. Serán los primeros en morir.

Fitz Alan permaneció callado, incapaz de negar lo que sin duda había presenciado incontables veces.

Tess sabía que no iba muy desencaminada en su resumen. Que Remmington perteneciese a Kenric por derecho sólo serviría para hacer que el barón fuese aún más despiadado con sus métodos.

La pequeña olla de la chimenea comenzó a echar vapor y Tess la apartó del fuego. Empleó su falda para proteger sus manos mientras echaba la mezcla en la jarra que sostenía Fitz Alan.

–Está caliente –advirtió mientras él olfateaba la poción arrugando la nariz.

–No has dicho nada sobre la otra historia que te contó lady Helen –murmuró Fitz Alan, soplando para enfriar la poción–. La mayoría de las damas se sentirían agraviadas al saber que su esposo no proviene de una unión bendecida por Dios.

Tess supuso que ésa era la forma educada que tenía Fitz Alan de evitar la palabra «bastardo». Parecía ser la única persona en Montague que mostraba tal aversión en los últimos dos días.

–¿Qué importancia tiene eso? ¿Por qué debería ese hecho cambiar mi opinión sobre Kenric a estas alturas?

–En efecto, ¿por qué debería hacerlo? –dijo él, sonriendo de nuevo. Su sonrisa se apagó cuando olió la poción nuevamente. Estuvo tentado de apretarse la nariz con los dedos mientras bebía el repugnante brebaje–. ¡Por Dios! ¡Tiene un sabor espantoso! –Su tez empeoró de color mientras le devolvía la jarra vacía.

–Tu señor dijo lo mismo.

Tess sonrió, pensando que ambos probablemente vomitarían si supieran los verdaderos componentes de la mezcla. Pero su sonrisa se desvaneció al oír ruidos y agitación en el pasillo. Kenric apareció en el umbral, seguido de cerca por Simon y por Evard. Observó la puerta abierta y miró con intención a Fitz Alan, asintiendo con aprobación.

–Pensé que vendrías –le recibió Fitz Alan, encogiéndose de hombros.

–¿Te ha llevado media hora beber una maldita poción? –preguntó Kenric.

Aun conociendo el estado de salud de Fitz Alan, había pensado que no era buena idea mandarlo a solas con Tess a una habitación donde había una cama. Sabía que Fitz Alan había seducido a algunas damas en situaciones mucho más precarias.

–Lady Tess dijo que era necesario calentar la poción primero –explicó Fitz Alan.

Kenric miró acusador a Tess.

–No calentaste la mía.

–Pensé que era mejor que te tomaras la cura lo más pronto posible.

Kenric atravesó la habitación a grandes pasos y sacó de un cofre una túnica de cuero acolchado, brazales, calzas y otras ropas que llevaba bajo su armadura.

–Coge lo que necesites para cabalgar hasta Derry –ordenó, dirigiéndose a Fitz Alan–. Simon ha averiguado que el senescal se escondió primero en ese pueblo. Veremos si podemos persuadir al alcalde para que nos cuente más sobre la huida del traidor. Me encontraré contigo en la armería en un cuarto de hora.

Fitz Alan hizo una rápida reverencia a Kenric y después partió.

La mirada de Kenric se clavó un momento en Tess y rápidamente la pasó por alto.

–Vosotros dos quedaos con mi esposa –ordenó, dirigiéndose a Simon y a Evard–. Aguardad fuera de su puerta cuando se halle en esta habitación y tenedla a la vista cuando salga.

Después de pronunciar aquellas palabras, Kenric se marchó. Tess cerró la puerta detrás de él, tratando de ignorar a los dos caballeros que ocuparon sus puestos en el pasillo. Era humillante que supieran lo poco que le importaba a su esposo. Ni siquiera se había molestado en dedicarle una palabra de despedida o de informarle de la fecha de su regreso. No es que le importara. Todo el castillo sabía la poca estima que él sentía por ella. Soltó un largo suspiro, dándose cuenta de que la última orden de Kenric a sus guardianes para que no la perdieran de vista no haría más que dificultar su fuga. Si no conseguía engañarlos para que bajaran la guardia, no sería posible escapar.

Temerosa de empezar a sentir lástima de sí misma si seguía más tiempo en su habitación, se puso su capa y se encaminó a las almenas. Evard y Simon la siguieron, obedeciendo las instrucciones de su señor. El aire, frío y vigorizante, la reconfortó. De pronto, Tess notó que sus guardias la observaban nerviosos. Parecían algo asustados ante sus posibles intenciones cuando se asomó peligrosamente sobre la muralla para mirar al patio de armas. Simon estuvo a su costado sujetándola por el codo antes de que pudiera asomarse lo suficiente para ver bien.

–Por favor, milady –dijo con suavidad–. Si os caéis, el barón hará que sigamos vuestra misma suerte.

Tess no creyó sus palabras, pero se apartó un paso del parapeto.

–No temas, Simon. El suelo no tiene mucho atractivo visto desde esta altura.

Se asomó con más precaución sobre el muro y Simon asintió aprobador. No tuvo que esperar mucho antes de avistar a Kenric que salía por las puertas del castillo con una veintena de sus hombres. Incluso con armadura, lo reconoció al instante. Aparte de su sobreveste azul y blanco, era el más alto e imponente de todos los guerreros, y su negro corcel era igual de magnífico que él. Formaban una visión sobrecogedora. Sintió lástima por el alcalde de Derry. Con toda seguridad, el hombre se moriría de miedo al ver a su señor entrar a la carga en el pueblo, armado para la guerra.

–Es un necio por salir a caballo tan tarde con tan pocos hombres –comentó Tess, observando que el ángulo de los rayos del sol se dirigía al oeste por encima de las copas de los árboles.

–Sólo un necio se enfrentaría al barón –declaró Evard, con la voz henchida de orgullo por la destreza guerrera de su señor–. De día o de noche.

Ella estuvo a punto de replicar que a las fieras salvajes les importaba poco la reputación de un hombre, pero en aquel instante Kenric se volvió sobre su silla para mirar Montague. Tess reprimió el ridículo impulso de levantar la mano en un gesto de despedida. Él nunca le había mostrado ningún signo de consideración parecido. Kenric recuperó su posición normal en el caballo, pero de repente volvió la cabeza con rapidez y Tess supo que la había visto. A pesar de la lejanía, casi podía sentir su mirada oculta bajo el yelmo. Tess comprendió que él esperaba ese gesto. No lo iba a obtener. Finalmente Kenric se volvió de nuevo cuando el grupo superó la cresta de una colina y desapareció de la vista. Tess se apartó de las almenas, sonriendo para ocultar el inesperado brillo de lágrimas en sus ojos.

–¿Qué os parece si visitamos las cocinas? –sugirió con alegría forzada–. Me gustaría felicitar al cocinero por la magnífica comida que disfrutamos hoy.

Los dos soldados intercambiaron una mirada de extrañeza y luego asintieron.

Las cocinas todavía bullían de actividad. Los sirvientes estaban ocupados en limpiar los restos del banquete y en convertir las sobras en nuevas comidas para el próximo día. Todo el mundo se detuvo de golpe cuando vieron a la baronesa. El silencio que se cernió sobre el grupo era propio de una iglesia, hasta que a alguien se le resbaló una bandeja y los cuencos que estaban apilados en ella cayeron con estrépito al suelo. Fue como una especie de señal, pues al instante todos reanudaron sus tareas, mucho más ajetreados de lo que estaban momentos antes. El zumbido de conversaciones en voz baja llenó la habitación de nuevo.

–Milady –murmuró el cocinero, que se encaminó hacia ella con rapidez, le hizo una reverencia y retrocedió un paso mirándola nervioso–. ¿Ocurre... ocurre algo, baronesa?

–Quería agradeceros personalmente el haber cocinado un banquete tan magnífico –dijo Tess calurosamente, confundiendo el incómodo sonrojo del cocinero con modestia–. La comida sobrepasó mis expectativas. Tú y tus ayudantes tenéis talentos dignos de la mesa del rey.

El cocinero retorció los lazos de su delantal, evitando la mirada serena de la baronesa mientras farfullaba una respuesta.

–Gracias, milady. Es un honor servir a nuestros señores.

Tess observó el torbellino de actividad que se desarrollaba a su alrededor, consciente del esfuerzo que había costado la comida.

–Tras haber trabajado tan duro, tú y tus ayudantes os merecéis un día menos agotador. Por la mañana vuestros deberes serán mucho más livianos. Daré instrucciones a los sirvientes de cámara para que sirvan una sencilla comida a mediodía con las sobras del banquete de esta noche.

El cocinero pareció incómodo con el premio. Los días festivos eran muy escasos, ya que un castillo tenía que ser alimentado cada día, pasara lo que pasase. Tess se sintió un poco sorprendida por su falta de entusiasmo.

Como sabía que su presencia les molestaba en su trabajo, no se entretuvo en las cocinas. Era demasiado tarde para comenzar algún proyecto importante, pero demasiado pronto para irse a dormir. Se detuvo en el gran salón para servirse una jarra de sidra y reflexionar sobre qué hacer durante las siguientes horas. Sorprendentemente, allí se encontró con un silencio que casi igualaba al que la había recibido en las cocinas. Había más de cincuenta hombres de Kenric reunidos en torno a las chimeneas. Sin embargo, todos volvieron la cabeza y la miraron expectantes. Incómoda con el escrutinio, se bebió la sidra y se dirigió a la capilla del castillo. Sin apartarse nunca de ella, Simon y Evard tomaron posiciones a ambos lados de la puerta dentro de la amplia estancia abovedada. En vez de postrarse en un reclinatorio, Tess atravesó la nave hasta llegar al lugar donde se alzaba un grupo de altos cirios permanentemente encendidos. Sacó una vela de su lugar y empezó a caminar a lo largo de las paredes de la capilla, deteniéndose en los candelabros de hierro colocados a intervalos regulares para encender las antorchas de juncos que sostenían.

–Dije mis plegarias esta mañana –dijo Tess a sus guardias por encima del hombro, levantando el brazo para prender otra antorcha–. Esta noche tenemos asuntos de una naturaleza más terrenal. Ordenaré limpiar esta estancia por la mañana. –Agarró una enorme telaraña que colgaba de un candelabro y la quitó con un golpe de muñeca–. El padre Gilard estará de retiro en la abadía de Roeston tres días más, y quiero sorprenderle con una capilla limpia cuando vuelva. La limpieza será más fácil si trasladamos los reclinatorios y los ornamentos del altar a la antecámara antes de la llegada de los sirvientes.

Ambos soldados suspiraron larga y sonoramente, pero acataron su orden y empezaron a mover los reclinatorios. Tess quitó los ornamentos del altar y los apiló con cuidado en una esquina de la antecámara.

–¿Os habéis fijado en la forma tan extraña en que actuaban todos en la cocina? –preguntó, concentrándose en envolver una virgen delicadamente tallada. No vio las irónicas sonrisas que sus guardias intercambiaron–. Ocurrió lo mismo en el gran salón. ¿Qué creéis que puede pasar?

–¿Pasar, milady? –preguntó Simon mientras levantaba trabajosamente otro reclinatorio para llevarlo a la antecámara y miraba abatido los casi cincuenta que aún quedaban por mover.

–Todo el mundo parecía muy callado –dijo por fin, sin saber cómo describir su inquietud.

–Tan sólo os estaban mostrando respeto, baronesa. Es de esperar que tanto sirvientes como soldados aguarden vuestras órdenes cuando entréis en una habitación.

–No parecían tan respetuosos antes de hoy –dijo Tess, siguiendo a Simon a la antecámara con una estatuilla.

Evard ya se hallaba allí, colocando los reclinatorios en una apiñada fila.

–El barón hizo que os... –Evard se detuvo el tiempo suficiente para contemplar los objetos sagrados que llenaban la habitación, como si se arrepintiera de sus siguientes palabras–. Hizo que temiesen sus represalias.

–¿Qué quieres decir? –preguntó Tess, curiosa.

Puso la estatuilla a un lado y aguardó la respuesta de Evard. Éste miró Simon.

–Ya que has metido la pata, es mejor que se lo digas –le aconsejó el veterano guerrero.

–Querían retaros, milady. Los soldados y los sirvientes estaban poniendo a prueba al barón. Querían comprobar si teníais su apoyo en las reglas que fijasteis en su ausencia.

–¿Se quejaron de mí? –preguntó Tess en un susurro que revelaba su orgullo herido–. ¿Ante mi esposo?

–No, milady. Simplemente ignoraron de forma obvia vuestras órdenes. No creo...

–Al barón no le gusta que le pongan a prueba –interrumpió Simon–. Vuestro esposo dejó claro a todos que vuestras órdenes deben seguirse. En caso contrario, se encargará él mismo de hacerlas cumplir.

–Ya veo –susurró Tess con suavidad.

Se volvió y fue de regreso al altar para envolver otra estatuilla. Simon y Evard la siguieron e intercambiaron una inquieta mirada.

–Él os mostró su apoyo, milady –expresó Simon, cogiendo otro reclinatorio.

–Sí –se limitó a contestar Evard.

Tess no tenía ni idea de que sus actos hubiesen provocado semejante confrontación. Ahora se explicaba la grosería de Kenric durante el banquete. Sin duda también la culpaba de ese conato de motín. Le dolía saber que era verdad.

–Tal vez podamos empezar a barrer algunas de las telarañas después de mover los reclinatorios. Creo que hay escobas en la antecámara.

Ambos soldados protestaron con vehemencia ante la sugerencia. Evard afirmó que preferiría ser azotado antes que coger una escoba. Al advertir la expresión testaruda en la cara de la baronesa, Simon utilizó la razón y la persuadió de no llevar a cabo la humillante tarea, diciéndole que era muy tarde y que su baño estaría listo cuando acabaran con los reclinatorios. Su alivio fue enorme cuando Tess se mostró de acuerdo.

Kenric regresó de Derry al día siguiente, casi a la hora de la cena. Mientras Tess se preparaba para bajar al salón a saludarlo, un sirviente llegó a su puerta con una bandeja de comida y el recado de que el barón tenía asuntos que tratar en el gran salón con sus hombres aquella noche. Tess interpretó el mensaje como una orden para que se quedara en su habitación.

Era pasada la medianoche cuando Kenric por fin entró en la alcoba. Tess fingió dormir mientras escuchaba los apagados sonidos que hacía al desvestirse. Se tensó al sentir cómo la cama se hundía bajo su peso y aguardó a que la atrajera a su lado, como era su costumbre. Pasaron largos y silenciosos minutos antes de darse cuenta de que no la iba a tocar.

«No importa», decidió suspirando, diciéndose a sí misma que el suave suspiro era debido al alivio. Tess había dedicado mucho tiempo a pensar lo que le diría a su regreso si él le exigía cumplir con sus deberes. Pero en aquel momento sencillamente estaba demasiado cansada para empezar una discusión.

La calidez de Kenric bajo las mantas la tentaba, pero resistió el impulso de acercarse más a su calor. No haría nada que le hiciera pensar que lo quería en su cama. Mientras continuara dirigiéndole aquellas amenazadoras miradas durante el día, Tess sabía que podría mantener firme su resolución de huir a Escocia. Si él acudiera a ella de noche con palabras cariñosas y suaves caricias, ¿cuánto tiempo pasaría antes de que empezara a llenarse la cabeza con mentiras y a buscar más excusas para retrasar su fuga? No, tenía que ser fuerte. La vida de sus vasallos estaba en juego.

16

–No me explico cómo puedes tocar esa cosa con una púa –dijo Tess señalando el salterio que Helen tenía en el regazo. Volviendo la atención a su laúd, tocó otra cuerda tratando de acompasar su sonido con el instrumento de Helen.

Las dos mujeres estaban sentadas en una mesa cercana al hogar del gran salón, empleando el tiempo que seguía a la cena en practicar con sus instrumentos. Se entretenían mientras los hombres se reunían para jugar o contar historias. Helen estaba resplandeciente con un vestido color crema orlado con hilo de oro. El vestido de Tess también era de color claro, pero en este caso consecuencia de un sinfín de lavados. Pese a todo, la tela era de resistente lino y no parecía tan desaliñado como sus otros vestidos comparado con los de su cuñada. Kenric y un buen número de sus hombres estaban participando en un ruidoso juego de dados que tenía lugar en el extremo opuesto del salón.

En los cinco días que habían pasado desde el regreso de Kenric de Derry, Simon y Evard demostraron ser unos guardianes tan fieles a su deber que Tess comenzó a preguntarse si alguna vez tendría oportunidad de escapar. Por otro lado, ya no tenía muchos motivos para preocuparse de lo que ocurriera con Kenric mientras esperaba esa oportunidad. Apenas si le había dirigido la palabra en todo ese tiempo. Aquello le pareció muy bien el primer día de su silencio; todavía continuaba enfadada con él por la forma en que la humilló en el salón y por haberse ido a Derry sin ni siquiera decirle adiós. Si quería silencio, lo iba a tener. Pero a medida que pasaban los días, se sintió más aprensiva ante su sombrío humor. Sólo hablaba con ella cuando era absolutamente necesario y, aun entonces, sólo le dirigía un par de palabras, como si hubiese decidido que no tenían nada más de importancia que decirse. Se arriesgó a dirigir una mirada rápida a su esposo, preguntándose si se quedaría en el salón hasta tarde como había hecho todas las noches de aquella semana. Era evidente para todos que la estaba evitando. Se levantaba al alba cada día para entrenarse con sus hombres y no se retiraba hasta bien pasada la medianoche. Todas las noches seguía la misma rutina: tras meterse en la cama con ella, le daba la espalda y se quedaba dormido.

Tess trató de decirse a sí misma que era mejor así. No importaba que ya no la encontrara deseable. Debería estar encantada con el hecho de que no mostrara el más mínimo interés en besarla o acariciarla. Pero no podía evitar una punzada de dolor cuando él se apartaba sobresaltado si la tocaba accidentalmente, como si encontrara repulsivo el más leve contacto con ella. Y la posibilidad de que Kenric la estuviera engañando no debería consumirla de celos hasta el punto de vigilar con atención a toda mujer en Montague, buscando algún signo delator que le indicara que estaba gozando de la clase de atenciones que su señor no debería mostrar a nadie más que a ella. Sus sospechas la estaban consumiendo rápidamente.

–No podría tocar un salterio con mis dedos y, mucho menos, una púa –dijo Tess con tranquilidad, resuelta a apartar sus pensamientos de Kenric–. Hay demasiadas cuerdas y nunca consigo encontrar la adecuada lo bastante rápido como para tocar una balada.

–Lamento los problemas que causé el otro día en mi habitación y que repercutieron en las dos –soltó Helen de repente, sobresaltando a Tess con la inesperada disculpa–. Estaba tan enfadada con Kenric por romper su juramento que hablé sin pensar en las consecuencias.

–¿Qué juramento ? –preguntó Tess, y dejó el laúd en su regazo.

La mirada de Helen recorrió con cautela la habitación para asegurarse de que nadie pudiera oírlas.

–Hace muchos años Kenric hizo el juramento de no casarse nunca. Éramos muy jóvenes en aquel momento. Sin embargo, hizo ese voto sobre la tumba de nuestra madre, estando presentes tanto Guy como yo misma. Después de que mi padre muriera, Kenric le prometió a Guy que Montague sería algún día suyo. Juró que nunca tendría herederos legales propios que cuestionaran el derecho de Guy a la herencia. –Helen apretó los labios en una fina línea y entrecerró los ojos–. Sin embargo, olvidó su palabra de forma muy conveniente cuando Remmington cayó en sus manos como una manzana madura. Ahora tendrá dos magníficos feudos, mientras que Guy se quedará sin nada.

Tess contempló boquiabierta a Helen. Recordó los primeros días de su matrimonio y, de repente, el irracional enojo de Kenric cobró sentido. Le dijo que no deseaba una esposa y hablaba completamente en serio.

–Cierra la boca –la reprendió Helen–. Pareces un pez.

Tess apretó los labios, pero negó con la cabeza.

–Helen, tu hermano no quería casarse conmigo. Se vio obligado a este matrimonio, al igual que yo. Quiso cumplir la palabra que le dio a Guy.

Helen agitó la mano para poner fin al asunto.

–Fui ingenua por creerle, para empezar. Kenric sabía las consecuencias que tendría su matrimonio para Guy, y se casó contigo de todas formas. Ningún hombre puede forzar a Kenric a hacer algo contra su voluntad.

–Hay un hombre que sí puede –afirmó Tess, críptica. Después permaneció en silencio y la miró fijamente.

Helen abrió los ojos, adivinando la verdad.

–¿El rey?

Tess pareció indecisa durante un momento y luego asintió despacio.

–No puedo decirte más. Si repites tan sólo una palabra de lo que sabes a quienquiera que sea, te mataré yo misma, Helen. –Su cuñada negó con la cabeza–. No pienses que exagero –la previno Tess en voz baja–. El futuro de mis vasallos depende de que guardemos el secreto. ¿Me has comprendido?

–Tienes mi palabra –susurró Helen, echando un rápido vistazo a su alrededor de nuevo–. Tu secreto está a salvo. No se lo diré a nadie.

–Bien –contestó Tess, volviendo su atención al laúd–. Y en lo que respecta a las cosas horribles que me dijiste aquel día, acepto tus disculpas.

–No sabía que te habías visto forzada a casarte –musitó Helen–. La mayor parte de las cosas que te dije sobre Kenric ese día estaban pensadas sólo para hacerte daño.

–Ahora lo sé. –Tess suspiró. Estaba empezando a darse cuenta de demasiadas cosas–. No odias a tu hermano, ¿verdad?

Helen se movió incómoda en su taburete.

–No ha hecho gran cosa para que le tenga cariño –aclaró, frunciendo el ceño–. Pero no creo que le odie de verdad. Kenric fue bueno conmigo cuando éramos niños. Incluso me protegía cuando mi padre me buscaba para castigarme. Mi padre tampoco era un hombre cariñoso –confesó con amargura.

Tess dejó pasar esa confesión, aliviada de no haber tenido la desgracia de conocer al hombre que Kenric se había visto obligado a soportar como padre.

–Todo el mundo ha notado que hay algo que va mal entre vosotros dos. –Helen hizo un movimiento con la cabeza señalando a Kenric–. ¿Es por lo que te dije aquel día?

–No –admitió Tess, con expresión más triste de lo que quería reconocer. Se suponía que debería estar encantada con la falta de interés de Kenric–. Me pasa como a ti, no ha hecho gran cosa últimamente para que le tenga cariño. No creo que sienta mucho aprecio por mí.

–Te mira cuando cree que nadie lo ve.

Tess se sorprendió durante un momento, pero luego su expresión se agrió.

–Sin duda estará pensando en la mejor forma de librarse de su esposa.

Su cuñada se encogió de hombros, como si no estuviera de acuerdo con que la mirada en los ojos de su hermano sugiriese algo por el estilo.

–Buenas noches, lady Helen, baronesa.

Tess alzó la mirada y se encontró con los ojos de Roger Fitz

Alan. Puso su laúd a un lado mientras él tomaba asiento frente a Helen al otro lado de la mesa.

–Buenas noches, sir Roger –dijo Tess con tono curioso–. ¿Qué te trae a nuestra mesa esta noche?

–Tu esposo me ha sugerido que comience el cortejo de su hermana –contestó, en absoluto entusiasmado ante esa perspectiva–. También solicita tu compañía, baronesa.

Tess no se entretuvo en preguntar la razón de su petición. Cuando Kenric regresó de la partida de dados, se apresuró a tomar asiento junto a él.

–¿Deseas hablar conmigo, milord?

–Deseo que dejes a Fitz Alan a solas mientras corteja a mi hermana –dijo secamente, convencido de que aquélla era una inmejorable excusa para pedir su presencia. No quería que pensara que echaba de menos tenerla a su lado los últimos días–. ¿Te apetece una copa de vino?

Tess alzó la vista sorprendida. Él sabía que ésas eran las palabras más amables que había pronunciado en toda la semana. El viaje a Derry resultó infructuoso, pero le había dado tiempo para meditar sobre la mejor forma de tratar con su esposa. Esta vez estaba decidido a mantenerse firme en sus decisiones. Las seducciones forzadas no eran muy distintas de las súplicas. Él no suplicaría. Ella vendría a él de buen grado o no vendría. Observando la rigidez de la espalda de su esposa, Kenric empezó a sospechar que no vendría. Se preguntó cuántas noches más dormiría junto a ella aguardando a que lo tocara. Su excitación crecía hasta niveles insostenibles sólo con tenerla al alcance de su mano. Bastardo o no, sabía que ella se entregaría a él, que incluso sentiría placer una vez que hubiese acallado sus protestas para no sentirse culpable. Era una locura seguir torturándose. Todo había desembocado en una batalla de voluntades.

–Parece que últimamente disfrutas con la compañía de mi hermana. –Se aventuró a decir. Dio vueltas al talle de su copa entre los dedos, actuando como si para ellos fuese normal tener una insustancial conversación de sobremesa.

–Así es, milord.

Tess inclinó la cabeza y se contempló las manos. Había estado demasiado callada aquella semana, sentándose en silencio junto a él todas las noches durante la cena. Rara vez lo miraba, y se unía a Helen en alguna otra parte del salón tan pronto terminaba de cenar. Lo evitaba, trataba de mantenerse tan lejos de él como fuera posible. Kenric sabía que vencer su resistencia iba a requerir un gran esfuerzo. Se propuso en silencio buscar su compañía más a menudo. No iba a conseguir su capitulación más fácilmente cortejándola con palabras, pero aquella tortura debía acabar pronto.

–¿Te ayuda en tus quehaceres?

Tess se removió inquieta en el taburete, frotándose las palmas en los muslos antes de poner las manos sobre la mesa.

–Sí, milord.

Él colocó su mano a pocos centímetros de distancia. Lo único que necesitaba era un pequeño movimiento. Ella sólo tenía que levantar una mano y ponerla sobre la suya. Entonces Kenric habría conseguido su objetivo. Bajó la mirada a la mano de Tess, deseando que se moviera. Una oleada de calor recorrió su cuerpo cuando al fin se movió, pero sus esperanzas se esfumaron cuando vio que la colocaba en su regazo.

Tal vez no lo estuviera haciendo bien. Aquellos silencios mortales no le llevaban a ninguna parte.

–¿Qué has hecho esta semana? –inquirió conciso, preguntándose qué respuesta le daría.

Tess se miró las manos y empezó a tocarse nerviosamente las uñas.

–Se han limpiado todas las chimeneas excepto las de la bodega y el viejo solar. Se han fregado los vidrios en todas las ventanas que los tienen y se han desplazado los corrales más lejos de las cocinas para reducir los olores. Se han arado los jardines para la siembra de primavera y se ha hecho jabón. También se ha fabricado el suministro de velas para el mes que viene.

Tess tomó aliento y continuó su retahíla durante varios minutos. Kenric apoyó la barbilla en la mano y escuchó asombrado. La inacabable lista le impresionó, pero lo que le pareció más asombroso es que pudiera recordarlo todo. No tenía ni idea de lo tremendamente ocupada que había estado. No era de extrañar que tuviera callos en las manos; se los había ganado, todos y cada uno de ellos.

Miró sus manos, preguntándose cuándo las volvería a sentir en su piel. Su mirada subió y se demoró en sus generosos pechos, y volvió a preguntarse cuándo volvería a llenar sus manos con ellos.

–Se ha colocado el ahumadero más cerca de la barraca del carnicero, y parte del tejado de la armería estaba podrido, así que se ha reparado con nuevas vigas y tejas. –Tess alzó la vista con vacilación–. Supongo que no tienes nada que objetar.

–¿Objetar a qué? –Kenric había estado estudiando la curva de su cadera. No encontraba nada que objetar en ella.

Tess entrecerró los ojos.

–¿Has escuchado algo de lo que te he dicho?

–La mayor parte –admitió con una sonrisa, satisfecho al ver una chispa en sus ojos que llevaba tiempo sin aparecer–. ¿De verdad hiciste todo eso en tan pocos días, o es todo lo que has hecho desde que me marché a Penhaligon?

–Yo... eh, esas tareas se han hecho en los últimos días. –Tess bajó la vista a la mesa de nuevo cuando él sonrió–. ¿Te gustaría oír las cosas que hice mientras estabas en Penhaligon? Me refiero a los deberes domésticos. Los... los otros ya los conoces.

–Te creo si me dices que la lista es aún más larga que la última. –Su sonrisa se ensanchó. Sí, se había equivocado al permanecer en silencio. Conversar con Tess causaba en ella mucho más efecto que dejarla escabullirse cada noche sin una palabra–. ¿Por qué no me dices lo que tienes pensado hacer en los próximos días?

–En la aldea hay varios niños enfermos con tos. He pensado en llevar más remedios a sus madres y...

–No vas a cuidar de niños enfermos –interrumpió Kenric–. La anciana Martha se encarga de las enfermedades de los aldeanos.

–Martha se cayó la semana pasada por las escaleras de la torre sur y se torció el tobillo. Estará en cama al menos otra semana más.

–Entonces envía a otro con tus pociones. –Kenric estuvo tentado de alargar el brazo, coger su barbilla y levantarla, como había hecho tan a menudo en el pasado. Era irritante ver sólo su coronilla, pero se negó a tocarla. Había roto su silencio, pero no sería el primero en extender la mano. Aquél sería el punto de inflexión en la batalla de voluntades que estaban librando. Tenía que ser ella quien le tocara primero, para demostrarle que podía superar su disgusto ante el origen de su nacimiento. Emplearía palabras en vez de sus manos para conseguir su propósito–. Me gustaría que me miraras cuando te hablo.

Tess levantó la cabeza despacio para mirarlo a los ojos. Él asintió con aprobación y volvió a sonreírle. Sus ojos habían adquirido un tono violeta pálido. Era el color del miedo. Miedo al deseo que provocaba en ella. Estaba seguro de ello.

–Envía a uno de mis hombres con el remedio –sugirió con tono amable–. No quiero que te expongas a alguna enfermedad y te contagies.

–¡Ja!, yo, ah, ¡ejem! –Tess carraspeó varias veces–. Tal vez un poco de tu vino me cure este extraño cosquilleo en la garganta –dijo débilmente.

Sosteniéndolo por el borde, Kenric le acercó el recipiente. Tess cogió la copa por la base, pero él, con la mirada fija en sus manos, no quiso soltarla. Tuvo que tirar varias veces antes de que Kenric le permitiera coger la copa. Tras tomar un pequeño sorbo se la devolvió, pero él tuvo cuidado de evitar tocar su mano.

–Le pediré a uno de tus hombres que lleve la medicina –aceptó por fin. Miró al otro lado del salón y vio que Fitz Alan devolvía un tablero de ajedrez a su sitio en la repisa.

–Ah, veo que el juego ha terminado –declaró Tess, consiguiendo que Kenric la mirara sorprendido y después siguiera su mirada para ver a qué se refería–. ¿Te importa que me retire a la alcoba, o prefieres que me quede, milord?

«Me gustaría que pusieras tu mano sobre la mía.»

–Puedes retirarte, Tess.

Kenric se concentró en el contoneo de las caderas de su esposa mientras salía del gran salón, satisfecho de haber hecho progresos, pero frustrado por no haber conseguido más. A pesar de todo, Tess se estaba mordiendo el labio inferior cuando se marchó. Eso era buena señal. Tal vez esa noche extendiera la mano para tocarlo.

Tess no lo tocó ni aquella noche ni la siguiente. Aun así, Kenric sabía que estaba haciendo progresos. El muro que se había alzado entre ellos se estaba desmoronando poco a poco a medida que pasaban los días. Ella lo acariciaba con los ojos, aunque no lo hubiera tocado todavía. Una simple palabra amable o dos cuando ella trataba de evitar mirarlo, y su mirada violeta no podía apartarse de su cuerpo, reflejando el deseo que sentía por él. Su mirada lo perseguía y él ya no evitaba mirarla a los ojos, sino que sostenía su mirada y sonreía a menudo para atraer su atención. No le llevó mucho tiempo darse cuenta del curioso efecto que sus sonrisas tenían en su esposa. Cada una de ellas lograba que Tess se sonrojara vivamente; incluso a veces se le hacía un nudo en la lengua y se aturullaba. Kenric empezó a sonreír más de lo que lo había hecho en toda su vida.

Aunque ambos estaban ocupados durante el día, Kenric usó la excusa del cortejo de Helen y Fitz Alan para retenerla a su lado todas las noches después de la cena. Se asombró de la variedad de temas de conversación que descubrieron. Ella mostraba auténtico interés por todo lo que él tenía que decir y Kenric se volvió locuaz por primera vez en su vida. A veces sus discusiones eran serias, pero en la mayoría de las ocasiones sus conversaciones discurrían sobre cuestiones tan triviales como el color de la luna o los motivos que hacían que cambiara de forma a lo largo del mes. También conversaban sobre sus preferencias o inquietudes sobre cualquier cosa, desde comidas a mascotas o personas. Puede que se lo estuviera imaginando, pero Kenric estaba seguro de que cada noche la silla de Tess estaba más cerca de la suya y que ella se inclinaba buscando su cercanía durante sus tranquilas conversaciones. Podía sentir como el anhelo en su esposa se hacía cada vez más profundo. Sin embargo, una vez en la alcoba, un pesado silencio caía sobre ellos y la rutina establecida permanecía invariable.

Kenric continuó levantándose temprano. Al despertar, su fuerza de voluntad alcanzaba su cota más baja, ya que a menudo se encontraba con su esposa entre los brazos. Aquello no contaba. Ella debía entregarse a él de forma voluntaria, siendo plenamente consciente de sus actos. Extrañamente, su determinación parecía fortalecerse cada día que pasaba, pues su cuerpo había llegado a un punto donde no podía sentirse más excitado ni sufrir una tortura peor. En vez de sentirse irritado por su falta de sueño y su casi constante estado de lujuria, Kenric se deleitaba con el brillo del creciente deseo de su esposa. Ella pronto estaría ardiendo. Kenric no podía esperar a ser consumido por las llamas.

17

–Deja de fruncir el ceño. Thomas creerá que no te gusta.

Kenric levantó la jarra de cerveza y la usó para ocultar la mirada de exasperación que le dedicó a Tess antes de dar un buen trago. El gran salón estaba casi vacío y Kenric sabía que la mayoría se había marchado con pretextos falsos. Habían huido poco después del anuncio del entretenimiento para aquella noche. Sí, a veces había que pagar un precio desagradable como señor de la fortaleza. Tener que aguantar el más reciente intento de su escudero de componer un cantar de gesta era una de esas ocasiones.

–Es espantoso. ¿Cuánto tiempo más puede durar esto? –susurró Kenric a Tess.

–Shhh.

Kenric torció el gesto y se arrellanó en su nueva silla, entregada esa misma mañana por el carpintero. Las viejas mesas que bailaban habían sido remplazadas por una docena de robustas mesas «encontradas» en un almacén olvidado. Aquello, sin duda, había sido obra de Helen. Pese a todo, había demostrado su buena voluntad revelando dónde se guardaban, junto con los manteles a juego, sin que se le preguntara. Kenric sonrió satisfecho. Tess estaba cambiando a Helen, tal como hacía con todos.

–¡Ha sido un poema encantador! –exclamó Tess, aplaudiendo efusivamente cuando Thomas terminó. Kenric sospechó que su entusiasmo era debido a que la tortura había llegado a su fin–. ¿No te parece, esposo?

–En efecto, de lo más encantador –repuso Kenric con ironía–. Ahora vete a la cama, muchacho. Mañana te espera un largo día de trabajo.

Tess aguardó a que el escudero saliera del salón antes de dirigirse a Kenric, frunciendo el ceño.

–¿Piensas castigar al chico con trabajo extra mañana, sólo porque sus baladas tienden a alargarse más de lo normal?

–Nunca se me ocurriría tal cosa –afirmó Kenric dirigiéndole una mirada inocente–. Pero tal vez algo de trabajo duro consiga que mi escudero esté demasiado cansado como para componer poemas y torturarnos con ellos.

La suave risa de Helen resonó por el salón y Kenric volvió de nuevo su atención a la pareja que estaba jugando al ajedrez. Había pasado casi una semana desde que Fitz Alan comenzara su cortejo y desde entonces Helen y él apenas se separaban. Si no lo conociera mejor, juraría que Fitz Alan estaba realmente hechizado por los encantos de su hermana. Helen, por su parte, parecía igual de cautivada. Se miraban el uno al otro como si estuvieran enamorados.

–Va a acostarse con ella delante de mis narices –murmuró, mirando enfurecido a Fitz Alan.

–¿Perdón? –preguntó Tess, volviendo la cabeza para seguir la mirada de su esposo.

Kenric observó como Helen meditaba sobre su próximo movimiento mientras Fitz Alan la contemplaba. Se dirigió a Tess sin apartar los ojos de su amigo.

–Ve con Helen y dile a Fitz Alan que deseo hablar con él –le pidió.

Tess partió para cumplir su orden y él frunció el ceño mientras miraba su espalda, aún más enojado con Fitz Alan por negarle la compañía de su esposa.

–¿Qué tal te fue con la poesía? –preguntó Fitz Alan cuando se unió a Kenric.

Se sirvió una jarra de cerveza y se sentó en un taburete a su lado.

–Sabes muy bien que Thomas no tiene ni el más mínimo oído para la poesía –replicó Kenric, irritado con Fitz Alan por haberse escapado del «entretenimiento» y haberse ido a divertir con

Helen–. Parece que últimamente te has buscado una excusa u otra para librarte de la mayoría de los espectáculos programados tras la cena.

–Sí, es cierto. Tu hermana me ha dejado asombrado con su rápido aprendizaje de las reglas del ajedrez. Me temo que me vencerá uno de estos días –admitió Fitz Alan con una sonrisa, sin dejar de mirarla–. He descubierto que también tiene talento para la música. Es una mujer asombrosa.

–Asombrosamente retorcida –resopló Kenric.

La expresión de Fitz Alan se tornó avergonzada.

–Me pregunta a menudo si conozco los planes que tienes para Montague y menciona con frecuencia el nombre de Guy.

–Es la única razón de su repentino encaprichamiento contigo. Tenías razón en tus sospechas.

Fitz Alan sonrió e inclinó la cabeza.

–Ella cree que puede engatusarme para que utilice mi influencia sobre ti y así conseguir una buena posición para Guy. Ayer finalmente le prometí que te hablaría del asunto.

–Está jugando contigo.

–Sí, lo sé. Ha sido la más dulce y complaciente de las doncellas. Me estoy divirtiendo mucho con su juego.

–Mejor que tengas en mente que es sólo un juego –le advirtió Kenric–. Uno que no quiero que llegue demasiado lejos. Tengo la intención de encontrarle un esposo cuando vayamos a la corte, y no será tarea fácil si está preñada de un bastardo tuyo. –A Fitz Alan casi se le cayó la jarra. Se puso rígido y se volvió para mirar a Kenric–. He visto la forma en que la miras –prosiguió Kenric–. Y no he olvidado lo mucho que le gusta tu conversación a las mujeres. Tal y como yo lo veo, es sólo cuestión de tiempo que la seduzcas y la metas en tu cama.

Fitz Alan se sonrojó, sintiéndose culpable, y bajó la vista a su jarra, incapaz de sostener la severa mirada de su barón.

–No tenía intención de ir tan lejos.

–Pero llegará –afirmó Kenric sin vacilar.

Fitz Alan suspiró.

–Es muy diferente de lo que pensaba. Más tentadora de lo que imaginaba.

–Ves tan sólo lo que ella quiere que veas. ¡Te está manipulando, Roger!

–Sí –admitió Fitz Alan, abatido–. Pero creo que ella está cayendo en su propia trampa.

–¡No puedes hablar en serio! Cuando sepa mis auténticos planes para Montague, te tratará como a un leproso.

–Quizá.

–¿Quizá? –La expresión de Kenric se tornó sombría–. Ya es hora de poner fin a esta farsa. Las acciones de Helen confirman nuestras sospechas y no sirve de nada que ignore que la hemos descubierto. Su castigo será el matrimonio con el hombre que yo elija. Es inteligente y pensará que lo más conveniente para sus intereses es seguir siendo complaciente, con la esperanza de mejorar mi elección. Tienes una hora para decirle que este juego ha llegado a su fin. Después pienso informarle de su castigo.

Fitz Alan, con expresión pensativa, escuchó sin decir una palabra la decisión de Kenric. El silencio cayó entre ellos antes de que respondiera.

–Me permitiste cortejar a tu hermana sin otro propósito que descubrir sus planes y asegurarnos de que no causaba ningún daño. Lo he hecho, y, a pesar de sus intrigas, he llegado a encariñarme con ella al punto de no desear verla casada con otro. Te pido humildemente la mano de tu hermana, milord.

Kenric se quedó mirando a Fitz Alan como si se hubiese transformado de repente en un ser de otro mundo. Finalmente, recobró la voz, pero fue apenas un susurro incrédulo.

–Has perdido el juicio.

–Puede que tengas razón –asintió Fitz Alan con una sonrisa triste–. Aunque es demasiado tarde. No sé cómo, pero me ha robado el corazón. Supe del juego de esa pequeña bruja desde el principio y, sin embargo, he caído bajo su hechizo. No me hago muchas ilusiones sobre que sus sentimientos sean los mismos, pero creo que con el tiempo llegaré a conseguir que me ame.

–¡Estás hablando en serio! –Kenric negó con la cabeza, incrédulo–. Lo más probable es que consigas que te corte el cuello una noche mientras duermes.

–Pensaba esperar algunas semanas más antes de pedirte su mano –continuó, ignorando el comentario de Kenric–. Pero tu decisión me obliga a apresurar mi petición. Aunque sabes que no poseo tierras, las riquezas que he adquirido en nuestras campañas son más que suficientes para mantener a una esposa con todo el lujo que desee. Sin duda tu hermana se opondrá, pero no puede negarte el derecho de elegir a su esposo. Si deseas castigar a Helen por sus maquinaciones, te pido que lo hagas nombrándome su esposo. Seguramente los primeros meses del matrimonio será tan desgraciada como lo sería temiendo el matrimonio con otro.

–También te haría desgraciado a ti. ¡Diablos, Fitz Alan, lograría que te sintieras mucho más desgraciado que ella! ¿La deseas tanto que te castigarías a ti mismo?

–Así es –murmuró Fitz Alan con solemnidad, sin rastro de su humor habitual. –Kenric nunca había visto aquella expresión de seriedad en la cara de su amigo–. Pero no te pediría su mano si no creyera que ella podría tolerarme como esposo. Si aceptas mi petición, no le revelaré lo que siento por ella hasta que me corresponda. Le haré creer que el matrimonio es simplemente un castigo por sus intrigas, que tal vez acepté el casamiento sólo para conseguir su dote. Lo más probable es que me crea, puesto que no tiene medio de saber la verdadera magnitud de mis posesiones.

–Has pensado bastante en este asunto –meditó Kenric–. ¿Qué pasó con el hombre que estaba de acuerdo conmigo en que la mejor forma de quitarse a una mujer de la cabeza era acostándose con ella? Si eso es lo que necesitas para replantearte tu locura, estoy dispuesto incluso a permitirlo.

–No –dijo Fitz Alan–. Desde tu matrimonio, he pensado a menudo en una esposa y una familia, y he decidido que quiero niños en mi hogar antes de ser demasiado viejo para disfrutar de ellos. Me gustaría que su madre fuera Helen.

–¡Santo Dios! Te has vuelto todo un poeta.

Kenric se encontró sonriendo ante la ternura impresa en las palabras de Fitz Alan. Se sintió muy complacido de no haberse comportado como él cuando pensaba en Tess al principio de su matrimonio. El vivo ejemplo de los devastadores efectos causados por una mujer estaba sentado frente a él.

Fitz Alan se encogió de hombros.

–¿Pensarás en mi ofrecimiento?

–¿No tienes dudas? –preguntó a su vez Kenric.

–Muchas –dijo Fitz Alan con una ancha sonrisa. El destello de buen humor había regresado a sus ojos–. Pero ninguna que tema o que no me deje dormir.

Kenric pensó en las implicaciones de la petición de Fitz Alan. En vez de librarse de Helen, iba a seguir viéndola mucho más a menudo de lo que le gustaría en los años venideros. Suspiró y extendió las manos en señal de derrota.

–Considérate prometido.

Fitz Alan actuó como si le acabasen de entregar un gran tesoro. Kenric se preguntó si su amigo seguiría estando agradecido dentro de un año. Pasaron la siguiente hora arreglando los detalles, y acordaron dejar que Helen creyera que había caído en su propia trampa. Finalmente, Kenric llamó a las mujeres para que se acercaran e hizo un gesto a Tess para que ocupara su puesto junto a él. Fitz Alan se levantó y se colocó al lado de Helen.

–He tenido una conversación de lo más interesante con Fitz Alan –empezó Kenric, dirigiéndose a su hermana–. Afirma que tu intención era influir en mí para que convirtiera a Guy en señor de Montague, una vez que afianzara mi dominio sobre Remmington. También cree que ésa es la única razón por la que has hecho caso de sus atenciones estos últimos días.

–¡No, no es verdad! –protestó Helen–. Me he encariñado con sir Roger. Disfruto con su compañía.

–¿Estás segura de eso?

–Sí, muy segura, milord.

Kenric permaneció callado durante un momento, como si sopesara las palabras de Helen.

–Entonces no veo razón para que te opongas a mi decisión de verte casada con él.

–¿Qué? –gritó Helen. Su acorralada mirada voló de Kenric a Fitz Alan y luego de vuelta a Kenric–. ¡No puedes hacerme esto, milord! Por favor, te lo suplico.

–Suplícame mientras me dices la verdad –ordenó Kenric. Su voz resonó como un trueno por todo el salón–. Dime las razones por las que aceptaste de tan buen grado este cortejo y reconsideraré mi acuerdo con Fitz Alan.

La expresión de Tess pasó de agradable sorpresa a preocupación. Había pasado pocas noches con su cuñada los últimos días porque Fitz Alan ocupaba todo su tiempo. Pero durante el día, cuando trabajaban juntas en alguna tarea, Helen apenas hablaba de otra cosa que no fuera Roger Fitz Alan. Si fingía, había sido de lo más convincente.

–De acuerdo –concedió Helen amargamente, con el resentimiento marcado en su rebelde expresión–. Mi único propósito era intentar que te convenciese de nombrar a Guy tu vasallo a cargo de Montague. En caso de lograrlo, pensaba romper el cortejo con delicadeza. –Se volvió para mirar con hostilidad a Fitz Alan, sin parecer muy avergonzada–. Siento haberte engañado, Roger, pero mis motivos estaban justificados.

–No me engañaste en absoluto –aseguró Fitz Alan, sonriendo alegremente–. Adiviné tu plan desde el principio.

–¿Qué...? ¿Cómo...? ¡Maldito canalla sin corazón! ¿Te has estado riendo de mí todo este tiempo?

El gesto de asentimiento de Fitz Alan provocó un alud ininterrumpido de insultos que Tess nunca había escuchado en labios de una dama. De hecho, muchos de los que resonaron en sus oídos no los había oído jamás.

–¡Basta! –rugió Kenric. Una vez obtenido el deseado silencio, asintió mirando a su segundo–. Parece que tenías razón después de todo, Fitz Alan. Doblo su dote, como acordamos.

–¿Hicisteis una apuesta sobre mí? –gritó Helen, centrando su atención en Fitz Alan. Por su expresión, parecía a punto de sacarle los ojos. De pronto, pareció comprender las implicaciones de sus acciones y palideció visiblemente mientras el terror se apoderaba de su rostro–. ¿Aún piensas casarte conmigo?

Fue Kenric quien respondió a la pregunta.

–Y deberías estar contenta, hermana. Necesitas a alguien que te guíe. Mi tolerancia a tus intromisiones ha llegado al límite. Pensaba encontrarte un esposo entre mis conocidos de la corte, pero nuestra apuesta y el tamaño de tu dote terminaron por convencer a Fitz Alan de librarme de ti. Tendrás muchos años para mostrarle tu gratitud, pues los hombres que pensé como candidatos hubieran sido mucho menos de tu agrado.

Helen se tambaleó levemente, abrió la boca para protestar y se desmayó. Fitz Alan la cogió sin esfuerzo en sus brazos.

–Parece que mi prometida está abrumada por la felicidad –declaró riendo entre dientes–. Si nos disculpáis, milord, lady Tess, me la llevaré a algún sitio más cómodo para que podamos hablar de nuestra boda.

Kenric empezó a reírse incluso antes de la marcha de Fitz Alan. Tuvo que sentarse y secarse las lágrimas ante lo gracioso de la escena.

–Ahhh, hacía años que no me reía tanto –jadeó Kenric sin aliento–. ¿Has visto la cara que ha puesto Helen? ¡Estaba más blanca que un saco de harina! –Cuando se volvió hacia su esposa, su sonrisa se desvaneció–. ¿No te ríes?

–No puedo creer que Helen me engañara de esa manera –tartamudeó Tess–. Creí que estaba realmente enamorada de él.

–La gente no siempre es lo que parece –afirmó en tono quedo. La seriedad había vuelto a su rostro. Contemplando las profundidades de sus ojos grises, Tess supo que ya no estaban hablando de Helen–. A veces tienes que mirar bajo la superficie para descubrir el verdadero carácter de una persona.

Tess, asombrada, se dio cuenta de que él le había mostrado su interior durante casi dos semanas. Probablemente Kenric ni siquiera fuera consciente de haber dejado al descubierto al hombre que existía bajo el manto del feroz guerrero. Le gustaba lo que veía, le gustaba tanto que la aterraba. Había estado tan preocupada por controlar sus reacciones a lo que veía en la superficie, que no se defendió de lo que habitaba en las profundidades. Sus ojos se agrandaron al comprenderlo. Kenric seguía deseándola. No había perdido el interés en lo más mínimo. Tan sólo estaba esperando a que ella diera el primer paso.

–He mirado bajo la superficie, milord.

La mano de Kenric descansaba sobre la mesa y Tess extendió la suya para acariciar la oscura piel con las puntas de sus dedos. Él no se movió. Se limitó a observar, sin cambiar de expresión mientras ella retiraba su mano con timidez.

–Tócame otra vez –pidió él con un ronco susurro.

Tess vaciló. Sabía lo que él quería, y que iba mucho más allá de una simple caricia. Sin ser apenas consciente del movimiento, puso de nuevo la mano sobre la de él. Como si tuviera miedo de asustarla, Kenric extendió su otra mano para cubrir la de Tess y hacerla su cautiva. Tenía los ojos cerrados y una expresión en el rostro que ella nunca había visto.

Finalmente Kenric le dio la vuelta a su mano, la acercó a sus labios y la besó prolongadamente en la palma. Se puso en pie y, sin soltarla en ningún momento, la condujo fuera del salón. Permaneció en silencio hasta que llegaron a su alcoba. Después de cerrar la puerta, se apoyó contra las gruesas tablas de roble y por fin la soltó. Su mirada fue a sus pies y viajó lentamente por su cuerpo, demorándose en sus pechos y deteniéndose aún más en sus labios.

–Demuéstramelo –dijo sencillamente, aguardando a que fuera ella quien se acercara a él.

Tess dio un paso, luego otro, posó sus manos en los hombros de Kenric y se puso de puntillas para besar el hoyuelo de su barbilla. Las manos de Kenric se movieron hasta sus pechos y los cubrieron, atesorando su tacto. Luego la envolvió en sus brazos, estrechándola contra su cuerpo al tiempo que sus labios descendían sobre los de ella. Fue un beso lento que consiguió enloquecerla, apremiante y, al mismo tiempo, tranquilizador. Besó su boca, la curva de su mejilla, sus sienes, y de nuevo sus labios, saboreándola por completo. Sus manos se movieron con cuidado y deshicieron su trenza para permitir que su cabello se derramara por sus hombros.

–Hilo de oro –murmuró contra sus labios, mientras deslizaba las doradas hebras entre sus dedos.

Luego acarició los suaves contornos de su aterciopelada mejilla y recorrió con un leve roce la pálida columna de su cuello hasta llegar a su barbilla, manteniéndola cautiva para que recibiera su próximo beso. Usó sus labios para dibujar los de Tess, acariciando más que besando, cubriendo por fin su boca para tomar lo que ella le ofrecía.

La cogió en brazos sin romper el beso en ningún momento mientras la llevaba a la cama. Tess pensó que la tumbaría sobre las sábanas, pero en el último momento se giró y se sentó en el borde, acunándola en su regazo. Usó su boca para atormentarla, penetrando profundamente con su lengua y retirándose despacio, dando y arrebatando, tentando y torturando, acariciándola una y otra vez, atrayéndola a su boca, dominándola una vez más y permitiendo que sintiera su poder. La estrechó con fuerza entre sus brazos y la mantuvo inmóvil poniendo una mano en su nuca para impedir que separara sus labios.

Tess sintió como Kenric la cambiaba de posición y se movía despacio hasta lograr tenerla a horcajadas sobre una de sus piernas, atrapándola, acercándola cada vez más a su cuerpo hasta conseguir que el muslo de la joven se apretara firmemente contra la dura prueba de su deseo. El cuerpo de Tess se vio sacudido por temblores y su gemido fue correspondido por el de Kenric, unidos en la suave canción del amor. Vagamente consciente de que sus brazos estaban rodeando el cuello de su esposo y que sus manos aferraban con fuerza su pelo, aflojó con reticencia sus dedos y deslizó las palmas sobre su tenso cuello hasta sostener su cara entre las manos. La áspera sensación de sus mejillas y la forma en que él se movía bajo sus manos mientras le daba placer con su boca, la inundaban con oleadas de fuego. Una turbadora sensación de vértigo la invadió. Estaba cayendo, se estaba hundiendo cada vez más profundamente. Pero Kenric la sostenía, la protegía de la caída, se aseguraba de que el torbellino de emociones no tuviera fin, de que no terminara el increíble goce ni la excitación del miedo a caer. Tess finalmente lo empujó para tratar de apartarlo. Esa débil y delicada presión fue el único esfuerzo que pudo realizar para salvarse.

El beso de Kenric perdió sensualidad y se apartó de ella hasta que sólo sus labios estuvieron en contacto y pudo mirarla a los ojos. Profundizó el beso una vez más cuando vio el color de los ojos de Tess, incapaz de resistir su embrujo. Después se alejó de nuevo, se apartó con reticencia cuando vio un débil brillo de pánico en las profundidades amatista.

–¿Qué ocurre, cariño? –murmuró él, dando pequeños y dulces besos en sus suaves labios. Hasta este momento, Kenric ignoraba que hacer el amor a la boca de una mujer fuese tan placentero como hacer el amor a su cuerpo. Estaba ansioso de aprender más–. Dime, y lo haré mejor.

–Cre... creo que me voy a desmayar –dijo ella en tono quedo.

Kenric sonrió y dibujó el contorno de sus labios con la punta de su lengua. Ella se estremeció. Kenric hizo que inclinara su cabeza para explorar con sus labios aquella parte de ella con la misma minuciosidad y le susurró seductoramente al oído:

–Tranquila, cariño. Si te desmayas, te sostendré y seguiré dándote placer con mis caricias hasta que te excites de nuevo.

Sus ojos parpadearon y se cerraron.

–¿Tess? –preguntó vacilante, pensando que le estaba siguiendo el juego con su broma.

No respondió. Kenric se echó hacia atrás para mirarla mejor. Su cuerpo estaba completamente relajado y su respiración era profunda y regular. La sacudió con delicadeza y aun así siguió sin obtener respuesta. Santo Dios, se había desmayado.

Los labios de Kenric formaron una enorme sonrisa. De repente, se sentía el hombre más poderoso de la tierra. Cada segundo de tensa espera había valido la pena. Acarició con el dorso de sus dedos la suave mejilla y recorrió con la punta del dedo los rasgos de su cara. Ni siquiera le había hecho el amor, pero sabía que había ganado la batalla. Tess lo había aceptado siendo consciente de lo que era, sabiendo que él nunca podría cambiar las circunstancias de su nacimiento. Su rendición era increíblemente dulce y despertaba sentimientos en él que jamás había sospechado que yacieran dormidos en su interior. Nunca hubiera soñado que aquella lucha de voluntades diera como resultado una rendición tan incondicional. Tess empezó a agitarse en sus brazos y él le apartó con ternura el cabello de la cara.

–Bienvenida de nuevo –murmuró con suavidad, observando como sus ojos, de un color malva intenso, cargados de pasión, se abrían despacio. Su cuerpo respondió al instante, consciente de que ella seguía excitada.

Tess se llevó una temblorosa mano a la frente.

–No sé qué me ha pasado.

–Yo sí lo sé –respondió, ensanchando su sonrisa–. Aunque admito que hasta ahora siempre había pensando que era sólo una exageración. –Se inclinó sobre ella y le dio un tierno beso en la frente–. Has demostrado que es cierto, Tess. Una mujer puede perder el sentido a causa del placer.

–Lo... lo siento. –Se disculpó, sonrojándose mientras se esforzaba en incorporarse para sentarse en su regazo.

–Yo no lo siento. –Aflojó su abrazo y le permitió sentarse, después le apartó el cabello de los hombros mientras alardeaba de su destreza–. No conozco a nadie que pueda presumir de ser tan hábil. Estoy seguro de que esto me convierte en el mejor de los amantes.

Tess sonrió ante su arrogancia mientras la tristeza le atenazaba el corazón. Kenric podría haber ganado la guerra silenciosa, pero desconocía el precio que iba a pagar. Aquélla sería la última vez que traicionaría a Remmington, pero la traición sería completa. Merecía un poco de felicidad antes de sacrificarlo todo por la mañana. Una oleada de tristeza y autocompasión la invadió. Su existencia parecía estar siempre llena de sacrificios. Toda su vida parecía supeditada al bienestar de las torres de fría piedra que eran su hogar. Sus padres habían muerto por Remmington. Tess se había mantenido con vida en la torre de Langston por el bien de Remmington. Incluso había considerado la idea de casarse con Gordon MacLeith, sabiendo que su hijo acabaría por heredar. Ahora Remmington la obligaría a traicionar a su esposo.

–No es preciso llorar por una simple exageración –la regañó preocupado mientras enjugaba con sus pulgares las silenciosas lágrimas que caían por las mejillas de su esposa–. ¿Te ha resultado tan duro venir a mí?

–No –contestó, tratando de sonreír pese a las lágrimas. Su plan era la única opción. «Ésa es la realidad», se dijo a sí misma, y mientras lo hacía enterraba la cara en el hombro de Kenric sin poder dejar de llorar–. ¡Lo siento!

–Pensé que sabías que estaba aguardando una señal que viniera de ti –dijo vacilante, tratando de adivinar la causa de sus lágrimas. Sin duda, las largas semanas de separación habían sido una dura prueba y quizá, lo que para él era simplemente frustrante, a Tess la llevara a aquel llanto desgarrador–. ¿No lo sabías?

Ella negó con la cabeza y usó la manga de su vestido para limpiarse las lágrimas mientras levantaba la cabeza.

–Creí que ya no me querías. Pensé que tenías una amante.

Kenric se regañó mentalmente por no haber dejado más claros sus deseos.

–Necesitabas tiempo para acostumbrarte a la idea.

–¿Qué idea? –preguntó ella sorbiendo y borrando la última de sus lágrimas.

–La idea de que te habías casado con un bastardo –susurró.

Tess frunció el ceño.

–Te dije la verdad aquel día. No me importa.

–A cualquier mujer nacida en noble cuna le importa –respondió ásperamente, esperando ver algún signo revelador que delatara su mentira. Cuando no lo vio, se sintió confuso–. Ésa es la razón por la que rara vez me han hecho propuestas de matrimonio. La mayor parte de la corte conoce o sospecha la verdad, y pocos se atreverían a mezclar su sangre azul con la de un bastardo.

–¡Santo Dios! Tu padre es el rey de Inglaterra. Tienes más sangre azul que cualquier otro noble, salvo la propia familia real. ¿Realmente crees que eres indigno por ello?

–No –admitió, mirándola fijamente–. Pero muchos sí lo creen.

–Yo no –dijo ella con sencillez.

–Entonces ¿por qué trataste de rechazarme tras conocer la verdad? ¿Por qué has pasado las últimas semanas evitándome?

Tess entrecerró los ojos.

–Traté de rechazarte porque Helen me había convencido de que tenías por costumbre matar mujeres y niños, y, por otra parte, estaba furiosa contigo por el hecho de que exigieras tus derechos maritales después de tratarme como a un niño descarriado.

Kenric lamentó haber hecho la pregunta.

–De acuerdo, sí, admito que ese día no estuve muy oportuno. ¿Qué hay de lo demás?

Tess lo miró desconfiada, como si no creyera que él pudiera apartar su preocupación con tanta facilidad.

–Cuando un hombre encuentra placer en otra parte, no tiene necesidad de obtenerlo de su esposa.

Kenric enarcó una ceja ante el tono retador de aquella respuesta, que era realmente una pregunta. Tess ignoraba que había estado tendido junto a ella despierto durante horas, atormentándose hasta la agonía mientras ella hervía de celos pensando en una amante imaginaria. Era casi gracioso. Casi.

–Tienes que recuperar el tiempo perdido.

Decidió dejarla en la duda sobre la amante. No podía dejar que se confiara. Se puso en pie sosteniendo a Tess entre sus brazos y, con sus ojos aún fijos en las profundidades violetas, dejó que su cuerpo se deslizara a lo largo del suyo hasta ponerla sobre sus pies.

–Esta noche me compensarás por todas las noches de placer que me has negado.

–Eres...

Kenric puso los dedos sobre sus labios.

–No discutas. –Tess asintió despacio–. Yo también te compensaré por el tiempo que tú has perdido.

Tess sonrió.

Rodeada por el fuerte círculo de sus brazos, Tess descubrió que era asombrosamente fácil apartar cualquier pensamiento que no estuviera centrado en su esposo. Se permitió pensar solamente en Kenric, en entregarse a él por completo. Su hambre fue inagotable. Saber que aquélla sería su última noche juntos apartó cualquier tentación de dormir cuando por fin quedaron saciados. Usó sus manos para memorizarlo, atesorando en el recuerdo todo lo concerniente a cada parte de su cuerpo. Empezó con su espalda, todavía maravillada por el poder que tenía sobre él, y vio como sus músculos se flexionaban instintivamente en respuesta a sus suaves caricias. Cuando él se dio la vuelta, su deseo había vuelto a despertar y su exploración tuvo un brusco final. Todas aquellas noches pasadas en vigilia finalmente se estaban cobrando su precio y Kenric se puso de espaldas manteniéndola cautiva a su lado, acunándola. Se durmió en pocos minutos. Cuando la fría y grisácea luz del amanecer apartó la oscuridad, Tess sintió caer sus lágrimas de nuevo, como un silencioso río sin fin.

Una mujer más débil se habría quedado dentro de la protección que ofrecían aquellos fuertes brazos. Pero ella no podía soportar las consecuencias de su egoísmo. Tess se obligó a pensar en la batalla que tendría lugar si se quedaba con Kenric, imaginándose a la gente que había conocido toda su vida cayendo bajo su espada o sufriendo una muerte mucho más lenta y cruel debido al hambre. Su padre le había dicho a menudo que su responsabilidad era hacer todo lo que fuera necesario para proteger a los que dependían de Remmington, que la carga que tendría que llevar como su única heredera sería tanto una bendición como una maldición. Depositando un tierno beso en el centro del pecho de Kenric, probando el sabor de sus propias lágrimas, Tess supo que su padre se había equivocado en lo concerniente a la bendición. Era hora de marcharse.

18

Tess permaneció entre los brazos de Kenric tanto como se atrevió. Aliviada de que durmiera agotado, se deslizó fuera de la cama sin despertarlo. Sacó del arcón el vestido de corpiño azafrán y falda colorida, pues sabía que con todo lo que tenía que hacer ese día, su ropa acabaría probablemente hecha trizas. Tras vestirse y trenzarse con rapidez el cabello, se metió la capa doblada bajo el brazo y salió con sigilo de la habitación. Dos jóvenes soldados dormían en el pasillo; eran los guardias que relevaban a Simon y Evard cuando ella estaba con Kenric. Pasó sin hacer ruido por encima de ellos y se abrió camino escaleras abajo de la torre. Sólo necesitaba una hora para alejarse del castillo. Ganaría aún más ventaja cuando se registrara en vano la fortaleza. Si tenía suerte, Kenric no se daría cuenta de nada hasta pasadas varias horas. No quería pensar en su reacción cuando abriera la puerta de su habitación y descubriera a sus guardias esperando a que ella saliera. Nunca se permitiría pensar en esa imagen.

El gran salón todavía estaba silencioso, pero Tess pudo oír los ruidos apagados que hacían los sirvientes al comenzar su jornada en las cocinas. El sol ya asomaba sobre el horizonte cuando se deslizó a través de una pequeña puerta y se apresuró por el camino que llevaba a los jardines.

Al notar la ausencia del calor de Tess, Kenric alargó el brazo a tientas para abrazarla. Su mano barrió las sábanas y su búsqueda no encontró ni siquiera rastro de la tibieza de su cuerpo. Abrió un ojo, luego el otro, y su mirada vagó por la cama y la habitación sin encontrarla. Probablemente habría ido a llevar a cabo alguno de sus proyectos, decidió, y cerró los ojos de nuevo. Debería haberse quedado con él esa mañana, debería haber sabido que aquel día no querría separarse de ella tan pronto. ¡Diablos! Debería haberse dado cuenta de que quería pasar todo el día con ella. Contrariado, abrió los ojos de nuevo, decidido a ir a buscarla y hacerle saber sus deseos. Se acabó el ocultar lo que sentía.

Sin embargo, la calidez de la cama lo adormeció y le hizo seguir en ella unos pocos minutos más. Estiró las piernas y los brazos tanto como pudo y dio un enorme bostezo, preguntándose si Tess se habría ido a las cocinas para traerle el desayuno. «Seguro que me está preparando lo más suculento que haya en la cocina.» Aunque conociendo a Tess, supuso que era más probable que ya se hallase metida hasta los codos fregando algo. Decidió darle algunos minutos más, por si acaso estaba haciendo lo único que debería esa mañana: volver con su desayuno.

Se le daba muy bien esperar. Cruzó un tobillo sobre el otro y cruzó las manos detrás de la cabeza de nuevo. ¿Acaso no había esperado durante casi una quincena para acostarse con su esposa, resistiendo cómodamente la tentación todas y cada una de las noches? Sí, todos sabían que tenía la paciencia de Job cuando se trataba de esperar. Tess probablemente estaría llegando ya al salón. Descruzó las piernas y cambió de posición, poniendo encima la otra pierna. La paciencia era una virtud que poseía en grandes cantidades. En cualquier momento se abriría la puerta. El pie que estaba levantado en el aire empezó a moverse de un lado a otro en un ritmo constante e irritado. ¿Dónde demonios estaba su desayuno?

Con un bufido de disgusto decidió darle algunos minutos más. Se levantó de la cama, se acercó a la ventana y apartó los postigos que mantenían a raya las corrientes de aire por las noches, aunque los días eran cada vez más cálidos. El sol ya asomaba por el horizonte y prometía ser un día magnífico.

Un movimiento a lo lejos le llamó la atención y su mirada barrió los jardines, que todavía se hallaban en la sombra proyectada por las murallas. Una criada se estaba abriendo paso entre el laberinto de rosales. Habría pensado que se trataba de una cita amorosa y no le hubiera prestado atención si no fuera porque se dirigía con demasiada determinación hacia la muralla sur. Era la parte más alejada de los jardines, muy apropiada para un encuentro, pero las parras que cubrían el muro también ocultaban el único túnel de salida que tenía el castillo.

La capa de la criada se enganchó en uno de los espinosos setos y ésta se vio obligada a retroceder un paso para desenredar la prenda. Tras dar un par de tirones para liberar la capa, la mujer se echó los bordes sobre los hombros para evitar engancharse de nuevo. Fue entonces cuando Kenric pudo ver una parte de su vestido. Sólo una mujer en todo Montague tenía un vestido de esas características.

«Sólo está dando un paseo por la mañana.» Kenric ya había repetido esa silenciosa letanía cinco veces cuando ella llegó a los arbustos que ocultaban el túnel. Su sangre se congeló cuando la vio agacharse hacia los arbustos. Incluso a aquella distancia, pudo distinguir la forma de un saco de lino que estaba sacando de su escondrijo. Por la forma en que estaba tirando de las parras, sólo era cuestión de minutos que entrara en el túnel que iba por debajo de las murallas. Pretendía huir de él. Otra vez.

«¡Mentirosa!» El grito resonó en su mente mientras recordaba todas las palabras que le había susurrado durante la noche. Todo lo que había dicho y hecho había sido una mentira. Cómo se debía de haber reído de la estupidez de su esposo. Tenía que reconocer que se le daba muy bien representar un papel. Algo dentro de él cuya existencia ignoraba empezó a morir y sus cenizas quedaron esparcidas por un huracán de creciente ira.

–¡Teeeeeeess!

Kenric observó como la distante silueta se quedaba congelada y supo que había oído su grito. La figura femenina escondió a toda prisa el saco de lino en su escondrijo y volvió a colocar las parras en su lugar. Satisfecho de evitar su huida, cruzó a grandes pasos la habitación hasta la puerta y la abrió con tanta fuerza que casi la arrancó de los goznes. Los dos guardias de su esposa ya se estaban poniendo en pie. Uno de ellos había desenvainado su espada.

–¡Si queréis vivir para ver la puesta del sol, id a los jardines y traedme a mi esposa de vuelta aquí inmediatamente!

Cerró la puerta de un golpe y se dirigió hasta un cofre del que sacó de un tirón unas cuantas prendas. Aquella vez iba a matarla. Estaba seguro de ello. Todo había sido fingido durante la última noche. De sus labios no había salido ni siquiera una palabra que fuese verdad. Le había evitado durante tanto tiempo como había podido, se había sometido cuando pensó que él no lo toleraría más, y después había huido tras asegurarse de que dormía agotado, saciado con sus mentiras. «¡Perra embustera!»

Sus dedos volaron sobre los cordones, se vistió con precisión militar y se calzó las botas con furiosos tirones. La necesitaba viva. Ese pensamiento le dejó lívido. La necesitaba con vida, y ella lo sabía. Si le decía una sola palabra, una sola mentira, agarraría su delicado cuello entre sus manos y la estrangularía hasta matarla. Y disfrutaría haciéndolo.

Kenric salió de sus aposentos y se encaminó a través del gran salón hacia los cuarteles. Algunos soldados ya se habían levantado, pero la mayoría seguían en la cama. Kenric avanzó a través de la larga habitación hasta que encontró a uno de los dos que andaba buscando. Empujó a Evard con la bota y lo tiró de su litera al suelo de piedra. Simon ya se encontraba allí cuando Kenric se giró sobre sus talones para empezar a buscarlo.

–Vosotros dos, venid conmigo –les ordenó en un tono mortal–. ¡Ahora!

Simon estaba vestido, pero Evard tuvo que coger precipitadamente sus calzones y ponérselos bajo la camisa de lino que utilizaba para dormir. El barón los llevó de vuelta a través del gran salón hasta el solar[1] del castillo, donde se limitó a caminar agitado de un lado a otro durante más de un cuarto de hora.

–Evard –habló por fin–. Mi esposa ya se encontrará en mi alcoba. Si no está, vuelve aquí de inmediato y dímelo. Si está, asegú-

1. El solar era la habitación personal del señor feudal; de ahí expresiones como «casa solariega» o «hidalgo de solar conocido». Se trataba de una habitación muy bien iluminada, pues solía contar con grandes ventanas con vidrieras. Y se hallaba, por obvias razones defensivas, en las plantas superiores del castillo o en la torre.

rate de que permanece allí. Los dos centinelas que estaban de guardia en la puerta esta noche serán confinados en sus cuartos y aguardarán a ser juzgados. Vete ahora.

Evard ni siquiera hizo una reverencia en su precipitación por salir de la habitación. Kenric continuó paseando y Simon permaneció callado prudentemente.

Kenric se atormentó pensando en cada momento de la noche, en cómo había atesorado el momento en que ella le tocó la mano, sintiéndose como si le hubieran regalado el don más valioso de la tierra. Ese gesto no significó nada para Tess. La había tratado casi con reverencia. La había amado. Ella había llorado hasta que sus lágrimas se agotaron. Lágrimas que, sin duda, había derramado por tener que enfrentarse a una noche entera de hacer el amor con él sin desearlo. Su dulce entrega en su alcoba no había significado nada para ella, excepto un deber que ya no podía evitar. «Nuestra alcoba.» Su mandíbula se tensó y los músculos de su mejilla temblaron espasmódicamente. Ya no era la alcoba de ambos. Era la suya. Y no volvería a compartirla con ella.

Pasó otra hora antes de que se sintiera preparado para enfrentarse a ella. Su dormitorio contenía demasiados recuerdos. La llamaría a su presencia allí, en el solar, donde se sentiría menos tentado de actuar con violencia. Continuó paseando, sabiendo que importaba poco si se enfrentaba a ella allí o en su aposento. Quería verla sufrir y no le importaba donde fuera.

–Tráela aquí.

Esas dos palabras bastaron para que Simon saliera de la habitación.

En ese momento Tess también daba vueltas de un lado a otro de la alcoba. Sabía, sin que se lo dijeran, que Kenric había adivinado la razón de su ausencia. Pero no estaba segura de cuánto sabía. Por la expresión en el rostro de Simon cuando llegó a su puerta, supo que Kenric no andaba muy desencaminado. Las piernas le temblaban cuando por fin llegaron al solar. Simon llamó una vez a la puerta y luego la empujó, haciendo un gesto tranquilizador con la cabeza mientras le susurraba entre dientes:

–Estaré fuera, junto a la puerta, milady.

Tess le devolvió el gesto, pero no le animaba mucho que estuviera al otro lado de la puerta. Su problema aguardaba dentro. Dio unos pocos pasos silenciosos adentrándose en la estancia y esperó con la cabeza gacha. Kenric le daba la espalda. Estaba mirando directamente a la cegadora luz de la mañana, que inundaba la habitación a través de la larga ventana dividida por una fina columna. Vestía de negro. Tess pensó que el color era apropiado. No sentía otra cosa en el ambiente que odio.

–¿Quién te contó lo del túnel?

No pudo detectar ni rastro de emoción en su voz. Tampoco esperaba ninguna. Su corazón perdió toda esperanza cuando se dio cuenta de que la había visto desde la ventana de su habitación y lo había descubierto todo.

–El mayordomo –confesó con voz queda–. Me contó que el senescal debió utilizarlo en su huida.

–¿Qué planeabas hacer una vez que llegaras al otro lado? –Tess permaneció callada–. ¡Responde a mi pregunta!

–Quería ir a Escocia con mi tío.

–Su rey le habría ordenado enviarte a MacLeith. Inténtalo de nuevo.

Tess deseó que se volviese y la mirara. Luego pensó que prefería verlo de espaldas. Prefería recordar la forma en que la había mirado la noche pasada, la ternura de sus ojos cuando ella puso su corazón a sus pies. Hoy, él lo aplastaría bajo su bota. Debería haber huido en el instante en que le oyó gritar su nombre, tendría que haber imaginado que no estaba simplemente enojado por su ausencia cuando se despertó.

Había sido un grandísimo error pensar que podría inventar una mentira para explicar su ausencia y dejar la huida para más adelante. Había desperdiciado su última esperanza.

–Quería apelar al sacerdote de mi tío –empezó Tess, consciente de que averiguaría la verdad tarde o temprano–. He sabido desde que nos casamos que sólo hay una forma de evitar el derramamiento de sangre en Remmington. La ley de la Iglesia es la única que MacLeith no se atreverá a desafiar. Hasta sus propios hombres dejarían de seguir a un líder que perdiera la aprobación de la Iglesia.

–Pensabas anular el matrimonio –afirmó Kenric con rotundidad.

–Tess podía admitir cualquier cosa excepto ésa. No fue capaz de admitir lo que iba a hacer–. Asumo que tu silencio es una admisión de culpabilidad.

Cuando oyó el fatídico tono de sus palabras, supo que Kenric ya había tomado una decisión sobre su destino. Sin embargo, él no conocía los motivos que la habían impulsado en sus acciones.

–Me pareció lo mejor, milord. Mis tierras revertirían al rey Edward y él, con toda seguridad, te nombraría dueño y señor de ellas. No tendrías que luchar por el feudo. Además, sin una esposa, podrías cumplir el juramento que hiciste a tu hermano, Guy, aunque...

–¡Silencio! Nunca más hablarás a tu señor a menos que se te dirija la palabra.

La estancia quedó en silencio. Tess no podía imaginar qué tenía planeado hacer con ella. Algo desagradable, estaba segura. No importaba. Ya no importaba nada. Había hecho todo lo posible para salvar a Remmington y había fracasado. Su fracaso iba acompañado de una derrota mayor que cualquier otra que hubiese conocido jamás. Remmington no era su única pérdida. También había perdido a su esposo.

–Ve a mi aposento y coge todo lo que sea tuyo. Tienes un cuarto de hora para llevarte tus pertenencias. No volveré a soportar de nuevo tu indeseable presencia.

Aturdida, sin apenas poder sentir las piernas, Tess consiguió, de algún modo, salir del solar. Llevarse sus pertenencias significaba que se marchaba. No volvería a vivir más con él; había dejado brutalmente claro que no quería volver a verla. El que la enviara fuera del castillo o la encerrara en alguna parte de él, ¿qué importaba? Ya nada importaba. Ya nada tenía sentido ni propósito. Había hecho todo lo que había podido. Remmington se hundiría en un mar de sangre.

Se movió por la habitación como en un sueño, metiendo el resto de sus ropas en uno de los sacos de lino que había traído de la torre de Langston. La mitad de sus pertenencias estaban en el saco escondido en el jardín. Ya no le servirían de nada.

Tras tenerlo todo recogido en la mitad del tiempo asignado,

Tess se sentó en el borde de la cama y aguardó, mirando sin ver la chimenea. Ningún pensamiento inquietaba su mente, tan sólo la invadía una apacible serenidad. Los minutos pasaron en silencio. Su mirada se movió de la chimenea a sus flácidas manos, sobre su regazo, y contempló como el pulso que latía casi imperceptiblemente en su muñeca marcaba los segundos de su vida.

–¿Milady? –preguntó Simon vacilante desde el umbral. Al no recibir respuesta, se volvió hacia Evard y otros dos soldados que estaban curioseando desde el pasillo–. Evard, tú irás delante. Vosotros dos, volved al gran salón. –Simon aguardó hasta que sus órdenes fueron obedecidas y luego dio otro paso y entró en la alcoba–. Milady, tenéis que volver conmigo al solar.

Tess se puso en pie como una marioneta y siguió a Simon fuera de la habitación, apenas consciente de la mano que le puso en el codo para guiarla mientras caminaban por los largos pasillos de vuelta al solar. Kenric ya se había ido cuando llegaron.

–He recibido recado de que el barón desea hablar conmigo –dijo Simon con voz suave, tras sentar a Tess en una de las sillas que había junto a la chimenea, evitando la vacía mirada de sus ojos–. Si necesitáis algo mientras estoy ausente, Evard estará fuera. Dejaré la puerta abierta para que pueda oíros si le llamáis. ¿Hay algo que necesitéis antes de que me vaya?

Simon aguardó pacientemente una respuesta, pero la baronesa se limitó a mirar sin parpadear al otro lado de la luminosa estancia. Maldiciendo para sus adentros, salió de la habitación y se apresuró a encontrar al barón. Finalmente dio con él en la armería. Thomas estaba ocupado ayudando a su señor a ponerse la armadura ligera que utilizaba para la práctica matutina con sus hombres. Todo indicaba que parecía tener intención de seguir con su rutina acostumbrada. Simon se acercó y Kenric despidió a su escudero con un seco ademán.

–Mi hermana reanudará sus deberes como señora de la fortaleza; Fitz Alan se asegurará de que los lleve a cabo adecuadamente. Mi esposa permanecerá en el solar –dijo Kenric al soldado sin rodeos, con su atención puesta en las hebillas de un protector de brazo de metal–. No abandonará esa habitación por ningún motivo. No se le permitirá ver a nadie más que a los soldados que la custodien y a los sirvientes que le lleven la comida. A partir de ahora tú y Evard regresaréis a vuestros deberes en los campos de práctica, donde sois más necesarios. Asignarás a otros para que guarden la puerta del solar y ningún hombre tendrá ese deber más de dos días seguidos. Cualquier soldado que entre en esa habitación sin mi permiso será azotado. Cualquier soldado que le permita poner un pie fuera de esa habitación será ejecutado. Los que se durmieron enfrente de mi puerta pueden dormir todo lo que quieran en las mazmorras. Permanecerán allí durante tres noches sin sustento. Ésas son mis órdenes. Encárgate de que se obedezcan.

A la baronesa no le dio el ataque de histeria que Simon esperaba cuando le dio las noticias. Siguió sentada en la silla sin expresión alguna, en la misma posición en la que el fiel soldado la había dejado antes de recibir las duras órdenes. Sus ojos siguieron teniendo la misma inquietante mirada vacía cuando recitó las órdenes con sus propias palabras, haciendo lo imposible para lograr que pareciesen menos duras de lo que en realidad eran. Trató de provocar alguna reacción con preguntas y también le explicó que lo había arreglado para que Miriam le sirviera las comidas, pero ella siguió en silencio.

Simon hizo que trajeran una cama de una de las habitaciones que no se usaban, pero no recibió a cambio ningún agradecimiento por su amabilidad. Encontró un cofre para sus ropas, pero su patética bolsa de pertenencias sólo pareció subrayar el hecho de que tenía poco que meter dentro de él. Ordenó llevar a la habitación otros muebles y comodidades, pero tampoco logró obtener una reacción de Tess, ya que se encontró siempre con la misma indiferencia. Consciente de que su ausencia pronto sería advertida en el campo de adiestramiento, Simon partió al fin.

Miriam llegó a mediodía con un delicioso estofado y sidra. La comida permaneció sin ser tocada en la mesa que Simon había colocado cerca del hogar. Rindiéndose tras unas pocas palabras de alabanza sobre los sabrosos manjares, tratando de tentarla para que comiera, Miriam hizo la cama con sábanas de lino y una colcha que había llevado, y se esforzó por mantener una conversación en la que sólo ella participaba.

–El tapiz de lady Helen todavía no está terminado, milady –dijo Miriam con tono alegre, señalando la esquina donde se hallaba el telar que contenía el tapiz. Pero la ciega mirada de la baronesa no la siguió–. Seguro que apreciaría vuestra ayuda con la pieza. Yo me distraigo trabajando con la aguja. Los resultados de mi trabajo son el premio de mi esfuerzo. –Una vez hecha la cama, Miriam empezó a ahuecar las almohadas, tomándose más tiempo del necesario para hacerlo–. La anciana Martha sigue en cama, pero piensa traeros alguna vez la comida cuando pueda moverse de nuevo. Quiere daros las gracias por vuestra ayuda con los niños de la aldea. Los remedios semanales que pensabais hacer llegar a sus madres están listos y se pregunta si los debería mandar ya. –Miriam aguardó una respuesta durante un momento–. ¿Deseáis que la anciana Martha envíe las medicinas a la aldea, milady?

Miriam sintió un escalofrío ante la falta de expresión en los ojos de Tess. Le hizo unas cuantas preguntas más, pero al final sacudió la cabeza y se dio por vencida. Horas más tarde, no tuvo mejor suerte durante la cena. Nada conseguía provocar algún efecto en la baronesa, que seguía sentada tan quieta y silenciosa como una estatua.

Algún tiempo después de la marcha de Miriam, Tess sintió la necesidad de aliviarse. Su cabeza se volvió al fin hacia la puerta que llevaba al guardarropa, y el movimiento le causó una inesperada punzada de dolor, debida a la rigidez de su cuello. Se puso en pie, pero cayó de rodillas, pues los músculos de sus piernas estaban entumecidos tras tantas horas de total quietud. Moviéndose despacio, se levantó de nuevo y caminó rígidamente hasta la puerta; hizo sus necesidades y volvió a la habitación. Miriam había echado leña al fuego antes de irse y Tess se acercó al calor de la lumbre. Se sentó con las piernas cruzadas sobre las pieles extendidas frente a la chimenea y contempló las llamas. La visión del fuego le resultaba igual de hipnótica que mirar la pared.

Miriam la encontró en esa misma postura a la mañana siguiente: mirando sin ver la chimenea apagada. Encendió el fuego de nuevo, pero no pudo convencer a la baronesa de que se metiera en la cama ni de que se sentara de nuevo en la silla. Los músculos de Tess adquirieron una extraña rigidez cuando Miriam tiró de ella para ponerla en pie. Al contemplar los vacíos ojos de su señora, la fiel criada se santiguó para protegerse del mal y se marchó rápidamente de la estancia.

El calor del fuego recién avivado se filtró despacio en los huesos de Tess, como si la despertara de un sueño profundo. Seguía contemplando la danza de las llamas a lo largo de los troncos de roble, pero el fuego no ejercía sobre ella la misma curiosa fascinación que la noche anterior. Con la pérdida del frío llegó el sonido de las voces del exterior, que parecían llegar a ella a través del calor de las llamas. Tess no quería oírlas, pero no podía silenciarlas.

Aislarse del mundo y encerrarse en sí misma no era la respuesta. Intentando librarse del extraño letargo, estiró las piernas y las frotó para que fluyera la sangre de nuevo. Cuando se sintió razonablemente segura de que no le fallarían, se levantó, se dirigió a la mesa y tomó asiento frente al desayuno que Miriam le había dejado. El olor de la comida le provocó un vuelco en el estómago, pero se forzó a comer un pequeño bocado cada vez. Una gruesa lágrima cayó en su mano y la secó sin prestarle atención. La comida le revolvió el estómago y se cubrió la boca con la mano; consiguió llegar a duras penas al guardarropa antes de vomitar el desayuno.

Cuando la criada llegó a mediodía con el almuerzo, Tess utilizó la táctica de Kenric y se quedó mirando en silencio por la ventana, dando la espalda a la habitación y frustrando cualquier intento de conversación. No estaba preparada para enfrentarse a nadie ni para ver preguntas o reproches en los ojos de los demás.

El ardid funcionó y la dejaron sola con sus comidas. El poder mantener algún alimento en su estómago fue un reto mayor de lo que pensaba. Al tercer día de su confinamiento, había aprendido a evitar los sabores fuertes y cualquier cosa que tuviera especias, por muy poca cantidad que llevara. El pan era lo que mejor toleraba. Aparte de eso, apenas si conseguía ingerir nada más. Se dijo que la enfermedad pasaría, tratando de no pensar en el problema.

19

Kenric comía más por hábito que por hambre, sin saborear apenas la deliciosa comida, cuya calidad se había mantenido en ausencia de su esposa. El silencio imperaba en el gran salón, tal y como venía sucediendo las últimas noches. Sus hombres comían en respetuoso mutismo y ya no ensuciaban el suelo con restos de comidas. Nadie en Montague estaba lo bastante loco como para poner a prueba la paciencia de su señor. Sabían que ya habían pasado los días de su indulgencia.

–Simon sigue ausentándose de mi mesa –le comentó a Fitz Alan, señalando con la cabeza una silla vacía.

El soldado había encontrado una excusa u otra para no estar apenas presente durante las cenas de los últimos días.

–Sí –contestó su vasallo–. Dijo que tenía tareas pendientes que iban a mantenerlo ocupado en la armería hasta altas horas de la noche.

–¿No hay noticias del senescal? –preguntó Kenric.

–No. Nadie lo ha visto desde hace más de dos semanas. Es como si se hubiera desvanecido en el aire, a pesar de que se han registrado todas las aldeas y la mayor parte de las tierras del feudo.

Kenric asintió y centró su atención en la comida. Fitz Alan frunció el ceño al advertir que la conversación había terminado. El barón rara vez hablaba desde la frustrada fuga de su esposa. Se limitaba a dar órdenes o a hacer un comentario de pasada que no invitaba a comenzar una conversación. Fitz Alan era la única persona en Montague que no había tratado de evitar su compañía durante aquella semana infernal. Había creído erróneamente que necesitaría desahogar su furia en algún oído comprensivo, pero Kenric la guardaba para sí. Nadie dudaba de la existencia de su ira. Cada día empujaba a sus hombres hasta el límite de su resistencia. A menudo entraba en liza personalmente con alguno de ellos para poner a prueba el temple de sus soldados. Los más pequeños errores eran castigados con severidad.

Fitz Alan sabía que Kenric tenía motivos para estar furioso, pero se estaba empezando a preguntar quién estaría recibiendo el mayor castigo. También se preguntaba qué sucedería cuando fueran convocados a la corte. Se esperaría que el barón fuera acompañado por una esposa que estuviese junto a él de buen grado. Parecía poco probable que eso ocurriera si no cambiaba de idea sobre lo de tenerla encerrada. Aunque Fitz Alan no era lo bastante imprudente como para preguntar a Kenric sobre sus intenciones con respecto a su esposa, Simon se lo había contado todo. A Fitz Alan todavía le costaba comprender la severidad del castigo. Tess ni siquiera había llegado a escapar. Nadie había resultado herido y no había costado trabajo detenerla. Confinarla durante una o dos semanas sería una forma apropiada de castigarla, pero ¿encerrarla durante el resto de su vida? No era razonable. Todos en Montague, excepto Kenric, eran de la misma opinión.

–Últimamente Helen ha decidido cooperar sin mostrar ninguna resistencia –se aventuró a decir Fitz Alan, haciendo acopio de valor. El asunto que pensaba abordar le costaría con toda probabilidad un ojo morado o una mandíbula magullada. Hasta el momento, nadie había tenido el valor de mencionar el nombre de Tess en presencia del barón. Decidió arriesgarse y ser el primero en hacerlo–. Me ha dicho que tu esposa hizo un trabajo tan bueno que tiene poco que hacer.

–Helen te está engañando de nuevo –dijo Kenric entre dos bocados–. Los deberes que asumió deberían tenerla ocupada todo el día.

–Bueno, quizás he exagerado un poco –admitió Fitz Alan–. La verdad es que Helen tiene la esperanza de que le permitas visitar a la baronesa. La petición me pareció razonable y le dije que te pediría permiso.

–No.

–Nadie ha visto a tu esposa desde hace casi una semana. –Fitz Alan sabía que se estaba metiendo en aguas pantanosas pero continuó de todas formas–. Miriam es la única que sabe cómo está lady Tess y sus informes tienen preocupada a Helen. Según Miriam, apenas come lo necesario para sustentarse y no ha dicho ni una sola palabra desde que está ahí dentro.

–No es asunto de Helen preocuparse por mi esposa. Tess siente lástima de sí misma. Comerá cuando esté lo bastante hambrienta.

–Ella está...

–No seguiré hablando de este asunto.

Fitz Alan puso mala cara y dejó de intentar mantener una conversación. Era inútil. Kenric no estaba dispuesto a atender a razones. Puede que nunca lo estuviera. Fuera lo que fuese lo que Tess había hecho, el daño producido era profundo e iba mucho más allá de un absurdo intento de fuga. Fitz Alan se recordó mentalmente que debía hacer que Miriam le informara del estado de la baronesa todos los días. Si Kenric se negaba a actuar con sensatez y el estado de Tess empeoraba, se haría cargo del asunto personalmente. Incluso era posible que algún día Kenric se lo agradeciera, suponiendo que viviera lo suficiente para recibir ese agradecimiento.

Kenric estaba resuelto a ignorar la advertencia de Fitz Alan. Si Tess sufría, se merecía cada minuto de sus padecimientos. El dejar de comer era a su modo de ver un ardid deliberado, pues supondría que él acabaría por enterarse de su «lastimoso» estado. Kenric quería que supiera que le habían contado lo de su ayuno y que no se había conmovido en lo más mínimo. Tenía la esperanza de que las habladurías le llegasen íntegramente. Con toda seguridad comenzaría a comer con normalidad en el momento que supiera que su treta no iba a funcionar.

Durante la última semana, Kenric no había podido dejar de pensar en ella, aunque había tratado por todos los medios de desterrarla de su mente tan completamente como lo había hecho de su vida. Conocía a otros hombres que mantenían a sus esposas no deseadas alejadas en algún lugar remoto y que se encontraban tan prisioneras como su propia esposa. Pero Tess no era como cualquier otra esposa. Era un regalo de su rey, y Edward había dejado claro que quería un heredero varón para Remmington cuando fueran llamados a la corte. Tess no había mostrado señales de querer cooperar. Aquello forzaba a Kenric a replantearse su relación con su esposa, aunque al final su decisión no había sido distinta de la que había pensado el día que la mandó encerrar en el solar. Para cumplir su trato con el rey, se vería obligado a visitarla ocasionalmente hasta que concibiera. Las visitas continuarían si no daba a luz un varón.

La idea de acostarse con su esposa le produjo un nudo en el estómago. Siempre existiría la preocupación de volverse débil de nuevo y llevar más allá del deber el hecho de yacer con ella. Se preguntaba si podría conseguirlo. Tess no merecía más que su desprecio. Trató de consolarse pensando que era posible que ella hubiera concebido la última vez que estuvieron juntos. Sería un castigo apropiado por el infierno que le estaba haciendo pasar.

Ésos eran sus pensamientos mientras subía los escalones de la torre y entraba en su alcoba aquella noche. Era el momento del día que más temía. Sabía que las inacabables jornadas en el campo de prácticas no eran nunca lo bastante agotadoras como para proporcionarle una noche de descanso. No quedaba nada de su esposa, pero su recuerdo permanecía en todos los rincones, y se hacía mucho más intenso en su habitación. Le atormentaban las imágenes de Tess con la falsedad de sus suaves sonrisas y de sus inocentes miradas. No tenía ningún control sobre sus recuerdos. Miraba la mesa y recordaba la forma en la que ella solía apoyar la barbilla en sus manos mientras escuchaba sus relatos, con los ojos brillando con lo que había creído que era admiración cuando relataba algunas de sus hazañas más heroicas. Otras veces era una imagen tan simple como la forma en la que se daba la vuelta y le sonreía mientras se cepillaba el pelo. Estaba en su cama, en su baño, secándose el pelo delante del fuego, abriendo los postigos al sol de la mañana con todas sus curvas perfiladas a través de un camisón casi transparente.

Sin embargo, los recuerdos empezaban a desvanecerse. Cada

día ocupaban menos espacio en sus pensamientos. En unas cuantas semanas más desaparecerían por completo. Para entonces sabría si se vería forzado a visitar a su esposa y despertarlos de nuevo. Mientras se acomodaba en su cama vacía dispuesto a dormir, trató de llenar su cabeza de los planes para el día siguiente, de todos los ejercicios que mejorarían sus habilidades para las batallas que le esperaban, con la esperanza de que lo agotasen y le permitiesen dormir sin inquietud. Sin embargo, se despertaba todas las noches al menos una vez buscando a Tess en su sueño. El castigo que le estaba imponiendo a ella era también el suyo.

El sufrimiento de Kenric habría sorprendido mucho a Tess. Ella estaba segura de que se había limitado a seguir con su vida como si nunca la hubiera conocido. Probablemente se sentiría feliz de haberse librado por fin de ella y tendría en los labios todo el día aquella boba sonrisa suya. Una sonrisa boba pero entrañable. Le echaba de menos más de lo que había creído posible. Su pérdida le provocaba un dolor sordo en el pecho.

Las noches no eran tan malas, pues entonces podía soñar con él. En sus sueños él la abrazaba de nuevo, susurraba suavemente en su oído, la mantenía a salvo del mundo hasta que la fría luz de la realidad asomaba por la ventana. Siete días después de ser confinada en el solar, no fue sólo la luz del sol lo que la despertó, sino una vaga sensación de inquietud. A pesar de la monotonía de sus solitarios días, no podía evitar sentir que algo andaba mal o que pronto ocurriría algo terrible. Era una sensación de temor que le hacía fruncir el ceño mientras se inclinaba sobre el tapiz de Helen; una tarea a la que se había visto forzada por puro y desesperado aburrimiento. A pesar de que el día era soleado, el aire estaba cargado con la opresiva sensación de una tormenta inminente.

Estaba a punto de terminar el tapiz y se preguntaba en qué podría ocupar su tiempo cuando acabara la tarea. Quizá se le permitiera a Miriam traer materiales para hacer otro. Seguramente sus guardias no se opondrían, a menos que deseasen tener que vérselas con una demente.

A media mañana, Tess apenas podía contener los bostezos mientras clavaba la aguja una y otra vez en el tapiz. Uno de ellos le hizo estropear un bordado cuando su atención se desvió por un momento. Dio un tirón con irritación a la aguja y se pinchó accidentalmente. Contempló la brillante gota de sangre pensando que sólo era un pinchazo, pero de pronto el miedo la inundó al ver que la sangre fluía como un río, se derramaba por su mano, sobre su regazo, e inundaba el suelo a sus pies en un brillante mar carmesí. Cerró los ojos con fuerza, aterrada ante lo que sabía que no podía ser real. La visión empezó en el instante que cerró los ojos. Duró sólo unos pocos minutos, pero fueron los más largos de su vida. Cuando abrió los ojos de nuevo, estaba gritando.

Los guardianes de Tess se abalanzaron dentro de la habitación con las espadas desenvainadas. El sobresalto la devolvió a la realidad. Pensando con rapidez, señaló uno de los postigos que había abierto por la mañana.

–¡U... un hombre se dejó caer de las almenas y entró por la ventana! –explicó, señalando en dirección al guardarropa–. ¡Se metió ahí dentro cuando grité!

Los guardias se movieron con cautela hacia el guardarropa, demasiado atentos al posible peligro para darse cuenta de que la baronesa se deslizaba a sus espaldas en dirección a la puerta. Estaba ya en los escalones de la torre incluso antes de que abrieran la puerta del guardarropa y descubrieran que la pequeña cámara estaba vacía.

Tess bajó precipitadamente la escalera de la torre, cruzó la pequeña puerta que daba a los jardines y bajó por el camino que llevaba al patio de armas inferior. Corría como si llegar al campo de instrucción fuese asunto de vida o muerte. Por los gritos que oía tras ella, Tess supo que sus guardias le estaban ganando terreno. La visión le había mostrado exactamente dónde encontrar a Kenric. Lo que no sabía era si podría llegar hasta él a tiempo.

20

El estado de ánimo del barón era peligroso. Otra noche sin reposo no era la única razón de su sombrío semblante. La causa era la conversación que había oído entre uno de sus soldados y una moza de cocina en los jardines. Aquella mañana había tomado un atajo para llegar al campo de instrucción y, mientras pasaba junto a la larga hilera de altos árboles que separaban el sendero de los cultivos de hierbas, oyó una voz desde el otro lado que le hizo detenerse.

–¿Crees que la soltará pronto?

Kenric miró extrañado los arbustos. Parecía que las voces provenían de allí. Un momento más tarde se dio cuenta de la presencia de una pareja que se divertía al otro lado.

–Sí –contestó el soldado–. Llevo a su servicio mucho tiempo. Es un hombre duro pero justo. La liberará cuando se le enfríe la sangre.

–Se dice que tuvieron una buena pelea –le confió la moza–. Jane cree que la baronesa trató de huir porque tuvo miedo de la ira de su esposo. No me gustaría estar cerca de él cuando está furioso.

Kenric casi pudo imaginarse el estremecimiento de la joven. Estaba a punto de dejar a la pareja seguir hablando cuando le detuvo la siguiente revelación de la muchacha.

–Todos en el castillo han continuado con los deberes que ella les asignó. El mayordomo dice que es la única forma de mostrarle a la baronesa nuestra lealtad. Cuando se le permita volver, lady Tess se dará cuenta de que no nos pusimos en su contra como hizo el barón.

–Nosotros hacemos lo mismo –admitió el soldado–. Aunque tampoco es que nos cueste mucho limpiar el barro de nuestras botas antes de entrar y comer como hombres civilizados. Creo que muchos de mis camaradas disfrutan con la novedad de comportarse como personas normales.

Kenric contempló los arbustos e intentó averiguar el lugar exacto del que provenía la voz del soldado. Descubrir su presencia en aquel momento hubiera sido muy humillante para él, así que se conformó con otra forma de venganza. Pinchó al infortunado con la espada a través de la espesura de las zarzas y fue recompensado con un alarido de sorpresa y dolor. Ya tenía más que suficiente de habladurías para todo el día, así que se alejó con paso decidido rechinando los dientes ante lo que acababa de oír. Cuando llegó al campo de adiestramiento, la furia que había hervido a fuego lento toda la semana estaba en su punto más alto de ebullición.

Los soldados evitaron al barón, pues reconocían su furia cuando la veían. Como no tenía a nadie con quien practicar, Kenric se dedicó a ejercitarse con una fila de gruesos y altos postes clavados en el suelo. Empleó su larga espada de batalla para dar mandobles a los maderos, y levantaba la espada por encima de la cabeza para golpear un lado y luego el otro, hasta que la madera se convertía en astillas. Lo que había escuchado le corroía como ácido. Nadie conocía la traición que se escondía detrás del intento de fuga de su esposa. Pensaban que se trataba tan sólo de una pelea de enamorados y que él simplemente estaba enojado con ella por haber huido como represalia por su pelea. Ahora no le extrañaba que Simon le mirara a los ojos sin poder ocultar un destello de desafío. Todos estaban de su parte. Pero no les contaría la verdad. Que pensaran que la maltrataba. Les dejaría creer que su crueldad no estaba justificada. ¿Qué otra cosa se podría esperar del Carnicero?

–¿Milord?

Kenric giró sobre un pie y, con un movimiento reflejo, llevó la punta de su espada hasta el cuello de Fitz Alan.

Su segundo, sobresaltado, dio un prudente paso atrás.

–Sabes que no debes acercarte a mí por la espalda. ¿Qué es lo que quieres?

–La justa –le recordó Fitz Alan, consciente de que los pensamientos de Kenric estaban en otra parte–. El italiano está ansioso por poner a prueba su valía. Aceptaste enfrentarte a él en el día de hoy.

–Dile a Roberto que le concedo su deseo. –Kenric recogió del suelo la camisa de lino que se había quitado, se secó el sudor de la frente y volvió a desechar la prenda. Se marchó a grandes zancadas hacia su corcel, murmurando entre dientes–: Será mejor que se prepare para tener el trasero dolorido.

Una justa era un acontecimiento poco habitual para los hombres de Kenric. Aquella manifestación de destreza propia de caballeros era innecesaria para el sitio de Remmington, y los soldados se limitaban a practicar con las armas utilizadas en la guerra. Sin embargo, el joven caballero italiano era un recién llegado al ejército de Kenric y estaba ansioso de probarse a sí mismo contra semejante leyenda. Algunos de sus compañeros trataron de disuadir a Roberto de su imprudente decisión, pero la mayoría aguardaba impaciente para ver cómo le bajaban los humos al joven y arrogante caballero.

Kenric tomó las riendas de su corcel de manos de Thomas y condujo al animal al extremo del campo de adiestramiento. No le llevó mucho tiempo preparar la lid. Se fijaron tapones en las puntas de las mortales lanzas, lo que hacía innecesarias las armaduras. Las puntas romas permitían a los caballeros practicar la justa sin sufrir heridas graves. El escudo era la única protección necesaria para desviar los golpes, aunque todos sabían que Kenric no lo usaría con lanzas romas. Prefería el castigo de la sacudida para recordar que había cometido un error, lo que rara vez ocurría. También sabía que el hecho de que no llevara escudo intimidaba a su adversario.

Ambos contendientes ocupaban ya sus puestos en extremos opuestos del terreno de prácticas cuando de pronto surgió un alboroto cerca de las puertas que llevaban a los jardines. Al principio, Kenric pensó que sus ojos le engañaban. Tess no podía estar corriendo hacia él como si sus faldas estuvieran ardiendo, con una expresión de absoluto terror en su rostro. Los creyó cuando vio a un soldado seguido de otro atravesar las puertas persiguiéndola. El que iba en cabeza finalmente alcanzó a su presa, la agarró del brazo y tiró de ella hacia atrás con tal impulso que estuvo a punto de provocar la caída de ambos en su esfuerzo por detenerla. Kenric sintió el absurdo impulso de correr hasta el hombre y tirarlo al suelo por atreverse a tocarla. No importaba. Se podía dar por muerto por permitirle escapar, al igual que el segundo soldado, que se había detenido a algunos pasos de distancia con las manos en las rodillas, tratando de recobrar el aliento.

Tess había adelgazado de forma alarmante desde la última vez que la había visto y había perdido casi todas sus curvas. Kenric se quedó asombrado cuando ella sacó suficiente fuerza de su frágil cuerpo para soltarse de nuevo y continuar la huida en su dirección, como si esperara encontrar refugio en él. Kenric desmontó, cruzó los brazos y aguardó. Tess se detuvo resbalando ante él. Estaba a punto de hablar cuando uno de sus guardianes la apresó.

El soldado agarró el extremo de su larga trenza y le dio un violento tirón hacia atrás, tratando de evitar que le arañara otra vez con las uñas. No vio llegar el golpe que le dio su señor.

La presión que ejercía Kenric en el brazo de Tess era dolorosa, pero menos que el tirón de pelo que le había dado el soldado. Dándose cuenta al fin de que Kenric estaba desnudo de cintura para arriba, bajó la cabeza y permaneció callada mientras él daba una orden seca que provocó que se llevaran a rastras al hombre caído. Agradecía tener algunos momentos para recobrar el aliento que había perdido durante su fuga. Los soldados retrocedieron a una respetuosa distancia, aunque todas las miradas permanecieron fijas en ellos.

–Gracias a Dios, llego a tiempo –jadeó Tess con la voz entrecortada por la carrera.

Kenric la agarró por los brazos, le dio una fuerte sacudida y se inclinó hasta que su cabeza quedó a pocos centímetros de la cara de ella.

–Acabas de condenar a muerte a tus dos guardias. Dime, Tess, ¿valía ese precio tu breve escapatoria?

–¡No, milord! No estaba huyendo. Engañé a mis guardias porque no tenía tiempo para explicarles el peligro. No había tiempo.

–¿Qué peligro?

–El que corre tu vida. –Señaló con la cabeza el otro extremo del campo, donde estaba el adversario de Kenric–. Él piensa matarte.

–¿Roberto? –Había esperado que le contara algún ardid, pero éste superaba sus expectativas–. ¿Crees que el italiano quiere asesinarme?

–Estaba bordando un tapiz y cerré los ojos sólo un momento, pero lo vi todo en mi visión. El tapón de su lanza se romperá cuando golpee tu hombro. Ha untado un veneno en la punta que es lo suficientemente potente como para matar a cualquiera en un día. Sé que esto parece...

–Ya he oído bastante.

Su mirada encontró a Simon y le indicó que se acercara con un brusco movimiento de su cabeza.

–No me crees –dijo ella con rotundidad.

–Creo que has hecho un intento muy estúpido de escapar del solar y que te has inventado esa historia cuando te has dado cuenta de que iban a atraparte. Creo que te has dirigido a mí cuando has visto cortada la ruta por la que habías planeado escapar esta vez, pensando que sería lo bastante estúpido como para creer tus mentiras. Eso es lo que creo, Tess.

–Tienes razón, milord. –Bajó la cabeza y miró al suelo–. Siento haberte molestado.

«¿Siento haberte molestado?» No podía creer que hiciera caso omiso de dos muertes con tanta facilidad. Era incluso más fría de lo que sospechaba. Al verla retorcer su trenza, advirtió que aquel gesto no se manifestaba necesariamente cada vez que mentía y tomó nota de recordar aquel hecho. Pero ahora estaba mintiendo. No lo sentía en absoluto. Resistió el impulso de abofetear una boca que mentía de forma tan obvia, sabiendo que con toda probabilidad le partiría el cuello.

–¿Milord?

Simon se acercó y se detuvo al lado del barón.

–Llévala de vuelta al solar. Me ocuparé de ella más tarde.

Kenric se volvió y se alejó sin mirar atrás. Simon extendió un brazo hacia delante, para indicarle a Tess que debía precederlo para salir del campo. No se la llevó a rastras; ni siquiera la cogió del brazo para escoltarla. Con el campo lleno de hombres y la cólera de su esposo todavía resonando en sus oídos, nadie pensaría que haría otra cosa que no fuera regresar al solar para evitar más problemas.

Tess aguardó a que Kenric se alejara un buen trecho, luego se dio la vuelta y empezó a caminar despacio hacia las puertas, echando un vistazo por encima del hombro para calcular la distancia que la separaba de Simon. Dio un suspiro de alivio al darse cuenta de que estaba a varios metros. Era toda la ventaja que necesitaba. Agarró sus faldas, se las subió por encima de las rodillas y salió disparada hacia el italiano. Se preguntó si podría llegar al otro extremo del campo y arrebatarle la lanza al asesino antes de que nadie se diera cuenta de sus intenciones. Los hombres empezaron a gritar y pudo distinguir el enfurecido rugido de Simon, pero siguió corriendo, sabiendo que nunca la cogerían a tiempo.

Estaba tan absorta en su determinación de llegar al extremo del campo que apenas se dio cuenta de lo que pasaba. Roberto había bajado su lanza y se afirmaba sobre la silla para ponerse en posición de ataque. Sólo cuando el italiano espoleó a su caballo se dio cuenta de lo que iba a ocurrir.

Tess se detuvo en seco y se enfrentó al peligro cara a cara. Trozos de hierba y tierra volaban bajo las pezuñas del enorme corcel mientras se acercaba a ella. La lanza engañosamente roma se inclinó hasta ponerse a la altura de sus ojos, y la sangre se le heló ante la visión de la espantosa sonrisa del hombre. Oyó como Kenric gritaba su nombre, pero no pudo moverse. Se quedó de pie, tan inmóvil y silenciosa como un conejo acorralado, demasiado aterrada para dar un paso en cualquier dirección.

A Kenric ya no le cabía ninguna duda de la veracidad de la historia de Tess. Arrojó a un lado su inútil espada y corrió hacia ella. Nadie pensó que pudiera llegar a tiempo. Incluso Simon estaba demasiado lejos. Al ver como el italiano cargaba contra la pequeña e indefensa figura de su esposa, Kenric sintió que le arrancaban el corazón. Gritó a Tess que corriera, pero ella no quería o no podía moverse. ¡Iba a morir ante sus ojos y no podía hacer nada para impedirlo!

La flecha surgió de la nada.

Un momento antes el italiano sonreía, al siguiente, el extremo de una flecha sobresalía de forma grotesca de su ojo izquierdo. La visión impresionó tanto a Tess que la obligó a salir de su estupor. Se dio la vuelta y corrió hacia la seguridad que le proporcionaban los brazos de Kenric. Roberto, vencido, resbaló de la silla y la lanza cayó inofensivamente al suelo. Su corcel tan sólo vaciló un momento antes de seguir galopando. Para un caballo entrenado para la guerra y los torneos, cualquier cosa que corriera era un enemigo, así que cambió de dirección para perseguir a Tess, con el instinto de pisotear todo lo que hallara en su camino. Otra rápida descarga de flechas impactó en el cuello y la cabeza del animal y lo hizo frenar, pero sin conseguir que se detuviera.

Tess pasó corriendo por delante de Simon en dirección a Kenric, sintiendo como el animal le pisaba los talones. Un empujón en su espalda la lanzó hacia delante, a los brazos extendidos de Kenric. Él la levantó en sus brazos sin esfuerzo y siguió corriendo.

Tess escuchó un grito agónico e inhumano cuando el enorme cuerpo del caballo pasó rozándolos. De algún modo, Simon había agarrado las riendas y había conseguido empujar la cabeza del animal contra el suelo hasta que éste dio una voltereta en el aire y se rompió el cuello. Kenric no se atrevió a detenerse hasta que supo que estaban fuera del camino del animal, mientras éste daba tumbos. Finalmente frenó, siguió andando unos pasos y cayó de rodillas cuando tuvo la certeza de que estaban a salvo. Sus brazos envolvían a Tess tan estrechamente que ella apenas podía respirar. Aflojando su abrazo al fin, le cogió la cara con una mano y la deslizó por su garganta hasta que descansó sobre su pecho. Necesitaba asegurarse de que seguía viva sintiendo el tranquilizador sonido del corazón que latía frenéticamente.

–¿No estás herida?

Kenric sabía que su voz lo traicionaba y revelaba el miedo que todavía sentía. No se había sentido tan aterrorizado en toda su vida. Un momento más y ella habría muerto. No podía asimilar el hecho de que ella acababa de arriesgar su vida para salvar la de él. Desafiaba a toda lógica. No se permitió pensar en las implicaciones. No ahora, al menos. Esperaría a tener un momento de serenidad para atormentarse con aquellas reflexiones. En ese momento había un traidor en Montague y posibles cómplices de los que ocuparse. Lo haría tan pronto como se sintiera capaz de caminar de nuevo. ¡Dios, casi la había perdido!

–Sólo estoy sin aliento. –Su voz era suave pero insegura cuando le preguntó–: ¿Me crees ahora?

Kenric la miró enfurecido, irrazonablemente enfadado por el hecho de que ella hubiera arriesgado su vida de forma tan temeraria para demostrar que tenía razón. Luego se dio cuenta de que estaría muerto si no lo hubiese hecho. Se contentó con fruncir el ceño contrariado.

–Sí. –Aquella sencilla respuesta daba pie a un alud de nuevas preguntas, pero no quería pensar en la alarmante precisión de la visión de su esposa en aquel momento–. ¿Estás segura de que no te ha pasado nada?

–Estoy bien –le aseguró con una sonrisa.

Kenric estaba asombrado por su serenidad, por que pudiera sonreír tan pronto después de su roce con la muerte. Estaba seguro de que nunca podría saber cómo funcionaba su mente.

–¿Ya pasó todo? –preguntó Fitz Alan.

–Sí, pero le cortaré la cabeza al arquero que me negó el placer de matar yo mismo a ese traidor. –Kenric volvió a fruncir el ceño–. No, compensaré al hombre que salvó tu vida con cualquier cosa que me pida.

–Creo que iré a ver si el italiano está muerto. Parece que aún respira –dijo Fitz Alan con suavidad. Estaba de pie justo detrás de Kenric, todavía sosteniendo un arco largo en una mano–. Al menos hasta que decidas si voy a perder mi cabeza o me vas a cubrir de oro. –Sonriendo, se dirigió a Tess–. ¿Me harás saber su decisión, baronesa? Me gustaría ausentarme si el fallo no me es favorable.

Tess trató de contener una risita sobresaltada, pero la expresión de Kenric siguió siendo feroz. Se levantó con dificultad, manteniendo a Tess firmemente sujeta en sus brazos, y caminó hacia Simon. El viejo soldado seguía tendido en el suelo. Algunos estaban de pie a su lado con las espadas desenvainadas, claramente horrorizados por lo cerca que había estado de morir su señora. Simon alzó una mano cuando vio a Kenric acercarse, pero cayó flácida al suelo. Su brazo pendía en un ángulo extraño.

–Sólo quería descansar un poco, milord. –El tono de Simon era burlón, pero dejaba traslucir su dolor–. Ese condenado caballo me ha destrozado el hombro.

Al instante Tess comenzó a agitarse en brazos de Kenric.

–Puedo aliviar su dolor, si me dejas –pidió Tess.

Kenric dudó un momento antes de dejarla en el suelo. Ella agradeció la distracción que suponía examinar al hombre herido. Le permitía dejar de pensar en la multitud que se estaba reuniendo en torno a ellos y en el grupo de soldados que se hallaba más lejos, rodeando a Roberto. Poco tiempo después, descubrió la causa del dolor del fiel soldado: un hombro dislocado. No era posible evitar que Simon sufriera terriblemente cuando colocara los huesos en su sitio. Con suerte, podría hacerlo antes de que el hombre se diera cuenta de lo que iba a pasar. Kenric apenas había incorporado a Simon cuando Tess se acercó por detrás y aplicó la presión necesaria. Torció el gesto ante el repentino aullido de dolor de Simon, aunque sabía que iba a notar un alivio inmediato. Estaba ocupada dando instrucciones al viejo soldado para su recuperación cuando Fitz Alan regresó al lado de Kenric.

–Está vivo –murmuró–. Aunque no sé por cuánto tiempo.

–Yo sí lo sé.

Kenric estaba dispuesto a matarlo con sus propias manos, pero se veía desgarrado entre la necesidad de darle al traidor su merecido y su reticencia a dejar a Tess. Su brazo se cerró sobre sus hombros y la estrechó con fuerza. La necesitaba junto a él para ayudarle a calmar la profunda furia que todavía fluía por su sangre.

–Me quedaré con lady Tess –ofreció Fitz Alan.

Kenric asintió y empezó a aflojar la presión que ejercía en sus hombros.

–No. Iré contigo –declaró Tess con calma–. He visto heridas de todo tipo, milord. No te preocupes, la visión no me impresionará. Sé dónde le hirió la flecha.

La sombría expresión de Kenric no cambió, pero puso su brazo en torno a su cintura y la condujo hacia el grupo de soldados que se apiñaba alrededor del italiano caído. Al instante, los hombres abrieron paso para dejarles acercarse a Roberto y luego volvieron a cerrar el estrecho círculo.

La visión no podía ser más macabra. Tess respiró hondo varias veces, decidida a no parecer débil delante de los hombres de Kenric. Trató de mirar con frialdad al italiano, verlo como a cualquier otro hombre herido. En su agonía, Roberto se había arrancado la flecha, lo que dejaba al descubierto una espeluznante herida abierta. Se desangraría lentamente hasta morir. Tess se asombró de que Roberto siguiera consciente. Su otro ojo estaba vidrioso por el dolor, pero aun así, miró a los que lo observaban, alerta y receloso.

–Trae su lanza –ordenó el barón.

Thomas corrió a cumplir su orden y volvió con el arma. Kenric la cogió y sostuvo durante un instante el largo extremo romo contra el cuello de Roberto. Después apoyó la punta en el suelo por encima de su hombro y empujó repentinamente. Al romperse el falso extremo romo, emergió una hoja afilada como una cuchilla.

–¿Quiénes son tus cómplices y dónde están? Nómbralos rápido, o calla y muere lentamente, de una forma que te garantizo que conseguirá hacerte olvidar tu actual herida.

Roberto cerró su ojo sano y permaneció callado. Kenric dio un paso adelante, se detuvo de pronto con brusquedad y le hizo un ademán a Fitz Alan.

–Llévatela a algún sitio donde no pueda ver ni oír esto.

–Entiendo que necesites hacerle daño –susurró Tess, para que el hombre herido no la oyera–. Pero no pasará de este día. Déjame razonar con él antes de que pruebes con la tortura.

Pasarían horas hasta que Roberto muriera a causa de su herida o por los medios que su esposo emplearía para sacarle la información que quería. Kenric ordenó a sus hombres sujetar a Roberto en el suelo y permitió a Tess arrodillarse al lado del herido.

–He visto heridas como ésta antes –dijo con voz compasiva–. No hay nada que se pueda hacer para salvarte, pero la muerte tardará en llegar. Mi esposo tendrá muchas horas, posiblemente más de un día, para castigarte por tu traición. Estuvo muchos años en Tierra Santa, donde aprendió de los infieles cómo infligir dolor sin matar a su víctima. –Tess no sabía si aquello era cierto o no, pero pensó que le añadía un toque de dramatismo bastante creíble a todo el asunto–. Las torturas que sufrirás son difíciles de imaginar para una mujer, pero sin duda sabes lo que el barón de Montague es capaz de hacerle a su enemigo.

Roberto abrió el ojo sano de nuevo y Tess pudo ver cómo crecía su miedo. Sacó su puñal tan rápido que ninguno de los hombres de Kenric tuvo oportunidad de protestar, aunque oyó sus sorprendidos jadeos. Nadie salvo Tess se atrevería a privar al barón de Montague de su prisionero. El pequeño puñal enjoyado que le habían permitido mantener para usarlo a modo de cubierto en sus comidas estaba apoyado ahora contra el cuello del italiano. Trató de apartar el recuerdo de otro hombre que estuvo a su merced de igual forma.

–Dile a mi esposo lo que quiere saber y yo misma te mataré. Un rápido corte y te librarás de la tortura.

No tenía nada que ganar callándose, pero sí mucho que sufrir. Al no serle fiel a nadie excepto a sí mismo, Roberto tomó la sabia decisión de confesar su plan. Su voz era un ronco susurro mientras revelaba sus secretos. El dolor y su creciente debilidad se hacían cada vez más evidentes.

Tal como Tess sospechaba, Dunmore MacLeith era quien manejaba los hilos del plan para asesinar a su marido. El caballero era un mercenario que fue abordado por su padrastro en la corte escocesa dos meses atrás. Por aquel entonces, Roberto había sido contratado para librar al rey de un pariente problemático. MacLeith sabía, por boca del propio senescal de Montague, que su hijastra vivía allí y que había contraído matrimonio con Kenric. El escocés temía al ejército del Carnicero, pero sabía que con su líder muerto los hombres de Kenric no atacarían Remmington. Roberto tenía que matar al barón y escapar después de la fortaleza por sus propios medios. El senescal tenía caballos frescos y hombres aguardando a lo largo del camino a Escocia, donde se volverían a encontrar con MacLeith para recibir el pago final.

–Eso... es... todo..., milady. –Roberto hizo un esfuerzo para que las palabras salieran a pesar de la hinchazón de su garganta.

–¿Por qué no intentaste matarme a mí primero? –preguntó Tess, perpleja por el hecho de que fuese Kenric el objetivo de la conjura.

–Remmington pertenece al barón... por vuestro matrimonio. Vos moriríais sólo como venganza... si no pudiera matar... a vuestro...

Roberto respiró profundamente varias veces, luego recobró la voz, que se hizo más fuerte.

–Cumplid vuestra promesa, *signorina.* Matadme... ahora, milady.

–¿Hay algo más que desees preguntar, milord? –preguntó Tess a Kenric sin alzar la vista, incapaz de apartar los ojos de la morbosa visión que representaba la desfigurada cara de Roberto.

–No. Es todo lo que necesito saber.

Se dio cuenta por su tono de voz de que tenía permiso para acabar con la vida de Roberto. Su mirada bajó hasta la punta de la daga que seguía descansando contra el cuello del italiano. Ya había hecho aquello en otra ocasión. Sería un acto de misericordia poner fin al sufrimiento de Roberto y librarle de la venganza de Kenric. Aun suponiendo que su esposo no le matase, el italiano sufriría una larga agonía antes de acabar muriendo. El hombre ya estaba suplicando que le dieran muerte.

–Debo cumplir mi promesa –susurró, admitiendo la verdad con su siguiente aliento–. Pero no puedo hacerlo.

La mano de Kenric se cerró sobre la suya y le quitó el puñal con delicadeza.

–No es necesario que lo hagas.

Tess no se resistió cuando la pusieron en pie y la entregaron a Fitz Alan.

–Date la vuelta, Tess.

Obedeció y le dio la espalda a Roberto, apenas consciente de que Fitz Alan la sujetaba contra su pecho para asegurarse de que no viera lo que pasaba. Oyó como su esposo murmuraba algo al herido, pero no pudo entender las palabras. Apenas transcurridos unos segundos, Kenric la cogió en brazos y la sacó de aquel lugar. No pudo recobrar la voz hasta que se hallaron cerca del gran salón.

–¿Se ha acabado?

–El italiano está muerto, pero todavía no se ha acabado. Fitz Alan saldrá con una patrulla para encontrar a los hombres de Roberto y a mi senescal. Los traerán a mi presencia mañana. Hoy los mataría a todos, antes de poder arrancarles más secretos. –Bajó la vista a su pálida cara y frunció el ceño–. Puede que aún lo haga.

21

Tess se sentía ligera como una pluma mientras su esposo la llevaba escaleras arriba, camino del gran salón. Kenric se preguntó si de verdad habría pensado en dejarse morir de hambre. El aroma de flores de primavera asaltó sus sentidos y supo que se trataba del perfume de su jabón. Respiró profundamente, tratando de atrapar el enloquecedor aroma en su interior. Ahora que el peligro inmediato había pasado, sentirla en sus brazos estaba despertando sus hambrientos y excitados sentidos. Tess le rodeaba el cuello con los brazos y Kenric quiso estrechar su cuerpo contra el suyo. Sus manos estaban enredadas en su pelo, casi acariciando su nuca. Apenas pudo aguantar la tentación de arrancar de un tirón la pequeña cinta que sujetaba su trenza y extender sus largos y dorados cabellos por su pecho. Eran pensamientos absurdos. Seguía demasiado conmocionada por la prueba que había sufrido para darse cuenta del efecto que provocaba en él.

Al llegar al final de la escalera que conducía a la torre, vaciló sólo un momento antes de coger el pasillo que llevaba al solar. Si la llevaba a su alcoba, no podría evitar hacerle el amor. Después de haber estado tan cerca de perderla, sentía una profunda y ardiente necesidad de hacerla suya una vez más, de confirmar su posesión de la forma más primaria posible. Forzarla a acostarse con él no era la respuesta. Después, no podría evitar preguntarse si habría disfrutado con la experiencia o si sólo le había seguido el juego con la esperanza de comprar su libertad con su cuerpo.

Advirtió inmediatamente los cambios producidos en el solar. La habitación parecía ahora menos inhóspita; había una mesa y una silla junto a la chimenea, una pequeña cama que a él le vendría pequeña, un cofre en una esquina y una tina en otra. Era un sitio cálido y acogedor. Debería estar contenta en aquel lugar.

La depositó con cuidado sobre la cama y vio como se enjugaba las lágrimas. Le dio un momento para recobrarse y luego le sirvió sidra de la jarra que había en la mesa.

–Bebe esto.

Tess obedeció y él comprobó que apenas si tomaba unos pequeños sorbos. El color en sus mejillas provocado por la carrera había desaparecido, y el peso perdido desde la última vez que la vio era todavía más patente. Varios mechones de su cabello se arremolinaban desordenados en torno a su rostro, y el vestido que llevaba parecía el de un mendigo callejero de Londres. Sí, el aspecto de su esposa no podía ser peor. Sin embargo, seguía siendo la mujer más bella que hubiera podido imaginar jamás. Apartó la vista y trató de encontrar en la habitación algo con lo que distraerse, pero sabía que no había nada en el mundo que pudiese distraerlo más que su esposa. La odiaba. Era una mujer traicionera e intrigante que lo castraría si tuviese la oportunidad. Quería verla sufrir. Quería meterse en su cama y abrazarla durante días, saciar su hambre en su cuerpo hasta la extenuación. Probablemente ella se reiría de él si lo hiciese.

–¿No te gusta la comida que te trae Miriam?

Echó un nuevo tronco en el fuego, cogió el atizador y empezó a remover las brasas para entretenerse con algo.

–La comida está buena, pero últimamente no tengo mucha hambre.

–Si deseas algo en particular no tienes más que decírselo a tus guardias.

Tess se enjugó nuevas lágrimas.

–¿Serán castigados los guardias que me vigilaban hoy? No tenían forma de saber que pensaba huir. En realidad, estaban tratando de cumplir con su deber y protegerme, porque les dije que había entrado un intruso en la habitación. Me parece que no está bien que los... los...

–Vivirán –dijo Kenric–. Simon y Evard estarán ante tu puerta a partir de ahora. Acudirás a Simon si ocurre cualquier otra cosa... inusual.

Confiaba en ellos más que en cualquier otro para mantenerla a salvo. Los MacLeith la querían ver muerta, pero nadie podría hacerle daño allí. En realidad le estaba haciendo a Tess un favor al tenerla confinada en la seguridad del solar. Si esperaba que le diera la libertad como pago por salvarle la vida, se iba a ver muy sorprendida. Con todo, sería razonable hacer más leve su cautiverio en recompensa por lo que había hecho aquel día.

–Helen me ha estado pidiendo permiso para visitarte. Se lo concederé.

Echó un vistazo hacia la cama para ver su gratitud, pero Tess no pareció agradecida por el favor; se limitó a bajar la vista y a tomar otro sorbo de la jarra. Kenric dejó el atizador y empezó a examinar los demás objetos de la habitación, demorándose en el tapiz como si fuera de gran interés.

Tess sabía que no deseaba estar en la misma habitación con ella. Se preguntó por qué seguía allí cuando su malestar era tan evidente. Lo único que deseaba era que se fuera para poder llorar en paz, pero también anhelaba que se quedara, ya que no sabía cuánto tiempo pasaría antes de poder verlo de nuevo.

–Habla con Simon si hay algo que quieras o necesites –dijo al fin, apartándose del tapiz.

Tess asintió, sintiendo un nudo en la garganta. Pensó que se iría, pero en vez de eso, se sentó en la silla, a su lado. Parecía incómodo. Carraspeó una vez y giró la mano para examinarse las uñas.

–¿Por qué me salvaste la vida?

Tess se sorprendió ante la inesperada pregunta. No se le había ocurrido que fuera a pedirle una explicación.

–Estabas en peligro.

–Mi muerte hubiera tenido el mismo efecto que una anulación. Te habrías librado de mí sin tener que recurrir a molestos procedimientos legales.

–¡Nunca he querido tu muerte!

Pasó un momento de silencio, luego Kenric se recostó en la silla y cruzó los brazos.

–Háblame de tu visión.

Tess palideció levemente y negó con la cabeza.

–No quiero pensar en ello.

–¿Tan espantosa fue?

–¡Sí! –Con los ojos oscurecidos por el temor que aún sentía, Tess asintió varias veces dando énfasis a sus palabras.

–Has tenido estas visiones antes. –No era una pregunta, pero exigía una respuesta.

Tess bajó la vista a sus manos y volvió a asentir.

–Ninguna como ésta. Hasta ahora sólo he visto pequeños retazos de sucesos que no recuerdo hasta que ocurren y me parecen familiares.

–¿Eres una bruja?

Kenric pensó que era una pregunta razonable. Tess pareció ofendida, cruzó los brazos sobre el pecho y sus ojos adquirieron una tonalidad azul zafiro mientras su expresión se volvía indignada.

–Es un don –dijo con firmeza–. Mi tío Ian dice que es un rasgo característico de las mujeres de nuestra familia, aunque a menudo se salta varias generaciones. Mi abuela fue la última. No creo que ninguno de aquellos a quienes salvó la vida la acusara de ser una bruja. –Lo miró con intención, entrecerrando sus ojos–. Y me atrevo a asegurar que los que la conocieron bien no dudaron nunca de sus advertencias.

Él admitió que se merecía la velada reprimenda y sintió ganas de sonreír ante el destello de fuego en sus ojos. Sí, se sentía muy ofendida. Si Tess le dijera que el cielo iba a caer sobre sus cabezas, sin duda esperaría que mandara formar a sus hombres para presenciar el acontecimiento.

–Háblame acerca de otros presentimientos que hayas tenido en el pasado. Quizá sean sucesos menos macabros que los de hoy.

Tess lo contempló con recelo, sospechando ante sus posibles motivos. Un hombre que pensase acusar a su esposa de brujería ante la Iglesia necesitaría pruebas.

–¿Por qué?

–Siento curiosidad. Dame el gusto.

–No puedo recordar nada –apuntó con rapidez, negando con la cabeza–. Sí, todo se ha borrado de mi mente.

Kenric contempló su trenza con el ceño fruncido.

–Quiero darte las gracias por salvarme la vida, pero no volverás a arriesgar la tuya para hacerlo. Una simple advertencia será suficiente.

–De nada –susurró.

–Seguramente Simon y Evard están ya ante tu puerta. Me aseguraré de que permanezcan ahí. –Kenric se puso en pie y estiró los brazos; un hábito inconsciente que solía ser señal de que daba por finalizada la conversación–. Fitz Alan tendrá ya una patrulla lista para buscar al senescal. Voy a ir con ellos para asegurarme de que el traidor no escapa de la horca esta vez –le informó mientras se llevaba una mano al pecho para rascarse un picor inexistente.

Tess se quedó mirando fijamente su pecho y la mirada de Kenric siguió la suya. Se había olvidado de que tenía el torso descubierto. De repente, fue consciente de que estaba medio desnudo y de que Tess se hallaba a menos de dos pasos de distancia, con un engañoso brillo en sus ojos mientras lo observaba. Dejó caer la mano a su costado como si se hubiera quemado. No se permitiría a sí mismo ver su propia debilidad reflejada en la expresión de Tess. Debía marcharse en ese instante, mientras todavía tuviera el suficiente dominio de sí mismo.

–Has pasado por una prueba terrible esta mañana y necesitas descansar. Helen te visitará mañana.

Se dio la vuelta y fue hasta la puerta, repentinamente ansioso de marcharse. Su mano se detuvo en el tirador cuando ella lo llamó por su nombre. Recordaba haberlo escuchado muchas veces en otras circunstancias, cuando sus labios estaban muy cerca de su oído. Respondió sin volverse para mirarla.

–¿Sí?

–¿Vendrás de nuevo a visitarme?

Cerró los ojos diciéndose que no era añoranza lo que impregnaba su suave voz, sino simple curiosidad. Su respuesta fue forzada.

–Tal vez.

22

El tiempo inusualmente cálido no tardó en cambiar los grisáceos tonos invernales del paisaje por los brillantes colores de la primavera. Había pasado casi una semana desde la justa, pero Tess sentía como si hubiera pasado un año. El repentino cambio de las estaciones sólo hacía que el tiempo que llevaba en el solar pareciera más largo. Anhelaba cada día la visita de Kenric, pero veía destruidas sus esperanzas al caer la noche. Su «tal vez» había sido una forma educada de decir «no». Helen y Miriam eran las únicas personas que entraban a su habitación. A veces, cuando Simon y Evard estaban de humor para charlar, Tess dejaba abierta la puerta para poder oír su conversación y no sentir la soledad.

Aunque había sentido aprensión durante las primeras visitas de Helen, ahora eran algo que esperaba ansiosamente. Las largas tardes pasaban casi volando mientras su cuñada le contaba todo lo que ocurría en la fortaleza.

Le informó de que el senescal y los hombres de Roberto fueron capturados pocas horas después de la justa, pero Helen desconocía la suerte que habían corrido los traidores. Pasaron dos días antes de que su cuñada mencionara a Fitz Alan, y luego se lo contó todo en un torrente de palabras aparentemente interminable. Estaba avergonzada por la rapidez con que se había llevado a cabo su compromiso, y todavía le enfurecía el hecho de que Fitz Alan y su hermano hubiesen hecho apuestas para decidir si se casaba con ella o no. Finalmente, terminó confesando que estaba enamorada de él.

Tess podría jurar que aquel día se le desencajó la mandíbula de asombro. Su cuñada tuvo que darle un sinnúmero de explicaciones antes de que empezara a creerla, desconfiada al recordar la ocasión en la que Helen la engañó con su aparente enamoramiento. Por otra parte, no era ningún secreto que el vasallo de Kenric era un seductor consumado. Helen se quejaba de Fitz Alan un instante y, al siguiente, estaba suspirando por él. Tess apenas podía creer que aquélla fuese la misma mujer sin sentimientos que conoció el día que llegó a Montague.

Aquel día Helen mantenía un extraño silencio sobre Fitz Alan. Había pasado casi una hora de su visita diaria y Tess todavía no le había oído mencionar su nombre.

–¿Cuándo vas a hacer algo con esos horribles vestidos? –preguntó Helen, pasando la aguja a través de su tapiz.

Sus bastidores se hallaban situados en medio de la habitación para aprovechar la luz natural, y se sentaban una frente a la otra para que fuera más fácil conversar. Helen se asomó por un lado de su tapiz y contempló con desaprobación el vestido de lino de su cuñada.

Tess bajó la vista a su gastada prenda, consciente de que sus mejores días habían pasado hacía mucho tiempo.

–Parecía haber tantas cosas por hacer cuando llegué aquí por primera vez, que hacerme nuevos vestidos no me pareció importante. Se habrían estropeado con toda la limpieza que estábamos haciendo. Pensé en aguardar hasta la primavera, cuando los mercaderes de ropa volvieran con las ferias itinerantes.

También había esperado que Kenric se diera cuenta del estado de su vestuario y le ofreciera algo de dinero para reemplazarlo. Al negarse tercamente a señalarle su olvido o a pedirle el dinero, había terminado perjudicándose a sí misma. Miró con melancolía el vestido de Helen, aunque sólo se trataba de una simple prenda de diario de color verde musgo. Tess apenas podía recordar lo que era ponerse un vestido tan limpio y que no tuviera más de un año. Era poco probable que sintiera esa sensación en el futuro. No habría ferias de primavera para Tess aquel año.

–Te daría algunas de mis telas, pero se cortaron todas para hacer vestidos el otoño pasado –dijo Helen, frunciendo el ceño–. Pero se podrían arreglar fácilmente algunos de mis vestidos para ajustarlos a tu talla.

Tess se sintió tentada. Cualquiera de los vestidos de Helen supondría un gran regalo, pero se mantenía firme en su decisión. No aceptaría ropa de segunda mano. Daba mala suerte. Tess negó con la cabeza, rechazando la oferta.

–Kenric cree que vistes así a propósito –afirmó Helen sin alterar la voz–. La noche pasada me preguntó si todavía llevabas el vestido que tiene el corpiño amarillo. Cuando le dije que sí, gruñó y dijo que no tenías gusto para los colores.

Tess torció el gesto.

–¿Le señalaste a su alteza ilustrísima que no tengo ningún color donde elegir? ¿Que su enorme fortuna podría recobrarse a la larga de la descomunal deuda que supondría comprar un rollo de tela?

Helen sonrió ante la muestra de genio de Tess.

–Pienso señalárselo esta noche durante la cena. Le habría dicho algo similar en aquel momento, pero me pilló desprevenida. –De pronto, Helen cambió de conversación–. ¿Sabes algo sobre cómo se deben comportar dos personas comprometidas?

–Un poco.

–Cuando estabas prometida a tu hermanastro, tú y él... quiero decir... vosotros... ¿intimabais?

–No, nunca –contestó Tess, rotunda–. Gordon no tenía ningún interés en mí. De hecho, las mujeres en general no tienen ningún interés para Gordon MacLeith. Supongo que sabes a qué me refiero.

Helen la miró sin comprender.

–No importa –murmuró Tess–. ¿Por qué lo preguntas?

Helen se sonrojó vivamente e inclinó la cabeza sobre el tapiz.

–Por nada.

–¿Está ocurriendo algo... «íntimo» entre Fitz Alan y tú? –se aventuró a preguntar Tess, tratando de mantener un tono de voz despreocupado.

–Quiere hacerme creer que es normal que las parejas prometidas hagan... bueno, que hagan ciertas cosas juntos. –Helen seguía sin levantar la vista de su bordado.

Tess sonrió, imaginándose a Fitz Alan cortejando y seduciendo a la recelosa Helen.

–En realidad, creo que es bastante común que muchas parejas prometidas hagan ese tipo de cosas antes del matrimonio, al igual que las harán después. De hecho, es la razón de que Fitz Alan llegara a nacer.

–¿Qué quieres decir?

–Kenric me dijo que los padres de Fitz Alan estaban prometidos, pero que su padre murió en una batalla unos días antes de la boda. Aunque los esponsales son igual de vinculantes que cualquier matrimonio, el padre de Fitz Alan era el heredero de un gran feudo y sus tíos se apresuraron a destruir cualquier prueba legal de los esponsales. La familia de su madre se enfureció, y las dos casas libraron guerras durante muchos años. Finalmente ningún bando pudo ganar y declararon una tregua. Por desgracia, eso hizo que Fitz Alan no pudiera reclamar sus tierras, aunque parece que le ha ido bien por su cuenta.

–¡Maldito canalla embustero! –Helen cerró los puños–. ¡Me dijo que su madre era una vulgar moza de taberna! ¡Que no sabía si su padre era el pescadero de la aldea o un porquero! –El sonido de la risa de Tess consiguió que Helen se enfadara aún más–. ¡Me hizo creer que las circunstancias de su nacimiento eran más indignas que las de un siervo!

–Parece que quiere que lo aceptes sin que te importe quién es –dijo Tess con voz queda, aunque seguía sonriendo.

Helen abrió la boca para protestar, luego la cerró de golpe.

–No es ningún secreto que sientes resentimiento hacia tu hermano por su bastardía. ¿Por qué iba a pensar Fitz Alan que con él iba a ser diferente?

–No, con sus mentiras pretendía empeorar todavía más la opinión que tenía de él –replicó, entrecerrando los ojos–. Fitz Alan quiso hacerme creer que había nacido del pecado, cuando de hecho la Iglesia bendijo la unión de sus padres con los esponsales.

–¿Hay tanta diferencia? –preguntó Tess, tratando de hacer que entrara en razón–. Estuviera o no bendecida la unión, dio como resultado el mismo hijo. No hace mejor ni peor al hombre que surgió de todo aquello. La gente sabe que Fitz Alan no puede probar su derecho legal al nombre de su padre o a sus tierras, y por eso es llamado bastardo. No es justo, ni lo hace menos merecedor de respeto.

–No deberían llamarlo bastardo –dijo Helen con energía, cada vez más frustrada con el enredo de hilos de su tapiz–. ¡No es justo!

–Estoy de acuerdo –dijo Tess despacio–. Sin embargo tú quieres que Kenric cargue con esa culpa, aunque tu padre acordó aceptarlo como hijo propio al casarse con tu madre. Sí, eso también me parece muy injusto, Helen.

–No tiene nada que ver una cosa con la otra. ¡A Kenric no se le negaron las tierras que eran suyas por derecho!

–¿Crees que no? –preguntó Tess suavemente, manteniendo la calma frente a la creciente ira de Helen–. ¿Nunca se te ha ocurrido pensar que Kenric es al menos diez años mayor que el hijo que tiene Edward con la reina? ¿Te das cuenta de lo que habría sido Kenric si la Iglesia hubiese reconocido la unión de sus padres? –Tess calló durante un momento para dejar que asimilara la idea, pues era evidente por la expresión de su cuñada que nunca había pensado en aquella posibilidad–. ¿De verdad crees que Kenric nunca ha pensado en ello? Montague y Remmington juntas palidecen en comparación.

–Su unión no fue bendecida –murmuró Helen, intentando aferrarse testarudamente a sus creencias.

Tess se encogió de hombros.

–Dios consideró apropiado bendecirlos con un hijo.

–¡Oh, estás tratando de confundirme! –Helen cogió su aguja y empezó a clavarla en el tapiz de nuevo–. Entre los tres vais a acabar volviéndome loca.

Tess se mantuvo en silencio durante un momento, pasando su aguja por el tapiz varias veces mientras esperaba que a Helen se le enfriaran los ánimos. Cuando las puntadas de su cuñada se hicieron menos violentas, Tess empezó a hablar en voz baja con la cabeza inclinada para ocultar su expresión.

–He escuchado durante muchos días la forma en la que hablas

del hombre con el que te vas a casar. Parece que estás enamorada de tu prometido y, sin embargo, te dejas influir por lo que otros puedan decir de él. No ves nada en él excepto lo que tú crees que deberías ver. Eres mi amiga, Helen, y no quiero verte cometer en tu matrimonio los mismos errores que yo cometí en el mío. Bastardo o no, Fitz Alan tiene tanto orgullo como mi esposo. Si no lo juzgas apropiadamente, se volverá en tu contra. Cuando eso ocurra... –Tess no pudo continuar. Había revelado demasiado de su dolor.

–Lo siento –susurró Helen, viendo como silenciosas lágrimas se deslizaban por las mejillas de Tess y caían en su tapiz.

Tess asintió sin darse apenas cuenta del inútil gesto de simpatía.

Helen se removió inquieta.

–¿Quieres que me marche?

Tess negó con la cabeza y se secó las lágrimas con la manga.

–No, soy yo la que debe disculparse. Soy una mujer adulta y no debo llorar como una niña. –Sollozó unas cuantas veces más y por fin consiguió sonreír débilmente a Helen–. Conseguiré hacerte creer que el matrimonio es algo horrible, cuando en realidad puede ser algo maravilloso. ¿Habéis fijado ya la fecha de la ceremonia?

–No –contestó Helen, esforzándose para ajustarse al cambio de la conversación–. Fitz Alan dice que no tiene prisa.

–A mi modo de ver, sí que la tiene. Parece muy ansioso por experimentar los aspectos más íntimos del matrimonio. Creo que deberías hacerle esperar hasta que se tome la molestia de fijar una fecha para la boda.

–¿Hacerle esperar para qué? –preguntó Helen con inocencia.

Tess alzó la mirada al cielo, convencida de que Helen volvería loco a Fitz Alan.

23

–¿Y bien?

Kenric le lanzó una furibunda mirada a Helen, deseando que dejara de moverse. Días antes había dejado de fingir curiosidad sobre sus visitas a Tess y empezó a exigirle un informe completo, con órdenes estrictas de no informar de su interés a Tess. Aquellas entrevistas nocturnas en su habitación antes de la cena se estaban convirtiendo en una tortura. Invariablemente, Helen se pasaba cerca de cinco minutos mostrando su terquedad, sonrojándose y tartamudeando de pie frente a él, antes de que pudiera sonsacarle un vago informe de la tarde que había pasado con su esposa.

–Bueno, le gustarían algunos vestidos nuevos –soltó Helen–. No queda ya tela del suministro del año pasado para hacerlos. Pensé que...

Kenric agitó la mano para que se callara.

–Haz que corten dos de tus vestidos a su medida.

–Pero ella...

–No te atrevas a protestar. Tienes vestidos de sobra para diez mujeres. –Helen abrió la boca como si pensara rebatir su orden, luego cambió de idea y asintió–. ¿Qué más?

–Hablamos del buen tiempo que estamos teniendo. Se dio cuenta de que ayer me excedí tomando el sol y me aconsejó que llevara una toca, ya que en caso contrario me saldrán pecas.

Kenric se preguntó si Tess seguiría estando tan pálida como la última vez que la vio. Con toda seguridad algo de aire fresco y luz del sol le harían bien. Quizá le permitiera pasear por los jardines una hora cada día. Aunque quizás ésa era una idea increíblemente estúpida.

–¿Está comiendo bien?

–Compartí el almuerzo con ella de nuevo y parece que tiene buen apetito.

Helen debía reconocer que en aquel asunto no había sido del todo sincera. Tess se lo había comido todo sin ni siquiera dejar las migas. Le parecía asombroso que todo lo que había comido cupiese en el cuerpo de una mujer tan esbelta.

–¿Habló de mí hoy? –Helen vaciló durante un momento demasiado largo–. ¿Qué dijo?

–No se queja de ti, milord.

Helen sabía que Kenric tenía un propósito al sonsacarle aquel informe cada noche, pero todavía no imaginaba cuál podría ser. Si quería regodearse con la desgracia de Tess, no le daría esa satisfacción. Sin embargo, si estaba aguardando alguna señal que indicase que el sufrimiento de Tess era excesivo, tampoco quería ocultarlo. Seguir siendo imprecisa era cada día más difícil, pues sus preguntas se volvían más incisivas cada noche. El primer día que entró al solar, Tess tenía muy mala cara, pero su aspecto mejoraba día a día, mientras que el de Kenric parecía empeorar. Daba la impresión de no haber dormido durante días; ciertamente tampoco se había afeitado, y su humor era cada vez más agrio. Eso revelaba algo, pero ¿qué?

–Dijo que posiblemente Fitz Alan tuviera tanto orgullo como tú.

Vaya. Eso sí que era vago. Un comentario que se podía tomar como un cumplido o un insulto, o como nada de lo anterior.

–¿Hablasteis de Fitz Alan?

–Bueno, ejem, hubo algunos comentarios aquí y allá sobre nuestro noviazgo. Déjame pensar. Sí, me preguntó si sabía la fecha de la boda y le dije que no. Me aconsejó que preguntara a Roger qué fecha le gustaría, a lo que yo respondí que Roger no parecía interesado en ninguna fecha en particular. Entonces me sugirió que quizá debería elegirla yo misma, milord.

Los ojos de Kenric se entornaron peligrosamente.

–¿Y qué dijo Tess sobre toda esa cháchara?

–Dijo que parecía un buen plan.

Su mirada se volvió amenazadora.

–¿Y en qué punto exactamente mencionó Tess que Fitz Alan tenía un exceso de orgullo? –Helen se esforzó en pensar una respuesta. Su ceño se frunció de nuevo y se mordió los labios. Kenric rechinó los dientes cuando ella empezó a moverse inquieta de nuevo–. Si no puedes inventar algo creíble, ¿por qué no pruebas con la verdad?

Kenric cruzó los brazos sobre el pecho, esperando.

Helen paró de moverse y casi de respirar.

–Me advirtió que no retara al orgullo de Fitz Alan. Me dijo que si lo hacía, él se volvería contra mí.

Kenric le dio vueltas a aquella frase, tratando de decidir si significaba algo más que una advertencia amistosa. Su esposa tenía razón. Fitz Alan se volvería contra Helen si ella trataba de humillarlo. Sí, suponía que Tess era toda una autoridad en lo que se refería al orgullo de un hombre. Ciertamente le había dado un revolcón al suyo.

«Tess debe estar empezando a desesperarse.» Seguro que pensaba que merecía ser perdonada en recompensa por haberle salvado la vida. La advertencia a Helen significaba que sabía que aquello no sucedería. Su mente imaginó a Tess con uno de sus lastimosos vestidos. No el que le mareaba, decidió, así que la vistió en su mente con una prenda sin color. Sí, así estaba mejor, esa imagen era mucho más difusa.

Estaba sentada en la pequeña cama del solar, cada vez más delgada y pálida. Su imagen se desvanecía junto con todo lo que le había gustado de ella.

–Eso es todo lo que hablamos hoy, milord.

La voz de Helen temblaba visiblemente. Kenric supo sin ninguna duda que mentía. Sin embargo, no deseaba oír nada más. Se frotó la frente con una mano y la despidió con un seco y silencioso ademán.

No bajó a cenar aquella noche. No comió ni bebió, sólo pensó en su esposa, tratando de decidir qué hacer con ella. Quiso que sufriera y había sufrido. Quiso que pagara por sus engaños y ella le había salvado la vida. Quiso atormentarla haciéndole creer que nunca más volvería a verlo y, en vez de eso, se había creado su propio infierno privado. Ahora, quería que volviera a él de nuevo, quería oír palabras que nunca pronunciaría, que se entregara a él como lo hizo la noche anterior a su intento de fuga. Incluso se había empezado a mentir a sí mismo mientras yacía sin poder dormir en su cama, reviviendo cada momento de su última noche juntos, diciéndose que había sido real, que ella dijo la verdad con cada palabra.

Se estaba volviendo loco.

Se echó hacia atrás en su silla y abrió de golpe la tapa del arcón situado a su espalda, buscando durante un momento antes de sacar el espejo de Tess. Había recuperado la bolsa con sus pertenencias que ella había escondido en el jardín el día de su frustrada fuga, tratando de disfrutar con la idea de que tendría que arreglárselas sin aquellas escasas comodidades. Ahora estaba morbosamente unido a ellas. Representaban a la mujer que él había pensado que era. Dio la vuelta al espejo y contempló la imagen que reflejaba. No era una visión agradable. ¿De verdad podía culparla por tratar de huir de él? La imagen frunció el ceño.

Interrogar a su hermana cada noche se estaba haciendo odioso. Necesitaba verla por sí mismo para saber cuál era su estado. Tess no encontraría extraña su visita; ni siquiera prometedora. En un momento de debilidad le había dicho que tal vez la visitara. En aquel momento pensó que le estaba mintiendo. Ahora convertiría aquella mentira en verdad. Se frotó la barbilla, examinando en el espejo su áspera barba de varios días. Aquella cara la asustaría. Con un nuevo propósito en sus acciones, encontró una jarra de agua, la navaja, y se afeitó la barba. Pensó qué ropa ponerse y decidió que los calzones y la sencilla camisa de lino que llevaba puestos bastarían; de otro modo ella podría pensar que se había arreglado especialmente para su visita. Luego empezó a preguntarse de qué hablarían.

Antes de encerrarla en el solar, nunca habían faltado las palabras entre ellos. Bueno, quizás en ocasiones, pero incluso entonces, los silencios habían sido agradables. Si hubiera silencio entre ellos aquella noche sería tremendamente incómodo. Acercó su silla hasta la mesa, puso los codos encima apoyando la barbilla en sus manos y trató de pensar en algún tema del que pudieran hablar. No sabía nada de tapices o bordados, la actividad en la que parecía que ocupaba la mayor parte del día. Unas cuantas palabras y se acabó. Preguntarle sobre su día sólo subrayaría que le había quitado todas las tareas que solía contarle con tanto orgullo, llegando incluso a alardear un poco. ¿Y por qué demonios iba Tess a querer saber qué había hecho él durante el día? Ella ya no se sentía parte de su vida. ¡Señor, qué equivocada se hallaba si suponía eso! Se estaba convirtiendo rápidamente en la dueña y señora de cada hora y cada minuto de sus días. Incluso el campo de adiestramiento había acabado por no distraerlo. Cada vez que iba hasta allí, veía a Roberto tratando de arrollarla.

Quizás era hora de abordar el tema de su matrimonio, de explicarle que la visitaría ocasionalmente hasta que lograse concebir. Ésa sí que iba a ser una conversación alegre. No, la visitaría una o dos veces antes de darle la noticia. Contemplando las moribundas brasas del fuego, Kenric se dio cuenta al fin de que se había hecho tarde. Probablemente era más de medianoche. Ni siquiera estaría despierta. Como sabía lo profundamente que dormía, pensó que seguramente no se despertara para una conversación que con toda probabilidad sólo constaría de cuatro palabras: «Hola», «cómo estás» y «adiós». No, seguiría dormida. Ella podría seguir dormida aunque pasara cualquier cosa... Bueno, casi cualquiera. La sombra de una sonrisa distendía los labios de Kenric cuando se levantó de la mesa y salió de su habitación.

Había tres soldados ante su puerta. La parpadeante luz de las antorchas de cañas revelaba a Simon y Evard profundamente dormidos en los jergones extendidos en el pasillo. A Bertram se le había asignado la tarea de montar guardia mientras dormían, aunque en realidad estaba sentado, pasando las horas de la noche jugando un solitario con dados. Se puso de pie de un salto en el momento en que vio al barón, preparado para gritar un saludo que despertaría a los otros dos.

Kenric se llevó un dedo a los labios y negó con la cabeza. Se sintió aliviado cuando Bertram asintió. El soldado alargó la mano hacia el tirador con la intención de abrirle la puerta, pero él la apartó de un manotazo y abrió por sí mismo suavemente, con mucha menos fuerza de la que Bertram hubiera empleado con su servicial entusiasmo. Entró con sigilo en la habitación y aguardó a que sus ojos se acostumbraran a la oscuridad. Quería verla, pero el brillo apenas perceptible del fuego en la chimenea era la única fuente de luz y el cielo nublado impedía que la luz de la luna se filtrase a través de las ventanas.

Tess podía seguir dormida pasara lo que pasase, volvió a decirse mientras cogía varios troncos de la pila de leña preparada para el fuego de la mañana. El tiempo podía ser cálido fuera, pero los gruesos muros de piedra conservarían el frío del invierno durante otro mes. Removió las brasas hasta que se avivaron de nuevo y las llamas crecieron en altura cuando prendieron los troncos. Atravesó la habitación y fue junto a su cama. Ella dormía sobre un costado, con la cara vuelta hacia el fuego y una mano bajo la mejilla. Los rasgos de su cara eran borrosos bajo la escasa luz. La miró detenidamente buscando signos de enfermedad o sufrimiento, pero seguía sin poder apenas verla.

Uno de los troncos estalló en llamas cuando se acercó más y la parpadeante luz bañó la cara de Tess con un brillante fulgor de oro. A Kenric se le cortó el aliento y cayó de rodillas, sobresaltado por el repentino resplandor de su belleza. Sus recuerdos eran un pobre reflejo de esa visión. Alargó una mano y recorrió con un dedo la suave curva de su mejilla. Los labios de Tess se curvaron en una leve sonrisa y frotó su otra mejilla contra la almohada de la misma manera que lo hacía sobre el pecho de Kenric. Él se masajeó el pecho con la otra mano, en un intento de aliviar el dolor que lo inundaba en el lugar donde ella acostumbraba a apoyarse. Se quedó inmóvil cuando ella murmuró su nombre en sueños. Era un sonido dulce, un sonido al que se había acostumbrado tanto que no pudo recordar hasta aquel momento lo mucho que lo había extrañado.

Temiendo despertarla, apartó la mano de su cara y la deslizó con extrema suavidad por su hombro desnudo hasta llegar a la mano que descansaba sobre las mantas. Sus manos no eran tan suaves como el resto de su piel, pero eran mucho más frágiles y delicadas que las suyas. La besó tiernamente en la palma y luego apoyó su cara contra ella, de la misma forma que ella lo había hecho con la almohada. Tess murmuró algo ininteligible y se movió hacia el borde de la cama, acercándose a él. Despacio, Kenric se sentó en el centro de la cama con las piernas cruzadas y, centímetro a centímetro, con extremo cuidado, pasó primero un brazo bajo ella y luego el otro, hasta que logró tenerla en su regazo. Sostener su cálido cuerpo era un tormento exquisito. Ella se hizo un ovillo contra su pecho, removiéndose dormida a cada rato para acercarse más a él. Kenric se inclinó para apretar sus labios contra su frente, descansó la cabeza en sus cabellos y acarició la aterciopelada superficie con su mejilla. Luego levantó la cabeza y repitió el movimiento con la otra mejilla. Su mano encontró su trenza y soltó la cinta anudada en el extremo para deshacer los mechones entretejidos, sabiendo que tendría horas de placer sólo con deslizar las sedosas hebras entre sus dedos.

La puerta del solar se volvió a abrir una hora antes del amanecer y Kenric salió silenciosamente al pasillo. Los tres soldados estaban despiertos, evidentemente esperando a que el barón saliera, e inclinaron la cabeza con cómplices sonrisas en sus rostros. Kenric los ignoró y se marchó a grandes pasos hacia su alcoba.

–Te dije que acabaría por rendirse –presumió Evard después de que el barón se marchara, dándole un codazo en las costillas a su compañero.

Simon miró pensativo en dirección a la alcoba del barón.

Evard prosiguió.

–Ahora que ha sucumbido a la tentación, ordenará que la lleven de vuelta a su habitación antes de que se ponga el sol. Ya no tendremos que hacer guardia en el pasillo. Por fin podremos dormir en nuestras camas o en compañía de alguna moza dispuesta –añadió con un guiño alegre.

–Ya veremos –murmuró Simon, dubitativo.

Tess se despertó muy animada. Se sentía más descansada de lo que había estado en semanas. Había algo distinto en el ambiente aquella mañana, pero no podía definir qué era. Se apoyó en un codo sobre la cama y se dio cuenta de que se le había soltado el pelo durante la noche. Pero no se trataba de eso. Echó las mantas a un lado, se levantó y se dirigió al guardarropa. Mientras se vestía se dio cuenta de lo que hacía diferente aquel día a cualquier otro que hubiese pasado en el solar. El persistente malestar que la atormentaba por las mañanas había desaparecido por completo. ¡Al fin!

Terminó de vestirse con una sonrisa de alivio y dejó la puerta abierta. Simon y Evard estaban en el umbral, como era habitual, y la miraban con expectación. Ella les dio los buenos días acostumbrados y se dispuso a desayunar.

–Actúa como si no hubiera pasado nada –susurró Evard a Simon mientras la baronesa conversaba con Miriam–. Tampoco ha empezado a recoger sus cosas. ¿Es posible que todavía no se dé cuenta de que el barón la pondrá en libertad hoy?

Simon asintió.

–Puede que él no le hiciera ninguna promesa la noche pasada. El barón no cede con facilidad. De hecho, que yo sepa, nunca ha concedido su perdón a nadie. Es posible que le lleve algún tiempo aceptar la idea de concedérselo. A la hora de la cena sabremos con toda seguridad en qué acabará todo esto.

Cuando Tess terminó su cena aquella noche, sus guardias parecían desolados. Habían permanecido inusualmente callados todo el día, silenciosos, alerta, como si esperaran algo.

Tess se encogió de hombros ante su extraño comportamiento. Cerró la puerta después de que las criadas llenaran de agua la tina y dedicó más de una hora a bañarse. Las mujeres regresaron para llevarse el agua y ella se sentó ante el fuego para secarse el pelo y pensar en lo que había pasado durante el día.

Helen tampoco habló mucho, aunque se aventuró a hacer algunas preguntas más sobre sus relaciones con Fitz Alan que resultaron embarazosas para ambas mujeres. No le llevó mucho tiempo a Tess darse cuenta de que los conocimientos que tenía antes de casarse sobre lo que ocurría entre un hombre y una mujer eran mucho más amplios que los de su cuñada.

Montague, sin duda, no tenía muchos escondrijos donde las damas pudieran sorprender a una pareja por accidente, como le había ocurrido a Tess cuando descubrió a Gordon en la torre de

Langston. Las habilidades de curación de Tess, aplicadas tanto en seres humanos como en animales, le habían hecho asistir a partos y la habían expuesto a otros hechos básicos de la vida. Hechos que Helen ni siquiera podía imaginar que existiesen. Sí, Fitz Alan tenía ante sí una dura prueba.

Las preguntas de Helen hicieron que Tess recordara su propio matrimonio, los besos y caricias que su esposo le había prodigado tan generosamente. Echar de menos las atenciones de Kenric sólo conseguía hacer que se sintiera peor. Dio vueltas y se agitó inquieta en su cama durante un par de horas hasta caer finalmente dormida por agotamiento.

Bertram empujó a Simon con el pie esa noche mientras se levantaba para saludar a su señor. Ninguno sonrió cuando el barón salió del solar horas más tarde sin decir palabra. Sus expresiones reflejaban su perplejidad. La baronesa les saludó por la mañana de la forma acostumbrada, y pasó el día como si nada fuera de lo habitual sucediera por las noches. Al amanecer del cuarto día de aquella nueva rutina, Simon cayó en la cuenta de que su baronesa podría no haberse percatado de las visitas de su esposo.

–Me he dado cuenta de que habéis estado alimentando el fuego por las noches –comentó aquella mañana, una vez que Tess terminó de desayunar–. Puedo ordenar que pongan más troncos en el fuego antes de que os acostéis y así ahorraros el esfuerzo de echarlos vos cuando la habitación se vuelva demasiado fría para... dormir.

–No he tenido frío, Simon. –Tess parecía sinceramente perpleja por su preocupación–. Y la verdad es que no he estado atendiendo la chimenea por las noches.

–Cada mañana falta leña del montón que dejo la noche anterior –explicó, señalando la chimenea con la cabeza.

–Estoy segura de que te confundes. La leña que pones en la chimenea por las noches es más que suficiente para que dure hasta la mañana.

Simon asintió, con su curiosidad satisfecha. Lady Tess no tenía ni idea del nuevo tormento que se había impuesto el barón.

24

El heraldo del rey y su escolta formaban una visión espectacular. Se formaban multitudes junto al sendero en todo pueblo y aldea por el que pasaban en su camino a Montague. El grueso del séquito estaba integrado por treinta soldados, precedidos por un enorme estandarte sujeto entre unas largas y estrechas lanzas llevadas por dos pajes.

Todos reconocieron el estandarte de tres leones bordados en hilo de oro sobre un fondo de seda carmesí. Se trataba del escudo del rey. El impresionante emblema estaba adornado con borlas de oro que destellaban y llamaban la atención al agitarse con la brisa.

El heraldo del rey era un hombre alto y majestuoso llamado Vincent de Guille que cabalgaba en el centro de la comitiva. Su barba y su pelo, blancos como la nieve, tenían casi la misma longitud; sus vestiduras eran acordes a su alto puesto, y su capa carmesí, bordada en oro, se sujetaba al hombro con tres broches, todos con la forma de un león. En los brazos llevaba un sólido cofre reforzado con bandas de hierro. La misiva del rey viajaba a salvo dentro de él. El pergamino estaba cerrado y sellado con lacre rojo para evitar miradas indiscretas.

Kenric supo de la visita del heraldo casi dos días antes de su llegada. Las noticias sobre la visita de un personaje tan importante viajaban mucho más rápido que éste. Hizo los preparativos para recibirlo y también decidió qué suministros serían necesarios para su propio viaje hasta la corte.

Su decisión con respecto a Tess estaba tomada cuando el séquito del heraldo hizo su aparición por las puertas de Montague. Tras cuatro excursiones nocturnas entrando a escondidas en la habitación de su esposa, sabía que aquello no podía continuar. Sí, era hora de poner fin a todo.

El heraldo fue recibido en el gran salón, y Kenric abrevió los saludos y formalidades. Tras entregarle el cofre que le había confiado el rey, el emisario pareció sorprendido cuando el barón se colocó el cofre bajo el brazo y se puso en pie para marcharse.

–Milord, no necesitáis ir a buscar a un sacerdote para leer la palabra del rey. Fui enviado con ese propósito.

–No necesito un sacerdote –aclaró Kenric con sequedad–. Lo leeré yo mismo.

–Os ruego que me disculpéis, barón –insistió el heraldo con obstinación–. Pero a muchos hombres les costaría descifrar esas nobles palabras. Mi deber es asegurarme de que el mensaje del rey es entregado íntegramente.

Kenric bajó la vista al cofre y miró las palabras grabadas en las bandas de hierro. Sosteniendo el cofre ante sus ojos, las recitó sin vacilar:

«Cumpliré la palabra de mi soberano, el rey Edward. Sólo la palabra de Dios es superior a la suya.»

Kenric le dedicó una mirada impaciente al heraldo.

–¿Estáis ya convencido de mi capacidad para leer el mensaje del rey?

–Sí, milord.

El heraldo hizo una reverencia mientras el barón se daba la vuelta y salía del salón.

Kenric se retiró a su aposento para leer el mensaje de Edward en privado. Extendió el pergamino sobre la mesa y empezó a abrirse paso a través de la retórica cortesana y la elaborada caligrafía del escribano al que se le confiaba la tarea de escribir los mensajes del rey. El complejo sello al pie del documento le confirmó su autenticidad, pero parte del mensaje sorprendió a Kenric. Lo leyó dos veces antes de entender la razón por la que el monarca mencionaba la nulidad matrimonial. Ambos sabían que los MacLeith la exigirían, de modo que no había razón alguna para comentar ese hecho. El rey estaba tratando de advertir a Kenric. El escocés debía haber recurrido a la Iglesia para presionar a Edward, intentando que anulara el matrimonio usando como excusa la promesa de matrimonio hecha por Tess al hijo de MacLeith, Gordon. Si la Iglesia lo respaldaba, la situación podría volverse grave. Sí, le prevenía para que esperara lo peor. Sintió ganas de reír ante la ironía.

Enrolló el pergamino y lo colocó bajo su brazo. Decidido, salió de su habitación y se dirigió al solar. La puerta de Tess estaba abierta; Simon y Evard estaban en el umbral, a punto de entrar, y Helen y Miriam ya se hallaban dentro. Tess estaba sentada ante el tapiz, con el odioso vestido multicolor que esperaba que fuera pasto de las llamas cuanto antes.

–Fuera.

Esa única palabra hizo que todos salieran excepto su esposa. La puerta se cerró y se quedaron solos. Tess no había visto a Kenric desde la justa. Le contempló abiertamente mientras él miraba en silencio por la ventana. Parecía haber perdido peso. Su túnica y sus calzones de cuero negro no le quedaban tan ceñidos como antes y tenía oscuras ojeras en torno a los ojos, como si llevase mucho tiempo sin dormir. Podía sentir su tensión y había una diferencia inquietante en su adusta expresión. Algo iba mal. Algo serio. No estaba enfadado, pero era un hombre preocupado. La sensación de temor que anidó en su estómago le dijo que no quería oír lo que había venido a decirle.

Estaba en lo cierto.

–Este matrimonio fue un error –dijo Kenric al fin, en un tono que no era una queja sino que reflejaba un hecho–. Nadie resultará beneficiado de nuestra unión, ni ahora ni en el futuro. La única solución es la nulidad.

Tess había anhelado oír esas mismas palabras semanas antes. Había rezado para oírlas alguna vez durante los primeros días de su matrimonio.

Sus plegarias habían sido respondidas.

Juró no volver a rezar en toda su vida. Sentía como si Kenric le estuviese clavando un cuchillo en el corazón. En un destello de curiosidad, se preguntó si él habría sentido una parte de aquel terrible dolor el día que ella le confesó que quería la anulación. No, sin duda lo único que resultó herido aquel día fue su orgullo, no su corazón.

–El heraldo del rey ha llegado con órdenes de que debemos presentarnos en la corte antes de un mes –le informó, bajando la vista al pergamino como si hubiera olvidado su existencia. Sostuvo en alto el documento para mostrarle el sello del monarca, la prueba de su autenticidad, y luego lo tiró encima de la repisa de la chimenea–. Tenías razón desde el principio –continuó, juntando las manos a la espalda–. El rey sugiere la anulación como forma de recobrar Remmington intacto. Los MacLeith también exigen la nulidad. Pero no temas, no te entregaré a ellos sino al rey. Cuando se sepan los abusos que sufriste a manos de Gordon, el rey romperá el acuerdo sobre tus esponsales. Se te concederá tu deseo de retirarte a un convento. A Helen y a Miriam se les permitirá acompañarte a la corte. Partimos mañana.

Sin ninguna otra palabra, sin ni siquiera mirarla, Kenric se dio la vuelta y salió de la habitación. Tess se quedó mirando en silencio la puerta, tratando de asimilar la noticia. Le estaba concediendo su libertad. De alguna manera había ganado. Sin embargo, jamás había sentido una mayor sensación de pérdida. Su mirada recorrió la habitación, consciente de que no estaría encerrada allí durante mucho más tiempo. Debería estar feliz. Sus días de cautiverio terminarían al día siguiente.

Tess negó con la cabeza. Sabía que los días de su sufrimiento en realidad acababan de empezar. En algún momento llegó a pensar que Kenric terminaría por perdonarla, que el niño que llevaba en sus entrañas podría conmoverlo de alguna forma y darle otra oportunidad de recobrar su confianza. Él ni siquiera sabía de la existencia del niño. Pasaría otro mes o más antes de que su estado se hiciera evidente. Si permanecía callada, era posible que Kenric ni siquiera se enterara de su embarazo hasta que el matrimonio terminara. ¿Supondría alguna diferencia si lo supiera?

Tess se envolvió la cintura con los brazos, como intentando proteger la pequeña vida que crecía en su interior. La anulación sería lo mejor. Lo supo desde el principio de su matrimonio. Hasta el rey estaba de acuerdo. Ahora también Kenric lo estaba.

El matrimonio terminaría, los MacLeith se verían obligados a marcharse de Remmington y todos podrían continuar con sus vidas como si nada hubiera sucedido. Sin embargo, la prueba del tiempo que estuvieron juntos se haría evidente en los próximos meses. Por primera vez, se permitió pensar en lo que sucedería en las semanas siguientes a la nulidad.

Se retiraría a un convento; probablemente el más cercano a la abadía de Kelso. Su hijo nacería allí. Le permitirían quedarse con el bebé si fuera niña, pero si fuera niño, sería enviado con su padre. No importaba lo mucho que rezase para que fuera una niña, Tess sabía instintivamente que no iba a serlo. Le quitarían incluso esa parte de Kenric. Él se quedaría con Remmington y con su heredero, y ella no tendría nada. Con un hijo, Kenric se ocuparía de que Remmington prosperarse. Mantendría segura a su gente y protegería las tierras. En pocos años, nadie la recordaría. Nunca más volvería a ver a su esposo y se perdería el ver crecer a su hijo. Ése era el precio que pagaría por librar a Remmington de un asedio.

Tess se puso en pie con los puños cerrados a los costados. ¡El precio era demasiado alto! Ella no era tan noble. No podía sacrificar tanto. ¿Acaso ella no merecía nada? ¿Qué pasaría si los MacLeith decidían quedarse con Remmington, haciendo caso omiso de lo que dictaminase la Iglesia? Su sacrificio sería inútil, arruinaría su vida y sus vasallos perderían las suyas. Tess empezó a retorcerse las manos mientras su pánico crecía.

Si Kenric supiera lo del bebé, quizá pudiera disuadirlo de llevar adelante la anulación. ¿Seguiría deseando poner fin a su unión sabiendo que eso condenaría a la bastardía a su hijo? ¿Destruiría Remmington hasta reducirlo a escombros con un asedio sabiendo que el futuro de su hijo estaba bajo el filo de su espada? Comenzó a pasear, reflexionando sobre lo que supondría permanecer casada.

Si Kenric la mantuviera recluida en Remmington, existía la posibilidad de que se le permitiera conocer a su hijo, quizás incluso le dejaran criarlo durante los primeros años. Si pudiera recorrer la fortaleza con libertad, podría cuidar de las enfermedades y heridas de su gente, hacerles saber que en su corazón nunca los había olvidado. Posiblemente se le permitiera hacerse cargo de los deberes que exigía una fortaleza, dando así un propósito a sus días. ¿Qué motivo tendría Kenric para tenerla encerrada sin hacer nada en Remmington? Sí, el confinamiento del matrimonio parecía mucho más atractivo que el velo del convento. Tal vez, con el tiempo, consiguiera el perdón de Kenric.

No tenía duda de que su esposo aborrecía que lo llamaran bastardo. Estaba segura de que si supiera de la existencia de su hijo, no permitiría que fuera llamado de la misma forma. Sus argumentos contra la nulidad eran fuertes. Pero ¿qué pasaría con el rey? Se frotó la frente tratando de alejar esa preocupación, pero sabía que no se podía ignorar con tanta facilidad. Si Edward insistía en la anulación, ¿se opondría Kenric a los deseos de su soberano para conseguir que su hijo fuera legítimo? ¿Para quedarse con una esposa no deseada? Demasiados argumentos pesaban en su contra. Kenric no sólo tendría un heredero y el señorío de Remmington, sino que se libraría de su esposa y podría así cumplir su promesa a Guy. Su hijo no tendría ningún derecho sobre Montague. Ese argumento era mucho más fuerte. Tess sintió que sus esperanzas se desvanecían.

El pergamino que había sobre la repisa atrajo su atención y se dio cuenta de que Kenric lo había olvidado en su prisa por alejarse de ella. No había muchas razones para ser cuidadosa con el documento ahora que Kenric ya había leído el mensaje. Además, él nunca sospecharía que ella pudiese leerlo. El documento, entregado con tanto cuidado, era inútil después de conocer el contenido, y el pergamino en el que estaba escrito probablemente acabaría en las cocinas para forrar el fondo de las cestas de pan; un final común para muchos documentos. Pensó que quizá pudiese haber algo allí escrito que le fuese útil para argumentar su causa, así que lo extendió sobre la mesa. El primer párrafo consistía en una serie de pomposos saludos. El segundo abordaba la cuestión de plano, relatando que se había presentado una acusación de secuestro contra Kenric y que los MacLeith exigían la nulidad inmediata de su matrimonio. Fue el tercer párrafo el que la dejó completamente sorprendida. Para asegurarse, leyó hasta tres veces la primera frase: «Vuestro rey verá con pesar que el matrimonio de su barón de Montague sea anulado».

Leyó el resto del documento con atención sin hallar ninguna otra mención a la nulidad. El rey no quería la disolución del matrimonio. Kenric pensaba actuar en contra de los dictados de su soberano. Por otro lado, puede que detrás de la mentira sobre la nulidad se escondiese el deseo de que lo acompañase de buen talante a la corte. Se puso en pie bruscamente con una expresión tan firme como su resolución de conocer la verdad. Iba a tener una discusión con él lo quisiera o no. Decidida a conseguir la verdad de boca de Kenric, Tess enrolló el mensaje y se dirigió a la puerta. Simon y Evard estaban al otro lado para detenerla.

–Milady –le rogó Simon, cogiéndole el brazo–. No podéis salir de aquí.

–Suéltame –ordenó Tess, fijando su vista en la mano del guardia.

Simon se vio tan sorprendido por la insólita frialdad de su voz que la obedeció.

–Apártate.

El guardia se colocó en medio del umbral para bloquear su camino.

–No puedo hacer eso, milady.

–Apártate o te apartaré yo misma.

Simon sonrió a la delicada baronesa, como si en su mente hubiera aparecido la imagen de ella empujándolo. Cuando Tess sacó el pequeño puñal que llevaba al cinto, dejó de sonreír.

–Baronesa, sed razonable.

–Sí, milady. No podemos permitiros salir –intervino Evard, mirando nervioso la daga–. El barón nos cortaría la cabeza.

La mirada de Tess fue despacio de Evard a Simon, y entonces se le ocurrió que ciertamente había más de una forma de conseguir lo que quería.

–La vida de vuestro barón está en peligro –mintió, satisfecha cuando Simon abrió mucho los ojos–. Si no me dejáis llegar a él de inmediato, morirá.

Simon vaciló. Miró fijamente la otra mano de Tess, la que retorcía nerviosa su trenza, y dio un paso a un lado.

–El barón está en su aposento, milady.

–Pero... –Evard se adelantó un paso para protestar, pero Simon le clavó el codo en el pecho–. ¡Uffff!

–Hazte a un lado, Evard. Escoltaremos a la baronesa hasta su esposo.

Cuanto más se acercaban a la puerta de la alcoba, menos convencida estaba Tess de lo juicioso de enfrentarse a Kenric. Sí, su idea era estúpida, pero era demasiado tarde para echarse atrás. Simon ya había llamado con los nudillos a la puerta. Ella puso la mano en el tirador, pero Simon negó con la cabeza y la empujó hasta ponerla a su espalda. Volvió a llamar a la puerta y esperó la orden de Kenric para entrar.

Al ver a Simon en su puerta Kenric se levantó de la silla de un salto y desenvainó la espada. El soldado levantó la mano para detenerlo.

–La baronesa está a salvo, milord. Cree que estáis en peligro y tiene motivos para temer por vuestra vida. –Simon colocó a Tess a su costado–. Pensamos que era necesario traerla aquí a la mayor brevedad posible.

Kenric enfundó la espada sin quitar los ojos de su esposa.

–Cierra la puerta cuando salgas, Simon.

La mirada de Tess recorrió despacio la alcoba y se dio cuenta de lo poco que había cambiado. Oyó como se cerraba la puerta a su espalda y, por último, se permitió mirar a Kenric. Tenía los brazos cruzados sobre el pecho y los pies firmemente plantados en el suelo, aguardando su explicación.

–Te olvidaste esto en el solar –dijo con voz débil, sosteniendo en alto el pergamino.

Él no hizo ningún movimiento para coger el documento y ella se adelantó para ponerlo en la mesa. Existía una sensación de amenaza en el aire que trató de ignorar.

–¿Qué has visto?

La miró a los ojos con tanta intensidad que Tess tuvo que apartar la vista e inclinar la cabeza a la vez que cogía la borla de su trenza y empezaba a jugar nerviosa con ella.

–Sólo un aviso de que podrías estar en peligro.

–Estás mintiendo.

Tess asintió sin levantar la vista.

–Leí el mensaje del rey.

–¿Que hiciste qué? –Su tono indicaba que tampoco la creía en eso.

–Es la verdad. Fray Bennet me enseñó a leer. –Tess lo miró a los ojos y vio que pensaba que era otra mentira. Recogió el pergamino, lo desenrolló un poco y leyó el saludo del rey–: «De Edward, rey de Inglaterra, defensor de la palabra de Dios en la tierra, sabio en su benevolencia y terrible en su venganza, sus palabras tal como fueron dichas a Alfred de Carlys en este día veinticuatro de...».

Kenric le arrebató el rollo de pergamino de las manos y lo arrojó al fuego.

–No tenías derecho a leerlo. No estaba dirigido a ti. Tendrás tu nulidad, Tess. No te he mentido al respecto. El rey me la concederá por arrebatarte a los MacLeith. Admito que tenías razón sobre nuestro matrimonio. Me encargaré de convencer a Edward.

Kenric le dio la espalda y se preguntó de qué artimañas se valdría ella para lograr que su decisión fuera más difícil, más dolorosa. Ya era bastante duro haberle comunicado su decisión. ¿Cuántas veces más quería que se la repitiera? Le llegó el perfume a flores. Al darle la espalda a Tess, tenía una vista perfecta de la cama. Cerró los ojos, pues sabía que su presencia sólo lograba acrecentar sus hambrientos sentidos.

–Vuelve al solar, Tess. No deberías haber venido aquí.

–No. Prefiero pasar mi última noche en Montague en tu cama.

Kenric se volvió despacio para mirarla a la cara. La ira y la sospecha sustituían la incredulidad que antes expresaban sus ojos.

–¿A qué juegas, Tess?

–Si de verdad piensas anular nuestro matrimonio, entonces es probable que ésta sea la última noche en la que podamos estar solos, la última noche en la que pueda intentar hacerte cambiar de idea.

–Has deseado la anulación desde el momento en que nos casamos –dijo sin alterar la voz–. No podrás convencerme a estas alturas de que has cambiado de opinión.

–Estaba equivocada –afirmó ella con voz queda. –Kenric negó con la cabeza, rehusando creerla. Tess asintió–. Durante el tiempo que hemos estado separados, he pensado mucho sobre nuestro matrimonio, sobre las consecuencias que traería el que llegara a su fin. El precio es demasiado alto, milord. Pensé en sacrificarme para salvar a Remmington, sin embargo, hay muchas posibilidades de que los MacLeith ignoren incluso la ley de la Iglesia, ya que han ignorado todas las demás. Prometí ante Dios honrar y obedecer a mi esposo, mas no he sido fiel a esas promesas. Remmington ha sido tuyo desde el día que nos casamos. Será tuyo incluso si se anula nuestro matrimonio. No quise ver el hecho de que tú eres el señor de Remmington, que eres el más capacitado para decidir sobre su destino y que ese derecho te corresponde sólo a ti. Te suplicaré que no lleves a cabo matanzas innecesarias si pones asedio a mi hogar, pero acataré cualquier decisión que tomes. Quisiera seguir siendo tu esposa de buen grado, milord.

Kenric cruzó la distancia que había entre ellos con dos zancadas. La agarró firmemente por el cuello y la arrastró sin delicadeza hacia él hasta que sus frentes casi se tocaron. Tess abrió los ojos asustada, pero no trató de desasirse.

–¿Crees que soy lo bastante estúpido como para creerme alguna de tus mentiras? –La sacudió una vez, entrecerrando los ojos–. ¿Qué esperas ganar con ellas? ¡Dime la verdad, Tess!

Ardientes lágrimas arrasaron los ojos de Tess. En sus palabras se traslucía el inmenso dolor que sentía.

–Haría cualquier cosa para estar contigo, aunque eso significara quedarme recluida para siempre en el solar. Renunciaría a Remmington para aferrarme a la esperanza de verte alguna vez. Traicionaría a mi rey si creyera que eso me otorgaría tu perdón.

Él aflojó la presión sobre su cuello y luego la soltó con un empujón. Ella retrocedió un paso.

–Eres mejor mentirosa de lo que creía.

–Por favor –susurró, mientras gruesas lágrimas se deslizaban sin control por sus mejillas–. Dime qué tengo que decir y lo diré contenta. Si he herido tu orgullo, entonces toma el mío. No me sirve de nada si no te tengo a ti.

–Hermosas palabras –dijo arrastrando la voz, sin revelar indicio alguno de su confusión interior. Ella ya había dicho mucho más de lo que jamás había soñado que le dijera, palabras que lo convertirían en un redomado idiota si las creyera. Cruzó los brazos de nuevo y miró a Tess como si pensara que no valía nada–.

No hay nada que puedas decir. Si quieres quedarte aquí esta noche, hazlo. Usaré tu cuerpo a mi conveniencia y no supondrá ninguna diferencia por la mañana.

Eso debería bastar para obligarla a darle la espalda y escapar. Fueran los que fuesen los motivos de su ridículo juego, nunca le ofrecería su preciado cuerpo sabiendo que su decisión era irrevocable. No había creído ni por un segundo que ella hubiese cambiado de opinión sobre la nulidad que tanto había ansiado obtener los últimos meses y por la que tanto había intrigado. Había algún tortuoso motivo tras sus mentiras que no podía percibir debido a las tentadoras palabras que confundían su mente. Ahora Tess volvería al solar y maquinaría alguna nueva argucia para conseguir lo que quería, planeando nuevas mentiras para atormentarle.

Se estaba desatando el corpiño.

–¿Qué diablos crees que estás haciendo? –exigió, contemplando cómo sus manos desataban los lazos con torpeza.

–Me gustaría atesorar un último recuerdo. Si quieres mi cuerpo esta noche, entonces es tuyo.

Kenric la agarró por los brazos y la acercó a su cuerpo de una sacudida.

–¡Te he dicho que no habrá ninguna diferencia! ¿Por qué haces esto?

–Porque te amo –susurró ella con voz quebrada.

Ésas eran las palabras. De todas las que Tess pudiera decirle, ésas eran las únicas que podían derribar sus defensas. Las había oído demasiadas veces en su mente y estaba seguro de que nunca las utilizaría como arma. Le atravesaron tan limpiamente como lo hubiera hecho el más afilado de los cuchillos. La atrajo hacía sí hasta apretarla contra su pecho, y su cuerpo reaccionó inmediatamente al tacto del de ella. Inclinando la cabeza hasta estar a un aliento de distancia de la suya, susurró:

–¡Otra vez! Dímelo otra vez.

–Te amo. Incluso sabiendo que morirán personas que conozco desde que nací a causa de ello, aun así, te amo.

Kenric miró las profundidades de sus ojos color violeta tratando de dilucidar si mentía. No vio nada excepto su alma desnuda. Un alma tan herida como la suya.

–Que Dios te ayude si estás mintiendo, Tess.

Su boca aplastó la de su esposa con toda la emoción reprimida de demasiadas noches pasadas sin ella, de demasiados días pasados temiendo esas noches. Sus brazos rodearon sus hombros y sus caderas, la levantó del suelo y la apretó estrechamente contra su cuerpo hasta que no pudo acercarla más. Ella devolvió el asalto de su beso con igual fiereza. Sus brazos rodeaban su cuello y sus manos apretaron tan fuerte su pelo que resultó casi doloroso. No le importaba. Ella lo amaba.

¿Cuántas noches había soñado que Tess fuera a buscarlo? Y ella lo había hecho. Aun estando cautiva en el solar, había conseguido hacerlo. Durante sus sueños, había deseado en incontables ocasiones que ella sintiera algo por él. Tess le había dicho tres veces que lo amaba. Tenía miedo de poner fin al beso, miedo de despertarse sudoroso y descubrir que aquello no era más que otro sueño febril. Miedo a que lo mirara y le dijera que se había equivocado, que su declaración de amor por él no era sino una mentira más. Tenía que saberlo. Tenía que asegurarse. Se alejó de sus labios sin desearlo pensando en separarse de ella pero, en vez de eso, enterró su rostro en su cuello y sus labios se deslizaron sobre la suave columna, acariciando la sedosa piel mientras esperaba que su corazón dejara de latir desbocado en su pecho. No parecía que aquello fuera a ocurrir pronto.

Por fin, murmuró en su oído la pregunta que lo atormentaba:

–¿Puedes pasar por alto el hecho de que soy un bastardo? –Sintió como ella se ponía rígida y el martilleo en su pecho se volvió doloroso.

La apartó y bajó la vista para mirarla a los ojos.

–Puedo pasar por alto incluso el hecho de que eres un guerrero que probablemente ha matado a más gente de la que jamás conoceré. Las circunstancias de tu nacimiento no pueden ni siquiera compararse con eso. –Con expresión seria, movió su mano para acariciar los rasgos de su cara con las puntas de los dedos–. Nunca te he mentido sobre eso, Kenric. Se dice que los bastardos no tienen alma. Sin embargo, el que realmente estaba desposeído de ella era el hombre que te crió, pues trató de arrebatarte la tuya. No temo la palabra «bastardo». Temo las consecuencias que tuvieron en ti las acciones de aquel hombre. Desde el momento en el que pude caminar se me enseñó a cuidar y a proteger la vida a cualquier precio. A ti te enseñaron a destruirla. –Tess le pasó la mano por la frente, para borrarle el fruncido ceño–. No, no te juzgo, Kenric. Es la verdad y lo sabes. ¿Nunca has pensado que quizás estuviésemos destinados a estar juntos debido a nuestras diferencias? ¿Para que consiguiéramos equilibrarlas?

Kenric sacudió la cabeza. Su razonamiento era asombroso, extravagante cuanto menos. Pero no sería él quien lo rebatiera. Y si le estaba mintiendo, sin duda se trataba de una de las más bellas mentiras jamás pronunciadas. Él era un guerrero y las mujeres le temían por su bastardía. Para Tess, era un bastardo y ella le temía porque era un guerrero. Nada de lo que ella decía tenía ningún sentido.

A Kenric no le importó.

Las únicas mentiras que había entre ellos eran las que él se había dicho a sí mismo. Todo lo ocurrido la noche anterior a su fuga era cierto. Todas las palabras con las que Kenric se había atormentado, Tess las había pronunciado desde lo más profundo de su corazón. Su esposa estaba tan obsesionada con tratar de salvar las vidas de unos pocos siervos y sirvientes que había tenido la intención de sacrificar la suya. Llegó a la conclusión de que merecía ser castigada por pensar que su vida era menos valiosa que la de ellos. Rezó para que hubiese aprendido la lección. Otro hecho como aquél lo mataría.

–No podrás cambiarme –le advirtió–. No puedo cabalgar en la batalla preocupándome por el lugar donde caerá mi espada.

–Lo sé –murmuró ella, enmarcando la cara de Kenric con sus manos–. Me ha llevado mucho tiempo aceptar ese hecho.

El beso que le dio Kenric fue largo e intenso. La cogió en brazos y la llevó a la cama, haciendo que Tess se sobresaltara cuando se puso de pie en medio del lecho y se sentó en el centro con las piernas cruzadas para acunarla en su regazo. Con una sonrisa, cogió su trenza, soltó la cinta que la sujetaba y deshizo los entretejidos mechones con habilidad.

–Sólo quiero abrazarte un instante –le explicó, pasando los dedos por su pelo para que se derramara por sus hombros–. ¿Nunca te has preguntado por qué tu cabello está suelto cada mañana al despertarte?

Tess le miró perpleja. A él le encantó la mezcla de incredulidad y comprensión que vino a sustituir su inquieta expresión.

–Sí, duermes más profundamente que cualquier persona que haya conocido. –Se inclinó para darle el beso que había querido darle cada noche pasada junto a su cama. Cuando terminó, sus ojos parecían muy alejados del sueño. Con la intención de no dejarla pensar en nada, susurró en su oído–: A menudo me he preguntado si aquella vez fue casualidad o si de verdad puedo hacer que te desmayes de placer.

25

–¿Cuándo fue la última vez que comiste?

A Tess le gruñó el estómago de nuevo ante la sola mención de la comida. Era la hora de la cena y estaba muerta de hambre. El bebé era el responsable del tremendo apetito que sentía los últimos días. Era el momento de decirle a Kenric que esperaban un hijo. Habían hecho el amor una hora antes con una furia y una pasión que todavía le parecían difíciles de creer. Después, saciados, usaron sus manos para redescubrir lentamente sus cuerpos; ambos con un codo apoyado en las almohadas, yaciendo cara a cara en la cama y mirando hipnotizados la desnudez del otro. Las caricias iban de ser delicadas y curiosas a francamente íntimas. Tess continuó explorando los ángulos de la cadera de Kenric, mientras que las puntas de los dedos de él abandonaron el patrón que habían estado trazando sobre sus costillas y recorrieron la curva de su pecho.

–He comido esta mañana –contestó, gimiendo con suavidad cuando Kenric la acarició en círculos con la palma–. Hay algo que me gustaría decirte.

Kenric trazó un sendero de besos hasta su boca, murmurando contra sus labios:

–Dime otra vez que me amas.

Kenric le hizo pronunciar las palabras entre besos. Después su boca se alejó para llevar a cabo una lenta exploración de su cuello, y Tess acarició su pelo una y otra vez. Hacerle repetir aquellas palabras tan a menudo probablemente quería decir que él sentía lo mismo, aunque Kenric todavía no había pronunciado en voz alta las palabras que lo confirmaran. Ni siquiera estaba segura de cómo se tomaría la noticia de su próxima paternidad. Sin duda estaría contento, aunque también había que pensar en Guy. Ahora que meditaba sobre ello, Kenric no había manifestado todavía qué planes guardaba para ella. No, sus últimas y duras palabras sobre el tema fueron que hacer el amor no iba a cambiar su decisión.

–Oh, está bien –murmuró Kenric, besando la curva de sus labios. Rodó fuera de la cama y luego le dirigió una sonrisa–. Me ocuparé de que te den de comer. Debes mantener las fuerzas si vamos a seguir con esto toda la noche.

Tess le devolvió la sonrisa, contenta de tener algunos minutos más para hacer acopio de valor. Iba a enfadarse con ella por haber guardado el secreto durante tanto tiempo. Estaba segura de ello.

Kenric encontró la colcha tirada a un lado y se aseguró de que el exquisito cuerpo de su esposa estuviera oculto bajo ella antes de abrir la puerta de su habitación. Se sorprendió al encontrar a Fitz Alan esperando junto a Simon y Evard.

–Ve a buscar nuestra cena –ordenó a Evard con voz cortante.

Cuando el joven soldado se marchó a toda prisa, se volvió hacia Fitz Alan, puso su mano sobre la esquina superior de la puerta abierta y apoyó su hombro contra la jamba en una postura engañosamente relajada, cuyo objetivo era ocultar por completo la encantadora visión de Tess en su cama. No compartiría esa visión con nadie.

–¿Qué quieres?

–Tu falta de modestia todavía me sigue asombrando, barón. –Fitz Alan alzó la vista al cielo para evitar mirarle.

Simon también estaba mirando al techo.

Kenric bajó la vista y recordó que estaba desnudo. Su tono se volvió amenazador.

–No tengo tiempo para ser cuidadoso con tu delicada sensibilidad, Fitz Alan. ¿Qué estás haciendo aquí?

–Las carretas con el equipaje están siendo alineadas en el patio –respondió Fitz Alan en tono formal–. ¿Partimos hacia Londres por la mañana?

Kenric quitó el brazo de la puerta y se frotó la barbilla.

–No, salimos dentro de tres días a partir de mañana. Eso todavía nos permitirá llegar a Londres en el plazo estipulado por el rey.

–¿Qué hay del heraldo? –preguntó Fitz Alan–. Aguarda la compañía de su anfitrión en el gran salón.

Kenric puso mala cara. Se había olvidado por completo del enviado del rey. No tenía tiempo que perder en algo tan fastidioso.

–Mi esposa y yo debemos de haber comido pescado en mal estado durante la cena de anoche. Dile al heraldo que estamos enfermos y que no podremos salir de la cama antes del viaje. Transmítele nuestras disculpas.

–Así se hará, milord.

Kenric quiso abofetear a Fitz Alan para borrar la insolente sonrisa que se dibujaba en su cara y luego se percató de que Simon sonreía de igual manera. No habían servido pescado en la mesa de Montague desde hacía al menos quince días. Ambos estaban abusando de su paciencia.

–Simon, ocúpate de que traigan todas las comidas a nuestra puerta mientras dure esta «enfermedad». Nadie entrará en esta habitación sin tener primero mi permiso. Si no hay respuesta, dejarán la bandeja junto a la puerta. Ordena también que traigan una tina para el baño cada noche. No, los baños serán preparados por las mañanas. –Kenric había decidido que quería disfrutar de ese ritual en particular a plena luz del día. Otro pensamiento le hizo fruncir el ceño y echó un vistazo por encima del hombro. Sabía que Tess estaba demasiado lejos para oír su conversación, pero de todas formas bajó la voz–. No se le permitirá salir de esta estancia a mi esposa bajo ninguna circunstancia. ¿Habéis entendido?

Simon se llevó la mano a la boca y bajó la vista a las puntas de sus botas para ocultar su sonrisa.

–Sí, milord.

–Bien. –Dio un paso atrás y cerró de un portazo para satisfacer su irritación. La sonrisa estaba presente de nuevo en su rostro cuando se dio la vuelta para dirigirse de nuevo hacia la cama–. Ahora, ¿dónde estábamos?

Apartó la colcha para admirar las curvas del trasero desnudo de Tess y su esbelta espada. Hacía mucho tiempo que se había acostumbrado a las marcas y no les prestaba más atención que a las suyas propias. Besó la parte de detrás de su rodilla, su cadera, su cintura. Luego se deslizó hasta su hombro y frotó la cara contra su cuello, haciéndole cosquillas.

–Creo que íbamos a trabajar en nuestros apetitos –continuó.

Tess le daba la espalda. Se metió en la cama y acercó su cuerpo al de ella. Bajó su mano y la acarició con suavidad desde el tobillo hasta su esbelto cuello, entreteniéndose ocasionalmente por el camino. Ella cogió una de sus manos entre las suyas y lo besó con pasión en la palma. Kenric la estrechó con fuerza contra sí, complacido con el efecto que había causado ese beso, pero ella se apartó y se dio la vuelta para poder mirarlo.

–Hay algo que debo decirte.

Kenric trazó con la punta de un dedo el contorno de la seria expresión de sus ojos. Sabía que lo que vendría a continuación no tenía nada que ver con su apetito de comida o de su esposo.

–¿De qué se trata? –preguntó en voz queda.

Tess cogió su mano para darle otro beso, esta vez en el dorso. Un pálido brillo de temor se apoderó de sus ojos cuando se enfrentó a los de su esposo. Él se agitó inquieto.

–Serás padre antes de que acabe el año, milord.

En los labios de Kenric apareció un atisbo de sonrisa que fue creciendo lentamente hasta que todo su rostro se vio inundado por una expresión de alegría. Con la misma lentitud, su sonrisa se fue desvaneciendo y su mano se apartó de ella.

–¿Desde cuándo lo sabes?

–Desde hace unos días.

Cogió un rizo suelto de su pelo y retorció el extremo.

–¿Desde cuándo lo sabes? –Su voz era tranquila pero amenazadora. Su mano cubrió la suya y la empujó contra la cama–. Dímelo.

–Lo sospeché la mañana del día después de mi confinamiento en el solar, cuando empezaron las náuseas.

No mencionó el tiempo que habían durado. Habían terminado y ya no importaban. Lo que sí importaba era la expresión de Kenric, que se volvía más distante cada segundo que pasaba.

–¿Fue ése el motivo por el que viniste hoy a mí?

–¡No! No sabía si te gustaría la noticia. Conociendo tu promesa a Guy, no sabía si cambiaría tu decisión sobre nuestro matrimonio. ¡To... todavía no sé si piensas tenerme a tu lado!

Tess enterró el rostro en la almohada para ocultar sus lágrimas, pero cesaron cuando sintió como su mano acariciaba su cabello.

–¿Tienes que preguntarlo? –Apartó el cabello de su rostro y ella se arriesgó a sostener su intensa mirada–. Ningún hombre vivo podrá apartarte de mí.

–¿Me crees?

Una vez él se engañó creyendo que no podría distinguir sus mentiras de la verdad. Nunca más volvería a dudar de su instinto.

–¿Cómo pudiste pensar que no estaría feliz al oírlo?

–El niño será heredero de Montague y también de Remmington. Tu promesa a Guy...

Él puso un dedo sobre los labios de Tess para silenciarla.

–Nuestro hijo no tendrá ningún derecho a Montague.

–Pero...

Kenric cubrió su boca con la mano.

–Seré despojado de mi título de barón de Montague y de todo derecho a este feudo como castigo por secuestrarte y casarme contigo sin permiso de mi rey; por hacer mía a una mujer prometida a otro.

Tess se mordió la mano. Él se apartó a un lado y ella se incorporó apoyada en un codo para mirarlo enojada.

–¡Eso es un ultraje! ¡El propio rey te ordenó hacerlo contra tu voluntad! ¿Vas a ser castigado por tu lealtad?

–Es el «castigo» que solicité, Tess.

–Pero por qué harías...

Kenric asintió, animándola a seguir, notando que empezaba a comprender.

–Sí, Tess. El título pasará a Guy. Nunca he deseado otra cosa. Seguiré teniendo mi ejército y las riquezas que he ganado en mis campañas. Y a ti –añadió con una sonrisa burlona, dándole un golpecito con la punta del dedo en la nariz–. Es posible que el rey me otorgue algún día los títulos de tu padre como pago por mis servicios pasados, pero pase lo que pase, el título pasará a mi hijo. Con todo, me molestaría tener que hacer reverencias a mi propio hijo, sólo porque me supere en rango.

–No puedo imaginármelo –dijo Tess con sinceridad, apoyando de nuevo la cabeza en las almohadas.

Kenric frunció el ceño mirando a su esposa y vaciló un momento antes de obligarla a que lo mirara.

–Conseguiré sobrevivir a esa indignidad –le aseguró, y la rodeó con los brazos.

–Creí que te enfadarías por no habértelo dicho antes.

–No es que esté muy contento. –Su pensativa expresión se ensombreció–. Ya sabías que ibas a tener un hijo el día que arriesgaste tu vida en el campo de adiestramiento.

Tess asintió con culpabilidad, bajando las pestañas.

–¡Nunca más volverás a cometer semejante imprudencia!

Tess hizo una mueca de dolor por la potencia con que había lanzado su grito.

–Sí, milord.

–Deja que te mire –ordenó. La contempló con detenimiento mientras acariciaba su vientre con la mano–. ¿Estás segura de que estás embarazada, Tess? No veo ninguna diferencia en tu cuerpo. Tus pechos están algo más llenos, quizá, pero... –Su expresión era escéptica.

–¿Estás ciego? –Tess se irguió sobre los codos para dedicarle una mirada exasperada y poner la mano de Kenric firmemente sobre su vientre–. Han pasado al menos dos meses desde que me dejaste embarazada. Estaba segura de que te darías cuenta antes de tener oportunidad de decírtelo.

Los ligeros cambios que a Tess le parecían tan manifiestamente obvios, apenas eran perceptibles. Para convencerlo, ella apretó la mano de su esposo contra su vientre con más fuerza de la que Kenric se atrevería a usar, y fue entonces cuando sintió algo firme que no había estado antes allí.

–¿Eso es todo? –preguntó, con expresión aún dudosa.

–Me desagrada tu falta de entusiasmo.

Él la insultó aún más al reírse.

–Ah, mi vida, estoy mudo de asombro –dijo, medio en broma. Con cuidado, se puso a horcajadas sobre sus piernas y empezó a besar el lugar donde su hijo crecía dentro de ella–. No puedo esperar a verte redondearte con mi simiente.

–Eso ya ha empezado a ocurrir. Me pondré tan gorda que te pareceré fea.

Kenric acunó su cara entre sus manos.

–Serás la visión más hermosa del mundo, Tess.

Inclinó la cabeza para besarla y jugó con su lengua hasta que ella abrió la boca y le permitió que la saqueara por completo. Sus manos abandonaron su cara para empezar a acariciarla. La besó más profundamente con la intención de ignorar el sonido proveniente de la puerta.

–Están llamando –murmuró ella, volviendo la cabeza a un lado.

Él empezó a besarle el cuello.

–Es nuestra cena –dijo impaciente, ansioso por saciar otro tipo de apetito. El estómago de Tess gruñó y él se apartó–. ¿No te gustaría esperar un poco antes de comer? –preguntó, esperanzado.

El estómago de su esposa contestó su pregunta. La disculpa de Tess no ayudó mucho y provocó que él le dirigiera una sonrisa irónica mientras salía de la cama. Esta vez decidió que tenía que ponerse una bata y dedicó unos segundos a sacar una de su arcón. Asegurándose de que Tess estuviera de nuevo completamente tapada, se puso la bata azul oscuro y entornó la puerta. No pudo evitar abrir los ojos de par en par ante el tamaño de la bandeja que Evard traía. Había más comida en la bandeja de la que dos hombres podrían comer de una sentada.

–No creo que nos muramos de hambre hasta el desayuno –dijo con marcada ironía, contemplando la variedad y el tamaño de los platos.

–La cena de milady –anunció Evard con solemnidad–. Y la vuestra, barón –añadió, señalando con la cabeza un plato de estofado de tamaño normal al lado de uno mucho más grande.

Kenric miró sin comprender al soldado, metió la bandeja dentro y cerró la puerta de un golpe con el pie. Tess también había encontrado una bata de un intenso color burdeos que hacía que su cabello resplandeciera de forma gloriosa. Se lanzó con impaciencia sobre las viandas antes de que Kenric pudiera llegar hasta ella, y miraba la bandeja con ansiedad mientras le ayudaba a colocar en la mesa una abundante comida formada por cinco platos. Kenric la contempló estupefacto mientras ella comía de una sola vez tanto como comería él tras un duro día en el campo de entrenamiento. Empezó a comer a su vez, casi temiendo que su comida desapareciera de la misma forma que lo estaba haciendo todo lo demás.

–¿No te han estado dando de comer?

–Nos perdimos el almuerzo –dijo en medio de un mordisco a unos rábanos con mantequilla, como si eso pudiera explicar su voracidad.

Antes de aquella noche, nunca la había visto ingerir tanta cantidad de alimentos ni en tres comidas juntas. Una cena normal para Tess podía consistir en un cazo de caldo de estofado y una rebanada de pan. Estaba seguro de que aquello, en ese momento, sólo habría representado un ligero aperitivo para Tess.

–Tu hijo necesita alimentarse, milord. Tengo que compensar la semana que estuve demasiado enferma para tomar algo que no fuera pan y sopas aguadas. –Tess señaló en su dirección con la daga que estaba usando como cubierto–. ¿Te vas a comer esas manzanas con especias?

–Te van a sentar mal –dijo, empujando el cuenco de manzanas y poniéndolo a su alcance.

–Parece que lo digiero todo muy rápido. A veces, siento hambre de nuevo sólo un par de horas después de una comida como ésta.

Kenric no pudo disimular su asombro.

–¡Las despensas estarán vacías cuando nazca el niño!

–No tienes que preocuparte. –Tess miró la mesa llena de platos y fuentes vacías intentando descubrir algo que hubiese pasado por alto. Su mirada se detuvo en el jarabe dulce que había en el fondo del cuenco de manzanas especiadas, pero Kenric lo apartó antes de que ella decidiera rebañarlo con la lengua–. Es normal que el apetito de una mujer se haga menor a medida que el bebé ocupa más espacio en su vientre. Dentro de poco no habrá mucho sitio para la comida.

Tess se palmeó su estómago pequeño pero repleto, y su sonrisa se desvaneció de repente. Pronto no tendría nada que ponerse.

Sólo le quedaban tres vestidos de los que se trajo de Langston y todos eran horribles.

–No tengo ningún vestido apropiado para la corte, milord. Helen me ha ofrecido generosamente usar su vestuario y, quizá, si viajara en una de las carretas de equipaje podría arreglar unos cuantos durante el...

–No hace falta que arregles vestidos de mi hermana.

–Pero ella es mucho más alta que yo, arrastraré la tela por el suelo.

–No llevarás ropas prestadas a la corte.

–Sí, milord.

Bajó la cabeza, tratando de no sentir pena de sí misma ni de pensar en la humillación que tendría que aguantar en Londres. Parecería una mendiga.

–Tengo una pequeña sorpresa para ti, Tess.

Ella lo miró intrigada. Kenric se puso en pie y le tendió la mano. La condujo a través de la habitación hasta uno de sus cofres, el que siempre estaba cerrado. Sacó una ornamentada llave de un escondrijo de detrás del arcón y le hizo señas con el dedo para que se acercara. Insegura, Tess se detuvo a su lado y le interrogó con la mirada cuando él puso la llave en su mano.

–Ábrelo –dijo, guiando su mano hacia el arcón.

Tess abrió el cerrojo, pero necesitó de la ayuda de Kenric para levantar la pesada tapa. Lo primero que vio fue un ceñidor de oro bellamente forjado, incrustado con filas y filas de zafiros y amatistas. Él lo sacó del arcón, de modo que pudiera ver como los extremos estaban adornados con finas cadenas de oro de las que también colgaban zafiros y amatistas. Luego sacó un collar, pulseras y pendientes a juego, y una diadema tan incrustada de joyas que sólo pudo ver la base de oro en la que estaba forjada dándole la vuelta.

–Esto debería ir bien con todas esas joyas –dijo Kenric, sacando un vestido del arcón y colgándoselo del brazo.

La tela era completamente distinta de cualquier otra que Tess hubiese visto jamás: confeccionada con finísimos hilos color violeta y negro, tan hábilmente entretejidos que las tonalidades se fundían para convertirse en el color del cielo justo antes del ocaso.

–¿No reconoces los colores? Las amatistas son del color de tus ojos cuando sonríes, y los zafiros, del color de tus ojos cuando destellan con ira. ¿Y el vestido? –La estrechó entre sus brazos y bajó su cabeza hasta que sus labios se tocaron. En ese momento, su expresión pasó de tierna y divertida a intensamente seria–. El vestido es del color de tus ojos cuando ardes de deseo por mí.

Kenric aprisionó sus labios con un intenso y profundo beso. Su boca se movía sobre la suya con insistencia, pero se echaba hacia atrás con frecuencia para mirar sus ojos y asegurarse de que estaba en lo cierto sobre el color del vestido. Pronto se olvidó del color de sus ojos. El suave sabor de su boca captaba toda su atención.

La soltó tan rápidamente que Tess tuvo que poner una mano en el cofre para no caerse. Las manos de Kenric temblaban mientras dejaba el vestido y la diadema encima de la cama. Luego se dirigió de nuevo hacia el cofre, recordándose que habría tiempo de sobra para hacer el amor después. En ese momento quería verla reír de alegría cuando le mostrase todos sus regalos.

–Debo admitir que ése es mi favorito –dijo, sacando más joyas y vestidos del cofre–. Pero puede que otro conjunto te guste más. Hay doce vestidos en total, con joyas, zapatos y ropa interior a juego.

Tess le observó vaciar el cofre en silencio. La habitación pronto pareció un arco iris incrustado de joyas, con túnicas, medias y vestidos de todos los colores esparcidos encima de los muebles. Infinidad de gemas de valor incalculable destellaban entre los pliegues de las bellas telas.

–Me costó un esfuerzo infernal mantenerte alejada de la torre este –explicó, perplejo por la reacción de su esposa ante los regalos. Cualquier otra mujer estaría bailando de felicidad por la habitación. Tess parecía horrorizada–. Ése fue el motivo por el que Simon te dijo que había criminales encerrados allí y que por eso se te prohibía la entrada al recinto. Mandé traer costureras y orfebres de Londres poco después de nuestro matrimonio, y Simon los mantuvo ocultos en esa torre para que trabajaran en secreto. Utilizaron las medidas de un vestido tuyo que les presté. Estaba seguro de que ibas a darte cuenta de su desaparición antes de tener la oportunidad de devolvértelo.

Kenric continuó hablando, tratando de llenar el incómodo silencio.

–Quería sorprenderte. –«¿Había hecho algo mal? ¿Qué le pasaba?»–. Muchas de las joyas y telas provienen de Tierra Santa. Son un botín de la Cruzada. Otras las recibí como premios en justas y torneos.

Tess miró a su alrededor mientras él hablaba, pero siguió callada. Su cara no revelaba ninguna de sus emociones, lo cual era verdaderamente extraño en Tess. Kenric tenía la sensación de que estaba a punto de llorar. El porqué de que no llorase ante la perspectiva de partir hacia la corte y sí lo hiciera ante un cofre repleto de nuevos vestidos y joyas era incomprensible para él.

–Se pueden recolocar las joyas si no te gusta cómo están dispuestas ahora. –Suspiró con exasperación, convencido de que a ella no le habían gustado sus regalos–. Los vestidos fueron cortados lo bastante holgados como para permitir cambios finales, aunque dudo que puedan ser rehechos por completo.

Su tono decepcionado finalmente hizo salir a Tess de su estupor.

–¿Cómo puedo desear cambiar la perfección? No he visto una belleza semejante en toda mi vida. –Sus ojos estaban llenos de lágrimas–. Tus regalos son asombrosos, milord. No me siento digna de tales riquezas. Esto es una fortuna, quizá sea todo tu capital. ¿Cómo puedo aceptar tanto, cuando no te he dado nada? Ni siquiera puedo ofrecerte mis tierras, pues tendrás que luchar por ellas.

–¿Mi hijo no es nada? –preguntó.

La sonrisa de Kenric fue tierna, pero por dentro sintió una punzada en el corazón. Ahora lo entendía; estaba completamente abrumada. Las ropas que trajo de Langston apenas eran mejores que las de una criada, y nunca había visto que llevara ni siquiera una pulsera como adorno. Hasta las cintas de su pelo estaban gastadas. Y, sin embargo, nunca se había quejado.

–En el caso de que no te hayas dado cuenta, te diré que esto es tan sólo una pequeña parte de toda mi riqueza. –Sacó varias bolsas de cuero del cofre y se ocupó en volver a guardar las joyas–. Todavía tienes que ver la ropa que usaré yo en Londres, Tess. Los hombres de la corte son tan presumidos con sus ropas como las mujeres, pero nosotros brillaremos más que todos ellos juntos. –Tomó las manos de ella con las suyas, levantando primero una y luego la otra para darle un tierno beso en cada palma–. No puedo pensar en nadie que luzca mejor todas esas joyas. Tu belleza oscurece el brillo de la gema más brillante. Tú eres mi mayor tesoro. No hay... ¿Tess? –Estrechó entre sus brazos a su llorosa esposa, tratando de consolarla. Debería haber sabido que no se le daban bien las palabras. Su sentido juramento ahora le parecía estúpido–. ¿Qué te pasa, mi vida? ¿He dicho algo malo?

Tess negó con la cabeza, todavía demasiado emocionada para responder. Sus lágrimas cesaron por fin, pero mantuvo su cabeza sepultada en su pecho. Su voz tembló con incertidumbre cuando consiguió hablar.

–¿De... de verdad he llegado a importarte?

–Te amo, Tess.

Sus ojos buscaron los de ella, grandes estanques color violeta llenos de sorpresa e incredulidad. Pero también había en ellos un destello de esperanza. Kenric trató de disimular el nudo que sentía en la garganta mientras le sonreía.

–Creo que comencé a amarte en el momento en que empezaste a discutir con tu tío en la abadía. A medida que pasaban los días te volvías más valiosa para mí, hasta que llegó un momento en que no pude imaginar mi vida sin ti.

–¿Cómo puede ser eso cierto? He causado tantos problemas... Maldita sea, Kenric. ¡Pronto provocaré una guerra! ¿Cómo es posible que me ames? –Su mirada se volvió suspicaz–. Has dicho eso sólo porque te doy lástima.

–No he dicho más que la verdad. –Kenric frunció aún más el ceño y gruñó irritado, sabiendo que debería haberlo esperado. Sólo Tess podía ser tan obstinada.

–Ya no puedes retirar esas palabras. –Estaba llorando de nuevo y su voz quedó sofocada contra su pecho.

–Nunca antes le había dicho a una mujer que la amaba –le informó indignado, aunque puso con ternura la mano de ella sobre su pecho–. No son palabras que puedan decirse a la ligera, Tess. Mi corazón es tuyo hasta que deje de latir.

Kenric frunció el ceño cuando su llanto se intensificó. La consoló de la única manera que sabía. La llevó en brazos hasta la cama y la tumbó con delicadeza entre los vestidos adornados de joyas. Luego tiró las costosas prendas al suelo, interesado sólo por su más valiosa posesión.

Tess mantuvo la cara a un lado, pero él abrió su bata para besar y acariciar su tembloroso cuerpo. Se entretuvo en su vientre con una sonrisa, pensando que ella habría estado más feliz si hubiese mirado boquiabierto el pequeño abultamiento como si tuviese el tamaño de una calabaza. Sin duda lo tendría en pocos meses. Ese pensamiento le hizo preocuparse sobre el tamaño del niño que crecía dentro de ella. Abrió su mano y advirtió que sólo esa parte de él cubría su estómago por completo y que sus dedos extendidos le llegaban de cadera a cadera.

–¿Seguro que tu vientre debe estar tan redondeado tan pronto? –Sus hombros se tensaron, y utilizó ambas manos para explorar aquella parte de su cuerpo, pasando por alto que ni siquiera había notado el leve abultamiento hasta que ella se lo indicó–. Eres tan pequeña, Tess. ¿Cómo podrás tener a mi hijo si se parece a mí?

–¿Hijo? –preguntó Tess con una sonrisa–. ¿Crees que será un niño?

–Seré feliz tanto con un niño como con una niña –contestó con sinceridad–. Pero sé que éste y los dos que lo seguirán serán varones. Tú misma me lo dijiste cuando estuviste enferma –afirmó, asintiendo con la cabeza ante su incrédula mirada–. Creo que se trató de una visión parecida a la que tuviste de Roberto.

Al darse cuenta de repente de que a Tess le iría bien en su embarazo y que daría a luz al menos dos hijos más, sintió una oleada de alivio.

–Mi hijo no se atreverá a crecer demasiado dentro de su madre –declaró, pasando su mano sobre el vientre de Tess de nuevo–. Lo prohíbo.

Su expresión era tan seria que Tess se rió. Contrariado, dirigió su atención a llevar a término lo que habían interrumpido. Tess ya no se reía cuando sus ojos volvieron a encontrarse. El oscuro brillo de la mirada de Kenric le dijo que no habría más interrupciones aquella noche.

–Tenemos tres noches para estar juntos –aseguró con voz ronca, ardiendo en sus ojos el fuego del deseo. Negó con la cabeza cuando ella abrió los ojos, temerosa–. Tranquila, Tess. Siempre serás mía, pero debemos partir hacia Londres en tres días. Allí habrá hombres que te dirán cualquier mentira para intentar tocarte como yo lo estoy haciendo ahora. –Apretó su pecho en una caricia ferozmente tierna–. Hay otros que afrontarían la muerte para poseer lo que sólo me corresponde a mí.

Ella sintió como su mano se movía más abajo y se le cortó el aliento.

–Sé que no te entregarías nunca voluntariamente a otro, pero debes saber que hay hombres que intentarán cualquier cosa para hacerte suya. Otros, pronto se darán cuenta de lo que significas para mí. Son enemigos que nunca antes han encontrado un arma que poder usar en mi contra. Mientras estemos en la corte, no te separarás nunca de mi lado. –Cubrió su boca con otro beso abrasador antes de que pudiera contestar, usando sus labios para imponerle su voluntad. No volvió a alzar la cabeza hasta que estuvo seguro de que permanecería callada–. Me perteneces –afirmó feroz, con voz endurecida por el deseo. Sus ojos ardían con el sombrío fuego de la posesión completa y sin condiciones–. Mientras tenga aliento, ningún otro hombre te tocará de la forma en que yo te toco. Ningún otro hombre conocerá el sabor de tus labios.

Acarició con extrema delicadeza la curva de su mejilla y recorrió el contorno de sus labios con la punta de los dedos. El tierno gesto de afecto contrastaba con la dura y amenazadora expresión de su rostro.

–Y ningún hombre te levantará la mano y vivirá para contarlo. Eres mía, y yo protejo lo que es mío. Pero si alguna vez arriesgas tu vida como hiciste con Roberto, seré yo mismo quien te castigue –dijo Kenric, enmarcando su cara con firmeza entre sus manos–. ¿Acaso lo dudas?

Tess negó con la cabeza tanto como sus manos se lo permitieron, desgarrada entre el miedo, el deseo y un demencial impulso de sonreír ante su amenaza. En realidad, no creía que él llegara a pegarle, pero en ese momento no se atrevía a llevarle la contraria en nada de lo que dijera. Volvió su cabeza y acarició su palma con la mejilla, diciéndole sin palabras que aceptaba su orden sin condiciones.

Esa pequeña caricia, ese sencillo gesto de afecto, desató algo que anidaba profundamente dentro de Kenric. En ese momento comprendió al fin lo que impulsaba a los hombres a librar guerras por causa de una mujer, la razón por la que un hombre daría cualquier cosa por poseer a la mujer que deseaba por encima de todas las demás. Ni oro, ni fama, ni gloria; nada en el mundo llegaba ni de lejos a despertar las emociones que Tess agitaba en él.

26

El viaje a Londres duró más de lo previsto por culpa de la lluvia y de los embarrados caminos en los que se atascaban las carretas y se hundían los cascos de los caballos. Kenric había pensado en un principio que Tess montara su propio caballo, pero ahora ella cabalgaba sentada delante de él, en su corcel. Sólo confiaba en sus brazos para asegurarse de que no le ocurriera nada. Cuando acampaban cada tarde, sentía una vaga intranquilidad si se alejaba de su lado aunque sólo fuera un par de pasos. No la había perdido de vista durante los tres últimos días en Montague, excepto por las ocasionales visitas al guardarropa. La primera noche ni siquiera había dormido a causa de un leve temor a despertarse en una cama vacía y comprobar que todo lo ocurrido el día anterior se había tratado de un sueño. Sus brazos todavía se estrechaban en torno a ella con más firmeza por las noches cuando se movía dormida.

Las dudas acosaban a Kenric por las noches. Sentía la sospecha de que le habían concedido sus deseos con demasiada facilidad. Es más, no sólo le habían concedido su deseo, sino que lo habían multiplicado por diez. Tess lo amaba con una intensidad que lo aturdía. Era demasiado perfecto; había ganado aquel tesoro sin merecerlo. Cada mañana temía que el dios que se había divertido dándole a Tess se cansara de la diversión y se la arrebatara. Ella se despertaría aborreciendo a su esposo bastardo y exigiría una anulación. Observar cómo se abrían sus ojos violetas y se curvaban sus labios en una sonrisa adormilada cuando despertaba y lo veía, era la visión más dulce que pudiera imaginar. Significaba que se le había otorgado su deseo un día más.

Kenric era consciente de que sería capaz de negar al mismo Dios para conservar a Tess a su lado, en matrimonio o en pecado. Haría lo que fuera para asegurarse de que su matrimonio siguiera siendo válido y defender su derecho a llamar a Tess su esposa. Pero había un peligro que le dejaría indefenso: ella podía traicionarlo en la corte.

Tess sabía que Kenric tenía la intención de invalidar cualquier pretensión que los MacLeith tuvieran sobre ella. Una vez logrado, podría volverse en su contra con la protección de la Iglesia para respaldarla. Pensar que era eso lo que ella quería en realidad fue la razón que finalmente le movió a acceder a la nulidad. Si Tess sentía algún deseo de venganza, le haría quedar ante toda Inglaterra como un estúpido cegado por el amor y lograría lo que ningún hombre había conseguido jamás: le clavaría una espada en el corazón.

A la luz del día, ni se planteaba esas sospechas. Cuando Tess lo miraba con el corazón en los ojos, parecían obscenas. Pero de noche, las dudas volvían para atormentarlo. Por último, aceptó el hecho de que no estaría libre de aquellos espantosos pensamientos hasta que Tess permaneciera de pie a su lado ante el rey por voluntad propia y callase cuando la Iglesia los declarara legalmente casados. Hasta entonces, tendría que hacer todo lo que estuviera en su mano para asegurarse de que lo haría.

Los viajeros, finalmente, atravesaron las puertas de Londres y se abrieron camino por las estrechas y laberínticas calles entre más gente de la que Tess hubiera visto jamás. Desde el más humilde mendigo hasta los ricos mercaderes, las calles bullían con la maravillosa variedad de la vida. Al fin avistaron las murallas exteriores del palacio. La Torre de Londres no era la grandiosa visión que Tess había esperado. En realidad, lo único que pudo ver de las murallas fueron andamios y materiales de construcción, pues el rey estaba en pleno proceso de añadir una segunda muralla exterior y varias torres nuevas. Pasaron a través de las enormes puertas y se adentraron en un patio interior amurallado donde fueron recibidos por el capitán de la guardia. Cuando el grupo terminó de desmontar, fueron conducidos por un portón que daba paso a un laberinto de pasillos tan vasto que Tess estaba segura de que nunca conseguiría encontrar el camino de salida. Helen le explicó que lo normal hubiera sido que les condujesen a través de los patios y jardines, pero que el aguacero que estaba cayendo les obligaba a ir por los pasillos interiores.

Se detuvieron ante dos grandes puertas de roble que revelaron una estancia casi del mismo tamaño que el gran salón de Montague. Los parteluces de las ventanas ojivales, que iban desde el suelo hasta el techo y que adornaban la pared del fondo, dejaban ver un frondoso jardín que, a pesar de la lluvia, iluminaba el grisáceo día con tonos rojos brillantes, rosas y de un suave color blanco.

A causa del viento, las ramas de los altos robles se mecían majestuosamente sobre los senderos que recorrían los jardines de forma tan intrincada como una telaraña, igual de laberínticos que los pasillos que acababan de atravesar. Aunque Tess recordaba haber subido sólo unos cuantos tramos de escaleras, ahora estaban a una altura de uno o dos pisos sobre el nivel del suelo, lo que hacía que la estancia en la que se hallaban pareciera encontrarse entre las copas de los árboles. Habría sido un lugar muy romántico si no fuera por el estrépito provocado por los hombres de Kenric, que les seguían en fila y que entraron en la habitación tras ellos.

Tess y Helen encontraron un rincón tranquilo mientras Kenric y Fitz Alan supervisaban el torrente continuo de arcones y equipaje que traían los soldados. Había tres puertas en cada pared de la habitación. Y para alivio de Tess, Helen, que ya conocía esa estancia, le explicó que las puertas daban a alcobas. Los visitantes de la nobleza se alojaban por lo general en habitaciones que eran sospechosamente parecidas a dormitorios comunales, pero a Kenric y a otros nobles de alto rango se les proporcionaban sus propios aposentos. Tess y Kenric tendrían su propia alcoba; Helen compartiría una habitación con Miriam y las otras habitaciones alojarían a los caballeros de Kenric. Los soldados y sirvientes dormirían sobre bancos en el salón principal. El arreglo también proporcionaba una mayor seguridad, pues cualquier intruso tendría que atravesar un salón lleno de soldados y elegir entre varias puertas si su intención fuera causar daño a un lord o a su dama.

Pasó una hora antes de que Kenric tuviera un momento para hablar con su esposa. No pudo evitar sonreír ante el lastimoso aspecto que presentaban tanto ella como Helen. Ambas estaban completamente empapadas. Pasó un brazo por los hombros de Tess y la condujo a su habitación. Aunque no era ni con mucho tan grande o bonita como su alcoba en Montague, había una cama grande con dosel y ventanas con parteluz que ofrecían vistas al mismo jardín que el salón principal. En la chimenea ardía un pequeño fuego para ahuyentar la constante humedad de los muros del castillo, y había cubos de agua listos para el baño de los invitados cansados por el viaje.

–Quiero que te quites esas ropas mojadas –dijo, desatando los lazos de su vestido. Tess estaba tan cansada que se quedó allí de pie, sin poder ayudarle. Él soltó los cordones, se dio la vuelta y empezó a rebuscar en un cofre–. ¿Tienes alguna idea de dónde puedo encontrar un camisón?

–Es demasiado pronto para irse a dormir –protestó ella.

–Sí, pero una siesta te vendrá bien.

Encontró un camisón, lo puso sobre su brazo y esperó mientras ella se quitaba la ropa con dificultad. Cruzó los brazos y se recostó contra el armario para disfrutar de la visión de su cuerpo. No sabían lo que era una cama seca desde hacía semanas, y había usado esa excusa para evitar cansar a su esposa más de lo que ya lo había hecho el viaje. Lo único que se permitió hacer fue sostenerla entre sus brazos. Ahora la silueta de sus suaves curvas bajo la mojada camisola que se le pegaba al cuerpo le recordó cuánto tiempo había pasado desde la última vez que hicieron el amor. Estaba viendo en todo su esplendor lo que sólo había explorado con sus manos y apenas vislumbrado bajo la escasa luz de la vela en la tienda utilizada en el viaje. Su hijo podía haber empezado a crecer despacio, pero estaba recuperando el tiempo perdido a un ritmo vertiginoso. Sin la cobertura de su capa y los vestidos de cintura alta, el estado de Tess era más que evidente. Era alarmante.

–¿Kenric?

Le llevó algunos instantes darse cuenta de que ella estaba esperando que le entregara el camisón. Estaba tan fascinado con su cuerpo y los cambios que estaba experimentando, que había olvidado la razón que le condujo a pedirle que se desvistiera. Tess extendió la mano pidiendo la prenda, pero él negó con la cabeza haciéndole señas con el dedo para que se acercara. Obediente, ella cruzó la habitación hasta que estuvo a menos de un brazo de distancia. Kenric sonrió ante su seria expresión cuando no hizo ningún ademán de tocarla.

–Te daré el camisón a cambio de una sonrisa.

Ella pareció sorprendida durante un momento. Luego la risa asomó a sus ojos por primera vez en días. Dio un paso adelante, se colocó entre sus piernas y le rodeó el cuello con los brazos. El beso que le dio le dijo que también ella echaba de menos sus encuentros íntimos. Su boca se abrió paso hasta su oreja y susurró unas palabras con voz profunda y sensual:

–Quiero que te quites esas ropas mojadas, milord.

Kenric reconoció su propia orden y sonrió. Su sonrisa se borró mientras la llevaba a la cama, pues la necesidad de poseerla le corroía las entrañas. Quería ser tierno, tener consideración con su estado y controlar el ansia que sentía, pero Tess exigía su pasión. Ella le forzó a perder el control por completo hasta que finalmente no pudo pensar, sólo sentir.

No tuvo tiempo para pensar en su falta de moderación hasta que yacieron abrazados, disfrutando con la aletargadora calidez que seguía a sus encuentros. «Algunas cosas nunca cambiarán», decidió con un bostezo mientras acariciaba con ternura su espalda. Tess tenía la capacidad de despertar en él alguna emoción nueva cada vez que la poseía. Cuando expresó su inquietud por su brusquedad, ella se limitó a sonreír ante su expresión preocupada y recorrió el contorno de sus labios con un dedo.

–Estoy segura de que el mismo acto que concibió a nuestro bebé no puede hacerle daño –razonó con una inocente y preocupada expresión en su rostro, mientras sus ojos decían algo muy distinto. Las cosas que preocupaban a su marido sobre su embarazo eran una fuente constante de diversión para ella.

Kenric pensó en sus palabras y concluyó que probablemente

ella tuviera razón. No es que hicieran falta muchas razones para convencerlo. Se privaría de ella cuando llegase el momento pero, hasta entonces, quería hacerle el amor tan a menudo como fuera posible. Le dio un beso en la frente y empezó a acariciar su espalda de nuevo.

–Es hora de dormir, cariño. Dentro de unas horas enviaré a Miriam para que te ayude a vestirte para la cena.

–No creo que pueda dormir sabiendo lo que nos espera esta noche –comentó–. Confío en ti para mantenernos a salvo durante esta dura prueba pero, a pesar de todo, no puedo evitar temer el momento en que vuelva a ver a Dunmore MacLeith. Siempre le he tenido miedo.

–Shhh –susurró, poniendo un dedo sobre sus labios–. No pienses en eso ahora. Prefiero que tus pensamientos se centren sólo en mí.

Su tono fue animoso, pero Kenric apenas si podía esperar a poner fin a la amenaza que representaban el escocés y su hijo para la paz de espíritu de su esposa. En aquel momento debería estar con su rey para enterarse de la situación antes de enfrentar a sus enemigos durante la cena. Sin embargo, no pudo dejarla hasta que se quedó dormida, abrigada y segura en sus brazos. Sabía que, quizás, aquélla fuese la última vez que la tuviese así antes de que se anulara su matrimonio y su corazón quedara roto en las manos de Tess.

Cinco minutos después, estaba tan profundamente dormida que no tuvo problemas en ponerle el camisón sin despertarla. No pudo evitar seguir abrazándola durante algunos minutos más. Todas las dudas que anidaban en su mente hacían que la sensación de tenerla en sus brazos fuese casi dolorosa. Le dio un tierno beso de despedida en los labios y salió en silencio de la habitación. Habían pasado casi dos horas desde su llegada y el rey le estaría esperando con impaciencia. Kenric sonrió torvamente de camino a los aposentos del monarca. Sabía que el tiempo de los MacLeith en la tierra se estaba acabando, pero se preguntaba si no estaba apresurando también su propio fin.

La reunión con Edward no fue bien. Como era habitual, su padre se mostró reservado. Nada en su comportamiento reveló ningún sentimiento paternal que pudiese abrigar hacia su hijo bastardo, aunque ciertamente los Plantagenet tampoco eran conocidos por encariñarse mucho con sus herederos legales. Como bastardo, Kenric nunca había esperado ser reconocido y nunca lo había sido. Cualquier favor que el rey le hubiese mostrado, se lo había ganado en el campo de batalla. Los lazos de vasallaje eran más fuertes que los de sangre. Edward estaba complacido de que la parte de Kenric en el plan progresara sin incidentes y se sintió aliviado al saber que Tess había concebido. Un bebé disminuiría sus problemas. Había surgido un nuevo elemento que añadía un peligro inesperado en el complicado plan: la Iglesia. El cardenal Jerome estaría presente en la cena de esa noche para ofrecer la guía divina necesaria que ayudara a decidir sobre la validez del matrimonio.

Dada la ascendencia escocesa del cardenal Jerome y la posible promesa del rey de Escocia de enriquecer su patrimonio con parte de las tierras de Remmington, tanto Edward como Kenric estaban seguros de cuál era el auténtico motivo del repentino interés del cardenal. Era muy posible que el cardenal decidiera no lo que fuera mejor para Escocia o Inglaterra, para MacLeith o Kenric, sino lo que fuera mejor para la Iglesia.

Edward había tratado de aumentar las probabilidades a su favor y había arreglado que tres obispos ingleses asistieran también a la reunión, pero una decisión del cardenal en favor de MacLeith anularía cualquier objeción de los tres obispos. Oponerse a la decisión del cardenal Jerome sobre el matrimonio también podría poner en peligro las relaciones de Edward con el Papa, ya enturbiadas por sus críticas en el pasado a la codicia de la Iglesia.

Tenían entre manos un problema de una complejidad extrema y a Kenric cada vez le gustaba menos. La estrategia en el campo de batalla era un asunto sencillo para él, pero las estrategias cortesanas eran demasiado sutiles. La única buena noticia era que Dunmore MacLeith había enviado a su hijo en su lugar, argumentando que se había roto una pierna y no podía viajar. Kenric sospechaba que el traidor se había quedado atrincherado en Remmington previendo que la decisión no le fuera favorable. Aparecer en la corte le haría demasiado vulnerable.

Kenric estaba tan absorto en sus pensamientos que no se dio cuenta de inmediato del extraño silencio imperante en el salón principal cuando entró en la estancia. La extraña forma en que unos treinta de sus hombres contemplaban la puerta de su hermana acabó por penetrar en su conciencia. Sólo Simon y Fitz Alan parecían ajenos al extraño hechizo que parecía haber caído sobre el lugar. Los dos hombres estaban jugando tranquilamente a los dados y pararon cuando Kenric tomó asiento junto a Fitz Alan.

–¿Qué es lo que pasa? –preguntó Kenric, perplejo ante el extraño comportamiento de sus hombres.

Simon se echó hacia atrás en su silla y cruzó las manos en la nuca con una sonrisa presuntuosa.

–Pronto lo sabréis, barón.

–Se trata de tu esposa –explicó Fitz Alan, poniendo una mano en el hombro de Kenric para evitar que se levantara–. Acaba de entrar en la habitación de Helen llevando uno de esos vestidos nuevos que le regalaste.

Fitz Alan sonrió ante la confusa expresión de Kenric.

–¿Recuerdas nuestra reacción la primera vez que vimos a Tess en la abadía? –Cuando Kenric asintió, la sonrisa de Fitz Alan se hizo tan ancha y engreída como la de Simon–. Estás viendo una reacción parecida entre tus hombres. Están aguardando para ver de nuevo a tu ángel.

Kenric miró a su alrededor de nuevo y vio una expresión estupefacta en más de una cara. Sus hombres habían visto a Tess en numerosas ocasiones. ¿Por qué un nuevo vestido les haría perder el juicio de repente? Alzó la mano y dio un puñetazo en la mesa, haciendo que los dados saltaran y cayeran por el borde. Tuvo que dar otros dos golpes más antes de obtener la atención de todos los hombres de la habitación. Su voz rezumaba un sarcasmo apenas velado.

–¿Es que nadie se ha dado cuenta de que Dunmore MacLeith acaba de entrar?

La habitación estalló en un caos. Los hombres volcaron sillas y bancos mientras sacaban las espadas y miraban a su alrededor, buscando a su enemigo. Al poco tiempo se volvieron con expresión avergonzada hacia el barón.

Él se puso en pie y cruzó los brazos, mirando a sus soldados de forma amenazadora.

–Y decís que sois...

La visión de su esposa le detuvo a media frase. El umbral de la habitación de Helen enmarcaba a Tess como si se tratara de un retrato que hubiera cobrado vida. Parecía una princesa con su vestido violeta oscuro y las brillantes joyas que hacían juego con sus ojos. Comprendió inmediatamente la causa por la que sus hombres actuaban como estúpidos. Apartando sus ojos de la visión, dedicó a sus hombres una severa reprimenda mientras cruzaba la habitación para tomar a su esposa por el brazo. La llevó hasta su alcoba antes de permitirse volver a mirarla. La colocó de espaldas al fuego y retrocedió hasta que sus talones tocaron un cofre. Se sentó sin pensar y apenas si pudo susurrar:

–¡Santo Dios!

Tess bajó la vista a su vestido y luego giró el cuello, intentando ver su espalda.

–¿No te gusta?

–¿El vestido?

Su mirada la recorrió desde sus escarpines hasta su cabeza, y luego de nuevo hacia abajo.

El oscuro e intenso color amatista de la túnica confería a su piel un brillo tan suave y delicado como el de las rosas blancas que florecían en los jardines del palacio. El color natural de sus labios y mejillas era más perfecto de lo que pudiera imaginar el pincel de cualquier artista. Sus ojos brillaban más que las gemas que refulgían cuando se movía, y su cabello era un manto de intenso y refulgente oro. Aunque la ajustada malla dorada de su cinturón revelaba, más que ocultaba, su hinchado vientre, el corpiño adornado de joyas que llevaba por encima de la túnica disimulaba eficazmente su estado. Kenric frunció el ceño, deseando que la presencia de su hijo fuera más evidente, que la corte no tuviera que observarla tan de cerca antes de ver la fehaciente prueba de que ella era suya.

–¡Dios del Cielo! Tess, pareces la encarnación de una reina pagana de la antigüedad. Dame un minuto para acostumbrarme.

Tess esperó pacientemente mientras él continuaba su inspección.

–Estoy ridícula, ¿verdad?

Él negó con la cabeza sin poder apartar la vista de su corpiño. El escote no era más bajo que el de los vestidos de las damas con las que se había cruzado en los salones cuando fue a ver al rey, pero no recordaba que fuesen tan reveladores.

–Dame un minuto, Tess.

De repente, sintió el casi incontrolable impulso de llevársela de inmediato a Montague y encerrarla en su alcoba, donde nadie más que él pudiera verla jamás. Con toda seguridad, aquella noche causaría una conmoción durante la cena. Era probable que más de uno considerara la historia del secuestro una buena idea y pensara en usar una táctica parecida para arrebatársela.

–Estás muy guapo –le dijo ella con timidez, acercándose para pasar la mano por el hombro de su sobreveste blanco.

El escudo heráldico de Montague estaba bordado sobre el pecho de su túnica en azul medianoche e hilo de oro; llevaba calzas a juego y sus botas habían sido teñidas del mismo color. Sus brazos estaban cubiertos, de las muñecas a los codos, por brazales de cuero adornados con oro, y de su cinturón pendían dos espadas de ornamentada empuñadura dentro de vainas de oro con incrustaciones de joyas. Kenric parecía de la cabeza a los pies un poderoso guerrero y Tess elevó otra silenciosa plegaria para agradecer que él fuera suyo. Además, la sola visión de Kenric daría a los MacLeith algo de lo que preocuparse.

Llevó su pelo hacia atrás en una caricia y lo besó con ternura en la frente.

–Amor mío, estás empezando a preocuparme. ¿Debería cambiar mi vestido? ¿Acaso no es de tu gusto después de todo?

Kenric, por fin, salió de su estupor, aunque no apartó la mirada de su esposa.

–Tu vestido es exactamente de mi gusto, Tess. Es sólo que me preocupa los apetitos que despertará en otros. Te prohíbo que te alejes más de un paso de mí esta noche, o en cualquier otro momento que estemos fuera de estos aposentos –añadió para estar seguro.

Era una exigencia sin sentido y sabía que tendría que ser incumplida en ocasiones, pero se sentía mejor después de expresarla.

Tess se inclinó para besarle en la mejilla.

–Me alegra que te guste.

–Tanto si me gusta como si no, sigo necesitando más tiempo para acostumbrarme.

No podía apartar sus ojos de ella. Si seguía así, acabaría por avergonzarlos a ambos dándose contra una pared de camino a la cena, al estar demasiado absorto mirando a su esposa para mirar por donde iba.

–Por desgracia no tenemos más tiempo. Probablemente seamos los últimos en entrar en el gran salón. –Rodeó a Tess con los brazos y le dio un dulce y prolongado beso. Antes de que la cosa fuera a más, se puso en pie y la estrechó con fuerza entre sus brazos una vez más, descansando su barbilla en lo alto de su cabeza–. Te contaré mi reunión con el rey. Luego será hora de afrontar nuestro juicio.

Kenric le habló del cardenal Jerome y de la amenaza que suponía, y se sintió aliviado, aunque algo suspicaz, cuando Tess se tomó las noticias con tanta calma. Ella siguió repitiendo que confiaba en él para mantener a su familia a salvo, recordándole inconscientemente que no era sólo ella la que estaba en juego. Kenric ni siquiera quería pensar en lo que pasaría si los MacLeith tuvieran en sus manos a su mujer y a su hijo. Sencillamente eso no iba a ocurrir jamás. Decidió que nada le separaría de su esposa, ni siquiera la misma Tess. Si los MacLeith conseguían de algún modo que se reconocieran sus esponsales previos, o si la propia Tess renunciaba a su esposo, emplearía cualquier medio necesario para conservarla. Si eso significaba abrirse paso combatiendo contra los hombres del rey y huir de Inglaterra, lo haría. Había traído a Londres bastantes tropas de su ejército para asegurarse de ello. Kenric contaba con más de treinta hombres dentro de los muros del castillo, pero sólo un puñado de esos soldados sabía que el resto de su ejército estaba acampado sólo a unos pocos kilómetros. Esa noche decidiría si partían para asediar Remmington o si lucharían abriéndose camino para llegar hasta el mar.

Más tarde, mientras caminaban hacia el salón del rey, Tess empezó a ser consciente del cambio que tenía lugar en su esposo. Sus hombros se pusieron rígidos, y su espalda estaba tan recta y firme como una lanza. Las arrugas que rodeaban sus ojos y su boca parecían más profundas, y sus ojos se volvieron cada vez más oscuros e insondables. Sentía como si les separaran varios metros en vez de unos pocos centímetros. Su mano se apoyaba en su brazo, pero no parecía formar más parte de él que las espadas que llevaba colgadas a la cadera. Sus pasos no tenían en cuenta que los suyos eran más cortos, y se apresuró para no quedarse rezagada. Cuando por fin llegaron al gran salón, Kenric parecía exactamente el extraño con el que se había casado. Al entrar y contemplar un mar de rostros desconocidos e inamistosos, Tess de repente se dio cuenta de lo que él había hecho.

Kenric se había preparado para la batalla.

27

Cenar con el rey era bastante parecido a ir a una feria, decidió Tess. El entretenimiento durante la comida fue espectacular. Malabaristas, trovadores y acróbatas vestidos de brillantes colores competían por la atención de los espectadores, pero Tess no podía librarse de la sensación de que ella y Kenric eran la atracción principal.

Al principio estaba tan fascinada por el rey Edward que le pasó inadvertida la atención de la que ella misma era objeto. No había duda del origen del inusitado tamaño de Kenric, aunque los penetrantes ojos azules de Edward le distinguían claramente como un Plantagenet. El perfil del rey también era similar al de su marido, pero eran sus gestos los que resultaban casi idénticos. Las órdenes del rey se daban con tan sólo un breve movimiento de una mano. Ella, más que nadie, comprendía la riqueza de significados que se escondía tras el movimiento de una ceja o la tensión de su boca al mirar en torno a la habitación.

Siguió la mirada del rey y, de repente, descubrió que casi todos los presentes en el grandioso salón la estaban observando.

No parecía importar dónde posara la vista, había ojos fijos en ella constantemente. La mayoría de las mujeres apartaban la vista con nerviosismo cuando Tess las sorprendía mirándola, pero después juntaban las cabezas y hablaban en susurros. Los hombres eran peores. En la mayoría de las ocasiones ni siquiera tenían la suficiente educación como para mirar hacia otro lado. ¡Un joven caballero incluso tuvo el descaro de hacerle un guiño! Se estaba preguntando qué hacer ante tal ultraje cuando sintió que Kenric se ponía en tensión a su lado y empezaba a levantarse. Aunque no miró a su esposo, supo que también había observado el indiscreto guiño y tenía la intención de enfrentarse al aspirante a pretendiente.

La reacción del pobre hombre fue casi cómica. En un instante dejó caer su cuchillo y tiró una copa de vino sobre la dama que tenía sentada a su lado. No se detuvo para disculparse por su torpeza, sino que salió disparado del salón. Tess se volvió para dedicarle una sonrisa agradecida a su esposo, pero ya estaba ocupado lanzando amenazadoras miradas a algún otro hombre. Suspiró y trató de concentrarse en la comida.

La cena constó de siete platos deliciosamente preparados, pero lo poco que pudo comer le pareció insípido. Incluso el esplendor de la corte y del enorme salón abarrotado de llamativos personajes palidecía al lado del temor que sentía ante lo que les esperaba esa noche.

Gordon MacLeith y tres de sus hombres estaban sentados lejos, al otro lado del salón. Pero pudo sentir los fríos ojos de Gordon sobre ella en más de una ocasión. Mantuvo una mano sobre el muslo de Kenric gran parte del tiempo, pues necesitaba tocarle, asegurarse de su protección.

La comida terminó por fin, y las mesas y las sillas fueron retiradas por diligentes sirvientes. Trajeron el trono del rey, que fue colocado sobre un gran estrado en un extremo del salón. El monarca tomó asiento y fue rodeado de inmediato por sus consejeros y por los obispos sobre los que había hablado con Kenric. En pocos minutos, el salón había pasado de comedor a corte real.

Tess observó fascinada como los cortesanos competían intentando conseguir los mejores lugares para ver el drama que se iba a representar, asumiendo muchos de ellos poses exageradas que tenían el propósito de exhibir aún más su ropa y sus joyas. El ruido en el salón se apagó hasta que se impuso un silencio total cuando el rey indicó a Gordon que se acercara.

Las damas de la corte se apiñaron en las primeras filas para poder ver mejor al joven MacLeith, pues era realmente atractivo.

La túnica verde esmeralda que vestía estaba cortada con habilidad para subrayar la esbeltez de su cuerpo, y sus calzones de cuero se ajustaban a sus largas piernas. No había cicatrices de batalla que restaran atractivo a los suaves y clásicos rasgos de su rostro, que se salvaba de ser demasiado bello al tener unos rasgos masculinos ligeramente pronunciados. Tenía una indolente forma de ladear la cabeza que llamaba la atención hacia su extraordinario cabello rubio platino, y sus insondables ojos azules parecían contener profundos secretos. No importaba cuál fuese el gusto de una dama, ninguna podía negar su perfección física, o evitar compararle con la áspera e imponente oscuridad del barón de Montague.

Tess pensaba que Gordon era el hombre más repulsivo que existía sobre la faz de la tierra.

Mientras el escocés se abría paso a través de la multitud, Edward sostuvo su copa en alto y un escudero se apresuró a llenar el cáliz de vino. El rey parecía no tener prisa en empezar, e hizo a Gordon esperar incómodo hasta que el escudero terminó su cometido.

–Tenéis permiso para dirigiros a vuestro rey y declarar qué asunto os trae aquí –dijo, por fin.

–Gordon MacLeith, a vuestro servicio, majestad. –Hizo una profunda reverencia y se irguió de nuevo con mirada cautelosa y una postura retadora–. Esta noche represento a mi padre, Dunmore MacLeith, y a mí mismo. Y me gustaría haceros una petición en relación a un grave agravio que se nos ha infligido: el secuestro de mi prometida por parte de Kenric de Montague.

Gordon hizo una pausa para dejar que el impacto de su acusación se extendiera a través de los espectadores en oleadas de comentarios murmurados. El escocés no se volvió para mirar a la multitud, pero Tess fue consciente de la forma en que escuchaba, esperando oír su aprobación. Luego señaló a Kenric.

–Este hombre no sólo privó a Tess de Remmington de su hogar y de su amante familia, sino que agravó su crimen al casarse con ella sabiendo que estaba prometida a otro. A mí, Gordon MacLeith, por vuestra mano, majestad.

Un murmullo más sonoro que el anterior recorrió la multitud, indicando que muchos desconocían la existencia de los esponsales. Tess trató de ignorar cómo se le revolvía el estómago, mientras se preguntaba cómo podía Gordon decir las palabras «amante familia» sin atragantarse con ellas. Rezó para que los obispos reconocieran las flagrantes mentiras y se sintió agradecida ante la expresión de desagrado de Edward.

–Durante muchas semanas lloramos nuestra pérdida sin saber lo que había sido de Tess, hasta que por casualidad supimos, por boca de un visitante, que había caído en las sucias garras del barón de Montague. Nos contó que mi prometida vivía en Montague aterrorizada por su esposo y que era sometida a brutales palizas con regularidad. Enviamos mensajeros a Montague con la esperanza de que el barón fuera razonable y de que liberara a la mujer que tenía aprisionada tan cruelmente y la entregara en brazos de su amante familia y en los míos, el hombre con el que está legítimamente prometida. Nuestros mensajeros volvieron con las manos vacías, majestad, rechazados sin recibir audiencia. –Gordon parecía tan apenado que varias de las damas suspiraron compasivas–. Ésa es la razón que me trae ante vos en este día, mi rey. Vengo para suplicar que se haga justicia, convencido de que me devolveréis a Tess de Remmington y castigaréis a aquellos que me la arrebataron. Aunque sin duda ha sido dolorosamente mancillada, estamos ansiosos de que esté a salvo en nuestro hogar de nuevo para que pueda olvidar el terror de los últimos meses.

Edward guardó silencio durante algunos segundos, contemplando al escocés como si juzgara sus palabras. Gordon no parpadeó ni una sola vez durante el duro escrutinio y lo miró a su vez osadamente. Edward tomó un sorbo de vino muy despacio y miró a Kenric, que esperaba al otro lado de la enorme sala. Su profunda voz se impuso con claridad a los susurros de sus cortesanos.

–Kenric de Montague, se os acusa de crímenes muy graves. ¿Queréis responder a estas acusaciones?

–Sí –contestó Kenric, adelantándose.

Echó un vistazo a su espalda para asegurarse de que Tess estaba a salvo flanqueada por Fitz Alan, Simon y Evard, y luego continuó avanzando hasta quedar ante el rey. Aunque Gordon se giró para encararse con su adversario, Kenric hizo caso omiso de la presencia del escocés sin dedicarle ni siquiera una mirada. Se inclinó profundamente ante el rey, asintió en dirección a los consejeros y obispos en señal de respeto, y esperó a que el monarca le diera permiso para hablar.

–Habéis oído una extraña historia esta noche, majestad –dijo Kenric al rey, pero mirando significativamente a Gordon–, y os garantizo que se volverá, si cabe, aún más extraña. Es mejor que sepáis ahora que los cargos de secuestro que se me imputan no son ciertos.

Kenric aguardó a que amainara la reacción de los espectadores hasta que sólo se escucharon algunos cuchicheos.

–Sí, es más que posible que el incidente indujese a pensar en un secuestro a este muchacho y a su padre. Sin embargo, no se puede acusar de secuestro a un caballero que se encuentra con una dama que huye para salvar su vida.

–Explicad vuestra historia –aconsejó el rey.

–Por orden vuestra, escolté al padre Olwen a la abadía de Kelso el primer mes de este año –comenzó–. Tras acompañar al sacerdote hasta su nuevo hogar, mi segundo y yo decidimos reponer esa misma noche nuestras provisiones para el viaje de vuelta a Montague y fuimos a cazar en los bosques de los alrededores con el permiso del abad. Fue allí donde nos encontramos con lady Remmington. Aunque la dama viajaba disfrazada, concluimos que era una mujer de alguna importancia por el corte de sus ropas. Sabedores de que los bosques no son lugar para ninguna dama, la llevamos de inmediato a la seguridad de la abadía de Kelso. Una vez allí, supimos su verdadera identidad y tuvimos nuestra primera visión de la presa que habíamos conseguido cuando se quitó su disfraz. Creo que os daréis cuenta, majestad, que sólo hace falta echar una mirada a mi esposa para entender la razón por la que decidí casarme con ella esa misma noche y darle la protección de mi nombre.

Kenric no se volvió para mirar a Tess, pero supo que todos los presentes en el salón sí lo hicieron. Los murmullos de acuerdo no le irritaron ni la mitad que las risitas apreciativas.

–Tenéis razón. –La sonrisa del rey no revelaba nada de su conocimiento del asunto–. Pero ¿no os dijo la dama que ya estaba prometida?

–Sí, lo hizo. Sin embargo, cuando se sepan todas las circunstancias de su situación, estoy convencido de que reconsideraréis los esponsales con Gordon MacLeith.

–La palabra del rey no se puede romper sólo porque un barón esté cegado por la lujuria –espetó Gordon con desprecio.

–¡Silencio! –ordenó el rey, mirando con severidad a Gordon–. Habéis presentado vuestras acusaciones sin ser interrumpido y le mostraré la misma consideración al barón de Montague. –Haciendo un ademán hacia Kenric, le indicó que prosiguiera.

–Después de la muerte de su madre, lady Tess fue llevada a la Torre de Langston, donde permaneció prisionera por espacio de cinco años. Durante ese tiempo, recibió palizas con regularidad de su hermanastro, el hombre que está ahora ante vos. Aunque una familia tiene derecho a castigar a una mujer de la forma que considere apropiada, mi esposa fue flagelada no por comportarse mal, sino por puro rencor. La última paliza que recibió de manos de Gordon MacLeith fue tan severa que hizo que huyese de la seguridad de su hogar a los peligros del bosque.

–¡Es mentira!

Gordon miró a Kenric con una expresión entre asombrada y horrorizada tan convincente que el propio Kenric podría haber dudado de la historia si no hubiera visto él mismo la espalda de Tess.

Kenric ignoró a Gordon.

–Es la triste verdad, majestad. Mi esposa cayó inconsciente poco después de nuestra boda y fue entonces cuando descubrí el alcance del daño que le habían causado. Su espalda mostraba huellas de no menos de cincuenta azotes causados por un recio látigo. Un látigo esgrimido por Gordon MacLeith. Mis hombres pueden atestiguar sobre las marcas y contusiones, y sobre el hecho de que yació postrada en la cama durante casi una semana, pues llegó a estar tan enferma que pensamos que no sobreviviría.

–Está mintiendo –le dijo Gordon al rey–. Si existió esa paliza, se la dio él mismo con la intención de buscar una excusa para su delito. Sí, apuesto a que pegó a lady Tess en numerosas ocasiones para obligarla a que mintiera para protegerle y conseguir que esté demasiado asustada para decir la verdad por temor a sus represalias.

–Nunca he pegado a mi esposa y nunca lo haré. Se entregó a mí libremente y se esfuerza por complacerme en todo. Un barón no abusa de aquellos bajo su protección que le son leales y fieles.

La audiencia expresó su aprobación ante la lógica de Kenric, y Gordon empezó a parecer preocupado.

–Con vuestro permiso, rey Edward. –Los ojos de todos se volvieron hacia el cardenal Jerome mientras se levantaba de su asiento, apoyándose en su báculo pastoral. El rey asintió y el cardenal dio un paso hacia delante para dirigirse a los dos hombres–. El asunto de las palizas de la dama es desagradable, pero no invalida el hecho de que estaba prometida. Vos, Kenric de Montague, habéis admitido tomar como esposa a una mujer que estaba legalmente unida a otro. Un contrato vinculante de esa naturaleza no puede ser ignorado por asuntos tan triviales como una paliza. Gordon MacLeith tiene un derecho previo sobre la dama y debe ser devuelta al lugar al que pertenece, a menos que exista alguna causa que invalide el contrato bendecido por Dios. Si no tenéis pruebas de que se haya cometido algo así, barón de Montague, vuestro matrimonio será disuelto por la Iglesia.

Esta vez no hubo ningún murmullo en respuesta a las palabras del cardenal. Todos aguardaron la respuesta de Kenric en tenso silencio.

–Poseo tales pruebas, Vuestra Eminencia.

Kenric no se volvió, pero hizo un ademán para que Fitz Alan se acercara, y luego cogió el pergamino que le extendió su vasallo. Una vez lo tuvo en su poder se lo entregó al cardenal.

–En este documento encontraréis las declaraciones juradas de cuatro hombres, debidamente atestiguadas por el padre Olwen y el abad Samuels de la abadía de Kelso. Dos de ellas provienen de antiguos soldados de MacLeith que sirvieron en la guarnición de la torre de Langston; otra es de un mercader que acudía a menudo al castillo de Remmington, y la última es de un antiguo compañero de armas de Gordon MacLeith. Mi esposa desconoce el contenido de este documento, pero en el transcurso de los meses pasados confirmó mucho de lo que hay escrito en él. Estos cuatro hombres juran que Gordon MacLeith no tenía intención de tomar a Tess de Remmington como esposa más que de nombre. En numerosas ocasiones prometió los favores de su prometida a los soldados de su compañía con el propósito de dejarla embarazada.

Kenric hizo una pausa y esperó a que se apagara la ruidosa respuesta de la multitud antes de presentar el argumento más sólido contra MacLeith.

–El motivo de que Gordon MacLeith hiciera tales promesas es que es incapaz de llevar a cabo los deberes que conlleva el matrimonio. Es bien sabido en la casa de los MacLeith que Gordon nunca ha yacido con una mujer y que ha tenido un sinnúmero de uniones impías con muchachitos y niños. Le repugnaba tanto la idea de estar legalmente unido a una mujer que juró asesinar a su prometida tan pronto como diera a luz a un heredero para Remmington.

El salón estalló en un coro de gritos de asombro. La corte nunca había presenciado tal escándalo público y, esta vez, nadie se preocupó de comentar en susurros la increíble revelación. Gordon palideció. Incluso el cardenal Jerome pareció aturdido por el anuncio y empezó a leer rápidamente el pergamino para confirmar la acusación. Kenric no aguardó a que las cosas se calmaran, sino que declaró su argumento final por encima del ruido de la multitud.

–Por tanto, pido que los esponsales de mi esposa se dejen a un lado a la luz de estos hechos. A diferencia de sus esponsales con Gordon MacLeith, su matrimonio conmigo es fiel a la palabra de Dios, y él ha bendecido doblemente nuestra unión. Mi esposa me dará un hijo este otoño que heredará las baronías de Remmington y Montague.

El clamor en el salón se hizo mayor, debido sobre todo a que los que pudieron oír el último anuncio tuvieron que repetírselo a los que no alcanzaron a escucharlo. Unos pocos comentaron el hecho de que el barón parecía estar seguro de que su hijo aún no nacido sería un niño, pero otros señalaron que lady Tess se esforzaría al máximo en dar a luz el heredero varón que el Carnicero de Gales deseaba.

El rey finalmente levantó la mano para pedir silencio, aunque tuvo que esperar varios minutos antes de que alguien se diera cuenta. El nivel de ruido descendió entonces, pero todavía era posible oír murmullos. El cardenal Jerome regresó a su lugar tras el rey y los cuatro obispos empezaron a susurrar intensamente. Edward atravesó a Gordon con la mirada mientras las comisuras de su boca se torcían en una mueca de desagrado, como si hubiera pisado algo repulsivo.

–Las acusaciones contra vos son graves, joven. ¿Tenéis respuesta a estos cargos?

–Sí, majestad. –Gordon no tuvo que esforzarse en adoptar la actitud de un hombre vilmente traicionado–. No sé de dónde sacó el barón de Montague a los hombres que dijeron tales mentiras y sólo puedo preguntarme si en realidad son quienes dicen ser, pues tengo tres saludables bastardos residiendo en este momento en el castillo de Remmington. Nunca jamás he cometido los atroces actos de los que se me acusa. –Miró a Tess y le mostró una irritante sonrisa de disculpa–. Perdóname por mi indiscreción, cariño, pero debes entender lo que está en juego. –Se volvió, dirigiéndose de nuevo al rey–. No deseo avergonzar a mi prometida, pero en el caso de que esté realmente embarazada, no es otro sino mi cuarto hijo el que lleva en su vientre.

Fitz Alan cogió el brazo de Kenric en el instante que éste echó mano a su espada. Varios de los guardias del rey se lanzaron hacia delante mientras Gordon se aseguraba de que todo el mundo le viera dar varios cautelosos pasos hacia la seguridad de la cercanía del rey.

Kenric se obligó a mantener su atención centrada en el rey. Si mirara a su enemigo en ese momento, no podría evitar matarlo.

–Mi esposa era virgen cuando nos casamos, majestad, y juro por todo lo que es sagrado que nunca ha conocido otro hombre en la cama.

–Es hora de oír a la dama –anunció Edward, preocupado.

Le hizo un gesto a Tess para que se acercara y los cortesanos se apartaron para dejarla pasar. Ella no vaciló, sino que se dirigió derecha al lado de Kenric, procurando estar lo más alejada posible de Gordon. Muchos asintieron con aprobación ante la muestra de apoyo a su esposo. Fitz Alan se apartó y se colocó a la izquierda de Kenric para interponerse entre los dos enemigos.

–Lamentamos tener que someteros a esto, lady Tess, pero queremos oír si vuestro hijo pudo o no ser concebido por Gordon MacLeith.

El cardenal Jerome se aclaró la garganta y el rey asintió, dándole permiso para hablar.

–No temáis, hija mía –comenzó el cardenal Jerome, sonriendo paternalmente a Tess–. No es un pecado serio a ojos de la Iglesia el haber intimado con vuestro prometido antes de la boda. Después de todo, es el hombre que tanto Dios como vuestro rey eligieron para vos. También debéis saber que ahora estáis bajo la protección del rey y la de Dios. El hombre que dice ser vuestro esposo no tiene poder para castigaros si confesáis la verdad. Debéis decirnos con completa sinceridad si alguna vez intimasteis con Gordon MacLeith.

–No, nunca –respondió Tess con apenas un susurro. El rey pareció satisfecho, pero la expresión del cardenal seguía siendo dubitativa. Tess tomó aliento, consciente de que su futuro dependía del coraje que tuviera en ese momento. Sus siguientes palabras fueron claras y, su voz, firme–. Juro que las únicas veces que Gordon MacLeith me tocó fue con un puño o un látigo. La última vez me azotó porque me atreví a interponerme entre él y un niño de ocho años al que estaba intentando violar. Sabía que...

–¡Mentiras! ¡Sucias mentiras! –la interrumpió Gordon, adoptando el papel de inocente ultrajado–. Sólo un hombre como Montague contaminaría la mente de una dama como ella con calumnias tan espantosas. –Se volvió hacia Tess con los brazos extendidos en un gesto teatral–. ¿Milady? ¿Qué te ha hecho? ¿Te ha amenazado? Ahora es el momento de denunciarlo. Nunca más volverá a dañarte o amenazarte.

Tess se acercó más a Kenric, sin ser consciente de haberle cogido la mano hasta que él le dio un apretón de ánimo. Alzó la vista y encontró la seguridad que buscaba en sus ojos. No estaba avergonzado de ella o de los horrores que había sufrido mientras vivía con los MacLeith. No, sólo pudo ver orgullo en sus ojos, y aquello fortaleció su valor.

–Sabía que me pegaría –continuó, como si Gordon no la hubiera interrumpido–. Pero hasta ese día nunca había llegado a temer por mi vida a causa de sus malos tratos. Supe desde ese momento que acabaría matándome, y me fugué por mis propios medios de la torre de Langston en un intento de escapar de sus monstruosos planes. Los cargos que mi esposo presenta contra MacLeith son ciertos. Gordon juró no compartir nunca mi cama una vez casados, y me prometió que moriría dolorosamente tras dar a luz a un heredero engendrado por alguno de sus soldados. El barón de Montague me salvó de ese destino y acepté libremente casarme con él. Sabía que era pecado casarse con un hombre estando prometida a otro, pero estaba segura de que mi rey y la Iglesia no reconocerían a un hombre tan impío como Gordon MacLeith.

–La ha intimidado para que mienta –declaró Gordon–. Se puede preparar a una mujer para que diga cualquier cosa, y el barón de Montague ha tenido muchos meses para volverla en mi contra. Podéis ver por el vestido y las joyas que lleva que le ha dado el lujo que las mujeres aprecian, y es posible que eso haya inclinado la balanza a favor de mi enemigo. Me entristece saber que ha olvidado los tiernos momentos que compartimos y las promesas que nos hicimos. Sin embargo la perdonaré, pues tales acusaciones son demasiado sucias para venir de los labios de mi dulce dama. Esas palabras fueron puestas en sus labios por otro. Todos saben de la ferocidad con la que el Carnicero trata a sus enemigos. Esta noche he sabido hasta dónde puede llegar. Inventa una mentira por cada verdad que digo y me acusa de crímenes atroces. Sólo me queda defenderme con la verdad.

–La Iglesia no está convencida sobre este asunto –anunció el cardenal Jerome, inclinando la cabeza hacia Gordon para mostrar su preferencia.

Éste se relajó visiblemente.

A Kenric se le heló la sangre.

–Majestad, os ruego unas palabras en privado con vos y con el cardenal Jerome.

–El hombre al que acusáis tiene derecho a oír cualquier cargo adicional que presentéis en su contra –le previno Edward.

El cardenal Jerome asintió en conformidad.

–Es por mi esposa. No quiero que oiga lo que tengo que decir.

–¿Accedéis a esta condición? –preguntó Edward al cardenal Jerome.

Perplejo ante la extraña petición, el cardenal asintió. Tess también estaba confundida y dirigió una mirada interrogante a Kenric. Él le palmeó la mano cariñosamente. Un pobre consuelo, pero era la única forma que conocía de decirle sin palabras que todo iría bien. Rezó para estar en lo cierto.

Kenric había creído que los cargos presentados contra Gordon convencerían a la Iglesia de invalidar los esponsales. Sólo le quedaba un arma en su arsenal. Si también fallaba se vería obligado a luchar por Tess, no con palabras, sino con su espada. Casi deseaba llegar a eso, aunque significara la excomunión y el exilio para él y para Tess.

Edward ordenó a Fitz Alan que se alejara con Tess unos metros, e indicó a Gordon que retrocediera varios pasos.

Kenric subió al estrado y los dos hombres se inclinaron para escuchar las palabras que les susurró. Todos los oídos del salón se esforzaron inútilmente por oír aunque sólo fuese una palabra. Inquieta, la multitud se agitó con el correr de los minutos. Cuando al fin se separaron, tanto el rey como el cardenal parecían divertidos por lo que fuera que hubieran oído. El barón de Montague parecía inseguro, mientras que Gordon MacLeith parecía claramente incómodo.

Edward le hizo señas a Tess de que se adelantara de nuevo, pero detuvo a Kenric cuando se dirigía hacia su esposa.

–Os quedaréis aquí, Kenric, a mi lado, de modo que todos puedan ver que no interferís en las respuestas de vuestra esposa. –Luego se dirigió a Gordon–. Hemos decidido que las palabras del barón de Montague seguirán siendo privadas por ahora. Pero se darán a conocer antes de que se tome una decisión.

Por último, el soberano miró a Tess.

–Hay unas cuantas preguntas más que debéis responder, lady Tess, a la luz de lo que vuestro esposo acaba de revelar. –Ella asintió nerviosa, mirando a Kenric en busca de su apoyo. Él le dirigió una sonrisa animosa que no la engañó ni por un momento. Estaba preocupado por lo que iba a venir–. Vuestro esposo afirma que quiso casarse con vos desde el momento que os conocisteis. ¿Estuvisteis dispuesta a unir vuestro destino al del barón de Montague cuando supisteis de su deseo de casarse con vos?

Tess frunció el ceño y trató de imaginar la razón por la que el monarca haría esa pregunta. Sólo podía suponer que la respuesta correcta era «sí», pero le costaba mentir de una forma tan flagrante a su rey. Nerviosa, sus ojos miraron a todas partes mientras buscaba una respuesta honrada que no perjudicara a su esposo.

–Me di cuenta muy pronto de lo juicioso de la unión, majestad.

–Pero ¿aceptasteis el matrimonio desde el principio, cuando la boda fue sugerida por primera vez?

Tess se detuvo durante un breve momento, lo justo para coger un grueso mechón de sus cabellos y empezar a retorcerlo con los dedos.

–Sí, majestad, estuve de acuerdo desde el principio.

El cardenal Jerome pareció sobresaltado por su respuesta, y el rey, muy satisfecho. Tess no pudo evitar sonreír ante la aprobación que vio en los ojos de Kenric. Pero el júbilo que sintió duró poco y fue sustituido por frío temor.

–Vuestro esposo dice que no fue así. ¿Me estáis diciendo toda la verdad, lady Tess? –le preguntó amablemente Edward.

Dejó caer la mano que jugaba con su pelo y bajó la cabeza avergonzada.

–No.

Edward trató de ofrecerle una forma honorable de disculpar la mentira:

–¿Pusisteis objeciones al principio porque estabais prometida a Gordon MacLeith?

–En parte –respondió, todavía incapaz de levantar la mirada. Estaba convencida de que nunca volvería a ser capaz de mirar a otra persona a la cara durante el resto de sus días, porque todos la tacharían de mentirosa. ¡Una embustera que mentía a un rey, nada menos! Por fin, murmuró el auténtico motivo por el que había protestado contra el matrimonio. Sin embargo, lo hizo en voz tan baja que Edward la obligó a repetir sus palabras. El tono de su voz subió, pero siguió siendo igual de lastimoso–. Pensé que comía bebés para cenar y que se bebía la sangre de sus enemigos. No creí que pudiera ser la mejor elección.

Surgieron risitas sofocadas provenientes de distintos lugares, pero el salón no estalló en risas hasta que en la cara de Edward apareció una enorme sonrisa. Pero no se detuvo allí, no. El rey se rió a carcajadas hasta que se le saltaron las lágrimas ante la abrumadora sinceridad de su confesión.

–Me equivoqué por completo al juzgarlo tan precipitadamente, majestad. Mi señor es un esposo excelente. –Se volvió para mirar con expresión enojada a varios cortesanos que continuaban riéndose–. ¡Kenric de Montague es el mejor de todos los esposos! Es el hombre más bondadoso y amable que haya conocido jamás. –Por algún motivo, todos pensaron que aquella aseveración era casi igual de graciosa. Tess no entendió la reacción hasta que se dio cuenta de que acababa de llamar al Carnicero de Gales «bondadoso» y «amable»–. Por supuesto, también es un guerrero, y puede ser implacable y sanguinario cuando la ocasión lo requiere.

Esta vez nadie esperó a que el rey estallase en carcajadas. Cortesanos que habían guardado la compostura sólo momentos antes, ahora se apoyaban unos en otros sin poder parar de reír. Los serios obispos trataban de cubrirse la cara con las manos, pero resultaba evidente como sacudían los hombros. Incluso el cardenal Jerome sonreía mientras su enorme estómago se movía sospechosamente. Sólo hubo dos personas, aparte de Tess, a las que no les hizo ninguna gracia sus comentarios. Gordon y su esposo. No le importaba lo que pensase Gordon, pero le preocupaba, y mucho, la furiosa mirada que le dirigió su esposo. Inclinó la cabeza y rezó para que se la tragara la tierra.

–Me alivia saber que mi bondadoso y amable barón puede ser implacable y sanguinario cuando es necesario –dijo Edward al fin, aunque no pudo evitar caer presa de otro acceso de risa que le llevó varios minutos contener. Finalmente dio un largo y profundo suspiro y su expresión se tornó seria de nuevo–. Ahora, lady Tess, debéis decirnos si vuestro esposo os ha pegado alguna vez.

–No, nunca –dijo con firmeza.

Esperaba que las restantes preguntas del rey fueran tan fáciles de responder como ésa. Entrelazó las manos y empezó a relajarse, y respondió con igual rotundidad cuando se le hizo la misma pregunta respecto a Gordon.

–Sí, Gordon me golpeó en muchas ocasiones, majestad.

–Sigue mintiendo –interrumpió Gordon, sacudiendo la mano en el aire como para rechazar su respuesta–. Es evidente por su flagrante mentira anterior que dirá cualquier cosa para proteger al barón de Montague.

Edward ignoró el arrebato de Gordon y mantuvo su atención fija en Tess.

–En la noche de vuestra fuga, lady Tess, ¿os encontrasteis con alguien más aparte de vuestro esposo y su vasallo en los bosques que rodean la torre de Langston?

Los ojos de Tess se dirigieron al rey y luego a Kenric, buscando de forma desesperada una respuesta. No le importaba la razón por la que le hacían esa pregunta, o que acabara quemándose en el purgatorio por el pecado de mentir. La vida de su tío dependía de que guardara el secreto. Negó con la cabeza mientras retorcía nerviosamente un mechón de su pelo.

–No, nadie más. Aquella noche en el bosque sólo vi a mi esposo y a Roger Fitz Alan.

Gordon miró boquiabierto por la sorpresa a Tess y la señaló acusadoramente con el dedo.

–¡Está mintiendo! Tenía un cómplice.

–Permaneceréis en silencio o seréis expulsado del salón –le advirtió Edward, tranquilo.

Gordon torció el gesto y bajó la cabeza malhumorado. El rey hizo seis preguntas más antes de que Gordon levantara la cabeza de nuevo de golpe. Su sobresaltada mirada se encontró con la de su enemigo y ambas supieron lo que iba a pasar. Kenric sonrió.

El rey sostuvo en alto el documento con las cuatro confesiones firmadas.

–¿Son las acusaciones que se han hecho aquí esta noche contra Gordon MacLeith ciertas por lo que vos sabéis, lady Tess?

Tess asintió y abrió la boca para responder, pero calló al ver un rápido movimiento con el rabillo del ojo.

El salón explotó de repente en un caos. Muy pocos sabían lo que causaba los escalofriantes gritos que resonaban por la vasta habitación. Los guardias reales se adelantaron para rodear al rey y protegerle del peligro, y los restantes soldados rodearon a los comparecientes con lanzas y espadas preparadas para asestar un golpe mortal a cualquiera a la orden del monarca.

28

El rey se levantó del trono, dio un paso adelante y levantó una mano para indicar a sus guardias que se apartaran. Los soldados que rodeaban al monarca obedecieron despacio, permaneciendo cerca de su soberano en caso de que todavía fueran necesarios. Los que vigilaban a Fitz Alan, Gordon, Kenric y Tess también retrocedieron, haciendo barrera con sus cuerpos para mantener a raya a los cortesanos que se asomaban para intentar ver lo sucedido. Muchas de las damas se dieron la vuelta asqueadas por lo que vieron.

Gordon yacía en el suelo con la cara pálida, sujetando con la mano que le quedaba el muñón que había sido su brazo derecho. El miembro, limpiamente seccionado, estaba sobre el suelo a unos pocos pasos de distancia y los dedos sin vida todavía aferraban un largo puñal escocés. El herido gemía en voz baja sin parar de emitir un sonido escalofriante similar a la salmodia que a veces se podía escuchar tras una contienda, proveniente de los heridos y moribundos tendidos en el campo de batalla. No parecía prestar atención a la ensangrentada espada que Kenric sostenía contra su cuello, pues estaba demasiado conmocionado por su mutilación para darse cuenta de nada más. Kenric se cernía sobre su enemigo como un sombrío ángel vengador, sujetando la espada con el brazo derecho y rodeando con el izquierdo a su esposa de manera protectora. Ella estaba apretada contra su costado, levemente ladeado para protegerla del peligro. Fitz Alan estaba de pie detrás de Kenric, sujetando la espada también desenvainada con la intención de proteger la espalda de su señor de cualquier guardia real con exceso de celo.

El monarca bajó del estrado, caminó en torno a Gordon y se agachó para coger el arma que sostenían los inermes dedos. Luego sostuvo el puñal en alto.

–¡Asesino! –anunció Edward a la multitud.

Caminó despacio delante de sus soldados para que todos pudieran ver el arma. Luego se volvió y señaló con la daga a Kenric.

–Si no fuera por mi leal barón, este traidor habría matado a su rey.

Los guardias del rey se relajaron y bajaron las armas, pero Kenric siguió sosteniendo la espada contra la garganta de Gordon. Edward volvió a su trono y tiró el arma a sus pies, mirando al hombre caído con desprecio.

–Declaro rotos los esponsales fijados entre Gordon MacLeith y Tess de Remmington, a causa de engaño y traición. A partir de esta noche quedáis a merced del barón de Montague, Gordon MacLeith. Él hará con vos lo que le plazca.

–¡Era a Tess a quien quería matar! –exclamó Gordon, despertado de su aturdimiento por las palabras del rey. Miró a Kenric a los ojos y se encogió de miedo–. Por favor, majestad. Mi padre... dejadme vivir y lo confesaré todo.

–Sí, sois la clase de traidor que entregaría a su propio padre –dijo Edward con una mueca de desprecio–. No tengo duda de que lo confesaréis todo mucho antes de que el barón de Montague acabe con vos. Llevad a este hombre a las mazmorras. –Edward hizo un enérgico ademán que selló el destino de Gordon y que todos interpretaron como una sentencia de muerte–. Vendad su herida y montad guardia para que no apresure su final. Allí aguardará a ser juzgado por mi barón.

Kenric retrocedió mientras el traidor era puesto en pie por los hombres del rey. Sabiendo lo que le esperaba, Gordon empezó a forcejear con los dos hombres que le arrastraron fuera del salón, lanzando gritos de dolor y protesta en medio de su terror. Los aturdidos cortesanos se apartaron para permitir que el prisionero pasara a través de sus filas y permanecieron en silencio hasta que los gritos se apagaron por los pasillos.

Las damas fueron las primeras en notar la forma en que el barón de Montague sostenía a su esposa, rodeándola con sus brazos y manteniéndola a salvo. Suspiraron cuando le vieron acariciar su mejilla con una mano. El amor entre ambos era evidente cuando se miraban a los ojos. Todos contuvieron el aliento mientras el barón inclinaba despacio su cabeza para besar a su bella esposa. Cuando, finalmente, sus labios se encontraron en un dulce y prolongado beso, las mujeres suspiraron de nuevo ante la belleza del momento y los hombres dieron gritos de ánimo. El rey interrumpió al fin el espectáculo pidiendo silencio, aunque en su cara resplandecía una sonrisa.

–Kenric de Montague, tenéis mi bendición para besar a esta dama, que es vuestra esposa ante los ojos de Dios y los de vuestro rey.

La corte estalló en vivas. Kenric miraba con atención a Tess, sin escuchar realmente los gritos que les deseaban felicidad. Ella le sonrió, pero frunció el ceño, perpleja, en una pregunta silenciosa. Las sonrisas y aclamaciones se apagaron cuando el rey continuó hablando, con expresión repentinamente solemne.

–Sin embargo, el asunto de vuestro matrimonio todavía no está resuelto.

«Ahora hablará», pensó Kenric nervioso, y apretó el brazo de Tess cuando se giraron para volver a mirar al rey. Tess siguió en silencio mientras ponía una mano sobre la de él para indicarle que le estaba haciendo daño. Él aflojó la presión de inmediato y ella inclinó la cabeza para escuchar las palabras del rey. Después de lo sucedido, Kenric sólo deseaba que todo concluyese.

–Ésta es tu última oportunidad de librarte de mí, Tess –susurró en su oído.

Kenric no estaba seguro de que le hubiera escuchado. Ella permaneció inmóvil durante un momento. Ni siquiera lo miró. En vez de eso se acercó más a él hasta que el dobladillo de su vestido rozó su pierna, cubriendo con la larga falda la punta de la bota más cercana a ella. De repente, el tacón de Tess aplastó el pie de Kenric, lo que le provocó un agudo dolor.

El rey le dedicó a su vasallo una mirada de advertencia, diciéndole sin palabras que debería tener el suficiente juicio para adoptar un aspecto serio y adusto en un momento como aquél. Kenric sabía que estaba sonriendo como un idiota.

Edward se aclaró la garganta y continuó.

–Aunque estamos complacidos de que las tierras de esta dama no caigan en manos de un traidor como Gordon MacLeith, Remmington precisa de un barón que resida allí de forma permanente para encargarse de que sea protegido de manera adecuada, y lady Tess necesita un esposo que se dedique a sus tierras. Sin embargo, las posesiones de Montague son igual de vastas y tienen la misma necesidad de un señor enérgico. Y, por otra parte, no podemos pasar por alto el hecho de que os casasteis sin permiso de vuestro rey, con una mujer legalmente prometida a otro en aquel momento. La Iglesia no toma esas cuestiones a la ligera y estoy seguro de que el cardenal Jerome estará de acuerdo en que es necesario algún castigo.

–Sí –dijo el cardenal Jerome, asintiendo pensativo–. Mas teniendo en cuenta las circunstancias, opino que la mano de Dios intervino para unir a estos dos jóvenes. La Iglesia no exigirá un castigo severo en este caso, majestad.

–Tendré en cuenta vuestra opinión cuando pronuncie mi sentencia. –Edward se detuvo un momento para mesarse la barba, y luego se inclinó hacia delante en el trono mirando fijamente a Kenric–. Antes de pronunciar mi sentencia sobre este hombre, hago saber que conservará cualesquiera bienes, derechos, ejércitos o recompensas que haya recibido en su calidad de caballero y de soldado.

Edward se echó hacia atrás y contempló a su corte mientras el suspense crecía.

–Como castigo por las acciones que tuvieron como consecuencia el matrimonio entre Kenric de Montague y lady Tess de Remmington, ordeno que a partir del día de hoy sean despojados de los títulos de barón y baronesa de Montague y que pierdan sus derechos a todos los títulos, tierras, señoríos, ingresos y derechos sucesorios de Montague en favor del hermano menor de Kenric, Guy de Montague.

Los ultrajados gritos de los cortesanos parecieron sorprender hasta al rey.

–¿Creéis que no recompensaré a un hombre tan leal a su soberano? –preguntó Edward a la corte, con evidente exasperación. Las protestas se acallaron y Edward, asintiendo, se volvió de nuevo hacia Kenric–. Considerando que habéis liberado sin duda de un traidor a Remmington y que habéis puesto a salvo una vasta extensión de la frontera inglesa, os otorgo a vos, Kenric, el título de barón de Remmington. Y os devuelvo a vos, Tess, el título de baronesa de Remmington. Todos los títulos, las tierras, los señoríos, ingresos y derechos sucesorios anejos a Remmington son vuestros, y pasarán a vuestro heredero a la muerte de Kenric, de acuerdo con las leyes de todas las demás baronías del reino.

Kenric hizo una reverencia y Tess se arrodilló para dar las gracias a su soberano. La corte aclamó una vez más a la pareja.

–Que así sea –dijo el monarca, sonriendo–. Alzaos, barón de Remmington.

Kenric se irguió, avanzó unos pasos y volvió a inclinarse sobre la mano del rey para besar la mano de su señor feudal. Tras prestar homenaje, Kenric retrocedió despacio para permanecer junto a Tess. Sintió como su delicada mano se deslizaba dentro de la suya y se la apretó con fuerza.

Ya era muy tarde cuando el grupo del nuevo barón de Remmington regresó a sus habitaciones. Las felicitaciones y los brindis por su matrimonio se prolongaron hasta que Kenric se dio cuenta finalmente de lo cansada que parecía su esposa. Hasta ese momento no había tenido ninguna prisa por abandonar el gran salón, pues deseaba que todos supieran que su esposa estaba con él por voluntad propia.

Cuando llegaron a sus habitaciones, se retiraron con rapidez a su alcoba. Tess no podía esperar a que Kenric la estrechara entre sus brazos sin que los miraran cientos de ojos. Se había resuelto cualquier duda existente sobre su matrimonio. No tendría que volver a sentir temor de ser alejada de su esposo. Y, además, los años de su enfrentamiento en solitario a los MacLeith habían llegado a su fin.

Se recostó en las almohadas y se abrazó las rodillas mientras miraba como Kenric se desvestía. Su mirada se volvió tierna y pensativa. Esa noche él había creído que ella quería acabar con su matrimonio. Se había tenido que contentar con aplastarle el pie en vez de darle una merecida patada.

–¿Cómo está tu pie? –preguntó con cortesía, sin asomo de arrepentimiento.

–Seguro que me dolerá toda una semana –bromeó, sonriendo mientras se metía en la cama–. Te estoy convirtiendo en una fierecilla violenta. Lo próximo que harás será pincharme con esa daga tan afilada que tienes cuando haga algo que no te guste.

–No se me había ocurrido –dijo Tess pensativa, como si sopesara la idea–. No creas que escaparás al castigo la próxima vez que pienses algo tan estúpido e insultante.

–Tiemblo de temor ante tu venganza, milady. –Kenric echó la cabeza hacia atrás con una exagerada expresión de arrepentimiento.

Tess asintió con energía.

–Deberías hacerlo. ¿Cómo pudiste creer que te abandonaría, teniendo en cuenta todo lo que ha pasado esta noche? ¿No has creído en nada de lo que te he dicho durante las últimas semanas?

La sonrisa de Kenric se evaporó y su expresión se volvió feroz.

–No he sobrevivido tanto tiempo dando mi confianza a la ligera, Tess. –Negó con la cabeza cuando vio el dolor en sus ojos–. No, mi amor. Por supuesto que tengo plena confianza en ti. Esta noche podías haber usado eso contra mí. Cualquier otra mujer lo habría hecho.

–Cualquier otra mujer te habría dado un buen puñetazo.

Seguía sin comprender cómo podía confiar en ella y sin embargo esperar que se volviera en su contra.

–Ah, Tess, eres encantadoramente ciega. Dices que me encuentras atractivo, cuando nadie más en la tierra estaría de acuerdo. Me miras con adoración, mientras que el resto de las mujeres se apartan asqueadas. –Tomó su mano e hizo que la punta de su dedo dibujase la cicatriz que recorría su mejilla–. ¿Nunca te has dado cuenta de que mi cara y mi cuerpo tienen tantas cicatrices que mi atractivo, si alguna vez lo tuve, desapareció hace mucho tiempo?

–Tu cara es hermosa –afirmó ella, trazando el contorno de su rostro de la frente a la mandíbula–. Cualquier dama que no esté ciega puede verlo. –Entrecerró los ojos mientras su mano se deslizaba por su pecho–. Le sacaré los ojos a cualquier mujer que se atreva a mirar tu cuerpo para ver esas cicatrices de las que presumes tanto.

–¿Lo ves? –le dijo, sonriendo de nuevo–. No importa de lo que se trate, no puedo hacer otra cosa que confiar en ti. Si dices que soy guapo, entonces lo soy.

–¡Vaya! ¡Serás arrogante! –balbuceó, empujándole el hombro–. Si hubiese sabido que sólo querías que te halagara, habría mentido y te habría comparado con un sapo.

–Entonces habría sabido que mentías –declaró él, presuntuoso.

Tess suspiró abatida.

–Todo el mundo sabe cuándo estoy mintiendo. ¿Es algo en mi expresión lo que lo hace tan obvio?

–Así es. –Rió suavemente–. Tienes un aire de culpabilidad que nadie podría pasar por alto ni siquiera estando a un kilómetro de distancia. Sugiero que abandones ese hábito pecaminoso antes de que te cause serios problemas algún día.

Ella cambió por completo de tema.

–¿Crees que mi padrastro abandonará Remmington de forma voluntaria?

–No –contestó Kenric, con expresión seria ahora–. Por eso pensé siempre que tu plan de huir no tenía ningún sentido. –Le alisó las arrugas de preocupación de su frente con las puntas de los dedos–. Nunca me oirás decir que se trataba de un plan sensato, Tess, pero ya no te culpo por intentarlo. El que estuvieras dispuesta a arriesgar tu vida por lo que creías que era tu deber es una muestra de tu lealtad. Ahora por fin has comprendido que es mi deber como tu esposo correr esos riesgos. –La miró severamente hasta que ella asintió y mostró su acuerdo–. MacLeith se parece en algo a mí; no renunciará de buen grado a aquello de lo que se ha apropiado. No importa que la Iglesia se haya puesto en su contra. Mientras hablamos, se prepara para mi ataque.

–Debería haber confiado antes en ti –murmuró Tess.

–Sí, deberías haberlo hecho –acordó, suavizando el reproche con un tierno beso en la frente–. No puedo garantizarte que tus vasallos se libren de la muerte, Tess. Pero no mataré si no es necesario. Los que huyan frente a mi ejército no serán perseguidos, a menos que muestren signos de intentar reunir armas para enfrentarse a mí. Es poco probable que los que resistan dentro de las murallas sean tan afortunados.

Tess asintió, consciente de que no había otra solución.

–Ya has tenido bastantes pensamientos serios esta noche –musitó, besando su frente una y otra vez para ahuyentarlos–. Me gustaría hacerte dormir llenando tu mente con pensamientos sobre mí.

Sus labios capturaron los de ella con un beso que la dejó sin aliento y alejó eficazmente sus ganas de dormir. Para sorpresa de Tess, su esposo finalizó el beso, se recostó en las almohadas y la obligó a apoyar su cabeza en su hombro.

–Necesitas descansar –explicó, como respuesta a su pregunta no expresada. Después, bajó la mano para acariciar su casi voluminoso vientre–. Y también mi bebé.

–No tenemos sueño –dijo ella con una sonrisa traviesa.

Kenric se tumbó de espaldas con una pierna doblada y ella movió su mano en un tentador movimiento a lo largo del interior de su muslo.

–Parecías a punto de quedarte dormida de pie en el salón –replicó, capturando su mano y devolviéndola a su pecho–. Había oído que eso es posible, pero en realidad nunca lo he visto. Estuve tentado de quedarme, convencido de que tú, con toda seguridad, podrías mostrarme cómo se hace.

–Aún estoy demasiado excitada para dormirme. ¡Han pasado tantas cosas esta noche!

–Sí, es cierto –admitió él, mirando el dosel de su cama–. Mi hermano debería regresar a la corte mañana por la noche para recibir su título. Edward hizo que se quedase en Windsor para no despertar sospechas. Siento curiosidad por ver cómo me saluda. Han pasado años desde la última vez que lo vi, aunque me han mantenido informado de sus actividades.

Tess jadeó y se incorporó apoyándose en un codo.

–Me olvidé por completo de Guy. Esto se convertirá en una especie de reunión familiar. Helen debe de estar muy excitada.

–Helen probablemente esté temblando de miedo –bufó Kenric. Sacudió la cabeza y su expresión se hizo seria–. Sabe que su dote incluye riquezas y tierras de Montague que Guy podrá reclamar ahora. Sin dote, Fitz Alan podría romper los esponsales.

–Él no haría eso, ¿verdad que no?

–No, pero seguro que atormentará a Helen con esa posibilidad. Por otra parte, Guy tiene derecho a anular los esponsales, ya que di mi aprobación después de casarnos. Aunque mi castigo se ha hecho público esta noche, legalmente, el efecto se retrotrae hasta el momento en que nos casamos. No me correspondía a mí nombrar al esposo de Helen.

–Seguro que Guy aprueba la elección de Fitz Alan –dijo Tess con firmeza, aunque enarcó las cejas con expresión interrogante–. ¿O no lo hará?

–No podría decirlo con certeza. Al parecer, Guy afirma que no me guarda rencor, pero lo que se dice y lo que de verdad se siente puede ser muy distinto. En cualquier caso –añadió, besando a Tess en la punta de la nariz–, estoy seguro de que harás que Guy vea lo acertado de ese matrimonio. Sin duda, guardas todavía algunas maldiciones que podrás usar como medio de persuasión, si se atreve a estar en desacuerdo.

–¡No soy ninguna bruja! –dijo Tess indignada. Se recostó en las almohadas y cruzó los brazos contra el pecho–. ¿Cómo se te ocurre decir una cosa tan horrible?

–Sólo bromeaba, pequeña. –Se inclinó sobre ella para acariciarle el cuello con la nariz–. Eres la mejor de todas las mujeres, una auténtica santa viviendo entre simples mortales.

–Ahora te burlas de mí –dijo malhumorada, aunque volvió la cabeza para exponer más su cuello a sus besos.

–Hmm, me parece que no –murmuró, mordisqueándole el lóbulo de la oreja. Bajó la mano, cogió el dobladillo de su camisón y se lo sacó por la cabeza con facilidad–. Si lo que hago es burlarme, entonces quiero burlarme de todo tu cuerpo.

Antes de que pudiera llevar a cabo la amenaza, Tess le hizo una pregunta que aquietó sus manos y que logró poner rígido su cuerpo.

–¿Qué le harás a Gordon?

–Vivirá. Por ahora –se corrigió–. Gordon viajará conmigo a Remmington cuando vaya a ver a su padre. Veremos en cuánto estima el viejo diablo a su hijo.

Tess negó con la cabeza.

–Dunmore MacLeith no entregará Remmington a cambio de su hijo. Tu plan no tendrá éxito si piensas usar a Gordon de cebo para hacer salir a Dunmore.

–No, ése no es mi plan. –Kenric se estiró junto a ella y se apoyó en un codo. Cogió las manos de Tess y las sostuvo juntas, dándole suaves besos en las puntas de los dedos. Sus ojos miraban fijamente los de ella por encima de las manos–. Dunmore verá sufrir a su hijo tanto como te han hecho sufrir a ti. Es parte del castigo por sus actos.

–Ciertamente, eres implacable –susurró.

–Eres tú la que ha sufrido, Tess. Si pides clemencia para ellos, te prometo que mataré con rapidez a los MacLeith. Pero no me pidas que les perdone la vida. Enemigos como ellos serán una amenaza para nuestra familia mientras vivan.

Tess frunció el ceño, pensativa.

–Los MacLeith no merecen que se ruegue por ellos. Lo único que merecen es que les impartas justicia. –Soltó sus manos y le acarició la cara–. Eres un hombre justo, mi amor. Tienes mi respeto y apoyo en todo. Nada de lo que digas o hagas será odioso o inaceptable a mis ojos. En este caso, no puedo imaginar ningún castigo que sea apropiado para sus crímenes, aunque tengo la sensación de que tú sí puedes, y que lo llevarás a cabo.

Kenric la apartó de su pecho y la miró con intensidad.

–He juzgado a muchos hombres y he matado a muchos más en batallas. Aunque no me gusta matar o castigar. No es una diversión para mí, Tess. Aunque, ¡que Dios me ayude!, en esta ocasión me temo que sentiré auténtico placer impartiendo justicia.

–¿Cómo lo harás? –preguntó ella con suavidad–. El resto de los feudos puede que caigan con facilidad, pero el castillo de Remmington tiene comida y agua dentro de sus murallas para resistir durante años. ¿Cuánto tiempo sobrevivirá tu ejército al invierno, viviendo de los campos yermos?

Kenric se encogió de hombros con despreocupación.

–MacLeith ya no es el señor de Remmington. Haré lo que sea necesario para recobrar la herencia de nuestro hijo. Espero que Dunmore y Gordon MacLeith estén muertos y enterrados antes de que mi hijo respire por primera vez. Debo confiar en que Dios me mostrará el camino.

–Confías mucho en el interés de Dios en este asunto –dijo escéptica.

–Confío en mis capacidades y en su justicia. Sé que tengo su apoyo, pues muchos nobles han puesto sus hombres y armas a mi disposición; barones que me hubieran vuelto la espalda si les hubiese pedido ayuda hace seis meses. No he solicitado nada y, sin embargo, ahora me ofrecen un ejército que incluso supera en número al mío. –Le dedicó a Tess una desvergonzada sonrisa que iluminó su expresión mientras le cogía la barbilla con una mano–. No sé si todo esto es por causa divina o por la tuya, mi amor. Es un hecho, la mayoría de los hombres no pueden resistir la idea de una damisela en peligro. Dado el ataque que has sufrido esta noche a manos de Gordon, todos en la corte creen que eres una heroína trágica de proporciones épicas. Que aceptes mi nombre y protección con tanta prontitud les indica sin lugar a dudas que, en efecto, eres una mujer desesperada.

–Sólo estoy desesperada por tu amor –contestó Tess con firmeza. Sus ojos adquirieron un matiz de ternura y luminosidad bajo la parpadeante luz de las velas. Se inclinó sobre él y acarició su pecho con intención de seducirlo–. Tras hacer ese malvado comentario que sólo te ha supuesto un pie lastimado, quizá puedas compensarme convenciéndome de que realmente me amas.

Kenric le dio toda la seguridad que necesitaba... y más.

29

La fortaleza de Remmington estaba situada en un profundo valle, como si se tratara de una fría y valiosa joya, y sus feudos y fortalezas se extendían ininterrumpidamente a lo largo de muchos kilómetros de la frontera norte de Inglaterra. Kenric hizo un alto en la cima de la última colina y contempló el verde y fértil valle que se extendía a sus pies, dominado por su futuro hogar. No apreció la fría e indomable belleza de Remmington. Sus ojos sólo evaluaban sus posibles puntos débiles. No podría cabalgar alrededor del perímetro de las murallas hasta el día siguiente, ya que acampar y colocar todo el equipamiento les llevaría lo que quedaba del día y gran parte de la noche. Desde aquella altura, Kenric pudo ver cuatro de las grandes torres y las puntas de otras cuatro tras ellas; dos de las seis torres más pequeñas que flanqueaban la barbacana también eran visibles, así como las dos torres gemelas de la puerta.

Un delgado hilo de humo se alzaba del extremo sur de las murallas. Sin duda, se trataba de la quema de la rampa que conducía a la poterna, pues MacLeith seguramente sabía de su llegada. Desde aquella altura, Kenric podía ver pequeños puntos en la lejanía que no eran sino soldados alineados en las almenas de la fortaleza, que desaparecerían de la vista y del alcance de los arcos cuando su ejército entrara en el valle. Kenric sonrió al imaginarse a su esposa en una de las torres, con un largo y colorido pañuelo ondeando al viento para dar la bienvenida a su esposo. Pero Tess se hallaba en la abadía de Kelso, bajo la custodia del padre Olwen, hasta que Kenric recobrara el control de su hogar. Ella supuso con ingenuidad que le permitiría acompañarlo a Remmington, y había discutido vehementemente cuando se dio cuenta de que pensaba dejarla en la abadía. Ni siquiera sus llorosas súplicas consiguieron que cambiara su decisión. Aparte de que su estado era poco apropiado para vivir en una tienda, no permitiría que su esposa estuviera a la vista de un MacLeith nunca jamás. También había dejado a Helen en Kelso, con la esperanza de que fuera de algún consuelo para Tess durante las semanas que estuvieran separados. Aunque todavía no sabía cómo iba a cumplir su palabra, le había prometido a Tess que su bebé nacería en Remmington. Levantó la mano e hizo señas a su ejército para que marchara hacia el valle.

El campamento de asedio de Kenric se extendía por gran parte de los campos y eclipsaba la aldea que había junto al castillo. Su primera sorpresa se produjo al amanecer, cuando los moradores de la aldea salieron de sus escondites en el bosque. El herrero, su jefe, le explicó el motivo de su extraño comportamiento a una sucesión de soldados de Kenric, hasta que se le permitió hablar con el líder. Normalmente los siervos de un castillo asediado se mantenían lo más apartados posible, pues sabían que los caballeros a ambos lados de las murallas del castillo valoraban las vidas de los campesinos mucho menos que sus corceles o espadas. Sin embargo, los aldeanos de Remmington estaban más que dispuestos a compartir sus míseras provisiones y a prestar cualquier ayuda que fuera posible al ejército de Kenric. Sólo habían conocido miseria y hambre bajo el mando de los MacLeith. Los siervos también tenían la leve esperanza de que sus hogares no fueran arrasados por el ejército asaltante si ofrecían su apoyo. No les importaba quién era Kenric ni sus razones para poner asedio al castillo. Sin embargo, el herrero se sintió conmovido hasta las lágrimas cuando supo que el feroz guerrero era el esposo de lady Tess. Era recordada con gran afecto por los aldeanos, pues muchos debían sus vidas a las curas y cuidados proporcionados por ella o por su madre. Kenric agradeció al herrero su oferta y prometió no destruir los hogares de los campesinos, consciente de que habría quemado la aldea hasta los cimientos si hubiera iniciado el ataque al castillo antes de su matrimonio.

Un poste de considerable altura fue clavado en el suelo a mediodía, a la vista de los soldados que se hallaban en las almenas. Llevaron a Gordon MacLeith ante Kenric, con su único brazo atado a la espalda y con una larga soga atada al cuello. El barón cogió el extremo de la soga y montó en su corcel, ignorando los insultos proferidos por Gordon mientras espoleaba al caballo con los talones y lo obligaba a un trote lo bastante rápido como para que el traidor tuviera que correr para no caer. Kenric fue más despacio mientras rodeaban el perímetro de la fortaleza fuera del alcance de los arcos, aunque oyó los insultos y abucheos proferidos desde las murallas. Cuando se acercaba al campamento de nuevo al final de su recorrido, oyó un profundo rugido de furia y supo que provenía del padre de su cautivo. Soltó la soga cuando Gordon estuvo frente al poste, y ordenó que fuera atado a él. Un profundo silencio cayó tanto en su campamento como en las murallas. Gordon tenía el aliento tan entrecortado que no podía decir nada. La voz de Kenric se oyó claramente y sus palabras erizaron el vello a más de uno.

–Tienes hasta la puesta de sol para salvar la vida de tu hijo, Dunmore MacLeith. Si abres las puertas proporcionaré a tus hombres salvoconducto hasta Escocia. En el caso de que las puertas sigan cerradas cuando caiga la noche, ahorcaré a tu hijo. Hasta tu rendición o su muerte, recibirá una veintena de latigazos cada hora.

Kenric se apartó del poste y condujo su caballo hasta las puertas de la fortaleza. Miró hacia arriba, a la muralla donde suponía que estaba Dunmore MacLeith, pues sabía que el escocés pensaría que le estaba mirando directamente a él.

–Has oído hablar de mí, MacLeith. Sabes la razón por la que me llaman el Carnicero. Si las puertas siguen cerradas al salir el sol, arrasaré estas murallas hasta que no quede piedra sobre piedra y destruiré todo lo que encuentre a mi paso. El hecho de que el castillo de Remmington sea de mi propiedad no contendrá mi espada. Mis cofres están repletos de oro de muchas campañas y puedo construir otra fortaleza. Si al amanecer sigues tras esas murallas, contempla bien las colinas detrás de ti, MacLeith, porque nunca volverás a caminar por ellas.

El corcel de Kenric reculó para apartarse de las puertas con pasos medidos. Finalmente obligó al animal a dar vueltas despacio alrededor del poste al que Gordon estaba atado. Éste permaneció en silencio, sabiendo que no había posibilidad de piedad en los ojos del guerrero.

La noche trajo un profundo silencio, sólo roto por el sonido de los grillos en los campos de alrededor y el ocasional ulular de un búho en el bosque cercano. Pero la calma se quebró cuando se oyeron las súplicas y gritos de temor de Gordon mientras era arrastrado hasta un alto y majestuoso roble. De nuevo cayó el silencio, y uno por uno los grillos comenzaron a chirriar de nuevo.

Más tarde, esa misma noche, Kenric yacía en su catre con un recipiente de vino vacío a su lado. No sentía remordimientos por lo que había ocurrido. Sus acciones respondían a la responsabilidad de su rango. En cualquier caso, le había dado a Gordon una muerte rápida, mucho más compasiva que la que merecía. Había puesto fin a la vida de un hombre que había causado más dolor a lo largo de su vida del que podría recibir en un solo día. Lo más importante era que por fin su esposa estaba a salvo para siempre de Gordon. Sólo quedaba su padrastro.

Tess rodó de costado y golpeó la almohada de paja de nuevo, anhelando la comodidad de su cama. La cama de Kenric. ¿Cómo podía haber olvidado de una forma tan rápida lo que era vivir con tan pocas comodidades? Miró al otro lado de la pequeña celda monacal y vio a Helen durmiendo profundamente en su propio jergón de paja, sorprendida de que la pequeña ventana dejara pasar la suficiente luz proveniente de la luna para ver algo.

«Cierra los ojos, Tess.»

Tess se sentó en el jergón y examinó las oscuras esquinas de la habitación. El pensamiento era suyo, pero las palabras parecían haber sido dichas en voz alta por una profunda voz masculina. «Son los nervios», decidió, y se volvió a tumbar. Cerró los ojos y trató de imaginar lo que su esposo podría estar haciendo en ese momento. Era tarde y sin duda estaría dormido en su tienda. Se lo imaginó tumbado en su catre, con un brazo descansando por encima de su cabeza y el otro sobre su pecho. Suspiró y, finalmente, se durmió.

En su sueño se unió a Kenric en el catre, sonriendo cuando él abrió los brazos para estrecharla en ellos. Yació allí contenta durante un tiempo hasta que la cortina de la tienda se abrió y entró un hombre. No sintió temor o sorpresa cuando reconoció a su padre, sino una enorme sensación de alegría teñida de tristeza. Los rasgos de su cara, borrosos en su memoria, se enfocaron nítidamente, y la asaltaron miles de recuerdos. Había olvidado lo alto y fuerte que era. Él le sonrió, luego su mirada se dirigió a la silueta dormida de su esposo y asintió con aprobación. Tess le devolvió la sonrisa, se levantó del catre y tomó la mano que él le ofrecía. Atravesaron la cortina de la tienda y salieron del recinto que formaba el campamento; después rodearon varios fuegos moribundos hasta que estuvieron bajo las murallas de Remmington. El antiguo barón contempló los muros durante largo tiempo y Tess pudo sentir la abrumadora tristeza de su padre por encontrarse fuera de las murallas, mientras el enemigo se atrincheraba dentro.

–Mira con atención, mi niña. –Tess no vio moverse sus labios pero oyó su voz igualmente. Su padre señaló hacia arriba, a un largo y estrecho canalón de desagüe que descendía de la torre que alojaba las cocinas–. Mi castillo tan sólo tiene un fallo.

Mientras Tess miraba, sombrías y fantasmales figuras de soldados emergieron de la noche y se arrastraron con sigilo hacia el canalón. No, no eran soldados, sino sombras proyectadas sobre el muro. La negra silueta de una escalera fantasma fue apoyada contra la muralla y los hombres empezaron a trepar. Primero subió un soldado pequeño para comprobar la fuerza de la tubería. Después, el resto trepó uno a uno hasta que más de una veintena de oscuras sombras se encontraron dentro de las murallas de la fortaleza.

–Conoces el trazado del castillo –dijo su padre, mirando por encima del hombro de su hija, sin dirigirse a ella–. A partir de aquí, será tu destreza la que te lleve a la victoria o la derrota.

Tess miró hacia atrás, sorprendida al ver a Kenric de pie allí. Él asintió con solemnidad a las palabras de su padre.

–Regresa a tus sueños, hija.

El padre de Tess puso una mano con ternura sobre sus ojos.

Al igual que si hubiera tenido lugar un acontecimiento importante, ella se sintió descansada y completamente en paz. El recuerdo de un sueño envuelto en nieblas flotaba en sus sentidos y luchó por despertarse, pensando que podría recordarlo mejor cuando estuviera despejada. Lo primero que vio cuando abrió los ojos fue el jergón vacío de Helen. Examinó la oscura habitación hasta que encontró a su cuñada con la espalda apoyada contra la esquina de una pared de la habitación y con los ojos muy abiertos por el miedo.

–¿Tú también lo has visto? –le preguntó. El recuerdo del sueño le sobrevino a la mente de golpe.

Helen asintió con un brusco movimiento de cabeza.

–¿Milord?

Kenric apartó su mirada del canalón, sorprendido al ver que Tess y su padre habían desaparecido. Sus ojos estaban vidriosos y algo desenfocados cuando se volvió para mirar a Fitz Alan.

–Kenric, ¿estás despierto? –preguntó Fitz Alan en un susurro para que los soldados apostados en lo alto de la muralla no les oyeran.

A esa distancia eran blancos fáciles, pues estaban al alcance de los arqueros del enemigo. Había visto como su señor salía de su tienda y le había seguido hasta el pie de la torre sur. Algo en los gestos de Kenric había impedido a Fitz Alan llamarle o incluso cogerle del brazo hasta ese momento. Era como si el barón estuviese aturdido; caminaba como un sonámbulo, con los ojos abiertos pero sin ver. Aunque la noche no era fría, la vacía mirada en los ojos de Kenric hizo que un escalofrío recorriese a Fitz Alan.

–Debemos alejarnos de aquí, milord. Con una luna tan brillante es peligroso acercarse tanto al enemigo.

Fitz Alan aguardó un momento. Luego, cuando vio que no hacía ningún movimiento por sí mismo, cogió a Kenric por el codo y lo condujo tan sigilosamente como le fue posible de vuelta a su tienda, aliviado por no cruzarse con algún soldado que, sin duda, haría preguntas sobre la extraña conducta de su señor. Kenric pareció salir de su extraño letargo en el momento en que entró en su tienda.

–He encontrado el punto débil, Fitz Alan –dijo Kenric con voz tranquila.

Encendió el velón que tenía junto a su catre y abrió un pequeño cofre. Sacó y desenrolló el plano del castillo de Remmington que había dibujado con ayuda de su esposa, y le indicó a Fitz Alan que se sentara junto a él para que pudieran estudiar el mapa.

Fitz Alan escuchó asombrado mientras su señor le explicaba su plan para tomar el castillo. La noche del día siguiente, mientras el castillo durmiera, veinte hombres escalarían la tubería de desagüe que conducía a una ventana que daba a las cocinas. Una vez allí, reducirían a los sirvientes y, en el caso de que no ofrecieran resistencia ni tuvieran intención de dar la alarma, los encerrarían en una de las despensas. Luego los hombres se dirigirían al adarve de las murallas. Con suerte, los pocos soldados que estuvieran de guardia serían reducidos en silencio y podrían llegar a las puertas con poca o ninguna lucha.

El plan resultó incluso mejor de lo que Kenric había esperado. No sólo llegaron él y sus hombres a la puerta sin que se diera la alarma, sino que la mayoría de los guardias de la puerta estaban profundamente dormidos. Bajaron con facilidad las cadenas del puente levadizo y alzaron las verjas para permitir que el ejército de Kenric entrara en la fortaleza antes de que el enemigo se despertara por completo. Sus soldados avanzaron con rapidez hacia la torre del homenaje y se adueñaron de ella antes de que los MacLeith pudieran utilizarla como último refugio.

Los sonidos de la batalla resonaron dentro de las murallas de Remmington tan sólo durante tres horas. Fue incluso demasiado fácil. Los MacLeith que no murieron en la batalla fueron conducidos a las mazmorras. Kenric liberó a los pobres desgraciados que encontró encarcelados allí y les ordenó salir de la fortaleza, convencido de que sus crímenes no podían ser tan grandes como los de sus captores. Luego llegó el momento de buscar a Dunmore

MacLeith. Aunque interrogó a cada prisionero, ninguno supo o quiso decirle dónde podría encontrarse el lord. Kenric empezó a preguntarse si MacLeith había hallado una forma de salir del castillo mediante algún pasadizo secreto.

Para gran placer suyo, fue Kenric quien descubrió finalmente el escondrijo de su enemigo. Estaba registrando el piso más alto de la torre norte cuando la puerta de un guardarropa se abrió de golpe y su ocupante surgió del interior con un destello de mortales aceros. Kenric reconoció a su adversario al instante gracias a las descripciones de su esposa, y su sonrisa fue fría y despiadada mientras sacaba su propia espada.

–Será mejor que digas tus plegarias –le advirtió MacLeith, sonriendo a su vez cuando Kenric ordenó a sus hombres que se apartaran.

El traidor se agazapó adoptando una postura de combate, dando vueltas despacio con pasos medidos en torno a su enemigo y hablando con marcado acento escocés.

–No voy a entregar este castillo a alguien como tú, Montague. Se dice que la muerte guía tu espada, pero es el diablo quien guía la mía.

Kenric siguió los movimientos de MacLeith con la punta de su espada, contentándose con aguardar su ataque.

–Antes de que este día termine, presentarás mis respetos personalmente a quienquiera que te encuentres en el más allá –aseguró Kenric.

–Esto es entre tú y yo –dijo MacLeith, trazando pequeños círculos en el aire con la *claymore* que empuñaba en su mano derecha. En la izquierda sostenía un puñal escocés igual de mortífero–. Quiero tu palabra de que tus hombres respetarán mi victoria cuando te corte el cuello.

Kenric negó con la cabeza.

–No saldrás vivo de aquí. Aunque un rayo me alcanzase en este mismo momento, tendrías que luchar con todos y cada uno de mis hombres que te encontrases en el camino que lleva a tu tumba.

El veterano guerrero escocés se encogió de hombros casi imperceptiblemente, como si esperara esa respuesta.

–Entonces será mejor que empiece ya.

Las palabras no habían terminado siquiera de salir de su boca cuando su *claymore* golpeó el acero de Kenric. MacLeith era un guerrero hábil, pero no tan diestro como Kenric. Sus espadas resonaron con el fiero sonido de la batalla. No había pasado más de media hora cuando MacLeith se dio cuenta de que sólo le quedaban unos momentos antes de ser derrotado. Y lo peor era que todo indicaba que el Carnicero de Gales lo quería vivo. Golpes que deberían haber causado su muerte eran desviados en el último momento para infligir profundos y salvajes cortes en sus brazos y en su pecho, pues su cota de malla no era rival para la fuerza que agitaba la espada que destrozaba su cuerpo. Reculando hacia la puerta, Dunmore se fue moviendo hacia las almenas.

El viento soplaba con fuerza a esa altura y MacLeith se tambaleó mientras se alejaba del hombre que le perseguía. No había esperanza de huir y tampoco podía esperar una muerte rápida a manos del vencedor. Reconociendo el fuego que ardía intensamente en los ojos de su enemigo, Dunmore supo que el castigo que le esperaba por sus crímenes sería largo y doloroso. Echó una última mirada a las murallas del castillo de Remmington, lamentando haber esgrimido durante tan sólo cinco años el poder que acompañaba a semejante fortaleza. Retrocedió de nuevo y puso unos cuantos pasos más de distancia entre ellos, agradecido porque la seguridad que tenía el Carnicero en su victoria le iba a proporcionar la oportunidad que necesitaba.

Kenric no se dio cuenta de la intención de MacLeith hasta que fue demasiado tarde. El veterano guerrero pareció viejo y vencido durante un momento y, al siguiente, saltó ágilmente y se subió al parapeto con un destello de desafío en sus ojos. Aunque Kenric se lanzó hacia delante, MacLeith blandió su *claymore* sobre su cabeza y soltó un feroz grito de batalla mientras saltaba de la muralla a una muerte segura.

Kenric se asomó sobre las almenas y observó desde lo alto el cuerpo roto que yacía mucho más abajo. No entraba en sus planes que muriera tan pronto, pero la pesadilla había terminado. El largo y sangriento reinado de Dunmore MacLeith había llegado a su fin.

30

Tess no sonrió cuando cruzó las puertas de su hogar por primera vez en cinco años. No, sentía ganas de llorar. ¡Tanta muerte y destrucción desde que su padre cabalgó por última vez por aquellas puertas! Tanta miseria, tanto derramamiento de sangre. MacLeith había dejado su huella en Remmington de muchas formas. Los soldados escoceses que antaño guardaban las murallas ya no estaban, y los que habían sobrevivido fueron despojados de sus caballos y armas antes de ser escoltados hasta la frontera. Su tío Ian estaba al otro lado, asegurándose de que pasaran rápidamente a través de sus tierras. Supo por Simon que muchos otros poderosos lairds más al norte de las posesiones de su tío aguardaban para darles la misma rápida escolta. Nadie ofrecería refugio al ejército vencido de los MacLeith.

Tess estaba agradecida de que fueran tan pocos los hombres de Kenric heridos en la lucha y asombrada de que ninguno hubiese muerto. Todo había ocurrido tan rápido que pocos de sus vasallos habían resultado heridos, y tan sólo uno murió de una caída. Los rumores de la habilidad de los soldados de su esposo ciertamente estaban bien fundados, pues más de un centenar de los hombres de MacLeith perdieron sus vidas en aquel sangriento día. Ella y Helen oyeron el relato de la victoria de Kenric muchas veces por boca de Simon, Evard y Fitz Alan. El viaje desde Kelso, largo y lento debido a su avanzado embarazo, les dio tiempo de sobra para contarles el relato una y otra vez. La primera vez que

Tess oyó la historia, no pudo ocultar su sorpresa, pues podía recordar con total exactitud la aparición del fantasma de su padre. Deseaba hablar del sueño con Kenric, porque no se atrevía a conversar de ello con nadie más. Sin embargo, su esposo no cabalgó con sus hombres para recogerla. Trató de ser comprensiva cuando Fitz Alan le explicó que Kenric había ido con su hermano a asegurar las demás posesiones de Remmington y que no estaría en la fortaleza cuando ella llegara. Se esforzó mucho en no sentir lástima de sí misma. Tess no quería enfrentarse a lo que había hecho MacLeith en el interior de su hogar. No sin tener a Kenric a su lado. Estaba segura de que las imágenes iban a ser desoladoras y necesitaba su apoyo. ¿Por qué la mandaría a buscar, si sabía que no quería afrontar su regreso a casa sola?

Atravesó las puertas de su hogar sin prestar mucha atención. Tess estaba tan absorta en sus pensamientos que al principio no se dio cuenta de la multitud que se hallaba reunida en el patio inferior. Cuando se alzó un clamor para darle la bienvenida, se quedó asombrada.

El patio estaba a rebosar. Pudo distinguir a los caballeros y a los soldados de Kenric y, para gran alegría suya, reconoció muchas caras de aldeanos y vasallos del castillo que habían sobrevivido a los MacLeith. Pero el rostro que causó que una luz iluminara el suyo fue el de su esposo, que la aguardaba con los brazos cruzados y los pies firmemente plantados en lo alto de los escalones que llevaban al gran salón.

Kenric descendió los escalones despacio, viendo como se acercaba su esposa, hasta que se encontró con ella en la base de las escaleras. Se hizo cargo de las riendas de su caballo y luego la cogió en sus brazos con cuidado. Tess le echó los brazos al cuello, sin poder creer que estuviera allí para recibirla.

–Simon y Evard dijeron que no volverías hasta...

–Los otros castillos cayeron con facilidad una vez que los vasallos supieron que MacLeith había muerto –dijo Kenric para explicar su presencia.

Sin soltarla, se volvió hacia el gentío.

–Vuestra señora ha sido devuelta a su puesto, Remmington, y lleva consigo al futuro heredero.

Aunque los rumores habían extendido la noticia mucho antes del anuncio de su nuevo barón, la multitud reaccionó con júbilo. Kenric aguardó a que los gritos y el estrépito de las espadas golpeadas contra los escudos disminuyeran, y luego les dio otro motivo para lanzar vivas.

–Éste es un día de festejos y celebraciones. Los almacenes han sido abiertos. Podéis disfrutar de la comida y la bebida de Remmington con la bendición de vuestros señores.

Kenric no se entretuvo en disfrutar los gritos de alegría de la multitud.

Incapaz de apartar la mirada del amado rostro de su esposo, Tess fue vagamente consciente de pasar a través del gran salón y subir las escaleras que llevaban a la antigua habitación de sus padres. Se movió en sus brazos y trató de atrapar su boca. Él levantó la barbilla evitando sus besos mientras negaba con la cabeza.

–No, cariño. Si me besas ahora, acabaremos haciendo el amor en esta escalera. Es peligroso, y deseo poseerte en la comodidad de una cama.

Tess asintió con una sonrisa, aunque empezó a temer el momento de entrar en la habitación de sus padres. Contenía demasiados recuerdos y sospechaba que las huellas de la estancia de Dunmore MacLeith harían que el lugar le resultara repulsivo. Kenric abrió la puerta de una patada y ella soltó el aliento que había contenido en un enorme suspiro de alivio. No quedaba ni rastro de MacLeith en la alcoba. De hecho, tampoco se parecía a la antigua habitación de sus padres. El aposento era exactamente igual a la alcoba de Kenric en Montague. Todos sus muebles, desde la enorme cama hasta las alfombras, cofres y trofeos estaban en el mismo lugar, tal y como los recordaba. Ése fue el último pensamiento que le dedicó a la habitación, pues los labios de su esposo descendieron sobre los suyos reclamándola en un profundo beso que le llegó hasta el alma.

No había bromeado con ella en las escaleras. No hubo forma de controlarle cuando sus labios tocaron los suyos. Su manto, su corpiño, su túnica y su camisa volaron por la habitación junto con las ropas de Kenric, como hojas arrancadas por un fuerte viento de otoño. No se sintió satisfecho hasta que estuvo desnuda y la hizo prisionera con su boca y sus manos.

–Acabarás matándome –declaró Kenric, cuando ambos quedaron finalmente saciados. Se tumbó de espaldas y estiró su cuerpo en la cama, sujetando a Tess contra su costado con un brazo–. Me quedo asombrado cada vez que sobrevivo a tu pasión.

–Mmm –murmuró ella, acariciando su mejilla contra su pecho–. Es bastante inquietante, ¿verdad?

–Sin duda te han contado ya cómo recobramos Remmington –dijo de pronto.

Tess asintió.

–¿Cómo supiste lo del canalón de desagüe?

–Un sueño. –Se recostó en la cama y, con una mano detrás de la cabeza, se quedó mirando al dosel–. Al menos creo que fue un sueño. Cuatro días después de acampar ante Remmington, mientras me encontraba durmiendo en mi tienda, tuve un sueño muy agradable en el que mi esposa se unía a mí en la cama. Justo cuando empezaba a besarla, un hombre apareció, un extraño, aunque sus rasgos me resultaron vagamente familiares. De algún modo supe que aquel hombre era mi suegro. Te condujo fuera de la tienda y se volvió mientras apartaba la cortina para indicarme que os acompañara. Le seguí hasta las murallas, donde me enseñó cómo se podía entrar en el castillo. Podía ver imágenes fantasmales de mis propios hombres subiendo la muralla. Cuando bajé la vista, tú y tu padre os habíais ido.

–Yo tuve el mismo sueño. –Atrapó entre sus dientes su labio inferior mientras lo miraba fijamente–. ¿De verdad piensas que soy una bruja?

–Eres mi esposa –murmuró, envolviéndola en un tierno abrazo–. También eres la madre de mi hijo y la mujer que amo más que a nada en el mundo. Aparte de eso, no me importa lo que otros te llamen a causa de tus extrañas habilidades. Siempre he pensado que eres especial, Tess. Lo que tienes es un don de Dios, pues con certeza el diablo no podría encontrar acogida en un alma tan bondadosa como la tuya. A menudo los hombres han tratado de destruir lo que no comprenden, así que será mejor que guardemos este secreto entre nosotros. No hay nada que pueda hacerme pensar mal de ti, cariño. Si algún hombre tratara de perseguirte o de causarte algún daño, protegería tu vida con la mía.

–¿De verdad no te importa? –preguntó ella con ansiedad.

Él la besó en la frente y la miró con ternura a los ojos.

–Lo único que me importa es que me amas.

Ella sonrió y se estrechó contra su pecho. Tras cinco largos años de sueños imposibles y esperanzas frustradas, Tess finalmente había vuelto a casa.

Epílogo

Cinco años después

–Trevor, Tristan, no le gastéis bromas a Agnes –les advirtió Tess, agitando un dedo ante los gemelos idénticos. Recibió dos serios asentimientos en respuesta a su esfuerzo, con toda la solemnidad que podía provenir de dos niños de cuatro años–. Vuestro hermano Phillip acaba de cenar y quiero que todos mis niños se duerman ahora.

–Phillip quiere oír un cuento más, mamá.

Trevor señaló la cuna donde su reciente hermano gorjeaba feliz.

–Sí, la historia del zorro travieso –interrumpió Tristan.

–Ya os he contado un cuento esta noche, jovencitos. Ahora a dormir. Vuestra madre también necesita descansar.

Tess metió a los niños en sus camas, le dio a cada uno un beso de buenas noches y cerró la puerta del dormitorio con una sonrisa. Sus hijos dormían en la habitación que fue suya de niña y que era contigua a la alcoba que compartía ahora con su esposo. La hija de Miriam, Agnes, dormía en la misma habitación, y ayudaba a Tess a cuidar de los niños.

Ansiosa por dormir un poco, Tess se apresuró hacia sus aposentos. Puede que Phillip estuviese saciado y feliz en ese momento, pero Agnes le traería al bebé en tres o cuatro horas para que le diera el pecho de nuevo.

Era asombroso lo fácil que era cuidar de un solo bebé tras la sorpresa del nacimiento de los gemelos. Kenric incluso se tomó con calma su último embarazo, sin preocuparse tanto por el resultado como había hecho con los gemelos. Tess aún podía recordar las graciosas expresiones de la cara de Kenric cuando engordó tanto a causa de los gemelos. Se quedaba mirando horrorizado su vientre, convencido de que daría a luz a un hombre completamente crecido. Sí, los gemelos fueron una sorpresa agradable, ya que hasta ella empezó a preocuparse por su tamaño mucho antes del parto. Pero había sido doblemente recompensada por sus preocupaciones. Ambos eran la viva imagen de su padre, pues habían heredado el pelo oscuro y los ojos de color gris humo de Kenric. Phillip también era moreno como su padre, pero Tess esperaba secretamente que conservara los ojos azules que se volvían de un tono más violeta cada día. No podía esperar a presumir de ese rasgo ante su esposo.

Estaba segura de que Kenric volvería cualquier día de su viaje a Montague. Aunque Guy había demostrado ser un gobernante juicioso y capaz pese a su juventud, recientemente se había metido en problemas que requerían el consejo de su hermano y la presencia de su poderoso ejército.

Poco antes del nacimiento de Phillip, llegaron noticias de que Guy solicitaba la ayuda de su hermano mayor, pero Kenric había retrasado el viaje a Montague hasta después del parto. Casi se había negado del todo a hacer el viaje cuando Tess trató de continuar con la crianza de los gemelos demasiado pronto. Incluso tuvo que obligarla a volver a la cama hasta que recobrara las fuerzas. Aunque mostraba bastante reticencia a viajar, Tess sospechaba que deseaba volver a combatir de nuevo junto a su hermano, en el caso de que el temerario desafío de Guy acabara en batalla. Incluso se había llevado con él a Roger Fitz Alan, un signo claro de que esperaba tener que usar su espada. Pobre Helen, probablemente estaría en aquel momento maldiciendo a su esposo por dejarla sola con dos niñas pequeñas y otro niño en camino.

Tess se dejó caer fatigada en su cama y cerró los ojos. Una sonrisa iluminó su cara. La alegría y la satisfacción se reflejaban en su expresión. Otra semana como mucho y su vida sería completa de nuevo, pues Kenric volvería a estar a su lado. Se despertó varias horas más tarde y un rápido vistazo a la ventana le dijo que era noche cerrada. Sin embargo podía oír los ecos del ruido producido por muchos caballos en el patio interior. Se sentó en la cama con el corazón latiendo enloquecido, cuando se dio cuenta de que el alboroto probablemente fuera causado por el regreso de su esposo a Remmington.

Kenric entró en su habitación poco tiempo después y se le erizó el vello de la nuca ante la visión que se le presentó. Tess estaba sentada en la cama con una maravillosa sonrisa dibujada en sus labios. La luz de dos gruesas y altas velas que ardían al otro lado de la cama arrojaban un fulgor dorado sobre su pelo, y el cálido resplandor le invitaba a acercarse desde las oscuras sombras de la habitación. Era el retrato exacto de una imagen que recordaba haber visto hacía muchos años. Murmuró un saludo en voz tan baja que su esposa probablemente no lo oyó.

–Sabía que te encontraría así.

–¡Kenric! –Su sonrisa casi lo cegó. Extendió los brazos y lo estrechó contra su cuerpo cuando él se sentó en la cama–. ¡Te he echado tanto de menos!

–¿Te sientes mejor? –preguntó, estrechándola contra su pecho. Sabía antes de preguntarlo que la salud de su esposa no podía ser mejor, pues durante su ausencia había enviado constantemente mensajeros entre Remmington y Montague con el único propósito de asegurarse de que su familia estaba bien.

–Me siento de maravilla ahora que has vuelto –suspiró, satisfecha al estar rodeada de nuevo por sus brazos–. ¡Parece que haya pasado un año en vez de un mes! ¿Qué piensas de tu nuevo hijo?

Kenric acarició su mejilla contra el pelo de Tess, mucho más interesado en los suaves aromas y la sedosa suavidad del cuerpo de su esposa en ese momento.

–¿Mi hijo?

–Tu hijo –le reprendió Tess, dándole un pequeño golpe cariñoso en el brazo mientras se apartaba un poco. Había creído equivocadamente que Kenric había ido a ver a los niños como acostumbraba a hacer antes de retirarse a su alcoba todas las noches–.

Te marchaste sólo una semana después de que naciera. ¡No puedes haberte olvidado ya del bebé! ¿O todavía estás refunfuñando porque aún no he dado luz a una niña?

–Me parece recordar haber tenido esta conversación antes –contestó, sonriendo ante su seria expresión.

No era el primer incidente que «revivía». Recordaba con todo lujo de detalles la noche en la que Tess yacía en cama con fiebre, con el mismo aspecto que en ese mismo momento y diciendo casi las mismas palabras. Las primeras experiencias de ese tipo le habían dado escalofríos, al ser increíblemente fieles a las visiones de su esposa. Sin embargo, poco a poco se había ido acostumbrando a sus inusuales habilidades, y la extraña experiencia de vivir una de sus visiones rara vez le preocupaba.

–Entonces di que estás feliz de tener tres hijos maravillosos –le amonestó, sin entender el oculto significado tras sus palabras.

–Espera –dijo, apartándola de su regazo para quitarse la túnica y la camisa. Después la cogió en brazos de nuevo y le ofreció su pecho desnudo, sonriendo maliciosamente–. Ahora te puedes apoyar contra mi pecho, esposa.

–¿Cómo sabías que era eso lo que iba a hacer? –preguntó suspicaz, rechazando su orden.

Pero no pudo evitar trazar con su dedo una línea desde su nuca hasta la cintura de sus calzones. Le encantaba el tacto de esa sólida muralla de músculos y sintió un escalofrío de anticipación.

–Es de una antigua visión, mi vida. ¿Recuerdas la fiebre que tuviste la primera semana de nuestro matrimonio? –Se encogió de hombros cuando ella negó con la cabeza y le dijo que recordaba poco de su enfermedad–. Es casi lo mismo, aunque debemos cambiar una parte. No hicimos el amor en aquel entonces. Nada podrá apartarme de ti esta noche.

El deseo relampagueó en los ojos de Kenric justo antes de atrapar los labios de Tess en un largo y profundo beso que les dejó con ganas de más. Se quitó las botas, y éstas cayeron al suelo al mismo tiempo que desataba el cuello de su camisón para acariciar con la nariz sus hombros.

–Te he echado mucho de menos, mi amor. Tenemos que recuperar el tiempo perdido.

–Ya ha pasado el tiempo suficiente desde el parto para empezar a trabajar en tu niña –ronroneó ella seductora, exponiendo el cuello a sus labios.

Tess finalmente se apartó para ser ella la provocadora, y trazó un errático camino en su cuello con pequeños besos mientras las puntas de sus dedos vagaban por el interior del muslo enfundado en cuero, acercándose cada vez más a la rigidez de su deseo.

Kenric se hallaba completamente entregado al acto de ser seducido por su esposa, cuando de pronto la dejó caer con brusquedad en la cama y saltó en dirección a la puerta con la espada ya en la mano. Un segundo después, la punta de su arma descansaba en el cuello del silencioso intruso que había entrado en la habitación. Asustada, la pobre Agnes lanzó un grito de terror y casi dejó caer su preciosa carga. Phillip empezó a llorar bastante alto en protesta por el alboroto.

–¡Maldita sea! –rugió Kenric, para luego suspirar con impaciencia cuando Agnes volvió a saltar ante su grito. Envainó de golpe la espada y cogió a su lloroso hijo de los brazos de la aterrada mujer–. No estaría de más que llamaras a la puerta de tu señor a esta hora de la noche, o a cualquier otra –le advirtió amenazador, imaginándose con claridad la escena que Agnes podría haber interrumpido.

Iba a ordenar a la mujer que saliera cuando la voz de Tess le detuvo.

–Kenric, casi matas a Agnes del susto. Sólo estaba siendo considerada, tratando de no despertarme antes de lo necesario. Cada noche me ha traído a nuestro bebé para que le diera el pecho. A menudo lo deja en la cama tan sigilosamente que apenas me despierto hasta que está bien alimentado, y se encarga luego de dejarlo a salvo en su cuna. –Tuvo que gritar para hacerse oír por encima de los llantos del bebé–. ¿No sabías que había vuelto el barón, Agnes?

–No, milady –contestó la doncella igual de alto, a la vez que hacía una rápida y nerviosa reverencia a su señor–. Bienvenido a casa, milord.

–Mis disculpas, Agnes, si te he asustado –dijo a la doncella, que se sorprendió ante su amabilidad–. Has servido a mi dama adecuadamente y mereces mi agradecimiento. Vuelve ahora a tu cama. Llevaré al bebé de vuelta a su cuna cuando termine.

Agnes salió de la habitación tan deprisa como pudo. Kenric bajó la vista a la cara de su hijo pequeño, congestionada y roja ahora por el llanto. Sonrió ante los hambrientos lloros aunque le dolían los oídos. La sonrisa se tornó en una mueca de dolor cuando el bebé cogió en su gordezuela mano un puñado de pelos del pecho de su padre y arrancó unos cuantos.

–¡Ay! –Kenric se frotó el pecho dolorido. Parecía perplejo cuando miró a su esposa–. Creo que no le caigo bien.

–Busca algo que no tienes –contestó ella, riendo suavemente y extendiendo los brazos para coger al bebé.

El bebé se calló en el momento en que Tess lo cogió en brazos. Kenric se sentó junto a su mujer y a su hijo en la cama, pensando que no había nada más bello que la imagen de una madre alimentando a un recién nacido. Acarició la suave cabeza de Phillip con su mano y lo besó en la coronilla, convencido de que el frágil bebé que habían creado crecería para hacerse tan fuerte y sano como sus hermanos.

–Se me hace raro ver sólo a un niño mamando de tu pecho –murmuró, viendo como Tess se cambiaba el bebé de brazo.

Le parecía que había pasado toda una vida desde que juró no casarse y privarse así de una esposa e hijos. Ahora podía ver lo que aquella promesa estuvo a punto de costarle. La punzada que había sentido momentos antes, ahora la sintió en su pecho. Antaño había mantenido ese sentimiento encerrado en su interior, sin permitir que nada tocara su corazón. ¿De verdad había creído que permitirse a sí mismo amar a Tess le haría débil y vulnerable?

Ella cruzó la mirada con él en ese momento y le dedicó una suave sonrisa. La respuesta estaba, como siempre, en los ojos de Tess. No, su amor no le había hecho más débil, sino que los había hecho más fuertes a ambos.

–Tu hijo ya ha terminado de comer –dijo ella en voz baja, señalando con la cabeza al bebé dormido en sus brazos. Parecía perpleja por la intensidad de la expresión de su esposo.

–No te muevas –dijo Kenric, cogiendo el bebé mientras se levantaba de la cama.

Cuando volvió a la cama con ella, le murmuró al oído:

–Te quiero, esposa. –Su cálido aliento asaltó sus sentidos e hizo que su cuerpo despertara al instante del corto sopor de la maternidad. La dura evidencia de su excitación presionaba contra su vientre y le mostraba la veracidad de sus siguientes palabras–. Y te necesito ahora, que Dios me ayude.

–Todavía tienes que contarme cómo te fue en el viaje –murmuró Tess con la voz ronca por el deseo mientras arqueaba las caderas, sin importarle realmente la respuesta–. ¿Piensa Guy casarse con esa mujer que secuestró?

Kenric trazó un camino de besos hasta sus labios y penetró en la dulzura de su esposa mientras susurraba la respuesta contra su boca.

Tess no recordó ni una palabra

Encadenados

Traducción de
Raquel Duato García

A Jennifer Pattison Hall, por su incansable cruzada en la lucha contra los horarios abusivos.

Quiero dar las gracias especialmente a Mr. C. H. Ostfeld, de Milán, por todas las frases en italiano que aparecen en este libro y por su heroico rescate de las canciones infantiles.

1

Norte de Inglaterra, 1288

El barón de Montague entró a caballo en el castillo de Lonsdale como si le perteneciera. Cabalgaba sobre un enorme corcel negro, y su armadura brillaba tanto bajo el sol de mediodía que aquellos que aclamaban su llegada tenían que protegerse los ojos a su paso. Una veintena de caballeros con sobrevestes azules y blancos marchaban tras él. Las lanzas de los guerreros descansaban en sus soportes cerca de los estribos, y sus puntas se elevaban hacia el cielo con un largo y ondeante banderín atado en el extremo que representaba al lobo blanco de Montague sobre un campo azul oscuro.

Guy examinaba atentamente todo lo que alcanzaba a ver del castillo. La enorme torre de entrada con sus dos barbacanas y las puertas dobles parecía bien cuidada, y las edificaciones anexas que se encontraban frente a él estaban recién pintadas. La torre del homenaje de seis alturas, que se asentaba sobre un elevado montículo en el centro de la fortificación, también se hallaba en buen estado. Guy no conocía al barón de Lonsdale, pero viendo sus propiedades podía asegurar que aquel hombre conocía el valor de una fortaleza bien administrada. Por lo visto, el dueño y señor de todo aquello conocía el valor de muchas cosas, incluido el del ruinoso castillo que pretendía venderle a cambio de una fortuna.

Evard de Cordray, el lugarteniente de Guy, cabalgaba junto a él. Se había quitado el yelmo, lo que dejó a la vista su pelo oscuro y sus ojos verdes, que también escrutaban el patio interior.

–Es una magnífica bienvenida, ¿no crees, milord?

–Un inicio prometedor, Evard. –El barón fijó la mirada en las altas murallas de piedra de Lonsdale, que bloqueaban el paso a la fría brisa estival. El sol golpeaba sin piedad sobre su armadura. Se quitó el yelmo y lo sujetó bajo el brazo, lo que provocó que la multitud estallara en un rugido de aprobación. En respuesta, Guy sacudió la cabeza y suspiró–. Actúan como si les obsequiara con un trofeo.

–Y así es. –Evard lanzó una cautelosa mirada a su alrededor a pesar de que era casi imposible que alguien pudiera escuchar su conversación, apagada por el repiqueteo de cascos y armaduras y el bullicio de la propia multitud–. Su barón se convertirá en un hombre rico como resultado de tu visita. De una forma u otra todos sacarán provecho de la nueva riqueza de su señor.

Guy dirigió su mirada a los sonrientes rostros llenos de excitación de la muchedumbre, que bien podrían ser el reflejo de la codicia. Se sentía como un cerdo bien cebado al que llevaban al matadero.

–Por el precio que pide su barón, cualquiera diría que pretendo comprar el mismísimo Lonsdale.

–Posees un ejército lo bastante poderoso como para hacerte con Halford Hall –comentó Evard bajando la voz–. ¿Por qué negociar, entonces, con un hombre en el que no confías?

Guy negó con la cabeza.

–Una guerra no aliviará el sufrimiento de Halford. Prefiero lograr mi objetivo sin que haya derramamiento de sangre.

Su lugarteniente asintió, pero expresó otra preocupación:

–Aun así, sigo considerando un error entrar en Lonsdale con tan sólo una veintena de caballeros a tu espalda.

–He sopesado los riesgos, Evard. Lonsdale sabe que si me toma como prisionero, habrá guerra. Mi muerte sólo acarrearía derramamiento de sangre. A él, más que a nadie, le conviene ser un anfitrión agradable, ya que de esa forma conseguirá el oro que desea. –El negro corcel empezó a sacudir la cabeza y Guy dejó de tirar con tanta fuerza de las riendas, consciente de que el animal podía sentir su tensión–. Incluso en el improbable caso de que llegara a emplear algún ardid para traicionarme, lo tendríamos todo a nuestro favor. No me cabe la más mínima duda de que nuestro espía sabe tanto sobre esta fortaleza como el propio barón de Lonsdale.

–Es una ventaja –acordó su lugarteniente sin mucho entusiasmo.

Guy volvió a dirigir su atención a las diversas construcciones que componían la fortaleza y observó con interés las vidrieras de colores de una gran capilla.

–Asegúrate de que alojan a todos nuestros hombres juntos –ordenó a Evard–. Tú permanecerás con ellos para asegurarte de que no acepten con excesiva generosidad la hospitalidad de Lonsdale. Nada de mujeres y no más de un pequeño trago de vino o cerveza.

–Se sentirán afligidos al oír eso, milord.

–También se sentirían afligidos si...

El barón perdió el hilo de lo que iba a decir cuando su mirada se dirigió a una de las puertas de la capilla. En el rincón más oscuro de la entrada le pareció vislumbrar el pálido óvalo del rostro de una joven suspendido entre las sombras. La aparición se adelantó un poco y él suspiró aliviado. La supuesta visión era, en realidad, una mujer que también lo miraba fijamente.

Guy observó como lo contemplaba, sorprendido de ser él quien despertara su interés, y no la ruidosa comitiva. Mantenía las manos sobre la cintura, y su expresión era tan serena que Guy sintió como su propia tensión empezaba a desaparecer. Al acercarse a la capilla, sus rasgos se volvieron más nítidos. Todavía estaba demasiado lejos como para saber de qué color eran sus ojos, pero por alguna razón que desconocía, le parecieron inquietantemente familiares. Estaba seguro de haberlos visto en alguna otra ocasión. De hecho, eran su único rasgo notable. Su pelo era de un color castaño oscuro bastante común; la inclinación de su nariz no era tan refinada como a él le hubiera gustado, y sus pómulos eran demasiado altos y marcados para favorecer la redondez de su mentón.

La miró detenidamente, intentando encontrar una palabra para describirla. Pocos dirían que era atractiva o incluso bonita.

Esos términos eran demasiado superficiales para describir un rostro como el suyo.

Adorable.

Esa palabra se acercaba mucho. «Deslumbrante» era una descripción todavía más acertada. Se asombró de que el resto de los presentes en el patio interior no la miraran boquiabiertos, atónitos ante tal perfección. Aunque él tampoco hubiera podido decir si otros la miraban o no, pues era incapaz de apartar los ojos de ella. No importaba lo comunes o imperfectos que fueran sus rasgos. De alguna forma, se combinaban para crear el rostro de un ángel.

La verja se cerró de un golpe tras la comitiva con un rotundo sonido metálico que quebró la extraña fascinación en la que se hallaba sumido. Roto el encanto, se obligó a bajar la mirada para seguir examinando a la joven. Lo que su vestido verde oscuro cubría carecía de la inspiración religiosa de su rostro. Su cuerpo parecía hecho para el pecado. El escote alto realzaba las exuberantes curvas de sus pechos y los andrajosos lazos amarillos alrededor de su cintura le hacían desear posar sus manos allí para comprobar si podrían rodearla fácilmente. La falda caía hasta el suelo de forma interminable, lo que le hizo pensar que sus piernas serían largas y que probablemente estuvieran bien formadas. Después observó su gruesa trenza, que acababa en algún lugar ya por debajo de su cintura. Suelto, su pelo la cubriría como un manto.

Se alegró de encontrarse a lomos de un caballo. De pie, la oleada de deseo que lo había invadido le habría hecho caer de rodillas. La misteriosa mujer tenía el rostro de una Madonna, un cuerpo hecho para las manos de un hombre y un pelo que tentaría a un santo a pecar.

–¿Barón? –repitió por segunda vez Evard antes de que su señor le respondiera.

–Descubre quién es.

–¿Quién?

Siguieron cabalgando y dejaron atrás la capilla, y Guy se vio obligado a dirigir su atención al frente; en caso contrario, todos los que se encontraban en el patio interior se percatarían de que se hallaba cautivado por el rostro de aquella misteriosa mujer. Las riendas se tensaron bajo su guante y el caballo sacudió la cabeza en señal de protesta. El porte regio y la elegante, aunque ajada, ropa de la joven indicaban que era una dama, probablemente la esposa de un caballero de Lonsdale. No importaba. Tenía que saber quién era.

–La mujer que había en la escalera de la capilla. Su pelo es oscuro y lleva un vestido de color verde. Averigua todo lo que puedas sobre ella.

Guy espoleó a su caballo para que continuara la marcha, pero ya no se sentía ansioso por encontrarse con su anfitrión. Deseaba llegar hasta la torre del homenaje, el lugar en el que los esperaba su espía, y donde Evard podría averiguar más cosas sobre la mujer de la capilla.

–¿No asistiréis a la misa que se ha organizado para celebrar la llegada del barón de Montague?

Claudia Chiavari arrancó otro hierbajo del macizo de hierbas aromáticas antes de alzar la mirada para sonreír al joven fraile.

–No, fray Thomas. Ya cumplí con mi deber religioso esta mañana. –Su suave voz conservaba el acento de su lengua nativa, el italiano.

Ésa no era la única razón por la que no asistiría a la liturgia especial, pero no pensaba decir más, a pesar de que fray Thomas parecía entenderla cuando hablaba con dificultad aquel idioma inglés lleno de palabras normandas. No ridiculizaba su acento ni la rechazaba como hacían muchos en Lonsdale. Los ingleses eran personas suspicaces que desconfiaban de cualquiera que fuese diferente a ellos. En los cinco años que llevaba viviendo en el castillo de Lonsdale, había aprendido a comprender sin dificultad la lengua del país. Pero sólo hablaba cuando se dirigían a ella, procurando que sus respuestas fueran lo más cortas posibles. La joven pensaba que hablaba con corrección, pero todos coincidían en que su acento hacía que fuera difícil comprenderla. Claudia odiaba tener que repetir las cosas más despacio o más alto, una y otra vez. Conseguían que se sintiera como una estúpida.

Fray Thomas nunca le hacía repetir sus palabras, y siempre parecía interesado en lo que ella tuviera que decir. No pasó mucho tiempo antes de que Claudia lo considerara un amigo, aunque sabía que su amistad sería breve. El amable fraile había llegado a Lonsdale hacía poco más de dos semanas, pero su destino era el santuario de Saint Andrew. Como muchos otros peregrinos, había decidido alargar su estancia y realizar algunos pequeños trabajos a cambio de la comida y las provisiones que necesitaba para continuar su viaje. Cada tarde se dirigía a los jardines de la capilla para ayudarle a quitar la mala hierba.

–¿Y al banquete posterior? –preguntó Thomas. Se sacudió las manos y se quitó la capucha de su sencillo hábito, que dejó a la vista un rostro poco agraciado–. El patio central parece una feria. Hay tiendas montadas alrededor de las mesas donde actuarán trovadores y artistas de toda clase. ¿Os veré en el banquete, milady?

Ella se inclinó aún más para ocultar su ceño fruncido.

–No, no iré. Debo acabar mis tareas en los jardines esta tarde.

–La mala hierba seguirá aquí después del banquete. –Claudia no dijo nada–. ¿Os ha prohibido vuestro tío que asistáis? –insistió él.

–Teme que lo avergüence ante sus invitados, que los Montague crean que está emparentado con una estúpida. –Mantuvo la cabeza agachada y se concentró en su tarea. A pesar de sus gruesos guantes de piel, trabajó con cuidado alrededor de un terco cardo para que las espinas no arañaran sus brazos–. De todos modos, no deseaba asistir. El lugar del banquete estará repleto de gente, habrá mucho ruido, y casi todos los asistentes acabarán borrachos antes del anochecer. Prefiero la tranquilidad de los jardines, donde nadie me molesta.

–Se dice que Guy de Montague viaja a menudo al extranjero, milady. Dudo mucho que considere a alguien estúpido porque no sea inglés. Es una lástima que vuestro tío no tenga más amplitud de miras.

Claudia abrió aún más sus ojos ante la ira que se reflejaba en la suave voz del fraile. Antes de que pudiera hacer algún comentario al respecto, él le hizo una pequeña reverencia.

–Excusadme, milady. Debo asistir a la misa.

Claudia observó como el fraile rodeaba la pérgola de rosas que se encontraba en el centro de los jardines y se dirigía hacia la verja que había al otro lado. Con un suspiro, se volvió hacia un macizo de romero y se inclinó para arrancar la inacabable cantidad de hierbajos. Era cierto que prefería los jardines. Nadie la molestaría en ese lugar. Aunque tampoco lo haría nadie en el banquete. La gente de Lonsdale la evitaba siempre que podía y, en realidad, prefería que así fuera. Sacudió la cabeza para espantar a una mosca que no dejaba de dar vueltas a su alrededor. Estúpida mosca. Estúpida mosca inglesa.

Instantes después, apareció una abeja sobre la flor blanca del trébol que quería arrancar. Claudia juntó las manos en su espalda y esperó a que el insecto encontrara néctar en otra parte. Cualquier abeja sensata se uniría al zumbido de sus compañeras, que creaban un continuo murmullo en los manzanos que crecían a un lado de los jardines. Los árboles estaban tan cargados de flores que parecían enormes bolas de nieve junto a la alta muralla exterior del castillo. El poco común sol inglés brillaba sobre ella de tal manera que cerró los ojos e inclinó la cabeza hacia atrás para dejar que calentara su rostro. El aroma de las hierbas y de las flores de los manzanos perfumaba el aire. No todo era malo en Inglaterra, decidió. Quizá pudiera casarse con un inglés algún día, un hombre como el que había entrado a caballo en Lonsdale esa mañana.

Abrió los ojos y volvió al trabajo con energías renovadas. Ella no era una doncella inglesa consentida que pudiera andar holgazaneando por el jardín, aunque su cabeza estuviera llena de fantasiosas ideas. Desde que había visto al barón de Montague entrando a caballo en la fortaleza, se había pasado una buena parte del día intentando olvidarlo. Su curiosidad la había metido en problemas otra vez. Sus pensamientos no la acosarían si esa mañana se hubiera ocupado de sus tareas como debería haber hecho. Pero había oído hablar tanto del barón de Montague que deseaba verlo aunque fuera sólo un momento.

Por todo lo que había oído explicar a su tío sobre el ilustre visitante, Claudia esperaba encontrarse con un hombre de mediana edad, gordo y lleno de joyas. Sin embargo, el barón de Montague no debía de tener más de treinta años. Pensó que la armadura seguramente lo hacía parecer más imponente de lo que sería sin ella. Pero cuando se quitó el yelmo, Claudia se dio cuenta de que la armadura no era más que el reflejo de lo que se escondía bajo ella. Incluso desde la distancia a la que se encontraba, sabía que era el hombre más apuesto que había visto en su vida. Su pelo castaño oscuro parecía salpicado de oro a la luz del sol, sus ojos también eran oscuros y rebosaban inteligencia mientras recorrían la multitud, y su rostro, compuesto por rasgos marcados y ángulos perfectos, parecía esculpido por un artista. Pensó que Dios debería sentirse orgulloso de su obra cuando contemplara a Guy de Montague.

Incluso se engañó a sí misma pensando que él le había devuelto su atrevida mirada antes de darse cuenta de que podía estar mirando hacia cualquier cosa o persona que se encontrara en las inmediaciones. Había más de una veintena de personas delante de ella en las escaleras de la capilla, agitando los brazos y sus brillantes pañuelos. ¿Por qué tendría que fijarse en una mujer insignificante que permanecía de pie entre las sombras de una de las entradas a la capilla?

Ese razonamiento no afectó a la poderosa fuerza que la había arrastrado hacia delante, siguiendo el impulso irracional de hacer cualquier cosa que estuviera en sus manos para acercarse a él. El sonido de la verja al cerrarse de un golpe la había devuelto a la realidad, sólo unos segundos antes de ponerse en ridículo. Sí, habría quedado como una verdadera tonta si hubiera salido corriendo dando saltos entre la muchedumbre para ir tras él, al igual que el grupo de muchachas que lo habían seguido sin dejar de soltar risitas. Unas pocas de las más atrevidas hicieron todo tipo de malabarismos para atraer su atención. Les había prestado tan poca atención como la que había dedicado a Claudia.

–*Sono belli questi giardini.*

Claudia, que se hallaba perdida en sus pensamientos, se sobresaltó ante el sonido de aquella profunda voz. Se puso de pie de un salto y giró sobre sí misma en busca de su propietario, mientras se preguntaba quién podía hablar un italiano tan fluido dentro del castillo de Lonsdale. Encontró la respuesta bajo uno de los manzanos. El barón de Montague estaba allí de pie, con un brazo apoyado sobre una rama baja. La boca de Claudia se abrió por un momento y luego volvió a cerrarse. Había hecho un comentario sobre la belleza de los jardines. No podía pensar en nada que decir, nada que no fuera admitir que su armadura no hacía justicia a su musculosa complexión. Su pose despreocupada mostraba a la perfección la altura y la fuerza de su cuerpo.

Claudia apretó los labios.

Él se alejó del manzano y dio varios pasos hacia ella. Sus ropas azul oscuro resaltaban las poderosas líneas de su cuerpo, al igual que su riqueza. Llevaba botas altas y pantalones de piel teñidos del mismo tono que su túnica lujosamente guateada. Había perlas cosidas en cada cruce del guateado, un diseño que hacía que la tela pareciera un cielo nocturno salpicado de estrellas. Zafiros del mismo color azul oscuro que su ropa relucían a lo largo de la empuñadura y la funda de su daga y su espada. Sólo sus ojos eran de un tono azul diferente. Eran del color de un océano cálido del sur.

La banda de piel de leopardo que llevaba sobre su hombro representaba un adecuado emblema de su poder. Al igual que el enorme felino, había un aire exótico en él que sólo insinuaba ligeramente el peligroso animal que yacía bajo su elegante apariencia. Incluso los leonados mechones de oro en su pelo dotaban a su aspecto de una engañosa calidez.

–Muy hermoso –continuó, todavía hablando en italiano.

Algo en sus ojos hacía pensar que hablaba de ella, y no del paisaje que los rodeaba. Su mirada se paseó por su cuerpo, y Claudia tuvo la impresión de que nada había escapado a esa rápida inspección. Manchas de hierba y tierra estropeaban su falda y, en el mejor de los casos, su vestido verde parecía vulgar si se comparaba con sus elegantes ropas. Se sintió como una niña a la que pillan jugando en un charco de barro.

Respondió en su propia lengua, encantada de tener la oportunidad de usarla en voz alta.

–¿Dónde aprendisteis italiano, barón?

Él sonrió, y Claudia supo que nunca había visto una sonrisa

tan bella. Hizo que una oleada de calor recorriera su cuerpo. Sus palabras tenían un mínimo rastro de acento normando, y su voz era grave y profunda.

–Visito vuestro país a menudo, pequeña. Aprendí el idioma hace tiempo. –Echó un vistazo alrededor evaluando el lugar–. ¿Qué hacéis aquí sola? El banquete empezará pronto, ¿no os uniréis a los demás?

¿Cómo sabía que era italiana? Claudia supuso que se debía a su apariencia latina, herencia de su padre, y que su tío lamentaba tan a menudo. Dirigió la mirada hacia la capilla. La misa no podía haber acabado tan pronto, aunque la posición del sol le indicó que habían pasado casi dos horas desde la marcha de fray Thomas.

–El banquete no empezará sin vos, milord. Y yo diría que en este momento deberíais estar acompañado del barón de Lonsdale y de su séquito. Como podéis ver, yo podría haceros las mismas preguntas.

–Es un tanto descortés responder a un hombre con sus propias preguntas. ¿Os impresionaría con mis elegantes modales si os respondiera?

Claudia se oyó a sí misma soltar una risa en voz baja. Ella nunca reía de ese modo. ¿Qué le estaba pasando? Se obligó a sí misma a adoptar una expresión propia de una dama.

–Podríais intentarlo.

Él pareció divertido por su intento de mantener la compostura. Su sonrisa se ensanchó cuando la joven elevó el mentón en un gesto altivo.

–Le dije a vuestro tío que deseaba estar unos minutos a solas para reflexionar sobre el edificante mensaje del sermón del obispo Germaine. Pareció impresionado por mi inclinación a la meditación religiosa.

Claudia sintió que se quedaba sin aliento.

–¿Sabéis quién soy?

–Sí, milady. Sé que sois la sobrina del barón de Lonsdale. –Hizo un ademán hacia el banco de mármol que había bajo la pérgola de rosas–. ¿Os importaría sentaros conmigo?

Inconscientemente, Claudia dio un paso hacia atrás.

–Te... tengo trabajo que hacer.

–El barón de Lonsdale dio permiso a todos los habitantes del castillo para que abandonaran sus tareas con motivo del banquete. La comida no se servirá hasta que yo llegue, pero apostaría a que los festejos ya están en marcha. Según las palabras de vuestro propio tío, estáis liberada de vuestras obligaciones hasta mañana.

La joven inclinó la cabeza e intentó tomarse el máximo tiempo posible para quitarse los guantes mientras su mente buscaba otra excusa.

–No me gustaría interferir en vuestras meditaciones, barón. Debo irme.

–Habrá personas a las que les parecerá extraño veros abandonar los jardines justo en este momento.

–¿A qué os referís?

Él se encogió de hombros en un pequeño gesto de indiferencia que hizo que Claudia fuera consciente de la amplitud de su espalda.

–Nuestro encuentro podría parecer una cita concertada previamente entre nosotros.

–Entonces debo irme ya, antes de que alguien piense una cosa así. –Empezó a alejarse–. Nadie pensará tal cosa si os dejo con vuestras meditaciones poco después de que hayáis entrado en los jardines.

–Llevo aquí más tiempo del que pensáis, milady.

Sus palabras la hicieron pararse en seco. Retorció los guantes entre sus manos y lanzó una mirada preocupada hacia la verja de entrada.

–Mi tío se pondrá furioso si descubre que he permanecido aquí con su invitado sin que nadie nos acompañe. Es indecoroso.

–Uno de mis hombres vigila la entrada para asegurarse de que nadie perturbe mi meditación. –Empezó a caminar hacia ella–. Venid a sentaros conmigo, milady. Os prometo que nadie sabrá de vuestra presencia aquí.

Claudia empezó a retroceder alejándose de él hasta que Guy se detuvo y extendió su mano hacia ella.

–No estoy predispuesto a los pensamientos religiosos y me gustaría disfrutar de vuestra compañía. Dedicadme unos minutos de vuestro tiempo. Luego os dejaré en paz sin que nadie se entere de nuestro encuentro casual.

Claudia se mordió el labio inferior y se quedó mirando su mano. Si el barón tenía a un hombre apostado en la entrada, significaba que su tío también tenía a otro. Estaba segura de que su tutor vigilaba cada movimiento del barón dentro de la fortaleza. Si salía del jardín antes que el barón, no le cabía la menor duda de que su tío sería informado de ello.

No tomó la mano que le ofrecía, pero sí se acercó al banco y se sentó. Nada bueno podría salir de todo aquello y, sin embargo, no era el miedo lo que hacía que su corazón latiera más deprisa, sino el hombre que caminaba hacia ella.

Se sentó a su lado sin pedir permiso, con movimientos medidos y pausados.

–Me sorprendió no veros en la iglesia. Decidme que no sois una pagana o que no os han excomulgado por alguna espantosa razón.

–Ya asistí al servicio religioso esta mañana –le informó con tono remilgado. Luego le preguntó frunciendo el ceño–: ¿Me buscasteis en la misa?

–Os busqué en todas partes. –Lo dijo con tanta naturalidad que estuvo segura de que se burlaba de ella. Guy estudió su rostro por un momento y pareció leer sus pensamientos–. ¿No me creéis?

La exagerada mirada de fingido enojo que le dirigió hizo que Claudia sonriera, consciente de que sonreía al rostro del peligro, un rostro que podría encantar serpientes si se lo propusiera.

–No podéis buscar a alguien que no conocéis, barón.

–Sé más sobre vos de lo que creéis. Vuestro padre era italiano y vuestra madre era la hermana del barón de Lonsdale. Hace cinco años, después de quedaros huérfanos, vos y vuestros dos hermanos vinisteis a Inglaterra. Ellos se fueron al poco tiempo, pero vos permanecisteis en Lonsdale ganándoos el sustento como costurera. Eso es todo lo que sé sobre vos por el momento, aunque me gustaría saber más. Mucho más.

Su mirada se paseó por su rostro y se detuvo en su boca. Probablemente porque la mantenía muy abierta. Al darse cuenta, Claudia la cerró de golpe.

–¿Cómo sabéis tanto sobre mí?

–Es mi propio interés lo que me mueve a averiguar todo lo que pueda sobre el barón de Lonsdale y su familia. Vine aquí para firmar un contrato con vuestro tío, y yo nunca llevo a cabo negociaciones sin saber todo lo posible sobre la persona con la que trato. –Apoyó el brazo en el borde del banco a su espalda y estiró las piernas, cruzándolas a la altura de los tobillos. Tenía todo el aire de un noble que disfrutaba de su tiempo libre–. ¿Qué os gustaría saber sobre mí?

–¿Qué me...? –Claudia tomó una profunda inspiración para relajarse–. No tengo necesidad de saber nada sobre vos, barón. Quizá deberíais mantener esta conversación con mi tío.

–Quizá, pero ahora estoy con vos. –Su sonrisa sagaz hizo que su pulso se acelerara–. ¿Acaso no tenéis la más mínima curiosidad? ¿No hay nada que deseéis saber sobre mí? Contestaré cualquier pregunta que me planteéis.

–¿Por qué pagar tanto por un castillo que vale tan poco? –La pregunta salió de sus labios antes de que pudiera pensárselo dos veces. No debería hacerle ninguna pregunta, pero ya que lo hacía, quería satisfacer su curiosidad por completo–. Se dice que mi tío os pidió una fortuna en oro y, aun así, aceptasteis el precio sin dudarlo. ¿Por qué estuvisteis de acuerdo con un trato así?

Él apartó la mirada de ella y estudió sus botas. Su expresión indicaba que la pregunta no le había gustado mucho pero, fiel a su palabra, respondió.

–Halford perteneció a Montague hace mucho tiempo. Mi padre se lo cedió a vuestro abuelo cuando yo todavía era un niño. Mi madre creció allí, y deseo que la propiedad vuelva a estar de nuevo bajo dominio de los Montague.

–¿Sentís nostalgia por el lugar donde vuestra madre pasó su infancia? –La idea de que aquel hombre tan poderoso albergara esos sentimientos parecía increíble, sin embargo, no podía pensar en ninguna otra razón que le hiciese desear un castillo tan insignificante–. ¿Queréis honrar la memoria de vuestra madre reuniendo su patrimonio?

Claudia creyó ver un rastro de sombría diversión en sus ojos, pero esa impresión se desvaneció al instante.

–Quiero evitar que mis primos mueran de hambre. Todavía residen en Halford y nunca abandonarán su tierra. Vuestro tío reclama como impuesto y diezmo no sólo todo lo que la propiedad puede producir, sino también los animales y sacos de grano que nosotros les enviamos para ayudarlos. Mi gente envejece cómodamente en Montague, mientras que la familia de mi madre muere de hambre cada invierno. Vuestro tío sabía que tarde o temprano yo querría solucionar la situación. Incluso envió un mensaje a Montague diciendo que estaba deseoso de desprenderse de Halford Hall. En cuanto al precio, yo esperaba que pidiera el doble de lo que pidió. Y con tal de ver este asunto zanjado, lo habría pagado.

Claudia se asombró de que respondiera a su pregunta, pero sobre todo, de que le diera tanta información.

–No deberíais haberme contado vuestra verdadera intención, barón. Mi tío estaría encantado de saberlo. No os conviene sinceraros tanto con nadie en Lonsdale.

–Tengo la impresión de que puedo confiar en vos, milady. –Lo dijo tan seguro que la joven sintió una extraña oleada de orgullo–. También sé que vos y vuestro tío no estáis muy unidos. ¿Cuál es la causa de que le desagradéis tanto?

La oleada de orgullo desapareció de súbito, y el nerviosismo hizo que Claudia empezara a frotar algunas manchas de suciedad de su vestido.

–Mi abuelo concertó el matrimonio de mi madre con un hombre que no era del agrado de mi tío. Afirma que yo soy el fiel reflejo de mi padre, tanto en el aspecto como en el temperamento. –Se concentró en una mancha de hierba, incapaz de mirarle a los ojos, pero deseosa de corresponder a su sinceridad–. No hablo vuestro idioma tan bien como debería después de vivir cinco años en este país. Mi tío afirma que se siente ofendido cuando hablo porque es como si oyera a mi padre. También dice que se lo recuerdo cada vez que entro en una habitación. «Desagrado» es una palabra muy suave para describir lo que mi tío siente por mí.

Guy se mantuvo en silencio durante un largo instante. Seguramente había hecho que se sintiera violento al compartir con él sus problemas familiares.

–Vuestra vida aquí debe de ser muy difícil, lady Claudia.

Su voz era tan suave, tan llena de ternura, que sintió ganas de llorar. En lugar de eso, forzó una sonrisa y miró hacia los jardines.

–No es tan mala. Lonsdale es una gran fortaleza y puedo evitar la compañía de mi tío la mayor parte del tiempo. De hecho, hay días en los que creo que él olvida mi existencia.

–Pero debéis de verlo cada día a la hora de la comida.

–Oh, no. A menudo como en la cocina o en mi alcoba. –Su sonrisa se debilitó. Le estaba dando una impresión poco halagüeña de sí misma, y ella no deseaba su compasión–. Prefiero estar sola. Hay tanta gente en este castillo que me siento afortunada de tener una estancia que puedo considerar como mía. Además, me gusta trabajar en este jardín. Sólo el sacerdote y la familia más allegada pueden disfrutar de este refugio sin necesidad de un permiso. –Señaló la muralla que se alzaba a lo lejos–. Ayudé a plantar aquellas vides hace tres años. Pronto cubrirán toda la muralla. También planto y cuido de las parcelas de hierbas aromáticas cada año. El trabajo que hago aquí es muy gratificante.

–Pero ¿preferiríais vivir en algún otro lugar?

Esa pregunta hizo que pensara en su hermano Dante, en el precioso castillo que había mencionado en su última misiva. Si a su hermano le iban bien las cosas, algún día tendría un jardín propio en un hogar donde podría volver a ser feliz.

–Sí, me gustaría vivir en otro lugar.

Guy la sorprendió cuando colocó las puntas de sus dedos bajo su barbilla e hizo que volviera su rostro hacia él.

–¿Tenéis algún pretendiente, lady Claudia? ¿Algún hombre que anhele convertiros en su esposa?

Ella rió en voz alta.

–No, barón. Dudo de que ningún hombre en Inglaterra anhele tener una esposa como yo. La mayoría no puede entender más que una palabra de cada tres que pronuncio, y supero la edad de la mayoría de las doncellas casaderas. –Negó con la cabeza y mantuvo las manos con las palmas hacia arriba mostrándolas vacías–. La mayoría de los hombres desea una heredera rica, pero lo que veis aquí es toda mi dote. Sólo un loco desearía una esposa así.

La expresión de Guy se volvió más intensa.

–Conozco a alguien así.

Claudia no supo cómo interpretar ese extraño comentario, ni qué hacer cuando él cambió de postura y se acercó a ella.

–¿Qué hacéis, barón?

–Me gustaría que me llamarais por mi nombre de pila.

Inclinándose, se acercó a ella aún más; sus ojos eran tan profundos y misteriosos como un mar insondable.

El pánico se adueñó al momento de Claudia, que se alejó de él hasta que se encontró sentada en el borde del banco. Su corazón latía tan fuerte que tuvo que apoyar la palma de la mano sobre su pecho para contenerlo.

–¡No deberíais mirarme de esa forma, barón!

–Guy. –Él apresó su mano bajo la suya y se la llevó al corazón–. Mi nombre es Guy.

En el momento en que él tocó su mano, Claudia se olvidó de todo. Se sintió mareada y desorientada, incapaz de pensar en nada coherente. Guy continuó acercándose, pero la joven no se dio cuenta de sus intenciones hasta que sus labios tocaron los suyos. En total quietud, la observó con unos ojos que, de alguna manera, parecían haberse convertido en fuego azul.

Claudia no supo cómo reaccionar. Cerró los ojos, pero eso no ayudó. La sensación de mareo y el zumbido en sus oídos se hicieron más fuertes. Parecía no poder mantener el equilibrio y, sin embargo, tampoco podía abrir los ojos. Si el fuerte brazo de Guy no la hubiera rodeado, se habría caído al suelo. De pronto se vio envuelta por su calidez. Sus labios empezaron a acariciar y a tentar suavemente los suyos, sin abandonar nunca el contacto, apretándose más y más hasta que su boca se apoderó de la suya por completo. Se entregó totalmente a su beso, a los duros y masculinos labios que, de alguna forma, también le resultaban suaves. Ningún hombre la había besado nunca, aunque a veces se había preguntado qué se sentiría. Ahora ya lo sabía. Era como estar en las nubes. Deseaba que no se acabara nunca. De hecho, parecía que así sería. Deseaba...

¡Estaba sentada sobre su regazo!

Claudia se puso tensa e intentó alejarse. Claro que primero tendría que retirar sus propios brazos de alrededor de su cuello. ¿Cómo habían acabado así? Y sobre todo, ¿cómo había conseguido besarla? Apoyó las manos en sus hombros y se inclinó hacia atrás todo lo que los brazos del barón le permitieron.

–¡Milord! ¡Controlaos!

–Guy –murmuró él, dándole un último y largo beso en los labios. Levantó la cabeza y la miró a los ojos, como si buscara algo. Finalmente sonrió–. Deberíais acostumbraros a llamarme Guy. –La joven intentó levantarse de su regazo, pero él la sujetó con más fuerza–. Tranquilizaos, Claudia.

–Soltadme, barón.

Él negó con la cabeza.

–Nunca.

La joven intentó controlarse y no dejarse llevar por el pánico. El barón parecía enloquecido por el deseo. Ése era sin duda el origen de la extraña luz de sus ojos. Antes de besarse, esa luz la había fascinado. Ahora la asustaba. Claudia levantó la mano y lo abofeteó. No muy fuerte, pero sí lo suficiente para hacerle volver a la realidad.

Guy parpadeó muy despacio. Cuando volvió a abrir los ojos, ya no ardían de pasión. Parecía confundido.

–¿Por qué habéis hecho eso?

–¿Que por qué... ? –Claudia apretó su palma contra su propia mejilla y soltó un trémulo suspiro–. Pensé que así podría haceros entrar en razón, barón. No tenéis derecho a besarme.

Guy levantó una mano hacia su pelo y capturó un mechón entre sus dedos.

–Sospechaba acertadamente que deseabais besarme. No había razón para retrasar el momento.

Claudia le arrebató el rizo cautivo de la mano y se lo colocó detrás de la oreja con un movimiento brusco. Él la miró como si le acabara de abofetear de nuevo.

–No sé por qué os he permitido besarme, pero no volverá a

suceder. Lo que hemos hecho... Lo que estáis haciendo ahora es... es pecaminoso.

–Quizá. –No pareció preocupado por esa posibilidad–. Tenéis razón sobre Halford Hall. El trato parece inclinarse a favor de vuestro tío.

–¿Qué queréis decir?

El barón parecía incapaz de apartar su mirada de su femenina boca.

–Debo discutir el asunto con el barón de Lonsdale antes de poder deciros algo más. –Sacudió la cabeza como para aclararse las ideas–. De hecho, ya he hablado demasiado.

Una sensación de terror la invadió.

–Mi tío se pondrá furioso si os negáis a continuar adelante con el contrato de Halford Hall. Estáis en sus dominios, barón. Bajo su poder. Si pensáis rechazar su oferta, sería más inteligente por vuestra parte hacerlo desde la seguridad de Montague. Buscad cualquier pretexto para abandonar la fortaleza, pero no le digáis a nadie ni una sola palabra de lo que me habéis dicho a mí mientras os encontréis entre estas murallas.

–No temáis, milady. El barón de Lonsdale espera llegar a un acuerdo que lo convertirá en un hombre rico, y no se verá decepcionado a ese respecto. –Se levantó y dejó a Claudia en el suelo. Mantuvo las manos sobre sus caderas y, a pesar de que el gesto no era nada íntimo, su firme presión hizo que se estremeciera–. ¿Ha sido vuestro primer beso?

Él sabía demasiado bien cómo tratar a una mujer; podría incluso seducir a una santa. Lo más probable era que estuviera emparentado con el diablo. No tenía intención de responder a aquella pregunta, y sin embargo lo hizo.

–Sí.

Satisfecho, Guy alzó su mano y le dio otro perturbador beso en la muñeca.

–Bien. Esperaba ser el primero. –Miró hacia el camino que llevaba hasta el patio y su boca se tensó–. Debo irme, Claudia. Dudo mucho que tengamos otra oportunidad de volver a hablar a solas antes de mañana. –Sus labios rozaron los de la joven en un beso tan breve que acabó casi antes de que ella se diera cuenta de que había empezado–. No beséis a nadie más hasta entonces. Quiero que guardéis vuestros besos para mí.

Claudia supuso que debería haber protestado ante una orden tan grosera, o al menos informarle de que no le permitiría besarla nunca más. Pero para cuando quiso hablar, él ya se había dado la vuelta y se alejaba con paso firme.

2

–Debes decirme qué está pasando, milord. El barón de Lonsdale parecía furioso cuando abandonó el banquete.

Evard caminaba de un lado a otro de la alcoba de Guy mientras se frotaba la sien con los dedos, un hábito que sólo retomaba cuando estaba nervioso. Muy nervioso.

–¿Debo?

Evard se detuvo el tiempo suficiente para pasarse una mano por el pelo.

–¿He dicho «debes»? Bueno, en realidad era una petición, por supuesto. Tu hermano me ordenó que te protegiera las espaldas, pero resulta una tarea imposible si nunca sé hacia dónde las diriges. Conseguirías que un hombre más débil se diera a la bebida, milord.

Guy inclinó la cabeza como si estuviera de acuerdo con Evard. Aunque ambos tenían la misma edad, a veces su segundo al mando tendía a tratarlo como si fuera su hermano pequeño, un hermano al que tuviera que proteger incluso de sí mismo. No importaba que Guy supiera exactamente lo que estaba haciendo en cada momento de su vida. Las órdenes de Evard venían de Kenric de Remmington, y Evard trataba una orden de Kenric como si procediera del mismísimo rey. Si Guy fuera un hombre menos respetuoso con la monarquía, habría dicho que su lugarteniente respetaba al barón de Remmington incluso más que al rey.

Era su hermanastro, Kenric, quien estaba preocupado por si el brazo con el que Guy blandía la espada se oxidaba mientras llevaba a cabo sus extrañas aventuras comerciales. Había enviado a Evard a Montague para que supervisara las defensas del castillo y pusiera a punto las habilidades guerreras de su hermano. Pero en los tres años que llevaba al servicio de Guy, había entrado en batalla en contadas ocasiones, y tampoco había supervisado las defensas del castillo de Montague, tal y como Kenric hubiera deseado. La mayor parte de las batallas del barón de Montague tenían lugar en mesas de negociaciones de tierras lejanas, y los poderosos comerciantes con los que trataba demostraron ser, a su modo, tan peligrosos como los más grandes guerreros. Pocos tenían problemas en contemplar como se rajaba una garganta o como un hombre sufría un sospechoso accidente si ganaban algo en el proceso. Un ejército entero de mercaderes saldría beneficiado con la muerte de Guy, y Evard había probado su valía y lealtad de formas que Kenric ni siquiera hubiera podido imaginar.

En lugar de responder a las preocupaciones de su caballero, Guy se movió sobre el baúl en el que estaba sentado para golpear con la mano el muro de piedra que tenía tras él.

–Mi espalda está protegida ahora por este muro, Evard. Puedes relajarte.

–Tu espalda está dentro del castillo de Lonsdale –replicó el caballero–. Y eso es suficiente para mí.

El barón cogió la copa de vino que acababa de servirse y la alzó hacia Evard en señal de saludo.

–Estoy seguro de que nuestro espía te habrá hablado lo suficiente de esta fortaleza como para que ahora mismo conozcas cada grieta de sus muros y cualquier punto débil de sus defensas. ¿Has trazado un plan con él?

–Sí, pero ponerlo en práctica sería una locura. Si tú... –Evard se detuvo en mitad de la frase y dirigió la mirada hacia la mano de su señor–. ¿Probó Stephen tu vino antes de traerlo aquí esta noche?

–Ya sabes que sí –respondió Guy–. Mi escudero prueba toda mi comida y mi bebida.

Evard atravesó la habitación y abrió la puerta. Un muchacho rubio de unos catorce años yacía en un camastro extendido ante la puerta. Cuando vio a Evard, se irguió de repente y la soñolienta mirada de sus ojos desapareció.

–¿Has probado el vino del barón? –preguntó Evard.

Stephen asintió.

–Sí, milord. No hubo ningún problema con la bebida de mi señor. Ningún olor a almendras ni amargor en su sabor. Tampoco había ningún otro signo de envenenamiento de los que me enseñasteis a buscar.

–Sigue así, Stephen. Cumples bien con tu deber.

Evard recompensó al chico con una pequeña inclinación de cabeza antes de cerrar la puerta.

–No tienes por qué preocuparte. –Guy dejó la copa sobre el baúl después de beber un largo sorbo de vino–. Lonsdale no obtendrá el oro que quiere hasta que Halford esté a salvo en mis manos. Me necesita con vida para cumplir con su plan.

–Estamos en sus dominios –le recordó Evard–. Y no todos los venenos están hechos para matar. El esfuerzo que costaría tomarte como prisionero aquí es ridículo. Y, probablemente, la petición de rescate de Lonsdale no nos parecería muy divertida.

–Si lo hiciera, sólo conseguiría entrar en guerra –afirmó Guy–. Pronto se dará cuenta de que nadie podrá hacerme cambiar de opinión y de que conseguirá todo lo que quiera siempre que se amolde a mis planes.

–¿Y qué es lo que deseas, milord? ¿Qué dijiste para que el barón de Lonsdale abandonara el banquete de un humor de perros? –Evard planteó una posible respuesta antes de que Guy pudiera responder–. Tienes derecho a reclamar todos los animales y raciones de grano que enviamos a Halford durante los últimos años. ¿Es ésa tu intención? ¿Añadir algo a tu lista de exigencias además del castillo propiamente dicho?

–Sí, deseo algo más del barón de Lonsdale, aparte de Halford. –Su mirada se dirigió a un punto más allá de Evard y recordó la imagen del rostro de Claudia cuando la besó–. Esa mujer tiene los ojos del color de las esmeraldas.

–¿Una mujer? –El caballero pareció confuso por un momento. Después, sus ojos se agrandaron–. Milord, te ruego que no me digas que pretendes hacer de la sobrina de Lonsdale tu próxima amante.

–Muy bien. No te lo diré. –Sonrió ante la expresión horrorizada de Evard, pero no dejó que sufriera por mucho tiempo–. En realidad, he pensado que sería más adecuada como esposa.

Guy se preguntó si por fin había dejado a Evard sin habla. El caballero tenía los ojos abiertos como platos y su boca no dejaba de abrirse y cerrarse sin emitir sonidos.

–Tendré que casarme antes o después –continuó–. Siempre imaginé que lo haría con alguien como Tess, la esposa de Kenric, pero nunca consideré las ventajas de casarme con una mujer como lady Claudia. Nuestro negocio depende de los mercaderes italianos. Mis relaciones con ellos serán mucho más fluidas cuando sepan que he convertido en mi baronesa a una compatriota suya. Cuando viajen hasta Montague, ella hará que se sientan como en casa. Será la clave para que me acepten por completo en sus círculos cuando viajemos a Venecia.

Finalmente, Evard consiguió recuperar la voz.

–¡Has perdido el juicio! El barón de Lonsdale te arruinará cuando sepa que deseas concertar un matrimonio.

–Dudo que Lonsdale tenga idea de lo que costaría arruinarme –respondió–. No obstante, no importa la cantidad que exija para obtener su mano. Ella lo vale. Piénsalo bien, Evard. Su padre era italiano y eso la convierte en ciudadana italiana a los ojos de la ley. Los venecianos no permiten a los extranjeros atravesar sus rutas comerciales del sur. Con Claudia como esposa, podría comprar barcos en su nombre y multiplicar por diez nuestros negocios.

La idea de tener a Claudia como esposa trajo a su mente muchas imágenes, pero ninguna de ellas estaba relacionada con barcos o con mercaderes italianos. Intentó no sonreír.

–En este momento, Lonsdale sólo sabe que tengo intención de alargar las negociaciones. Ni siquiera le he mencionado a su sobrina. Mañana por la mañana, durante la cacería de ciervos, le diré que deseo a Claudia como compensación por la escandalosa suma que pide por Halford Hall. Él contraatacará con otra petición desorbitada como precio por concederme la mano de su sobrina y, finalmente, fijaremos una cantidad que lo hará más que feliz. Los esponsales pueden celebrarse mañana por la tarde.

–Apenas puedo creer que seas el mismo hombre que declaraba hace menos de dos semanas no tener ninguna prisa por casarse.

¿Ahora te atarías de por vida a una mujer cuyo tío es poco más que un chantajista? –Evard sacudió la cabeza–. Durante mis años de servicio contigo has tramado muchos planes alocados, pero éste es el más absurdo de todos.

–¿Has visto fracasar alguno? –preguntó el barón.

–No, pero muchos estuvieron tan cerca que ya nos imaginaba a ambos amortajados.

Guy renunció a convencerle de las ventajas de su plan. Se levantó y le indicó que daba la conversación por finalizada.

–Intenta concertar otra cita con nuestro espía esta noche y explícale lo que te he contado.

–Sí, milord.

El caballero empezó a caminar hacia la puerta, pero vaciló cuando su señor lo llamó.

–Sólo una cosa más, Evard. –Guy se desabrochó el cinturón de la espada y lo dejó cerca de la cama. También desenvainó su daga con la intención de dejarla bajo la almohada, pero antes dirigió su punta hacia su lugarteniente–. Vigila tu propia espalda, amigo mío. Lonsdale me necesita con vida. A ti puede que te considere más útil muerto.

Horas más tarde, el sonido de un golpe despertó a Guy. Su mano alcanzó la daga casi antes de que sus ojos se abrieran, pero no podía ver nada a causa de la oscuridad que envolvía su alcoba. Se mantuvo atento para ver si oía otro sonido sospechoso, pero se sentía demasiado aturdido y desorientado como para concentrarse. Sus ojos se cerraron y el sueño lo reclamó de nuevo.

Una extraña pesadilla empezó a tomar forma. Lo transportaban de la misma manera que se hacía con los hombres heridos en el campo de batalla; un hombre sujetaba sus piernas mientras otro lo levantaba por los hombros. Era extraño que no sintiera ningún dolor, y más extraño aún que no estuvieran en un campo de batalla. Se encontraban en una especie de angosto pasillo que olía a humedad. Podía ver el perfil de un tercer hombre encabezando el extraño grupo y sosteniendo una antorcha de cañas en el aire para indicarles el camino. Sin embargo, no podía centrar su mirada en las llamas. Danzaban y se movían formando constantes y confusos dibujos. Miró hacia el techo abovedado y se sintió ligero, como si flotara, como si fuera capaz de volar si se lo propusiera. Los bloques de piedra que formaban la bóveda pasaban cada vez más rápido ante sus ojos, hasta que, mareado, cerró los ojos.

–Quitadle la ropa.

La voz venía de muy lejos. El hombre volvió a hablar varias veces, pero no pudo descifrar las palabras. Luego se produjo un largo silencio. Ya no se sentía ingrávido. Sus extremidades parecían hechas de plomo. No podía moverse ni deseaba hacerlo. Sin duda era el sueño más extraño que había tenido en su vida.

De repente mejoró cuando frotó su mejilla contra algo cálido y suave que olía a flores, y que se apretó contra él.

–Mmm.

Una mujer. Llevaba tanto tiempo sin una que ahora soñaba con ellas. Tendría que poner remedio pronto a esa situación. Su remedio tenía el pelo largo y oscuro, y unos maravillosos ojos verdes. Volvió a frotar su mejilla contra la suave superficie, con la esperanza de que se repitiera el dulce sonido que había oído. Sonrió cuando lo volvió a escuchar.

Los párpados le pesaban como el plomo. Apenas podía abrirlos. Cuando finalmente lo consiguió, le sorprendió ver la luz gris del amanecer a través de la ventana. Era extraño, pero la ventana parecía estar en un lugar diferente al que había estado la noche anterior. No importaba, no mientras su cabeza descansara sobre la curva de los pechos de una mujer. Los pechos de Claudia. ¿A qué otra mujer conjuraría él en sus sueños?

Su corazón empezó a latir con más fuerza. Muy pocas cosas en su vida ocurrían sin ser planeadas y sin tener un objetivo claro. Incluso cuando los acontecimientos parecieran producirse por azar o ajenos a su voluntad, la razón por la que sucedían se volvía evidente con el tiempo. Los augurios eran señales que nunca ignoraba, y el sueño en el que se hallaba sumido era un claro augurio. Claudia era la verdadera razón por la cual había ido al castillo de Lonsdale. Pronto la convertiría en su esposa.

Sí, todo cobraba sentido; incluso su presencia en su sueño. Era una señal de que ella también conocía su destino y lo aceptaba. Claudia había sellado sus destinos aquella tarde cuando le devolvió sus besos con una pasión que incendió sus entrañas. Había deseado tomarla allí mismo. Ahora que sabía que sería suya, se contentaba sólo con abrazarla. Guy la estrechó con fuerza y apretó su cuerpo contra el suyo. Su mano recorrió la esbelta espalda, dándose cuenta de que estaba desnuda. Deliciosamente desnuda. Igual que él. No pudo evitar emitir un gemido de placer.

Se apoyó sobre un codo, asombrado de que le supusiera un esfuerzo tan grande y de que la habitación pareciera inestable, como si se encontraran en la cubierta de un barco. Centró su mirada en el rostro de Claudia con bastante facilidad. Estaba dormida. Sus espesas pestañas parecían delicados abanicos contra sus mejillas. Sin poder resistirse, alargó una temblorosa mano hacia su rostro. Era suave como los pétalos de una rosa. Deslizó los dedos hasta su cuello tan torpemente que no se aventuró más allá de su hombro. Deseaba impresionarla con sus artes amatorias, seducirla con técnicas que había aprendido a lo largo de años de experiencia, pero por más que lo intentaba, su cuerpo no cooperaba con su mente. ¡Por amor de Dios! Ni siquiera estaba despierta.

–Claudia.

Sus pestañas se agitaron como si ella también tuviera problemas para abrir los ojos. Se acercó a su calidez y frotó su rostro contra su pecho como lo haría un pequeño gatito.

–Mmm.

El seductor movimiento tuvo un efecto inmediato. El deseo avanzó con fuerza por sus venas, suavizado por una oleada de ternura.

–Claudia, despertad.

Nada de lo que intentaba parecía funcionar en el extraño sueño.

Se tranquilizó cuando sintió que ella se giraba en sus brazos. Cuando levantó la vista hacia él, sus pupilas estaban dilatadas, pero aun así se dio cuenta de que sus ojos eran de un intenso color verde, parecido al de las esmeraldas más puras. Era un pensamiento descabellado, pero imaginó que podía contemplar su alma en aquellos ojos. Era una criatura de las sombras en Lonsdale, siempre apartada de la multitud, que permanecía inmóvil en las puertas y bajo los ensombrecidos arcos, inalcanzable y casi invisible. Él la llevaría hasta la luz, la haría entrar en su vida con tanta facilidad como la había arrastrado hasta sus brazos esa noche. La haría sonreír.

Su dedo perfiló las líneas que dibujaban sus labios, pero éstos no se curvaron para formar la expresión que él deseaba. Tendría que esforzarse más para conseguir esa recompensa. Recorrió su mejilla con las puntas de los dedos y se maravilló de la suavidad de su piel, al tiempo que descubrió algo inquietante. Parecía serena, pero no feliz. Juró que llenaría su vida de sonrisas.

Apretó sus labios contra su frente para sellar el juramento, y se echó unos centímetros hacia atrás para mirarla fijamente. Claudia levantó la mano hasta sus labios y los acarició, explorándolos lenta y minuciosamente, como si deseara memorizar la forma que tenían. Las puntas de sus dedos se deslizaron hacia su áspera mejilla y sus uñas emitieron un pequeño sonido al rozar su incipiente barba. Guy no podía respirar.

No. En realidad, había olvidado respirar. Llenó sus pulmones con aire y lo dejó escapar lentamente. La joven frunció el ceño, como si le desconcertara la reacción de él ante su caricia. Guy giró la cabeza y atrapó uno de sus dedos entre sus labios para besarlo de forma seductora, provocando que Claudia abriera aún más sus ojos en señal de asombro y que respirara hondo.

Antes de que ella pudiera retirarla, Guy apresó su mano y giró la palma hacia él para besar suavemente su sensible piel y los huesos de su muñeca, que parecían pequeños y frágiles en su poderosa mano. Sin poder resistirse, rozó con el dedo pulgar el lugar donde la piel se movía en un constante reflejo de los latidos de su corazón, fascinado por su ritmo. Besó su muñeca otra vez y pasó la lengua por el lugar donde latía su pulso, satisfecho al sentir el estremecimiento que la recorrió. Un instante más tarde, colocó la palma de su mano contra el centro de su pecho para dejarle percibir los erráticos latidos de su propio corazón y se inclinó para capturar sus labios en un largo y profundo beso.

El beso empezó bien, pero de pronto algo fue mal. Ella no le respondió como lo había hecho en los jardines. Sus labios carecían de vida, de pasión. Levantó la cabeza y vio que sus ojos volvían a estar cerrados. Se había quedado dormida, la muy testaruda. Se trataba de su sueño. Como mínimo, podía colaborar.

Otro pensamiento le hizo fruncir el ceño. Quizá no le pudiera hacer el amor a un sueño. La sangre golpeaba sus oídos con tanta fuerza que no podía concentrarse. En un intento de ordenar sus confusos pensamientos, cerró los ojos, lo que provocó que le sobreviniera un mareo tan fuerte que su estómago protestó con violencia. El ritmo de su corazón y de su respiración se aceleraron, pero esta vez a causa de la preocupación más que de la lujuria. Algo iba mal. Muy mal. ¿Qué era ese martilleo en sus oídos?

–¿Qué estáis... ? ¡Oh, mi cabeza!

Guy abrió los ojos y vio como Claudia se apoyaba una mano en la frente y cerraba los párpados con fuerza. Dejaba escapar pequeñas ráfagas de aire que despeinaban a Guy y parecía intentar apartar la niebla que nublaba sus pensamientos.

No era un sueño.

Se irguió sobresaltado, pero tuvo que detenerse y taparse los oídos con las manos. Una explosión de dolor atravesó su cráneo e hizo que surgieran puntos negros ante sus ojos. El sonido de sus latidos se convirtió en un estruendo ensordecedor en sus oídos. ¡El vino! ¡Dios mío, habían envenenado su vino!

Pensó en Stephen, que también había bebido el contaminado brebaje, luego en Evard y en el resto de sus hombres, mientras murmuraba una breve y fervorosa plegaria para que estuvieran sanos y salvos. Si él moría...

A pesar del intranquilizador pensamiento que atravesaba su mente, el dolor en su cabeza empezó a suavizarse. Todavía se sentía mareado, pero no al borde de la muerte. O bien no había bebido suficiente veneno para que lo matara, o la finalidad del veneno era incapacitarlo más que acabar con su vida. Entornó los ojos cuando volvió a mirar a Claudia.

Ella se sentó con las sábanas sujetas bajo sus brazos y sostuvo su cabeza entre las palmas de las manos. ¿También la habían drogado o estaba simulándolo para que él lo creyera así?

–¡Salid de mi cama!

–¿Vuestra cama? –Claudia intentó mirarle a los ojos, pero su cabeza se balanceaba de un lado a otro. Finalmente colocó una mano sobre sus ojos mientras sujetaba las sábanas con la otra.

–Barón, sois vos quien estáis en mi cama.

Guy recorrió con la mirada la habitación.

–¡Dios mío!

Tenía razón. Otro mareo lo cogió desprevenido y le obligó a cerrar los ojos en un esfuerzo por recuperar el sentido del equilibrio. El martilleo que le había atormentado desde que se había despertado cesó de repente cuando se dio cuenta de que se debía a que alguien estaba aporreando la puerta. El sonido de una voz apagada vino del otro lado.

–Echadla abajo.

Su primer instinto fue proteger a Claudia. Buscó automáticamente su espada, pero no estaba en el lugar donde habitualmente la dejaba, junto a la cama. Ésa no era su alcoba. ¿Por qué iba a estar ahí su espada? ¿Y por qué otra razón, además de para ser descubierto, estaría él en la cama con Claudia? Las piezas del rompecabezas empezaron a encajar en su mente con escalofriante facilidad. Soltando una maldición, buscó algo con lo que cubrirse. Encontró las prendas de ropa que había llevado la noche anterior en el suelo. Sólo llevaba un calzón cuando se fue a la cama la víspera. ¿Por qué estarían sus ropas allí y no en su alcoba con su maldita espada?

Más pruebas incriminatorias, fue la silenciosa respuesta. Nadie se creería que se había aventurado hasta allí casi desnudo. Cuando se puso los pantalones, notó que las ropas estaban desperdigadas como si se hubiera desvestido con gran precipitación. Astutos bastardos.

Sólo llevaba puestos los pantalones cuando la puerta se abrió de un golpe y media docena de hombres armados se precipitaron en la alcoba, seguidos por el barón de Lonsdale y el obispo Germaine. Los soldados llevaban túnicas con los emblemas del señor al que servían y armaduras ligeras, mientras que el barón de Lonsdale y el obispo vestían largas camisas de dormir y batas oscuras.

–¡Así es como pagáis mi hospitalidad! –El barón de Lonsdale dirigió su mirada hacia la cama donde Claudia apretaba con fuerza las sábanas contra su cuerpo intentando cubrirse–. ¡Seducís a mi sobrina bajo mi propio techo! Pagaréis por esto, Montague. Os costará muy caro. –Se dio la vuelta y se dirigió al obispo–. Pensé que el centinela había cometido un error cuando me informó de que Montague había entrado en la alcoba de mi sobrina, sin embargo, este hombre me ha deshonrado en mi propio hogar. Lo único que me consuela es que vos sois testigo de esta infamia.

Guy sintió un impulso inmediato de defenderse físicamente de la injusticia del cargo, a pesar de que sabía que todo era parte de un complot tramado en su contra. Debía recordar su propia estrategia, zafarse del malestar que todavía atenazaba su mente y su cuerpo. Apretó los puños y se concentró en respirar lenta y profundamente. Por suerte, tan sólo había bebido una copa de vino. Si hubiera tomado más, todavía estaría aturdido. Necesitaba su buen juicio para evitar cometer un error que podría costarle incluso la vida.

–¿Dónde está mi escudero?

–Aquí estoy, milord. –Stephen se abrió paso entre los soldados y entró en la habitación. El joven parecía preocupado cuando se inclinó ante Guy–. Estos hombres vinieron a vuestra alcoba y me ordenaron que os despertara. Yo no sabía... Veréis...

–No importa, Stephen. ¿Viste entrar a alguien en mi alcoba ayer por la noche? ¿O abandonarla?

Frunció el ceño cuando el chico negó con la cabeza, aunque ya se esperaba esa respuesta.

El escudero parecía despierto, pero probablemente todavía se hallaba bajo los efectos de la droga.

–Ve en busca de sir Evard y pídele que se reúna conmigo.

El barón de Lonsdale cogió al chico del hombro.

–No, no lo creo. No necesitáis a vuestro lugarteniente, barón. Vuestro escudero se queda aquí.

Guy se encogió de hombros como si no le preocupara. Cogió su camisa y continuó vistiéndose, sin dejar de mirar a Lonsdale. La habitación osciló hasta un peligroso ángulo mientras realizaba esa sencilla tarea, y concentró todos sus esfuerzos en no parecer aturdido. No podía permitirse ninguna muestra de debilidad.

–¿Qué droga habéis utilizado, Lonsdale? Yo no llegué hasta

aquí por voluntad propia, y sé muy bien que una copa de vino no podría dejarme sin sentido.

–¿Acaso intentáis negar la evidencia? –Mostrando incredulidad, Lonsdale se dirigió al obispo Germaine–. Vos sois testigo de estas mentiras, obispo. Es evidente que este hombre sedujo a una dama inocente con engaños y mentiras. Exijo un castigo. No obstante, como soy un hombre temeroso de Dios, permitiré que la Iglesia guíe mis acciones en este asunto.

Guy casi sonrió ante el esfuerzo del obispo por parecer sorprendido. Luego pensó en el papel que Claudia había interpretado en aquella traición, y el impulso por sonreír desapareció. Por suerte había conservado el suficiente juicio para mantener la boca cerrada y compartir sus precipitados planes sólo con Evard. ¿Realmente la había creído tan noble como para pensar que no lo traicionaría? ¿Una mujer digna de ser su esposa?

Sonrió ante su propia estupidez. Se sintió engañado, traicionado por sus equivocados instintos. La furia del barón de Lonsdale palidecía al lado de la suya.

–Estos hechos no justifican ningún derramamiento de sangre –empezó el obispo. Cruzó los brazos sobre su generoso contorno y se acarició la barbilla–. Sólo el esposo de una mujer tiene el derecho de tomar su inocencia. –Su oscura mirada se centró en Guy–. Debéis resarcir a vuestro anfitrión, barón de Montague. Es mi decisión y también la de la Iglesia que la compensación sea el matrimonio.

Guy cruzó los brazos en un gesto que imitaba la postura del obispo, burlándose de él y retándolo al mismo tiempo.

–¿Y si no acepto vuestra decisión?

El obispo se encogió de hombros.

–Entonces aceptaré la del barón de Lonsdale. Pensad bien lo que decidís, Montague. Como huésped de Lonsdale, estáis bajo su poder, y en este momento vos sólo sois un hombre que ha ofendido a su sobrina. Estoy seguro de que encontraréis mi decisión más de vuestro agrado.

–Entiendo. –Su plan era simple y fácil de ejecutar, pero eran unos estúpidos si creían que él se iba a dejar atrapar–. ¿Cuánto tiempo tengo para decidirme?

–Tendréis que darnos vuestra respuesta mañana por la mañana –respondió el obispo–. Nadie podrá decir que habéis tomado una decisión precipitadamente.

Hizo una pausa, al igual que lo haría en un sermón, para recalcar la importancia de sus palabras. Un matrimonio celebrado por un obispo, habiendo dado al novio un día y una noche para aceptar o rechazar a la novia, sería difícil de anular.

–Tengo la seguridad de que haréis lo que es mejor para todos, lord Guy.

–No habrá matrimonio sin un contrato de esponsales –le interrumpió Lonsdale–. No se me negará lo que me corresponde por dejar ir a mi sobrina. El matrimonio no podrá celebrarse hasta que la justa compensación esté en mis manos.

–¿Y qué dote ofreceréis vos por vuestra sobrina? –La voz de Guy rezumaba sarcasmo, pero Lonsdale no se dio por aludido.

–Halford Hall será su dote –replicó–. No ofreceré nada más. En cambio, vos deberéis compensarme por la pérdida de mi sobrina con el doble del oro que acordamos por la venta de Halford.

Guy miró hacia Claudia.

–De algún modo, sospechaba que sería algo así.

–Mañana me comunicaréis vuestra decisión. Si estáis de acuerdo se celebrarán los esponsales, y en unos días se llevará a cabo el matrimonio. –Después de pronunciar esas palabras, Lonsdale se dirigió al obispo–. Permanecerá confinado hasta entonces. De otro modo, sus hombres pensarían en algún plan para hacerlo desaparecer. De hecho, creo que sería prudente que sus soldados establecieran su campamento fuera de mis murallas.

–Esa decisión sólo os corresponde a vos tomarla, barón.

Lonsdale hizo señas a los guardias.

–Llevadlo a la torre norte y alojadlo en una celda. Aseguraos de que nuestro huésped esté cómodo y de que no lleve ningún arma. Un guardia permanecerá ante su puerta en todo momento. Despertad a sus hombres y echadlos fuera. Podrán volver después de la boda.

Guy dedicó otra breve mirada a Claudia. Unas lágrimas silenciosas se deslizaban por sus mejillas, y su cara estaba tan pálida como las sábanas. Si estaba actuando, era muy buena actriz.

–Si yo estuviera en vuestro lugar, informaría a mi segundo al mando de vuestra... decisión –comentó a Lonsdale–. Os daréis cuenta de que mis hombres son más proclives a colaborar si las órdenes las imparte Evard de Cordray.

–Como deseéis. Haré que busquen a vuestro lugarteniente para que se reúna con vos en la torre norte. –Lonsdale le hizo una burlona reverencia–. Esperaremos vuestra decisión, barón.

Paralizada por el temor y sin poder salir de su asombro por todo lo que acababa de suceder, Claudia observó como cuatro soldados se llevaban a Guy. No es que deseara ir a ningún sitio completamente desnuda. De hecho, tenía un miedo terrible a que su tío pudiera ordenar precisamente eso. El aire se detuvo en su garganta cuando le oyó dirigirse a otro de sus soldados.

–Manda llamar a un carpintero para que arregle esta puerta y ponga un pestillo en el exterior. Encárgate también de que haya siempre un guardia apostado en el pasillo que impida a mi sobrina abandonar esta habitación y de que le traigan comida dos veces al día.

–Sí, milord.

El soldado se inclinó y se apresuró a cumplir sus órdenes.

Lonsdale giró su rostro hacia Claudia y le dirigió una mirada inexpresiva.

–Permanecerás aquí hasta que el matrimonio pueda celebrarse, y no causarás problemas de ningún tipo. ¿Me comprendes?

Ella agachó la cabeza para que no pudiera ver su ira. Nunca le había gustado especialmente su tío, pero ahora lo odiaba. La había drogado con algún veneno la noche anterior, al igual que había hecho con Guy, y le estaba ordenando que fuera cómplice de la traición, que formara parte del sucio complot.

–Lo comprendo, milord. –Apenas pudo pronunciar las palabras.

–Excelente. –Se volvió hacia el obispo–. Debo comprobar que los hombres de Montague abandonan el castillo tal y como he ordenado. Si me disculpáis, obispo.

–Deberíamos hablar un poco más sobre este asunto –comentó el aludido.

–Muy bien. Nos reuniremos después de comer en mi solar, si os parece conveniente.

El tono de Lonsdale indicaba que la reunión no le entusiasmaba. El obispo pareció disgustado al ver que se le daban largas, pero aun así, dirigió una brusca inclinación de cabeza al barón.

Finalmente dejaron a Claudia sola al cuidado de un soldado que permaneció en el pasillo para montar guardia ante la puerta desvencijada. En vez de darle la espalda, se colocó en el umbral, frente a ella, con un brillo lascivo en los ojos que hizo que su piel se erizara. Claudia se tapó aún más con las sábanas y apartó la mirada de su guardián cuando éste empezó a escarbar con las uñas entre los pocos y sucios dientes que le quedaban. Su camisón estaba en el suelo, así que liberó con cuidado las sábanas del colchón y luego se envolvió firmemente con ellas. Otra de las muestras de amabilidad de su tío: dejarla desnuda con uno de sus hombres apostado en la puerta para vigilarla. Quizá fuera ese mismo soldado el responsable de que se encontrara sin vestir. Ese pensamiento hizo que se estremeciera de asco.

En lugar de recuperar su camisón, se acercó a un arcón y sacó una camisola y un vestido de color azafrán. Sujetaba las sábanas con tanta fuerza que se hacía daño, consciente de que la mirada del soldado seguía cada uno de sus movimientos. Por suerte, disponía de un guardarropa en su alcoba. La diminuta habitación le daría la intimidad que necesitaba para su aseo matutino y para recomponer los pocos jirones que quedaban de su dignidad, aunque dudaba de que su orgullo pudiera recuperarse de lo sucedido esa mañana. Usó la camisola para secar la última de sus lágrimas y entró en la pequeña sala para vestirse.

Cuando salió del guardarropa se encontró con que un carpintero había empezado a arreglar la puerta. Una bandeja de comida que contenía pan y queso yacía sobre el arcón junto a una jarra de cerveza, a modo de desayuno. Acercó el banco de costurera al arcón y empezó a comer. Necesitaría fuerzas para lo que se avecinaba. Tratando de entretenerse, paseó su mirada del carpintero a la mampostería que adornaba la chimenea. La ausencia de argamasa a lo largo de las grietas de algunas de las piedras era casi imperceptible.

Al principio, cuando llegó a Lonsdale, sus hermanos se burlaban por las horas que dedicaba a explorar cada milímetro del castillo. Pero ella recordaba bien las historias que su madre les había contado de niños sobre los pasadizos secretos escondidos tras los muros de la fortaleza, cuya ubicación y entradas ocultas sólo se desvelaban al primogénito de la familia. Después de mucho buscar, Claudia los había encontrado.

Los pasadizos secretos eran el origen de sus problemas, el medio por el cual el barón de Lonsdale había podido llevar a cabo su complot. De eso estaba segura. Lo demás era confuso. No podía recordar más que retazos de imágenes de los hombres que habían traído a Guy hasta su cama, las borrosas e imprecisas figuras de unos soldados y la luz cegadora de una antorcha. Parecía una pesadilla hasta que se despertó con la grisácea luz del amanecer y las seductoras caricias de Guy. Él le había hecho olvidar que algo pudiera ir mal. Estar a su lado era algo maravilloso. Al acariciarla, sus manos reavivaron emociones que se le habían negado durante los años que había pasado en Lonsdale. Sentimientos de ternura, de sentirse querida y respetada. Durante ese breve y mágico momento, había bajado la guardia y le había correspondido con todo el amor que mantenía encerrado en su interior, esa parte de ella que nadie más deseaba. Pero Guy sí la deseaba y ella había querido entregársela.

Después, la ilusión se hizo añicos. Debería haberse dado cuenta antes de que lo que le estaba ocurriendo era demasiado bueno para ser verdad y también de que Guy no se había dado cuenta de que era ella la que estaba en la cama y, en el caso de que lo supiera, lo más probable es que le diera igual. Simplemente había respondido como lo habría hecho ante cualquier mujer desnuda lo bastante atrevida como para devolver sus besos. Sentía mucha lástima de sí misma. Luego, se enfadó.

¿Era ese breve atisbo de felicidad todo lo que tendría en la vida? Que se le ofreciera un pequeño anticipo de lo que podría tener y que luego se lo arrebataran para siempre era una crueldad ante la que se rebelaba. Si no hacía nada, quedaría encadenada de por vida a un hombre que la despreciaba, que podría infligirle incluso crueldades mayores.

El vacío que sentía en su interior era un pozo sin fondo, tan negro y frío como abrumador. Sobreviviría, al igual que había sobrevivido a las numerosas muertes en su familia. Pero nunca volvería a ser la misma. Cada persona a la que amaba se llevaba una parte de su corazón cuando la abandonaba. Guy se había llevado una parte que ella nunca había sabido que existía.

Se obligó a sí misma a tragar la insípida comida y la acompañó con lo que quedaba de cerveza. El carpintero había acabado su trabajo y probó el pestillo varias veces para asegurarse de que funcionaba bien antes de marcharse. Entonces Claudia llevó la bandeja hasta la puerta y se la dio a su guardián.

–Una criada os traerá la cena al anochecer –le anunció él.

–Os ruego que le pidáis que traiga también un cubo de agua.

El soldado frunció el ceño ante la petición, pero hizo un breve gesto de asentimiento con la cabeza y cerró la puerta. Más calmada, Claudia escuchó como corría el pestillo.

Horas más tarde, Claudia se introdujo por la abertura que había quedado al descubierto en la pared, segura de que el pasaje secreto que daba al solar había sido hecho para una mujer más pequeña que ella o un niño. Durante la larga mañana que había pasado sola en su alcoba un plan había empezado a tomar forma en su cabeza. Al principio pensó en huir ella sola de la fortaleza. Si conseguía llegar hasta Londres, podría empezar con la búsqueda de su hermano Dante, pero debía tener en cuenta que era un viaje muy peligroso para una mujer. Los bosques estaban llenos de bestias salvajes y los caminos eran peligrosos a causa de los ladrones.

Por otra parte, el barón de Montague disponía de muchos hombres armados en el exterior de las murallas de Lonsdale, y era muy probable que intentaran dañarla si se los encontraba, pues estaba segura de que la consideraban responsable de la difícil situación en la que se encontraba su señor. En cambio, si ayudaba también a escapar a Guy, él le ofrecería la escolta que necesitaba para llegar hasta Londres. Sería mucho más difícil liberar a ambos, pero su conciencia se rebelaba al pensar en dejarlo a merced de su tío, y con su ayuda podría encontrar a Dante. Tendría que esperar a que anocheciera. Decidió descubrir mientras tanto todo lo que pudiera sobre el complot de su tío.

Se colocó de lado en el pasadizo y rezó. Aquél no sería un lugar agradable en el que quedarse atascada. Y prefería no pensar en la posibilidad de que hubiera ratas.

Los muros se estrecharon todavía más antes de desembocar en una pequeña cámara cuadrada iluminada por la luz que entraba por los diminutos agujeros que había a la altura de los ojos en tres de sus laterales. Incluso desde ese lugar podía oler el fuerte perfume que su tío utilizaba para encubrir el mal olor de sus ropas: una empalagosa mezcla de clavo molido y bálsamo que usaba por razones que sólo él conocía. El sonido de su voz resonó en la cámara, y Claudia se inclinó sobre una de las aberturas para observar el interior del solar y poder escuchar mejor.

Su tío estaba de pie cerca de la chimenea con un brazo apoyado en la repisa. Su pelo rubio se había vuelto de un tono blanco amarillento con la edad, pero sus pálidos ojos azules todavía eran el reflejo de una mente alerta y astuta. Llevaba una larga túnica dorada y burdeos, los colores de Lonsdale, y apoyaba una jarra sobre la hebilla del cinturón de su espada.

El obispo Germaine estaba sentado en una silla de respaldo alto ante el hogar. Tan sólo podía ver la parte superior de su calva, pero oía sus palabras alto y claro.

–¿En qué me habéis metido, Lonsdale? Apostaría mi vida a que esta mañana no me lo habéis contado todo.

–No os inquietéis –respondió el barón–. Os recompensaré muy bien por vuestra participación en esto.

–Sí, lo sé –asintió–. Pero quiero saberlo todo. No sólo la apresurada explicación que he recibido medio dormido cuando me habéis despertado al amanecer. Y deberíais dejar de insistir en que Montague sedujo a la chica. Ambos sabemos que no es verdad.

–Montague nos convertirá en hombres ricos –insistió Lonsdale–. Si la Iglesia apoya el matrimonio, sabe que no tiene otra elección. Pagará lo que le pido y se casará con mi sobrina.

–Y a continuación estallará una guerra –añadió el obispo–. Sabéis muy bien que Montague tomará represalias por este engaño. ¿Qué os ha llevado a tramar esta farsa?

Lonsdale se pasó una mano por el cabello antes de responder con tono impaciente.

–Sabe que algo va mal con Halford Hall. Le mostré las escrituras ayer durante el banquete, pero él deseaba disponer de más tiempo para considerar el asunto. Si no hubiera sospechado alguna artimaña, habría firmado el acuerdo en ese mismo momento. Voy a perderlo todo si descubre que no puedo vender esa maldita propiedad.

–¿De qué estáis hablando? –preguntó el obispo–. Halford no está vinculado a vuestro patrimonio. Sois libre de disponer de la propiedad como deseéis.

–No. Os equivocáis. Mi padre hizo que el viejo barón de Montague cediera Halford a mi hermana Catherine. Él deseaba mantener a su hija unida a suelo inglés de alguna manera, y Catherine, a su vez, legó el castillo a su hija. Al ser el tutor de esa hija desnaturalizada que mi hermana crió, puedo disponer de Halford Hall a mi antojo, pero no venderlo. –Hizo una pausa para tomar un largo sorbo de su copa–. Las escrituras que mostré a Montague son una falsificación. Es el rey quien guarda las verdaderas escrituras de la propiedad. Aquellos en Lonsdale que conocían la verdad están muertos, e incluso si el rey llegara a enterarse de la venta de Halford, dudo que recordara a quién le pertenece realmente. No es una gran propiedad. No tiene importancia para nadie, excepto para Guy de Montague. Ni siquiera mi sobrina conoce sus derechos sobre ese maldito castillo.

Claudia apoyó las manos contra los muros de la cámara para no caerse. Los tristes años pasados en Lonsdale desfilaron ante sus ojos, los desaires e insultos, las hirientes burlas sobre que no era más que una pariente pobre y molesta, una carga que debía escoger entre trabajar durante largas horas para ganarse el sustento o pasar hambre. ¡Era una heredera! Y mientras ella trabajaba duramente, su tío se aprovechaba de las rentas de su herencia hasta convertir a los habitantes de sus tierras en mendigos. Si no estuvieran separados por un muro, se habría visto tentada de hundirle una daga en el corazón.

–Ha debido notar algo raro en las escrituras falsificadas –continuó Lonsdale en un tono enrabietado, más propio de un niño que de un hombre adulto–. Tenía que actuar antes de que Montague descubriera la verdad.

–Siempre habéis sido un imprudente –respondió el obispo–. En la batalla sois el primero en cargar sin tener la más mínima idea de lo que pasará cuando os enfrentéis al ejército enemigo. Yo os diré lo que sucederá esta vez. Montague tomará represalias en cuanto lo dejéis libre. La anulación será su primera prioridad. Luego volverá con su ejército y os asediará hasta que el hambre os obligue a salir de vuestro refugio. ¿Es que acaso no habéis pensado en eso?

–Quiero el oro que prometió –replicó el barón a la defensiva–. Con el doble de esa cantidad, podré reclutar un ejército de mercenarios que mantendrán a Montague a raya.

–Así que queréis contratar a unos cuantos villanos que tendrán muchas más ganas de hacerse con Lonsdale que de protegerlo. –El obispo sacudió la cabeza–. Deberíais aceptar mi consejo en este tema o sufrir las consecuencias. Si tenemos éxito, me quedaré con la mitad del oro que recibáis de Montague.

–¡La mitad! –protestó Lonsdale–. Os daré una parte generosa, por supuesto, ¡pero no la mitad!

–Reconoced la realidad, barón. No obtendréis nada sin mi ayuda. –Esperó a que Lonsdale asintiera con la cabeza a regañadientes, y entonces se recostó en la silla–. Bien, ahora lo primero que debemos hacer es convencer a lord Guy de que yo no tomaré partido en este asunto, que estoy actuando única y exclusivamente en defensa del honor de la dama que ha sido mancillada. Ofreceré que se depositen el oro y las escrituras de Halford en mi monasterio para que estén a buen recaudo y le garantizaré que nada se distribuirá a ninguna de las partes hasta que todo haya quedado arreglado.

–¡Excelente! Haremos que Montague se sienta seguro. Estará mucho más dispuesto a seguir adelante con vuestra propuesta que con mi exigencia de entregarme el oro en mano. –La expresión esperanzada de Lonsdale se desvaneció–. Pero nada cambiará si al final se entera de nuestro plan. Incluso el matrimonio puede ser declarado nulo si descubre que vos formabais parte del complot y, en ese caso, lo perderíamos todo.

–Nunca lo descubrirá. No vivirá el tiempo suficiente para saber que nos repartimos su oro.

La clara intención del obispo de asesinar a Guy no pareció sorprender a Lonsdale.

–He pensado mucho en la posibilidad del asesinato, pero no soy tan imprudente como para no ver el dedo acusador de Kenric de Remmington señalándome claramente. Estoy seguro de que acabaría en la horca.

–No si hacemos que parezca el trabajo de otro, alguien que tenga muchas razones para asesinar a su nuevo esposo.

–¿Claudia? –Lonsdale abrió aún más los ojos, incrédulo. Luego, su mirada brilló al comprenderlo todo–. ¡Claro! ¡Es perfecto!

–Sí –asintió el obispo–. Le daremos dos semanas para entregar la cantidad estipulada y después celebraré el matrimonio. Los hombres de Montague entrarán en la fortaleza al día siguiente. Les informaréis de que fuisteis testigo de la ceremonia de consumación y de que su señor está realmente casado. Haced lo que podáis para que crean que ha conseguido el mejor trato, que acepta a la novia y que la pareja se prepara en esos momentos para partir hacia el castillo de Montague. Enviaremos a uno de los hombres de confianza de Montague para que vaya a buscarlo a su alcoba. Allí encontrará al barón degollado, con la daga de vuestra sobrina a su lado.

Germaine emitió un oscuro sonido similar a una risa ahogada, mientras que el rostro de Lonsdale lucía una sonrisa que se iba ampliando a medida que el obispo desgranaba su plan.

–Se armará un gran revuelo y varios de vuestros hombres testificarán diciendo que Claudia había tramado un plan para seducir a lord Guy y obligarle a casarse. Luego les hablaré de su hermano muerto, Roberto, y de los motivos que tiene para odiar a todos los Montague. Se la entregaremos a los hombres de Montague para que la ahorquen a la mañana siguiente.

–La interrogarán –señaló Lonsdale.

–Estarán furiosos. Dudo que aguante una hora en sus manos. No creerán nada de lo que balbucee en ese medio inglés que habla. Incluso en el improbable caso de que alguien sospechara que es inocente, la ahorcarían de todas formas para vengarse. Una vez que todo haya finalizado informaremos al rey de que los propios hombres de Montague hicieron justicia y ejecutaron a la asesina.

–Hay que tener en cuenta a ciertos vasallos de Montague y a su familia –apuntó Lonsdale–. Muy especialmente a su hermano. Kenric de Remmington no es un hombre que vaya a aceptar la muerte de su hermano fácilmente.

El obispo movió la mano de forma desdeñosa.

–Uno no cuestiona la palabra de un obispo sin pagar un alto precio, y su hermano bastardo no tendrá razones para interferir. Al no tener Montague un heredero, Remmington se quedará con las tierras y los bienes de su hermano, y nosotros con su oro.

Claudia sabía que tenía que abandonar la cámara antes de que las horribles palabras que había oído la obligaran a vomitar. Volvió a recorrer el pasadizo tapándose la boca con las dos manos para no gritar, mientras se hacía una promesa que su tío y el malvado obispo nunca conocerían, pues la cumpliría o moriría en el intento: ésas serían las últimas lágrimas que derramaría en el interior de Lonsdale.

3

Claudia apoyó la espalda contra el muro de la barbacana y contuvo la respiración. Miró hacia abajo y casi maldijo en voz alta. Las dos copas de latón que sostenía en las manos brillaban como piedras preciosas bajo la luz de la luna. Las escondió apresuradamente bajo su oscura capa y observó las vagas figuras de dos guardias que cruzaban el patio de armas. Pasaron a menos de una docena de pasos de su escondite mientras se dirigían a cumplir su guardia de medianoche en la torre oeste. Sólo los sonidos de los pasos de los guardias rompían el silencio del patio, y pronto se desvanecieron en la distancia. Deseosa de llegar pronto a su destino, se aventuró a salir una vez más.

Con las dos copas sostenidas en equilibrio en una mano y el pichel de vino sujeto con la parte interior del codo, alcanzó el pestillo del portón de la barbacana. Al abrir la puerta lo suficiente como para deslizarse dentro, las bisagras emitieron un pequeño crujido. La oscuridad le dio la bienvenida al pasillo, junto con el olor acre del alquitrán y la brea que se almacenaban en las entrañas de la barbacana, preparados para utilizarse en caso de un posible asedio. Su tío podría necesitar dentro de poco esas defensas si ella tenía éxito en su aventura nocturna.

Con su mano libre apoyada contra el muro para mantener el equilibrio en la oscuridad, fue encontrando el camino que buscaba a lo largo de las húmedas piedras, hasta que llegó al pie de las escaleras. Una antorcha de cañas situada en lo alto del muro proyectó su tenue y trémula luz a lo largo de los escalones. Claudia vaciló. Una vez subiera aquellos peldaños, no habría vuelta atrás.

Pero tenía que hacerlo, ella era la única esperanza de Guy.

Él también era su única esperanza. Esos pensamientos le dieron el coraje que necesitaba para subir las escaleras, doblar la esquina y mirar hacia el desierto pasillo que se extendía ante ella. Ojalá hubiera descubierto un pasadizo secreto en aquella parte del castillo. Un pasaje oculto sería de gran ayuda en ese momento.

Sus zapatos no hicieron ningún ruido mientras recorría por el pasillo de piedra la distancia que la separaba del siguiente tramo de escalones. Tras una de las puertas de madera que se alineaban en el pasillo podía oír a alguien roncando. Más de una veintena de soldados estaban asignados a la barbacana, y si su suerte continuaba como hasta ahora, todos estarían dormidos tras esas puertas. Si no fuera así, el vino que llevaba consigo debería hacerse cargo de los soldados encargados de vigilar al prisionero. Sólo había otro lugar donde podría encontrarse con algún obstáculo para cumplir su plan antes de llegar a la habitación ubicada en el piso superior. Había visitado la alcoba una vez y sabía que era una prisión lujosa, construida para alojar a nobles capturados en justas o batallas hasta que sus familias pagaran el rescate. Esa noche, alojaba a un hombre destinado a morir.

Siempre había sabido que el barón de Lonsdale era un hombre despreciable y codicioso. Pero hasta ese día no se había dado cuenta de su ruindad. Su propio tío la había condenado a muerte sin pensárselo dos veces por un asesinato que todavía no se había cometido y, posiblemente, la ahorcaría con la misma facilidad si descubriera su plan de huida. Prefería arriesgarse con Guy de Montague. La humillación que la abrumaría al verlo de nuevo no era nada en comparación con la culpabilidad que sentiría si él moría a manos de Lonsdale. Aun así, aunque consiguiera drogar a los guardias de Guy y liberarlo de su prisión, no podía estar segura de que él estuviera de acuerdo con su plan para que ambos escaparan. Podría mostrarse reacio a llevar consigo a una mujer en un viaje tan peligroso o dudar de que ella le dijera la verdad sobre el despiadado complot de su tío. Nerviosa, se llevó la mano al cuello de la capa, donde pudo tocar los duros bultos ocultos bajo los pliegues de la capucha.

Después de que la criada le trajera la comida esa noche, se había pasado una preciosa hora cosiendo el collar de esmeraldas de su madre a la capa, la última pieza de valor que ella y sus hermanos habían sacado a escondidas de su hogar en Italia. El resto se había utilizado en la compra de las armaduras y los corceles que Dante y Roberto necesitaban para ejercer su oficio de mercenarios. Roberto también había querido vender el collar, pero Dante insistió en que Claudia lo guardara a buen recaudo, ya que debería conservar algo para poder ofrecerlo como dote en el caso de que ellos no pudieran recuperar su riqueza y patrimonio legítimos. Esa noche lo emplearía para comprar su libertad.

Dejó a un lado aquellos pensamientos cuando llegó al descansillo y dobló la esquina. Las trémulas llamas de las antorchas a ambos lados del puesto de guardia mantenían las sombras en un misterioso y constante movimiento, pero no veía al guardián por ninguna parte y la puerta de la habitación se encontraba medio abierta. Claudia frunció el ceño. El centinela encargado de custodiar al prisionero debía de estar en el interior de la alcoba. El motivo no lo sabía, pero ese inesperado giro podría jugar a su favor. Quizá pudiera acercarse al guardia a hurtadillas por detrás.

Con cuidado, sin hacer ningún ruido, dejó las copas y el vino a un lado del pasillo y sacó la pequeña daga que llevaba en la cintura. Nunca tendría el valor de hacer realmente daño al guardia, pero afortunadamente podría hacerle creer lo contrario. Se obligó a sí misma a avanzar con cautela hacia la alcoba, respiró hondo para tranquilizarse y entró en la prisión de Guy.

Sólo las antorchas del pasillo iluminaban la gran habitación, pero lo que podía alcanzar a ver de la estancia parecía vacío. Su corazón no redujo su enloquecido ritmo al darse cuenta de ello. Abrió la puerta aún más y dio otro paso hacia delante. Cuando habló, su voz no fue más que un débil susurro.

—¿Barón?

Un movimiento que percibió con el rabillo del ojo la hizo girar hacia la derecha y dar un paso hacia atrás, sorprendida. Guy estaba de pie entre las sombras del muro vestido con las mismas ropas que llevaba en los jardines y con una oscura capa. Verlo de nuevo trajo consigo una avalancha de inesperados pensamientos. Su mirada recorrió la línea de su mandíbula y recordó el tacto de su mejilla, áspera por la barba de un día. Miró sus labios y recordó cómo los sintió bajo la punta de sus dedos, cómo él había arrastrado uno de ellos dentro de su boca para besarlo y lograr así que un escalofrío recorriera su espalda.

Guy dio un paso hacia ella.

–Dadme el cuchillo, Claudia.

Ella bajó la vista hacia la olvidada daga que todavía sostenía en la mano. No le pareció importante en ese momento e ignoró la orden.

–¿Dónde está vuestro guardia?

–Ha muerto –respondió él en voz baja–, como también moriréis vos si no me dais el cuchillo de inmediato.

Lo decía en serio. Intentó contener un escalofrío y evitó recorrer la habitación con la vista en busca de alguna evidencia del guardia muerto. Esa noche Guy no se parecía en nada al hombre que la había besado en los jardines, al dulce y burlón pretendiente que le había pedido que guardara sus besos para él. Ni tampoco parecía el tierno amante de sus confusos sueños. En ese momento parecía capaz de ser muy violento. Su poderoso cuerpo estaba tenso y preparado para atacar. No albergaba la más mínima duda de que llevaría a cabo su amenaza si no le obedecía.

–¿Creéis que intentaría haceros daño con esta insignificante daga? –Quizás era el recuerdo del hombre que había conocido tras aquel aspecto frío lo que hacía que su voz sonara más valiente de lo que se sentía. Sacudió la cabeza y le entregó el puñal, ofreciéndoselo por la empuñadura–. He venido hasta aquí para rescataros, barón.

–¿En serio? –Todavía alerta, él aguardó la daga en su cinturón y miró hacia el pasillo antes de añadir en tono sarcástico–: Supongo que vuestro tío y sus soldados están a la espera de capturar a los dos amantes mientras escapan.

–No es ninguna trampa. –Deseó que hubiera alguna forma de convencerle de que no mentía. Sólo contaba con la verdad para persuadirlo–. Sé que tenéis pocos motivos para creer lo que os digo, pero yo no tengo nada que ver con la traición de la que habéis sido objeto. Mi vida corre el mismo peligro que la vuestra. Debemos salir de aquí antes de que nos descubran.

–¿Debemos? –Sacudió la cabeza–. Sois una gatita muy astuta, siempre preparada para caer de pie. Si no fuerais parte de este complot, os habrían hecho prisionera. No os permitirían pasear por la barbacana en medio de la noche para hacerme una visita. Decidme dónde nos esperan los soldados.

–Nadie nos espera –insistió ella–. He venido sola. Después de que se os llevaran esta mañana, mi tío me encerró en mi alcoba. Cree que él es el único que conoce dónde están los pasadizos secretos que le permitieron llevaros hasta mi alcoba anoche, a pesar de que yo había cerrado por dentro con pestillo. ¿No os preguntáis cómo os sacaron de vuestros aposentos sin que lo advirtiera vuestro escudero?

Guy encogió un hombro desdeñosamente.

–Probablemente también lo drogaron.

–No, os llevaron a través de los pasadizos. A mí también me drogaron. –Sintió como el rubor hacía arder sus mejillas al recordar como se había encontrado desnuda y en la cama con él. Sin embargo, no podía permitirse pensar en ello–. Esta tarde me abrí camino por esos mismos pasadizos hasta una mirilla que hay en la pared del solar y escuché en qué consistían sus planes. Mi tío pensó que habíais cambiado de opinión sobre Halford, que no pretendíais seguir adelante con el trato. Tramó este plan para conseguir más oro de vos. El obispo Germaine cree que se ganará vuestra confianza si se ofrece a guardar las escrituras de la propiedad que deseáis y vuestro oro en su monasterio, pero insistirá en que se celebre el matrimonio. El día después de la boda, vuestros hombres os encontrarán muerto con pruebas de que yo os he asesinado. Mi tío y el obispo se dividirán entonces el oro entre ellos.

Guy no mostró la conmoción o el horror que ella esperaba. Se limitó a sonreír, pero su expresión carecía de cualquier rastro de calidez.

–Habéis tejido una encomiable historia, milady. ¿Creéis que soy un crédulo escudero para engañarme con tal estupidez?

–Es la verdad –insistió ella, pero su dura expresión no cambió. Explicarle más sobre la trama urdida contra ellos era malgastar fuerzas. Nunca la creería, nunca volvería a confiar en ella. No podía culparlo. Pero había una verdad que él no podría ignorar–. El propio obispo ha redactado un contrato de esponsales y lo ha validado con su firma. La Iglesia no os permitirá casaros con nadie más mientras haya un contrato anterior. Aunque escaparais esta noche, podéis estar seguro de que mi tío presentará una demanda a la Iglesia y postergará cualquier esperanza que tengáis de un heredero hasta que no le paguéis. Es muy común chantajear a hombres ricos reclamando contratos anteriores y éste, además, tendrá el sello de un obispo. Si me lleváis con vos, juraré ante cualquier sacerdote o incluso ante el mismo rey que fuisteis engañado por mi tío. Si ambos nos presentáramos como testigos de los hechos, el contrato se consideraría nulo.

La mirada de Guy fue hacia la entrada y luego volvió a dirigirse hacia su rostro.

–No sé por qué, pero me cuesta creer que traicionéis a vuestra propia familia. Lo más seguro es que Lonsdale os dé una parte del oro si permanecéis callada sobre el asunto.

–¡Me entregará a vuestros hombres para que me ahorquen! –Frustrada porque no la creía, apretó los labios. La ira no le haría conseguir nada si con sólidos argumentos había tenido tan poco éxito. En un intento de tranquilizarse respiró profundamente–. Hoy, la única familia que reconozco es a mi hermano Dante. Su última carta llegó desde Londres hace casi un año, pero si consigo encontrarle, sé que me ayudará.

–Creía que teníais dos hermanos. ¿Por qué buscar a ese tal Dante si es tan difícil encontrarlo? ¿Por qué no ir en busca del otro?

–Mi hermano mayor murió hace muchos años. Dante es todo lo que tengo. –Bajó la mirada hacia el suelo. Si Guy descubría el nombre de su hermano mayor, nunca la llevaría con él. Se apresuró a continuar antes de que pudiera hacerle más preguntas sobre Roberto–. Si me ayudáis a escapar, contrataré a una partida de vuestros hombres para que me ayuden a buscar a Dante. Tengo un collar que perteneció a mi madre. Puedo venderlo en Londres, para pagar a vuestros soldados. Quizás haya suficiente también para compensaros por los problemas que os he causado. Os libraréis de mí muy pronto y también de cualquier reclamación que mi tío intente hacer. Lo que os propongo es la forma más fácil de deshaceros de mí para siempre.

–No, no es la forma más fácil –dijo mientras cruzaba los brazos sobre su pecho–. Muchos de los problemas que me planteáis desaparecerían si murierais.

La joven dio un paso hacia atrás, aunque dudaba de que él pudiera llevar a cabo aquella terrible amenaza. Estaba mintiendo, ¿o no?

Guy continuó en un tono más firme.

–Si descubro que... –Una sombra se interpuso entre ellos y el barón se abalanzó sobre Claudia–. ¡No!

Ella intentó evitar el ataque, pero antes de que pudiera moverse algo grande y sólido la golpeó detrás de la cabeza. El rostro alarmado de Guy dio vueltas ante sus ojos y luego todo se volvió negro.

–¡Dios! ¡Creí que pretendías partirla en dos!

–Ya me he disculpado dos veces, barón. Cuando volví de inspeccionar los alrededores, la vi de pie en la puerta de espaldas a mí. Sé que me habíais visto y confundí vuestras palabras con una orden de matarla. De hecho, si no hubierais gritado en el último momento, ahora estaría muerta. Tuvo suerte de que la golpeara con la hoja de la espada y no con el filo.

–Pretendía asustarla para que me contara la verdad, no matarla.

–Quizás hubiera sido mejor matarla. Ahora se ha convertido en un problema. Es un peso muerto. Nunca conseguiréis bajar por el muro con ella atada a vuestra espalda. Yo propongo que la tiremos por un lateral de la torre. A estas horas de la noche, nadie oirá caer el cuerpo.

Claudia se despertó a tiempo para escuchar aquella vil proposición. La voz masculina que hablaba en un murmullo le sonaba familiar. ¿O eran dos? Aturdida, tardó en orientarse y darse cuenta de que yacía desplomada en lo alto de una de las torres de la barbacana. Abrió los ojos de golpe cuando se percató de quién podría ser la principal candidata a ser lanzada desde allí.

–No cargaré en mi conciencia con la sangre de una mujer. De todas formas, ¿qué sucedería si se despertara a medio camino? Sus gritos despertarían a todos los soldados de la guarnición.

–Le cortaré el cuello antes. –La respuesta fue impasible.

Claudia se llevó las manos a la garganta en un gesto protector.

–Maldita sea –añadió el dispuesto degollador–. Está despierta.

Una figura cubierta con una capa se inclinó sobre ella. Al tiempo que la joven se sentaba y apoyaba la espalda contra el muro de la torre, las nubes que habían ocultado la media luna se dispersaron. Claudia quería girarse hacia un lado, pero fue incapaz de moverse debido al asombro que le causó lo que la luz de la luna le reveló.

–¿Fray Thomas?

Darse cuenta de que un santo varón deseaba degollarla impresionó a la joven más de lo que pensaba que sería posible esa noche. Fray Thomas era un hombre amable y tenía una voz muy dulce. ¡Era su amigo!

El fraile ignoró su vana pregunta y miró hacia la derecha.

–¿Qué hacemos ahora?

La mirada de Claudia siguió a la del fraile y vio a Guy de pie a unos metros de distancia, con la atención puesta en una cuerda que había fijado alrededor de una de las almenas de la torre. Su rostro parecía duro y sombrío bajo la luz de la luna. Tras una rápida comprobación de la resistencia del nudo, lanzó la larga soga por el lateral y se giró para dirigirle una mirada tan amenazadora como la del fraile.

–Tendréis que elegir, milady. O me seguís por esta cuerda con una mordaza en la boca para asegurarnos de vuestro silencio, o nuestro buen fray Thomas os lanzará al vacío sin necesidad de mordaza o cuerda. La decisión es vuestra.

A Claudia le parecían inaceptables ambas opciones. Bajar por el muro significaba quedarse colgando de una cuerda a más de quince metros por encima de las escarpadas rocas que formaban la base del castillo, y ella apenas podía subir por una escalera de mano sin marearse. Las alturas la aterrorizaban. Claro que, por otro lado, también le aterrorizaba la idea de que fray Thomas la degollara.

–Ha... hay otra vía de escape. No es necesario que bajemos por el muro. –Apretó los dientes para evitar que le castañetearan.

–Sí –dijo con desdén Thomas en italiano–. Pero está custodiada por un soldado que la vigila durante toda la noche. Aunque eso ya lo sabéis, ¿verdad?

Claudia se quedó mirando fijamente al fraile con la boca abierta al darse cuenta de otra cosa.

–Habláis mi lengua. Todo este tiempo...

Thomas hizo un gesto impaciente con la mano.

–Sólo alguien que conoce vuestro idioma puede entender lo que decís en el nuestro. –Se volvió hacia Guy–. El guardia volverá a pasar por aquí en menos de una hora. Es una locura considerar siquiera la posibilidad de llevárosla con vos. Dejadme que decida por ella.

–¡No causaré ningún problema! ¡Lo juro! –Se puso en pie y miró alternativamente a Guy y a fray Thomas. La larga daga que este último sostenía hizo que tomara una decisión en ese mismo instante–. ¡Bajaré por el muro!

Guy dio un paso hacia ella.

–Dadme la mano.

Ella, inconscientemente, dio un paso hacia atrás.

–¿Por... por qué?

Guy frunció el ceño.

–Nunca discutáis con hombres que preferirían cortaros el cuello a dejaros libre, milady. Dadme la mano.

Claudia no pudo evitar ocultar como temblaba, pero extendió la mano derecha. Justo cuando Guy se dispuso a cogérsela, ella la retiró y alargó la izquierda. Era diestra, así que no se vería tan impedida si él intentaba hacerle daño.

Guy emitió un gruñido de disgusto. Con un movimiento rápido, agarró la larga manga de su vestido y le dio un fuerte tirón. Arrancó la manga de su hombro y ésta quedó colgando en su mano.

–Daos la vuelta.

Claudia se quedó mirando la manga. ¿Qué pretendía arrancarle ahora?

Guy pareció leer sus pensamientos y emitió un gruñido de impaciencia.

–Voy a amordazaros. ¡Daos la vuelta!

Obedeció la orden, pero pronto se replanteó su dócil comportamiento. Si le daba la espalda al barón, le sería fácil cortarle el cuello y, una vez la hubieran amordazado, ni siquiera podría emitir un sonido de protesta. Le fallaron las rodillas y se apoyó en el muro de la torre para recuperar el equilibrio. La mordaza se deslizó sobre su rostro. Ella la acomodó bajo su nariz justo cuando Guy hacía un fuerte nudo en la parte posterior de su cabeza. Luego él la hizo girar cogiéndola por los hombros para comprobar cómo había quedado. Ella supuso que el rápido gesto de asentimiento significaba que estaba satisfecho porque el trozo de tela la mantendría callada. En ese momento, Guy apresó su brazo con una mano y casi la arrastró hasta la almena donde había atado la cuerda. Miró por el lateral y, después, se volvió para observar su falda.

–Os romperéis el cuello –pronosticó.

Antes de que Claudia pudiera adivinar sus intenciones, sacó una daga y se arrodilló ante ella. Sujetó el dobladillo de su vestido y hundió la mortífera hoja en la tela hasta cortarlo más arriba de sus rodillas. Volvió a envainar la daga justo en el momento en que ella se recuperaba lo suficiente de la impresión como para emitir un apagado gemido de protesta.

–Thomas os ayudará a sujetaros. Colocad la cuerda entre vuestras piernas antes de que él os suelte. –Se volvió hacia el fraile–. Mátala si duda, y si hace algún ruido mientras desciende, corta la cuerda.

Tras dar aquellas duras órdenes, cogió la cuerda e inició el descenso.

La mano de fray Thomas rodeó su brazo y se adelantó hacia la almena para observar los progresos del barón. Su voz sonó distante.

–Espero que seáis más fuerte de lo que parecéis, milady. Es un tramo muy largo, un enorme esfuerzo para los brazos de una dama que no han levantado nada más pesado que una aguja.

Si no hubiera sido por la mordaza, ella le habría informado de que era más fuerte de lo que él creía, pues transportaba una docena de pesados cubos de agua cada noche, ya que se negaba a bañarse en agua ensuciada por otros. En esos momentos, parecía que su obsesión por la limpieza estaba a punto de resultar ser un rasgo muy valioso.

–Ya ha llegado al suelo. –Thomas la empujó hasta que estuvo de pie frente a la almena y luego le susurró en el oído–: Un sonido, milady. Un gimoteo o un movimiento en falso y cortaré la cuerda. ¿Lo comprendéis?

Claudia le contestó con un desesperado gesto de asentimiento. Se apoyó en la almena y subió a la muralla. La luz de la luna iluminaba las escarpadas rocas que yacían abajo y la imprecisa sombra de un hombre. El barón de Montague parecía del tamaño de una hormiga. Contuvo un gemido de terror en su garganta. La cuerda que colgaba sobre el muro yacía a sus pies, fuera de su alcance. ¿Cómo lo había logrado Guy? ¿Cómo lo conseguiría ella?

Thomas resolvió ese problema por ella. Una mano se cerró con fuerza alrededor de su brazo mientras la otra la empujaba hacia delante. En ese momento supo por qué la habían amordazado. Fray Thomas pretendía lanzarla al vacío después de todo.

Esa vez no pudo contener un apagado grito de terror. Claudia se agarró a la almena de piedra con su mano libre, pero perdió el equilibrio y cayó hacia delante en un movimiento lento que pareció durar eternamente. El corazón golpeaba contra su pecho con una fuerza semejante a la que la empujaba para colocarla frente al muro exterior de la torre. Cuando ya daba todo por perdido, Thomas la sujetó rápidamente de la muñeca. Ella pronunció una precipitada oración de agradecimiento al darse cuenta de que él no pretendía matarla después de todo. La plegaria fue interrumpida rápidamente por un instinto primario de asegurar su oscilante peso.

El fraile la hizo descender lo suficiente para que cogiera la cuerda y la obligó a que bajara su mano izquierda hasta que pudo coger con ambas manos la delgada soga que representaba su salvación. Incluso continuó sujetándola por el brazo hasta que consiguió rodear la cuerda con sus rodillas y sus pies a través del salvaje corte en su vestido. Temiendo que Thomas pudiera cambiar de opinión sobre su destino, le hizo un gesto de asentimiento y él la soltó.

No podía moverse.

Sus manos parecían congeladas alrededor de la soga, al igual que sus piernas. Si se movía, caería. Si no se movía, Thomas cortaría la cuerda. Se preguntó si sería lo bastante afortunada como para desmayarse antes de que la caída la matara.

–Habéis llegado hasta aquí. –La voz de Thomas sonó sorprendentemente dulce. Sin embargo, ella no podía mirar hacia arriba para observar su expresión–. El resto es más fácil. Simplemente sujetad la cuerda con los pies y bajad moviendo una mano cada vez.

Claudia intentó tomar una profunda inspiración, pero incluso su pecho parecía estar intentando rodear la cuerda. Concentró toda su atención en el muro de piedra que tenía ante ella y en el movimiento de su mano izquierda mientras la deslizaba hacia abajo y obligaba a sus pies a deslizarse por la soga unos pocos milímetros. Soltó la mano derecha de la cuerda el tiempo suficiente para colocarla por debajo de la izquierda, luego repitió el movimiento, una y otra vez, hasta que pensó que nunca acabaría. Le dolían los brazos, le dolían las piernas, incluso le dolían los huesos por el enorme esfuerzo que estaba realizando. ¿Realmente creía que unos cuantos cubos de agua la prepararían para una tarea tan dura?

Estaba en el infierno. Thomas la había empujado y ella simplemente no recordaba la caída que la había matado. No importaban los pecados que hubiera cometido a lo largo de su vida, estaba condenada a deslizarse por esa cuerda durante toda la eternidad.

De pronto, alguien la cogió del tobillo. Un ahogado gemido de alivio emergió de la mordaza al darse cuenta de que era Guy. Sus fuerzas fallaron, se dejó caer, y él la atrapó para evitar su caída.

–¡Maldita sea, cómo pesáis!

Con un rápido movimiento la apartó y se levantó.

No parecía preocupado por la posibilidad de que ella intentara escapar. Sacó una daga de la cintura y cortó un trozo de cuerda de varios metros de largo, luego le dio dos fuertes tirones a lo que quedaba colgando y mantuvo centrada su atención por encima de su cabeza. Desde el suelo, Claudia vio como fray Thomas tiraba de la larga soga desde el interior de la torre hasta hacerla desaparecer. Deseaba permanecer allí durante un largo rato, incluso besar la sólida roca que había bajo ella. Le dolían tanto las piernas que creía que tardaría una semana en volver a caminar. Pero había llegado hasta allí y no volvería a la fortaleza después de lo que le había costado escapar de ella. Se puso de pie y se balanceó antes de recuperar el equilibrio.

Guy se volvió hacia ella con la cuerda en las manos.

–Extended los brazos.

«Otra vez no», pensó Claudia, pero esta vez le ordenaba que le ofreciera ambas manos. Pretendía atárselas. Cuando ella obedeció la orden, Guy vaciló. Durante un largo momento se quedó mirándola, luego rodeó sus muñecas con la cuerda y la ató. No apretó la soga tan fuerte como ella había esperado. De hecho, parecía casi suelta alrededor de sus muñecas. Claudia bajó la mirada y comprobó la movilidad que tenían sus manos.

Él también lo había notado.

–Se acabó, milady. Ahora estáis a salvo.

¿A salvo? Sí, del peligro de caer quizá, pero ahora se enfrentaba a una amenaza igual de peligrosa. Se quedó mirando el rostro del barón y supo que él también se había dado cuenta de lo ridículas que habían sonado sus palabras. Guy frunció el ceño antes de ponerle la capucha.

–Mantened la cabeza agachada. La capa es oscura y se confundirá con las rocas, pero la luz de la luna puede reflejarse en vuestra cara el tiempo suficiente para que un centinela pueda descubrirla.

Ella asintió e inclinó la cabeza. No podía mirarle a los ojos por más tiempo, no podía observar lo que la luz de la luna reflejaba en su rostro. La compasión y el rastro de pesar en sus ojos no eran algo que ella deseara ver. Una vez estuvieran lo bastante lejos del castillo, intentaría volver a aclarar aquel enorme malentendido y se ofrecería a pagar para que una partida de sus soldados la escoltara hasta el lugar donde se hallara Dante. Tenía que conservar la fe en que las esmeraldas podrían comprar esa información también.

4

–Deja de moverte.

Los músculos del cuerpo de Guy se tensaron una vez más. Había alcanzado el límite de su paciencia. Claudia estaba sentada de lado sobre su regazo en lugar de montar a horcajadas sobre el caballo, con la capa colocada de forma que ocultaba el corte en su vestido, y no había dejado de moverse en todo momento desde que abandonaron Lonsdale. No podía soportarlo por más tiempo.

Cuando se reunieron con sus caballeros en los bosques, pensó que no le importaría compartir su montura. Después de intercambiar unas cuantas palabras con Evard, subió a Claudia a su caballo y la colocó delante de él. Cuando la brillante luna que guiaba su huida dio paso a los tonos rosados del amanecer, la cadera que, en un principio, le había parecido suave y frágil, ahora le parecía dura como una roca contra su entrepierna.

–¿Acaso no puedes estarte quieta? –le preguntó cuando la joven cambió de posición una vez más.

–Se me han dormido las piernas.

Tardó un momento en darse cuenta de que la mordaza debería haberle impedido responder. Con un rastro de sospecha, le bajó la capucha.

–¿Cuándo te la has quitado?

Un amplio bostezo retardó la respuesta. Alzó sus manos aún atadas para cubrirse la boca y luego las volvió a dejar caer sobre su regazo.

–Poco después de que me subieras sobre esta bestia. De todas formas, no hacía falta que me amordazaras, milord. Yo sería la última persona que querría dar la voz de alarma.

No sabía por qué le molestaba que Claudia hablara en italiano, pero lo hacía.

–A partir de este momento, hablarás siempre en mi idioma. En caso contrario, guardarás silencio.

Claudia abrió la boca pero la cerró sin emitir palabra. Levantó la barbilla y apartó la mirada de él deliberadamente, antes de colocarse la capucha de nuevo.

Guy frunció el ceño a su espalda.

–Nunca aprenderás a pronunciar las palabras correctamente si no practicas el idioma en voz alta.

Claudia ladeó la cabeza como si sopesara su razonamiento, pero permaneció callada. Evard se adelantó hasta ponerse a su altura.

–Nuestros soldados esperan, barón.

Guy siguió la dirección que señalaba el gesto de su lugarteniente. El amplio valle que aparecía ante ellos estaba cubierto por la neblina matutina y el aire llevaba el perfume de los prados recién empapados de rocío que se extendían por debajo de la niebla. El valle formaba parte de Halford y los montes que se extendían frente a ellos marcaban el límite de las tierras de Montague. Una delgada columna de humo se elevaba de aquellas colinas por encima de las copas de los árboles.

–¿Y mis primos? –preguntó Guy.

–Envié un mensajero a Halford y otro a Montague antes de encontrarnos contigo en el exterior de Lonsdale. Cada uno tenía órdenes de cumplir con el deber del otro si uno de los dos no regresaba a esa colina al amanecer. La señal de humo significa que ambos lo han conseguido con éxito.

Como siempre, Evard dejaba poco al azar. Guy asintió en señal de aprobación.

–Cuando alcancemos la colina, los hombres y los caballos podrán descansar mientras yo me reúno con mis primos. Tú te quedarás con lady Claudia.

La fría expresión en los ojos de Evard cuando miró a la joven reveló lo que opinaba de ese deber. No había tenido oportunidad de intercambiar muchas palabras con su señor durante su huida y Evard no había preguntado si Claudia les acompañaba por voluntad propia o en contra de sus deseos. Guy se dio cuenta de que la consideraba una prisionera. Supuso que la cuerda que rodeaba sus muñecas era un buen indicador de ello.

–Asegúrate de que los hombres conozcan mis deseos.

–Sí, milord. –Evard conocía el tono que utilizaba su señor para dar por zanjada una conversación.

Guy avanzó hasta encabezar de nuevo la comitiva y estudió la estrecha franja del camino que llevaba hasta el valle; se trataba más bien de una senda, con el ancho suficiente para permitir el paso de carretas y que las lluvias de primavera convertirían en un pequeño río. Aflojó las riendas y dejó que el caballo escogiera su propio camino por la pendiente mientras reflexionaba sobre su «prisionera».

Casi podía creerse la disparatada historia que le había contado, porque, de hecho, él le había dado razones suficientes al barón de Lonsdale para que creyera que la venta de Halford estaba en peligro. También tenía que considerar el hecho de que no se habían encontrado con ninguna oposición en su escapada a excepción del guardia apostado en su puerta. O bien la joven decía la verdad, o bien Lonsdale deseaba que él escapara. La propia Claudia le había dado el motivo por el cual su tío le permitiría abandonar la fortaleza. Mientras Lonsdale dispusiera de un contrato de esponsales firmado por el obispo, Guy no podría casarse con nadie más. Ese contrato era un medio más seguro de chantaje para Lonsdale que un matrimonio forzoso. Sin embargo, ¿por qué permitiría Lonsdale a Claudia escapar con él? ¿O acaso el barón ignoraba lo que había hecho su sobrina?

Luchó contra el instinto que le hacía pensar que estaba diciendo la verdad. En el pasado, sus instintos nunca le habían fallado, pero era vulnerable en todo lo que a Claudia concernía. Deseaba demasiado creer en ella como para permitirse ese lujo. Nunca más permitiría que le tomaran por un estúpido.

Claudia interrumpió sus pensamientos.

–¿Soy tu prisionera?

–¿Hablas conmigo o con mi caballo?

Ella se giró para mirarle.

–Yo no... –Tomó aire en un intento de tranquilizarse y retomó la frase en inglés–. Yo no hablo con caballos. ¿Soy tu prisionera o me permitirás marchar libremente?

Hablaba con voz pausada, haciendo un esfuerzo evidente por hacerse entender. Guy descubrió que le gustaba su sensual acento, aunque tuviera que concentrarse en lo que ella decía, más que en la forma en que lo hacía.

–Decidiré tu futuro cuando lleguemos al castillo de Montague.

Claudia no pareció satisfecha con la respuesta.

–¿Ya he sido juzgada y condenada?

Sus palabras arrastraban el ritmo de una caricia más que de una protesta. El efecto que tenían sobre él era asombroso. E inoportuno.

–Te aconsejo que no me presiones, milady. Ha sido una noche muy larga y no se puede decir que mi humor sea el más adecuado para viajar.

Claudia frunció los labios con un mohín y miró hacia delante. El desaire molestó a Guy. No se comportaba como una mujer que hubiera conspirado contra él. O tenía hielo en las venas o una impresionante cantidad de coraje.

Empezaron a cruzar el valle y la niebla los envolvió, lo que obligó a Guy a guiarse por su instinto. La niebla amortiguaba también los sonidos de los hombres y los caballos que cabalgaban tras ellos, por lo que Guy casi tenía la sensación de estar a solas con Claudia. Se descubrió a sí mismo pensando en lo que le haría si realmente lo estuvieran.

Su traición debería haber acabado con cualquier deseo que hubiera sentido por ella. Sin embargo, no había ocurrido así. Era consciente de cada milímetro del cuerpo de Claudia que se apoyaba contra el suyo. Su olor, mezclado con su perfume, lo estaba volviendo loco.

Bajó la cabeza hasta que su mejilla casi rozó el lateral de su capucha. Estaba obsesionado con ella. Cada pequeño roce con su cuerpo era una tortura. ¿Podía realmente ser tan suave como la recordaba? Tendría que estar desnuda para poder comprobarlo.

Levantó una mano para frotarse sus cansados ojos y le golpeó la cabeza con el brazo por accidente. Las manos de Claudia desaparecieron bajo su capucha y soltó un quejido al tiempo que se desplomaba hacia delante. Guy tensó los brazos para sostenerla incluso antes de que ella se recuperara.

–¿Te encuentras bien?

Claudia negó con la cabeza. Tenía las manos apoyadas sobre la frente.

–Me duele la parte de atrás de la cabeza, donde fray Thomas me golpeó. Fue él quien lo hizo, ¿verdad?

–Sí.

Guy sintió una oleada de culpa. Debería haberla examinado para asegurarse de que no tenía el cráneo fracturado. Con un brazo rodeando su cintura para sujetarla, tanteó con suavidad la parte posterior de su cabeza con la otra mano hasta que encontró el enorme chichón. Ella no pudo evitar gritar de dolor.

–Tranquila –murmuró él–. No volveré a tocarlo. –Intentó apartar el pelo que cubría la hinchazón–. ¿Has sangrado?

–No, sólo es un chichón y un poco de dolor de cabeza. Se curará en unos pocos días.

Guy frunció el ceño. ¿Cómo demonios lo sabía? Además, no se había quejado por ello hasta ahora.

–¿Te duele la cabeza más que antes?

–Se me pasará.

Guy la presionó para que le diera una respuesta más precisa.

–¿Te has mareado a lo largo del viaje?

–Sí, sobre todo al principio, cuando nos pusimos en marcha. Ahora los mareos ya no son tan frecuentes.

Eso tenía que ser una buena señal, decidió Guy.

–Apóyate en mis brazos hasta que se te pase el mareo. –Buscó una excusa cuando ella pareció asombrada por la oferta–. No quiero que te caigas del caballo.

Claudia se recostó hasta que el poderoso brazo soportó el peso de sus frágiles hombros y de su cabeza, luego cerró los ojos y Guy sintió como su cuerpo empezaba a relajarse. Yacía en sus brazos tan confiada como una niña. Una niña muy insensata. Cuando encogió las manos bajo la barbilla y se acurrucó aún más cerca de su pecho, se dio cuenta de que se había quedado dormida.

¿Cómo podía dormir?

Llevaba una mordaza alrededor del cuello y una cuerda rodeaba sus muñecas. Por lo que ella sabía, él podía cambiar de opinión en cualquier momento y cortarle el cuello. ¡Por Dios! Debería mantenerse alerta, no dormirse. Realmente era una estúpida. Una suave y cálida estúpida que, además, olía muy bien.

Guy alzó la vista al cielo y suspiró. Llevaba demasiado tiempo sin una mujer. Ninguna otra cosa podía explicar su ridícula obsesión por Claudia. Por otra parte, supuso que el deseo de acabar lo que había empezado en la alcoba de ella era algo lógico. La había deseado más en ese momento de lo que había deseado ninguna otra cosa en su vida. Su cuerpo reaccionó inmediatamente al recordarlo. Apretó los dientes e intentó concentrarse en el camino.

El terreno empezó a elevarse de nuevo y, finalmente, emergieron de la niebla. La colina sin árboles que se alzaba ante ellos reveló las lejanas figuras de numerosos guerreros a caballo. Se trataba de sus hombres. Ahora ya estaban a salvo, en las tierras de Montague.

En algún momento, mientras Guy la sostenía en sus brazos, la tierra había despertado de su letargo nocturno. Podía oír a los pájaros con sus trinos y gorjeos, y el zumbido de algunos insectos. La niebla se disiparía cuando la luz del sol resplandeciera en el valle. Incluso los bosques que atravesaban parecían menos sobrecogedores que los que habían dejado atrás.

–Claudia, despierta. –De repente recordó que alguien le había dicho hacía mucho tiempo que dormir profundamente después de recibir un golpe en la cabeza a veces resultaba fatal. Guy la agarró con más fuerza de los hombros–. ¡Claudia!

–Mmm. –Ella frotó su mejilla contra su pecho.

Guy se obligó a que su voz sonara severa.

–Claudia. Despierta de una vez.

Ella abrió los ojos de repente y su mirada se encontró con la suya. Sus labios se curvaron en una sonrisa aletargada que provocó que el corazón de Guy se paralizara en el interior de su pecho, y sólo volvió a latir con normalidad cuando la sonrisa desapareció. Avergonzada, la joven se incorporó a duras penas.

–No pretendía dormirme.

Su disculpa no cambiaba lo que había hecho. ¡Una prisionera que dormía en los brazos de su captor! ¿Qué pensaría el barón de Montague sobre eso?

–Alcanzaremos la partida principal de mis soldados dentro de unos minutos. Extiende las manos.

–¿Por qué?

–Extiéndelas.

Desató los nudos que la mantenían cautiva mientras ella se esforzaba por sentarse más erguida. Cuando estuvo libre, Guy examinó sus muñecas en busca de signos de rozaduras.

–Bien –anunció–, no han quedado marcas.

–¿Puedo quitarme esto? –La joven levantó con un dedo la mordaza que rodeaba su cuello.

El barón inclinó la cabeza en señal de conformidad.

Claudia levantó los brazos para desatar la tela, lo que provocó que su capa se abriera y se deslizara hacia los lados. Entonces Guy pudo ver el delgado brazo desnudo desprovisto de la manga que había utilizado a modo de mordaza. Luego observó la tela marrón oscura del escote de su vestido que se ajustaba perfectamente a sus pechos mientras ella continuaba desatando la mordaza. No mostró ninguna reacción hasta la tercera vez que ella le dio accidentalmente un codazo, esta vez en la nariz.

–¡Ten cuidado!

–Lo siento –murmuró ella.

La manga se soltó de su cuello y desapareció en uno de los bolsillos de su vestido. Después volvió a colocarse bien la capa hasta quedar envuelta en ella desde el cuello hasta los pies.

El camino se niveló y obligó al caballo a ir a medio galope. En el claro les esperaban casi un centenar de soldados. El barón obligó con desgana a su caballo a detenerse cerca de sus dos primos. No le entusiasmaba lo que debía decirles.

Cuando un escudero se adelantó para sujetar su montura, Guy saltó de la silla y ayudó a Claudia a bajar del caballo. Siguió sujetándola hasta que ella soltó sus brazos para indicarle que podía sostenerse por sí sola. Entretanto, Evard acercó su caballo hasta ellos y desmontó.

–Dile a los hombres que pueden desayunar –le ordenó Guy–. Nos quedaremos aquí una hora o más. Pídele a un escudero que prepare una bolsa de comida y la ate a mi silla. Cuando haya acabado con mis primos, comeré con lady Claudia. –La señaló con un ademán de cabeza–. Vigílala.

Se dio la vuelta y, sin mirar una sola vez hacia atrás, se acercó a sus primos.

Claudia desvió la mirada de la figura de Guy y la dirigió hacia su lugarteniente. Evard de Cordray cruzó los brazos sobre el pecho y le devolvió la mirada. Su postura parecía desafiarla a que lo retara. La joven recorrió el claro con la mirada y se dio cuenta de que la mayoría de soldados también la miraban. ¿Acaso pensaban que quería escapar? ¿Adónde pensaban que iría? ¿Hacia el bosque, para probar suerte con las fieras que lo habitaban? Prefería arriesgarse con lo que ya conocía.

Evard llamó a un soldado y le transmitió las órdenes del barón, mientras Claudia buscaba con la mirada a su captor. Éste se hallaba cerca del borde de la colina con dos hombres que debían de ser los primos de los que había hablado con Evard. Desgraciadamente, estaban demasiado lejos para que pudiera escuchar su conversación. Ninguno de los dos hombres se parecía físicamente a Guy y ambos aparentaban mucha más edad. Uno tenía el pelo color gris acero y una larga barba blanca, mientras que el otro tenía el pelo negro y no llevaba barba ni bigote. Tanto sus cuerpos como sus rostros hablaban de una vida dura.

Claudia dejó de observarlos, miró a su alrededor y descubrió un tentador lecho de hierba bajo un pequeño olmo.

–¿Puedo descansar bajo aquel árbol? –preguntó a Evard.

El caballero frunció el ceño, pero no respondió. Claudia repitió la pregunta.

Evard ladeó la cabeza, frunciendo todavía más el entrecejo.

–No os entiendo. Repetidlo más despacio.

La joven apretó los dientes. Primero se señaló a sí misma y luego al árbol.

–¡Yo sentar ahí!

Evard negó con la cabeza. Señaló hacia el suelo y respondió en un tono lo bastante fuerte como para asustar a su caballo.

–¡No, vos quedar aquí!

Claudia adoptó una mirada inexpresiva.

–Parli piu forte per favore. Non ti sento bene.

–Lo has oído perfectamente –dijo la voz de Guy a su espalda. Claudia se volvió para encararlo pero, sin mirarla siquiera, él volvió a montar–. Y los caballos echarán a correr si habla más alto.

Ella miró por encima del hombro para evaluar la reacción de Evard ante la traducción del barón. Un pálido rubor había encendido su rostro. La joven no se dio cuenta de que Guy había hecho avanzar a su caballo hasta que se inclinó y la subió sobre su regazo. Sobresaltada, intentó mantener los bordes de su capa unidos para que sus hombres no vieran su destrozado vestido. El largo corte delantero podría darles una impresión equivocada.

–Hablaré con la dama a solas –anunció Guy a su lugarteniente. Hizo un gesto con la cabeza hacia el camino que se dirigía al este y Claudia se dio cuenta de que pretendía volver al bosque–. Hay un viejo roble a unos trescientos metros de aquí. No quiero que se me moleste a no ser que los guardias descubran a los soldados de Lonsdale en el valle que se extiende a nuestros pies.

–Sí, milord.

Evard lanzó a la joven una mirada de lástima como si creyera que la esperaba algo funesto.

Guy espoleó al caballo para que avanzara y se adentró en el bosque. Los trozos de cielo azul se hacían cada vez más escasos a medida que cabalgaban adentrándose en la espesura y, finalmente, desaparecieron por completo bajo ramas frondosas que se volvían cada vez más altas y espesas. El bosque debía de tener miles de años, y estaba formado por robles tan gruesos como atalayas. Los árboles más jóvenes, que parecerían impresionantes en campo abierto, tenían que luchar por encontrar el sol entre sus gigantescos vecinos. Incluso la hierba había dejado de crecer y había sido sustituida por una alfombra de musgo que amortiguaba el ruido de los cascos del caballo del barón. Un olor a humedad, que no resultaba molesto, flotaba en el aire.

–¿Por qué nos alejamos? –preguntó Claudia.

Guy gruñó a modo de respuesta.

Ella levantó la mirada hacia él, pero los ojos de su captor continuaban recorriendo el bosque, buscando, probablemente, el roble que había mencionado a Evard. ¿Por qué quería estar a solas con ella? Seguramente no había ninguna intención oculta en sus intenciones. Ella ni siquiera le gustaba. Si pretendía hacerle daño, no había razón para alejarse de sus soldados. Ellos no levantarían ni un dedo para defenderla. Quizás estaba buscando un lugar para abandonarla. Tal vez no se veía capaz de ordenar su muerte, pero dejarla sola en aquel bosque vendría a ser lo mismo.

–No me abandonarás aquí, ¿verdad?

–No, Claudia. No te abandonaré.

Su expresión era indescifrable, pero ella sintió que decía la verdad.

Las hojas iluminadas por el sol hacían que todo aquel mundo aislado adquiriera un brillante y hermoso color entre verde y dorado. Claudia extendió una mano para examinar el nuevo y extraño color de su piel, sabiendo que sólo era un truco creado por la luz, pero aun así, fascinada por ello.

Seguramente el bosque estaría poblado por todo tipo de duendes y hadas durante el día, mientras que por la noche sería un lugar adecuado para fantasmas y gnomos traviesos. Con cuidado para que él no notara su gesto, se santiguó y rezó una oración silenciosa para protegerse del mal. Un cuervo se echó a volar con un graznido y Claudia, agarrándose a la túnica de Guy, se acercó aún más a él.

–Te lo ruego, detengámonos ya. Aquí no podrán oírnos.

Un cuervo era el peor de los presagios. Nada bueno les esperaba allí. Pero él apretó los puños y negó con la cabeza.

–Ya casi hemos llegado.

–¿Adónde? –preguntó–. ¡Todos los árboles de este lugar se parecen al que le describiste a tu lugarteniente!

–Allí. –Guy señaló frente a ellos.

Claudia siguió su mirada hasta un roble que parecía el padre de todos los árboles que les rodeaban. Se alzaba desde el suelo como una poderosa fortaleza; sus raíces parecían los senderos que llevaban hacia una imaginaria torre, y sus descontroladas ramas, un extraño cielo de nubes verdes. Claudia se sintió sobrecogida al acercarse. Si vivían criaturas mágicas en el bosque, sin duda aquél debía de ser su hogar. Lo mejor sería no molestarlas.

–¿Qué es este lugar?

–Es sólo un árbol. Lo descubrí hace años, cuando era un niño. –Guy pareció notar su aprensión–. ¿Qué pensabas que era?

Ella sacudió la cabeza, con la atención centrada en un círculo negro que aparecía en el suelo, entre dos de sus enormes raíces.

–¡Algo encendió un fuego en su base!

–¿Algo? –Guy rió en voz alta–. ¿Crees que hay espíritus en este lugar?

–¿Tú no lo crees?

La sonrisa de Guy se desvaneció. Desmontó, la ayudó a bajar y sujetó las riendas de su montura.

–Ve junto al roble. Volveré tan pronto como me ocupe del caballo.

Claudia negó con la cabeza.

–Te ayudaré.

–No necesito ayuda para hacerme cargo de mi caballo –afirmó mientras le entregaba la bolsa con la comida–. Espérame aquí.

Claudia se dijo que debería obedecer aquella orden. No serviría de nada enfurecerlo. El barón se llevó el caballo pero, de alguna forma, Claudia lo siguió en silencio, permaneciendo detrás de él mientras se encargaba del animal. Guy casi se tropezó con ella cuando se dio la vuelta.

Sus manos la sujetaron por los hombros para que no cayera, procurando guardar una distancia prudencial.

–¡Te he dicho que esperaras junto al árbol!

Ella miró por encima del hombro, reacia a darle la espalda a aquel gigantesco árbol.

–No tengo mucha hambre. ¿No podemos continuar el viaje?

–Hemos pasado toda la noche sobre la silla. Una hora... –Guy sujetó su barbilla con la mano para que no pudiera lanzar otra cautelosa mirada por encima del hombro–. Tienes miedo de este lugar, ¿verdad?

No le importaba que la considerara una cobarde. Los grandes nudos que formaban el tronco del árbol parecían rostros retorcidos, las caras de las pobres almas que habían vagado demasiado cerca de algo de lo que deberían haberse alejado. Ella le respondió con un gesto desesperado de asentimiento.

Guy apresó su muñeca y se dirigió hacia una zona hundida entre dos de las enormes raíces del árbol ignorando el hecho de que ella tiraba desesperada de su mano.

–Vamos, Claudia. Quiero enseñarte algo.

No le quedaba otra opción que seguirle, ya que Guy la sujetaba con fuerza. No la soltó hasta que llegaron a la base del tronco, y entonces él recorrió con la mirada la corteza que se encontraba frente a ellos como si buscara algo.

–Aquí está. –Señaló una zona de distinto color al resto del tronco, que estaba a la altura de sus hombros. Alguien había arrancado una parte de la corteza y todavía podían leerse las iniciales G. M. en el desgastado tronco–. Guy de Montague. Creo que tallé estas letras cuando no tenía más de ocho o nueve años. –Su tono se volvió jactancioso–. Hice mío este árbol hace mucho tiempo, y los duendes y espíritus del bosque deben inclinarse ante mí, pues soy su señor.

Claudia esbozó una sonrisa a regañadientes.

–Te estás burlando de mí.

–Ésa era mi intención. ¿Funciona?

Su tono burlón la cogió desprevenida. Sin saber cómo reaccionar ante su inesperado cambio de humor, intentó cambiar de tema.

–¿Viniste solo a este bosque cuando eras tan pequeño?

–No. A mi padre le gustaba acampar en el claro que hay cerca de la colina cuando cabalgaba hasta sus propiedades más alejadas. Me permitía explorar el bosque siempre que me acompañara un paje. La mayoría de las veces venía con Thomas.

Los ojos de Claudia se agrandaron.

–¿Acaso ese paje es ahora un humilde fraile?

–No, el humilde fraile es un respetado caballero a mi servicio. –Guy sonrió ante su expresión de sorpresa, y Claudia hizo un gran esfuerzo por cerrar la boca–. No soy tan estúpido como para ir hasta Lonsdale sin saber nada del lugar o de sus gentes. Thomas me sirvió muy bien en su papel de fraile.

–Es un pecado hacerse pasar por un hombre de Dios. –Si

Thomas se hubiera hecho pasar por un sacerdote, habría sido un asunto muy serio. Pero ¿por un fraile? Tenía que reconocer que su plan había sido muy astuto–. Hiciste bien en contar con un espía en el interior de Lonsdale. Yo no sabía nada sobre el centinela apostado en el subterráneo. Mi plan habría fracasado.

La sombra de una sospecha cruzó el rostro de Guy. Luego se giró para recoger la bolsa de comida. Se instalaron entre dos de las enormes raíces del árbol para compartir una comida a base de pan y cecina, acompañada de una ración de vino. Guy se sentó con las piernas cruzadas y apoyó la espalda en la raíz. Se había desabrochado el cinturón de su espada y dejado el arma a un lado. Claudia se instaló frente a él, con cuidado de colocarse bien su destrozada falda para preservar su recato. No había pensado en llevar consigo su cesta de costura en su huida y esperaba que le pudieran dejar una cuando llegaran a Montague. No tenía dinero para comprarse un vestido nuevo.

–Antes me has preguntado sobre tu destino. –Guy hundió sus fuertes y blancos dientes en una tira de carne y partió un trozo. Ella lo observó mientras él masticaba. Después de tragar, sus palabras sonaron amenazadoras–. Te seré sincero. No estoy seguro de qué hacer contigo.

Su mirada hizo que se sintiera cohibida. Intentó mostrarse remilgada mientras comía, en lugar de engullir la comida como le gustaría. Por alguna extraña razón, la larga cabalgada le había devuelto el apetito y estaba muerta de hambre. Le lanzó una nostálgica mirada al trozo de pan que sostenía en la mano y, armándose de valor, le hizo una propuesta.

–Si me lo permites, contrataré a una partida de tus hombres. No tienes que hacer nada más. Anoche te dije la verdad. Antes de dirigirme hacia Londres, declararé ante tu sacerdote sobre los hechos que tuvieron lugar en Lonsdale. Así te librarás de mí, barón.

–No estoy seguro de querer librarme de ti.

La mano de Claudia se detuvo a medio camino de su boca.

–¿Qué quieres decir?

–Puedes ir a ver a otro sacerdote y decir que te obligué a mentir. También está el hecho de que quieres que te envíe a Londres con una guarnición de mis hombres, cuando no tienes dinero para pagarles. –Encogió un hombro–. Tendrás que perdonarme si dudo de que lo que ofreces sea un trato acertado.

–¡Soy una mujer de palabra! Pagaré a tus hombres.

–Todavía no he visto ese collar que pretendes canjear –insistió Guy–. Es poco probable que cualquier baratija pueda costear tu plan.

–Con el collar conseguiré lo suficiente para pagar a tus hombres, y ya te he dicho que lo he cosido al forro de mi capa. –Tiró de uno de los laterales de su capucha–. ¿Lo ves? Si me devuelves mi daga, cortaré los puntos y te mostraré el collar.

Guy hizo un pequeño ademán con la mano para rechazar su petición.

–Dudo de que seas consciente de los gastos a los que te enfrentas. No confiaré la seguridad de una mujer a una guarnición que no esté formada, como mínimo, por un caballero, tres arqueros y dos hombres de armas. Los arqueros te costarán tres peniques al día, los soldados ocho y el caballero veinte. No cuentes con menos de diez peniques al día para la comida y el alojamiento en las posadas del camino, si es que eres lo bastante afortunada como para encontrar alguna cada noche, con cuadras y comida para los caballos. También tienes que llevar a una doncella para preservar tu reputación, que te costará medio penique al día. El viaje hasta Londres durará tres semanas, si el tiempo os acompaña. Luego tendrás que alojar a ese pequeño ejército de personas una vez que llegues a la ciudad. En Londres, un alojamiento de un tamaño adecuado al de tu comitiva no cuesta menos de dieciséis peniques por noche, y ese dinero se duplica con las comidas y el coste de los establos. –Guy le lanzó una significativa mirada–. Y ahí es donde comienza tu búsqueda, ¿no es así?

–No tuve en cuenta los gastos diarios. –Claudia pellizcó el trozo de pan que sostenía en la mano–. Parece una pequeña fortuna.

–Sí, y nadie se presentará voluntario para acompañarte a no ser que yo garantice que se le pagará. Son mi gente, y tú estarás en deuda conmigo, no con ellos. ¿Cuánto conseguirás por tu collar?

–Nunca he vendido nada. –Había estado segura de que con las esmeraldas conseguiría el dinero suficiente para llevar a cabo su búsqueda. Sin embargo, el despliegue de números que le había planteado Guy y los gastos que ella no había tenido en cuenta, hacían que cada vez dudara más de ello–. Mis hermanos me dijeron que el collar era valioso, pero no mencionaron su valor en oro o plata.

Guy sonrió y sacudió la cabeza.

–Un joyero de Londres pensaría que eres un regalo del cielo.

–¿Crees que un joyero intentaría engañarme?

–¿Has tratado alguna vez con mercaderes? –Guy lanzó un suspiro cuando ella negó con la cabeza–. Te sacarán hasta los ojos si tienen oportunidad.

–Quizá podría pasar sólo con un soldado o dos, entonces...

–No.

–Pero yo...

–Ahora eres mi responsabilidad –la interrumpió Guy–. Te ofreceré un precio justo por el collar y enviaré a uno de mis caballeros en busca de tu hermano. También tengo pensado solicitar a la Iglesia que anule el edicto del obispo, pero eso llevará meses. No permitiré que dejes Montague hasta que se resuelva este asunto.

Claudia deseaba protestar ante sus arbitrarias decisiones sobre su vida, pero lo cierto es que eran razonables. Guy trataba con muchos mercaderes y conocería el valor del collar. Ella confiaba en que le ofrecería un intercambio mucho más justo por las esmeraldas que el que le plantearía un extraño en una ciudad desconocida.

–Enviar a un único hombre parece menos costoso que ir yo misma a Londres –reflexionó Claudia–. ¿Cuánto costará por día la comida y el alojamiento de un caballero?

–No te preocupes por eso –dijo Guy–. ¿En qué parte de Londres vive tu hermano?

–No estoy segura. No mencionó dónde se alojaba.

–¿A qué negocio se dedica en Londres? Cada profesión suele escoger un determinado barrio para vivir.

–Él es un caballero, no un hombre de negocios –respondió la joven.

–¿Y quién es el señor de tu hermano?

–Bueno, no estoy segura de que llame a ningún hombre su señor. –Claudia dio un bocado al pan y se tomó su tiempo para masticarlo–. Tu rey contrató sus servicios, pero no creo que un caballero deba jurar lealtad ante tales circunstancias.

Guy inclinó la barbilla y arqueó las cejas.

–¿Tu hermano es un mercenario?

–Sí. Es una profesión noble para caballeros sin tierras que desean hacer algo con su vida –replicó Claudia a la defensiva. La dudosa expresión de Guy reflejaba que él pensaba de otra forma–. El rey de Inglaterra le prometió a Dante un buen castillo en Gales a cambio de sus esfuerzos. Si no está en Londres, estoy segura de que lo encontraré en Gales.

–Es más probable que lo encuentres en un cementerio. –Guy apretó los labios–. No pretendía ser tan directo, pero es la verdad. Los mercenarios no viven mucho tiempo. Se les paga bien porque un noble no arriesga a sus propios caballeros en las misiones para las que son contratados. Es peligroso... –De pronto se detuvo y miró directamente a los ojos de la joven–. ¡Oh, Dios!

Al ver que Claudia daba un grito ahogado, Guy se inclinó hacia ella y la cogió con fuerza por los brazos.

–¿Qué...?

–¡Por todos los santos, soy un estúpido! –Su mirada la recorrió por entero y luego volvió a fijarse en sus ojos–. Sabía que me recordabas a alguien. Tus ojos... Los he visto antes. –Guy la zarandeó ligeramente–. Dime cuál es el nombre de tu hermano mayor.

–Roberto –le respondió con la voz convertida en un susurro asustado.

Sólo decir el nombre en voz alta hizo que la inundaran un torrente de recuerdos. Le vino a la mente el hermano mayor al que ella siempre había admirado, y también el hombre amargado en que se había convertido tras la muerte de sus padres, y sobre todo, su deshonrosa muerte. Eso era lo que ella tanto había temido desde que conoció al barón de Montague, la terrible verdad de su parentesco que sabía que Guy conocería tarde o temprano. Tontamente, ella había esperado que fuera lo más tarde posible.

–Sí, Roberto de Ravenna. –La soltó con un movimiento brusco, como si no pudiera soportar tocarla–. Otro hermano tuyo, también mercenario que aceptó el dinero manchado de sangre del rey de Escocia, ¿no es así? –Sus labios se curvaron en un claro gesto de disgusto–. Si hubiera sabido que eras la hermana de ese bastardo...

–¡Él no era un bastardo! –Claudia apretó los puños, aplastando en el proceso el pan que sostenía y convirtiéndolo en un bulto compacto–. Roberto pagó un alto precio por los errores que cometió en su vida, pero no era un bastardo.

–¿Errores? –Guy le lanzó una mirada incrédula–. ¡Era un asesino! Intentó matar a mi hermano y a su esposa, y lo peor es que fui yo quien lo hizo posible. Ese asqueroso gusano a quien tú llamas hermano buscó mi amistad en la corte, me explicó una historia rocambolesca sobre que había perdido sus tierras en Italia, y después me preguntó si podría conseguirle una plaza en el ejército de mi hermano. Y que Dios me ayude, porque hice lo que me pidió. –Entornó los ojos, se recostó y adoptó una postura aparentemente relajada–. ¿Sabes qué se siente al ver que tu propio hermano sospecha que has conspirado contra él?

–Seguro que tu hermano no...

Guy cerró los ojos.

–Silencio, Claudia.

La joven agachó la cabeza y obedeció. Él la odiaba. Antes no confiaba en ella, pero parecía aceptar la posibilidad de que le estuviera diciendo la verdad. Ahora la despreciaba. Siempre la despreciaría. Y era su prisionera. El futuro se le presentaba muy sombrío.

–Envenenadores, chantajistas, asesinos y mercenarios –murmuró él finalmente–. ¿O me he dejado a alguien de tu familia? ¿Quizás a un ladrón o a algún sacerdote excomulgado?

Claudia negó con la cabeza sin levantar la mirada. Las palabras la herían, tal y como él seguramente pretendía que lo hicieran. Había tenido la esperanza de que la abandonara, de que se levantara y se alejara sin mirar atrás. ¿Qué importaba si ella estaba sola y desarmada? Era un problema insignificante comparado con todos los demás.

–¿Estás llorando?

Claudia negó con la cabeza otra vez, provocando que dos gruesas lágrimas cayeran sobre su mano. Cuando vio que se acercaba a través de sus húmedas pestañas, le pidió:

–No me toques, te lo ruego. –La mano de Guy vaciló, pero no la tocó–. No me gusta llorar. Y sobre todo, no me gusta que nadie me vea comportarme de una manera tan infantil. –No sabía por qué intentaba explicarse. ¿Por qué habría de importarle? Se limpió las lágrimas que habían caído sobre su mano–. Si quieres dejarme aquí, lo entenderé.

El silbido del roce de acero contra acero hizo que su corazón perdiera el ritmo de sus latidos y, cuando levantó la vista, éste dejó de latir del todo.

Guy había desenvainado su espada.

5

Claudia soltó un grito ahogado.

–Yo... yo no pretendía...

–¡Silencio! –siseó Guy. Su voz era poco más que un susurro cuando se puso de pie–. No estamos solos. Levántate, pero no hagas ningún movimiento brusco.

Guy extendió su mano hacia ella con la palma hacia arriba, con la atención centrada en algo que había más allá de Claudia.

–Usa mi mano izquierda como estribo. Voy a subirte a la rama que hay sobre mí. –Cuando ella vaciló, le explicó con urgencia–: Es un jabalí. Debo ir hasta mi caballo, Claudia. ¡Haz lo que te digo!

Siguió sus órdenes sin protestar. Guy se agachó para sostener su pie sobre la mano y la elevó sin ningún esfuerzo evidente. Ella, a duras penas, se puso a horcajadas sobre una gruesa rama que tan sólo unos instantes antes había estado a pocos centímetros de su cabeza. Una vez estuvo sobre el roble se aseguró de que su capa no colgara y le obstruyera la visión.

Guy empezó a dar pasos acompasados hacia su corcel, con la atención puesta en un árbol caído que yacía a unos treinta metros de allí. El tronco estaba astillado a causa de un rayo que debía haber caído hacía tiempo, y un grupo de nuevos brotes formaban en la base un alto arbusto, si es que se le podía llamar así. Sus ramas se movían de una forma que no podía deberse al viento en aquel tranquilo bosque. Justo en ese momento, el caballo relinchó; era un sonido nervioso y asustado. Las hojas de los arbustos se agitaron y, un instante después, Claudia escuchó un grave gruñido.

Guy habló en voz baja y firme, sin mirarla.

–No hagas ningún sonido a no ser que la bestia ataque antes de que yo consiga llegar al caballo. Si se abalanza antes de que consiga montar, grita con todas tus fuerzas.

Claudia sabía por qué le daba esa orden. Su tío y una partida de sus caballeros se habían tropezado con un jabalí cuando cazaban ciervos. Los caballeros repitieron la historia durante semanas. Esos animales eran bestias impredecibles que podían darse la vuelta y correr o bien quedarse y atacar. Si se le provocaba, un jabalí podía hacer caer a un caballero de su montura. Habían hecho falta media docena de jinetes armados con arpones para abatir a la bestia. La espada de Guy no los protegería.

El caballo volvió a relinchar; se trataba de un sonido aterrado que significaba que podía oler al jabalí. El ruido metálico provocado por la brida parecía imitar el sonido de una pequeña campana en el silencioso bosque. El arbusto crujió cuando el jabalí avanzó.

Lo primero que Claudia vio fue un hocico ganchudo con colmillos largos y curvados. Luego apareció la cabeza y, finalmente, la enorme bestia, cubierta de una gruesa pelambrera marrón, salió de los arbustos con una actitud desafiante. Su corazón golpeaba con fuerza contra su pecho. El jabalí parecía incluso más grande que el que su tío y sus hombres habían traído de la cacería. Sus pequeños ojos redondos y brillantes se movieron del caballo a Guy mientras gruñía.

Cuando el barón estaba a escasos pasos del caballo, el jabalí se adelantó trotando y se detuvo bruscamente. Sus torpes movimientos podían ser tanto una advertencia como un reto. Cuanto más se acercaba Guy a su caballo, más nervioso se mostraba el jabalí. Claudia se preguntó si la bestia no estaba esperando para poder atacar al caballo y a su dueño a la vez.

–Quieto.

El barón dio la orden en voz baja. Esa única palabra hizo que se detuvieran los nerviosos movimientos del corcel, y que éste permaneciera inmóvil y silencioso. Guy recorrió la distancia que le separaba del animal de una sola zancada y su espada cortó la cuerda que sujetaba al caballo con un solo golpe, justo cuando el jabalí iniciaba su embestida. Claudia se tapó la boca con una mano para amortiguar un grito involuntario.

El corcel no se movió hasta que su jinete saltó sobre su lomo. Después Guy espoleó al caballo para que cargara contra el jabalí con la cabeza erguida. Un segundo antes de que los afilados colmillos alcanzaran a su montura, dio una orden sin palabras y el caballo saltó en el aire.

Pasaron por encima de la bestia, que levantó la cabeza e intentó alcanzar el pecho del caballo. Enfurecido por haber fallado por tan poco, el jabalí gruñó y se dio la vuelta para perseguirlos. Sorprendentemente, cuando la bestia alcanzó los arbustos Guy hizo que el caballo redujera la marcha hasta ponerlo al trote, luego giró para encarar al enemigo y obligó a su montura a que diera un amplio rodeo alrededor del árbol caído para dirigirse hacia el lugar donde estaba Claudia.

El jabalí observaba todos sus movimientos. Tan pronto como el barón acabó de rodear el arbusto, el jabalí empezó a golpear el suelo con la pata. Guy estaba a unos dieciocho metros del roble donde aguardaba Claudia cuando el jabalí se decidió a embestir de nuevo. Al ver las intenciones del animal, el barón hizo dar vuelta a su caballo y galopó hacia el camino que llevaba al lugar donde estaban sus hombres.

La joven lo vio alejarse sin dar crédito a lo que veía. Estaba segura de que daría la vuelta. No podía concebir que fuera tan cruel como para abandonarla. No en ese momento, con una bestia salvaje dispuesta a devorarla. Pero eso fue exactamente lo que hizo. Desapareció de su vista y, momentos después, dejó de oír el sonido de los cascos de su caballo.

Se había ido.

El jabalí contempló la marcha de Guy, se dio la vuelta y trotó hasta el árbol en el que se refugiaba la aterrorizada joven. Una vez allí, se detuvo a investigar los restos esparcidos de su desayuno y se comió todo lo que encontró. El animal estaba tan cerca que Claudia podía escuchar cada resoplido que daba, cada gruñido que emitía. Se vio obligada a hundir su nariz en la parte interior de su codo para librarse del repugnante olor a almizcle que desprendía la bestia. De vez en cuando, el jabalí dejaba de hurgar un momento para mirarla, como para recordarse a sí mismo su presencia. Cada mirada de esos ojos sin vida y carentes de emoción era una clara advertencia de que la mataría si se le presentara la oportunidad.

Finalmente, el animal volvió a su refugio del árbol caído y empezó a escarbar alrededor de una de las ramas que había en el suelo. Fue entonces cuando el corazón de Claudia empezó a aminorar su frenético ritmo.

¿Cómo había podido abandonarla Guy? Estaba sola e indefensa, sin caballo y sin comida. Cualquier esperanza que albergara de que todavía podría volver a por ella moría un poco con cada momento que pasaba. Abatida, dejó de observar el lugar del bosque por donde había desaparecido y apoyó la barbilla sobre sus brazos cruzados.

–Odio este árbol –murmuró.

El jabalí miró hacia arriba al oír su voz, pero enseguida volvió a sus resoplidos. Tendría que esperar hasta que perdiera el interés y se alejara. Ojalá fuera pronto. Pero luego, ¿qué haría? Una vez bajara de la rama, ¿adónde iría? ¿Con qué otros animales se encontraría?

Realmente, Guy la había abandonado. Mucho hablar del honor de un caballero, del deber de rescatar a una dama en apuros... Mucho hablar del valor de enfrentarse al peligro... El muy cobarde...

El retumbar de cascos golpeando el suelo interrumpió sus pensamientos. El sonido parecía venir de muy lejos, pero se acercaba con rapidez. Un solo caballo no podría hacer tanto ruido. El jabalí soltó una larga serie de gruñidos, resopló y retrocedió hacia su lugar junto a los arbustos.

El barón de Montague y su montura reaparecieron en el camino, seguidos de una docena de caballeros. Todos llevaban lanzas. La severa expresión en la cara de Guy no cambió cuando la miró. No le devolvió la sonrisa, pero eso daba igual.

¡Había vuelto por ella!

Claudia miró al jabalí y su sonrisa desapareció. Golpeaba con una pezuña el manto de musgo que cubría la tierra y, a la vez que lo hacía, emitía un fuerte y amenazador gruñido. El peligro no había pasado en absoluto.

Los hombres se separaron formando un semicírculo, bajaron sus lanzas, avanzaron y se detuvieron cerca del enorme roble. Entonces Guy miró hacia ella.

–Quédate donde estás, Claudia. No bajes hasta que yo te diga que es seguro.

Como si necesitara que se lo dijeran.

–Sí, barón. No tengo prisa por abandonar mi refugio.

Una débil sonrisa apareció en los labios de Guy, pero desapareció cuando centró su atención en los arbustos. El jabalí saltó hacia delante y se detuvo torpemente; estaba desafiando a aquellos que invadían su territorio.

–Preferiría que nos enfrentáramos al jabalí con arpones –dijo Guy a sus hombres–. No obstante, vuestras lanzas ambién pueden servir en campo abierto. Si arremete contra el lateral, subid las lanzas. Hacedlo también cuando giréis, para no hacer caer al hombre que esté a vuestro lado. Además, debéis tener cuidado con las ramas que tenéis sobre vuestras cabezas. Si embiste hacia delante, los tres que estén más cerca usarán las lanzas. Todos los demás se acercarán con las espadas. De otro modo, acabaremos ensartándonos a nosotros mismos. ¿Entendido?

Los hombres expresaron su acuerdo al unísono. Luego siguieron el ejemplo de su señor y empezaron a avanzar de nuevo. Guy cabalgaba en el centro de la guarnición, más adelantado que los hombres que lo rodeaban. Claudia se mordió el labio inferior. Si cabalgaba por delante de sus hombres, él se convertiría en el objetivo más probable. ¿Acaso era ésa su intención?

Fuera planeado o no, ése fue el resultado. El jabalí cogió impulso e inició la embestida, al tiempo que los caballos iniciaban el galope. Claudia hundió dolorosamente las uñas en la corteza y centró su atención en Guy cuando el jabalí se dirigió sin vacilar hacia él.

El animal viró bruscamente en el último momento y la punta de la larga lanza de Guy rebotó en su costado. La herida infligida por el arma no detuvo al jabalí; ni siquiera lo frenó. Volvió a arremeter directamente hacia el barón y su corcel. Él tiró la lanza, y Claudia se dio cuenta de que sostenía una espada en la otra mano. En un movimiento confuso, Guy se inclinó en la silla con la espada extendida. Otra lanza rozó el costado izquierdo del animal. Pero fue la lanza del soldado de la derecha la que encontró un lugar vulnerable entre la caja torácica del jabalí y la grupa, un instante antes de que los colmillos de la bestia se clavaran en la montura del barón. El fuerte golpe hizo que el jabalí diera un traspié y la lanza se partió. La bestia agitó sus cortas patas y recuperó el equilibrio. Seguía manteniendo su fiero aspecto y todavía concentraba su rabia en Guy.

–¡Evard, Simon! ¡Lanzas!

El barón dio la orden al tiempo que hacía girar a su caballo. El corcel corcoveó y arremetió con sus patas traseras en un destello de cascos. Una de las pezuñas dio en su objetivo y aturdió al jabalí, pero pagó un precio a cambio de ello. El caballo emitió un terrible sonido cuando un largo colmillo desgarró sus cuartos traseros. Dos lanzas más se hundieron en la bestia al mismo tiempo. Una de ellas consiguió acertar en su cuello y tirarlo al suelo. Una vez más luchó por levantarse, esta vez con menos vigor. Pero otra lanza apareció para clavarse justo en el centro de su pecho. En ese momento el animal emitió un largo y estridente grito, y cayó derrotado.

Claudia volvió la cabeza y respiró profundamente para intentar borrar de su mente las sangrientas imágenes. No pudo evitar escuchar los gritos de los hombres al acercarse para darle muerte, ni los sobrecogedores gritos de muerte de la bestia que parecían casi humanos. Ella también quería gritar.

Por último, el jabalí enmudeció, y Claudia levantó la cabeza para buscar a Guy. Había desmontado y estaba evaluando los daños que había sufrido su caballo mientras un soldado sujetaba las riendas de su montura. Un reguero de brillante sangre roja salía de una herida en su grupa trasera, y el animal se movía inquieto intentando escapar del dolor. Con el rabillo del ojo, vio a los demás soldados encargarse de sus propios caballos y del jabalí caído, pero se negó a mirar en esa dirección.

–Ya podéis bajar, milady.

La voz asustó a Claudia. Miró de soslayo y vio a Evard, todavía montado. Su caballo permanecía bajo la rama del árbol mientras él se retorcía sobre la silla para poder verla.

–Bajad hasta el lomo de mi montura, luego os ayudaré a descender hasta el suelo. –Señaló la grupa del caballo y luego extendió una mano. Claudia miró hacia Guy antes de dirigir su atención a Evard–. El barón debe encargarse de su caballo –le dijo–. Y estoy seguro de que no queréis quedaros ahí.

Claudia negó con la cabeza. Siguiendo sus instrucciones, primero bajó las piernas de la rama y luego dejó caer su peso hasta que sus pies tocaron el amplio lomo del caballo. Se sintió sorprendida, aunque también agradecida, de que el animal permaneciera inmóvil. Evard la cogió del brazo para sujetarla mientras ella se deslizaba hasta el suelo.

–Gracias por venir a rescatarme –le dijo al caballero, teniendo cuidado en hablar despacio para que él pudiera entenderla.

–Debéis agradecérselo al barón, milady. –No la miró a los ojos. De hecho parecía evitar por todos los medios mirarla directamente–. Al menos lo de que haya venido a rescataros.

No se paró a pensar demasiado en su extraña respuesta. Un mareo la cogió desprevenida, seguramente causado por permanecer recostada durante tanto tiempo en la rama y haberse puesto de pie de forma tan brusca. Se tapó los ojos con una mano y se apoyó en la grupa del caballo con la otra. Evard desmontó al instante y se colocó a su lado.

–Sentaos aquí un momento, lady Claudia.

Le hizo dar unos pasos para alejarla del caballo, pero ella se negó a sentarse.

–Estaré bien dentro de un momento –le aseguró.

–¿Qué ocurre? –preguntó Guy, que se había acercado hasta ellos.

Evard lo encaró y dijo con voz acusadora:

–Se ha mareado a causa de la terrible experiencia que ha vivido. Me quedaré con ella.

Guy paseó la mirada de Evard a Claudia y luego la dirigió de nuevo hacia su lugarteniente.

–No, no creo que sea prudente. Envía a alguien en busca de los demás. Continuaremos el viaje desde aquí, pero primero quiero que Francis se encargue de mi caballo. Dile a Stephen que cabalgue junto a otro escudero. Yo tomaré su montura.

Evard hizo un breve gesto de asentimiento, pero no se movió de su lugar junto a Claudia.

–No creí que fueras de los que abusan de las mujeres indefensas –dijo en voz baja antes de darse la vuelta y alejarse.

Claudia se quedó observándolo fijamente mientras se alejaba, asombrada porque hablara a su señor en ese tono, y perpleja porque no entendía cómo había llegado a esa conclusión.

–¿Estás bien? –preguntó Guy.

–¿Qué le...? –La joven reconsideró la idea de hacerle preguntas cuando levantó la cabeza para mirarle y vio su ceño fruncido–. Sí. Los mareos no duran mucho. Ya se me ha pasado.

–Bien. –Pasó junto a ella y recuperó el cinturón de su espada que había dejado a un lado cuando apareció por primera vez el jabalí–. Cúbrete antes de que el resto de mis soldados lleguen.

Claudia recordó que se había colocado la capa sobre los hombros para evitar que la voluminosa prenda la hiciera tropezar. Dio un respingo y tiró de los lados hasta que cubrió su destrozado vestido. Guy la ignoró mientras examinaba el cinturón en busca de algún posible daño antes de colocárselo en la cadera. Claudia recorrió la explanada con la vista y se dio cuenta de que eran el centro de atención de todos los hombres que allí había. Unos pocos desviaron la mirada para evitar la suya. Otros hablaron en voz baja entre ellos. Era evidente que su señor y ella eran el tema de conversación.

No era de extrañar que Evard actuara de un modo tan extraño. Su vestido estaba hecho jirones y Guy se había quitado el cinturón de la espada y las armas. No costaba mucho darse cuenta de la conclusión a la que habían llegado los soldados. Su rostro se encendió en llamas. Sintiéndose incómoda, Claudia dio la espalda a los soldados y alargó una mano para detener a Guy antes de que pasara de largo ante ella.

–Tus hombres... Ellos piensan...

–Ya sé lo que piensan.

–¡Debes decirles que no es verdad!

Guy parecía tristemente divertido por su angustia.

–¿Por qué debería hacerlo?

–¿Dejarás que tus propios hombres crean que cometiste un acto tan horrible? –Claudia sacudió la cabeza–. Me has salvado la vida, barón. No permitiré que nadie piense que eres menos noble de lo que realmente eres y, mucho menos, tus hombres.

–¿Y qué ocurre con tu propia reputación?

–¿Mi reputación?

–Muchos creerán que te he violado por mucho que yo afirme lo contrario. Dará igual que ordene a mis hombres guardar silencio. Los rumores se extenderán tarde o temprano entre ellos, y cuando viajen a torneos o a la corte, la noticia rebasará las fronteras de Montague. –Cruzó los brazos sobre el pecho–. Tu reputación está acabada, Claudia, y no hay nada que yo pueda hacer para impedirlo. ¿No te preocupa más eso que lo que puedan pensar de mí?

–No –respondió con sinceridad–. En Lonsdale te expliqué las razones por las que no es probable que me case, y ésta sólo es una más. Cuando te pedí que me llevaras contigo en este viaje sabía que muchos me considerarían mancillada. Estoy completamente a tu merced sin un sirviente o una doncella para salvaguardar mi virtud. –Se encogió de hombros–. Es un precio muy bajo a cambio de la libertad. En realidad, a cambio de mi propia vida.

Guy bajó la mirada hacia ella y sacudió la cabeza.

–No sé si pensar que eres la mujer más astuta que he conocido nunca o la más ingenua.

Claudia soltó un suspiro impaciente.

–¿Les explicarás a tus hombres que están equivocados al pensar eso?

–Le contaré a Evard la verdad –cedió–. Pero probablemente él será el único que crea que no ha pasado nada. Las mentiras se extienden más rápido que la verdad. Cuanto más se niegan los rumores, más ciertos parecen en las mentes de algunas personas.

Guy tenía razón. Insistir en la verdad sólo haría que la mentira pareciera más creíble. Y sin duda, la historia se extendería más allá de Montague. A Claudia le daba igual lo que los ingleses pensaran de ella, pero había una opinión que sí le importaba. Si Dante oía los rumores, se enfurecería. No quería ni pensar en lo que sería capaz de hacer si llegaba a sus oídos aquella mentira antes de que conociera la verdad.

–Me preocupaba que algo así pudiera pasar, por eso he intentado mantener mi vestido oculto. –La joven miró hacia el suelo–. Lo lamento, barón, pero te agradezco que no me abandonaras después de todo.

–Créeme, Claudia, un pequeño chismorreo es lo que menos me preocupa. –Le levantó la barbilla con un dedo–. ¿Realmente creíste que te dejaría aquí?

Claudia bajó las pestañas. La suavidad de su tacto era casi como una caricia que la tentaba a acercarse más a su calidez, a la seguridad protectora de sus brazos. Tomó una profunda inspiración para librarse de aquellos descabellados pensamientos pero, en lugar de eso, captó su aroma; el tenue y masculino olor que tanto había extrañado cuando se habían separado. Hasta ese momento no se había dado cuenta de lo mucho que lo había echado de menos.

–¿Claudia?

Ella dio un inseguro paso hacia atrás y mantuvo la mirada fija en el suelo.

–Sí, barón. Sé que me desprecias tanto como a mi familia, y además, fui yo quien te sugirió que me abandonaras. Creí que habías seguido mi sugerencia. –Se armó de valor para enfrentarse a su mirada. No fue tan duro. Sus ojos eran tan cálidos y atrayentes como su tacto. Podría seguir mirándolo durante horas. Recordó muy bien cómo se había sentido cuando creyó que no volvería a verlo nunca más–. Pero en lugar de abandonarme, me has salvado la vida. Demostraré que soy digna de los esfuerzos que has hecho por mí.

–¿Lo harás? –Su voz carecía de cualquier rastro de sarcasmo. Parecía sentir curiosidad–. ¿Y cómo pretendes demostrarlo?

–Me aseguraré de que te libres de mí –respondió ella–. Y... y haré todo lo que esté en mi mano para que consigas Halford Hall a un precio justo.

Guy arqueó una ceja en señal de interrogación.

–¿Y cómo pretendes conseguirlo?

Había hablado demasiado e intentó replegarse a terrenos más seguros.

–Todavía no lo sé, pero haré todo lo posible.

–Los hombres están listos para marchar –anunció Evard por detrás de Claudia.

Ella se dio la vuelta y observó que los soldados estaban a pocos metros de distancia. Había estado tan concentrada en su conversación con Guy que no les había oído acercarse.

–Haz que media docena de hombres se encarguen del transporte del animal –ordenó Guy–. Mañana cenaremos jabalí asado. Pide a Stephen que haga sitio en una carreta de suministros para lady Claudia. Es un viaje demasiado largo para que lo haga a caballo.

Guy se volvió y pasó junto a la joven sin pronunciar una palabra más.

–Me encargaré de que os acomoden –dijo Evard, frunciendo el ceño mientras observaba como se alejaba su señor.

–Sois muy amable –murmuró Claudia.

Sabía por qué fruncía el ceño, pero decidió que no debía inmiscuirse entre Guy y sus hombres. Evard conocería la verdad muy pronto de boca de su señor. Entonces lo más probable es que volviera a fruncirle el ceño a ella.

Evard se dirigió hacia una carreta de dos ruedas que había avanzado hasta ellos, conducida por un escudero montado sobre un caballo castrado color gris.

–Habrá suficiente espacio cerca de las aljabas. –El caballero señaló hacia un montón de flechas en el centro del carro. Armaduras y armamento parecían ocupar cada milímetro disponible, pero Evard subió al carro dispuesto a hacerle un hueco–. Amontonaré los arcos en vertical para hacer sitio.

–¡Evard!

Claudia levantó la mirada y vio a Guy ordenar a su lugarteniente que avanzara hasta el frente de la expedición con un gesto de su mano.

–Tendréis que excusarme, milady. El joven Jack os ayudará a acomodaros. Nos detendremos para dar de beber a los caballos cuando lleguemos al arroyo que está al otro lado del bosque. Me aseguraré entonces de que estáis cómoda.

Claudia no se quejó por el poco espacio que tenía y consiguió hacerse el hueco suficiente para acurrucarse y dormir. No era cómodo. De hecho, creyó que sería imposible dormir en semejante posición hasta que se despertó ya avanzada la tarde y se dio cuenta de que sí lo había conseguido. Sintió que podría dormir eternamente. Le dolía cada músculo de su cuerpo, y sentía la cabeza como si el bueno de fray Thomas la hubiera golpeado con una maza. ¡Maldito fuera!

En lugar de un día, parecía que hubiera pasado toda una vida desde que Thomas y ella habían estado hablando en los jardines de la capilla. Su vida había dado un vuelco desde el momento en que había conocido a Guy. Pero lo más extraño era que también había cambiado la forma en que veía a las personas que la rodeaban. El dulce fraile era un espía y un caballero, su tío y un hombre de Dios la ahorcarían con tal de ganar unas pocas bolsas de oro, y el hombre con el que soñaría eternamente se olvidaría de su existencia en el mismo instante en que pudiera librarse de ella. Pero por encima de todo, Guy había pronunciado en voz alta el temor que ella había albergado durante meses: existía más que una pequeña posibilidad de que Dante estuviera muerto.

Claudia desenredó su pierna de una ballesta y se esforzó por incorporarse. Compadeciéndose de sí misma no conseguiría nada, así que dejó a un lado aquellos sombríos pensamientos. Se había despertado al oír las voces de los soldados ordenando que se abrieran las puertas y los gritos de bienvenida. Para cuando consiguió despejar sus sentidos medio dormidos, ya se encontraban en el interior de las murallas de una fortaleza. Dedujo que debía tratarse de Montague. El patio de armas que atravesaban parecía más grande que cualquiera de los de Lonsdale, y sus murallas estaban bien cuidadas, al igual que las construcciones anexas y las que se erigían por separado. A pesar de lo limpio que parecía el lugar, el aire estaba impregnado de un olor bastante desagradable. El vehículo en el que viajaba se detuvo y Claudia descubrió el origen de aquel repugnante olor. El carro se encontraba junto a las cuadras.

Tres jóvenes vestidos con coloridas túnicas permanecían de pie sujetando horquillas ante un montón de paja sucia. Le costó un momento comprender que estaban limpiando los establos con esas ropas tan elegantes. No cabía duda de que se trataba de un castigo por alguna travesura juvenil, pues iban demasiado bien vestidos para ser siervos.

Llena de curiosidad, se volvió para inspeccionar a los demás habitantes del castillo que habían interrumpido sus tareas para contemplar la entrada de los soldados del barón de Montague. Todas las gentes que allí había vestían ropas demasiado elegantes para las tareas que habían dejado a un lado. Dos mujeres que permanecían de pie junto a una cuba de sebo hirviendo vestían sencillos pero costosos vestidos de batista. Un hombre con un fardo de leña sobre su espalda lucía mallas de color verde oscuro y una túnica a juego de lino. Claudia miraba de una edificación a otra, observando a las decenas y decenas de personas que se habían congregado allí. Nadie vestía un sencillo blusón o una túnica hilada toscamente, y sus ropas reflejaban todos los colores del arco iris. ¿Dónde estaban los sirvientes y los siervos de la gleba? Ni siquiera los hombres libres podían permitirse las ropas que esas gentes lucían.

–Tenéis que acompañarme, milady.

Claudia se volvió para buscar el origen de la voz. Un soldado permanecía de pie junto a la parte trasera de la carreta. Le extendió una mano para ayudarla a descender, pero tuvo que esperar hasta que ella pudo abrirse camino alrededor de las flechas apiladas. Le cogió la mano el tiempo suficiente para sujetarla mientras bajaba del carro. Luego se volvió y se dirigió hacia la entrada del castillo. La mayoría de los soldados guiaron sus caballos hacia las cuadras o dieron instrucciones a los jóvenes que se apresuraban a sujetar las riendas de sus monturas. Los chicos no podían ser mozos de cuadra, pues sus ropas eran propias de un escudero. Sin embargo, era imposible que hubiera tantos escuderos en un castillo y, además, ¿qué escudero serviría a un simple soldado?

La joven olvidó todas las preguntas cuando vislumbró a Guy. Estaba evaluando la herida de su corcel junto con Evard y Francis. No le dirigió ningún gesto, pero su mirada no la abandonó ni un segundo mientras ella seguía al soldado hacia el castillo. No supo cómo interpretar la forma en que la miraba, tan fijamente. Durante unos momentos Claudia le devolvió la mirada, hasta que casi chocó contra su escolta cuando éste se detuvo en los escalones de piedra que conducían al interior del castillo. Entonces sintió como el rubor hacía arder sus mejillas y concentró sus esfuerzos en mirar dónde ponía los pies.

El soldado la guió por los escalones del enorme castillo hasta llegar a un gran salón. Recorrieron tan rápido la enorme estancia que sólo alcanzó a ver poco más que unas costosas vidrieras de colores y unos largos estandartes de seda que pendían de unas vigas transversales. Los muros estaban blanqueados y cubiertos por coloridos tapices, y cada arco y columnata estaba pintado con brillantes colores e intrincados dibujos que les daban el aspecto de mosaicos moriscos. Pero lo más asombroso de todo era que las mesas estaban cubiertas con piezas de lino de color crema. ¿Acaso Guy esperaba la visita de su rey?

–Por aquí, milady. –El soldado señaló hacia una escalera de caracol y la precedió para mostrarle el camino.

Claudia mantenía una mano apoyada en el muro para sujetarse y así poder mirar sobre su hombro el gran salón hasta que desapareció de su vista. El soldado la guió hasta el final de un largo pasillo, donde una puerta de sólido roble permanecía abierta. Una vez allí, le indicó que debía entrar.

–El barón desea que le esperéis aquí, milady. Se reunirá con vos después de que os hayáis refrescado del viaje.

Cuando el soldado cerró la puerta, Claudia se preguntó si la habitación era un cuarto para huéspedes o una prisión. No parecía ninguna de las dos cosas, pensó mientras giraba trazando un semicírculo para examinar la extraña estancia. El lugar era como un nido de almohadas y cortinas. Grandes almohadones de satén azul con borlas doradas estaban apilados ante el hogar y un lecho inmenso dominaba la pared que había junto a la chimenea. Las cortinas eran de brocado azul y hacían juego con el cobertor y con las almohadas que se amontonaban en el lecho. También observó que la cabecera y los pies de la cama estaban tallados de forma que parecían olas. Nunca había visto algo parecido.

Apartó la mirada de la cama para dirigirla hacia un asiento empotrado junto a la ventana que estaba acolchado con cojines azules. Una mesa y dos sillas con amplios brazos estaban colocadas cerca del ventanal; eran de diseño sencillo en comparación con la cama; y varios baúles descansaban a lo largo de uno de los muros. A su izquierda, la habitación había sido dividida con cortinas de color azul oscuro tan finas que parecían flotar con cada ligera brisa que entraba a través de la ventana. El sonido de agua al salpicar que Claudia oía parecía provenir de algún lugar tras esas cortinas. En ese momento, dos damas se abrieron camino a través de las telas; una morena ataviada con un vestido amarillo claro y una túnica color calabaza, y una rubia que lucía un vestido de tonos rosados. Ambas cargaban con cubos, y las dos hicieron una rápida reverencia a Claudia. Ella era la única dama que conocía que estaría dispuesta a cargar con un cubo de agua. Sin embargo, aquellas dos mujeres no parecían ofendidas en lo más mínimo por aquella humilde tarea.

–Bienvenida, milady –dijo la rubia–. Mi nombre es Lenore, y ella es Mary.

La muchacha dirigió a Claudia una mirada expectante sin recibir respuesta a cambio. En vista de eso, se volvió hacia Mary.

–Trae una bandeja de comida caliente de la cocina. Seguro que a la señora le apetecerá comer después del viaje.

–¿Sois sirvientas? –preguntó Claudia cuando Mary abandonó la habitación.

–Sí, milady. –Lenore pareció sorprendida de que no lo supiera y frunció el ceño–. El barón hizo que un jinete se adelantara para dar instrucciones de que todo estuviera dispuesto a vuestra llegada. El mayordomo me informó de que yo sería vuestra doncella si vos no teníais ninguna objeción.

Claudia no podía creer que Guy se hubiera tomado tantas molestias ni que Lenore fuera una doncella.

–Pero tus ropas... –La joven hizo un gesto de incredulidad con las manos–. Bueno, las ropas de todo el mundo... ¿Acaso es el barón tan rico que viste a sus sirvientes con ropas dignas de lores y damas?

–¿Ropas? –Lenore pareció confundida por un momento. Luego sus oscuros ojos marrones recorrieron la silueta de Claudia envuelta en la capa y se le iluminó el rostro–. Oh, sí, el mayordomo me avisó de que también necesitaríais ropas. Si lo deseáis, podréis cambiaros de vestido después de vuestro baño.

Pareció evidente que Lenore no había entendido la pregunta de Claudia. Tendría que acordarse de hablar más despacio.

–El agua debe de haberse templado ya. ¿Deseáis bañaros, milady? –preguntó Lenore mientras hacía un gesto hacia la vaporosa cortina azul.

–Sí.

Un baño sonaba muy bien. Claudia se sentía como si hubieran volcado un cubo de polvo sobre ella mientras dormía en la carreta. Podía sentir arena incluso en los dientes. Siguió a la muchacha a través de la cortina, pero se detuvo bruscamente ante lo que se presentó delante de sus ojos. En una esquina de aquella zona separada del resto de la habitación se elevaba un enorme zócalo de mármol que disponía de dos escalones, también de mármol, que conducían hasta un gran agujero ovalado lleno de agua y del que surgía una nube de vapor. Se parecía mucho a un baño romano, pero ¿en Inglaterra?

Lenore debió percibir su expresión de asombro.

–El barón hizo construir esto el año pasado. Observad. –Señaló dentro del agua–. Tiene un tapón de corcho en el fondo. Cuando se quita el tapón, una tubería lleva el agua hasta el exterior del muro. Esto nos evita la molestia de tener que vaciar la bañera con cubos.

–Muy ingenioso –musitó Claudia, sin darse cuenta de que hablaba en italiano.

–Perdonadme, milady. –Lenore retorció sus delgadas manos, curtidas por el trabajo y que no podían ocultar su condición de sirvienta como lo había hecho su vestimenta–. El mayordomo no nos informó de que fuerais flamenca. Si lo preferís, puedo hacer que traigan a alguien que hable vuestro idioma.

–Soy italiana –aclaró la joven lo bastante despacio como para que la comprendiera–. ¿Qué te ha hecho pensar que soy flamenca?

–Yo supuse... –Lenore frunció el ceño–. Todos los extranjeros de Montague son flamencos. El barón trajo a maestros tejedores y a sus familias de Flandes hace cinco años para que nos enseñaran su oficio. Muchos aprendieron su idioma a la vez que su oficio. –Pareció consternada–. Yo sólo puedo contar hasta diez en flamenco, y por desgracia, no hablo italiano.

–No te preocupes –la tranquilizó Claudia. La chica se comportaba como si acabara de contarle algo inconfesable. Las gentes de Montague eran tan especiales en su forma de pensar como lo eran en su forma de vestir. Qué lugar tan asombroso–. Además, prefiero hablar vuestro idioma. Me han dicho que necesito practicarlo. Avísame cuando no entiendas lo que digo. A veces hablo demasiado rápido.

–Sí, milady. –La sirvienta volvió a sonreír, pero su sonrisa se desvaneció cuando Claudia se quitó la capa–. ¡Vuestro vestido! Está destrozado.

–No importa, creo que podré coserlo, si puedes conseguirme una aguja e hilo.

Colgó la capa en una hilera de percheros que había cerca de la bañera antes de inclinarse para examinar el corte de su falda. Parecía bastante uniforme.

–No podéis volver a poneros ese vestido. Su tela sólo puede aprovecharse para hacer una colcha. –Lenore avanzó para desatar los lazos laterales del vestido de la joven, mientras señalaba con la cabeza un vestido azul oscuro que también colgaba de un perchero–. El vestido que os he traído puede que os quede un poco grande, pero ahora que he visto vuestra talla, haré que las costureras os arreglen unos cuantos más. Mañana ya podréis disponer de prendas que se ajusten a vuestra silueta. El barón se enojaría si os permitiéramos llevar este trapo.

–¿Los tejedores flamencos hacen ropa para los sirvientes de Montague? –preguntó Claudia.

–Oh, no, milady. La mayor parte de nuestras ropas provienen de los aprendices de tejedores y tintoreros. –La sirvienta señaló una zona casi imperceptible de su falda donde el tejido tenía un enganchón que se extendía a lo largo del vestido–. Hacemos nuestras ropas con tejidos que tienen algún tipo de imperfección. A menudo no es más que un punto irregular o un tinte que pierde color. El barón también podría venderlas, pero afirma que Montague debe tener fama de producir sólo telas de la mejor calidad. Nuestro señor sabe lo que hace, pues nobles de muchos países compiten por conseguir los brocados y estampados de Montague. Se dice que algunas personas en la corte se mofan de la afición del barón por el comercio, pero todos en Montague prosperamos gracias a ello.

Lenore había continuado con su tarea mientras hablaba, y parecía esperar escuchar la opinión de la extraña visitante sobre los negocios del barón. Claudia se metió en el agua y se hundió en ella con un suspiro de cansancio. La bañera era tan grande que le parecía como si flotara en un estanque calentado por el sol. Cogió la esponja y el jabón perfumado que la sirvienta le ofreció y empezó a frotar su cansado y magullado cuerpo antes de que perdiera toda la energía.

–Los que critican a tu señor deben estar celosos de su éxito. Pocos viven con tanto lujo. ¿Hay muchos aposentos con baños como éste?

Lenore hizo un gesto para indicar su confusión y pidió vacilante a Claudia que repitiera lo que había dicho. Escuchó con mucha atención la segunda vez y una expresión de comprensión iluminó sus rasgos. Entonces sonrió y negó con la cabeza.

–No, milady. Sólo la alcoba del barón tiene una bañera así.

–¿La alcoba del barón? –repitió Claudia asombrada, cuando al fin lo comprendió. Claro, ésos eran los aposentos de Guy. Los lujosos muebles, el baño... Trató de ponerse de pie en medio de una cascada de agua, pero casi se cayó en la resbaladiza bañera. Se quedó de rodillas y se sujetó al borde–. Debo vestirme, Lenore. Rápido.

6

Guy entró en su alcoba sintiéndose como un ladrón. Esa noche sentía cierta aprensión de ir hasta el único lugar en Montague que le ofrecía un grato refugio y un alivio de sus deberes y responsabilidades.

La habitación presentaba un aspecto bastante acogedor. Un pequeño fuego ardía en el hogar para ahuyentar el frío de la noche y un par de velas proyectaban un resplandor dorado alrededor de la mesa. La agradable escena perdía calidez en la zona donde la fantasmal luz de la luna llena se derramaba a través de la ventana. La figura que permanecía de pie allí era una combinación de luces y sombras. Su vestido era del color de la noche y su rostro estaba bañado por la pálida luz de la luna. Claudia permanecía tan inmóvil que parecía una frágil y bella escultura.

En los últimos dos días había demostrado que distaba mucho de ser frágil y había hecho alarde de un coraje digno de cualquier hombre. Aquella mujer era un misterio. Cuando reflexionaba sobre lo que sabía de ella de forma calmada y lógica, no le quedaba ninguna duda de que era tan astuta como el resto de su familia. Sin embargo, siempre que se encontraba en cualquier lugar cerca de ella, empezaba a recordar pequeños detalles que no tenían sentido, pequeñas piezas del rompecabezas que nunca cuadraban.

Sin duda, una parte de su indecisión se debía a la atracción física que sentía hacia ella. Un hombre tendría que estar muerto para permanecer impasible ante su belleza. La otra parte se debía al carácter indomable de aquella bella mujer. Había conocido a muchas damas maquinadoras y traidoras durante sus viajes, y ella no mostraba ninguno de sus rasgos. Claudia rezumaba inocencia y sinceridad, acompañadas de un inesperado aire de sencilla elegancia, un conocimiento obtenido a duras penas de que los inocentes, en la mayoría de las ocasiones, no prosperaban en el mundo.

–¿Por qué me has instalado en tus aposentos, barón?

Habló sin mirarle, como si hubiera percibido su presencia desde el mismo instante en que entró en la alcoba.

Su serena actitud le irritó. Cualquier dama sensata estaría llorando o al borde de la histeria. Una mujer con iniciativa intentaría seducirlo para ganarse sus favores. Sin embargo, su enfoque frío y tranquilo era mucho más efectivo que las lágrimas o las miradas tímidas a la hora de hacerle sentir remordimientos. Santa Claudia era la última mujer a la que deseaba enfrentarse en ese momento. Él había ansiado a la Claudia sensual, apasionada, sensata, la Claudia razonable. No tenía paciencia para tratar con una santa esa noche. Debería haberla instalado en otros aposentos hasta que hubiera podido disfrutar de una noche de sueño decente.

–Creí que te gustaría disponer de un poco de intimidad para bañarte y comer. Los baños colectivos y el gran salón no ofrecen mucha.

Los ojos de Claudia se abrieron aún más ante la sorpresa. Luego se entornaron cuando lo recorrieron de pies a cabeza. Su pelo todavía estaba húmedo después de haber tomado su baño, y llevaba una camisa blanca y unos pantalones color habano que Evard le había prestado.

–Me cuesta creer que cedas los lujos de tus aposentos a un prisionero.

–Tienes la prueba de ello ante ti –respondió él–. Y tú no eres exactamente una prisionera.

–Entonces ¿cómo me llamarías?

–Te llamé huésped en mi carta al rey. –La repentina incertidumbre en los ojos de ella le hizo sentir una oleada de satisfacción. Ambos eran capaces de interpretar el papel de santo–. También le pedí que diera a mi mensajero cualquier información que pudiera ser útil para localizar a tu hermano.

–¿Me ayudarás a encontrar a Dante?

–Sí, pero no hay razón para que te sientas esperanzada. –Guy se puso las manos en la espalda y miró más allá de ella a través de la jamba de la ventana. Briznas de una solitaria nube se enroscaban en la base de la luna, dándole el aspecto de una bola de cristal donde se podía leer el futuro–. Los mercenarios no viven mucho tiempo al servicio del rey. La mayoría son afortunados si sobreviven un año, y tú no ves a Dante desde hace cinco. Hay muchas posibilidades de que mi mensajero vuelva con malas noticias con respecto a tu hermano. –Esperó alguna reacción, algo que indicara que ella comprendía la situación, pero su silencio hizo que se sintiera culpable por haber hablado de una forma tan directa–. No pretendo alarmarte, pero creo que es prudente considerar todas las posibilidades. ¿Has pensado en lo que harás si tu hermano no está vivo?

–Dante está bien. –Claudia asintió con la cabeza para conferir todavía más fuerza a su afirmación; sin embargo sus puños cerrados contradecían la seguridad de sus palabras–. Es un caballero magnífico y valiente, y nadie es capaz de superarle en el campo del honor.

Guy no tenía la más mínima intención de comentar que los enemigos del rey rara vez aparecían en el campo del honor.

–Tu hermano Roberto también era un mercenario al servicio de un rey, y ya conoces cuál fue su destino.

–No es lo mismo –insistió ella–. Dante no tiene nada que ver con Roberto. Él nunca haría algo tan deshonroso.

–¿Crees que el rey de Inglaterra tiene menos enemigos que el rey escocés? ¿Que envía a sus mercenarios a cumplir misiones menos peligrosas?

–Lo único que digo es que está vivo. –Claudia le lanzó una mirada propia de una reina–. Regresará a buscarme.

Guy pudo ver entonces una grieta provocada por el miedo en su coraza, y la aprovechó para hacerle abrir los ojos a la verdad.

–¿Intentas convencerme a mí o a ti misma?

La altiva expresión de Claudia flaqueó, y volvió bruscamente la cabeza para dirigir su mirada hacia la ventana. Un silencio opresivo invadió la habitación. Incluso el fuego dejó de crepitar y las llamas de las velas bajaron de intensidad, como si sufrieran de una repentina falta de oxígeno.

Los rígidos hombros femeninos empezaron a relajarse y Guy notó un cambio en ella, como si un muro que hubiera intentado levantar a su alrededor se hubiera desmoronado de repente. Su voz llegó hasta él suave y baja; era el tono solemne de una confesión.

–Dante enviaba mensajes cada pocos meses con los mercaderes y trovadores que viajaban hasta Lonsdale, pero el verano pasado dejaron de llegar. –Levantó la barbilla para mirar hacia la luna, hablando más para sí misma que para Guy–. Me dije a mí misma que los caminos son peligrosos, y lo menos que puede decirse de las rutas que sus emisarios toman es que son inseguras. Un mensaje o dos perdidos no era nada raro. Luego pensé que podría estar en Gales. Su último mensaje decía que el rey le había concedido el derecho de instalarse en aquellas tierras, que iría hasta allí en unos pocos meses para construir su fortaleza. Nadie viaja entre Lonsdale y Gales, lo que hacía imposible que me llegaran sus mensajes. Me aferré a esa esperanza, aunque en el fondo de mi corazón sabía que él no abandonaría Inglaterra sin decírmelo. Era incapaz de pensar en la posibilidad de que pudiera estar muerto. Cuando éramos niños, Dante siempre estuvo ahí cuando lo necesité. Me prometió que regresaría a buscarme. –Claudia levantó la mirada hacia él. Sus ojos eran un reflejo de su dolor–. Aunque tal vez ya debería saber que las promesas no son más que falsas esperanzas.

Se quedó callada, y Guy descubrió que se había ido acercando hasta ella, arrastrado por una necesidad casi física de consolarla. Se detuvo a tan sólo un paso de distancia, decidido a no revelar su debilidad hacia ella más de lo que ya lo había hecho. Sin embargo, estando a su lado, era difícil pensar en otra cosa que no fuera el perfume a sándalo que su propio jabón había dejado sobre su piel; un olor familiar que mezclado con su aroma femenino se convertía en algo nuevo y exótico. Era como si él ya hubiera dejado su marca en ella. Empezó a sentir un cosquilleo en las manos, pero resistió el deseo de alargarlas hacia Claudia.

–¿Y qué hay de la familia de tu padre? ¿Hay alguien en Italia que esté dispuesto a acogerte?

La joven negó con la cabeza.

–No seré bienvenida entre mis parientes paternos. Se inventaron muchas mentiras cuando nos quedamos huérfanos para poder reclamar las riquezas de mi padre. No podemos volver a no ser que Dante... –Su voz se fue apagando y respiró hondo–. No puedo regresar a Italia.

Guy sintió una punzada de culpa al saber que no tenía a nadie a quien recurrir; y sintió culpa porque al descubrirlo le invadió una sensación de triunfo. Aparte de su traicionero tío y un hermano que probablemente estuviera muerto, casi había deseado escuchar que nadie más la reclamaría. Las cosas entre ellos resultarían mucho más sencillas de esa manera.

Apoyó las manos sobre sus hombros y la obligó a volverse hacia él. Las espesas medias lunas de sus pestañas se alzaron y Guy miró fijamente unos pozos verdes y plateados que poseían una extraña y misteriosa fuerza oculta; una fuerza que lo arrastraba hacia ella aunque no se moviera. Había estado pensando durante todo el día en lo que diría en ese momento, en la forma de decirlo. Ahora las palabras le parecían vacías. Aun así, se obligó a hablar.

–Deja que cuide de ti, Claudia. –Las puntas de sus dedos trazaron la curva de su mejilla y se deslizaron hasta su barbilla en una exquisita caricia–. Te daré lo que tu tío exigía por nuestro falso compromiso. Nunca te faltará de nada.

La joven frunció el ceño en un gesto inseguro y dio un paso hacia atrás.

–No tienes por qué pagarme, barón. Te dije que te ayudaría a librarte de las exigencias de mi tío. Yo no vendo la verdad, la ofrezco de buen grado.

Sus palabras hicieron surgir en su mente una repentina imagen de Claudia entregándose a él de buen grado, no por dinero, sino porque seguía los dictados de su corazón. De repente, su lengua se volvió torpe y tuvo que concentrarse en lo que quería decir.

–No es por eso por lo que te daría el dinero, Claudia. Es cierto que ya no emplearé ese oro en comprar Halford Hall, pues ahora me haré con la propiedad como compensación por la traición de tu tío. Pero durante los meses que costará rebatir las afirmaciones de Lonsdale sobre mí, se extenderá la voz de que estás aquí sin un tutor o pariente para proteger tu virtud. Independientemente de lo que pase entre nosotros, tu reputación quedará empañada. –Su mirada descendió hasta las exuberantes curvas de sus labios–. Puede que el oro no compre la felicidad, pero hace que las cosas se olviden con mayor facilidad. La gente disculpará muchas cosas si dispones de riquezas propias.

Claudia dio un pequeño respingo y se alejó del contacto de sus manos.

–¿Me convertirás en tu amante?

No podía negar la verdad de sus palabras, pero intentó que no sonara tan dura.

–No te obligaré a que hagas nada, Claudia. Te protegeré mientras estés en Montague, sin importar lo que suceda entre nosotros.

–Pero tú preferirías que sucedieran muchas cosas entre nosotros, ¿no es así? –Cruzó los brazos sobre su pecho y lo fulminó con la mirada–. Sólo las prostitutas aceptan oro por sus favores, y eso es algo que yo no soy.

–No he dicho que lo seas. –Le costó un gran esfuerzo mantener un tono paciente y razonable y, aun así, no lo consiguió del todo–. ¡Por Dios! Estamos prometidos. Nadie que desee disfrutar de una larga vida osaría llamarte prostituta.

–Entonces ¿cómo me llamarán cuando consigas que nuestro compromiso quede anulado?

Ella tenía razón. Aunque, por suerte, tenía una respuesta preparada para esa pregunta.

–Tú misma dijiste que no te importaba lo que la gente pensara de ti. ¿Has cambiado de opinión?

Claudia elevó la barbilla aún más.

–Lo único que me importa es lo que yo opino de mí misma, y mi honor me impide vender mi alma por una bolsa de oro.

–Las mujeres se venden a sí mismas en el matrimonio cada día. Me atrevería a decir que aceptarías de buen grado mi propuesta si estuviera pidiendo tu mano. –Guy cerró la boca demasiado tarde para frenar aquellas malditas palabras.

–Tu oro no puede comprar mi virtud, barón. –La joven entornó los ojos–. No me venderé por oro, al igual que no me vendería por el título de «esposa».

Guy había esperado cierto grado de renuencia, pero también algo de gratitud. En lugar de eso, Claudia despreciaba su generosa oferta y le hacía sentirse culpable por haberla hecho. Su paciencia tenía un límite.

–Todo el mundo tiene un precio, milady.

–Realmente crees lo que dices.

Parecía más asombrada que ofendida.

La mirada de lástima en sus ojos fue la gota que colmó el vaso. Claudia pensaba avergonzarlo porque él decía lo que pensaba.

–No, no creo que se pueda comprar a todo el mundo –respondió exasperado–. Lo sé, es un hecho. Llegará el día en que tú también aprenderás esa lección. Siendo la bestia egoísta que soy, prefiero que la aprendas de mí antes que de algún granuja que te echaría de su cama sin un penique a tu nombre. –Guy observó como ella abría aún más los ojos mientras lo escuchaba, pero parecía incapaz de detenerse a sí mismo–. Quiero que seas mi amante. ¿Es eso lo que quieres oír? ¿Que soy culpable de lujuria?

Claudia dejó caer las manos a los lados, como si se hubiera dado cuenta de que lo había llevado al límite.

–No quiero oír nada más.

–Tú eres igual de culpable –la acusó–. Te habrías entregado a mí de buen grado la mañana que me desperté en tu alcoba. –Ella sacudió la cabeza negándolo frenéticamente y retrocedió hasta que el asiento que había junto a la ventana detuvo su retirada. Guy, implacable, avanzó hacia ella–. No puedes negar la atracción que hay entre nosotros, milady. La sentí desde la primera vez que mis ojos se posaron sobre ti. –Claudia se sentó con un movimiento brusco y él se dejó caer sobre una rodilla frente a ella para bloquear cualquier intento de escapatoria y sentir más la cercanía de su cuerpo. Tomó sus manos con firmeza y suavidad, y su voz se convirtió en un seductor murmullo–. No hay razón para negar lo que ambos deseamos, ni para eludir lo inevitable.

Claudia retiró sus manos como si su contacto le quemara.

–¡Yo estaba drogada cuando te pusieron en mi cama! No puedes hacerme responsable de la impresión que pude darte esa mañana.

–¿Y en el jardín? ¿Qué ocurre con la impresión que me causaste allí? –Sus manos se movieron hasta su cintura para sentir sus delicadas curvas–. Mírame a los ojos y dime que no disfrutaste estando entre mis brazos, o que mis besos te repugnaron. –Claudia se mordió el labio inferior y apartó la mirada. Su silencio era una respuesta en sí mismo. Guy supo entonces cuál era su precio. Pero también estuvo seguro de que era un precio que nunca estaría dispuesto a pagar. Dejó caer las manos a ambos lados del asiento donde ella descansaba–. No me casaré contigo, Claudia.

–Nunca me he engañado pensando que ibas a quererme como esposa.

Guy no la creía. ¿Cómo no iba a saber que su intención era el matrimonio antes de que su propia familia lo ordenara? Había hecho de todo excepto ponerse de rodillas en los jardines de Lonsdale para pedir su mano. Si no hubiera sido por la interferencia de su tío, él habría hecho precisamente eso la siguiente vez que la hubiera visto. No, ella sabía que la había deseado como esposa en cuanto la vio. Lo mejor sería que supiera en ese mismo momento que lo que deseaba nunca podría ser. No le daría ninguna falsa esperanza, pero intentó que sus palabras no sonaran demasiado duras.

–Sabes que un matrimonio entre nosotros es imposible. No puedo unirme a un familiar de alguien que intentó matar a Kenric. Mi propia familia pensaría que estoy loco si me casara con la hermana de Roberto de Ravenna. Mi hermano probablemente te cortaría el cuello en el mismo instante en que posara sus ojos sobre ti –exageró–. Kenric no es conocido por su capacidad de perdonar, y no creerá en tu inocencia en el complot que se urdió en mi contra en la fortaleza de tu tío. Podría aceptar que te hiciera mi amante, pero nunca te aceptaría como mi esposa.

Claudia le dirigió una dura mirada.

–Y tú ¿crees en mi inocencia?

El corazón de Guy empezó a latir con más fuerza. Cualquier hombre en su sano juicio la creería culpable. Se reclinó sobre sus talones y se pasó una mano por el pelo.

–Sí, Claudia. Creo que eres inocente en más aspectos de los que me gustaría.

–¿Qué quieres decir?

–Quiero decir que no pareces comprender lo que puede pasarle a una mujer sin hogar y sin una familia que pueda reclamarla, sin dinero propio y con la reputación empañada. Tu inocencia no te protegerá del mundo, pero yo sí puedo.

La desilusión que vio reflejada en sus ojos le hizo vacilar. ¿Acaso lo creía demasiado noble como para no reclamarla? ¿Pensaba que la adoraría desde la distancia como si fuera un pobre cortesano enamorado? Estaba en sus dominios, tenía derecho a poseerla con o sin su permiso. Ella debería aceptar el hecho de que sería lo bastante noble como para desearla en su cama de buen grado, en lugar de poseerla por la fuerza. Nunca por la fuerza.

Pero ¿qué sucedería si el matrimonio fuera el único precio que considerara? Intentó dejar a un lado ese pensamiento. Era algo imposible, una idea que sólo se le ocurriría a un loco perdidamente enamorado. Se obligó a sí mismo a pronunciar las palabras que era necesario decir, en lugar de otras que ambos lamentarían.

–No puedo darte mi nombre, pero puedo ofrecerte mi protección. Permíteme que cuide de ti.

Claudia inclinó la cabeza y permaneció en silencio. Guy escuchó el sonido de su propia respiración, lenta y regular, justo como él se obligaba a que fuera, y centró su atención en el pequeño latido que podía ver golpeando con fuerza en la sien femenina, y en el caprichoso rizo que siempre se escapaba de su trenza para descansar sobre su mejilla. Deseaba ver aquel pelo suelto, sentirlo sobre su piel. La deseaba no sólo por el placer que le daría en el lecho, sino también por el placer de saber que poseía algo excepcional y exquisito, algo que ningún otro hombre había poseído jamás. De todos los acuerdos a los que había llegado en su vida, aquél parecía ser el más importante. ¿Por qué no le respondía?

Claudia alzó la mirada en ese mismo instante, como si hubiera leído su mente. Sus ojos resplandecían como joyas, brillantes por las lágrimas no derramadas, pero su voz no traicionó ninguna de sus emociones.

–Tu oferta es muy generosa, barón, pero me temo que no puedo aceptarla. A no ser que tu mensajero regrese a Montague con noticias que lo contradigan, debo creer que mi hermano está vivo. Dios quiera que sea así. Si Dante descubriera que me has hecho tu amante, probablemente te cortaría el cuello en el mismo instante en que posara sus ojos sobre ti. –Le dedicó una forzada sonrisa–. Los hermanos pueden ser muy entrometidos, ¿no crees? –Guy quería rebatir su argumento, pero no pudo pensar en nada que sonara razonable–. Mientras tanto –continuó ella–, creo que tendré que ganarme el sustento en Montague del mismo modo que lo hacía en Lonsdale. Se me considera una buena costurera, y con toda la tela que tus tejedores producen en el castillo, seguro que no me falta trabajo.

Guy contó mentalmente, sin atreverse a hablar hasta que hubiera llegado a diez.

–No te convertiré en una sirvienta.

–Y yo no permitiré que me conviertas en una meretriz.

–¡Dios! Yo no...

Apretó la mandíbula. Le había ofrecido seguridad para toda su vida, y ella le hacía sentirse como si fuera un monstruo despreciable. La deseaba con todas sus fuerzas, y apostaría su vida a que ella lo deseaba tanto como él. La forma en que lo tocó y la manera en que lo había besado lo evidenciaban. Había veces en las que lo miraba como si no existiera nada en el mundo que le importara más que él.

De hecho, lo estaba mirando así en ese preciso momento.

Guy retrocedió para reconsiderar su estrategia. Ella no se atendría a razones. Quizá fuera conveniente utilizar una forma diferente de persuasión. Se puso en pie, se dirigió hacia la cama y se sentó para quitarse las botas.

–¿Qué... qué estás haciendo? –preguntó ella.

–Llevo dos días sin descansar y no estoy de humor para discutir. Si deseas ser una sirvienta, que así sea. No te pediré que realices tareas que no puedas cumplir sin una aguja y un hilo.

Una bota golpeó contra el suelo. Empezó a tirar de la otra, manteniendo toda su atención centrada en la tarea que estaba desempeñando.

Claudia miró hacia la puerta.

–Me sentiría muy satisfecha ganándome el sustento de esa forma, barón. Si me dices dónde puedo encontrar los aposentos de los sirvientes, te dejaré para que descanses.

–Puedes dormir con los sirvientes –respondió, dirigiendo un gesto de desdén hacia la puerta–. Sin embargo, debo advertirte que las habladurías viajan más rápido que el viento en este castillo. Ahora mismo, mi gente ya debe haber escuchado la historia de lo que sucedió en Lonsdale y en nuestro viaje hasta aquí. Si abandonas esta estancia, asumirán que ya me he cansado de ti, que eres libre de ofrecerle tus favores a otro. Se enterarán muy pronto de que me obligaron a prometerme contigo, si es que no lo saben ya. –Su mirada la recorrió de pies a cabeza de forma intencionadamente insolente–. Cuanto más te resistas, más te perseguirán. Y no estoy seguro de que hagan más caso a la negativa de una sirvienta que a la de una dama. –Guy volvió a hacer un gesto hacia la puerta–. Por supuesto, eres libre de comprobar la veracidad de mis palabras por ti misma.

Claudia frunció el ceño. No había considerado todas las implicaciones que tendría el ser etiquetada como sirvienta en Montague. No era de extrañar que la considerara una ingenua. De hecho, era inevitable que lo pensara, pues no había forma de que él supiera que ella no necesitaba su protección. Si Dante no iba en su busca, vendería Halford a Guy. El oro que le había ofrecido por ser su amante ya era suyo. ¡Qué sinvergüenza! No había perdido ni un minuto en aprovecharse de su situación. Y pensar que había tenido la intención de decirle la verdad sobre Halford, que el castillo sería suyo si simplemente se casaba con ella... Parecía desear lo suficiente Halford como para haberlo hecho. Ahora no se casaría con él ni aunque se lo suplicara. Lo único que deseaba de ella era un revolcón rápido, una aventura amorosa sin importancia. ¡Qué tonta había sido!

Guy señaló con la cabeza la pila de almohadas que había frente al hogar.

–Probablemente ése sea el lecho más seguro que encuentres en el castillo. Yo mismo he dormido ahí en alguna ocasión. La alfombra es mullida, las almohadas suaves, y hay mantas de sobra en ese arcón que hay junto a ti.

–¿Esperas que duerma aquí?

Él emitió un gruñido evasivo mientras se quitaba la camisa.

–Te he dado mi palabra de que no exigiré más de ti que tareas de costurera, y te prometo que no te violaré mientras duermas. A no ser que dudes de mi palabra y de mi honor, te sugiero que te resignes a permanecer en estas dependencias.

–Pero yo no podría...

Las palabras de Claudia se desvanecieron en un débil susurro. Se quedó mirando su torso desnudo y el vello que se estrechaba a medida que descendía por la planicie de su estómago hasta desaparecer por debajo de sus pantalones. La boca se le secó de repente. Las desconocidas y masculinas formas de su pecho la cautivaron, y sintió el irracional impulso de recorrer la piel que había quedado al descubierto con las puntas de sus dedos.

–Ah, lo olvidaba. –Guy atravesó la estancia y abrió la puerta, ofreciéndole una generosa visión de su espalda. Era poderoso y elegante. Daba igual a qué parte de su cuerpo mirara. Haciendo un esfuerzo, se obligó a desviar la mirada hacia la entrada. Su escudero estaba sentado sobre un camastro en el pasillo, preparándose para dormir, pero se irguió cuando Guy le hizo un ademán a modo de saludo–. Diles a Roland y Herbert que no es necesario que hagan guardia en la antigua alcoba de mi hermana ni en ninguna otra esta noche. Lady Claudia no dormirá allí.

–¡Pero yo lo preferiría! –protestó ella.

El chico ignoró su objeción y se apresuró a cumplir la orden. Guy cerró la puerta y se volvió para mirarla.

–Esa alcoba es para huéspedes, milady. Los sirvientes no tienen asignadas dependencias privadas, ni guardias para que garanticen su intimidad. Dos soldados ganan más en un día que una costurera en una semana.

Claudia apretó los labios. Si hubiera mantenido la boca cerrada, la hubieran llevado a unas dependencias privadas donde habría una cama de verdad en lugar de un nido en el suelo.

Guy señaló un par de velas que había sobre la mesa mientras iba hacia su lecho.

–Apágalas antes de acostarte.

Sus manos se dirigieron hacia la cinturilla de sus pantalones y Claudia se dio cuenta de que pretendía desvestirse en su presencia. Se levantó de un salto y se apresuró a ir hacia la mesa, colocándose de espaldas a la cama mientras apagaba las velas. No se movió de su sitio ni siquiera cuando el humo de las llamas extinguidas quemó sus fosas nasales. Sus manos se aferraban tan fuerte al borde de la mesa que estaba segura de que sus uñas dejarían marcas. Cuando escuchó el sonido de la cama cediendo bajo su peso y el roce de las sábanas, dejó escapar el aire de sus pulmones en un lento suspiro y abrió los ojos.

La luz de la luna proyectaba pálidas sombras en la estancia, pero el fuego en la chimenea creaba un brillo acogedor cerca del lecho de Guy. Podía verlo claramente. Tenía los brazos apoyados detrás de la cabeza y los ojos cerrados. Ella se había pasado medio día durmiendo sobre la carreta de suministros, pero la fatiga hacía que sus huesos le pesaran como el plomo. Él no había dormido nada. No era de extrañar que fuera tan brusco. Si al menos pudiera echar la culpa de su desagradable oferta a algo tan simple como la falta de sueño...

Se quedó un momento mirando el arcón que contenía la ropa de cama. ¿Realmente esperaba que consiguiera dormir algo en esa estancia? Se dirigió hacia el asiento que había junto a la ventana y se resignó a una larga vigilia.

Claudia se acurrucó aún más bajo aquellas sábanas que olían a sándalo, navegando a la deriva en un cálido mar de satén, cuando alguien sacudió su hombro.

–¿Milady?

La voz no era más que un susurro, pero Claudia se despertó y abrió los ojos para enfrentarse a un rostro que se encontraba a sólo unos centímetros del suyo y a unos enormes ojos marrones enmarcados por varios mechones rubios. Asustada, gritó.

Lenore se echó hacia atrás a cuatro patas como un cangrejo asustado hasta que en su retirada se golpeó la cabeza contra el pilar de la cama.

Claudia se incorporó y se colocó el pelo sobre un hombro, intentando orientarse. No podía recordar haberse quedado dormida la noche anterior, pero estaba segura de que no había abandonado el asiento junto a la ventana. Guy debía de haberla colocado sobre las almohadas y cubierto con el edredón de satén. Darse cuenta de ello le aportó un vago sentimiento de alivio. Como tenía el sueño ligero, se acordaría si él hubiera intentado violarla. Había mantenido su promesa.

Se quedó mirando a Lenore. Los ojos de la chica estaban abiertos de par en par por el miedo.

–El... el barón me pidió que os atendiera. –La muchacha se puso de pie y miró hacia la puerta–. Me marcharé si no deseáis mi presencia aquí.

Claudia negó con la cabeza.

–Discúlpame, Lenore. Me has asustado. –Dirigió a la doncella una sonrisa alentadora–. ¿Por qué estás aquí?

–Soy vuestra doncella, señora. El barón me pidió que os atendiera.

La sonrisa de Claudia se desvaneció.

–El barón no me informó de que los sirvientes dispusieran de doncellas propias.

–¿Milady?

–No importa. –Apartó un rizo suelto de su rostro y sopló para retirar otro de sus ojos–. Si me proporcionaras un peine, te estaría muy agradecida.

Se levantó y empezó a arreglar su camastro, amontonando los almohadones en una ordenada fila frente al hogar. La sirvienta se acercó apresuradamente antes de que empezara a doblar las mantas.

–¿Os caísteis de la cama? –Lenore apartó la vista cuando Claudia le dirigió una dura mirada–. Disculpadme, señora. No pensé que el barón os haría dormir en el suelo como a un humilde escudero.

–No me hizo dormir en el suelo –respondió indignada, antes de pensar mejor su respuesta. ¿Por qué se sentía obligada a defender a Guy? Lenore no tenía por qué enterarse de cómo habían acordado dormir.

La sirvienta guardó las mantas y preguntó con un toque de entusiasmo en su voz:

–¿Envío a los soldados a buscar vuestro baúl?

–No he traído ningún equipaje –contestó Claudia, intentando alisar algunas de las arrugas del vestido azul con el que había dormido. El lino estaba completamente arrugado. Alzó la mirada y se encontró con una tímida sonrisa en el rostro de Lenore.

–Los vestidos de los que os hablé ayer ya han sido adaptados a vuestra talla, al igual que algunas camisolas y otras prendas. El barón pidió que me asegurara de que dispusierais de todo lo que necesitarais.

La muchacha atravesó la estancia y abrió un poco la puerta para intercambiar unas pocas palabras con alguien que permanecía al otro lado. Después abrió la puerta de par en par para dejar paso a dos soldados que entraron en la habitación cargando un enorme baúl. Lenore les indicó dónde dejarlo y se volvió hacia Claudia cuando la puerta se cerró tras los soldados.

–Las costureras trabajaron hasta bien entrada la noche para hacer las modificaciones. Creo que estaréis satisfecha con sus esfuerzos, milady.

Levantó la tapa del baúl e inclinó la cabeza, invitando a su señora a mirar en su interior. Claudia atravesó la estancia con pasos lentos. El evidente entusiasmo de Lenore le provocó un sentimiento de terror. No deseaba estar más en deuda con Guy de lo que ya lo estaba. Sin embargo, no pudo reprimir la curiosidad.

Lo primero que atrajo su atención fue un exquisito conjunto de peines de plata a juego con un espejo. Se inclinó para acariciar con sus dedos el mango del espejo y la delicada filigrana de la parte posterior, tallada en forma de enredaderas entrelazadas en las que florecían rosas. También había flores y enredaderas sobre el lomo de los peines, haciendo juego con el espejo.

–Son preciosos –susurró Claudia, sacando el espejo del baúl. Le dio la vuelta para contemplar su imagen y frunció el ceño ante lo que vio–. Ojalá pudiera decir lo mismo de mi reflejo.

Lenore la estudió con ojo crítico.

–Haremos que parezcáis vos de nuevo muy pronto.

–Me temo que no supondrá una gran mejora.

La sirvienta ignoró su sarcasmo y se dispuso a vaciar el baúl, que parecía no tener fondo, para mostrarle los tesoros que había en su interior: camisolas, medias, vestidos, túnicas e incluso zapatos. Era mucho más de lo que había dejado atrás en Lonsdale. Observó en silencio mientras Lenore le mostraba una prenda de ropa tras otra.

–¿De dónde han salido todos estos vestidos? –preguntó.

–De las telas desechadas, por supuesto. –Colocó una túnica de color verde oscuro sobre la tapa del baúl, buscó hasta encontrar un vestido del color de la hierba en verano que combinaría con ella, y lo sostuvo a la altura de sus hombros para que Claudia lo revisara–. Las costureras usaron las medidas de vuestro vestido estropeado para hacer las modificaciones finales. Todos los tejidos tienen pequeños defectos de algún tipo, pero la mayoría son casi imperceptibles. Espero que no os importe.

–No, no me importa –murmuró.

–El barón también comentó que os gusta coser –continuó Lenore–. Me pidió que os llevara a los almacenes para que escogierais algunas telas en las que emplear vuestro tiempo. Luego visitaremos a las costureras para seleccionar hilos y agujas. El barón dijo que le gustaría mucho tener una o dos túnicas hechas con vuestras propias manos. –Pareció dispuesta a añadir algo más, pero cerró los labios con firmeza y se quedó mirando fijamente el suelo. Tras un momento de silencio, dirigió su mirada hacia la puerta, como si temiera que alguien pudiera estar escuchando a escondidas. Después, su voz se convirtió en un susurro de complicidad–. Mucha gente está haciendo preguntas sobre vos, milady. ¿Son ciertos los rumores?

Claudia se encogió de hombros.

–No he escuchado los rumores, así que no puedo responder.

–Uno de los soldados me explicó que intentasteis engañar al barón para que se casara con vos. –El rostro de Lenore se volvió de un tono rojo intenso, pero se las arregló para continuar–. Dijo que el barón fue falsamente acusado de yacer con vos en el castillo de Lonsdale, que su venganza fue secuestraros y hacer realidad la acusación. –Lanzó una nerviosa mirada hacia la cama–. Ayer pensé que estabais aquí por voluntad propia, milady. No es propio del barón... –Se mordió el labio y se quedó callada.

Claudia contempló a la muchacha con expresión pensativa. El día anterior le había dicho a Guy que no le importaba lo que su gente pensara de ella. Ahora descubría que eso no era cierto. Sí que le importaba y, extrañamente, también le importaba lo que pudieran pensar de él. Su presencia en su alcoba hacía inútil proclamar su inocencia, pero al menos podía poner freno a parte de las habladurías.

–Estoy aquí por voluntad propia, Lenore.

En el rostro de la joven se dibujó una sonrisa.

–Yo ya les dije que el barón no podía ser tan cruel.

Claudia encontró amargamente divertido que la sirvienta prefiriera considerarla a ella una ramera a pensar que el barón fuera un violador.

–¿Puedes llevarme hasta los almacenes, Lenore? Estoy deseando ver más del castillo.

7

Guy se encaminó por el pasillo que llevaba hasta el solar cargado con un montón de libros de contabilidad bajo el brazo. El solar era una estancia espaciosa y aireada que disponía de una hilera de grandes ventanales que daban a la muralla sur y que le proporcionaban a Guy luz suficiente para revisar sus cuentas; una tarea tediosa que nunca le entusiasmaba realizar, pero que en ese momento era una buena excusa para evitar su alcoba y a Claudia. Nunca se había considerado un cobarde, pero si seguía así, tendría que replantearse su opinión. Esa mañana prácticamente había salido huyendo de sus aposentos, batiéndose en retirada como un cobarde, no cabía duda de ello. Siempre había tenido una inquebrantable seguridad en sí mismo; confiaba plenamente en su capacidad para controlar todos los aspectos de su vida, pero la sola presencia de Claudia había trastornado sus creencias.

Lo que más le preocupaba era su propia indecisión. ¿Debía tratarla como a una prisionera? ¿Como a una inesperada huésped? ¿Como a una sirvienta? Lo que más deseaba era tratarla como a su amante. El problema era que ella no estaba en absoluto dispuesta a aceptar esa sencilla solución. El deseo que ella misma sentía y el hecho de que todo el mundo ya los considerara amantes no influían en ella, como tampoco lo hacía la promesa de riqueza y seguridad para toda la vida. Por otra parte, era obvio que él tampoco había descubierto cuál era su precio, aquello que ella desearía tanto como para hacer que se entregara a él de buen grado. Desde luego, ya le había dejado claro que el matrimonio no era una opción. Entonces ¿qué era lo que deseaba de él?

Abrió la puerta del solar con la cabeza baja, absorto en sus pensamientos, hasta que se topó con algo suave donde sólo debería haber losas.

–Esto quedará mejor como túnica que como alfombra.

Levantó la cabeza de golpe ante el sonido de la voz de Claudia. Estaba de rodillas en el suelo, con unas tijeras en la mano, e inclinada sobre una pieza de brocado blanco que había extendido sobre una alfombra persa en el otro extremo de la estancia. La pose mostraba sus redondeadas nalgas a la perfección, lo que provocó que a él se le cayera uno de los libros que llevaba.

Guy apartó sus pies del brocado y se inclinó para recuperar el libro con la mirada fija en el suelo, como si necesitara armarse de valor para enfrentarse a otra seductora visión. Cuando volvió a alzar la vista, ella ya se había incorporado y se apoyaba sobre sus talones.

–¿Qué estás haciendo aquí, Claudia?

–Lenore me mostró las edificaciones donde trabajan tus costureras y sastres. Allí no había espacio para mí, y la luz es mejor aquí que en tu alcoba. Me pareció extraño que estuvieras de acuerdo en que Montague necesitaba otra costurera cuando ya dispone de tantas.

Claudia se inclinó sobre su labor de nuevo y Guy apretó con más fuerza los libros que sostenía bajo el brazo. Su vestido era del color de un selecto vino de Burdeos; una embriagadora bebida que ofrecía un agradable bouquet y ricas sutilezas en su sabor. Era perfecto para un hombre de gustos superiores a la media. Lo que su vestido contenía ofrecía lo mismo. Podría emborracharse sólo mirándola. Le costó una enorme fuerza de voluntad apartar su mirada de la tentación.

Finalmente, se dirigió hacia la larga mesa dispuesta bajo una de las ventanas y dejó los libros de contabilidad sobre ella.

–Deseabas ganarte el sustento, y yo apreciaré una túnica hecha con tus propias manos. –Sus palabras sonaron más duras de lo que había pretendido e intentó suavizarlas–. También puedes hacerte vestidos, si lo deseas.

Claudia le lanzó una mirada inescrutable por encima del hombro.

–Desde esta mañana, tengo más vestidos de los que nunca tuve en Lonsdale. No necesito más, barón.

¿Acaso estaba disgustada por su generosidad? Sí, otro error táctico por su parte. La había abrumado con tantos regalos.

–Como desees –murmuró Guy.

Una retirada parecía la opción más prudente por el momento. Acercó un asiento a la mesa y abrió el primer volumen encuadernado en piel.

Pronto, todos los libros estuvieron abiertos y la superficie de la mesa de roble desapareció bajo un mar de pergaminos. Su pluma se movía con un ritmo constante sobre uno de ellos. Su poderosa mano era tan experta blandiendo una pluma como lo era con una espada. Entonces, Claudia empezó a tararear. Probablemente no era consciente de que lo estaba haciendo, pero su voz, profunda y sensual, atravesaba la estancia como una caricia invisible. Guy reconoció la canción; era una de las favoritas entre los gondoleros de Venecia. Le recordó las noches que había pasado a la luz de la luna bajo un cálido cielo italiano.

Podía imaginarse perfectamente a sí mismo en una góndola una noche así, con Claudia entre sus brazos. Las largas listas de números se convirtieron en oscuros canales salpicados de estrellas. Casi podía escuchar el agua a su alrededor, percibir el suave balanceo de la embarcación, e incluso percibir el aroma de las rosas cuando ella le ofrecía sus labios. Cerró los ojos y la escena se hizo más nítida, las imaginadas caricias más reales.

La canción acabó y abrió los ojos. La punta de su pluma descansaba sobre la página de un libro abierto; parecía señalar el centro de un pequeño mar de tinta negro. Apartó la pluma soltando una maldición y cogió el secante, consciente de que el daño era irreparable.

–Oh, qué lástima. –Las suaves palabras pronunciadas tan cerca de su oído casi le hicieron saltar del asiento. Claudia apoyó una mano sobre su hombro como si deseara tranquilizarlo–. No pretendía asustarte, barón. Sólo me preguntaba qué te hacía fruncir tanto el ceño. Has estado poniendo mala cara ante estos libros desde que los abriste.

Guy miró por encima del hombro y rápidamente volvió a dirigir su mirada a los libros. Ella no podía saber que sus pechos estaban en su campo visual más directo. Se sintió como un pervertido al haber reparado en ello. Sus dedos se humedecieron de repente y bajó la mirada. La tinta había atravesado la hoja de papel secante. Se limpió la tinta de los dedos lo mejor que pudo y apartó la hoja a un lado.

–¿Sabes leer?

–Sí, pero no pretendía espiarte.

–No hay grandes secretos aquí –le aseguró–. Sólo rompecabezas.

–¿Rompecabezas?

Guy extendió la mano hacia las pilas de libros.

–Grandes rompecabezas retorcidos dentro de otros rompecabezas. Éstos son los registros de todas las ventas y operaciones realizadas por mis agentes durante los últimos tres meses. Aquí está relatada la historia de cada rollo de tela que abandonó Montague durante ese tiempo.

Claudia se inclinó aún más y Guy sintió como su aliento acariciaba su mejilla.

–¿Me contarás una de esas historias?

En ese momento le hubiera dicho cualquier cosa que deseara escuchar. Apretó los dientes para evitar precisamente eso. En su lugar, Guy le enseñó la primera hoja del libro que yacía frente a él. Quizá se aburriera con los detalles de sus negocios y lo dejara tranquilo. O como mínimo, el vertiginoso despliegue de hechos y cifras la confundiría. Entonces lo dejaría en paz.

–Es una única historia, en realidad, formada por muchas partes. En abril llegué a un acuerdo con un mercader de la familia Baldassare de Venecia para conseguir un envío de brocados, ciento ochenta rollos de encaje, cincuenta barriles de cuentas de cristal y doce kilos de azafrán molido. Todo ello me costó trescientos florines de oro.

Hojeó las páginas de otro libro de cuentas hasta su inicio.

–Aquí uno de mis agentes cambió cinco barriles de cuentas de cristal a un mercader nórdico por tres veintenas de pieles de armiño. Una veintena de las pieles se vendió a Alfred, de Londres, por veinte florines de oro, y el resto a un noble de Borgoña por cinco toneles de vino. El vino se vendió al conde de Marly por sesenta y tres florines. –Miró por encima del hombro para observar su reacción, pero no estaba seguro de si su expresión de interés era fingida o real. No podía apartar sus ojos de ella–. Ésta fue una operación bastante sencilla. Otras incluyen productos conseguidos en este envío junto a partidas de tejidos previas. El valor de esas operaciones es más difícil de establecer, pero yo asigno porciones del valor de cada operación de tal forma que siempre conoceré el precio final de cada rollo de tela en florines de oro.

Claudia apoyó una mano en el borde de la mesa para examinar más de cerca los libros.

–¿Por qué?

–Por muchas razones. Mis contables llevan las cuentas de todo el dinero gastado y yo me aseguro de que el balance presentado por ellos se ajuste a la cantidad que mis agentes me presentan. Todos saben que yo mismo cuadro mis cuentas, y eso ayuda a que los hombres honrados sigan siendo honrados. –En lugar de continuar mirando fijamente su perfil, simuló interesarse por un punto de tinta en una de las puntas de sus dedos y la frotó contra su pulgar–. El beneficio de cada operación también me ayuda a decidir si deseo más o menos cantidad de esos productos en operaciones futuras.

Claudia pasó el brazo por encima de su hombro y señaló una entrada con uno de sus finos dedos.

–Ganaste veintitrés florines más en la venta de las pieles de armiño que canjeaste por vino que lo que obtuviste por las pieles de armiño solas. ¿Significa eso que aumentarás tus negocios con el noble de Borgoña?

Guy bajó la mirada hacia el libro, asombrado al darse cuenta de que había calculado correctamente la cantidad.

–Quizá, pero también debo calcular el coste de cada operación. Las pieles requieren muchos menos esfuerzos para ser transportadas que los toneles de vino. No obstante, si un barco va casi vacío a su regreso de una travesía desde Italia, podría ser una carga rentable.

–Comprendo.

Claudia parecía absorta por algo que vio en uno de los pergaminos. Señaló una página de un libro que yacía aún más alejado de ella y Guy notó la suave turgencia de sus senos rozando su hombro. Su calidez penetró a través de su camisa e hizo arder su cuerpo, que reaccionó al instante ante aquel inocente contacto. Soltó una silenciosa exhalación e intentó concentrarse en sus palabras más que en su tentadora cercanía.

–Esa entrada debería ser de treinta y dos rollos de encaje en lugar de veintitrés, si no, la suma no sería de ciento ochenta. –Claudia le dirigió una aguda mirada que luego se volvió evasiva, como si la hubiera pillado haciendo algo que no debía–. Puede que me equivoque, por supuesto.

Guy echó un vistazo a los seis libros de cuentas de sus agentes y cogió la pluma para anotar cada referencia de los rollos de encaje. Había diecisiete referencias en total, y la suma evidenciaba que ciertamente faltaban nueve rollos. Asombrado, se volvió para mirarla.

–¿Lo has calculado mentalmente? –Ella asintió insegura–. ¿Cómo has sabido que ésta es la entrada equivocada?

–Creerás que soy rara si te lo digo.

–Ponme a prueba.

–Es la única operación que no cuadra. –Claudia le dirigió una cautelosa mirada y luego señaló el primer libro de cuentas–. Aquí doce rollos formaron parte de tres operaciones que dieron un total de dieciséis florines. En esta otra, cuarenta y dos rollos dieron un beneficio de cincuenta y ocho florines.

Continuó enumerando los beneficios de otros rollos. Cuando su dedo se dirigió hacia la referencia en cuestión, una pequeña sonrisa de triunfo se dibujó en sus labios.

–Ésta está mal porque a los rollos se les da un valor de treinta y un florines. Si se hace una media de los beneficios obtenidos por los otros, se ve que esto es casi el valor exacto de treinta y dos rollos, no de veintitrés.

–Dios mío. –Y él que había pensado que la confundiría. No podía creer lo que estaba oyendo–. ¿Has calculado el valor medio de cada rollo mentalmente?

Claudia asintió.

–Deberías esperar un beneficio de cuatro florines por cada tres rollos de encaje.

Tenía razón. Guy ya había añadido esas cantidades en su libro de cuentas, pero el libro estaba ahora abierto en una página diferente. Decidió ponerla a prueba.

–¿Cuál es el beneficio que se obtiene por ciento ochenta rollos?

–Doscientos cuarenta florines, aproximadamente.

–Si recibiera cinco florines por cada tres rollos en lugar de cuatro, ¿qué beneficio obtendría?

–Trescientos florines, por supuesto.

Guy se recostó en la silla y tiró a un lado la pluma.

–Por supuesto.

–Sabía que no tendría que habértelo dicho. –Dejó escapar un pequeño suspiro–. Crees que soy rara.

–Creo que eres asombrosa. ¿Quién te enseñó matemáticas?

–Mi padre decía que tenía un don para los números. –Parecía que se había puesto a la defensiva–. Los tutores que contrató para mis hermanos también me instruían a mí.

–Supongo que sobresalías.

Guy estudió el juego de emociones que recorrieron su rostro mientras esperaba una respuesta. Era buena ocultando sus pensamientos, pero él había aprendido a leer en las caras de la gente hacía tiempo. En ese momento Claudia estaba pensando que ya le había dicho demasiado y se cuestionaba cómo usaría él esa información en su contra. Guy se preguntó cómo había sido su vida en Lonsdale para llegar al punto de temer revelar algo tan inocente.

–Sí.

Guy tamborileó con los dedos la superficie de la mesa y luego se puso de pie.

–Toma asiento.

Los ojos de Claudia reflejaron su confusión.

–¿Por qué?

–Tenías razón cuando dijiste que no necesitaba otra costurera. –Señaló la silla con un gesto–. Si realmente deseas ganarte el sustento en Montague, prefiero que lo hagas con una pluma en lugar de con una aguja.

–¿Deseas que haga de contable?
Pareció horrorizada ante aquella posibilidad.
–¿Encuentras la posición de contable más inaceptable que la de costurera?
–No, no es eso. Disfrutaría desempeñando esa tarea, pero a las mujeres no se les permite actuar como contables.
–Pero tú no eres una mujer cualquiera, milady. Por el momento, eres mi prometida. –Rechazó su objeción encogiendo los hombros–. Nadie se opondrá.
–¿Ni siquiera tú? –Claudia arqueó una ceja–. Si cuadras personalmente tus cuentas para preservar la honradez de tus contables, ¿por qué habrías de confiarme a mí esa tarea?
–No tienes ninguna razón para estafarme. –Acercó otra silla y se sentó junto a ella. Luego se inclinó sobre la mesa para coger un libro–. Trabajaremos juntos para que nadie pueda acusarme de eludir mi deber. El libro que tienes frente a ti es el mío, los otros pertenecen a cada uno de mis agentes. Localizaré las operaciones mientras tú las registras en mi libro. ¿Te parece un plan de trabajo razonable?
Claudia sonrió y cogió la pluma.
–Sí, barón. Muy razonable.

Tres horas más tarde, Claudia continuaba sonriendo, a pesar de que negaba con la cabeza.
–No, barón. No estás siendo razonable.
La expresión de Guy era la propia de un niño de cinco años a quien se le negara un dulce.
–No hay nada malo en permitir que un barco regrese vacío de vez en cuando. No es necesario sacar beneficio de todas las operaciones.
–Estoy segura de que eres consciente de que tus viajes a Flandes no son rentables –recalcó Claudia–. Es extraño que continúes yendo hasta allí. Nunca compras rollos de tela, lo que significa que prefieres asumir pérdidas a regresar a Inglaterra con una carga de sedas y brocados flamencos. ¿No te parece que eso no es muy razonable?

–No –insistió Guy–. Tú no conoces a esos mercaderes flamencos. Se apresuran a comprar los productos exóticos que llevamos de Venecia y de los puertos del sur, sabiendo que son productos que hemos canjeado por los rollos de tela de Montague. Sin embargo, siempre tienen que señalar que si no fuera por los tejedores flamencos que empleo, mi gente no produciría tejidos tan selectos. Me recuerdan constantemente el hecho de que nosotros no disponemos del conocimiento de novecientas generaciones de tejedores y que somos poco más que advenedizos. Me complace coger su oro, pero no cargaría con un solo rollo de sus telas en un barco mío ni aunque me pagaran.

–¿Novecientas? –Sabía que era una exageración, pero no pudo evitar provocarlo. Le asombraba la evidente inteligencia de Guy, que quedaba reflejada en la asombrosa cantidad de hechos y cifras relacionados con sus negocios. Sin embargo, se volvía hosco y seco siempre que en las operaciones estuvieran involucrados mercaderes flamencos. Era revelador que se refiriera a su gente como «nosotros», incluyéndose a sí mismo en el apelativo. Claudia sospechaba que él no se sentiría ni la mitad de ofendido si las burlas flamencas no incluyeran a sus vasallos. Y aquello lo convertía en un personaje poco común entre los nobles, un lord que ofrecía más que su espada en su juramento de proteger a sus vasallos. Los consideraba lo bastante dignos como para defender su reputación–. Los flamencos te dan la mitad del oro que recibirías si lo canjearas por rollos de sus telas y luego vendieras los tejidos flamencos en Inglaterra.

–¿Acaso te atreves a decirme cómo debo llevar mis negocios?

Guy cruzó los brazos sobre su pecho. Sus ojos azules brillaban desafiantes.

Claudia inclinó la cabeza en señal de sumisión, pero su sonrisa le daba un aire burlón al gesto.

–No, barón. Me atrevo a decirte cuándo estás siendo testarudo. Tus agentes trabajan a comisión y tú los castigas porque no te agradan los mercaderes flamencos. Eso es injusto.

La mano de Guy emitió un sonido áspero al frotarse la barbilla. La oscura barba incipiente en su rostro resaltaba su mandíbula cuando fruncía el ceño.

–Pero no se quejan.

–Tampoco yo lo haría si creyera que al decírtelo me despedirías.

Las comisuras de sus labios se curvaron en una débil sonrisa.

–Así que mis agentes temen que sea un tirano, pero tú crees que no despediría a nadie por una ofensa tan insignificante.

Claudia se encogió de hombros.

–Así es. De hecho, acabo de quejarme y tú no has tomado represalias.

–Tal vez te sorprenda descubrir que mis agentes tienen buenas razones para temer mi ira. –No añadió nada más a su explicación. En lugar de eso, dirigió su mirada hacia una de las ventanas–. Se ha hecho tarde. ¿Me acompañarás en la cena?

–¿Acompañarte? –repitió confundida.

Nunca nadie le había pedido que le acompañara en una comida. No estaba segura de lo que significaba esa invitación.

–Sí. Acompáñame, haré que te sienten a mi lado.

No supo qué responder. Él quería que se sentara a la mesa principal, donde todo el mundo podría verla. De esa manera sabrían que realmente la consideraba una invitada.

–¿Por qué eres tan amable conmigo, barón? Creí que habíamos acordado que no sería más que una sirvienta en Montague. Sin embargo, me proporcionas un nuevo vestuario, una doncella propia, deberes que me gustan y un lugar de honor a tu mesa. –Claudia le dirigió una cautelosa mirada–. ¿Por qué?

Guy se llevó una mano al corazón, como si se sintiera ofendido por sus recelos.

–¿Acaso necesito una razón para ser amable contigo?

–La mayoría de la gente tiene una razón siempre que lo es –replicó. La noche anterior había intentado seducirla para llevársela a su lecho. Hoy se comportaba como si nunca se le hubiera ocurrido esa idea. Todo él era cortesía y sonrisas. Aquello era peor que una seducción. La camaradería que había surgido entre ellos de forma natural durante las últimas horas había hecho que bajara la guardia. Ahora la ponía nerviosa. La atracción que sentía por él sería incluso mayor si se convertía en su amigo. Preferiría que no le gustara–. Si te acompaño en la cena, ¿me permitirás dormir en otra alcoba esta noche?

–Ah, quieres hacer un trato –reflexionó Guy–. Así que tú tienes tus propias razones para ser amable conmigo. ¿Será ésa la razón de que receles de mis motivos?

–Es una idea que se me acaba de ocurrir ahora mismo –respondió. Seguro que él tenía alguna razón oculta para concederle una señal de favor así, pero sus encantos no le permitían verla–. Te acompañaré esta noche en la cena sin poner ninguna condición, si tú tampoco pones ninguna a mi presencia allí.

–Tienes una mente muy suspicaz, milady. –Guy la estudió durante un momento antes de asentir–. Muy bien. Sin condiciones. Tienes mi palabra.

El barón de Montague apoyó el brazo en el respaldo de la silla de Claudia y se inclinó para susurrarle al oído.

–Te lo juro, no era esto lo que yo pretendía.

–¿No lo era?

A la joven le costaba mantener la sonrisa. Aquello era precisamente lo que él había pretendido al invitarla a la cena, estaba segura. Se forzó a no apartarse de él, a no mostrar ninguna reacción ante nada de lo que sucediera a su alrededor.

El gran salón se llenaba con los sonidos de la comida, las risas y las conversaciones, con los trovadores y los cantantes, con el aullido ocasional de algún sabueso que se acercaba demasiado a la mesa en busca de sobras y se llevaba un manotazo. La comida olía muy bien. Los sirvientes y los escuderos servían una asombrosa variedad de carnes, frutas y salsas sazonadas con costosas especias. A Claudia le hubiera dado igual que toda la comida consistiera en unas simples gachas. De vez en cuando recordaba que debía comer algo, pero no podía saborear nada.

Si quedaba alguna duda sobre su virtud, esa cena había acabado con ella. Guy la exhibía ante su gente como un premio. El lugar de Claudia, que debería ocupar su esposa, no era más que una cruel parodia. Todo el mundo en el salón captó la mofa. Lo que molestaba a Claudia no era la frecuencia con que la gente de Guy se quedaba mirándola, sino cómo lo hacían. Los hombres la miraban fijamente y con dureza. Algunos con curiosidad, otros con lascivia. Las mujeres simulaban ignorarla y apartaban la vista siempre que ella las pillaba observándola.

Los habitantes de Lonsdale la habían despreciado desde que llegó a Inglaterra. Vigilaban sus movimientos y la acusaban de cualquier cosa extraña que pasara en la fortaleza. Había aprendido a ignorarlos, a refugiarse en su interior sin mostrar ningún signo exterior de cobardía. Ella no pertenecía a Lonsdale, y ahora se daba cuenta de que tampoco podría pertenecer nunca a Montague. Todo lo que aquellas personas daban por sentado, amigos y familia, un hogar y la seguridad que les aportaba, eran cosas tan desconocidas para Claudia como su idioma. Podría aprender a sobrevivir entre ellos, pero nunca encajaría realmente. Orgullosa de sí misma a pesar de todo, en lugar de bajar la cabeza para protegerse de las groseras miradas, levantó la barbilla y buscó algo en la estancia con lo que entretenerse.

Primero escogió el azul, el color de Montague. Empezó contando cada cosa que luciera ese color en el gran salón. Llevaba un recuento mental de dónde lo había visto; en una joya, un vestido, un sombrero, un banderín, un arco pintado. Quizá debería dividir el recuento en...

–¿Me estás escuchando, Claudia?

Se volvió hacia Guy.

–¿Veintitrés?

El rubor encendió sus mejillas y se mordió la lengua. No era de extrañar que pareciera confundido. El número de túnicas azules no era la respuesta que él deseaba. ¿Qué le había preguntado?

–Discúlpame, barón. ¿Me has hecho una pregunta?

–Sí. –Guy soltó un suspiro de impaciencia–. Y acabas de responderla. Normalmente, prefiero hablar con alguien en vez de conmigo mismo.

La mirada de la joven volvió a desviarse hacia un hombre alto que llevaba una pluma azul en el sombrero.

–No pretendía ignorarte, milord.

–Sigues haciéndolo ahora. –Guy encontró su mano bajo la mesa y le dio un firme apretón–. ¿Qué estás haciendo?

El contacto de su mano la sorprendió y le dirigió una asombrada mirada.

–¿Decías?

–¿Qué estás haciendo? –repitió–. Respondes a mis preguntas con números, y he visto al rey contemplar porquerizas con más calidez que la que observo en las miradas que diriges a mi gente.

–Prefiero que me consideren fría a que... –Claudia apretó los labios.

Guy frunció aún más el ceño.

–Podríamos comer en el solar o en mi alcoba si lo prefieres.

–¿Y renunciar a tus esfuerzos por exhibirme como tu amante? –Sonrió y negó con la cabeza–. Después de todas tus gentilezas, no desearía parecer tan poco sociable.

–No te invité a mi mesa para exhibirte. Te sentarías junto a mí esta noche si fueras mi prometida de verdad.

Claudia alzó su copa de vino y tomó un delicado sorbo, aunque hubiera preferido beberse hasta la última gota de un solo trago. Adormeciéndose con el vino no conseguiría más que parecer todavía más estúpida. Aun así, aquel pequeño sorbo de exquisito borgoña le soltó la lengua.

–Sé tan bien como ellos que yo sería la última mujer con la que te casarías. Al igual que saben que comparto contigo los aposentos de buen grado, si es que Lenore es tan chismosa como sospecho. Esta mañana he acabado con el inquietante rumor de que me forzaste a compartir tu lecho como venganza por formar parte de la traición de la que fuiste víctima en Lonsdale. –Su sonrisa se volvió demasiado empalagosa–. No quisiera que tus sirvientes pensaran mal de ti, o que tu reputación se viera empañada por mi causa.

El barón se levantó bruscamente. Un intenso fuego azul se reflejaba en sus ojos al mirarla. De pronto, se impuso un ominoso silencio en el salón.

–¿Qué estás haciendo? –susurró Claudia.

Guy no respondió. En lugar de eso, recorrió con la mirada el salón y levantó su copa.

–Desearía que alzarais vuestras copas y vuestras voces en un brindis. –Se volvió hacia ella, alzó su copa y gritó–: ¡Por lady Claudia, que arriesgó su vida en el castillo de Lonsdale para salvar la mía!

Su nombre resonó en los labios de todos los presentes en el gran salón. Ella no estaría más asombrada si Guy la hubiera abofeteado.

–¿Por qué has hecho eso?

Cuando Guy se terminó el vino, alzó la mano de Claudia para posar un casto beso sobre sus fríos dedos. Sus ojos no se apartaron de ella.

–No permitiría que mi gente pensara mal de ti, o que tu reputación se viera empañada por mi causa. –Guy volvió a sentarse con expresión solemne–. En realidad, lo único que les he dicho es que si no te tratan con respeto, tendrán que responder ante mí.

–No es eso lo que yo he oído.

–Lo que se dice y lo que se escucha, a menudo, son dos cosas diferentes. –La observó atentamente, como si buscara algo en su rostro–. No permitiré que te ocultes entre las sombras de Montague como lo hacías en Lonsdale. Encontrarás amigos entre mi gente si les das la oportunidad de conocerte.

Claudia desvió la atención hacia su comida, cogió un cuenco de salsa de menta y untó la gelatina verde sobre un trozo de cordero.

–No se me da muy bien entablar nuevas amistades. La verdad es que no he hecho ningún amigo desde que dejé Italia. La mayoría de los ingleses me consideran rara porque no hablo como ellos y tienen dificultades para entender lo que digo.

–Yo puedo comprenderte bien. –Guy indicó a su escudero, Stephen, que se acercara y se sirvió de la bandeja de rosbif que el muchacho sostenía–. Te dije que te sería de gran ayuda hablar nuestro idioma más a menudo. Y mis gentes están más acostumbradas a tener extranjeros entre ellos que las de Lonsdale. No te verás condenada al ostracismo por no ser inglesa.

–Quizá.

Claudia se preguntó cómo sería volver a tener amigos. No es que pretendiera hacer ninguno en Montague, pues eso sólo haría su marcha más difícil. La vida era mucho más sencilla sin ataduras de ningún tipo. En realidad, su tío le había hecho un favor asegurándose de que no encontrara ningún amigo en Lonsdale. No había nadie a quien echara de menos, ni ninguna posesión que lamentara haber dejado atrás. Ni siquiera una mascota. Su marcha de Montague sería igual. Ningún amigo al que añorar, ninguna lamentación.

Miró a Guy y supo que se engañaba a sí misma. ¿Qué había llenado sus pensamientos antes de que él llegara a su vida? ¿Qué veía cuando cerraba los ojos?

No podía recordarlo. Él había entrado en su vida y ya nada sería lo mismo. Incluso esa noche se convertiría en un recuerdo; la expresión de sus ojos cuando brindó en su honor, el sonido de su profunda voz, la forma en que le sonreía. Pequeños recuerdos que guardar en su memoria. Pero ¿serían recuerdos de un tiempo feliz o momentos que preferiría olvidar?

Las señales no auguraban que esa época en Montague fuera a ser feliz, aunque sí marcaría un cambio en su vida. De eso no cabía duda. ¿Era demasiado esperar que, por una vez, un cambio en su vida fuera para mejor? Recordó de nuevo la oferta de Guy, y supo la respuesta a su pregunta. El dinero del barón de Montague no compraría su felicidad, al igual que vendiéndose a él no compraría su cariño.

Volvió a recorrer el gran salón con la mirada, asimilando todas las señales evidentes de su riqueza y su poder. Para ser un hombre de mundo, podía parecer increíblemente ignorante en determinados momentos. ¿Por qué no podía comprender que su negativa no tenía nada que ver con los regalos y el dinero que le ofrecía? Era el precio que él exigía lo que siempre la haría alejarse de él, aunque lo que más deseara fuera sentir sus brazos estrechándola, experimentar la magia de sus besos. Ella perdería parte de su corazón cuando Guy se cansara de ella, y le restaba ya muy poco que perder.

«Todo el mundo tiene un precio, Claudia.»

Esas palabras resonarían en su mente para siempre. Estaba equivocado. Era el precio que él exigía lo que era demasiado alto. El precio del placer de Guy sería su oro. El precio del placer de Claudia sería su alma.

Un murmullo recorrió la multitud, y la mirada de Claudia se dirigió hacia un doble arco de entrada por donde un caballero lujosamente ataviado hacía su entrada al gran salón, con su capa negra colocada sobre uno de sus amplios hombros, lo que dejaba a la vista una túnica negra a juego y un par de botas altas que le llegaban hasta medio muslo. Iba armado hasta los dientes. Una mano descansaba sobre la empuñadura de su espada para evitar que su envainada punta golpeara contra el suelo mientras avanzaba decidido, y llevaba, no una, sino dos dagas mortíferas en la parte derecha del cinturón de su espada, además de otra más corta en su cintura. Sus largas zancadas revelaban la empuñadura de una quinta arma sujeta a su muslo, casi oculta por sus botas. Se trataba de un hombre que esperaba encontrarse con problemas.

Se detuvo frente a Guy y le dedicó una profunda reverencia. Cuando se irguió, Claudia se fijó en su rostro para captar algo más que la vaga impresión de su pelo castaño y sus ojos oscuros. Se quedó boquiabierta.

–Fray Thomas.

–Lady Claudia.

El caballero sonrió y le dirigió una mirada más atrevida que cualquiera de las que le hubiera dirigido en Lonsdale; era la mirada de un hombre que intentaba adivinar qué ocultaba bajo el vestido, no la furtiva mirada de un fraile devoto.

Sin embargo, estaba demasiado asombrada para sentirse ofendida. Exceptuando el color de su pelo y la forma de sus ojos, era difícil creer que aquel hombre y fray Thomas fueran la misma persona. Los hábitos habían conseguido que pareciera desgarbado y torpe. Volvió a fijarse en su complexión y no vio rastro de torpeza. Sólo el esbelto y ágil cuerpo de un hombre que sabía usar las armas que llevaba como si hubiera nacido con ellas. Incluso su cara parecía distinta; sus rasgos poco agraciados no importaban ante su tremenda confianza en sí mismo y su sonrisa de lobo.

Claudia miró a Guy, que la observaba con una sombría expresión en sus ojos.

–Hay ciertas cuestiones que debo discutir con Thomas. Haré que Evard te escolte hasta mi alcoba.

–Pero...

–Seguramente me retiraré tarde esta noche –la interrumpió–. No me esperes despierta.

Se volvió hacia Evard, que estaba sentado a su izquierda, y le dio instrucciones para que escoltara a Claudia hasta sus aposentos y apostara un guardia en su puerta. Ella se preguntó si consideraba al guardia necesario para mantener a los demás fuera o a ella dentro. Nadie sería tan estúpido como para entrar en la alcoba de su señor sin permiso, por lo que la respuesta parecía evidente. Elevó la barbilla y le deseó buenas noches con una forzada inclinación de cabeza.

Guy observó como Claudia abandonaba el salón, convencido de que se había ofendido por su brusca despedida. No le importaba. Deseaba escuchar el informe de Thomas en su ausencia para decidir lo que le contaría sobre los acontecimientos que habían tenido lugar en Lonsdale después de su huida. Además, estaba molesto por las miradas de admiración que había dirigido a su caballero. Cuando desvió sus ojos hacia el recién llegado, le molestó aún más comprobar que él también observaba a la joven mientras se alejaba.

–Toma asiento, Thomas.

Hizo un gesto hacia la silla vacía que había ocupado Claudia y tomó un largo sorbo de vino mientras aguardaba a que rodeara la mesa.

–Es agradable volver a casa, milord. –El caballero tomó asiento e indicó a un sirviente que le acercara un plato de comida–. Estoy hambriento. Mi escudero y yo hemos cabalgado sin descanso desde Lonsdale y sólo nos detuvimos el tiempo suficiente para dar de beber a los caballos.

Se inclinó sobre la mesa para acercar a su plato varias bandejas de carne.

–Desearía que me informaras de la situación en Lonsdale antes de que te llenes la boca de comida.

El frío tono de la voz de Guy hizo que Thomas dejara a un lado su cuchillo. Dirigió una nostálgica mirada a su plato y luego desvió su atención hacia su señor.

–Estáis a punto de casaros, barón.

8

Claudia estaba dormida cuando Guy regresó a su alcoba, avanzada ya la noche. Le había dicho que no lo esperara despierta, pero aun así sintió una punzada de decepción. Yacía en medio de las almohadas, frente a la chimenea, y llevaba el mismo vestido azul oscuro con el que había dormido la noche anterior. La luz del fuego proyectaba un brillo rojizo sobre su pelo suelto, y esa tentadora visión le hizo avanzar hacia ella. Su piel reflejaba los colores dorados de las llamas. Tenía una mano bajo la mejilla, mientras que la otra descansaba sobre una pieza de brocado verde esmeralda y sostenía todavía una aguja de plata.

Había intentado esperarle despierta. Guy sonrió y se desabrochó el cinturón de la espada para colocarlo junto a la cama, antes de arrodillarse a su lado.

No era menos hermosa dormida que despierta. La noche anterior se había pasado horas mirándola. Estaba tan cansado que sus ojos casi bizqueaban, aunque no lo suficiente como para negarles una vista tan maravillosa. Por alguna razón, no se había dado cuenta hasta ese momento de que sus pestañas eran tan largas que casi rozaban sus mejillas. Siguiendo un impulso irrefrenable, acarició con ternura su rostro, antes de vacilar.

Tenía derecho a tocarla. Thomas le había confirmado que la Iglesia había dado su bendición a su unión gracias a las dudosas acciones del obispo Germaine. Estaban prometidos, encadenados por lazos invisibles. Sin embargo, eso no era suficiente. No para Claudia. No, sabiendo que él pretendía romper su compromiso. En lugar de deslizar las puntas de los dedos por su mejilla, se inclinó para recuperar la aguja de su flácida mano, la acarició mientras seguía su contorno y luego la giró para recorrer las pequeñas durezas de su palma. No era la mano de una dama ociosa que esperara que los demás la atendieran, sino la de una mujer que podía escalar la muralla de un castillo cuando la ocasión lo justificara. O blandir una pluma con más habilidad que la mayor parte de los contables a su servicio, o coser una túnica para un hombre que la forzaba a dormir ante su hogar como un perro sabueso común. No era de extrañar que sonriera con tan poca frecuencia.

Guy deseaba protegerla, cubrirla de regalos que la hicieran feliz. Sólo tenía que extender los brazos hacia él y la convertiría en una de las mujeres más ricas de Inglaterra. Había puesto mala cara ante sus regalos y, sin embargo, sonrió cuando insistió en que lo ayudara con las cuentas. Lo más mortificante era que parecía preferir ser una indigente. Su generosa oferta la había ofendido.

Podría admirar su determinación por conservar su virtud si no supiera el destino al que se enfrentaría sin ninguna riqueza propia. Y lo que era más importante, si no se sintiera dolido cada vez que la miraba. Claudia no deseaba sus regalos ni su oro.

No obstante, había veces en que la sorprendía mirándolo con un deseo tan evidente en sus ojos, que le hacía sentir fuego en la sangre. Aquellas miradas revelaban mucho más de sus pensamientos de lo que ella creía, y demasiado de su carácter para que Guy pudiera mantener la serenidad. Era una mujer apasionada; justo lo que él necesitaba en su alcoba cada noche.

Volvió a apoyarse sobre sus talones y se frotó la barbilla. A pesar de su negativa, no tenía ninguna duda de que el precio que ella exigiría sería el matrimonio. Pero ¿era realmente algo tan inviable? Thomas le había explicado lo suficiente sobre los hechos acaecidos después de que abandonaran Lonsdale para convencerle de que Claudia no era culpable de nada de lo que la había acusado. Si en realidad era tan inocente como parecía, ¿era justo hacerla responsable de las acciones de su tío y de sus hermanos?

Su familia la odiaría, pero ellos no tendrían que vivir con ella.

Con el tiempo la aceptarían. Aunque no le importaba si no lo hacían nunca. Su matrimonio era un asunto únicamente de su incumbencia. Sólo el rey podía poner alguna objeción a su elección de esposa y, si la Iglesia apoyaba la unión, era improbable que hubiera alguna por su parte.

Una vez resueltas esas cuestiones, sólo quedaba el dinero que debía dar a su tío por ella. Nevaría en el infierno antes de que él pagara al barón de Lonsdale una sola moneda de oro por casarse con Claudia. Tampoco le hacía ninguna gracia pagar al hermano, si es que Dante resultaba estar vivo, pues seguramente estaría cortado por el mismo patrón que Roberto. Solucionar ese problema le llevaría un poco más de tiempo.

Se puso en pie y caminó hacia su lecho sintiéndose un poco mareado. La idea de hacer a Claudia su esposa no era, ni con mucho, tan horrible como él había pensado. De hecho, la idea no era en absoluto horrible. Tenía mucho sentido. No necesitaba un matrimonio para forjar una alianza política, ni tampoco las tierras o el dinero de la dote de su prometida. Necesitaba herederos. Se imaginó a un niño con unos brillantes ojos verdes y luego alzó los suyos al cielo.

Esa obsesión por Claudia tenía que acabar. ¿Por qué no podía ser razonable y aceptar ser su amante? Era lo más fácil para ambos. Sin ataduras, sin compromisos. De ese modo, cuando se cansaran el uno del otro, simplemente podrían tomar caminos diferentes.

Se metió en la cama y se tumbó de costado con la mirada puesta una vez más en ella. No podía ver su cara, pues la tenía vuelta hacia el otro lado, pero estudió el dibujo que trazaban las ondas de su pelo y el reflejo de la luz del fuego iluminando los rizos, que formaban un perfecto y aparentemente infinito mar de caoba. La mayoría de las mujeres se trenzaban el cabello para dormir, pero no era el caso de Claudia, para su deleite y consternación. En ese mismo instante, no había nada que deseara más que pasar sus dedos a través de esos sedosos mechones hasta quedar apresado por ellos.

Cerró los ojos en un intento de desterrar ese pensamiento, pero sólo consiguió que surgieran imágenes aún más intensas. ¿Cuántas noches sin reposo se vería forzado a soportar? Ella había dormido tranquila e intacta durante dos noches en su alcoba, aunque a él le parecieran doscientas. Pronto estaría dispuesto a prometerle cualquier cosa para tenerla en su lecho, no sólo por una o dos noches, sino por las doscientas que ya había imaginado.

Se tumbó sobre su espalda y miró al techo con el ceño fruncido. Parecía improbable que se cansara de ella tan pronto. Puede que no se saciara nunca.

Esa idea era estúpida. Por supuesto que se aburriría de ella. Ninguna mujer podía mantener su atención o interés durante más de unas pocas semanas.

Sus ojos se cerraron y empezó a soñar con bebés de ojos verdes.

Claudia soñó con ratas.

Estaba en la embarcación que la había traído hasta Inglaterra, una corbeta que transportaba vino y especias, y tantos pasajeros como pudo embutir el capitán en las bodegas de carga. Y ratas. Muchas ratas. Roberto y Dante dormían a ambos lados de Claudia para protegerla de las criaturas que salían por la noche. No de las que se arrastraban, sino de las que andaban erguidas, pues era imposible proteger a nadie de las ratas.

Estaban por todas partes, correteando al aire libre como si el barco les perteneciera, arrastrándose alrededor o por encima de cualquier cosa que se interpusiera en su camino y hundiendo de vez en cuando sus afilados dientes en una mano o un tobillo al descubierto. Había sentido el cosquilleo de pequeñas garras saltando sobre sus mantas cada noche, pero nunca pudo acostumbrarse a su presencia como parecía que habían hecho los demás. Odiaba aquel barco. Y odiaba aún más a las ratas.

En su sueño, oía los repugnantes sonidos que emitían, sentía su olor a almizcle y humedad, que había invadido las bodegas de carga, y notaba el inquieto peso de los pequeños animales recorriendo sus piernas. Incluso creyó notar a una tirando de su pelo. Era sólo un sueño, por supuesto. De alguna forma, estaba lo bastante consciente como para saber que se encontraba en los aposentos de Guy y que las ratas del barco no podían estar allí. Si tan sólo pudiera despertarse un poco más, las ratas desaparecerían.

Claudia abrió los ojos y soltó un suspiro de alivio cuando vislumbró el tenue perfil de la chimenea en la alcoba de Guy. Los sueños en los que te despiertas a medias son los peores, pensó, porque tienden a mezclar fantasía y realidad. Aun sabiendo que se encontraba en Montague, la presencia de las ratas imaginarias parecía persistir. Casi podía olerlas. Entonces sintió que algo tiraba de su pelo, un tirón muy real que no tenía nada que ver con su sueño. Al mismo tiempo vio la silueta de una rata contra el rescoldo del fuego como si correteara buscando su madriguera.

Guy se incorporó de golpe al escuchar el grito de Claudia y cogió su espada. Su mirada buscó los vagos bultos de almohadas frente a la chimenea, pero los chillidos parecían provenir de diferentes lugares de la oscura estancia. Luego escuchó el crujido de las cuerdas bajo el colchón cuando ella saltó sobre su lecho.

–*¡Santo cielo! Via! Vattene!*

Los gritos que siguieron a continuación hicieron casi imposible que Guy pudiera escuchar los sonidos de un intruso. Se acercó a la difusa figura femenina, pero continuó dándole la espalda para protegerla de la oculta amenaza. Sus adormecidos sentidos se esforzaban por encontrar las palabras con las que preguntar cuál era el problema.

–*Ma che ti prende?*

Su escudero irrumpió en la estancia antes de que Claudia pudiera responder, aunque no parecía dispuesta a hacer nada que no fuera gritar.

Al menos Stephen resultó ser más útil. Llevaba una espada en una mano y una antorcha de juncos en la otra. Guy pudo entonces revisar con la mirada los rincones de la habitación, y la encontró vacía.

–*Grazie a Dio! Toglieti dai piedi!* –Claudia parecía haberse vuelto loca. Se aferraba al pilar de su cama con una mano y agitaba su largo pelo con la otra, mientras llevaba a cabo un baile salvaje sobre su colchón–. *Ho un topo nei capelli!*

Guy consiguió vislumbrar unos desesperados ojos verdes a través de la nube caoba de su pelo.

–*¡Un topo!*

–¿Una rata? –Sintió como una sonrisa curvaba sus labios hasta que ella soltó otro grito.

–*Toglimelo dai capelli!*

Guy dejó caer su espada, se arrodilló detrás de ella encima de la cama y la obligó a sentarse. Siempre había querido hundir las manos en su pelo, pero no precisamente para buscar una rata. O lo que fuera que ella notaba enredado entre sus sedosos mechones. Claudia se calmó en el momento en que él la tocó, y permaneció inmóvil y en silencio mientras Guy recorría su cabeza con las manos. Luego recogió su pelo en la nuca para que él pudiera pasar los dedos por toda la extensión de su larga melena. Guy repitió el proceso, no para buscar un roedor inexistente, sino porque parecía no poder evitarlo. Era como tocar un río de satén. Sintió que ella se estremecía y sólo entonces se acordó de tranquilizarla.

–No hay ninguna rata en tu pelo, cariño. –Luego se dirigió a su escudero–. Enciende las velas y retírate, Stephen.

–Sí, milord.

Continuó acariciando su pelo mientras el escudero cumplía su orden. Parecía que eso la tranquilizaba, aunque a él no le relajaba en absoluto. Su corazón empezó a latir con más fuerza, y cada vez le resultaba más difícil respirar. No podía dejar de acariciarla, de deslizar sus dedos entre la cálida seda.

–¿Has encontrado algo? –preguntó ella.

–No te muevas –murmuró él.

Claudia movió una vez más las caderas entre sus rodillas y Guy frunció el ceño al fijarse en sus manos, agradecido de que ella no pudiera ver como le temblaban. Continuó recorriendo su pelo, desenredándolo suavemente, arrastrando secretamente las puntas de sus mechones sobre sus piernas desnudas.

Estaba enfermo. ¿Qué tortura idearía a continuación? ¿Una camisa de crin? No, eso sería una incomodidad insignificante comparada con el roce de su pelo contra su piel. Tendría que ser algo más drástico para superar ese suplicio. El potro de tortura, quizá. Bajó una vez más la mirada hasta sus manos, sorprendido al darse cuenta de que se habían convertido en puños en su pelo. Se esforzó por extender los dedos.

–Te juro que he visto ratas en esta estancia. –Lo miró por encima del hombro con el rostro sonrojado por la vergüenza y por los esfuerzos que había hecho para librarse de los repugnantes animales. Él sintió una culpable ráfaga de deseo cuando observó como sus pechos se elevaban y descendían de forma tentadora bajo su vestido azul–. Vi una en la chimenea, y sentí a otra en mi pelo, que intentaba hacerse una madriguera en él. Y también estoy segura de que noté como otra corría por mis piernas.

Claudia se estremeció, y a Guy le pareció la cosa más natural del mundo hacer que se diera la vuelta, atraerla hacia su regazo y rodearla con sus brazos.

Claudia, en cambio, no pensó lo mismo. Apoyó ambas manos contra su pecho e intentó escabullirse.

–*Per l'amore del cielo!* –Abrió los ojos de par en par–. ¡Estás desnudo!

–No estoy desnudo. –Guy estrechó su cintura con más fuerza, aunque no había necesidad de sujetarla, pues ella se había quedado inmóvil como una estatua.

–A mí me parece que sí estás desnudo –insistió.

No tenía la más mínima intención de levantarse para permitirle examinar el calzón que llevaba. Seguramente la alarmaría más que pensar que estaba desnudo.

–No tienes nada que temer de mí, Claudia. Estás asustada y te consolaré si me lo permites. Nada más.

Pero ¿qué estaba diciendo? Le estaba mintiendo de forma flagrante. Aquello rozaba la locura. Respiró profundamente varias veces y se preguntó si ella tenía idea de lo mucho que se estaba controlando, de que ese dominio podría escurrírsele entre los dedos tan fácilmente como lo había hecho su sedoso pelo.

Claudia le dirigió una cautelosa mirada.

–No necesito que me reconfortes, barón. Esas odiosas ratas simplemente me han sobresaltado. No me dan miedo.

Guy no pudo evitar sonreír ante una mentira tan obvia.

–¿De verdad? Entonces ¿forma parte de alguna clase de ritual italiano bailar alrededor del pilar de la cama y sacudirse el pelo cuando uno ve una rata?

Claudia entornó los ojos.

–Quizás estaba un poco afectada por la idea de que una sucia rata estuviera enredada en mi pelo. Todo el mundo se sobresaltaría si al despertar de un profundo sueño se encontrara con que hay ratas que se arrastran por su cuerpo. –Asintió como para confirmar su opinión–. Sí, me sobresalté. Tu casa es tan magnífica que no esperaba que estuviera infestada de esos sucios animales. Ahora que pienso en ello, no recuerdo haber visto ningún gato en el interior del castillo. No me extraña en absoluto que las ratas vaguen tan libremente. Visitaré los establos de las vacas mañana en busca de un bonito gato atigrado para tus aposentos y estas ratas...

–No.

–... desaparecerán en un día o dos. –Claudia frunció el ceño desconcertada–. Aunque no cace nada, las ratas no se quedarán donde...

–Nada de gatos. No soporto a esas criaturas.

–Seguro que un gato es más tolerable que las ratas. Los gatos son limpios y silenciosos y...

–He dicho que nada de gatos. Son criaturas arteras y maquinadoras que se encuentran la mayor parte de las veces en compañía de brujas. –Arqueó una oscura ceja–. Tú no eres una bruja, ¿verdad?

–¡Una bruja! ¿Cómo has podido...? –Claudia estudió su rostro durante un largo momento–. ¿Te dan miedo los gatos?

–No le tengo miedo a ningún escuálido felino.

–Sí, te asustan los gatos –insistió–. ¿Por qué, si no, vivirías con ratas?

Guy la fulminó con la mirada.

–No vivo con ratas. Las tolero. Si quieres saber la verdad, te diré que los gatos hacen que me ponga enfermo.

–Ya veo.

–Es la verdad. Me hacen estornudar. Los ojos me pican y luego se hinchan hasta ponerse como huevos.

Claudia se echó a reír. La expresión indignada de Guy hizo que se cubriera la boca para amortiguar su risa, pero eso no pareció aplacarlo.

–Lo lamento, milord. Es la idea de ver huevos donde deberían estar tus ojos... –Se le escaparon algunas risitas.

Guy dejó de arrugar el ceño para mostrar una avergonzada sonrisa.

–No debes repetir lo que te he contado a nadie. No permitiré que mis hombres sepan que se me puede debilitar con algo tan insignificante como un gato.

–Mis labios están sellados, barón.

Claudia trazó una línea sobre sus labios, y la mirada de Guy siguió el movimiento de sus dedos con una sombría expresión en los ojos.

–Sí, lo están.

Deseaba besarla. Esa revelación hizo que una aguda punzada de calor la atravesara. Ella también deseaba que la besara, sentir la misma ráfaga de deseo que había sentido en los jardines de Lonsdale cuando la sostuvo entre sus brazos y acarició por primera vez su boca. Pero en aquel entonces no se hallaban en su lecho, y él estaba vestido. Guy empezó a bajar la cabeza.

–¿Qué noticias ha traído Thomas?

Guy vaciló y frunció el ceño como si necesitara un momento para comprender su pregunta.

–Ninguna que no esperara. Estamos prometidos.

Su boca se acercaba de forma inexorable a la suya. Intentó encontrar algún tema que lo distrajera, pero sus propios pensamientos estaban confusos por sus evidentes intenciones.

–Yo, bueno. Yo... quiero decir... –Su cálido aliento era como una caricia en su rostro. En un instante, estaría besándola–. La costura. Sí, eso es. ¿Te he enseñado la tela que he escogido para hacer tu túnica? Necesitaré tomarte medidas para asegurarme de que te quede bien. –Sus manos se apretaron en su cintura. No pareció distraerse en lo más mínimo–. Yo... yo también saqué el collar que había escondido en mi capa. ¿Estará seguro en el baúl de mi ropa o dispones de algún otro lugar donde pueda guardarlo a buen recaudo?

–El collar estará seguro en tu baúl.

–¿Quieres verlo? –Guy negó con la cabeza–. Deseabas verlo cuando nos detuvimos en el bosque. Deberías examinarlo. –Claudia señaló el baúl con un gesto–. Está justo ahí. Quizá podrías decirme su valor en florines. Así podré hacer planes para el día en que abandone Montague. No tengo la más mínima idea de su valor, pero mis hermanos me insinuaron que me permitiría vivir con cierta holgura si ellos no pudieran velar por mis necesidades. Seguramente me proporcionará lo suficiente como para poder instalarme en algún alojamiento modesto en Londres, si consigo llegar hasta allí con algo menos que un ejército. Y ayer vi que tus agentes comercian con joyas de vez en cuando. Es probable que consigan un mejor trato con un comprador del que yo obtendría. ¿Crees que alguno aceptaría mi collar a comisión?

Guy soltó un largo suspiro y dejó caer las manos a sus costados.

–Bien. Veré tu collar, pero sólo puedo calcular su valor de forma aproximada. El precio de cualquier cosa depende de cuánto desee poseerla el comprador.

Claudia se preguntó si había un doble sentido en esa afirmación, pero no se paró a considerarlo. Se apartó del regazo de Guy y se acercó al baúl para coger el collar. Mientras buscaba entre las capas de ropa, respiró hondo varias veces para calmar su acelerado corazón. Se había escapado por muy poco. Un minuto más en su regazo y lo hubiera besado sin tener en cuenta los deseos de él. Aunque posiblemente no hubiera protestado mucho. Claudia hubiera apostado todas y cada una de las esmeraldas de su collar a que Guy no habría puesto ninguna objeción. El muy sinvergüenza.

No, era ella la que debería avergonzarse, decidió Claudia. Al menos, él era honesto con respecto a lo que deseaba. No podía permitirse admitir que era la cobardía lo que la mantenía alejada de sus brazos, el convencimiento total de que él la abandonaría algún día.

–¿Y bien?

Claudia se sobresaltó sintiéndose culpable. Al fin encontró el collar y lo sacó del baúl. Sosteniéndolo cuidadosamente con ambas manos, se volvió para dirigirse hacia Guy. Cuando se dio cuenta de que se había puesto los pantalones mientras ella buscaba el collar, soltó un suspiro de alivio. No disminuyó en absoluto el efecto que su torso desnudo ejercía en sus sentidos, pero los pantalones ayudaban. No creía que hubiera conseguido mantener nada remotamente similar a una conversación si al darse la vuelta lo hubiera encontrado todavía desnudo. Guy permanecía sentado en el borde de la cama, y Claudia siguió con la mirada la línea de los tensos músculos de su cuello, para luego descender y estudiar sus anchos hombros. Su voz sonó distraída.

–Aquí está. No podía recordar dónde lo había puesto.

Guy observó el collar durante un largo y silencioso momento, antes de hacerle una señal para indicarle que se acercara.

–Déjame que lo vea más de cerca.

Claudia atravesó la estancia para colocarse frente a él; las gemas colgaban entre sus manos como una centelleante telaraña verde. Las esmeraldas más pequeñas habían sido talladas en forma de cuadrados y colocadas en una hilera ininterrumpida en tres vueltas diferentes, y cada una de ellas estaba trenzada alrededor de una cadena que sujetaba hasta una veintena de enormes esmeraldas en forma de rectángulos.

Guy extendió la mano para levantar una parte del collar mientras sostenía entre los dedos una gema rectangular.

–Estas esmeraldas son muy grandes.

–Es una pieza demasiado recargada –admitió Claudia–. Quizá pudiera sacársele más provecho si se vendieran las piedras por separado. Seguro que puede obtenerse algo si se funden las cadenas de oro y los engarces. ¿O crees que podría atraer a un comprador tal y como está?

–Pocos podrían perm... –Su boca se transformó en una línea recta–. Sería más costoso soltar las piedras y fundir los engarces. Mi agente, Harold de Milroy, tiene buen ojo con las gemas. Le pediré su opinión la próxima vez que hable con él. –Tomó el collar entre sus manos y frunció el entrecejo–. No ha resultado ser la baratija que yo había imaginado, Claudia. Será mejor que lo guarde en mi arca bajo llave. –Le dirigió una intensa mirada–. Siempre que confíes en mí para mantener a salvo el collar.

–Tú no eres un ladrón, milord. Confiaría en ti para que guardaras a buen recaudo cualquier cosa que me perteneciera. Bueno, casi cualquier cosa –rectificó Claudia, pensando en que a su corazón no le iría tan bien entre sus manos como a las frías piedras sin vida. Extendió el brazo para coger el collar, pero Guy la agarró de la muñeca.

–Te he pedido más de una vez que utilices mi nombre de pila cuando estamos solos. Aceptaré encargarle la venta de este collar a uno de mis agentes si tú aceptas llamarme «Guy» de vez en cuando.

Claudia se quedó mirando su muñeca, donde su pulgar rozaba el punto en que su pulso latía alocadamente.

–¿Acaso tienes que negociarlo todo... Guy?

–Sí. Es una costumbre arraigada en lo más hondo de mi ser, una costumbre que me es muy útil. –Volteó su mano y colocó el collar sobre su palma abierta–. ¿Por qué no dejas esto en tu arcón por esta noche? Mañana lo pondré a buen recaudo.

Había una misteriosa sombra en sus ojos, una mirada que aseguraba que no había olvidado su intención de besarla. Claudia fue hasta su baúl casi arrastrando los pies y devolvió el collar a su escondite, sabiendo que la mirada de Guy no se había apartado de ella ni un segundo. Después de cerrar la tapa del arcón, se dirigió hacia la chimenea, recogió la túnica que había empezado a coser y dio una lenta vuelta sobre sí misma buscando la aguja.

–Mira en la repisa –le indicó Guy.

Ella obedeció y vio un destello de plata y una hebra de hilo verde que colgaba de la repisa de la chimenea.

–Lamento haber perturbado tu sueño, barón. Puedes volver a la cama si lo deseas.

–¿Puedo? –Su voz adoptó un acento grave y perezoso, como Claudia imaginaba que podría sonar un lobo hambriento si fuera capaz de hablar–. ¿Y qué pretendes hacer tú?

–Pensaba coser durante un rato, si no te molesta la luz de una vela en la mesa. No creo que pueda dormir esta noche sobre esas almohadas.

–Podrías dormir en mi cama.

–¡Ay!

Claudia retiró bruscamente la mano de la repisa con la aguja clavada en la punta de su dedo. Arrancó la aguja y presionó el dedo contra sus labios para chupar la pequeña herida.

Guy dio unas palmaditas a la cama.

–Es un colchón suave y de primera calidad. Te prometo que ninguna rata te molestará aquí.

Claudia arqueó una ceja.

–Ahora mismo veo algo mucho más peligroso que una rata sentado sobre tu lecho.

Él sonrió y Claudia tuvo que bajar la vista para evitar el efecto que su sonrisa causaba en ella.

–Sólo pretendo dormir. ¿En qué estás pensando tú?

La joven tomó asiento junto a la mesa, con mucho cuidado de colocar adecuadamente su arrugada falda.

–Pretendo coser hasta el amanecer. Luego buscaré a Lenore y le pediré que me muestre en qué parte de los jardines están las hierbas aromáticas. Conozco muchas fórmulas que harán que las ratas desaparezcan.

–¿Una pócima de bruja para las ratas? –preguntó Guy, con una nota burlona en su voz.

Claudia ignoró la provocación.

–No, una simple combinación de tejo, semillas de manzano y ciertas flores. Mi madre me enseñó todo lo que sabía sobre hierbas y remedios. No había nada que ella no pudiera curar o matar.

–Seguramente lo aprendió de tu tío. –Su sonrisa se debilitó hasta que desapareció por completo–. Discúlpame, Claudia. Eso ha sido un comentario muy desconsiderado.

–En realidad, no te equivocas tanto. Mi madre me dijo que aprendió todo lo que pudo de mi tío para poder proteger a mi padre mientras estuvieran prometidos. Temía que su hermano intentara envenenarlo antes de que la boda pudiera celebrarse. –Claudia esperaba ver algún conato de asombro en el rostro de Guy, pero la escuchaba sin mostrar ninguna emoción. Su silencio la animó a continuar con el relato–. Después de su matrimonio, conoció a un alquimista contratado por mi padre que le enseñó incluso más sobre el arte del envenenamiento. Mi padre contaba con muchos enemigos; hombres famosos por usar venenos como medio para acabar con sus rivales. Mi madre insistió en que mis hermanos y yo aprendiéramos todo lo que sabía sobre venenos y sus antídotos.

Claudia miraba a través de la estancia, con la vista clavada en algún lugar muy lejos de allí.

–Al final, no pudo salvarse ni a sí misma ni a mi padre. Mi tío dice que mi padre estaba maldito, y que todos nosotros hemos heredado esa maldición. A veces me pregunto si no estará en lo cierto.

No se sorprendió al sentir como Guy acariciaba su pelo, a pesar de que no había visto como atravesaba la habitación hasta colocarse junto a su silla. Su mano rozó su hombro y descendió por su brazo. Entonces cogió su olvidada costura y la dejó a un lado. Apresó sus manos y, con suavidad, hizo que se levantara.

Claudia evitó su mirada durante el mayor tiempo posible, pues no deseaba ver compasión en sus ojos. Pero cuando él le levantó la barbilla para forzarla a mirarlo, no vio compasión, sino algo más cercano a la ira.

–Tú no estás más maldita de lo que lo estoy yo, Claudia.

–Piensa en lo que ha pasado desde que me conociste, barón. Sólo te he traído problemas... ¿Cómo puedes...?

Guy le puso los dedos sobre los labios.

–Te diré lo que ha pasado. He conocido a una mujer cuya belleza me deja sin aliento, que consigue parecer una visión incluso con un vestido manchado de hierba y una mejilla sucia. Cada día que pasa, me muestra una nueva parte de ella: su coraje, su agudeza, su asombrosa inteligencia y una honestidad tan poco común que aún me hace desconfiar a veces.

Se llevó su mano a la boca y apretó los labios contra la punta del dedo que se había pinchado con la aguja.

–No estás maldita. Sólo te estás compadeciendo un poco de ti misma. Lo cual está bien –añadió, cuando ella empezó a alejarse–. No lo has tenido muy fácil últimamente. Pero no permitas que la compasión te controle. El pasado, pasado está y no puede cambiarse. Olvídalo, Claudia. Hay que vivir el presente y el futuro.

–Haces que parezca tan sencillo...

–No. Es algo muy complicado. Pero pensar demasiado en las desgracias pasadas no hace la vida más fácil. –Su expresión se endureció–. Mi propio padre dejó que el pasado controlara su futuro. Él también se consideraba maldito y dejó que esa creencia destruyera su vida. Sólo veía la parte oscura de todos los que le rodeaban. Nunca vio lo bueno. Cuando alguien no espera nada más que desgracias, eso es precisamente lo que obtiene.

–Me has salvado de sentir lástima de mí misma –afirmó Claudia en voz baja.

Él le dedicó una sonrisa de disculpa.

–Debes de creer que no hago otra cosa que soltarte discursos.

–Creo que eres paciente y amable. –«Y mucho más que eso», añadió para sí en silencio.

–¿Me dedicas cumplidos? –Volvió a brillar una luz divertida en sus ojos–. Eso me indica que estás exhausta. Necesitas dormir, no pasar en vela toda la noche. Las ratas deben estar demasiado asustadas por tus gritos. No creo que regresen. –Sus dedos se tensaron casi imperceptiblemente alrededor de su mano–. Ven a la cama, Claudia. Te juro que sólo estoy pensando en dormir. Tráete tu manta, si así lo deseas, y duerme sobre la colcha. No podré descansar si sé que tú permaneces despierta, sobresaltándote con cualquier pequeño ruido.

–No me asustaré con cada ruido. –Estaba mintiendo, pero esperaba que sonara convincente. Su última oferta era tan tentadora como todas las que le había hecho. Y siempre había mantenido su palabra. No haría otra cosa en su cama que no fuera dormir. Mirando hacia su poco atractivo lecho en el suelo, dijo–: No quisiera perturbar tu sueño más de lo que ya lo he hecho.

–Bien. –Guy le soltó la mano para coger su manta y la puso sobre la cama–. Ponte cómoda. Apagaré las velas una vez que te hayas acostado.

Claudia vaciló. Aquélla era una mala idea. Pero ahora no había forma de echarse atrás sin parecer cobarde o demostrar que desconfiaba de sus motivos. Se quedó mirando el lecho. Parecía enorme. Sus pies parecían estar hechos de plomo cuando quiso caminar. Dobló la manta por la mitad y la colocó sobre un lado de la cama. Luego se metió entre las dos mitades, asegurándose de que su falda permaneciera recatadamente en su sitio. Frotó su mejilla contra la almohada e inhaló profundamente el masculino y limpio aroma de Guy que impregnaba la ropa de cama antes de dejar escapar el aire con lentitud, saboreando el placer prohibido. El colchón era realmente blando, pero su cuerpo estaba más duro que una tabla.

Guy apagó las velas hasta que la estancia quedó envuelta en la oscuridad. Las brasas del fuego se habían convertido en ceniza mientras hablaban. A través de la ventana, las nubes oscurecían cualquier luz que pudiera proyectar una luna que había salido hacía horas. Claudia no podía ver nada en aquella habitación totalmente a oscuras, pero sus demás sentidos intentaban compensar esa pérdida. El latido de su corazón era ensordecedor, y su respiración, tan rápida y superficial como lo sería después de una dura carrera. En algún lugar en la distancia, se oyó el sonido de un perro o un lobo aullando. Fue un sonido solitario y lastimero que hizo que se estremeciera. El olor de las mechas recién apagadas se deslizó hasta ella en el mismo instante en que sintió como se movía la cama bajo el peso de Guy y después el crujido de las sábanas al acomodarse a su lado.

Todos los nervios de su cuerpo se estremecieron, invadidos por una energía invisible y centrados en el hombre que yacía a su lado. Había entre ellos unos treinta centímetros de separación; sin embargo, Claudia percibía todos y cada uno de sus movimientos. Notaba cada respiración, profunda y constante, como si su oído estuviera apoyado contra su pecho. No creía que a Guy le resultara fácil dormir. Apostaría lo que fuera por ello y no lo perdería. El silencio entre ambos se volvió insoportable.

–No me dijiste que tenía la mejilla sucia.

En su voz no había ni rastro de somnolencia.

–¿Qué?

Claudia deseó poder verlo.

–Sabía que había manchas de hierba en mi vestido el día que nos conocimos, pero deberías haberme dicho que tenía la cara sucia.

–Ah, eso. –Su voz reflejaba una sonrisa que ella no podía ver, y le indicó que él yacía de costado hacia ella. Claudia se volvió también hacia él, sin ver nada más que una impenetrable oscuridad–. Era una mancha muy bien colocada, demasiado encantadora como para permitirte limpiarla. Cuando te besé, la hice desaparecer.

El recuerdo de sus besos hizo que una oleada de calor se extendiera por su interior y que sus palabras sonaran entrecortadas.

–Eso no lo recuerdo.

–¿No recuerdas mis besos? –Su voz era profunda y seductora–. ¿No recuerdas que te toqué? ¿Que te sostuve entre mis brazos y te acaricié...?

–Lo recuerdo –susurró Claudia.

La voz de Guy bajó de intensidad hasta adquirir el tono de una confesión.

–Tu piel era tan suave como el pétalo de una rosa. También olías a rosas. Y a sándalo. Las rosas están en flor en Montague, y cada vez que las huelo pienso en como te toqué y te besé. En mi mente, te he besado cientos de veces, de cientos de formas diferentes.

Claudia contuvo el aliento, temerosa de romper el hechizo si hacía el más mínimo ruido. Sus revelaciones eran tan escandalosas como perturbadoras. Nunca había imaginado que ella llenara sus pensamientos al igual que él hacía con los suyos. Nunca imaginó los efectos que ese descubrimiento tendría sobre ella. Le costó un gran esfuerzo no moverse, resistirse a fundirse en sus brazos.

–Pocos hombres admitirían tener tales pensamientos –continuó Guy–. Sobre todo al objeto que los provoca. Ese tipo de información le dice a una mujer que tiene poder sobre un hombre. Y siempre he afirmado que no permitiría que ninguna mujer me controlara de ninguna forma. Sin embargo, nunca he pensado en ninguna tanto como pienso en ti, nunca he deseado a una mujer hasta el punto de soñar con ella con los ojos abiertos. –La cama se movió cuando Guy rodó sobre su espalda–. Controlo todo en mi vida con mano de hierro, Claudia. Todo, excepto a ti.

Ella esperó que dijera algo más, que le explicara cómo pretendía conseguir dominarla, pero él permaneció en silencio. ¿Significaba eso que ella realmente ejercía poder sobre Guy?

Podía estar jugando con ella, poniendo a prueba su resolución. En su mente, Claudia se repetía todo lo que Guy había dicho, pero no podía recordar ni una sola palabra que no sonara convincente. Sintió un irresistible impulso de tocarlo, de rendirse a sus besos de nuevo y admitir que no había nada que deseara más que estar entre sus brazos. Pero conocía el precio de sus besos. Le dolían los labios, y saboreó el rastro cobrizo de la sangre al habérselos mordido con demasiada fuerza. ¿Cómo podía aceptar sus condiciones sabiendo que la destruirían?

La sombra del perfil de Guy empezó a tomar forma cuando la neblinosa y grisácea luz del amanecer se filtró en la estancia. Se esforzó por ver su rostro, deseando contemplarlo mientras dormía, pero sus ojos se cerraron lentamente instantes antes de que pudiera darse cuenta de que Guy permanecía despierto.

Él había esperado escuchar alguna respuesta a sus declaraciones. Esperó durante lo que parecían haber sido horas, tal vez días. Tenía la esperanza de percibir alguna señal que le indicara que estaba dispuesta a poner fin a su sufrimiento. Pero Claudia permaneció desesperantemente callada. La estancia pasó de una penumbra gris a un alegre dorado cuando el sol se alzó sobre el horizonte y Guy se volvió para mirarla. Yacía con el rostro hacia él y los labios entreabiertos, profundamente dormida. ¿Cómo podía dormir cuando se encontraba justo al alcance de su mano, sabiendo cuánto la deseaba? Su cuerpo estaba tan tenso por el esfuerzo de evitar rozarla que dormir resultaba imposible. ¿En qué estaba pensando cuando la convenció para compartir su cama con la promesa de no tocarla? Estaba loco, pues todo aquello no era más que una auténtica locura, una tortura que no le desearía ni a su peor enemigo.

Dirigió una mirada hacia la pila de almohadas en el suelo preguntándose si podría dormir una o dos horas allí. Apartó las sábanas a un lado, pero Claudia empezó a agitarse ante sus movimientos y se quedó quieto. Una mano se deslizó sobre su pecho, como si deseara asegurarse de que todavía estaba allí. Él intentó alejarse con cuidado, pero ella se acercó aún más a su cuerpo, aferrándose a la cintura de Guy para arrastrarse hasta su lado.

Entonces Claudia soltó un suave suspiro.

Guy gruñó. El peso de su brazo era como un hierro incandescente contra su vientre. Deseaba apartarlo de su cuerpo y, a su vez, envolverla entre sus brazos y aplastarla contra su pecho. Si se movía, aunque sólo fuera un dedo, estaría perdido.

–Claudia.

Ella no respondió. La manta estaba enredada entre sus piernas, pero de alguna manera consiguió poner su rodilla sobre el muslo de Guy, a la vez que su frente hacía presión contra su brazo como si estuviera intentando cobijarse bajo él.

–Claudia, despierta.

No era de extrañar que su voz sonara tensa. Reflejaba el estado de todos los músculos de su cuerpo. Ella respondió apretándose contra él una vez más. Sin saber cómo, su brazo acabó rodeándola y su hombro se convirtió en una almohada. Las suaves y cálidas ráfagas de su respiración se deslizaron por su pecho, provocando un cosquilleo entre su vello al igual que un incendio arrasaría un prado reseco. El cuerpo de Claudia conseguía encender su cuerpo como nada lo había hecho hasta ese momento.

–Dios Santo, Claudia. Despiértate de una vez.

Ella se despertó bruscamente. Sus brillantes ojos verdes parecían joyas que atrapaban y reflejaban la luz del sol de la mañana. Paseó la mirada por su rostro como si lo viera por primera vez, examinando cada rasgo. Cuando llegó a sus ojos y Guy pudo observar como la luz del sol se convertía en fuego verde, supo que estaba perdido. Ella abrió la boca y él esperó oír las palabras que lo liberarían; un simple «tómame» sería suficiente.

–Yo... –Claudia se quedó callada y él casi no pudo resistir el impulso de gritar. Se humedeció los labios y Guy siguió el movimiento de su pequeña y rosada lengua de la misma forma que un halcón observaría a su presa–. Tú... puedes besarme, si lo deseas.

Guy hizo rechinar sus dientes y apretó la mandíbula. Oh, desde luego que lo deseaba.

–No.

–¿No? –repitió ella. Sus ojos se abrieron aún más.

En cualquier otro momento, Guy habría sonreído ante su evidente decepción. Pero se concentró en respirar despacio y profundamente, en conseguir que su voz sonara firme.

–Eres tú quien puede besarme, si lo deseas.

Ella se incorporó sobre un codo para poder verlo mejor. «Dios, iba a hacerlo.» El aire se le atragantó en la garganta.

–¿Por qué?

–¿Por qué, qué?

–¿Por qué debo ser yo quien te bese?

Casi no podía respirar, y mucho menos pensar, ¿y creía que podría explicarle por qué debía ser ella quien diera el primer paso? Iba a volverlo loco.

–No quiero que digas después que te he seducido.

–Oh. –Frunció el ceño desconcertada–. ¿Después de qué?

–No puedes ser tan ingenua. Estás en mi cama, Claudia. ¿Qué crees que pasará si te beso?

Ella empezó a sonrojarse.

–¿No podrías limitarte a besarme?

–Dudo que tú lo permitieras. –Guy sacudió la cabeza, asombrado de verse capaz de pensar, y más aún de hacerlo con cierto grado de sensatez–. Empezarás a emitir pequeños suspiros, tu cuerpo se relajará por completo, se volverá cálido bajo el mío y me harás promesas sin pronunciar una sola palabra.

–Yo no haría eso.

Su jadeante negación carecía de fuerza de convicción. Fue incapaz de sostener su mirada y se concentró en su boca.

–Sí, Claudia. Lo harías. –Guy decidió darle una dosis de su propia medicina. Se humedeció los labios con un movimiento lento y seductor, y observó como los suyos se entreabrían para dejar escapar un corto suspiro–. Lo harías porque deseas que te toque, que te bese, que te acaricie, que te coja entre mis brazos y que te haga el amor. Yo deseo lo mismo, pero no decidiré por ti. Si me vuelves a pedir que te bese, tendrás que atenerte a las consecuencias. –Tomó aire profunda y entrecortadamente. «Dios, haz que me pida que la bese»–. Así que o aceptas mis condiciones, o deberás abandonar mi lecho.

Sus ojos eran como espejos donde se reflejaban todos sus pensamientos. La tentación, el deseo y... el miedo. ¿Por qué estaba tan asustada de él?

–Dijiste que podía dormir aquí.

Guy conocía el amargo sabor de la derrota. Ella había tomado una decisión. Podía verlo en sus ojos, pero eso sólo inflamó aún más su cuerpo, privado de lo que más deseaba.

–Entonces, me iré yo. Ha sido un error por mi parte invitarte a mi cama. –Dios, cómo la deseaba. Tenía que intentar convencerla una última vez–. Tú sabes que yo nunca haría nada que te hiciera daño, Claudia. Cuidaría de ti, si me lo permitieras.

El miedo en sus ojos desapareció, dejando sólo una tristeza tan profunda que Guy sintió su dolor como propio. Cuando habló, su voz fue apenas un susurro.

–¿Por cuánto tiempo?

Él no tenía una respuesta. Nunca nadie le había hecho una pregunta así. Pero ella tenía todo el derecho a preguntárselo.

Claudia bajó sus pestañas y se apartó, y en el proceso deslizó su mano por su pecho como si le costara perder ese último contacto con su cuerpo. Él no intentó detenerla.

«¿Por cuánto tiempo?»

Guy empezó a preguntárselo a sí mismo. ¿Bastaría un mes para saciar su deseo por ella? ¿Un año? ¿Toda una vida? No, ninguna mujer podría mantener su interés durante tanto tiempo. Él no era ningún petimetre de la corte perdidamente enamorado que prometería lealtad eterna a su dama. Recordaba haber hecho precisamente eso el verano que cumplió dieciséis años, cuando conoció a lady Jennifer, de Pattison Hall.

Se trataba de una viuda dos años mayor que él, con un aire de sofisticación que le resultaba irresistible. Guy llegó a pensar que era la criatura más hermosa de la tierra. Su esposo había fallecido en un torneo el año anterior y ella había viajado hasta la corte del rey Edward para encontrar un nuevo esposo. Guy tenía toda la intención de conseguir ese título. Le escribió sonetos y se los recitó cada noche. La seguía a todas partes y ella le encargaba recados tan absurdos que él sabía muy bien que sólo estaba jugando con sus sentimientos. No le importaba. Aparentemente, Guy era el único en la corte que no sabía que lady Jennifer nunca se casaría con un joven sin dinero y con pocas esperanzas de heredar un título. Su compromiso con el conde de Saint John se anunció mientras él estaba ocupado trenzando lazos en la crin de su caballo. Había hecho de sí mismo un auténtico bufón.

Ésa había sido la primera y última vez que se había creído enamorado de una mujer. Fue una lección humillante. Pero la había aprendido bien. Lo que él había pensado que era amor no era más que encaprichamiento. No importaba que lo que había sentido por lady Jennifer palideciera ante el deseo que ahora le quemaba por dentro. Con el tiempo, todos los encaprichamientos llegaban a su fin. ¿Acaso esperaba Claudia que mintiera y dijera que no sería así?

Supuso que así era. Ella rodó sobre su costado para mirar el muro opuesto. Se alejó tanto que él se preguntó cómo podía mantener el equilibrio estando tan al borde del colchón. No se movió ni emitió ningún sonido, pero se jugaría la vida a que estaba llorando. Sí, si se inclinaba sobre ella, vería grandes lágrimas cristalinas deslizándose por sus mejillas en un río interminable.

Claudia miró hacia atrás por encima del hombro.

–Creí que habías dicho que te irías.

No estaba llorando. Ni siquiera parecía disgustada en lo más mínimo. ¿Acaso no merecía la pena llorar por él?

Lo había excitado hasta límites insoportables y ahora lo echaba de su propio lecho. La fulminó con la mirada mientras ella le daba la espalda.

La idea de que Claudia durmiera cuando él ni siquiera había podido pegar ojo le crispó los nervios. Se levantó con un único movimiento rápido y cogió la ropa que se había quitado la noche anterior.

–Hoy también me ayudarás con los libros. Reúnete conmigo en el solar dentro de cuatro horas.

Claudia contestó con aquella remilgada y angelical voz que Guy estaba empezando a odiar.

–Como desees, milord.

9

–Vuestras manos son demasiado delicadas para una tarea como ésta, milady.

Thomas cogió la cesta del regazo de Claudia antes de que ella pudiera protestar.

Lenore soltó unas risitas.

Claudia lanzó a la chica una airada mirada, pero Lenore tenía la cabeza inclinada sobre una cesta de tejo y fingía que estaba ocupada en su tarea. Parecía que la muchacha encontraba una gran diversión en la constante intromisión de Thomas en su trabajo. A Claudia le parecían ambos un fastidio. Estaba sentada entre los dos sobre un largo banco de piedra en los extensos jardines de Montague, con cestas de coloridas flores esparcidas a su alrededor. La belleza de las flores era ciertamente engañosa, pues el veneno que Claudia elaboraría con ellas era uno de los más mortíferos que se conocían. Las ratas de Montague estaban a punto de enfrentarse a un prematuro final.

Se sentía casi agradecida por la plaga, pues eso le proporcionaba una tarea con la que ocupar su tiempo. Coser de forma mecánica permitía que sus pensamientos se centraran en Guy con demasiada frecuencia. Y ayudarle con sus libros de contabilidad era incluso peor. Temía las horas que pasaría con él en el solar, sabiendo que su cercanía era una droga tan potente como la que haría para las ratas. Las horas que pasó en su cama lo probaban.

Despertarse en los brazos de un hombre era un placer que nunca hubiera imaginado que pudiera existir. No en los brazos de cualquier hombre, se corrigió. En los brazos de Guy. Sólo en los de Guy. Ahora y siempre. Nunca habría otro. Nunca podría haberlo. Ser consciente de ello sólo le hacía más difícil resistir la tentación, el impulso de rendirse ante su propia debilidad.

Él la utilizaría y luego la apartaría a un lado.

Eso era lo único que la alejaba del desastre. Las palabras de Guy la hacían flaquear, su contacto la tentaba y su lógica la hacía dudar de sus propias convicciones, pero al final nunca podía olvidar que era un hombre, y que estaba sujeto a sus efímeros deseos.

Durante años había oído a sus hermanos decir a las mujeres todo tipo de hermosas mentiras para convencerlas de que compartieran su lecho. Las acciones de Roberto no la sorprendieron, porque siempre había hecho lo que había querido sin pararse a pensar en las consecuencias, pero la enorme cantidad de corazones rotos que Dante dejaba tras de sí le había hecho darse cuenta de que todos los hombres eran iguales en lo que se refería a mujeres. Saboreaban la emoción de la caza y, una vez salían victoriosos, perdían el interés por su premio y buscaban otro, haciendo más falsas promesas e inventando más mentiras.

Guy no la había engañado. De hecho, le advirtió de las mentiras que ella misma sería capaz de decir. Le había pedido un beso y él se lo había negado. No porque no estuviera deseando besarla, sino porque la conocía mejor de lo que Claudia se conocía a sí misma. Esa mañana había deseado con todas sus fuerzas ser poseída por él, conocer todos los secretos que un hombre y una mujer podían llegar a compartir. Después había aliviado la culpa que sentía en su conciencia diciéndose a sí misma que Guy había abrumado sus sentidos, que no le había dejado ninguna otra opción. Eso fue lo que le dio la fuerza que necesitaba para endurecer su corazón contra él, para protegerse del despreocupado dolor que le infligiría cuando llegara el día en que la rechazara.

¿Por qué no podía ser un hombre como los demás y dedicarse a mentirle?

–*Hai delle belle mani, donna Claudia.*

Thomas le dirigió una ardiente mirada. Sus atrevidas miradas hacían que se sintiese incómoda. Su amigo, el fraile, había desaparecido. Thomas, el caballero, era una persona completamente diferente, un hombre cuya mirada la recorría con una desagradable familiaridad. Con sus sonrisas de complicidad y su seguridad en sí mismo, el nuevo Thomas la hacía desconfiar.

Bajó la mirada hacia sus manos y se preguntó cómo podía pensar que eran bonitas. La mano del caballero rodeó su muñeca con suavidad, le dio la vuelta a su mano y recorrió su palma con la punta de los dedos. Claudia cerró la mano con fuerza e intentó apartarla.

–Son manos normales y corrientes, sir Thomas. Bastante apropiadas para hacer esta tarea tan común.

Había respondido en inglés, pero él parecía decidido a conversar en italiano.

–*Invece sono belle, delicate e femminili.*

Una voz grave respondió al desvergonzado halago de Thomas.

–*Bugiardo.*

–¿Mentiroso? –espetó Thomas, dándose la vuelta bruscamente en busca de la persona que lo había insultado.

Guy se hallaba de pie en el arco de piedra que formaba la entrada a los jardines. Tenía los brazos cruzados sobre el pecho y apoyaba un hombro contra el arco. Su pose relajada no encajaba con la peligrosa luz que brillaba en sus ojos. Thomas se estremeció y soltó la mano de Claudia.

Guy alzó una mano y empezó a mirarse las uñas.

–¿Qué estás haciendo aquí, Thomas?

El avergonzado caballero se puso en pie y dirigió a su señor una profunda reverencia.

–Estoy ayudando a lady Claudia a recoger hierbas y plantas para una poción que desea hacer.

–A mí me da la impresión de que estás perdiendo el tiempo recogiendo flores. –Guy se frotó los nudillos sobre el hombro de su túnica azul oscura–. ¿Por qué no estás en el campo de prácticas?

–Me entrené esta mañana temprano con Evard y tengo que dirigir la patrulla del sur esta tarde. No pensé que se me echara de menos por unas horas. –Thomas cambió de posición y dejó caer su peso sobre el otro pie–. Si me disculpáis, milord. Volveré al campo de prácticas.

Guy no lo disculpó. Su mirada silenciosa e inescrutable pareció poner nervioso al caballero. La tensión entre los dos hombres era más que evidente.

–Tan sólo pretendía reanudar mis relaciones con lady Claudia –continuó Thomas–. Trabajamos juntos en los jardines de Lonsdale en muchas ocasiones. No pensé que pondríais ninguna objeción a que me reuniera aquí con ella.

–¿Me has oído poner alguna objeción? –El tono de Guy era engañosamente amistoso; su sonrisa, peligrosa.

–Lenore ha estado con nosotros todo el tiempo. No ha sucedido nada de naturaleza indecorosa. –Thomas miró por encima del hombro–. ¿No es eso cierto, Lenore?

La sirvienta juntó sus manos con fuerza y le respondió con un incómodo gesto de asentimiento. Aquello ayudó poco a aliviar la preocupada expresión del rostro del caballero. Lenore parecía muy asustada. Claudia dio unas palmaditas sobre las temblorosas manos de la chica.

–Cálmate, Lenore. No tienes ninguna razón para temer la furia de tu señor.

Thomas y la sirvienta se quedaron mirando a Claudia como si hablara un idioma que no pudieran comprender. Quizá su acento había confundido a Lenore, pero ¿por qué Thomas parecía tan perplejo?

–¿Estáis hablando del barón? –preguntó el caballero.

Cerró la boca de golpe como si se le hubiera escapado algo que no debería haber dicho y se encogió ante el sonido de la suave risa de Guy.

–Lady Claudia sabe que poseo un carácter afable, Thomas. –La expresión del barón de Montague perdió algo de su aire divertido cuando se centró en Claudia–. Sí, sabe que no estaría más que ligeramente molesto si le hubiera ordenado que se reuniera conmigo en el solar y, en lugar de eso, la encontrara en los jardines.

–Dijiste en cuatro horas –señaló Claudia–. Me queda tiempo de sobra antes de encontrarme contigo en el solar.

–Dije tres horas y llegas tarde.

–Dijiste cuatro.

Lenore cogió la mano de Claudia y le dio un apretón, pero ella ignoró la silenciosa advertencia. Se levantó, dejó a un lado la cesta que sostenía y se alisó las arrugas de la falda.

–Ya sabes lo que deseo que hagas con estas plantas, Lenore. Me reuniré contigo más tarde. –Se giró hacia Guy. Todavía permanecía en el arco de entrada y las líneas de su rostro estaban tan tensas que parecían esculpidas en piedra–. Estoy lista, milord.

Guy inclinó la cabeza en una reverencia burlona y extendió la mano. Mientras ella avanzaba, dio órdenes a Thomas.

–Puedes satisfacer tu recién descubierto amor por la jardinería ayudando a Lenore en ausencia de lady Claudia.

–Sí, milord. –La voz del caballero sonó abatida.

La mano de Guy se cerró alrededor de la de Claudia, no apretándola con fuerza como ella había anticipado, sino sosteniéndola casi con suavidad. Luego la hizo avanzar y rodeó su cintura con un brazo y la siguió hacia el castillo de forma tierna y amorosa. Cuando ella menos se lo esperaba, Guy se inclinó y murmuró en su oído:

–Y no creo que estés lista para nada de lo que tengo preparado para ti, Claudia.

Un escalofrío de aprensión recorrió su espalda. Vislumbró un destello de fuego azul en sus ojos, pero él desvió la mirada para inspeccionar el camino que se extendía ante ellos. ¿Por qué estaba tan enfadado?

Una hilera de altas pérgolas separaba el camino de los parterres formando un muro de vegetación que se veía interrumpido en ocasiones por arcos de entrada que conducían a diferentes secciones de los jardines. La muralla sur del castillo se erigía ante ellos, oscura e imponente. Justo antes de que alcanzaran sus enormes puertas de hierro, Guy cambió de dirección y la guió a través de uno de aquellos arcos de entrada.

–¿Adónde me llevas?

–Quizá dije realmente cuatro horas. En ese caso, no tenemos que apresurarnos a retomar nuestro trabajo con los libros.

Su pulgar rozaba su espalda con un movimiento rítmico y sus dedos extendidos parecían acariciar su cintura.

–Hay algo aquí que me gustaría mostrarte.

Guy siguió avanzando. Más pérgolas separaban aquella sección del jardín de las otras. El camino que se extendía con líneas precisas y rectas empezó a curvarse en perezosos y aleatorios círculos alrededor de enrejados de madera que creaban ingeniosas formas, elaboradas con macizos de rosales de diferentes colores. Finalmente, la guió por un pequeño puente levadizo de madera hacia una torre en miniatura.

Un banco de piedra les esperaba en el interior de la imitación de torre, colocado contra el muro exterior del jardín. Se adentraron en ella y Claudia se sintió como si acabara de entrar en una casa encantada. Por encima de sus cabezas, decenas y decenas de parras se entrelazaban para formar una espesa bóveda verde salpicada de rosas blancas y atravesada en algunos puntos por la dorada luz del sol. Guy permanecía de pie entre las sombras frente a ella, pero al dar un paso en su dirección, se colocó bajo un rayo de luz que bañó su apuesto rostro en un fulgor cálido y dorado tan brillante que ella estuvo tentada de proteger sus ojos de aquel resplandor.

–Esto es lo que me imagino cada vez que huelo las rosas.

Su voz no conservaba ni rastro de su anterior ira, y en sus ojos brillaba un fuego que Claudia había aprendido a reconocer. Era deseo.

Se alejó un poco cuando Guy se acercó a ella, pero se sintió estúpida cuando su mano hizo que se agitara la parra que tenía sobre su cabeza y volvió a surgir sosteniendo una única rosa perfecta del color de la nieve. Extendió la mano en un gesto automático para aceptar el obsequio, pero él la apartó de ella e hizo un gesto negativo con la cabeza.

–Pienso en estas flores siempre que te veo. –Alzó la rosa para aspirar profundamente su aroma, frotando su labio superior contra los pétalos. Luego sostuvo la flor para deslizar su aterciopelada superficie por su mejilla, su barbilla y sus labios–. Mis recuerdos me dicen que eres más suave que esta flor, pero hay veces que empiezo a dudar de ello.

Restregó los pétalos entre sus dedos hasta que cayeron al suelo como copos de nieve. El estropeado capullo siguió el mismo camino, pero su mano continuó extendida en el aire.

–¿Me dejarás comprobar si es cierto?

Claudia se encontró asintiendo, atrapada por el ardiente fuego de sus ojos. Las puntas de sus dedos se deslizaron por su mejilla en un gesto tan suave como el roce de los pétalos de una rosa, siguieron el mismo camino por debajo de su barbilla y también recorrieron sus labios. Se demoraron allí, comprobando la forma de su boca. Claudia se resistió a un extraño impulso de acariciar sus dedos con la punta de la lengua, de degustar las rosas que todavía podía oler en su mano, de saborear a Guy.

Como si pudiera leer sus pensamientos, él arrastró un dedo por la línea que separaba sus labios. Su boca se abrió y pudo percibir como Guy tomaba aire bruscamente. Su mano se detuvo y su mirada se intensificó al contemplar fijamente su boca, como si realizara una tarea que requiriera un gran valor.

Entonces la tentación fue demasiado grande. Claudia tocó su dedo con la punta de la lengua y se asombró de que Guy se tambaleara ligeramente. Sus miradas se encontraron y ella pudo contemplar una extraña expresión de impotencia en sus ojos. Ése era el poder al que él se había referido, el control que no cedía a ninguna otra mujer. Era una sensación embriagadora, que le hacía volverse más atrevida. Claudia arrastró la punta de su dedo al interior de su boca y la acarició con su lengua, como si pudiera lamer dulce miel de su dedo en lugar del sabor de las rosas.

–Dios Santo.

Las palabras susurradas eran más una plegaria que una maldición. Los ojos de Guy se abrieron aún más, pero no se movió. No apartó su mirada de ella. No podía hacerlo. Claudia sintió como el fuego que había provocado en él la hacía arder también a ella en una llama que giraba trazando perezosos círculos a través de sus venas, ensortijándose en una espiral que cada vez se tensaba más en la boca de su estómago.

Finalmente, Guy retiró su mano, gruñendo como si hacerlo le resultara doloroso. Su respiración era rápida y sonora, al igual que la de Claudia. Durante un largo momento se limitó a mirarla, luego atrapó su mano y se la llevó a los labios. La invadió el miedo y también una agitada ráfaga de deseo cuando se dio cuenta de que pretendía infligirle el mismo tormento.

Guy sostuvo su pequeña mano entre las suyas casi con reverencia. Su voz sonaba ronca por el deseo.

–Thomas no mentía. Tus manos son realmente hermosas.

Acarició con los labios el dorso de su mano hasta llegar a las puntas de sus dedos. Fue besándolos uno a uno, tomando cada uno de ellos entre sus labios y acariciando las puntas con la lengua. Claudia sintió como empezaban a temblarle las piernas y supo lo que era sentirse vencida. Oyó el quejido de un pequeño animal, y se dio cuenta sobresaltada de que el sonido había surgido de su interior.

–Oh, Guy.

Él le dirigió una oscura mirada antes de subirle la manga para trazar un errático sendero de besos por el interior de su brazo hasta llegar a su codo.

Sin saber cómo, se encontró rodeada por sus brazos. Los labios de Guy se movieron y Claudia tuvo que concentrarse en las palabras que formaron. Su boca era tan masculina, tan sensual...

–Aquí y ahora, lo único que te pido es un beso. –Él acunó su cara entre sus manos, transmitiéndole su deseo en ese tierno gesto. La llama de su interior se avivó, incluso cuando apartó su mano hasta que sólo las puntas de sus dedos rozaron su mejilla–. Un beso, Claudia. Concédeme ese favor y yo te daré...

Ella presionó sus labios con la punta de los dedos antes de que pudiera empezar a negociar. Aquella vez no habría tratos entre ellos, no habría promesas hechas ni rotas. Deslizó los dedos sobre su boca, maravillándose de que sus labios pudieran ser tan firmes y a la vez tan suaves.

–Bésame.

Guy inclinó la cabeza muy despacio, sosteniendo su mirada hasta que sus labios se encontraron. Entonces, Claudia cerró los ojos. Su cálido aliento hizo que su boca se abriera como si fuera una ráfaga de luz del sol y ella no pudiera sino jadear ante su resplandor. Sus músculos se relajaron y perdieron fuerza, pero no tembló ni perdió el equilibrio. La hacía sentirse a salvo. Sus brazos la rodeaban tan firmemente que sentía que nunca más volvería a pasarle nada malo. Podía sentir su fuerza, el poder que emanaba de él y que podría usar en su contra. Sin embargo, mantenía esa fuerza bajo control, acercándola a él, tentándola con la idea de que compartiría con ella esa parte de su ser.

Sus besos se transformaron en caricias cada vez más profundas. La rozaba con sus labios suave y repetidamente, haciéndole saber cuánto la deseaba. La punta de su lengua recorrió sus temblorosos labios, luego retrocedió y volvió de nuevo para atormentarla una vez más. Guy emitió un sonido desde lo más hondo de su pecho y Claudia finalmente reconoció la invitación. Rozó con la lengua la comisura de sus labios y después la deslizó con provocadora lentitud por su labio superior. Guy respondió estrechándola con fuerza y mostrándole lo duro que era en los lugares en los que ella era más suave. Claudia se estremeció al entender lo que él le mostraba.

Su boca le enseñó el significado del deseo. Guy la saboreó por completo, acariciándola y provocándola hasta que se sintió aturdida. Arrastró la punta de la lengua femenina hasta su propia boca y empezó a succionarla como lo había hecho con las puntas de sus dedos. Sintiéndose vencida, se desplomó contra él.

Estaban arrodillados sobre el suelo de la torre en miniatura y Claudia no podía recordar cómo habían llegado hasta esa posición. Había perdido todo control sobre sí misma. No, todavía continuaba perdiéndolo. Reuniendo los últimos resquicios de su fuerza de voluntad, inclinó la cabeza hacia atrás y luego hacia un lado, desesperada por escapar, por salvarse a sí misma.

–Guy –gimió. Él la estaba besando en el cuello, seduciéndola de una manera que jamás hubiera imaginado–. Te lo ruego. Dijiste... sólo...

Volvió a echar la cabeza hacia atrás, segura de que sus labios dejarían señales en su piel. Cuando mirara su reflejo en un espejo podría ver la marca que la señalaría como propiedad de Guy.

–Dijiste...

¿Qué había dicho? ¿De qué estaba hablando ella? Las manos femeninas se enredaron en su pelo olvidando sus palabras e intentando llegar a sus labios, pero él se apartó y apretó la cabeza contra su hombro. Los brazos de Claudia seguían rodeándolo y sus cuerpos permanecían unidos. Guy se sintió como un poderoso semental que se hubiera quedado sin resuello tras una larga carrera. Podía ser sólo su imaginación, pero por un momento a Claudia le pareció que Guy temblaba tanto como ella. Sus brazos se estrecharon aún más a su alrededor como si intentara demostrarle que estaba equivocada.

–No puedo besarte otra vez –murmuró él con voz ronca a causa del deseo. Después frotó su mejilla contra su oreja, en una caricia que intentaba suavizar la aspereza de sus palabras–. Dios, estoy perdido. No me permitas tocarte otra vez, Claudia. –Apoyó su mano extendida en la parte posterior de su cabeza y la acercó todavía más a su cuerpo, rebelándose en silencio contra sus propias órdenes–. No, a menos que...

Claudia no creía que fuera posible, pero el cuerpo de Guy se endureció aún más contra el suyo, como si fuera cálido y mortífero acero. Su propio cuerpo respondió de la misma manera e intentó alzar la cabeza, pero él se lo impidió sujetándola con fuerza. Su pregunta no pronunciada la asustó. En vista de su reacción ante los besos de Guy, también temía su propia respuesta.

–No contestes –susurró él–. Ya lo sé. Puedo sentirlo en ti con tanta claridad como puedo sentir tu pasión.

La mano que retenía su cabeza se curvó para transformar su gesto en una caricia.

–Rosas. Debería haberlo sabido. –Tomó una inspiración profunda y temblorosa–. Vuelve con Lenore. Ahora, antes de que cambie de opinión. Antes de que intente hacerte cambiar también a ti de opinión.

–Yo...

–Dios Santo, Claudia. No discutas conmigo ahora. –La cogió por los hombros con firmeza y la alejó bruscamente de él, apartando con decisión la mirada de ella, incapaz de seguir contemplándola–. Vete.

Claudia se levantó con torpeza. Las lágrimas empañaban su visión, pero no lo suficiente como para no poder ver la mirada de repulsión en su rostro. Repulsión por ella o por sí mismo, no estaba segura. Principalmente por ella, se imaginó. Se dio la vuelta y salió corriendo.

–¿Dónde está?

Los dos soldados que permanecían de pie ante Guy dieron un paso hacia atrás. El más bajo recorrió el patio de armas con la mirada, como si buscara la mejor vía de escape.

–No... no la hemos visto, barón –consiguió al fin responder el otro.

–¿Y Thomas? –les preguntó–. Si ese bellaco...

–¡Milord!

Su segundo al mando, montado a caballo, atravesaba los portones del patio inferior levantando una mano a modo de saludo. Cuando Evard llegó hasta él, Guy despidió a los dos soldados con un golpe de muñeca.

–¿La has encontrado?

–¿A lady Claudia? –preguntó Evard–. ¿La has perdido?

–No me provoques –le advirtió Guy antes de empezar a caminar hacia las cuadras. Evard hizo girar a su caballo y lo siguió–. Tuvimos una... una discusión hace unas horas que la afectó. La he buscado pero ha sido en vano. No está en los jardines ni en mi alcoba. Y tampoco se encuentra en el solar ni en los talleres de las costureras. Es probable que malinterpretara algo que le dije y decidiera abandonar el castillo. Debemos formar una patrulla para...

–No ha abandonado el castillo, milord.

Guy se detuvo en seco.

–¿Sabes dónde está?

–Sí.

Evard deslizó la pierna por encima de la silla y desmontó. Después hizo una seña a un mozo que se encontraba entre un grupo de escuderos que permanecían cerca de las cuadras, observando la ira del barón desde una distancia segura. El chico miró a sus amigos en busca de ánimos y avanzó.

–Quizá preferirías mantener esta conversación en un lugar más privado –sugirió el caballero.

–Desearía saber dónde está mi... –Guy apretó la mandíbula–. Quiero saber dónde está, maldita sea.

Evard entregó las riendas a su escudero y a continuación señaló hacia unas puertas.

–Te llevaré hasta ella, barón.

–¿Al patio superior? –preguntó Guy, al tiempo que acomodaba su paso al de Evard–. ¿Qué está haciendo allí?

–No está en el patio superior. Simplemente es el camino más rápido y discreto que hay para llegar hasta ella. –Lanzó a su señor una mirada de desaprobación–. Estás montando un gran alboroto por una pelea de enamorados, barón. Tu gente va a empezar a pensar que tu amante te ha hechizado.

–Al cuerno lo que ellos piensen –gruñó Guy–. Quizás a alguien debería ocurrírsele pensar que se trata de una valiosa prisionera y que mi futuro depende en gran medida de que consigamos mantenerla entre estas murallas.

–Sí, tienes razón –asintió Evard–. No obstante, algunos tienen curiosidad por saber por qué ella llora cuando el barón que la ha apresado la aparta de su lado. Y por qué ese lord, más tarde, se muestra desesperado por encontrarla. Son buenos motivos para despertar habladurías.

–Eres tú el que tiene demasiada curiosidad por saberlo. –Guy le lanzó una mirada de soslayo–. ¿Estaba llorando?

Evard asintió con la cabeza.

–La encontré detrás de la capilla. Varios soldados la vieron correr hasta allí, pero temieron seguirla. Mejor dicho, pensaron en la reacción que podrías tener al enterarte de que la habían seguido, así que fueron en mi busca.

Guy apretó los puños.

–¿Estaba Thomas con ella?

–¿Thomas? –repitió Evard–. ¿Por qué tendría que estar Thomas con ella?

–Los encontré juntos en los jardines –espetó Guy–. Ese bellaco hijo de... Estaba intentando seducirla. Estaba cortejándola con halagos zalameros delante de mis narices. ¡Seduciéndola en mis propios jardines, maldita sea!

Evard se tomó tiempo para asimilar la información.

–Todos saben que lady Claudia es tu amante, barón. Nadie osaría intentar ocupar tu lugar. Pero ya he oído comentarios sobre que muchos pretenden competir por sus favores cuando ya no comparta tu lecho. Apostaría cualquier cosa a que Thomas no busca nada más que amistad por ahora, para que, de ese modo, acuda a él cuando tú te canses de ella.

–¡No me cansaré de ella! –exclamó mientras agarraba amenazadoramente a Evard por la túnica.

Las palabras impactaron a Guy más de lo que parecieron impresionar a su lugarteniente. Parecían sospechosamente sinceras. Sacudió la cabeza para deshacerse de aquel extraño pensamiento.

La expresión de Evard continuó siendo calmada y no respondió al arrebato de su señor.

Guy frunció el ceño y soltó la parte delantera de la túnica de su caballero.

–Le cortaré la mano a cualquier hombre que ose tocarla.

–Nadie duda de ello, barón. –Evard se frotó la sien–. Aun así, me he preguntado qué será de ella cuando soluciones la disputa con su tío.

–Estará bien –replicó Guy–. Su tío no deseará que vuelva. Permanecerá en Montague todo el tiempo que desee. Cuando se vaya, si es que lo hace, tendrá riquezas a su nombre; las suficientes como para que no necesite entregarse a ningún hombre a cambio de nada.

La voz de su segundo al mando era poco más que un susurro.

–¿Como lo habrá hecho contigo?

–Te estás metiendo en aguas peligrosas, Evard.

–Sí, y soy lo bastante estúpido como para sumergirme aún más en ellas. La dejarás abandonar Montague con sólo tu oro para protegerla, y lo único que conseguirás será convertirla en un premio.

–¿Qué quieres decir?

–Quiero decir que no has considerado bien tu plan, a no ser que tengas intención de sacrificarla ante el primer hombre al que se le ocurra obligarla a ir hasta el altar. No tiene ninguna familia que proteja la fortuna que le darás. Hay caballeros por toda Inglaterra dispuestos a cortar una docena de cuellos por poner sus manos sobre una prometida así.

–Dispondrá de soldados a su servicio para protegerla.

–A los soldados se les puede comprar –señaló Evard–. Incluso es posible que a uno de ellos se le meta en la cabeza la idea del matrimonio. Si un hombre jura ante un sacerdote que ha intimado con ella, lady Claudia estará perdida.

Guy permaneció en silencio. Evard tenía razón. Una dama rica y sin ataduras era un premio con el que soñaban todos los caballeros empobrecidos. El oro que le diera a Claudia sería como una piedra alrededor de su cuello. Maldita sea, ella ya poseía una fortuna aún mayor de la que él pretendía otorgarle, y podía llevarla alrededor de su maldito cuello también. Sólo con las esmeraldas podría llevar una vida de derroche durante el resto de sus días, o proporcionar una vida desahogada a cualquier hombre que la obligara a tomarlo como esposo.

Guy arrugó aún más el ceño.

Evard pareció leer sus pensamientos.

–Ella necesitará un marido antes de abandonar Montague, milord. Un hombre que la proteja. Yo nunca he solicitado ninguna recompensa estando a tu servicio, pero ahora te pido que me concedas la mano de lady Claudia en matrimonio. No pido nada más –se apresuró a añadir–. Como caballero, he jurado defender el honor de cualquier dama. Ella lo es, y no sólo por nacimiento.

–¿Y yo no he hecho ese juramento? –La voz de Guy sonó baja y mortífera.

–Milord, todos saben que tu rango y tu título te impiden hacer lo que es correcto en lo que respecta a lady Claudia. Nadie espera que te cases con una mujer que te han impuesto. Yo la tomaré libremente, sin tener en cuenta su fortuna o su pasado.

–Lo harías, ¿verdad? –Guy cruzó los brazos sobre el pecho. ¿Quién lo habría dicho del fiel Evard? Si se hubiera tratado de cualquier otra mujer, se habría reído–. ¿Estás enamorado de ella?

Evard frunció el ceño.

–No he pasado suficiente tiempo en su compañía como para afirmarlo con seguridad.

–Lo sabrías –comentó Guy–. Con sólo posar los ojos sobre ella, yo supe...

¿Qué supo? Cerró la boca de golpe y miró a su lugarteniente sin verlo. Si sólo deseaba su cuerpo, ¿por qué no se acostaba simplemente con ella y ambos ponían fin a su tormento? Podía sentir el deseo de Claudia por él en cada mirada. Ella lo deseaba, pero no aceptaba las condiciones que le imponía, la etiqueta de amante en lugar del título de esposa. ¿O acaso había algo más?

Se dio la vuelta y continuó caminando hacia el castillo, sumergido en sus propios pensamientos. Pensamientos sobre unos ojos tan poco comunes y misteriosos como sus esmeraldas. ¿Cómo había conseguido su madre una joya así? Había creído que sabía todo lo necesario sobre su familia, pero todavía quedaba mucho por descubrir. Tal vez su pasado podría arrojar luz sobre el presente, sobre por qué le permitía besarla y, sin embargo, se negaba a concederle más libertades. Seguramente se había dado cuenta de que ella significaba más para él que un capricho pasajero.

«¿Por cuánto tiempo?»

Sus palabras volvieron a su memoria para atormentarlo. Ella no sabía, del mismo modo que tampoco él lo había sabido hasta ese preciso instante, que deseaba algo más que placer físico de ella, que no deseaba un simple escarceo que llegaría a su fin en unos pocos meses. Por primera vez se permitió a sí mismo pensar en el día en que se separaran, en lo que sería de ella. No podía imaginarse ni un solo día sin oír el suave y sensual sonido de su voz, sin oler a rosas y encontrarse a sí mismo totalmente trastornado por su aroma, por el dulce balanceo de sus caderas y el suave roce de su pelo contra su piel. Sólo sus sonrisas valían una fortuna.

La enviaría a un mundo en el que un centenar de hombres estarían ansiosos por hacerse con lo que él habría rechazado tan despreocupadamente. Les daría igual si sonreía alguna vez. Sí, sabía lo que sería de ella. Pero ¿qué sería de él?

–¿Milord? –Evard puso una mano sobre su hombro–. No es por aquí.

–¿Qué?

Guy se detuvo y miró a su alrededor confundido. Se encontraba en el camino que llevaba hasta las puertas del castillo. ¿En qué otro lugar podía estar?

Evard señaló hacia el sendero que rodeaba la muralla este de la fortaleza.

–Lady Claudia está en las cocinas. Por aquí se llega más rápido.

–Oh. –Guy frunció el ceño–. ¿Qué está haciendo en las cocinas? ¿Es que ahora pretende convertirse en una sirvienta?

–No, milord. Dijo que prometió reunirse allí con Lenore para ayudarla a elaborar un veneno. –Una sonrisa vacilante apareció en el rostro de Evard–. No para ti, espero.

Guy le lanzó una mirada de disgusto.

–Es para las ratas. Me olvidé de que tenía entre manos esa tarea. Debería haber empezado por buscar a su doncella.

–Parecía completamente resuelta a ayudar a Lenore –comentó Evard–. Espero que el veneno resulte efectivo. Las ratas recorren a sus anchas este lugar. Se rumorea que incluso a ti te visitaron unas cuantas en tu alcoba la pasada noche.

–¿Hay algo de lo que no te hayas enterado?

–Pocas cosas pasan desapercibidas dentro de estos muros, sobre todo si tienen que ver contigo, barón. Como tú bien sabes.

–Entonces toma buena nota de esto, Evard. Haz que se difunda el rumor bien fundado de que cualquier hombre que dirija su mirada hacia lady Claudia con un atisbo de algo más que no sea la lealtad y la estima propias de un vasallo hacia su señora, se enfrentará a mi ira. En resumidas cuentas, haré de su vida un tormento. Cualquier hombre que la toque con lujuria conocerá en persona lo que es el infierno. Es mía por los derechos que me otorga el contrato de esponsales, y sólo mía. ¿Me he expresado con claridad?

–Sí, milord. –Evard sonrió–. Sabía que entrarías en razón.

–No he podido entrar en razón desde que conocí a esa mujer.

–Pero ¿todavía pretendes casarte con ella?

Guy entornó los ojos.

–¿Así que era eso lo que pretendías, provocarme para que lo admitiera?

–Sí –reconoció el caballero alegremente, haciendo caso omiso de la cara de disgusto de su señor.

–Te mostraste contrario al matrimonio en Lonsdale y me dijiste que no debía permitir que me obligaran a casarme.

–Con unos argumentos muy poco consistentes, ¿no crees?

–Las razones de mi hermano tendrán más peso cuando sepa

todo lo referente a su familia. –Guy había informado a su lugarteniente de la relación de Claudia con Roberto durante el viaje hacia Montague, y recordárselo borró la sonrisa del rostro de Evard–. Claudia no tiene nada que ver con los indeseables a los que se ve forzada a llamar parientes, y no permitiré que mi familia la rechace por ello. Kenric y sus soldados llegarán antes de una quincena para ayudarme en el asedio a Halford. Quiero que conozca a Claudia antes de que sepa que Roberto era su hermano.

Evard parecía inseguro.

–Es probable que la reconozca, igual que te pasó a ti. Muy poco se escapa al ojo de tu hermano.

–Quiero ser yo quien se lo diga. ¿Está claro?

–Sí, milord.

–Bien.

Guy giró sobre sus talones y empezó a caminar en dirección contraria a las cocinas.

Evard se apresuró tras él.

–Vuelves a tomar el camino equivocado, milord.

–No, éste es el camino correcto por el momento. Si la viera ahora... –Sacudió la cabeza para deshacerse de los pensamientos sobre lo que deseaba hacerle a Claudia en ese mismo momento–. Necesito reflexionar sobre mis planes antes de hablarle. Tiene la costumbre de tergiversar siempre mis palabras. Debo intentar por todos los medios tomar la decisión correcta.

–¡Barón! –Un jinete les hizo señas desde los portones del patio de armas y urgió a su corcel para que avanzara. El caballo se detuvo ante los dos hombres trazando largos y oscuros surcos sobre la hierba con sus potentes cascos–. Alfred acaba de regresar de la patrulla de la tarde con una flecha de ballesta en su espalda. No pudo decirnos nada antes de caer inconsciente, y el curandero alberga pocas esperanzas. Sir Thomas y el resto de los hombres todavía no han regresado.

10

Iba a dejarla.

Mientras Claudia observaba como el escudero de Guy lo vestía para la guerra, no podía dejar de pensar en otra ocasión en que contempló como sus hermanos hacían lo mismo antes de alejarse de ella.

Nunca volvieron.

Cerró con firmeza ambas manos hasta que los nudillos se le pusieron blancos y mantuvo erguida la espalda contra la silla hasta el punto de que le empezó a doler. Guy regresaría. Montague era su hogar. Era una estupidez pensar que se iría y no volvería nunca. Nada podría impedirle regresar a su fortaleza. Nada, excepto una flecha como la que había matado a su soldado, o una espada, o quizás una lanza.

Empezaron a temblarle las manos. ¿Por qué la sometía al suplicio de verlo partir? En las cocinas, no habría sabido de su marcha hasta que ya se hubiera ido. No se habría visto forzada a grabar las imágenes de su partida en la mente, temiendo la posibilidad de que pudieran ser las últimas. Después de la forma en que se habían separado en los jardines, ¿por qué la había hecho llamar?

Una gruesa lágrima le cayó en el dorso de su mano. Claudia jadeó y la enjugó, decidida a que no la viera llorar. Aunque probablemente ya se hubiera dado cuenta, pues su mirada rara vez la abandonaba mientras Stephen recubría su cuerpo con una piel acolchada y la cota de malla. ¿Obtendría algún placer al saber que lloraba por él? Levantó el rostro para mirarlo a través de sus pestañas y se encontró con su ceño fruncido.

–Deja de llorar. Encontraré a Thomas y lo traeré de vuelta. Lo más probable es que esté buscando a aquel que los atacó.

Claudia parpadeó muy despacio. ¿Pensaba que lloraba por su caballero? Sintió una punzada de culpabilidad por haber olvidado todo lo referente a Thomas y el hecho de que él y el resto de la patrulla perdida eran la razón por la que Guy la dejaba. Desesperada, miró por la ventana.

–Casi ha anochecido. ¿No deberíais esperar hasta el amanecer para poder salir descansados?

–No, conozco la ruta que pretendían seguir, y la luna estará casi llena esta noche. Si mis hombres están heridos, no los dejaré en medio del bosque toda la noche.

Se imaginó a todos y cada uno de los animales que habitaban en los bosques. Nada convencería a su tío para dejar la seguridad de su fortaleza al anochecer. ¿Por qué tenía que ser Guy tan noble?

Su lealtad hacia los hombres que formaban la partida desaparecida era otro rasgo que deseaba odiar, pero no podía. Recordó cómo se había sentido mientras permaneció sola en aquel árbol, pensando que la había abandonado. Sus hombres no dudarían de él, estarían convencidos de que Guy los buscaría. Debía de ser una sensación muy reconfortante.

–Asegúrate de que mi caballo está preparado, Stephen. Me reuniré contigo en las cuadras enseguida.

–Sí, milord.

El escudero se marchó y Claudia se obligó a mantener la mirada fija en el suelo. Estaban solos y sentía un irrefrenable deseo de arrojarse en sus brazos, de abrirle completamente su corazón antes de que fuera demasiado tarde.

Era un impulso ridículo. Probablemente estaría de vuelta antes del amanecer. No había ninguna necesidad apremiante de decirle nada. Él no deseaba que ella lo tocara, o lo besara, o le mostrara ninguna otra señal de afecto. Esa mañana le había ordenado que se alejara de él. A pesar de lo que sintiera, debía permanecer sentada en un miserable silencio y verlo partir. ¿Acaso la estaba castigando de alguna manera?

Escuchó como se acercaba y se encontró mirándole las botas. Guy apresó sus manos e hizo que se levantara. Se quedó mirando su pecho, el lobo blanco de Montague bordado sobre su sobreveste azul. Si rodeara su cintura con los brazos, su cabeza reposaría sobre esa bestia de aspecto tan fiero. Parecía adecuado que el emblema cubriera su corazón; un implacable depredador sobre otro.

–Soy tu prometido, Claudia. No me reconforta verte angustiada por otro.

¿A qué venía esa obsesión que tenía por sus sentimientos hacia Thomas? Sólo un hombre poseía su amor, y estaba de pie ante ella. ¿Acaso estaba ciego? Supuso que así debía de ser, pero no tenía la más mínima intención de explicárselo.

Guy deslizó los dedos bajo su barbilla y la forzó a mirarle a los ojos.

–Preferiría llevarme conmigo el recuerdo de tu sonrisa.

–Entonces, no te vayas –susurró Claudia–. Envía a otro en tu lugar.

Su mandíbula se tensó mientras estudiaba su rostro, buscando la verdad en las profundidades de sus ojos verdes.

–¿Tus lágrimas son por mí?

La inseguridad en su voz hizo que sus casi inexistentes defensas se desmoronaran. Claudia le rodeó la cintura con los brazos y apretó su mejilla contra el lobo; una criatura que podría devorarla por entero. Los afilados eslabones de metal de su cota de malla herían su piel, pero no le importaba. Deseaba escuchar el tranquilizador sonido de su corazón, pero su armadura lo hacía imposible y sólo pudo escuchar sus propios latidos fuertes e irregulares.

–Te lo ruego. No me dejes. –Lo estrechó más fuerte, pero las manos de Guy continuaron inermes. Su falta de respuesta sólo hizo que Claudia se desesperara más–. Aceptaré todas las condiciones que me impongas siempre que no me dejes. ¡No puedo soportarlo!

Oh, Dios, estaba comportándose como una tonta. Una auténtica y completa tonta. Guy permanecía inmóvil, sin duda impresionado por su histeria, y como mínimo disgustado por ella. Antes de que pudiera responder a su ruego, Claudia se apartó de él y se dirigió corriendo hacia la puerta. La mano de Guy tiró de su manga, pero su repentina huida debió de sorprenderle tanto que no pudo retenerla. La llamó justo en el momento en que la puerta se cerraba de golpe tras ella y cortó el sonido de su nombre.

Guy no regresó al amanecer ni tampoco a media mañana, cuando Lenore convenció a Claudia de que se acercara a las cocinas, con la intención de acabar de preparar el veneno para las ratas que habían introducido en obleas azucaradas. Les llevó la mayor parte de la tarde meter las obleas en las pequeñas grietas, en las altas cornisas y en cualquier otro lugar apartado que sólo una rata encontraría. Aun así, Claudia pidió a Lenore que avisara a todo el mundo del peligro. Los ojos de la chica se iluminaron ante la posibilidad de difundir esa información y, sin duda, unos pocos chismes más al mismo tiempo.

Sin la compañía de Lenore para distraerla, Claudia paseó por el castillo hasta los senderos que se extendían a lo largo de las murallas exteriores, deseosa de evitar la alcoba de Guy o el solar, pues sabía que el recuerdo de su presencia era demasiado fuerte en esos lugares como para permitirle hacer otra cosa que no fuera preocuparse por él. Sin darse cuenta, se encontró subiendo los escalones de piedra que llevaban al patio superior de la torre este.

Evard fue a su encuentro una hora más tarde.

–No me di cuenta de que ya no estabais en compañía de vuestra doncella, milady. ¿Os importa que os acompañe yo?

Claudia interpretó el educado comentario como una advertencia de que no debía permanecer sola en el castillo. No viendo ningún inconveniente en esa orden encubierta, se limitó a asentir con la cabeza.

–No, sir Evard. Me vendrá bien la compañía; de hecho, tenía la esperanza de poder hablar con vos hoy.

Claudia apoyaba los brazos sobre la suave piedra y su barbilla descansaba en sus manos. La campiña se extendía bajo ella como un tapiz bellamente elaborado, pero sólo tenía ojos para los caminos que llevaban hasta Montague, los cuales observaba ávidamente en busca de cualquier movimiento o nube de polvo en el horizonte que anunciara la llegada de Guy. Parecía que hubiera pasado más de un día desde que partió y se puso en ridículo con estúpidas declaraciones de amor. La pasada noche había yacido en la gran cama vacía de Guy y había susurrado todas las cosas que hubiera deseado haberle dicho, ensayándolas en voz alta hasta conseguir que sonaran bien. Ahora se tragaría con gusto su orgullo si tuviera la oportunidad de decírselas en persona.

–¿Milady? –dijo Evard–. ¿Deseabais preguntarme algo?

–Ah, sí. –Volvió a enfocar su mirada hacia el camino que se adentraba en el bosque–. ¿Tiene vuestro barón un temperamento violento?

–¿Lord Guy? –Evard sonaba incrédulo–. ¡No, milady! ¿Qué podría haceros pensar semejante cosa?

–Lenore y sir Thomas actuaron de una forma muy extraña en los jardines ayer por la mañana cuando lord Guy se enfadó. –Claudia lanzó una mirada de soslayo al caballero–. Diría que parecían asustados.

Evard reflexionó durante un momento.

–Es probable que vierais recelo en lugar de miedo. El barón no es un señor cruel o injusto, pero sus castigos son contundentes y difíciles de olvidar.

–¿Qué queréis decir?

–Lord Guy conoce a cada uno de sus vasallos lo bastante bien como para saber qué castigos son los más efectivos dependiendo del caso –explicó Evard–. Hace unos meses, descubrió que uno de los fabricantes de velas había perdido en el juego las cuotas del gremio de sus aprendices. Ordenó que los aprendices cobraran las ganancias del maestro durante una quincena mientras este último permanecía destinado a los establos de las vacas durante el mismo período de tiempo realizando labores de lechero.

Claudia arrugó la nariz, nada impresionada por el relato.

–Eso no me parece un gran castigo. La mayoría de los barones azotarían a un hombre así para disuadirle de que volviera a jugar en un futuro.

–A ese hombre le aterrorizan las vacas, milady. –La sonrisa de Evard se amplió–. Lord Guy no golpea ni mutila a su gente, sin embargo, podréis ver los efectos de su temperamento por todas partes si sabéis qué buscar y qué no. Es raro encontrar a algún borracho en Montague, pues saben que se les despertará al amanecer del día siguiente para limpiar los retretes.

Evard se pasó una mano por el pelo, miró hacia el cielo y continuó.

–Una vez conocí a un joven caballero que se metió en una refriega con una banda de mercenarios, ansioso por probar su valía y su gallardía al barón. En su afán por demostrarlo, dejó a sus hombres sin un líder. Durante todo el mes siguiente, sir Thomas fue despertado una hora antes cada mañana, se le ordenó que llegara con una hora de adelanto a cada comida y se le envió a la cama una hora antes cada noche. Es probable que Thomas recordara cada una de esas horas de tedio cuando se enfrentó a la ira del barón ayer. –Evard sacudió la cabeza–. No, lord Guy no es un hombre violento, pero muchos de los que cumplieron sus sentencias dirían que es astuto.

–No me extraña que sus contables no se quejen –reflexionó Claudia, intrigada por la visión de Evard del funcionamiento de la mente de Guy. Por lo que le había contado y lo que ella sabía, la palabra «astuto» se quedaba corta para definirlo–. Si el barón se disgustara conmigo, ¿cuál creéis que sería su castigo?

Evard pareció desconcertado y se encogió de hombros indeciso.

–No sabría qué decir, milady.

Claudia volvió a apoyar la barbilla sobre sus manos y miró hacia el bosque.

–Creo que retrasaría su vuelta a Montague todo un día, consciente de que me preocuparía por él durante cada minuto de ese día. –Su tono se volvió casi optimista–. Ésa podría ser la razón por la que todavía no ha regresado, ¿no creéis?

Se produjo un largo silencio entre ellos.

–Si vos lo decís, milady.

Tres días después, Claudia sabía que la prolongada ausencia de Guy de Montague no tenía nada que ver con un hipotético castigo. Nadie expresaba sus miedos en voz alta, pero podía ver la inquietud en todos los rostros.

–Volverá hoy –afirmó Evard mientras simulaba estudiar el ábaco que había en la mesa del solar de Guy, deslizando las cuentas de madera de un lado a otro–. Rara vez me equivoco con mis presentimientos, y tengo una fuerte corazonada de que hoy será el día de su regreso.

Claudia deseó que Evard encontrara otra cosa en la que ocupar su tiempo. Las cuentas del ábaco chocaban entre ellas en un molesto ritmo que sólo la hacía desear tirar el estúpido instrumento por la ventana. En lugar de eso, continuó cosiendo. Su aguja de plata se movía a un ritmo constante por el brocado blanco. Cuatro mil trescientas ochenta y siete puntadas, ochenta y ocho, ochenta y nueve. Unas pocas hileras más de bordado y la túnica estaría acabada; una túnica cosida con unas manos desesperadas por hacer cualquier cosa que las mantuviera ocupadas, confeccionada para un hombre que probablemente nunca se la pondría.

Se obligó a sí misma a expresar sus temores en voz alta.

–Mi tío pediría un rescate si hubiera capturado a lord Guy. Ya habríamos recibido noticias si estuviera prisionero. No... no creo que vuelva, Evard.

–Podrían existir muchas razones para explicar el retraso del barón –protestó Evard–. Lord Guy es un guerrero fuerte y hábil, y sabe defenderse en una batalla. No es probable que haya caído en una trampa, pues salió de Montague esperando encontrarse con problemas.

–Seguramente fue alguna argucia de mi tío lo que arrastró a Guy lejos de Montague –insistió ella–. Cada noche intento prepararme para lo peor, imaginar... –Claudia volvió a colocar la túnica en su regazo para ocultar lo mucho que temblaban sus manos–. Las gentes en el interior de esta fortaleza me harán responsable.

–Estás dejando volar tu imaginación –la reprendió Evard con una dureza poco habitual en su voz–. Cumpliendo órdenes del propio lord Guy, te defenderé con mi vida. Nadie te hará daño aquí.

Claudia le dirigió una mirada de soslayo.

–¿Quién heredará la baronía cuando se conozca la muerte de Guy?

Evard frunció el ceño y apartó la mirada. Claudia se había preguntado si Guy habría hablado con alguien sobre su hermano Roberto. Ahora ya conocía la respuesta. Evard no podría protegerla si el hermano de Guy, Kenric, se convirtiera en barón de Montague.

–Tienes muy poca fe en la destreza de tu barón.

–No, te equivocas. Tengo una gran fe en la destreza de lord Guy. Pero fue él quien me hizo considerar todas las posibilidades cuando yo intentaba negar la verdad con falsas esperanzas. –Claudia agachó la cabeza–. Y no es mi barón, Evard. Sólo aquellos que le han prestado juramento pueden reclamar la protección de su nombre. Un contrato de esponsales falso no me protegerá.

–Esto es una locura, lady Claudia. Yo también estoy preocupado por la ausencia del barón, pero no estoy dispuesto a ordenar que se prepare su sudario. Lo conozco demasiado bien. –Evard abandonó el ábaco y empezó a caminar preocupado pasándose las manos por el pelo hasta quedar completamente despeinado–. Lord Guy es como un gato, siempre cae de pie.

Claudia sintió que una sonrisa forzada tiraba de sus labios.

–A Guy no le gustan los gatos.

Evard emitió un gruñido de impaciencia.

–Necesito aire fresco, milady. ¿Me acompañas a pasear por las murallas?

Claudia sabía por qué hacía esa sugerencia. Habían recorrido las murallas cada día al aproximarse el anochecer, usando ambos la excusa del aire fresco y de las bonitas vistas, y esforzándose por captar cualquier indicio de que Guy estaba de regreso. Ya no había necesidad de seguir esa rutina, pues no descubrirían ninguna señal ese día, ni ninguno de los que lo siguieran. Aun así, no podía renunciar a ese último resquicio de esperanza.

–Un paseo me parece una buena idea, Evard. Hay nubes en el horizonte. ¿Por qué no salimos ya, antes de que llueva? –preguntó dejando a un lado la costura.

–Preferiría que te quedaras.

El sonido de aquella profunda voz hizo que su corazón dejara de latir. Incluso mientras se volvía hacia la puerta, se decía a sí misma que no era más que su imaginación. Había imaginado que oía la voz de Guy porque deseaba escucharla con todas sus fuerzas. La noche anterior habría jurado que le había escuchado llamarla, sin embargo, se despertó en una cama vacía, con los brazos aferrados a una almohada que todavía conservaba un tenue rastro de su aroma. Quizás era su fantasma llamándola, intentando responder a los llorosos ruegos en los que pedía cada noche que regresara junto a ella. Sí, ¿por qué no iba a asediarla en la muerte al igual que lo había hecho en vida? Respiró profundamente y levantó despacio la mirada del suelo.

Su imaginación también había evocado una imagen perfecta de él. Guy se hallaba de pie en la entrada del solar, apoyando su fuerte hombro contra la jamba y vestido con las mismas ropas que el día que se fue. Se suponía que los fantasmas no sonreían, pero éste sí lo hacía. Se alejó de la puerta y avanzó hacia ella con los brazos extendidos como si pretendiera estrecharla entre ellos.

Claudia se tambaleó y la estancia pareció temblar bajo sus pies. Intentó dar un pequeño paso hacia él, pero de repente todo se volvió negro a su alrededor y cayó al suelo desmayada.

–... nada más que preocuparse desde que te fuiste.

–¿Ha dormido? Parece...

Retazos de conversación penetraron en los confusos sentidos de Claudia. Unas pocas palabras aquí y allá, pero dejó de intentar buscarles sentido. Se desvanecían en el sonido ensordecedor de un torrente de agua. ¿O acaso se trataba del viento?

–Que suban una bandeja de comida. Algo consistente.

–Sí, milord.

Guy y Evard. ¿Por qué soñaba con ellos hablando de comida? De pronto, recordó su visión en el solar. Deseaba abrir los ojos para ver si la aparición seguía allí, pero sus párpados parecían estar hechos de piedra.

–¿Claudia?

Tenía ganas de llorar. ¿Cuántas veces había esperado oír su nombre en los labios de Guy una sola vez más? Sonaba tan real... Finalmente, sus pestañas se alzaron y sus ojos se abrieron de asombro al descubrirlo a su lado.

–¿Claudia? ¿Qué te ocurre?

Fue vagamente consciente de que estaba en la cama de Guy. Él estaba sentado en el borde y se inclinaba sobre ella, frunciendo el ceño mientras estudiaba su rostro.

–¿Por qué me miras así?

Sólo en ese instante pudo imaginarse su propia expresión. Intentando recobrar tanto sus aturdidos sentidos como su coraje, extendió un dedo y le dio un golpecito en el hombro. Halló solidez en vez del aire que había esperado. Suspiró aliviada y, al rodear su muñeca con los dedos, la encontró firme y cálida.

–No estás muerto.

Su preocupada expresión se disolvió en una perezosa sonrisa.

–No es necesario que parezcas tan decepcionada.

Sus burlonas palabras la hirieron en lo más profundo.

–¿Encuentras divertido mi sufrimiento?

–Dios mío. –Su sonrisa se desvaneció–. ¿Realmente pensabas que estaba muerto?

La imagen de Guy se volvió borrosa a través de las lágrimas que llenaban sus ojos. Ésa pareció ser la única respuesta que él necesitaba. La tomó en sus brazos y la acunó tan dulcemente como a un niño. Guy se había despojado de su sobreveste y de su armadura en algún momento, y la cabeza de Claudia descansaba sobre la piel acolchada que se ponía debajo de la cota de malla, de tal manera que podía sentir el suave y cálido ante contra su mejilla. Olía a armadura y caballos, y por debajo de esos olores le llegaba el reconfortante olor a sándalo que tanto había echado de menos.

–No llores, cariño. Ya estoy aquí. No hay razón para llorar. –Sus palabras sólo consiguieron intensificar su llanto, pero él no parecía darse cuenta de ello. Guy empezó a mecerla entre sus brazos como si no fuera consciente de lo que estaba haciendo, y su voz se convirtió en un ronco murmullo–. No llores, mi amor. Me rompes el corazón. ¿Cómo podías pensar que no volvería a tu lado?

Le contestó un sollozo entrecortado. Guy debía pensar que su reacción era exagerada, pero le daba igual. Lloraba no sólo por sus temores de los días anteriores, sino también por todas las personas a las que había querido y había perdido, por el abrumador alivio que sentía al no contar a Guy entre ellas. Se apretó aún más contra su pecho y deseó poder fundirse con él hasta que se convirtiera en parte de ella, una parte que siempre pudiera mantener a salvo.

–No eran más que una banda de mercenarios, ladrones y estafadores –le explicó cuando sus sollozos se redujeron a hipos y gimoteos–. Thomas no tenía ni idea de que habían asesinado a su emisario. Él y sus hombres se dirigieron tras ellos hacia el norte, creyendo que conocíamos sus planes. Nos llevó todo un día alcanzar a la patrulla, y otro más llevar a los forajidos que habían capturado hasta la prisión de Carlisle. Con cerca de una veintena de criminales bajo mi custodia, no deseaba reducir el número de mis hombres enviando a un mensajero de vuelta a Montague. Sospechaba que te preocuparías, pero no tenía idea de cuánto.

Claudia sintió sus labios sobre su sien; fue un beso y una caricia a la vez.

–Te juro que siempre regresaré junto a ti, Claudia. Siempre. Nunca lo dudes.

Deseaba creerle. Qué fácil sería. Incluso sabiendo que era una mentira llena de buenas intenciones, pero una mentira al fin y al cabo. Dante le había hecho la misma promesa.

Sin embargo, Guy estaba allí, a salvo. Se le había concedido el regalo del tiempo. Tiempo para enamorarse más profundamente de él, para entregarle su corazón por completo. Lo que había sentido en su ausencia sólo había sido una pequeña muestra del dolor que sentiría si le permitiera acercarse aún más a ella. Aun así, los últimos días le habían mostrado el amargo sabor del arrepentimiento. Guy le había dicho una vez que vivía demasiado en el pasado, pero estaba equivocado. Claudia vivía pensando en el futuro, guiándose por lo que pudiera pasar, más que por lo que ya había pasado. Ya no le quedaba ninguna duda de que estaba destinada a sus brazos. La suerte estaba echada. Ya fuera por un día o para toda una vida, su corazón le pertenecía.

Quizás el precio que él exigía no era tan alto después de todo. Claudia bajó la vista hacia el lugar donde una de las manos de Guy se apoyaba sobre su cadera y trazó su contorno con la punta del dedo. Él deslizó la otra mano sobre su pelo y la tranquilizó con largas y suaves caricias que la adormilaban. Saboreó cada una de ellas, la dolorosamente dulce suavidad de su contacto. Deseaba parar el tiempo de alguna forma, permanecer entre sus brazos en esa estancia para siempre. Solos, sin interferencias de ningún tipo.

Alguien llamó a la puerta.

Ninguno de los dos se movió, pero Guy soltó un profundo suspiro.

–Es nuestra comida. ¿Tienes hambre?

Claudia negó con la cabeza con la esperanza de que ignorara la llamada.

Guy depositó un beso en su frente, la colocó con cuidado en el lecho y se levantó.

–Pareces más delgada que cuando me fui. Creo que te sentirás mejor si comes algo.

La puerta se abrió en respuesta a la orden del barón y Stephen se adentró en la habitación con una bandeja llena de comida.

–Eso será todo –le indicó al escudero cuando dejó la bandeja sobre la mesa–. Haz que calienten agua para mi baño. Cuando esté listo para tomarlo, te lo haré saber.

Stephen hizo una reverencia y se retiró.

Guy atravesó las cortinas que dividían la estancia y regresó un momento después con un pequeño pañuelo de lino que le ofreció a Claudia.

–Sécate los ojos, cariño, y disfrutemos de una comida juntos. Tenemos mucho de que hablar.

La recorrió con la mirada, y la elocuente expresión de sus ojos le dio una clara idea a la joven de lo que deseaba discutir. Se limpió los ojos y la nariz, ansiosa de repente de evitar esa comida. No estaba preparada para expresar sus sentimientos con palabras, o para escuchar ningún nuevo trato que él pudiera intentar proponerle. En lo que a ella concernía, el trato ya estaba cerrado.

–Comeré en bata si no tienes ninguna objeción –dijo Guy mientras se desabrochaba el gambesón, la negra túnica guateada que actuaba como acolchado bajo la cota de malla–. Estas ropas están impregnadas del olor de mi caballo, y estoy saturado de la compañía de esa bestia.

Tiró la túnica a un lado y empezó a desabrocharse también la camisa, pero se detuvo cuando se dio cuenta de que Claudia lo observaba. Una chispa de deseo iluminó sus ojos y dejó caer las manos a sus costados.

–Nuestra comida se enfría.

–Es jamón y pan de la comida de mediodía, milord. –Se levantó y dejó el pañuelo a un lado sin dejar de mirarle a los ojos, pero no hizo ningún ademán de acercarse a la mesa. La comida tenía poco interés para ella. Lo que ansiaba saborear estaba de pie a su lado–. Ya está fría.

–Entonces, no importa que comamos más tarde –dijo mientras la miraba. Ansiosa, Claudia se acercó a él y lo abrazó con fuerza. Guy la recibió gustoso, pero negó con la cabeza–. Hay cosas de las que debemos hablar.

Ella posó sus dedos sobre sus labios.

–Todavía debo darte el recibimiento apropiado, milord. Una vez dijiste que podía besarte si lo deseaba.

Los brazos de Guy se tensaron a su alrededor. Sin embargo, permaneció callado hasta que los dedos de Claudia se apartaron de su boca.

–Guy –murmuró–. Ya te he dicho que me llames por... –Se detuvo en mitad de la frase y acunó su rostro entre las manos, mientras una sombra de duda cruzaba sus ojos–. ¿Eres consciente de lo que me estás diciendo?

Ella consiguió asentir.

–Dijiste que debía ser yo quien te besara, que no serías tú quien decidiría por mí. –Su mirada descendió hasta sus labios–. Ya he tomado una decisión, Guy.

–Estás alterada –replicó con voz vacilante–. No tengo intención de aprovecharme de ti.

Claudia giró la cabeza y le dio un beso en el centro de la palma de su mano, extrañamente complacida de percibir como tomaba aire con violencia. El efecto que ejercía sobre él la hizo ser más atrevida. Se acercó aún más, totalmente convencida de que hacía lo correcto.

–¿Acaso me rechazarás?

Guy acarició su rostro con pasión contenida.

–¿Cómo podría? –susurró–. Tienes la cara de un ángel y, sin embargo, despiertas al pecador que hay en mí cada vez que te miro, cada vez que nos tocamos.

Fue él quien tomó finalmente la iniciativa. Cubrió su boca con la suya sin violencia ni excesiva fuerza, pero sí de forma posesiva. Su mano acarició la parte posterior de su cabeza mientras su beso se hacía más profundo, y Claudia dejó que arrasara su boca y luego le devolvió el beso con igual intensidad. Sus temores empezaron a desaparecer y fueron sustituidos por la ardiente marea de deseo que la invadía. Todas las sensaciones que Guy había despertado la primera vez que la tocó se reavivaron, intensificándose con cada beso y cada caricia, que empezaban a desvelarle el verdadero significado de lo que era pertenecer a alguien. Una fuerza incontrolable en su interior ansiaba aprender más. Si aquello era pecado, entendía que hubiese tantos pecadores.

Un fuerte brazo rodeó su cintura y la obligó a ser consciente de la rígida evidencia de la pasión de Guy. En ese momento lo supo: daría cualquier cosa por ese hombre. La envolvente protección de sus brazos era todo lo que le importaba en el mundo. El fuego que recorría su cuerpo haciéndola temblar era lo que sus ojos le prometían cada vez que la miraba; un fuego que ardería descontrolado cuando la hiciera suya.

Guy acarició la plenitud de su cadera y fue incapaz de reprimir un profundo sonido que surgió desde lo más hondo de su garganta y que le hizo abrazarla con más fuerza y levantarla hasta que sus pies dejaron de tocar suelo. Claudia apenas podía respirar. Instintivamente, levantó las piernas y rodeó su cintura con ellas para asegurar su oscilante peso. Su amplia falda facilitó el movimiento y le hizo ver lo indefensa que se encontraba ante su masculinidad.

Guy separó su boca de la de ella, y Claudia sintió como lo recorría un estremecimiento. Dejó caer la frente sobre su hombro, como si fuera ella la que lo sostuviera y no al revés. Envuelta en una bruma de pasión, Claudia recorrió un sendero con sus besos hasta llegar a su oreja.

–Ten cuidado, Claudia. Me harás caer de rodillas.

Su profunda voz la atravesó y se convirtió en una caricia que no había creído posible, un relámpago que la recorrió hasta alcanzar lo más profundo de su ser. Claudia enredó las manos en su pelo para acercarlo más hacia sí, dispuesta a perderse en lo que él le prometía, a entregarse sin condiciones. La estancia se inclinó y se dio cuenta de que Guy se había arrodillado sobre la cama para tenderla sobre las almohadas. Aun así, continuaban tan íntimamente unidos como lo habían estado de pie. Su mano se deslizó hacia su cadera y la sujetó con la suficiente fuerza como para mantenerla inmóvil.

–Calma, mi amor. No quisiera que esto acabara antes de empezar.

Claudia frunció el ceño.

–¿Estoy siendo demasiado atrevida? –Su voz era vacilante.

Insegura, intentó liberar sus piernas, pero Guy sujetó con fuerza su cadera con las manos para impedir que se moviera. Eso sólo hizo que se aproximara aún más al cálido y suave centro de placer de Claudia. Las pocas capas de ropa que había entre ellos no eran ni con mucho suficientes para protegerlo de su calidez. No obstante, Claudia parecía preocupada, como si estuviera haciendo algo que no debiera.

Guy intentó dedicarle una sonrisa tranquilizadora sin mucho éxito.

–No, cariño. No hay nada demasiado atrevido en lo que haces.

Claudia empezó a retorcerse de nuevo, en otro intento tardío de adoptar una posición más recatada. El gruñido de Guy la hizo detenerse.

–Frunces el ceño cada vez que me muevo –susurró–. Si no es mi descaro lo que te disgusta, ¿qué es entonces?

Realmente no tenía ni idea del exquisito tormento al que lo estaba sometiendo. Guy deseaba reír, pero se conformaría con poder volver a respirar.

–Me gusta tu descaro. –Acarició su mejilla con el dorso de un dedo, molesto al ver como le temblaba la mano–. Soy yo el que está demasiado impaciente. Quiero ser cuidadoso contigo, introducirte despacio en los placeres que vamos a compartir.

Claudia pareció reflexionar sobre ello mientras Guy sentía que su deseo por ella crecía hasta niveles insoportables. Pero eso no era nada nuevo. Se había pasado los últimos cuatro días en un estado casi constante de excitación. ¿Cuántas veces había soñado despierto con el momento en que la estrecharía en sus brazos de nuevo, con todas las cosas que deseaba hacerle? Las fantasías llenaron cada hora de las noches que había pasado separado de ella. Pero todo lo que había imaginado palidecía al lado de la realidad.

Si todavía quedaba alguna esperanza de hacer el amor suave y lentamente, Guy necesitaría recuperar el control de sí mismo. Eso no sucedería mientras ella lo acunara así entre sus muslos. Decidió rodar para apartarse de ella; quizá debiera dar un par de vueltas por la estancia para enfriar su deseo; sin embargo, estaba cautivado por el contacto de su suave cuerpo bajo él, la visión de sus labios enrojecidos y temblorosos por los besos, y el fulgor verde de sus ojos. Claudia provocaba un efecto sobre sus sentidos que nunca había experimentado, una recién descubierta conciencia que se centraba totalmente en la mujer que estaba entre sus brazos. Su piel ardía en los lugares donde sus cuerpos entraban en contacto. Todos los colores parecían más intensos, desde el rosado de sus labios al bruñido caoba de su pelo. Sus mejillas eran del color de las rosas, y el perfume de esas delicadas flores llegaba hasta él junto a otro tenue aroma que hacía que sus fosas nasales se dilataran. Tomó una profunda bocanada de aire para saborear el embriagador perfume de la excitación de Claudia.

Sin poder evitarlo, su mirada descendió hasta la tentadora turgencia de sus pechos. Frunció el ceño al darse cuenta de que el vestido debía desabrocharse por la espalda o por los laterales. Necesitaba desvestirla. Ojalá hubiera pensado en ello antes de ponerla sobre la cama. Quizá le pidiera que se desvistiera mientras él la observaba. Sólo pensar en ella desnuda hizo que le hirviera la sangre. Sus caderas se arquearon contra ella por iniciativa propia, haciendo que volviera a la realidad. El vestido podía esperar.

–Me gusta tocarte –confesó Claudia con su suave y sensual voz–. Hay veces en las que lo deseo tanto que me duele no hacerlo.

Llevó su mano hasta el rostro de Guy y deslizó la punta de los dedos por su mejilla. Cuando recorrieron sus labios y descendieron por su cuello hasta llegar a su pecho, Guy sintió que sus caricias lo marcaban con fuego. Intentó concentrarse, captar lo que Claudia estaba diciendo.

–A mí no me pareces impaciente. Creo que eres el hombre más paciente y dulce que conozco.

¿Paciente? ¿Dulce? Se sentía como un animal salvaje dispuesto a poseerla sin piedad, a marcarla para siempre como suya. Al infierno su vestido. Su boca descendió con firmeza para apresar la boca de Claudia, pero intentando no hacerle daño, ya que sus labios estaban magullados por los besos. Su cuerpo se movió como si tuviera vida propia sobre el de ella. Una mano recorrió su pierna hasta introducirse por debajo de su falda, deslizándose por el sensible punto en el interior de su rodilla y por su torneado muslo hasta llegar a la cadera. Deseaba verla, comprobar si sus piernas eran tan largas y esbeltas como parecían, pero no podía dejar de besarla. Su mano exploró la desnuda curva de su cadera, que le pareció más suave que cualquier cosa que hubiera imaginado.

Un gruñido llenó el aire, una advertencia de la bestia que Claudia hacía surgir en su interior y que pretendía reclamarla como su presa. Guy no había emitido un sonido así en su vida. Debería haberla aterrorizado pero, increíblemente, Claudia no protestó. Yacía indefensa bajo él, ofreciéndose sin condiciones, participando activamente en su propia seducción. Correspondía al beso de la única forma que sabía, la que él le había enseñado: tentando su lengua con la suya, haciendo que el control de Guy desapareciera, arqueándose contra su cuerpo. La dejó hacer hasta que no pudo soportar por más tiempo la provocadora invitación y volvió a tomar el mando. Las manos de Claudia se movían sobre sus hombros y su espalda como si buscara algo que no pudiera encontrar, aferrándose a su camisa como si pretendiera arrancársela. Guy se escuchó a sí mismo volver a gruñir. Sabía lo que buscaba y se propuso renunciar a sus propias necesidades hasta que ella encontrara ese mágico lugar. Su prometida era una criatura realmente apasionada.

Su mujer. Ahora realmente era suya, siempre sería suya. Tuvo la esperanza de que ese pensamiento le ayudara a enfriar su sangre, pero eso no ocurrió. Cuando Claudia empezó a tirar de su camisa de nuevo, Guy alargó una mano por detrás del cuello para poder tirar de la prenda y así conseguir sacársela por la cabeza, irritado por tener que interrumpir el beso para hacerlo.

Sus miradas se encontraron, y Guy vio un atisbo de inseguridad en sus pupilas. Por un momento temió que ella protestara por su desenfrenada urgencia pero, en lugar de eso, Claudia se llevó las manos hasta los lazos en el lateral de su vestido e intentó torpemente deshacerlos con sus temblorosos dedos. Al no conseguirlo, emitió un pequeño gemido de frustración y se dio por vencida. Rodeó su cuello con los brazos y lo atrajo hacia sus labios invitándole a que tomara de nuevo posesión de su boca.

Guy se había preparado para horas de cortejo y seducción, pero su apasionada respuesta lo había excitado más de lo que creía posible. Era él quien estaba siendo seducido. Claudia respondía a cada caricia con un suspiro o un pequeño gemido de placer. Con el último atisbo de cordura que le quedaba, se dio cuenta de que había sido privada durante años de la más mínima muestra de amor o cariño. No era de extrañar que ansiara su contacto, que su hambre se reflejara en su pasión. Aquella revelación sólo hizo que estuviera más decidido a compensarla por todos aquellos años de soledad, a cuidarla y a protegerla. Tenía que recuperar el control de sus sentidos para poder conseguirlo. Sus labios se deslizaron hasta la esbelta columna que formaba su cuello, incapaz de resistirse a su necesidad de besarla una vez más antes de apartarse, apoyándose sobre los codos con el fin de liberarla de parte de su peso.

–Claudia, yo...

Ella sacudió la cabeza con mirada desesperada.

–No me dejes.

Él intentó por todos los medios contenerse. Tenía que reconfortarla, y lo que él tenía en mente no era el consuelo que ella necesitaba. Claudia era virgen. Debía recordarlo y no confundir su necesidad de amor con su propia necesidad, su propia lujuria. Pero la joven susurró una súplica que puso fin a sus buenas intenciones:

–Te lo ruego.

La mano de Guy ya se estaba encargando del cierre de sus pantalones antes siquiera de darse cuenta de lo que estaba haciendo. A pesar de que su mente ordenaba a su cuerpo que se detuviera, Guy los liberó a ambos de las prendas suficientes para que nada se interpusiera entre sus cuerpos.

Había pasado los últimos cuatro días planeando ese momento, convencido de que la conduciría por las sendas del placer de forma lenta y enloquecedora. Pero nada estaba saliendo como había planeado. Deseaba hundirse en ella, perderse en su interior. Su cuerpo temblaba por la pasión que Claudia había desencadenado en sus entrañas. Le abrió aún más las piernas y se colocó de forma que su dolorido miembro presionara la entrada de su cuerpo. Ella se movió y Guy sintió que su autocontrol se resquebrajaba. Dios Santo, no podía consentir que pasara. No su primera vez.

–Claudia.

Su nombre era casi una súplica. Pero sabía que ya nada podría detenerlo. No a menos que se pudiera morir de tanto placer. Parecía una posibilidad. Su corazón latía tan fuerte que pensó que estallaría en su pecho.

Consiguió centrar su mirada en Claudia y observar el miedo y el deseo que se reflejaban en su rostro, junto a la inocencia y la sorpresa. Se estaba preguntando si sus propios pensamientos eran tan transparentes, cuando la joven empezó a asentir. Quiso preguntarle lo que significaba ese gesto, pero ella arqueó sus caderas imitando sus movimientos y Guy sólo pudo susurrar su propia súplica final.

–Perdóname, mi amor.

Empezó a penetrarla con cuidado, con temor a hacerle daño. La sintió tensa y húmeda, y a la vez cálida y acogedora. Guy quería expresar a gritos su dicha. Deseaba murmurar dulces palabras de ternura, pero no podía pronunciar ningún sonido.

Las uñas de la joven se clavaron en sus hombros cuando la rígida extensión del miembro de Guy se encontró con la prueba de su inocencia. Claudia no pudo evitar gemir de dolor ante la intrusión de la dura carne en su interior. Perdidos los últimos jirones de su control, Guy la embistió con fuerza y se introdujo en ella por completo, hundiéndose en su calidez, arrastrado por su deseo de poseerla, de hacerla suya por entero.

El suave grito lo hizo arder. Estaba hecha para él. Se mantuvo tan quieto e inmóvil como una estatua, casi en el mismo borde de la locura en su temor de volver a hacerle daño. Claudia lo abrazaba, se aferraba a él mientras oleadas de pasión y calor la atravesaban logrando que se contrajera y se tensara a su alrededor. Pero cuando rodeó sus caderas con sus piernas y se arqueó contra él emitiendo un gemido, Guy perdió el autodominio. Su mundo se desmoronó. Su cuerpo se movió fuera de control, embistiéndola una y otra vez hasta que cerró los ojos con fuerza y el placer estalló en su interior con tanta fuerza que pareció poder continuar eternamente.

Finalizó de forma tan abrupta que casi se desmayó sobre ella.

11

Guy abrió los ojos y descubrió a Claudia mirándole fijamente. De algún modo, había logrado rodar sobre su espalda, y ahora ella yacía sobre él. Sin embargo, en lugar de relajarse contra su pecho como esperaba que hiciera, ella se apoyaba sobre los brazos para poder mirarle, de modo que le clavaba los codos dolorosamente en las costillas. Aunque lo más inquietante es que parecía horrorizada. Guy esperaba no haberle hecho daño. Era lo último que deseaba. Aun así, en ese momento no tenía fuerzas para disculparse por nada, y menos por la rápida pérdida de su virginidad o el abrupto final al que habían llegado. Tan pronto como su corazón volviera a latir con normalidad, la tranquilizaría diciéndole que todo sería muy diferente la próxima vez, que sería capaz de ser paciente y tierno.

Claudia empezó a resbalarse hacia su costado y Guy la sujetó con más fuerza por las caderas.

–Dame un momento, amor. Ahora descansa.

–No puedo –respondió ella. Su voz sonaba extrañamente tensa–. Mi falda está atrapada debajo de ti.

Vio como Claudia se aferraba a la prenda y se dio cuenta de que tenía razón. Con la falda tirando de ella hacia un lado y sus manos y su cuerpo empujándola hacia el otro, no podía estar en absoluto cómoda. Guy se giró hacia un lado y separó con cuidado sus cuerpos. Ella bajó la mirada y empezó a recolocarse la falda. Esos pequeños y oscilantes movimientos le hicieron comprenderlo todo al instante.

–Dios.

Ni siquiera la había desvestido.

La rápida mirada femenina le hizo darse cuenta de que había hablado en voz alta. La expresión de dolor e inseguridad que llegó a vislumbrar en las profundidades esmeraldas de sus ojos le hizo fruncir el ceño. Esperó a que volviera a mirarlo, pero Claudia mantenía los ojos ocultos bajo sus espesas pestañas. Él había sentido más placer con Claudia de lo que había creído posible, pero ella parecía estar a punto de llorar.

Guy frunció el ceño mientras se recolocaba sus propias ropas. Había llevado a las suficientes mujeres hasta su lecho como para ser consciente de su destreza como amante y, sin embargo, no había sabido complacer a la mujer que más había deseado a lo largo de su vida. Ahora que pensaba en ello, no podía recordar haber fracasado nunca en algo que realmente le importara hasta ese momento. Nunca había perdido el control por completo. Pero ¿por qué ahora sí? ¿Qué poder tenía ella sobre él?

–No ha sido como yo había planeado, Claudia. Perdóname.

Alzó la vista y le dirigió una mirada confundida.

–¿Te arrepientes de que hayamos hecho el amor?

–No, por supuesto que no. Sólo me arrepiento de... –Guy apretó los labios al darse cuenta de que ella no tenía ninguna experiencia con los hombres, así que no sabría por qué se disculpaba–. No importa. Hablaremos de ello en otro momento. Prefiero saber cómo te sientes. ¿Te he hecho daño?

Un profundo rubor tiñó sus mejillas.

–No ha sido tan malo.

Una sonrisa se formó en los labios de Guy mientras ponía la mano sobre su cintura a modo de pequeña caricia.

–Todo hombre vive esperando impaciente el día en que oiga decir a su prometida que no ha sido tan malo.

Claudia se tensó bajo su mano y el resplandor en sus mejillas desapareció.

–Preferiría que no bromearas sobre nuestro falso compromiso.

–No estaba bromeando. –Guy se reprendió a sí mismo mentalmente. Nada había ido como lo había previsto desde que había vuelto. O mejor dicho, desde que la había conocido. Aun así, su voz se suavizó cuando pronunció las palabras que había querido decir antes de abandonar Montague–. Estamos verdaderamente prometidos, Claudia. No rechazaré nuestro compromiso ni te rechazaré a ti. Nos casaremos tan pronto como el sacerdote de Montague haga los preparativos.

Esperaba verla sonreír ante sus palabras. Ella había deseado casarse desde el principio. Sin duda, las noticias la harían sonreír durante una semana.

Claudia arrugó el ceño.

–¿Por qué?

–¿Por qué? –repitió Guy–. ¿Quieres una razón?

–Sí. –Claudia quería estar segura de que había escuchado bien. Estaba tan asombrada por su repentina declaración como por lo que había ocurrido entre ellos. Había sabido desde el principio que hacer el amor con Guy sólo intensificaría sus sentimientos hacia él, que reforzaría el vínculo entre ellos. Ahora sentía que él la poseía en cuerpo y alma. Ella le pertenecía como nunca pertenecería a nadie más. ¿Que la quisiera como esposa significaba que él sentía lo mismo?

No, seguramente no era así. Algo en lo más hondo de su ser le decía que la decisión que Guy acababa de comunicarle no era fruto de la pasión. El recelo sustituyó rápidamente a la sorpresa.

–Dadas las circunstancias, pedir una razón por tu repentino cambio de opinión me parece algo razonable.

–No hay nada de repentino en mi decisión –replicó Guy poniéndose a la defensiva–. He estado pensando mucho en ello durante los últimos cuatro días. Nunca se me ocurrió que exigirías una explicación por mi decisión. –Enarcó una ceja–. Por ley, no tengo que rendirle cuentas a nadie, excepto a Dios y al rey.

–¿Y qué razón pretendes darle a Dios y a tu rey?

Claudia casi podía ver como su mente trabajaba rápida y vertiginosamente tras su máscara de arrogancia. Estaba intentando pensar en una buena mentira. Lo miró expectante y esperó.

–Pensé que te haría feliz. –Sonaba resentido–. Dejaste muy claro que preferías ser mi esposa a mi amante.

–También preferiría tener una hermosa cabellera rubia en lugar de ésta de un castaño tan desvaído, pero igualmente haría una o dos preguntas si ese cambio tuviera lugar algún día.

–¿Quién osa decir que tu pelo tiene un color desvaído?

–Yo. –Claudia soltó un suspiro de impaciencia–. Estás intentando distraerme, barón.

–Guy –protestó él.

–Muy bien, Guy. ¿A qué viene este repentino deseo de desposar a una mujer que no era digna de llevar tu ilustre nombre hace sólo cuatro días? –Claudia se apoyó sobre un codo para poder mirarle–. ¿Y no has pensado que tal vez yo no quiera pertenecer a una familia que seguramente me odiará?

Guy también se apoyó en un codo.

–Te casarás conmigo. Las razones nada importan. Tu tío me nombró tu prometido y eso me da el derecho a hacerte mi esposa. No cederé ese derecho a ningún hombre, ni permitiré que otro tome lo que es mío.

–No parece que haya ningún otro hombre que me desee –rebatió en voz baja.

–Yo te deseo. –Le lanzó una mirada que la desafiaba a discutir ese hecho–. Y dado que tiendo a tener buen gusto, puedes estar segura de que hay otros hombres en las mismas circunstancias.

La mirada de Claudia recorrió su rostro detenidamente desde el inflexible ángulo de su mandíbula hasta la arrugada tormenta de su frente. Se preguntó a cuánta gente habría aterrorizado con esa expresión. Tuvo el efecto contrario en ella. Qué extraño que su ira pudiera hacerle sentirse protegida y a salvo. Y más extraño aún que no deseara otra cosa que suavizar su fruncida frente con dulces besos. Claudia sacudió la cabeza. Guy podía distraerla incluso sin pronunciar una sola palabra.

–¿Entonces te casarás conmigo porque eres un hombre posesivo y me ves como una propiedad?

–Yo no he dicho nada semejante –replicó él–. Siempre tergiversas mis palabras.

–Yo no tergiverso nada. No me has dado ninguna otra razón, aparte del hecho de que eres posesivo –señaló Claudia.

Luego calló en espera de que le diera alguna otra explicación, pero Guy seguía guardando un obstinado silencio. Le estaba ocultando algo. Algo importante. De pronto se le ocurrió la única razón por la que él desearía casarse con ella.

–Has descubierto lo de Halford.

Guy le dirigió una cautelosa mirada.

–¿Qué es lo que he descubierto sobre Halford?

–Lo sabes muy bien. –Sentía como si algo muy pesado le oprimiera el pecho. Se preguntaba si habría recibido una misiva de su rey. A su tío le preocupaba que sólo fuera cuestión de tiempo que Guy descubriera la verdad. Y estaba segura de que lo había hecho. Un pequeño atisbo de esperanza cuya existencia desconocía murió en su interior–. Al igual que yo sé por qué de repente soy digna de ser tu esposa.

–¿De qué estás hablando?

Claudia estudió su rostro en busca de alguna señal que delatara la verdad. No le extrañaba que pudiera conseguir unos tratos tan provechosos. Se le daba muy bien ocultar cualquier rastro de culpabilidad que pudiera sentir al aprovecharse tan despiadadamente de sus sentimientos.

–¿Cómo lo has sabido?

–Estoy cansado de este acertijo, Claudia. –No levantó la voz, pero la amenaza que reflejaba su tono era inconfundible–. Explícate. Ahora.

–Es por Halford Hall –dijo ella–. Has decidido casarte conmigo porque has descubierto que forma parte de mi dote.

Guy la miró fijamente sin decir una sola palabra durante largos minutos. Sus ojos eran del color del hielo. Por primera vez, Claudia sintió una punzada de miedo.

–¿Ibas a permitir que tu tío me vendiera una propiedad que no era suya?

–No sabía que era mía –protestó. Oh, Dios. Él no lo sabía. Y se lo había dicho en el peor momento posible–. Descubrí lo de mi dote el mismo día que oí a mi tío hablar de la conspiración para matarte. Mi abuelo concedió Halford a mi madre como parte de su dote, y ella, a su vez, me lo legó a mí. Mi tío esperaba conseguir tu oro antes de que descubrieras la verdad.

–Y tú has sabido la verdad desde que dejamos Lonsdale.

La acusación le dolió. Pero fue su silenciosa reprobación lo que la hizo sentirse avergonzada, el hecho de que Guy hubiera descubierto que no había confiado en él.

–Me pareció mejor guardármelo para mí. Me habrías forzado a casarme si lo hubieras sabido.

–¿Tú crees? –Guy se echó hacia atrás y su mirada la recorrió rápida y desdeñosamente–. Pareces conocerme muy bien.

Claudia levantó la barbilla.

–Sé que eres un hombre decidido a conseguir lo que desea cueste lo que cueste. Los hechos hablan por sí mismos: pensabas pagar una fortuna por Halford cuando no podía valer ni la décima parte de esa cantidad y te niegas a vender rollos de tela flamencos porque no te gustan sus mercaderes. –Hizo una pausa, suspiró y siguió hablando–. Rechacé la fortuna que me ofreciste a cambio de ser tu amante, ¿y ahora pretendes que crea que quieres casarte conmigo cuando estoy en tu lecho por voluntad propia? –Plantear sus razones en voz alta hizo que se sintiera todavía más segura de sus convicciones–. Te conozco bien, barón. Llegarías hasta límites insospechados para conseguir lo que deseas.

–Tienes razón, por supuesto. Si hubiera sabido lo de Halford Hall, te habría raptado y me habría casado contigo en el mismo instante en que hubiéramos atravesado las puertas de Montague. Es obvio que he demostrado ser un despiadado villano ante tus ojos desde entonces.

–Estás siendo sarcástico.

–¿Tú crees? –Su sonrisa hizo que un escalofrío recorriera la columna de Claudia; era una sonrisa perfectamente civilizada que lograba parecer la de un depredador al mismo tiempo–. En realidad, sólo estoy intentando imaginar qué razones te hicieron ocultarme esa información. ¿Por qué no me lo dijiste? ¿Fue por miedo a que te robara tu herencia? ¿Lo hiciste para vengarte por haberte sacado de tu cómodo y acogedor hogar en Lonsdale? ¿O era una agradable sorpresa que guardabas para cuando llegara el momento adecuado?

Claudia bajó la mirada.

–Pretendía venderte Halford a un precio justo.

–¿Y cuándo pensabas hacerlo?

¿Cuándo aprendería a mantener la boca cerrada? Al darse cuenta de que cualquier cosa que dijera sólo lo enfurecería más, se limitó a encogerse de hombros.

–No posees más que un trozo de papel, Claudia. –Guy sacudió la cabeza, como si ella ya debiera saber lo que él le decía. Curiosamente, las líneas de alrededor de su boca reflejaban irritación más que ira–. Halford pertenece a quien controle sus murallas. Ahora lo hacen los hombres de tu tío, pero pronto serán sustituidos por mis soldados. ¿Acaso has creído que pagaría entonces por lo que ya habría conseguido conquistándolo?

¿Qué podía decir? ¿Que no había ido tan lejos en sus divagaciones? En medio del silencio que siguió, Guy pareció leer su mente y frunció más el ceño.

–¿Me exasperas a propósito o es un talento natural del que dispones?

Claudia, prudentemente, ignoró la pregunta.

–¿Me castigarás por no habértelo dicho?

–No. –Guy, exasperado, se pasó una mano por el pelo–. Pero deberías habérmelo contado antes.

–Ahora me doy cuenta de ello –murmuró. Lo había juzgado mal y él lo sabía. La necesidad de reconfortarlo superó su cautela. Claudia extendió la mano y la apoyó sobre su mejilla–. ¿Estás muy furioso?

–No estoy furioso, pero sí enfadado. –Guy miró de soslayó su mano–. ¿Es esto un intento tuyo de aplacar mi ira?

–Sí. –Claudia deslizó los dedos por su frente en una tentadora caricia mientras sus labios se curvaban en una tímida sonrisa–. ¿Funciona?

Las comisuras de los labios de Guy se movieron hacia arriba.

–Sí.

Claudia recorrió su alto y anguloso pómulo y la línea de su mandíbula, y Guy la instó a que deslizara su mano por las tensas curvas de su cuello y su clavícula. El fuego acumulado en sus ojos ardió con más fuerza.

–Necesito que aplaques mucho más mi ira, o no respondo de mí –amenazó–. Quiero saber qué otras «verdades» has decidido guardarte para ti misma.

Sus dedos trazaron pequeños círculos mientras se dirigían a su corazón. Claudia prefería explorar las interesantes colinas y valles de su torso que discutir.

–No puedo recordar ninguna.
–Háblame de tus padres.
Su mano se paralizó. ¿Qué había descubierto de sus padres? Prefirió tantear el terreno antes de contar algo de lo que pudiera arrepentirse.
–¿Mis padres?
–Sí, ¿cómo pudo llegar a poseer tu madre unas esmeraldas tan valiosas?
–Por los conductos habituales –murmuró–. Mi padre era un hombre rico y le gustaba hacerle regalos a mi madre.
Claudia estudió la forma de su esternón con la punta del dedo. Puede que no fuera tan horrible contarle el último de los secretos de su familia, aunque le costara trabajo hacerlo. Aunque seguramente su pasado le parecería incluso más sórdido que todo lo referente a Roberto. Se mordió el labio inferior y permaneció en silencio.
–Si tu padre era tan rico, ¿cómo puede ser que tú y tus hermanos acabarais en una situación tan precaria?
–La familia de mi padre conspiró para arrebatarnos su fortuna cuando él murió. Mis hermanos y yo nos vimos obligados a huir de nuestro hogar sólo con lo que pudimos cargar. –Claudia deslizó la mano por su hombro–. ¿Estás seguro de que no estás enfadado por lo de Halford?
No conseguiría distraerlo tan fácilmente.
–¿Cómo murieron tus padres?
Ésa era la pregunta que ella tanto había temido.
–No te gustará la historia.
Tomó aire profunda y entrecortadamente.
–Quisiera escucharla de todos modos. –Guy le obligó a levantar la barbilla y esperó hasta que lo miró a los ojos–. Cuéntame tus secretos, Claudia. Puedes contarme lo que sea. No afectará a lo que siento por ti.
–¿Y qué sientes por mí?
Guy negó con la cabeza.
–Primero tu historia.
Guy no era consciente de lo que le pedía. Claudia centró su mirada en un punto más allá de su hombro y empezó a recordar

imágenes de su infancia. Su padre siempre había tenido una presencia imponente. Era alto, con pelo oscuro y unos penetrantes ojos verdes. Sin embargo, lo que Claudia más recordaba eran sus sonrisas. En cambio, el aspecto de su madre era delicado; tenía el pelo claro y los ojos azules de los Lonsdale. De ella, Claudia sólo recordaba su expresión preocupada. Sus padres poseían temperamentos muy diferentes, pero ella nunca dudó de que quisieran a sus hijos y de que se amaran el uno al otro. Su familia era para ellos lo más importante de sus vidas. Nunca se criticaban en presencia de extraños, y los secretos de familia eran eso, secretos que no se contaban a nadie. Aun así, Guy tenía derecho a saber sobre su familia si realmente pretendía convertirla en parte de la suya propia. Claudia cerró los ojos y recordó la soleada villa donde creció, los viñedos interminables, los olivares y el inconfundible aroma de los almendros en flor en primavera.

–Los problemas empezaron cuando la hermana de mi padre, Giovanna, se casó con el hijo de un noble vecino. Las dos familias estaban enfrentadas por una rivalidad que había empezado muchas generaciones atrás y de la que nadie podía recordar el origen. Algunos pensaron que un matrimonio podría ayudar a solucionar los problemas entre ambas casas.

–Me imagino que no fue así.

Claudia abrió los ojos y clavó la mirada en su pecho, anhelando apoyar la cabeza allí para escuchar los reconfortantes latidos de su corazón.

–No, Giovanna sólo fue para su marido un medio para llegar a un fin. Lorenzo deseaba mucho más que una esposa Chiavari. Deseaba todo lo que la familia poseía. Tan pronto como Giovanna le dio un hijo varón, Lorenzo tramó un plan para conseguir el control de todo.

–¿Puso bajo asedio tu hogar? –preguntó Guy.

–Los asedios no son tan comunes en Italia como aquí –le explicó Claudia–. Lorenzo utilizó unos medios mucho más cobardes para conseguir su objetivo.

Una vez que comenzó su historia, casi se sintió aliviada al poder contársela. Había deseado desesperadamente que Guy nunca le preguntara por sus padres, pero tenía derecho a saber sobre su pasado. Ahora sabía que el matrimonio con el hombre que amaba no era más que otra tentadora visión de lo que nunca podría llegar a ser. Descubrir que Roberto era su hermano debería haber hecho que se alejara de ella, pero eso era un asunto que incumbía a sus hermanos y no a ninguno de ellos dos directamente. Lo que Claudia iba a contarle la afectaba de forma irrevocable y también afectaría a Guy. Después de oír su relato, ni siquiera la querría como amante.

No obstante, si se lo ocultaba, Guy podría llegar a sentir afecto por ella, quizás incluso amarla. Pero Claudia acabaría haciéndose daño a sí misma y también a él, porque tarde o temprano Guy descubriría la verdad y la apartaría de su lado. Era demasiado tarde para salvar su propio corazón, pero no podía soportar la idea de hacerle daño con su silencio, así que se sumergió en la peor parte de la historia.

–Mi padre no tenía hermanos varones, pero sí tres herederos sanos. No obstante, Lorenzo era demasiado astuto como para asesinarnos a todos, pues sabía que nadie lo creería inocente del crimen. En lugar de eso, envenenó a mi padre. Disponía de espías entre los sirvientes de nuestra casa para que llevaran a cabo el crimen. Luego, esos mismos espías se presentaron como testigos para jurar que mi madre y su alquimista habían conspirado juntos y cometido el asesinato. Lorenzo usó su matrimonio con mi tía para proclamarse nuestro tutor y sus hombres se llevaron a mi madre al día siguiente de la muerte de mi padre. Quince días después, supimos que había muerto a causa de las torturas que le habían infligido al negarse a confesar su supuesto crimen.

Claudia se esforzó por expulsar las imágenes de aquellos espantosos días de su pensamiento. Cerró su mente a todo, excepto a las palabras. Su voz sonaba casi carente de emoción.

–El alquimista resultó ser más cooperativo. Lo torturaron hasta que suplicó que lo mataran, hasta que supo que su confesión sería lo único que lo libraría del dolor. Juró ante un consejo de sacerdotes y magistrados que había sido el amante de mi madre durante años, que era el padre de todos sus hijos y que ambos habían matado a mi padre para poder casarse.

Claudia se humedeció los labios y recordó la presión de la boca masculina contra la suya. A ojos de la Iglesia, ella era la hija de una asesina. Guy no querría volver a besarla nunca.

–Lorenzo solicitó a la Iglesia que anulara el matrimonio de mis padres basándose en el adulterio –continuó–. El mismo Papa firmó el decreto, y mis hermanos y yo fuimos declarados bastardos. Roberto y Dante hicieron todo lo que pudieron por convencer a la Iglesia de la inocencia de mi madre, pero Lorenzo lo tenía todo planeado desde hacía demasiado tiempo y no había olvidado detalle. Su hijo fue designado el pariente varón legítimo más próximo a mi padre y, por tanto, su único heredero. Dante y Roberto decidieron que debíamos huir a Inglaterra cuando uno de mis sirvientes murió al beber una copa de vino que iba dirigida a mí. Era el modo que tenía Lorenzo de decirnos que nunca estaríamos a salvo si permanecíamos en Italia.

Cuando el relato finalizó, un ensordecedor silencio llenó la estancia. Claudia esperaba que Guy se alejara de ella o que expresara algún otro signo de aversión en cuanto digiriese el relato. Aunque quizás a él no le importara que la Iglesia la hubiera señalado como bastarda y que se le exigiera confesarlo ante un sacerdote antes de casarse, si es que llegaban a hacerlo. Se obligó a sí misma a mirarlo a los ojos, y la glacial expresión de Guy puso un desgarrador final a su vaga esperanza de que todavía la deseara.

Guy recorrió su rostro con la mirada como si buscara algo y extendió la mano para pasar el pulgar por su mejilla.

–¿No tienes lágrimas para tus padres y hermanos?

–Son un signo de debilidad. Aprendí a controlarlas.

–Sin embargo, lloraste por mí.

Claudia bajó la vista, incapaz de mirarle a los ojos por más tiempo.

–Parece que no tengo control cuando se trata de ti.

–Me entristece verte llorar, pero no permitiré que endurezcas tu corazón más de lo que ya lo has hecho. No hay necesidad. –Antes de que Claudia pudiera imaginar sus intenciones, Guy ya había puesto sus manos en su cintura y la atraía irremisiblemente hacia sus brazos–. Te hiciste fuerte para sobrevivir y aprendiste a depender de ti misma y de nadie más. ¿No es cierto? –preguntó antes de besarla en la frente con una ternura infinita.

–No vas muy desencaminado –murmuró. De hecho, no podía estar más en lo cierto. Claudia no supo cómo interpretar aquella muestra de ternura. La terrible historia de su familia era más que suficiente para que la rechazara–. ¿Te das cuenta de que hay gente que me considera una bastarda? ¿La hija de una asesina?

–Sí.

Guy no sonaba más preocupado por esa revelación de lo que lo hubiera estado si ella le hubiera dicho que parecía que esa noche iba a llover.

Claudia se mordió el labio inferior, casi asustada de hacer la siguiente pregunta.

–¿Entonces abandonarás esa delirante idea del matrimonio?

–No.

Guy respondió con la suficiente fuerza como para forzarla a echarse hacia atrás para contemplar su rostro. Aparte de su ceño ligeramente fruncido, no pudo ver nada que reflejara sus pensamientos.

–Los barones no se casan con bastardas –le indicó–. No, a no ser que sean las del propio rey. Tú... ¿Por qué sonríes?

–Es tu elección de palabras lo que me hace sonreír. –Guy se inclinó hacia ella para darle un dulce y prolongado beso que hizo que olvidara cualquier pensamiento que no se centrara en sus labios. Cuando finalmente se apartó de ella, apoyó la punta de su dedo contra sus labios como si sellara su beso–. No me importa lo que algunos puedan llamarte, porque sé quién eres. Pero sobre todo, sé quién serás. Dentro de poco, nadie osará llamarte otra cosa que no sea «baronesa».

–¿Por qué estás tan decidido a casarte conmigo? –susurró–. Desde luego, no es por el rancio abolengo de mi familia. Tampoco es por mi dote, ya que pretendes hacerte con Halford sea como sea, y el oro que pueda obtener con mi collar no afectará en gran medida a tu fortuna. Pero aun así, insistes en casarte. ¿Por qué?

–¿Acaso no lo sabes?

Claudia soltó un suspiro de exasperación.

–Acabo de darte las razones por las que creo que no puedes hacerlo. La única posibilidad que queda es la lujuria, pero ése no puede ser el motivo porque sabes que me entregaré a ti de buen grado sin la promesa del matrimonio.

–¿Lo harás? –Guy sonó asombrado, aunque consiguió mantener un semblante serio–. ¿Vendrás todas las noches a mi lecho de buen grado?

–Dime, ¿quién es ahora el que tergiversa las palabras de quién? –Claudia le dio un empujón en el hombro–. ¿Me darás tus razones o no?

–Hmm. –Le dirigió una mirada pensativa–. Creo que no. No sería muy inteligente por mi parte en este momento. Tú misma has dicho que sabes cómo funciona mi mente. Pronto se te ocurrirá la respuesta.

–¿Necesitas un heredero? –probó suerte, aunque casi al mismo tiempo que lo decía negaba con la cabeza–. Podrías escoger la esposa que desearas. No necesitas casarte conmigo para tener a tu heredero.

–Quizá necesite un heredero con ojos verdes –se burló, mientras le cogía la mano y la colocaba sobre su pecho–. Éste es el camino más rápido para obtener tu respuesta, Claudia. Es donde encontrarás lo que estás buscando.

–¿Encontraré la respuesta tocándote? –Sus labios perdieron la sonrisa–. Entonces la lujuria es la razón después de todo.

Guy simplemente sonrió y sacudió la cabeza.

–¿Te gusta tocarme?

–Ya te he dicho que sí –le respondió, intrigada por el repentino cambio que se había producido en él.

La distante mirada en sus ojos había desaparecido y dejaba al descubierto la parte de su personalidad que más le gustaba. Debería estar frunciendo el ceño, furioso con ella por haber guardado sus secretos durante tanto tiempo. En cambio, sonreía y bromeaba con ella. Nunca entendería cómo funcionaba su mente.

Los dedos de Guy tiraron de los lazos que había en los laterales de su vestido.

–A mí también me gusta tocarte.

–¿Qué estás haciendo?

–Quiero mirarte. –Guy se inclinó sobre ella para poder usar ambas manos y la cogió de la cadera. Sentir el peso y la calidez de su cuerpo provocó una respuesta inmediata en ella, un deseo irrefrenable de ser suya de nuevo. Incluso su voz le causaba un cosquilleo en la boca del estómago–. Quiero verte completamente desnuda.

Ella intentó rechazarlo, pero él apartó sus manos como si algo no más molesto que una mosca lo descentrara de su tarea. Abandonando sus inútiles esfuerzos, Claudia se recostó y tomó su rostro entre las manos.

–¿Es que lo que te he contado sobre mis padres no te influye?

–En absoluto –le aseguró con un pequeño gruñido de satisfacción cuando consiguió deshacer los nudos. Su mirada volvió a encontrarse con la de ella cuando aflojó los lazos y en sus ojos se pudo leer una intensa emoción–. Intentaré borrar las penas de tu pasado siempre que esté a mi alcance poder hacerlo, pero nunca te haré responsable de acontecimientos que escapen a tu control. Lo que me has contado sólo me hace darme cuenta de que el regalo que me haces con tu cariño es más valioso de lo que pensaba. Durante años, no has permitido que nadie te importara. Te resistías a lo que sentías por mí porque tenías miedo de perderme, de que te abandonara como lo hizo tu familia.

–¡Mi familia no me abandonó!

–No, ellos murieron –dijo con suavidad–. Aun así, el resultado es el mismo, ¿no? ¿Puedes decirme que nunca te has sentido sola o abandonada durante todos estos años?

Ella se obligó a pronunciar la palabra, que surgió en un susurro quebrado.

–No.

–Ya no estás sola. –Apretó la mano de Claudia contra su rostro y volvió la cabeza para darle un apasionado beso en la palma abierta–. Yo no tengo ningún pariente celoso que codicie lo que es mío, y tu tío es más una molestia que una amenaza. Seguiría decidido a casarme contigo aunque fueras la hija bastarda de un pescadero o la legítima reina de Inglaterra. Te daré hijos para que los quieras, igual que yo querré a su madre. Y nunca te dejaré. No importa lo que suceda, no volverás a estar sola.

Claudia sacudió la cabeza en un movimiento casi frenético, temerosa de creerle, de que él fuera demasiado consciente de su miedo y pudiera usarlo contra ella.

–Sí, Claudia. Eres mía y yo protejo lo que es mío. Nuestros hijos nunca conocerán el miedo con el que has vivido todos estos años. –Guy pasó el pulgar por su labio inferior–. Con el tiempo, te haré olvidar tus miedos y los sustituiré por sonrisas. Deseo ver sonrisas adormiladas en tu rostro cuando te despiertes en mis brazos cada mañana. Sonrisas provocativas cuando despiertes mi pasión por las noches. Sonrisas traviesas cuando me digas que soy un terco en mis operaciones comerciales.

Guy le besó las comisuras de la boca. Eran besos suaves, nada exigentes, que derribaban sus defensas.

–Ésa es una de las razones por las que deseo casarme contigo, cariño. Tus sonrisas me hacen sentir cosas que nunca antes había sentido. Son tan adictivas como el mejor de los vinos e igual de excepcionales. Las quiero todas para mí.

Su boca se cerró sobre la de Claudia en un beso profundo y posesivo antes de que pudiera decir nada. Ella podía saborear su poder, percibir su fuerza envolviéndola, manteniéndola a salvo. Volvió a sentir una extraña sensación, la misma que sentía cada vez que Guy la tomaba entre sus brazos. «Es como si hubiera llegado a casa», pensó mientras deslizaba los brazos alrededor de su poderoso cuello. Ojalá fuera posible permanecer de esa manera para siempre. Nunca tenía miedo cuando él la abrazaba.

–Iremos más despacio esta vez –susurró Guy, alejándose de su boca y recorriendo con sus labios la delicada línea de su mandíbula–. Mucho más despacio.

Fiel a sus palabras, deslizó con lentitud su corpiño y su camisola hasta su cintura. La joven liberó sus brazos de las prendas, mientras mantenía los ojos clavados en los de Guy hasta que él bajó la vista hasta sus pechos. Claudia sintió que la acariciaba con su mirada. Abrumada por una oleada de pudor, intentó cubrirse, pero Guy se lo impidió apresando sus muñecas y sujetándola contra la cama en una posición que la dejaba totalmente expuesta a su examen.

–Quiero conocer todo tu cuerpo –murmuró. Sus ojos se mostraban ardientes y ávidos–. Cada seductor y hermoso milímetro.

Guy le dio un beso en el valle que formaban sus senos y movió la cabeza hacia un lado y hacia otro para acariciar la suavidad de su piel con sus ásperas mejillas. Claudia sintió como si hubiera encendido un fuego dentro de su corazón. Deseaba tocarlo. Pero con las manos sujetas e inútiles a sus costados, lo único que podía hacer era arquear las caderas hacia él.

–No, mi amor. Hay más cosas que debo enseñarte.

Sus labios recorrieron sus pechos, acariciándola, besándola, provocándola. Atormentó con su lengua la turgencia de uno de sus senos, hasta que atrapó el pezón entre sus dientes.

Claudia intentó respirar pero no lo consiguió. Volvió a intentarlo y al fin logró hacerlo entrecortadamente. Al tocarla con su lengua, hizo que un estremecimiento de placer la atravesara. Guy empezó a succionar y a dar golpecitos con su lengua en su pezón, y una marea de emociones inundó el cuerpo de Claudia. Se arqueó bajo él, desesperada por llegar a un lugar al que sólo Guy podía acompañarla y cuya existencia desconocía. De pronto, él se irguió y los pechos de Claudia quedaron huérfanos de sus besos y libres sus muñecas. Claudia abrió los ojos y lo descubrió de pie junto a la cama, deshaciéndose con rapidez de su pantalón. Su oscura mirada la abrasaba, marcándola como suya.

En aquella ocasión no apartó la mirada, sino que se incorporó para poder verlo mejor. Estudió la amplitud de sus hombros, la forma en que sus músculos se flexionaban y tensaban mientras se inclinaba para quitarse la ropa, y la asombrosa visión de la prueba de su excitación. Sin ninguna ropa que lo cubriera, Guy se irguió y permaneció inmóvil para permitir que lo observara. Todo él parecía envuelto por una fuerza invisible, como un caballo de batalla firmemente refrenado. Su profunda y seductora voz sonó asombrosamente controlada.

–Suéltate el pelo, Claudia.

La joven se llevó las manos a la trenza y ralentizó sus movimientos cuando se dio cuenta de que a él le gustaba observarla mientras se quitaba los lazos que mantenían el cabello recogido. Cuando empezó a deshacer su trenza, Guy hizo un gesto negativo con la cabeza.

–El vestido –murmuró con voz enronquecida por el deseo–. Quítatelo.

Claudia sintió que el rubor se propagaba por sus mejillas, pero se apresuró a obedecer. Dirigió las manos a su cintura y tiró del vestido y de la camisola empujándolos hacia sus caderas. Luego se recostó, deslizó las prendas por sus piernas y las dejó caer al suelo para no sentirse tentada a cubrir su desnudez con ellas. Guy deseaba mirarla. Después de la oportunidad que ella había tenido de examinarlo, a ella le pareció justo que él pudiera hacer lo mismo. Aun así, tuvo la esperanza de que se reuniera con ella pronto. Deseaba sentir la calidez de su poderoso cuerpo junto al suyo.

Guy ni siquiera se movió. Mantenía hasta la última parte de su cuerpo totalmente bajo control, excepto sus ojos. Su mirada se movía libremente por la esbelta silueta de Claudia, recreándose en cada parte de su ser, observándola con detalle, como si quisiera grabar para siempre en su memoria ese momento. Sus pechos estaban hechos para adaptarse a las manos de un hombre, las suyas. La estrechez de su cintura permitiría que sus manos se acoplaran a su alrededor a la perfección y sus caderas se ensanchaban en una suave ondulación con el único fin de ofrecer más suave carne que acariciar. Su mirada bajó hasta el triángulo de rizos caoba que había entre sus piernas y, al instante, su cuerpo se puso rígido. Se obligó a sí mismo a continuar con su escrutinio, a seguir la línea de sus largas y bien torneadas piernas. Fascinado, contempló como Claudia se acomodaba sobre las almohadas, rodaba sobre un costado y apoyaba la mano sobre la cama, acariciando la sábana con la palma a modo de invitación para que se uniera a ella. Era Eva invitándole a entrar en el Paraíso.

Se acercó a la cama con lentitud. Sus piernas parecían hechas de plomo; sus articulaciones estaban tan agarrotadas como una armadura oxidada, pues tenía que controlar ferozmente todos los músculos de su cuerpo para evitar tomarla en ese mismo instante. Dirigió la mirada a su rostro, a sus suaves ojos, y a su dulce y acogedora sonrisa. Ella no tenía ni idea de cuánto había de reprimirse porque, de lo contrario, se encontraría en el otro extremo de la estancia. No, habría salido huyendo de allí. La joven ni siquiera imaginaba las cosas que deseaba hacerle. Bueno, quizás una o dos sí, se corrigió mientras apoyaba con cuidado la rodilla sobre el lateral de la cama.

«Despacio... despacio... despacio –se recordaba a sí mismo–. Ve con cuidado. Permítele que te acaricie.»

Apresó sus manos y tiró de ella con suavidad para que se irguiera y conseguir así que se arrodillara ante él para poder permanecer frente a frente. Apoyó las manos en sus costados y las deslizó por su cintura, deteniéndose un momento para memorizar sus formas y bajando después hasta sus caderas.

–Acaríciame, Claudia.

La joven puso las manos sobre su pecho con cautela y luego las movió despacio por sus hombros. Nerviosa, se mordió el labio inferior. A Guy le pareció algo delicioso. Tenía que probar de nuevo su sabor. Inclinó la cabeza y rozó su boca con la suya, atrapó su labio inferior y lo mordió con suavidad. Claudia gimió y se aferró con más fuerza a sus hombros.

–Acaríciame –murmuró él, animándola a que deslizara sus manos por su cuerpo.

Claudia acarició su cintura y su vientre con las puntas de los dedos hasta que Guy creyó volverse loco, al tiempo que lo besaba trazando un sendero al azar por la poderosa columna de su cuello y de sus hombros. Atrapado en las garras de la pasión, Guy comprobó la forma de sus pechos, descubrió que se adaptaban perfectamente a sus manos, como él había previsto, y se deleitó con los pequeños sonidos que ella emitía cuando él cogía un pezón entre sus dedos y lo apretaba con suavidad. Su voz se volvió casi irreconocible.

–Más abajo, Claudia.

Se había vuelto loco. ¿Acaso creía que ella necesitaba conocer nuevas formas de torturarlo? De algún modo, acabó arrastrando la mano de Claudia hasta el centro de su deseo y luego aflojó la presión que ejercía sobre su muñeca para descubrir qué haría ella.

La mano femenina se deslizó por la longitud de su miembro de forma tentadora, provocando que el cuerpo de Guy se tensara. El brusco movimiento hizo que Claudia apartara la mano de repente.

–¿He hecho algo malo? –preguntó.

Se echó hacia atrás para observarlo con cautela, pero su mirada estaba fija en lo que sus manos habían acariciado.

–No. No pares. –Supuso que fue el áspero sonido de su voz lo que hizo que lo mirara con detenimiento.

Sintiéndose atrevida, envolvió su rígido miembro con los dedos. Guy gimió y dejó caer las manos a los costados. Podía superarlo, sólo necesitaba concentrarse en ese pensamiento.

Claudia intensificó su presión.

–Despacio, cariño –consiguió decir en un susurro.

Guy mantenía los ojos cerrados para soportar el exquisito dolor, pero cuando los abrió, descubrió a Claudia observando su propia mano mientras la movía. No había forma posible de que pudiera sobrevivir a eso.

–Eres tan suave –murmuró ella. Su voz estaba llena de asombro–. Pero tan duro al mismo tiempo... –Sus dedos se volvieron a tensar a su alrededor, como intentando confirmar sus palabras–. Como el mármol, pero diferente. Nunca había sentido tanta dureza y suavidad a la vez.

El corazón de Guy golpeó con fuerza contra su pecho. De alguna forma, logró encontrar su muñeca y le retiró la mano despacio.

–Reservemos esto para otro momento. Ahora déjame que sea yo quien te acaricie.

Guy pretendía seducirla con sus caricias hasta lograr que gritara su nombre para que pusiera fin a su tormento. Esa vez conservaría totalmente el control, pero Claudia tenía otras ideas. Los brazos femeninos se deslizaron alrededor de su cuello y lo atrajo hacia ella. Guy cerró los ojos y soltó una brusca exhalación, deseando sentir sus senos apretados contra su pecho. Como si hubiera leído sus pensamientos, sus pezones lo rozaron con movimientos rápidos y seductores destinados a hacerle gritar de placer. Sin poder contenerse, Guy rodeó su cintura con el brazo y la obligó a tenderse sobre el lecho. La boca de Claudia se abrió en una dulce y atrayente invitación cuando la besó. Una débil advertencia resonó en su cabeza al tiempo que se acomodaba entre sus piernas. Se suponía que aquella ocasión debía ser diferente. Intentó separar sus labios, tratando de recuperar el control.

–Clau...

Ella metió la lengua en su boca, se arqueó contra la dura evidencia de su deseo y Guy supo que estaba perdido. Presionó su cuerpo con el suyo, sintiendo que nunca tendría suficiente de ella. Deseaba perderse en su interior, poseerla, marcarla como suya.

Se obligó a apartar la boca de la de Claudia y echó atrás la cabeza cuando ella buscó sus labios. Le dolía rechazarla, pero mitigó el dolor sabiendo que sus intenciones tenían un buen fin.

Privada de sus labios, Claudia besó su cuello de forma tan delicada que Guy sintió como si le rozaran cientos de alas de mariposa. Su corazón latió con fuerza y el eco de sus latidos llegó con fuerza a su carne endurecida. Los femeninos dientes se cerraron en el lugar donde su pulso latía con fuerza en la base de su garganta y los besos adquirieron un tinte salvaje que avivó aún más el deseo masculino a la vez que le provocaban una sensación de pánico. Guy sujetó su rostro entre las manos para impedir que siguiera con su tortura. Deseaba hacerle el amor durante horas, recorrer y acariciar cada milímetro de su cuerpo hasta que experimentara la misma locura que le provocaba el intenso e insaciable deseo que dominaba su cuerpo. Consiguió pronunciar una palabra, una súplica, una expresión de cariño y una maldición por su propia debilidad.

–Claudia.

Ella arqueó las caderas preparando su cuerpo para aceptar el suyo, abriéndose para él. Su pequeña exclamación y la forma en que sus ojos se ensancharon ligeramente reflejaban que estaba asombrada de su propia respuesta. Ella no tenía más control sobre la explosiva pasión que compartían del que tenía él. Guy empezó a abrirse paso en su interior, mirándola fijamente a los ojos mientras se hundía en su suave y tensa estrechez. Observó cada una de sus emociones, sintiéndolas tan profundamente que las hizo suyas; el miedo a lo que vendría, un profundo suspiro de satisfacción y la certeza de saber que esa vez él la llevaría consigo a aquel lugar desconocido en el que sólo existía el placer. Guy sintió que lo que estaban haciendo iba más allá de la simple unión de sus cuerpos, y se preguntó por qué se había preocupado por poseer a otras mujeres antes que a Claudia. Se sentía igual de virgen que ella mientras le hacía el amor, igual de perdido en ese vasto e inexplorado océano. De hecho, les llevaría toda una vida conocer todas sus corrientes y remolinos.

En esa ocasión, Guy se movió despacio en su interior y ambos crearon su propia corriente, una creciente fuerza que fluía entre ellos. Lo que sentía por ella se concentró en su interior hasta que se sintió tan poderoso como un rey. Ésa era la razón que ella buscaba, la razón por la que nunca la dejaría ir. Era la fuerza del amor. Estaba encadenado a ella por lazos mucho más fuertes que los que la Iglesia pudiera dictar. Su unión iba mucho más allá de lo que nunca había imaginado.

Era algo mágico.

Deseaba decírselo.

Sin embargo, no podía pronunciar palabra.

Los ojos de Claudia brillaban con un resplandor cegador y lo atraían a la humedad y calidez de su interior contrayéndose con fuerza a su alrededor. Sus cuerpos se arquearon y temblaron, aferrándose el uno al otro. Los gritos de Claudia sonaron tan desgarradores como los de él, inmersos en un placer tan intenso que dolía. Guy se vació en su interior en oleadas que parecían no tener fin hasta que se preguntó qué quedaría de él. Fue la experiencia más hermosa y aterradora de su vida. No le importaba. Merecía la pena morir por ella. Merecía la pena...

12

Guy se despertó sobresaltado. Se quedó mirando el techo de su alcoba y se dio cuenta de que debía de ser más de mediodía. No recordaba haberse quedado dormido, pero se encontraba bajo las sábanas, con Claudia muy pegada a su costado y la cabeza apoyada sobre su brazo. Parecía muy cómoda, aunque era extraño que no se acordara de haberse ido a dormir con ella. Lo último que recordaba era haber hecho el amor, luego... ¡Oh, Dios! Había perdido el conocimiento. No sólo eso, sino que había dormido durante toda la noche sin interrupción. Él rara vez dormía hasta el día siguiente sin despertarse una o dos veces, y nunca hasta más tarde del amanecer.

Guy miró los despeinados mechones del pelo de Claudia y frunció el ceño como si ella fuera la responsable de esa terrible falta de control. De hecho, era la responsable directa. Ninguna otra mujer lo había saciado hasta el punto de sumirlo en semejante aletargamiento. Parecía que ella se las había arreglado bastante bien. De alguna forma, había logrado que ambos se metieran bajo las sábanas, y su pelo se extendía suelto en suntuosas ondas caoba por encima de las almohadas. Se imaginó a sí mismo atravesado en la cama como un oso derribado mientras ella se preparaba para irse a la cama. Se preguntaba durante cuánto tiempo lo habría observado o si lo habría acariciado. Era lo bastante curiosa y, desde luego, lo bastante atrevida como para haber llevado a cabo algunas exploraciones clandestinas. En silencio, se maldijo a sí mismo por haberse quedado dormido y habérselo perdido.

Se colocó de lado para contemplarla, poniendo especial cuidado en no despertarla. Claudia se movió y se acercó aún más a él, frotando su rostro contra el centro de su pecho. Un pequeño sonido de satisfacción escapó de sus labios y luego su respiración volvió a ser lenta y regular de nuevo. Guy pasó el pulgar por su labio inferior y dejó que los recuerdos lo invadieran; cada beso y cada caricia y, sobre todo, la apasionada respuesta de ella. Sus dedos trazaron la delicada línea de su mandíbula, maravillado todavía por la suavidad de su piel. En ese momento recordó el comentario que ella había hecho sobre lo suave y duro que era él, y su miembro volvió a la vida. Dios, se estaba volviendo insaciable.

Nunca había deseado otra vez a una mujer tan pronto. La diferencia estaba en el hecho de que, con otras mujeres, sólo se trataba de saciar un apetito físico, mientras que con Claudia la unión iba mucho más allá. En ese momento supo que siempre la desearía y que su apetito nunca quedaría satisfecho.

No quería volver a poseerla tan pronto. Le había hecho daño la primera vez y, aunque en la segunda le hubiera dado placer, lo mejor sería no tentar a la suerte. Por otro lado, tenía que admitir que le resultaba muy agradable el hecho de limitarse a abrazarla. La estrechó con más fuerza hasta que quedó pegada a él y su cálido cuerpo dormido se amoldó a las duras superficies del suyo. Una sensación de satisfacción fue invadiéndolo mientras le acariciaba la espalda, un sentimiento de alivio que surgía por el hecho de poseer, al fin, algo que había buscado durante mucho tiempo antes de encontrarlo. El primer día que vio a Claudia, algo en lo más profundo de su ser la había reconocido. Su lugar estaba en Montague, a su lado. Pronto no habría duda sobre a quién pertenecía o a qué lugar. Llevaría su nombre, y algún día llevaría a sus hijos en su interior.

La idea del suave vientre de Claudia hinchado con su semilla hizo que sus brazos se tensaran a su alrededor. Ella apenas se movió. Sus espesas pestañas permanecieron inmóviles sobre sus mejillas y su expresión siguió siendo tan inocente como la de un ángel. Pero de pronto sus labios se curvaron con una sonrisa. Guy se preguntó qué estaría soñando. Algo acerca de él, esperaba. Deseaba conocerla tan bien y tan íntimamente que pudiera saber cuáles eran sus pensamientos más profundos en todo momento.

Deseaba decirle que la amaba.

Sólo el hecho de reconocérselo a sí mismo hizo que algo en su interior se sintiera más libre. Se lo diría pronto, pero no demasiado. Necesitaba tiempo para ganarse su confianza, para que ella estuviera convencida de que su corazón estaría seguro en sus manos, de que él nunca la abandonaría. Claudia no podría amarlo hasta que no aprendiera a confiar en él. No serviría de nada reconocer su amor hasta que ella no estuviera preparada para corresponder a sus sentimientos.

Un suave golpe en la puerta interrumpió sus pensamientos. Guy besó a Claudia en la frente y decidió ignorarlo. El golpe se repitió, más insistentemente esta vez. Con un suspiro enojado, la apartó con cuidado y la tapó bien con las sábanas. No podía recordar la última vez que se había sentido tan reticente a abandonar su lecho. Quienquiera que estuviera en la puerta estaba a punto de lamentarlo. Llevando consigo nada más que el ceño fruncido, atravesó indignado la estancia y abrió la puerta sólo lo suficiente para descubrir quién osaba molestarle.

Stephen dirigió una breve mirada a su barón y luego la clavó en el techo.

–Vuestro hermano se aproxima, milord. El guardián ha vislumbrado su banderín y a una veintena de caballeros a lo lejos, sobre la cima del camino este. Llegarán en una hora.

Esas noticias agriaron aún más el humor de Guy.

–¿Sólo una veintena? ¿No hay señales de un ejército tras él?

–No, milord.

–Bien. Dile al cocinero que recibiremos a una veintena de invitados hambrientos en nuestras mesas. Los hombres de lord Kenric suelen comer como si él no los alimentara.

El estómago de Guy resonó y miró por encima del hombro hacia la mesa donde se hallaba su cena ya rancia. Se percató de que Claudia sí había tenido tiempo de cenar y se descubrió distraído imaginándosela por un momento desnuda sentada en la mesa, comiendo lenta y sensualmente mientras lo observaba dormir. Se prometió a sí mismo que permanecería despierto la próxima vez. Luego sacudió la cabeza para ordenar sus pensamientos.

–Informa a Evard de que me reuniré con él en el patio central. También te quiero a ti allí.

–Sí, milord. –Stephen le dirigió una mirada vacilante–. ¿Debo preparar vuestro caballo y vuestra lanza, barón?

Guy se frotó la barbilla con aire pensativo.

–No, esta vez recibiré a mi hermano con la espada.

Claudia se detuvo en la entrada del gran salón. La imagen con la que se encontró hizo que se quedase boquiabierta por la sorpresa. El lugar estaba desierto. Nunca, en ningún momento del día o de la noche, había visto el gran salón vacío. Durante la mañana, los sirvientes permanecían ocupados con las comidas que se servían en turnos interminables mientras los soldados se reunían allí para relajarse y pasar el tiempo cuando no estaban de guardia. Por la noche, los largos bancos se transformaban en camas para los trabajadores de las cocinas. Pero ahora aquella estancia grande y tenebrosa estaba tan vacía que se produjo un eco cuando dejó en el suelo el cubo de madera que cargaba. Sorprendida, se dio cuenta de que tampoco había visto a nadie en los pisos superiores.

Bajó la mirada hacia el cubo y se preguntó dónde debería empezar a buscar a Lenore. En realidad, a todos. Guy le debía de haber dicho a su sirvienta que no la molestara esa mañana, ya que había dormido hasta el mediodía. Cosa que no le extrañaba, pues se había pasado media noche despierta observando como dormía Guy, pensando en todo lo que le había dicho y en todo lo que habían hecho. Había sido la noche más hermosa de su vida.

La ausencia de Guy cuando se despertó no la había inquietado. Se había quedado dormido bastante pronto, así que supuso que se había levantado para cumplir con sus deberes. Sin saber qué otra cosa hacer, Claudia se había vestido y había decidido ocuparse de sus propias tareas. Seguramente se encontraría con Guy cuando registrara el castillo con Lenore en busca de las ratas envenenadas. Entonces descubriría si la noche anterior no había sido más que un sueño o si había sido tan real como parecía. Por el momento, nada parecía muy real. La extraña e inquietante calma en el gran salón hizo que se estremeciera. De pronto escuchó a lo lejos un clamor, el apagado sonido de una multitud que aclamaba a alguien.

Asombrada, se volvió hacia las enormes puertas dobles que daban al exterior. La multitud volvió a elevarse en vítores justo cuando abrió una de las puertas. Intranquila, salió al exterior y observó lo que ocurría en el patio central desde lo alto de las escaleras. Parecía como si todos los habitantes del castillo se hubieran reunido allí. Los soldados formaban un círculo de seis o siete filas, mientras que los sirvientes, escuderos y siervos se subían sobre cualquier cosa que pudieran encontrar para mirar por encima de los amplios hombros de los soldados. Unos pocos sirvientes permanecían cerca de Claudia en las escaleras y ella tiró de la manga de un hombre que reconoció como el panadero.

–¿Qué sucede?

El sirviente respondió sin mirarla.

–Es un ajuste de cuentas. Precisamente ahora lord Guy acaba de anotarse el primer tanto, pero yo he apostado mi dinero por el Carnicero. Nunca ha perdido un combate.

–¿El Carnicero? –La mirada de Claudia se dirigió hacia el círculo de soldados y consiguió ver a Guy en el momento en que alzaba su espada para desviar un demoledor golpe que lo hizo caer sobre una rodilla. La visión de quién, o mejor dicho, de qué infligía ese golpe hizo que el corazón de Claudia dejara de latir. No era en absoluto un hombre, sino un gigante. Un enorme bárbaro de pelo negro que parecía haber surgido de una pesadilla.

Guy se puso en pie y se movió en el interior del círculo que formaban los hombres de tal manera que sólo pudo verle la espalda. Sin embargo, el bárbaro se hallaba frente a Claudia y su visión hizo que se estremeciera. Su rostro, marcado por una salvaje cicatriz que atravesaba una de sus mejillas, era como una máscara imperturbable que no daba muestras de ninguna compasión. Sólo los animales mataban de una forma tan impasible. O los demonios. Su arma arremetió con la velocidad de un rayo y provocó un sonido similar al de un trueno cuando las espadas chocaron con la suficiente fuerza como para hacer saltar chispas.

Era obvio que Guy se enfrentaba a un enemigo a su altura. Un hombre tan grande debería ser torpe y lento, pero en vez de eso, sus movimientos eran ágiles y fluidos, y parecía que su único objetivo era matar. El gigante se había quedado sólo en pantalones y el sol de mediodía brillaba sobre su sudoroso torso. Incluso a esa distancia, Claudia podía distinguir las marcadas cicatrices que surcaban su cuerpo. En ese momento el Carnicero levantó en alto su espada con un balanceo y, esquivando limpiamente la embestida de su contrincante, hizo descender violentamente la mortífera arma. Guy se dejó caer sobre una rodilla a propósito para sostener su espada sobre la cabeza, pues era su única esperanza de frenar un golpe que le habría destrozado el cráneo.

Claudia se abrió paso por las escaleras en estado de trance, con la mirada clavada en los combatientes hasta que la multitud los ocultó de nuevo. Miró los absortos rostros de aquellos que la rodeaban sin hacer nada, mientras ese Carnicero intentaba despedazar a su barón. ¿Estaban tan ensimismados en el espectáculo que se quedarían inmóviles sin defender la vida de su señor?

Claudia murmuró una maldición y se abrió paso a empujones entre las líneas de soldados que rodeaban a los combatientes. Unos pocos le respondieron con codazos, decididos a no ceder su lugar, hasta que uno de ellos se dio cuenta de quién era y la multitud se abrió para dejarle paso. La joven supuso que su deferencia también tenía algo que ver con el puñal que sostenía.

Su arma no era más que la daga que utilizaba para comer y se preguntó si tendría algún efecto sobre el bárbaro. No importaba. El puñal podría detenerlo el tiempo suficiente para que Guy pudiera actuar. Ella no se quedaría allí, como esos traidores, para observar como el hombre que amaba moría. Claudia debería haber fulminado con la mirada a sus hombres, pero era incapaz de apartar sus ojos de la pelea. El Carnicero alzó su espada, pero cambió de dirección en el último instante para asestar un golpe que cortó la parte delantera del gambesón de piel de Guy, que se abrió de arriba abajo. El barón de Montague se tambaleó hacia atrás y su ejecutor se acercó para darle muerte.

Claudia gritó de forma estridente y casi inhumana, mientras la mano que blandía la daga se elevaba instintivamente, apuntando directamente a la espalda del bárbaro. La joven tenía la mirada fija en la bestia que pretendía arrebatarle a Guy y se sentía poco más que un animal salvaje que luchaba por la vida de su compañero.

Se lo haría pagar caro. No, le cortaría el cuello.

A medio camino de su objetivo, alguien la apresó por detrás. Intentó soltarse, pero una mano se cerró alrededor de su muñeca tan fuerte y tan dolorosamente que se vio obligada a soltar la daga. Claudia sintió la afilada punta de un puñal en su propio cuello, y aun así no se rindió. La afilada hoja del arma se hundió todavía más. Hubiera continuado resistiéndose, pero en ese preciso instante Guy se volvió para mirarla y la espada del bárbaro descendió hacia su desprotegido cuello. Entonces Claudia cerró los ojos con fuerza.

Guy había observado a Claudia abrirse camino entre la multitud y maldijo en silencio la distracción. No la quería allí. Ningún hombre deseaba que su prometida presenciara como lo humillaban, y Kenric era un adversario demasiado poderoso. Si hubiera sabido que Claudia aparecería, habría retado a su cuñado, Roger Fitz Alan, un caballero al que había vencido en varias ocasiones en el pasado. Contra su hermano, la única cuestión que se planteaba era cuánto resistiría antes de darse por vencido.

Kenric ya le había asestado varios golpes que lo habrían lisiado o matado si lo hubiera alcanzado con el filo en lugar de con la hoja. Guy sabía por experiencia que cuanto más tiempo se resistiera, más duros serían los golpes hasta lograr que admitiera la derrota. Aun así, no quería parecer un completo pelele delante de Claudia.

El barón de Remmington, ignorante de las razones por las que Guy continuaba con el combate, había empezado a hacer pasar su filo más cerca de su cuerpo para advertirle de que pronto se llevaría un rasguño. La espada de Kenric había abierto en canal su gambesón en un ataque que, de ser real, lo habría destripado. Su hermano jugaba con él. Guy se tambaleó y dio un paso hacia atrás para recuperar el equilibrio, dispuesto a comerse su orgullo y proclamar vencedor a Kenric. Hasta allí podía llegar en su intención de impresionar a Claudia con su destreza como guerrero.

Entonces escuchó su grito.

Roger Fitz Alan la sujetaba por la cintura con una mortífera daga contra su cuello. Claudia se resistió y de la larga daga brotó sangre. Ser testigo de aquello hizo que una bruma roja nublara la vista de Guy.

Kenric ya había alzado su espada para el siguiente golpe, pero Guy respondió a la embestida con la suficiente fuerza como para arrancarle la espada de las manos y hacer que saliera volando. Se creó una pequeña conmoción entre la multitud cuando el arma aterrizó en el suelo justo en el momento en que un grupo de soldados se apartaba de su trayectoria. Sin embargo, no se detuvo a regodearse en el hecho de que había conseguido algo que ningún otro había logrado nunca, sino que se abalanzó hacia delante para colocar la punta de su espada en la base del cuello de su cuñado.

–Suéltala.

–Tengo motivos para sujetarla –respondió Fitz Alan con voz calmada y un resplandor desafiante en sus profundos ojos marrones–. La moza pretendía matar a alguien.

–Suéltala.

La daga se alejó del cuello de Claudia y Fitz Alan dejó caer los brazos a los lados.

–Pretendía mataros. He visto las suficientes miradas asesinas como para reconocer lo que se reflejaba en sus ojos.

Guy atrajo a Claudia a su lado y le alzó la barbilla con un dedo para examinar los daños mientras seguía manteniendo a raya a Fitz Alan con su espada. Su voz sonó extraña a sus propios oídos.

–Te ha herido.

La joven apartó la barbilla y sus manos se dirigieron con rapidez a la parte delantera del gambesón de Guy. Desconcertada, alzó la mirada.

–No estás herido. Ni siquiera te ha hecho un rasguño.

Él ignoró su comentario, pues tenía puesta toda su atención en la sangre que se derramaba por su cuello. Guy cogió una gota y la frotó entre sus dedos. Su propia sangre golpeaba en sus oídos con un estruendo ensordecedor en su cerebro.

–La has herido –afirmó mirando al hombre que estaba casado con su hermana Helen.

Los ojos de Fitz Alan se agrandaron.

–Guy, ¿qué haces?

–Eso es lo que me gustaría saber a mí –añadió Kenric, poniéndose a su lado–. Baja la espada, Guy. ¿Es que te has vuelto loco? No le ha hecho más que un rasguño a la moza.

Claudia le suplicó en voz baja, aunque estaba tan conmocionada que le habló en italiano.

–Estoy bien. Este hombre no pretendía hacerme daño.

No era cierto, pero Guy se dio cuenta de que pretendía calmarlo. Cerró los ojos y luego los volvió a abrir muy despacio. Su hermano tenía razón. Se había vuelto loco. Bajó el arma y paseó la mirada de Fitz Alan a Kenric.

–Esta moza es mi prometida, y pronto será mi esposa. Nadie la toca aparte de mí.

Fitz Alan intercambió una enigmática mirada con Kenric antes de sonreír e inclinar la cabeza en dirección a Guy.

–Mis disculpas, hermano. No tengo por costumbre dar la bienvenida a nuevos miembros de la familia amenazándolos con un puñal. –Luego hizo una reverencia a Claudia–. Mis disculpas también a vos, lady... –Fitz Alan arqueó una ceja hacia Guy–. Deduzco que es una dama italiana por su forma de hablar. ¿Acaso es lady Claudia, la dama de la cual nos hablaste en tu carta?

Claudia se puso tensa y se acercó aún más al costado de Guy.

–Dio... e tuo fratello?

–No, querida. Fitz Alan es mi cuñado, el esposo de mi hermana Helen. –Su brazo se estrechó a su alrededor e hizo un gesto con la cabeza hacia el imponente guerrero con el que acababa de luchar–. Éste es mi hermano, Kenric, el barón de Remmington.

Guy observó como la mirada de Claudia iba de un hombre al otro. La forma que tenía su hermano de fruncir el ceño tuvo su efecto habitual. Claudia abrió los ojos de par en par aterrorizada mientras negaba con la cabeza.

–¡Pero estaba intentando matarte!

–¿Es eso lo que creíste? –Guy no pudo evitar sonreír. El alivio le hizo sentirse mareado–. No era más que un combate.

–¿Un combate? –repitió Claudia, dirigiendo su mirada hacia Kenric de nuevo. Guy sintió como se estremecía–. ¿Arriesgabas tu vida por un combate?

–Mi hermano nunca me haría daño –le aseguró–. Es sólo que está decidido a enseñarme todo lo que conoce sobre lucha. Todo el mundo sabe que estos combates son una especie de tradición que llevamos a cabo siempre que nos vemos.

–Pues yo no lo sabía –espetó enfadada.

Guy le sonrió, encantado de ver como recuperaba el coraje.

–No puedo creer que te metieras en medio de un combate con la intención de ponerle fin armada simplemente con una daga. ¿Qué te ha llevado a hacer una cosa tan estúpida?

Guy supo que estaba cometiendo un error en el mismo instante en que pronunciaba sus palabras.

–Son tus estúpidos juegos los que hacen que me ponga en ridículo delante de tu familia –replicó Claudia, todavía hablando en italiano. Alzó la barbilla y se recogió la falda. Parecía una reina reprendiendo a un humilde súbdito–. Esperaré tus disculpas en nuestros aposentos.

Guy se limitó a sonreír y a observar el atractivo balanceo de sus caderas mientras se alejaba. Había intentado salvarlo de su propio hermano. Su sonrisa se desvaneció.

De pronto se dio cuenta de que el temible aspecto de su hermano no era la única razón que había provocado la expresión de horror de Claudia cuando descubrió su identidad. Sí, se había comportado como una adorable loca ante Kenric y Fitz Alan. Pero también se había encontrado, sin previo aviso, ante los asesinos de su hermano. Y ahora, él se veía en la tesitura de tener que explicar por qué pretendía casarse con la hermana de un traidor. Su boca formó una mueca.

–¿Nuestros aposentos? –preguntó Fitz Alan secamente–. Ha sido muy astuto por tu parte ganarte la confianza de la chica seduciéndola. Es mucho más agradable contar con prisioneros serviciales.

–Te sugiero que la encierres lejos de ti antes de que descubra que no tienes intenciones de casarte con ella –le aconsejó Kenric con voz pausada–. Una mujer desdeñada puede convertirse en un enemigo mortal. Y ésta parece más peligrosa que la mayoría.

Guy paseó la mirada por el círculo de soldados. Los hombres más próximos a ellos seguían la conversación con atención. Los demás estiraban el cuello para intentar escuchar disimuladamente. Se preguntó desde cuándo sus hermanos se habían vuelto tan estúpidos.

–Puede que vosotros tengáis la costumbre de discutir los asuntos familiares delante de vuestros soldados, pero yo no. –Hizo un gesto con la cabeza en dirección al gran salón–. Sugiero que nos retiremos a un lugar más privado.

Fitz Alan volvió a envainar su daga mientras un escudero le tendía la ropa a Kenric y cogía su espada. Stephen también acercó a su señor su camisa y su túnica, y Guy se vistió con movimientos rápidos y bruscos. Su mirada recorría la multitud en busca de Evard. Cuando encontró al caballero le indicó que se acercara con un gesto silencioso.

–Haz que el mayordomo les prepare comida y un baño a mis hermanos, y todo lo que necesiten para refrescarse del viaje. También quiero que preparen un baño en mi alcoba.

Evard tuvo el descaro de sonreír.

–Lo más probable es que el agua para el baño que pediste ayer a tu regreso todavía esté calentándose.

Guy entornó los ojos.

–Eso será todo, Evard.

–Sí, milord. –Su lugarteniente hizo un gesto de asentimiento y se retiró para cumplir sus órdenes.

Guy estuvo tentado de plantar su bota en el insolente trasero de Evard. Pero en lugar de eso, se volvió hacia Kenric y Fitz Alan. Los dos lo contemplaban con cautela.

–Ahora que considero la situación más detenidamente, creo que será mejor que disfrutéis de mi hospitalidad mientras atiendo otros asuntos. Me reuniré con vosotros en el solar en unas pocas horas. Tenemos muchas cosas que discutir. –Inclinó la cabeza haciendo una reverencia burlona–. Ahora, si me disculpáis, tengo que presentar mis excusas a alguien.

Guy ignoró sus miradas de incredulidad y salió del gran salón. No sentía ninguna necesidad de explicar sus inquietudes sobre Claudia. Sabía que su altiva marcha era poco más que una farsa para ocultar sus temores. No quería que sintiera miedo nunca más. Sus hermanos habían sido de lo más inoportunos con su llegada. No pasaría nada si tenían que esperarle unas pocas horas. Pero si dejaba a Claudia sola, su portentosa imaginación se encargaría de crear espantosas perspectivas con respecto a su futuro. En esos momentos, ella era más importante que su familia.

Esa idea le hizo detenerse en las escaleras de caracol que llevaban hasta su alcoba. Hasta ese momento, nunca nadie había tenido prioridad sobre su familia. Ahora, Claudia no sólo tenía prioridad, sino que, de alguna forma, se había convertido en el centro de su vida. De hecho, era incapaz de imaginar seguir viviendo sin tenerla a su lado.

Antes le inquietaba que su obsesión por ella pudiera convertirlo en alguien débil y vulnerable. En cambio ahora le daba un nuevo sentido a su existencia, y llenaba un hueco en ella cuya presencia desconocía. La fortuna que había amasado y el imperio comercial que había construido no significaban nada sin alguien con quien compartirlo, alguien en quien confiar, alguien que entendiera su forma de ver la vida. Hasta que llegó Claudia, nadie había entendido cómo funcionaba su interés en el comercio. Ella comprendía lo que le impulsaba mejor que nadie, y parecía darse cuenta de cuándo perdía de vista sus propios objetivos. Puede que Guy pudiera salvarla de una vida plagada de miedos, pero ella, a su vez, podía salvarlo de una existencia vacía.

Había llegado el momento de entregarse completamente a su obsesión, sin reservas. Encontró al objeto de su locura en su alcoba. Claudia permanecía sentada con las piernas cruzadas en medio de las almohadas que había frente al hogar, con una túnica verde y blanca extendida sobre su regazo. Guy cerró la puerta lo bastante fuerte como para anunciar su presencia, pero ella no levantó la vista de su costura. Feliz de poder observar su delicado perfil hasta que se diera por enterada de su llegada, Guy se apoyó contra la puerta y aguardó. La espera se prolongó y él desvió la atención hacia el corte de su vestido color vino. Se pegaba a ella en los lugares precisos, y el corpiño era lo bastante bajo para tentar a su imaginación, pero a su vez lo suficientemente recatado como para poder lucirlo ante los demás. Su larga trenza atrajo su mirada hacia las elegantes líneas de su espalda y su trasero. Sus manos siguieron mentalmente el mismo camino y su cuerpo se tensó.

–¿Estás aquí para disculparte? –le preguntó ella finalmente.

–En efecto. Acepta mis más sinceras disculpas, milady.

Las manos de Claudia se detuvieron antes de volver la cabeza para dirigirle una larga y pensativa mirada.

–No creí que fueras a hacerlo.

–¿Y arriesgarme a perder el favor de mi dama? –Guy sonrió y sacudió la cabeza–. Nunca se me ocurriría.

Asombrada, bajó la mirada.

–Quizás he sido un poco precipitada en mi exigencia. Actué sin pensar. Tenías razón al llamarme estúpida.

–Entonces, me retracto de mis disculpas y acepto las tuyas.

Claudia hizo un mohín con la boca.

–Te burlas de mí, milord. ¿Acaso tu disculpa no era más que un intento de seguirme la corriente?

–Sí, ¿ha funcionado?

La altanería de Claudia se disolvió en una sonrisa que caldeó el interior de Guy.

–No alentaré un comportamiento tan poco galante.

Existían toda clase de comportamientos poco galantes que a él le gustaría que Claudia alentara en él. Se sentó a su espalda sobre los almohadones y estiró las piernas de forma que Claudia quedara sentada entre sus muslos.

–¿Esa túnica es para mí? –Rodeó su cuerpo con los brazos y alisó el tejido de la túnica en su regazo, asegurándose de que no se formara ninguna arruga.

Claudia intentó apartar sus manos con cuidado de no pincharle con la aguja.

–Sí, es para ti. Cogí las medidas de otra de tus túnicas, así que estoy segura de que te quedará bien.

–¿Esto es un perro? –Sus dedos trazaron la forma del animal que ella había bordado sobre el hombro de la túnica. El emblema yacía sobre la rodilla de Claudia y la presión de su dedo hizo que su pierna se moviera. Guy sonrió al descubrir que tenía cosquillas.

–Creí que se parecía más a un lobo –comentó con voz vacilante mientras inclinaba la cabeza hacia un lado en una clara invitación que Guy aceptó. Sus labios se deslizaron por la suave curva de su cuello.

–Es un perro. –Guy volvió a recorrer el emblema, encantado por los pequeños movimientos que ella hacía para escapar de las cosquillas–. ¿Lo ves? Has hecho el cuerpo demasiado largo y estrecho. Además, el lobo de Montague debe estar sobre un fondo azul, no verde.

–¿No te gusta?

Los dedos de Guy se movieron por la tela que se extendía a lo largo de la cara interna del muslo de Claudia.

–Al contrario, me atrevería a decir que ésta será mi túnica favorita.

Claudia soltó una risita y le cogió la mano.

–Para.

–¿Por qué? –Guy ignoró su orden. Puso la mano sobre su rodilla y le dio un suave apretón. Su risa gutural le hizo sonreír–. ¿Tienes cosquillas?

–No. Oh, para. Te lo ruego. –Claudia le apartó la mano mientras se deshacía en un ataque de risas–. ¡Sí! Lo admito. Tengo cosquillas. ¡Para!

Él dejó de apretarle la pierna.

–Hmm. Me pregunto en qué otros lugares serás tan sensible.

–En ningún otro sitio.

–¿De verdad? –Guy se rió ante la flagrante mentira, apartó la túnica a un lado junto a la afilada aguja y luego deslizó las manos bajo sus codos para probar en su cintura–. ¿No tienes cosquillas aquí?

–No. ¡Oh! ¡Ah, ah! –Sus risas se convirtieron en carcajadas. Claudia hizo un último esfuerzo por controlarse y apoyó ambas manos contra sus piernas–. ¡Para!

Guy le hizo cosquillas sin compasión riendo en voz alta, contagiado por la alegría de Claudia. Ella se retorció y se arqueó hasta que acabó tendida en su regazo. Su risa se convirtió en gritos de impotencia y las manos de Guy finalmente se detuvieron, una en su cintura y la otra sobre su muslo.

Claudia cayó desmadejada sobre las almohadas. Sus ojos resplandecían con lágrimas provocadas por la risa mientras miraba fijamente a Guy. Cuando por fin jadeó en busca de aire y pudo hablar le acusó:

–Eres... despiadado.

–Me gusta verte reír. –Guy se tumbó de costado sobre las almohadas a su lado, apoyándose en un codo–. Podrás vengarte de mí más tarde, esta noche, cuando estemos en la cama. –Colocó un mechón que se había soltado detrás de su oreja–. Yo también tengo cosquillas, pero sólo en un sitio y no te diré cuál es. Tendrás que descubrirlo por ti misma.

Claudia rodó sobre su costado para mirarlo, extendió la mano y deslizó los dedos bajo su brazo.

–Quizá lo descubra ahora mismo.

Guy sacudió la cabeza.

–Dudo mucho que lo descubras si permanezco vestido. Sin embargo, si deseas desnudarme en este mismo instante, estaré feliz de ponerme a tu entera disposición.

–Eso suena muy bien. –La expresión de Claudia se volvió pensativa y sus ojos quedaron ocultos tras sus pestañas–. Pero no quiero mantenerte alejado de tus huéspedes. Ya tienen una idea bastante negativa de mi carácter.

–Al principio creyeron que intentabas matarme. O que pretendías asesinar a Kenric. Ahora ya saben lo que sucedió realmente. –Guy deslizó la punta de los dedos por la suave curva de su cuello–. Ni siquiera puedes imaginar lo que he sentido al darme cuenta de que estabas preocupada por mi seguridad. Pero te prohíbo que vuelvas a ponerte en peligro por mi culpa. No dejes que mi pobre actuación contra Kenric te confunda. Puedo cuidar de mí mismo en cualquier combate.

–Estabas perdiendo –señaló con voz suave.

–Sí, al igual que cualquiera que ose enfrentarse a mi hermano. Es invencible con una espada o una lanza. Es un hecho –le aseguró cuando ella le dirigió una mirada escéptica–. ¿Nunca has oído hablar de él?

Claudia encogió un hombro.

–Después de que Roberto muriera, oí algunas historias sobre el hombre que lo mató. Ahora que he conocido a tu hermano, puedo decir que lo único que le falta para ser un demonio son los cuernos. Es aterrador.

–Él nunca te hará daño, Claudia. Te lo prometo. Puede que incluso llegue a gustarte algún día. –La expresión femenina le indicó que ese día no llegaría muy pronto. Guy probó entonces a enfocar las cosas de otra manera–. Él y Fitz Alan te aceptarán como mi prometida. Si alguna vez me sucediera algo, siempre contarás con la protección de mi familia.

–¿Saben quién soy?

–No, pero no te harán responsable de las acciones de tu hermano cuando conozcan la verdad.

–Creo que sobreestimas la buena disposición de tu familia a perdonar y olvidar.

–Lo comprobarás cuando los conozcas –afirmó–. Sólo sé tú misma cuando nos reunamos con ellos en el gran salón y los tendrás comiendo de tu mano en unos pocos segundos.

Claudia hizo un gesto negativo con la cabeza.

–No puedo enfrentarme a ellos otra vez. Todavía no.

–¡No me digas que ahora te estás volviendo cobarde! –Guy le dirigió una falsa mirada de horror–. Yo alardeando ante mis hermanos de que tienes el corazón de una leona, de que puedes escalar las murallas de un castillo y enfrentarte a un jabalí sin pestañear, y ahora pensarán que sólo les he dicho mentiras.

–Creo que estás intentando embaucarme –repuso Claudia. Aun así, sonreía. Guy se animó.

–Esta tarde me reuniré con mis hermanos solo. Hay asuntos que debemos discutir y que es mejor hablar en un lugar que no sea el gran salón, donde todo el mundo intentará escuchar nuestra conversación. Mañana organizaremos un banquete para celebrar su llegada. –Guy observó su rostro con detenimiento–. Tú asistirás a ese banquete y ocuparás tu sitio a mi lado.

En lugar de discutir, Claudia posó una mano sobre su mejilla.

–¿Significa tanto para ti?

–Sí –respondió él–. Haré que les demuestres lo valiente que

eres, Claudia. Además, no tienes nada de que avergonzarte, y ningún motivo para esconderte. Por otra parte, comprendo tus razones para temerles y que intentes evitar su compañía. Sin embargo, son mi familia y pronto serán también la tuya. ¿Podrás perdonar y olvidar si ellos hacen lo mismo?

Claudia se mordió el labio inferior. Luego su boca trazó un mohín malhumorado.

–Hay veces en que desearía que no se te diera tan bien leer mi mente.

–Eso también se te da muy bien a ti, milady –afirmó mientras trazaba el contorno de sus labios con la punta del dedo–. ¿Colaborarás en la organización de las celebraciones?

–Sí. –Claudia soltó un largo suspiro. Estaba claro que no era una perspectiva muy apetecible para ella–. Si prometes que me permitirás abandonar el salón tan pronto como acabe la comida. Puede que sean tu familia, pero necesitaré tiempo para acostumbrarme a la idea de que pronto serán la mía. De hecho, aún tengo dificultades para aceptar que voy a convertirme en tu esposa.

–Pues ya es un hecho –le aseguró con la mirada fija en sus labios. No conocía una boca más sensual y atractiva que la de Claudia. Sin poder contenerse, Guy deslizó las puntas de los dedos por el escote de su corpiño y acarició su suave piel–. Dije en serio todas y cada una de las palabras que pronuncié anoche, mi amor.

Claudia se estremeció bajo su contacto, pero no intentó detener su seductora exploración.

–¿Y si tus hermanos no me aceptan?

–Te aceptarán.

–Pero ¿y si...?

Guy se inclinó para interrumpir su objeción con un beso, al que siguió otro.

Claudia consiguió desprender sus labios cuando él intentó el tercero.

–¿Cómo puedes estar tan seguro? Tú mismo dijiste que Kenric seguramente me cortaría el cuello cuando descubriera que era la hermana de Roberto.

Guy frunció el ceño ante aquella frase. ¿Qué le había hecho decir semejante estupidez?

–Exageré. En este momento no puedo recordar la razón que me llevó a hacerlo, pero puedes estar segura de que nadie de mi familia te hará daño.

Con expresión escéptica, Claudia levantó la barbilla para mostrarle el pequeño corte que Fitz Alan le había hecho.

–Podría parecer que intentaron hacer realidad tu exageración enseguida. ¿Estás seguro de que no saben quién soy?

–Eso fue un malentendido, Claudia, nada más.

Ella no parecía convencida.

Guy la estrechó con fuerza.

–Claudia, ¿sabes cómo murió tu hermano? Me refiero a los detalles de lo que sucedió aquel día.

Ella trazó erráticos dibujos en la hendidura de la base de la garganta de Guy con el dedo.

–Sé que Roberto intentó matar a la esposa de tu hermano, pero que, en lugar de eso, fue Kenric quien lo degolló.

Guy le cogió la mano y la sostuvo contra su pecho.

–Tu hermano estaba herido, cariño. Tenía que celebrarse una justa entre Kenric y tu hermano, y Roberto recibió una herida mortal. No había esperanzas de que se recuperara, y sólo le esperaban largas horas de sufrimiento antes de sucumbir a una muerte inevitable. Kenric acabó con su vida para liberarle del sufrimiento, y Roberto confesó sus planes de matar a mi hermano y a su mujer antes de morir.

Todo lo que le estaba contando era cierto, aunque, en realidad, era una verdad suavizada por omisiones deliberadas y unas pequeñas modificaciones de los acontecimientos. Roberto estaba muerto y él no podía cambiarlo. Lo que sí podía hacer era convertir a Kenric en algo menos parecido a un monstruo en la mente de Claudia. Su expresión pensativa le indicó que podría estar consiguiéndolo.

–Tu hermano habría muerto de todos modos –insistió–. Kenric no hizo otra cosa que acortar su vida unas pocas horas, un día a lo sumo.

–Yo no sabía eso –dijo con voz triste.

–Descubrirás que la mayoría de las historias que se cuentan sobre mi hermano no son más que exageraciones. Y no importa quién seas para Kenric y Fitz Alan. Cuando conozcan las razones que me han hecho escogerte, apoyarán mi decisión.

Claudia arrugó el ceño.

–¿Otra vez tus enigmáticas razones?

–Sí. –Su mirada se deslizó hacia abajo preguntándose dónde encontraría los lazos en ese vestido–. Me temo que sí.

Claudia leyó sus pensamientos con facilidad y extendió la palma de la mano sobre su pecho.

–Tus hermanos deben de estar impacientes por hablar contigo.

–Vine aquí para presentarte mis disculpas –le informó, a la vez que se incorporaba para quitarse la túnica y le dedicaba una maliciosa sonrisa–. Y pienso tomarme todo el tiempo que sea necesario.

–Seguro que se imaginan el motivo de tu tardanza.

–Sí. –Se quitó la última prenda de ropa, se recostó sobre la pila de almohadas y estiró las piernas–. ¿Te preocupa?

–Oh, sí –susurró ella, y Guy supo que su respuesta no tenía nada que ver con sus hermanos.

O Claudia no tenía ni idea de la expresión que reflejaba su rostro, o no le importaba que él descubriera su interés por su desnudez. En el pasado había deseado encontrar una amante que lo mirara con deseo, pero nunca se habría atrevido a esperarlo de una esposa. En ese momento la mujer perfecta estaba sentada junto a él, y era suya. La vida era demasiado buena, pensó Guy mientras apoyaba las manos bajo la cabeza.

–Estoy a tu merced, milady. Haz conmigo lo que desees.

–¿Quieres que te posea, barón?

–Ése es mi mayor deseo.

–No estoy muy segura de cómo hacerlo. –Claudia lo recorrió de pies a cabeza. Su voz sonó pensativa–. Nunca pensé que una mujer pudiera poseer a un hombre. Tendrás que darme algunas instrucciones, milord.

–¿Quieres acariciarme?

–Ése sería mi mayor deseo. –Se arrodilló a su lado y puso la palma de su mano sobre su pecho–. ¿Puedo acariciarte como se me antoje?

Su pulso se aceleró con la excitación.

–Sí.

Guy yació inquieto bajo sus manos. Al menos, en espíritu. Sus músculos se contraían dondequiera que lo tocara. A Claudia la reacción le pareció fascinante y puso a prueba su control, encantada ante el visible poder que tenía sobre su fuerza. La respuesta de su cuerpo cuando rozó con sus dedos la rigidez de su miembro la asustó al principio, pero la curiosidad pronto superó al pudor y Claudia experimentó hasta averiguar qué caricias lo hacían gemir y qué otras hacían que se estremeciese.

El cuerpo de Guy estaba cubierto por una fina capa de sudor y su respiración parecía forzada.

–¿Quieres que pare? –susurró Claudia.

Deslizó los dedos por su vientre y Guy volvió a estremecerse, pero consiguió hacer un gesto negativo con la cabeza. Claudia se removió inquieta. Sentía su piel ardiendo bajo el vestido. En más de una ocasión se había imaginado cómo sería recibir caricias tan íntimas como las que le estaba ofreciendo. Estudió la adusta posición de su mandíbula y la expresión de dolor de Guy, y se decidió a trazar una línea descendente en el centro de su pecho.

–No sabría decir si estás disfrutando o si simplemente soportas mis exploraciones para que yo sacie mi curiosidad.

Guy soltó una exhalación tan profunda que Claudia se preguntó durante cuánto tiempo había estado conteniendo el aliento.

–Quiero que conozcas mi cuerpo, que te familiarices con él. Aunque te advierto que yo pretendo conocer el tuyo igual de minuciosamente. –Su ardiente mirada se demoró en la turgencia de sus pechos–. Te desnudarás para mí mientras te observo y luego te tumbarás sobre las almohadas para disfrutar de los placeres que te daré con mis manos y mi boca. Mmm... Creo que empezaré con suspiros.

Claudia acarició con exquisita lentitud los músculos de su pecho y de su vientre.

–¿Con suspiros, milord?

–Sí, acariciaré tus brazos, tu clavícula y tus suaves hombros, y tú me ofrecerás pequeños suspiros de placer. Luego mis manos apenas rozarán la sensible piel de tus costados, donde tienes cosquillas, y descenderán por las curvas de tus caderas hasta llegar a tus preciosas e interminables piernas. Empezarás a temblar, pero acariciaré tus pies para relajarte un poco, al igual que tú has hecho con los míos. Entonces descubrirás que un masaje así no es en absoluto relajante cuando yaces desnuda ante mí. Saberlo te hará gemir.

La voz de Claudia era poco más que un suspiro entrecortado.

–¿De verdad?

Guy asintió y cerró los ojos.

–Luego volveré a subir muy lentamente, acariciando y besando cada milímetro de tus piernas. Descubrirás entonces que la tierna piel que hay detrás tus rodillas es más sensible de lo que nunca imaginaste, que unas pocas caricias a lo largo del interior de tus muslos bastarán para hacerte temblar. Será la expectativa de lo que vendrá a continuación lo que provocará una sensación de calor en tu vientre, la necesidad de que te acaricie en el mismo centro de tu ser. Pero tardaré en satisfacer tu necesidad, te tentaré, haré que tu interior se contraiga de deseo por mí mientras juego contigo.

–¿Es esto un juego para ti? –Claudia acarició su muslo, trazando la línea que separaba sus piernas y deslizándose hasta alcanzar la dureza de su deseo.

Guy contuvo la respiración y tragó saliva visiblemente.

–Sí, Claudia. Es el juego más placentero que conozco y nosotros lo practicaremos a menudo.

–¿Qué harás luego?

–Acariciar tu estómago –consiguió responder. Cuando Claudia siguió sus instrucciones, dejó escapar el aire en una larga exhalación. Su voz se quebraba a causa de la pasión contenida–. Pero ya no me bastará con acariciarte. Desearé besarte, probar tu sabor en los lugares donde te acaricie.

Claudia puso los labios sobre su estómago y recorrió con su lengua la firmeza de su piel. Guy pronunció una blasfema maldición que la hizo ruborizarse.

–¿Y ahora qué, milord? ¿Tus labios ascenderán o descenderán?

El cuerpo de Guy respondió a la pregunta, pero sus palabras contradecían su reacción.

–Ascenderán, al igual que mis manos. Los pechos de una mujer siempre fascinan a un hombre y los tuyos son tan perfectos que hacen que desee acariciarlos siempre. Acariciaré tus pezones con los pulgares hasta que...

Un escalofrío recorrió la espalda de Guy, y para su sorpresa, sus lisos pezones masculinos se endurecieron bajo sus pulgares. Claudia se inclinó para besar la repentina dureza que había creado, atrapó un pezón entre sus dientes y lo mordió con suavidad. Un grave gruñido surgió desde lo más hondo del pecho de Guy y se transformó en un torturado gemido cuando ella amplió la zona de exploración por su pecho, dándole pequeños mordiscos para infligirle más tormento.

–Claudia. –Su voz era apenas reconocible, y ella se echó atrás para mirarlo. Sus brazos continuaban bajo su cabeza, pero sus rígidos músculos evidenciaban su tensión. Su pecho se elevaba con cada inspiración que tomaba, y tenía los ojos firmemente cerrados, como si estuviera sufriendo una agonía mortal–. Te lo ruego, Claudia. Acaba con este juego.

Ella estaba más que dispuesta a complacerle, pero no estaba muy segura de cómo hacerlo.

–¿Debo quitarme el vestido?

Guy sacudió la cabeza.

–No hay tiempo.

–Entonces ¿qué...?

–Quítate la ropa interior y ponte sobre mí. Ahora.

–¿Qué?

Nunca se le hubiera ocurrido que pudieran hacer el amor de aquella manera, pero la idea le pareció muy tentadora. Se quitó con rapidez los pantaloncitos que utilizaba a modo de ropa interior y pasó la pierna por encima de las suyas hasta que se sentó a horcajadas sobre sus muslos y colocó sus faldas alrededor de ellos. Cada roce de la tela contra su piel hacía que Guy se agitase bajo ella.

–Apresúrate, mi amor.

Su paciencia, al igual que su control, estaba al límite, de eso estaba segura. Aun así, él no la tocaba ni hacía nada para acelerar sus movimientos. El contacto de sus muslos desnudos bajo ella hizo que su propia piel se estremeciera. Claudia se elevó hasta que su propia carne excitada acarició toda la rígida extensión de la de él y repitió con cuidado los seductores movimientos hasta que humedeció la carne de Guy con su deseo. Al permanecer con el vestido puesto, todo lo que tenía lugar bajo su falda se volvía, de algún modo, más intenso, más perversamente erótico. Claudia inclinó la cabeza hacia atrás e hizo avanzar sus caderas para deslizarse sobre su duro y poderoso miembro una vez más. Al mismo tiempo, Guy arqueó su cuerpo, alejándose primero y elevándose casi inmediatamente para buscar el cobijo de su cuerpo. La mano de ella se colocó entre sus dos cuerpos en una búsqueda ciega intentando completar la unión. Los largos dedos lo encontraron e intentaron introducirlo en su interior. Después hizo pequeños y vacilantes movimientos con sus caderas para ayudarle a acomodarse y, por fin, se sentó sobre él, muy despacio.

Los ojos de Guy se abrieron igual de lentamente. La mirada casi violenta de esas profundidades azules hizo que la recorriera un escalofrío. Su expresión la habría asustado si no tuviera un completo control sobre Guy, pero él le ofrecía su fuerza de buen grado. De alguna forma, supo que él no había practicado ese juego en particular con nadie, que no había permitido que nadie dominara su voluntad tan completamente. Claudia sintió que lo que estaban haciendo iba mucho más allá de un simple juego, que había un significado oculto en su intensa mirada, algo importante, aunque no expresado con palabras.

Entonces lo supo.

Él no la tocaba porque ella no le había dado permiso para que lo hiciera. Sus anteriores exploraciones no habían encontrado trabas porque ella no había mostrado ningún deseo de acabar con ellas. Guy haría todo lo que ella le pidiera, y nunca la forzaría. Era un juego, pero un juego que tenía un fin, enseñarle algo importante, que él le pertenecía en cuerpo y alma.

Las lágrimas nublaron su visión mientras lo recibía por completo en su interior, y una sombra de inquietud atravesaba las facciones de Guy. Claudia se inclinó para besarlo en los labios y murmurar palabras tranquilizadoras.

–Nuestros juegos han sido una fuente de sorpresas, milord. Te ruego que me perdones por torturarte y que me tomes como te plazca.

Los brazos de Guy la rodearon y la estrecharon contra su pecho para arrasar su boca con un beso que tenía el sabor de la contención que todavía guardaba en su interior. Pero ni siquiera entonces se convirtió en el agresor. Aflojó la presión hasta que sus manos se deslizaron sobre ella en suaves caricias que guiaron sus caderas y le enseñaron cómo moverse. Los primeros pequeños estremecimientos se transformaron en contracciones en el interior de Claudia, y sólo entonces asumió Guy el control sobre ella. Sus manos sujetaron sus caderas con fuerza contra él, tomando y dando al mismo tiempo. Las susurradas palabras de amor de Claudia se perdieron en el brusco sonido de liberación en el que Guy gritó su nombre.

13

Guy le dio un último tirón a su túnica para asegurarse de que la prenda estaba de nuevo en su sitio antes de abrir la puerta del solar. Fitz Alan estaba sentado sobre uno de los asientos de las ventanas, mientras que Kenric paseaba frente a la chimenea con las manos unidas a la espalda. Ambos se volvieron al oír el sonido de la voz de Guy.

–Confío en que hayáis tenido tiempo de sobra para refrescaros.

–Hemos tenido tiempo de sobra para conquistar media Escocia –respondió Kenric arrastrando las palabras–. ¿Qué te ha entretenido?

–Cuidado, barón. –Fitz Alan se levantó para servirse otra copa de vino–. Harás que tu hermano pequeño se ruborice.

–Lo que me ha entretenido no es asunto vuestro –contestó Guy a Kenric. Luego inclinó la cabeza hacia su cuñado–. Y a ti te agradecería que recordaras que ya eras padre a mi edad.

–¿Es ésa la razón por la que tienes tanta prisa por tener descendencia? –Fitz Alan soltó un exagerado suspiro–. Ah, me ha surgido un rival. ¿Una copa de vino? –Puso el recipiente en la mano de Guy y lo llenó sin esperar su respuesta–. Doy fe de que tienes los mejores vinos de toda Inglaterra. ¿De dónde es este lote?

–De Borgoña –respondió Guy, antes de tomar un largo sorbo para calmar su irritación. La ira no le llevaría a ninguna parte en la discusión que se avecinaba. Aun así, le molestó que lo trataran como a un niño. Al ser el más joven de la familia, los demás tendían a olvidarse de que tenía el mismo o mayor poder y responsabilidades que ellos. Por lo general, se tomaba bien sus burlas. Sin embargo, aquélla no era una de esas ocasiones–. Antes de que continuemos quiero dejar algo muy claro. No permitiré que ninguno de los dos vuelva a hablar de Claudia como lo habéis hecho en el patio. Mi gente la acepta, y no consentiré que unas cuantas palabras imprudentes los vuelvan en su contra.

Kenric arqueó una de sus oscuras cejas al tiempo que clavaba su mirada plateada en él.

–Ese juego que te traes con la chica traerá problemas. Es evidente que ya has conseguido lo que querías de ella, así que deberías meterla en las mazmorras antes de que descubra tu engaño. ¿O fue esa exhibición en el patio una señal de que ya lo ha averiguado? Era difícil saber a quién pretendía ensartar la daga. Como mínimo, tienes que desarmarla y ponerle un guardián.

En un principio, Guy se quedó demasiado perplejo ante los comentarios de su hermano para decir nada. Luego se recordó a sí mismo con contundencia que Kenric sabía muy poco sobre Claudia; lo único que conocía era el contenido del mensaje que él mismo había enviado y que había escrito cuando ella parecía culpable de traición. Dejó su copa y se obligó a estirar los dedos antes de que acabara abollando el recipiente de plata.

–No estoy jugando con Claudia. Poco después de escribirte, quedó claro que ella no tomó parte en el complot contra mí. De hecho, arriesgó su propia vida para ayudarme a escapar de Lonsdale. Desde entonces, he descubierto que posee todas las virtudes que podría desear en una esposa. Estoy totalmente decidido a casarme con ella y pretendo desposarla dentro de unos días.

Kenric emitió un gruñido de disgusto.

–¿Es que estás ciego? Te ha seducido para que creas que estás enamorado de ella. Estabas dispuesto a quitarle la vida a Fitz Alan porque evitó que la chica te apuñalara. Ha logrado que estés muy cerca de enfrentarte a tu propia familia. –Sacudió la cabeza–. Sigue mi consejo y enciérrala antes de que siga envenenándote.

Guy se esforzó por no gritar.

–A diferencia de ti, yo no pretendo mantener a mi esposa prisionera hasta quedar convencido de que puedo confiar en ella. Ya he tomado una decisión.

Una candente ira brilló en los ojos de Kenric, pero desapareció casi tan rápidamente como surgió.

–Haz entrar en razón a este loco antes de que decida usar otra cosa que no sean palabras para abrirle los ojos –ordenó a su lugarteniente.

Fitz Alan puso un pie sobre el asiento que había junto a la ventana y apoyó el codo sobre la rodilla. Sostenía la copa por el borde y observaba con detenimiento las diferentes tonalidades de color del vino mientras lo hacía girar en círculos uniformes.

–Tu hermano tiene razón, Guy. Esa muchacha tiene motivos para odiarnos a todos. Es difícil imaginar que pueda llegar a sentir afecto por ti.

–Lo que es difícil imaginar es que una mujer arriesgue su vida para proteger a alguien a quien odia –rebatió Guy–. Esta tarde sacó su daga con la intención de enfrentarse a un caballero que la doblaba en tamaño. Eras un desconocido para ella, Kenric. Pero vio que su prometido llevaba las de perder en el combate y no se detuvo a hacer preguntas. Fue una reacción razonable, pues mi muerte parece ser el mayor de sus miedos. ¿Eso os hace pensar a alguno de vosotros que no siente afecto por mí?

–No –respondió Kenric–, me hace pensar en una mujer que sabe que se encontrará a merced de tus hombres si mueres. Con su acción, la moza ha demostrado ser lo bastante inteligente como para darse cuenta de que en este lugar sólo hay un hombre lo bastante estúpido como para dejarse seducir por sus ruines mentiras.

–Su nombre es Claudia –informó Guy, manteniendo los dientes apretados–. No esa chica, esa moza o... –Dejó de hablar cuando se dio cuenta de algo que había dicho Fitz Alan. Le lanzó una dura mirada y le preguntó–: ¿Qué has querido decir con eso de que tiene motivos para odiarnos a todos?

Fitz Alan se encogió de hombros.

–Es la hermana de Roberto de Ravenna. Yo diría que es una buena razón. –Frunció el ceño–. Y estoy seguro de que tú lo sabías.

–Sí, lo sabía. –Guy se pasó una mano por el pelo. Dios. De repente, la hostilidad de Kenric cobró sentido. No era de extrañar que quisiera encerrarla–. ¿Cómo os habéis enterado?

Fitz Alan hizo un gesto hacia Kenric.

–Tu hermano averiguó todo lo que pudo sobre Roberto y su familia hace cinco años. Sabíamos que formaba parte de la familia del barón de Lonsdale. Por eso tu mensaje no nos cogió completamente por sorpresa. Esa familia está llena de traidores.

–¿Por qué ninguno de los dos me habló sobre Lonsdale? –preguntó Guy–. Si hubiera conocido su relación con Roberto, habría negociado Halford Hall en un campo de batalla.

–No te encontrabas en Inglaterra cuando lo descubrimos, y Lonsdale no parecía representar una gran amenaza en aquella época. Fue un error por nuestra parte –admitió Fitz Alan. Su tono se volvió pensativo–. ¿Sabes que hay otro hermano?

–Sí, Claudia me habló de Dante. –Kenric y Fitz Alan intercambiaron una mirada de complicidad–. Sé que es uno de los mercenarios de Edward.

Los dos permanecieron en silencio durante un largo momento, y luego Kenric se aclaró la garganta.

–Dante Chiavari no es simplemente un mercenario. Él es...

–Entonces ¿está vivo? –preguntó sin mucho entusiasmo.

Dante sólo complicaría las cosas, aunque ni siquiera ese hermano fantasma le impediría casarse con Claudia.

Kenric asintió y Guy frunció aún más el ceño.

–Sí, y desde que el rey visitó Remmington hace unos pocos meses –continuó Kenric–, ya no forma parte de la partida de mercenarios que le acompañan a todas partes. Ahora es el ejecutor del rey. Si no quieres renunciar a esa mujer por el simple hecho de que sea una traidora, deshazte de ella porque te encontrarás con la garganta abierta si su hermano descubre que la tienes aquí como tu amante.

«El ejecutor del rey.» Las palabras resonaron en la mente de Guy. Dios Santo. El hermano de Claudia era el asesino personal del rey.

–¿Estás seguro?

–Sí, desde luego. Una vez el rey me pidió consejo en un asunto que tenía que ver con Chiavari. No puedo traicionar la confianza de su majestad, pero puedo decirte que ese hombre es incluso más peligroso que su hermano Roberto.

–Casi nadie conoce su trabajo –añadió Fitz Alan–. Cuando debe presentarse ante la corte va ataviado como un infiel, con un turbante, una amplia capa y un pañuelo que ocultan todos sus rasgos excepto sus ojos. Los ojos verdes de los Chiavari. –Sacudió la cabeza–. Su aspecto es suficiente para inspirar miedo a cualquier súbdito inglés a quien puedan pasársele ideas traidoras por la cabeza. Dicen que si llegas a contemplar su rostro, será lo último que veas antes de morir.

Guy miró alternativamente a los dos hombres que habían atemorizado a países enteros.

–Parece que es un hombre temible.

–Yo no tengo ninguna razón para temerle –repuso Fitz Alan–. En cambio, tú sí tienes motivos para preocuparte.

–Quizá –reflexionó Guy–. Claudia no ha tenido noticias de Dante desde hace más de un año y tampoco lo ha visto desde que él se marchó de Lonsdale. Si ella le hubiera importado algo, se la hubiera llevado de allí hace mucho tiempo. Aunque recordara sus responsabilidades a estas alturas, no tendría nada que objetar a nuestro matrimonio. De hecho, debería agradecerme que me asegurara de garantizar la seguridad de su hermana; un deber que él ha desatendido en gran medida. Por lo que a mí respecta, ella está sola. –Guy miró a su hermano directamente a los ojos desafiándolo abiertamente–. Claudia sólo me tiene a mí, y ella es todo lo que yo deseo.

–No la quiero en esta familia –afirmó Kenric de forma categórica–. No confío en ella más de lo que confiaría en sus hermanos. Cometiste un error llevándotela a la cama, pero no es demasiado tarde para reparar el daño. El matrimonio no es la solución. No tiene ningún valor como prisionera, y sabes tan bien como yo que puedes anular fácilmente ese falso compromiso que su tío te impuso.

–¿Qué me estás sugiriendo? –preguntó Guy en tono amenazador.

Kenric cruzó los brazos sobre el pecho.

–Es peligrosa. Es probable que tramara tu asesinato con su tío. Enciérrala en las mazmorras. Ése es su sitio.

–¿Donde morirá si tenemos suerte? –preguntó Guy sarcásticamente. Su furia creció cuando vio que Kenric le respondía encogiéndose de hombros con despreocupación–. Puede que seas mi hermano, pero no tengo que...

–Basta. –Fitz Alan levantó las manos–. Esta discusión no nos llevará a ninguna parte. Guy, tú nos dijiste en tu carta que sospechabas que lady Claudia era culpable de traición. Explícanos qué ha sucedido para que tu opinión sobre ella haya cambiado tan drásticamente. De esa manera quizá podamos entender mejor tus razones antes de juzgarla. –Finalizó su diatriba lanzando una mirada de advertencia a Kenric.

Guy consideró la petición y luego asintió reticente. Les relató su huida con más detalles de los que la carta le había permitido explicar, comentándoles el informe que Thomas le presentó unos pocos días después y que confirmó mucho de lo que Claudia le había dicho. Les explicó también que ella se había ofrecido a ayudarlo para liberarse del compromiso, y que tenía un plan para buscar a Dante en Londres. Aunque no había pensado darles más que unas pocas razones lógicas por las que deseaba casarse con ella, parecía no poder evitar ponerse a enumerar las cualidades que más le habían atraído: su coraje, inteligencia, agudeza y muchas más.

Ellos nunca la verían como él la veía, ni la aceptarían como parte de la familia. Así que les dijo más de lo que había pretendido y les lanzó la advertencia de que escogería a Claudia antes que a su familia si le forzaban a decidir entre ambos. Los echaría mucho de menos, pero no concebía su vida sin Claudia y estaba dispuesto a hacer ese sacrificio por ella.

Un largo silencio se impuso en la estancia cuando acabó. Kenric permanecía de pie junto a una de las ventanas, mirando distraídamente el cielo despejado de nubes. Fitz Alan estaba sentado con las piernas abiertas en el asiento que había junto a la ventana y los codos apoyados en las rodillas, mientras sus manos hacían girar la copa de vino entre sus palmas. En sus ojos no había ni rastro de su humor habitual. Aquello no era una buena señal.

Guy se preparó para lo peor y de pronto se enfureció. ¿Acaso confiaban tan poco en su buen juicio? ¿Realmente lo consideraban lo bastante estúpido como para dejarse seducir por una cara bonita y dulces mentiras? Por Dios, Claudia tenía más fe en él que su propia familia. Ellos deberían...

–Quizás el matrimonio no sea un completo desastre. –Guy volvió bruscamente la cabeza hacia Kenric, sorprendido de que su hermano hubiera pronunciado esas palabras. Había previsto algo de comprensión por parte de Fitz Alan, pero de su hermano sólo esperaba un obstinado silencio–. No me hace ninguna gracia la perspectiva de acoger a una Chiavari en la familia –continuó Kenric–. De hecho, dudo que algún día me guste esa chica. Sin embargo, es evidente que estás decidido a tenerla, y acepto tu elección. Tus instintos nunca te han fallado en el pasado. Rezo para que no lo hagan ahora.

No era exactamente un voto de confianza, pero sí más de lo que Guy había esperado. Animado, se volvió hacia Fitz Alan.

–¿Aceptarás tú también mi elección?

–Sí. –El aludido soltó un largo suspiro–. Has perdido la cabeza por esa mujer, Guy. Yo también reconozco una causa perdida cuando la veo. Creo que te has vuelto loco, pero tu hermano pensó lo mismo de mí cuando le pedí la mano de tu hermana. Nunca he lamentado mi elección, y espero que tú siempre puedas decir lo mismo. –Se levantó y dejó la copa a un lado para ofrecerle la mano–. Recibe mi más sincera enhorabuena. ¿Cuándo tendrá lugar la boda?

Guy aceptó la mano de su cuñado y sonrió aliviado.

–Hablé con el sacerdote esta mañana. Pronunciaremos nuestros votos dentro de una semana a partir del domingo.

–¿No renegociarás el contrato de esponsales antes? –preguntó Kenric con severidad.

–No, pero lo impugnaré –respondió Guy–. Si Lonsdale me presiona, soy capaz de acudir hasta al mismísimo arzobispo si hace falta. Tengo contactos que me darán su apoyo y confiarán en que mi versión de los hechos es la verdadera. Lo último que pienso hacer es recompensar a Lonsdale con una fortuna en oro por tramar mi asesinato.

Kenric asintió.

–Bien. Me alegra ver que no has perdido completamente la razón en todo lo que respecta a esa mujer.

–Claudia –corrigió Guy.

–Sí, bien, como quiera que se llame. Me alegra ver que queda un resquicio de sensatez en ti.

Guy inclinó la cabeza en una reverencia burlona.

–Tu confianza en mis capacidades me abruma, hermano.

–Dejadlo ya –cortó Fitz Alan–. No hay necesidad de empezar una discusión cuando todos estamos de acuerdo. Hablemos de algo más agradable. ¿Del asedio a Halford, quizá?

–¡Ah! ¡Estas cosas son asquerosas!

Lenore mantenía su nariz tapada con una mano y con la otra sostenía una cesta rebosante de ratas muertas.

–Sí, pero no tan asquerosas como lo serían si estuvieran vivas.

Claudia vació su propia cesta en la fosa séptica y se apresuró a alejarse del nauseabundo agujero.

Lenore la siguió.

–¿Me enseñaréis a hacer un aceite con aroma a lavanda? –Claudia le lanzó una intensa mirada–. El aceite de rosas que me enseñasteis a hacer huele muy bien y hace que mi piel esté increíblemente suave –continuó Lenore–. Pero nunca se me ocurriría usar el mismo perfume que vos, y el olor a lavanda me gusta.

Tras liberarse de su lúgubre carga, el rostro de la doncella volvió a iluminarse con una alegre sonrisa y empezó a dar saltitos junto a Claudia mientras avanzaban de regreso al castillo. Últimamente Lenore parecía ver a su señora como una especie de experta en toda clase de asuntos femeninos. Le pedía su opinión sobre peinados, el corte y el color de los vestidos, sobre dibujos para bordados y también en lo referente a mezclas para perfumes. A Claudia se le hacía raro que alguien le pidiera opinión sobre alguna cosa y, mucho más, que la apreciaran. Parecía como si Lenore la admirara igual que lo haría con una hermana mayor. Era tan halagador e inesperado para ella que no se veía capaz de negarle a Lenore nada de lo que le pidiera.

–Sí, es fácil de preparar. Será mejor que vayas con cuidado, Lenore, o aprenderás tanto sobre aromas que el barón te nombrará fabricante de esencias de Montague.

Lenore se mostró desconcertada y luego interesada ante esa posibilidad.

–No hay ningún fabricante de esencias que se aloje en Montague. ¿Realmente creéis que puedo conseguir ese puesto?

–Si memorizas las mezclas que te enseñe, sí. No veo por qué no.

Claudia se dirigió hacia el sendero que conducía hasta los portones y extendió la mano por encima de los altos setos que flanqueaban el camino y lo separaban de los parterres de hierbas aromáticas. Era un gesto sin sentido, tan infantil como el de los niños cuando arrastraban palos a lo largo de las cercas. Seguramente ellos tampoco sabían por qué lo hacían. Supuso que sería por el simple placer del momento.

A pesar del hecho de que iba a enfrentarse a sus futuros cuñados en el banquete que tendría lugar en pocas horas, Claudia no se había sentido tan alegre desde hacía años. Los recuerdos de los últimos días con Guy la envolvían como una suave y cálida manta. Le dolían las mejillas de tanto sonreír. Su cuerpo latía con el nuevo descubrimiento de la pasión y su corazón rebosaba de las tiernas emociones que él despertaba en ella. No recordaba haber sido nunca tan feliz. Guy era una presencia tan sólida en su vida que casi creía que nada podría alejarlo de su lado. Sí, era un hombre decidido a conseguir todo lo que quería y totalmente capaz de lograrlo. Y aunque pareciera increíble, él quería hacerla suya para siempre.

Lenore continuó parloteando sobre flores y pociones mientras Claudia sonreía con ojos soñadores y miraba las esponjosas nubes que flotaban sobre ellas, absorta en sus propios pensamientos. No se dio cuenta de que la doncella había aminorado el paso ni de que había dejado de hablar. De pronto, una mano apresó su muñeca cuando pasó por una apertura entre los setos. Claudia se paró en seco y soltó un pequeño grito.

–¿Soñando despierta, pequeña? –Guy la estrechó con fuerza entre sus brazos y luego le hizo una seña a su doncella–. Tu señora se reunirá contigo en el castillo, Lenore. Ahora puedes marcharte.

La sirvienta hizo una reverencia e inclinó la cabeza para ocultar su sonrisa.

–Sí, milord.

–¿Qué... qué estás haciendo aquí? –preguntó Claudia, todavía asombrada por su repentina aparición.

Guy la arrastró dentro del pequeño hueco que formaban los setos y tiró al suelo la cesta que sostenía la joven. Deslizó las manos de Claudia alrededor de su cintura y la obligó a abrazarle hasta que sus cuerpos quedaron íntimamente unidos. Su perversa sonrisa consiguió que sus blancos dientes brillaran bajo la luz del sol.

–Disfrutar de un momento con mi amante, por supuesto.

Escucharlo hizo que un gran pesar resurgiera en su interior. Había pronunciado esas palabras con tanta ternura, que podría haber dicho que la amaba en el mismo tono. En un intento de alejar la sombra de dolor que cruzaba los ojos de Claudia, Guy acunó su rostro entre sus manos e inclinó la cabeza para besarla. Al principio ella se resistió a sus intentos de hacer el beso más profundo. Cualquiera que pasara por allí podría descubrirlos. Pero esa idea hizo que su abrazo fuera incluso más tentador. Guy acarició con sus nudillos el tenso pezón de uno de sus pechos a través del vestido y la boca de Claudia se abrió bajo la suya, perdiendo el pudor bajo la intensa pasión que la recorría.

Él fue el primero en recobrar el juicio. Se alejó de su boca con un gemido reticente y hundió el rostro en la curva de su cuello. Luego deslizó las manos por sus caderas y la sujetó contra la dura demostración de su excitación.

–Santo cielo, nunca me sacio de ti.

–Creí que habías quedado satisfecho esta mañana, milord. –Claudia deslizó la mano entre sus cuerpos, fascinada por el hecho de poder sentir su excitación incluso a través de la ropa y de que su propio cuerpo respondiera humedeciendo sus entrañas–. Si deseas regresar a nuestra alcoba para demostrarme que estoy equivocada, no pondré ninguna objeción.

–No seré capaz de llegar tan lejos –murmuró Guy. Sus dedos rodearon la muñeca de Claudia con la intención de apartarle la mano, pero se detuvo cuando sus caricias resquebrajaron su control–. Te encanta torturarme, malvada bruja –murmuró apretando los dientes.

Claudia rodeó su cuello con los brazos y se inclinó para depositar pequeños y seductores besos sobre sus firmes labios.

–Me encanta darte placer, milord, como tú bien sabes. Y la culpa es tuya, pues yo no sabía nada sobre cómo complacer a un hombre hasta que nos conocimos. Me has enseñado todo lo que sé y ahora recibes los beneficios de tus enseñanzas.

–Sí, tienes un don natural para la tortura. –Guy deslizó las manos por su cintura y rozó su pelo con los labios–. Esto no ha resultado ser una buena idea. Deja que te abrace sólo un momento.

–Mmm. Abrazarte también es muy agradable –comentó Claudia encantada, mientras estrechaba con más fuerza su cuello–. Me gusta casi tanto como cuando me haces tuya.

–No te confundas, mi amor. Todavía me siento muy tentado de levantarte las faldas. Después, quizá, podría contentarme sólo con abrazarte.

Por su voz, Claudia supo que sonreía, pero fue la expresión de cariño lo que provocó que su corazón diera un vuelco. Desde que le hizo el amor por primera vez, Guy la había colmado con afecto y con toda clase de expresiones de cariño. Pero no le había dicho lo que más deseaba oír. ¿Acaso quería que fuera Claudia la primera en pronunciar las palabras, o sólo sentía cariño por ella? Guy la animaba para que fuera atrevida con su cuerpo, así que decidió que era hora de ser también valiente con respecto a su corazón.

–Te...

–Ssh. –Él levantó la cabeza con una repentina expresión de alerta–. Alguien se acerca.

Guy le dio un fuerte tirón a su túnica. A pesar de sus esfuerzos, la prenda cubría el estado de su cuerpo a duras penas, y sus intentos de arreglar el desastre en que se había convertido el peinado de Claudia tampoco tuvieron mucho éxito.

–Ve. Vuelve con Lenore, cariño. Debo regresar con mis hermanos. Los dejé contemplando un rebaño particularmente selecto de ovejas, pero ya deben de haberse dado cuenta de mi ausencia. Te veré en nuestra alcoba una hora antes de que empiece el banquete. –Le dio un rápido y firme beso en la boca–. Una hora antes, recuérdalo, mi amor.

Cuando Claudia abrió los ojos, Guy había desaparecido como si nunca hubiera estado allí. Sin embargo, todavía podía sentir un cosquilleo en los labios. Sonriendo, se agachó para recoger la cesta y salió de su escondite. En ese mismo instante, dos soldados hicieron su aparición. Uno de ellos se apartó de un salto y aferró frenéticamente la parte delantera de su túnica para tratar de calmar su corazón.

–¡Lady Claudia! Me habéis asustado.

El otro soldado se tomó su repentina aparición con más calma. Miró a un lado y a otro del camino y luego volvió a dirigir la mirada hacia ella.

–Lord Kenric nos ha enviado a buscar a su hermano. ¿Sabéis dónde podríamos encontrar al barón?

–Yo... bueno... no estoy segura. –Sintió como le ardía la cara al invadirla un violento rubor, y sólo pudo preguntarse qué pensarían los soldados sobre esa reveladora reacción–. Creo que mencionó algo sobre un rebaño de ovejas.

–Muchas gracias, lady Claudia. –Ambos soldados le hicieron una cortés reverencia y desaparecieron tras un recodo del sendero.

La joven se dirigió hacia el castillo tras comprobar rápidamente el reloj de sol del jardín. No quería faltar bajo ningún concepto a su cita con Guy en su alcoba, pues sabía perfectamente por qué deseaba que estuviera allí una hora antes. Se sintió la criatura más lujuriosa de la tierra, pero Guy le hacía sentirse demasiado bien consigo misma para que eso le importara.

Todavía sonreía cuando dirigió sus pasos al solar. Ése era el último lugar del castillo que Lenore y ella debían revisar en busca de ratas muertas. En unos pocos días, Claudia esperaba que todas hubieran perecido envenenadas y que dejaran de ser un problema. Odiaba realizar esa tarea, pero gracias a ello podía dormir mejor por las noches. Aunque eso también podría tener algo que ver con Guy, por supuesto.

Su secreta sonrisa tenía un extraño efecto en todo aquel con el que se cruzaba en su camino. Todos le devolvían el gesto. Unos pocos incluso le dirigieron saludos que se podrían calificar como amistosos. Sí, le gustaría vivir aquí, donde haría amigos y formaría una familia. Su propia familia. Bueno, suya y de Guy. Apartó esos pensamientos de su cabeza cuando entró en el solar. Ya habría mejores momentos para pensar en su futura familia.

Se volvió para cerrar la puerta tras ella y llamó a Lenore por encima del hombro.

–¿Alguna vez habías imaginado que hubiera tantas ratas en este lugar? Juraría...

Avanzó unos pocos pasos, pero la visión con la que se encontró hizo que se detuviera y que las palabras se paralizaran en su garganta. Los hermanos de Guy se encontraban frente a ella o, mejor dicho, su hermano y su cuñado. Kenric se erguía sobre ella a unos pocos pasos de distancia, y Fitz Alan, que estaba sentado al otro lado de la estancia afilando su espada, había interrumpido su tarea al verla.

–Disculpadme, no me había dado cuenta... –murmuró Claudia, llevándose la mano a la garganta.

–No tan rápido. –Kenric avanzó decidido hacia ella y la agarró del brazo cuando empezaba a retroceder hacia la puerta.

Claudia sacudió el brazo para liberarse de él y se apartó del gigante. Por desgracia, eso la hizo alejarse aún más de la puerta.

–Se lo ruego, milord. No me gusta que me toquen.

–Muy bien. –Kenric se llevó las manos a la espalda–. ¿Así está mejor?

Claudia asintió. Rodeó con los brazos la cesta y la mantuvo contra su pecho, como si esa endeble pieza de mimbre pudiera protegerla de aquellos dos hombres. Observó que Fitz Alan dejaba a un lado la espada con movimientos lentos y cautelosos, como si temiera asustarla.

–Lord Guy va de camino al cercado de ovejas en vuestra búsqueda. Quizá debierais reuniros allí con él.

–Ya hemos visto bastantes ovejas por hoy. De hecho, hemos cubierto nuestro cupo para el resto de nuestras vidas. –Fitz Alan sonrió–. Vinimos aquí buscando a Guy, pero vuestra doncella nos informó de que llegaríais en cualquier momento. Nos imaginamos que vuestro prometido os seguiría pronto.

La mirada de Claudia se desvió hacia la puerta, pero su corazón se encogió de miedo cuando vio que Kenric apoyaba la espalda contra la robusta pieza de roble. La tenían atrapada. Se forzó a sí misma a mirar a los ojos al gigante sin pestañear.

–¿Hay algo sobre lo que deseéis hablar conmigo?

Fue Fitz Alan quien respondió.

–Bueno, ya que estáis aquí... Estoy seguro de que se nos ocurrirán una o dos preguntas. ¿Os importaría sentaros y poneros cómoda?

Claudia negó con la cabeza sabiendo que se sentiría más cómoda en una guarida de leones. Guy le había dicho la noche anterior que Kenric y Fitz Alan sabían lo de Roberto. También le había contado que Dante estaba vivo y que era un mercenario de su rey. Su júbilo por aquellas noticias se vio ensombrecido por el miedo. Dante se hallaba muy lejos y no podría defenderla de los dos hombres que la miraban con tanta furia en sus ojos. Las sinceras promesas de Guy de que la aceptarían como su prometida sonaban mucho más tranquilizadoras cuando se encontraba rodeada por la seguridad de sus brazos.

–¿Y qué es lo que deseáis preguntarme?

–Nos gustaría conocer la razón por la que habéis atrapado a nuestro hermano en la trampa del matrimonio –afirmó Kenric sin rodeos.

Sorprendentemente, Claudia se descubrió a sí misma sonriendo levemente.

–Vuestro hermano no quiere compartir conmigo las razones que tiene para atraparme a mí en el matrimonio. Así que ¿por qué tendría que deciros yo las mías?

Kenric frunció el ceño mientras continuaba con su glacial mirada clavada en ella, pero Claudia pudo darse cuenta de que Fitz Alan se reía.

–Bien dicho, milady. Si me lo permitís, reformularé la pregunta. Creo que a lord Kenric le gustaría saber lo que exigís para dar vuestra aprobación a los esponsales.

–No le exijo nada a vuestro hermano –le informó con voz tranquila–. No codicio sus propiedades ni posesiones al igual que él no codicia las mías. –Claudia arrugó el ceño–. Bueno, eso no es totalmente cierto. Él desea Halford Hall, y esa propiedad forma parte de mi dote.

Los dos hombres intercambiaron miradas de incredulidad. Fitz Alan fue el primero en hablar.

–¿Halford Hall es vuestra dote?

–¿No os lo ha dicho Guy? –Claudia se encogió de hombros–. La verdad es que mi título de propiedad carece de importancia, ya que planea poner bajo asedio el castillo. No cree que el barón de Lonsdale vaya a desalojarlo por propia voluntad.

–Sí, pero ¿Halford Hall es vuestra dote? –preguntó Kenric repitiendo las palabras de su segundo al mando.

–Sí, junto con un collar –respondió Claudia. Ellos pensaban que era poco menos que una indigente codiciosa que intentaba atrapar a su hermano en sus redes. Lo cierto era que no podía culparles. La fortuna del barón de Montague era inmensa, y ella sólo tenía las esmeraldas y un título sobre Halford Hall que no valía nada–. Guy guarda el collar en sus arcas; os lo digo por si tenéis intención de calcular mi valor.

–¿Un collar que Guy de Montague guarda en sus arcas? –preguntó Fitz Alan, incrédulo.

Claudia frunció el ceño.

–¿Tenéis problemas para entender lo que digo? Si es así, hablaré más despacio. Vuestro hermano y su gente me comprenden bien, pero suelo olvidar que mi acento puede confundir a los extraños.

–¡Extraños! –El rostro de Kenric enrojeció–. Milady, os agradeceré que no nos llaméis extraños dentro de las murallas de Montague.

Claudia inclinó la cabeza en un gesto que rozaba la insolencia. A su entender, tenía derecho a tratarlos de la misma forma que ellos lo hacían con ella.

–Habladnos sobre ese collar –pidió Fitz Alan–. ¿Por qué un hombre tan rico como Guy lo considera lo bastante valioso como para mantenerlo bajo llave en sus arcas?

–Es un collar de esmeraldas con una veintena de piedras rectangulares del tamaño aproximado de huevos de gorrión. No he contado las esmeraldas más pequeñas, pero son del tamaño de guisantes y ocuparían dos metros aproximadamente si las extendiéramos en una línea recta. Mi hermano Dante me aseguró que eran de la mejor calidad.

Fitz Alan dirigió su sonrisa a Kenric.

–Empiezo a ver el interés. Nuestro Guy es un comerciante hasta la médula. Si lo que dice es cierto, veo que ha conseguido un gran partido.

–¿Me creéis capaz de mentiros? –Claudia elevó su barbilla varios centímetros más–. Si queréis saber la verdad, os diré que yo no convencí a vuestro hermano para que se casara conmigo. De hecho, hice todo lo que pude por disuadirlo. Encuentro la perspectiva de entrar a formar parte de vuestra familia tan halagüeña como vosotros la de darme la bienvenida a ella. Si deseáis impedir el matrimonio, estáis hablando con la persona equivocada. Guy me ha asegurado que no tengo ninguna elección. Ahora, si me disculpáis, hay deberes que debo cumplir antes de que empiece el banquete para celebrar vuestra llegada.

Se dio la vuelta y avanzó decidida hacia la puerta. No tenía la menor idea de lo que haría si Kenric intentaba detenerla de nuevo, pero él se hizo a un lado en el último momento y la dejó pasar. Claudia continuó andando tras cruzar el umbral, rezando para que sus temblorosas rodillas no le fallaran antes de llegar a su alcoba.

Kenric cerró la puerta tras la partida de la joven y se volvió para fulminar con la mirada a Fitz Alan.

–Te felicito por tus dotes diplomáticas. Estoy seguro de que después de esto el rey te nombrará embajador de todos los territorios hostiles.

Fitz Alan recogió la espada y comprobó la hoja recién afilada con el pulgar. Al ver surgir un brillante punto de sangre, murmuró una maldición.

–La chica no es como yo esperaba.

–No, desde luego –asintió Kenric–. Al parecer posee todos los atributos que Guy le atribuyó y algunos más. Está claro que es valiente, y apostaría mi caballo a que no participó en el complot de su tío. También apostaría cualquier cosa a que nos considera groseros e insufribles.

–La reunión no ha ido muy bien. –Fitz Alan apoyó la punta de su espada sobre el piso–. ¿Crees que se lo contará a Guy?

Kenric se encogió de hombros.

–Si desea ponerlo en contra de su familia, le repetirá todas y cada una de las palabras que se han pronunciado aquí. Si quiere que reine la paz entre nosotros, seguramente no dirá nada al respecto. Será interesante descubrir hacia dónde sopla el viento.

–¿Te ha hecho sentir como la serpiente más rastrera de la Tierra? –preguntó Fitz Alan–. ¿O ese honor sólo me corresponde a mí?

Kenric le dio una palmada en la espalda mientras su profunda risa resonaba en toda la estancia.

–Oh, ese honor es sólo tuyo, Fitz Alan. Yo sólo me siento como si fuera idiota.

14

–Qué mala suerte la mía –anunció Guy cuando se reunió con Claudia en su alcoba. –La tomó en sus brazos para darle un rápido beso y la apartó unos centímetros para poder verla mejor. La joven apoyó las manos sobre su pecho y su ardiente mirada continuó recorriéndola mientras le explicaba con voz distraída lo que le había hecho retrasarse–. Ya casi había llegado a nuestra alcoba cuando me notificaron que el emisario del rey estaba esperándome en el salón. Se trataba de una misiva de seis páginas, y Edward exigía una respuesta inmediata. ¡Dios mío! –exclamó, cambiando de tema–. Estás espléndida. ¿Dónde has encontrado ese vestido?

–Ha sido mi doncella –explicó alejándose de él con pasos medidos.

Incluso Lenore, una mujer llena de recursos, había sorprendido a Claudia cuando le mostró las hermosas prendas que había elegido para ella. El vestido en cuestión era dorado, con largas y amplias mangas acabadas en punta y cubiertas por un brocado color burdeos oscuro. Una túnica entallada, hecha también de brocado color burdeos y rematada con hilo de oro, cubría todo el atuendo excepto la parte delantera del vestido. El collar de esmeraldas completaba el conjunto, y el vestido dorado hacía que las piedras brillaran como si estuvieran en llamas. Claudia se había puesto la joya sólo para impresionar a Kenric y a Fitz Alan, y probar que no era una indigente ni una mentirosa. La expresión en los ojos de Guy indicaba que valoraba sus esfuerzos por presentar la mejor imagen que pudiera, aunque no tuviera tiempo de mostrarle su agradecimiento.

–El banquete debería haber empezado hace una hora. Le di a tu... –De repente Claudia se dio cuenta de lo que él había dicho, y la excusa de su retraso hizo que abriese los ojos de par en par–. ¿El emisario del rey? ¿Traía noticias de Dante?

Guy frunció el ceño.

–Sí, el rey tiene intención de informarle sobre lo que sucedió en Lonsdale, y de que ahora tú estás a salvo aquí. Le dio al emisario unos días de ventaja con el fin de darme tiempo para prepararme, porque está seguro de que tu hermano pronto nos hará una visita.

–¡Eso es maravilloso! –Claudia batió las palmas encantada, sintiendo como si se hubiera librado de un gran peso. Pero cuando vio que la expresión de Guy seguía siendo sombría, le vino otro pensamiento a la cabeza–. ¡Es horrible! ¿Qué pasará si Dante no sabe que lo que realmente pretendes es casarte conmigo? Se pondrá furioso. Él se...

–Cálmate –murmuró él. Acercó la mano de Claudia a sus labios y le dio un beso en la palma–. El rey se asegurará de que no haga nada precipitadamente, pero sigo decidido a estar casado contigo para cuando Dante llegue. De ese modo no habrá dudas sobre a quién perteneces.

–Yo... yo no creo que Dante ponga ninguna objeción a nuestro matrimonio. –Claudia cometió el error de acariciar la mejilla de Guy, provocando con ello que la pasión surgiera de nuevo en sus ojos–. Si te ve mirarme así, creo que insistirá en que nos casemos.

–Ya estará hecho. No habrá razón para que insista en algo que ya se habrá consumado. –Se inclinó para besarla, pero Claudia se apartó con una sonrisa.

–No hay tiempo para esto, Guy. Le di permiso a tu mayordomo para que sirviera un refrigerio mientras los invitados aguardaban nuestra llegada. Cenaremos con una pandilla de borrachos si nos demoramos aquí mucho tiempo.

–Estarán en buena compañía, porque yo ya estoy ebrio de deseo. –La abrazó con fuerza y jugó con los lazos que mantenían en orden sus cabellos–. Sabes que me vuelve loco verte con el pelo suelto.

La joven volvió la cabeza para evitar sus labios, pero aun así se estremeció cuando sintió como sus manos le acariciaban el pelo y descendían por su espalda hasta llegar a la redondeada curva de sus caderas. Su deseo por ella parecía insaciable, pero ¿era el amor lo que alimentaba su pasión o sólo la lujuria? Ése no era momento para reflexionar sobre ello. Claudia notó un tono desesperado en su propia voz.

–No podemos hacer esperar más a tu gente.

–Sí, sí podemos –insistió Guy. Luego estudió su rostro y soltó un profundo suspiro–. Pero supongo que todos adivinarán el motivo. ¿Es por eso por lo que te muestras tan reticente?

Claudia asintió, agradecida y pesarosa al mismo tiempo.

–Habrá tiempo para nosotros después del banquete.

–No. Creo que habrá tiempo para nosotros durante el banquete. –Guy recorrió su cuello con los labios formando un camino que llegó hasta el lóbulo de la oreja, donde le mordió con suavidad–. El festín durará horas y muy pocos se darán cuenta si nos escabullimos después de la primera docena de platos. Habrá espectáculos que los mantendrán distraídos y que impedirán que se den cuenta de nuestra ausencia.

Su boca cubrió la de Claudia y se fundieron en un profundo beso que acabó en menos de un segundo. Guy la alejó de él, aunque sus manos le acariciaron el trasero al tiempo que le daba un suave empujón hacia delante.

–Mantente alejada de mí mientras me cambio o nuestro festín privado empezará antes de lo esperado.

Se dirigió a uno de sus arcones mientras Claudia se sentaba junto a la mesa. Mientras él se quitaba la ropa, ella se debatió entre contarle o no el encuentro con sus hermanos. Guy le lanzó una mirada de complicidad y sonrió cuando tiró la camisa a un lado y empezó a quitarse los pantalones, pues ya había descubierto que a ella le gustaba observarlo desnudo. Claudia apoyó los codos sobre la mesa y colocó la barbilla entre sus manos para disfrutar de la deliberada exhibición.

La visión de su poderoso cuerpo nunca dejaba de atraer su

atención, y los pensamientos sobre sus hermanos fueron sustituidos por recuerdos de lo que sentía al tener el cuerpo de Guy bajo el suyo. En su mente, Claudia acarició sus amplios hombros y su pecho, y luego descendió hasta sus duros muslos, recordando como el negro vello que salpicaba sus piernas le hacía cosquillas en los dedos. Su mirada viajó y finalmente recayó en sus caderas, y no pudo evitar humedecerse los labios con la lengua. Su boca se curvó en un mohín de decepción cuando Guy se puso unos pantalones de piel azules.

–¿He abierto tu apetito, pequeña? –Lo que vio en los ojos de Claudia le hizo reír. Cogió la camisa y la deslizó por su cabeza–. Tu expresión habla por sí misma. Si me miras así durante la comida, te juro que ese banquete va a ser el más corto que se haya celebrado nunca.

Claudia se ruborizó ante sus palabras, un poco avergonzada por la facilidad con la que lograba excitarla.

–Tendré que esforzarme por mantener la mirada fija en mi plato, milord. Tus vasallos pensarán que nunca he probado una comida más suculenta. Estaré pensando en ti en todo momento.

Guy gimió.

–Mi gente creerá que me he quedado sin habla ante tu imagen. Si tienes un mínimo de compasión en tu corazón, te abstendrás de lamerte los dedos. Te advierto que se tomarán medidas inmediatas ante exhibiciones descaradas de ese tipo.

–¿Es eso una amenaza? –preguntó con un tono de insolente inocencia en su voz–. ¿O una petición?

–Eso dejaré que lo averigües por ti sola, milady. –El exagerado movimiento de sus cejas y su sonrisa voraz hizo que sus pensamientos fueran bastante fáciles de interpretar.

Guy se enfundó en la misma túnica con perlas incrustadas que llevaba el día que se conocieron, se puso la piel de leopardo sobre un hombro y se la sujetó en su cadera. Después se puso el cinturón con su espada y su daga. Las fundas de ambas armas tenían incrustaciones de zafiros.

–¿Dónde conseguiste esa piel de leopardo? –preguntó Claudia con curiosidad.

Guy acarició la piel con el dorso de los dedos.

–Intentó devorarme, junto al mercader bereber que pretendía convertirlo en una mascota. El mercader me ofreció su piel como obsequio a modo de agradecimiento por haberle salvado la vida. También me dijo que cualquier hombre que poseyera un leopardo, o incluso su piel, estaría bendecido con la virilidad, la fertilidad y una gran cantidad de atributos masculinos. –Su sonrisa se volvió sagaz–. Tú sabrás mejor que nadie si aquel hombre decía la verdad.

–Oh, sí –musitó Claudia–. No mentía, milord.

Guy le tendió la mano.

–Vamos, cariño. Cuanto antes empiece el banquete, antes podré ponerme a trabajar en los montones de hijos que se me han prometido.

Evard se encontró con la pareja en la puerta de la alcoba de Guy, con una lista de los caballeros que deseaban participar en el torneo que se celebraría al día siguiente entre los soldados de Guy y los del barón de Remmington. Mientras los dos hombres hablaban camino de la celebración, Claudia intentó decidir la mejor forma de contarle a su prometido la reunión con Kenric y Fitz Alan. No quería suscitar problemas entre los hermanos, pero estaba segura de que ellos le mencionarían la conversación. Decidida, apretó con más fuerza el brazo de Guy.

–Hay algo que debo decirte antes...

Las palabras murieron en su garganta cuando contempló el gran salón. Durante cualquier día de la semana aquella estancia parecía un lugar digno de reyes, pero verla decorada para un banquete la dejó sin aliento. Ella sabía que el mayordomo había planeado adornarla tomando la caza como tema central, pero el resultado de la labor de los sirvientes era algo que parecía directamente salido de un cuento de hadas. Todas las mesas del salón, cubiertas con manteles, casi desaparecían bajo fragrantes ramas de árboles de hoja perenne engalanadas con flores y lazos dorados; cada arco y cada pilar se habían transformado en un arbusto o un árbol; y una hilera de esbeltos sauces se desplegaba en el lugar de honor destinado a Guy y a los ilustres visitantes. La decoración quedaba completa con las grandes ramas rebosantes de hojas que estaban sujetas a las vigas del techo.

Los músicos empezaron a tocar una alegre melodía con sus laúdes, gaitas y tambores en el momento en que Guy y Claudia hicieron su entrada en el gran salón, y la música se unió al barullo de risas y conversaciones que llenaban la estancia mientras los caballeros y soldados del barón de Remmington se ponían al día de los últimos acontecimientos de sus vidas con sus homólogos en Montague. En su recorrido hacia la mesa de honor, Guy se detenía a saludar de vez en cuando a algunos de sus hombres o a los de Kenric.

Aunque Guy parecía haber olvidado la existencia de Claudia mientras hablaba con sus invitados, seguía sosteniendo su mano y acariciaba con el pulgar sus nudillos. Sólo la miró cuando se detuvo a saludar a Thomas y a otro caballero llamado Haskins. Esa breve mirada indicaba que no se había olvidado de ella en absoluto y la expresión de sus ojos era tan tierna que la apenó, ya que tenía que admitir que había veces en las que creía que él la amaba.

El rostro de Guy se convirtió en una máscara de educado interés cuando se volvió de nuevo hacia los caballeros, pero le apretó la mano y continuó con sus tiernas caricias. Sus atenciones la ayudaron a tranquilizarse, pero aun así era incapaz de concentrarse en las conversaciones que su prometido mantenía con Thomas o con algún otro. Su mirada se desviaba una y otra vez hacia Kenric y Fitz Alan, que les aguardaban sobre la tarima elevada. Pero Claudia tampoco quería concentrarse en ellos, así que para tranquilizarse empezó a contar hojas.

–Te has vuelto a superar –comentó Fitz Alan a modo de saludo cuando llegaron a la mesa. Tanto él como su barón iban elegantemente ataviados; Kenric vestía de negro, y Fitz Alan de rojo y dorado–. Nunca había asistido a un banquete en medio de un bosque. Incluso los sirvientes van vestidos de cazadores y de ninfas de los bosques. Somos plenamente conscientes del honor que nos haces, Guy.

–Esperamos que disfrutéis de nuestra humilde hospitalidad –respondió el aludido con exagerada modestia.

Kenric emitió un sonido gutural que a Claudia le sonó a sarcasmo.

–Tu humilde hospitalidad ha sido suficiente para hacer que mi esposa me suplicara que la trajera conmigo en este viaje. Aunque dio la casualidad de que, en ese mismo instante, estaba en medio del parto de nuestro tercer hijo. –Arqueó una oscura ceja en dirección a su hermano–. Tu mensaje llegó en el momento más inoportuno.

Guy se encogió de hombros a modo de disculpa.

–Tu encantadora esposa y tus hijos siempre son bienvenidos aquí. Estoy impaciente por conocer a mi nuevo sobrino.

–Tess me hizo prometerle que te haríamos otra visita cuando ella y el bebé estuvieran lo bastante fuertes para viajar –respondió Kenric–. Así que los verás muy pronto.

Claudia intentó imaginarse a la esposa del Carnicero de Gales, convencida de que el calificativo de encantadora no era más que una mentira educada. Tenía que estar hecha a la misma escala enorme que su marido para poder dar a luz a sus hijos y sobrevivir tras semejante experiencia. Luego se preguntó si su hermana Helen sería tan alta y de constitución tan sólida como sus hermanos. Dios santo, si eso fuera así, todos en esa familia la considerarían diminuta.

Su prometido la condujo hasta el asiento que había a su derecha, mientras que Kenric y Evard se colocaron a su izquierda, enseguida se enfrascaron en una conversación con Guy sobre las últimas intrigas en la corte. Por su parte, Fitz Alan y Thomas, que se sentaban a la derecha de Claudia, también parecían absortos en su propia conversación. Un grupo de juglares amenizaba la comida y pelotas de brillantes colores parecían llenar el aire. De vez en cuando lanzaban algo más peligroso, como dagas o antorchas en llamas, pero ella no estaba de humor para disfrutar del espectáculo. Guy ya no sostenía su mano y Claudia no se había dado cuenta de cuánto significaba para ella ese pequeño consuelo hasta que no lo tuvo. En lugar de sumirse en un infantil estado de autocompasión, localizó el árbol que había estado examinando antes de sentarse y empezó a contar de nuevo.

–¿Hay algún problema, Claudia?

–¿Milord? –preguntó ella, mientras le dirigía una mirada desconcertada.

Guy entrecerró los ojos con recelo.

–¿Qué estás contando?

–¿Contando? Yo... –Se quedó mirando su gesto de escepticismo y reconsideró su respuesta–. Hojas.

–¿Hojas? –repitió Kenric–. ¿Por qué diablos contáis hojas?

Todos en la mesa esperaron su respuesta, lo que hizo que le ardieran las mejillas.

–Es un asunto privado –adujo Guy, rescatándola del incómodo silencio–. Olvida las hojas, Claudia. Tengo otros números con los que ocupar tu mente. Kenric tiene permiso para construir almenas en una de sus propiedades y los constructores dicen que...

–¿Por qué le cuentas eso a ella? –le interrumpió Kenric mientras lanzaba una breve mirada de desdén hacia Claudia–. Tess se quedó dormida cuando le hablé de Westford. Tu dama encontrará el asunto aún menos interesante.

Claudia se preguntó cómo una mujer podía dormir en presencia de semejante guerrero, pues ella todavía sentía una punzada de miedo cada vez que lo miraba. Aun así, se animó un poco al escuchar que Kenric la consideraba la dama de Guy. Quizás aceptara la elección de su hermano después de todo, aunque no guardaba ninguna esperanza de llegar a gustarle algún día.

–Lo comprenderás enseguida –le contestó Guy antes de dirigirse de nuevo a su prometida–. Como decía, el constructor le dijo a Kenric que completar el proyecto llevaría demasiados meses, a pesar de que la estructura final no tuviera un gran tamaño. –Guy continuó detallándole el número y tipo de artesanos que participarían, cuánto trabajo diario podría llevar a cabo cada uno y el esfuerzo total para acabar el proyecto–. El constructor de Kenric afirma que tardarán ciento cincuenta días en completarlo y que el coste total será de trescientos florines. –Tras haber expuesto todos los hechos y todas las cifras, se recostó en la silla y se quedó mirando a Claudia expectante–. ¿Está en lo cierto o crees que se equivoca?

–¿Qué estás haciendo? –preguntó Kenric a su hermano. Luego dirigió a Claudia una mirada comprensiva que silenció sus propias objeciones. Era la primera vez que el feroz guerrero la había mirado con una expresión que se acercaba mínimamente a la amabilidad–. Un equipo de tus contables no sería capaz de responder a esa pregunta con cierta precisión en menos de una hora. No hay necesidad de avergonzar a tu prometida con una pregunta que no podrá contestar.

Esa muestra de apoyo dejó sin habla a Claudia. Le costó un momento poder recordar qué quería decir.

–Esto no es una buena idea, milord.

–Confía en mí –murmuró Guy–. Responde a mi pregunta.

–¿Estás seguro? –preguntó mirando a su alrededor. Esta vez todo el mundo excepto Guy evitó su mirada, fingiendo que no aguardaban su respuesta. Él le dirigió una sonrisa alentadora y ella soltó un pequeño suspiro de resignación–. El castillo estará acabado cuando ha dicho el constructor, pero sólo si emplea a paganos ambiciosos. –Claudia recorrió con la mirada el salón y vio una fila de sirvientes que salían de las cocinas. Forzó una sonrisa y batió las palmas con expresión de placer–. ¡Oh, mirad! Aquí vienen los primeros platos. Doy fe de que los cocineros de Guy son los mejores que conozco. Observad como han preparado los sabrosos pasteles de carne en forma de árboles y flores.

Guy ignoró su intento de cambiar de tema.

–Creo que deberías darnos una explicación de tu respuesta.

Claudia empezó a reorganizar sus cubiertos sobre la mesa como si colocarlos correctamente fuera de gran importancia.

–El constructor no tuvo en cuenta los días de precepto. También asumió que nadie se pondría enfermo o sufriría lesiones y que el trabajo seguiría adelante incluso en días de lluvia o de nieve.

–Si el tiempo retrasa el trabajo un día cada dos semanas, y si el constructor permite a los trabajadores que descansen durante sus días de precepto, ¿cuánto tiempo tardará en completarse el proyecto, y cuánto costará? Asumiendo, por supuesto –añadió Guy–, que se pagará a los trabajadores lo mismo cada semana sin tener en cuenta el tiempo o los días de precepto.

–Ciento noventa y cuatro días, y trescientos ochenta y ocho florines.

–¿Y qué ocurriría si el constructor sólo les permitiera descansar medio día los días de precepto y no se les pagara por ese día?

–¿Cuándo empezarán los trabajos? –preguntó Claudia–. Hay más días de precepto en ciertas épocas del año que en otras.

–Digamos que la próxima semana.

Claudia frunció el ceño mientras hacía los cálculos.

–Ciento ochenta y ocho días, y trescientos treinta y cuatro florines.

Guy se volvió hacia Kenric.

–Seguramente desearás conocer la opinión de lady Claudia sobre los números que tu constructor te presente antes de dar tu aprobación final a los planos.

–¿Está en lo cierto? –preguntó Kenric.

–Sí. –Guy sonrió encantado–. Asombroso, ¿verdad?

Kenric asintió con expresión de desconcierto.

–Un gran partido en más de un aspecto, podría decirse. ¿Pretendes hacerla partícipe de tus aventuras comerciales?

Guy ignoró la pregunta.

–¿Qué sabes de mi prometida para decir que es un buen partido?

–¿No te lo ha dicho? –Kenric dirigió una intensa mirada a Claudia. Ella intentó avisarle con un gesto de que no le había contado nada a Guy acerca de su reunión, pero por extraño que pareciera, Kenric sonrió–. Mi lugarteniente y yo tuvimos una breve charla con lady Claudia sobre los términos de vuestro compromiso. Se topó con nosotros en el solar, donde Fitz Alan y yo nos ocultábamos para evitar más visitas a tus animales mientras tú disfrutabas de una cita con tu prometida. ¿Acaso pensabas que no nos enteraríamos de tu visita a los jardines?

Los dos hermanos parecieron hacer un brusco intercambio de papeles. Kenric parecía relajado y casi jovial, mientras que el rostro de Guy se había oscurecido bajo su ceño fruncido.

–¿Qué le dijisteis?

–Sobre todo, le hicimos comentarios rudos que no me atrevería a repetir –reconoció Kenric. Luego se inclinó sobre la mesa para mirar al otro extremo–. ¿No estás de acuerdo, Fitz Alan?

–Sí, comentarios extremadamente groseros. –Fitz Alan inclinó la cabeza hacia Guy en un gesto de disculpa–. La dulce disposición de tu dama y sus buenos modales nos han recordado los nuestros. Nos comportamos como unos verdaderos estúpidos, pero esperamos que hables con ella a nuestro favor si nosotros prometemos presentarle nuestras más sinceras disculpas.

Guy dirigió su atención a su prometida.

–¿Qué te han dicho?

–No han sido tan groseros –le aseguró Claudia, alarmada por la ira que se reflejaba en su voz. Apoyó la mano sobre su brazo y ese gesto pareció tener un efecto tranquilizador sobre él–. Sólo están preocupados por tu bienestar, Guy. Tienes que reconocer que tu deseo de casarte conmigo le extrañaría a cualquiera que lo oyese. Incluso sin tener en cuenta los problemas entre nuestras familias, yo ya parecería una candidata improbable para convertirme en tu esposa.

–Eres mi única candidata –le informó en tono seco. Luego paseó la mirada de Fitz Alan a Kenric–. Creía que había dejado claros mis deseos en este asunto.

–Comprendemos bien tus razones –confirmó Kenric con voz calmada–. Ella hará que tu demanda por Halford sea irrefutable y su talento con los números encantará a cualquier mercader. Es evidente por qué has decidido casarte con ella.

–Sí, es evidente –murmuró Guy, alzando la mano de Claudia para besarla mientras mantenía la mirada fija en sus ojos–. Evidente para todos excepto para una persona.

Claudia no supo qué pensar de ese comentario.

De repente, alguien gritó.

Guy volvió la cabeza bruscamente en busca del origen de aquel penetrante sonido y Claudia lo siguió con la mirada, al igual que los demás. Uno de los caballeros apartó a su esposa de la mesa justo cuando un gran bulto peludo marrón y gris aterrizaba en su plato, seguido de una maraña de vegetación que se había soltado de las vigas a causa de la caída de la bola peluda. La encorvada forma de una rata se hizo visible cuando consiguió ponerse en pie, mareada por la caída y los efectos del veneno. Claudia se tapó la boca con las manos y observó como el pequeño animal envenenado reunía la suficiente energía para salir de entre las ramas y recorrer la mesa haciendo eses como si estuviera borracho, mientras una espada tras otra surgía y caía a milímetros de él. Un golpe casi certero envió a la rata hacia el borde de la mesa, donde atrajo la atención de varios perros.

Claudia se levantó de su asiento y se apresuró a rodear la mesa. Si los perros decidían darse un festín con la rata, el veneno también los mataría a ellos.

–*Vattene!*

Claudia movía las manos con ademanes frenéticos y todos, excepto uno de los perros, se alejaron reticentes, como si se les hubiera negado un gran festín. El único que se quedó era un enorme mastín que mantenía su atención centrada en la moribunda rata. El repugnante animal estaba tendido sobre su costado pero conseguía dirigir sus afilados dientes hacia el perro cada vez que el mastín se acercaba demasiado.

–Perro malo. –Claudia lo intentó en inglés, volviéndose más cautelosa cuanto más se acercaba al animal. El perro parecía del tamaño de un caballo pequeño y no tenía un aspecto demasiado amistoso. Volvió su enorme cabeza hacia ella el tiempo suficiente para enseñarle los dientes y lanzarle un gruñido de advertencia. No sonó muy alentador, pero ella no podía permitir que la estúpida bestia sufriera una muerte atroz por su culpa. Dio otro paso hacia delante y extendió el brazo hacia su collar de púas–. Esa comida no es buena para ti.

Un brazo la rodeó por la cintura y la echó hacia atrás justo cuando el mastín se abalanzaba sobre ella e intentaba morderla. Alguien le dio una patada al perro en el costado que le obligó a retroceder y alejarse.

Claudia soltó un débil y trémulo suspiro de alivio.

–¿Te has vuelto loca? –le espetó Guy. La hizo girar en sus brazos y la recorrió con la mirada como si esperara encontrar alguna herida–. Esa bestia podría haberte arrancado un brazo de un bocado.

–El veneno que ha comido esa rata habría matado a tu perro –le explicó con calma. Hizo señales a uno de los sirvientes para que se llevara a la rata y apoyó una mano sobre el pecho de Guy. Su voz se convirtió en un suspiro–. Estamos montando un espectáculo, milord. Volvamos a la mesa.

Él frunció el ceño, pero la cogió del brazo y la guió hasta sus asientos sin dejar de reprenderla todo el tiempo.

–Juro por lo más sagrado que me harás envejecer antes de tiempo. Nunca vuelvas a ponerte en peligro ante ningún animal con dientes afilados. Me da igual que mueran envenenados todos los perros de este castillo. ¿Nadie te ha enseñado que debes mantenerte alejada de los animales cuando están decididos a comerse algo?

–Ha sido un error por mi parte –reconoció Claudia al tiempo que tomaba asiento–. No volveré a darte motivos de preocupación, milord.

Gracias a la reacción de Guy ante el ataque del perro y a su galante rescate, Claudia no se sentía tan arrepentida como parecía. Aunque se sorprendió al notar que todos los demás comensales que se sentaban en su mesa estaban sonriendo. Todos, excepto Guy, que prácticamente le gruñó a Stephen la orden para que empezaran a servir la comida.

En su deber como anfitriona, Claudia se aseguró de que un paje rellenara todas las copas con vino.

–Es muy mala señal que una mujer te diga que no te dará más motivos para preocuparte –comentó Kenric a Guy–. Sólo espera a tener hijos. Ellos harán que las preocupaciones que te dé tu esposa parezcan algo insignificante.

–No me imagino a Tess al borde del desastre cada vez que tú te das la vuelta –murmuró Guy.

Los labios de Claudia se convirtieron en una fina línea, pero Kenric estalló en carcajadas.

–Eso es que no ves a mi esposa muy a menudo. ¿No te he contado dónde la encontré la semana pasada antes de dar a luz a Phillip?

Kenric contó una historia sobre las aventuras de su esposa que aplacó el ánimo de Claudia. Lady Tess no parecía un dechado de virtudes después de todo. Esa historia derivó en otras y pronto Fitz Alan se unió con relatos de su propia esposa y sus hijas.

Claudia escuchó las historias disfrutando de la alegre camaradería que existía entre los hermanos. A pesar de su desacuerdo con el matrimonio de Guy, parecía evidente que la familia estaba muy unida y que pasaban mucho tiempo juntos. Descubrió que estaba realmente impaciente por conocer a Helen y a Tess, al igual que a sus hijos. Ellos también formarían parte de su familia.

A la vista de las educadas sonrisas que Kenric y Fitz Alan le dedicaron, empezó a pensar que era posible que algún día pudieran aceptarla después de todo. Contaron historias que Guy parecía haber oído con anterioridad, lo que hizo que la joven se preguntara si las contaban por ella, para conseguir que se sintiera parte de su familia. También parecía que las esposas de Kenric y Fitz Alan eran amigas íntimas, y Claudia empezó a tener la esperanza de que algún día ella también pudiera ser su amiga. Qué extraño sería poder hablar con mujeres que sabían cómo llevar grandes hogares, criar hijos y cuidar a sus esposos. Sonrió y se metió un dulce en la boca, después se lamió inconscientemente las puntas de los dedos.

La mano de Guy encontró la suya por debajo de la mesa y se inclinó para susurrarle al oído:

–Te advertí de las consecuencias que tendría tentarme. –Frotó con el pulgar el centro de la palma de su mano y su voz hizo que un escalofrío recorriera su espina dorsal–. Los actores aparecerán pronto para interpretar una falsa cacería. En ese momento podremos escabullirnos sin llamar mucho la atención. Tan pronto como salgan a escena, di que debes comentar con el mayordomo lo que se servirá al final del banquete. Poco después, me excusaré y nos reuniremos en nuestra alcoba. ¿De acuerdo?

Claudia asintió e intentó mirar a Guy como si estuviera murmurando algo intrascendente en su oído. Pensar que su espera para estar solos no sería muy larga hizo que se le ocurriera una idea. Consiguió mantener una sonrisa contenida mientras acordaban la cita.

–Sí, milord.

Cuando Guy se apartó de ella, la joven cogió otro dulce y le dio un pequeño y delicado mordisco. No importaba que ya estuviera más que saciada. Sacó la lengua para lamerse los labios como si estuviera muriéndose de hambre.

–Este dulce es delicioso, milord. –Claudia le ofreció a Guy lo que quedaba del tentador trozo que había cogido y que sostenía con delicadeza entre sus dedos–. ¿Te apetece un bocado?

–Sí, por favor –respondió educadamente.

Cuando ella se lo acercó, Guy atrapó su muñeca con la mano y se metió la punta de sus dedos en la boca junto con el dulce. Su lengua obsequió a sus dedos con una caricia que quedó oculta a los ojos de los demás antes de soltar su muñeca. En lugar de acariciar con sus dedos los labios de su prometido como deseaba, Claudia hizo un enorme esfuerzo por volver a apoyar la mano sobre la mesa.

Él se tragó el bocado y su mirada descendió hasta su corpiño.

–Sí, hace mucho que no probaba algo tan delicioso. Una elección excelente, milady.

Guy había conseguido, con mucha habilidad, que se cambiaran las tornas. Eso le pasaba por provocarle, pensó Claudia, soltando un nostálgico suspiro mientras él la desnudaba con la mirada. ¿Dónde estaban esos actores?

–Guy nos ha dicho que vuestro hermano nos visitará pronto. –El comentario de Fitz Alan la distrajo de la silenciosa seducción de su prometido–. ¿Creéis que aprobará vuestro matrimonio?

Claudia se giró hacia Fitz Alan mientras observaba con el rabillo del ojo como Guy tomaba un buen sorbo de vino. Al menos, ella no era la única que sufría.

–Creo que acabará aceptándolo.

–¿Entonces os preocupa que lo desapruebe?

–¿Vosotros tuvisteis dudas y lo desaprobasteis cuando Guy os contó sus planes?

–Por supuesto, pero ahora entendemos sus razones.

–Mi hermano probablemente también necesitará un poco de persuasión –respondió Claudia. La verdad es que no estaba muy segura de la reacción de Dante cuando recibiera las noticias. Afortunadamente, el rey se encargaría de asegurarle que el barón de Montague era un hombre honorable y que sería un excelente esposo para ella. Pero de pronto se dio cuenta de que el rey ignoraba que Guy tuviera intención de casarse realmente con ella–. Oh, Dios mío.

–¿Perdón? –preguntó Fitz Alan.

–¿Sí? Oh, no pasa nada –mintió para tranquilizarle. Nerviosa, se volvió hacia Guy. Tenía que advertirle que el carácter de Dante estaría lejos de ser agradable cuando llegara, sobre todo si se enteraba de cómo y dónde dormían. Su prometido la miraba fijamente con una extraña y especulativa expresión en sus ojos. Inquieta, se dirigió a él bajando la voz–. Debo hablar contigo sobre Dante a solas.

–Ésa no es la excusa que hemos pactado, Claudia. Y todavía no es la hora de que salgan los actores. –Se echó hacia atrás para mirarla–. Por otra parte, ¿por qué esperar a que empiecen?

Claudia abrió los ojos de par en par cuando Guy le alzó la mano y la besó en el interior de la muñeca con expresión lasciva.

–¡Guy! ¿Qué estás haciendo?

Él le dedicó una lenta y perezosa sonrisa a modo de respuesta que hizo que una oleada de alarma la inundara. Cuando inclinó la cabeza para saborear de nuevo su muñeca, Claudia apartó bruscamente la mano.

–Eres cruel al rechazarme –afirmó mientras su boca se curvaba en un gesto de disgusto.

Claudia frunció el ceño en señal de advertencia, pero no dijo nada. Su sonrisa torcida le hizo preguntarse cuánto vino había bebido, aunque no recordaba que le hubieran llenado la copa más de una vez. Sólo unos momentos antes parecía estar bien, pero ahora sus manos temblaban.

–¿Estás bien? –susurró Claudia.

–Sí. –Guy volvió a sonreír, pero sus ojos estaban vidriosos–. Nunca he estado mejor.

–¿Estás seguro?

Por alguna razón, a Guy su pregunta le pareció extremadamente divertida. Su profunda e irregular risa atrajo la atención de Kenric y Evard. Y cuando Claudia miró por encima del hombro, descubrió también a Fitz Alan y a Thomas mirándolos fijamente.

Quizás algo de comida hiciera que se sintiera mejor.

–Este estofado está delicioso, milord. Prueba un poco.

Guy sacudió la cabeza con torpeza.

–Ya no tengo hambre. Al menos, no de comida. –Guy se frotó la frente–. No, no me apetece nada.

Dirigió su mirada hacia la joven, se inclinó hacia delante y luego se volvió a echar hacia atrás como si pudiera verla mejor desde esa distancia.

–No estás sonriendo, Claudia.

Se echó aún más hacia atrás, y se hubiera desplomado si Kenric no lo hubiera cogido por los hombros. Claudia, asustada, apoyó una mano sobre su frente y la encontró fría y seca; demasiado fría para el calor que hacía en aquella estancia.

–¿Qué te ocurre, Guy?

–No me pasa nada –masculló–. Sólo estoy cansado. Y quizás un poco borracho también.

Sus ojos se cerraron lentamente, al tiempo que los de Claudia se abrían horrorizados. Kenric gritó su nombre y le dio una suave sacudida mientras ella buscaba su lento pulso en el cuello. Desesperada, miró sus manos. Sus uñas tenían un sospechoso tono azul.

–¡Guy! ¡Despierta! –gritó con tono desgarrado.

–Lo han envenenado –afirmó Fitz Alan con voz acusatoria mientras se levantaba y avanzaba hacia Guy–. Thomas, ordena que cierren las puertas del castillo. Nadie entrará o saldrá de la fortaleza hasta que recibas nuevas órdenes.

El caballero se apresuró a cumplir con su deber. Doscientas voces se acallaron de repente y una tensa calma se instaló en el salón.

Kenric le dio a su hermano una fuerte sacudida que hizo que sus ojos se abrieran. Guy miró hacia Claudia e intentó hablar, pero su boca se movió inútilmente. Lo que ella vio en sus ojos la aterró. Las pupilas estaban completamente dilatadas y su rostro había perdido todo el color.

–Guy –susurró. El miedo la atenazó de tal manera que apenas podía hablar–. Por favor, Guy, no te duermas.

–Alejadla de él –ordenó Kenric. Rodeó a su hermano con los brazos mientras lo apoyaba aún más en su hombro–. Evard, comprueba la comida y el vino. Quiero saber cómo lo han envenenado. También quiero saber con qué lo han hecho. De esa manera averiguaremos cómo tratarlo.

–Yo puedo ayudar –dijo Claudia sin apartar la mirada del rostro de Guy. Tampoco parecía poder soltar su túnica–. Es una especie de opio, seguramente en el vino. De ese modo, funciona más rápido.

Conocía bien los síntomas gracias a las enseñanzas de su madre, pero le pareció muy extraño encontrarse con un veneno a base de opio en Inglaterra.

En lugar de preocuparse por el origen del veneno, Claudia buscó en su memoria para recordar el antídoto. No se había dado cuenta de lo sospechosas que habían sonado sus palabras hasta que alzó la mirada y se encontró con la de Kenric. La ira glacial que vio en sus ojos hizo que se estremeciera a la vez que sacudía la cabeza negando la silenciosa acusación.

Kenric ignoró su negativa.

–¡Alejadla de él!

Un par de manos se cerraron sobre sus hombros y Claudia intentó aferrarse a la túnica de Guy. Pero no pudo hacer nada contra la fuerza de Fitz Alan, que la obligó a retroceder hasta que se vio obligada a soltar la túnica.

–¡No! ¡Debéis dejarme que le ayude!

–Ya has hecho suficiente –le gritó Kenric mientras hacía señas a un grupo de hombres–. Ayudadme a moverlo.

Claudia sacudió la cabeza. Nada de todo aquello parecía real. Ni el desvanecimiento de Guy, ni el gran salón con toda aquella vegetación, ni siquiera las sonrisas que Kenric y Fitz Alan le habían dirigido apenas unos momentos antes. Seguro que todo aquello era un sueño. Un sueño que se había convertido en una pesadilla. Sí, no era más que una horrible pesadilla y ella se despertaría en cualquier momento, igual que se había despertado días antes cuando soñó con las ratas que querían anidar en su pelo. Sin embargo, la dolorosa presión de las manos de Fitz Alan sobre sus hombros parecía muy real. Empezó a alejarla de Guy y Claudia se resistió.

–¡No, por favor!

Tuvo un atisbo de esperanza cuando Guy se esforzó por abrir los ojos. Su temblorosa mano se aferró a la túnica de Kenric y, por un momento, dio la impresión de que centraba su vista en su hermano. Sin embargo, sus palabras no fueron más que un discordante susurro:

–Custodiadla. Encerradla si es necesario.

Sus párpados se cerraron de nuevo y Claudia sintió que una profunda oscuridad, llena de incredulidad, invadía su corazón. No podía haber oído bien. Era imposible que Guy creyera que ella lo había envenenado. Había malinterpretado sus palabras, al igual que Kenric. La oscura mirada de éste la atravesó, y lo que Claudia vio en sus despiadados ojos fue aterrador. El barón de Remmington deseaba matarla.

–Sí, hermano –respondió Kenric, sin dejar de mirarla–. La vigilaré.

Fitz Alan susurró en su oído lo que ella ya sabía.

–Si muere, milady, vuestra muerte será aún más dolorosa.

15

Una fina línea de luz se deslizaba bajo la puerta. Claudia sabía que no debía mirarla. La luz era demasiado tentadora, un rayo de esperanza que sólo podía hacer que su celda pareciera aún más lóbrega. La oscuridad era como un ser vivo que la rodeaba, una manta helada de enormes bloques de piedra que formaban los cimientos del castillo, un lugar que ni el más mínimo atisbo de sol calentaba. Ya había contado los bloques de los muros, usando las puntas de los dedos para valorar su tamaño y forma, y sabía el número exacto de pasos que podía dar en cualquier dirección. Los cálculos mantuvieron su mente ocupada durante unas horas. Pero fue un período de tiempo demasiado corto.

La ira por su injusto encierro iba y venía. El terror era su compañero más constante. Durante las interminables horas que habían pasado desde que Fitz Alan la escoltó hasta allí, Claudia había recordado lo poco que le habían enseñado sobre los venenos a base de opio. Si Guy sobrevivía a la noche sería una buena señal, sin embargo, podría permanecer inconsciente durante días y, aun así, sucumbir a los efectos del veneno. La joven esperaba que le hicieran vomitar. Debían conseguir que expulsara el máximo de veneno posible antes de que llegara a la sangre. Y, sobre todo, tenían que sacarlo de su aletargamiento como fuera.

Claudia le había dicho a Fitz Alan lo que debían hacer, pero dudaba de que le hiciera algún caso. ¿Por qué habría de escuchar lo que una asesina recomendara para curar a su víctima?

Ella era la culpable ante los ojos de todos. Quizás incluso ante los de Guy.

El aislamiento dio lugar a todo tipo de pensamientos y fantasías. Los bloques de piedra le recordaron la áspera superficie de las mejillas de Guy, y la oscuridad le trajo el recuerdo del brillo de su mirada cuando la acariciaba. No había duda de su deseo hacia ella. Era algo palpable entre ellos. Pero el deseo era una emoción endeble que no soportaría la prueba de un intento de asesinato que parecía urdido por ella. Por otro lado, estaban las razones que Kenric había planteado para que su hermano estuviera interesado en casarse con ella. Guy prácticamente había rechazado esas razones cuando Claudia le había preguntado. Pero entonces, ¿por qué permitiría que Kenric creyera que eran ciertas si no fueran los motivos reales por los que la deseaba como esposa?

Arañó las piedras hasta que se le rompió una uña y una punzada de dolor atravesó su dedo. Soltó un pequeño grito de angustia y dejó de pasear mientras sacudía con fuerza la mano. Cuando vio que eso no la aliviaba, se chupó la punta del dedo herido y empezó a caminar de nuevo. El escozor empezó a remitir y Claudia recordó las veces que Guy le había besado la punta de los dedos sólo para darle placer. Siempre parecía decidido a hacerla feliz, a conseguir que dejara a un lado sus inquietudes para disfrutar de cada momento que pasaban juntos. Seguro que eso era una prueba de su afecto por ella. Si no la quisiera, ¿por qué iría hasta tales extremos para complacerla?

Sí, sus palabras a Kenric eran una orden para que la mantuviera a salvo. Guy sabía que sería acusada injustamente de ese crimen y había intentado protegerla. Tan pronto como se recuperara y supiera dónde se encontraba, vendría en persona a liberarla. Haría que sus hermanos se arrodillaran ante ella para pedirle perdón. La abrazaría con fuerza y le murmuraría dulces expresiones de cariño mientras ella lloraba.

Pero si él no se recuperaba...

Claudia desechó ese pensamiento y paseó más deprisa. Guy se recuperaría. ¿Cómo podría vivir sin él? ¿Cómo podría vivir si él la consideraba culpable de haberlo envenenado?

Sus labios dibujaron una sombría sonrisa en la oscuridad. Esas preocupaciones no serían un problema, pues si alguna de esas posibilidades se hacía realidad, ella moriría. Sólo la confianza de Guy en ella la salvaría, y sólo su amor sería capaz de crear una confianza lo bastante sólida como para soportar las acusaciones contra Claudia. Aun así, tenía que admitir que las pruebas la inculpaban. No había ningún candidato con más motivos que ella dentro de las murallas de Montague, y ninguno con mayores oportunidades de cometer el crimen. Seguro que Kenric y Fitz Alan recalcarían esos hechos. Guy sería un estúpido si creía en su inocencia, y él no era ningún estúpido.

Claudia cerró los ojos con fuerza y apretó las manos contra su frente. Esos pensamientos la volverían loca. ¿Cómo podía ser tan larga una noche? ¿Cómo podía una celda parecer más pequeña cada vez que la recorría?

Al menos su prisión no suponía ningún temor añadido. Las mazmorras de Montague estaban más limpias que la mayoría. Irónicamente, había sido Claudia quien había ordenado que las limpiaran. Lenore y ella habían llegado incluso hasta aquella remota parte del castillo cuando colocaron los cebos para las ratas. Ese lugar la había atemorizado, pero había descubierto que la mayoría de las oscuras y frías cámaras contenían barriles de vino y alimentos. Una de ellas contenía los tesoros de Guy, y dos soldados la custodiaban a todas horas. Ahora también eran sus guardianes.

Si escuchaba con atención, podía oír fragmentos de las conversaciones de los centinelas. Eso la ayudaba a conservar el sentido del tiempo. Los dos últimos habían llegado hacía varias horas, así que el amanecer debía estar cerca. Debería sentirse exhausta. En cambio, se hallaba inquieta y totalmente despejada mientras trazaba infinitos círculos caminando. Las próximas horas podrían ser las últimas de su vida.

–¡Jack!

El apagado sonido de la voz del guardia hizo que se detuviera junto a la puerta de la celda y que se inclinara sobre el grueso roble para tratar de escuchar.

–Te toca a ti tirar los dados –gritó la misma voz–. Date prisa y vuelve aquí.

Había tenido la esperanza de escuchar algo sobre el estado de Guy, aunque, al mismo tiempo, le atemorizaba. Cualquier noticia tan pronto, probablemente no sería buena. Cada hora que pasaba era otra hora que vivía. Tendría que consolarse con eso. Claudia deslizó los dedos por los fríos muros de piedra para contar los bloques de nuevo. Momentos más tarde cerró los ojos y contó el número de veces que Guy la había besado.

Un sonido la hizo volverse otra vez hacia la puerta de la celda; era el ruido metálico del tintineo de unas llaves. Alguien estaba en su puerta. Los guardias no tenían ningún motivo para comprobar cómo estaba, así que sólo podía tratarse de Kenric o Fitz Alan que venían a comunicarle las peores noticias.

Su corazón dio un vuelco cuando la puerta se abrió despacio y la luz de las antorchas que había en el exterior de la cámara se deslizó por la entrada y la cegó. Claudia parpadeó varias veces mientras sus ojos intentaban recuperarse de las horas que habían pasado en total oscuridad. La entrada permaneció vacía, aunque ella sentía una presencia en la celda que no había sentido antes. Recorrió con la mirada los muros, pero no vio nada. Un movimiento que percibió con el rabillo del ojo la hizo girarse de nuevo hacia la puerta al tiempo que la enorme y negra silueta de un hombre se erguía frente a ella.

A Claudia se le erizó el vello de los brazos al sentir la tangible aura de peligro que envolvía a aquel hombre, y se alejó de él con lentitud. No era tan grande como Kenric. ¿Se trataba de Fitz Alan, quizá? Llevaba una capa, pero sus rasgos se perdían bajo las oscuras sombras de la capucha.

–*Ho fatto questo per liberarti, Claudia.*

La joven se llevó la mano a la garganta. Aquella profunda voz hizo que volvieran a su mente multitud de recuerdos de su infancia. Era el sonido de la voz de su padre, aunque diferente. La sangre empezó a golpearle en los oídos tan fuerte que casi no pudo oírse a sí misma.

–¿Dante?

El hombre se quitó la capucha y se acercó a ella hasta que Claudia pudo ver su fuerte mandíbula, sus altos pómulos y la noble línea de su nariz.

–Sí, Claudia, soy yo –afirmó tendiéndole la mano con la palma hacia arriba.

Dante. Le costaba mucho creer que estuviera allí. Guy le había asegurado que vendría, pero una parte de ella no había terminado de creérselo. Lo había esperado en vano durante cinco largos años. Aturdida, notó las manos de Dante sobre sus hombros, sujetándola.

–Ni se te ocurra desvanecerte –le ordenó–. Debemos salir de aquí y no puedo cargar contigo a través del pasadizo.

–¿Por qué debemos...?

Claudia apretó los labios con fuerza. ¿Qué le hacía pensar que él había conseguido que Kenric y Fitz Alan la liberaran? Los hermanos de Guy nunca la soltarían de buen grado. Dante estaba allí para ayudarla a escapar.

Tantos pensamientos invadieron su mente que sólo pudo centrarse en uno. Dante, al fin, había vuelto por ella. Claudia rodeó su cintura con los brazos y le dio un intenso abrazo. Él dudó por un momento antes de rodearla también con los suyos. La voz de la joven era poco más que un susurro entrecortado.

–Creí que ya no volvería a verte nunca. ¿Por qué me dejaste en Lonsdale durante tanto tiempo?

–Pensé que allí estarías a salvo –le dijo en voz baja–. Lonsdale parecía más seguro que cualquier otro sitio al que yo hubiera podido llevarte durante estos últimos años. Nunca pensé que nuestro tío pudiera hacerte daño.

–Dejaste de escribir, no tenía ni idea de dónde encontrarte. ¿Puedes siquiera imaginar lo preocupada que estaba? –Claudia se separó sólo lo suficiente para buscar sus oscuros rasgos–. ¿Me habías olvidado?

–¡Eso nunca! –Su voz sonó áspera por el remordimiento, y volvió a colocar las manos sobre sus hombros, intentando convencerla de sus palabras–. Nunca te he olvidado, *cara*. Ni un solo día. No he llevado una vida de la que me sienta orgulloso, y teniéndote cerca de mí, lo único que habría conseguido hubiera sido ponerte en peligro. Ésas son las razones por las que no fui a buscarte. Todavía no tengo un refugio seguro para ti, pero preferiría verte morir bajo mi cuidado que ver como lo haces en manos de un Montague.

–¿El rey te habló del mensaje de Guy?

–Sí –espetó–, y he descubierto más cosas desde entonces. Esta mañana me introduje en el castillo disfrazado de sirviente. Estuve en el gran salón durante el banquete y lo vi todo, incluyendo al barón de Montague poniendo sus sucias manos sobre ti, como si fueras de su propiedad.

–Quiere casarse conmigo –afirmó Claudia saliendo al instante en defensa de su prometido. Debía creer en él. Sí, tenía que creer en él–. Tan pronto como Guy se recupere, ordenará que me liberen.

–Él ordenó que te encerraran aquí. Sus hermanos quieren colgarte.

–Guy no ordenó que me apresaran –protestó–. Pidió a sus hermanos que me mantuvieran a salvo, pero ellos malinterpretaron sus palabras. Kenric y Fitz Alan saben que Roberto era nuestro hermano, y están aquí para ayudar a Guy en su venganza contra nuestro tío. ¿Acaso los culpas de que me consideren culpable?

La risa suave y sin rastro de humor de Dante hizo que un estremecimiento le recorriera la espalda.

–Contaba con que te consideraran responsable.

–¿Qué... qué quieres decir?

–He sido yo quien lo ha envenenado –reconoció Dante–. Era la única forma de alejarte de él.

Aterrada, Claudia retrocedió. Dante se había convertido en una máquina de matar. No había salvación para el hombre que fuera su objetivo. Las frágiles esperanzas que había conservado durante horas se desmoronaron a la vez que sentía como se rompía su corazón.

–¿Has asesinado a Guy? –Su voz apenas fue un suspiro.

Dante la cogió por los brazos para detener su retroceso.

–No, Claudia. No podía arriesgarme a que te pidiera que compartieras su copa. Además, el rey me hizo jurarle que no mataría a Montague ni a ninguno de sus hombres. Sufrirá, pero no morirá. No todavía, al menos.

Claudia empezó a temblar.

–¿Guy vivirá?

–¿Acaso no acabo de decírtelo? –Dante metió la mano bajo su

capa, sacó un fardo oscuro que había atado a su cintura y se lo dio–. Ponte esta capa. Tenemos que salir de aquí o estaremos perdidos.

–No puedo. –Claudia le devolvió el bulto y se abrazó a sí misma, tratando de infundirse valor mientras intentaba pensar. Era su propio hermano quien había hecho que la apresaran y, lo que era mucho peor, quien le había hecho daño a Guy. Deseaba abofetearlo, golpearle el pecho con los puños hasta que él también padeciera algo del dolor que le había causado. Durante un terrible momento deseó que nunca hubiera regresado a su vida. Ahora no tenía otra elección que apartarlo de ella de nuevo–. Debo quedarme para solucionar lo que has hecho. Guy me liberará cuando se recupere de los efectos de tu veneno y pueda explicarle lo que ha pasado. No te preocupes, no me hará responsable de las acciones de otro.

–¡Te has vuelto loca! –Dante se pasó una mano por el pelo–. Te ahorcará.

–Él... él me quiere.

Nunca se lo había dicho, pero sus actos se lo habían demostrado al enfrentarse a su familia por ella. Él tenía que amarla.

Dante sacudió la cabeza y soltó un largo suspiro.

–Te han engañado, hermana. Montague no te ama y tampoco confía en ti. Si no fuera así, no estarías aquí.

–Son sus hermanos los que me mantienen aquí. Guy...

–Tu preciado Guy se ha despertado hace horas. –La cogió por los hombros y le dio una pequeña sacudida–. Es él quien te acusa, Claudia. Piensa que fuiste tú quien lo envenenó. Si te quedas aquí, ordenará que te ahorquen por la mañana.

–Guy...

–Hará que te ahorquen –repitió Dante.

«Es él quien te acusa.» Las palabras se repetían una y otra vez en su cabeza. Guy no había confiado en su inocencia ni siquiera por un momento. Cerró los ojos, pero la oleada de dolor que esperaba sentir no llegó nunca. En cambio, su entumecido cuerpo empezó a temblar. Pero ni siquiera así podía dejar de aferrarse a sus propias mentiras.

–Guy vendrá por mí.

–Sí, con una soga. –Su hermano sacudió la cabeza–. Debes venir conmigo. Ahora.

Si se quedaba sería ahorcada. Dante tenía razón. Guy la había engañado. Le había prometido que nunca la haría responsable de las acciones de otro, pero el veneno de Dante había conseguido que se volviera en su contra, y sus hermanos no harían nada por hacerle cambiar de opinión. Casi podía oír las terribles acusaciones que Kenric y Fitz Alan le susurrarían al oído para endurecer su corazón. Claudia era la extraña allí, la única sospechosa, ya que nadie sabía de la presencia de Dante. Abrió los ojos y buscó entre las sombras el rostro de su hermano, intentando encontrar sus ojos.

–Iré contigo.

Guy se despertó al amanecer de la mañana siguiente. En ese mismo instante, se sintió lúcido y con la extraña sensación de que había alguna razón por la que debería estar preocupado. Rodó sobre un lado y buscó a Claudia. Un mareo lo golpeó al mismo tiempo que recordaba lo que había sucedido: el banquete, el veneno, y la pesadilla que vino a continuación y que recordaba a medias. Su médico le había dado un brebaje horrible que le hizo vomitar hasta que no quedó nada en su interior. Sus músculos, débiles e inútiles, apenas le respondían. Jamás se había sentido peor.

–Se ha vuelto a despertar –anunció Kenric.

La vacilante mirada de Guy atravesó la estancia hasta encontrar a Kenric y Fitz Alan sentados junto a la mesa. Ambos se levantaron y se acercaron a la cama. Guy se llevó la mano a la frente en un intento de centrar sus pensamientos, pues no estaba en absoluto tan lúcido como había pensado.

–¿Dónde está ella?

–Ya habrá tiempo para eso más tarde –replicó Kenric. Se volvió hacia un arcón y sacó una túnica y unos pantalones–. El médico dice que no volverás a vomitar. Te vestiré, si lo deseas.

–Puedo vestirme solo –murmuró Guy, preguntándose si realmente podría hacerlo. Se frotó la garganta y miró alrededor buscando algo que pudiera beber y aliviara el escozor. Aunque, en vista de lo que le dolía el estómago, beber cualquier cosa podría hacerle más daño que bien.

Kenric tiró la ropa sobre la cama.

–Tienes que andar para eliminar el veneno de tu organismo.

–Tu médico quería hacerte una sangría anoche –añadió Fitz Alan cuando Guy extendió una mano para rechazar las prendas–. También quería arrancarte unos cuantos dientes como medida preventiva, pero conseguimos convencerle de que reservara esos tratamientos para la mañana si no mejorabas. Si deseas conservar tus dientes, lo mejor que puedes hacer es caminar con nosotros.

Él sólo deseaba quedarse tumbado y dormir. Kenric y Fitz Alan también parecían agotados, como si hubieran estado despiertos toda la noche. Ambos vestían todavía las ropas que habían llevado en el banquete. Haciendo un esfuerzo, Guy apartó las mantas.

–Tumbaré a ese charlatán si se acerca a mí con unas tenacillas. –Intentó ponerse la túnica, consciente de que le costaría mucho, pero decidido a parecer menos afectado de lo que realmente estaba–. ¿Dónde está Claudia?

–En las mazmorras –contestó Fitz Alan con voz firme–. Aquí tienes las botas.

Las manos de Guy se paralizaron en los lazos de su túnica.

–¿Dónde has dicho que está? –Su voz se había convertido en un susurro glacial.

–En las mazmorras –repitió Kenric. Miró a Fitz Alan y luego de nuevo a Guy–. Tú mismo dijiste que la encerráramos.

–Te dije que la custodiaras –gritó Guy. Cogió los pantalones e intentó ignorar la forma en que su estómago protestó cuando se inclinó–. Quería que la mantuvieras a salvo de cualquiera que pudiera acusarla de envenenarme. Dios. Esperaba que vosotros dos no estuvierais entre esas personas.

Un violento mareo le cogió desprevenido y se hubiera caído de no haberlo sujetado Fitz Alan. Guy apartó su mano bruscamente.

–¿Acaso alguno de vosotros se ha parado a pensar en lo que habéis hecho?

–¡Sí! –exclamó Kenric–. Te hemos vuelto a salvar de esa mujer. Es evidente por los montones de ratas muertas que hay en este lugar que ella conoce muy bien el arte del envenenamiento. Intentó matarte cuando llegamos, y ayer casi lo consiguió. Si hubiera sabido que seguirías tan ciego ante su culpabilidad, yo mismo habría ordenado que la ahorcaran.

Guy cogió a Kenric por la túnica mientras apretaba los dientes.

–Es una suerte que no hicieras nada tan precipitado, hermano. Te habría matado por ello.

–No estás en tu sano juicio –afirmó Kenric mientras se liberaba con facilidad de las manos de su hermano.

En el estado tan debilitado en que se encontraba, Guy habría sido incapaz de resistir un combate. Lo reconoció con un suspiro derrotado:

–Sí, es verdad. No podría haberte matado, pero habría estado muy tentado. –Se sentó en el borde de la cama y empezó a ponerse las botas–. Las ratas son las únicas criaturas a las que Claudia haría daño intencionadamente. ¿No os habéis parado a pensar por qué si no se habría alarmado tanto ante el hecho de que un simple perro pudiera morir por su veneno si planeaba un destino similar para mí? –En vista de que no recibía respuesta, Guy emitió un gruñido de disgusto–. ¿No se os ocurrió que el barón de Lonsdale podría tener un espía en Montague? ¿Que el veneno podía venir de alguno de sus hombres?

–Sí –contestó Fitz Alan–. Ordenamos que se cerraran las puertas y se duplicaran los guardias en las murallas. Nadie ha entrado ni ha abandonado la fortaleza –explicó, dirigiendo una mirada de amonestación a su cuñado–. No somos los idiotas que crees que somos. Por supuesto que existe la posibilidad de que Claudia sea inocente. Pero también de que sea culpable. Nuestros pensamientos no están embotados por el encaprichamiento que sufres por esa mujer.

–Sólo te envenenaron a ti –señaló Kenric–. Tu escudero probó todas las jarras de vino que se trajeron a nuestra mesa, pero no sufrió ningún daño. Eso significa que el veneno venía de alguien que podía verterlo en tu vino sin ser visto. De uno de nosotros, para ser más preciso. Sabes que nosotros no te envenenaríamos y que tampoco lo harían Thomas o Evard. Eso sólo deja a lady Claudia. Todo hace pensar que siente afecto por ti. Sin embargo, ¿es una coincidencia que venga de una familia a la que le gusta usar el veneno para matar a sus víctimas? –Sacudió la cabeza para recalcar su opinión–. Estás embrujado por esa mujer. Todas las evidencias la acusan. El simple hecho de que estés enamorado de ella no la hace perfecta ni la libera de la culpa, sin contar con que no existe ninguna prueba que demuestre su inocencia. Hicimos lo necesario para protegerte; lo que tú mismo habrías hecho de encontrarte en nuestro lugar.

Viendo las cosas desde esa perspectiva, Guy podía entender las razones del comportamiento de su hermano. Kenric y Fitz Alan tenían pocos motivos para confiar en Claudia. Frunció el ceño y permaneció en silencio; no estaba dispuesto a admitir la sensatez de la lógica de Kenric.

El amor no lo cegaba ante la posibilidad de que Claudia fuera culpable, pero él la amaba por razones que le hacían estar seguro de su inocencia. La conocía bien. Ella nunca le haría daño intencionadamente.

–Aprecio vuestra preocupación por mí –afirmó en voz baja–. Sé que pensáis que estoy confundido, pero con el tiempo descubriréis que tengo razón sobre la inocencia de Claudia. El motivo por el que os pedí que la custodiarais es que estoy convencido de que hay un espía en Montague. Quizá más. A estas alturas, es probable que el barón de Lonsdale sepa que vosotros dos estáis aquí. Debe imaginarse que pretendemos poner bajo asedio Halford. Puede que incluso tema que ataquemos el propio Lonsdale. Kenric, sólo con tu ejército podrías tomar Lonsdale. Y no hay ninguna fortaleza en Inglaterra que pueda vencer a nuestros ejércitos unidos.

Miró a sus hermanos alternativamente y vio, por sus expresiones, como tomaban conciencia de sus palabras. Satisfecho, les dio la prueba más condenatoria de todas, lo que la droga le había impedido decirles la noche anterior.

–Lonsdale ya creyó una vez que mi familia no tomaría represalias si yo moría bajo extrañas circunstancias en el interior de su fortaleza. Planeó mi asesinato de tal forma que pareciera tramado por su sobrina. Su muerte en manos de mis hombres saciaría cualquier necesidad de venganza. A esto, añadidle el hecho de que Claudia no es una estúpida. ¿Creéis que me envenenaría sabiendo que vosotros dos la consideraríais culpable? Incluso si me odiara tanto como para desear matarme, ¿por qué habría de hacerlo antes de casarnos, cuando en menos de quince días se convertiría en una viuda rica? –Guy sacudió la cabeza–. Lo único que hubiera conseguido al envenenarme ahora sería morir de forma angustiosa.

Sus hermanos intercambiaron incómodas miradas. Pero fue Fitz Alan quien habló primero.

–En tu carta no nos diste cuenta de los detalles del complot de Lonsdale contra ti, ni nos informaste de esos hechos cuando llegamos. Si lo hubiéramos sabido... –Se encogió de hombros como para expresar sin palabras que tampoco esos acontecimientos demostraban la inocencia de Claudia.

–¿Y vosotros me acusáis de estar ciego? –Guy lanzó a ambos hombres una mirada de disgusto y avanzó hacia la puerta. La estancia se balanceó ante sus ojos y tuvo que apoyar una mano contra el muro. Ni siquiera podía atravesar su alcoba por sí solo y, mucho menos, llegar hasta los límites más lejanos del castillo. Finalmente, tuvo que tragarse su orgullo y pedir la ayuda que necesitaba–. Estoy listo para ese paseo. Nuestro destino serán las mazmorras.

Dos horas más tarde, Guy se aferraba al pomo de su silla de montar y centraba la atención en el suelo intentando que dejara de moverse bajo él. O mejor dicho, bajo su caballo. Guy sabía que el corcel permanecía inmóvil como una estatua, pero parecía que el mundo no dejaba de girar a su alrededor. Su cabeza le daba vueltas por los efectos del veneno y por el descubrimiento de que Claudia se había ido.

Apenas si habían llegado al gran salón cuando Thomas y Evard aparecieron con las noticias: los soldados que habían sido enviados para relevar a los guardianes de Claudia habían encontrado a estos últimos atados y amordazados, al igual que al guardián del pasadizo que llevaba a las afueras de la fortaleza. Los dos primeros sufrían los mismos efectos del veneno que había ingerido Guy, mientras que al tercero lo habían golpeado dejándolo inconsciente. Ninguno pudo ver a su asaltante. Y lo peor era que Claudia había desaparecido sin dejar rastro.

Incluso cuando ordenó a doscientos caballeros y soldados que montaran en sus caballos, Guy todavía tenía esperanzas de despertar y descubrir que todo aquello no era más que una pesadilla inducida por la droga. Parecía imposible que Claudia estuviera fuera de su alcance, fuera de su poder para protegerla. Cada vez que cerraba los ojos se la imaginaba como la había visto la última vez, con una expresión de terror en su rostro al verlo sucumbir ante el veneno. Sin poder contenerse, pronunció la peor maldición que se le pasó por la cabeza.

Sólo Kenric y Fitz Alan estaban lo bastante cerca para escucharle, ya que Thomas y Evard cabalgaban a lo largo de las líneas de soldados transmitiendo sus órdenes. Fitz Alan ignoró la maldición con aspecto preocupado mientras sujetaba un enorme arco a la parte posterior de su silla.

–La encontraremos –le aseguró Kenric, mirando a Guy desde su propia montura. Su rostro era una máscara impenetrable–. Sólo espero que ahora estés convencido de su culpabilidad.

Guy frunció el ceño y permaneció callado.

–Tienes que afrontar la verdad –continuó Kenric–. Se fue de aquí por voluntad propia. Si la hubieran querido muerta, su cuerpo estaría en las mazmorras. Y si la hubieran drogado o dejado inconsciente, habríamos encontrado alguna señal de ello en el pasadizo. Incluso un hombre pequeño tendría que agacharse para recorrer esos túneles. No había marcas que señalaran que la hubieran arrastrado. Todo indica que escapó de Montague por voluntad propia.

–Puede que la amenazaran con un cuchillo.

Guy sabía que su argumento carecía de convicción. Kenric y Fitz Alan estaban convencidos de la culpabilidad de Claudia y él no podía permitirse el lujo de malgastar la poca energía que tenía en discusiones inútiles. Solucionaría las cosas con sus hermanos cuando encontraran a Claudia. Hasta entonces, necesitaba su ayuda para conseguirlo. Aun así, se preguntaba si podría dirigir una partida de búsqueda. Sólo permanecer sentado sobre su caballo le exigía casi más energía de la que disponía.

–Pasaron por debajo de no menos de una veintena de soldados

que vigilaban las murallas –señaló Kenric–. Los guardias habrían oído sonidos de lucha de haberse producido. Tu prometida no salió de la fortaleza amenazada con un cuchillo. Se marchó de aquí por voluntad propia.

–Es un plan muy astuto –añadió Fitz Alan–. Primero, el espía te envenena sabiendo que culparemos a tu prometida y que la encerraremos. Y luego escapan a través del pasadizo sin encontrar resistencia porque todos los soldados disponibles están custodiando las murallas.

Fitz Alan arqueó una ceja mientras asentía en dirección a Kenric.

–Deberíamos haber sospechado que se trataba de una trampa y haber apostado más guardias en las mazmorras.

–La han raptado –insistió Guy–. Ella no se iría de buen grado con los hombres de su tío.

–En efecto, parece improbable –acordó Kenric, observando a Guy con aire expectante. Cuando vio que permanecía callado, soltó un suspiro de impaciencia–. ¿Aún no te has dado cuenta de lo evidente?

Guy no estaba de humor para acertijos. Sentía como si su cabeza fuera a estallar; sus pensamientos estaban tan confusos que no podía pensar con claridad y el solo hecho de mantenerse erguido sobre su caballo ya le suponía un gran esfuerzo.

–No, no me he dado cuenta de lo evidente. Ilumíname, te lo ruego.

Kenric permaneció en silencio mientras aseguraba su espada a la silla. La extraña y preocupada expresión de sus ojos grises cuando sus miradas se encontraron finalmente hizo que Guy sintiera un nudo en el estómago.

–Ella se iría encantada con su hermano.

Claudia hizo que su caballo acelerara aún más el paso para alcanzar a Dante. El camino se ampliaba en aquella parte del bosque, pero a la velocidad que cabalgaban, las ramas bajas eran una constante amenaza. Se agachó para esquivar la rama de un roble y puso su corcel a la altura del de su hermano. Tuvo que gritar para hacerse oír por encima del ruido de los caballos.

–¡Dante! No puedo mantener por más tiempo este ritmo. ¿Podemos descansar un poco?

Él negó con la cabeza sin mirarla siquiera, con la atención puesta en el camino.

–Pronto, Claudia, pero todavía no.

Ella volvió a dejar que su hermano la adelantara. Su montura sacudió la cabeza a modo de protesta e intentó atrapar el freno entre sus dientes como había hecho en muchas otras ocasiones. A Claudia le dolían los brazos por la tensión de mantener al caballo a un medio galope regular, en lugar de dejar que cabalgara a una velocidad frenética, pues el animal intentaba constantemente tomar la delantera, mientras que Claudia deseaba estar en cualquier sitio que no fuera su lomo.

No habían descansado desde el amanecer, manteniendo siempre un ritmo extenuante. Claudia sabía, por la posición del sol, que cabalgaban hacia el este, pero Dante no le había desvelado su destino. Ella había pensado que irían hacia el sur, hacia Londres o Gales. Quizá seguían ese recorrido para evitar cualquier patrulla que pudieran enviar en su busca. Guy primero pensaría en el oeste y en el barón de Lonsdale, ya que Dante le había asegurado que su huida parecería un trabajo de su tío. Si su lógica era correcta, dirigirse hacia el este les daría el tiempo necesario para ponerse a salvo, lejos de Montague.

De pronto, le vino a la mente la forma en que le sonreía Guy cuando estaban a solas en su alcoba; era una sonrisa tierna y seductora, y recordarla hizo que le doliera aún más el corazón. Claudia miró hacia los árboles que pasaban rápido junto a ella e intentó eliminar esa imagen de su mente. También intentó borrar la idea de que lo que estaba haciendo era un error, de que debería haberse quedado en Montague. Esa mañana había expresado su inquietud a Dante y él volvió a repetirle que Guy pretendía ahorcarla. Las palabras sonaban incluso menos creíbles a la fría luz del día que en las mazmorras. Estaba segura de que Dante no le mentiría, pero no podía deshacerse de la persistente sospecha de que no estaba siendo completamente sincero con ella.

La noche anterior, Claudia había pensado que no habría nada peor que la incertidumbre de no saber si Guy viviría o moriría.

Hoy, descubría un tormento equiparable: la incertidumbre de no saber si Guy deseaba que ella viviera o muriera. Si Claudia hubiera permanecido en las mazmorras, podría tener una soga al cuello en ese mismo instante. ¿O quizá Guy la estaría estrechando entre sus brazos mientras le susurraba palabras al oído asegurándole que todo iría bien? Casi podía oír su voz cuando cerró los ojos.

Volvió a abrirlos de pronto, cuando su caballo estuvo a punto de chocar contra el de Dante.

Claudia soltó un grito y tiró con fuerza de las riendas, haciendo que el caballo frenara junto al de su hermano. El hombre que cabalgaba tras ellos también se detuvo. Se llamaba Armand y era un caballero al servicio de Dante. Claudia lo había conocido en el bosque que había más allá de las murallas de Montague, donde les aguardaba con los caballos. Era un hombre apuesto y callado que parecía hablar sólo cuando Dante le hacía alguna pregunta.

Claudia dirigió la mirada hacia su hermano, que parecía totalmente agotado. Tenía oscuros círculos bajo los ojos y su hermoso pelo castaño estaba alborotado, como si se hubiera pasado las manos por él repetidas veces. Se quedó mirando fijamente a su cara intentando decidir qué era lo que lo hacía tan diferente del hermano que había querido tanto en su infancia. Sus rasgos eran los mismos, aunque aparecían algunas líneas nuevas alrededor de los ojos y de la boca. Eran sus ojos los que la inquietaban. Por mucho que contemplara sus oscuras profundidades verdes, no veía nada. Era como mirar a un fantasma. El hombre que tenía ante sus ojos era sólo la sombra del hermano que conoció una vez. Las vacías profundidades, donde antes había existido afecto y risas, le provocaban escalofríos.

–El cruce está a unos pocos metros –anunció Dante–. Llevaremos los caballos hasta el arroyo que se encuentra un poco más lejos. Armand, atraviesa el arroyo y sigue el sendero manteniendo tu caballo al galope durante un kilómetro. Luego vuelve sobre tus pasos por el bosque. Nos encontraremos contigo en la cabaña.

–Sí, milord. –Armand le dirigió una pequeña reverencia desde su silla, miró a Claudia con una expresión ilegible y, sin más dilación, se puso en marcha alejándose de ellos.

Dante y su hermana atravesaron un amplio claro hasta llegar a lo que parecía otro camino.

–¿Crees que llegarán hasta aquí para buscarnos?

–Sí. –Su respuesta fue tajante.

Claudia esperó a que dijera algo más, pero él mantuvo un silencio exasperante mientras dirigía su atenta mirada hacia el sendero y los bosques que los rodeaban. Parecía que era un camino muy transitado, pero no se habían encontrado con ningún viajero que pudiera mencionar su paso al barón de Montague o a sus hombres. La joven todavía no podía decidir si eso era bueno o malo. Si al menos pudiera ver a Guy una vez más, si pudiera mirarle a los ojos y preguntarle si la creía inocente o culpable... ¿Merecía la pena arriesgar su vida para descubrir la verdad? Se esforzó por ocupar su mente con pensamientos menos peligrosos.

–¿Adónde vamos?

–A una cabaña.

–Eso ya lo sé –replicó con un suspiro de impaciencia–. Pero ¿por qué vamos allí? ¿No deberíamos dirigirnos a Londres o a tu fortaleza en Gales?

Dante la miró de soslayo.

–Haces demasiadas preguntas.

–No es ningún crimen –protestó–. Me gustaría saber más sobre mi futuro que el simple hecho de que me dirijo a una cabaña. Creo que mis preguntas son razonables.

–Permanecerás con Armand en una cabaña dentro del bosque durante unos quince días. Luego, todos viajaremos a Cheshire. Desde allí te dirigirás a Gales con Armand y Oliver. Yo debo regresar a Londres, pero me reuniré contigo antes de la primera nevada. –Dante arqueó las cejas cuando su hermana le dirigió una mirada mordaz–. ¿Satisface eso tu curiosidad?

–¿Quién es Oliver? ¿Y por qué no te quedarás conmigo cuando lleguemos a la cabaña?

Dante alzó la mirada al cielo.

–Oliver es otro de mis hombres. Él y yo tenemos asuntos que

atender que podrían demorarnos más de una semana. Armand cuidará de ti hasta que regresemos.

–¿Confías tanto en ese Armand como para dejarme sola con él?

–Armand me ha dado sobradas muestras de que puedo confiar en él. No se aprovechará de ti como hizo Montague. Estarás a salvo bajo su cuidado.

La seguridad de Dante no la hizo sentirse mejor con respecto a los planes previstos.

–¿Qué son esos asuntos que debes atender?

La expresión de su hermano se endureció.

–Tengo una norma que espero que sigas al igual que lo hacen todos los que me conocen: mis asuntos son sólo cosa mía, y nadie me hace preguntas sobre ellos.

Claudia estudió su sombrío perfil y frunció el ceño. Aquél no era el hombre que ella había imaginado cuando pensaba en su reencuentro. Sus padres siempre comentaban que Dante debería endurecer su corazón, pues sus emociones eran tan transparentes que cualquiera podía leerlas. Ése ya no era el caso. No quedaba ni rastro del alegre joven que sonreía a menudo y con facilidad. Su hermano la miraba ahora con unos ojos que pertenecían a alguien mucho más mayor de lo que realmente era. Parecía un extraño. Claudia suponía que ella también habría cambiado. Ambos habían sufrido demasiadas injusticias.

–¿También tienes asuntos que atender en Cheshire?

–Sí. –Dante hizo detenerse a su corcel en la orilla de un pequeño arroyo que atravesaba el camino–. Tenemos que hacer que nuestros caballos vuelvan sobre sus pasos. Tira con fuerza de las riendas hacia abajo y presiona con tus talones los flancos del caballo.

Dante se volvió y señaló un árbol caído en el lateral del camino a unos veinte pasos por detrás de ellos, cuya corteza estaba cubierta por un suave musgo verde.

–Haz retroceder al caballo hasta que alcance aquel tronco caído.

La joven siguió sus instrucciones y pegó los talones a los costados de su montura. Asombrosamente, el caballo obedeció la orden y empezó a retroceder de forma vacilante.

–¿Por qué estamos haciendo esto?

–Tus preguntas empiezan a hacerse molestas, Claudia. –Apartó la vista del camino que había tras él el tiempo suficiente para dirigirle una mirada que expresaba su malestar–. No recordaba que fueras tan curiosa. Supongo que es normal. A todas las mujeres les pierde la curiosidad.

En lugar de discutir su opinión sobre las mujeres, Claudia le dedicó una exagerada sonrisa.

–Qué cumplido tan encantador. Ya veo que has aprendido los amables y corteses modales de la corte del rey Edward. Se dice que utilizas un disfraz cuando estás allí; supongo que así te es más fácil expresar semejantes elogios, pues nadie sabe quién eres ni puede hacerte responsable de ellos.

–¿Qué sabes de la corte de Edward o de mi presencia allí? –preguntó con voz tensa.

La repentina intensidad de su mirada hizo que la joven aflojara las riendas. Al instante volvió a tensarlas y urgió al animal a que continuara retrocediendo.

–Sólo sé lo que Guy me dijo, que es más de lo que tú me has contado sobre tu vida en la corte.

–¿Qué te ha dicho ese bastardo?

–¡No es un bastardo! Guy es amable y...

–Me da igual lo que pienses de él –espetó Dante–. Quiero saber lo que te contó.

–Me dijo que eres el mejor caballero del rey –respondió Claudia en voz baja–, que tu destreza con las armas es tan extraordinaria que la mayoría de los caballeros evitan enfrentarse a ti. También me contó que ocultas tu identidad bajo un disfraz para poder realizar mejor tu trabajo.

Dante reflexionó durante un momento antes de dedicarle una sesgada sonrisa.

–Parece que el barón de Montague tiene sentido del humor.

–¿Me estás diciendo que mentía?

–No, no te ha mentido. Pero sus palabras están abiertas a muchas interpretaciones. Al parecer tiene el talento suficiente para hacerte creer lo que él desea que creas.

Claudia no tenía paciencia para sus acertijos.

–¿Qué quieres decir?

–Te hizo creer que te quería –replicó–. Y un Montague nunca podría amar a una Chiavari. Jugó contigo porque eras un reto para él. Al estar contigo sólo pretendía saber si podía conseguir tu afecto. Así se divierten los nobles ingleses de su calaña. Sólo has sido una forma de saciar sus hastiados apetitos durante un tiempo. –Dante sacudió la cabeza–. Tienes que apartar al barón de Montague de tu mente, endurecer tu corazón con respecto a él. Hazte a la idea de que ha muerto, pues no volverás a verlo nunca.

Las palabras de su hermano la atravesaron como puñales, logrando que sintiera un dolor en las entrañas que jamás hubiera imaginado que existiera.

–Te equivocas. Yo sí le importo.

–La equivocada eres tú –replicó él. Habían llegado hasta el árbol caído y Dante detuvo su caballo–. Llevabas una vida muy protegida en Lonsdale, sin contacto con la realidad, y sabes muy poco acerca de los nobles ingleses y su forma de comportarse. En ese aspecto, tienes que confiar en mi juicio. Soy tu hermano y sólo haré lo que sea mejor para ti, a diferencia de hombres como Montague, que te mentirán para poder utilizarte.

–Yo no llevaba esa vida tan protegida que tú crees –le informó Claudia–. Nuestro tío celebraba fiestas a menudo para sus amigos de la corte, y lo que vi me hizo mantenerme lo más alejada posible de ellos. Tú crees que Guy es como los nobles viciosos que has conocido en la corte del rey, pero ni siquiera has hablado una sola vez con él. No me parece que tus prejuicios sean muy sensatos, al igual que no me pareció sensata tu decisión de abandonarme en Lonsdale durante todos estos años.

Claudia deseó enseguida poder tragarse esas palabras. No pretendía ofenderlo, pero el breve brillo de emoción que al fin iluminó los ojos de su hermano reflejaba un sentimiento que ella habría deseado no ver. La profunda y ardiente ira que contempló la asustó.

–Se suponía que no tenías que permanecer en Lonsdale tantos años –afirmó con tono glacial–. Nuestro tío estuvo de acuerdo en enviarte a un convento en cuanto yo le hiciera llegar el oro que cualquier buen monasterio exigiría para aceptar a una dama en su interior. Envié el dinero hace un año. Y desde entonces he mandado más al obispo Germaine para que se ocupara de tus necesidades. En las cartas que te escribí te lo explicaba, pero Germaine me dijo que no te escribiera más, pues te encontrabas aislada del mundo exterior. –Estudió su rostro en busca de alguna reacción, pero Claudia se había quedado sin habla a causa de la sorpresa–. Te advertí en las mazmorras que tenía muchos enemigos –continuó Dante–. Hombres que no dudarían en hacerte pagar a ti por mis crímenes contra ellos. Un convento era el único lugar que se me ocurrió para mantenerte a salvo, fuera del alcance de cualquier hombre.

Finalmente, Claudia consiguió recuperar la voz, a pesar de que tuvo que esforzarse para no gritar.

–¿Alguna vez se te ocurrió pensar que yo no deseaba hacerme monja? ¿Que quizá me gustaría tener un esposo e hijos? ¿Una familia propia?

Las líneas de alrededor de la boca de Dante se endurecieron.

–No permitiré que te cases con un lord inglés ni que tengas hijos de uno de ellos. Lo único que podría suceder es que se hicieran mayores y se parecieran a sus padres. El mundo no necesita más bastardos ingleses, y, menos, de mi hermana.

–Ya veo que mi seguridad tenía poco que ver con tu decisión de enviarme a un convento. –Su ira igualaba a la de Dante, la única persona en la que siempre había confiado sin dudar ni un instante. El hermano al que siempre había adorado pretendía encerrarla en un convento y abandonarla allí para el resto de su vida–. Afirmas que es la idea de verme casada con un inglés lo que hizo que tomaras esa espantosa decisión, pero te olvidas de que por tus venas corre la sangre inglesa de nuestra madre y de que has prestado juramento al rey Edward. Tu odio a este país y a esta gente es un error, hermano.

–He jurado defender con mi espada a Inglaterra, pero mi corazón no le debe lealtad a ningún hombre. Por lo que respecta a nuestra sangre inglesa... –Dante negó con la cabeza–. Nuestra madre se convirtió en una Chiavari cuando se casó, y nuestro linaje procede de las mejores estirpes del Imperio romano. Un Chiavari no tiene necesidad de reivindicar su sangre inglesa.

Claudia sabía que sus argumentos no le harían cambiar de opinión. Lo que le hubiera sucedido durante los años que habían estado separados le había hecho cambiar hasta convertirlo en un hombre diametralmente opuesto al que ella conoció una vez. De pronto recordó el injustificado odio de su tío y de su gente hacia ella. Guy le había enseñado que no todos los ingleses eran iguales. Su gente la aceptaba. La mayoría la habían tratado como si ya fuera su baronesa. Le sorprendió darse cuenta de que nunca se había sentido sola en Montague. Por primera vez en muchos años, se había sentido como si realmente perteneciera a un lugar.

Desde que Dante apareció en las mazmorras, había confiado en su juicio, pues estaba demasiado confundida por lo que había pasado para confiar en el suyo propio. Ahora se daba cuenta de que había cometido un error. No podía olvidarse de su amor por Guy ni tampoco pasar el resto de su vida preguntándose si debería haberse quedado en Montague, con dudas sobre si Dante la había engañado al hacerle creer que Guy la consideraba culpable. Además, su hermano todavía podía decidir enviarla a un convento y ella nunca volvería a ver al hombre que amaba.

–Sujeta mi caballo –le ordenó Dante al tiempo que desmontaba y le lanzaba las riendas. Caminó hacia el lateral del camino y rodeó el tronco para examinarlo desde todos los ángulos. Satisfecho con lo que había observado desde el lado opuesto del árbol, Dante volvió a acercarse a los caballos y la ayudó a desmontar–. Quédate aquí con tu caballo. Volveré en un momento.

La joven dudó de que pudiera irse a algún sitio. Le temblaban las piernas debido a las interminables horas que llevaba sentada sobre la silla de montar. Se sujetó con una mano a la crin del animal, mientras que con la otra sostenía las riendas. Dante volvió a montar sobre su caballo, saltó ágilmente por encima del tronco caído y desapareció en el bosque. El caballo de Claudia intentó seguirlos, pero ella plantó los pies en el suelo y sostuvo las riendas tan fuerte como pudo para contener a la bestia. Finalmente, Dante reapareció sin su montura. Llevaba una gran rama llena de hojas en una mano y se acercó recorriendo un amplio círculo a su alrededor para evitar asustar al caballo de Claudia.

–Haré saltar a tu caballo sobre el tronco –le informó–. Borra nuestras huellas desde el camino hasta el árbol y reúnete conmigo al otro lado.

Claudia asintió cuando Dante le dio la rama, pero su mirada estaba fija en el sucio sendero de arena. Sus huellas hacia el arroyo eran bastante fáciles de seguir. Una vez hubiera borrado el rastro que iba hacia el bosque, nadie se daría cuenta de que habían abandonado el camino en ese lugar. Guy nunca la encontraría y Claudia viviría el resto de su vida en la remota fortaleza de su hermano en Gales o aislada en algún convento. Nunca conocería la verdad. Aunque en el fondo de su corazón estaba convencida de que él confiaba en ella, ¿o lo amaba tanto que prefería creer que su hermano le mentía? Sólo había una forma de estar segura, aunque, de ese modo, pondría en peligro su vida y la de Dante. No obstante, si su hermano la abandonaba pronto en esa cabaña, sólo arriesgaría la suya y la de Armand. Y ella procuraría por todos los medios velar por la seguridad del caballero. No quería que sufriera represalias por su causa.

Claudia tomó la decisión cuando Dante montó en su caballo y se alejó cabalgando. Arrancó varias ramitas de la vara que le había dado su hermano y las colocó frente al árbol, situando el extremo ahorquillado hacia el camino y señalando con la punta hacia el tronco para formar una rudimentaria cruz.

–¡Claudia!

La joven se sobresaltó sintiéndose culpable y se irguió para mirar por encima del tronco. Dante permanecía en el bosque, lejos de ella, sosteniendo las riendas de ambos caballos. Se esforzó al máximo por hablar con tono inocente.

–¿Sí?

–Date prisa –le ordenó–. No tenemos todo el día.

Claudia asintió antes de agacharse como si estuviera borrando las huellas. Sin pensárselo dos veces, metió la mano bajo su capa y sacó el collar de esmeraldas, sintiéndose agradecida de que Fitz Alan no le hubiera arrebatado las joyas cuando la encerró. Si Guy o uno de sus hombres encontraban el collar, sabrían que era el suyo.

–Ya casi he acabado, Dante. Ten un poco de paciencia –gritó por encima del hombro.

La joven rezó esperando que ningún ladrón o viajero se topara con el tesoro. La clave de su destino y su futuro se encontraba en el borde de un camino en medio del bosque. La brillante colección de piedras parecía tan abandonada como ella se sentía en ese preciso instante. Finalmente, Claudia se alejó de la escasa esperanza que representaban y se adentró en el bosque.

16

Claudia abrió los ojos y sólo pudo ver las sombras que poblaban la oscura cabaña. La única luz provenía de las mortecinas ascuas del brasero.

La joven suspiró y se tumbó de espaldas para intentar encontrar una posición más cómoda. El sucio suelo que le servía de cama no era precisamente cómodo, al igual que la silla de montar que usaba como almohada. Al menos había dejado de oír los pequeños ruidos que la habían mantenido despierta hasta que Armand se dejó llevar por el sueño y empezó su serenata nocturna de ronquidos y resoplidos. Seguramente, el ruido que profería el apuesto caballero mantenía a raya a la mayoría de criaturas del bosque. Cualquier animal prudente estaría demasiado asustado para buscar cobijo o intentar robar la escasa comida que guardaban en la cabaña. Realmente debería estarle agradecida a su guardián, porque las paredes y la puerta no servirían de mucho a la hora de detener a cualquier animal decidido a entrar. El adobe que recubría los muros hacía tiempo que se había caído, dejando a la vista una maraña de cañas con agujeros lo bastante grandes como para que cualquier pequeño animal pudiera atravesarlos. La puerta colgaba de un único gozne y cada noche permanecía apoyada, más que cerrada, contra la torcida jamba. El pestillo colgaba inútil donde debería haber un picaporte, y el techo de paja apenas ofrecía refugio, pues una gran parte de él se había desmoronado durante alguna tormenta o nevada pasada. Claudia tenía la esperanza de que los ronquidos de Armand también mantuvieran alejados a los murciélagos.

Era extraño que un hombre tan callado durante el día pudiera volverse tan ruidoso por la noche. Cada mañana al amanecer, antes incluso de que Claudia se despertara, Armand salía para colocarse en su puesto de guardia, situado en la rama de un gran roble al que trepaba para poder observar los prados y bosques que los rodeaban. Los árboles escaseaban en esa zona, seguramente a causa del leñador que alguna vez vivió en la cabaña que les servía de refugio. Desde su posición estratégica, el caballero podía ver aproximarse a un jinete desde cualquier dirección. Llevaban tres días allí y a Claudia le parecían una eternidad. Procuraba entretenerse buscando bayas, pero su búsqueda era casi siempre infructuosa. Sin embargo, había tenido tanto éxito encontrando frutos secos que empezaba a sentirse como una ardilla. Y siempre, en todas y cada una de esas excursiones en busca de comida, observaba los bosques con la misma atención que Armand, y por la misma razón.

Si al menos supiera si la llegada de soldados sería algo bueno o malo, o si iban a llegar algún día, podría tranquilizarse. Pero las dudas destrozaban sus nervios y hacían que se sobresaltase ante cualquier pequeño sonido: un pájaro emprendiendo el vuelo de repente desde las ramas que había sobre su cabeza, un conejo asustado que surgía de los arbustos o el crujido de una ramita tras el paso de una criatura oculta.

Miles de veces se cuestionó si había sido un gesto inteligente dejar el collar en el bosque. ¿Qué podría conseguir con eso? ¿La muerte de Armand? ¿La de su hermano? ¿La suya propia? Incluso si Guy creía que ella no tenía nada que ver con el envenenamiento, ¿podría vivir atemorizada por Kenric y Dante? Se planteaba innumerables preguntas, infinitos problemas sin solución.

Armand emitió un resoplido al cambiar de posición mientras dormía, pero una vez se hubo acomodado de nuevo volvieron los ronquidos regulares. A Claudia le gustaría que pusiera la mitad de esa energía en una conversación o en responder a sus preguntas con algo más que un: «Eso tendrá que contestarlo vuestro hermano, milady». Era indefectiblemente cortés, tan terriblemente educado y correcto que Claudia le consideraba el hombre más grosero que nunca hubiera conocido, pues sólo le ofrecía un silencio mortal o respuestas que no le servían en absoluto. Un día más con aquel hombre y...

En un abrir y cerrar de ojos, una mano se posó sobre su nariz y su boca mientras una voz suave le susurraba al oído:

–No hagáis ningún ruido o le costará la vida a vuestro caballero.

Claudia asintió con la cabeza para indicar que lo había comprendido e intentó no dejarse llevar por el pánico que le provocaba la falta de aire. La mano descendió para que pudiera respirar, pero permaneció firmemente colocada sobre su boca. Justo cuando un brazo la rodeaba por la cintura y la hacía ponerse de pie, los ronquidos de Armand se detuvieron bruscamente.

–¿Milady? –la llamó el caballero en voz baja. Claudia oyó el suave sonido del roce de metal contra metal cuando Armand se incorporó, y vio el destello gris del acero de la espada que sostenía–. ¿Ocurre algo, lady Claudia?

Por detrás de ella, una antorcha se extendió hacia el brasero, que se encendió en cuanto la llama rozó las ascuas.

Armand se levantó demasiado tarde. Claudia pestañeó ante el repentino resplandor de luz y se sorprendió al ver a una docena de soldados avanzar desde las sombras de la cabaña con las espadas desenfundadas y apuntando a Armand. Con sólo lanzar una mirada a su alrededor, su guardián supo que le superaban en número y que no tenía ninguna oportunidad. Dirigió su mirada a Claudia mientras bajaba su arma hasta el suelo.

–Si hacéis daño a esta dama lo pagaréis con vuestra vida.

–No pretendo hacerle ningún daño. –La voz provenía del hombre que la sujetaba, y Claudia la identificó al instante como la de Fitz Alan–. ¿Dónde están el resto de los hombres de Chiavari?

–No hay más hombres, milord. Sólo yo.

–¿Esperas que crea que Dante Chiavari te dejó solo con su hermana?

–Creed lo que os plazca –replicó Armand, en el educado tono que tanto odiaba Claudia.

–Atadlo –ordenó Fitz Alan mientras apartaba la mano de la boca de su cautiva y la conducía al exterior.

Había más hombres rodeando la cabaña, aunque bajo la tenue luz de la luna Claudia no podía determinar cuántos eran. Después de enviar a un soldado en busca de sus caballos, Fitz Alan soltó el brazo de la joven y se volvió hacia ella.

–Encontramos vuestro collar, milady. ¿Nos señalasteis vos el camino que nos ha traído hasta aquí o se trata de otra trampa de vuestro hermano?

–No, fui yo quien dejó la señal. –Claudia retrocedió unos pocos pasos, feliz de que Fitz Alan no pudiera ver el temblor de sus manos–. ¿Guy está bien?

–Sí, se ha recuperado y está furioso por las artimañas de vuestro hermano. Salió a caballo para buscaros la misma mañana de vuestra desaparición, a pesar de que estaba tan enfermo que apenas podía permanecer sentado sobre su montura. Estará ansioso por saber si os hemos encontrado.

–¿Por eso no ha venido? –preguntó Claudia, alarmada–. ¿Está tan enfermo que no ha podido continuar con la búsqueda?

Fitz Alan cruzó los brazos sobre el pecho.

–¿No lo sabéis?

–¿Qué es lo que no sé? –La joven sintió que su corazón empezaba a latir con más fuerza.

–Vuestro hermano ha retado en duelo a Guy. Tienen que encontrarse mañana por la mañana en las afueras de la abadía de Kelso.

–Pero Dante dijo... –Fitz Alan no conocía las órdenes que había recibido Dante de no asesinar al barón de Montague. ¿Qué pretendía su hermano? Nada que fuera bueno para Guy. De eso estaba segura–. Debéis llevarme a esa abadía.

–Ése era mi plan –afirmó Fitz Alan con un sorprendente deje de humor en la voz–. Estoy encantado de que estéis dispuesta a colaborar.

–¿Hay alguna razón por la que no habría de estarlo?

–Vuestro hermano se tomó muchas molestias para raptaros –señaló Fitz Alan–, y todo indicaba que os habíais marchado de buen grado.

–Dante me dijo que me ahorcaríais si me quedaba, que el mismo Guy había dado esa orden cuando se recuperó del efecto del veneno.

Fitz Alan no dijo nada durante un largo momento.

–Vuestro hermano os mintió, milady. Guy no se despertó de su aletargamiento hasta mucho después de que os hubierais ido de Montague, y os puedo asegurar que no dio semejante orden durante su delirio.

–¿Cree Guy que participé en el complot que tramó mi hermano?

Fitz Alan se encogió de hombros.

–A estas alturas, no me atrevería a especular nada al respecto. Será mejor que se lo preguntéis personalmente.

Esa respuesta no le fue de mucha más ayuda que las de Armand. Fitz Alan era la última persona en la que debería confiar, pero iría con él de buen grado. Si daba por sentado que el lugarteniente de Kenric no mentía sobre el reto, tenía que llegar hasta Guy y Dante antes de que uno de los dos matara al otro.

–¿A qué distancia estamos de la abadía de Kelso?

Grandes nubes proyectaban un mosaico de sombras sobre el amplio valle donde se había reunido el ejército, pero no conseguían paliar el intenso calor del verano. El barón de Montague aguardaba en un extremo del campamento mientras su corcel agitaba la cabeza para defenderse de un pequeño enjambre de moscas. Guy ignoró a los insectos, al igual que ignoraba el calor que hacía insoportable llevar puesta la armadura. A través de las hendiduras de su yelmo observaba las puertas de la abadía de Kelso, que se hallaba en lo alto de la colina que se elevaba ante ellos. Un caballero vestido para la guerra atravesó las puertas a lomos de su corcel, seguido por su escudero. Descendieron la colina sin apresurarse y atravesaron un rebaño de ovejas que se dispersó al paso de los caballos. Sus balidos de protesta por aquella brusca interrupción sonaron demasiado lejos de la estratégica posición de Guy para ser oídos. Los dos hombres desaparecieron al llegar a un grupo de árboles.

El bosque se extendía formando una espesa franja que recorría las orillas de un río que atravesaba el valle. Guy envidió al caballero por poder cabalgar bajo aquel fresco cobijo. Se volvió hacia su hermano, pero no pudo descifrar nada sobre su estado de ánimo, ya que mantenía el rostro tapado con la visera de su yelmo.

–Ha sido muy inteligente al acogerse a sagrado en la abadía –comentó Kenric. Su voz sonaba amortiguada por la visera–, y un estúpido por abandonar sus muros.

Guy volvió a dirigir la mirada hacia el bosque.

–Chiavari ha resultado ser muy inteligente hasta ahora. Es más, ha demostrado que los estúpidos somos nosotros. Primero, rapta a Claudia y se la lleva sin encontrar obstáculos. Luego, mientras yo peino los bosques en busca de algún rastro, regresa a Montague y clava una nota retándome a un duelo en la misma puerta de mi alcoba. Me gustaría saber cómo consiguió realizar semejante proeza.

–Eso nos preguntamos todos –acordó Kenric–, pero pronto se le acabará la suerte. Las noticias de la patrulla de Fitz Alan parecían alentadoras. Puede que todavía estemos a tiempo de sorprender a ese zorro con sus propias armas.

–Hace tres días que no sabemos nada de Fitz Alan –repuso Guy–. El zorro todavía lidera la cacería.

Dante y su escudero surgieron del bosque, y el barón de Montague interrumpió su conversación con Kenric para centrar sus pensamientos en el hermano de Claudia. Odiaba a aquel hombre con una intensidad que lo sorprendía. Incluso su odio hacia el barón de Lonsdale parecía insignificante en comparación. Dante había demostrado ser más experto en el arte de la traición que su tío. Lo había envenenado, le había arrebatado a su prometida, lo había empujado a una inútil y desenfrenada búsqueda, y se había mostrado más hábil que él en todo momento. Guy se juró a sí mismo que el hombre que cabalgaba hacia él pagaría por todos y cada uno de esos crímenes. Y el peor de todos ellos era que Dante había sido el responsable de la traición de Claudia. Durante los últimos cinco días había tenido tiempo suficiente para imaginar lo que había sucedido la noche en que ella escapó. Estaba completamente seguro de que Claudia no estaba involucrada en el complot para envenenarlo. Conocía demasiado bien sus expresiones para confundir la mirada en su rostro el día del banquete, con algo que no fuera conmoción y miedo por su seguridad. Guy pensaba que Dante no le había revelado su presencia hasta que fue a buscarla a las mazmorras. Seguramente le dijo a su hermana que el veneno no era letal y, de alguna manera, consiguió convencerla de que se fuera con él.

Frunció el ceño y su mirada se volvió sombría al recordar las promesas que le había hecho a Claudia. Habría renunciado a su familia por ella sin dudarlo, habría hecho cualquier cosa por conseguir que lo amara. Pero cuando Claudia tuvo que enfrentarse a su propia prueba de lealtad, había escogido a su hermano dejándolo a él en el camino. Ese descubrimiento lo corroía por dentro como si fuera ácido. Y lo peor no es que le hubiera traicionado, sino saber que nunca podría volver a confiar en ella.

A pesar de todo, seguía decidido a casarse. No importaba lo que hiciera o como se comportara, él siempre la amaría. Claudia era su mayor debilidad, su único punto débil, y sólo por esa razón, se casaría con ella. En manos de un enemigo, Claudia se convertiría en un arma que podría ser usada contra él. El desafío de Dante era una buena prueba de ello.

El barón de Montague fijó la mirada en su enemigo, que avanzaba impertérrito cabalgando desde los bosques sin mostrar ningún gesto de vacilación, a pesar de que él y su escudero se aproximaban hacia un ejército de doscientos caballeros y soldados a caballo. Sin duda estaba loco, pero era un loco valiente, decidió Guy, y también parecía ser rico, pues la luz del sol resplandecía sobre los ornamentos de oro y plata de su armadura, y unas plumas blancas poco comunes ondeaban con regio esplendor sobre su yelmo y la brida de su montura a cada paso que daba el caballo. Cubriendo la armadura, Dante llevaba un sobreveste de color rojo oscuro con un escudo del mismo color. Sin embargo, no lucía ningún emblema ni tampoco ningún escudo de armas para proclamar su casa o identidad. Guy sabía la razón por Claudia. Al ser declarado bastardo y no haber prestado juramento a ningún señor feudal, Dante sólo podía luchar en su propio nombre. Por otra parte, parecía adecuado que el color que hubiera elegido fuera el de la sangre, pues como ejecutor del rey, seguramente habría derramado más de la que le correspondía.

El barón de Montague esperaba que su enemigo mantuviera la

distancia, que hiciera detenerse a su caballo no muy lejos del límite del claro para poder huir hacia la abadía y acogerse a sagrado ante la más mínima señal de problemas. En cambio, siguió avanzando hasta que su corcel quedó a pocos metros de Guy. Maldito bastardo fanfarrón.

–Traigo noticias de vuestro rey –anunció Dante. Las hendiduras de su yelmo formaban una cruz y su profunda voz se escuchaba bien aunque, sorprendentemente, carecía de cualquier rastro del acento italiano que caracterizaba a la de su hermana. Despacio, se quitó un guante, metió la mano bajo su sobreveste, sacó un pequeño pergamino y le tendió el documento a Guy–. Yo mismo os informaré de su contenido, aunque supongo que desearéis verificar el mensaje.

Sin pronunciar palabra, Kenric hizo avanzar a su caballo y cogió el rollo antes de retroceder hasta su posición junto a Guy. Sin aparentar ninguna inquietud, desenrolló el pergamino y empezó a leer.

–El rey desea que solucionemos este asunto de forma pacífica –continuó Dante–. Antes de abandonar Londres me hizo jurarle que no os mataría por los daños infligidos a mi hermana. Sin embargo, no dijo nada sobre un reto.

Con un movimiento brusco, Dante lanzó el guante que se había quitado sobre el suelo que les separaba. Los caballos, nerviosos, agitaron las cabezas, y los cuatro hombres tensaron las riendas para controlarlos mientras Dante les transmitía su propio mensaje.

–Por tanto, yo os reto, Guy de Montague.

El aludido levantó su visera, deseando asegurarse de que su voz llevara todo el peso de su advertencia.

–A la vista de mi estado de ánimo actual, sería muy desacertado por vuestra parte provocarme para que participara en un combate a muerte.

–No importa si es o no desacertado. No deseo ninguna otra cosa –respondió Dante.

Las comisuras de los labios de Guy se elevaron en una sonrisa que carecía de humor.

–¿Por qué debería aceptar vuestro desafío, Chiavari? De hecho, podría mataros ahora mismo por los daños que me habéis infligido. Yo no he hecho ninguna promesa a Edward con respecto a vuestra vida.

–Quizá debierais leer el mensaje del rey antes de precipitaros –aconsejó el italiano con voz calmada.

Guy miró a su hermano, que también se había levantado la visera para leer la misiva.

–¿Y bien?

–Edward te ordena respetar los mismos términos del acuerdo al que llegó con Chiavari –le informó Kenric–. También menciona que Dante es el tutor legal de lady Claudia y que su tío no tenía derecho a realizar ningún contrato de esponsales en su nombre. –Lanzó a Guy una mirada significativa–. El rey cree que te agradará la noticia en vista de que el compromiso te fue impuesto. La cuestión de la tutela lo invalida.

Si no había compromiso, tampoco podría reclamar legalmente a Claudia. A Guy se le hizo un nudo en el estómago y desvió la mirada hacia Dante. ¿Era el reto una forma de negociar los términos de un nuevo contrato de esponsales? Ahora que tenía a Claudia, Dante podría conseguir de él lo que le pidiera. Un combate a muerte carecía de sentido.

–¿Qué quieres de mí, italiano?

La respuesta fue rápida y firme.

–Tu sangre.

–No he hecho nada para deshonrar a tu hermana. –Le hubiera gustado mantener esa conversación en algún lugar fuera del alcance de los indiscretos oídos de sus soldados. Por desgracia, dudaba de que Dante fuera lo bastante estúpido como para aceptar un encuentro más privado en su tienda–. Por lo que a mí respecta, estábamos prometidos, lo que la hace mía a los ojos de Dios y de la ley. No hace falta que me desafíes, ya que he tratado a Claudia con el respeto que se le debe a una prometida. Es más, pretendo hacerla mi esposa antes de dos semanas.

–Ella nunca se casará contigo –aseguró Dante–. Claudia está de camino a un convento. No volverás a verla nunca, Montague.

La discusión había terminado. Guy hizo un pequeño ademán con la mano y un fuerte siseo llenó el aire cuando doscientas espadas fueron desenvainadas. Al pronunciar su orden, fue consciente de que quizás estuviera decidiendo su futuro.

–Prendedlo.

El barón de Montague estudió con detenimiento a Dante por encima del borde de su copa. El hermano de Claudia no parecía en absoluto inquieto por el hecho de estar atado de pies y manos al palo central de la tienda de Guy. Hacía sólo unos instantes que se le había despojado de su armadura y de su yelmo, lo que desveló un rostro sobre el cual especulaba toda Inglaterra y que Guy habría reconocido en cualquier lugar.

Dante era el reflejo masculino de su hermana. El pelo era del mismo color, al igual que sus ojos. Se sentía incómodo al reconocer tantos rasgos familiares en el rostro de un hombre al que odiaba tan profundamente. Aunque era la falta de cualquier emoción en los ojos de Dante lo que le inquietaba más. Había visto esa misma mirada en algunas mesas de negociación, y él mismo se esforzaba por imitarla cuando lo consideraba necesario. Era la mirada de un observador, alguien que estudiaba todo lo que sucedía a su alrededor sin un interés evidente en las consecuencias de los hechos. Dante había aceptado que lo capturaran sin oponer resistencia. No había protestado cuando le quitaron su armadura, ni mostrado la más mínima señal de curiosidad sobre cuál podría ser su destino. Por otra parte, Guy era consciente de que era casi imposible mostrarse más hábil que el enemigo si no se sabía cómo funcionaba su mente y, por el momento, no tenía ni idea de cómo funcionaba la de Dante. Era de lo más frustrante y un rasgo que no podía evitar admirar.

Guy sospechaba que si le exigía cualquier tipo de respuesta sólo conseguiría un distante silencio. La paciencia era la clave para descifrar una mente así y a él se le daba muy bien esperar. Así que se recostó en su catre y bebió vino. Los dos hombres se observaron fijamente; uno, atado en lo que tenía que ser una posición muy incómoda; el otro, relajado y tranquilo. Pasaron más de una hora concentrados en aquel enfrentamiento silencioso, y, finalmente, fue el italiano quien habló.

–Con esto no conseguiréis nada, barón.

Guy intentó no sonreír ante su pequeña victoria.

–¿Con qué?

Dante ignoró la pregunta.

–No podéis matarme y no os diré dónde está. Nunca la encontraréis.

–¿Eso creéis? –Guy hizo la pregunta como si realmente deseara escuchar la respuesta–. Los lugares más probables para encontrarla parecen ser el oeste y el sur. A un estúpido como yo nunca se le ocurriría buscarla por el camino del este que lleva hacia Alstead, ni en un sendero oculto a través del bosque que conduce al Tiñe.

Con sus palabras no consiguió la reacción que había esperado. De hecho, no hubo ninguna reacción en absoluto. Los rasgos de Dante permanecían imperturbables y en sus ojos no se podía leer nada.

–¿Deseáis una oportunidad para derramar mi sangre, Chiavari?

–Sí.

–Voy a hacer un trato con vos –propuso Guy en tono reflexivo–. Aceptaré vuestro reto, pero los términos serán diferentes y ambos debemos estar de acuerdo con ellos.

–¿Cuáles son vuestras condiciones?

–Espadas –respondió el barón–. A pie, sin armadura ni cota de malla.

Las comisuras de la boca de Dante se elevaron con la vaga sombra de una sonrisa.

–¿Así que deseáis morir rápido?

–No, no deseo morir de ninguna forma a vuestras manos. Ni tampoco daros muerte –añadió Guy–. No gano nada con ella. El combate no será mortal. Pararemos cuando uno consiga derramar la sangre del otro. La contienda acabará ahí, y Claudia será el premio. Si vencéis, podréis salir de este valle y marcharos adonde os plazca. Tenéis mi palabra de que nadie os seguirá, y de que interrumpiré la búsqueda de vuestra hermana. Ella también será libre de abandonar estas tierras y no la veré ni hablaré con ella para intentar recuperarla. Si gano yo, Claudia se convertirá en mi esposa con vuestra bendición y no volveréis a interferir en nuestras vidas. –Guy cruzó los brazos sobre el pecho–. Ésos son mis términos.

Mantuvo los ojos fijos en los de Dante mientras esperaba una respuesta. Quería que el italiano supiera que era sincero, que no le ocultaba nada y que le ofrecía un trato justo. Esperaba que eso fuera suficiente para convencerlo de la mentira. Si Dante aceptaba el combate, Guy saldría vencedor de todas formas, pues no había hecho ninguna promesa sobre elevar una petición al rey. Si Edward ordenaba que Guy y Claudia se casaran, Dante no tendría alternativa si deseaba permanecer al servicio del rey, o en cualquier lugar de Inglaterra. Si vencía, lo único que conseguiría sería simplificar mucho más las cosas.

Finalmente, Dante hizo un gesto de asentimiento con la cabeza.

–Acepto.

–Dadme las riendas –pidió Claudia–. Tenéis mi palabra de que no intentaré escapar. Lo único que deseo es llegar hasta la abadía.

Fitz Alan la miró por encima del hombro con una expresión especulativa en sus ojos.

–Ésa es la razón por la que sujeto vuestras riendas, milady. Hoy es el día más caluroso del año y si os diera el control de vuestro caballo haríais que corriera hasta que cayera reventado.

–No, no lo haría –murmuró Claudia con voz poco convincente–. ¿Podemos al menos ir al galope durante un rato? Este prado es llano y el sendero que lo atraviesa está en muy buenas condiciones. Es una pérdida de tiempo que los caballos vayan a este ritmo por un suelo tan uniforme.

–Estuve de acuerdo en que cabalgáramos por delante de mi patrulla para llegar antes. Conformaos con eso.

–Pero yo...

–Mirad el cuello de vuestro caballo y decidme que no hemos presionado ya demasiado a los animales.

Claudia dirigió la mirada hacia el sudor que cubría el cuello de su montura y se desanimó. El animal parecía estar sin resuello. Aun así, Claudia fulminó a Fitz Alan con la mirada, reacia a admitir que tenía razón.

–Los caballos deben caminar después de una carrera tan larga –añadió él–. Sólo entonces podremos dejar que pasten.

–¿Qué? ¡No pretenderéis deteneros antes de llegar a la abadía!

Fitz Alan le dirigió una sonrisa.

–No, milady. ¿Por qué deberíamos detenernos cuando estamos tan cerca? Casi hemos llegado.

Claudia entornó los ojos.

–No hace ni una hora os pregunté cuánto faltaba y me dijisteis que todavía quedaba medio día. ¿Por qué me habéis mentido?

–Porque sabía que protestaríais por hacer caminar a los caballos si erais consciente de que estábamos tan cerca de la abadía. Y no os he mentido exactamente. Si nos hubiéramos visto obligados a ir a pie desde allí, habríamos tardado medio día. Si lo recordáis bien, admitiréis que no preguntasteis cuánto faltaba yendo a caballo.

–Sabíais perfectamente a qué me refería –espetó Claudia, molesta–. Dadme las riendas.

Fitz Alan sacudió la cabeza.

–No, milady. Los caballos no soportarán otra carrera y todavía estamos a una hora a pie.

Claudia apretó la mandíbula y permaneció en silencio. Qué hombre tan odioso.

Frente a ellos se extendía un frondoso grupo de árboles que bordeaba el prado y que se convirtió en un bosque de considerables dimensiones cuando se adentraron en él. El aroma a pino llenaba el aire y los escandalosos trinos de los pájaros marcaban su paso a través de la espesura. Pronto el terreno empezó a inclinarse y los ruidos del bosque dejaron paso a otros mucho más fuertes; se trataba de los gritos distantes de una gran cantidad de hombres y del característico chasquido del metal al golpear contra el metal.

A Claudia se le paró el corazón.

–Son Guy y Dante. ¡Debo detenerlos!

Espoleó a su caballo, pero Fitz Alan tensó las riendas, deteniéndola.

–Tened paciencia, milady. No debéis precipitaros lanzándoos en medio del combate. Si lo que oímos es un enfrentamiento entre

Guy y Dante, será peligroso intervenir. Una distracción por vuestra parte podría costarle la vida a uno de los dos, y he visto el efecto que tenéis sobre Guy. Es probable que sea él quien se distraiga. Cuando lleguemos al claro, haré señas a uno de los soldados para que detenga el combate y nos acercaremos a ellos sin causar incidentes.

Llegaron al claro justo cuando Fitz Alan acababa de comunicarle sus planes. Claudia le dirigió un gesto de asentimiento distraído.

–Sí, muy bien, pero apresurémonos.

A sus pies había decenas de tiendas con los banderines de Montague ondeando en lo alto. Más allá del campamento, parecía como si todo el ejército del barón se hubiera reunido para formar un gran círculo alrededor de dos combatientes. Claudia todavía estaba muy lejos para ver a los hombres con claridad, pero reconocería a Guy a cualquier distancia. Al igual que en su combate con Kenric, no sostenía ningún escudo ni llevaba ninguna protección. Su oponente, que sólo podía ser Dante, estaba en las mismas condiciones. ¿En qué estaban pensando para prescindir de su armadura en un combate así? La joven sacudió la cabeza. Los dos se habían vuelto locos.

Fitz Alan emitió un largo y grave silbido que hizo que la montura de Claudia agitara las orejas. Si esperaba llamar la atención de los soldados de Guy de esa manera, el resultado no podía ser más decepcionante. Ninguno se volvió hacia ellos; los sonidos de los gritos y de las espadas eran demasiado fuertes como para permitir que se oyera la señal del lugarteniente de Kenric. A causa del terreno escarpado y rocoso de la colina por la que descendían, se vieron forzados a dejar que sus agotados caballos redujeran el ritmo y avanzaran con cuidado a pesar del deseo de Claudia de abalanzarse sobre la multitud de hombres a toda velocidad.

Observaba la contienda con un fascinado terror, sabiendo que no podía hacer nada en absoluto por detenerla desde esa distancia. Por lo que podía ver, Guy y Dante parecían muy igualados. Eran más o menos de la misma altura y tamaño, y ambos blandían la espada con gran destreza. Primero, Guy esquivó y retrocedió ante una serie de fieras embestidas, luego fue él quien atacó forzando a su oponente a retroceder ante sus golpes. Dante los esquivó hasta que llegó a la multitud y después lanzó otro ataque. Parecía un baile macabro, si es que se le podía llamar así. Sus movimientos eran ágiles y bien estudiados, pero el precio de un error, por pequeño que fuera, sería la muerte.

–Se están poniendo a prueba el uno al otro –explicó Fitz Alan con la mirada también fija en el combate–. Eso significa que no hace mucho que han empezado. Si están tan igualados como parece, esto puede durar varias horas. No os inquietéis, milady. Alguien se dará cuenta de nuestra llegada antes de que cualquiera de ellos resulte herido y, además, los caballos ya han caminado lo suficiente.

Sus palabras la habrían tranquilizado si Fitz Alan no pareciera tan preocupado.

Claudia esperó hasta que casi llegaron a los pies de la colina y su oportunidad llegó cuando Fitz Alan se irguió sobre los estribos para soltar otro silbido y centró su atención en el grupo de soldados que se alzaba frente a ellos. Entonces espoleó a su caballo para que se colocara junto al de Fitz Alan, agarró las riendas al tiempo que instaba con sus talones a su montura y consiguió arrebatárselas cuando el animal se abalanzó hacia delante.

–Maldita sea, Claudia. ¡Volved aquí!

Casi había llegado hasta las tiendas cuando Fitz Alan la alcanzó, cogió las bridas del caballo e hizo que ambos animales frenaran derrapando. Claudia consiguió descender del caballo antes de que acabara de detenerse. El camino que tomó entre las tiendas se retorcía y giraba, pero podía oír que Fitz Alan la seguía de cerca pisándole los talones. De pronto, se encontró con una pila formada por ballestas. Claudia aminoró el paso lo suficiente para tirar de la más próxima al centro e hizo desmoronarse toda la pila, consiguiendo que las ballestas se esparcieran por todas partes. Miró por encima del hombro y vio a Fitz Alan dar un ágil salto evitando una de ellas, sólo para tropezarse con la siguiente y caer despatarrado al suelo, justo cuando Claudia chocaba contra un soldado que se encontraba entre la multitud. Ambos, tanto ella como el soldado, cayeron hacia delante.

–*Mi scusi* –farfulló la joven, mientras se apoyaba en el hombre para levantarse.

El impulso de la caída los había llevado hasta el interior del círculo. En medio de su aturdimiento, pudo oír a otros soldados gritar su nombre, pero los ignoró.

Los dos combatientes estaban a pocos pasos de distancia de ella, tan concentrados en el combate que hicieron caso omiso del alboroto. Ninguno hablaba, pero el barón emitía un profundo gruñido cada vez que arremetía contra su contrincante. A pesar de su desconocimiento en el arte del combate, Claudia notó algo novedoso en el ataque de Guy, alguna característica que lo diferenciaba de los que había presenciado desde la colina. Finalmente, había descubierto el punto débil de su oponente y estaba tratando de cercarlo.

La espada de Guy trazó una serie de círculos cada vez más rápidos alrededor de la hoja de Dante, a los que siguió una estocada hacia arriba, otra hacia abajo y un amplio movimiento con el brazo que hizo que la espada de su rival saliera volando por los aires. Casi antes de que el italiano pudiera reaccionar ante aquel contratiempo, el barón de Montague arremetió con su espada trazando un arco lateral que obligó a su contrincante a lanzar sus hombros hacia delante y su estómago hacia atrás para esquivar el filo. La espada de Guy falló su objetivo por muy poco, pero consiguió que Dante perdiera el equilibrio y cayera al suelo dando una voltereta que lo alejó de su enemigo.

–¡Deteneos!

Guy se volvió al instante al oír el sonido de la voz de Claudia; su cuerpo todavía estaba colocado en posición de ataque y su rostro mostraba una gran sorpresa. Al verla, pasó por sus ojos una sombra de alivio y bajó la espada al tiempo que avanzaba hacia ella.

–¡Montague!

El grito de Dante hizo que Guy se detuviera a pocos pasos de Claudia. Entonces ella recordó la advertencia de Fitz Alan acerca del peligro que podría implicar interferir en el combate. Justo en ese momento, captó un movimiento con el rabillo del ojo. Su hermano todavía permanecía agachado en el suelo, con una mano cerca de su bota. Claudia sabía que siempre llevaba una daga oculta allí. En cuanto el barón se girara, Dante dispondría de un blanco fácil en su corazón. El pánico la invadió y la hizo correr hacia el hombre que amaba en el preciso instante en que la daga aparecía en la mano de Dante. La mortífera arma salió disparada en un vago destello de acero, justo un instante antes de que ella protegiera el cuerpo de Guy con el suyo.

17

Claudia se quedó mirando la enjoyada empuñadura que sobresalía de su pecho y pensó que era extraño que pudiera ser consciente de su magnífico diseño. Pequeñas esmeraldas incrustadas formaban la letra C en la empuñadura, y el intrincado grabado sobre el guardamano mostraba la primera mitad del lema de los Chiavari: «En nombre de Dios». El otro lado que no podía leer debía decir: «Ningún enemigo quedará impune». Aquélla era la parte del lema a la que Dante dedicaba su vida.

El bramido de rabia de Guy pareció venir de muy lejos, aunque la joven sabía que estaba muy cerca de ella. ¿Acaso no eran sus manos las que rodeaban su cintura? Claudia alzó la mirada y vio el rostro de Dante pálido como la cera. Era bueno contemplar una emoción sincera en su cara, a pesar de que fuera de horror. Guardaba sus emociones en su interior y se esforzaba demasiado por acabar con lo que quedaba de su corazón. Sí, necesitaba algo que le recordara que era humano después de todo, y no una bestia sin alma que no lamentaba sus actos. Al menos sí se arrepentía del que acababa de cometer. Podía verlo en sus ojos. Claudia le dirigió una dulce sonrisa para decirle que todo iría bien.

¿Por qué le costaba tanto respirar?

Notó en medio de una nube como Guy la depositaba con gran cuidado en el suelo. Dante también se abalanzó sobre ella y se agachó a su lado, pero Guy le golpeó con el puño con toda la fuerza de su ira y el italiano cayó hacia atrás.

–¡Aléjate de ella!

El odio glacial desapareció del rostro del barón de Montague en el momento en que volvió su mirada hacia Claudia. Su mano temblorosa le apartó algunos mechones sueltos de la frente con exquisita ternura.

–La hoja está en tu hombro, Claudia. Es doloroso, estoy seguro, pero no es una herida mortal. Quédate muy quieta mientras la saco.

–La hoja contiene veneno, Montague. –El italiano luchaba por liberarse de Kenric, que mantenía sus brazos sujetos a su espalda, y en su rostro se podía leer una expresión de dolor a causa de algún golpe oculto que le había propinado su captor–. Soltadme, por Dios, o morirá.

Guy habló en un tono aterrador que Claudia nunca había escuchado con anterioridad.

–¿Tienes el antídoto?

–Sí –respondió Dante antes de gritar por encima de su hombro–. ¡Oliver! Trae mis cosas y un poco de vino.

Guy y Kenric intercambiaron una mirada, luego Guy asintió. El barón de Remmington soltó a Dante, que inmediatamente se arrodilló junto a ella. Claudia le sonrió.

–Hola, de nuevo.

–¿Qué le ocurre? –preguntó Guy.

–Es el veneno –explicó el italiano. Luego alzó la mirada hacia Kenric–. Traed todos los trapos limpios que podáis encontrar. Sangrará más de lo normal.

–Tengo que sacarle esa maldita daga –dijo Guy al tiempo que se disponía a coger la empuñadura.

Dante le apartó la mano de un golpe.

–Esperad a que lleguen los vendajes y enviad a alguien por agua limpia. Debo lavarme las manos antes de tocar la herida. –Dante se inclinó aún más sobre el rostro de su hermana mientras Guy ordenaba que trajeran agua–. ¿Puedes verme todavía, *cara*?

La expresión en el rostro de Dante era tan tierna y afectuosa que a Claudia se le llenaron los ojos de lágrimas. Éste era el hermano que ella recordaba.

–*Si, Dante. Mi sento mancare.*

–Es normal que te sientas mareada –la tranquilizó–. ¿Puedes notar cómo te aprieto la mano?

–¿Me la estás cogiendo?

Dante frunció el ceño.

–Aquí están los vendajes.

El rostro de Kenric apareció en el campo de visión de Claudia del revés, cuando se arrodilló junto a su cabeza y se agachó para mirarla. Su sonrisa también estaba al revés, ¿o acaso era un gesto de disgusto? Insegura, le sonrió.

–Hola.

Kenric ignoró el saludo.

–¿Por qué sonríe?

Nadie le respondió. Claudia sintió un pequeño pinchazo en el hombro y una fuerte presión.

–¿Has sentido eso? –preguntó Dante.

¿Por qué le pinchaba su hermano el hombro con una aguja? Por alguna razón, eso le recordó la túnica que había cosido para Guy. Tenía que cambiar el emblema y bordar un lobo antes de que decidiera ponérsela.

–¿Dónde he dejado mi costura? –preguntó–. ¿Me ayudarás a encontrar la aguja y el hilo, Guy?

Mientras esperaba pacientemente una respuesta, la joven se esforzó al máximo por centrar su mirada en su rostro, a pesar de que las lágrimas hacían que su visión fuera totalmente borrosa. ¿O era algo más? ¿Por qué no le respondía?

–Hay algo que debo acabar en esa túnica que cosí para ti. ¿He vuelto a dejar la aguja en la repisa de la chimenea?

La voz de Guy sonó extraña, como si algo oprimiera su garganta.

–Yo buscaré tu aguja, mi amor. Ahora descansa.

–¡No, Claudia! No lo hagas. –Dante apareció de repente ante su rostro cuando empezaba a cerrar los ojos–. Es el veneno, *cara*. No debes dormirte.

Pero tenía que dormir. Era muy tarde y se sentía muy cansada. Lo último que oyó fue el sonido de la voz de Guy, rota por una emoción desconocida. Sus palabras le parecieron inquietantemente familiares.

–Si muere, tú morirás con ella.

El impulso de matar fluía rápido y con fuerza por sus venas. Guy se asombró de que pudiera existir tanta violencia en su corazón cuando nunca se había considerado un hombre agresivo. Contemplar el tormento de la mujer que amaba sólo intensificaba su deseo de destruir algo o a alguien. Durante los dos últimos días Claudia había vomitado demasiadas veces como para poder recordar cuántas, y lo había hecho de una forma tan violenta que su herida se había abierto una y otra vez, hasta que tuvieron que cerrársela con un cuchillo al rojo vivo. Todos hicieron caso omiso de las desesperadas afirmaciones de Claudia de que no le importaba un poco de sangre. Dante realizó la espantosa tarea mientras los demás la sujetaban.

Guy escucharía aquellos gritos en sus pesadillas durante el resto de su vida. Cada vez que miraba a Dante, recordaba la imagen de la suave y blanca piel quemada volviéndose de un rojo oscuro. Guy tenía miedo de que Claudia no pudiera soportar por mucho más tiempo las curas de su hermano.

Llevaba inconsciente más de dos días y Guy seguía sin ser capaz de apartarse de su lado, no hasta que estuviera seguro de que viviría. Aquélla era la mayor prueba a la que se había visto sometida su fuerza de voluntad a lo largo de toda su vida. Era un tormento mirar el pálido óvalo del rostro de la joven mientras soportaba una vigilia interminable junto a su cama en compañía de Dante. Guy no podía revelar su tortura interior ni el miedo que sentía por Claudia. Y, mucho menos, acariciarla o decirle palabras de consuelo que harían evidente su amor por ella. El hermano de Claudia la observaba con detenimiento en busca de alguna señal de recuperación, pero también estudiaba a su enemigo en busca de algún signo de debilidad.

Guy no podía permitirse el lujo de proporcionarle facilidades para que pudiera negociar con él. Además, no confiaba en Claudia más de lo que lo hacía en Dante. Le había salvado la vida y sería recompensada por ello, pero también le había traicionado y escogido a su hermano cuando tuvo ocasión. Cuando se recuperara, no le daría ninguna razón para creer que todavía controlaba su corazón. Pero ¿qué haría si no se recuperaba? No podía imaginar su vida sin ella, sin sus sonrisas, sin su horrible acento italiano.

Intentaba contentarse imaginando al hermano de Claudia sometido a toda clase de horribles torturas. Pero aunque pareciera extraño, la silenciosa presencia de Dante no sólo alimentaba su rabia, sino también cierta esperanza. Cuando la expresión de profundo y desesperado dolor en aquellos familiares ojos verdes se vio sustituida por una adusta calma, Guy supo que Claudia viviría.

Aliviado, hizo girar su cabeza de un lado a otro en un intento de desentumecer los músculos endurecidos por las horas de tensión. Una lámpara de aceite colocada sobre un arcón de campaña en la entrada proporcionaba la única luz en la gran tienda. La llama chisporroteaba y proyectaba extrañas y misteriosas sombras contra las paredes de tela mientras que una brisa nocturna agitaba el toldo abierto. Aquella brisa traía consigo un débil aroma a lluvia, seguido por el estruendo distante de los truenos. De repente, un rayo anunció la llegada de la tormenta, y las paredes de la tienda se estremecieron ante una repentina ráfaga de viento.

Claudia gimió y Guy apretó los puños resistiéndose a su necesidad de abrazarla, de buscar el consuelo que sólo sentiría tocándola. Cualquiera que fuera el dolor que hizo que la joven frunciera el ceño desapareció y Guy sintió como se dejaba arrastrar por un sueño profundo en lugar de por la inconsciencia. La tormenta se hizo más fuerte, pero ella ni se inmutó.

–¿Cuándo despertará? –preguntó Guy.

Desde su asiento frente a su enemigo, Dante se frotó el rostro con las manos como si quisiera despejarse y arrastrar con ellas su cansancio.

–Mañana, quizás antes. La pócima que le di para dormir no es muy fuerte. Aún quedaba demasiado veneno en su interior para arriesgarse con algo más potente.

–Aún quedaba demasiado de tu veneno en ella –aclaró Guy. El sonido de la creciente tormenta hizo que hablara más alto para que escuchara con claridad sus palabras–. Cada vez estoy más impaciente por verte pagar por este crimen. Podría matarte ahora mismo. Ya no te necesito para que ella sobreviva.

–Puedes intentarlo. –Dante cruzó los brazos sobre el pecho,

pero parecía más cansado que desafiante–. En este momento no ofrecería mucha resistencia.

–Debería hacerlo ahora mismo. Así no tendría que preocuparme en el caso de que Claudia se interponga de nuevo ante otra daga del cobarde de su hermano.

–Sí, deberías. –Guy se quedó en silencio durante un largo momento–. Ya veo que no sirve de nada provocarte. Nunca había conocido a un hombre a quien le importara menos vivir o morir. Es increíble que todavía sigas con vida con esa actitud.

–Viviré lo suficiente para frustrar tus planes con mi hermana –afirmó Dante–. Claudia es lo único que me importa en esta vida. Es la única familia que me queda, y la tuya ya ha matado a un Chiavari. No os entregaré a otro de los míos.

Guy arqueó una ceja.

–¿Crees que permitiré que la alejes de mí de nuevo?

–No fue una hazaña muy complicada la primera vez. –El italiano estiró los brazos y bostezó–. En cuanto la deje entre las murallas de un convento, estará a salvo de ti y de tu familia para siempre.

–Pareces muy seguro de ti mismo –replicó Guy–. Me pregunto por qué, ya que tanto tú como tus caballeros sois mis prisioneros. Lo único que evita que estés encerrado en mis mazmorras es el sufrimiento que has infligido a tu propia hermana. Una vez que se recupere, dejarás de serme útil. A pocos les parecerá extraño escuchar que un hombre como tú ha sufrido un accidente mortal. De hecho, estoy convencido de que muchos se sentirán aliviados al oír la noticia.

–Piénsalo bien antes de matarme, barón. Los hombres a los que retienes no son los únicos a mi servicio, y sus órdenes son claras. Si me matas, firmarás tu propia sentencia de muerte. –Una vaga sonrisa surgió en los labios de Dante–. Aparte de eso, Claudia nunca perdonaría la muerte de un segundo hermano a manos de un Montague. Y tampoco se irá contigo de buen grado si sabe que eso significa la muerte de uno de nosotros o de ambos.

–¿Acaso crees que me importa lo que ella piense al respecto? –Esta inesperada confesión borró la petulante expresión del rostro de Dante–. Una esposa dispuesta no es un requisito indispensable para el matrimonio. Lo que deseo de tu hermana es su dote y su herencia.

–Ella te importa más de lo que te gustaría que yo creyera –respondió Dante–. Os he visto juntos en Montague. Sé que no te es indiferente en absoluto.

–Admito que siento cierto afecto por todas las mujeres que me acompañan en mi lecho. Sin embargo, el hecho de que me haya envenenado tiende a hacer estragos en el afecto de un hombre. Tomaré medidas para asegurarme de que no vuelva a hacer nada tan estúpido en el futuro. –Guy esperó a que Dante negara la participación de Claudia en su envenenamiento, a que dijera algo que él sabía que era cierto. Se trataba de una antigua táctica de negociación. Escuchar a Dante decir la verdad le daría una referencia para poder determinar cuándo mentía. Por desgracia, el italiano no parecía dispuesto a caer en la trampa tan fácilmente.

–No te casarías con Claudia sólo por Halford.

–¿Debería dejar que Halford cayera en manos de otro cuando todos saben lo que significa para mí? Tu tío pidió cuatrocientos florines de oro, y yo acepté su precio antes de que me traicionara. Si ahora el precio es una novia poco dispuesta, será un trato mucho más provechoso para mí.

–Maldito bastardo.

–No, no hay ninguna duda sobre mi legitimidad, Dante. Sin embargo, tu hermana me ha contado que sí las hay sobre la vuestra. Además, mencionó tu intención de vengarte del hombre que os tachó de bastardos. ¿Es ésa la razón por la que te pusiste al servicio de Edward?

Dante entornó los ojos.

–¿Qué sabes de mi trabajo para el rey?

–Sé que eres el ejecutor de Edward –respondió Guy–, un asesino contratado por él para deshacerse de aquellos que le dan problemas. ¿Encuentras algún placer en lo que haces? ¿O es el oro que Edward te paga lo que te atrae?

Dante frunció el ceño y dirigió la mirada hacia Claudia.

–No soy un animal que ofrece sus servicios para matar simplemente con el fin de saciar su sed de sangre. Y tampoco lo hago por el oro.

–Hay muchos en la corte que no van en busca del oro y que no permanecen en ese nido de víboras por su propio placer. Buscan el favor de Edward, una forma de hacer que el rey ceda a sus deseos. Un soberano podría influir en gran cantidad de asuntos, por ejemplo, en un decreto de la Iglesia que declare que un hombre es ilegítimo. La revocación de una decisión así te convertiría en heredero de un gran patrimonio, ¿no es cierto? –Las comisuras de la boca de Dante se tensaron. Fue una pequeña reacción, pero reveladora al fin y al cabo. Guy había encontrado el punto débil del italiano, y todo hombre con una debilidad tiene un precio–. No hay nada que puedas hacer para evitar mi matrimonio con tu hermana, pero soy consciente de que serás una amenaza para mí mientras permanezcas en Inglaterra. Desde mi punto de vista, hay dos posibles soluciones al problema que planteas. O me deshago de ti para siempre, o tomo medidas para asegurarme de que estarás tan lejos de Inglaterra que no me causarás ninguna molestia. –Guy extendió sus manos en un gesto afable–. Eres consciente, al igual que yo, de que tu ejecución complicaría las cosas. Tu exilio ofrece unas posibilidades más tentadoras.

–Y ahora, ¿quién suena petulante? –se burló Dante–. Edward valora demasiado mis servicios como para quedarse de brazos cruzados mientras contempla como tú le privas de ellos haciéndome desaparecer.

–Sería un error por tu parte subestimar mi influencia en lo que concierne al rey. –Guy le dio un momento para que asumiera su silenciosa advertencia antes de continuar–. Dispongo de suficientes medios para hacerte abandonar Inglaterra por voluntad propia, y me interesa asegurarme de que estés demasiado ocupado con tus propios asuntos como para interferir en los míos. Quizás estás subestimando también mi influencia en Italia. La venganza que buscas está al alcance de tu mano, Dante. Yo puedo hacértela más fácil.

Un rayo hizo que las paredes de la tienda se volvieran de un extraño e inquietante tono azul, pero aquello no inquietó a ninguno de los dos hombres. Ambos se miraban mutuamente en silencio mientras el aire se cargaba a su alrededor. Finalmente, fue Dante quien apartó la vista.

–No me harás ceder a tus deseos, barón, ni vivirás lo suficiente para ver como trato de ganarme el favor de un Montague. Antes preferiría cortarte el cuello.

Guy se encogió de hombros. Lo mejor era darle tiempo para que reflexionara sobre ello. El tiempo y la paciencia harían que Dante cediera a sus deseos.

Claudia volvió a cerrar los ojos antes de que ninguno de los dos se diera cuenta de que estaba despierta. Las palabras que habían pronunciado le hicieron sentir ganas de llorar, pero sus ojos estaban secos e inyectados en sangre y eran incapaces de derramar lágrimas. La tormenta se intensificó fuera de la tienda hasta que se equiparó a la que rugía en el interior de su corazón. Dante la quería en un convento y lo único que deseaba Guy de ella era su dote. Era una carga para su hermano y una posesión para el hombre que amaba, cuyo valor calculaba en oro y tierras.

La presencia de Guy a su lado no era más que otra parte de su tortura. Tenerlo tan cerca, saber que casi siempre estaba allí, la angustiaba. Le dolía simplemente mirarlo. Se casaría para conseguir Halford y había sido lo bastante estúpido como para decírselo a Dante. Eso era lo que más la asustaba. Si se casaba con él, uno de los dos moriría a consecuencia de ello.

El silencio entre los dos hombres continuó, y la tormenta estival se disolvió en el regular golpeteo de una suave lluvia. El dolor en su cuerpo competía con el dolor de su alma y Claudia finalmente se sumergió en un intranquilo sueño. Cuando volvió a despertarse, los apagados rayos de la luz del sol de la mañana entraban a través de las paredes de la tienda y Guy se había ido, dejándola sola con su hermano.

Dante estaba sentado en una silla que había acercado a la cama. Mantenía la cabeza agachada y sus dedos se entrelazaban entre su pelo. Tenía los ojos cerrados y el devastado aspecto de su rostro indicaba que había dormido poco.

Ella intentó hablar, pero en lugar de ello emitió un pequeño gemido. Dante alzó la cabeza y abrió los ojos despacio.

–¿Necesitas el cubo otra vez?

Claudia consideró el estado un tanto estable de su estómago y sacudió la cabeza.

–Agua. –Después de beber un largo sorbo, su voz no sonó tan ronca. Era débil, pero comprensible–. ¿Por qué, Dante?

Una expresión de dolor y arrepentimiento brilló en sus ojos.

–Nunca te haría daño a propósito, *cara*. La daga iba dirigida a Montague.

–Lo sé –le aseguró–. Lo que quiero saber es por qué lo retaste. ¿Por qué lo odias tanto? –Estaba muy cansada, pero se obligó a seguir hablando–. ¿Qué te hace odiarlo tanto como para llegar a mentirme? Sabes muy bien que fueron tus mentiras las que me convencieron para marcharme de Montague. ¿Por qué dijiste unas cosas tan horribles sabiendo cuánto daño me harían?

–¿Esperabas que te dejara allí? Él está convencido de que lo envenenaste, Claudia. Las mentiras que te dije se hubieran hecho realidad si te hubieras quedado.

–Te equivocas –susurró–. Guy habría creído en mi inocencia si hubiera permanecido en Montague. El hecho de escaparme sólo confirmó mi culpabilidad en su mente. Nunca volverá a confiar en mí.

–Su falta de confianza no importa. Él no es digno de una Chiavari. Voy a llevarte muy lejos de aquí, donde nunca pueda encontrarte. No tendrás que volver a verlo nunca más.

–Somos sus prisioneros –le recordó Claudia–. En Montague, sus hermanos estaban convencidos de que se casaría conmigo sólo para conseguir Halford y mi dote, pero yo no les creí. Ahora sí. Halford significa más para él de lo que tú crees. Nunca me dejará marchar.

Dante apretó su mano.

–Mientras yo viva, Montague no te tendrá.

Sus palabras invadieron de terror su corazón. Se casaría con un hombre para el que no significaba nada y su hermano moriría. Podía ver ese futuro tan claramente como la determinación en los ojos de Dante. Estaba convencida de que moriría por ella, pero su muerte no cambiaría nada.

–Guy te matará si tiene que hacerlo. Es posesivo, Dante. Más posesivo que cualquier otro hombre que haya conocido. Es tan testarudo que no ve las consecuencias de su terquedad. Una vez se fija un objetivo, no hay nada que le haga cambiar de opinión. Su seguridad en que lo he traicionado sólo lo hace estar más decidido a casarse conmigo. No hay mejor venganza. Su control sobre mí será absoluto.

–¿Y crees que debería dejar que corrieras esa suerte? ¿Sabiendo que te pasarás la vida pagando por un crimen que no has cometido? –Dante sacudió la cabeza–. Pero ¿qué clase de monstruo crees que soy?

–No entiendes lo que quiero decirte, Dante. Es poco probable que Guy me pegue o que me haga sufrir daños físicos. No es un hombre violento.

–Es un hombre –espetó él–. Sufrirás en sus manos.

Tenía razón. Guy la haría sufrir. Claudia se obligó a apartar la mirada de Dante antes de que pudiera leer sus pensamientos. Necesitaba tiempo para ordenarlos.

–Estoy muy cansada. ¿Te importa que cierre los ojos y descanse un rato?

Guy se alejó de su tienda y se dirigió a ciegas hacia la de su hermano. Apartó la cortina de entrada y se adentró en el interior. Kenric y Fitz Alan estaban sentados en sendas sillas de campaña con un arcón entre ellos que les servía de mesa improvisada. Sobre él había hogazas de pan recién hecho provenientes de la abadía y una jarra de cerveza. Lo que vieron reflejado en el rostro de Guy hizo que ambos hombres dejaran a un lado su desayuno. Kenric sacó de debajo de su catre otra copa y un recipiente con vino. Sirvió una buena ración para Guy y luego preguntó en voz muy baja:

–¿Ha muerto?

Guy negó con la cabeza. Acercó la copa a sus labios, la inclinó y dejó que el soporífero líquido fluyera en su interior con un largo sorbo.

Apenas había acabado cuando volvió a extender la copa.

–Más.

Kenric lo estudió con la mirada.

–No creo que debas. Has pasado los últimos dos días en tu tienda, pero dudo que hayas comido o dormido algo durante ese tiempo. El vino no es la solución para lo que te aqueja. Otra copa te hará vomitar.

–Como siempre, tienes razón –reconoció Guy. El vino empezaba a arder en su estómago. Dejó la copa, tomó asiento sobre uno de los catres y se inclinó hacia delante con los brazos apoyados sobre las rodillas–. Necesito una cura más fuerte que el vino para lo que me aqueja. Claudia está despierta y se recuperará pronto.

–Eso hay que celebrarlo –sugirió Fitz Alan–, pero a juzgar por tu expresión, sospecho que no es una celebración lo que tienes en mente.

–La dejé durante no más de media hora –explicó Guy–, justo el tiempo suficiente para dar las órdenes a la patrulla de la mañana. Cuando regresé a mi tienda, la oí hablando con Dante. Estaba preguntándole por qué le había mentido en Montague. Sea lo que sea lo que ese bastardo le dijo fue suficiente para hacerla huir con él.

–¿No lo sabes?

Guy levantó la cabeza de repente y entornó los ojos en dirección a su cuñado.

–¿Tú sí?

–Sí –respondió Fitz Alan–. Dante le dijo que te habías despertado poco después del banquete y que estabas enterado de su encierro. Le aseguró que sería ahorcada a la mañana siguiente por orden tuya.

Guy apretó los puños.

–¿Por qué no me lo contaste el día que la trajiste de vuelta?

–Ésta es la primera vez que puedo hablar contigo sin que su hermano esté presente. –Fitz Alan partió un trozo del crujiente pan, provocando que su sabroso aroma llenara la tienda, y le lanzó la mitad a Guy–. Y también es la primera vez que tú me lo preguntas. De camino hacia la abadía, lady Claudia me explicó que la repentina aparición de Dante en las mazmorras y la historia que le contó la aturdieron. Estando encerrada en las entrañas del castillo, no es difícil imaginar lo reales que debieron parecer a sus oídos las palabras de Dante. Además, es su hermano, y no tenía motivos para no creerle, aunque insiste en que tuvo dudas sobre lo que le contó desde el principio. Según me dijo, fue el miedo por la seguridad de su hermano y por la suya propia lo que la hizo huir.

–¿Y el collar? –preguntó Guy, casi con miedo a escuchar la respuesta–. ¿Lo dejaron allí para tendernos una trampa de algún tipo?

–Pero ¿qué tipo de trampa podría ser? Dante ocultó muy bien a su hermana. Sin la señal, nunca la habríamos encontrado. Sería absurdo tenderle una trampa a alguien y dejar a un solo caballero para proteger al cebo. Me atrevo a afirmar que fue Claudia quien dejó el collar, como ella afirma, con la esperanza de que la encontráramos. Sabía que Dante se iría para hacerse cargo de algún asunto del rey, así que guiándonos hacia ella, sólo ponía en peligro su vida y la de su guardián. No tenía ni idea de que Dante te había retado.

–Ya veo. –Guy veía las cosas ahora con más claridad de la que le hubiera gustado. Se imaginó a Claudia en sus mazmorras, su desesperado miedo e incertidumbre. Lo único que hizo Dante fue confirmar sus peores temores. Qué equivocado había estado. No lo había abandonado hasta que no escuchó que él la había condenado, hasta que oyó las palabras condenatorias que le llegaron a través de la única persona en el mundo en la que confiaba. Dante le había mentido, y ahora Claudia pensaba que él también lo había hecho, que la quería como esposa sólo para conseguir el control sobre Halford y sobre ella. No era de extrañar que lo considerara un hombre cruel. Dante tenía razón. No era digno de su confianza, no se merecía a una mujer como ella. Tenía que reparar el mal que había hecho de alguna forma. ¿O ya era demasiado tarde?

Se puso en pie de repente y salió de la tienda sin decir palabra a sus hermanos. Fuera, se detuvo el tiempo suficiente para dar órdenes a dos soldados que le siguieron mientras continuaba avanzando. Al oír el sonido de la voz de Dante mientras se aproximaba a su propia tienda, su ira aumentó hasta límites que le hicieron estar a punto de estallar.

–No puedo negar la posibilidad, Dante.

–¿Cuándo lo sabrás seguro?

Claudia vaciló. Todavía se sentía aturdida por los efectos de la pócima que su hermano le había dado, pero la dirección que había tomado la última tanda de preguntas que le había hecho la hicieron ponerse alerta al instante.

–¿Por qué?

–Es comprensible que desee saberlo. Si estás embarazada, un viaje a Gales quedaría totalmente descartado. Buscaremos un lugar más adecuado para permanecer allí hasta que des a luz.

Claudia soltó un suspiro de alivio. Durante un horrible momento había sospechado que tenía otros motivos para sentir curiosidad. Existían varios venenos que harían que un niño se soltara del útero materno y Dante los conocía todos. La idea de que pudiera llevar en su seno al hijo de Guy le alegraba y aterrorizaba al mismo tiempo. No tenía ni idea de lo que sería de su vida, y mucho menos de la del bebé que tuviera.

–Si hubiera sabido que un Montague deshonraría a mi hermana, te habría metido en un convento hace años.

–Él no me ha deshonrado. –Claudia nunca consideraría las experiencias más maravillosas de su vida como una deshonra para ella. Los aspectos más íntimos de su relación con Guy no tenían nada que ver con Halford o su dote. Ella le había importado realmente. Quizás incluso la hubiera querido un poco–. Nada de lo que ocurrió entre nosotros fue pecado. Estamos prometidos.

–*Estabais* prometidos. No permitiré...

–No creo que estés en posición de permitir o de prohibir nada –anunció Guy mientras entraba en la tienda. La expresión de su rostro hizo preguntarse a Claudia cuánto había escuchado de la conversación. Parecía furioso–. Hay dos guardias que te escoltarán hasta un lugar donde podrás desayunar, Dante. Les avisaré cuando puedas volver con tu hermana.

Guy hizo un gesto con la cabeza señalando la entrada de la tienda.

–Déjanos solos.

El italiano frunció el ceño.

–Yo no...

–Te lo ruego –susurró Claudia–. Estaré bien.

–¿Tienes hambre? –preguntó Dante.

–No, sólo estoy un poco sedienta.

Guy cogió un jarro de agua.

–Ve a comer. Yo cuidaré de Claudia.

Frunciendo el ceño en dirección a su enemigo, Dante los dejó solos. Guy centró su atención en servir una copa de agua y ella aprovechó la oportunidad para estudiarlo. Tenía tan mal aspecto como su hermano y sus ropas estaban tan arrugadas que Claudia se preguntó si había dormido con ellas puestas. Las oscuras sombras alrededor de sus ojos indicaban que había dormido poco o nada durante días. Cuando finalmente se giró hacia ella, en su mirada no quedaba ni rastro de su cólera hacia Dante. Después de no haber visto más que malos gestos y ceños fruncidos desde su regreso, la evidente ansia en su expresión la sorprendió tanto que no pudo apartar los ojos de su rostro.

Guy se aclaró la garganta.

–Tienes mejor aspecto.

Claudia se preguntó lo mal que debía de haber estado antes para que él creyera que ahora estaba mejor. Entonces recordó las veces que la había visto vomitar. Demasiadas para su vanidad.

–Pareces cansado, milord.

–Estoy bien.

¿Por qué parecía tan incómodo? Si no lo conociera bien, habría creído que estaba nervioso por algo. Guy bajó la mirada hasta la copa y una expresión de sorpresa surgió en sus ojos, como si hubiera olvidado lo que sostenía en la mano.

–¿Quieres un poco de agua?

«¿Acaso no era eso lo que había pedido?», se dijo Claudia. Cuando asintió, él tomó asiento junto al catre y la sostuvo por los hombros mientras bebía, con cuidado de no rozar su herida. Su ternura la sorprendió. La sostenía como si tuviera miedo de que se fuera a romper.

Guy dejó a un lado la copa cuando la joven acabó de beber, pero no la soltó. En lugar de eso, le cogió una mano, le dio un beso en la palma y giró la cabeza para mantener su mano pegada a su mejilla.

–No pude protegerte, Claudia. Pero te juro por lo más sagrado que nunca volverá a pasar nada parecido. Pensar que arriesgaste tu vida por la mía... –Su voz se quebró–. Nunca vuelvas a hacerlo. Tu vida es infinitamente más valiosa para mí que la mía propia. Estos días han sido una agonía. Cada vez que cerrabas los ojos y pensaba que quizás ésa fuera la última vez que los veía, me robabas el alma.

No pudo continuar hablando. Intentando encontrar alguna actividad que le ayudara a recuperar la serenidad, Guy la ayudó a recostarse suavemente sobre las almohadas y se reclinó en la silla con expresión atormentada, manteniendo todavía cautiva su mano entre las suyas. Entonces, con exquisita ternura, le dio la vuelta a su muñeca y recorrió el delicado e intrincado mapa que dibujaban sus venas en el interior de su brazo.

–Y lo que más me pesa es que tampoco confié en ti. –Sus palabras sonaron desgarradas.

Esas palabras le recordaron a Claudia otras que él ya había pronunciado, su promesa a Dante de que no le daría otra oportunidad para envenenarlo. El contacto con su mano también le hizo recordar otros momentos llenos de pasión. Le costó un gran esfuerzo apartar esos pensamientos.

–¿Por qué tendrías que protegerme o confiar en mí, barón? Tú crees que te envenené.

–No, Claudia. –Guy le dio un beso en la muñeca y estrechó su mano entre las suyas–. Sé que nunca me harías daño, mi amor.

–Pero te oí decírselo a Dante.

–Lo que le dije fue para provocarlo y obligarle a que me contara la verdad. Nunca pensé que me hubieras envenenado. Ni por un segundo. Puedes preguntárselo a mis hermanos. Pensaban que me había vuelto loco al creer en tu inocencia cuando todo apuntaba a tu culpabilidad.

–No tardaron mucho en condenarme. Si hubieras muerto, tus hermanos me habrían ahorcado. –Un escalofrío recorrió su espalda cuando recordó la noche que había pasado en las mazmorras de Montague y la expresión del rostro de Kenric cuando ordenó que la encerraran–. No creo que pueda confiar en nada de lo que puedan decirme.

–Mis hermanos no te conocen ni saben cómo eres, y el tuyo se aseguró de que yo no pudiera defenderte. Kenric y Fitz Alan se han dado cuenta de su error y jamás volverán a actuar en tu contra. En cuanto nos casemos...

Claudia retiró su mano de las de Guy.

–¿Por qué estás haciendo esto, barón? ¿Es éste otro de tus extraños castigos, forzar un matrimonio entre nosotros para verme sufrir durante todos los días de mi vida?

Guy pestañeó como si Claudia lo hubiera abofeteado.

–Haré todo lo que esté en mis manos para lograr que seas feliz cuando estemos casados, Claudia.

–Dante encontrará una forma de matarte si nos casamos. ¿Acaso crees que eso me hará feliz?

–Yo me encargaré de tu hermano.

–Sí –susurró–. Lo sé.

Guy abrió la boca para responder, pero la cerró sin decir palabra. Cogió la copa que había dejado a un lado, se puso en pie y la dejó en su sitio de nuevo. Sus movimientos parecían tensos e imprecisos. Se quedó mirando la copa como si tuviera un gran interés y, cuando por fin habló, pareció hacerlo más para sí mismo que para Claudia.

–Hasta hoy no he sabido de las mentiras que te obligaron a abandonar Montague. Pensé que sabrías por Dante que me recuperaría y que tu seguridad sería mi primera preocupación cuando me despertara. Sin embargo, también sabía que habías esperado a tu hermano durante cinco años. Todo me hacía pensar que habías escogido a Dante en lugar de a mí. Que había pesado más en tu corazón el cariño por tu hermano que lo que pudieras sentir por mí. Eso me destrozó. Pensé que me habías sido desleal y no pude soportarlo. –Se pasó una mano por el pelo y la dejó apoyada en su nuca–. Los celos y la ira por una traición que nunca existió fueron las razones que me llevaron a decir mucho de lo que escuchaste. Las mentiras de tu hermano son tan nocivas como sus venenos.

Guy la miró, y la combinación de esperanza y dolor de sus ojos hirió a Claudia en lo más profundo. La joven bajó la vista para escapar de su penetrante mirada, pero no pudo huir de sus palabras.

–Pídeme lo que quieras. No habrá nada que te niegue. No haré nada contra tu voluntad, excepto en lo que concierne a tu hermano. Está convencido de que sufrirás en mis manos, pero él es el único que te hará sufrir. No me pidas que me aparte para que pueda hacerte más daño del que ya te ha hecho.

¿Sería capaz de casarse con ella para protegerla de Dante? No sabía qué creer. El silencio se extendió por la habitación y, finalmente, Guy se acercó a la entrada de la tienda.

–Veo que estás cansada, así que te dejaré descansar.

–Guy, espera. –Claudia apenas podía hablar a causa de la opresión que sentía en la garganta, pero sus palabras hicieron que se parara en seco–. Me gustaría oír de tus propios labios que Halford no es la razón por la que deseas casarte conmigo.

–¿Acaso te has olvidado tan pronto, mi amor? –Pronunció las palabras con tanta ternura que sonaron como una caricia–. Puedo tomar Halford cuando lo desee, y nuestro matrimonio no supondrá ninguna diferencia.

Aturdida, Claudia se dio cuenta de que, en medio de la confusión de todo lo que había sucedido durante los últimos días, había olvidado que Guy planeaba poner Halford bajo asedio, independientemente de quién fuera el propietario. Su dote no tenía nada que ver con las razones que tenía para casarse con ella, y aun así, no había descartado la idea del matrimonio ni siquiera cuando pensó que lo había traicionado. Si sus sospechas eran ciertas, su huida de Montague lo había herido mucho más profundamente de lo que Claudia podría imaginarse nunca. Y ése era un dolor que ella conocía demasiado bien.

–Lo siento, Guy. Perdóname por todo lo que ha sucedido.

Él extendió una mano temblorosa hacia la puerta de la tienda e hizo ademán de marcharse. En el último momento se volvió y se dirigió a ella con voz baja y torturada.

–No deseo tus disculpas, Claudia. No soy merecedor de ellas. Sólo deseo tu perdón.

18

Durante los dos días que siguieron a su conversación, Claudia se quedaba dormida en cuanto Guy entraba en la tienda, o bien ya estaba durmiendo cuando llegaba. Aquello lo frustraba hasta límites insospechados, aunque era una actitud muy egoísta por su parte y lo sabía, pues ella necesitaba descansar todo lo que pudiera para recuperarse de sus heridas. Dante la había herido físicamente, pero Guy le había roto el corazón. Cada vez que la miraba a los ojos, veía en ellos una tristeza tan profunda que le dolía.

Eran las heridas que no podía ver las que más le preocupaban. Siempre que pudo intercambiar algunas palabras con ella, la joven no hizo ninguna mención a la traición de su hermano. Pero a pesar de su silencio, Guy sentía la frustración que Claudia sentía con respecto a Dante, e incluso llegó a interrumpir más de una conversación en voz baja entre ellos. No importaba cuánto lo intentara, la joven nunca compartía con él lo que ella y Dante discutían, y usaba el sueño para eludir sus preguntas. Aquellas silenciosas negativas a confiarse a él eran lo que más le molestaba. ¿Habría conseguido Dante, después de todo, arrebatársela?

–Tu humor cada vez es peor –comentó Kenric. Había compartido su tienda con Guy durante las últimas noches, y se encontraban en ella desayunando–, a pesar de que tu dama cada día está más fuerte. A finales de semana estará lo bastante recuperada como para poder llegar hasta la abadía y celebrar el matrimonio, si eso es lo que deseas.

–En efecto, eso es lo que deseo. Estuve hablando con el abad Gregory hace dos días, y aceptó casarnos –explicó Guy–. Pero Claudia todavía parece reacia a hablar sobre el tema. Creo que Dante se está esforzando al máximo para convencerla de que no debería casarse.

–Puedes estar seguro de ello –aseguró Kenric–. No ha ocultado su odio hacia nosotros en ningún momento. Sin embargo, no necesitas su permiso ni el de lady Claudia. El abad estará de acuerdo en celebrar el matrimonio sin el consentimiento de nadie cuando sepa que has consumado tu unión con ella. La has poseído y tienes derecho a desposarla. Pero si permites que Dante se marche de aquí con ella, perderás todos tus derechos y será él quien decida sobre su futuro. Así que, si estás decidido a casarte, hazlo ahora que tienes a su hermano prisionero.

–No es tan sencillo –replicó Guy–. Dante está resuelto a vengarse. No escuchará ninguna oferta que pueda hacerle sobre Italia, aunque sé que está decidido a llevar a cabo su venganza también allí. Responde a todas las ofertas que le hago con silencio o insultos, y ha dejado claro que no pretende quedarse de brazos cruzados ante nuestro matrimonio. Tendría que matarlo para asegurarme de que mi vida no corre peligro.

–Entonces, hazlo.

Guy lanzó un suspiro.

–Simplificas demasiado la situación. ¿Sinceramente crees que Claudia me perdonaría algún día si matara a su hermano para poder casarme con ella?

–Sí. –Kenric sonrió–. Si haces memoria, recordarás que mi propia esposa resultó ser muy indulgente cuando maté a su hermano.

–Su hermanastro –le corrigió–. Gordon MacLeith maltrató a tu esposa y no le unía ningún lazo de sangre con ella. El caso de Dante no tiene nada que ver con el de Tess.

–Entonces, rétalo en otro combate –sugirió Kenric–. Le observé luchar y puedo mostrarte sus debilidades. Ganarás la contienda, y se verá forzado a dar su bendición a vuestro matrimonio.

Guy sacudió la cabeza.

–No puedo confiar en que Dante mantenga su palabra. Es un hombre que sobrevive a base de mentiras.

–No puedes matarlo ni confiar en él, y es probable que arriesgues tu propia vida si te casas con su hermana –resumió Kenric–. Sólo hay una forma de que puedas vencer a un enemigo así.

–Sí –acordó su hermano–. Sé lo que debo hacer. Un hombre sabio dijo una vez: «Mantén cerca a tus amigos y aún más cerca a tus enemigos».

Kenric pareció satisfecho.

–Bien. ¿Pretendes mantenerlo en tus propias mazmorras, o prefieres que sea huésped de las mías, donde tendrá menos posibilidades de entregarle mensajes a su hermana a escondidas?

–No has entendido el verdadero significado del proverbio, hermano. Debo ganarme la confianza de un hombre que no confía en nadie, y hacerle creer que puede sacar provecho de mis mayores debilidades. Eso no pasará si lo encierro en las mazmorras. –Una lúgubre sonrisa apareció en los labios de Guy–. No, debo usar métodos mucho más astutos para superar a un Chiavari. Debo convertirme en su mejor amigo.

Guy preferiría convertirse en el mejor amigo de una víbora. Aunque no es que viera muchas diferencias entre uno y otra, exceptuando el hecho de que Dante era mucho más peligroso que cualquier serpiente. Y tampoco es que tuviera ninguna intención de convertirse en amigo de aquel hombre. Si su plan funcionaba como él esperaba, a Dante no le costaría mucho tiempo descubrir su estratagema. Pensar en ello hizo que su estado de ánimo mejorara considerablemente.

Salió de la tienda de Kenric y se dirigió a la suya con pasos largos y decididos. El sol brillaba con fuerza esa mañana, lo que prometía otro insufrible día de calor. Casi había llegado a su destino cuando Dante surgió del interior de la tienda.

El italiano miró por encima de su hombro y luego caminó hacia Guy con el rostro impasible. Éste se obligó a sonreír.

–Buenos días, Dante. ¿Cómo se encuentra tu hermana hoy?

–Continúa mejorando, pero ahora no puedes verla.

La sonrisa de Guy desapareció.

–¿Por qué no puedo verla?

–Está tomando un baño.

–¿Y la has dejado sola? –Empezó a avanzar hacia la tienda–. Está tan débil que podría ahogarse. ¿Cómo has podido ser tan irresponsable?

Dante agarró a Guy por el brazo para que se detuviera.

–Se está lavando con una esponja, Montague. Me ha pedido algo de intimidad y no le apetecerá que la veas mientras se asea.

Guy abrió la boca para informar al italiano de que a Claudia le gustaba la forma en que él la miraba, pero se lo pensó mejor. Ya no estaba tan seguro de que a ella le agradara la idea. Aparte de eso, discutir con Dante sobre su deseo por Claudia no era la forma más rápida de ganarse su amistad.

–Sí, bueno, supongo que no. –Se quedó mirando los bosques que se extendían a su derecha–. Hace calor. ¿Me acompañas a dar un paseo hasta el río?

Dante se llevó la mano al cinturón en busca de su daga, pero sólo encontró una funda vacía.

–No, gracias.

–¿Acaso tienes algo mejor que hacer?

–Sí, debo hablar con mi escudero.

–Excelente –comentó Guy–. Me encantaría conocer a ese escudero que se parece tanto a un caballero con el que me enfrenté en un torneo hace tres años. Quizá sean parientes.

Dante se volvió y empezó a avanzar hacia el bosque.

–Creo que, después de todo, me apetece pasear. ¿Vienes, barón?

–Sí.

La boca de Guy se curvó para formar una auténtica sonrisa, pero no dijo nada más hasta que llegaron al arroyo. Los monjes de la abadía de Kelso habían colocado un abrevadero que se hundía en la orilla donde fluía el manantial. Otro tronco mantenía el extremo del abrevadero por encima del suelo a unos pocos metros de la orilla del río, y el resultado era una pequeña cascada de agua fría. Guy siguió el desgastado sendero que llevaba hasta el terraplén, colocó las manos bajo el agua y bebió. Cuando acabó, alzó la mirada hacia Dante, que permanecía de pie en lo alto de la pendiente, inspeccionando el bosque y el claro que había a su alrededor.

–¿No tienes sed? –preguntó Guy.

–¿Qué pretendes, Montague?

–¿Pretender? –De repente se le ocurrió que un hombre podría ahogar a otro sin que nadie lo notara en ese lugar tan aislado y lograr que su crimen pareciera un accidente. Dante parecía lo bastante inquieto como para estar pensando lo mismo–. Estoy seguro de que no creerás que puedo intentar ahogarte, Chiavari. Sería demasiado evidente, ¿no crees? Sobre todo teniendo en cuenta que tu escudero y la mitad del campamento nos han visto caminar juntos hacia aquí. –Bebió un poco más y siguió hablando–. El asesinato es tu especialidad, no la mía. Además, tienes mi palabra de que no te haré ningún daño.

–No podrías ahogarme aunque lo intentaras –respondió Dante mientras bajaba por el sendero–. Soy un excelente nadador, y esa espada que llevas haría que te hundieras como una piedra si lograra arrastrarte hasta donde el agua es más profunda. –Guy resistió la tentación de mirar hacia el río–. No temas, Montague. Tengo mucho que perder con tu asesinato y, como tú bien dices, si alguno se ahogara hoy, sería demasiado evidente.

Guy se inclinó para volver a beber una vez más, pero no antes de asegurarse de que Dante observaba como fruncía el ceño.

–Algún día dejarás de sentir la necesidad de matarme. –Ante ese comentario Dante rió en voz alta y Guy alzó la mirada sorprendido. Decidió que una sonrisa hacía parecer al italiano casi humano. No lo suficiente, pero se acercaba bastante–. Pareces estar de un humor inusitadamente bueno hoy.

–Sí, es cierto, barón. Claudia estará mejor en unos pocos días, lo que significa que tú y yo pronto nos separaremos. Es divertido observarte considerar todas las posibilidades que tienes para poder deshacerte de mí o, al menos, para poder apartarme de tu vida de forma definitiva. Debes sentirte frustrado al saber que no puedes llevar a cabo ninguna con éxito. No puedes matarme ni casarte con mi hermana sin que eso traiga consecuencias para ti. –Dante extendió las manos y recorrió el claro con la mirada–. ¿Es éste otro de tus planes, barón? Si todo lo demás falla, ¿intentarás influir en mí con una jovial camaradería? –Sacudió la cabeza–. Vosotros los ingleses sois tan simples...

Guy apretó los puños e intentó contener su rabia.

–Tú eres el estúpido.

La sonrisa de Dante se apagó un poco antes de encogerse de hombros.

–No lo creo, barón.

–Sí, lo eres. Media Inglaterra daría un brazo por estar en tu posición en este momento. Sin embargo, al parecer estás tan cegado por tu venganza que no eres capaz de ver lo que tienes al alcance de tu mano.

–¿Te importaría explicarte mejor?

Guy ignoró la pregunta.

–¿Qué es lo que más deseas en el mundo? ¿Por qué continúas siendo el esbirro del rey si los actos que llevas a cabo te atormentarán cada noche del resto de tu vida? –Dante permaneció en silencio. No había ni rastro de emoción en su rostro, nada aparte de la fría mirada de un hombre a quien le importaba poco lo que le deparara el futuro. Guy no se dejó engañar por su máscara–. ¿Acaso no deseas ver al asesino de tus padres enfrentarse a la justicia y recuperar lo que te pertenece por legítimo derecho? –Dante le lanzó un rápido asentimiento de cabeza–. Mientras tanto, no te importa venderte a un rey que te mantendrá a la espera durante, como mínimo, una decena de años antes de que puedas llevar a cabo tu venganza, en lugar de ver como tu hermana se casa con un hombre que no desea otra cosa que hacerla feliz.

–Tienes una extraña forma de hacerla feliz –rebatió el italiano–. Ella llora cada noche hasta quedarse dormida y se niega a hablar cuando menciono tu nombre.

–¿Y quién es el mayor culpable de su pesar?

Incrédulo, Dante apoyó una mano sobre su pecho.

–¿Crees que llora por mi culpa?

–¿Acaso tú no? –espetó Guy–. Fueron tus mentiras las que destruyeron la confianza que Claudia tenía depositada en mí; tus engaños los que me hicieron creer que me había traicionado. Con el tiempo, creo que me perdonará, pero no estoy seguro de que vuelva a abrir su corazón, a mí o a cualquier otra persona. Confiaba en nosotros más que en nadie, y ambos la hemos traicionado. –Le dirigió una mirada de disgusto–. Lo único que logras con tus amenazas es destruir lo que queda de su corazón.

–Estás enamorado de ella –afirmó Dante con tono de incredulidad. Dio un paso hacia atrás, como si se hubiera quedado estupefacto ante el descubrimiento–. No es Halford lo que deseas, sino a Claudia.

Guy intentó conseguir el tono más ofendido que pudo.

–Sabes muy bien que los hombres de mi posición no se casan por amor. Estaba al corriente desde el principio que Halford formaba parte de la dote de Claudia. Es la única razón por la que decidí casarme con ella.

–Eres muy bueno, barón. –Dante le señaló con el dedo como si reconociera el mérito del engaño–. Nunca lo imaginé. Todo este tiempo pensé...

–No hay nada que tengas que imaginar –le interrumpió Guy con voz entrecortada–. Me casaré con Claudia hagas lo que hagas o digas lo que digas. Sin embargo, tú deseas verla sufrir todos y cada uno de los días de su matrimonio, haciendo que se pregunte si ése será el día en que me asesines. ¿Sabes qué era lo que más temía ella antes de que llegaras a Montague? –Le miró fijamente a los ojos–. Que yo muriera y volviera a quedarse sola.

–Pensaba que te daba igual cómo se sintiera.

–Yo no permitiría que fuera infeliz.

–¿En serio? –Había un resplandor de comprensión en los ojos de Dante–. Afirmaste que no te importaba que fuera una novia poco dispuesta. Te ruego que me expliques cómo pretendes hacerla feliz entonces.

–Tergiversas mis palabras –protestó Guy malhumoradamente–. Es evidente que también enseñaste esa habilidad a tu hermana.

–Yo no tergiverso nada, barón. Halford no puede ser tan valioso como para que te enfrentes a una muerte segura por poseerlo. Tus propias palabras dejan claros los motivos por los que insistes en el matrimonio. Fuiste muy astuto ocultando tus sentimientos. –Extendió las manos en un expresivo gesto–. Esa información hace que mis planes sean mucho menos complicados.

–¿Sinceramente crees que permitiré que se marche contigo?

La vida que llevas la convierte en un blanco fácil para cualquiera de tus enemigos.

–La protegeré –insistió Dante.

–¿De verdad? ¿Es ésa la razón por la que estás tan decidido a meterla en un convento? Porque ¿estás tan convencido de que tendrás una larga vida como asesino a sueldo? –Guy emitió un sonido de disgusto–. ¿De dónde crees que provienen sus temores? Tú eres todo lo que queda de su familia, y no creo que vivas más allá de un puñado de años al servicio de Edward. La oferta que te hago no es una muestra de generosidad por mi parte, sino fruto de la necesidad de hacer que Claudia se libere de parte de sus temores. Te ofrezco la oportunidad de dejar que tu hermana viva su vida en paz. Al mismo tiempo, aumentarás en gran medida tus probabilidades de vivir hasta hacerte viejo. La única forma que tengo de poder recuperar la confianza de Claudia es asegurándome de que no tenga que preocuparse por ti.

Dante frunció el ceño mientras una inquietante luz surgía en sus ojos.

–¿De qué estás hablando?

–Estoy hablando de que tengo más poder del que puedas imaginar. –Guy advirtió por experiencia que el trato estaba prácticamente hecho e intentó rematarlo–. Si quieres llevar al hombre que os tachó de bastardos ante la justicia, tienes que saber que yo tengo más influencia en asuntos italianos que los reyes de Inglaterra y Escocia juntos. Hay mercaderes, nobles, clérigos y funcionarios italianos que me deben favores. Y puedo comprar los favores de muchos más. Te he dejado claro que estoy dispuesto a ofrecerte cualquier cosa que desees si dejas en paz a tu hermana. –Guy hubiera preferido utilizar los puños en lugar de simples palabras para hacer entrar en razón a Dante, pero se obligó a seguir hablando–. Eres el hombre más estúpido que he conocido. Sólo alguien tan estúpido como tú no se daría cuenta de que estoy dispuesto a hacer todo lo que esté en mi mano para asegurarme de que tu plan para arruinar la vida de Claudia no progrese. No me importa nada en absoluto tu vida, pero no dejaré que la arrastres a ella hasta el infierno que has escogido para ti. Puedes estar contento de que te importe tan poco vivir o morir, porque si no entras en razón y aceptas mi oferta, cualquier hombre en su sano juicio se estremecería ante lo que tengo reservado para ti.

Guy giró sobre sus talones y se alejó, consciente de que Dante, desconcertado, lo miraba fijamente en silencio. No empezó a sonreír hasta que un recodo del camino lo dejó fuera del alcance de la vista del italiano.

Cuando llegó al campamento, Guy se fue directo a su tienda. No se molestó en anunciar su llegada, sino que se limitó a echar a un lado la tela que tapaba la entrada y se adentró en el amplio espacio. Claudia se volvió hacia él; llevaba un vestido de color rojizo y un pequeño cabestrillo blanco alrededor del brazo izquierdo para mantener el hombro herido inmóvil. Le sorprendió tanto verla fuera de la cama que se detuvo en seco.

–Has traído mis ropas –comentó la joven mientras se pasaba la mano por la falda de su vestido. Todavía parecía un poco pálida, pero su aspecto era mucho más saludable que la última vez que la había visto. La noche anterior apenas podía mantener los ojos abiertos y se quedó dormida en el mismo instante en que él intentó hablar sobre su matrimonio, pero en ese momento le dirigía una vacilante sonrisa–. Pensé que me vería obligada a tomar prestada la ropa de alguno de tus escuderos o un hábito de uno de los monjes de la abadía. ¿Qué te hizo traer mis cosas aquí?

–Sabía que terminaría por encontrarte y que las necesitarías. –Guy dio por zanjado el tema y se encogió de hombros. Tenía cosas mucho más importantes en mente que su ropa–. ¿Por qué me has evitado durante estos dos últimos días?

Claudia paseó la mirada de un extremo al otro de la tienda.

–No me he movido de aquí en todo este tiempo. ¿Cómo podría haberte evitado?

–Quedándote dormida o simulando que dormías cada vez que me acercaba. –La miró detenidamente–. Anoche estabas tan agotada que no podías ni siquiera incorporarte en la cama para hablar conmigo y, en cambio, hoy te encuentras lo bastante bien como para bañarte y vestirte tú sola. Me parece que has mejorado demasiado rápido.

–Bueno, verás... –Claudia se dio la vuelta y le regaló una visión de su espalda desnuda. El vestido estaba abierto hasta la cintura y no llevaba ninguna camisola debajo. El cuerpo de Guy reaccionó al instante ante la visión de la exquisita piel color crema–. No he podido atarme los lazos. ¿Te importa ayudarme?

La sola imagen que tenía ante él le hizo avanzar; la petición de ayuda era un simple incentivo añadido. Sus manos se dirigieron hacia los lazos que colgaban en la cintura del vestido, pero no los ajustó.

–Primero dime por qué no hablas conmigo.

–Estoy hablando contigo ahora –protestó en un tono demasiado alegre.

Guy apartó su trenza a un lado para poder recorrer su columna con los dedos. El estremecimiento de su cuerpo le dejó satisfecho.

–Sabes muy bien a qué me refiero.

–Y tú seguramente sabes el daño que me hizo el veneno. –Su voz sonó vacilante, y Guy continuó rozando su aterciopelada piel con ligeras y tentadoras caricias–. Jamás me había sentido tan enferma.

Su reacción a sus caricias le hizo sonreír. Durante los últimos días Guy había empezado a preguntarse si su hermano había envenenado algo más que su cuerpo, si las palabras de Dante habían conseguido endurecer su corazón contra él. Comprobar que su contacto todavía ejercía el efecto de siempre en ella calmó sus inquietudes. Aliviado, se inclinó y le dio un beso en la esbelta curva de su cuello.

–Me alegra encontrarte tan recuperada, porque tenemos que hablar sobre muchas cosas.

–Lo sé. –Su voz sonaba vencida.

Guy rodeó su cintura con los brazos y la estrechó con delicadeza, teniendo cuidado de no rozar su hombro herido. Claudia apoyó la cabeza sobre su hombro y dejó escapar un suspiro en el que se reflejaba su tristeza.

Guy apoyó la mejilla en su pelo.

–Todo se arreglará, mi amor. No permitiré que Dante te aleje de mí.

Claudia se tensó entre sus brazos e intentó apartarse, pero él la retuvo con fuerza.

–No puedo quedarme contigo, Guy. Lo que tú deseas es imposible. Ahora lo veo claro.

Él respiró profundamente.

–¿No hay ninguna esperanza de que me perdones?

Claudia habló tan bajo que Guy tuvo que inclinarse para poder oírla.

–Te perdoné hace dos días.

–Dios santo, me preocupaba que pudiera costarte mucho más. –Se sintió como si se hubiera quitado del corazón una gran losa que le impedía respirar, y cerró los ojos para pronunciar una silenciosa plegaria de agradecimiento. Acarició con sus dedos el suave terciopelo de su mejilla, pero supo que ella no compartía el alivio que a él lo invadía–. ¿Qué ocurre, mi amor? ¿Por qué no me lo habías dicho antes?

Claudia sostuvo su mano en su mejilla e inclinó la cabeza hasta que quedó apoyada en su palma.

–Porque nada va a cambiar el hecho de que no puedo casarme contigo.

–Sí, sí puedes, y lo harás.

Guy sólo deseaba estrecharla con fuerza contra él, pero se conformó con darle un breve aunque apasionado beso tras la oreja.

Claudia aumentó la presión que ejercía sobre su mano.

–Te lo ruego, Guy. Si te importo algo, no fuerces un matrimonio entre nosotros. Si tú o mi hermano acabarais muertos por mi culpa, no podría perdonármelo nunca. Si nos casamos, uno de los dos morirá. Dante juró que así sería.

–Pretendo hacerle cambiar de opinión.

–Tú no lo conoces –rebatió Claudia. Su voz contenía una nota de desesperación–. Ni siquiera yo le conozco ya. No escuchará nada de lo que intentes decirle. Eres un Montague. Sólo eso es motivo suficiente para que él te odie. Su promesa al rey te protege por ahora, pero pronto te retará a un nuevo desafío y, si tampoco así consigue su objetivo, se asegurará de que alguna enfermedad o accidente acabe contigo de manera que, aunque todos sospechen de él, nadie pueda probar que lo hizo. –Lo miró por encima del hombro–. Aun así, tus hermanos sabrán a quién deben culpar, y pronto estaremos todos muertos.

Guy deseaba zarandearla por tener ese tipo de pensamientos. Sabía muy bien quién se los había metido en la cabeza. Debería haber empujado a Dante al río cuando tuvo la ocasión.

–Mis hermanos nunca volverán a cometer el mismo error que cometieron en Montague –le aseguró–. Ahora son conscientes de que tú darías tu vida para salvar la mía, y me están brindando todo el apoyo que necesito para convertirte en mi esposa. Respecto a Dante, me aseguraré de que no interfiera en nuestro matrimonio. –La forma en que se tensó entre sus brazos le hizo fruncir el ceño–. Por mucho que me tiente hacerlo, tu hermano no morirá a mis manos. Si no entra en razón pronto y acepta de buen grado nuestra unión, haré que su vida sea tan miserable como él haría que fuera la tuya.

Eso no hizo que su tenso cuerpo se relajara.

–¿Qué le harás?

Guy se imaginó al italiano atado al muro de su mazmorra y luego sobre uno de sus barcos, también atado, rumbo a los confines del mundo. Por el bien de Claudia, Guy esperaba que Dante escogiera Italia, donde podría saciar su sed de venganza con la familia de su padre.

–Se me han ocurrido varias ideas, pero todavía no lo he decidido. Hasta que pueda solucionar los detalles, seguirá siendo mi prisionero.

–¿Y esperas que yo acepte ese plan?

–Es sólo un plan que llevaré a cabo si Dante rechaza mi última oferta –le explicó–. Tu hermano tiene la llave para su propia libertad.

–¿Y si rechaza tu oferta?

–Imagino que no estarás de acuerdo con nada de lo que decida hasta que recuerdes que Dante preferiría encerrarte en un convento durante el resto de tu vida, que se esforzará al máximo por convertirte en viuda y que muy posiblemente hará extensible su venganza a cualquier hijo que yo pueda darte. –Su mano atrapó un mechón suelto cerca de su sien, acarició el sedoso rizo entre sus dedos y dejó que lo invadiera el familiar aroma a rosas–. Con el tiempo, estoy seguro de que tu ira por mi decisión dará paso a la lástima por tu hermano. Te entristecerás por él, pero sabrás que no me dejó otra elección.

–He intentado por todos los medios hacerle cambiar de opinión y ha sido inútil. Me temo que es tan testarudo como tú, milord.

–Sí, lo es –admitió Guy–. Yo también lo he intentado durante los últimos cinco días. He utilizado todas las tácticas razonables que conozco y algunas verdaderamente desesperadas para hacer posible que pudieras verlo de vez en cuando. Pero hasta ahora Dante se niega a aceptar una tregua y a dejar de verme como su enemigo. Si no cambia de opinión al respecto, pagará un alto precio por ello.

–¿Y yo? ¿Acaso no tengo ningún poder de decisión sobre mi propia vida? –preguntó Claudia–. Primero Dante pretende encerrarme para siempre en un convento y tirar la llave, y ahora eres tú quien quiere ser el dueño y señor de mi destino.

La dura expresión de Guy se desvaneció y la hizo volverse entre sus brazos para mirarla a los ojos.

–¿Realmente quieres ser tú quien elija qué hombre va a ver arruinada su vida? ¿Quieres cargar con el peso de decidir el destino de tu hermano o preferirías decidir el mío? Mi corazón es tuyo, Claudia. Podría vivir sin ti, pero nunca me sentiría completo. Quiero poseerte por entero, estar dentro de ti, encima de ti, a tu lado, debajo de ti, llenarte hasta que sientas que vas a romperte en dos, amarte, hacer mío cada milímetro de tu suave piel, cada suspiro, cada mirada. Lo quiero todo, Claudia, tu cuerpo y tu alma, tener hijos contigo, envejecer a tu lado. Mi vida sin ti sería una existencia vacía, sin rumbo ni sentido. Quédate a mi lado, Claudia. Déjame hacerte feliz. Sé mía para siempre.

Una repentina ráfaga de viento sacudió las paredes de la tienda como si la misma tierra suspirara al verla tan triste. Las lágrimas brillaban en los ojos de Claudia cuando alzó la mano para acariciar la mejilla de Guy.

–¿Cómo pueden unas palabras tan bellas sonar tan crueles?

–La verdad rara vez es agradable, mi amor. –Acunó su rostro entre sus manos y secó sus lágrimas con los pulgares–. Por un lado, sé que quieres a tu hermano a pesar de todos sus defectos y, por otro, he llegado a albergar esperanzas de que me ames. A mi parecer, sería peor hacerte decidir entre nosotros que tomar la decisión por ti.

Guy sintió su desgarradora indecisión y supo que su corazón se estaba partiendo en dos. Él ya le había abierto el suyo y, si se equivocaba con respecto a su amor por él, acababa de ofrecerle las armas suficientes para destruirlo. Sin embargo, no había otra forma de hacerlo. El comerciante que había en él había intentado hacer un pacto con el diablo, y el guerrero, la otra parte de su ser, había llevado consigo un ejército para mostrar la fuerza que había tras sus palabras. Si Claudia no estuviera herida, habría usado todas sus habilidades de amante para seducirla. No obstante, él no sólo deseaba poseer su cuerpo, sino también su alma. Quería que supiera que haría todo lo que fuera necesario para conseguir esos tesoros y recuperar su confianza.

–Si pensara que Dante tiene posibilidades de mantenerte a salvo, no haría esto –continuó–. Pero sé cómo sería tu vida bajo su cuidado, los peligros a los que quedarías expuesta por culpa de sus enemigos. Tú no te mereces pagar por los errores que él ha cometido a lo largo de su vida. Dadas las circunstancias, te prometo que seré tan indulgente con tu hermano como me sea posible, pero debo asegurarme de que no vuelva a encontrarse en posición de poder interferir en nuestras vidas.

Claudia bajó la mirada para ocultarle sus pensamientos. Guy contuvo la respiración y esperó. Si ella insistía, pondría la decisión en sus manos. No podía forzarla a quedarse con él, pues lo que deseaba era que le diera su amor libremente. Pero tenía la horrible impresión de que Claudia elegiría al miserable de su hermano a causa de algún equivocado sentido de lealtad. Si Dante rechazaba su última oferta, ¿cómo podría dejarla ir?

–¿Y qué hay del rey? ¿Qué hará Edward cuando descubra que mantienes a Dante prisionero?

Guy se quedó mirándola, intentando asumir el hecho de que tal vez le permitiría decidir su destino. Claudia confiaba en él. Realmente lo amaba, y nada de lo que su hermano dijera o hiciera podría cambiar eso. Deseaba gritar aliviado, aplastarla contra su pecho y mantenerla en esa posición para siempre.

–¿Y el rey? –le repitió.

–Oh. Sí, bueno... –Se aclaró la garganta e intentó centrarse en su pregunta. Él habría preferido oírle decir que lo amaba–. Tu hermano cree que su relación con el rey lo protegerá, pero no es consciente de la mía con su majestad. Edward pondrá objeciones a mis planes para Dante, pero es consciente de que me debe un favor. Después de pensárselo, me hará saber que considera sus deudas saldadas a cambio de hacer la vista gorda sobre este asunto.

–¿El rey te debe dinero? Creía que era un hombre rico.

–Y lo es –asintió Guy–, pero la mayoría de hombres ricos tienen deudas de algún tipo. Incluso los reyes tienen su precio.

–¿Has comprado a un rey?

–No me he explicado bien. –Guy se rió al pensarlo–. No le he prestado dinero. Un rey contrae deudas con mucha más sutileza. A causa de mis negocios, viajo a las cortes de muchos reyes y nobles, al igual que los hombres que me representan. Y en ocasiones tengo conocimiento de informaciones de interés para Edward que no podría conseguir a través de nadie más: un rey que tiene los ojos puestos en las posesiones inglesas de Normandía; un noble con interés en su hija; un primo que codicia su trono. Es mi deber informar a mi soberano y señor feudal de cualquier amenaza. Y alguien tan inteligente como Edward sabe que es conveniente premiar a sus vasallos cuando cumplen con su deber. Un rey necesita los ojos y los oídos de un súbdito leal mucho más a menudo que su oro.

–No me extraña que pienses que se puede comprar a todo el mundo.

Ella no parecía sobrecogida en lo más mínimo por el poder que tenía. Ésa era otra de las razones por las que la amaba. Tenía legiones de hombres a su servicio que seguirían sus órdenes sin preguntar, gente que estaría de acuerdo con cualquier cosa con tal de ganarse su favor o que se encogería de miedo ante él para aplacar su ira. Sin embargo, Claudia se mantendría siempre orgullosa, incluso desafiante, a su lado. Sería su igual en todos los aspectos. Se quedó mirando el brillo de sus ojos y supo que había encontrado la otra mitad de su alma.

–Tú eres la única persona en el mundo que no tiene precio para mí.

–Hiciste alguna mención a tu corazón –comentó Claudia. Una tímida sonrisa empezó a asomar de sus labios–. Es un hermoso tesoro para mí. ¿Crees que mi propio corazón sería una justa compensación?

–Sí –murmuró Guy al tiempo que inclinaba la cabeza y atrapaba sus labios en un largo y suave beso–. Me parece más que justo.

–Te quiero, Guy. Te amo. Siempre te amaré.

A él le pareció como si hubiera esperado toda una vida para escuchar esas palabras, y se quedó muy quieto mientras dejaba que lo recorrieran como un dulce bálsamo. Se le hizo un nudo en la garganta y no pudo devolverle las palabras de amor que lo invadían. Claudia pareció percibir su angustia, le rodeó el cuello con su brazo sano y lo atrajo hacia ella para poder disfrutar de su contacto. Guy aceptó el ofrecimiento sin dudarlo, como haría un hombre hambriento ante un festín. Sus manos se movieron con voluntad propia para rodear primero la cintura de Claudia y deslizarse después hacia abajo para explorar la tentadora curva de sus caderas. De alguna forma, consiguió resistir el impulso de envolverla entre sus brazos, de sentir su suave cuerpo apretado contra la dureza del suyo. El cabestrillo alrededor de su brazo izquierdo le recordó que le haría daño si cedía a esos impulsos. La tortura a la que ella le sometía con sus labios hizo difícil que se aferrara a ese pensamiento. Claudia lo cautivó con sus besos, y él se lo permitió, pues sabía que su frenética urgencia tenía tanto que ver con su deseo como con la necesidad de asegurarse de que Guy no se iría a ninguna parte, de que siempre estaría con ella. Él le devolvió los besos con el mismo apremio. Era un placer volver a sentir sus cálidas y femeninas curvas pegadas a su cuerpo.

La determinación de Guy se debilitó, y se obligó a imaginarse el aspecto que había tenido su hombro unos pocos días antes; una imagen que quedaría grabada para siempre en su memoria, igual que siempre quedaría marcada la señal del cuchillo de Dante en la piel de su hermana. Después de todo lo que había sucedido recientemente en su vida, Claudia necesitaba que la reconfortaran con ternura, que la abrazaran con suavidad, sentirse amada, protegida y a salvo. Guy disfrutó con sus seductoras caricias en su cuello y en su pecho, pero de repente le entró el pánico cuando notó que su mano empezaba a descender decidida. Trataba de seducirlo deliberadamente.

Y estaba a punto de conseguirlo.

Haciendo un esfuerzo, Guy apresó su mano y la arrastró de nuevo hacia su pecho.

–No, mi amor. Esta vez no.

–Te necesito –susurró ella con voz quebrada. Los besos que le daba en el cuello hacían que le hirviera la sangre, pero de alguna forma también eran dulces e inocentes. Lo estaban volviendo loco–. Hazme tuya, mi amor. Te lo ruego. Hazme olvidarlo todo excepto lo que siento cuando estoy en tus brazos.

Guy se oyó a sí mismo gemir.

–También sentirías mucho dolor, pequeña bruja. Y lo último que quiero es hacerte daño.

–Entonces, bésame –le respondió al tiempo que se apretaba contra él–. Sólo un beso más, o dos.

O tres, como resultó ser. Guy intentó recuperar su autodominio, pero su voluntad se resquebrajó y acabó sucumbiendo ante ella. Su mente se apresuró a pensar en formas de hacerle el amor sin tocar su hombro o sin ejercer ninguna presión sobre su herida. Fue perverso por su parte incluso considerar la idea. Sus besos convirtieron su sangre en fuego líquido.

Pero de pronto, una voz desde la apertura de la tienda la transformó en hielo.

–Tus manoseos no le hacen ningún bien a la herida de mi hermana, Montague.

Claudia jadeó y se dio la vuelta para encarar a su hermano. Emitió un pequeño grito y, actuando con rapidez, cogió los lazos olvidados de su vestido y los extendió hacia Guy, que permanecía a su espalda.

–No es lo que parece, Dante. No podía atarme el vestido sola y le pedí a Guy que me ayudara. Luego, bueno, una cosa llevó a la otra y le pedí que me besara.

Guy ignoró los frenéticos movimientos que ella hacía en su

espalda con los lazos. En lugar de eso, rodeó su cintura con los brazos y la abrazó de forma posesiva.

–No tienes necesidad de explicarle a nadie nada de lo que hacemos, Claudia.

Los dos hombres se miraron y el aire pareció cargarse de un silencioso desafío. Finalmente, Dante relajó los puños y unió las manos en su espalda.

–Tiene razón, Claudia. Lo que vosotros dos hagáis ya no es asunto mío.

–¿Qué quieres decir?

La joven parecía incapaz de creérselo. Incluso Guy dudó de lo que había oído. ¿Acaso había dado al fin con el precio de Dante?

–Había pensado en hablar primero con mi hermana –continuó el italiano, como si no la hubiera oído–, pero como estáis los dos aquí, me ahorraré el desagradable trabajo de decirlo dos veces. –Su mirada volvió a dirigirse hacia Guy–. Tenías razón al llamarme estúpido. Como tú dijiste, todo lo que deseo está al alcance de mi mano. Estoy preparado para aceptar tu oferta.

–¿Cuáles son tus condiciones? –preguntó el barón de Montague sin vacilar.

–Tu palabra de que puedo irme de aquí –respondió–, de que no interferirás en mi vida más de lo que tú deseas que yo me inmiscuya en la tuya.

Guy lo observó inquieto.

–¿Y el resto?

–No tengo otras exigencias por el momento. Es suficiente saber que estás en deuda conmigo. –Una sonrisa cínica se dibujó en sus labios–. No te equivoques, Montague. Llegará el día en que querré cobrarme esa deuda.

Guy sabía exactamente lo que implicaba eso. Aun así, ayudar a Dante a recuperar su derecho de nacimiento también significaría ayudarle a abandonar Inglaterra y, afortunadamente, sería para siempre. Lo consideró un trato excelente, aunque Claudia no pareció dispuesta a aceptarlo.

–¿Me venderás? –le preguntó a su hermano. Su voz era apenas un susurro–. ¿Es eso todo lo que soy para ti?, ¿una posesión que puede intercambiarse por favores?

Una expresión de dolor iluminó los ojos de Dante, pero desapareció casi tan rápido como había surgido. Su voz se volvió enérgica y decidida.

–Hace mucho tiempo, te prometí un hogar y seguridad, un lugar donde siempre estarías a salvo. Considera esa promesa cumplida, hermana.

Claudia se volvió para mirar a Guy con una sombra de dolor en sus hermosos ojos, pero él le dirigió una sonrisa tranquilizadora. Guy sostenía en sus brazos todo lo que siempre había deseado, y por fin iba a conseguirlo. Su mirada no abandonó la de Claudia cuando selló el trato con Dante.

–De acuerdo.

19

Esa tarde, Guy y Dante se prepararon para partir en dirección a la abadía de Kelso. Allí firmarían los contratos de esponsales y se encargarían de los preparativos para la ceremonia que tendría lugar al día siguiente.

Guy alzó la mano de su prometida para darle un suave beso en el dorso.

–¿Estás segura de que prefieres quedarte aquí?

Claudia asintió, todavía profundamente herida por la cruel forma en que Dante la había intercambiado. No deseaba estar en compañía de su hermano más tiempo.

–Mi firma no es necesaria en los contratos y el viaje parece agotador. Prefiero quedarme aquí y descansar.

–Hace mucho calor. No te sentará bien quedarte en mi tienda toda la tarde. –Guy hizo una señal con la cabeza hacia Kenric y Fitz Alan, que aguardaban a unos pocos pasos de ellos–. No muy lejos, río arriba, el cauce dibuja una curva y es poco profundo. Les pediré a mis hermanos que te lleven allí. Podrás descansar a la sombra en la orilla o caminar por el río para mojarte los pies si lo deseas. Te vendrá bien pasear y refrescarte.

La idea de pasar la tarde con los hermanos de Guy sólo era un poco más atractiva que la de pasarla con el suyo. No confiaba en ninguno de ellos. Aun así, la promesa de escapar del insoportable calor hizo que se decidiera.

–Muy bien.

–Me reuniré contigo allí en unas pocas horas –la animó Guy.

Su preocupación por su tristeza era evidente. Le apretó suavemente la mano y la vio alejarse antes de montar en su caballo y ponerse en marcha.

Dante siguió a Guy sin dirigir ni una sola palabra a su hermana. Claudia pensó que sería un alivio verlo partir al día siguiente, ya que su presencia sólo le recordaba al hermano amable y considerado que una vez había conocido. Ahora Dante era un extraño al que sólo le importaba lo que pudiera conseguir negociando con el destino de su hermana. De hecho, pareció muy satisfecho de sí mismo cuando Guy liberó a sus caballeros, Oliver y Armand, y les permitió prepararse para su viaje. Tenían intención de partir al amanecer, antes de que se celebrara la ceremonia. Claudia intentó convencerse a sí misma de que eso no la entristecía, pues no deseaba que su hermano ensombreciera el día de su boda.

El barón de Remmington dio órdenes de preparar sus monturas mientras observaba a Guy y a Dante alejarse.

–¿Lady Claudia? –Ella lo miró y Kenric hizo un gesto en dirección al caballo cuyas riendas sostenía–. Os ayudaré a montar, si lo deseáis.

Con su brazo izquierdo en cabestrillo, Claudia tenía pocas opciones. Kenric la levantó por la cintura como si no pesara más que una pluma, e incluso la ayudó a colocarse las faldas cuando pasó una pierna por encima de la silla para cabalgar a horcajadas. Al infierno el pudor. La joven no deseaba caerse del caballo y hacerse todavía más daño en el hombro herido.

Una vez instalados en sus monturas, Kenric marcó un ritmo lento y pausado, en consideración a la herida de la que pronto sería su cuñada. No había prisa por llegar a su destino, y Claudia intentó disfrutar de la fresca sombra que ofrecía el bosque que atravesaban. Fitz Alan intentó mantener una conversación sobre el tiempo, pero finalmente se rindió cuando sus comentarios sólo encontraron como respuesta el silencio.

Al bifurcarse el sendero, Kenric tomó el camino que conducía río arriba y, cuando llegaron finalmente a su destino, Claudia tuvo que admitir que el lugar parecía sacado de un cuento de hadas. Una oscura franja azul de agua serpenteante fluía con fuerza a lo largo de la orilla opuesta, pero en la parte del río en la que ellos se hallaban la corriente se suavizaba y corría sobre un banco de arena amplio y poco profundo. Todo era de color dorado, gracias a la luz del sol que caía de plano sobre las claras aguas.

Kenric y Fitz Alan ataron a los caballos mientras Claudia se aproximaba a la orilla. Un enorme árbol había perdido su endeble sujeción en la erosionada ribera y reposaba sobre el sumergido banco de arena desde hacía tanto tiempo que su corteza había desaparecido y la madera desgastada tenía la apariencia de la plata. Claudia se descalzó, se recogió las faldas con cuidado y se metió en el agua, que le llegaba hasta los tobillos, para sentarse sobre el tronco. El agua fría era deliciosa.

–Tened cuidado con el sol –le advirtió Fitz Alan mientras tomaba asiento en la parte del tronco que quedaba en la orilla.

Claudia movió los dedos de los pies en la arena y observó como un banco de peces pequeños salía disparado. A pesar de todos los motivos que tenía para que los hermanos de Guy no le gustaran, no podía evitar sentirse protegida por su evidente fuerza y poder. Aun así, se negaba a sentirse cómoda con ellos.

–Este suave sol inglés no es una amenaza para mi piel.

Fitz Alan se encogió de hombros y se adentró en el río hasta que empezó a arrastrar por el agua la funda de su espada. Se desabrochó el cinturón y dejó el arma sobre el tronco del árbol para continuar avanzando hacia el lugar donde el banco de arena desaparecía en las oscuras profundidades azules de la corriente. Claudia miró hacia el margen del río donde Kenric permanecía todavía de pie con un hombro apoyado contra el tronco de otro enorme árbol que se inclinaba hacia las aguas. La joven se preguntó si no le preocuparía que su peso pudiera hacer que el árbol se desmoronara, pero su expresión no revelaba otra cosa más que aburrimiento. Sí, aquél sería sin duda un lugar muy agradable si no fuera por su presencia y la de Fitz Alan.

Claudia volvió a dirigir su mirada al cuñado de Guy. Estaba inclinado sobre la superficie del río con las piernas flexionadas y las manos dentro del agua como si se las estuviera lavando, aunque permanecía completamente inmóvil. Después de contemplarlo durante largos minutos, la curiosidad la hizo hablar.

–¿Qué estáis haciendo?

–Pescar –susurró.

Kenric soltó una carcajada.

–Ian Duncan es el único hombre que conozco capaz de pescar de esa forma.

–¿De qué forma? –preguntó Claudia.

–Con las manos –respondió Kenric–. Fitz Alan cree que su cara es irresistible incluso para los peces. ¿Observáis cómo les sonríe? Cree que podrá seducir a una trucha y que la hará caer en sus manos.

Claudia no pudo evitar reír y la sonrisa de Fitz Alan se hizo más amplia.

–El abad Gregory me dijo que este río está lleno de truchas, y he practicado esta técnica en varias ocasiones desde que Ian nos la mostró.

Kenric emitió otro sonido que Claudia imaginó que tenía algo que ver con el humor.

–¿Has conseguido alguna vez pescar algo?

–No, pero yo...

Los ojos de Fitz Alan se movían de un lado a otro siguiendo el progreso de algo que sólo él podía ver. Interesada, Claudia se puso de pie, intentando mantener su falda por encima del agua.

–¿Es un pez?

Fitz Alan no contestó. Claudia miró hacia atrás por encima del hombro y observó que Kenric también parecía interesado en lo que sucedía. Una serie de rápidos movimientos producidos en el agua hicieron que su atención volviera a centrarse en Fitz Alan. Éste hundió las manos en el agua para atrapar al invisible pez con un gran alboroto, y las sacó con rapidez trazando un brillante arco de agua cuando lanzó al pez a la orilla. Asombrado, Kenric se quedó clavado en el sitio cuando la pieza aterrizó a sus pies. Sus hombros se relajaron visiblemente, se agachó para recoger la supuesta trucha y comprobó que no era más que una larga y plana piedra de río. Le dirigió a su cuñado una mirada de disgusto y volvió a lanzar la roca al arroyo mientras Fitz Alan se doblaba a causa de la risa.

–Muy gracioso –dijo Kenric arrastrando las palabras–. Esto es lo único que vas a atrapar, aparte de sanguijuelas entre los dedos de los pies.

–¿Sanguijuelas? –Claudia se sentó bruscamente y sacó los pies del agua. Se examinó cada dedo con atención mientras se apoyaba como podía con su único brazo sano en el precario tronco.

–Es poco probable que haya sanguijuelas donde estáis sentada –le aseguró Kenric–. Esas criaturas tienden a...

De pronto se quedó callado y todos pudieron oír el inconfundible siseo de una flecha que acabó en un fuerte golpe cuando se clavó a sólo unos pocos milímetros de la cabeza de Kenric. El barón de Remmington se abalanzó hacia delante, agarró a Claudia por la cintura y siguió corriendo a lo largo del árbol caído, con paso sorprendentemente firme teniendo en cuenta su tamaño y el peso añadido del cuerpo femenino. Oyeron el sonido de más flechas justo cuando alcanzaron el final del tronco, lo que provocó que Kenric diera un salto y se hundiera en el río con Claudia.

Una punzada de dolor atravesó su hombro y la dejó sin aliento cuando el agua le cubrió la cabeza. Volvió a surgir a la superficie, farfullando y agitándose, pero el brazo de acero de Kenric rodeaba su cintura y la arrastró hacia la parte del tronco caído donde les esperaba Fitz Alan.

Las ramas sumergidas del árbol mantenían el tronco por encima del nivel del agua incluso en la parte más profunda del río, lo que lo convertía en un buen refugio. Claudia estiró los dedos de los pies tanto como pudo para intentar tocar fondo mientras que su mano se aferraba a una resbaladiza rama cubierta de algas. El agua corría con fuerza, lo que hizo que se sintiera agradecida de la firmeza con la que Kenric la sujetaba por la cintura. Permanecieron parcialmente ocultos bajo una enorme rama ahorquillada que sobresalía del tronco, mientras los dos hombres examinaban con precaución la orilla desde su escondite.

–Allí –anunció Fitz Alan cuando una patrulla, compuesta por unos veinte hombres, surgió del bosque.

Los soldados que se acercaban vestían con túnicas verdes y marrones para confundirse con el paisaje que les rodeaba. La mitad iban armados con mortíferos arcos; los demás sostenían espadas. Claudia se aterrorizó cuando descubrió quién los lideraba.

–¡Es mi tío, el barón de Lonsdale!

Kenric y Fitz Alan intercambiaron una silenciosa mirada antes de recorrer con la vista los alrededores buscando una vía de escape. Sus espadas no podían hacer nada contra los arcos y las flechas. Estarían muertos antes de que pudieran tener al alcance de su arma a cualquiera de los soldados de Lonsdale.

–Si dispusiera de más hombres, no tendría motivo para ocultarlos –reflexionó Kenric–. Puede que haya algunos más cuidando de los caballos, pero dudo que sean muchos. No creo que se haya arriesgado a traer más de una veintena de soldados tan cerca de nuestro campamento.

–Sí, pero nos hemos alejado mucho –apuntó su lugarteniente–. Ni siquiera el soldado que esté de guardia en nuestro campamento podrá oír nuestra señal a través del bosque.

La mirada de Kenric siguió a la de Fitz Alan hasta el río, y lo que vio hizo que su boca dibujara una mueca de disgusto.

–Ni se te ocurra. Aunque ella pudiera nadar, está el problema de su falda y de su hombro herido.

–Podemos cortar la falda –sugirió su lugarteniente.

Kenric negó con la cabeza.

–Ni nosotros mismos lo conseguiríamos, y eso que contamos con dos brazos sanos. Además, necesitaríamos tu espada.

Fitz Alan lanzó una maldición cuando dirigió la mirada al lugar donde había abandonado su arma, con cuidado de mantener la cabeza por debajo del tronco.

–¿Qué haríais si yo pudiera nadar? –preguntó Claudia.

Kenric mantenía su atención centrada en la orilla y sonó distraído cuando le respondió.

–Podríamos abrirnos camino hacia la parte más profunda del río, nos sumergiríamos e iríamos buceando hasta la siguiente curva que describe el cauce. El terreno que los soldados de Lonsdale se verían obligados a recorrer está bloqueado por la vegetación. Cuando quisieran darse cuenta de lo sucedido, ya habríamos alcanzado el sendero que hay río abajo y que conduce hasta nuestro campamento.

De repente, Kenric aumentó la presión que ejercía sobre su cintura y volvió la cabeza hacia Fitz Alan. Éste se abalanzó hacia el lugar donde se hallaba su espada y su movimiento fue respondido por una andanada de flechas. Una vez que recuperó el arma, se pegó al tronco y empezó a deslizarse de nuevo hacia la parte más profunda del río. Lonsdale hizo una señal y dos arqueros corrieron a lo largo de la orilla para posicionarse mejor y tener una clara perspectiva de Fitz Alan.

Kenric soltó una maldición en voz baja y luego gritó en dirección a Lonsdale.

–¿Qué es lo que quieres?

–A la chica –respondió–. Dadme a mi sobrina y os dejaré ir.

Los dos arqueros dispararon sus flechas en el preciso instante en que Fitz Alan alcanzaba una zona de agua lo bastante profunda como para poder nadar. Se sumergió un segundo antes de que las flechas se clavaran en el lugar del tronco donde había estado su cabeza. Volvió a salir a la superficie junto a Kenric, y se abrió paso entre las ramas que les protegían de los arqueros de ambos lados. Claudia soltó un suspiro de alivio.

–Debéis nadar río abajo para conseguir ayuda –les dijo la joven con voz tranquila y segura en un intento de ocultar su miedo–. No me asusta quedarme aquí sola. Mi tío no me hará daño.

Los dos hombres se miraron guardando un silencio lleno de incredulidad. Kenric fue el primero en hablar.

–¿El mismo tío que ha ordenado a sus hombres que disparen flechas contra los tres? ¿El que pretendía matar a Guy y ahorcaros a vos por ese crimen? ¿Es ése el tío que no os hará daño?

Claudia soltó un suspiro de exasperación.

–Lo que quiero decir es que no me hará daño hasta que se halle a salvo, lejos de aquí. Seguramente ha tramado algún complot para pedir un rescate por mí a Guy o a Dante, y por eso me necesita viva.

–No os abandonaremos aquí. –La voz de Kenric no daba pie a ninguna objeción.

–Es cuestión de tiempo que ordene a sus arqueros que se acerquen más para tener un buen blanco de los tres –protestó ella–. Os matará a los dos si os quedáis.

–Correremos ese riesgo –respondió Fitz Alan.

Kenric la dejó a un lado para poder desenvainar su espada.

–Creedme, nos hemos enfrentado a situaciones peores.

Claudia pensó que se habían vuelto locos.

–Tenéis la oportunidad de salvaros. ¿Por qué no os marcháis mientras podéis hacerlo?

Ambos la miraron como si ya debiera saber la respuesta, pero fue Kenric quien contestó.

–No dejaríamos a ninguna dama en semejante peligro, milady. Y mucho menos a un miembro de nuestra familia. Nos ofendéis sugiriéndonos que lo hagamos.

Claudia abrió la boca para protestar de nuevo, pero la cerró de inmediato. ¿La consideraban parte de su familia?

Kenric sonrió.

–Pensé que eso os haría callar.

–Guy regresará en una o dos horas –apuntó Fitz Alan–. Es posible que podamos contenerlos hasta entonces.

–No disponemos de tanto tiempo. –Kenric miró hacia la orilla de su izquierda–. Tenemos que hacerles entrar en el agua, tentarlos para que prueben por ese lado. El río es más profundo allí y podríamos tener la oportunidad de...

De pronto el bosque se llenó de gritos. Guerreros con los colores de Montague, protegidos con escudos para evitar las flechas enemigas, cargaron contra los soldados de Lonsdale. Éstos dejaron los arcos y desenvainaron las espadas. Justo en ese momento, Claudia vio salir del bosque a Guy y a Dante con más soldados pertenecientes a Montague.

–Dios –espetó Fitz Alan–, sólo le acompañan seis hombres.

–Sígueme. Podemos atacar a los soldados de Lonsdale por detrás. –Kenric ya avanzaba junto al tronco para ir hacia la parte menos profunda del río. Se detuvo cuando el agua les llegó hasta la cintura–. ¿Podréis manteneros a flote si os dejamos aquí? –preguntó a Claudia mientras aflojaba la presión que ejercía sobre su cintura.

Ella se aferró con su mano sana al tronco.

–Sí.

–Bien. Manteneos agachada. Nos ocuparemos de los arqueros de la izquierda. Procurad no ofrecer un buen blanco al que disparar.

Después de dirigirle una significativa y cálida mirada, Kenric y Fitz Alan se abrieron paso a través del agua hasta la orilla. Se movían despacio, poniendo especial cuidado en no hacer movimientos bruscos que pudieran atraer la atención de los arqueros que se habían dado la vuelta para unirse al ataque contra los soldados de Guy. Cuando los arqueros fueron conscientes de su error, ya era demasiado tarde. Kenric y Fitz Alan acabaron rápidamente con ellos y salieron del río para encontrar nuevos objetivos a los que atacar.

Claudia observó por encima del tronco y descubrió que ningún soldado de Lonsdale le prestaba atención. Estaban demasiado ocupados defendiéndose de sus atacantes. Buscó a su tío, pero no lo vio por ninguna parte. Entonces, observó a Guy. Corría hacia ella, pero tuvo que detenerse para luchar contra un soldado enemigo que cayó un instante antes de que otro lo atacara por detrás. Guy se volvió justo a tiempo para frenar un golpe mortal que le hubiera abierto la cabeza. Ver lo cerca de morir que había estado el hombre que amaba hizo que el corazón de Claudia dejara de latir durante unos segundos. Sólo pudo soltar un trémulo suspiro de alivio cuando el soldado de Lonsdale cayó.

El estruendo producido por los cascos de una gran cantidad de caballos se entremezcló con los sonidos de la batalla. Se acercaba otra partida de hombres Montague, mucho mayor que la primera. Guy empezó a avanzar hacia Claudia de nuevo, pero se detuvo bruscamente. Miró a su izquierda y a su derecha, y salió corriendo a lo largo de la orilla, dirigiéndose río arriba. La maleza y los arbustos eran más frondosos allí y Guy desapareció tras un muro de vegetación.

Claudia supuso que había descubierto a un soldado de Lonsdale que intentaba escapar en esa dirección, quizás incluso a su tío. Unos gritos hicieron que desviase su atención hacia la batalla que tenía lugar frente a ella. Los hombres de Guy habían rodeado a los soldados de Lonsdale, y aquellos que todavía continuaban en pie empezaban a bajar sus armas al darse cuenta de que llegaban refuerzos fuertemente armados. Dante miró por encima de su hombro y empezó a correr hacia ella, pero al igual que Guy, se paró de repente.

–¡Claudia! ¡Detrás de ti!

La advertencia llegó demasiado tarde. En el momento en que volvía la cabeza, pudo ver como surgía una oscura figura del agua. Sólo llegó a vislumbrar el claro pelo rubio y los penetrantes ojos azules de su tío antes de que la agarrara por la cintura y colocara un puñal contra su garganta con la intención de usarla como escudo.

–Abrid paso para mí y para aquellos de mis soldados que todavía estén en pie –gritó Lonsdale a los hombres que había en la orilla–. ¡Obedeced si no queréis que la mate! ¡Tirad las armas!

Dante fue el primero en cumplir la orden. Lanzó su espada a un lado al tiempo que le dirigía una mirada de desprecio.

–Es propio de ti ocultarte tras las faldas de una mujer, tío. Me sorprende que tu viejo amigo el obispo no esté aquí también. Se le da igual de bien usar a mi hermana para llenar sus arcas. ¿Pensabas que no descubriría dónde se encontraba?

–Iba a enviarla al convento después de cerrar el trato sobre Halford con el barón de Montague. No habría sufrido ningún daño si Montague hubiera mantenido su palabra, y tú nunca habrías descubierto que había pasado más tiempo de lo planeado en Lonsdale. Te compensaré por los inconvenientes que todo esto te haya causado.

Claudia notó un rastro de miedo en la voz de su tío. Era un hombre desesperado que tomaba medidas desesperadas. No le cabía ninguna duda de que si conseguía escapar con ella, no sobreviviría mucho tiempo bajo su cuidado. Le apretaba con fuerza el hombro herido y no pudo evitar que se escapara de sus labios un pequeño gimoteo.

–Sólo sabes mentir, tío. –Dante sacó una daga del interior de su túnica y deslizó la hoja entre sus dedos. De pronto, inclinó la cabeza hacia un lado y apartó la vista de la daga como si hubiera tomado una decisión–. Es hora de que pagues por tus crímenes.

–Le cortaré el cuello –gritó Lonsdale–. ¡Juro que lo haré!

–¿Acaso crees que permitiré que te alejes de aquí? –Dante hizo un gesto negativo con la cabeza en respuesta a su propia pregunta–. Primero tendrás que matarme, tío.

Lonsdale retrocedió un paso y arrastró a Claudia con él. Pero en ese mismo instante, un par de fuertes brazos los rodearon a ambos. Ella observó con los ojos muy abiertos por el terror que la daga de Lonsdale se alejaba de su cuello y se balanceaba frente a su rostro. La mano de su tío temblaba al intentar volver a colocarla contra su garganta, mientras que una mano grande y familiar sujetaba su muñeca con fuerza. Lonsdale la soltó en el preciso instante en que Guy gritaba sus órdenes.

–Aléjate de él, Claudia. ¡Ahora!

Inclinando la cabeza para evitar la daga de Lonsdale, Claudia se revolvió y se hundió en el agua. Hizo caso omiso del punzante dolor que le causó la caída y se irguió rápidamente. Se puso en pie con dificultad y se alejó tambaleándose de su tío. Temerosa de darle la espalda a Lonsdale, Claudia se volvió justo a tiempo para ver a Guy de pie tras él, luchando por arrebatarle el puñal de la mano. Entonces, en medio de un borroso destello de plata, apareció otra daga que se hundió en la garganta de Lonsdale y que le hizo caer de rodillas en el agua con una mirada de asombrada incredulidad en el rostro. Claudia apartó la vista de la horrible visión.

–¿Te ha hecho daño? –preguntó Guy cuando la cogió entre sus brazos y la golpeó sin querer en el hombro al hacerlo.

–No es nada. Estoy bien.

Pero con eso no consiguió suavizar la expresión del barón de Montague, que se dirigió decidido hacia la orilla. Sus hombres tenían la situación bajo control, pero aquello todavía no había terminado. Guy le hizo una señal a Kenric con un pequeño ademán de cabeza.

–Descubre dónde están sus caballos y los hombres que los custodian y envía una patrulla para capturarlos.

–Sí –contestó Kenric–. Uno de los heridos ha mencionado que en el siguiente valle les aguardaban otra veintena de soldados. Fitz Alan y yo vamos a darles una pequeña sorpresa.

–De acuerdo. Claudia y yo regresamos al campamento. Nos reuniremos allí –dijo al tiempo que se acercaba a su caballo.

–¡Montague, espera! –Aquellas palabras hicieron que Guy se detuviera en seco y que se diera la vuelta. Dante dirigió a su hermana una mirada preocupada–. ¿No estás herida, *cara*?

–No, no estoy herida. –Claudia lo miró fijamente a los ojos–. Pero tú sí podrías haber herido a Guy con esa daga que lanzaste. Si nuestro tío se hubiera movido sólo unos milímetros en cualquier dirección, Guy estaría muerto.

La mirada de los ojos de Dante adoptó una decidida frialdad.

–No había posibilidad de que eso sucediera, te lo aseguro.

–¿De verdad, Dante? –Quería creerlo, volver a confiar en él, pero el amor que sentía por Guy se lo impedía–. ¿Puedes garantizarme que nunca intentarás quitarle la vida a mi esposo y jurarme que dices la verdad?

–Éste no es momento ni lugar para discutir. –El reproche que se reflejaba en el tono de Guy la sorprendió tanto como la mirada reprobatoria que le dirigió–. Vosotros dos podréis hablar de esto más tarde, en mi tienda.

–No lo creo. –Dante envainó su espada con un movimiento rápido y eficaz–. Mis hombres están listos para partir, y ya me he demorado aquí demasiado tiempo. Los papeles que firmé en la abadía establecen que ya no eres mi responsabilidad, Claudia. Te deseo que seas feliz junto al hombre que has elegido.

Sin pronunciar una sola palabra más, giró sobre sus talones y se dirigió hacia Armand y Oliver, que le esperaban sosteniendo las riendas de su caballo. Claudia desvió la mirada de su hermano.

–Llámalo –le pidió Guy.

La joven sacudió la cabeza.

–Es él quien me ha obligado a elegir. Mi lealtad está contigo.

–Yo no te pedí que escogieras entre nosotros, yo te pedí que...

–No insistas, por favor. No deseo hablar de él. –Claudia no pretendía convencerlo con lágrimas, pero sus ojos se llenaron de ellas igualmente–. Deja que se vaya en paz. Sólo nos ha traído problemas.

La boca de Guy se convirtió en una fina línea recta.

–No me agradecerás que ceda ante tu testarudez, porque sé que tarde o temprano te arrepentirás de tus palabras.

Aquel momento llegó antes de lo que Claudia podía imaginar. Una compañía de soldados cabalgó con ellos de regreso al campamento, y Guy le indicó que no quería hablar delante de sus hombres. Intentó con todas sus fuerzas apartar a Dante de sus pensamientos, aunque no tuvo mucho éxito, al igual que no consiguió contener sus propias especulaciones sobre lo que había sucedido en el río. Después de recibir una mirada de advertencia de su prometido, Claudia consiguió reprimir su curiosidad hasta que llegaron al campamento y pudieron estar a solas dentro de su tienda, con órdenes expresas de que no se les molestara.

–¿Tienes preguntas que hacerme? –Guy sonreía ante su evidente impaciencia por quedarse a solas con él.

–Sí, algunas. –Claudia apartó un rizo húmedo de su frente con un gesto inquieto–. Antes que nada, ¿qué te hizo abandonar la abadía tan pronto? ¿Cómo supiste que nos estaban atacando en el río? ¿Cómo llegaste hasta mi tío en el agua? Y ¿por qué intentaste rescatarnos con tan pocos hombres? –Claudia hizo una pausa para tomar aire–. ¿Sabías que tus hermanos no me abandonaron a pesar de que hubieran podido salvarse de hallarse solos? ¿Por qué...?

Guy extendió una mano para pedirle silencio.

–Claudia, te lo ruego. Sólo puedo contestar a tus preguntas de una en una. Date la vuelta y te desabrocharé el vestido mientras te lo explico.

–¿Quieres desvestirme? ¿Ahora? –Claudia se quedó mirando su ropa empapada–. Oh. Supongo que debo cambiarme de ropa.

–Sí, y pretendo cambiar también tu vendaje –afirmó–, pero tienes razón en ser cautelosa.

Sus ojos se quedaron cautivados por la visión que se presentó ante ellos. Su vestido mojado se pegaba a ella como una segunda piel revelando la plenitud de sus pechos, la esbeltez de su cintura y las femeninas curvas de su cadera.

Las ropas de Guy también estaban empapadas y delineaban a la perfección los fuertes y duros músculos que Claudia tanto deseaba acariciar. Se humedeció los labios y descubrió lo atentamente que él seguía el movimiento de su lengua.

Guy se aclaró la garganta.

–Tengo que revisar tu herida para asegurarme de que no hay más daños. ¿Dejó Dante algo del bálsamo que utilizaba para curarte?

Claudia asintió y señaló hacia un pequeño tarro que reposaba sobre un arcón.

–Bien. Ahora date la vuelta. –Ella obedeció la orden y las manos de Guy se dirigieron hacia los lazos. Los deshizo lenta, cuidadosamente. En más de una ocasión Claudia sintió que sus dedos rozaban su piel desnuda–. Para responder a una de tus preguntas, te diré que todavía estaba en la orilla cuando vi a Lonsdale nadar rodeando el árbol caído. Me di cuenta de que pretendía tomarte como rehén para conseguir su libertad, y supe que nunca podría alcanzarte antes que él. Cambié de estrategia y me abrí paso por la orilla hasta que me sumergí en el río, luego buceé y salí a la superficie a su espalda. Ya sabes lo que ocurrió a partir de ahí.

–Sí, ¡Dante casi te mata!

Volvió a recordar el terror que sintió cuando vio la daga volar por los aires sin saber a quién alcanzaría.

Guy desató el cabestrillo y lo deslizó por su hombro con exquisito cuidado, sujetándole el brazo izquierdo para que no cayera de repente.

–Dante tenía un blanco claro, y no había nadie que se interpusiera entre la daga y tu tío. Él mismo me confesó un día que yo soy su primer error, que ningún otro hombre al que hubiera sentenciado a muerte vivía todavía.

–Se ha convertido en un monstruo –susurró Claudia.

–Quizás –asintió Guy–, pero creo que en algún lugar de su interior hay un alma torturada, capaz de sentir más emociones de las que jamás le permitirá ver a nadie.

–¿Qué quieres decir?

–Firmó los contratos de esponsales porque desea que seas feliz. Dudo mucho que lo admita alguna vez, pero creo que también aceptó el hecho de que yo puedo mantenerte a salvo mientras que él sólo puede ofrecerte una vida llena de peligros. Y apostaría la mitad de mi oro a que heriste sus sentimientos cuando le acusaste de haber intentado matarme.

–Él ya no tiene sentimientos –rebatió ella–, y sólo firmó los contratos de esponsales porque quiere que estés en deuda con él.

–Te equivocas, Claudia. Si ése fuera su único motivo, habría exigido que pagara la deuda de inmediato. O como mínimo, habría demandado que dicha deuda se hubiera plasmado por escrito. Una vez seas mi esposa, sabe que sólo mi palabra me atará a esa deuda. Dada la total ausencia de amistad entre nosotros, es un riesgo que pocos hombres correrían.

Claudia reflexionó durante un momento.

–Pero él intentó matarte el día que os retasteis a combate. Yo misma escuché como os amenazabais mutuamente cuando estuve enferma.

–Creo que ha cambiado de opinión.

Él deslizó el vestido por sus hombros, y la joven dejó que cayera a sus pies.

Guy sintió que se le paraba el corazón ante tanta belleza.

–Puede que tengas razón –reflexionó en voz baja–. Quizá lo juzgué mal. No puedo imaginar lo que sintió al darse cuenta de que tú eras mucho más adecuado que él para proporcionarme el hogar y la seguridad que siempre me había prometido. –Claudia se apartó del vestido caído en el suelo y se dirigió al pequeño arcón colocado junto al catre intentando no sentirse incómoda con su desnudez–. Yo, bueno... Él... él...

Levantó la mirada hacia Guy y se dio cuenta de que su prometido había olvidado de repente sobre qué estaban hablando.

–¿Dante? –animó Claudia.

–Sí, Dante. –Guy sacudió la cabeza para alejar la distracción que representaba su cuerpo y le lanzó una avergonzada sonrisa–. No te preocupes, mi amor. Volveremos a ver a tu hermano. Estoy seguro de que el rey querrá que le presente a mi nueva esposa en la corte, y lo más probable es que lo veamos allí. Últimamente, Edward no se separa de tu hermano.

Guy se aproximó a ella para trazar una línea descendente por el elegante sendero de su espalda hasta que Claudia se estremeció.

–Tienes hoyuelos en los lugares más sorprendentes.

La joven sintió como el rubor se extendía desde sus mejillas hasta sus pechos, y se dio la vuelta precipitadamente.

–¿Cuándo crees que...? –No pudo seguir hablando porque su mirada estaba fija en la parte delantera de sus pantalones. La prenda parecía estar a punto de romperse por la presión que ejercía su fuerte erección. A Claudia se le secó la boca de repente.

Quizá se estuvieran precipitando un poco, pensó mientras se dirigía al catre. Se sentó, cogió una de las túnicas que estaban allí extendidas e intentó taparse.

–¿No querías cambiar mi vendaje? –Guy asintió, pero no hizo ningún movimiento–. Hay vendajes limpios en el arcón –comentó–, y el bálsamo también está ahí.

Guy se dirigió hacia el cofre. El agua goteaba por su manga, y se tomó un momento para enjugar su túnica. Claudia retiró la mayor parte del vendaje mojado de su hombro hasta que sólo quedó la tela cuadrada que cubría la herida.

–Espera, deja que lo haga yo. –Se arrodilló junto a ella, se deshizo con cuidado de la venda y luego retiró la pequeña tela–. Ha salido con más facilidad de lo que esperaba. Temía que se hubiera pegado a la herida. La cicatriz no parece tan enrojecida e hinchada hoy, aunque todavía le falta mucho para curarse. Quizás el agua fría del río hizo más bien que mal a tu hombro.

Guy extendió el bálsamo por la herida con tanta delicadeza que Claudia apenas lo notó. Pensar que podría utilizar esa ternura haciéndole el amor hizo que se desvanecieran todas sus inquietudes.

–En respuesta a la última de tus preguntas –continuó él–, te diré que supimos que corríais peligro gracias a tu hermano. Al parecer no le gustaba que te quedaras sola con mis hermanos, y ordenó a sus hombres que os siguieran esta tarde. Armand cabalgó hasta la abadía para avisarnos cuando vio que los soldados de Lonsdale se introducían en los bosques, mientras que Oliver puso sobre aviso a la patrulla más próxima de nuestros hombres, que se apresuró a prestar su ayuda en el lugar del enfrentamiento. Una partida mayor de mis soldados se puso en marcha en cuanto fueron informados, pero ya teníamos la situación casi bajo control cuando llegaron.

–Eso debió de ser cuando un soldado de Lonsdale casi te parte en dos el cráneo mientras estabas ocupado acabando con un compañero suyo.

–Sí, debió de ser entonces. –Su sonrisa desapareció al resbalar la túnica de los dedos de Claudia. Guy se dio la vuelta mientras desenrollaba los vendajes limpios y mantuvo la mirada apartada cuando le tendió un nuevo trozo de tela cuadrado–. Mantén esto en su lugar mientras vendo tu hombro.

–Asegúrate de que quede bien sujeto –comentó Claudia con un tono de diversión en su voz–. Si el vendaje está bien ajustado, el hombro apenas me molesta cuando llevo a cabo una actividad extenuante.

–Hoy no tendrás que realizar ninguna actividad de ese tipo.

Claudia deslizó el dorso de sus dedos por su mejilla hasta su mandíbula y esperó a que Guy la mirara a los ojos para hablar.

–Hay una que sí me gustaría realizar. –Su voz sonó cálida y provocativa.

–No, no me tientes.

Intentó taparla con la túnica, aunque sin mucho éxito. Claudia se lo impedía al tirar de ella.

–Debes atar el vendaje, Guy.

Él se esforzó al máximo por llevar a cabo la tarea, pero el hecho de que la joven le acariciara el pelo lo distraía continuamente.

–No haremos el amor, Claudia. Deja de jugar conmigo.

–No estoy jugando contigo –murmuró ella. Había abandonado su pelo y ahora sus dedos exploraban su pecho–. Pero te necesito de una manera que nunca hubiera imaginado. Después de todo lo que ha sucedido hoy, lo único que deseo es que me hagas tuya una vez más.

–Te abrazaré el tiempo que necesites, te consolaré cuanto desees, te sostendré entre mis brazos hasta que te quedes dormida, pero no te haré el amor. Es demasiado pronto. –Guy se quedó mirando sus pechos–. Tu herida... Me siento perverso sólo pensando en...

Claudia apoyó los dedos contra sus labios y ese gesto se convirtió en una caricia.

–Nada de lo que hacemos es perverso. Si haces memoria, recordarás que mi hermano aceptó nuestro matrimonio. Eso significa que estamos prometidos de nuevo.

Guy terminó de atar el vendaje y se aseguró de que estuviera bien sujeto.

–Cada pensamiento que provocas en mi cabeza es pecaminoso. –Guy atrapó su mano con la suya y le dio un beso en la palma, luego depositó otro en la sensible piel de su muñeca, y avanzó por su brazo. Sus miradas se encontraron, y Claudia vio su propio deseo reflejado en sus ojos–. La primera vez que te vi de pie en las escaleras de aquella capilla, pensé que no podías ser real, que debías de ser una visión celestial. Pero estoy empezando a pensar que, después de todo, no eres ninguna santa, milady.

Claudia sonrió y se esforzó por demostrarle que tenía razón al respecto.

Epílogo

Castillo de Montague
Tres meses después

–Tenías que haberme puesto sobre aviso. –Claudia estaba regañando cariñosamente a Guy mientras le daba un relajante masaje en la espalda. Sabía que su historia acerca de que había forzado demasiado sus músculos en su combate más reciente con Kenric era una flagrante mentira. Pero la verdad era que a él le gustaba que le masajeara la espalda y a ella también le gustaba hacerlo, así que decidió no cuestionar su historia. Por otro lado, ella también necesitaría atenciones especiales después de aquel duro día con la familia de su esposo–. Deberías haberme avisado. Me he sentido como una tonta.

Guy, que yacía sobre las almohadas apiladas frente al hogar, la miró por encima del hombro y le dedicó una maliciosa sonrisa.

–¿Y estropear la sorpresa? He esperado durante meses para ver la expresión de tu rostro cuando vieras a Tess y a Helen atravesar las puertas del castillo. Mereció la pena.

–Me quedé boquiabierta ante tus hermanas, y seguí así durante más de una hora después de su llegada. Sabías que esperaba encontrarme con gigantes, y tú incluso me animaste a pensar que la esposa de Kenric era tan fiera como él. Tu hermana Helen apenas es más alta que yo, y es muy hermosa. Aun así, fue Tess la que me dejó sin habla. Es pequeña y delicada, y parece un hada con todo ese pelo dorado y esos ojos tan poco comunes. Son del color de las violetas. –Claudia sacudió la cabeza–. Me llevará tiempo acostumbrarme al hecho de que está casada con ese bruto al que llamas hermano.

–Espera unos pocos días –comentó Guy–. Pronto te preguntarás cómo no viste que son perfectos el uno para el otro. Se quieren tanto que no podrían sobrevivir por separado.

–Sí –asintió Claudia–, es evidente por el cambio que se produce en tu hermano cada vez que ella está a su lado. No sabía que Kenric pudiera sonreír tanto. Me costaba trabajo no quitarle la vista de encima al verlo sonriendo, aunque lady Tess me ha sorprendido cada vez que lo he hecho. –Dejó de masajear su espalda y se inclinó para susurrar en su oreja–: ¿Crees que tus hermanas me apreciarán con el tiempo?

–Ya lo hacen –afirmó seguro de sí mismo.

–Yo no estoy tan segura. –Sus manos volvieron a moverse de nuevo–. Están muy unidas y no parecen necesitar otra amiga.

Claudia sintió que Guy se ponía tenso, pero su voz sonó despreocupada.

–Nadie puede tener demasiados amigos, mi amor. Sólo sé tú misma y dales tiempo para que te conozcan mejor. Helen me ha dicho que acerté al convertirte en mi esposa. Cree que eres muy agradable.

–Lady Tess piensa que soy una grosera. Me frunció el ceño varias veces durante la cena, y lo hizo de una forma bastante deliberada, debería añadir. No tengo ni idea de lo que he podido hacer para ofenderla.

–Cree que deseas a su esposo –bromeó Guy.

Claudia inclinó la cabeza hacia un lado para mirarlo a la cara. Tenía los ojos cerrados, pero no pudo ver ni rastro de humor en su expresión de satisfacción.

–¿Por qué habría de pensar semejante cosa?

Los labios de Guy se curvaron formando una sonrisa.

–Tess cree que todas las mujeres desean a su esposo y que no pueden evitar sentirse atraídas por su apuesto rostro.

–¿El rostro de Kenric? ¿Estamos hablando de tu hermano?

–Sí. Tess cree que su marido es irresistible para todas las mujeres. Le llevará un tiempo darse cuenta de que estás más que satisfecha con el tuyo.

–Bromeas.

Claudia no podía imaginar que alguna mujer pudiera pensar que Kenric era irresistible.

Guy le lanzó una mirada indignada.

–¿Acaso no estás satisfecha con tu esposo, milady?

Claudia apoyó una mano contra su frente y simuló un mohín.

–Oh, milord, me has descubierto. Tengo la desgracia de contar con un esposo que, aunque es más alto que la mayoría de los hombres, no los hace parecer hormigas y cuyo rostro no parece salido de una horrible pesadilla. –Claudia se mordió el labio inferior y se quedó pensativa–. Aun así, tiene una o dos cualidades que encuentro muy atractivas.

–¿Como cuáles? –la animó Guy.

Claudia se reclinó hasta que sus palmas se apoyaron contra la parte posterior de las rodillas de Guy.

–Toda mujer desea un esposo que pueda ser despertado a cualquier hora de la noche cuando tiene necesidad de... un poco de compañía. –Deslizó las manos hacia arriba y deseó haberle pedido que se quitara los pantalones antes de haber empezado con el masaje. Aun así, sintió como su cuerpo se tensaba bajo sus palmas–. Sí, un hombre que tenga tantas cosquillas tras sus rodillas es bastante útil en esas circunstancias. Una vez que está despierto, no hay mejor tarea para una esposa que deslizar sus manos por sus duros muslos para ver si hay otras partes de él tan sensibles a su tacto.

Guy se movió y rodó para apoyarse sobre su espalda. El deseo encendía sus ojos.

–Te aseguro, milady, que en el cuerpo de tu esposo hay partes que son especialmente sensibles a tu tacto.

Claudia acarició con una mano su cadera para comprobar esa teoría y fue recompensada con un profundo gemido de placer.

–Hay otro tema que despierta mi curiosidad, milord. ¿Crees que nuestros hijos serán tan hermosos como los que tienen tus hermanos?

–Mi dulce Claudia, me duele que tengas dudas a ese respecto. –Su sonrisa se volvió maliciosa cuando la colocó a horcajadas sobre sus caderas e hizo desaparecer sus manos bajo su falda para iniciar una lenta y suave caricia en sus muslos–. Ya veo que tendré que ponerme a trabajar en la respuesta a esa pregunta de inmediato.

Claudia extendió las manos sobre su pecho y sus labios se curvaron en una enigmática sonrisa.

–El trabajo ya está hecho, milord. Conoceremos la respuesta la próxima primavera.

Por un momento, la seductora expresión de Guy permaneció inmutable. Luego, sus ojos se abrieron de par en par ante la sorpresa.

–¿Estás segura? ¿Hemos concebido un hijo?

–No hace falta que te hagas el sorprendido –se burló Claudia–. Rara vez me das descanso con respecto a mis deberes como esposa.

–Tus deberes como esposa podrían llamarse exigencias de esposa en más de una ocasión, mi amor. –Sus manos llegaron hasta sus caderas y, de repente, se quedaron inmóviles–. Dices que un hombre no debe yacer con una mujer que esté embarazada.

–¿Crees que me quedaré de brazos cruzados mientras yaces con otra que no lo esté? –Claudia le dio un mordisco en el cuello para enfatizar sus palabras.

–¡Ah! Deja de fruncir el ceño, bruja. –Guy apresó sus manos y se las llevó a los labios–. Prefiero convertirme en un monje antes de que contemples la idea de transformarme en eunuco. Mi deseo sólo te pertenece a ti, como ya sabes, pero ambos debemos tener cuidado por el bebé.

Guy se incorporó, pero se aseguró de que ella permaneciera a horcajadas sobre él.

–¿Cuánto tiempo después de que nazca el niño debe esperar una mujer antes de poder hacer el amor?

–¿Cuánto tiempo...? –Claudia se quedó mirándolo asombrada–. ¿Es que pretendes no tocarme hasta la primavera?

Él se pasó nerviosamente la mano por el pelo en un brusco gesto de frustración.

–Sé muy poco de niños y embarazos, Claudia. ¿Qué pasaría si te hiciera daño?

–No me hiciste daño anoche –razonó. Apoyó las manos en sus caderas, le dio un inocente beso en la base del cuello y deslizó su cuerpo contra su pecho en una provocadora caricia. Al oír el sonido de su inspiración, Claudia sonrió–. O la noche anterior, o la anterior a ésa.

–Es cierto –reconoció Guy–. No te quejaste de que te hiciera daño.

–Estoy segura de que tus hermanos saben mucho de estos asuntos. –Claudia le dio pequeños y tentadores besos en las comisuras de los labios–. Me da la sensación de que no rechazaron a sus esposas cuando estaban esperando a sus hijos, al igual que tú no lo harás conmigo.

–Sí, eso no parece probable. –Su esposo la rodeó con los brazos y atrapó sus labios con los suyos en un largo y profundo beso–. Debo asegurarme de pedirles su opinión sobre el asunto.

Guy inclinó la cabeza para darle otro beso, pero unos insistentes golpes en la puerta hicieron que se detuviera a milímetros de su boca y que lanzara una maldición en voz baja.

–Se irán –le aseguró Claudia, intentando que se olvidara de los golpes.

Guy apresó sus muñecas y le dirigió una maliciosa sonrisa antes de colocarla a un lado, levantarse y dirigirse hacia la puerta.

–Hay asuntos que pueden requerir mi atención.

–¿Qué asuntos?

Se arregló la falda mientras esperaba una respuesta, pero Guy simuló ignorarla y abrió la puerta tan sólo unos centímetros. Aun así, Claudia distinguió el claro sonido de la voz de Evard al otro lado.

–¡Noticias de Londres, milord! Tal como tú esperabas, el rey ha puesto precio a la cabeza de Dante. Doscientas monedas de plata, vivo o muerto.

Guy salió al pasillo y la puerta se cerró tras él. Claudia se quedó mirándola asombrada y en silencio. Un frío nudo de terror se tensó en su estómago cuando su esposo reapareció unos momentos después. Su boca delataba su preocupación.

–¿Lo has oído?

Ella asintió en silencio.

Guy atravesó la estancia dando largas zancadas, la levantó en sus brazos y la colocó sobre la cama.

–Confía en mí, mi amor. No es tan grave como parece.

–El rey ha puesto precio a la cabeza de Dante. –Claudia levantó la mirada hacia él e intentó contener las lágrimas–. ¿Y dices que no es grave?

–No, no es más que un inconveniente. –Dirigió sus manos hacia el cierre de los pantalones y se desnudó por completo.

Claudia abrió los ojos de par en par.

–¿Qué haces?

–No permitiré que te inquietes en tu estado. No es bueno para el bebé ni para ti. –Guy la empujó con suavidad por los hombros hasta que quedó recostada sobre las almohadas–. Hiciste las paces con Dante en la misiva que le enviaste al llegar a Montague, y aun así te preocupaste durante semanas hasta que recibiste su contestación. Tu hermano no hace más que darte preocupaciones. Pretendo apartar a Dante de tu mente y hacer que pienses en algo más agradable.

Claudia soltó un suspiro exasperado e intentó incorporarse mientras las manos de Guy se ocupaban de los lazos de su corpiño.

–No soy tan manejable como a ti te gustaría creer. ¿Esperas que ignore una noticia así?

–Sí.

Hizo un firme gesto de asentimiento y deslizó su vestido y su camisola por sus hombros. La obligó a recostarse de nuevo con sus besos y manteniendo sus labios cautivos bajo los suyos mientras le bajaba la ropa por debajo de las caderas. La sedujo hasta conseguir que abriera la boca...

Y Claudia le mordió la lengua.

–¡Ah! Juegas duro, gatita. –Guy alzó la cabeza–. Preferiría oírte ronronear.

–¿Qué me estás ocultando?

–Nada, mi amor. –Deslizó la mano por su estómago y apretó uno de sus pechos con suavidad–. No puedo sentir ningún cambio en ti todavía. ¿Estás segura de que llevas en tu seno a nuestro hijo?

Claudia intentó ignorar el calor que sus caricias desencadenaban en su interior.

–Dime la verdad, Guy. ¿Por qué estás tan seguro de que no tengo que preocuparme por Dante?

–¿Confías en mí? –murmuró su esposo en su oído.

Claudia logró asentir.

–Entonces, no temas nada cuando te digo que tu hermano está a salvo. –Recorrió el lóbulo de su oreja con la lengua y sopló con tanta suavidad, que a Claudia se le encogieron los dedos de los pies. El sonido de su voz vibraba en lo más profundo de su ser–. Está en un lugar donde a nadie se le ocurrirá buscarlo.

Las manos de Guy se movieron con urgencia por el cuerpo femenino y despertaron su deseo con habilidad. La resistencia desapareció y fue sustituida por una ardiente necesidad de devolverle el placer que él le ofrecía. Claudia empezó sus propias exploraciones con sus manos, avivando en el proceso las llamas de su propio deseo. Guy hizo que abriera aún más las piernas mientras apretaba la dureza de su miembro contra su suave carne y se preparó para tomarla, pero Claudia hizo un gesto negativo con la cabeza, en un intento de que respondiera a sus preguntas.

–¿Dónde está, Guy?

Era demasiado tarde. La mano de su esposo se dirigió hasta el centro de su feminidad y empezó a explorar, acariciándola, tentándola pero sin llegar a satisfacerla, volviéndola loca de deseo. La cabeza de Claudia cayó vencida sobre las almohadas reconociendo su derrota.

–Ábrete para mí, mi amor. –La voz de su esposo reflejaba el tono satisfecho del vencedor.

La joven obedeció sin vacilar. Guy había conseguido su objetivo incluso antes de deslizarse en la humedad de su interior, pues los pensamientos de Claudia en ese momento estaban muy lejos de los miedos o las preocupaciones. Siempre la asombraba lo que llegaba a sentir cuando hacían el amor. Iba mucho más allá de lo físico. Era la unión de dos seres, de dos almas que formaban un todo. Ambos sabían que nunca estarían completos sin el otro.

Después del éxtasis, la increíble calma que la invadió logró que sus inquietudes parecieran estar muy lejos de allí.

Acurrucada contra el pecho de su esposo, Claudia se esforzó por mantenerse despierta. Quería preguntarle de nuevo sobre

Dante, incorporarse y exigirle que se lo contara todo. Pero en ese momento sólo deseaba disfrutar al sentir su mano acariciando con ternura su espalda; se resistía a perderse el sencillo placer de escuchar los regulares latidos de su corazón y la sensación de total seguridad y bienestar que le proporcionaba el hecho de que él la abrazara.

Hasta que conoció a Guy, jamás creyó que esos placeres fueran posibles. En sus brazos, Claudia encontraba el hogar que siempre había anhelado y un amor más profundo que cualquiera que hubiera imaginado. En pocos meses, un bebé se uniría a la familia que habían formado. Sus labios se curvaron en una sonrisa y sus ojos se cerraron. En ese momento, la voz de Guy le llegó en un suave susurro.

–Montague. –Le dio un beso en la frente con infinita ternura–. Dante está en el interior de las murallas de Montague, mi amor.

El duque

Traducción de
Raquel Duato García

Feliz cumpleaños, mamá.

1

Londres, 1813

–Una desvergonzada, eso es lo que es.

Lily Walters intentó ignorar el insulto expresado en un susurro y centró su atención en un punto imaginario en el otro extremo del salón de baile de lord y lady Ashland, midiendo con precisión sus pasos al tiempo que atravesaba la estancia. Más de quinientas personas se daban cita en la enorme sala, y la música del más selecto cuarteto de Londres se veía amortiguada por las risas y las conversaciones que llenaban el recinto. A su izquierda se ofrecía un espléndido bufé, mientras que la pista de baile dominaba el lado opuesto del salón. Lily se dijo a sí misma que era de esperar la presencia de debutantes poco discretas como las cuatro que permanecían de pie cerca de la mesa del bufé. Las malevolencias que susurraban tras sus enjoyados abanicos no debían afectarle.

Sin embargo, una joven llamada Margaret Granger se aseguró de que su voz pudiera oírse por encima de los susurros.

–Pobre Osgoode... Descanse en paz. Apenas hace tres meses que yace en su tumba y ella ya vuelve a hacer vida social como si él nunca hubiera existido. ¿Habéis visto algo más impropio en vuestras vidas?

Lily sintió como le subía el rubor al rostro. Desearía que, al menos, Margaret y sus amigas tuvieran la decencia de comentar el tema a sus espaldas, como el resto del mundo. No obstante, aunque la estancia se llenaba con los sonidos de la música y las conversaciones, era imposible ignorar sus voces.

–El pobre infeliz de Osgoode –continuó Margaret– se dejó la vida en aquel duelo y ella ni siquiera ha tenido la decencia de guardarle luto.

–¿Un duelo? –preguntó una de sus amigas–. Creía que Osgoode había sido víctima de unos asaltantes.

–¿Al amanecer y en Regent's Park? –replicó Margaret–. Los hechos hablan por sí solos. Incluso pregunté a mi prometido sobre el suceso y él también cree que es evidente que lord Osgoode falleció en un duelo.

–¿Tu prometido? ¿Acaso insinúas que estás comprometida?

Las otras debutantes empezaron a hablar en excitados susurros, pero Margaret respondió con un aspaviento a sus súplicas para que les contara más detalles.

–No, me temo que no puedo deciros nada más. Remmington insistió en que mantuviera nuestras conversaciones sobre el compromiso en secreto.

Lily perdió el paso y casi tropezó, pero recuperó la compostura mientras miraba de soslayo hacia la mesa. Sólo Margaret la observaba. La rubia sonrió, apartó sus rizos para colocarlos sobre uno de sus hombros y luego susurró algo a la chica que permanecía junto a ella. Lily se calmó tomando una profunda inspiración, y continuó su camino tras darse cuenta de que las malevolencias de Margaret sí podían hacerle daño.

Finalmente, consiguió que la conversación de Margaret se confundiera entre las confusas voces que competían con la música; sin embargo, Lily todavía sentía sus efectos en ella. Un extraño dolor atenazaba su pecho y se le había hecho tal nudo en la garganta que apenas podía respirar. El ambiente en el amplio salón estaba muy cargado a causa del aroma de los perfumes rancios y de los olores subyacentes fruto de la aglomeración de demasiada gente en un solo lugar. Lily abrió su abanico, pero la forzada brisa no le pareció en absoluto refrescante.

Un destello de color atrajo su atención y miró hacia un par de palmeras que se levantaban en la terraza. En un océano de vestidos de baile color pastel, sólo Sophie Stanhope luciría un tono fucsia tan llamativo. Volvió a vislumbrar algo de ese intenso color a través de las hojas y aceleró sus pasos.

–¡Lady Lillian!

Al oír su nombre, la joven soltó un gruñido, pero aun así consiguió esbozar una vaga sonrisa cuando se volvió para observar como lord Allen avanzaba hacia ella. Había permanecido junto a una de las amplias columnas de estilo griego que sostenían el techo y ahora prácticamente corría para llegar a su lado.

–Debo reconocer que es usted la última persona a la que esperaba encontrarme aquí hoy, lady Lillian.

Lily no podía decir lo mismo de George Allen. No importaba adónde fuera, sus caminos siempre parecían cruzarse. Era un joven bastante agradable, aunque aburrido en ocasiones. Se dijo a sí misma que el hecho de que sus saltones ojos verdes siempre resultasen demasiado ansiosos o que su pelo pareciera sucio incluso cuando estaba limpio no debería influirle en absoluto. Como había tenido que soportar ella misma las críticas de los demás, Lily se negaba a juzgar a alguien sólo por su apariencia. Aun así, la combinación que Allen había escogido para aquel baile, un traje azul chillón con un chaleco morado oscuro, le dañaba la vista. A pesar de que sus prendas eran lujosas, siempre conseguía que les faltara algo o que no estuvieran correctamente abrochadas. Esa noche le faltaba el último botón de su chaleco y su ausencia atrajo la atención de Lily hacia la camisa blanca como la nieve que asomaba por el hueco. Un fallo más en la vestimenta que acumulaba George en su haber.

–Debe prometerme el primer baile –le pidió. Luego deslizó la mirada por su vestido verde mar y se demoró en su enjoyado corpiño.

–Qué amable por su parte el pedírmelo, lord Allen. Pero me temo que ya he prometido mi primer baile a lord Artonswell. ¿O fue a lord Williams? –Lily desplegó su abanico y golpeó su labio inferior con el dorado borde, manteniendo una expresión de ingenua inocencia–. He perdido mi tarjeta de baile y no consigo recordar el orden.

–Entonces, debería prometerme el primer baile que tenga disponible.

–Tendrá que ser el que vaya a continuación del primer vals.

Lily le dirigió una encantadora sonrisa, consciente de que los remilgados Ashland nunca permitirían al cuarteto de músicos que tocara esa pieza en particular.

Lord Allen frunció el ceño.

–Debe dejarme que la acompañe a dar un paseo por los jardines. Son espectaculares y estoy convencido de que no querrá perdérselos.

–Qué idea tan maravillosa. –Lily intentó parecer pensativa y azorada al mismo tiempo. Su sonrisa se convirtió en un malhumorado mohín y sus dedos retorcieron uno de los rizos color caoba que caían rozando su hombro. Desde luego, no había ido a ese baile para coquetear o bailar con alguien como lord Allen. Así que cuanto antes pusiera fin a esa farsa, mejor–. Papá me prohibió salir fuera sin su compañía. ¿Qué le parece si vamos a ver si está libre? Se encuentra en la sala de juego con lord Howland y sus amigos, pero quizás a ellos también les apetezca salir a tomar el aire.

–Oh, no creo que sea buena idea molestar a su padre y a sus amigos –respondió el joven con rapidez–. Seguro que al conde no le...

–Sí, tiene razón, y papá no aprobaría que desobedeciera sus órdenes. –Lily le dio unos golpecitos en el brazo con su abanico y le dedicó una sonrisa de admiración–. Qué adorablemente correcto es usted, lord Allen. Debo reconocer que es muy reconfortante. Estaré impaciente por bailar con alguien tan virtuoso como usted.

–Vaya, gracias.

El caballero le dedicó una amplia sonrisa y se ajustó el chaleco con un brusco tirón haciendo que la camisa asomara aún más por la abertura.

–Le veré después del vals, lord Allen.

Lo saludó con un gesto displicente y se volvió para alejarse antes de que pudiera ocurrírsele alguna cosa más que debieran hacer.

Cuando finalmente llegó hasta las palmeras se paró en seco, sorprendida al encontrarse no sólo con su amiga, sino también con Clara, la tía de ésta, y con lord Poundstone. Físicamente, lady Bainbridge y su sobrina se parecían mucho. Tenían el mismo pelo castaño rizado y los mismos ojos verdes, pero sus gustos a la hora de vestir diferían de forma drástica. El color azul pastel del vestido de lady Bainbridge sólo conseguía que el brillante vestido de Sophie pareciera aún más deslumbrante en comparación. Junto a la tía de su amiga se encontraba lord Poundstone, un corpulento caballero entrado en años que compartía el interés de Sophie por las antigüedades egipcias. En cualquier otro momento, a Lily no le hubiera importado su compañía. Sin embargo, su presencia era otra señal de que aquella noche nada iría bien. Se recordó a sí misma que debía sonreír y luego pronunció un alegre saludo.

–Buenas noches a todos.

–¡Lady Lillian! –El rubicundo rostro de Poundstone se volvió incluso más rojo cuando se inclinó sobre la mano de la joven para darle un beso de cortesía–. Qué agradable sorpresa verla de nuevo. La hemos echado mucho de menos en las reuniones de la Sociedad de Antigüedades.

Por su torpe reverencia y los extraños crujidos, Lily supuso que el anciano caballero intentaba reducir su contorno en constante expansión con un corsé. Su expresión de dolor le hizo preguntarse cómo conseguía que su rostro pudiera llegar a tener algún color.

–Prometo que no me perderé ninguna más –respondió la joven–. He echado en falta una compañía tan sofisticada durante estos últimos meses, milord. Los debates son siempre tan serios e importantes que me siento llena de conocimientos después de cada reunión.

Lily hizo una pausa para añadir un nostálgico suspiro, pues pensó que sería un bonito toque.

–Por desgracia, no capto las teorías de los «hipoglíficos» tan rápido como nuestra señorita Stanhope, ni tampoco consigo recordar todos esos complicados nombres de reyes y dinastías egipcias. Pero debo admitir que lord Alfred sirve un té excelente en las reuniones. Sus cuberterías y sus vajillas son admirables.

Poundstone la corrigió con un tono de superioridad.

–Son jeroglíficos, lady Lillian.

–Ah, sí –murmuró ella–. Tiene razón. Debo acordarme de escribir la palabra varias veces. Hacerlo me ayuda a fijar en la memoria palabras difíciles como «jelogríficos».

–¿Ese abanico es nuevo, Lily? –preguntó lady Bainbridge, interrumpiendo el intento de lord Poundstone de corregir por segunda vez a la joven–. Qué extraordinario. ¿Me permites contemplar más de cerca la pieza?

Lily tendió el abanico a lady Bainbridge.

–Discúlpeme, lord Poundstone, pero me muero de ganas de hablarle a mis más íntimas amigas sobre la más reciente remesa de sedas de madame Justine. Espero que no repita esta conversación, milord, pues todas las damas pasarían por su tienda a primera hora de la mañana si conocieran la noticia y nuestro surtido se vería gravemente reducido. –El tono de su voz reflejaba la importancia de su secreto–. La remesa viene de Francia, milord. ¿Puede imaginárselo? ¡Sophie y yo pronto luciremos productos de contrabando! Debo confesar que la sola idea me hace sentirme muy emocionada.

–Lo comprendo –respondió el anciano caballero. Seguidamente, estiró el cuello hacia un lado y alzó una mano para saludar a alguien que se encontraba en el otro extremo de la estancia–. Y me encantaría que me contara más sobre el tema, lady Lillian, pero me temo que ya me había comprometido a encontrarme con lord Greyvall en la sala de juego y se sentirá muy decepcionado si no acudo pronto.

Poundstone articuló unas cuantas disculpas educadas y, tras una apresurada retirada, dejó a las damas para que hablaran de sus artículos de contrabando en privado.

Al ver que se alejaba, las tres mujeres soltaron un suspiro de alivio.

–Gracias a Dios que se ha ido –exclamó Sophie.

Las manos de Lady Bainbridge se movían con discreción a lo largo de la varilla del abanico de Lily, mientras su atenta mirada recorría la estancia para asegurarse de que nadie las observaba.

–Sé que esperabas encontrarte sólo con Sophie esta noche, pero mi esposo está muy preocupado por el último mensaje que tradujiste.

–Estoy segura de ello –afirmó Lily, pues conocía la razón de la impaciencia de sir Bainbridge.

El mensaje oculto entre las varillas de su abanico contenía noticias sobre los últimos movimientos de las tropas de Napoleón en el continente. Ni siquiera sir Malcolm Bainbridge, el director de proyectos especiales para el Ministerio de Defensa, podía conocer el mensaje original hasta que Lily no le entregara la traducción.

Lady Bainbridge introdujo el papel en su guante y luego le devolvió el abanico a su dueña.

–Os dejaré solas para que podáis hablar de vuestras cosas. Saluda a tu padre de mi parte, Lily.

Una vez que se retiró su tía, la expresión de Sophie se volvió enigmática cuando se dio la vuelta de nuevo hacia su amiga.

–Nunca adivinarás quién ha venido esta noche.

–¿Quién? –preguntó Lily al tiempo que se acercaba más a las palmeras.

Afortunadamente, nadie podría verla desde allí. Lo último que deseaba era encontrarse atrapada en una interminable serie de bailes o en las cortesías sin sentido que tenían lugar en ese tipo de eventos. En una hora podría marcharse, pero al menos disfrutaría de la compañía de Sophie mientras tanto.

–Es muy alto, misterioso y algunos dicen que también peligroso. Además, resulta que mi mejor amiga cree que es el hombre más apuesto de Inglaterra. –Sophie se dio unos golpecitos en la barbilla y miró hacia el cielo sonriendo–. ¿Quién podría ser? –Su sonrisa se desvaneció cuando volvió a mirar a Lily–. ¿Qué ocurre? Estás blanca como la nieve.

–Nada –mintió–. Es sólo que no me encuentro muy bien esta noche.

Sophie no respondió, simplemente se quedó mirando a su amiga expectante.

–Oh, de acuerdo. He escuchado decir a Margaret Granger que está prometida con el duque de Remmington.

Repetir el anuncio de la maliciosa joven era casi tan devastador como lo había sido escucharlo por primera vez. Lily siempre había albergado la vana esperanza de que Remmington algún día se fijara en ella o de que, al menos, pidiera que los presentaran. Pero era mejor así, se dijo a sí misma, ya que tenía que pensar en su trabajo; un trabajo que era alto secreto. Un hombre como Remmington nunca tendría cabida en su vida.

–Remmington y Margaret Granger –reflexionó Sophie, pesarosa–. Eso dará mucho que hablar. Todo el mundo pensaba que él nunca volvería a casarse.

–Oh, no te pongas tan melancólica –la reprendió Lily–. Admití mi encaprichamiento por Remmington el mismo día que decidimos descubrir qué sabor tenía el brandy. La mitad de lo que dije no iba en serio. Por otro lado, ¿qué duque querría casarse con una mujer que le confiesa a su amiga que lo encuentra atractivo después de beber una copa de más? Margaret Granger nunca haría unas confesiones tan tontas bajo la influencia del alcohol. La perfecta y remilgada lady Margaret será una excelente duquesa.

–Probablemente también será mejor esposa que la primera –asintió Sophie–. La primera duquesa se hizo famosa por sus devaneos, que no eran precisamente secretos. Dicen que murió al dar a luz a un hijo que no podía ser de su esposo, pues el duque llevaba casi un año en las Indias Occidentales antes del acontecimiento. Aunque dio la casualidad de que sí estaba cerca cuando ella falleció, y existen algunos desagradables rumores sobre cómo murió exactamente.

–Remmington no tuvo nada que ver con la muerte de su esposa –rebatió Lily–. Por lo que todos dicen, siempre hizo caso omiso de sus infidelidades. No es la clase de hombre que se deja llevar por los celos o la pasión. Al menos, no de la forma que insinúas. Aunque no sé qué tiene que ver eso con nosotras, la verdad.

–No sabía que lo conocieras tan bien.

–Sabes muy bien que eso no es cierto.

–Lo que yo sé es que te gusta –insistió Sophie.

–¿Que me gusta? –Hizo un gesto que manifestaba su enfado–. Nunca nos han presentado. ¿Cómo iba a gustarme si ni siquiera lo conozco? La mayoría de la gente cree que es frío y arrogante, y no es ningún secreto que es terriblemente libertino. El año pasado hizo alarde de su aventura con lady Penton de tal manera que, al final, lord Penton tuvo que llevarse a su esposa a un largo viaje por las Indias Orientales. Luego fue lady Saint James, la siguió lady Farnsworth y después ha habido muchas otras, de eso estoy segura.

–¡Dios Santo!

–Es escandaloso, ¿no crees? ¿Cómo podría parecerme atractivo? La verdad es que ya se me ha pasado ese estúpido encaprichamiento. De hecho...

–¡Sí, por supuesto! –Sophie sonrió alegremente, mientras dirigía la mirada por encima del hombro izquierdo de su amiga–. Debemos ir a la tienda de madame Justine a primera hora de la mañana. Estoy deseando ver esas sedas.

A Lily sólo le llevó un momento darse cuenta de que había alguien detrás de ella. Incluso antes de notar el extraño comportamiento de su amiga, sabía que estaba siendo observada. A su espalda, una profunda voz hizo que se quedara sin aliento.

–Buenas noches, señoritas.

–Buenas noches, Excelencia –murmuró Sophie, dirigiéndole al desconocido una reverencia que mostraba un gran respeto.

Lily se volvió, alzó la mirada y mantuvo un grosero silencio hasta que su amiga la incitó a que hiciera una torpe reverencia golpeándola con el codo.

El duque de Remmington arqueó una ceja al tiempo que observaba la burda reverencia. Por lo demás, sus rasgos permanecieron imperturbables. Lily esperaba que su expresión reflejara el mismo grado de educado tedio. Pero sabía que no era así, pues su repentina aparición la había puesto demasiado nerviosa.

La joven había visto al atractivo duque en algunos bailes y fiestas durante los últimos años, sin embargo, siempre que por casualidad dirigía su mirada hacia donde estaba ella, sus ojos pasaban rápidamente de largo, lo que mostraba un silencioso rechazo por una mujer que no atraía su interés. Aun así, Lily siempre había mantenido la esperanza de que algún día su mirada no fuera más allá, que sus profundos ojos grises se demoraran en su figura sólo por un momento. Quizás entonces sintiera una pequeña parte de la atracción que a ella la consumía y que la obligaba a pasarse horas en aburridos bailes sólo para poder verlo de nuevo. El hecho de que en ese preciso instante estuviera de pie ante ella parecía una extraña manifestación de sus deseos y de su imaginación.

¿Cuántas veces había soñado con hablar con él? ¿Cuántas veces había ensayado los inteligentes comentarios que le haría para impresionarlo? En cambio, ahora, no se le ocurría ni una sola palabra que decir.

Cuando Lily alzó la mirada hacia él, se dio cuenta de que era más alto de lo que había pensado, pues ella apenas le llegaba al pecho y tenía que inclinar la cabeza hacia atrás para estudiar la dura línea de su mandíbula. El ligero rastro de una oscura barba incipiente ensombrecía su rostro y le daba un aire peligroso y muy masculino. Se demoró observando su boca. Sus carnosos y bien definidos labios conseguían parecer duros y suaves al mismo tiempo. Turbada al pensar qué se sentiría al besar aquellos labios, la joven se obligó a dirigir la mirada más arriba. Sus ojos no eran exactamente grises. Eran de un fascinante tono azul plateado, el color poco común del acero de Damasco.

–Me preguntaba si podría presentarnos, señorita Stanhope.

La mirada de Lily pasó de Remmington a Sophie.

–¿Os conocéis?

Su amiga frunció el ceño en un ligero gesto que decía mucho. Lily se dio cuenta de que su pregunta había sido una grosería, pero en aquel momento le daba igual.

–Nos conocimos en casa de lady Barton hace unas pocas semanas –le respondió Sophie antes de volverse hacia Remmington–. Será un placer, Excelencia. Ésta es mi amiga, lady Lillian Walters, hija del conde de Crofford. Lily, te presento al duque de Remmington.

–Excelencia –murmuró Lily. Consiguió acordarse de extender la mano, aunque su gesto pareció apresurado y torpe.

El duque alzó sus dedos con un hábil movimiento y se inclinó sobre su mano. Aunque ella esperaba un leve roce, la presión de sus labios contra sus guantes de encaje la sobresaltó. ¿Era sólo su imaginación lo que la hizo pensar que se había demorado en el beso?

Mientras él la liberaba, la joven se quedó mirando el punto donde sus labios la habían tocado, a la vez que contemplaba asombrada como su mano permanecía extendida en el aire. Le costó un gran esfuerzo conseguir que el descarriado brazo volviera a su costado.

–El placer es mío, lady Lillian. No estaba seguro de si apreciarían que las interrumpiera, ya que parecían absortas en su conversación.

Volvió a arquear una ceja, en lo que quizá fuera un gesto irónico indicador de que sabía que no les importaba su intromisión.

Lily esbozó una débil sonrisa y se preguntó si él era consciente de lo mucho que ella apreciaba su decisión de interrumpirlas. A la joven, su profunda y áspera voz le pareció tan atrayente como su rostro. El sonido la cautivó mientras continuaba estudiando sus rasgos. Su tamaño y su oscura tez rompían todas las normas de lo que la sociedad consideraba de moda, pero había una natural elegancia masculina en él que nada tenía que ver con la moda o las conveniencias. Sospechaba que podía sentirse tan cómodo en una taberna como en un salón de baile. La observaba con una combinación de sofisticación e inteligencia que le hacían difícil tomar aire para respirar, como si lo supiera todo sobre ella, sus esperanzas, sus sueños, sus secretos. Se preguntó si alguien estaría a salvo de esa penetrante mirada.

–No nos molesta en absoluto –comentó Sophie después de otro incómodo y largo silencio. Luego volvió a darle un codazo a Lily en el costado, pero su amiga continuó callada sin poder evitarlo.

¿Por qué no podía abrir la boca y decir algo?

–Apenas podía verlas tras toda esta vegetación –comentó él, extendiendo una mano para señalar las palmeras. Lily siguió el gesto con la mirada, embobada por la extraordinaria fluidez de sus movimientos–. Pero estaba seguro, señorita Stanhope, de que usted sería la única mujer lo bastante atrevida para vestir de un tono tan intenso. El color que ha elegido es deslumbrante.

Sophie bajó la mirada hacia su vestido y respondió vacilante:

–Gracias, Excelencia.

Lily se preguntó si acababa de alabar a su amiga o si la había insultado. Sospechó que su intención era dejarlas con la duda y permitirles con ello entrever una parte de su inquietante y cínica personalidad. Así era el duque de Remmington. Podía decir o hacer lo que le viniera en gana y, de hecho, lo hacía con gran frecuencia.

–¿Disfrutan de la fiesta de los Ashland? –Inclinó la cabeza hacia la pista de baile–. Parece que ha venido todo el mundo.

–Los Ashland siempre tienen mucho éxito –respondió Sophie–. Hasta el momento, está siendo una velada muy agradable. Lord Poundstone y yo hemos mantenido una vehemente charla sobre los objetos que llegaron de El Cairo la semana pasada. ¿Le interesan las antigüedades egipcias, Excelencia?

–Sé muy poco sobre el tema, señorita Stanhope. –Remmington desvió la mirada hacia Sophie y luego volvió a dirigirla hacia Lily–. ¿Y a usted, lady Lillian?

La joven continuó sin poder pronunciar palabra. ¿De qué estaban hablando Sophie y él? ¿De algo sobre Egipto? Se había quedado mirando tan fijamente sus ojos que se había olvidado de prestar atención a la conversación. Dios santo, parecía como si hubiera pasado una hora cuando Remmington se decidió a reformular la pregunta.

–¿Comparte el interés de la señorita Stanhope por las antigüedades egipcias, lady Lillian?

–No.

–Mi amiga y yo nos dirigíamos a por una copa de ponche –anunció Sophie, tomando el control de la conversación de nuevo. Lily la bendijo en silencio–. ¿Le importaría acompañarnos?

–En realidad, preferiría bailar con una de ustedes. –Hizo otra reverencia mientras su mirada mantenía a Lily cautiva–. ¿Me haría el honor, lady Lillian?

La joven no podía recordar si había respondido a la pregunta, pero el duque extendió el brazo para conducirla a la pista de baile. El hechizo con el que la envolvía pareció perder fuerza en el momento en que ella avanzó, probablemente porque tuvo que concentrarse en dónde ponía los pies para no tropezar. Se le ocurrió pensar que Miles Garrett Montague, el duodécimo duque de Remmington y poseedor de otros muchos títulos menores, era el último hombre en la Tierra con el que debía bailar esa noche. Lo más probable es que estuviera comprometido con Margaret Granger y ella no tenía ningún derecho a sentirse tan embriagada por las atenciones del prometido de otra mujer. Además, no tenía nada que hacer con un hombre como Remmington.

Aunque todo eso no cambiaba el hecho de que se sintiera como si flotara mientras él la guiaba hacia la pista de baile. ¿Qué había de malo en un solo baile? ¿Qué había de malo en fingir, sólo por unos momentos, que eran pareja? Nadie sabría nunca lo consciente que era de hasta los más mínimos detalles de su primer encuentro con Remmington, de cómo no podía dejar de mirarlo. Lily estudió el dibujo que trazaba una pequeña cicatriz sobre su barbilla y luego cerró los ojos por un momento para disfrutar del ligero aroma a tabaco, brandy y otros olores masculinos indefinibles que inundaban sus sentidos.

Bajo su mano, Lily podía percibir unos poderosos músculos que la hacían sentirse pequeña y frágil. También notó la fortaleza de esos mismos músculos a lo largo de su hombro cuando colocó la mano allí para empezar el baile. Su impactante presencia y su virilidad la envolvían, convirtiéndose en una sensación tan potente como un brandy de doscientos años. Los primeros compases de la música flotaron por la estancia y Lily abrió los ojos de par en par, encantada al darse cuenta de que el cuarteto iba a tocar un vals.

Debido a que él era uno de los pocos hombres que podían bajar la cabeza para sonreír a una mujer de casi un metro setenta de altura, le llevó un momento empezar a preguntarse por qué le estaba sonriendo. ¿Y por qué había un rastro de triunfo en sus ojos, como si hubiera sabido de antemano que bailarían una pieza tan íntima? Lily era consciente de que los Ashland no aprobaban el vals, pero también de que se asegurarían de que los músicos tocaran cualquier cosa que un duque deseara oír. Las vagas sospechas sobre su repentino interés por ella se cristalizaron en una fría y brusca certidumbre que la golpeó. Si estaba en lo cierto, Lily no le interesaba en absoluto y se había pasado los últimos minutos mirando como una estúpida a un hombre que sólo pretendía utilizarla. Su irresistible sonrisa hizo que las mariposas de su estómago dejaran de volar.

La joven dominó su expresión para no revelarle sus pensamientos y para borrar de su rostro cualquier rastro de su tonto encaprichamiento. Centró la mirada en su hombro y se obligó a fingir que él no era más que otro caballero que la invitaba a bailar, un simple conocido. Fue una dura tarea y no logró cumplirla con mucho éxito, pero al menos su mente ya no estaba tan dispersa y sintió que controlaba un poco más sus emociones.

–Parece bastante satisfecho por algo, Excelencia. –Hizo que las palabras fluyeran con suavidad, complacida al percibir algo de recelo en su sonrisa. Por un momento, se atrevió a esperar que no hubiera notado la forma en que lo había mirado cuando se habían encontrado, o que se limitara a pensar que era una pobre chica con una limitada inteligencia. Si pretendía hacerle perder la cabeza por él, estaba a punto de descubrir que su plan no funcionaría. Lily bajó la vista en un gesto tímido que había observado en muchas damas cuando pretendían flirtear–. ¿A qué debo el cumplido de su sonrisa?

El duque pareció sorprendido ante su comentario, como si le desconcertara el simple hecho de que estuvieran conversando. Su sonrisa se desvaneció.

–¿Qué caballero no estaría satisfecho al tener la oportunidad de bailar el vals con una hermosa mujer?

–Claro. –Inclinó la cabeza para responder al cumplido y estudió su rostro sin prisas, rasgo a rasgo. En realidad, no sabía qué estaba buscando. ¿Un rastro de compasión? ¿O quizás algún indicio de interés en sus maravillosos ojos? Fuera lo que fuese, no lo encontró. Seguía manteniendo oculta su verdadera opinión sobre ella. Aunque su cumplido pareció sincero, el de la joven sonó cínico y falso–. ¿Y qué mujer puede evitar sentirse complacida bailando un vals con un caballero tan apuesto?

Lily arqueó las cejas en una magnífica imitación de un encogimiento de hombros y continuó deslizándose con gracia al ritmo de la música.

–El único inconveniente sería la prometida del caballero, que seguramente estaría ideando una gran cantidad de métodos de tortura lentos y dolorosos en ese preciso instante. Tormentos que a lady Margaret le gustaría aplicar a la mujer con la que ese caballero estuviera bailando para ponerla celosa.

Los labios de Remmington se adelgazaron hasta formar una

fina línea y Lily le observó saludar con la cabeza a alguien mientras pasaban junto a otra pareja en la pista de baile. Finalmente, volvió a dirigir la mirada hacia su rostro y mostró su evidente disgusto.

–¿Cómo lo ha sabido?

La sonrisa de Lily ocultó el dolor que le habían causado sus palabras, pues había deseado con todas sus fuerzas estar equivocada. Se suponía que él no era así de cruel e insensible, sino que era amable y cortés, la personificación de todo lo que ella admiraba en un caballero.

Sin embargo, ni siquiera era lo bastante educado como para fingir.

En su mente, ella lo había imaginado como un hombre tan perfecto que ahora simplemente le dolía mirarle. Durante tres largos años había admirado a alguien que no era digno ni de dedicarle tres minutos de su tiempo. La noticia de su compromiso con Margaret Granger parecía algo nimio comparada con el dolor que ahora atenazaba su corazón. No era culpa de Remmington no ser el hombre que ella había imaginado, pero aun así, se sintió engañada.

–¿Ve al anciano caballero que está de pie junto a los recipientes de ponche? –preguntó, señalando con la cabeza a lord Porter. Hizo una pausa en espera de que el duque localizara al caballero de ochenta años, y luego continuó–. Aparte de mi padre, usted y lord Porter son los dos únicos hombres que parecen capaces de hablarme exclusivamente a la cara esta noche, y no a otras partes de mi anatomía.

Remmington pareció perplejo ante su descaro, pero a la joven ya no le importaba lo que pensara de ella. Aun así, le sorprendió el hecho de que él sonriera ampliamente y se echara a reír en voz alta. El profundo sonido atrajo la atención de otras parejas en la pista de baile.

–Oh, eso ha estado muy bien –murmuró Lily–. Ahora todo el mundo pensará que hemos compartido un secreto íntimo. Creo que lady Margaret, en su imaginación, ha empezado a pensar en objetos afilados.

Remmington le devolvió la sonrisa con una cálida expresión

que transmitía lo bien que lo estaba pasando. ¿Cómo no iba a mostrarse tan complacido al ver que ella colaboraba tan de buen grado con su plan? La joven apretó los dientes y sintió que su sonrisa se crispaba.

–Lo está llevando con mucha elegancia, lady Lillian. La mayoría de las mujeres seguramente me habrían abofeteado y habrían montado una escena si hubieran averiguado mis intenciones.

¡Ojalá tuviera ella el valor de montar una escena! Quería gritar para mostrar su dolor. En cambio, mantuvo su tono de voz bajo y fingió que no le importaba en absoluto que estuviera utilizándola y humillándola. No le daría la satisfacción de averiguar con qué facilidad había caído en su trampa.

–Quizás encuentro reconfortante bailar con un hombre que no me devora con los ojos todo el tiempo.

La calidez de la mirada del duque adquirió un frío aire de desconfianza.

–¿No aprecia el hecho de que los hombres la encuentren atractiva?

Lily se sintió ofendida por la pregunta, pues daba a entender que él no lo creía así. Remmington sólo valoraba su aspecto por el hecho de que pondría celosa a Margaret. No tenía ni idea de lo que se ocultaba tras su apariencia, ni le importaba averiguarlo. Era casi cómico ver como ambos se habían juzgado mal el uno al otro. Al menos, la joven había descubierto el verdadero carácter del duque antes de llegar a comportarse como una completa estúpida, aunque a juzgar por sus acciones, parecía que él todavía pensaba que sí lo era. Lily estuvo tentada de darle el escarmiento que se merecía, de hacerle ver que estaba equivocado con respecto a ella.

–¿Y usted lo aprecia, Excelencia?

Remmington le lanzó una mirada burlona.

–¿Cómo?

La joven contuvo la respiración cuando recorrieron con osadía la pista de baile y luego soltó su explicación antes de tener tiempo de pensarlo dos veces.

–Le pregunto si le gusta que le persigan por lo que parece ser en lugar de por lo que realmente es.

El duque se quedó mirándola en silencio antes de desviar la vista. Aunque no la alejó de él ni un centímetro, Lily podía sentir como aumentaba la distancia entre ellos por momentos.

–Está resultando ser demasiado perspicaz, lady Lillian.

Pareció como si quisiera decir algo más, pero la joven no le dio la oportunidad de hacerlo. No quería escuchar ni uno más de sus cortantes comentarios. Deseaba alejarse de él antes de hacer algo verdaderamente estúpido. Sus lágrimas serían su humillación definitiva, y podía sentir como se empezaban a acumular en sus ojos.

–Y yo, milord, estoy segura de que es completamente consciente de que lady Margaret me hace responsable de que los sentimientos de lord Osgoode cambiaran con respecto a ella y dejara de cortejarla. Si es que le queda alguna duda, permítame que le asegure que es extremadamente desagradable ser el blanco de las maledicencias de su prometida.

–Lady Lillian, yo...

–Se lo ruego, ahórreme las explicaciones. –La joven se negó a mirarlo y deseó no tener que volver a contemplar nunca aquel atractivo rostro. Para lograrlo, fijó su atención en un hilillo suelto que había en la solapa de su chaqueta–. Sus justificaciones son totalmente innecesarias, Excelencia. Cualesquiera que sean los juegos a los que le divierte jugar con su prometida, yo no deseo ser parte de ellos.

La música se extinguió y Remmington detuvo su baile con un amplio movimiento, aunque no la soltó. Lily alzó la mirada hacia él, pero la apartó rápidamente.

La extraña luz de sus ojos la puso nerviosa. Era como si él hubiera llegado a vislumbrar parte de su alma. No deseaba que fuera así y, sobre todo, no deseaba su compasión.

–Excelencia, la pieza ha finalizado y no debería echar a perder su plan a estas alturas con esa mirada de disgusto.

Además, ambos llamaban mucho la atención en la pista de baile casi vacía. Lily casi podía sentir como la gente la miraba fijamente mientras susurraban a su espalda. ¿Por qué le hacía aquello? ¿Qué había hecho ella para merecer semejante trato? Estaba pagando un precio demasiado alto por haberse creído enamorada de él.

Remmington le dirigió otra estudiada reverencia y luego deslizó la mano bajo su brazo para acompañarla fuera de la pista. Aminoró el paso cuando se aproximaron a Sophie, que se encontraba junto a las puertas que daban a los jardines. Fue entonces cuando Lily se dio cuenta de la pequeña multitud que se había aglomerado alrededor de su amiga. La edad del grupo era variada, pero todos eran hombres. El corazón le dio un vuelco, ya que ahora se vería forzada a aceptar sus invitaciones para bailar o arriesgarse a que se rumoreara aún más sobre las razones por las que había bailado con el duque.

En ese preciso instante, George Allen inclinó la cabeza hacia Remmington al tiempo que se acercaba a ellos. Lily quiso retroceder ante la oculta nota de triunfo en su voz.

–Creo que lady Lillian me ha prometido el siguiente baile.

–Lady Lillian no se encuentra bien –repuso el duque con voz cortante–. Tendrá que reclamar su baile en otro momento.

La sonrisa de lord Allen desapareció.

–Dígame que eso no es cierto –exigió a Lily mientras extendía el brazo hacia ella y alzaba la mirada hacia Remmington al mismo tiempo.

Fuera lo que fuese, lo que vio le hizo dar un vacilante paso hacia atrás.

La joven no se paró a pensar por qué Remmington había dado esa excusa, sino que aprovechó la oportunidad y alzó una delicada mano hacia su frente.

–Es cierto. Me temo que me duele la cabeza.

–Buenas noches, Allen. –El duque despidió al joven lord con una cortante inclinación de cabeza y lo fulminó con la mirada hasta que éste hizo una reverencia y se alejó. Nadie más se atrevió a aproximarse después de aquel frío rechazo.

Sophie se abrió paso entre la multitud para unirse a ellos.

–¿Qué es eso de que no te encuentras bien? –Paseó la mirada de la forzada sonrisa de su amiga a la oscura expresión de Remmington, y sus labios se convirtieron en una fina línea–. Una buena dosis de aire fresco siempre calma mis dolores de cabeza. Si nos disculpa, Excelencia, le prometí a Lily que le mostraría las nuevas fuentes de los jardines de los Ashland. Lord Poundstone me ha asegurado que son dignas de admiración.

–Por supuesto –respondió él en tono forzado–. Gracias por el baile, lady Lillian. Espero...

Su voz se fue apagando. Lily se preguntó si había previsto algún tipo de disculpa por su horrible comportamiento, pero no le dio tiempo a inventarse nada menos ofensivo que sus verdaderas razones para haberla sacado a bailar. No deseaba oír ni una sola palabra más de él.

–Buenas noches, Excelencia.

Sin decir más, la joven le dio la espalda y empujó a Sophie hacia delante cogiéndola por el codo mientras caminaba apresuradamente en dirección a los jardines. Atravesaron la amplia terraza que se extendía a lo largo de toda la casa y luego descendieron las escaleras antes de que Sophie la hiciera detenerse.

–¿Te has vuelto loca? –le preguntó su amiga–. Acabas de dejar al duque de Remmington con la palabra en la boca. ¡Al duque de *Remmington*! –repitió, como si sólo pronunciando el nombre pudiera hacer entrar en razón a Lily–. ¡Podría destruirte! –Sophie se tapó la boca con la mano y luego miró a su alrededor. Se llevó a Lily lejos de las escaleras y la acercó hasta unos lilos que había cerca de la terraza, donde bajó la voz hasta convertirla en un susurro–. Podría asegurarse de que a partir de ahora nunca recibas una invitación para ningún acontecimiento importante. ¿En qué estabas pensando?

–En que era un momento excelente para dar un paseo por los jardines. –Lily tiró de su brazo y consiguió al fin que su amiga la soltara–. No te preocupes, Sophie. No creo que haya sido para tanto.

–¿Que no ha sido para tanto? ¡Le has insultado delante de cientos de personas!

–Supongo que sí.

–¡Hace un mes afirmabas que estabas enamorada de él! –Sophie sacudió la cabeza–. ¿Qué ha sucedido?

Lily sintió como el rubor subía por sus mejillas.

–La única razón por la que ha bailado conmigo es para poner celosa a Margaret Granger.

–Qué sinvergüenza –susurró su amiga, asombrada–. ¿Estás segura?

–Él mismo lo reconoció. ¿Puedes creer que tuviera tanto valor? –La joven hizo una pausa antes de reconocer amargamente–: He malgastado años creyéndome enamorada de un hombre que no es más que un arrogante e insensible grosero.

–Has hecho lo correcto dejándole con la palabra en la boca. Se merecía algo mucho peor.

Lily suspiró y descubrió que de verdad le dolía la cabeza. Se frotó las sienes.

–Por desgracia, dudo que alguien le dé el escarmiento que realmente merece.

–No hay que perder la esperanza. –Sophie apretó el brazo de su amiga y sonrió con cariño–. No hay razón para permitirle que estropee nuestra velada. ¿Por qué no damos un paseo por los jardines? No mentía acerca de las fuentes de los Ashland. Son realmente preciosas. ¿Vamos a verlas?

Fue un descarado intento de cambiar de tema, pero a Lily no le importó. Ya había tenido suficiente del duque de Remmington por una noche. Pero cuando se dirigían hacia los jardines, el sonido de una voz femenina proveniente de la terraza que había sobre ellas las hizo detenerse en seco.

–Así que estás aquí.

Lily intercambió una mirada horrorizada con Sophie, antes de acercarse más a los arbustos y alzar la mirada a través de las ramas. Desde su privilegiada posición vio que un hombre permanecía de pie justo por encima de ellas de espaldas a la barandilla de la terraza.

Se trataba de Remmington.

¿Cuánto tiempo había permanecido allí? Antes de que Lily pudiera encontrar una respuesta, Margaret Granger apareció en la terraza, seguida de cerca por lord Allen. Podía verlos claramente bajo la luz de la luna. La joven parecía furiosa, mientras que lord Allen parecía incómodo, pues no dejaba de dar tirones al pañuelo de su cuello e intentaba mirar a todas partes excepto al duque.

–Lady Margaret no se encontraba muy bien. Dijo que necesitaba respirar un poco de aire fresco. –Tras ofrecer aquella explicación, lord Allen bajó la vista y se quedó en silencio.

–Estaba segura de que te encontraría aquí –susurró Margaret–. Todo el mundo te vio abandonar el baile unos minutos después de que lo hicieran lady Lillian y la señorita Stanhope. –Mientras hablaba, paseaba la mirada por la terraza y los jardines con expresión inocente–. Espero que no estemos interrumpiendo nada.

Remmington se apoyó sobre la barandilla de piedra y sacó un puro del bolsillo superior de su chaqueta. Se tomó su tiempo para encenderlo, luego inclinó la cabeza hacia atrás y soltó una bocanada de humo que se volvió azul bajo la luz de la luna antes de dispersarse.

–¿Acaso te parece que estés interrumpiendo algo, Margaret?

–Nunca se sabe –adujo la joven–. Sobre todo cuando se trata de cierta dama con una reputación cuestionable.

–No estoy seguro de entenderte. ¿Te importaría explicarte?

El duque pronunció las palabras con suavidad, con peligrosa suavidad, aunque Margaret no pareció percatarse de ello.

–Puede que no lo sepas, pero una dama que todavía está de luto no debería estar aquí esta noche, y mucho menos disfrutar de un frívolo baile.

–Como nadie ha fallecido recientemente en tu familia, ¿debo asumir que estamos hablando de la señorita Stanhope o de lady Lillian Walters?

–Por supuesto que no se trata de mí. –El rostro de Margaret se retorció en una mueca–. Mi reputación es intachable, como bien sabes. Es lady Lillian quien se comporta de un modo indecente. La gente está empezando a hablar de ella con bastante libertad.

–Me cuesta creer que un único baile sea motivo de habladurías –murmuró Remmington.

–Te sorprenderías. –La joven abrió bruscamente su abanico para darse aire con furia, y sus rubios rizos revolotearon alrededor de su rostro–. He oído algunos comentarios bastante interesantes. Todo el mundo se dio cuenta de las miradas que intercambiabais durante el baile. Muchos aseguran que ha encontrado un nuevo amante.

–¿De verdad? –El duque imprimió una nota de cinismo a su voz–. ¿Soy yo ese amante?

–Sólo te lo cuento para que sepas lo que la gente murmura a tus espaldas. –Cerró su abanico y empezó a darse golpecitos en la mano con él. Parecía una inflexible institutriz reprendiendo a su pupilo–. Alguien comentó que le parecía de muy mal gusto que un hombre bailara con su amante en presencia de la dama a la que está cortejando.

Margaret cruzó los brazos y esperó a que Remmington respondiera a las acusaciones, mientras lord Allen estudiaba uno de los rosales con embarazosa intensidad. La punta del puro del duque se iluminó en un brillante naranja mientras todos aguardaban su contestación. Cuando finalmente respondió, lo hizo despacio y en voz baja, pero Lily reconoció la amenaza que se ocultaba tras su tono calmado.

–Si escucho de alguien una sola palabra más sobre la absurda mentira de que lady Lillian Walters es mi amante, estaré dispuesto a enfrentarme a semejante intrigante al amanecer en Regent's Park. Si el mentiroso en cuestión es una mujer, me aseguraré de que nunca vuelva a ser recibida en sociedad. ¿Me he explicado bien, Margaret?

La aludida retrocedió un paso, como si finalmente hubiera percibido su ira.

–Muy bien, Excelencia.

Remmington se apartó entonces de la barandilla y se alejó. Lily contempló como el trío regresaba al salón de baile. Margaret se apresuraba para mantener el ritmo de las largas zancadas del duque, mientras que lord Allen les seguía unos metros más atrás.

–Oh, no –susurró Sophie. Mostraba una expresión de auténtico horror cuando alzó la mirada hacia la terraza–. ¿Crees que ha oído nuestra conversación?

Lily sacudió la cabeza.

–Por supuesto que sí.

La joven se alisó el vestido e intentó reprimir la oleada de autocompasión que amenazaba con invadirla. Que el duque hubiera escuchado lo que había sentido por él era la peor humillación que podía imaginar, un horrible final a su encaprichamiento por Remmington que la obsesionaría para siempre. Nunca sería capaz de volverle a mirar a la cara, o incluso de permanecer en los mismos bailes en los que pudieran coincidir. Por desgracia, el duque recibía invitación para todos los acontecimientos notables, así que su vida social había llegado a su fin.

–Si no te importa, Sophie, creo que iré a buscar a mi padre y veré si está preparado para marcharse. No creo que pueda soportar más sobresaltos esta noche.

–No irás a permitir que te avasalle, ¿verdad? No puedes salir huyendo.

–Claro que no. El mensaje que vine a entregar está a salvo en manos de tu tía. Sin duda soy el blanco de todos los cotilleos en ese salón y me las he arreglado para revelar mi más humillante secreto a un hombre por el que yo pensaba que sentía algo. –Lily se encogió de hombros–. Yo diría que ya he hecho todo lo que podía hacer en una noche. ¿Qué otros motivos tengo para permanecer aquí?

2

Dos horas más tarde, las cortinas de la alcoba de Lily volvían a su sitio al alejarse ésta de la ventana. Había estado contemplando las siluetas envueltas por la niebla de las casas del West End durante más de una hora, intentando pensar en otra cosa o en otra persona que no fuera Remmington, pero no lo había conseguido.

Al menos, su padre no había protestado por su repentino deseo de abandonar el baile. Al conde de Crofford le gustaban casi tan poco las fiestas como a Lily, y había decidido pasar el resto de la velada en su club. Si el conde se enfrascaba en un debate filosófico con uno de sus amigos en White's, pasarían horas antes de que regresara a casa.

La joven caminó sobre la suave alfombra Aubusson y se sentó ante el tocador situado en un rincón de su dormitorio. Los sirvientes a menudo hacían comentarios sobre la excéntrica decoración de la estancia, pues ese tocador era la única concesión femenina en aquella habitación abarrotada de muebles. Una tela escocesa verde y azul cubría la enorme y anticuada cama, mientras que oscuros arcones con pesadas asas doradas permanecían alineados a lo largo de una pared, tan pulcramente ordenados como una fila de soldados. Unos pocos contenían las prendas personales que normalmente se encontraban en la alcoba de una mujer, pero la mayoría estaban abarrotados de manuscritos, tintas y una gran cantidad de antiguos documentos y extraños recuerdos. Libros y papeles cubrían cualquier superficie libre y, sobre dos arcones, reposaba precariamente una losa de piedra rectangular, cuya erosionada superficie de granito estaba repleta de jeroglíficos. Las diminutas imágenes cinceladas en ella eran extrañas por su carácter poco común, aunque hermosas por su simplicidad.

En conjunto, parecía una estancia muy masculina, una habitación donde un hombre se sentiría muy cómodo. La delicada y femenina belleza de Lily parecía completamente fuera de lugar allí. Pero aquella alcoba era la suya, y el mobiliario reflejaba mucho más de su personalidad de lo que desvelaría nunca su aspecto exterior.

Lily arregló los pliegues de su bata de seda azul alrededor de la silla y se quedó mirando el espejo ovalado que colgaba por encima del tocador. Odiaba su peinado, pero complementaba a la perfección el estudiado papel que había representado aquella noche. Había jugado con sus rizos de forma ridícula cuando dedicó sonrisas vacías a lord Allen y a lord Poundstone. Furiosa, se deshizo de las cintas y horquillas que mantenían sujeto su cabello, hasta que éste cayó como una bella cascada caoba por su espalda. Sin ser consciente de ello, lágrimas no derramadas llenaron sus ojos mientras comenzaba el ritual de cepillarse.

Remmington pensaba que era una estúpida; de hecho, todos los componentes de la alta sociedad londinense lo pensaban. Se sentía muy tentada de demostrarles a todos lo equivocados que estaban, de hacer algo tan escandalosamente inteligente que nunca nadie la volviera a tratar como a una muñequita tonta. Podría conseguirlo explicando sus teorías sobre los jeroglíficos egipcios en la siguiente reunión de la Sociedad de Antigüedades, pero si daba a conocer el papel que desempeñaba en la guerra, acabaría con cualquier tipo de duda que pudiera quedar.

Aunque eso era imposible, por supuesto, pues mientras miraba fijamente a la estúpida chica que había creado, Lily era consciente de que estaría atrapada en ese personaje hasta que la contienda bélica finalizara.

De pronto, un sonido apagado que llegó desde algún lugar de la gran casa hizo que su mano se detuviera en el aire sujetando el cepillo y que se le erizase el vello de la nuca. Desde que había llegado a su casa, había tenido la extraña sensación de que algo iba mal, de que algo oscuro y siniestro la amenazaba en la calmada noche. Lily observó su aterrorizada expresión en el espejo y sacudió la cabeza. Sin duda, el sonido lo había producido algún sirviente que había tropezado contra alguna pared o puerta cuando se dirigía al aseo. Todavía faltaban horas para que su padre regresase.

Inquieta, retomó de nuevo el cepillado de su larga melena al tiempo que permanecía atenta a cualquier ruido inusual. Pero no fue un sonido lo que hizo que un estremecimiento de terror le recorriera la columna, sino el reflejo de la puerta de su alcoba en el espejo cuando el dorado pomo se movió muy lentamente. El corazón se le encogió al ver como la puerta comenzaba a abrirse despacio y sin hacer ruido.

Sin duda, su padre había vuelto temprano. Él siempre comprobaba que estuviera dormida cuando regresaba del club. Debería decir algo y hacerle saber que estaba despierta. Sin embargo, se quedó paralizada en su asiento temblando como una hoja. Las llamas de las velas que flanqueaban el tocador se agitaron por la corriente de aire, como si le advirtieran de la llegada de un intruso. Sus ojos se quedaron fijos en el reflejo de la puerta, observando como se abría poco a poco mientras que la oscuridad del pasillo envolvía a quienquiera que estuviera allí. El reloj sobre la repisa de la chimenea que hasta entonces no había llamado su atención empezó a hacer sonar su tictac tan alto que el sonido llenó la estancia y ahogó incluso los fuertes latidos de su corazón golpeando contra su pecho.

Cuando el desconocido avanzó hacia el umbral de la puerta, el espejo mostró el reflejo de un hombre y Lily soltó un suspiro de alivio. Su librea verde y dorada indicaba su posición entre los sirvientes del conde de Crofford. Pero la joven se quedó sin aliento al intentar reconocerlo, ya que su rostro estaba cubierto por una extraña máscara oriental, y los rasgos pintados en ella se retorcían en la horrible caricatura de una sonrisa. Cuando una queda y amenazante risa surgió de las profundidades de la máscara al tiempo que el intruso avanzaba hacia ella, Lily abrió la boca y gritó aterrorizada.

Eran casi las dos de la madrugada cuando Remmington abandonaba su club en compañía de su amigo Harry, el vizconde de Gordon. Mientras esperaban junto al guardarropa de White's a que les trajeran sus sombreros y abrigos, Harry le preguntó si podría acercarlo a casa.

–Si no es mucha molestia –comentó con su rostro juvenil iluminado por una encantadora sonrisa–. Me temo que mi madre y mis hermanas se han fugado con el carruaje de la familia para asistir a la fiesta de los Ashland.

–No es ninguna molestia –afirmó el duque. No era del todo cierto, pero no estaba totalmente seguro de que su amigo pudiera permitirse el gasto extra de alquilar un carruaje. El padre de Harry había dejado tras él una gran cantidad de deudas al fallecer y, como muchos otros en su situación, la única esperanza del vizconde estaba puesta en la antigua costumbre de casarse con una rica heredera. No obstante, para sorpresa de todos, el joven no parecía tener prisa por recuperar la fortuna familiar.

–He oído un rumor muy interesante esta noche. –Harry se echó su abrigo sobre los hombros–. Al parecer, sacaste a bailar a lady Lillian Walters.

Remmington frunció el ceño. Lo último que deseaba que le recordaran en ese momento era lo ocurrido con Lily, pues no había podido dejar de pensar en ella en toda la velada. Antes de que tuviera oportunidad de responder a la pregunta, dos clientes más se aproximaron al guardarropa. Ambos eran amigos de Harry y estaban ansiosos por alardear del éxito que habían tenido en la mesa de juego aquella noche. Tras saludar con una breve inclinación de cabeza a los dos jóvenes caballeros, el duque anunció a su amigo:

–Te espero fuera.

Sin esperar contestación, se dirigió hacia la puerta del club y le hizo una silenciosa señal al portero que, a su vez, pidió que trajeran el carruaje del duque. Un sirviente con librea se apresuró hacia una de las calles laterales donde los carruajes de los clientes del club estaban alineados a la espera de sus propietarios. A su cochero le llevaría más de un cuarto de hora realizar las maniobras necesarias para recogerlo, a causa de la enorme cantidad de vehículos que abarrotaban los alrededores. Remmington apoyó un pie sobre un banco cercano y sacó un puro. Con la bocanada de humo que soltó a continuación, se imaginó a una mujer con un cabello que le recordaba a un magnífico día de otoño y unos preciosos ojos color jerez.

Lily, lirio.

Eso significaba su nombre y, como la flor, ella era exquisita y... frágil. Su belleza había atraído su atención más de una vez durante los últimos años. Tenía debilidad por las mujeres hermosas, y ninguna podía superar a Lily Walters. Irradiaba inocencia y sensualidad, una combinación casi imposible de resistir. Sin embargo, se había esforzado por evitarla, demasiado consciente de que no había sitio en su vida para una mujer como ella.

Hasta esa noche.

Esa noche la había buscado a propósito por la más egoísta de las razones y sus acciones habían estado justificadas por la seguridad que tenía en que ella nunca adivinaría sus motivos. No era su intelecto lo que atraía a los hombres. De hecho, muchos no la consideraban muy lista. Remmington se preguntaba cómo habían llegado a esa conclusión. La mujer que había conocido esa noche era muy astuta. Había adivinado una de las razones por las que la había buscado poco tiempo después de ser presentados, y pronto empezó a burlarse de su presuntuoso plan. Pero lo cierto es que él la había humillado.

Durante un instante recordó de nuevo lo que había visto en sus ojos cuando finalizó el baile. Pasaría mucho tiempo antes de que pudiera olvidar esa mirada de dolida traición. Más tarde, en la terraza, descubrió lo profundamente que la había herido.

Había otras formas de acabar con su cortejo a lady Granger, otras mujeres con las que podría haber bailado para hacer ver a Margaret que su interés por ella no duraría mucho tiempo. En cambio, en un momento de debilidad había escogido a Lily Walters, incapaz de resistirse por más tiempo a su hermosa sonrisa. Bailar con ella había resultado ser más efectivo de lo que había planeado, pues él no sabía nada sobre Margaret y Osgoode, ni tampoco había previsto que acusaran a la joven de ser su amante. Y aunque se había asegurado de que nadie repitiera aquellos difamatorios rumores, no podía evitar imaginar la expresión en el rostro de Lily cuando escuchó la acusación de Margaret.

La culpa era una nueva emoción para sus hastiados sentidos y no le gustaba cómo le hacía sentirse. No era propio de él involucrar a inocentes en sus complots. De hecho, casi había olvidado que existieran inocentes en este mundo. Debería haberse alejado de Lily Walters en el mismo instante en que se conocieron, en el preciso momento en que ella alzó su mirada hacia él y se quedó mirándolo como si fuera un poderoso conquistador o un amante perdido hacía mucho tiempo que hubiera regresado de la guerra.

Sin embargo, lo había invadido una embriagadora sensación al ser el objeto de la atención de aquella belleza, al darse cuenta de que ella se sentía atraída por él. En el pasado, la había observado dedicar encantadoras sonrisas a un sinfín de hombres, pero nunca la había visto mirar a uno con un deseo tan evidente. Había deseado besarla, comprobar si su sabor era tan dulce como parecía, pero tuvo que conformarse con un casto beso sobre el dorso de su mano.

Bajó la mirada hasta la encendida punta de su puro y observó como el humo se elevaba formando perezosas espirales. Los aromas a rosas y a sándalo invadieron sus sentidos, al igual que el recuerdo de la tentación que suponía la joven. Rememoró lo que había sentido al tomar a Lily entre sus brazos para bailar, cómo sus manos inconscientemente habían medido su pequeña cintura y comprobado la curva de sus caderas hasta donde osó llegar. La calidez que emanaba de ella había nublado su razón. El brusco cumplido que ella le dedicó por no haber mirado sus pechos todavía le hacía sonreír. Lily Walters tenía un cuerpo que ningún hombre podría dejar de mirar. Lucía un vestido como pocas mujeres lo hacían, y la lujuriosa turgencia de sus senos lograba que deseara llenar sus manos con ellos. Él había contemplado a menudo esa tentadora visión, pero ella no le había descubierto haciéndolo. Remmington volvió a preguntarse si podría ser tan inocente como parecía.

–Perdona que te haya hecho esperar. –La disculpa de Harry llegó justo en el momento en el que el carruaje de Remmington aparecía por la esquina–. Jamison está empeñado en casarse con mi hermana Prue, y no desperdicia ninguna ocasión para resaltar sus cualidades potenciales como esposo. No parece comprender que primero debo encargarme de mi hermana mayor, Claire, antes de comprometer en matrimonio a la más joven.

El duque apartó de su mente a Lily y forzó una sonrisa.

–A menudo me siento muy agradecido de que mis padres fueran expertos en tener hijos varones. Las hermanas deben de ser un gran incordio. –Hizo una pausa antes de lanzar una mirada especulativa a Harry–. ¿Algún plan con respecto a tus propios asuntos maritales en un futuro próximo?

–Me interesa mucho una dama, pero ella todavía tiene que darse cuenta de que vivo en su mismo universo. Quizá debería empezar a acosar a su hermano con una lista infinita de mis cualidades como esposo. –El vizconde sonrió y dejó a un lado el tema de su matrimonio–. ¿Y qué hay de ti, Remmington? A estas alturas, ya debes sobrepasar los treinta años. ¿Algún plan para establecer tu propia guardería?

«Sí.»

La voz surgió espontáneamente en el interior de su cabeza; era una voz suave y femenina; era la respuesta de Lily cuando le pidió que bailara con él, una respuesta llena de esperanzas que él no había comprendido en ese momento. Qué estúpido había sido y qué estúpido era ahora, al lamentarse de lo que nunca podría ser.

–No tengo prisa por volver a casarme –respondió, caminando junto a Harry hacia el carruaje.

–Bueno, yo tampoco tengo prisa por encontrarme a mí mismo en un estado que convierte a la mayoría de los hombres que conozco en personas taciturnas. Aunque debo admitir...

El vizconde se detuvo en mitad de la frase.

–Dios bendito. Mira eso.

Remmington se dio la vuelta. A aquellas horas, en las calles de Londres se podía encontrar casi cualquier cosa, pero su rostro reflejó sorpresa ante la imagen que vieron sus ojos.

Las nuevas lámparas de gas de la calle Saint James revelaban la imprecisa forma de una mujer que corría por el centro de la calle envuelta en una pesada niebla. El duque se quedó observándola con la extraña e inquietante sensación de que la conocía, mientras ella se aproximaba a ellos y conseguía distinguir sus rasgos.

La niebla que la rodeaba empezó a desvanecerse, creando la impresión de que la figura femenina emergía de la noche al tiempo que los voluminosos pliegues de una bata azul oscura se agitaban desde su cintura como velas de seda mecidas por el viento. La falda de un camisón blanco como la nieve se dejaba ver por debajo de la bata y, con su vuelo, esbozaba unas largas y ágiles piernas bajo la suave tela. Su cabello color caoba flotaba sobre sus hombros, brillando bajo la tenue luz. Con una mano sostenía la falda de su bata y de su camisón para no tropezar, y con la otra se agarraba la garganta. La expresión de su rostro era de puro terror, y miraba por encima del hombro cada pocos segundos, como si estuviera convencida de ser perseguida por criaturas del infierno.

La joven estaba a menos de cinco metros de distancia cuando Remmington maldijo entre dientes al reconocer finalmente a la imprecisa figura. Creyó que corría directa hacia él, pero cambió de dirección en el último instante y se dirigió claramente hacia la entrada del White's. Con sólo dos largas zancadas, consiguió interceptarla y entregársela a Harry.

–Métela dentro del carruaje –le ordenó a su amigo–. ¡No pueden verla así por la calle!

Sin perder tiempo, se volvió para encarar la puerta del club. El sirviente de librea permanecía boquiabierto y Remmington le puso diez libras sobre la palma de la mano.

–Una sola palabra sobre este incidente y no dudaré de hacia dónde deberé dirigir toda mi ira.

El duque no creyó que fuera posible, pero el hombre abrió aún más los ojos cuando vio el dinero.

–¡No! ¡Mi padre! –gritó de pronto la joven, intentando zafarse de Harry y mirando a Remmington. Su voz sonaba forzada y se llevó de nuevo las manos al cuello alto de su camisón lleno de volantes, como si le resultara doloroso hablar–. Está... dentro.

–No, no lo está –replicó el duque.

El vizconde miró con incredulidad a la mujer que sostenía entre sus brazos.

–¡Dios santo! Lady...

–Cierra la boca –espetó Remmington–. Y métela dentro del carruaje antes de que alguien más la vea.

Harry ayudó a entrar a lady Lillian al lujoso vehículo y se sentó frente a ella. Remmington les siguió un instante después e hizo una señal al cochero con un golpe en el techo antes de acomodarse junto a Lily. Ella se aferró a su brazo cuando el carruaje se puso en marcha, pero se alejó de él en cuanto recuperó el equilibrio. Respiraba entre jadeos y el duque podía sentir cómo temblaba. El miedo que reflejaban sus ojos le inquietaba.

–¿Le importaría explicarnos qué está haciendo en la calle a estas horas de la noche?

–Debo encontrar... –se llevó la mano al cuello y sus palabras se extinguieron en un ronco susurro– ... a mi... padre.

Al observar sus dificultades para hablar, Remmington extendió el brazo para apartar los volantes de encaje que ocultaban su garganta. Lily intentó impedirlo, aunque no fue lo bastante rápida. Las horribles marcas rojas que atravesaban su frágil cuello quedaron al descubierto e hicieron que el duque maldijera entre dientes. ¡Alguien había intentado estrangularla! Una rabia salvaje lo invadió al instante, pero se obligó a mantener un tono calmado.

–¿Quién le ha hecho esto, Lily?

Harry se inclinó hacia delante. Él también había podido ver las marcas.

–Denos su nombre y nosotros nos encargaremos de ese canalla.

–No... lo sé. Debo... encontrar...

–Tranquila, tranquila, lady Lillian –la interrumpió el vizconde–. La llevaremos a casa, a la mansión Crofford, y llegaremos hasta el fondo de este horrible asunto.

Harry puso una mano sobre la suya para reconfortarla, pero la joven se alejó bruscamente de él y se acurrucó aún más en un rincón del carruaje.

–¡No! –Lily sacudió la cabeza.

–No vamos a hacerle daño –le aseguró Remmington–. Sólo queremos ayudarla. ¿Tiene miedo de que quienquiera que le hizo esto esté todavía en su casa?

La joven dirigió su mirada hacia el duque e hizo un gesto afirmativo con la cabeza. Remmington cubrió su mano con la suya antes de recordar que había rechazado ese mismo gesto de consuelo de Harry y se sintió absurdamente complacido cuando ella no se alejó de él.

–¿Cuántos eran?

–Vi a... uno –respondió con dificultad–. Grité... Nadie vino. Se lo ruego, cojan...

–¿De cuántos sirvientes disponen?

–De siete.

El duque frunció el ceño. No era un número inusualmente grande de sirvientes, pero sí suficiente para que al menos uno hubiera escuchado los gritos de socorro. El comentario que murmuró Harry se hizo eco de sus pensamientos.

–Parece improbable que un solo hombre haya podido encargarse de siete sirvientes.

Lily tiró de la manga de Remmington.

–Mi padre está en White's.

Remmington hizo una mueca de dolor ante el sonido de su áspera voz mientras negaba lentamente con la cabeza.

–No, Lily, vi como se marchaba hace una hora. ¿Dónde más podría estar?

La expresión de la joven se volvió insegura.

–No lo sé.

El duque intercambió una preocupada mirada con Harry y luego señaló con la cabeza hacia la trampilla que había en el techo.

–Dile al cochero que nos lleve a mi casa.

El vizconde se levantó para cumplir la orden, pero Lily sacudió la cabeza.

–No puedo...

–Sólo nos detendremos el tiempo suficiente para recoger a algunos de mis hombres –le explicó Remmington–, después iremos a ver qué ha ocurrido con sus sirvientes, y si su padre no aparece, enviaré a alguien para que lo busque.

La joven asintió, pero apretó los puños y se mordió el labio inferior. Había una mirada de absoluto terror en sus ojos. Cuando el duque bajó la vista hacia su acongojado rostro, casi se vio abrumado por la necesidad de abrazarla con fuerza y mantenerla a salvo. Deseaba matar al hombre que le había hecho aquello.

–¿Puede describir a quien le atacó? –Su frustración se intensificó cuando ella negó con la cabeza–. ¿Puede recordar algo? ¿El color de sus ojos? ¿Su altura o su tamaño? ¿Está segura de que no era un sirviente o alguien a quien conoce?

La respiración de Lily se volvió más rápida y superficial con cada pregunta. Aturdida, se llevó una mano a la garganta y la otra a la frente.

–Respire hondo –le ordenó Remmington, preocupado por que se desmayara. Sabía, por su experiencia en la guerra, que alguien tan asustado respondía mejor ante una orden que ante la compasión–. Muy bien. Ahora vuelva a respirar profundamente y se sentirá mejor.

La joven tuvo que repetir la acción varias veces antes de que su respiración volviera a retomar un ritmo más normal.

–Demasiadas... preguntas y ninguna respuesta.

El duque no la creía del todo. Tenía que recordar algo. Tal vez estaba demasiado conmocionada en ese momento como para recordar las respuestas con claridad, pero no sabía cómo calmarla.

–Necesitamos un plan. Deme un momento para pensar.

Incapaz de concentrarse mientras la miraba, el duque abrió las cortinas del carruaje y contempló la noche. Cerró los ojos y volvió a ver las marcas que atravesaban su garganta. Al día siguiente, ya se habrían convertido en oscuros y atroces moretones. No entendía que ningún hombre en su sano juicio fuera capaz de apretar ese frágil cuello entre sus manos para arrebatarle deliberadamente la vida. Podía imaginarse muchas cosas que un hombre podría desear hacerle a una hermosa e indefensa mujer, pero el asesinato no era una de ellas.

Sus manos se cerraron en puños cuando se preguntó a qué clase de persona se había enfrentado la joven. Quizá se había tropezado con un ladrón común y lo había asustado tanto que la había atacado. Sólo un loco entraría a robar en una casa cuando la familia estaba en ella. Era un plan insensato, aunque, sin duda, podía ser una posibilidad. Si un ladrón sabía que el conde y su hija estaban en un baile, era lógico que creyera que permanecerían allí hasta altas horas de la madrugada. Sin embargo, esa noche Lily había regresado a casa temprano, y Remmington sabía por qué.

Volvió a dirigir la mirada hacia ella. Si él no se hubiera inmiscuido en su vida esa noche, la joven quizás estaría todavía en el baile de los Ashland. Sin pensarlo, extendió la mano para acariciarle la mejilla con una ternura de la que no se había creído capaz.

–No se preocupe, Lily. Ahora está a salvo.

El carruaje se detuvo y el duque escuchó al cochero anunciar que habían llegado a su casa. Le dio un apretón a la joven en la mano, saltó del carruaje y subió corriendo las escaleras.

El miedo volvió a invadir a Lily en cuanto él se alejó de su lado. Tenía que encontrar a su padre. ¿Qué sucedería si regresaba a casa y se encontraba con su atacante?

Cerró los ojos con fuerza para eliminar aquel pensamiento. En cambio, se obligó a sí misma a recordar cada segundo del ataque, a examinar cada detalle en busca de pistas ocultas. Hasta que Remmington empezó a hacerle preguntas, ella sólo se había centrado en aquella horrible máscara y en la aterradora necesidad de escapar. No había pensado en pequeños detalles como el color del pelo o la altura del asaltante. En su momento le había parecido enorme, pero ahora no creía que fuera mucho más alto que ella. No podía recordar el color de su pelo, pues una negra capucha unida a la parte trasera de la máscara cubría su cabeza por completo.

Se imaginó la máscara justo como la había visto en el espejo: un rostro fantasmal de porcelana blanca, unos labios rojos pintados en ella que se curvaban en los extremos para formar una sonrisa diabólica y unas rendijas negras en lugar de ojos. No pudo ver nada a través de esas aberturas, o al menos nada que hiciera pensar que hubiera algo humano tras aquella máscara. El terror la había dejado paralizada, y lo único que recordaba era el sonido de un grito y el extraño descubrimiento de que era ella quien lo había emitido.

Se llevó la mano a la cadera, donde tenía otro moretón, y entonces se acordó de como se había golpeado allí contra el tocador, haciendo que volcase cuando él la tiró al suelo. Se había quedado tendida sobre su espalda con el peso de su atacante sobre su pecho, pues éste sujetaba sus hombros con las rodillas para impedirle cualquier movimiento. Después, sus enguantadas manos se cerraron alrededor de su garganta y comenzó a asfixiarla. Completamente indefensa ante su agresor, se vio incapaz de respirar y el dolor se volvió insoportable.

La joven cerró los ojos incluso con más fuerza para recordar, para ir más allá de las imágenes borrosas. Lo que le vino a la memoria hizo que el estómago se le revolviera. De pronto, el aplastante peso en su pecho desapareció. El atacante mantenía una mano alrededor de su garganta mientras utilizaba la otra para subirle la falda de su camisón. Justo cuando la oscuridad amenazaba con invadirla, aflojó la presión sobre su cuello para llevarse ambas manos al cierre de los pantalones. Luego retiró el peso de sus hombros y la dejó libre por un instante.

Entonces Lily notó algo en su mano y se dio cuenta de que, en algún momento durante la lucha, había cogido uno de los antiguos y pesados candelabros que habían caído junto a ella. Reunió todas sus fuerzas para levantarlo y se escuchó un ruido sordo, casi hueco, cuando el objeto chocó contra el lateral de la cabeza del agresor. Lo siguiente que recordaba confusamente era que el atacante se desmoronaba sobre el suelo. Iban a estallarle los pulmones. No podía llenarlos con suficiente aire.

De alguna forma, sabía que no estaba muerto. Fue ese miedo, esa seguridad, la que le hizo ponerse en movimiento. Consiguió levantarse con dificultad, pero no avanzó más que unos pasos antes de sentir como el criminal le rodeaba el tobillo con una mano. Afortunadamente, todavía aferraba el candelabro y, sin pensárselo dos veces, lo hizo descender contra su muñeca. El bramido de dolor que escuchó le dio fuerzas para correr, para huir de aquella pesadilla y alcanzar la calle. Intentó recordar si la había seguido. Hubo un momento en el que miró por encima del hombro mientras bajaba corriendo por las escaleras y...

La puerta del carruaje se abrió y Remmington entró. Un instante después, su mano cubría la boca de la joven para detener su grito asustado.

–¡Soy yo, Lily! –Se sentó junto a ella en el carruaje y la colocó sobre su regazo, abrazándola con suavidad a pesar de sus duras palabras. Segundos después, apartó despacio la mano de su boca. Parecía preocupado por que pudiera empezar a gritar–. Está a salvo. No dejaré que nadie le haga daño. Respire, maldita sea.

Lily asintió e intentó obedecer su orden, aspirando profundamente.

El duque miró furioso a Harry.

–¿Qué diablos le has hecho?

La violencia apenas reprimida que reflejaba su voz sorprendió a Lily. Alzó la mirada y vio que Harry se apoyaba con fuerza contra el respaldo de su asiento. Parecía tan alarmado como ella por el tono de Remmington.

–¡Nada! Ha estado sentada callada como una tumba durante todo el tiempo que has estado ahí dentro.

Los dos hombres se miraron fijamente a los ojos, y luego el duque hizo un gesto con la cabeza hacia la trampilla. El vizconde obedeció la silenciosa orden e hizo una señal al conductor golpeando el techo. Instantes después, el carruaje se puso en marcha.

La joven se deslizó del regazo de Remmington y se volvió a acomodar sobre el asiento, pero él mantuvo un brazo alrededor de sus hombros para reconfortarla. Extendió una mano para levantarle la barbilla en un gesto que era sorprendentemente delicado para un hombre de su tamaño y esperó a que ella le mirara a los ojos. Lily se dio cuenta asombrada de que tuvo cuidado de evitar tocar las magulladuras de su cuello.

–¿Está bien, ahora?

–Me ha asustado –susurró–. Estaba... recordando. –Cerró los ojos mientras un estremecimiento recorría todo su cuerpo–. Ha sido horrible.

Remmington la obligó a mirarle de nuevo.

–¿Qué recuerda? Dígame cualquier cosa que pueda ser de ayuda.

–Le herí. –Se tocó el lado de la cabeza donde lo había golpeado–. Sangraba. Debe de seguir allí.

El duque miró a Harry y volvió a hacer una señal hacia la trampilla.

–Dile que se apresure.

Lily observó como Remmington salía del carruaje y alzaba la vista hacia la mansión Crofford. Luego se volvió para ayudarla a bajar y permaneció con las manos en su cintura y la mirada fija en sus ojos, incluso después de que sus pies tocaran el suelo. Por un momento, la joven tuvo la extraña sensación de que deseaba estrecharla entre sus brazos, pero la soltó de repente y se volvió para hacer señas a un gran coche de viaje que permanecía tras ellos.

Lily se acercó hasta uno de los postes de hierro forjado que se alineaban en la calle y rodeó con su brazo el frío y húmedo metal mientras observaba la señorial estructura de ladrillos de su hogar. Nunca había sentido tanto miedo como aquella noche dentro de aquel lugar tan familiar. Estaba de pie aterrorizada frente a su propia casa, con su seguridad en manos de un hombre al que se había jurado no volver a hablar. Nada tenía mucho sentido en ese momento.

Desvió su mirada hacia el coche de viaje de Remmington y sus ojos se abrieron asombrados al observar al conductor que bajaba del pescante con una agilidad felina. Era el hombre con el aspecto más feroz que hubiera visto nunca. Llevaba una pañoleta de seda roja colocada a modo de pañuelo atado alrededor de la cabeza. Un pendiente de aro dorado brillaba en una de sus orejas y un fajín de un rojo intenso rompía la monotonía de su camisa y sus pantalones negros.

La puerta del carruaje se abrió y más hombres fornidos empezaron a salir de él. En lugar de las pulcras libreas propias de los sirvientes de un noble, lucían un extraño surtido de ropas de llamativos colores. Al igual que el conductor, varios llevaban pendientes y pañuelos.

–¡Piratas! –susurró Lily.

–Marineros –corrigió Harry, que permanecía de pie junto a ella–. La familia de Remmington posee una naviera. Vienen de su barco, el *Reliant*. Otra rareza suya. Los contrata como sirvientes cuando están atracados en el puerto. Tengo que admitir que no lamento tenerlos cubriéndome las espaldas esta noche.

Uno de los hombres avanzó para dirigirse a Remmington y la joven se olvidó del vizconde. Si el conductor del duque podría ganar un concurso al aspecto más fiero, éste lo ganaría al más feo. No era más alto que Lily, pero era igual de musculoso que sus compañeros. Apenas había un milímetro de su rostro que no estuviera cubierto por una cicatriz, y su enorme y deformada nariz no hacía nada por mejorar su apariencia. Su rizado pelo rojo salpicado generosamente de canas surgía hacia todas direcciones desde su cabeza.

Remmington levantó una mano para saludarlo.

–Digsby, cerciórate de que la entrada es segura, luego haremos entrar a lady Lillian para que nos guíe por la casa.

El hombre de pelo rizado les dirigió una reverencia extremadamente formal y después guió a los demás hombres hacia las escaleras que conducían al interior de la mansión. Un momento más tarde, volvió a aparecer.

–La entrada parece en orden, Excelencia. –Digsby volvió a inclinarse con una mano sobre su cintura y la otra extendida hacia el umbral de la casa–. Diría que es seguro que lady Lillian entre.

La joven estaba tan estupefacta ante el refinado lenguaje y las elegantes maneras de un hombre con un aspecto tan rudo, que no dudó ni un instante cuando el duque la cogió del codo y la guió hacia el interior de la mansión.

–¿Dónde está la biblioteca? –preguntó Remmington. Lily señaló hacia unas puertas dobles, y él las abrió para mirar en su interior. Había una lámpara sobre el escritorio que permanecía encendida, y pudo recorrer la estancia revestida de libros con un rápido vistazo. Pareció horrorizado por lo que se encontró allí–. Dios santo.

–¿Qué ocurre? –preguntó Lily con inquietud.

El duque avanzó hasta el centro de la estancia y trazó un lento círculo para completar su reconocimiento.

–Ha saqueado el lugar.

–¡Oh, no! –Lily le siguió y comprobó las estanterías que cubrían las paredes de arriba abajo, el escritorio y las mesas, incluso el suelo. Luego dirigió una desconcertada mirada a Remmington–. Todo está en orden.

–¿La biblioteca siempre tiene este aspecto?

Extendió una mano hacia varias pilas de papeles de más de

treinta centímetros de altura que se amontonaban sobre el suelo junto al escritorio, y con la otra señaló pilas similares colocadas peligrosamente cerca de la chimenea.

Lily asintió en respuesta.

Remmington volvió a recorrer la estancia con la mirada, asombrado por el caos que reinaba en ella. Supuso que habría alguna clase de escritorio bajo los libros y papeles que se amontonaban sobre una pieza de mobiliario rectangular. Cerca del hogar, entre más papeles, surgían los respaldos de dos sillas. Parecía haber un sofá bajo un montón de pergaminos, y las estanterías estaban igual de desordenadas. Como mínimo, la mitad del contenido de las estanterías estaba esparcido por toda la estancia.

–¿Excelencia? –Digsby solicitó su atención desde la puerta, con la cabeza ladeada hacia el pasillo–. Se requiere su presencia en las cocinas.

–Cuida de ella –le ordenó Remmington a Harry–. Os informaré de lo que suceda.

Después de que el duque se marchara, Lily encendió algunas velas más y recolocó una pila de papeles para poder sentarse sobre el brazo de uno de los sillones que flanqueaban el escritorio. El vizconde descubrió las licoreras de cristal tallado que había sobre el aparador y sirvió una generosa ración de brandy en una copa.

–Tenga, bébase esto –dijo tendiéndole la bebida a Lily.

Ella negó con la cabeza, pero Harry insistió y le puso la copa en la mano.

–Probablemente aliviará su garganta –le explicó mientras empujaba suavemente la copa hacia sus labios–. No le hará ningún daño.

Lily no estuvo tan segura de ello cuando el ardiente líquido recorrió su garganta, pero no se preocupó mucho por el brandy, pues el sonido de voces en el vestíbulo atrajo su atención.

De pronto Remmington apareció en la puerta, seguido del conde y de Digsby.

–¡Papá! –exclamó mientras corría a los brazos del conde.

Aunque ya superaba de largo los cincuenta, el conde de Crofford todavía se mantenía delgado y en forma a pesar de su ralo pelo gris. Pero esa noche su anguloso rostro mostraba su verdadera edad. Sus ojos, del mismo color que los de su hija, reflejaban miedo y tensión. Harry despejó un sillón lleno de libros y papeles con el fin de hacer sitio para el conde, mientras Lily se derrumbaba en el suelo junto a la rodilla de su padre.

–Gracias, Digsby. –El duque despidió al sirviente con un gesto de asentimiento–. Infórmame si descubres algo inusual en el resto de la casa.

–Excelencia.

Digsby volvió a hacer una reverencia y se retiró de la biblioteca.

–¿Le sirvo un poco, milord?

El duque alcanzó la licorera de brandy.

El conde aceptó la copa, vació su contenido de un solo trago y luego la volvió a extender para que le sirvieran de nuevo. Remmington rellenó la copa y esperó mientras el conde daba un largo sorbo.

–¿Puede explicarnos qué ha sucedido?

–El maldito sinvergüenza me engañó y se hizo pasar por mi cochero. –Crofford sacudió la cabeza–. He tenido tiempo de sobra para pensar en ello durante la última hora. Mi cochero, John, estaba en la cabina cuando fuimos a casa de los Ashland. Le presté poca atención cuando salí hacia White's, aunque ahora me doy cuenta de que tuvo mucho cuidado para que no le viera la cara. Creo que fue entonces cuando hizo el intercambio. Cuando regresamos, abrió la puerta y me puso una pistola en la cara.

–¿Lo reconoció? –preguntó el duque.

–No, se había puesto una especie de máscara oriental. –Crofford se frotó la frente–. Creo que los chinos utilizan en el teatro ese tipo de máscaras.

–Parece probable que se cubriera la cara para evitar que lo reconocieran –comentó Remmington–. ¿Está seguro de que no era su cochero?

–Mi cochero es irlandés –afirmó el conde–. Estoy seguro de que ese hombre era inglés. La máscara amortiguaba su voz, pero hablaba sin ningún rastro de acento.

A pesar de la convicción de Crofford, Remmington no parecía convencido de la inocencia del cochero. De los siete sirvientes del conde, habían encontrado a seis atados en la cocina con su señor. El cochero era el único que no había aparecido todavía.

El duque observó como el conde acariciaba el pelo de su hija con gesto ausente y sintió una punzada de celos por no poder hacer lo mismo. Recordó lo suave que le había parecido cuando la sostuvo en su carruaje, la aterciopelada textura de sus mejillas cuando tocó su rostro. De repente, le pareció que hacía más calor en la estancia y se restregó la palma de la mano contra el muslo, como si pudiera deshacerse así de esos recuerdos. No quería sentir nada por Lily que no fuera lástima, así que se obligó a centrar la atención en el conde.

–¿Qué ocurrió después?

–Sostuvo el arma contra mi cabeza y dijo que teníamos asuntos que tratar en el interior de la casa. Pensé que pretendía robarnos. –Se produjo un temblor en la voz de Crofford, y el duque tuvo que esperar un momento para que continuara–. Pero tenía planes mucho más retorcidos que ése. Conocía a todos mis sirvientes por el nombre y el astuto bastardo sabía dónde encontrar a cada uno de ellos a esas horas de la noche. Primero ordenó a un lacayo que despertara a todo el personal y que lo trajera a la cocina, luego hizo que el cocinero los atara a todos mientras seguía apuntándome con la pistola. Se aseguró de que los nudos no estuvieran flojos antes de amordazarnos. Nos ató como a pavos de Navidad. Si entonces lo hubiera sabido...

Lily cogió una de las temblorosas manos de su padre entre las suyas y apoyó la cabeza sobre su rodilla. Era una hermosa y triste visión, una visión que Remmington sabía que recordaría durante mucho tiempo. Vio como las lágrimas surcaban el rostro del conde, y todos aguardaron mientras bebía un poco de brandy, luchando visiblemente por mantener el control.

–Pareció que habían pasado horas cuando escuché los gritos de Lily. –Crofford miró con intensidad a su hija. En su rostro se manifestaba la agonía de un padre que no había podido hacer nada por proteger a su hija del peligro. Su voz se convirtió en apenas un susurro–. Los gritos se oyeron una y otra vez, pero fue incluso peor cuando se detuvieron. Creí... Creí que él...

Crofford se cubrió el rostro con las manos y un mudo sollozo sacudió sus hombros. Lily levantó la cabeza y tiró suavemente de las manos de su padre para obligarle a que la mirara a los ojos.

–Estoy... bien, papá.

Las palabras sonaron forzadas. El conde hizo una mueca y extendió el brazo para pasar sus dedos por los volantes del cuello de su camisón.

–¿Bien? –Pasó el pulgar con infinito cuidado sobre un oscuro moretón que había surgido en su garganta, y su voz se volvió discordante por la conmoción y la pena–. ¡Ese bastardo casi mata a mi niña! Podría haber...

La expresión del conde se volvió dura ante la resolución que le invadió. Sostuvo el rostro de su hija entre sus desgastadas manos y habló en voz baja pero lleno de determinación.

–¿Te hizo daño de alguna otra manera, Lily?

Ella negó con la cabeza.

–¡No!

Un discreto golpe en la puerta de la biblioteca interrumpió el incómodo momento que se había producido. Harry la entreabrió y, al ver que se trataba de Digsby, le permitió el paso.

–¿Qué habéis encontrado en el resto de la casa?

Remmington se sirvió un poco de brandy, agradeciendo la distracción que le ofrecía la presencia de su sirviente. La preocupación del conde le hizo pensar en una horrible visión que no había considerado del todo hasta ese momento. La forma en que Lily se había ruborizado y había apartado la mirada de su padre podía significar que simplemente se sentía avergonzada por las preguntas o que pretendía ocultar la verdad de lo ocurrido. Bajó la mirada hacia su crispada mano y decidió que, por el momento, lo mejor sería dejar a un lado la frágil copa de brandy.

Digsby hizo una reverencia y empezó a detallar su informe.

–Hemos atendido a los empleados del conde y parecen recuperados. Nadie del interior de la casa sufre daños graves. Por desgracia, nos hemos encontrado con una desagradable sorpresa en los establos. Según el cocinero, el hombre que hemos descubierto allí es un tal John Larson, el cochero del conde. –Los ojos del marinero se dirigieron hacia la joven que continuaba sentada en el suelo y bajó la voz hasta un tono que sólo su jefe pudiera oír–. Parece ser que alguien lo ha estrangulado, Excelencia.

–¿John está muerto? –preguntó Crofford con inquietud.

Digsby esperó la aprobación silenciosa de Remmington antes de asentir en señal de respuesta.

–No hemos llamado a los servicios funerarios, milord. Pensamos que quizá desearía encargarse usted mismo de esos trámites.

–¿Estaba en los establos el carruaje del conde? –preguntó el duque.

Con el cochero muerto, los sirvientes estaban libres de sospecha. Al menos, los sirvientes de la ciudad, se corrigió a sí mismo, pensando que la cantidad de personal del conde en su casa de campo sería considerable. Si el agresor se había tomado la molestia de llevar una máscara era porque temía ser reconocido por el conde o su hija.

–No, Excelencia –respondió Digsby–. Allí sólo había dos caballos árabes y un faetón, pero ningún carruaje.

–¿Qué habéis hallado en la habitación de lady Lillian?

–Signos de lucha, Excelencia. Encontré un candelabro bastante pesado con restos de sangre en la base. Había algunos rastros sobre la alfombra y en la pared del pasillo. Al parecer, el asaltante se cubrió la herida con una mano, luego se apoyó en la pared para sostenerse y después bajó las escaleras. Eso explicaría las manchas de sangre a lo largo de su recorrido. El cocinero dice que oyeron a su señora huir de la casa y está convencido de haber oído también al culpable salir del lugar al poco tiempo.

–¿Habéis encontrado algo más de interés en la casa?

–En la casa no, Excelencia, pero en el patio lateral sí. –La actitud de Digsby continuó siendo calmada y serena, como si el asunto no tuviera más interés que el tiempo–. Hay un área justo debajo de la ventana de la biblioteca donde los arbustos estaban apartados y la maleza pisoteada. Encontramos más de una veintena de colillas de puros, pero como todas eran iguales he traído sólo la más grande.

Remmington cogió el puro a medio fumar de la mano extendida de su sirviente y lo acercó a la luz para poder examinarlo mejor. Después lo pasó por debajo de su nariz y comentó con aire ausente:

–Caro. –Tendió el puro a Crofford para que lo examinara–. No sé usted, milord, pero yo sólo puedo fumarme dos de esos en una noche. De hecho, uno es más que suficiente. Ese hombre ha estado en esta casa varias veces. Eso explicaría todo lo que sabía sobre sus empleados, aunque no del todo. Quienquiera que sea, es concienzudo.

–¡Es un asesino! –declaró el conde con las manos cerradas sobre los puños–. No descansaré hasta que se pudra en la cárcel. Mi hija no estará a salvo hasta entonces.

–Me temo que tiene razón. –La expresión del duque se volvió adusta–. Por desgracia, parece que ese malnacido es bastante astuto.

–Astuto o no, haré que lo atrapen y lo cuelguen por sus crímenes. –Crofford miró a Harry y luego a Remmington–. Nunca podré agradecerles lo suficiente lo que han hecho esta noche. Cuando pienso en Lily sola por las calles, después de haberse enfrentado a algo tan horrible en su propia casa... Ese canalla nos tenía a su merced y podría habernos degollado a todos.

–Sus vidas estaban en peligro –asintió Remmington. Un músculo en su mandíbula se tensó cuando desvió la mirada del anciano a su hija. Lily todavía parecía muy conmocionada–. Nos alegramos de poder haberles servido de ayuda.

–Haré que vengan más hombres de Crofford Hills –anunció el conde con un asentimiento que parecía reafirmar su decisión. Apoyó el codo en el brazo del sillón y se pasó la mano por el pelo–. Agradezco mucho su ayuda, Excelencia. Y la suya también, lord Gordon. Estoy en deuda con los dos y lo estaría más si pudiera abusar de su amabilidad y pedirles que mantengan este asunto en el más estricto secreto. El escándalo sería bastante embarazoso, ¿no creen?

–Por supuesto –contestó Harry–. Tiene mi palabra, milord.

–Y la mía –añadió Remmington–. Quédese tranquilo. Nadie oirá una palabra sobre el incidente. Puede confiar en nuestro silencio y en el de mis hombres.

–Se lo agradezco. –El conde asintió con gravedad.

–¿Desea que mis empleados se queden hasta que lleguen sus hombres de Crofford Hills? –se ofreció el duque. Luego posó su mirada brevemente sobre Lily. Podía sentir que su tiempo juntos llegaba a su fin. No deseaba dejarla, pero ahora estaba con su familia y él no tenía ninguna razón para quedarse allí.

–No me preocupa que ese loco ataque a plena luz del día –empezó Crofford–. Pero me sentiré mucho más tranquilo si a sus hombres no les importa quedarse hasta el amanecer.

–Informaré a Digsby. Cuando quiera prescindir de sus servicios sólo tiene que comunicárselo.

Se hizo un corto e incómodo silencio cuando todos se dieron cuenta de que el peligro había pasado. Ya no había necesidad de que Remmington y Harry permanecieran en la mansión de los Crofford, así que el vizconde se aclaró la garganta y consiguió esbozar una sonrisa mientras se cubría los hombros con su abrigo.

–Bueno, Remmington. Creo que deberíamos irnos y dejar que descansen un poco. Ha sido una velada bastante accidentada para todos.

El duque asintió, pero sus ojos permanecieron fijos en Lily.

–¿Están seguros de que estarán bien? –La pregunta iba dirigida a la joven, pero fue Crofford quien la respondió.

–Sí, seguro. Gracias por su ayuda de nuevo, Excelencia, y también por la suya, lord Gordon. –El conde dio unas palmaditas a su hija en el hombro, luego se levantó y los acompañó a la puerta–. Si hay algo que pueda hacer en algún momento para recompensarles, cualquier cosa, les ruego que no duden en hacérmelo saber.

Remmington dirigió una última mirada a Lily, luego se despidió con un movimiento de cabeza, salió al pasillo y cerró la puerta tras él.

3

–La farsa ha acabado, Lily.

En el mismo instante en el que los dos caballeros se marcharon, se produjo una transformación en el conde. Ya no quedaba nada de su aura de miedo y de desconsuelo. En su lugar había una adusta determinación. La joven se apartó de su camino cuando su padre acercó el sillón hacia el escritorio y rebuscó sobre la mesa hasta que encontró su pluma y una hoja de papel.

–Toma asiento. –La punta de su pluma señaló hacia una silla en el lado opuesto del escritorio, luego se inclinó sobre la hoja en blanco y empezó a escribir a una velocidad vertiginosa–. Haré que un lacayo lleve esta carta a sir Malcolm al amanecer. Le informaré de lo que ha sucedido esta noche y le haré saber que ya te encuentras de camino hacia la casa de seguridad que él mantiene en Brighton. Tenemos que sacarte de Londres. Rápido.

–¿Qué es una casa de seguridad? –preguntó Lily mientras apartaba con la cadera una pila de papeles para acomodarse en la silla.

–Es un lugar donde nadie hará preguntas, donde estarás a salvo hasta que cojamos a tu asaltante y descubramos los motivos de su ataque. –Cortó una esquina de uno de los papeles amontonados en su mesa y escribió unas líneas–. Ésta es la dirección de la casa. Informa a los sirvientes de allí de que te quedarás por invitación de un tal señor Short. Es una clave. Ya no harán más preguntas.

–Pero...

–No quiero que discutas conmigo, Lily. Todos los miedos que he albergado durante los últimos cuatro años se han hecho realidad esta noche. Para empezar, ya cometí un error dándole mi permiso a Bainbridge para que te involucrara en este asunto. Sabía que esto no traería nada bueno. –El conde levantó la mirada de su escrito el tiempo suficiente para fruncir el ceño en dirección hacia su hija–. Y tenía razón.

–Sir Malcolm tiene mucho cuidado de mantener en secreto mi colaboración. Ni siquiera podemos estar seguros de que esto tenga relación con nuestro trabajo. No puedes culparte, papá. El hombre que me atacó es el responsable de lo que ha sucedido esta noche, no tú.

Crofford rechazó su opinión con un ademán impaciente.

–Bainbridge tiene un gran poder de persuasión. Me convenció de que nunca estarías en peligro. Debo de haberme vuelto loco. Tendría que haber puesto fin a esto hace años, antes de que tu vida corriera algún riesgo.

–Pero mi trabajo es importante, papá. Tú mismo dijiste que mi don para los códigos es poco común.

–Cierto, pero no volverás a poner en práctica tu talento en un futuro próximo. –Añadió un párrafo final a la carta–. Nada es más importante que tu vida.

–¿Y qué pasa con la vida de Robert? –preguntó ella–. Soy la única en Inglaterra que puede descifrar su código Cross. Pasarán meses hasta que dominéis las fórmulas.

Finalmente, su padre alzó la mirada y sacudió la cabeza despacio.

–Tu hermano puede cuidar de sí mismo, Lily. Bainbridge notificará a Robert que debe usar el nuevo código Maze hasta que resolvamos la situación. Los franceses llevan meses sin desarrollar una nueva clave y yo soy perfectamente capaz de descifrar cualquier cosa que puedan crear.

–Sabes que yo puedo descifrar los códigos más rápido que tú. –No era una fanfarronada, sino un hecho. Si la verdad no lo persuadía, la culpa lo haría–. ¿Qué sucederá con las vidas que dependen de que descifremos esos mensajes lo más rápido posible?

–Yo no puedo cuidar del mundo –afirmó el conde en voz baja–, y su destino no descansa únicamente sobre tus hombros. Tendremos que arreglárnoslas lo mejor que podamos durante tu ausencia. ¿Qué crees que haríamos ahora si ese loco hubiera tenido éxito esta noche? No puedo permitir que vuelvas a arriesgar tu vida.

Su tono tajante la inquietó.

–Si verdaderamente quieres enviarme lejos, iré; pero no me arrebates mi trabajo. Te lo ruego, papá.

Crofford dejó a un lado la pluma y cruzó las manos sobre la mesa.

–No perderemos la guerra en los pocos días o semanas que tú estés fuera, Lily. Pero debes afrontar el hecho de que no puedo hacerte ninguna promesa ahora mismo. Si el ataque de esta noche está relacionado con tu trabajo, significa que los franceses conocen tu identidad y no estarás a salvo hasta que acabe la guerra. No sé lo que haremos si ése es el caso. Pero sin duda, deberás hacer una pausa en tu trabajo. Tienes que estar preparada para lo que pueda venir.

La joven notó como su cabeza se movía en señal de asentimiento. Por primera vez era consciente de cuánto había cambiado su vida en las últimas horas, de que quizá tuviera que esconderse hasta que acabara la guerra.

–Esta noche has pasado por más de lo que debería pasar cualquier persona en toda su vida –continuó su padre en tono apagado–, y te verás forzada a soportar incluso más en las próximas semanas. Eres una mujer fuerte y ahora mismo tu vida podría depender de esa fuerza. ¿Podrás ser fuerte por mí, hija?

Lily volvió a asentir.

–Bien. Ahora quiero que subas arriba y que prepares un baúl con lo que necesites para el viaje. Cogerás el coche del correo de la mañana que va a Brighton y más de un baúl atraería demasiado la atención. Ponte algo negro con un velo que cubra tu rostro. Las prendas de luto que llevaste en el funeral de tu tía abuela Amelia servirán. Creo que será mejor que parezcas una viuda reciente, demasiado abrumada por la pena para mantener una conversación intrascendente.

–¿El coche del correo para Brighton? ¡Una viuda!

–Si te envío en un carruaje de los Crofford adornado con el escudo de armas de la familia, a duras penas mantendremos tu destino en secreto. Los coches alquilados son demasiado lentos. Rara vez realizan un viaje sin estropearse, al menos, una vez. Piensa, Lily. El coche del correo es lo más rápido, el medio más fiable para hacer un viaje en secreto.

–¿Iré sola?

–No del todo, cariño. Toda dama respetable viaja con una criada. Llévate a tu doncella, Gretchen. No parece muy habladora. Teniendo en cuenta los sucesos de esta noche, aceptará enseguida la historia de la viuda.

–¿Tú no vendrás conmigo?

–No, Lily. Debo quedarme. Me aseguraré de que todos piensen que tú también sigues aquí, afectada por alguna enfermedad de algún tipo que te mantiene en cama. Si ese desalmado vuelve a entrar en casa, estaremos preparados. No arriesgaré tu vida tontamente manteniéndote aquí, al alcance de su mano.

–Ven conmigo, papá. No deberías ponerte en peligro. –Lily extendió el brazo por encima del escritorio para coger su mano, pero él se quedó mirando las marcas violáceas que cruzaban el cuello de su hija y sacudió la cabeza.

–Yo no correré peligro. Los hombres que he mandado buscar no vienen de Crofford Hills. Son los hombres de Bainbridge, y son más que capaces de encargarse... de la situación. Puedo cubrir tu ausencia, pero comprende que ese canalla no volverá si nos vamos los dos.

–¿Por qué no puedo quedarme con Sophie y los Bainbridge? –preguntó–. Allí estaré cerca, donde puedas acudir a mí si me necesitas.

–Si te quedaras con los Bainbridge sería como guiar a un zorro hacia el gallinero. Lo único que tienes que hacer es esconderte. Quiero que me prometas que no harás nada que ponga en peligro tu vida; estoy muy preocupado por tu seguridad.

Lily parecía dispuesta a continuar con la discusión, pero finalmente asintió.

–Te lo prometo, papá.

–Excelente. Ahora ve a hacer tu equipaje. No quiero que pierdas el coche.

Lily preparó su baúl lo más rápido que pudo y envió a una adormilada Gretchen a sus habitaciones para que hiciera lo mismo. Menos de media hora después, dos lacayos con aspecto ojeroso bajaban su baúl por las escaleras. Los seguía Gretchen, cargada con su propio equipaje.

La joven pudo observar que el hombre de Remmington, Digsby, todavía permanecía en el vestíbulo cuando la puerta de la biblioteca se abrió y dio paso a su padre.

–Nuestro carruaje está, por el momento, en paradero desconocido y será casi imposible encontrar un coche de alquiler a estas horas de la noche –le informó–. Pero Digsby está convencido de que el duque insistiría en que su cochero os llevara sanas y salvas al Two Swans, y nos ha ofrecido amablemente que usemos el coche de su señor. Le he dicho que permanecerás con tu tía abuela Amelia en West Wycombe hasta que este espantoso asunto esté solucionado. –Su padre le dirigió una elocuente mirada y ella indicó con una inclinación de cabeza que comprendía la mentira–. En cuanto capturemos al agresor, te lo haré saber. Hasta entonces, me sentiré mejor sabiendo que estás a salvo con la tía Amelia. Vamos, os acompañaré al carruaje. No quiero que pierdas el coche que se dirige a West Wycombe.

Cuando salió fuera, Lily se dio cuenta de que su baúl ya había sido cargado en la parte posterior del coche del duque.

–Milady.

Digsby se apresuró a abrirle la puerta y le dirigió otra de sus formales reverencias mientras esperaba a que entrara. La joven se preguntó si Remmington no habría aprendido de aquel hombre, pues ambos realizaban el movimiento de un modo impecable.

En un instante, el cochero estaba a su lado para coger a Gretchen su bolsa. Era uno de los hombres que llevaban un pendiente y un colorido pañuelo. No parecía un cochero, aunque Digsby tampoco parecía un mayordomo con todas esas cicatrices y su indomable pelo. Sus rizos de un color castaño rojizo bailaban al son de la brisa de la noche como si tuvieran vida propia. Sin embargo, se convirtió en la corrección en persona al ayudarla a instalarse en el carruaje. Cuando Gretchen la siguió, el conde se acercó a la puerta. Su despedida fue apresurada. Lily sabía que su padre deseaba alejarla de la casa mientras todavía existiera la posibilidad de que su atacante no estuviera observando su partida.

Unos momentos más tarde, el coche se puso en marcha y la joven dejó atrás la mansión Crofford junto a todo lo que apreciaba en el mundo.

Poco menos de cuatro horas antes, había golpeado al hombre que había intentado matarla. A esas alturas, ya debía de estar recuperado de sus heridas y dispuesto a atraparla de nuevo. Un incontrolable estremecimiento la recorrió, y Lily se cubrió el rostro con el velo negro para ocultar a Gretchen el miedo que sentía.

La doncella parecía excitada ante la perspectiva del viaje y muy dispuesta a acompañar a su señora a un destino desconocido. Sólo unos pocos sirvientes de la ciudad se iban con los Crofford cuando se retiraban a su mansión en el campo, y Gretchen no estaba entre ellos. Lily se preguntaba si la chica habría salido alguna vez de Londres. Estaba a punto de preguntárselo cuando el carruaje se detuvo.

–Es imposible que ya hayamos llegado.

La joven se inclinó hacia delante cuando Digsby apareció en la puerta del carruaje para darle una explicación.

–Discúlpeme, milady.

Lily previó la reverencia antes de que la hiciera. ¡Señor!, ni siquiera los sirvientes del rey hacían tantas reverencias como aquel hombre.

–¿Sí, Digsby?

–Jack me ha recordado que mi mujer debe de estar preocupada por mi ausencia. Como teníamos que pasar por la residencia de su Excelencia, pensé que no le importaría que nos detuviéramos un segundo para tranquilizar a mi esposa.

–¿Está casado, Digsby?

No había demostrado mucho tacto con esa pregunta, decidió

Lily, contenta de que el velo ocultara la vergüenza que le había producido su grosería. No había ninguna razón por la que no pudiera estar casado. Después de todo, el vicario Robbins siempre decía que todo el mundo estaba destinado a encontrar a su pareja. El hecho de que Digsby tuviera una esposa era prueba de ello.

–Mi mujer trabaja como cocinera, milady. –El sirviente mantenía las manos a los lados y permanecía totalmente inmóvil. Finalmente, la joven se dio cuenta de que aguardaba su autorización.

–Por supuesto que debe tranquilizarla. Pero apresúrese, por favor. No tenemos mucho tiempo.

–Milady. –Se inclinó haciendo otra de aquellas reverencias que Lily empezaba a encontrar molestas.

Digsby subió por las escaleras y desapareció en el interior de la casa. La joven bajó la cortina de la ventanilla. Con velo o sin él, se sentía inquieta ante el hecho de que alguien pudiera verla frente a la residencia del duque.

Remmington estaba dentro de esa casa, a sólo unos pasos de distancia. ¿Por qué ese pensamiento trajo con él una pequeña oleada de excitación? Frunció el ceño y se apartó de la ventanilla. Su breve pero accidentada relación había llegado a su fin.

Al menos no tendría que preocuparse por volver a verlo hasta que regresara de Brighton. Y eso no ocurriría hasta dentro de semanas. Quizá meses. Lo más probable es que, durante su ausencia, ya se hubiera casado. Debía aprovechar ese tiempo para olvidar a Remmington y su infantil encaprichamiento por él. Esa idea la hizo suspirar, pues era consciente de que antes sería capaz de olvidar su propio nombre. Ya lo echaba de menos... Su aire autoritario, la delicada forma en que la había abrazado, la ternura en su expresión mientras permanecían ante la mansión Crofford. Lily había deseado que la rodeara con sus brazos, que la estrechara entre ellos, que...

–¿Estamos realmente en el carruaje del duque? –preguntó la doncella, pasando la mano por los acolchados asientos y acariciando con reverencia el tapizado de terciopelo de las paredes. Los embellecedores dorados de las puertas y los demás accesorios brillaban como el oro en la suave luz que surgía del farol del carruaje y que lograba que la lujosa caoba de la que estaba hecho el vehículo resplandeciera. Gretchen dirigió a Lily una mirada de culpabilidad, volvió a colocar las manos en una remilgada posición y bajó la mirada–. Lo siento, milady. No pretendía ser tan descarada.

Lily sonrió, pensando que la doncella no había podido evitar comportarse como lo que era, una mujer natural y directa.

–No me importan tus preguntas y sí, este carruaje pertenece al duque. Él es el patrón de Jack y del señor Digsby, y de los otros hombres que había en casa esta noche.

–¿Es uno de sus pretendientes? Me refiero al duque.

Gretchen se movió inquieta cuando su señora se tomó un momento para responder.

–No. Está cortejando a otra dama. –La joven se preguntó cómo habían acabado hablando de ese tema–. ¿Tú tienes algún pretendiente?

–Oh, no, señora. Tuve uno hace mucho tiempo, pero se casó con mi mejor amiga. Desde entonces no me he interesado demasiado por el tema. De todas formas, no soy la clase de mujer que llama la atención de un hombre.

–Bueno, no estoy de acuerdo con eso –comentó Lily amablemente, estudiando a la doncella con ojo crítico en busca de algún rasgo que pudiera alabar. Tenía la clase de rostro que, en unos pocos años más, parecería muy maternal–. Tienes un cutis muy bonito y un rostro muy agradable, Gretchen.

–Vaya, gracias, señora. –Las mejillas de la doncella se llenaron de rubor por el cumplido y lanzó una carcajada–. Me temo que los hombres no opinan lo mismo. ¡Aunque puede que todavía no haya conocido al adecuado!

Lily empezó a reírse también, pero la risa se le atragantó en la garganta cuando la puerta del carruaje se abrió de repente y una mano la cogió de la muñeca. Apenas pudo respirar antes de encontrarse fuera del coche.

–¡Remmington! –La joven intentó mantenerse en pie mientras la arrastraba escaleras arriba hacia su casa. El duque hizo caso omiso de su grito. De hecho, apenas parecía notar que estuviera a su lado mientras tiraba de ella. Su boca se mantenía en una sombría línea recta y la oscura expresión que reflejaba su rostro era casi aterradora. Lily bajó entonces la mirada y se dio cuenta de que llevaba una bata negra de satén. Sus fuertes y desnudas piernas surgían de entre los pliegues de la prenda con cada larga zancada que daba–. ¡Dios mío! ¡Ha salido a la calle en bata! ¿Es que se ha vuelto loco?

–Creo recordarla en una situación similar no hace mucho tiempo –afirmó en un tono ligeramente burlón.

Ni siquiera cuando entraron en la casa y atravesaron la puerta que daba a la biblioteca detuvo su avance. Una vez dentro, cerró la puerta de un golpe tras ellos y la llevó hasta un sofá bajo donde la empujó por los hombros hasta que logró que se sentara.

–Se quedará aquí.

De todas las cosas que Remmington podría haberle dicho, eso era lo último que esperaba oír. De hecho, ni siquiera se le había ocurrido imaginárselo.

–¿Qué?

–Se quedará aquí. En mi casa. –El duque se quedó mirándola fijamente con una expresión en los ojos que la desafiaba a que lo retara–. Digsby me ha explicado que su padre la enviaba a casa de una anciana tía en el campo. Nunca había oído nada tan ridículo en mi vida. Hasta que consiga hacer entrar en razón a su padre, permanecerá aquí.

–¡Desde luego que no!

Cuando se puso en pie para enfrentarse a él, Lily cayó en la cuenta de que Remmington pensaba que le estaba haciendo un favor. Ya la había rescatado una vez esa noche, y ahora parecía sentirse responsable de su seguridad. Apreciaba su preocupación, pero ¿cómo podía decirle que no necesitaba que nadie la rescatara? Las ventanas reflejaban largas y grises sombras que le hacían saber que se estaba quedando sin tiempo. El coche de correos saldría en menos de media hora. Tenía que marcharse.

Estaba claro que con la fuerza física no ganaría ninguna discusión, pero con la astucia, sí. O mejor, con lo que parecería ser ausencia de ésta. Los hombres podían ser muy persistentes cuando se les metía algo en la cabeza, no obstante, ella podía demostrar la misma cabezonería.

Con calma, Lily retiró el velo de su rostro y lo colocó sobre su sombrero.

–De verdad que aprecio su preocupación, Excelencia, pero no puedo demorarme aquí ni un minuto más. Mi coche saldrá del Two Swans no más tarde de las siete, y debo llegar antes de que se vaya.

Remmington la estudió durante un momento con una expresión de desconcierto en su rostro.

–No hay ninguna prisa. No irá a West Wycombe en un transporte público.

–Por supuesto que sí. Fue mi padre quien lo planeó todo. Le disgustará mucho saber que usted me ha retenido aquí y que estoy en su casa sin ningún acompañante. ¿Puede imaginarse el escándalo que se formaría si alguien se entera de esta visita? –No era difícil parecer horrorizada ante esa posibilidad. Los hombres se enfrentaban en duelo por asuntos mucho menos serios. El duque conocía muy bien las posibles consecuencias de retenerla, pero aun así, decidió recordárselas ella misma–. Seguro que mi familia exigirá una compensación, ya que mi reputación quedará hecha añicos. Supondrá la ruina social de los dos. Se lo ruego, no sea testarudo, Remmington. Deje que me vaya.

–No, no se irá.

Lily apretó los dientes.

–No puede retenerme aquí.

–¿De verdad?

La insinuación del duque de que podría usar la fuerza física para conseguir lo que deseaba la hizo vacilar. La idea la alarmó, aunque su propósito era noble. Deseaba mantenerla a salvo, y era evidente que había decidido hacer todo lo que fuera necesario para asegurarse de ello. Si al menos la situación fuera tan sencilla como parecía... Remmington se merecía su gratitud en lugar de que discutiera con él. Por desgracia, sus sentimientos no cambiaban los hechos. Tenía que salir de allí.

–Me temo que el secuestro es una ofensa muy seria –aseguró–. Mi doncella informará a mi padre de lo ocurrido. Su gratitud le durará muy poco cuando descubra que me retiene aquí contra mi voluntad. Lo más probable es que presente cargos contra usted.

Remmington se encogió de hombros ante su advertencia.

–Estoy convencido de que su doncella está disfrutando de una taza de té caliente en mis cocinas en este preciso instante. Digsby ya está de camino a su casa para recoger al resto de mis hombres. También informará al conde de que deseo comer con él en nuestro club para discutir ciertos cambios en sus planes de viaje. Si insiste en enviarla a West Wycombe, entonces la llevaré personalmente. No supondrá una gran proeza hacer que llegue hasta mi carruaje sin que nadie la vea y conducirla hasta su destino sin que sea reconocida. –Bajó la mirada para examinar sus lúgubres ropas de luto y añadió en tono desdeñoso–: Hasta su tía abuela tendría problemas para reconocerla con esa horrible indumentaria.

Lily hizo caso omiso del insulto. Su plan parecía razonable. Sería mucho más seguro viajar en el carruaje de Remmington que en el coche de correos. Incluso podía imaginarse viajando con él. Volvería a rodearla con su brazo, y ella apoyaría la cabeza sobre su hombro. El suave balanceo del coche los adormecería a ambos, pero él la sostendría entre sus brazos y estaría segura bajo su cuidado. Soltó un nostálgico suspiro. Su plan la tentaba pero, desgraciadamente, quedaban varios cabos sueltos, como el hecho de que su tía abuela Amelia había muerto hacía tres años y que él no debía saber nunca cuál era su verdadero destino.

Tenía que salir de allí.

–Ya ha hecho más que suficiente –insistió Lily, intentando pensar desesperadamente en un razonamiento lógico–. No puedo permitir que se tome ninguna molestia más por mi culpa. Gretchen y yo estaremos a salvo en el coche de correos. Estoy segura de que el viaje transcurrirá sin incidentes y que hasta resultará aburrido. Ya sabe lo tediosos que pueden llegar a ser los viajes largos. No hay necesidad de que usted haga ese largo recorrido hasta West Wycombe, milord. Si realmente está tan preocupado por mi seguridad, haré que mi padre le informe cuando llegue a mi destino sana y salva. Por supuesto, será usted más que bienvenido si desea acompañarme hasta el Two Swans, aunque me atrevería a decir que alguien podría reconocerle. Ya sabe lo atestadas que pueden estar las posadas cuando salen los coches de correos. Y, por supuesto, no va adecuadamente vestido para salir, así que, después de todo, no sería una idea muy sensata. Además, andamos bastante escasos de tiempo, por lo que creo que será mejor que salgamos sin usted.

Remmington frunció el ceño y le respondió con gran determinación.

–Está decidido, Lily. Mientras no haya hablado con su padre, usted no pondrá un pie fuera de esta casa. Hasta entonces, puede ponerse cómoda aquí en la biblioteca o disfrutar de una habitación de invitados para descansar durante algunas horas. Teniendo en cuenta el hecho de que ninguno de los dos ha dormido esta noche, le recomiendo encarecidamente que descanse. Yo mismo pretendo dormir hasta que llegue el momento de acudir a mi cita con su padre. Estoy convencido de que deseará ponerse algo más cómodo que ese vestido, así que haré que suban su baúl a sus habitaciones. Seguramente descansará mejor sabiendo que uno de mis hombres permanecerá apostado ante su puerta. ¿Le apetece una taza de té o una copa de jerez antes de retirarse?

Ahora era el turno de Lily de fruncir el ceño.

–Me voy.

–¿Volvemos otra vez a lo mismo? La falta de sueño empieza a hacer que me sienta irritable. Creo que he planteado una solución razonable a su dilema. Hasta que pueda acompañarla a West Wycombe, estará mucho más segura aquí de lo que lo estaría en un coche de correos. Ahora le toca decidir a usted. O sube por su propio pie a la habitación de invitados o la subo yo en brazos. De una forma u otra, pretendo estar dormido en mi cama en un cuarto de hora. ¿Qué decide?

–¡Quiero irme! –susurró mientras notaba que sus ojos comenzaban a empañarse.

La preocupación que percibió en él hizo que la joven se preguntase si debería haber probado con las lágrimas desde un primer momento, pues provocaron un notable cambio en su actitud. En un instante, la determinación de su rostro se desvaneció para dar paso a una expresión de incertidumbre y alargó un brazo para darle una palmadita en una de sus manos.

–Está muy afectada, y no es de extrañar si se piensa en todo lo que ha tenido que pasar esta noche.

Cuando empezó a llorar con más fuerza, el duque pareció vacilar un momento antes de estrecharla entre sus brazos. Lily giró entonces la cabeza para apoyar la mejilla contra la cálida y suave bata de satén, demasiado consciente de los duros músculos que cubría. La tentación de darse por vencida, de rendirse a sus cuidados, era demasiado grande.

Remmington no era consciente de lo que acababa de hacer. Su padre se pondría fuera de sí cuando supiera que ella estaba allí.

Pero ¿qué podría objetar su padre ante la oferta del duque? Se preguntó si habría una casa de seguridad en West Wycombe. Aunque la posibilidad parecía remota.

–Que no se hable más sobre el coche de correos –afirmó él–. La llevaré arriba. Es evidente que necesita dormir para recuperarse de la horrible experiencia que ha vivido. De todos modos, casi ha amanecido y no llegaría a tiempo al Two Swans.

–Sí, llegaré.

Su llorosa afirmación tenía muy poco peso. Haría falta un milagro para que llegara a la estación antes de que los coches salieran, y ambos lo sabían.

–No, no llegará –rebatió Remmington.

Sin decir más, la cogió en brazos y la sacó de la biblioteca.

El pasar de estar de pie a que la llevaran en volandas hizo que se mareara. Lily no hubiera podido decir si fue el cambio de posición o el hombre que la sostenía el responsable de dicha reacción, pero se sintió obligada a protestar.

–Bájeme inmediatamente. ¡Esto es una indecencia!

–Yo diría que es lo más sensato. –El duque ignoró sus débiles esfuerzos y subió por las escaleras–. Lo que es indecente es el descabellado plan de su padre de enviarla lejos en un coche de correos público.

–¡Pero usted no lo entiende!

Remmington le lanzó una irónica mirada antes de abrir con dificultad, a causa de tener las manos ocupadas, una de las puertas que se alineaban en el pasillo que había al final de las escaleras. Cuando entraron en la femenina alcoba de color lavanda, el duque la colocó no con demasiada suavidad sobre la cama, luego retrocedió y cruzó los brazos.

–Entiendo más de lo que piensa.

La seguridad de sus palabras la hizo quedarse sin aliento. Había estado demasiado distraída con el duque para concentrarse en lo que ella misma decía. ¿Acaso se le había escapado algo?

–Está usted preocupada por las razones que tengo para retenerla aquí.

–¿Eso cree? –La joven reprimió un suspiro de alivio. Su secreto estaba a salvo por el momento.

–Sí, eso creo. –Remmington se dirigió hacia la chimenea y ordenó con aire ausente las pequeñas figuras que había sobre la repisa–. Algunos hombres usarían esta oportunidad para aprovecharse de una mujer. –La miró por encima del hombro–. Yo no soy de esa clase de hombres. Estará tan segura conmigo como lo estaría con su padre. Quizás incluso más segura, teniendo en cuenta lo que él entiende por protegerla. –Extendió un brazo para detener la objeción que Lily intentó hacerle–. Empezamos muy mal en el baile de esta noche. Sé que herí sus sentimientos. Vea esto como mi forma de compensarla. La llevaré a West Wycombe mañana y podremos empezar de cero cuando usted regrese. Si fuera posible para usted, me gustaría que olvidara lo que sucedió en casa de los Ashland.

Su desafortunado encuentro en el baile de aquella noche era lo último que tenía en mente la joven. Su mayor preocupación en ese momento era encontrar una forma de llegar hasta Brighton desde aquella casa y no acabar sin querer en West Wycombe. Las ventanas de la estancia ya reflejaban los sonrosados colores del amanecer. Lily suspiró derrotada. El duque había conseguido desbaratar por completo su plan de escapatoria.

–Su única opción es permanecer aquí –afirmó como si hubiera leído sus pensamientos.

La joven volvió la cabeza hacia la ventana, negándose a fijar la vista en él.

–Es usted quien no me ha dejado otra opción.

Lily no lo oyó acercarse a la cama. Su contacto la asustó cuando alzó con delicadeza su barbilla con la mano, instándola a que lo mirara.

–No tenga miedo de mí, pequeña. Sólo pienso en su seguridad.

Acarició su mejilla con los dedos y la joven finalmente levantó la vista para mirarlo a los ojos. Podría perderse en aquellas impenetrables profundidades. Todas las emociones que había sentido por él durante los últimos años surgieron a la superficie; la ira y la admiración, el anhelo y el deseo, los celos y la esperanza. No importaba lo que hubiera sucedido entre ellos, la atracción que sentía por el duque aún perduraba.

Remmington extendió la mano y rodeó su rostro en un tierno gesto que la hizo acercarse aún más a él. Su mirada le recordó la hipnótica atracción que obligaba a aproximarse a una mariposa hacia la luz de una llama. Lily cerró los ojos y respiró entrecortadamente; ese fuego podría destruirla.

Finalmente, su mano se alejó y la joven soltó un suspiro de alivio. Había tenido la esperanza de que la besara, había deseado que la besara y le avergonzaba saber que él tenía tanto poder sobre ella.

–Creo que lo mejor será que me marche ahora. –Su voz sonó forzada y Lily no se atrevió a alzar la vista–. Habrá alguien de guardia en el pasillo. –Remmington vaciló un momento antes de empezar a decir algo, pero luego cambió de opinión y, sacudiendo la cabeza, añadió–: Ha sido una noche muy larga, Lily. Intente descansar un poco. La despertaré cuando regrese de mi reunión con su padre.

4

El duque paseó por su biblioteca como si fuera un león enjaulado, con ganas de romper algo. ¿Cómo podía haber sido tan estúpido?

–¿Excelencia? –preguntó Digsby desde la puerta.

–Ya era hora de que aparecieras. –Hacía menos de un minuto que había regresado de su reunión con Crofford y que había enviado a buscar al fiel sirviente–. Despierta a esa condenada mujer y tráela aquí abajo.

–¿La condenada mujer es la señorita Gretchen o lady Lillian?

Remmington lo fulminó con la mirada.

–Hoy no estoy para bromas, Digsby. Todavía tengo... –Su siguiente orden la pronunció entre dientes–. Quiero a lady Lillian en esta habitación inmediatamente.

El mayordomo hizo una reverencia y se retiró justo cuando el duque cogía la copa de brandy que se acababa de servir. Durante un momento se planteó lanzarla contra la puerta cuando ésta se cerró. Era tentador, pero en su lugar se bebió el fuerte licor y depositó con un golpe el recipiente vacío sobre su escritorio.

–El muy estúpido, necio. Es inconcebible... –continuó murmurando mientras paseaba y recordaba los hechos que habían despertado su furia.

Una vez que se reunió con el padre de Lily en uno de los salones privados de White's, la charla con el conde no debería haber durado más de unos pocos minutos. Pretendía informar a Crofford del cambio en los planes de viaje de su hija, volver a casa y llevar a Lily hasta West Wycombe con presteza. Cuando abandonó su alcoba esa mañana, ya sabía que tendría que sacarla de Londres lo antes posible. La culpabilidad de conciencia no podría anular sus más bajos instintos durante mucho tiempo y ella se quedaría blanca como el papel si tuviera alguna idea de los pensamientos que le venían a la cabeza cada vez que la tocaba.

La deseaba. La deseaba con todas sus fuerzas.

Su sencillo plan de deshacerse de la tentación se torció desde el momento en que informó a Crofford sobre dónde se encontraba Lily y le anunció su intención de hacerla viajar a West Wycombe en su propio carruaje.

–Dios mío –había susurrado el conde–. Eso no va a ser posible, Remmington. No, en absoluto.

–No puede enviarla en un transporte público –respondió Remmington, desconcertado por la objeción del anciano caballero. Había esperado gratitud, no una expresión de horror–. Hay pocos incidentes con los coches de correos actualmente, pero sin duda iría mucho más segura en uno de mis carruajes. Nadie sospechará que ella viaja en su interior ni tendrá ninguna pista de dónde se encuentra. Es, sencillamente, la opción más lógica.

–No, no lo entiende –replicó Crofford–. Lily no debe ir a West Wycombe.

–¿Le importaría explicarme por qué no?

–Por supuesto que no.

Remmington había esperado pacientemente su explicación, y se preguntó durante el largo silencio que siguió si el conde habría entendido bien su pregunta.

–La tía Amelia no se encuentra en West Wycombe. –El anuncio de Crofford fue directo; su explicación, casi atropellada–. Hice llamar a mi abogado esta mañana para que se ocupase de enviarle fondos extras para la manutención de mi hija, y él me recordó que mi tía se fue de vacaciones a Italia hace más de un mes. Me temo que, a causa de toda la conmoción, me había olvidado de ello por completo. Estoy seguro de que comprende lo difícil que es seguir el rastro a los parientes. Uno nunca sabe si van o si vienen. No me he preocupado demasiado porque ya había recibido su mensaje de que los planes de viaje de Lily habían cambiado y que no debía inquietarme. Pensé que quizás había perdido el coche y me alegré, ya que la tía Amelia no está en su residencia habitual. ¿Comprende? La verdad es que fue lo mejor que podía haber pasado. Mi hija habría llegado a las seis o las siete de la mañana a West Wycombe y habría descubierto que no había ido nadie a recibirla.

Remmington se quedó mirando al conde en silencio, preguntándose si el hombre se daba cuenta de la amenaza que su hija suponía para la serenidad de cualquiera. Enviarla a pasar un tiempo con una anciana tía no era una idea muy sensata, y que hiciera el viaje en un coche público era impensable. Si él no lo hubiera impedido esa mañana, Lily estaría en West Wycombe en ese momento, sola y seguramente muy asustada. Estuvo tentado de decirle al conde exactamente lo que pensaba sobre aquellos planes tan mal concebidos. Si la joven fuera responsabilidad suya, no la perdería de vista ni un segundo.

Cuando finalmente se le ocurrió una pregunta que no fuera muy insultante, se esforzó en plantearla conteniendo su sarcasmo.

–Entonces ¿adónde pretende enviarla ahora que le han recordado las vacaciones de la tía Amelia en Italia?

–Italia es un lugar muy agradable en esta época del año. –El conde se frotó la barbilla–. Lily podría conseguir un pasaje para uno de los barcos que salen desde Brighton. Los coches de correos llegan hasta allí también, ¿lo sabía? Estoy convencido de que podría hacer el viaje sin dificultad. No es necesario que se moleste en llevarla usted mismo, Excelencia. Si fuera tan amable de acompañarla hasta el Two Swans mañana por la mañana, ella podría continuar su viaje con tan sólo un ligero cambio en el itinerario.

–¿Ligero? –Remmington arqueó una ceja. ¿Acaso se había vuelto loco?–. Crofford, su hija no está en condiciones de hacer una larga travesía por mar. De hecho, no debería enviarla a ningún sitio sola ahora mismo. Usted debería viajar con ella.

–¿Acaso cree que no deseo estar con mi hija? –El conde apoyó el codo sobre la mesa y se frotó la frente–. Ahora no puedo abandonar Londres. Mi plan es atrapar a su agresor haciéndole creer que Lily sigue en casa. Si descubre que ha huido empezará a buscarla en los lugares más obvios, y si yo estoy con ella no hará falta que haga ningún tipo de conjeturas sobre dónde se encuentra.

–¿No hay ningún otro sitio al que pueda enviarla? ¿Algún lugar en el que a ese hombre no se le ocurra buscarla?

–No, ninguno en el que pueda estar convencido de que estará a salvo. Yo no quiero enviarla lejos, pero aquí no está segura. Con suerte, cogeremos a ese loco en uno o dos días y todo este asunto acabará de una vez por todas. Le ruego que me devuelva a mi hija.

Pero Remmington no quería devolvérsela. Crofford tenía un buen plan para atrapar al hombre que amenazaba la seguridad de su hija, pero parecía incapaz de trazar otro para mantenerla a salvo mientras tanto.

–A no ser que pueda pensar en un destino mejor que Italia, estará más segura conmigo. –El duque hubiera hecho mejor en mantener la boca cerrada. ¿Cómo se le había ocurrido hacer semejante sugerencia?

–Sería una enorme imposición. –El conde sacudió la cabeza–. Y usted ya ha hecho más que suficiente.

Remmington suspiró aliviado.

Crofford continuó mirándose fijamente las manos durante unos segundos, luego se irguió en la silla, asintió y su expresión se llenó de entusiasmo.

–Claro, tiene sentido. Nadie sabe que está allí. Y sólo sería por unos pocos días.

Remmington sintió una punzada de pánico. El conde estaba considerando seriamente la propuesta. No era que la idea de que Lily se quedara no le atrajera, pero el hecho de que su padre conociera la situación lo horrorizaba. Ella sería tan intocable como hasta ahora, aunque igual de tentadora. Sería una tortura, una descabellada prueba para su fuerza de voluntad.

–Por supuesto, entendería que considerara la oferta demasiado escandalosa. Su reputación se haría añicos si alguien descubriera que ha estado en mi casa sin un acompañante.

–Pensé que había dicho que su personal no era dado a esparcir rumores.

–No encontrará unos sirvientes más discretos en todo Londres. –Remmington se regañó mentalmente a sí mismo por su precipitada respuesta–. Aun así, comprendería la vacilación de un padre ante la idea de dejar a su hija soltera a mi cargo. Me temo que mi reputación con las mujeres está lejos de ser ejemplar.

La expresión de Crofford se ensombreció.

–¿Me está diciendo que sólo me ha hecho esta oferta para poder seducir a mi hija?

–¡Por supuesto que no! No tengo ninguna intención de seducir a Lily. –De hecho, eso era lo que intentaba evitar. Era insultante que le acusara de haber tramado todo aquello para seducirla. Remmington dirigió a Crofford una mirada que hubiera amedrentado a cualquier otro hombre–. Tiene mi palabra de caballero.

–Bien. Acepto su palabra. –El conde se echó hacia delante con expresión solemne–. Después de todo, ningún caballero de verdad se aprovecharía de una mujer en semejantes circunstancias.

Los dos hombres se quedaron mirándose el uno al otro por encima de la mesa mientras la tensión se apoderaba del ambiente. Finalmente, fue el duque quien rompió el silencio.

–Su hija está a salvo, Crofford. Por si está al corriente de los rumores, le informaré de que tengo relaciones con lady Margaret Granger.

–Sí, lo he oído –murmuró el conde sin dejarse intimidar por su mirada.

–Lily no tiene nada que temer de mí.

–Me alegra oír eso también.

–¡Está más segura en mi casa de lo que lo estaría en la suya propia!

–Estoy de acuerdo con usted, Remmington, y acepto su oferta de mantener a Lily escondida allí. Ha conseguido calmar todas mis inquietudes.

Remmington sacudió la cabeza. El simple hecho de recordar la conversación con Crofford le enfurecía. Se acercó hacia una de las ventanas de la biblioteca, apoyó las manos sobre las jambas y se quedó contemplando el jardín sin apreciar su majestuosa belleza.

Se había dejado embaucar. Al repasar la reunión, tuvo la inquietante sospecha de que el acuerdo al que habían llegado era lo que pretendía conseguir Crofford desde el principio. Había caído directamente en la trampa del anciano caballero, ya que sabía que sus hombres no abandonarían a Lily en un lugar público. Estudiando la situación desde el punto de vista de Crofford, su casa en la ciudad era el mejor lugar para esconderla. Nadie imaginaría nunca que la joven se escondía allí.

–¿Me ha llamado?

Al escuchar la débil y ronca voz de Lily, no pudo evitar hacer una mueca. Con un suspiro, se volvió para hacerle frente. La verdad es que no presentaba un aspecto muy atractivo en ese momento. Se le había deshecho el moño con el que había recogido su melena, los largos mechones enmarcaban un rostro rojo e hinchado por las lágrimas y todavía llevaba ese horrible vestido negro con el que era evidente que había dormido. Estaba hecha un desastre. Reacio, Remmington sintió los primeros indicios de compasión. Nada de todo aquello era por su culpa. Su padre podía ser un manipulador, pero él hubiera jurado que ella no formaba parte de ningún complot para introducirse en su hogar. Lily era una chica inocente a la que habían dejado sola a merced de un hombre al que apenas conocía. Crofford debería ser fustigado por ello.

Resistió el impulso de cruzar la estancia y tomarla entre sus brazos. Aunque, por otro lado, ¿por qué no hacerlo? Eso probaría, más allá de ninguna duda, que su padre se equivocaba al confiar en él.

En ese momento, la conversación que había escuchado a escondidas en el jardín de los Ashland volvió a su memoria para atormentarle. ¿Sabía Crofford lo que Lily sentía por él? ¿Acaso pretendía acusarlo de haberla comprometido para que se uniera a su hija en matrimonio? ¿Sería posible que el conde fuera el responsable de todo lo ocurrido? Se trataría del plan más elaborado que alguien hubiera tramado jamás para obligarle a ir hasta el altar, pero aun así, no podía descartar sus sospechas por completo.

Si había alguna esperanza de sobrellevar aquella situación sin sufrir daños, debía dejar claro a Lily desde el principio que su relación sería exclusivamente formal. No haría nada que pudiera alentar sus sentimientos. Se daría la vuelta siempre que ella lo mirara con esa combinación de inocencia y vehemente deseo que encontraba tan atrayente. Había aprendido por propia experiencia que no podía fiarse de las mujeres, y él nunca caía dos veces en el mismo error. Ignoraría la ráfaga de deseo que lo invadía siempre que ella estaba cerca de él, y no la contemplaría con detenimiento cuando supiera que ella no le miraba. Por el momento, él era su tutor y ni siquiera la tocaría.

Una vez que hubo recuperado toda su determinación, Remmington le indicó la silla de respaldo alto que había cerca de su escritorio.

–Siéntese.

La joven obedeció sin protestar. Le dolía la cabeza y la garganta, y sentía los ojos tan hinchados que apenas podía mantenerlos abiertos. Pero estaba allí para saber lo que le deparaba el futuro, para descubrir cómo pretendía su padre conseguir que cogiera el coche de correos hacia Brighton sin levantar las sospechas de Remmington.

Sujetándose la garganta para calmar el dolor que le causaba girar la cabeza, Lily miró por encima de su hombro a su anfitrión.

Remmington permanecía ante la ventana que había más cerca de ella, y pudo observar que su sombría indumentaria contrastaba con los dorados rayos del sol de la tarde. Llevaba una chaqueta de montar gris marengo con unos pantalones a juego, junto con una camisa y un pañuelo gris perla. Sólo sus relucientes botas eran negras, pero parecía como si todo él estuviera envuelto en un aura oscura.

Incluso la biblioteca en sí le parecía más alegre que su propietario, ahora que tenía la oportunidad de contemplar el lugar a la luz del día. Los muros de color azul oscuro estaban recubiertos de arriba abajo por un trabajo de carpintería en blanco que formaba las estanterías destinadas a los libros. No había ni un solo hueco libre en ellas, lo que indicaba que todos los tomos encuadernados en piel estaban en su lugar. Los libros no sólo estaban ordenados según su tamaño, sino que también se agrupaban teniendo en cuenta el color de sus cubiertas. Asombroso.

Al volverse sobre su asiento para contemplar la estancia de una forma general, Lily se dio cuenta de que todo parecía estar en el lugar correcto. Incluso los muebles estaban colocados en ángulos precisos. La madera resplandecía con ricos reflejos, pues estaba recién pulida, y el aroma a limón y cera de abeja hacía que la estancia oliera a fresco y limpio, en consonancia con el aspecto que tenía. Si no fuera por unos pocos papeles esparcidos sobre el escritorio, todo indicaría que nunca se había hecho uso de aquella biblioteca. Lily se preguntó cómo el duque podía concentrarse en un lugar tan insulso.

–Ha habido algunos cambios en sus planes de viaje. –Remmington interrumpió los pensamientos de ella con su profunda voz mientras rodeaba el escritorio para tomar asiento frente a Lily–. De hecho, por el momento, no viajará.

Lily soltó un suspiro de alivio.

–No tardaré mucho en reunir mis pertenencias. Estoy segura de que existe algún riesgo en que vuelva a la mansión Crofford, pero papá tendrá un buen plan para encargarse del asaltante. Espero que mi estancia aquí no le haya causado demasiadas molestias. –Lily se puso en pie para marcharse.

–Su estancia todavía no me ha causado ninguna molestia. –Remmington volvió a señalar la silla–. Siéntese, por favor.

–Pero...

–No se va a marchar. –Cogió un papel doblado que había en su escritorio y se golpeó la punta de los dedos con él–. Quiero que escuche muy atentamente lo que voy a explicarle, Lily, pues no me gusta tener que repetir las cosas.

Su voz le recordó el tono que su padre usaba para dirigirse a los sirvientes y a los niños pequeños. Quizá compartía la opinión de muchos hombres de que el sexo débil también poseía un cerebro débil. Considerando sus circunstancias, ése no era un error tan malo como para no alentarlo. Consiguió mantener una expresión aturdida mientras le dirigía un solemne gesto de asentimiento.

–El conde y yo hemos decidido que lo mejor es que se quede aquí. –El duque no le dio la oportunidad de asimilar la noticia, sino que continuó antes de que ella pudiera protestar–. Su tía abuela está en Italia y su padre no puede pensar en un lugar más seguro para usted hasta que dé con el hombre responsable de esta situación. Mientras tanto, creo que es importante que establezcamos unas cuantas reglas desde el principio. De este modo, ambos entenderemos lo que se espera del otro. Lo primero que debe saber es que trabajo mucho en la biblioteca por las mañanas y no tolero interrupciones de ningún tipo. Segundo, yo...

–¡No puede hablar en serio! –Su voz se quebró en un áspero gemido, pero Remmington ignoró el sonido.

–Muy en serio –afirmó–. Mis propiedades y mis operaciones comerciales requieren toda mi atención por las mañanas y no toleraré distracciones. Tengo una agenda muy organizada que no se verá interrumpida por su estancia mientras usted siga...

–No me quedaré aquí. –Lily cruzó los brazos, inflexible.

–Su padre previó que dudaría del acuerdo. –Dejó caer el papel doblado sobre el escritorio–. Su carta le ayudará a aclarar la situación.

La joven cogió rápidamente la misiva y rompió el sello.

–Mi padre nunca estaría de acuerdo con un plan tan ridículo, Remmington. Usted debería... –Su voz se desvaneció al tiempo que leía el contenido de la carta.

Mi querida Lily:

Tras una larga discusión con Remmington, estoy convencido de que estarás más segura con él que con la tía Amelia en Italia.

Su Excelencia me asegura que no ignora mis inquietudes con respecto a este acuerdo, pero me ha convencido de que tu seguridad es lo más importante.

Como Remmington es consciente y sabe lo delicada que es, me ha dado su palabra de que nada de carácter indecoroso sucederá mientras se le confíe tu custodia y que tu honor no se verá comprometido de ninguna forma.

Tras pensarlo mucho, no hay nada mejor que esta opción, así que he decidido que permanezcas escondida en su casa hasta que el agresor pueda ser llevado ante la justicia.

Los dos sabemos que no estás a salvo en Crofford, no hasta que ese loco esté encerrado, o hasta que se conozcan las razones que motivaron su ataque.

Remmington ha prometido que estarás segura, que tu estancia en su hogar será un secreto muy bien guardado y que no se producirá el más mínimo escándalo como resultado de ello.

Te ruego que me obedezcas. Quédate con el duque aunque yo no pueda estar a tu lado para ofrecerte mi apoyo, pues ya conoces las razones por las que debo permanecer aquí.

Espero que puedas estar tranquila ahí y que confíes en tu anfitrión tanto como yo.

Además, sé que Remmington no desconfía de ninguno de sus sirvientes, por lo que parece que no hay nadie mejor cualificado para mantenerte a salvo en este momento.

Ya puedo pensar en una media docena de motivos por los que pondrás objeciones a este plan, pero quiero que sepas que es mi deseo que permanezcas con su Excelencia hasta que este horrible asunto quede resuelto.

Un abrazo,
CROFFORD

La joven comprendió de inmediato por qué su padre había subrayado las palabras «media docena». Ocupaban la sexta posición de la frase y eran la clave del sencillo código que ocultaba la carta. Repasó la nota de nuevo, leyendo sólo la sexta palabra de cada frase. «Remmington no sabe nada.» «Estás segura.» «Quédate ahí.» «Desconfía.» Le temblaba la mano cuando colocó la carta sobre el escritorio del duque.

–Debe ser una persona muy convincente, Excelencia. Eso, o mi padre ha perdido el juicio.

Lily intentó aceptar el hecho de que se quedaría allí. Una parte de sí misma sentía cierto júbilo. La otra, puro terror.

–Le aseguro que no fui nada convincente, y estoy totalmente de acuerdo en que su padre se ha vuelto loco en todo a lo que usted respecta.

La joven alzó la barbilla unos centímetros.

–¡Cómo se atreve a insultar a mi padre!

–Estoy exponiendo hechos, no insultando. También debe tener en cuenta que he dormido menos de tres horas en los últimos dos días y que me he convertido en el tutor de una joven a la que apenas conozco. Discúlpeme si estoy algo irritable.

A Lily los pensamientos se le agolpaban en la cabeza. Se vería forzada a hacerle frente todos los días. ¿Durante cuánto tiempo podría fingir indiferencia? ¿Durante cuánto tiempo antes de que se diera cuenta de que ella se sentía tan estúpidamente atraída por él como lo estaba antes de que se conocieran? Era una posibilidad muy humillante.

–Es imposible que usted desee que me quede aquí. Mi presencia será un terrible inconveniente.

–Estoy totalmente de acuerdo.

–Bien. Entonces me iré.

–Se quedará.

Lily negó con la cabeza.

–Mi padre se equivocó al imponerle mi presencia. No abusaré más de su hospitalidad. Ya estamos en deuda con usted por la ayuda que nos prestó anoche. Exigirle cualquier otra cosa sería demasiado pedir. La tensión de la situación debe estar afectando el buen juicio de mi padre. En circunstancias normales, nunca se le ocurriría pedir semejante favor. Me temo que debo...

–Su padre no me pidió tal cosa.

–Entonces ¿por qué...?

–Las razones no son asunto suyo. Le di mi palabra a su padre y pretendo cumplirla. Ahora, como iba diciendo, hay ciertas reglas en esta casa que espero que siga. Cuando finalizo con mi trabajo matutino, cabalgo por el parque todos los días durante una hora exactamente. La comida se sirve a la una y media en punto. Puede que salga por las tardes o por las noches, depende de mis compromisos. Independientemente de eso, la cena se servirá sin falta a las ocho en punto. No se preparará nada especial para sus comidas. Si desea comer, preséntese a la una y media y a las ocho en el comedor. Y también debe saber que no tolero retrasos.

Atónita, Lily se reclinó en la silla sin decir palabra. ¿Por qué había aceptado el duque aquel plan? Y, sobre todo, ¿por qué se había involucrado en él?

–Durante el día, podrá hacer uso del salón –continuó Remmington–. Pero tiene terminantemente prohibido el acceso a mi biblioteca. Hay otras estancias de invitados en la segunda planta que puede explorar si necesita algo de diversión. Mi alcoba también le estará vedada. Las habitaciones de los sirvientes se encuentran en el tercer piso, y deberá respetar su intimidad. La sala de música está en la cuarta planta, pero se encuentra en muy mal estado y también tendrá que evitarla.

Lily pensó que la estaba tratando como a una niña al hacerle un listado de todas las reglas de la casa como si tuviera miedo de que pudiera romper algo. ¿Dónde estaba el hombre que le había prometido protegerla, que la había rodeado con sus brazos y le había ofrecido consuelo? Ahora el duque parecía más preocupado por la seguridad de su casa que por la de ella.

–Con suerte, su estancia aquí no durará más que unos pocos días, así que no veo ninguna razón para que se aventure fuera de la casa. Hay doce sirvientes viviendo aquí. No se inmiscuirá en su trabajo de ningún modo. Sólo atenderán mis órdenes y no tendrán tiempo de satisfacer sus caprichos. Su doncella es responsabilidad suya y también debe informársele de que no debe molestar a mis sirvientes. Si cumple mis reglas, superaremos esta situación sin problemas. ¿Tiene alguna pregunta?

Lily deseaba preguntarle a qué hora del día exactamente podía golpear a su anfitrión en la cabeza por su grosera arrogancia. Si continuaba siendo tan detestable durante todo el tiempo que pasase allí, no tendría ningún problema en absoluto en controlar sus sentimientos por él.

Sin dejar que sus pensamientos se reflejasen en su rostro, clavó en Remmington la mejor de sus cándidas y vacías miradas, y parpadeó una sola vez muy lentamente.

–Al parecer debo recordar muchas cosas. Quizá pueda seguir sus normas más fácilmente si me las escribe.

–Muy bien –mascullo el duque–. Si se las escribo, ¿podrá leerlas?

–Por supuesto –respondió ella–. No soy una lectora muy rápida, pero estoy convencida de que conseguiré leer su lista en un día o dos. Y, a finales de semana, seguramente ya habré memorizado algunas partes. –Lily se esforzó en no sonreír al escuchar su gruñido–. ¿Podría enviar un mensaje a mi padre? Desearía confirmarle que entiendo su inquietud y que haré lo que él me pide.

–Me temo que eso no será posible. –Remmington recogió la carta del conde y la metió en el cajón superior de su escritorio–. Nos hemos puesto de acuerdo en encontrarnos o intercambiar mensajes sólo cuando sea absolutamente necesario. Si empezamos a reunirnos de forma regular, alguien podría sospechar. Al fin y al cabo, su padre y yo no somos más que simples conocidos. Una repentina relación más íntima podría parecer algo inusual y debemos considerar la posibilidad de que conozcamos a su atacante. No queremos que sospeche nada, sobre todo si se descubre su ausencia de la mansión Crofford. Tomaré todas las precauciones necesarias para velar por su seguridad, Lily, pero no permitiré que se atraiga la atención del atacante hacia mi casa, donde la vida de mis propios sirvientes se vería amenazada. Con un poco de suerte, regresará con su padre en unos días, y un mensaje ahora...

–Comprendo sus razones. –Se preguntó si parloteaba sin parar porque la creía incapaz de comprender la palabra «no»–. No queremos que mi insignificante mensajito ponga en peligro a sus sirvientes.

Remmington hizo caso omiso del tono sarcástico que destilaba su voz. En su lugar, se reclinó en la silla y estudió su rostro con detenimiento.

–Sólo hay otro tema que nos queda por discutir. Como su tutor, he dado mi palabra de honor de que protegeré su reputación además de su persona. Ésta es una situación muy poco común. Al residir bajo el mismo techo, estoy seguro que se darán ocasiones en las que nos podríamos sentir tentados de olvidar que existe un mundo fuera de aquí y que esta situación es temporal. Extremadamente temporal. Como sabe, estoy comprometido con otra dama. Ambos debemos recordar que no puede haber nada más entre nosotros que una simple amistad.

La joven se forzó a sonreír. Hasta que las circunstancias de su ataque la obligaron a ello, ella no tenía ninguna intención de volver a verlo. Incluso estaba preocupada por cómo conseguir evitarlo. Remmington le estaba poniendo las cosas fáciles, aunque eso no alivió la punzada que sintió ante su rechazo.

–No tiene que preocuparse por que yo espere algo más de usted –le aseguró Lily.

–Excelente. Me alegro de que lo comprenda. –Remmington alzó la mirada hacia el reloj Chelsea que había sobre la repisa de la chimenea–. Dispone de tres horas hasta la cena. Confío en que encontrará algo con lo que ocupar su tiempo hasta ese momento. Quizá podría supervisar a su doncella mientras deshace su baúl o algo por el estilo. Para evitar despertar sospechas, yo pretendo continuar con mis negocios y mis compromisos sociales como de costumbre, por lo que estaré fuera lo que queda de tarde y durante la mayor parte de la noche. –Se puso en pie y se dirigió precipitadamente hacia la puerta, que mantuvo abierta, sin preocuparse por disimular el hecho de que estaba ansioso de deshacerse de su compañía–. Ahora, si me disculpa, Lily, tengo trabajo que hacer.

5

–No nos quiere aquí. –Gretchen frunció el ceño mientras colocaba uno de los vestidos recién planchados en el armario–. Ese pomposo de Digsby no dirá ni una palabra al respecto, pero Jack dejó claro que su Excelencia no está a gusto con la situación. ¡Como si nosotras tuviéramos alguna elección!

Lily permaneció en silencio. A su doncella no le había costado mucho tiempo adaptarse a su hogar temporal. En menos de dos días ya había oído más cotilleos de los que Lily escucharía nunca en aquella casa.

Gretchen cogió otro vestido y le dio a la falda una fuerte sacudida.

–A veces pienso que los hombres no saben lo que quieren. Primero la obliga a quedarse aquí y luego hace correr la voz de que no quiere que nos quedemos.

–Espero que no hayas hablado sobre mí con los sirvientes del duque. –La joven ya había advertido a su doncella sobre ello. Aunque la sirvienta no conocía el trabajo de la familia para el gobierno, sabía más sobre lo que sucedía en la mansión Crofford de lo que Lily deseaba que Remmington supiera.

La expresión contrariada de Gretchen se convirtió en una mueca de herida dignidad.

–Por supuesto que no. Cuanto menos sepan de usted, mejor. De hecho, he decidido que tampoco tienen por qué saber mucho sobre mí. Son una gente muy extraña, milady. Si me lo pregunta, le diré que contrata a esta banda de asesinos para asustar a la gente. Jack me ha dicho que el duque no recibe a nadie en su casa, a excepción de su hermano y su primo. Con la clase de hospitalidad que ha mostrado con nosotras, me pregunto si tendrá amigos que lo inviten a él.

Lily se encogió de hombros. Ella había hecho bastantes averiguaciones sobre su anfitrión. Era un hombre reservado, y no podía criticarle por el hecho de emplear sirvientes de aspecto desagradable para ayudarle a garantizar su intimidad.

Pensó en su padre, en cuántas veces se había quejado sobre la gente que constantemente le agobiaba. Las personas podían ser muy ingeniosas cuando se trataba de conseguir favores o dinero. Aunque la fortuna de los Crofford resultaba insignificante comparada con la de Remmington, Lily podía hacerse una idea de la cantidad de gente que intentaba lograr su apoyo para su causa.

Ésa era otra razón por la que no podía olvidar lo que había sucedido en el baile de los Ashland. Estaba segura de que él sabía qué se sentía al ser utilizado. ¿Acaso era tan cínico que no le importaba herir los sentimientos de nadie? Si ése era el caso, su preocupación por ella la noche del ataque tenía muy poco sentido. Claro que su inquietud no había durado mucho tiempo, pues enseguida había vuelto a ser grosero y arrogante.

Pero el Remmington de aquella terrible noche era capaz de transmitir calidez y amabilidad, un hombre al que ella deseaba conocer, un hombre que le podría llegar a importar.

¿En qué estaba pensando? En tonterías, desde luego. ¿Quién no sería amable con una mujer en las condiciones en las que la había encontrado aquella noche? El hecho de que fuera capaz de sentir compasión no significaba que deseara su afecto. De hecho, le había dejado claro que no quería nada más de ella que un poco de educada conversación. Y Lily dudaba incluso de que deseara eso.

Sacudió la cabeza y decidió apartarlo de sus pensamientos.

–Creo que hoy me pondré el vestido rosa, Gretchen.

–Una sabia elección, milady. –La doncella rebuscó en el armario y sostuvo en alto el vestido para alisar unas pocas arrugas–. El cuello alto ocultará esos horribles moretones de su cuello. ¿Todavía le duele?

–Sí, pero parece mucho peor de lo que realmente es.

La doncella la miró con compasión.

–Pobrecilla. Debería permanecer en la cama otro día.

–Ya me encuentro mejor. No sería correcto pedir que subieran la comida a mi alcoba cuando me siento perfectamente capaz de presentarme en el comedor.

–La verdad es que parecen empeñados en que la gente coma abajo. –Gretchen plantó las manos sobre sus caderas–. No quise decírselo ayer cuando se sentía tan mal, pero al principio el cocinero se negó a preparar una bandeja para usted. Se comportó como si hubiera pedido que me sirvieran Francia en bandeja. Le expliqué que usted se sentía demasiado enferma para levantarse de la cama y tuve que recordarle que tenía la garganta demasiado magullada para tragar los enormes trozos de ternera que había previsto servirle.

Lily no le comentó que seguramente el cocinero sólo intentaba seguir las órdenes de Remmington respecto a que ella debía tomar sus comidas en el comedor.

–Creí que el cocinero del duque era una mujer. La esposa de Digsby, para ser exactos.

–Oh, no, milady. Ese sinvergüenza no le dijo la verdad. El cocinero es un gigante totalmente calvo que lleva un pendiente de oro en una oreja. –Gretchen hizo una mueca–. Responde al nombre de «Toro».

Lily arqueó las cejas por un momento y luego volvió a fruncir el ceño. ¡La habían engañado! Digsby le había mentido sobre las razones por las que se había detenido en la casa de Remmington. Si no fuera por su intromisión, ella no se encontraría ahora en una situación tan incómoda.

–Un apodo curioso, ¿no crees? Se dice que muchos cocineros tienen un carácter muy fuerte. Me pregunto si éste en concreto es muy temperamental.

–Puedo asegurarle que lo es, milady.

Gretchen empezó a arreglarle su pelo mientras Lily pensaba cuál sería la mejor forma de vengarse. Decidió que le haría una visita a la «esposa» de Digsby justo después de comer.

Sólo pensar en la comida la desanimó; sería la primera que

compartiría con su anfitrión desde su llegada hacía ya dos días. La joven esperaba que el duque no estuviera en casa, pero parecía poco probable. Según Gretchen, quien parecía saber todo lo que ocurría en la casa, Remmington había pasado toda la mañana trabajando en la biblioteca y al parecer todavía seguía allí. Lily deseaba poder continuar con su trabajo en lugar de bajar a comer. Había pasado la mañana estudiando minuciosamente uno de los pergaminos que había metido en su baúl. En ese momento, descifrar códigos le parecía mucho más atractivo que la idea de enfrentarse a su arisco anfitrión.

–Milady, debe sentarse derecha para que pueda recoger su pelo correctamente.

Lily hizo señas a la doncella para que cejara en su empeño.

–No lo sujetes hoy. Esos malditos lazos hacen que me duela la cabeza.

–Seguimos en la ciudad –le recordó la doncella–. La mayoría de los caballeros esperarían ver que el pelo de una dama está adecuadamente recogido.

Gretchen tenía razón, pero Lily no deseaba que Remmington pensara que se había esforzado hasta tal punto para impresionarlo con su apariencia.

–Simplemente recógelo con una cinta, por favor.

Lily estaba de pie en la entrada del comedor a la una y media en punto. Sus esperanzas de comer sola se desvanecieron cuando vio a Remmington en la cabecera de la larga mesa. Su suerte se había acabado. Se vería obligada a soportar su siniestra presencia durante más de una hora. Esta vez se había prometido a sí misma estar muy alerta, pues aquel hombre tenía el don de hacerle olvidarse de sí misma y de sus secretos, y no podía permitirse más errores.

Su alegre vestido rosa a rayas desentonaba con los tonos burdeos predominantes del comedor. La indumentaria oscura de Remmington era mucho más adecuada para la estirada formalidad de la estancia recubierta de caoba. Ataviado con sus habituales tonos oscuros, el duque se levantó para darle la bienvenida.

–Buenas tardes, Lily. Tome asiento, por favor.

El saludo sonó más automático que sincero, y su ceño fruncido cuando le señaló el lugar que había junto a él en la mesa se lo confirmó. La joven se esforzó por no quedarse mirándolo. Siempre era más apuesto en persona que en la imagen que mantenía en su memoria cuando estaban separados. Sin embargo, estaba decidida a ignorar su efecto sobre ella, a usar la ira que todavía sentía a causa de lo sucedido en el baile de los Ashland para protegerse. Pero su estrategia no estaba funcionando; su corazón latía cada vez más rápido con cada paso que daba hacia él.

–Buenas tardes, Excelencia.

–Su voz suena mejor. –Remmington le apartó la silla cuando se acercó para tomar asiento–. Sus heridas deben estar curándose.

Lily deseó que no se inclinara tanto hacia ella cuando le hablaba, y consiguió encogerse de hombros.

–Estoy mucho mejor.

La joven se arrepintió de su respuesta casi inmediatamente. Se suponía que no era más que una frágil mariposa de sociedad. Ese tipo de mujer se habría aprovechado de su compasión, se hubiera quejado largamente mientras fingía tener una salud delicada. Demasiado a menudo, Lily olvidaba en presencia del duque el papel que debía representar y se convertía en la persona que realmente era. Eso tenía que acabar, pues ya le había revelado demasiado de sí misma.

Su comida llegó casi inmediatamente en bandejas y platos que dos sirvientes colocaron en el aparador siguiendo las instrucciones de Digsby. Los sirvientes se marcharon, pero el mayordomo se quedó. Sirvió una sopa de cheddar como primer plato y después volvió a su lugar junto al aparador. A partir de entonces, sólo el tintineo de las cucharas contra la fina porcelana interrumpió el prolongado silencio de la estancia.

Inquieta, Lily se removió en la silla. Tenía la impresión de que Remmington la miraba fijamente.

Un rápido vistazo por debajo de sus pestañas confirmó la premonición. ¿Por qué la observaba? El constante escrutinio se tornó incómodo. Su espalda se tensó y Lily se concentró en sus modales en la mesa. El sencillo acto de llevar la cuchara del plato a su boca pronto se convirtió en un ejercicio de educación.

El repentino sonido de la voz del duque la asustó.

–¿Por qué su padre no la envió a casa de sir Malcolm Bainbridge para que la acogieran allí?

A Lily se le cayó la cuchara en el plato y el caldo salpicó sobre el delicado lino irlandés que cubría la mesa. El rubor cubrió las mejillas de la joven cuando intentó limpiar delicadamente las manchas con su servilleta.

–¡Qué torpe soy!

Digsby se apresuró a cubrir el desastre con un paño de lino que llevaba doblado sobre el brazo y le señaló el sitio vacío que había frente a ella.

–Si no le importa, tome asiento a la izquierda de su Excelencia, milady.

Lily obedeció la apenas disimulada orden y Digsby colocó otro plato de sopa en su nuevo sitio casi antes de que la joven se sentara. Remmington ignoró el desastre. A juzgar por la inexpresividad de su rostro, Lily habría dicho que ver como un invitado casi se tiraba encima un plato de sopa no era nada extraordinario para él.

–Le hablaba de los Bainbridge –siguió el duque–. Parece muy unida a la señorita Stanhope y a su familia. No puedo evitar preguntarme por qué su padre no la envió con sir Malcolm, en lugar de con una anciana tía.

–Mi padre no quería abusar de los Bainbridge –explicó rápidamente–. Pensó que era más sensato que abandonara Londres, que permaneciera en un sitio donde nadie pudiera pensar en buscarme.

Remmington se quedó mirándola durante un largo rato antes de asentir con expresión enigmática.

–No puedo imaginar de qué pueden hablar su padre y sir Malcolm. ¿Tiene su padre algún interés en el ejército?

La pregunta era lógica, así que Lily intentó no dejarse llevar por el pánico.

–Oh, no, Excelencia. No que yo sepa. Estoy segura de que discuten sobre los típicos temas de hombres.

–¿Temas de hombres? –repitió Remmington–. ¿Y cuáles son esos temas?

La joven miró hacia el techo en busca de una respuesta. Aparte de una intensa lealtad hacia su país y el espionaje, ella no tenía la más mínima idea de qué podían tener en común los dos hombres.

–Como soy una mujer, no tengo respuesta a esa pregunta.

–Qué afortunada, en ambos aspectos.

Lily no le pidió que explicara ese extraño comentario. En cambio, intentó abordar un tema más seguro.

–Mi padre es un gran estudioso de los grandes pensadores de la antigüedad. Creo que él y sir Malcolm a veces discuten sobre filosofía. Es difícil estar cerca de mi padre y no oír hablar sobre ese tema. –Alzó la mirada y se dio cuenta de que Remmington ya no la miraba. Seguramente lo estaba aburriendo–. ¿A usted le interesa? –El duque la miró a los ojos con expresión de asombro, como si Lily acabara de responder a una pregunta perturbadora–. La filosofía –dijo ella vacilante, preguntándose si no habría entendido bien la cuestión–. ¿Le interesa el estudio de la filosofía, Excelencia?

Remmington negó con la cabeza.

–La única lección de filosofía que puedo recordar con alguna claridad es la alegoría de Sócrates sobre la caverna. Aun así, nunca llegué a entender realmente lo que intentaba explicar con sus referencias a hombres ciegos y al fuego.

Lily removió las patatas que había en su plato con la punta del tenedor, incapaz de resistir el impulso de corregirlo.

–Fue Platón quien escribió la alegoría de la caverna, milord. Mi padre dice que significa que el conocimiento sólo está limitado por la percepción de la realidad de la gente.

–Ah, tiene razón, claro. –Remmington inclinó la cabeza en un gesto cortés–. Me temo que no he vuelto a estudiar filosofía desde mis días en el colegio. Había olvidado lo fascinante que es. ¿No era Platón el que respondía a una pregunta con otra?

–Ése era Sócrates, milord. Afirmaba que todo el mundo tenía las respuestas a sus propias preguntas si se tomaba el tiempo suficiente para pensar por qué las había planteado.

Lily deseó haberse mordido la lengua. La intensa mirada del duque volvió a recordarle que podría convertirla en un ser tan irreflexivo como una mariposa atraída por una llama. ¿Por qué no se había dado cuenta del brillo calculador en sus ojos hasta ese momento? Estaba poniéndola a prueba.

–Es cierto –convino de un modo agradable. Manteniendo los codos apoyados en los brazos de su silla, Remmington juntó las manos y se reclinó. Parecía relajado, tan perezosamente indiferente ante ella como un gato justo antes de saltar sobre su presa–. De lo que sí estoy seguro es de que fue Sócrates quien dijo: «Conócete a ti mismo». –Lily asintió, pero permaneció en silencio evitando mirarle a los ojos–. Diría que parece conocer profundamente el tema. Estoy seguro de que un interés pasajero por el trabajo de su padre no puede ser el responsable de unos conocimientos tan detallados. ¿No cree?

–Bueno, yo..., verá...

–¿Es usted una intelectual disfrazada, lady Lillian? –La joven sintió que su rostro palidecía. Sophie llevaba años advirtiéndole sobre Remmington, pues pensaba que era demasiado astuto para dejarse engañar por el papel que Lily representaba. Lamentablemente, había descubierto demasiado tarde que su amiga había tenido razón todo ese tiempo–. No es nada de lo que deba avergonzarse –añadió él en voz baja y con un tono tranquilo–. Yo no considero que la cultura sea algo impropio de una dama, si es eso lo que le preocupa.

–No, no es eso lo que me preocupa. –Se forzó a relajarse y a ofrecerle una débil sonrisa. Era consciente de haber revelado demasiado de sí misma a un desconocido–. Simplemente me ha sorprendido que pueda considerarme una intelectual. Mi padre suele hablar sin parar sobre su trabajo. Me temo que adquirir unos pocos conocimientos académicos es inevitable en un hogar así. Eso es todo, milord.

–Comprendo.

Tenía la sensación de que Remmington no la creía. Pero no había razones para alarmarse, para que su corazón se desbocara de esa manera, para que le temblaran las manos. Al fin y al cabo, era cierto que en aquella sociedad las mujeres debían ocultar su inteligencia para evitar los prejuicios sociales de los que serían víctimas si las catalogaban como intelectuales.

–Si me disculpa. –Lily se levantó de la silla y el duque se puso en pie automáticamente, pero ella se volvió hacia el mayordomo–. Por favor, transmita mis felicitaciones a su esposa, Digsby. La comida está muy buena, pero toda esta charla sobre filosofía me ha quitado el apetito.

Después inclinó la cabeza hacia Remmington y murmuró.

–Gracias por el almuerzo, Excelencia. Espero verle en la cena.

–Esta noche volveré a salir. –Su respuesta fue breve y cortante, y su ceño volvía a estar fruncido. La tomó por el codo para acompañarla fuera de la estancia mientras comentaba entre dientes–. Quizás ese hecho mejore su apetito.

Lily tenía que salir de aquella casa. Esa idea era lo que más la obsesionaba mientras abandonaba el comedor. Cuando la puerta se cerró tras ella, se quedó allí apoyada y se tomó un momento para calmar sus nervios. Debería haber adivinado que Remmington sospechaba algo cuando había preguntado por sir Malcolm. ¿Cómo conseguía hacerle desvelar tantas cosas?

¿A cuántos de esos encuentros podría hacer frente antes de decir algo verdaderamente desastroso? Era sólo cuestión de tiempo el que empezara a hacer preguntas que la joven no podría responder. Ya sospechaba de ella, pero era imposible que supiera qué ocultaba exactamente. Aunque con el tiempo, se lo imaginaría. Tenía que marcharse de allí.

Por desgracia, Jack, el sirviente de Remmington, la seguía como un fiel perrito adonde quiera que fuera. Su vestimenta de pirata ya no la inquietaba. Tal vez aquel hombre tuviera un aspecto fiero, pero desde luego parecía tener poca experiencia en hacer de perro guardián de una dama. A Lily le daba la sensación de que le ponía nervioso. En ese momento, permanecía de pie a unos metros de ella y tenía las manos unidas a su espalda mientras mantenía la mirada fija en el suelo. Era evidente que estaba esperando para seguirla escaleras arriba, donde se quedaría haciendo guardia en su puerta.

Salir a hurtadillas de la casa no era una opción, pero conseguir que la echaran sí.

–Las escaleras están por aquí, milady –le indicó Jack cuando vio que ella iba en otra dirección.

Lily continuó avanzando por el pasillo que conducía hacia la parte posterior de la casa y le habló por encima del hombro.

–Me gustaría agradecer al personal de cocina las deliciosas comidas que me han preparado. Sé que se han esforzado mucho para adaptarse a mis heridas.

–No creo que sea una buena idea, milady. –Jack lanzó una preocupada mirada hacia las puertas del comedor–. La cocina de Toro no es lugar para una dama.

–Tonterías. Gretchen entra y sale de allí a todas horas. –Se detuvo para mirar directamente a los ojos a Jack–. A no ser que insinúe que mi doncella no es una dama.

–Oh, no, señora. Quiero decir, milady. –El sirviente cambió el peso de un pie a otro–. La señora Gretchen es toda una joven dama, también. Es sólo que usted... bueno... No creo que su Excelencia lo aprobara.

–Estoy convencida de que Remmington no pondrá ninguna objeción. Todo el mundo necesita escuchar unos pocos halagos de vez en cuando. ¿Se va por aquí a la cocina?

Lily empujó una puerta y entró en una aireada y espaciosa estancia. El hombre que permanecía de pie junto a un gran banco de carnicero sólo podía ser Toro. Aquel gigante calvo tenía puesta su atención en un enorme cuchillo y un colorido montón de verduras, por lo que no alzó la mirada para saludarles.

–Buenas tardes –saludó Lily.

Toro respondió sin volverse.

–Te dije que te mantuvieras...

–Lady Lillian deseaba verte, Toro –gritó Jack, interrumpiendo así la respuesta del cocinero.

El corpulento hombre se giró sosteniendo el cuchillo en un ángulo amenazante.

–¿Qué quiere?

Su voz le recordó a Lily el sonido de un contrabajo muy mal afinado, pero se tragó su nerviosismo y sonrió.

–Deseaba agradecerle sus esfuerzos en nombre de mi doncella y en el mío propio. Gretchen me ha comentado que preparó platos especiales en consideración a mis heridas. Le agradezco mucho su amabilidad.

–No tiene que agradecerme nada –gruñó Toro mientras dirigía hacia Lily la punta del cuchillo–. Le di a la moza lo que me pedía para que se largara de mi cocina. No soporto a las mujeres que no paran de hablar, y ésa es de las peores. Dígaselo de mi parte.

–Me aseguraré de transmitirle su opinión –respondió Lily con educación. Después frunció el ceño y su expresión se tornó pensativa mientras examinaba al hombre de pies a cabeza.

Toro, a su vez, la fulminó con la mirada.

–¿Ve algo de interés?

–Debe pensar que soy un poco grosera. –La joven simuló avergonzarse–. Me temo que la curiosidad me pierde, pero es que no es en absoluto como lo imaginaba. Aunque supongo que es natural que me equivocara al creer que era una mujer.

–¿Que era qué?

Lily se encogió, pero no retrocedió.

–Digsby me dijo que estaban casados y, en ese momento, no se me ocurrió pensar que usted fuera un hombre. En fin... –Se encogió de hombros como para descartar el tema–. Debo retirarme. Gracias de nuevo por sus excelentes comidas.

Lily se retiró apresuradamente de la cocina, un poco sorprendida al ver que Toro permanecía en silencio tras escuchar su explicación. Ella y su fiel acompañante ya se encontraban en el pasillo cuando escucharon el primer gran estruendo seguido de una larga retahíla de palabras malsonantes.

–En realidad no están casados. –Jack lanzó una preocupada mirada por encima del hombro–. Seguro que Toro despellejará vivo a Digsby por haber dicho esa mentira, milady.

Lily sonrió.

–Oh, no creo que Digsby me mintiera, Jack. Eso no estaría bien. Si me permite que se lo diga, no creo que deba llamar a su amigo mentiroso. Es desleal por su parte. –Cambió de tema antes de que su acompañante pudiera decir algo más–. Su Excelencia dijo que podía explorar un poco la casa. Creo que me gustaría empezar por las plantas superiores.

Remmington apoyó un hombro contra el marco de la entrada de la sala de música mientras sus ojos se acostumbraban a la penumbra que reinaba en la estancia. Varias sábanas llenas de polvo cubrían los muebles; de hecho, lo cubrían todo excepto las ventanas. Los cristales estaban tan sucios que el día parecía gris y sombrío a pesar de que el sol brillaba con fuerza en el exterior.

Estaba a punto de salir de casa cuando Digsby le informó de dónde se encontraba su invitada, pues el sirviente era consciente de que el duque le había prohibido el uso de esa planta. En ese momento, Jack permanecía junto a él en el pasillo con expresión culpable. Remmington lo despidió con una breve inclinación de cabeza antes de centrar su atención en Lily. Estaba de pie cerca de una de las ventanas cubiertas de mugre observando con atención un instrumento musical tapado con una sábana. Con su vestido lleno de manchas y el pelo recogido hacia atrás con un pulcro y sencillo lazo, parecía muy joven.

Absorta, Lily se inclinó para observar por debajo de la sábana y su pelo se deslizó lentamente por encima de uno de sus hombros. Incluso bajo aquella tenue luz, los rizos cobrizos resplandecían con una vibrante vida propia. El duque deshizo mentalmente el lazo y se imaginó lo que sentiría al acariciar esa abundante y suntuosa melena. Deslizó su mirada hacia abajo y el aire se le quedó atascado en la garganta. De espaldas y agachada, Lily le ofrecía la visión de un trasero muy bien formado. Su imaginación abandonó su melena y se trasladó hacia esa parte de su cuerpo. A Remmington, aquella posición inconscientemente provocativa le pareció demasiado tentadora; lo que deseaba hacerle en ese momento era algo absolutamente prohibido.

En realidad, aquella situación era un desagradable recordatorio de que podía mirar, pero no tocar. Su autocontrol se desvanecía por momentos. En el comedor había intentado mantenerse distraído con su conversación, pero aun así se había descubierto a sí mismo mirándola fijamente más de una vez. Había intentado encontrar algún defecto en su aspecto que le hiciera más fácil mantener su palabra de no tocarla pero, en su opinión, Lily no tenía ninguno.

Ella le había devuelto la mirada con unos grandes ojos del color del jerez capaces de calentar el alma de cualquier hombre. Aunque era consciente de que sus labios se movían, la mayoría de las veces no podía concentrarse en lo que estaba diciendo, pues tenía una boca hecha para besar. Sin embargo, cuando conseguía escuchar la conversación, el sonido de su voz le distraía en igual medida. A pesar de que no había desaparecido totalmente la ronquera, estuvo pensando durante un buen rato cómo sería escuchar esa suave y sensual voz pronunciando su nombre, qué clase de sonidos emitiría si estuvieran en la cama juntos.

Para cuando se acabó la sopa, Remmington ya estaba totalmente excitado. Durante toda la comida había hecho exactamente lo mismo que estaba haciendo en aquel instante: imaginarse acariciando todo su cuerpo, lo suave que sería su piel bajo aquel remilgado vestido, qué tacto tendría bajo sus manos. Era una tortura. Remmington no podía dejar de mirarla fijamente. Sus manos estaban impacientes por tocarla, su cuerpo ansiaba poseerla. Y lo peor de todo era que sabía que ella colaboraría en su propia seducción.

A veces, lo miraba con un deseo tan evidente que cada músculo de su cuerpo se tensaba luchando contra el impulso de atraerla hacia sus brazos.

Obligado por el anhelo que dominaba su cuerpo, Remmington dio un paso hacia Lily. Al instante se dio cuenta de lo que estaba a punto de hacer y se detuvo en seco. Tuvo que apretar los puños varias veces hasta que sintió que podía controlar sus impulsos.

Consciente de que ella se daría la vuelta en cualquier momento y lo descubriría observándola, Remmington se aclaró la garganta.

La joven se irguió ante ese sonido, se apartó el pelo dejándolo sobre un hombro y luego, con aire ausente, se reajustó el lazo.

–Oh, hola de nuevo.

Remmington se percató de que no parecía en absoluto sorprendida de verle ni tampoco culpable, y se preguntó si ya habría olvidado sus reglas.

–Hay un antiguo y maravilloso clavicémbalo bajo esta sábana –dijo mientras levantaba el borde de la polvorienta tela–. ¿Le gustaría verlo?

–¡No! No lo...

Demasiado tarde. El duque atravesó la estancia en dos zancadas, pero ella apartó la sábana antes de que pudiera detenerla, lo que provocó que una nube de espeso y asfixiante polvo se extendiera por la estancia.

–Oh, vaya.

Lily movió las manos en dirección a su anfitrión en un vano esfuerzo por despejar el aire. Los tenues rayos de luz desaparecieron ante su precipitada acción, pero poco a poco volvieron a surgir. Lo primero que vio el duque fue su sonrisa.

–¿Encuentra algo divertido en todo esto?

Ella lo señaló con un dedo y se rió en voz alta.

–¡Parece como si acabara de sufrir un horrible accidente en una panadería!

Remmington bajó la vista hacia sus ropas cubiertas de polvo y luego miró su vestido.

–Yo no hablaría tan rápido.

Lily sacudió sus faldas y se formó otra pequeña nube de polvo.

–Al parecer me las he arreglado para dejar perdida la indumentaria de ambos, milord. Le ruego que acepte mis disculpas.

A pesar de que no parecía muy arrepentida, el duque no pudo evitar que la severa expresión de su rostro se desvaneciera en una sonrisa.

–Debería verse la cara.

–Preferiría no hacerlo, gracias.

La joven también le sonrió, pero cuando sus miradas se encontraron, su sonrisa se volvió vacilante hasta desaparecer por completo. Nerviosa de repente, trató de deshacerse de todo el polvo que la cubría y apartó su mirada de la de él.

Remmington se volvió hacia la puerta y extendió una mano.

–Ya ha satisfecho su curiosidad por la sala de música. Es hora de que cerremos de nuevo este lugar.

Lily finalmente lo miró a los ojos, sólo para negar con la cabeza.

–Pero si ni siquiera ha mirado el clavicémbalo.

Ignoró su mano extendida y empezó a caminar alrededor del instrumento para examinarlo desde todos los ángulos. Era un artilugio enorme y pesado, aunque las tallas en la madera eran claramente el trabajo de un experto. A Remmington le traía sin cuidado el clavicémbalo. En ese momento estaba absorto en el delicado balanceo de sus faldas y el suave contorno de sus caderas. El saber que estaban solos, que podía cerrar la puerta y que ninguno de sus sirvientes se atrevería a molestarles, le estaba volviendo loco. Volvió a apretar las manos, como si ese gesto pudiera reducir la tentación de alcanzar la puerta y cerrarla de un golpe.

–Creo recordar que le prohibí el acceso a esta estancia. Las habitaciones de esta planta están en muy malas condiciones. Podría...

–De principios del siglo dieciocho –le interrumpió Lily al tiempo que deslizaba los dedos por las cuerdas con reverencia.

El duque casi podía sentir las puntas de sus dedos deslizándose sobre su propio cuerpo igual de lentamente. Imaginar aquella caricia hizo que la sangre le hirviera.

Sin darle tiempo a decir nada, la joven se arrodilló para mirar por debajo del instrumento y Remmington se quedó admirando cada curva que su nueva posición revelaba.

–Quizás incluso del siglo diecisiete –reflexionó, pensativa–. Me pregunto si el artesano dejó su marca en algún lugar.

Él sí dejaría su marca sobre ella si no salían pronto de allí.

–Está desobedeciendo mis órdenes de una forma flagrante, lady Lillian.

–¡Aquí está!

Remmington se inclinó hacia delante cuando Lily desapareció bajo el instrumento y se sentó con las piernas cruzadas cerca del centro de éste para quitar el polvo que se había acumulado en aquella parte. El duque estudió con sumo detalle la forma de sus piernas, que se adivinaba bajo la tensa tela de su falda, pero cuando apoyó la mano contra el lateral del clavicémbalo para observarla mejor, escuchó un pequeño crujido. Sólo entonces su interés por las exquisitas formas de su cuerpo se convirtió en preocupación por su seguridad.

–Salga de ahí inmediatamente. ¿Tiene alguna idea de cuánto pesa este instrumento?

Como de costumbre, Lily ignoró su orden por completo.

–Oh, Dios mío. Debe ver esto, Remmington.

Él consiguió parecer indignado ante la sugerencia.

–No tengo ninguna intención de arrastrarme por ahí debajo.

En realidad, la idea era muy atrayente. Si hubiera hecho más apetecible la oferta con la promesa de un beso, la habría seguido casi a cualquier parte. A cambio, él se ofrecería a limpiarle toda la suciedad que cubría su rostro y su vestido. Llevaría a cabo esa tarea muy despacio, muy cuidadosamente, sin olvidar ni un solo milímetro de su piel. Volvió a recorrerla con la mirada una vez más mientras intentaba decidir cómo sería su tacto bajo sus manos. Suave. Cálido. Sí, sería muy cálido.

Remmington sacudió la cabeza. ¿De dónde salían esos pensamientos? Se irguió para alejarse de la tentación y se aseguró de que su tono fuera severo y paternal.

–Salga de ahí ahora mismo, jovencita.

–Pero éste es un descubrimiento importante.

Lily se asomó por debajo del instrumento para poder mirarle. Había una mancha de polvo en una de sus mejillas y una telaraña colgaba precariamente del lazo de su pelo. Parecía una pilluela de la calle. Una pilluela con los ojos más fascinantes que él hubiera visto jamás. Le suplicaban en silencio, y su expresión estaba tan llena de esperanza que Remmington finalmente levantó las manos en señal de derrota.

–Está bien. De acuerdo.

Se arrodilló, apoyó su peso sobre las manos y avanzó lentamente hasta que se encontró en el centro del instrumento. Al ser mucho más grande que Lily, no se sentía tan cómodo como parecía estar ella en aquel limitado espacio.

De pronto, la joven señaló hacia una placa dorada y Remmington volvió la cabeza para leer la inscripción.

–¿Lo ve? –Lily quitó de nuevo el polvo para ver mejor y éste cayó sobre el rostro de Remmington–. Se puede leer: «Bartolomeo Cristofori, 1693».

–Sé leer –respondió el duque lacónicamente.

Empezaba a dolerle el cuello por la extraña posición y todavía no había decidido si tendría que estornudar. Si ella realmente hubiera deseado su cooperación, debería haberle permitido tumbarse y apoyar la cabeza sobre su regazo para poder ver la placa. Entonces, habría podido apartar el polvo que acababa de tirar sobre él. Mirando de soslayo, observó sus manos e imaginó las relajantes caricias que podrían ofrecerle aquellos dedos, lo que sentiría al apoyar su cabeza sobre su regazo. Esa idea le hizo apretar los dientes.

–Es un viejo clavicémbalo de 1693. Una antigualla.

–¡Pero es un Cristofori!

–Es un viejo clavicémbalo –repitió Remmington, clavando su enfurecida mirada sobre ella–. Seguramente se caerá sobre nuestras cabezas en cualquier momento.

–Lo dudo –se burló Lily–. ¿No sabe quién fue Cristofori?

Él no lo sabía ni le importaba. Lo único que le interesaba en ese momento era que su autocontrol pendía de un fino hilo que ella no hacía más que estirar. Nunca había sospechado que su imaginación pudiera ser tan creativa.

Su mirada fue hasta su boca y se preguntó si lo abofetearía si la besaba. A pesar de ser consciente del doble sentido que se escondía detrás de la respuesta que le iba a dar a la joven, Remmington consiguió sonar aburrido.

–Tengo la sensación de que estoy a punto de descubrirlo.

Lily alzó la barbilla.

–Si continúa con esa actitud, no creo que deba decírselo.

–Bien, entonces podemos marcharnos.

Sin embargo, no se movió ni un milímetro. Su mirada recorrió la suave curva de su mejilla y se detuvo en el borde del cuello alto de su vestido. Podía ver el contorno de un oscuro moretón justo por encima de él, y un extraño impulso protector surgió de su interior. Deseaba estrecharla entre sus brazos y, de alguna forma, eliminar el dolor de sus heridas. Anhelaba volver a reconfortarla mientras lloraba, pero esta vez secaría sus lágrimas con sus dedos. No, lo haría con sus labios. Le haría olvidar sus miedos, olvidar al hombre que le había hecho daño. Él...

–Oh, muy bien. –Lily parecía muy lejos de las lágrimas, así que el duque intentó concentrarse en lo que le estaba diciendo–. Cristofori inventó el piano. De hecho, basó el piano en los clavicémbalos que había construido. Este instrumento es una valiosa reliquia que debería estar expuesta en un museo.

El tono de Remmington se volvió suspicaz.

–Parece saber mucho sobre instrumentos musicales, milady. ¿Cómo ha acumulado todos esos conocimientos?

Lily se volvió para estudiar la pequeña placa con renovada intensidad.

–Papá tiene un gran interés en las antigüedades y no deja de contar interminables historias sobre ellas. Ha sido suerte, supongo, que me acordara de ese tal Cristofori.

Estaba mintiendo. Estaba seguro de ello. La miró a sus grandes e inocentes ojos e inmediatamente empezó a reconsiderar su conclusión. ¿Por qué tendría que mentir sobre algo tan trivial? Observó como bajaba la mirada y ella supo que le estaba mirando a la boca. Lily se humedeció los labios en lo que seguramente era un gesto de nerviosismo, pero el efecto que produjo sobre él fue puramente carnal. La boca de la joven estaba a milímetros de la suya, y la mirada de sus ojos era demasiado tentadora para resistirse. Si Remmington se inclinaba hacia delante sólo un poco...

–¿Excelencia?

El sonido de la voz de Digsby hizo que el duque levantara la cabeza bruscamente, y se oyó un fuerte crujido cuando ésta chocó contra el clavicémbalo.

–¿Necesita ayuda, Excelencia?

Remmington maldijo entre dientes. Con Lily bajo el instrumento y dando la impresión de que él la hubiera seguido hasta allí, podía hacerse una idea de cómo interpretaría el mayordomo la escena. Un minuto más a solas y se habría convertido en realidad. Había estado muy cerca de seducirla bajo esa condenada cosa. Debería haber cerrado la puerta. El origen de esa humillante escena seguía siendo su imagen de inocencia, su mirada grande y cándida color jerez.

–No, Digsby, puedo encargarme yo solo.

–Como desee, milord.

La puerta se cerró y se quedaron solos. El condenado sirviente había imaginado lo que sucedía y había cerrado la puerta para que nadie más los interrumpiera. A veces habría jurado que Digsby podía leerle el pensamiento. En la mayoría de las situaciones aquel don le parecía muy útil, pero aquella vez le resultó molesto. La inoportuna interrupción le recordó que no debía estar a solas con Lily en esa estancia, que no debería haber ninguna necesidad de cerrar la puerta. Una vez se marchó el mayordomo, Remmington centró su enfado en la joven.

Ella se sacudió las manos y empezó a alejarse de él, arrastrándose hacia el borde del clavicémbalo.

–Gracias a Dios que sus sirvientes no son de esos a los que les gusta extender rumores. La situación debía parecer bastante indecorosa.

–¿Bastante indecorosa? –repitió él mientras se ponía en pie–. Milady, cada momento que paso en esta casa con usted es totalmente indecoroso. Expuse algunas reglas muy concretas al inicio de esta... esta visita, y se las ha arreglado para incumplir casi todas. Me pregunto cómo puede ser que recuerde los poco conocidos orígenes del piano y, sin embargo, parezca incapaz de recordar lo esencial de la conversación que mantuvimos hace dos días.

–La memoria es algo extraño, ¿no cree? –Lily levantó la sábana y empezó a cubrir de nuevo el instrumento–. La verdad es que sí recuerdo su orden de evitar la sala de música, ahora que lo menciona. Aunque escribió para mí todas sus órdenes, las listas me parecen algo muy difícil de memorizar, así que es muy probable que rompa alguna que otra regla más antes de que esta visita llegue a su fin. ¿Le importaría coger la sábana por allí?

Remmington tiró de la tela y la colocó en su sitio. Ella no había olvidado sus órdenes. Se apostaría la vida en ello y no la perdería. Se había limitado a mirarlo atentamente con esos cándidos ojos y luego había ignorado rápidamente todo lo que él le había dicho. El día anterior, mientras buscaba en Londres al hombre que podría ayudarle a solucionar los problemas de Lily, ella se había dedicado a mandar a su doncella con recados por toda la casa. Hoy, había empezado su exploración.

El duque tenía razones de peso para ordenar que los movimientos de Lily y su sirvienta en su casa fueran lo más limitados posible y decidió que era hora de hacer respetar sus normas.

–Al parecer tendré que vigilarla más de cerca para asegurarme de que no vuelve a perder la memoria.

–Oh, no creo que eso vaya a ser necesario –respondió rápidamente–. Quizá lo mejor para todos sería que me permitiera continuar con mi viaje. Mi tía abuela Amelia tiene una casita de campo en Brighton, y Gretchen y yo podríamos quedarnos allí.

–Es usted muy testaruda, ¿verdad?

La esperanzada expresión de la joven le pareció extrañamente tranquilizadora. Parecía evidente que le había desobedecido a propósito para poner a prueba su paciencia y, de ese modo, dar fuerza a sus razones de que debería marcharse de allí. Si hubiera tramado un plan con su padre para meterse en su casa, no se esforzaría tanto por echarlo abajo. Remmington sintió alivio e ira al mismo tiempo; alivio porque Lily no estaba implicada en el complot para engañarle, e ira porque el conde sí lo estaba. Sacudió la cabeza.

–No abandonará esta casa mientras yo no reciba noticias de su padre en ese sentido. Hasta entonces, se esforzará más por seguir las normas que le he impuesto.

–Como desee. –Lily le dirigió una forzada inclinación de cabeza–. Ahora, si me disculpa, creo que necesito arreglarme un poco.

Remmington le dirigió un gesto de asentimiento igualmente brusco y observó como pasaba ante él. Cubierta de polvo, la joven todavía conseguía parecer tan regia como una reina. La forma en que lo ignoró le puso furioso y decidió vengarse un poco.

–Por cierto, tiene una enorme telaraña enganchada al lazo de su pelo. Oh, y creo que la araña también está ahí.

Lily gritó. Arrancó la pegajosa telaraña de su pelo y deshizo el lazo en el proceso. Con rapidez, metió los dedos entre los rebeldes rizos y usó ambas manos para sacudir con energía la pesada melena. Después de unos segundos, la joven se atrevió a preguntar:

–¿Sigue ahí?

El duque se frotó la barbilla y sintió el arenoso polvo que todavía lo cubría.

–Creo que estaba equivocado. No había ninguna araña.

La letal mirada que le dirigió debería haberlo fulminado en el acto. Dios, estaba tan hermosa cuando se enfadaba... Merecía la pena despertar su cólera sólo para observar como sus ojos resplandecían de furia y ver como su pecho se agitaba de forma tentadora.

Indignada, Lily dejó que su gloriosa melena cayera sobre su

espalda, se dio la vuelta y salió de la estancia. Era fascinante: una majestuosa reina un momento, una polvorienta pilluela al siguiente. Remmington nunca estaba seguro de lo que podía esperar de ella.

Haciendo caso omiso de sus recientes dudas sobre la estabilidad del clavicémbalo, apoyó la cadera contra el instrumento y se quedó mirando pensativo la puerta. Su sonrisa se desvaneció en un confuso fruncimiento de ceño. Fuera lo que fuese lo que había esperado cuando conoció a Lily Walters, no era la mujer que acababa de abandonar aquella estancia. Durante todos esos años no había imaginado encontrar a alguien inteligente tras esa bonita cara. Lo que finalmente había descubierto lo incomodaba. Tras esa fachada de alegre ignorancia había una astuta mente en funcionamiento tan cuidadosamente oculta que sólo había conseguido vislumbrar brevemente a la verdadera Lily.

¿Qué estaba escondiendo?

6

Sir Malcolm Bainbridge se recostó sobre el desgastado asiento de piel del carruaje y apoyó las manos en un recargado bastón tallado. Aunque su pelo se había vuelto gris hacía años y un gran bigote casi ocultaba su envejecido rostro, sus penetrantes ojos azules no mostraban ningún rastro de su verdadera edad.

–Estos carruajes alquilados son peores cada año, ¿no crees? –preguntó a su acompañante–. Huele como si alguien hubiera derramado varios litros de ron en este cacharro.

–Un carruaje apestoso es lo que menos me preocupa en este momento –respondió el conde de Crofford–. No podía dar crédito a lo que oía cuando me dijeron que habías abandonado la ciudad la noche del baile de los Ashland. No pudiste ser más inoportuno.

Bainbridge asintió comprensivo.

–El mensaje que Lily descifró requería un viaje inmediato. Recibí tu carta ayer y he vuelto lo más rápido que he podido.

Crofford se pasó la mano por el pelo y dejó escapar una larga exhalación.

–Disculpa mi brusquedad, Malcolm. No he dormido mucho durante estos últimos días.

–No tienes que disculparte, amigo mío. Comprendo tu preocupación. Ahora que Lily está a salvo en Brighton, invertiré en este asunto todos los recursos de que disponemos. Buscaremos a ese hombre y lo llevaremos ante la justicia. Si es un espía francés, tomaremos medidas adicionales para garantizar la seguridad de tu hija y también la tuya.

–Lily no está en la casa de seguridad –anunció el conde, explicándole a continuación cómo Remmington se había interpuesto en el plan de enviar a Lily a Brighton en el coche de correos.

Bainbridge pareció sorprendido por las noticias, pero extrañamente, no se le veía demasiado preocupado. Incluso esbozó una sonrisa.

–Puedo hacerme una idea de lo que el duque debió de pensar sobre toda esa historia acerca de tu tía Amelia; seguro que creyó que te habías vuelto loco.

–Aún hay más –comentó Crofford–. Convencí a Remmington de que mantuviera a Lily oculta en su casa. No me dejó otra elección. Ella está allí ahora, en la guarida del libertino más conocido de Londres. Si se atreve...

Sir Malcolm golpeó el suelo con su bastón para interrumpirle.

–Cálmate, amigo mío. La situación no es tan terrible como tú crees. Doy por supuesto que exigiste alguna garantía de que se comportará de forma honorable.

Crofford golpeó un par de veces la palma de su mano con sus guantes de seda.

–Por supuesto que le pedí una garantía. Me dio su palabra.

–Muy bien, perfecto –contestó Bainbridge–. Remmington es un hombre de palabra. Si te la dio, entonces Lily estará tan a salvo con él como lo estaría en Brighton. De hecho, te doy mi palabra de que incluso estará más segura allí.

–Yo diría que te estás excediendo –protestó el conde–. No creo que ninguno de nosotros conozca lo suficiente al duque para decidir hasta qué punto podemos confiar en él.

–Yo sé exactamente hasta qué punto puedo confiar en él. –La mirada de Bainbridge se volvió reflexiva–. Somos amigos desde hace mucho tiempo, Crofford. Tú eres uno de los pocos hombres en los que confío plenamente. Pero lo que estoy a punto de contarte esta noche no puede salir de aquí.

Sir Malcolm esperó a que el conde asintiera con la cabeza en señal de que aceptaba sus condiciones.

–Remmington trabaja para mí de vez en cuando. Tiene un barco a su disposición que puede hacerse a la mar en cualquier momento, gobernado por la tripulación más experta que he visto nunca. Además de rescatar o introducir a mis agentes o mis mensajes en territorio enemigo, a menudo sigue la pista a barcos de contrabandistas para asegurarse de que sus cargamentos no sean más peligrosos que el brandy francés o unas piezas de encaje.

–¿Cómo demonios has conseguido involucrarlo en tu organización?

–Se presentó voluntario.

Crofford meditó sobre esa información.

–Estoy convencido de que el duque es un buen aliado y no dudo de su capacidad para mantener a salvo a Lily, pero aun así, no puedo evitar preocuparme. Tiene mala reputación en todo lo que concierne a las mujeres y ahora yo he colocado a una justo en su puerta. ¿Realmente crees que resistirá esa tentación si la situación se prolonga durante más de dos o tres días?

–Remmington nunca seduciría a una joven inocente.

–Quizá –reflexionó el conde–. Pero no puedo dejar de preguntarme qué está haciendo con Margaret Granger. Estoy seguro de que no tiene ninguna intención de casarse con ella.

–El compromiso con lady Granger fue idea mía –repuso Bainbridge–. En el transcurso de una misión, Remmington se topó con una operación de contrabando en la costa de Dover. Pero los contrabandistas transportaban espías franceses, no brandy. En lugar de capturar el barco, hemos estado siguiendo a los que desembarcaron para descubrir a los contactos de los espías aquí en Inglaterra. Ahora ya sabemos que el cabecilla de la operación es un lord del reino, un hombre al que le cambió sorprendentemente la suerte hace unos dos años. Para obtener esa información fue necesario que el duque estuviese cerca de ese hombre, o de su hija, para ser más precisos.

–Lord Granger.

No era una pregunta, pero aun así, Bainbridge asintió.

–Su hija no conoce la verdadera naturaleza de los negocios de su padre, sin embargo, el compromiso le dio a Remmington una excusa para presentarse como un invitado frecuente en la propiedad de los Granger cerca de Dover. Ha reunido información más que suficiente para condenar al traidor, pero queremos identificar a sus contactos en Londres antes de cerrar la operación. Sea como fuere, la utilidad de Margaret Granger ha llegado a su fin. Hay otras pistas que seguir. Remmington pretende acabar con el compromiso antes de que nadie, incluida Margaret, sospeche de su participación en la investigación cuando su padre sea llevado ante la justicia. De hecho, creo que intenta que sea ella quien rompa con él para que parezca menos deliberado. Ésa es la única parte de su plan que yo he cuestionado. En mi opinión, la chica está demasiado enamorada de su título como para dejarlo escapar tan fácilmente.

–Granger, un traidor. –El conde sacudió la cabeza. Pertenecían a muchos de los mismos clubes, incluso habían ido a Eton en la misma época. Aunque nunca había tenido una relación especialmente estrecha con él, la noticia le resultaba increíble–. ¿Qué le sucederá?

–Eso depende. –El director hizo un gesto con la mano como para descartar el tema–. Pero sus actividades no son la verdadera cuestión aquí. Es tu hija quien me preocupa. Por lo que a mí respecta, no hay nadie en quien confiaría más para garantizar su seguridad que Remmington. Debes fiarte de mi opinión en este asunto y dejar de lado tus temores. Si te hace sentirte mejor, haré partícipe al duque de mi interés por Lily.

Crofford consideró la oferta.

–Quizás una o dos palabras no estarían de más, pero no quiero que Remmington conozca las actividades de mi hija. Cuanta menos gente conozca su trabajo, más segura estará.

–Sabes que mantengo las identidades de mis agentes en el más estricto secreto. Si éstas no fueran unas circunstancias especiales, no te hubiera dicho nada sobre el duque. A no ser que él sospeche que algo va mal con Lily, no hay necesidad de que sepa a qué se dedica.

El carruaje se detuvo y Bainbridge retiró las desgastadas cortinas de terciopelo que cubrían la ventanilla. Las luces de gas a lo largo de la calle Saint James conferían a la niebla una extraña tonalidad dorada, pero aún podía distinguirse la entrada de White's.

Sir Malcolm se ajustó su sombrero de copa y se echó la capa sobre un brazo.

–Mantenme informado sobre cualquier cambio en la situación y discúlpame por dejarte tan bruscamente, Crofford, pero he recibido otro mensaje esta noche y he prometido encontrarme con un hombre en menos de una hora. –Saltó del carruaje y se volvió para sonreír a su amigo–. Después de esta conversación puedo hacerme una idea de por qué el mensaje de Remmington parecía tan urgente.

Bainbridge se abrió paso por el salón de White's sin prisas, deteniéndose de vez en cuando para hablar con algún conocido. Localizó a Remmington en un rincón de la enorme estancia y se acercó con paso seguro a la mesa del duque. Cuando se demoró en la mesa de lord Sherfley, Remmington finalmente levantó una mano para invitarle a acercarse. Los dos hombres se saludaron con despreocupadas inclinaciones de cabeza.

–¿Le apetece una copa, sir Malcolm?

El duque señaló la silla que había frente a él, y el director tomó asiento al tiempo que uno de los discretos sirvientes del club aparecía con otra copa y le servía de la licorera de brandy que había sobre la mesa, tras un gesto de Remmington.

–Tiene buen aspecto, Excelencia –comentó Bainbridge cuando el sirviente se retiró.

–Me sentiría muchísimo mejor si pudiéramos disfrutar de nuestra conversación en un lugar más privado –aseguró, dirigiendo significativas miradas a varias mesas donde otros caballeros bebían y conversaban.

No había ninguna lo bastante cerca para escuchar bien lo que decían, pero no le gustaba hablar de sus asuntos en un lugar tan lleno de gente.

Bainbridge se encogió de hombros.

–Un hombre reservado siempre atrae la atención de la gente. Ocultarse a la vista de todos anima a los curiosos.

El duque ignoró la críptica respuesta y se inclinó hacia delante para rellenar su copa mientras decía lacónicamente:

–He intentado encontrarle durante los dos últimos días. Tengo un problema y necesito su ayuda para resolverlo.

Sir Malcolm sonrió mientras levantaba su copa.

–Conozco su problema. Pocas cosas suceden en esta ciudad sin que yo lo sepa. Si tuviera que aventurarme a adivinarlo, diría que está buscando una forma de deshacerse de un huésped.

–Tiene razón, como de costumbre. Tengo ciertas operaciones comerciales pendientes que requieren cierta intimidad y mi huésped lo complica todo.

–Esas operaciones no sufrirán por falta de atención. Su huésped está emparentado con un amigo mío, y le he dado mi palabra de que es usted un anfitrión digno de confianza. Un hombre no debe permitir que asuntos de negocios mundanos interfieran en compromisos más urgentes. Haré lo que pueda para asegurarme de que la visita de su huésped no se prolongue excesivamente.

–Por lo que a mí concierne, un día ya es una visita demasiado larga. No tengo nada en común con esa persona y encuentro toda la situación en general muy molesta, por no decir otra cosa. –De pronto, a Remmington le pareció que la conexión de Lily con Bainbridge era cuanto menos sospechosa. Las apariencias a menudo engañaban, sobre todo cuando estaba involucrado sir Malcolm–. ¿Su interés en este asunto es personal o profesional?

–Cuando mis amigos tienen un problema, procuro ayudarles en todo lo que puedo.

¿Crofford y Bainbridge amigos? Remmington no podía pensar en dos hombres que tuvieran menos en común. Los amigos del conde en White's formaban un círculo bastante aburrido; eran un grupo de hombres mayores que se enzarzaban constantemente en debates aparentemente interminables sobre los clásicos. Por otra parte, sir Malcolm se relacionaba con los hombres más poderosos de Inglaterra, ya que era el director de una organización tan secreta que sólo el Primer Ministro conocía todos los nombres de los hombres que empleaba y sus posiciones dentro del Ministerio de Defensa. ¿Podría ser que Crofford fuera uno de esos hombres?

Remmington casi sonrió ante esa idea. ¿El despistado conde, un espía? Crofford apenas podía mantener a salvo a su hija. ¿Quién podría confiar secretos de Estado a semejante personaje? No, la conexión del director con Lily y su padre no podía ser nada más que lo que parecía, una antigua amistad entre familias.

–A nadie le agradan las circunstancias –continuó Bainbridge–, pero tenemos que afrontar lo ocurrido. –Su sonrisa se amplió–. Me atrevería a decir que en los próximos días usted y su huésped podrían encontrar algo en común con lo que animar sus conversaciones.

¿Encontrar algún atractivo más en Lily? Remmington sacudió la cabeza. Ya tenía demasiadas cosas que le atraían.

–La idea es casi aterradora. –El duque se acabó el brandy y cruzó los brazos sobre el pecho–. Usted conoce mejor a esa persona que yo. ¿No ha notado algo fuera de lo común en ella? ¿Cierta contradicción en su carácter?

–Cualquiera le dirá que su huésped es alguien fuera de lo común. Por lo que respecta a sus contradicciones... –Bainbridge se encogió de hombros–. Las mujeres son las criaturas más desconcertantes que hay sobre la faz de la Tierra. Después de veintiséis años de matrimonio, todavía no he podido discernir cómo funciona la mente de mi esposa.

Remmington recorrió con la mirada la estancia antes de inclinarse un poco hacia delante.

–Oculta algo.

Sir Malcolm asintió rápidamente.

–Por supuesto que sí. Clara siempre me está ocultando algo y es algo condenadamente molesto la mayoría de veces. La semana pasada descubrí que había estado montando a mi semental todas las mañanas cuando yo se lo había prohibido expresamente. Ella adujo que yo le había dicho que no podía cabalgar sobre ese estúpido caballo por el parque, así que había salido a pasear por el campo. Sinceramente, nunca sé cómo se las arreglará para tergiversar mis palabras la próxima vez. Es algo que le obliga a uno a mantenerse siempre alerta, ¿no cree?

Remmington frunció el ceño.

–Yo no hablaba de su esposa.

–¿No? –Bainbridge pareció perplejo–. Podría haberlo estado haciendo perfectamente. Si me pregunta, le diré que todas las mujeres son muy parecidas a ese respecto. Nos desconciertan deliberadamente.

El duque se preguntó qué tendría Lily que hacía que la gente se volviera incomprensible cuando hablaba de ella. Decidido a sonsacar más información, intentó una táctica más directa.

–Mi huésped es mucho más inteligente de lo que desea que nadie crea.

–Eso no es nada fuera de lo común. Las razones se me escapan, pero la sociedad lo dicta así. Imagino que no desea que se la tache de intelectual. Conociéndola como la conozco, puedo asegurarle que no hay nada taimado o maquinador en ella, si es eso lo que le preocupa.

–No estoy seguro de qué es lo que me preocupa –respondió Remmington–. Simplemente, a veces, me resulta extraña.

Sir Malcolm levantó las manos.

–Es una mujer. ¿Qué más puedo decir? –Apuró su brandy, dejó la copa sobre la mesa y se puso en pie–. Yo no dejaría que el tema me preocupara demasiado. La situación en la que se encuentra se resolverá en unos pocos días y su huésped dejará de ser una molestia.

Bainbridge le dirigió a Remmington una ligera reverencia.

–Gracias por la copa, Excelencia. Espero que me permita devolverle pronto el favor. Quizás esté de mejor ánimo la próxima vez que nos encontremos.

–Quizás –admitió Remmington, aunque tenía sus dudas.

Sir Malcolm le saludó educadamente y luego se alejó de la mesa. Volvió a abrirse camino a través del enorme salón y se detuvo de nuevo en varias mesas para mantener breves conversaciones.

El duque mantuvo el ceño fruncido durante todo el tiempo. No podía deshacerse de Lily Walters. Su última esperanza para hacerlo acababa de abandonar la estancia.

La risa despertó a Lily de un profundo sueño. Abrió los ojos y se quedó mirando el dosel de la cama iluminado por la luz de la luna, dándose cuenta de inmediato de que se encontraba en la mansión de Remmington. En algún lugar de la casa, un reloj de pie empezó a sonar. Primero dio los cuartos, luego la hora: tres profundos y resonantes tonos. Un crujido seguido por un suave golpe le indicó que una puerta se había cerrado cerca. Probablemente se trataba del duque que volvía de donde fuera que hubiera pasado toda la velada, pensó adormilada.

La joven se preguntó de qué se estaría riendo a aquellas horas de la noche y sus ojos se cerraron, pero el sonido de la risa volvió, ahora más fuerte. Venía del pasillo. El grave y amenazante sonido carecía de cualquier rastro de calidez y ella supo instintivamente que no provenía de Remmington. Le costó más abrir los ojos esa vez y mirar a través de la oscura habitación. Se esforzó por despejarse, pero la puerta del pasillo era lo único que podía ver con claridad.

El sonido de la risa se oyó más cerca. Los graves tonos se repetían con un ritmo casi monótono. Su corazón empezó a latir con intensidad, cada latido era más fuerte que el anterior. Estaba segura de que su atacante estaba al otro lado de la puerta. La risa era provocadora, arrogante, y le estaba diciendo que sabía exactamente dónde encontrarla, que nada le detendría esa vez.

Justo cuando abrió la boca para soltar otro grito mudo, un par de fuertes manos la agarraron por los hombros y la conmoción que le causó verse sujeta le devolvió las fuerzas multiplicadas por diez. Lily golpeó con sus puños un amplio pecho, se revolvió y se resistió luchando por su vida.

–¡Despierta, pequeña!

Ella continuó golpeándole el pecho, segura de que su mente le estaba jugando una mala pasada. La voz sonaba casi como...

–Soy yo, Lily. Despierta.

... la de Remmington. De repente, dejó de forcejear. Abrió los ojos y se encontró con la mirada clavada en un pecho desnudo. Sus puños estaban apoyados contra una suave mata de vello que se estrechaba a lo largo del fuerte torso del duque para acabar formando una uve en la cintura de sus pantalones. Ella nunca había tocado el torso desnudo de un hombre. Ése era el único pensamiento que ocupó su mente durante lo que pareció una eternidad, pero que, en realidad, no pudo ser más que un segundo o dos. Relajó sus puños y apoyó las palmas de las manos sobre sus hombros. Parecía tan cálido, tan seguro, tan sólido...

–Has tenido un mal sueño. Sólo ha sido eso.

¿Un sueño? Lily se estremeció y todos los músculos de su cuerpo se relajaron al mismo tiempo. Se habría caído si sus brazos no la hubieran rodeado.

–Ya está, ya ha acabado. –Remmington la colocó sobre su regazo, empujó su cabeza contra su hombro y empezó a acariciar su pelo con una ternura conmovedora–. Estás a salvo, pequeña. Nadie puede hacerte daño aquí.

El sonido de un suave golpe en la puerta hizo que casi saltara de la impresión, pero él la sostuvo en sus protectores brazos. Aterrorizada, la joven rodeó su cuello con más fuerza y cerró los ojos.

–Todo va bien –dijo el duque al sirviente que estaba apostado en la puerta–. Lady Lillian ha tenido un mal sueño.

–Una pesadilla –susurró Lily. Remmington la envolvió en sus brazos para amortiguar los estremecimientos que recorrían su cuerpo–. ¿Cómo...?

Otro fuerte temblor interrumpió su pregunta, y Lily apoyó la frente contra su pecho.

–Te oí gritar –se adelantó él–. ¿Estabas soñando con la noche en que te atacaron?

La joven sacudió la cabeza.

–No. Era peor. Él... él estaba aquí.

Remmington la abrazó con más fuerza; estaba medio desnudo, ella no llevaba nada más que un camisón y estaban solos sobre la cama. El contacto con su cálido y desnudo pecho debería escandalizarla, en cambio Lily se aferró a su cuello, a la fuerza que transmitía, reconfortada por el convencimiento de que él la mantendría a salvo.

–Siento mucho haberle molestado. –Apoyó la mejilla contra su pecho para poder oír el firme sonido de los latidos de su corazón–. Parecía tan real...

Al notar que los temblores no cesaban, Remmington empezó a frotar sus brazos con tranquilizadores movimientos, murmurándole palabras de consuelo al oído. Seguramente él pensaría que era muy infantil por parte de Lily alterarse tanto por una pesadilla, pero a ella no le importaba; necesitaba ese consuelo. Aparte de la noche del ataque, no podía recordar la última vez que alguien la había abrazado. Era demasiado mayor para muestras de cariño de ese tipo por parte de su padre o su hermano. Pero quizás era el vago recuerdo de la infancia lo que hacía que el abrazo de Remmington le pareciera tan tranquilizador y familiar. Había algo que era casi como una droga para ella en la forma que tenía de sostenerla tan cerca de él. Podía escuchar los latidos de su corazón, cada inspiración que tomaba. Sin embargo, su aroma no afectaría así a un niño, ni tampoco la suave pero firme textura de su piel. Las emociones que le hacía sentir eran las propias de una mujer; una mujer a la que él no deseaba.

Al darse cuenta de ello, intentó apartarse.

–Ya... ya estoy bien. Per... perfectamente bien.

–No pareces estarlo. Tiemblas como una hoja. –Remmington no permitió que se alejara y apretó su cabeza contra su hombro–. ¿Has hablado con alguien de lo que sucedió la noche que te atacaron?

Lily negó con la cabeza.

–No quiero pensar en ello.

–A veces, la gente sueña con cosas sobre las que no quiere hablar. –Parecía muy seguro de lo que decía. Le levantó la barbilla con un dedo, pero ella evitó su mirada–. Viviste algo horrible esa noche, Lily. ¿Por qué no me cuentas qué sucedió?

–Ya se acabó. –¿Por qué no podía tratarla con desprecio en lugar de con amabilidad? Él la compadecía. Nada más. Intentó concentrarse en ese hecho, y no en la visión de tanta piel masculina al descubierto. ¿Por qué, de repente, era tan consciente de la presión de sus brazos a su alrededor, de su calor dondequiera que la tocara?–. No creo que pueda recordarlo muy claramente.

–Cuéntamelo. –Su duro tono no encajaba con la suavidad con que acariciaba su mejilla. Lily alzó la mirada impelida por su voz y se encontró con sus ojos sin esforzarse–. Cuéntamelo –repitió él con un tono más razonable–. Te prometo que te hará sentir mejor.

¿Contarle qué? ¿Que deseaba que él la apreciara aunque sólo fuera un poco? ¿Que deseaba que correspondiese a sus sentimientos? Lily no creía que él quisiera escuchar nada de eso.

–La verdad es que no creo...

Remmington apoyó un dedo contra sus labios.

–Cuéntame qué sucedió. ¿Qué estabas haciendo cuando él entró en tu alcoba? ¿Estabas dormida?

Su dedo provocó una extraña sensación en sus labios. Sintió que su boca adquiría un extraño entumecimiento en el punto donde la había tocado y que al mismo tiempo se volvía mucho más sensible.

Cuando empezó a hablar, él apartó la mano.

–Estaba despierta. De verdad que no deseo...

Sus dedos volvieron a cubrir su boca.

–¿Qué estabas haciendo?

–Cepillándome el pelo. –Lily apartó su mano, incapaz de concentrarse cuando la tocaba de ese modo–. Estaba sentada en mi tocador y vi en el espejo como se abría la puerta de mi cuarto. Al principio pensé que sería mi padre que habría regresado pronto de White's, pero entonces vi la librea que llevaba y, un momento después, la máscara. –La joven se quedó mirando sus hombros y vio claramente la máscara en su mente–. Era horrible. Tenía pintada una sonrisa amenazante y poco natural. Intenté escapar, pero me atrapó y me tiró al suelo. Un instante después, sentí su peso sobre mí. Grité y pensé que alguien vendría a salvarme, pero él sabía que nadie acudiría en mi ayuda.

–Continúa –la animó–. ¿Qué pasó luego?

–Me resistí. Cuando se lanzó sobre mí, también golpeó mi tocador y uno de los pesados candelabros cayó cerca. Conseguí cogerlo. Me soltó durante un instante y le golpeé la cabeza tan fuerte como pude. Se desmoronó contra el suelo y pensé que estaba muerto. Pero cuando me volví hacia la puerta para escapar, estiró la mano y me cogió del tobillo. Volví a golpearle y bajé corriendo las escaleras, después le oí bramar y miré por encima del hombro. Estaba en el pasillo, apoyado contra la pared, sujetándose la frente con la mano. Salí a la calle y corrí por las calles hacia White's en busca de mi padre, pensando que me encontraría con alguien que pudiera ayudarme. Allí fue donde me detuviste.

Remmington se quedó muy quieto.

–Has dicho que cuando te diste la vuelta para mirarle en la escalera apoyaba la mano sobre su frente. ¿Llevaba la máscara?

Los ojos de Lily se abrieron aún más. Se sintió esperanzada por un momento, pero luego sacudió la cabeza.

–Su mano le tapaba el rostro. No pude ver nada.

Remmington apoyó la palma de la joven contra su frente.

–Muéstrame lo que viste. ¿Cómo tenía puesta la mano?

Ella se quedó callada durante un instante, intentando asimilar la conmoción de tocar su rostro tan íntimamente. El inocente contacto no debería perturbarla. Después de todo, estaba apoyada contra su pecho desnudo. Lily siguió la línea de su ceja y pensó que nunca había visto ninguna con un arco más perfecto.

–Estaba apoyado contra la pared –relató en voz baja.

–Muy bien. Descríbeme lo que puedas recordar.

Lily intentó hacerlo, pero apenas podía centrarse en nada que no fuera la cercanía del duque. ¿Cómo podía pensar en otro hombre mientras él la abrazaba así? Su mano rozó un mechón del cabello de Remmington y, sin pensarlo, deslizó los dedos por él. Entonces cerró los ojos y se obligó a sí misma a recordar la vaga figura en la escalera.

–Cuando me atacó, su pelo estaba cubierto por una especie de malla, pero debió de quitársela al cubrirse con la mano la herida que le hice para intentar que dejara de sangrar. Su pelo era oscuro. Castaño o negro, creo. No lo sé, estaba muy oscuro.

–Dime qué más ves.

Remmington se sometió con paciencia a su examen. Lily evitó sus ojos para estudiar su rostro, para memorizar cada detalle. El lienzo de un artista nunca podría captar su extraña combinación de refinada nobleza y de magnetismo animal. En eso, él era absolutamente único. La atracción que le hacía sentir no se debía sólo a sus rasgos, sino también al aura de poder que lo envolvía. Era algo casi tangible y que Lily estaba segura de poder identificar si tuviera la oportunidad de estudiarlo con detenimiento.

Totalmente ensimismada, siguió con su examen.

–Su barbilla era más redondeada que la tuya; la línea de su mandíbula, no tan pronunciada. Su nariz debía de estar oculta tras su mano, pero tengo la sensación de que era muy grande.

Lily recorrió su labio superior y se sorprendió al encontrar un húmedo rastro de transpiración. Ahora que pensaba en ello, la verdad es que ella también sentía que en la habitación hacía demasiado calor.

–Creo que su boca era pequeña.

La voz de él sonó ronca cuando le preguntó.

–¿Es eso todo lo que puedes recordar?

Remmington bajó la mirada hacia ella y los labios de Lily se abrieron sorprendidos, pues vio su propio deseo reflejado en sus ojos, el mismo ardiente anhelo que hacía que su respiración se entrecortara y que su pulso se acelerara. En medio de su aturdimiento percibió que el tiempo era su enemigo. En unos pocos días volvería a casa de su padre para llevar una vida que no era más que una farsa. Y seguramente, el duque se casaría con Margaret Granger antes de que acabara el año. Pero en ese justo instante estaba teniendo lugar una situación que no volvería a darse de nuevo.

Lily asintió, aunque no sabía si estaba respondiendo a la pregunta que él le había hecho en voz alta o si le estaba dando permiso para lo que le pedía en silencio con sus ojos.

Remmington vaciló por un momento antes de inclinar la cabeza hasta que sus labios casi se rozaron. La joven no podía moverse, ni siquiera podía respirar. Con suaves y ligeras caricias, el duque recorrió la línea de su boca con su lengua. Sus labios se movieron contra los de Lily con mucha suavidad, como si pretendiera memorizar la forma de su boca.

Se apartó de ella durante unos segundos y lo que ocurrió a continuación sorprendió a Lily, pero no abrió los ojos cuando sintió la punta de sus dedos tocar su frente. El duque trazó una línea imaginaria a lo largo de su ceja que llegó hasta la sien. Tras un momento de duda, empezó a perfilar la curva de su mejilla, la línea de su mandíbula... Después repitió el proceso al otro lado de su rostro. La cuidadosa e íntima exploración la dejó sin aliento, igual que su beso. La joven se preguntó si él habría sentido las mismas perturbadoras emociones cuando ella había examinado su cara.

Remmington llegó al centro de su frente y dibujó una línea con la punta del dedo sobre el perfil de su nariz. Recorrió el contorno de su boca y el lugar donde se unían sus labios. Le hizo abrir la boca con suavidad, introdujo en ella la punta de su dedo y lo deslizó por los bordes de sus dientes perfectos. Sin pensarlo, Lily rozó su dedo con la punta de la lengua.

Escuchó su brusca inhalación y sintió como ella misma se quedaba sin aliento cuando él la apretó contra su pecho. El duque inclinó la cabeza pero le siguió negando sus labios. Con un brazo alrededor de sus hombros, envolvió su pelo con la otra mano hasta que estuvieron unidos por la ardiente cabellera y ella se encontró por completo a su merced. Lily jadeó contra su boca y Remmington atrapó su labio inferior entre sus dientes, acercándola aún más a él con suavidad. Fue entonces cuando cubrió sus labios por completo.

Nada podría haberla preparado para el abrumador efecto de su beso. Algunos de sus pretendientes habían intentando robarle alguno, pero a ella le pareció embarazoso y desagradable la mayor parte de las veces, algo ante lo que debía retroceder. Sin embargo, ahora sus brazos rodeaban con fuerza el cuello masculino y leves y ardientes estremecimientos recorrían su cuerpo. La habitación parecía estar en llamas.

La boca de Remmington, abandonando la persuasión y la suavidad, se movía contra la suya de manera insistente urgiendo a sus labios a abrirse. Al ceder Lily ante la silenciosa orden, el duque profundizó el beso y la punta de su lengua tocó la suya. La joven jadeó e instintivamente intentó alejarse, pero él no la liberó. Su lengua saqueó su boca, embriagándola con su sabor. Lily no sabía que un beso pudiera ser así. De alguna forma, supo que él le estaba enseñando despacio ese arte, que estaba siendo paciente mientras ella decidía si le gustaba o no. Y lo decidió cuando empezó a imitar sus movimientos, cuando empezó a explorarlo tan profundamente como él lo hacía.

El duque apartó su boca cuando percibió su respuesta.

–No deberíamos estar haciendo esto. –Su respiración sonó entrecortada. Sin embargo, su cabeza parecía moverse motu proprio, de forma que sus labios rozaron su oreja hasta que finalmente la atrapó entre los dientes y le mordió el lóbulo con exquisita suavidad–. Dime que pare, pequeña. Dímelo ahora, mientras todavía pueda hacerlo.

La joven suspiró y se estremeció contra él. Le encantaba su voz, las oscuras y prohibidas emociones que provocaba en ella. Aquella noche se sentía como una persona diferente, la mujer que podría haber sido si la guerra hubiera acabado hacía años, antes de que se involucrara con el Ministerio de Defensa. Esa Lily sería libre para perseguir sus sueños, para alentar las atenciones del hombre a quien pertenecía su corazón desde el primer momento en que lo vio y no se vería forzada a robar su afecto, sabiendo que él no sentía nada más que deseo por ella.

Los labios de él recorrieron la curva de su oreja mientras acariciaba su hombro. Sin embargo, cuando su mano se deslizó por su pecho, Lily sintió un momento de pánico. ¿Acaso estaba verdaderamente tan desesperada por obtener su atención que le permitiría aprovecharse de ella? Se convertiría en otra de sus conquistas, una mujer a la que apenas recordaría en unos pocos meses. El dolor de su corazón se extendió por sus venas hasta que fue casi insoportable. Él tenía razón. No deberían estar haciendo eso. El fuego que ardía en su interior se apagó de repente.

Cuando Remmington la cogió por la nuca y la instó a que se recostara sobre las almohadas, Lily lanzó un pequeño grito por la sorpresa más que por el dolor. Él dirigió su mirada rápidamente hacia su cuello y la soltó enseguida deslizando su brazo alrededor de sus hombros.

–Dios, pequeña, lo lamento. ¿Te he hecho daño?

Intentó acariciar su magullada garganta, pero la joven consiguió alejarlo de ella, apartarse de su regazo y dejarse caer en la cama. Remmington parecía querer reconfortarla, pero era precisamente eso lo que la había metido en semejante lío. Las palabras empezaron a surgir de su boca mucho más rápido de lo que podía pensar.

–No deberías estar aquí. Esto no es en absoluto adecuado. Tú mismo dijiste que no podíamos ser otra cosa que amigos y ahora has roto tu palabra. No sé cómo esperas que cumpla tus reglas cuando ni siquiera tú eres capaz de hacerlo. Creo que deberías marcharte inmediatamente.

Remmington se quedó mirándola como si se hubiera convertido en una rara curiosidad mientras su preocupada expresión desaparecía. Agachó la cabeza y soltó un largo y profundo suspiro, luego otro, como si estuviera intentando recuperar el resuello después de realizar un gran esfuerzo. Ni siquiera la miró cuando dijo:

–Deja de mirarme como si acabara de abofetearte.

Lily se mantuvo ocupada arreglando las sábanas y tapándose con ellas hasta la barbilla.

Mientras tanto, Remmington se movió hasta ir a sentarse en el borde de la cama.

–Maldita sea, Lily. No es sólo culpa mía. –Se pasó una mano por el pelo–. No tenía ninguna intención de besarte cuando entré aquí. Tú eres la que constantemente pone mis normas a prueba.

La joven sintió que se quedaba boquiabierta.

–¿Estás diciendo que, de alguna forma, soy yo la responsable?

La expresión del rostro masculino le indicó que la respuesta era evidente.

–Es la forma en que me miras. Y esto tiene que acabarse.

Lily le lanzó una mirada furibunda, olvidando la vergüenza y el bochorno que había sentido hacía unos momentos.

–¿Cómo te atreves a echarme a mí la culpa? Yo no te he pedido que me besaras. –Remmington no dijo nada. No tenía que hacerlo. Lily leyó la verdad en sus ojos–. Eres... eres un arrogante...

–Debes admitir que tu reacción no ha sido la de una inocente dama ultrajada –la cortó–. Estamos en unas circunstancias extrañas que exigen un comportamiento correcto y discreción. Una mujer que no preveía encontrarse a sí misma en una situación comprometida hubiera mostrado ambas cualidades en abundancia. Si es tu intención continuar tentándome de esta forma para comprometerte deliberadamente, entonces debes saber que no me sentiré obligado a reparar los daños con una oferta de matrimonio.

–¿Crees que he planeado lo que ha ocurrido esta noche?

Remmington se encogió de hombros con indiferencia.

–Digamos simplemente que las jovencitas con fantasías románticas tienen tendencia a comportarse de forma imprudente.

–Comprendo. –Lily se incorporó y cruzó los brazos–. Sin duda tienes razón. Pedirte que bailaras conmigo la noche del baile de los

Ashland fue un comportamiento extremadamente imprudente por mi parte. Humillarme en una estancia atestada de gente era lo menos que podías hacer para mostrarme los errores de mi forma de actuar, pero yo tercamente me he negado a aprender la lección. Más tarde, me las ingenié para hacer que salieras a hurtadillas hasta la terraza donde podrías oír mi conversación con Sophie y, de ese modo, humillarme aún más. Un plan muy astuto, ¿no crees?

–Tú deliberadamente has...

–Por supuesto que sí. Me dedico a tramar complots en todo lo que concierne a tu persona. Organizar un ataque a mi casa fue el toque maestro de mi elaborado plan. ¿De qué mejor forma podría aprovecharme de tu caridad? Sabiendo lo mucho que te compadecerías de mí, coaccioné a tu mayordomo para que me trajera hasta aquí y así poder insinuarme en tu propia casa. Ahora dispondré de todas las oportunidades que desee para comprometer mi reputación. –Lily sacudió la cabeza–. Qué suerte has tenido de descubrir mi plan. Pensé que tener una pesadilla era una manera muy original de hacerte entrar en mi alcoba sin tener que invitarte en mitad de la noche. Y, por supuesto, sabía que te sentirías obligado a besarme de forma inconsciente. –Lily soltó un gritito y le lanzó una mirada de preocupación al tiempo que señalaba con la mano hacia el armario–. Y le ruego que no abra el armario, Excelencia. –Volvió al tratamiento formal para poner más distancia entre ellos–. Mi padre se esconde en su interior para poder salir de repente y exigirle que se case conmigo en el mismo instante en que yo me vea comprometida.

Remmington la observó en silencio sin rastro de pasión en sus ojos mientras un músculo se agitaba convulsivamente en una de sus mejillas.

–No veo ninguna necesidad de ser sarcástico.

–¿Estoy siendo sarcástica? –La joven se encogió de hombros y volvió la mano para examinarse las uñas–. Qué grosera.

–Muy bien, reconozco que soy tan culpable como tú por lo que ha sucedido esta noche.

Lily emitió un chasquido con la lengua.

–Vaya, qué difícil confesión. ¿Ha sido dolorosa?

–¿Tienes que ser tan obtusa?

–Me ofende su insulto, milord, porque supongo que habrá querido decirme algo ofensivo con semejante palabreja.

El duque hizo un gesto con la mano para dar por terminada la discusión.

–Se acabó. Me niego a continuar con esta conversación. Podremos seguir con ello mañana, o cuando decidas entrar en razón. –Se dio la vuelta y se dirigió hacia la puerta.

–Primero esperaré sus disculpas, Remmington.

Él ignoró el ultimátum.

–Buenas noches, Lily.

–¡Buenas noches!

7

–¿Excelencia?

Remmington rodó hacia el otro lado de la cama sin abrir los ojos, con la esperanza de que Digsby se marchara. El regusto de licor rancio de su boca era un desagradable recordatorio de lo ocurrido horas antes. Calmar su ira con una botella de brandy no había sido una buena idea, decidió. La noche anterior había salido de la habitación de Lily tan excitado como enfurecido. Primero, ella se había lanzado a sus brazos llevándolo hasta más allá de los límites de su control, y luego le había pedido que se fuera. La joven ni siquiera podía imaginar el esfuerzo que había realizado al intentar reunir la suficiente fuerza de voluntad para considerar esa petición. Él le había advertido que no sería capaz de detenerse, y era cierto que se había comportado de una forma un poco irracional, pero después de prácticamente invitarlo a su cama, ¿por qué le había resultado a Lily tan sorprendente su ira?

Con la tercera o cuarta copa de brandy, su genio se había calmado lo suficiente como para darse cuenta de hasta qué punto se había puesto en ridículo. Lily no se había propuesto seducirle y, aun así, él la había acusado de algo mucho peor. Ella tenía razón. Le debía una disculpa. Sin embargo, si de alguna manera conseguía que su relación volviera a un cauce normal, estaba seguro de que volvería a suceder lo mismo. No, decidió, la próxima vez él no se contentaría con unos pocos besos. La próxima vez la acariciaría... por todas partes. Con sus manos, su boca, su cuerpo. Dios, todavía la deseaba.

Abrió un ojo y quedó casi cegado por la resplandeciente luz, por lo que lo volvió a cerrar rápidamente. Mediodía. Debía de ser, como mínimo, mediodía. Remmington dejó a un lado por el momento sus pensamientos acerca de Lily, con la esperanza de poder ignorar su fuerte dolor de cabeza el tiempo suficiente para sumergirse de nuevo en un sueño indoloro. Sin embargo, de repente, sintió que una mano sacudía su hombro.

–Discúlpeme por despertarle, Excelencia, pero creo que considerará que la situación es importante.

El duque apartó de un manotazo la mano de Digsby.

–¿Qué situación?

–Es lady Lillian, Excelencia. Está en la biblioteca.

–No puede ser –protestó adormilado–. Le dije que se mantuviera lejos de allí.

–Me lo imaginé, e incluso se lo dije a la dama, pero puedo asegurarle que se encuentra allí ahora mismo.

–Dudo que pueda encontrar nada. Mi escritorio está cerrado. Hablaré con ella durante la cena. –Se volvió sobre su estómago y hundió la cabeza bajo la almohada–. Ahora vete.

–Faltan diez horas para la cena, Excelencia. Yo... verá... creo que debería saber que está registrando las estanterías.

Durante un momento, Remmington se quedó muy quieto, y luego se irguió de repente. La estancia se balanceó peligrosamente por un instante, pero consiguió retirar las sábanas y saltó de la cama.

–¿Lo ha encontrado?

Digsby le tendió unos pantalones.

–Todavía no, pero estoy seguro de que es sólo cuestión de tiempo. Lleva ahí casi una hora y parece decidida a examinar cada volumen.

Remmington se quedó inmóvil.

–Dios mío, Digsby. ¿Qué te ha pasado en la cara?

El mayordomo se tocó cuidadosamente el ojo amoratado con los dedos e hizo una mueca a través de sus hinchados labios.

–Lady Lillian, Excelencia.

El duque se quedó mirándolo asombrado.

–¿Te ha pegado?

–No, milord, pero ahora debería darse prisa en ir a la biblioteca. Quién sabe lo que estará tramando esa dama ahora.

Remmington asintió y continuó vistiéndose.

–Después de que me encargue de lady Lillian, espero que respondas con más detalle a mi pregunta.

En ese momento, Lily estaba pensando en lo bien que se sentía al vaciar los estantes, al convertir la biblioteca de Remmington en una mínima parte del caos en que él había convertido su vida. Esa mañana se había despertado dolida y enfadada, dispuesta a hacerle pagar por cada palabra odiosa que le había dirigido la noche anterior. Sin demasiadas ideas claras sobre cómo llevar a cabo su plan, la ocurrencia de destrozar su biblioteca le había parecido buena. Si tenía suerte, tal vez, sólo tal vez, él estaría de acuerdo en permitir que se marchara. Estaba decidida a conseguir que la echara.

Digsby no había dejado de pasear frenéticamente a su alrededor mientras ella hojeaba los libros, usando educadas trivialidades para protestar ante lo que estaba haciendo. Por último, el mayordomo se había rendido cuando se dio cuenta de que no podría detenerla. Pero a Lily no le cabía la más mínima duda de que había ido a informar a su señor y casi estaba impaciente por enfrentarse a él, pues era una oportunidad para descargar una parte de su ira.

Una frágil silla le sirvió de escalera cuando empezó con los estantes superiores. Lily tiró cuidadosamente dos pequeños ejemplares antes de que sus dedos alcanzaran un enorme libro que saltó del estante en lugar de deslizarse por él. El lomo del libro estaba unido a otros cinco amplios volúmenes cuyos correspondientes lomos se hundían unos milímetros para que parecieran normales sobre el estante. Los falsos libros ocultaban un pequeño y cuadrado compartimento repleto de documentos. Intrigada, Lily sacó el que estaba más cerca de ella. Al hallarse en una posición tan precaria, estuvo a punto de caerse cuando desenrolló el papel. Las palabras sin sentido que leyó eran una variación del Vigenère Tableau, un sistema de codificación utilizado por los franceses.

Justo entonces, al oír un sonido en el pasillo recordó que Remmington podría aparecer en cualquier momento. Cerró el compartimento de un golpe, bajó de un salto y apartó la silla de las estanterías. Se apresuró a dirigirse al centro de la estancia para colocarse entre libros de aspecto más inocente, y entonces se dio cuenta de que todavía sostenía en la mano el documento. Rápidamente se levantó las faldas, sujetó el papel en su liga y recogió precipitadamente un montón de libros. De pronto, la puerta de la biblioteca se abrió de un golpe y el duque apareció en la entrada.

Todavía descalzo y metiéndose la camisa por dentro del pantalón, Remmington se quedó paralizado en la puerta ante la visión que se encontró. Cualquier sentimiento de culpa que aún le quedara de la noche anterior se evaporó. Su pulcra y ordenada biblioteca se parecía sospechosamente a la de la mansión Crofford. Había libros amontonados por todas partes, decenas y decenas de ellos. La mayor parte del mobiliario y gran parte de la alfombra que había frente a las estanterías habían desaparecido bajo los amontonados y esparcidos volúmenes. Alarmado, miró hacia el lugar en el que se ocultaba el compartimento secreto y soltó un suspiro de alivio. Los falsos lomos que cubrían el hueco donde guardaba los documentos seguían en su sitio.

Lily se dio la vuelta para saludarlo con los brazos cargados de libros.

–Buenos días, Excelencia.

Remmington vio como abría los ojos de par en par cuando observó su indumentaria. Su camisa estaba abierta hasta la cintura, pero resistió el impulso de comprobar el cierre de su pantalón para asegurarse de que lo había abrochado bien. Tenía resaca y estaba furioso porque lo hubieran despertado para que presenciara semejante desastre. Lily, al contrario, era la viva imagen de la inocencia ataviada con un vestido de tonos crema. Parecía fresca y saludable. Incluso su voz sonaba mejor. Gracias a Dios que no sonreía. Una alegre sonrisa en ese momento le hubiera llevado hasta el límite.

–¿Te importaría explicarte?

–¿Explicar qué? –preguntó Lily.

Remmington extendió la mano y abarcó con ella toda la estancia.

–Explicar por qué has conseguido desbaratar toda mi biblioteca en poco menos de una hora. Explicar cómo te atreves a estar aquí, cuando te di instrucciones específicas de que no se te permitía el acceso a esta estancia.

La joven bajó la barbilla. Parecía casi arrepentida, o quizá culpable.

–No tienes por qué gritar. Oigo perfectamente.

–Yo no estoy... –El duque respiró profundamente, incapaz de recordar la última vez que había gritado a una mujer, o en realidad la última vez que alguien se había atrevido a desafiarlo de forma tan flagrante. Intentando controlarse, bajó la voz a un tono más razonable–. Volverás a colocar todos y cada uno de esos libros en el lugar que les corresponde y lo harás de inmediato.

–Hummm. Volver a colocarlos... –Lily recorrió con una mirada vacilante la habitación–. Me temo que eso iría en contra de lo que pretendo. Estaba buscando un ejemplar en particular y estoy bastante segura de que perdería la pista de por dónde voy si empezara a colocar los libros antes de encontrarlo. Ayer estaba convencida de que vi una de las novelas de la señora Radcliffe en tu colección, pero hoy parece que no consigo localizarla.

–¿Pretendes decirme que has desordenado toda una biblioteca para encontrar un libro?

–Estás gritando otra vez.

–¡Gritaré en mi propia casa siempre que me plazca, maldita sea! –Aun así, volvió a bajar la voz–. En primer lugar, puedes estar segura de que yo no tengo uno de esos libros para mujeres en mi casa. En segundo lugar, si querías un libro en concreto, deberías haber pedido a Digsby que te lo consiguiera. Y en tercer lugar, no tienes derecho a entrar en esta habitación a no ser que seas invitada por mí. Aunque, después de lo sucedido hoy, dudo mucho que vuelvas a contemplar el interior de esta sala durante el resto de tu estancia aquí.

Remmington cerró de un golpe la puerta de la biblioteca. Un

momento después avanzó hasta el escritorio, se sentó en su silla y cruzó los brazos sobre el pecho con un movimiento firme y abrupto.

–Ahora, empieza con tu tarea de colocar todos y cada uno de los libros en su lugar correcto. No me importa que te lleve el resto del día.

–Creo que estás siendo muy poco razonable.

–Poco razonable sería encerrarte con llave en tu habitación durante el resto de tu estancia, cosa que aún estoy considerando. Sin embargo, coger esos libros que tienes en los brazos y colocarlos de nuevo en las estanterías haría que mi humor mejorara considerablemente.

Lily alzó la barbilla y lo fulminó con la mirada.

–Bien. Si esto es un ejemplo de tu hospitalidad, me temo que me iré de inmediato. Si fueras tan amable de llamar a un carruaje alquilado, mi doncella y yo reservaremos una habitación en el Two Swans y nos iremos a Brighton a primera hora de la mañana. –Colocó los libros que sostenía en una mesa cercana y cruzó los brazos–. Teniendo en cuenta tus horribles amenazas y tu vulgar comportamiento, me temo que sólo puedo insistir en ello. Puedes informar a Digsby de que Gretchen tendrá mi baúl preparado en menos de una hora.

Remmington dirigió su fruncido ceño hacia su escritorio. No podía mirarla. El impulso de atravesar la estancia, cogerla por los hombros y sacudirla era demasiado fuerte. No, debía hacerla entrar en razón. Sus indignantes órdenes y exigencias, que lo único que conseguían era aumentar su propia ira, le decían que había perdido totalmente la razón. Que la había perdido sin remedio.

Recorrió la caótica estancia con la mirada y de repente se le ocurrió que nadie en su sano juicio buscaría un libro de semejante forma. Y ahora que se paraba a pensarlo, Lily había encauzado su discusión hacia el tema de su marcha de una forma muy hábil. Dirigió su mirada hacia su rostro, convencido de que la había visto titubear.

–¿Y bien? –preguntó ella con altanería.

Remmington se recostó en su silla y habló lentamente.

–Creía que no te gustaba leer.

–Yo no he dicho nunca nada semejante. Si no recuerdo mal, te dije que no era una lectora especialmente rápida, pero me gustan las novelas. Son un buen pasatiempo y simplemente vine aquí en busca de un libro, ignorando que me gritarías e insultarías de una forma tan espantosa. –Desvió la mirada hacia la puerta de la biblioteca–. Si no vas a permitir que los sirvientes nos ayuden a irnos, nos las arreglaremos solas.

–No te vas a ir todavía.

Ella dio un paso hacia la puerta.

–No estoy dispuesta a tolerar que se me amenace. Ahora, si me disculpas...

Remmington metió la mano en el bolsillo y sacó una llave que sostuvo entre dos dedos.

–Me he tomado la libertad de cerrar la puerta. Me imaginé que te mostrarías reacia a permanecer aquí hasta que arreglaras este absoluto desastre. Y al parecer, mis sospechas estaban bien fundadas. –Lily abrió la boca y la cerró de inmediato, luego volvió a abrirla, pero no surgió ninguna palabra de ella. Remmington sonrió y volvió a meterse la llave en el bolsillo. Después hizo un gesto con la cabeza hacia una pila de libros–. Espero que no montaras este desastre a propósito para volver a sacar el inútil tema de tu marcha. Si es así, tendrás una gran oportunidad de reflexionar sobre lo acertado de tales complots mientras vuelves a poner todo en su sitio.

–¿Otro de mis complots, milord? Debería haber sabido que me acusarías de haberlo hecho deliberadamente.

–¿Pretendes decirme que no has sido tú quien ha hecho esto?

–¡Estaba buscando un libro!

–Comprendo.

Lily se puso las manos sobre las caderas y arqueó una ceja con gesto malhumorado.

–¿Me estás llamando mentirosa? –En lugar de darle la oportunidad de responder, se aproximó a la puerta y murmuró entre dientes–: Me insultan y me gritan, y ahora me llaman mentirosa. No me quedaré aquí ni un minuto más.

Después de comprobar que Remmington realmente la había encerrado, empezó a golpear la sólida madera.

–¿Digsby? –Al no obtener respuesta, continuó en un tono de voz mucho más alto–. Digsby, sé que está ahí fuera. ¡Abra inmediatamente la puerta!

–Sabes que no te dejará salir. –Remmington se reclinó en la silla y apoyó las manos detrás de la cabeza–. Te sugiero que empieces por los libros rojos. Van en las estanterías inferiores.

–¡Digsby! ¡Ha ocurrido un accidente! Su Excelencia ha tropezado y se ha caído. Está muy malherido. ¡Por favor, abra la puerta!

–Estoy bien, Digsby –gritó el duque. Cuando la joven se giró para fulminarlo con la mirada, él frunció el ceño en un gesto burlón–. Debo reconocer que eso ha sido muy astuto por tu parte.

Lily apoyó la espalda contra la puerta y habló calmadamente, pero sus manos temblorosas y el miedo que Remmington vio en sus ojos lo inquietaron.

–Tengo que salir de aquí, milord. Ahora, inmediatamente.

–No pretendía asustarte –respondió él en voz baja–. Y no es un capricho de mi ególatra personalidad lo que hace que insista en que permanezcas en esta casa. Conoces muy bien las razones y no han cambiado en las últimas horas. Quizá deberías sentarte durante un momento y calmarte un poco.

–¡No necesito calmarme! –Aun así, Lily se apartó de la puerta, se sentó en un sofá bajo y se quedó mirando al frente con las manos cuidadosamente dobladas sobre su regazo–. Pero si estás decidido a hacer que vuelva a colocar los libros, lo haré. –Se levantó de nuevo y cogió una pila cercana de libros. Sus movimientos parecían nerviosos y empezó a acercarse a las estanterías dándole la espalda–. Y realmente creo que es un capricho de tu ególatra personalidad lo que te lleva a someterme a un castigo tan infantil.

Estaba nerviosa por algo. Uno de los libros que sostenía se cayó al suelo y lo cogió apresuradamente al tiempo que le miraba por encima del hombro. Sus miradas se encontraron durante un breve instante, pero lo que vio en sus ojos dejó atónito al duque. Lily estaba aterrorizada. ¿Qué había hecho la noche anterior para que estuviera tan asustada? Le había pedido que lo detuviera cuando se besaron y, en cambio, ella lo había animado. Después le pidió que se marchara y él se había ido. ¿Acaso Lily esperaba que se abalanzara sobre ella como un animal enloquecido por la lujuria a esas alturas?

Antes de que Remmington pudiera pensar en una forma educada de preguntarle el motivo de su actitud, se oyó un suave golpe en la puerta de la biblioteca. El inocente sonido asustó a Lily y, como consecuencia, se le cayeron los libros que sostenía entre los brazos. El duque frunció el ceño ante su extraño comportamiento y se levantó para abrir la puerta.

Digsby apareció al otro lado. Llevaba una pequeña bandeja de plata con un sobre en el centro.

–Acaba de llegar este mensaje, Excelencia. El hombre que lo ha traído me transmitió su urgencia.

Remmington cogió el sobre y rompió el sello, leyó rápidamente el contenido y se metió la nota en el bolsillo.

–Permanecerás apostado ante esta puerta hasta que lady Lillian deje la biblioteca tal y como la encontró esta mañana. No abandonará la estancia hasta entonces. –Con rapidez, se dirigió a Lily–. Tengo que salir durante unas horas. Continuaremos esta discusión a mi regreso.

Digsby cerró la puerta tras Remmington y, sin decir una sola palabra, se dio la vuelta, juntó las manos a su espalda y se quedó mirando fijamente al frente. Lily siguió con su tarea y exhaló un suspiro de alivio. Había necesitado todo el valor del que disponía para hacer frente al duque y actuar como si no supiera nada del compartimento secreto.

«Desconfía.» Unos días antes, la advertencia en el mensaje de su padre le había parecido innecesaria. Ahora tomaba un nuevo significado. ¿Acaso él sabía algo sobre Remmington que ella desconocía? ¿Por qué insistiría en que se quedara allí si tenía alguna duda sobre la lealtad del duque? No tenía ningún sentido y, además, algo dentro de su ser le hacía rechazar el pensamiento de que Remmington fuera un traidor. Sin embargo, no podía negar la evidencia. Durante los últimos meses su padre había descifrado varios mensajes escritos con ese código. Incluso la caligrafía parecía ser la misma.

Tal vez el duque trabajara para sir Malcolm, pensó esperanzada, pero esa esperanza se desvaneció en cuestión de segundos. Si ése fuera el caso, su padre no le enviaría un mensaje codificado para decirle que su anfitrión no sabía nada y que debía desconfiar. Seguramente trabajaba para el enemigo, aunque todos sus instintos le decían que no podía ser verdad.

Lily desvió la mirada hasta los ventanales. Si pudiera convencer a Digsby de que la dejara sola en la biblioteca, podría escaparse saltando por una ventana, ya que la biblioteca estaba en la primera planta. La caída desde allí hasta el suelo no podía ser muy grande.

Cuando estuvo segura de que Remmington había abandonado la casa, se volvió hacia el mayordomo.

–No hace falta que se quede aquí. Puede estar seguro de que seré capaz de cumplir mi tarea sin necesidad de que me supervisen.

El comentario sólo fue respondido con silencio. Estaba a punto de sugerir cosas más útiles en las que Digsby podía invertir su valioso tiempo cuando escuchó la grave voz de un extraño en el pasillo que llevaba a la biblioteca.

–¿Hola? ¡Remmington! –El sonido de la voz se acercó, y pareció que otros hombres se unían al primero. Todos hablaban a gritos. Luego volvió a escucharse la primera voz–. Pero ¿dónde te has metido?

La mirada de Lily se encontró con la de Digsby. Estaba convencida de que su expresión reflejaba la misma mirada de pánico. El mayordomo retrocedió hasta la puerta de la biblioteca, se llevó un dedo hasta los labios y le hizo señas para que se colocara de tal forma que al abrir la puerta quedara oculta tras ella. Cuando Lily obedeció la silenciosa orden, el sirviente entreabrió la puerta e intentó salir, pero tres hombres se abalanzaron hacia el interior de la estancia antes de que pudiera impedirlo.

Un joven de cabello oscuro avanzó decidido hacia el escritorio al tiempo que hablaba al mayordomo.

–Digsby, tienes un aspecto horrible. ¿Vuelves a dedicarte al boxeo? –Su mirada recorrió el caos de la biblioteca–. ¡Dios santo! ¿Qué ha pasado aquí?

No esperó una respuesta, sino que empezó a llenar tres copas de brandy mientras sus amigos se acomodaban en un sofá cercano. Los tres llevaban trajes de montar y parecían tener unos veinticinco años. Dos de ellos tenían la tez clara y el pelo rubio rojizo. El tercero era más alto que sus compañeros, tenía el pelo negro azabache y unos penetrantes ojos azul grisáceo que eran del mismo color que su chaqueta. Sus bronceadas facciones eran muy similares a las de Remmington.

–Estamos de camino hacia Hyde Park –continuó el joven de cabello oscuro mientras seguía con la atención centrada en las copas de brandy– y hemos pensado en detenernos para convencer a mi hermano de que cabalgue con nosotros. No es sano pasarse todas las mañanas estudiando cuentas y documentos comerciales cuando hay mejores actividades en las que ocupar el tiempo. Estaba convencido de que lo encontraríamos aquí. ¿Ha salido?

En vista de que Digsby permanecía en silencio, finalmente el joven alzó la mirada y se quedó asombrado ante lo que vio.

–¡Lady Lillian! ¿Qué está haciendo aquí?

Los otros dos hombres se dieron la vuelta en sus asientos y pronto los tres la miraron boquiabiertos.

Lily sonrió con serenidad, se apartó de la pared y avanzó hacia ellos.

–Creo que no le conozco, milord. Quizá debería hacer las presentaciones antes de que entablemos una conversación.

–Acepte mis disculpas, lady Lillian. –Ejecutó una profunda reverencia y a continuación su brazo se dirigió hacia sus dos jóvenes acompañantes, que se levantaron con presteza del sofá para saludarla–. Éstos son mis amigos, sir James Howard y su hermano Stephen, lord Jasper. Yo soy Trevor Montague, hermano de nuestro estimado y al parecer ausente anfitrión. –Una burlona sonrisa surgió de sus labios–. Debo decir que su compañía nos ha sorprendido, pero es preferible a la de mi hermano. La verdad es que no esperábamos encontrarnos con una dama de visita a estas horas. Sólo hemos entrado para invitar a Remmington a nuestra excursión.

Dejó la afirmación colgando entre ellos. Lily casi podía escucharle añadir en silencio: «¿Qué está haciendo usted aquí?».

–Hace un día perfecto para una excursión –comentó ella, inclinando la cabeza hacia una de las ventanas–. Me atrevería a decir que Rotten Row estará prácticamente intransitable. He oído que lady Haviland volcó su faetón la semana pasada cuando intentó dar la vuelta alrededor del carruaje de lord Smith-Hampton. No puedo imaginarme en qué estaría pensando ese hombre al llevar un carruaje cerrado al parque en pleno día.

Stephen arqueó las cejas.

–Dudo que estuviera pensando en lady Haviland. Cualquiera que lleve un carruaje cerrado a Hyde no piensa en nadie más que en sí mismo. Además, no está bien visto. Yo me atrevería a decir que lord Haviland exigirá una disculpa.

–Es lo mínimo que se puede esperar –convino ella.

–Lady Lillian –interrumpió Trevor–, todo esto es fascinante, pero si disculpa mi curiosidad, me gustaría preguntarle qué la ha traído a casa de mi hermano.

–Tan sólo quería encontrar este libro de fábulas griegas. –Lily levantó en alto un fino volumen–. Remmington mencionó el libro a mi padre, que estaba ansioso por leerlo. Su Excelencia se ofreció a prestárselo, pero no podía localizarlo. Sugirió que mi padre podría encontrarlo con más rapidez, ya que estaba familiarizado con la obra, y gentilmente puso a su disposición su biblioteca para que lo buscara. Por desgracia, mi padre ha sufrido un horrible ataque de gota y nuestro lacayo ha tenido que llevarlo a casa hace menos de media hora.

Lily señaló con la mano las pilas de libros que permanecían esparcidas por toda la estancia.

–Como pueden ver, incluso con mi padre, mi doncella y la ayuda del bueno de Digsby, nos ha costado un gran esfuerzo encontrar el volumen. Empezábamos a creer que tardaríamos todo el día.

–¿Su padre ha estado aquí? –Trevor parecía dudar.

–Por supuesto que sí –respondió la joven–. No creerá que yo habría venido a la casa de un hombre soltero sin un acompañante, ¿verdad? –Lily adoptó un gesto de perpleja preocupación–. Oh, Dios mío. Eso es lo que debe parecer. Con toda la conmoción de la búsqueda y el horrible sufrimiento de mi padre, pareció algo intrascendente. Mi doncella está aquí, ha salido un momento para traer algo de té, y sabíamos que acabaríamos con la búsqueda en menos de una hora. Oh, Dios santo. No estoy segura de lo que ustedes deben de estar pensando, pero puedo imaginarme la reacción de su Excelencia si me convierto en el origen de cualquier rumor sobre una falta de decoro en relación con su nombre. Ustedes no creen que irá tan lejos como para retar a mi padre, ¿verdad? –Empezó a retorcerse las manos con la esperanza de que pareciera que estaba a punto de llorar–. No puedo imaginar a mi pobre padre obligado a enfrentarse en duelo con el duque. Sólo pensarlo me hace sentir mareada.

Trevor la estudió en silencio. Mantenía una ceja arqueada, un gesto que le recordaba claramente a Remmington cuando se ponía sarcástico.

–Cálmese. Estoy seguro de que su Excelencia sabe que usted nunca podría ser el origen de un rumor desagradable. –Trevor desvió su atención hacia James y Stephen y les lanzó una mirada mordaz–. Sin embargo, me temo que el genio de mi hermano a veces es bastante temible. Además, se le considera un excelente tirador, así que lo mejor será evitar la posibilidad de un duelo. Si alguna vez surgiera el tema, mis amigos y yo daremos fe de que su padre estuvo aquí durante todo el tiempo.

–Pero eso sería pedirles que mintieran.

Trevor se encogió de hombros.

–Ésta es una casa muy grande. Quizá su padre haya cambiado de opinión sobre lo de marcharse y esté descansando en otra habitación mientras hablamos. –Volvió a mirar hacia los dos hermanos–. ¿No es cierto?

–Cierto. Muy cierto –repitieron Stephen y James.

–¿Lo ve? –preguntó Trevor–. No hay nada de lo que preocuparse.

–Son ustedes demasiado amables –murmuró Lily–. Al menos hice que mi doncella se quedara, si no, pensarían que soy una completa estúpida.

La joven dirigió su inocente mirada hacia Digsby.

–Eso me recuerda algo. ¿Le importaría decirle a Gretchen que ya no necesitaremos el té? Ahora que ya hemos localizado el libro, debemos marcharnos. Mi padre estará muy ansioso.

El mayordomo no movió ni una ceja.

–Creo que debería quedarse a tomar un té, milady. Después de un trabajo tan extenuante, estoy convencido de que le resultará muy reconfortante.

–Me encuentro muy bien –respondió Lily–. Y mi padre está impaciente por leer este volumen.

–Su Excelencia volverá en cualquier momento –afirmó Digsby–. Estoy seguro de que no querrá perderse su visita. Debe quedarse a tomar el té.

Lily rechazó la orden con un delicado gesto de la mano.

–Es totalmente indecoroso. Mi presencia aquí ya supone una carga para estos amables caballeros. Por favor, dígale a Gretchen que estoy preparada para irme.

–¿Su padre ha enviado su carruaje de vuelta para que la recoja? –preguntó Trevor.

La sonrisa de Lily se desvaneció en un gesto de desconcierto. Era asombroso cómo podía meterse en su papel con esos extraños sin ningún esfuerzo. En compañía de Remmington, había empezado a temer que hubiera perdido la capacidad de hacerlo.

–Me pregunto si mi padre se acordará. Suele volverse olvidadizo cuando tiene un ataque de gota. Quizá deberíamos encontrar un carruaje de alquiler.

Trevor sacudió la cabeza.

–Eso puede resultar muy difícil a estas horas del día. Estarán todos en la calle Bond y Pall Mall. Me ofrecería a acompañarla yo mismo, pero hemos venido a caballo.

–Yo encontraré un carruaje para usted –se ofreció Stephen–. Le encontraremos un medio para regresar a casa enseguida, lady Lillian.

–Muchísimas gracias. –La joven se preguntó si su pestañeo era demasiado exagerado cuando Stephen le dirigió un desenfadado saludo antes de salir. Más tranquila, se volvió de nuevo hacia Digsby–. ¿Y Gretchen? –le recordó.

El cuello del mayordomo adquirió un intenso color rojo, pero su expresión permaneció indescifrable. Finalmente, antes de abandonar la biblioteca, le dirigió una impertinente inclinación de cabeza.

–Digsby no parece estar muy bien hoy –comentó Trevor–. Esa herida en la cara parece haber afectado a sus modales. Nunca lo había visto comportarse de una forma tan grosera.

Lily sonrió.

–Quizás haya comido algo que no le ha sentado bien.

–Hummm. No lo creo. –Descartó el tema con un encogimiento de hombros–. Remmington cuenta con un personal de lo más extraño. Espero que no se sienta ofendida.

–En absoluto.

–¿No quiere sentarse, lady Lillian? –James se levantó para ofrecerle el asiento que acababa de dejar libre.

Preocupada por el hecho de que el joven pretendiera unirse a ella en el pequeño sofá, Lily declinó la invitación. Sus ojos recorrían su figura con una desagradable familiaridad que ella casi había olvidado en compañía de Remmington. Despreciaba esas miradas lascivas y, sin embargo, deseaba que el duque la mirara así aunque sólo fuera una vez. Pero ¿en qué estaba pensando? Desde luego que no deseaba nada semejante.

Trevor mostraba tan poco interés por su aspecto como su hermano y se preguntó si había algo en su apariencia que los hombres Montague encontraban desagradable, pues Remmington sólo pareció sentirse atraído por ella cuando se besaron. En un intento de aclarar sus ideas, Lily sacudió la cabeza.

–¿Asistió al baile de los Ashland? –preguntó a Trevor para acabar con el largo silencio.

–Llegué ayer de las Indias Occidentales, milady.

–Qué emocionante. A mí me gustaría viajar allí algún día. ¿Son tan hermosas como dicen?

La respuesta del joven se vio interrumpida al abrirse la puerta de la biblioteca y entrar Stephen luciendo una amplia sonrisa.

–He encontrado un carruaje prácticamente en la puerta. –Con una exagerada reverencia, extendió un brazo hacia el pasillo–. Su vehículo la espera, milady. Su doncella también ha aparecido. Está en el vestíbulo.

Ahora que tenía la oportunidad de marcharse, Lily tuvo un momento de duda. Remmington se pondría furioso cuando descubriera su ausencia, pero se llenó de valor cuando pensó en su reacción cuando se diera cuenta de que faltaba uno de sus documentos. La sonrisa que le dedicó a Stephen fue forzada.

–Muchas gracias por las molestias que se ha tomado, milord.

Gretchen y Digsby permanecían en el vestíbulo. La doncella, habitualmente alegre, mantenía su solemne mirada clavada en el suelo mientras sus dedos se entretenían en uno de los botones de su vestido.

–De verdad que desearía que se quedara a tomar el té, milady –insistió Digsby en un tono siniestro.

Trevor la llamó al mismo tiempo.

–Lady Lillian, no debería marcharse todavía.

A Lily le dio un vuelco el corazón.

–Creo que se deja esto. –Trevor le tendió el libro que ella había dejado olvidado en la biblioteca, pero sus dedos ocultaban el título que estaba grabado en la portada–. No querrá dejarlo aquí ¿verdad? Su padre se sentiría perdido si vuelve sin su volumen de fábulas griegas.

Trevor sostuvo el libro de forma que sólo Lily pudiera ver lo que estaba haciendo cuando deslizó los dedos a un lado para revelar el título: *Los cuentos de Canterbury*. La joven alzó la mirada y descubrió que su sonrisa era tan exasperante y petulante como la de su hermano. Había descubierto que algo pasaba. Le tembló el brazo cuando lo extendió para coger el libro y toda ella se agitó cuando la mano de Trevor cubrió la suya.

–Sólo espero que nuestra falta de hospitalidad no la esté obligando a marcharse antes de tiempo. ¿Permitirá que repare el daño y me concederá el placer de su compañía en un paseo en carruaje por el parque esta tarde?

–Me temo que eso no será posible. –Lily intentó apartar la mano–. Le prometí a mi padre que leería para él esta tarde.

–¿Mañana, entonces?

La joven le dirigió un apresurado gesto de asentimiento.

–Eso suena maravilloso, milord. Aunque primero tendrá que pasar a saludar a mi padre, por supuesto.

–Por supuesto –concedió mientras se inclinaba para besar su mano antes de soltársela.

Sin embargo, a Lily no la invadió el mismo estremecimiento

que le provocaba el contacto de Remmington. Sólo sintió una ardiente necesidad de alejarse de aquel lugar.

Trevor insistió en acompañarla hasta la salida y cortésmente ayudó a subir a ambas mujeres al carruaje de alquiler. Una vez estuvo acomodada, Lily se volvió para dirigir al grupo un alegre gesto de despedida. Digsby nunca había tenido una expresión tan adusta. Trevor la miraba con sincera curiosidad y los hermanos Howard le devolvieron el gesto con la misma alegría que ella mostraba. La joven miró hacia uno y otro lado de la calle, temerosa de que pudiera aparecer Remmington. Finalmente, cuando el carruaje se puso en marcha, se apartó de la ventana con un audible suspiro de alivio.

–Oh, milady –suspiró Gretchen–. Hemos estado cerca. Digsby me contó como habían irrumpido esos caballeros sin previo aviso en la casa. ¿Qué debemos hacer ahora?

Lily se frotó la frente.

–Volveremos a la mansión Crofford. Ya he tenido bastantes aventuras por hoy –aseguró al tiempo que dirigía la mano hacia sus faldas para asegurarse de que el mensaje continuaba sujeto a su liga.

Sin embargo, a pesar de sus palabras, tenía la horrible sensación de que su aventura no había hecho más que empezar.

8

El padre de Lily se encontraba en su club cuando llegaron a la mansión Crofford, así que la joven envió a un sirviente para que le informara de su regreso; después, se encerró en la biblioteca. Una hora más tarde había descifrado por completo el documento de Remmington. El mensaje la dejó consternada. Mientras doblaba las tablas que había creado para descodificar el manuscrito, su padre entró en la biblioteca con sir Malcolm pisándole los talones.

–¿Qué estás haciendo aquí? –preguntó el conde.

La voz de Bainbridge sonaba igual de desaprobadora.

–¿Cómo se te ocurre venir aquí? Deberías haberte quedado en casa de Remmington.

Consternada, Lily alzó la mirada de su mesa de trabajo.

–Algo horrible ha sucedido.

Su padre apretó los puños.

–¿Acaso él...?

La pregunta fue interrumpida por unos golpes en la puerta, seguidos de una fuerte conmoción en el pasillo. Al instante, Remmington irrumpió también en la biblioteca.

–¿Te has vuelto loca?

Lily se hundió en su asiento cuando el duque avanzó hacia ella. Sir Malcolm apoyó una mano sobre el brazo de Remmington para contenerle, pero éste volvió la cabeza y fulminó con la mirada al anciano. Sin embargo, la tensión de su cuerpo se desvaneció de repente como si acabara de darse cuenta de lo que iba a hacer.

De pronto, el sonido de un brusco chasquido hizo que los tres hombres se volvieran hacia Lily.

Había sacado una pistola de uno de los cajones del escritorio y apuntaba a Remmington con el arma.

–Aléjese de él, se lo ruego, sir Malcolm. Sepa que este hombre es un traidor.

–Tranquila, Lily, no hagas nada precipitado –le advirtió cautelosamente su padre.

Bainbridge fue más autoritario.

–Baja esa pistola inmediatamente, jovencita. No tienes ni idea de lo que pasa.

Lily hizo una señal con la cabeza hacia el mensaje codificado que había sobre el escritorio.

–Todo está en ese documento. Está trayendo espías al país con la ayuda del padre de su prometida, lady Granger.

–¡Pequeña ladrona!

El duque dio un paso hacia delante, pero se detuvo cuando ella levantó el arma y le apuntó al corazón.

–Un paso más y le ahorraré a los tribunales la molestia de juzgarte, Remmington.

Crofford avanzó para coger el manuscrito y revisó el contenido apresuradamente.

–Esto es una copia de un mensaje interceptado que yo descifré la semana pasada. No significa...

–¿Qué hace él con mensajes franceses? –preguntó Lily–. Tiene decenas como ése.

–Trabaja para mí –afirmó el director.

La joven desvió la mirada del duque a Bainbridge.

–Como has podido comprobar, no se menciona el nombre de Remmington en esos mensajes –continuó sir Malcolm con la misma voz calmada–. Has dado por hecho que estaba involucrado en la trama tan sólo porque hallaste en su casa esos documentos. ¿No es así?

Lily asintió y bajó lentamente el arma. Su mirada se llenó de desconcierto y su voz se debilitó a causa de la vergüenza que sentía.

–¿Trabajas para sir Malcolm? Pero ¿por qué no...?

Remmington la interrumpió para dirigirse al conde.

–¿Es usted quien descifra estos mensajes?

Crofford asintió.

–Estoy seguro de que entenderá por qué mi participación en los asuntos de sir Malcolm no es de dominio público.

–Parece que nuestras cartas están sobre la mesa –anunció Bainbridge mientras avanzaba para arrebatarle a Lily el arma de sus temblorosas manos y devolverla al cajón del escritorio–. Ahora podemos centrar nuestra atención en el asunto que nos ocupa, que resulta ser la seguridad de esta jovencita. Aunque tengo hombres apostados alrededor de la casa, la calle es más difícil de vigilar. Cualquiera podría haber visto que ha regresado. Debemos esperar lo peor y contar con la posibilidad de que el atacante sepa que está aquí. Lo mejor sería...

–Un momento –le interrumpió Remmington, señalando hacia el escritorio–. Si Crofford no había visto la copia de ese mensaje hasta ahora, ¿cómo sabía ella lo que decía?

Bainbridge suspiró antes de mirar a Lily y encoger los hombros a modo de disculpa.

–Mantengo las identidades de mis colaboradores en el más estricto secreto, a no ser que me enfrente a unas circunstancias tan excepcionales como éstas. Tu padre y yo nos pusimos de acuerdo para guardar silencio sobre tu participación, pero ahora todo ha quedado al descubierto.

Remmington paseó la mirada de Lily a Bainbridge.

–No me diga que ella también puede descifrar códigos.

Lily alzó la barbilla. La euforia que había sentido al descubrir que no era un espía enemigo pronto desapareció.

–Has creído enseguida que mi padre estaba involucrado. ¿Por qué te resulta tan difícil creer que yo también colaboro en esto?

–Eres una mujer. No podrías...

–¿No podría qué? –preguntó, retándolo.

–Lily –les interrumpió Bainbridge–, la dificultad del duque para asumir tus habilidades es un cumplido. Después de todo, te has esforzado al máximo para asegurarte de que nadie averigüe en qué consiste tu talento y debo decir que lo has hecho de una forma admirable.

–Sí, de una forma admirable –repitió Remmington. Su incrédula expresión había dejado paso a una de disgusto–. Eres una excelente actriz, milady. Me has engañado por completo. O debería decir que me has hecho quedar como un estúpido. Te has debido de reír mucho.

–¡No es un juego! Mi trabajo es algo serio.

Remmington desvió la mirada hacia Bainbridge.

–¿Quién la atacó?

El anciano se encogió de hombros.

–No lo sabemos.

–Pero están casi seguros de que está relacionado con el trabajo que ella desempeña, ¿verdad? –El duque no dio oportunidad al director de responder y volvió la cabeza hacia el padre de Lily–. No puedo creer que haya permitido esto. No había ninguna razón para arriesgar la vida de su hija cuando usted mismo puede encargarse del trabajo que ella realiza.

La boca de Bainbridge se convirtió en una fina línea mientras apoyaba ambas manos sobre la empuñadura de plata de su bastón.

–Ésa es la cuestión, Remmington. Nadie, excepto Lily, es capaz de llevar a cabo el trabajo que ella realiza para mí, ni siquiera su padre. No me gusta haberla involucrado más de lo que Crofford acepta, pero así son las cosas. El talento de Lily es excepcional y descodifica mensajes que su padre no puede descifrar. Nos encontraríamos en una situación desesperada sin su ayuda.

–Basta, no discutamos. –Crofford extendió una mano, decidido a tomar el control de la situación–. Como sir Malcolm ha comentado, todos trabajamos por la misma causa y es hora de centrar nuestra atención en asuntos más urgentes. –Se dirigió a Bainbridge y le preguntó–: ¿Cómo sugieres que garanticemos la seguridad de Lily?

–A pesar de que no hemos sido capaces de atrapar al hombre que la agredió –empezó sir Malcolm–, creo que podemos descartar la posibilidad de que sea un espía.

Esas noticias hicieron que Lily suspirara aliviada.

–Si mi identidad todavía es un secreto –dijo, empezando a sonreír–, puedo continuar con mi trabajo.

–¿Cómo puede asegurar que los franceses son inocentes? –preguntó Remmington–. ¿Por qué querría matarla otra persona?

–Identificamos a los cuatro espías enemigos relacionados con la red de contrabando hace más de una semana y mis hombres han vigilado sus movimientos desde entonces. Me he informado de su paradero y del de sus socios cuando Lily fue atacada, y también de dónde estaban ayer por la noche cuando descubrimos a alguien merodeando cerca de la casa. Ninguno de ellos estaba en las inmediaciones de la mansión Crofford en ese momento.

–¿Alguien estuvo aquí anoche? –preguntó la joven.

–Por esa razón nos hemos alarmado tanto al saber que habías vuelto aquí –explicó Bainbridge–. Ese individuo se las arregló para desaparecer antes de que mis hombres pudieran apresarlo. Esto no ha acabado todavía, Lily.

–¿Sabes quiénes son los espías y todavía no los has arrestado? –se asombró Crofford.

Los labios de sir Malcolm se retorcieron para formar una dolorosa sonrisa.

–Sabemos quiénes son y seguimos todos sus movimientos. Si los arrestamos, simplemente serán sustituidos por otros hombres a los que tendremos que localizar de nuevo. Sin darse cuenta, nos están ayudando mucho más pensando que actúan con libertad que si estuvieran en la prisión de Newgate. Ya les llegará la hora, pero por el momento nos son muy útiles.

Crofford no pareció satisfecho.

–¿Estás seguro de que no están detrás del ataque a Lily?

–Como ya he dicho, ni ellos ni la gente con la que se relacionan están involucrados.

–¿Y adónde nos lleva todo esto?

–A un terreno muy inseguro, me temo. –Bainbridge sacudió la cabeza–. Hay dos posibilidades. O la agresión fue llevada a cabo por alguna clase de criminal mentalmente perturbado que eligió una casa y una mujer al azar, o tenéis un enemigo muy peligroso que no podemos identificar. La primera opción parece la más probable. Sé que esto te resultará difícil de creer, Lily, pero hay hombres que matan sin ninguna otra razón que su propia necesidad enfermiza de destruir otra vida. Por la descripción que has proporcionado del ataque, parece posible que estemos tratando con algún depravado.

–¡La estás asustando! –protestó Crofford–. No hay necesidad de que expongas tus conjeturas en presencia de mi hija.

–No estoy de acuerdo –rebatió sir Malcolm–. Necesita estar atenta a todo aquel que la rodea y fijarse en cualquier cosa que pueda parecer inusual.

–¿Cree que puede tratarse de alguien a quien conozcamos? –se asombró Lily.

–Existe esa posibilidad –reconoció Bainbridge–. Pedí a tu padre, a Sophie y a mi esposa que hicieran listas con los nombres de todos los caballeros que han mostrado algún interés por ti últimamente.

–Esas listas deben de ser muy largas –comentó el duque con brusquedad.

Lily le dirigió una mirada furibunda, pero el director ignoró la interrupción.

–Descarté a la mayoría de sospechosos casi inmediatamente. El baile de los Ashland se prolongó hasta el amanecer y la mayor parte de los hombres que había en las listas estuvieron presentes en el baile hasta altas horas de la madrugada, o tenían coartada en el momento de tu ataque. Los pocos nombres que quedan fueron tachados anoche, ya que ninguno estaba cerca de la mansión Crofford.

–Así que no tenemos ningún sospechoso. –Remmington observó como sir Malcolm asentía–. Creo que Lily y yo deberíamos revisar esas listas. Seguro que sacamos uno o dos nombres más.

–Es una buena idea –aprobó Bainbridge–. Entretanto, debemos decidir cómo mantener a Lily a salvo y sólo veo dos opciones. La primera es mantenerla en casa bajo vigilancia, pero no creo que ése sea el plan más acertado. Como ya he dicho, debemos ponernos en lo peor, que el agresor sabe que ha regresado. Lo único que sabemos de él hasta ahora es que es paciente y astuto. También conoce las rutinas y la distribución de esta casa. Planeó su ataque con mucho cuidado y esperó hasta el momento que consideró más adecuado para probar suerte. Hay media docena de guardias alrededor de la casa y, aun así, consiguió eludirlos a todos anoche. Si la mantenemos aquí, en un lugar con el que ese canalla está familiarizado, puede volver a intentar atacarla. Si es tan astuto como creo, sabrá que tarde o temprano alguien bajará la guardia y cometerá un error.

El anciano caballero hizo un significativo gesto con la mano mientras literalmente medía sus palabras.

–Pero también existe la posibilidad de que anoche lo asustáramos y le hiciéramos huir para siempre. En cuyo caso, mantendríamos a Lily encerrada sin ninguna razón. Puede ser que estemos exagerando, no obstante, creo que es mejor eso que lamentarlo más tarde. Sin embargo, considerando la posición de Lily en nuestra organización no sería conveniente que atrajera excesiva atención o especulaciones, y si permanece recluida y bajo vigilancia, provocaremos ambas cosas. –Hizo una pausa y prosiguió–. Por otra parte, si aparece en sociedad, podríamos tener la oportunidad de cazar al asaltante. Supongamos por un momento que es alguien a quien ella conoce. Si es así, no podrá llevar una máscara o un disfraz en una cena de gala, o atar a todos los invitados en un baile. Pero sí podría cometer un error, hacer o decir algo que nos revelara su identidad. Es posible que tenga la muñeca izquierda herida, y el golpe que recibió en la cabeza parece lo bastante serio como para dejar una cicatriz visible.

–No me gusta como suena todo esto. –Crofford posó su preocupada mirada sobre su hija–. Lily sería vulnerable.

–Mientras tengamos cuidado de mantenerla en lugares donde el agresor no tenga la oportunidad de estar con ella a solas, tu hija estará a salvo. Puedo seleccionar a varios hombres que se disfrazarán de lacayos y escoltas para vigilar su carruaje vaya donde vaya. Y también debemos asegurarnos de que alguien en quien confiemos permanezca con ella en todo momento para protegerla.

–Eso no será un problema –afirmó Crofford con seguridad–. No la perderé de vista.

–¿Durante cuánto tiempo estuviste junto a ella en el baile de los Ashland? –preguntó Bainbridge–. En estos tiempos, los jóvenes disfrutan de sus propias compañías cuando asisten a bailes y fiestas. Surgirán rumores si la gente ve a Lily constantemente con su padre y no con sus amigos. Él podría darse cuenta de que estamos aguardando a que haga un movimiento en falso. Si tú y tu hija os comportáis de igual manera que antes del ataque, le daréis la impresión de que creéis que fue un acto fortuito y que ella ya no está en peligro inminente. Si queremos conseguir que ese hombre se confíe, creo que será mejor que vea a Lily con sus amigos, con gente con la que se haya relacionado anteriormente.

–Tu sobrina no será capaz de protegerla –protestó Crofford.

–Cierto –convino su amigo–, aunque tengo a otra persona en mente.

La estancia quedó en silencio y Remmington apartó la mirada de Lily para dirigirla hacia Bainbridge. El anciano ya estaba mirándole. En ese preciso instante supo exactamente en quién estaba pensado sir Malcolm. De alguna forma, parecía la única opción, y eso disipó las dudas que tenía. Pero también sabía lo que significaría aceptar esa misión. No había nada predecible en Lily, nada que pudiera anticipar o prever. Por ello, la misión que el director quería encargarle era peligrosa en más de un aspecto.

–No sé si es una idea muy sensata.

–¿En quién estáis pensando? –preguntó Lily.

Los hombres la ignoraron.

Bainbridge sacudió la cabeza.

–Si al menos lo consideraras por un momento, estoy convencido de que verías que es el mejor plan. También parece una solución ideal para tu otro problema. ¿O acaso no habías pensado en ello?

Acompañando a Lily abiertamente, Remmington le dejaría claro a Margaret Granger que su relación había acabado. El duque frunció el ceño ante la insinuación de que quizá necesitara un incentivo para aceptar ese deber, una razón egoísta para ofrecer su protección a Lily.

Bainbridge no podía saber que Lily seguramente necesitaría que la protegieran de su propio guardián si él aceptaba la misión. Los últimos días con ella habían sido una tortura. Por la noche se iba a la cama deseándola y se despertaba cada mañana encontrándose en el mismo estado. Incluso cuando se alejaba de ella, no podía apartarla de sus pensamientos. Se había pasado horas en su biblioteca con la mirada clavada en documentos e informes comerciales sin captar ni una sola palabra de ellos. Se había limitado a quedarse mirando al infinito imaginando qué podría estar haciendo ella, qué le gustaría hacer a él si estuviera a su lado.

Y siempre que la veía, su cuerpo era plenamente consciente de su cercanía y sus fantasías cobraban más fuerza. Incluso en ese momento, con su padre y sir Malcolm en la misma estancia, nada le hubiera gustado más que sentarse tras el escritorio, colocarla sobre su regazo y besarla hasta hacerle perder el aliento.

Remmington sacudió la cabeza para aclararse las ideas, pero fue un gesto que Bainbridge malinterpretó.

–Supongo que podríamos encontrar a alguien más... –empezó.

El duque levantó la cabeza con brusquedad ante la idea de que otro hombre cortejara a Lily, aunque fuera únicamente una farsa. Una relación de ese tipo le proporcionaría a cualquier hombre demasiadas oportunidades de estar a solas con ella. Remmington ya dudaba de su propia capacidad para resistir sus encantos, por lo que estaba totalmente convencido de que ningún otro hombre podría mantener sus manos lejos de ella.

–Lo haré yo.

Bainbridge sonrió.

–Sabía que entrarías en razón.

Remmington se resistió a mirar a Lily o a su padre. No tenían ni idea de lo que le estaban pidiendo. Ni siquiera el director podía saberlo. O quizá sí lo supiera.

–Crofford, supongo que contamos con tu aprobación en esto –manifestó Bainbridge.

El conde pareció dudar por un momento, pero luego asintió y dio su conformidad. Lily paseó la mirada lentamente por todos y cada uno de ellos. Sólo Bainbridge parecía complacido con lo que acababan de decidir. Su padre parecía disgustado y, si no se equivocaba, Lily diría que Remmington también parecía preocupado. Cuando finalmente la verdad la golpeó, sus ojos se abrieron de par en par.

–¿Es que nadie va a pedir mi opinión o mi permiso?

Los tres hombres respondieron al unísono.

–No.

9

El invernadero de lady Keaton estaba lleno a rebosar de las personalidades más ilustres de la sociedad londinense. Centelleantes estrellas cubrían el techo de cristal, un perfecto cumplido para los brillantes destellos de las joyas que asomaban entre los pliegues de pañuelos blancos como la nieve o que resplandecían de forma evidente alrededor de muñecas y cuellos de todos los tamaños. Conversaciones en voz baja sonaban creando un constante zumbido y sólo eran acalladas ocasionalmente por las claras y agudas notas de un tenor italiano. La famosa voz del signor Olivetti mantenía a los miles de paneles de vidrio que formaban las paredes del invernadero en un constante estado de vibración.

Sentada entre los más de cincuenta invitados, Lily esperaba la llegada de Remmington con el rabillo del ojo, llena de esperanza y de dudas. Esa tarde había discutido con su padre sobre el último plan para mantenerla a salvo, pero el duque también se había puesto en su contra y había aceptado ejercer de su acompañante oficial. A nadie parecía importarle que ella no quisiera ser vigilada constantemente. No cuando el encargado de hacerlo era Remmington. Todo aquello no era más que otra misión para él, un compromiso tan carente de sentido como el que había mantenido con Margaret Granger. Él se limitaba a cumplir con su deber, pero Lily estaba aterrada porque sabía que su constante presencia conseguiría acrecentar sus sentimientos por el duque.

El tenor lanzó al aire su última nota y el público aplaudió con entusiasmo al tiempo que se ponía en pie. Su padre le ofreció el brazo y la acompañó al enorme vestíbulo donde los otros invitados ya empezaban a arremolinarse, a la espera de que lady Keaton encabezara la procesión hacia la mesa.

–Remmington avisó de que llegaría tarde –comentó su padre en voz baja–. Pero no me imaginaba que se refería a horas en lugar de minutos.

Como a modo de respuesta al comentario del conde, oyeron a Remmington a su espalda.

–Buenas noches, lord Crofford, lady Lillian.

El sonido de su profunda voz provocó que una familiar ráfaga de emoción atravesara a Lily. No necesitaba darse la vuelta para saber que la estaba mirando y, de repente, sintió una estúpida necesidad de sonreír. En el tiempo que se tomó para dominar sus facciones, la joven se recordó a sí misma que no eran más que unos conocidos a los ojos del resto del mundo, que no debía decir ni hacer nada que pareciera fuera de lo normal.

Vestido de negro una vez más, el duque sólo contaba con la camisa y el pañuelo blancos para mitigar ese sombrío color. Su secreto conocimiento de qué aspecto tenía bajo la chaqueta y la camisa hizo que Lily se ruborizara ante el recuerdo de la pasión compartida. Su cálida expresión casi la hizo pensar que él podía sentir algún aprecio por ella también. Aunque con toda seguridad no era más que una ilusión. A esas alturas, él debía considerarla la criatura más problemática de la Tierra.

Remmington alzó su mano para darle un superficial beso que le recordó otros mucho menos inocentes. Después le sonrió, y su sonrisa logró que su corazón sintiera cosas extrañas.

–Llega tarde –comentó Crofford entre dientes.

–Discúlpeme, milord. Le aseguro que se trataba de un asunto de la mayor importancia.

La respuesta pareció aplacar algo de la irritación del conde, pero su voz continuó siendo áspera.

–La quiero en casa a una hora adecuada. Avisé a lady Keaton de que no podría quedarme a cenar. –De pronto alzó la voz, consciente de la gente que les rodeaba–. Sospechaba que mi afección volvería a atacarme de nuevo y así ha sido. Ahora que ya ha llegado, Remmington, creo que me retiraré. Estos ataques de gota son insoportables.

El conde le dio un beso a Lily en la mejilla y murmuró:

–Ten cuidado.

–No te preocupes, papá –dijo ella en un intento de tranquilizarlo–. Te veré más tarde.

El duque sujetó su brazo bajo el suyo y le dio un apretón de advertencia en la mano.

–Sonríe, Lily. Se va a casa, no a Calcuta.

La joven esbozó una forzada sonrisa mientras su padre se alejaba y la dejaba a solas con el hombre que ocupaba sus sueños.

–¡Excelencia! –Lady Keaton saludó a Remmington con la mano y tiró del brazo de su acompañante para poder aproximarse a su distinguido invitado–. Qué alegría que haya venido. Estoy segura de que aceptará sentarse a mi derecha en la mesa.

–Me temo que he prometido ocupar el lugar de Crofford como acompañante de lady Lillian. Con su permiso, me sentaré en el sitio del conde esta noche.

Lady Keaton pareció decepcionada por un instante, pero luego su sonrisa se amplió.

–Oh, eso no será necesario, Excelencia. Simplemente trasladaremos a la persona que yo había planeado que se sentara entre usted y lord Gordon para hacer sitio a lady Lillian.

–Si eso no supone una molestia. –El tono de Remmington indicaba que sabía que no lo sería.

El duque esperó a que lady Keaton y su acompañante pasaran por delante de ellos y luego guió a Lily a través de la entrada del comedor. Se abrieron paso a lo largo de un mar de plata y porcelana hasta llegar a la cabecera de la mesa, donde ocuparía su lugar la anfitriona.

–No puedo evitar preguntarme a quién le estoy quitando el sitio esta noche –susurró Lily mientras el resto de los invitados ocupaban sus asientos. Entonces miró hacia el otro extremo de la mesa y vio que un lacayo guiaba hasta allí a una furiosa Margaret Granger. También se dio cuenta de que muchos invitados la miraban mientras otros murmuraban tras sus manos o abanicos estratégicamente colocados. Los rumores ya empezaban a surgir. Consciente de lo que estaba ocurriendo, inclinó la cabeza hacia Remmington y susurró–: Esto tiene todos los ingredientes para convertirse en una velada extremadamente desagradable.

El duque apartó una silla para que Lily tomara asiento y murmuró su respuesta en su oído.

–Limítate a sonreír.

Ella así lo hizo hasta que se dio cuenta de lo que él pretendía. Los otros comensales asumirían que acababan de mantener un íntimo intercambio de palabras y que Remmington quería dejar bien claro su interés por ella ante la vista de todos. La sonrisa se quedó congelada en su rostro cuando él se sentó a su izquierda.

–No vas a ser sutil con respecto a este compromiso, ¿verdad?

Remmington le ofreció una pequeña bandeja de aros de piña.

–No.

Lily apretó los dientes y con el tenedor de servir ensartó los aros con excesiva fuerza.

–Sólo estás usándome para deshacerte de Margaret Granger.

Remmington también se sirvió piña.

–Ésa no es la única razón por la que he aceptado esta misión.

Lily esperó su explicación, pero él permaneció en silencio.

–¿Te importaría compartir conmigo las demás razones?

El duque observó sus ojos durante un momento, luego bajó la mirada y empezó a estudiar sus labios. Su voz sonó distraída.

–Te las diré más tarde. En los jardines.

Cuando su mirada se deslizó aún más hacia abajo, Lily susurró furiosa entre dientes:

–¡Deja de hacer eso!

Sus miradas volvieron a encontrarse y él sonrió mientras sus cejas se arqueaban en un gesto de indiferencia.

–Discúlpame.

–¿Lady Lillian? –Una voz femenina la llamó desde el otro lado de la mesa y Lily alzó la vista para encontrarse con lady Caroline Samms y lord Bryant, que estaban sentados frente a ellos. La mujer sonreía con dulzura, pero era imposible pasar por alto el sarcasmo que reflejaba su rostro y fue evidente para todos que levantó la voz para que pudieran oírla por encima del barullo de la comida–. Querida, me alegra que esté usted aquí. Había oído que se encontraba en Irlanda. Es un lugar tan apacible para recuperarse de grandes tragedias como la del prematuro fallecimiento de lord Osgoode...

Toda la cabecera de la mesa quedó en silencio. Aquella espantosa mujer era famosa por sacar a la luz los escándalos de todo el mundo excepto los suyos propios. También era la mejor amiga de Margaret Granger. Lily sonrió con serenidad y desvió la atención de Caroline a lord Bryant. Las comisuras de sus labios se curvaron hacia arriba mientras le dedicaba una mirada que rebosaba sensualidad.

–Irlanda no es de mi gusto. Encuentro las familiares vistas de Inglaterra mucho más de mi agrado.

Se produjeron varias exclamaciones en la mesa, pero Bryant respondió a su provocación y le devolvió la mirada con una sonrisa que logró que los corazones de varias damas latieran con renovado frenesí. Lily lo ignoró, ya que era demasiado consciente de los blancos nudillos de Remmington, que descansaban sobre la mesa.

La amiga de Margaret empezó a apretar con más fuerza el brazo de Bryant hasta que éste volvió su divertida mirada hacia ella, no sin antes comentar:

–Qué desgracia para los irlandeses.

Lady Caroline entabló de inmediato conversación con lord Gower, que se sentaba a su izquierda, mientras que Bryant empezó a colmar de atenciones a lady Keaton haciendo alarde de su encanto, así que el incidente se dio por finalizado. Lily tomó un largo sorbo de vino para apaciguar su ánimo y miró al duque de soslayo observando como daba cuenta de una pierna de cordero.

–Su humor parece haberse agriado, Excelencia.

Remmington entornó los ojos.

–Te prohíbo volver a mirar a un hombre de esa forma en mi presencia.

–¿A qué te refieres?

–Sabes perfectamente a qué me refiero.

–Cuidado –advirtió Lily, dándole unos golpecitos en el brazo con su abanico–. Lady Margaret pensará que estamos teniendo nuestra primera discusión. No nos ha quitado los ojos de encima en toda la noche. Debo reconocer, Remmington, que tu plan para usarme está funcionando espléndidamente bien. Si yo estuviera en su lugar, no volvería a hablarte nunca más.

–No me importa en absoluto lo que esa mujer esté pensando o haciendo en este momento. Estábamos hablando de ti.

Lily se colocó un rizo descarriado y sonrió agradablemente.

–Ah, sí. Hablemos de mí. ¿A qué mujer no le gusta que hablen de ella?

–Te estás comportando de una forma obtusa a propósito.

–Sabes que no me gusta esa palabreja. No me gusta que uses palabras rebuscadas que no sé lo que significan para ofenderme. –Volvió a darle unos golpecitos en el brazo con su abanico–. Así que deja de insultarme.

–No te atrevas a jugar a ese juego conmigo, Lily. –Remmington atrapó el extremo de su abanico bajo su mano y lo retuvo contra su brazo–. Y si vuelves a golpearme con esta cosa una vez más, la partiré en dos.

–Siento llegar tarde –les interrumpió Harry de pronto, antes de saludar amablemente a lady Keaton con la cabeza y deslizarse en su asiento junto a Lily–. Lady Lillian, Remmington. No sabía que los dos asistirían a esta cena, es agradable verles a ambos en mejores circunstancias. ¿Debo asumir que los problemas de su padre con el inoportuno invitado ya se han resuelto, lady Lillian?

Remmington y Lily respondieron al unísono.

–Sí.

–No.

–Ya veo. –Harry parecía confuso.

Lily miró al duque con el ceño fruncido. Pero intentando desviar el tema de su ataque, dirigió su atención hacia Harry.

–Aparte de la noche del baile de los Ashland, no recuerdo haberle visto desde la reunión en enero de la Sociedad de Antigüedades, lord Gordon. La charla que dio aquel día fue muy interesante. ¿Qué tal va el trabajo con esos papiros suyos?

–Endemoniadamente lento, si me permite decirlo. –Harry llenó su plato con parte del contenido de una bandeja de rosbif–. De unas tres mil palabras, no he sido capaz de transcribir más que un puñado de ellas. Hay una que aparece sospechosamente a menudo. Estoy casi seguro de que es el nombre de Ramsés, pero ninguna de las letras parece aplicarse sistemáticamente a otras palabras. Sin embargo, hay una que parece ser, sin lugar a dudas, la conjunción «y».

–Eso parece un maravilloso inicio. –Lily se felicitó a sí misma por el giro que había conseguido darle a la conversación–. Tiene que animarse ante un progreso tan importante.

–Ya lo hice hace un mes, lady Lillian. Ahora me encuentro en un punto muerto. Sin otro gran avance, me temo que todo mi trabajo se quedará en nada.

La joven hizo girar el pie de su copa de vino entre los dedos y se quedó mirando el oscuro líquido.

–¿No fue lord Alfred quien dijo que los egipcios se mostraban bastante elogiosos con sus faraones en todos sus documentos?

–Hmm. No lo recuerdo –admitió Harry.

–Quizá fue lord Poundstone. –Tomó otro sorbo de vino y fingió estar distraída–. Esas conversaciones en las reuniones de la Sociedad son siempre muy difíciles de seguir. Pero estoy segura de que oí a uno de esos caballeros comentar que los egipcios siempre acompañaban los nombres de sus faraones en sus escritos con elogios como «viviendo por siempre» o «viviendo por siempre y amado por» uno u otro dios.

–Eso es muy cierto. En la transcripción griega de la piedra Roseta, la expresión «viviendo por siempre» sigue constantemente al nombre del faraón. Podría ser que ése también fuera el caso de mis papiros.

Lily sospechaba que sabía la clave para descifrar los papiros de Harry, pero se esforzó por encontrar una forma de hacer que pareciera que la idea era de otra persona.

–El sonido «R» es muy fuerte, ¿no es cierto? Mi padre dice que el sonido se transfiere bastante claramente en las traducciones que él hace de manuscritos en griego y latín. Si cree que el nombre del faraón es Ramsés, entonces quizá la «R» podría aparecer en la palabra «siempre».

–¡Exacto! –exclamó Harry–. Me ha dado un punto de vista totalmente nuevo, lady Lillian. Llevaré mis papiros a la próxima reunión de la Sociedad de Antigüedades y les mostraré mis progresos. ¿Cree que podría acompañarme?

–Me encantaría, pero me temo que no entiendo mucho sobre papiros y ese tipo de cosas. –Lily sonrió a modo de disculpa–. Asisto a algunas de esas reuniones sólo para hacerle un favor a mi amiga, Sophie Stanhope. Ella parece verdaderamente entusiasmada por esos peculiares idiomas, aunque yo aún no he llegado a comprender por qué. A mí me resultan tan absurdos...

–Son fascinantes –afirmó Harry muy serio–. Si lo desea, podría explicar algunos de sus fundamentos en la próxima reunión. Son muy sencillos, de verdad. Estoy seguro de que finalmente captará lo esencial de ellos.

–Eso suena muy bien, milord. –Lily suspiró y agitó su abanico–. Estoy impaciente por escuchar sus explicaciones, aunque me temo que acabará por desesperarse conmigo. Sophie dice que me falta el interés necesario para llegar a comprender las lenguas muertas.

–Oh, yo nunca acabaría por desesperarme con usted, lady Lillian. En todo caso, será usted quien acabe aburriéndose de mis explicaciones.

–Tu comida se enfría, Gordon.

Harry lanzó a Remmington una mirada especulativa, luego se encogió de hombros y centró la atención en su plato.

Lily cogió su tenedor, pero el duque atrapó su mano y le dio un suave apretón.

–No deberías ponerte a prueba con unos temas tan serios. Es mejor dejarlos para entendidos como lord Gordon. ¿Por qué no me hablas sobre el recital del signor Olivetti? ¿Qué piezas ha interpretado?

Lily no podía recordarlo. No cuando él la miraba con una expresión tan tierna en sus ojos. Estaba actuando, se recordó a sí misma, y simplemente le acababa de advertir que no debía revelar demasiado de sí misma a Harry. Ahora fingía mostrarse posesivo y también lo hacía de cara a la audiencia.

–El signor Olivetti interpretó partes de *Fidelio*.

–Ah, Beethoven –comentó Remmington–. Uno de mis favoritos. Lamento habérmelo perdido.

Cuando retiró su mano de la de ella, Lily echó de menos aquel contacto casual. No debía permitir que él la afectara tan profundamente, pero ¿cómo demonios podía protegerse de sus propios sentimientos?

La joven permaneció en silencio el resto de la cena. Entre las constantes atenciones de Remmington y los comentarios insolentes de lady Caroline, Lily era consciente de que era el tema de casi todas las conversaciones mantenidas entre murmullos en la mesa. Se preguntó qué sucedería si echara la cabeza hacia atrás y gritara para expresar su frustración. Seguramente la internarían en un psiquiátrico.

–Creo que está muerta.

El anuncio de Remmington hecho en voz baja sorprendió a Lily e interrumpió sus pensamientos. Levantó la mirada, la volvió a bajar hasta su plato y contempló la torta que había desmenuzado con el tenedor.

–Sólo me aseguraba de ello –replicó, dejando su cubierto de plata sobre la mesa y cruzando las manos en el regazo.

Su comentario hizo que Remmington le dirigiera una cálida sonrisa.

En ese momento, los otros invitados empezaron a abandonar la mesa y el duque se levantó para ofrecerle su brazo.

–Hay músicos y un pequeño refrigerio en el centro de los jardines de lady Keaton, donde se encuentra el pabellón, pero estoy seguro de que podremos encontrar algún lugar un poco más privado. Creo que es hora de que tengamos una charla.

Los jardines de lady Keaton parecían salidos de un cuento de hadas, con sus árboles bellamente recortados y sus flores multicolores. Multitud de faroles chinos colgados entre la vegetación procuraban una suave iluminación. Lily no podía imaginar un paisaje más romántico, ni nadie mejor que Remmington para compartirlo. La verdad es que la noche se estaba convirtiendo con rapidez en una cruel broma.

Justo en el exterior del comedor, un sendero con aspecto de laberinto llevaba hasta el pabellón, ubicado en el centro de los jardines. Desde allí, Lily supuso que se adentrarían más en la vegetación, lejos del gentío. Las largas zancadas que Remmington daba indicaban su impaciencia por quedarse a solas con ella, pero la joven sabía que no tenía nada romántico en mente. Lo más probable es que deseara intimidad para darle otra charla sobre normas y sobre cómo debía comportarse en sociedad.

–¿Llegas tarde a alguna cita? –La voz de la joven sonó entrecortada, ya que el ritmo que el duque la obligaba a seguir para mantenerse a su altura la dejaba sin aliento. Cuando se dio cuenta, Remmington redujo la velocidad de mala gana–. Creo que podríamos intentar tener nuestra conversación a la vista de los otros invitados.

–No seas estúpida. Nada de lo que tenemos que hablar puede decirse delante de la gente.

Lily se paró en seco y mantuvo los pies clavados en el suelo a pesar de los tirones que él le daba en el brazo.

–No soy una estúpida.

–No, no lo eres –reconoció él–. Pero hasta las personas más inteligentes pueden actuar estúpidamente a veces.

La joven apretó los puños.

–¿Puedo preguntar cuándo he actuado de esa forma?

–Preferiría no iniciar una discusión donde cualquiera podría toparse con nosotros. –Hizo una pausa y miró por encima del hombro–. Pero ya que lo preguntas, tu conversación de esta noche con Harry podría ser un ejemplo de ello. Sin dudarlo ni un momento, prácticamente le has dado la respuesta a un problema en el que ha estado trabajando durante un mes. ¿No crees que empezará a preguntarse cómo has podido llegar a una conclusión tan importante cuando supuestamente las lenguas muertas te dejan desconcertada? Yo me daría cuenta de esa metedura de pata en un instante, al igual que me di cuenta de que ocultabas algo el día que hablamos sobre filosofía. Puede que seas buena descifrando códigos, pero las damas de Drury Lane pueden estar tranquilas porque no eres una gran actriz.

Lily alzó la barbilla.

–Hice que pareciera que la solución venía de otras fuentes. Dudo mucho que lord Gordon sospeche algo.

–Quizás –admitió él–, pero ¿qué me dices de lady Caroline? Para que tu farsa tenga éxito, debes pasar desapercibida y, aun así, te convertiste en una amenaza para Margaret Granger con ese asunto de Osgoode y ahora haces lo mismo con Caroline Samms al alentar las atenciones de Bryant. Con esos dos pilares de la sociedad en tu contra, es simplemente cuestión de tiempo que otras mujeres empiecen a observarte con más detenimiento. A las damas que están a la caza de un marido se les da muy bien descubrir los defectos y secretos de sus rivales.

–Lady Caroline hizo que perdiera los estribos. –Lily agachó la cabeza reconociendo que Remmington tenía razón. En la cena, había soñado con sus sonrisas y se había ruborizado bajo su mirada. Sin embargo, él había estado estudiando las acciones de la joven con la mente libre de las emociones que parecían ofuscar sus sentidos en su presencia. Acongojada, sintió como una lágrima caía silenciosamente al suelo–. ¿Acaso no puedo cometer un error?

–No cuando tu vida está en peligro. Para poder sobrevivir en este mundo, nunca debes convertirte a ti misma en el centro de atención. Esa atención no te favorece nada. –Se quedó callado durante un momento–. ¿Lily? ¿Estás llorando?

La joven se enjugó las lágrimas, pero se negó a mirarle a los ojos.

–¿Tampoco puedo tener sentimientos?

–Yo no pretendía...

–¡Remmington!

Lily miró sorprendida por encima del hombro del duque. Margaret Granger y Caroline Samms se dirigían hacia ellos a un ritmo tranquilo, aunque pudo ver el resplandor de la ira en los ojos de la primera. Remmington la empujó y la dejó a su espalda, seguramente con la intención de darle un momento para recomponerse antes de enfrentarse a la cólera de aquellas mujeres.

–Buenas noches, lady Caroline, lady Margaret –murmuró.

Caroline miró deliberadamente por encima del hombro del duque mientras una petulante sonrisa curvaba sus labios.

–Oh, querida, debo asegurarme de que Bryant sabe dónde estoy. ¿Me excusas?

–Por supuesto –afirmó Margaret, aunque sus ojos no se apartaron de Remmington en ningún momento.

Caroline se volvió para regresar a la casa y Lily pensó que era un momento ideal para iniciar también ella su retirada. El duque le daba la espalda y Margaret no le prestaba mucha atención, así que dio unos cuantos pasos vacilantes hacia atrás, a pesar de que su intuición le decía que debía permanecer con Remmington y que sería un error alejarse de su lado.

Sin embargo, la expresión en el rostro de Margaret la convenció de que no pasaría nada si le esperaba cerca del pabellón. Quizás hasta el duque apreciara su consideración al concederle un momento de intimidad con aquella mujer. Lily no se engañó a sí misma durante mucho tiempo con esa evidente mentira. Lo más probable es que Remmington añadiera la cobardía a su lista de defectos. La voz profunda de este último amortiguó el sonido de sus pasos sobre el camino de grava mientras se daba la vuelta y se alejaba.

–Creía que estarías en casa de los Almack esta noche, Margaret.

–Vaya, ¿qué te ha hecho pensar eso? –preguntó la aludida–. Estuve allí la semana pasada y seguramente volveré muchas otras veces antes de que la temporada acabe, pero nuestra querida lady Keaton sólo celebra una cena como ésta al año y no podía decepcionarla.

El camino trazó una brusca curva y el sonido de la respuesta del duque se perdió en el aire. Las notas de un vals se oían cada vez con más fuerza a medida que se acercaba a la mansión, al igual que los sonidos de las risas y de las conversaciones. Cuando el sendero se ensanchó, Lily pudo ver las luces del pabellón, una plataforma elevada diseñada para parecer un templo griego con una veintena de columnas de falso mármol a su alrededor que no sujetaban nada más que el aire de la noche iluminado por las estrellas.

Pretendía quedarse entre las sombras del camino, pero cambió de opinión cuando vio a una pareja caminar hacia ella. Esbozó una falsa sonrisa a modo de saludo y siguió avanzando en busca de un lugar menos visible para aguardar la llegada de Remmington. El pabellón estaba circundado por altos setos que formaban un grueso muro separado por espacios uniformes que conducían a más caminos.

La mayoría de los invitados permanecían cerca del pabellón, pero unos pocos paseaban alrededor de los cuidados parterres que formaban un mapa en miniatura de los vastos jardines. Muchos consideraban el laberinto de jardinería ornamental de lady Keaton como el mejor de Inglaterra, y había rumores de que hizo instalar el mapa después de que lord Northfield se perdiera por los jardines durante un día entero. Lily no tenía ninguna intención de explorar el laberinto, pero captó un destello de color con el rabillo del ojo y empezó a avanzar hacia una de las aberturas, tratando de pasar desapercibida. Sólo conocía a un hombre capaz de llevar un traje amarillo canario a una cena de gala y no quería encontrárselo.

El sendero trazaba una T y ella giró hacia la derecha. Un momento después se encontró frente a un muro de vegetación que marcaba el final de un camino sin salida.

–Al fin la encuentro, pero ¿qué está haciendo aquí, lady Lillian?

Sobresaltada, Lily se dio la vuelta.

No podía ver muy claramente el rostro de lord Allen entre las sombras, pero su indumentaria de un brillante amarillo parecía resplandecer en contraste con los oscuros setos. Cuando se dio cuenta de que bloqueaba su única salida, su corazón empezó a latir aceleradamente. Estaba atrapada. Sus nervios no se calmaron cuando se recordó a sí misma que el joven caballero no era sospechoso, que sir Malcolm lo había eliminado de la lista porque había permanecido en el baile de los Ashland hasta el amanecer.

–Pensé que este camino llevaba hasta la casa. El aire de la noche es un poco frío y dejé mi chal en la puerta. –Miró tras ella hacia el muro de vegetación–. Pero al parecer me he perdido.

–Será un placer acompañarla hasta la casa –se ofreció lord Allen, al tiempo que extendía el brazo–. No podemos arriesgarnos a que coja un resfriado.

Lily vaciló, luego dio un paso hacia delante y colocó la mano sobre su brazo. Ahora podía ver su cara con más claridad y también la expresión de placer en sus ojos saltones. Tuvo que reunir hasta el último ápice de su valor para sonreírle.

–Usted manda, lord Allen. Dependemos de su sentido de la orientación.

El joven caballero cubrió su mano con la suya, sujetándola contra su brazo.

–Mi querida lady Lillian, hay algo que debo decirle antes de que regresemos.

Los ojos de lord Allen se demoraron en su pecho y su lasciva mirada le puso la piel de gallina. Además, aumentó la presión sobre su frágil mano hasta que empezó a hacerle daño. Como consecuencia de todo ello, Lily sintió que los últimos restos de su autocontrol desaparecían y, cuando finalmente consiguió liberar su mano, dio un paso hacia atrás. En ese momento hubiera dado casi cualquier cosa con tal de ver aparecer a Remmington.

–No pretendía asustarla –comentó lord Allen–. Simplemente quería decirle que hablé con su padre esta noche antes de que se marchara y que tengo una cita con él mañana a las tres en punto. –Dio un paso hacia ella, haciendo caso omiso de la forma en que la joven retrocedía–. Nos conocemos desde hace muchos años, querida, y aun así temo que nunca ha entendido bien cuáles son mis intenciones. Mañana tengo previsto pedirle permiso a su padre para iniciar un compromiso formal.

Lily no reaccionó ante esa noticia, aunque le costó un gran esfuerzo permanecer callada. Deseaba decirle que era demasiado tarde, usar el falso compromiso con Remmington para engañarle, pero algo en sus ojos hizo que las palabras se quedaran atascadas en su garganta.

–Ya veo que mis intenciones son una sorpresa para usted –continuó lord Allen.

La miró en silencio durante un largo rato y, finalmente, extendió el brazo y cogió su mano. Lily intentó liberarla de su apretón, pero resultó ser sorprendentemente fuerte. Empezó a acariciar el dorso de su mano con el pulgar y la joven sintió un escalofrío de terror. Su corazón latía cada vez con más celeridad, hasta el punto de que creyó que estallaría. Llevaba años tratando con lord

Allen y, sin embargo, se dio cuenta de que no lo conocía en absoluto.

–No pasa nada, querida. –Le dio unas palmaditas en la mano y se inclinó aún más hacia ella, lo que hizo que Lily se echara hacia atrás. Su aliento olía a ajo y a vino–. Debes de sentirte sobrecogida por la emoción. Pero no te preocupes, puedo esperar hasta mañana para discutir los detalles de nuestro compromiso.

Sin decir más, lord Allen empezó a caminar obligándola a seguirle hasta que tuvieron a la vista el pabellón. Entonces Lily se detuvo, esforzándose al máximo por hacer ver que no había ningún problema.

–Me temo que tendremos que separarnos aquí, milord, o despertaremos rumores. No había pensado en ello hasta ahora, pero a algunas personas les parecerá extraño vernos salir juntos de los jardines. –Lord Allen miró hacia el pabellón y Lily aprovechó esa distracción para soltarse y empezar a caminar en dirección al camino de la izquierda–. Ahora debo despedirme de usted hasta mañana, milord.

Él intentó alcanzarla, pero Lily se dio la vuelta y se dirigió con rapidez hacia los setos. El camino trazaba varias curvas cerradas y tuvo que detenerse en un lugar donde volvía a formar otra T. Sólo había escuchado el sonido de sus propios pasos sobre la grava, pero echó un rápido vistazo a su alrededor para comprobar si lord Allen la seguía. Los setos plateados que flanqueaban el sendero parecían elevarse hasta el cielo y el camino de grava se difuminaba bajo la tenue la luz de la luna. Apenas le llegaba el sonido de la música y Lily no sabía si había avanzado hacia la casa o si por el contrario se había adentrado más en los jardines. Aunque lo más importante para ella en aquel instante era que no escuchaba ruido de pasos, lo que significaba que nadie la había seguido.

Lily no estaba segura de cuánto tiempo llevaba escondida tras aquella pérgola repleta de rosales, pero le parecía que habían pasado horas. Había estado deambulando por un camino tras otro hasta que encontró aquel pequeño claro. La única luz con la que contaba era la que le proporcionaba la luna llena, y las débiles notas de la música provenientes del pabellón parecían venir de muy lejos. Nadie, ni siquiera Remmington, la encontraría allí. Se secó las húmedas mejillas con el dorso de la mano e intentó contener una nueva oleada de lágrimas.

Quería irse a casa, aunque no había dormido ni una sola noche en su habitación desde el día del ataque. Seguramente permanecería tumbada en vela hasta la madrugada con los nervios a flor de piel y el corazón agitándose con la misma rapidez con la que lo hacía en ese preciso instante. Si hubiera confiado en sus instintos con respecto a Remmington, todavía estaría en su mansión, a salvo. ¿Estaría buscándola? Seguramente, esa vez habría superado los límites de su paciencia. No le culparía si decidía que la misión de mantenerla a salvo no merecía la pena.

De pronto, se quedó sin aliento e intentó pegarse aún más contra los oscuros huecos de la pérgola cuando una oscura figura masculina apareció en el camino.

–¿Lily?

La voz de Remmington sonó extrañamente calmada mientras avanzaba hacia su escondite. Se detuvo justo donde empezaba la pérgola y la joven pudo verlo claramente bajo la luz de la luna. Sin tomarse tiempo para pensar, Lily echó a correr y se abalanzó sobre el pecho de Remmington al tiempo que éste abría los brazos.

–¿Tienes la más mínima idea de lo preocupado que he estado? –murmuró, abrazándola con una fuerza que la dejó sin respiración.

Permanecieron inmóviles durante largo rato hasta que el duque puso las manos sobre sus hombros y la alejó de él.

–Dios mío, Lily. Estás temblando como una hoja. ¿Qué te ha pasado?

–N... nada –consiguió decir–. Bueno... no es del todo cierto...

Lily le rodeó la cintura con los brazos y hundió el rostro en su pecho.

–Por favor, sólo abrázame un momento.

Remmington vaciló un instante antes de estrecharla contra sí y acariciar su espalda con un movimiento tranquilizador.

–No pasa nada, pequeña. Ya estoy aquí. –Cuando la respiración de la joven se normalizó, el duque le levantó la barbilla con los dedos y esperó a que ella alzara la mirada–. Cuéntame lo que ha ocurrido, Lily.

Ella sacudió la cabeza.

–No mucho. Desde luego, nada que pueda justificar estas infantiles lágrimas.

–Cuéntamelo –insistió.

–Mi imaginación me jugó una mala pasada. Después de dejarte con Margaret Granger, me equivoqué de camino y acabé cerca del pabellón. Fue allí donde lord Allen me encontró.

Remmington escuchó en silencio mientras la joven le explicaba su encuentro con el joven caballero. Ella intentó quitarle importancia al incidente, pero él no pareció tranquilizarse con su explicación. El sonido de unas risas apagadas, que seguramente provenían de una cita secreta, los distrajo a ambos.

–Alguien se acerca. –El duque la atravesó con la mirada–. Quiero que te quede muy clara una cosa antes de que nos marchemos: no volverás a dejarme así nunca más.

Sin que Lily pudiera adivinar lo que pretendía hacer, cubrió su boca con la suya en un beso brutal que le transmitió su enfado y preocupación mucho más eficazmente que las palabras. La joven apretó los puños y empezó a empujarlo. Entonces Remmington suavizó el beso y sedujo los labios de Lily con habilidad e insistencia hasta que ésta abrió las manos y las deslizó por su pecho, rendida por completo.

Remmington se apartó de ella al escuchar el sonido de unas risas cercanas. Sin inmutarse ni parecer afectado en absoluto por lo ocurrido entre ellos, la tomó por el codo y la hizo dirigirse hacia el camino.

–Vamos, Lily. Es hora de que nos marchemos.

10

–Nunca lograremos salir de aquí –gruñó el duque.

Docenas de vehículos se alineaban en la avenida que daba acceso a la mansión Keaton, y las calles aledañas parecían igual de congestionadas por el tráfico de carruajes.

–Has conseguido salir del laberinto con mucha facilidad –comentó Lily con un deje de admiración en su voz–. Yo he estado dando vueltas durante varias horas antes de rendirme y ocultarme en la pérgola.

–Durante dos horas –especificó Remmington, frunciendo el ceño al recordar su desesperada búsqueda.

No se había dejado llevar por el pánico hasta que llegó al pabellón y no vio ni rastro de ella. La había buscado por el laberinto a lo largo de esas dos interminables horas con el corazón atenazado por el miedo y su mente barajando todas las espantosas posibilidades que se le ocurrían. Lily todavía se aferraba a su brazo con ambas manos, como si temiera que fuera a desaparecer. Pero eso no ocurriría nunca, porque jamás volvería a darle la espalda.

Finalmente, pudo conducir a Lily hasta su carruaje y se sentó a su lado. La joven se pegó a él cuanto pudo y Remmington deseó poder ponerla sobre su regazo y hundir la cabeza entre sus pechos. Aun así, cuando el vehículo se puso en marcha la empujó suavemente con la cadera para dejar un poco más de espacio entre ellos.

–¿Por qué no le dijiste a Allen que ya tenías un pretendiente?

Lily se encogió de hombros.

–Pareció surgir de la nada y tuve miedo. No tenía ninguna razón para asustarme de él, pero me hizo sentirme incómoda. Sé que parece una locura, pero sólo deseaba que me dejara sola.

Remmington tomó nota mentalmente de pedir a Digsby que investigara a lord Allen. El joven caballero parecía bastante inofensivo y sir Malcolm había verificado que no había abandonado el baile de los Ashland hasta el amanecer. Pero lo cierto era que siempre parecía estar cerca de Lily y no perdía nada asegurándose de que no era peligroso.

–Allen no es tu atacante. Tiene una coartada muy sólida.

–Lo sé, y también sé que cometí un error muy estúpido alejándome de tu lado. –Se mordió el labio inferior y le ofreció una vacilante disculpa–: Tienes todo el derecho a enfadarte conmigo. Lamento mucho que tuvieras que buscarme.

Media hora antes, Remmington sólo deseaba tener la oportunidad de gritarle, de dar rienda suelta al enfado y la preocupación que le había provocado su desaparición. Ahora no deseaba otra cosa que abrazarla y acariciar la suave curva de su mejilla para comprobar si su piel era realmente tan tersa como la recordaba.

–Quizá sea mejor que te sientes enfrente, Lily.

–Prefiero sentarme en este lado.

–Entonces me moveré yo.

Empezó a cambiarse de sitio, pero se detuvo cuando ella apoyó una mano sobre su brazo.

–Sé que no te agrada estar cerca de mí y que tampoco te gusta besarme –afirmó–, pero me sentiría mejor si te quedaras a mi lado sólo un poco más. –¿Estaba bromeando? Remmington buscó en su rostro algún indicio que le confirmara que estaba burlándose de él. Lily bajó la cabeza–. Crees que soy una cobarde.

–Eres la mujer más valiente que he conocido jamás –la rebatió–. Y la más desconcertante también. ¿Qué te ha hecho pensar que no me gusta besarte?

–Te enfadaste cuando tuve la pesadilla en tu casa, y aunque esta noche no parecías especialmente furioso... –Lily alzó la barbilla en un gesto altivo–. No hace falta que aparentes estar tan preocupado. No es necesario que finjas interés por mí como hiciste con Margaret Granger. De hecho, los besos son totalmente innecesarios en este falso compromiso. A estas alturas, es evidente que no mejoraré con la práctica.

Remmington se quedó mirándola incrédulo por un momento. Después, casi sin ser consciente de lo que hacía, sostuvo su barbilla con el puño y deslizó el pulgar por sus labios.

–Eres tan ingenua que me asustas. ¿Es que no tienes ningún espejo? ¿Nunca te has mirado en uno?

Lily se apartó.

–Por supuesto que tengo espejos. Hasta hace unos pocos años, me mostraban a una chica con un intenso pelo rojo y un cuerpo alto y desgarbado.

–Pero ése ya no es el caso, te lo aseguro.

–No –reconoció–, pero soy muy distinta a las mujeres que normalmente veo en tu compañía. –La joven levantó las manos para examinárselas y extendió los dedos–. Mis manos son demasiado grandes para ser femeninas. Soy más alta que casi todas las mujeres que conozco, y que muchos hombres también. Era peor cuando era más joven. Superaba en altura a los otros niños de nuestro barrio. Era una niña fea y desgarbada que nunca encajó. Todo el mundo se burlaba de mí y parecía que no hacía nada bien. Sophie era la única que no se metía conmigo.

Remmington intentó imaginarla como una adolescente. No importaba lo desgarbada que hubiera sido, él siempre habría sabido reconocer la promesa de su belleza.

–Ojalá te hubiera conocido entonces. –Acarició su mejilla deseando ofrecerle consuelo–. Te habría protegido de esos insultos infantiles.

Lily se quedó mirando sus manos como si allí pudiera ver el pasado con más claridad.

–Mi padre siempre decía que la belleza que él veía en mi interior acabaría por salir a la luz. Las burlas no cesaron hasta que cumplí los dieciséis; después, la gente empezó a mirarme de forma diferente. Al principio les costaba dedicarme cumplidos y yo no me los creía. Luego me di cuenta de que papá tenía razón, de que había cambiado. Las chicas que antes se reían de mí empezaron a mirarme por encima del hombro y a volverme la espalda siempre que entraba en una sala. Los chicos que me habían lanzado insultos mordaces y crueles me miraban de una manera que me hacía sentirme sucia. No veía que el hecho de que me llamaran guapa fuera mucho mejor que el que me llamaran fea. Las cosas no hicieron más que empeorar cuando fui presentada en sociedad. Mujeres a las que no conocía se negaban a hablar conmigo. Hombres a los que no deseaba conocer no dejaban de avasallarme.

Levantó la mirada hacia él y curvó sus labios en una irónica sonrisa.

–¿No lo entiendes? Cada vez que alguien me dedica un cumplido, yo recuerdo un insulto. Me pregunto qué me dirán cuando mi pelo sea gris y mi cara esté arrugada. Intento mantener eso en mente siempre que me siento tentada de creer vanos halagos. Los rostros o los cuerpos pueden considerarse hermosos o bonitos, pero creo que debe conocerse el carácter de una persona antes de decidir si es hermosa o no. Es el interior de un ser humano lo que más importa.

Los extraños rasgos de su carácter empezaron a encajar y se colocaron cada uno en su sitio; su falta de engreimiento y malicia, la cínica luz que iluminaba sus ojos siempre que él hablaba de su aspecto. Remmington deslizó la mano por su brazo y entrelazó sus dedos con los de ella para cubrir su enguantada mano por completo.

–A mí tus manos no me parecen grandes. Todo lo contrario. –El duque giró su mano y la levantó para trazar una línea de besos sobre los guantes de encaje que fue desde su muñeca hasta el centro de su palma. Lily flexionó los dedos, como si deseara atrapar sus besos.

Pero de repente apartó la mano.

–Creo que estás intentando distraer mi atención de nuestra conversación deliberadamente.

–Ah, sí –murmuró Remmington, inclinándose aún más sobre ella–. A mí me parecía que estábamos hablando de besos.

Lily apoyó su mano sobre el pecho masculino.

–Hablábamos de nuestro falso compromiso.

–Los besos son un tema mucho más interesante. –El duque cubrió la mano de la joven con la suya, atrapándola contra su pecho–. Yo creo que te agradan.

La luz de la lámpara del carruaje se reflejaba en sus ojos cuando lo miró con una encantadora mezcla de inocente curiosidad y deseo.

–La verdad es que creo que no deberían gustarme tanto.

La confesión lo cogió desprevenido.

–Pequeña, nunca digas a un hombre que te gusta besarlo. –¿A qué venía esa advertencia? Lo último que quería era que le mintiera, así que sonrió para disimular su metedura de pata–. Sin embargo, me complace que lo admitas. Algunas veces puedes ser deliciosamente sincera.

Lily entornó los ojos.

–¿Y otras veces?

–Otras veces puedes ser bastante irritante. –Remmington pensó en todos los secretos que le había ocultado y lo mucho que eso había complicado las cosas. Su buen humor se desvaneció–. Admítelo, Lily. Me has engañado desde el momento en que nos conocimos.

–¡Oh, y tú has sido un ejemplo de honestidad! –le espetó ella.

Hubo un momento de silenciosa tensión antes de que el duque sonriera de nuevo.

–¿Te das cuenta de que eres la única mujer que discute conmigo? –Acarició la curva de su mejilla con extrema suavidad–. La mayoría de las mujeres se esfuerzan por ser agradables en mi presencia.

Los ojos de Lily resplandecieron con un destello de rabia.

–La mayoría de las mujeres caen rendidas a tus pies cuando te ven y están demasiado ocupadas impresionándote con sus encantos para encontrar tiempo para discutir.

Remmington amplió su sonrisa.

–¿Acaso son celos lo que detecto en tu voz?

–No es nada por el estilo. ¿Por qué diablos debería estar celosa? No somos más que compañeros en esta misión. Cuando este compromiso acabe, seguro que encontrarás a otra mujer con la que divertirte, y nuestra extraña relación acabará.

–Prefiero considerarme tu amigo.

El duque la acercó más hacia él, un poco sorprendido al comprobar que no oponía ninguna objeción.

–Me da la sensación de que tu definición de la palabra «amigo» dista mucho de la mía, Remmington. Sé que no deseas que nadie se acerque a ti.

–Tú estás muy cerca de mí ahora mismo. –La envolvió en sus brazos y Lily se dio cuenta de pronto de la precariedad de su posición. Los labios de Remmington estaban tentadoramente cerca, pero él se forzó a sí mismo a mirarla a los ojos y dejar a un lado otros pensamientos–. Yo creo que un amigo es una persona que disfruta con tu compañía, que permanece a tu lado pase lo que pase. Un amigo conoce tus secretos más íntimos y te los guarda.

El duque rodeó su barbilla con la mano y acarició sus labios con el pulgar. Su piel era tan suave y el perfume que invadía el carruaje tan delicioso... De repente fue consciente de que el estremecimiento de deseo que había sentido provenía de su propio cuerpo y descubrió que era el pelo de Lily lo que olía a sándalo. La abrazó con más fuerza y deseó soltárselo y deslizar sus manos a través de los sedosos mechones. Sabía que estaba jugando con fuego pero no le importaba. Sencillamente no podía evitarlo.

–¿Hay algo en mi definición que no describa nuestra relación?

–Los amigos no se besan como nosotros lo hacemos.

–¿Eso crees? –Remmington negó con la cabeza–. Algunas de las grandes historias de amor que se han dado a lo largo de la historia empezaron como una amistad.

–Creo que...

El duque sintió su cálido y dulce aliento contra su rostro como una caricia, y percibió el rápido pulso que palpitaba en su garganta. Si no hubiera estado tan intrigado por su respuesta, se habría dejado llevar por la tentación y habría besado ese sensible punto para sentir cómo latía su corazón bajo sus labios, para descubrir que era él quien lo hacía acelerarse. ¿Cómo podía pensar que no le gustaba besarla? De hecho, le encantaría besar cada milímetro de su cuerpo.

De alguna forma, Lily consiguió colocar sus manos contra su pecho y lo empujó con sorprendente fuerza.

–Creo que estás intentando confundirme. Esto no es más que un arreglo temporal. Llegará el momento en que tendremos que seguir nuestros caminos por separado. Mientras tanto, creo que lo mejor para ambos será mostrarnos cordiales, nada más. Éste debe de ser un juego muy divertido para un hombre de tu experiencia, pero tú mismo dijiste que no soy una buena actriz y yo... –Lily se quedó atónita cuando él la levantó y la colocó sobre su regazo–. ¿Qué estás haciendo?

–Mostrarme cordial. –Sólo una vez más, decidió Remmington. Sólo un pequeño beso para demostrarle lo deseable que le parecía.

La joven abrió la boca para soltar un grito de asombro, pero él fue más rápido. Atrapó el sonido cuando sus labios cubrieron los de ella y le dio un profundo e intenso beso que los dejó a ambos sin aliento. El duque sintió una oleada de satisfacción cuando empezó a alejarse y Lily lo cogió de las solapas para impedírselo. Sus firmes labios se deslizaron por la dulce y receptiva boca de la joven profundizando el beso y sus manos acariciaron su espalda calmándola con su tacto. Con cada caricia sentía como se rendía un poco más, como se relajaba un poco más.

Perdida en una bruma de deseo, las manos de Lily se hundieron en el pelo de Remmington como si tuvieran voluntad propia y se deslizaron por la parte posterior de su cuello en una tímida y vacilante caricia. El efecto en él fue instantáneo; una repentina ráfaga de deseo tensó sus músculos y le hizo tomar conciencia de lo mucho que la ansiaba.

–No deberíamos estar haciendo esto, Lily. –Le cogió las dos manos y las sujetó contra su pecho–. Tenemos que parar.

–¿Por qué?

Su risa fue casi un gruñido.

–Eres demasiado dulce.

Remmington se inclinó para rozarle la frente con los labios. Cuando ella cerró los ojos, él depositó livianos besos sobre sus párpados. Un momento después, éstos se agitaron para volverse a abrir. Lo que vio le hizo quedarse sin aliento. Con una fuerza de voluntad que desconocía que tuviera, el duque extendió el brazo, estrechó la cabeza de Lily contra su hombro y rodeó su cara con la mano para mantenerla allí.

–Dame un momento para calmarme antes de que vuelvas a mirarme de esa forma. –Su voz sonaba forzada, mucho más ronca de lo habitual–. Sabes muy bien hasta qué punto me afecta.

–No, no lo sé. Dime, ¿cómo te afecta? –preguntó ella con voz trémula.

Él la estrechó con más fuerza mientras le contestaba.

–Me hace desear besarte de nuevo. –Pasó un momento antes de que se corrigiera a sí mismo–. No, no es verdad. Esa mirada en tus ojos hace que desee mucho más que besarte. Si alguna otra persona te viera mirarme de ese modo...

Remmington se retorció en el asiento tratando de encontrar una posición más cómoda, mientras intentaba pensar en algo que apaciguara su deseo.

–Tengo que saber más de tu vida anterior, Lily. Háblame de lord Osgoode. Todavía no te he oído mencionar ni una sola vez a tu anterior pretendiente. ¿Era amable contigo? ¿Lo echas de menos?

–¿A lord Osgoode? –Parecía confundida por la pregunta.

–Perdóname –dijo el duque–. No pretendía traerte recuerdos tristes a la memoria. Debías de apreciarlo mucho.

Lily sacudió la cabeza.

–Lord Osgoode me acompañó a dos bailes y a una merienda. En realidad, no nos conocíamos demasiado. Intercambiábamos las cortesías de rigor y no me molestaba su compañía, pero no tenía ninguna intención de casarme con él.

–Pensaba que estabais prometidos.

–Y yo pensaba que tú estabas prometido con Margaret Granger.

–A cada momento que pasa, descubro que tenemos más cosas en común. –Remmington frunció el ceño–. ¿Quién te cortejó antes que Osgoode?

–No creo que eso sea de tu incumbencia.

–Todo lo que te concierne es de mi incumbencia –replicó–. Sigo creyendo que el hombre que te atacó es alguien a quien conoces. Quiero saber si hay más Osgoodes ahí fuera, hombres a quienes hayas rechazado.

–Yo no he rechazado a nadie –protestó indignada.

–Osgoode se enfrentó en duelo por ti. ¿Por qué?

La joven pareció ofendida por la pregunta.

–En el futuro, te recomiendo que busques otra fuente que no sea Margaret Granger para que te ponga al día de los rumores. No tengo ni idea de con quién se enfrentó en duelo Osgoode, pero estoy segura de que no fue por defender mi honor o por nada remotamente relacionado conmigo. Yo no significaba para él más de lo que significo para ti.

–Tú eres muy importante para mí, Lily –dijo esas palabras antes de que tuviera tiempo de pensarlas.

La esperanza que vio en los ojos de la joven le hizo apretar los dientes.

–¿Pretendes decirme que nuestro compromiso no es una farsa?

Remmington sintió como si el suelo desapareciera bajo sus pies. Era consciente de lo que realmente le estaba preguntando. Para una mujer como Lily, sólo había un final lógico para un compromiso: el matrimonio. Una gota de sudor se deslizó por su frente y la temperatura en el interior del carruaje pareció subir de repente. Esa tarde se había convencido a sí mismo de que podría disfrutar de la compañía de la joven el tiempo que durara su «compromiso» y que luego se alejaría de ella sin mirar atrás como había hecho en otras misiones. Entretanto, a la gente que frecuentaban no les parecería extraño si compartían unos pocos besos y nadie, excepto Lily y él, tendrían que saber la naturaleza precisa de esas intimidades. Maldita sea, había planeado seducirla.

En su mente, vio como su plan se desvanecía y se convertía en humo. Ahora sabía qué supondría para ella ese plan. Lily no tenía la suficiente experiencia como para participar en el juego de la seducción. Cuando le ofreciera a un hombre su inocencia, también le estaría entregando su corazón. Él no se merecía ninguna de las dos cosas, ni tampoco podría devolverle sus valiosos obsequios.

–Quiero que seamos sinceros el uno con el otro sobre eso. –Nada más decir esas palabras, vio como la luz de esperanza desaparecía de sus ojos mientras intentaba deslizarse de su regazo para sentarse junto a él. Pero Remmington la sujetó con más fuerza y siguió rodeando su rostro con una mano–. Ya tenemos bastantes secretos en nuestras vidas. El hecho de que podamos compartirlos es una de las cosas que hace especial nuestra amistad. Me importas, Lily, pero no te mentiré, ni te daré ningún motivo para que pienses que nuestro compromiso pueda acabar en boda. Hace mucho tiempo que aprendí que no soy un hombre hecho para el matrimonio y preferiría ver a los hijos de mi hermano heredarlo todo a tener otra esposa.

La dolida mirada de la joven le hizo soltar un suspiro de frustración.

–Mi decisión no tiene nada que ver contigo, Lily. Tú no puedes saber cuánto cambia el matrimonio a una persona. Incluso dudo que sepas de qué estoy hablando. Eres inocente de formas que yo ni siquiera puedo recordar que se pueda serlo.

–No pensaba que fuera algo tan malo ser inocente –protestó ella con los ojos brillantes por las lágrimas.

–No es nada malo. Es un regalo. Un regalo que desperdiciarías con un canalla. –Una lágrima de plata se deslizó por su mejilla y Remmington se resistió al impulso de enjugársela, temeroso de que pudiera abrasarle–. Hubo un tiempo en que yo habría sido un marido perfecto para ti, un tiempo en el que todavía creía en el matrimonio, en la lealtad y el amor. Ahora ya no soy así. Ahora sé que ésa no es la forma en que funciona nuestro mundo. Todavía tienes que aprender esa lección, y no seré yo quien te la enseñe. Maldita sea, Lily. Quieres algo de mí que yo no puedo darte.

¿O sí podía? ¿Acaso una parte de él no se rebelaba contra la idea de un compromiso formal con Lily porque era consciente de la facilidad con la que se enamoraría de ella? La atracción que sentía por la joven iba más allá de su belleza. Lo que más le gustaba de ella yacía bajo la superficie. Su aspecto era simplemente un aliciente más, un señuelo para atraerlo hacia su perdición. Sin embargo, ¿durante cuánto tiempo podría tenerla? La traición de Catherine había herido su orgullo más que ninguna otra cosa. Si Lily lo dejaba por otro hombre, su traición lo destruiría. De pronto, la verdad lo sacudió como un fuerte golpe: ya estaba medio enamorado de ella.

Reconocerlo le puso de mal humor. Podía ver el futuro de la joven tan claramente como ella le había mostrado su pasado. Su inocencia la protegía ahora, pero una vez se casara, cualquier hombre la consideraría un blanco legítimo. Si era lo bastante estúpido como para casarse con Lily, tendría que separarse de ella en ocasiones para cumplir con sus deberes en el Ministerio de Defensa, y sabía perfectamente que los hombres harían cola para ofrecerle consuelo en su ausencia. La tentarían y la asediarían continuamente. Cuanto más tiempo se resistiera, mayor reto supondría para ellos. Sería sólo cuestión de tiempo que alguno atrajera su atención, y eso sería el final de su «amor» por él. Prefería permanecer soltero el resto de su vida antes que obligarse a pasar de nuevo por ese infierno. Lo mejor sería perderla antes de que empezara a engañarse a sí mismo con sueños imposibles, antes de que empezara a mentirse diciéndose que su matrimonio sería diferente a los demás. Casarse con Lily sería el peor error de su vida.

La joven se mantuvo en silencio mientras todos esos pensamientos pasaban por su cabeza. Se limitó a mirarlo fijamente con sus grandes y hermosos ojos. ¿Por qué tenía que sentirse tan culpable? No lo sabía, pues, al fin y al cabo, era él quien hacía el mayor sacrificio. Después de esa noche, seguramente Lily no le permitiría volver a besarla, ni tampoco tocar su seductor cuerpo. Y era lógico, ya que acababa de decirle que sus intenciones no eran en absoluto honorables. Aun así, sabía que había hecho lo correcto.

Entonces ¿por qué se sentía como un bastardo?

No la detuvo cuando ella se movió para sentarse en el asiento que había a su lado. Remmington extendió los brazos y apoyó las manos firmemente sobre sus rodillas. Ni siquiera la miró para comprobar si todavía estaba llorando. Las lágrimas sólo debilitarían su determinación. En lugar de eso, se concentró en el sonido de las ruedas del carruaje mientras recorrían las calles adoquinadas.

–Encontrarás a alguien mejor –dijo al fin–. Conozco al menos a una docena de hombres que te propondrían matrimonio sólo con que les sonrieras.

–Entonces, debo recordar sonreír a alguien adecuado.

–No es eso lo que he querido decir, pequeña.

Extendió el brazo para reconfortarla, pero se detuvo cuando la joven se alejó de él. Su mano quedó suspendida en el aire durante un momento antes de que la dejara caer a un costado.

Las palabras de Lily sonaron tan frágiles como parecía serlo su cuerpo en aquel momento, y dio la impresión de estar a punto de quebrarse en mil pedazos.

–Sé lo que has querido decir. No hace falta que digas nada más. Ahora lo entiendo todo muy bien.

«No entiendes nada», pensó Remmington con una punzada de dolor. No deseaba otra cosa que estrecharla entre sus brazos y besarla hasta que olvidara todas y cada una de las estúpidas palabras que acababa de pronunciar. Deseaba ser aquel al que sonriera y se preguntó si volvería a verla hacerlo.

–¿Tú has...? –A Lily se le quebró la voz y se detuvo para respirar profundamente una sola vez–. ¿Trabajas para sir Malcolm desde hace mucho?

Remmington sabía por qué cambiaba de tema tan bruscamente. Estaba luchando por mantener el control, por fingir que entendía el motivo de un rechazo tan contundente. No se atrevió a hacer añicos su pretensión.

–Empecé a trabajar para el Ministerio de Defensa hace casi diez años. Me hice cargo de los deberes de mi padre después de que él y mi madre desaparecieran en el mar.

Se produjo una pequeña grieta en la forzada serenidad de Lily cuando una mirada de asombro atravesó su rostro.

–¿Tus padres trabajaban para el Ministerio de Defensa?

–Sólo mi padre, pero mi madre lo acompañaba a menudo en las misiones menos peligrosas. En aquel viaje en concreto, se dirigían hacia las Indias Occidentales, pero el barco se topó con un huracán a tres días de distancia del puerto. No hubo supervivientes.

–Lo lamento mucho –murmuró apenada–. Debió de ser muy duro para ti asumir tus títulos y tantas responsabilidades en medio de semejante tragedia. Todo el mundo debió de exigir mucho de ti.

El duque frunció el ceño con la mirada fija en sus manos. Había olvidado lo perspicaz que podía ser Lily. Cuando sus padres murieron recibió interminables muestras de condolencia, pero también se le plantearon gran cantidad de preguntas. Muchas de ellas procedían de los abogados de su padre, que le presentaron toda una serie de cuestiones financieras que lo dejaron aturdido. Otras venían de los sirvientes y del personal, de capataces y administradores, de comerciantes y vecinos; todos estaban ansiosos por saber cómo afectaría la muerte de su padre a sus vidas. Consideró sus deberes con el Ministerio de Defensa como un respiro, un medio para escapar de esas exigencias durante un tiempo. Él ni siquiera conocía a Lily entonces, pero ella veía su vida tan claramente como si hubiera permanecido a su lado durante todos esos años. Le ofrecía su compasión y su simpatía cuando debería despreciarlo por haber desdeñado sus sentimientos sólo unos minutos antes.

Remmington apretó los dientes.

–¿Tienes previsto asistir al baile de los Leathcote este viernes?

Lily negó con la cabeza con expresión cautelosa.

–Antes de que todo esto sucediera, acepté una invitación para una reunión social en una casa de campo este fin de semana. En realidad, es una reunión de la Sociedad de Antigüedades Egipcias. Lord Holybrook organiza las reuniones trimestrales en su casa de campo cerca de Basildon. Hablé con mi padre y con sir Malcolm sobre este acontecimiento después de que te marcharas esta tarde, y ambos creen que estaré segura allí. La casa de lord Holybrook es bastante grande, pero habrá mucha gente durante todo el fin de semana. El director cree que es una buena idea que me aleje de la mansión Crofford durante un par de días.

En ese aspecto, Remmington estaba de acuerdo con Bainbridge. Parecía poco probable que alguien intentara hacer daño a Lily en una casa llena de gente, y le haría bien salir de Londres.

–¿Cuándo empieza esa reunión?

–Pasado mañana. Sophie y yo habíamos pensado en ir juntas, y estoy segura de que mi padre podrá hacernos de acompañante. Después de lo de esta noche, yo... yo supongo que le pedirás a sir Malcolm que encuentre a alguien para que te sustituya en esta misión.

Remmington había pensado en hacer precisamente eso. No podía estar cerca de Lily sin desear tocarla, y siempre que se encontraban a solas pensaba en mucho más que eso. Los acontecimientos de aquella noche le habían demostrado que tenía muy poco control sobre sus impulsos. Sin embargo, las razones que le llevaban a seguir siendo el pretendiente de la joven no habían cambiado. No deseaba que ningún otro hombre se acercara a ella. Sabía que era un motivo muy egoísta por su parte, pero su deseo era que Lily fuera sólo para él durante un poco más de tiempo.

–Continuaré actuando como tu acompañante, e iré contigo a casa de Holybrook. ¿Cuántos invitados crees que asistirán?

–Calculo que unos veinte.

Remmington asintió sin demostrar ningún interés por la respuesta. Con Sophie Stanhope como carabina extraoficial, tendría pocas oportunidades de estar a solas con Lily. No sería difícil evitar los encuentros privados en el jardín bajo la luz de la luna o las conversaciones íntimas en el interior de su carruaje. En contra de su voluntad, el duque frunció aún más el ceño ante ese pensamiento.

–Nos llevaremos a algunos de los escoltas de Bainbridge y también a unos pocos de mis hombres. Estarás conmigo durante el día y compartirás habitación con tu amiga Sophie por la noche. Parece más seguro que mantenerte en Londres en estos momentos.

El carruaje se detuvo y Remmington descorrió la cortina para ver las luces de la mansión Crofford. Era hora de dejarla marchar, aunque no deseaba hacerlo. Esa noche sería la primera que pasarían separados desde la velada de su ataque. Se preguntó si la idea de dormir sola en su habitación la asustaba. ¿Quién la confortaría si tenía otra pesadilla?

–Hemos llegado a tu casa, Lily. –De alguna forma, consiguió mostrar indiferencia. –Ella se dispuso a salir–. Sólo una cosa más –la interrumpió Remmington. La joven lo miró con expectación y con los labios ligeramente abiertos. ¡Dios, cómo deseaba besarla!–. Si prefieres no estar en casa mañana cuando lord Allen venga, estaría encantado de llevarte de paseo por el parque.

Lily se mostró cautelosa ante la oferta.

–No quisiera importunarte más de lo que ya lo he hecho.

–No será ninguna molestia. Lamento haber herido tus sentimientos esta noche, Lily. Desearía que me dieras otra oportunidad para ser tu amigo. –Cubrió la mano de la joven con la suya cediendo a su necesidad de tocarla, y apoyó un dedo contra sus labios cuando ella empezó a responderle–. No tienes por qué decir nada ahora. Sólo piénsalo. Pasaré a buscarte mañana a las dos en punto.

Abrió la puerta del carruaje, la ayudó a bajar y subió con ella las escaleras de su casa. Oscar, el mayordomo, apareció en la entrada antes de que les diera tiempo a llamar.

–¿Está Crofford en casa? –preguntó el duque.

El mayordomo asintió.

Remmington se volvió hacia la joven y alzó su mano para depositar un beso impersonal sobre su guante de encaje.

–Asegúrate de que cierran la puerta con llave. Te veré mañana. –Ella continuaba mirándole fijamente y el duque parecía ser incapaz de apartar la mirada. Lo único que tenía que hacer era darse la vuelta y volver a su carruaje. En cambio, elevó su barbilla con un dedo y posó un dulce y prolongado beso sobre sus labios–. Adiós, Lily.

11

Remmington se apartó de la mesa y se reclinó en la silla con las piernas cruzadas a la altura de los tobillos. La suave y oscilante luz de la lámpara bañaba con un cálido resplandor su camarote, y su mirada permanecía atrapada en el movimiento de hacer girar una copa de brandy en la mano. El color del licor le recordaba demasiado al pelo de Lily.

–Está de un humor muy extraño esta noche, capitán.

El duque miró a su invitado antes de volver a concentrarse en el brandy.

–No tenía previsto zarpar hacia la costa de Normandía. Mi repentina marcha me ha hecho faltar a un importante compromiso esta tarde.

–Seguro que ella se lo perdonará.

Remmington levantó la mirada, percibió el brillo en los ojos de Sebastian Lacroix y supuso que sonreía a pesar de que una jarra de cerveza ocultara su rostro. Su acompañante lo conocía demasiado bien, decidió Remmington, a pesar de que para él no era más que el capitán Smith. A su vez, él también desconocía el verdadero nombre de Lacroix.

En los seis años que hacía que se conocían, habían desarrollado una amistad extremadamente rara, pues ambos eran conscientes de que sería peligroso para cualquiera de los dos saber demasiado uno del otro. Remmington ni siquiera estaba seguro de la nacionalidad de Lacroix, ya que hablaba el francés con la misma fluidez que el inglés. Además, su oscuro pelo castaño y su complexión alta y delgada no daban ninguna pista, por lo que podría ser nativo de ambos países. Su lealtad, sin embargo, estaba indefectiblemente con Inglaterra. Lacroix les proporcionaba información que sólo podía provenir de las altas esferas del gobierno francés y arriesgaba su vida al hacerlo. Eso era todo lo que el duque necesitaba saber.

–¿Qué le hace pensar que mi compromiso tiene algo que ver con una mujer?

Sebastian se encogió de hombros, un gesto típicamente francés que no decía nada y que, al mismo tiempo, lo decía todo.

Remmington frunció el ceño.

–Dudo que la dama me perdone, pero eso ahora da igual. No puedo permitirme ninguna distracción.

–Lo ha dicho con un profundo suspiro. –Sebastian estudió a su acompañante durante un momento antes de añadir–: No pretendo restarle importancia a su *affaire de coeur*, amigo mío. De hecho, le entiendo perfectamente. ¿Recuerda la última vez que estuve en Inglaterra?

–Hace casi un año, ¿no es cierto?

Lacroix asintió.

–Durante mi estancia allí, tuve la oportunidad de encontrarme con una joven a la que no había visto desde que ambos éramos niños.

El duque se preguntó si Sebastian era consciente de que había dejado escapar una información importante. Teniendo en cuenta su revelación, lo más probable es que fuera inglés.

–¿Esa mujer es inglesa? –preguntó, intentando corroborar su teoría.

Sebastian asintió.

–Estábamos hablando de mi corazón roto, capitán. ¿Tendría la cortesía de centrar su atención en ello?

–Discúlpeme.

–De acuerdo, sigamos. Esa mujer se ha convertido en la criatura más bella que se pueda imaginar. No podía quitarle los ojos de encima. En un primer momento, me dije que no era más que la conmoción de descubrir semejante cambio, sin embargo, su ingenio y su inteligencia también me impresionaron. Antes de abandonar Inglaterra, ya sabía que deseaba casarme con ella. Pero afortunadamente mi buen juicio vino en mi rescate antes de que le desvelara mis sentimientos. Su familia también está involucrada en nuestra línea de trabajo y ella sabe los peligros que todo esto conlleva. ¿Qué podría ofrecerle yo además de una alta probabilidad de quedar viuda?

A Remmington se le congeló la sangre en las venas. La mujer de la que Sebastian hablaba le sonaba terriblemente familiar. Además, ahora que sabía quién descifraba sus mensajes codificados, un encuentro entre ellos dos parecía muy posible.

–¿Cómo se llama esa mujer?

Sebastian le hizo un gesto admonitorio con el dedo.

–Olvida las reglas, capitán. Nada de nombres reales. Basta con que sepa que es la mujer más bella de Inglaterra. –Las comisuras de sus labios se curvaron hacia arriba.

El duque apretó los puños.

–¿Qué pretende decirme con toda esta historia, Lacroix?

–Lo que quiero decirle es que yo perdí la oportunidad de casarme con la mujer que amo, pues seguramente ya será demasiado tarde cuando vuelva a verla. Con su belleza y su inteligencia, debe de haber recibido docenas de ofertas por su mano. Se casará con otro antes de que yo tenga oportunidad de convencerla de que lo haga conmigo.

–¿Y por qué no le envía un mensaje?

Lacroix frunció el ceño ante su tono sarcástico.

–Lo que debo decirle no puede plasmarse en un papel, y si todo va bien, la veré dentro de un mes. Pero ése es mi problema, no el suyo. Lo que intento hacer, a pesar de sus continuas interrupciones, es darle un consejo. Nunca le he visto taciturno por una mujer y no puedo evitar pensar que ella significa más para usted de lo que le gustaría admitir. Es fácil para los hombres como nosotros hacernos creer a nosotros mismos que no podemos permitirnos los placeres normales de una esposa y una familia, pero precisamente es la gran incertidumbre sobre nuestro futuro lo que debería hacer que nos apresuráramos a disfrutar de esos placeres. No me gustaría verle cometer el mismo error que yo cometí, amigo mío.

Remmington deseaba reírse ante la ironía de la situación. Sólo tenía que pronunciar su nombre y Sebastian se daría cuenta de que Lily los tenía a ambos atrapados.

–No debe preocuparse por eso, Lacroix. Yo nunca cometo dos veces el mismo error –afirmó al tiempo que sonreía para disimular un repentino ataque de ira posesiva.

El reloj dio la una en la biblioteca del conde de Crofford al día siguiente. Remmington no había aparecido para llevarla al parque. Lily desplegó la nota que había llegado el día anterior por la mañana y volvió a leerla por enésima vez.

> Lily, lo lamento mucho, pero ha surgido un asunto urgente y no me será posible acudir a la cita. Pasaré a recogerte el viernes a la una en punto. Por favor, espérame preparada para salir hacia Basildon a esa hora.
>
> R.

Su asunto urgente seguro que llevaba faldas. Soltó un suspiro de frustración y se metió la nota bajo la manga del vestido. La sombra de la duda había estado planeando por su cabeza durante los últimos dos días, haciendo que sospechara de todo lo que Remmington le había dicho aquella noche en su carruaje hasta que, finalmente, sólo estuvo convencida de una cosa: ella no significaba nada en absoluto para él. Había estado jugando con ella, al igual que lo hacía con todas las mujeres lo bastante estúpidas como para acercarse a él.

Llegaba tarde. De hecho, no tenía ninguna intención de llevarla a Basildon y estaba segura de que no volvería a jugar el papel de su prometido nunca más.

–El hecho de que fulmines con la mirada el reloj no hará que llegue antes.

Crofford hizo el comentario sin levantar los ojos de los papeles que había esparcidos sobre su escritorio.

Lily alisó las esquinas del mensaje que estaba intentando descifrar desde hacía una hora. Estaba sentada en un sofá junto al escritorio de su padre y el pergamino descansaba encima de una pila de libros. Nerviosa, extendió el brazo por encima del documento y empujó los libros para poder tener más espacio para trabajar. Desgraciadamente, el montón era demasiado alto, los libros empezaron a deslizarse por los laterales del pequeño sofá y, cuando cayeron al suelo, lo hicieron produciendo una serie de suaves golpes. Al verlo, la joven se agachó y empezó a amontonarlos de nuevo en una irregular pila sobre el suelo.

Pasó otros cinco minutos intentando fijar en el trabajo su mirada perdida. No podía concentrarse en nada más que en el tictac del reloj. El suave y monótono sonido la estaba volviendo loca. ¿Dónde se había metido?

–Oh, aquí hay algo interesante –anunció su padre mientras golpeaba con el dedo el antiguo pergamino–. ¿Dónde está ese libro sobre Alejandro Magno?

Lily cogió el volumen de la inclinada pila que había en el suelo y se lo entregó.

–¿Otra referencia a Alejandro?

–¿Eh? ¿Cómo? –El conde pareció desconcertado por la pregunta, algo que a la joven le era familiar. Cuando su padre se sumergía en su trabajo, el resto del mundo dejaba de existir–. ¿Alejandro? Ha salido hacia Egipto en busca de una mujer. Candice, Canyphe, o algo así.

Lily extendió el brazo a lo largo del respaldo del sofá, apoyó la cabeza sobre él y miró a su padre de soslayo.

–¿Está enamorado de ella?

–No lo sé. Todo resulta bastante críptico.

Ella suspiró.

–Sí, lo es, ¿verdad?

Crofford alzó la vista e inclinó la cabeza a un lado para mirarla, después se irguió de nuevo y volvió a su trabajo.

–Oscar dice que Remmington se tomó ciertas libertades contigo la otra noche frente a nuestra puerta.

–Me besó, papá. Sólo fue un pequeño beso.

La pluma de su padre emitía un débil sonido mientras garabateaba sobre una hoja de papel de vitela.

–Me pregunto cómo puedes discernir si un beso es pequeño o grande.

–También me besó en su carruaje –reconoció Lily–. Eso me dio una base para poder comparar.

–Entiendo. –El ritmo de su escritura no titubeó–. ¿Estás alentando ese comportamiento?

La joven volteó la cabeza y se quedó mirando hacia el techo.

–No lo creo. Siempre me coge desprevenida. Aunque no creo que esté desanimándolo tampoco. –Volvió a mover la cabeza hasta que su mirada se quedó clavada en el sofá–. La verdad es que no sé qué estoy haciendo con él.

Su padre dejó de escribir. Pareció pensar lo que iba a decir durante un momento y luego preguntó:

–¿Estás enamorada de él?

De perfil, la sonrisa de su padre parecía un poco extraña.

–¿Es tan terriblemente evidente?

–Me temo que sí, cariño.

Lily se incorporó y se arregló la falda. Remmington no deseaba su amor, ni siquiera su cariño. Aun así, deseaba besarla. Le había dicho que encontraría a otro y después la había besado. Pero seguro que había sido un beso de despedida. Nada más.

–No le dirás nada, ¿verdad?

–Por supuesto que no. –Su pluma volvió a deslizarse por el papel–. Sin embargo, me gustaría saber lo que piensa sobre vuestro compromiso.

–A mí también me gustaría saberlo –murmuró la joven. Un sonido en el pasillo la hizo enderezar los hombros y volver la cabeza hacia la puerta. Segundos después, ya se había levantado de su asiento.

–Siéntate, cariño. No te ayudará en nada parecer tan ansiosa.

Lily volvió a sentarse y se alisó la falda mientras el mayordomo aparecía en la entrada. Pero Oscar no tuvo oportunidad de anunciar al visitante, ya que Remmington irrumpió en la estancia y cerró la puerta ante las narices del mayordomo.

–Tengo algo para ti –anunció a Lily al tiempo que avanzaba hacia ella. Por un momento la joven pensó que le traía alguna especie de regalo, un detalle para compensarle por haberla hecho pasar dos noches en vela preguntándose qué significaba ella para él. Pero entonces el duque sacó un pergamino de la chaqueta y lo colocó en sus manos–. Esto debe descifrarse inmediatamente. Se lo entregaremos a Bainbridge cuando recojamos a su sobrina.

Aturdida, Lily se quedó observando el pergamino antes de levantar la mirada hacia Remmington.

–Adelante. –El duque hizo una señal con la cabeza hacia el documento–. Haya lo que haya ahí, es importante. El director lo quiere tener lo antes posible.

Crofford se levantó de su silla.

–¿Por qué no trabajas en mi mesa, hija? Iré a asegurarme de que cargan correctamente tu baúl.

Lily desvió la mirada de Remmington para dirigirla a su padre. Había olvidado que se encontraba allí. El conde frunció el ceño y le hizo una señal con la cabeza, señalándole su silla.

–Oh. Sí, por supuesto. Lo descifraré inmediatamente.

Llevó el pergamino hasta la mesa y reunió los libros que necesitaba. Entretanto, Crofford abandonó la biblioteca y el duque se acercó para permanecer de pie a la espalda de Lily. Pronto el escritorio quedó cubierto por una capa de papeles repletos de la caligrafía de la joven. La mayoría de las palabras no tenían sentido, pero formaban una gran cruz en cada página y cada palabra se unía a la que estaba a su lado o debajo de ella a través de una letra común. Lily había redondeado la palabra que se encontraba en el centro de cada cruz, uno de los pocos vocablos sobre las páginas que sí tenía sentido.

–Dios mío. ¿Cómo puedes aclararte con todo eso?

–Es bastante complejo –reconoció sin levantar la vista–. Todavía no he conseguido memorizar todo el código. El sistema requiere una profunda comprensión del Compendio del señor Webster.

Lily dio unas palmaditas sobre el imponente diccionario que permanecía abierto bajo su mano izquierda. Su dedo señalaba la palabra «oscuro», pero la que garabateó con su pluma empezaba por w.

–Para mí, nada parece tener sentido.

–Hmm –murmuró la joven, inconsciente de que su absorta expresión era idéntica a la que mostraba su padre cuando trabajaba–. Ah, sí, claro. Wellington. Debería haber sabido cuál era ésta.

–¿«Oscuro» significa Wellington? –preguntó Remmington.

Lily alzó la vista sorprendida al encontrarlo todavía allí.

–¿Cómo? No, claro que no. «Oscuros valores sobre nuestra regia finca muestran muchos menos modales» significa Wellington. Pero eso sólo es la traducción intermedia. La palabra codificada está aquí. –Señaló el mensaje y la serie de letras y dígitos «3K1RK4SAM3RUM»–. Claro, debería haberlo sabido.

Remmington podía darse cuenta por la expresión de Lily que el complejo código tenía sentido para ella. Y de pronto, fue consciente de su extraordinario talento. No había ninguna otra persona en Inglaterra que fuera capaz de descifrar ese mensaje. Aunque él siempre había considerado su propio trabajo como algo vital, se dio cuenta de la enorme importancia de Lily en la organización. En cualquier momento, aquella delicada jovencita podría tener en sus manos el destino de dos naciones.

–Creo que deberíamos dejar de usar los números –comentó Lily mientras escribía otra línea de código–. Con el tiempo, nos delatarán.

El duque se inclinó sobre su hombro y señaló hacia la misma palabra codificada en otra parte del mensaje.

–Tienes razón. Sí que nos delatan.

–¿En serio?

La joven volvió su preocupada mirada hacia él y cuando vio que Remmington sonreía, le dedicó un pequeño mohín antes de volver al trabajo. El conde regresó unos minutos más tarde, justo cuando su hija dejaba a un lado la pluma.

–Bueno, ya está.

Secó el borrador final y luego dobló el papel formando un pulcro cuadrado.

–¿Echarás las notas al fuego, papá?

Crofford asintió con una cauta sonrisa en el rostro mientras paseaba la mirada de ella a Remmington.

–El baúl con las pertenencias de Lily ya está cargado en la parte posterior del carruaje. Tenéis que marcharos ya. Sir Malcolm estará esperándoos.

En el instante en que la puerta del carruaje se cerró tras ellos, Lily descubrió el nuevo estado de su «amistad». Remmington se sentó deliberadamente en el asiento opuesto al de la joven, diciéndole sin palabras lo que ella no quería escuchar. También parecía disgustado y Lily intentó averiguar cuál era la causa de su enfado.

–¿Cómo te comunicas con la persona que codifica estos mensajes? –le preguntó el duque para romper el incómodo silencio.

Su pregunta le puso los nervios de punta. La situación de su hermano era mucho más precaria que la suya, y Lily le había prometido a Robert que nunca desvelaría su verdadera identidad a nadie.

–A través de los propios mensajes. Normalmente, mediante una línea o dos añadidas al final del código.

–¿Te ha escrito algo en esta última carta?

–No.

Esa respuesta pareció satisfacerlo, ya que asintió y se recostó en su asiento.

–¿Le conoces bien?

–¿A quién?

–A tu contacto –aclaró con impaciencia–. A quien escribe el código.

–¿Y tú? ¿Le conoces bien?

La sonrisa de Remmington no se reflejó en sus ojos.

–Bastante bien. Ayer por la noche cené con él.

Lily sintió que su boca se abría ante la sorpresa, aunque se dio cuenta de que su revelación tenía mucho sentido.

–¿Eres tú quien lleva los mensajes de un lado a otro?

–La mayoría de las veces. –Movió la mano esbozando un gesto impaciente–. Todavía no has respondido a mi pregunta. ¿Conoces bien a Lacroix?

Al usar el nombre clave de Robert, él mismo respondió a la pregunta que Lily se estaba planteando. Su hermano no deseaba que Remmington conociera su verdadera identidad. La joven era consciente de que el duque le había dicho que no quería más secretos entre ellos, pero éste no tenía derecho a compartirlo con nadie.

–Lo conozco desde hace años. –Intentó parecer natural–. ¿A qué viene este repentino interés por mi contacto?

–Llamémoslo simplemente curiosidad intelectual.

Lily lo estudió en silencio. ¿Podía ser éste otro de sus juegos? ¿Acaso sabía que Sebastian Lacroix era en realidad su hermano Robert? Si ése era el caso, también sabría que lo había vuelto a engañar, así que decidió enfrentarse al problema directamente.

–¿Existe alguna razón por la que estés enfadado conmigo?

Remmington apretó los labios, que formaron una fina línea.

–No, Lily. No estoy enfadado contigo. Discúlpame si te he dado esa impresión. Para serte sincero, te diré que es nuestro falso compromiso lo que altera mis nervios. He pensado mucho sobre la conversación que mantuvimos la noche de la cena en casa de lady Keaton, y ahora me doy cuenta de que tenías razón. Llegará el momento en que seguiremos caminos diferentes y no será bueno para ninguno de los dos hacernos demasiado... amigos.

La joven agachó la cabeza y fijó la mirada en sus manos.

–Comprendo.

–No, no lo entiendes. –Remmington no le dio oportunidad de sorprenderse ante la extraña respuesta–. Tu opinión de que debemos mantener una relación meramente cordial es lo más sensato. En mi deseo por hacer evidente a los demás mi interés por ti, hice y dije cosas en casa de lady Keaton que no resultaron adecuadas. Mi reputación con las mujeres es tal que algunos podrían confundir la naturaleza de nuestra relación, y no me gustaría ver tu reputación empañada a consecuencia de ello. Por tanto, creo que lo mejor es hacer lo que tú sugeriste. A partir de ahora debemos evitar quedarnos solos siempre que sea posible, y tú conoces tan bien como yo las normas que rigen los compromisos en público. Tienes mi palabra de que me esforzaré por cumplirlas en el futuro.

Acababa de darle la razón en todo lo que ella había dicho dos noches atrás, y seguramente Lily hubiera debido sentir una pequeña sensación de triunfo por ello. En cambio, se sentía aturdida y totalmente vacía.

–Sí, creo que es lo mejor. Debemos esforzarnos por no mostrar otra cosa que gestos cordiales.

Remmington asintió y centró su atención en otro tema.

–Espero que lord Allen no supusiera una molestia excesiva el otro día.

Lily frunció el ceño.

–Mi padre me dijo que se quedó decepcionado.

–¿Y?

–¿Y qué?

–Estoy seguro de que hay algo más.

–No, no lo hay. –Su voz sonó sorprendentemente calmada. El día anterior, la joven había deseado hablar con él sobre lord Allen, confesarle que se había asomado a través de las cortinas de encaje de una de las estancias de la planta superior para verlo marchar, y que había visto como él se había dado la vuelta cuando ya estaba en la calle para contemplar la casa con la expresión de odio más intensa que ella hubiera visto nunca. Sin embargo, ahora el incidente parecía insignificante y no deseaba cargar a Remmington con sus miedos y fantasías infundados. No le daría ninguna muestra de debilidad o inseguridad–. No pasó nada relevante.

Unos minutos después llegaron a casa de los Bainbridge y un mayordomo los hizo pasar al vestíbulo para que saludaran a Sophie y a sir Malcolm. Remmington le hizo un gesto al director y Bainbridge se volvió hacia su sobrina.

–¿Por qué no subís tú y Lily arriba un momento? Os avisaremos cuando sea hora de partir.

Los dos hombres se retiraron a la biblioteca mientras las jóvenes se dirigían a la escalera. Cuando llegaron a la habitación de Sophie, ésta cerró la puerta tras ella y se apoyó sobre la sólida madera de roble con las manos a su espalda mientras estudiaba el rostro de su amiga.

–Oí lo de tu ataque. ¿Estás bien?

–Nunca he estado mejor –mintió–. Ya ha pasado todo e intento no pensar en ello más de lo necesario.

Sophie se apartó de la puerta y empezó a deambular nerviosa por la estancia.

–El tío Malcolm me contó todo lo que te ocurrió después del baile de los Ashland. ¡Es digno de una novela! ¡Y lo de Remmington! ¿Qué diablos hacemos yendo al campo con él?

–¿Qué te contó tu tío? –preguntó Lily con cautela.

–Que el duque acudió en tu rescate la noche que te atacaron, y que tú, sin querer, acabaste pasando en su casa varias noches. –Sophie hizo una pausa para dirigirle una mirada llena de dudas–. Supuestamente ahora te está cortejando para ofrecerte su protección mientras asistes a los actos sociales. Tío Malcolm dice que Remmington trabaja para la organización de vez en cuando y que debemos confiar en él, pero yo me reservo mi opinión hasta que escuche tu versión de la historia.

–Podemos confiar en él –murmuró Lily.

Sophie dejó de pasear y le dirigió una penetrante mirada.

–¿Ha intentado aprovecharse de ti?

–Todo lo contrario. –Intentó forzar una sonrisa, pero finalmente se rindió–. No quiere tener nada que ver conmigo, Sophie. Ambos nos hemos puesto de acuerdo en comportarnos de forma correcta mientras dure la farsa de nuestro compromiso para no hacer nada que pueda empañar mi reputación.

Su amiga abrió la boca para hacer otra pregunta, pero la interrumpió un golpe en la puerta. Una doncella asomó la cabeza para anunciarles que los caballeros las esperaban en la planta de abajo.

12

Era evidente que lord Holybrook estaba encantado de tener a un personaje tan importante como Remmington en su casa. Nada más llegar a Holybrook Hall, acomodaron al trío en unos aposentos normalmente reservados para las visitas de la realeza. Lily abrió los ojos asombrada cuando vio la fastuosa alcoba adornada en blanco y oro que compartiría con su amiga.

–¡Nunca en mi vida se me había hecho tan largo un viaje en carruaje! –protestó Sophie mientras se cambiaban para ponerse sus vestidos de noche. Se puso de espaldas a su amiga y le pidió–: Desabróchame, ¿quieres?

Continuó hablando mientras Lily se encargaba de los pequeños botones que se alineaban en la parte posterior de su vestido de viaje.

–¡Cuatro horas con mi propia voz como única compañía! Creo que vosotros dos estáis llevando demasiado lejos todo ese asunto de guardar las apariencias. Y ¿de dónde has sacado esa idea de que a él no le importas? Yo no estaría tan segura.

–¿Qué quieres decir? –preguntó Lily, esperanzada.

–Se queda mirándote constantemente, como si tuviera miedo de que fueras a desaparecer si aparta la vista. ¿No te has dado cuenta? Nunca me había sentido tan completamente ignorada. Ninguno de los dos prestaba la más mínima atención a lo que yo decía. Casi me he sentido agradecida cuando ambos habéis fingido quedaros dormidos.

–Yo creo que Remmington ha disfrutado de tu explicación sobre los jeroglíficos.

Sophie la miró por encima del hombro y arqueó las cejas.

–¿En qué basas tu suposición? No hizo nada más que asentir con la cabeza de vez en cuando.

–Sé cuándo tiene interés por algo. –Lily acabó con el último de los botones y se alejó.

–Hmm. No creo que lo sepas. Date la vuelta para que pueda desabrocharte. –Sophie apoyó las manos en los hombros de su amiga y la hizo volverse–. Su interés por ti es evidente, Lily. ¿Qué te ha hecho pensar que no es así?

–Me dejó muy claros sus sentimientos. De verdad, no importa. Hablemos de otra cosa.

–Muy bien. Fruncir el ceño no te favorece nada. –Sophie se inclinó hacia delante para examinar el rostro de su amiga–. Hace que te pongas muy pálida. En serio, Lily. Después de estar años soñando con ese hombre, no puedo creer que estés dispuesta a renunciar a él tan fácilmente. Está claro que estáis hechos el uno para el otro.

–¿De verdad lo piensas? –Sacudió la cabeza–. Yo no creo que Remmington esté de acuerdo contigo.

–Por supuesto que sí. Lo que no puedo entender es por qué no lo reconoce, o por qué no os dais, como mínimo, una oportunidad de descubrir lo que sentís el uno por el otro. Seguro que un hombre como Remmington no tiene miedo de que hieran sus sentimientos.

–Creo que lo que quiere es proteger los míos. Me dijo que no debía perder el tiempo con él, que no tenía intención de volver a casarse.

Su amiga se quedó callada durante un momento.

–Bien. Ahí acaba todo, entonces. Al menos, ha sido lo bastante noble como para ser sincero contigo. –Sophie le dio una ligera palmadita en el hombro–. Ya está, ése era el último botón. ¿Debería ponerme el collar de perlas esta noche?

Lily giró sobre sus talones para mirarla a la cara.

–Creía que habías dicho... Bueno, ¿realmente piensas que debo renunciar a él?

–Al parecer no tienes otra opción. –Sophie se dio la vuelta para ocultar una pícara sonrisa. Cogió su vestido de noche de la cama y desapareció tras un biombo, pero su voz llegó con claridad desde el otro extremo de la estancia–. Él no desea una esposa y tú no puedes considerar una relación con él que no acabe en boda. Si yo estuviera en tu lugar, dejaría de actuar como una timorata y le demostraría que me las puedo arreglar muy bien sin su cariño. Tú no quieres su compasión, ¿verdad?

–Bueno, no.

–Y no quieres que piense que estás enamorada como una colegiala, ¿no es cierto?

–Por supuesto que no.

–Entonces tendrás que esforzarte por hacer otra cosa que no sea meditar melancólicamente cuando estés en su compañía. Inicia tú las conversaciones. El trabajo que llevas a cabo con los jeroglíficos es un tema bastante seguro. Sé que puedes hablar durante horas sobre ello. Y una sonrisa o dos no causarán ningún daño duradero.

–Puede que tengas razón, Sophie. –Lily soltó un pequeño suspiro y se dio por vencida. Ya era hora de dejar de engañarse a sí misma y de continuar con su vida. Si al menos no lo amase...

–Pues claro que tengo razón –exclamó su amiga–. Sólo hay un último problema.

«¿Sólo uno?», pensó Lily. Su vida no era más que un problema tras otro. Mentalmente apartó a un lado la autocompasión al tiempo que se volvía para coger de la cama su vestido de noche azul celeste. A partir de ese momento, sería fuerte y controlaría sus emociones.

–¿Cuál es ese problema, Sophie?

–Bueno, parece evidente que oyó todo lo que dijimos aquella noche en los jardines de los Ashland. Sin duda, continuará pensando en ti como en una pobre criatura locamente enamorada hasta que no le dejes las cosas claras.

Lily estrechó el vestido contra su pecho.

–¿Qué me estás sugiriendo?

–Debes decirle que has recuperado la razón, que has abandonado la idea de tener una relación con él.

–¿Por qué diablos debería hacer algo así? –Seguir los consejos de su amiga sería su humillación definitiva.

Sophie surgió de detrás del biombo arreglándose los lazos que sujetaban la cinturilla alta de su vestido rosa.

–No tienes que usar esas palabras exactamente, claro. Dile que valoras su amistad, que te has dado cuenta de que nunca podrá haber nada más entre vosotros. ¿Y te importaría decirme por qué encuentras todo esto tan divertido?

–Perdona. –Lily intentó borrar la sonrisa de su rostro–. Es sólo que Remmington me dijo prácticamente esas mismas palabras el día que llegué a su casa.

Sophie pareció nerviosa por un momento.

–Perfecto. Le complacerá saber que tenía razón. Yo sólo creo que debes dejar atrás lo que te está haciendo daño. Sé que será difícil porque él continuará formando parte de tu vida, ya que necesitas su protección hasta que encuentren al hombre que te atacó, pero no necesitas su compasión. Como mínimo, podrás salvar tu orgullo. –Lily frunció el ceño–. Debes confiar en mí –continuó Sophie–. Ahora mismo, tus pensamientos están empañados por tus emociones, pero yo puedo ver la situación con mucha más claridad. De hecho, está claro como el agua. Cuando lo veas esta noche, haz lo que puedas por relajarte y ser tú misma. Pídele que te acompañe mañana por la mañana a dar un paseo. Eso os proporcionará un cierto grado de intimidad para que puedas decirle lo que ya hemos hablado.

Lily se mordió el labio.

–No lo sé, Sophie. Voy a pensar en lo que me has dicho, pero no puedo prometerte nada.

Fueron de las últimas en llegar a la sala de billar aquella noche. Más de treinta personas ya se encontraban allí, una gran concurrencia para ser una reunión de la Sociedad de Antigüedades Egipcias. Dos caballeros jugaban al billar, pero la mayoría de los invitados estaban sentados en los sofás que había diseminados por toda la estancia.

La altura de Remmington hizo que Lily lo localizara con facilidad entre la gente. Se encontraba con lord Holybrook y lord

Poundstone junto a la chimenea, con un brazo apoyado despreocupadamente sobre la repisa. Como si pudiera percibir su presencia, el duque volvió la cabeza hacia la entrada y su mirada se encontró con la de Lily. Al instante, murmuró algo a los otros caballeros y se alejó del hogar para acercarse a ella. Las conversaciones en la sala se silenciaron y la joven sintió que todo el mundo los observaba. Pero ella sólo tenía ojos para Remmington; habían estado separados durante menos de una hora desde su llegada y, sin embargo, le pareció que había pasado mucho más tiempo. El consejo de Sophie resonó en sus oídos y Lily se forzó a sonreír.

Cuando se detuvo ante ellas, ambas le hicieron la reverencia que el protocolo exigía. El duque alzó la mano de Sophie para darle el beso de rigor, pero el que le dio a su falsa prometida pareció alargarse más, aunque soltó su mano en el mismo momento en que el beso acabó.

–¿Os apetece algo del bufé?

–Creo que no tengo mucho apetito –comentó Lily.

Sophie no tenía semejantes dudas.

–Me muero de hambre –aseguró mientras dirigía la mirada hacia el bufé que había al otro lado de la estancia–. Ah, ahí está sir Rumford. Quiero hacerle algunas preguntas sobre esos escarabajos que trajo a la última reunión. ¿Me disculpáis?

Lily se preguntó si Sophie los había dejado solos a propósito al tiempo que se recordaba a sí misma que debía continuar sonriendo. Una conversación con Remmington era el siguiente punto del día, aunque no se sentía muy preparada para cumplir con esa tarea. El consejo de Sophie había sonado casi lógico en su alcoba, pero ahora, estando tan cerca del hombre que invadía sus sueños, perdió el valor.

–Debería saludar a nuestro anfitrión. No he visto a lord Holybrook desde la reunión de enero.

–Te acompañaré.

Remmington la cogió del brazo antes de que Lily pudiera pensar en alguna objeción y la condujo hasta la chimenea.

Lord Alfred Holybrook, a pesar de sus setenta años superados ya de largo, presumía de una espesa mata de pelo blanco como la nieve. Las arrugas que se curvaban alrededor de las facciones de su rostro decían más de su edad, y sus ojos, de un azul claro apagado, habían perdido brillo. En su papel de anfitrión, dirigió a Remmington una amable inclinación de cabeza antes de alzar la mano de Lily para dedicarle un rápido saludo.

–Buenas noches, lady Lillian, me he alegrado mucho de que nos acompañe este fin de semana. Las reuniones de estos últimos meses no han sido lo mismo sin usted. Y además, ha conseguido despertar el interés de otra persona. –De inmediato, se volvió hacia Remmington–. Me temo que es una enfermedad, Excelencia. Una vez la pasión corre por sus venas, no hay escapatoria.

Lily lo miró asombrada y el duque se inclinó hacia ella para susurrarle al oído:

–Intenta no parecer tan escandalizada. Está hablando de antigüedades.

–¿Eh? ¿Decía algo? –preguntó Holybrook.

–Sólo le comentaba a lady Lillian que estoy ansioso por aprender más cosas sobre las antigüedades egipcias.

–Espléndido, espléndido. Yo estoy particularmente interesado en los sarcófagos. –Lord Holybrook alzó su bastón de ébano y señaló con él hacia un enorme objeto de piedra de forma rectangular que estaba apoyado sobre el muro en el extremo opuesto de la habitación–. Esa pieza llegó la semana pasada. He estado reservándola para la reunión. El doctor Alexander, el conocido egiptólogo, llegará mañana. Él hará los honores de romper los sellos y será el primero en contemplar su interior. Seguramente no pegaré ojo en toda la noche preguntándome qué encontraremos ahí dentro. –Se inclinó para guiñarle un ojo a Lily–. Fue el propio doctor Alexander quien lo encontró, así que tengo grandes esperanzas de que sea auténtico. A veces los mercaderes sin escrúpulos venden antigüedades falsas y las hacen pasar por verdaderas ante confiados compradores. No creo que nuestro estimado doctor Alexander pueda ser engañado tan fácilmente.

–¿Le importa que lo contemplemos más de cerca? –preguntó Lily. El sarcófago era perfecto para conseguir distraer su atención de la perturbadora presencia de Remmington y quizá le ofreciera la oportunidad de seguir el consejo de Sophie.

–En absoluto. Hay papeles y carboncillos sobre la mesa auxiliar por si desean calcar los relieves que aparecen en los laterales. –Lord Holybrook se dio unas palmaditas sobre su redondeado estómago–. Si me excusan, iré a comer algo.

Su anfitrión se dirigió al bufé mientras Lily y Remmington se abrían paso hacia el sarcófago. La caja de piedra tenía unos dos metros y medio de altura, y más de un metro de profundidad y de anchura; era lo bastante grande como para albergar la momia que todos esperaban encontrar en su interior.

La joven pasó la punta de los dedos sobre un sello del lateral.

–Tiene razón. O es de la quinta dinastía o se trata de una falsificación muy convincente.

–¿Estos pequeños dibujos son jeroglíficos?

Lily alzó la vista para ver como Remmington examinaba uno de los sellos que había justo por encima de su cabeza.

–Sí, lo son. Oh, espero que dentro haya una momia. Imagínate lo que será ver a alguien que vivió hace miles de años. Se trataría de un descubrimiento de gran importancia.

–¿Pretendes decirme que puede haber un cuerpo dentro de esta cosa?

–«Esta cosa» es la carcasa exterior de la versión egipcia de un ataúd. Por supuesto que puede haber un cuerpo dentro. Eso, si tenemos suerte.

La mirada que Remmington le dirigió fue de fingido horror.

–No tenía ni idea de que fueras tan morbosa, Lily. Dios santo, me has traído hasta la guarida de unos saqueadores de tumbas.

Su sentido del humor la sorprendió gratamente.

–No es lo mismo, y tú lo sabes –afirmó dirigiéndole una sincera sonrisa.

–Hmm. No estoy tan seguro. De alguna forma, no creo que el pobre tipo que se supone que está ahí dentro hubiera previsto que abrirían su tumba en una fiesta en la casa de campo de lord Holybrook cuando murió. –Remmington se inclinó para estudiar más de cerca los jeroglíficos del sello que había sobre Lily–. ¿Estos dibujos tienen algún significado?

La joven lanzó una cauta mirada a su alrededor y luego se inclinó hacia él al tiempo que bajaba la voz.

–Ésos son los jeroglíficos sobre los que Sophie te habló. –Remmington le dirigió una mirada perpleja–. La mayoría de la gente cree que son simple decoración, pero en realidad forman un alfabeto. Es muy diferente al nuestro y creo que he descifrado algunos símbolos, pero no estoy muy segura.

Lily se irguió y desvió la atención hacia el sello.

–Es muy frustrante conocer la respuesta de algo y ni siquiera poder decir a alguien que existe una pregunta. Sólo puedo comentar mis opiniones con Sophie –puntualizó–. Pero ella se niega a presentar mis teorías ante la Sociedad haciéndolas pasar como suyas. Son bastante complejas y tiene miedo de confundirse. Hemos hablado mucho sobre el tema y estoy pensando en escribir una carta anónima al doctor Alexander adjuntándole mis notas.

–No lo hagas –le advirtió Remmington–. Te buscarás problemas. Estoy seguro de que es difícil guardar en secreto algo así, pero no quiero que hagas nada que pueda ponerte en peligro. Con cartas y notas escritas de tu puño y letra, cualquiera podría relacionar el trabajo contigo.

Lily emitió un gruñido evasivo y después se agachó para examinar el siguiente sello. Pero Remmington la cogió del codo y la hizo volverse para mirarla a los ojos.

–Quiero que me prometas que no enviarás esa carta a nadie.

–El mundo debería saber la verdad sobre estos escritos –protestó Lily, aunque sabía que su preocupación estaba justificada.

–El mundo ha permanecido ignorante con respecto a los jeroglíficos durante miles de años. Seguir así unos cuantos más no le hará daño a nadie.

–De acuerdo. –Le enfurecía saber que él tenía razón–. Tienes mi palabra, aunque encuentro muy molesta tu arrogancia. La próxima vez podrías considerar la posibilidad de expresar tus órdenes como una petición.

Al comprobar que había ganado la batalla, el duque le dedicó una encantadora sonrisa.

–Lo tendré en cuenta, milady.

Hasta que Remmington le sonrió, el plan de Sophie había ido muy bien, así que Lily se dio la vuelta antes de que la sonrisa surtiera efecto en ella.

–Por tu culpa, puede que yo sea la única persona que sepa el nombre de la mujer que seguramente descansa dentro de este sarcófago, o el significado de las escabrosas maldiciones que están escritas por toda la superficie de la losa. Si hay alguna verdad en ellas, el pobre doctor Alexander no disfrutará de una vida muy larga.

–¿Qué dicen?

Lily le dirigió una petulante mirada e hizo un gesto admonitorio con el dedo.

–Te gustaría saberlo, ¿verdad?, pero me temo que he prometido mantener en secreto mis conocimientos.

Remmington empezó a sacudir la cabeza cuando algo atrajo su atención al otro lado de la estancia. El buen humor desapareció de sus ojos y se quedó muy quieto. Lily siguió su mirada para observar que lord y lady Farnsworth hacían su entrada en la sala de billar, seguidos por Harry Gordon. Tardó un momento en darse cuenta de por qué el duque actuaba de forma tan extraña al descubrir su presencia. Acongojada, la joven recordó que él y Patricia Farnsworth habían sido amantes. Alzó la mirada hacia Remmington y notó que su boca dibujaba una amarga línea mientras un músculo en su mejilla se agitaba con fuerza.

Patricia Farnsworth no era una gran belleza. El maquillaje realzaba demasiado sus defectos y su pelo era de un sospechoso tono rubio, aunque eso no parecía evitar que los hombres la encontraran atractiva. A ella le encantaba coquetear y la mayor parte de las veces se la veía en compañía de caballeros que no eran su esposo.

Los aburridos ojos de la dama recorrieron la estancia como si buscaran a su próxima conquista. Lily elevó los hombros en un perceptible suspiro que se vio interrumpido en el mismo instante en que la mirada de lady Farnsworth se encontró con Remmington y las comisuras de sus labios se elevaron formando una maliciosa sonrisa.

Lily bajó la vista rápidamente y apartó algo de polvo inexistente de uno de los sellos.

–Hmm. Esa sonrisa dice muy poco de la fidelidad dentro del matrimonio –murmuró. Remmington no le respondió y ella no lo miró, ya que no deseaba ver como contemplaba a otra mujer–. Este sello dice algo sobre arder en el purgatorio por tener pensamientos impuros.

–Eso me suena vagamente familiar –comentó el duque–. Aunque no creo que los egipcios estudiaran las Escrituras.

–Quizá deberían haberlo hecho –le respondió por encima del hombro.

–Ya veo que sabes lo de lady Farnsworth –continuó Remmington sin mostrar ninguna emoción. La joven permanecía de espaldas a él y no le contestó–. No tienes por qué estar celosa.

–No estoy celosa en absoluto.

–Entonces ¿por qué no me lo demuestras y te decides a mirarme a la cara?

Lily vaciló. Sabía por qué le pedía aquello. Mirar a esos oscuros y cautivadores ojos supondría volver a mostrarle sus sentimientos y él lo sabía. Con determinación, se dio la vuelta y clavó la mirada en su pecho intentando reunir el coraje suficiente para demostrarle una indiferencia que no sentía. Mientras iba alzando la mirada, intentó borrar todos los pensamientos de su mente a excepción de uno: Remmington no la deseaba.

–Ya está. ¿Satisfecho? –preguntó cuando por fin sus miradas se encontraron.

El duque le levantó la barbilla con un dedo. Su mirada ceñuda hizo que Lily bajara la vista y vislumbrara con el rabillo del ojo una seda azul lavanda.

–Hola, lady Lillian, Excelencia. ¡Oh, qué encantadora pareja forman!

Remmington soltó la barbilla de la joven y se volvió hacia lady Farnsworth. Lily fingió ignorar con inocencia las ardientes miradas que la recién llegada lanzaba al duque mientras intercambiaban saludos. Al mirar por encima del hombro de lady Farnsworth la joven descubrió que Harry y lord Farnsworth estaban ocupados en el bufé. Aunque la verdad es que no pensaba que la presencia de lord Farnsworth supusiera un obstáculo para los coqueteos encubiertos de la odiosa mujer, ya que, a pesar de ser un miembro tenido en gran estima por la Sociedad de Antigüedades, su moralidad era tan corrupta como la de su esposa.

–No sabía que asistirían unos invitados tan interesantes a la reunión. –Lady Farnsworth dirigió a Remmington otra maliciosa mirada–. A mi esposo le costó mucho convencerme de que le acompañara a este lugar dejado de la mano de Dios. Ahora tendré que acordarme de agradecérselo.

–Oh, sí, debe hacerlo. Lord Holybrook nos ha prometido un espectáculo muy emocionante –intervino Lily apoyando una mano sobre la losa llena de jeroglíficos–. Mañana abriremos este sarcófago y descubriremos lo que hay dentro.

El comentario tuvo el efecto deseado, ya que lady Farnsworth pareció horrorizada.

–¿Un sarcófago? –logró decir mientras daba un paso atrás–. Eso suena... quiero decir, ¿creen que es legal?

–Por supuesto –respondió Lily muy seria–. Sólo hay un ligero problema. Y es que estos sellos grabados sobre él auguran toda clase de maldiciones horribles hacia cualquiera que intente romperlos, o que se encuentre en las inmediaciones cuando eso suceda. Al menos, eso me han dicho –añadió para contentar a Remmington–. Por supuesto, no permitiremos que ese pequeño detalle nos preocupe. No, cuando seguramente en su interior hay una momia. Así es como los antiguos egipcios llamaban a los cadáveres que envolvían en capas y capas de lino para que se conservaran perfectamente, ¿lo sabía? En la última reunión a la que asistí, el doctor Alexander dijo que una vez vio una momia y que parecía tan viva que le dio la impresión de que en cualquier momento abriría los ojos y hablaría. ¿Puede imaginárselo?

Lily dirigió una suplicante mirada hacia Remmington.

–Nos quedaremos para ver como abren el sarcófago, ¿verdad?

El duque la observaba como si se hubiera vuelto loca. La joven volvió a mirar hacia lady Farnsworth y descubrió que mostraba la misma expresión en su rostro.

–Traje un asta de venado y una considerable cantidad de sales aromáticas, por si acaso. Según el doctor Alexander, quizá la apertura sea algo un poco desagradable para la delicada sensibilidad de una dama. –Se golpeó el labio inferior con el extremo de su abanico–. Me pregunto si lo abrirán antes o después de la comida.

Eso pareció hacer salir a lady Farnsworth del horrorizado estupor en que la habían sumido las palabras de Lily. Cerró la boca y se recogió la falda como si temiera ser contaminada.

–Bueno, sólo me he acercado para saludarles. –Miró de nuevo al duque y le lanzó una provocativa sonrisa–. Estoy segura de que le veré más tarde.

Sin decir más, se dio la vuelta y se alejó. Remmington se giró hacia el sarcófago y pasó la mano sobre varios sellos. Se estaba riendo.

–No le veo la gracia –murmuró Lily–. Esa mujer prácticamente te ha invitado a su cama en mi presencia. Deberías haberle frenado los pies.

–Eso pretendía –protestó secándose los ojos. Volvió a reírse y Lily se quedó fascinada por el profundo sonido–. Pero tú la has asustado antes de que tuviera oportunidad de hacerlo.

La joven empezó a sonreír.

–Estoy impaciente por comprobar si lady Farnsworth asistirá mañana a la ceremonia de apertura.

–Ah, pequeña, si nos encontráramos en otro sitio... –El buen humor desapareció de su expresión y dio un paso para alejarse de ella–. Ya hemos estado solos demasiado tiempo. La gente empezará a darse cuenta si no nos relacionamos con los demás. Creo que es hora de que te lleve de vuelta junto a la señorita Stanhope. Yo, por mi parte, charlaré un rato con Harry.

–Sólo hay una cosa que me gustaría preguntarte antes de que nos separemos –anunció Lily–. ¿Me acompañarás mañana por la mañana? Me gustaría dar un paseo a caballo.

El duque consideró su pregunta durante menos de un segundo.

–No. Serías un blanco fácil a lomos de un caballo. No puedes permitirte semejante riesgo, y quiero que me prometas que no saldrás de esta casa sin mí.

Lily asintió con impaciencia.

–La verdad es que hay algo que necesito decirte; pero no aquí, donde todo el mundo nos observa. ¿Podríamos encontrarnos en algún otro sitio? ¿En la biblioteca, quizá? Seguramente mañana por la mañana estará desierta.

–Esta casa está llena de gente. Los invitados de fin de semana siempre se toman como una obligación explorar la casa de sus anfitriones sin dejarse ni un solo rincón. ¿Qué es eso tan importante que no puedes decirme aquí?

Lily saludó con la cabeza a una anciana pareja que se acercó para contemplar el sarcófago, y eso hizo que Remmington la cogiera del brazo y empezaran a atravesar la estancia hacia Sophie. El duque renunció a que respondiera a su pregunta justo en el preciso instante en que ella estaba a punto de decirle que no era tan importante después de todo.

–Muy bien –murmuró tenso–. Reúnete conmigo en mi alcoba esta noche a las doce.

–¿Qué? –La joven miró a su alrededor para comprobar si alguien había oído su escandalosa proposición.

–Sólo hablaremos –le aseguró Remmington–. Mis aposentos están justo enfrente de los vuestros. Parece poco probable que alguien pueda enterarse de que vamos a reunirnos allí.

Tenía razón. Además, ya habían pasado varios días y noches juntos sin ningún acompañante. Si ambos estaban decididos a que no pasara nada, ¿qué podría suceder?

–Muy bien. A medianoche.

13

Cuando el reloj de la alcoba reservada para el rey de la mansión Holybrook dio las doce, Remmington pronunció una plegaria silenciosa para que Lily estuviera profundamente dormida. Patricia Farnsworth estaba tumbada en el centro de su cama con la bata abierta, lo cual dejaba a la vista el salto de cama casi transparente que llevaba debajo. Había llamado a su puerta hacía tan sólo unos minutos y él había abierto esperando que fuera Lily quien estuviera al otro lado. En cambio, se había encontrado con ese desastre. Patricia había irrumpido en su habitación antes de que pudiera detenerla y, para su horror, había saltado encantada sobre su lecho.

–¡Ah, Remmington! ¿Cómo supiste que estaría aquí este fin de semana? –Se apoyó sobre los codos en una provocativa pose que mostraba sus pechos en todo su esplendor–. Sabía que no me habías olvidado.

–Te olvidé hace dos años, Patricia. Y si no abandonas esta habitación inmediatamente por tu propio pie, no dudes de que seré yo mismo quien te saque de aquí.

Patricia inclinó la cabeza hacia un lado y le dedicó un bonito mohín.

–¿Vamos a jugar a ese juego otra vez?

–No. No lo haremos.

Avanzó dando grandes zancadas hacia la cama con la intención de agarrarla y hacer exactamente lo que le había dicho:

echarla. Sin embargo, Patricia tenía otras cosas en mente. Se abalanzó sobre él y obligó a sus labios a pegarse contra su boca. Justo cuando intentaba agarrar sus manos para apartarlas de su cuello, Remmington escuchó un suave grito.

–¡Maldita sea!

El duque sabía antes de volverse que Lily estaba en la puerta. Lo más probable sería que pensara que esa escena era un deliberado intento de humillarla, pues sabía que no existía ninguna mujer en la Tierra que pudiera creer en su inocencia después de entrar y descubrirle abrazado a lady Farnsworth. Empujó a Patricia para apartarla de él y se dio la vuelta apresuradamente.

Lily apoyaba una mano en el pomo de la puerta y la otra sobre su garganta. Al ver su mortal palidez, el duque sintió como un fino hilo de esperanza se rompía y desaparecía.

–Oh, hola otra vez, lady Lillian. –Patricia se acomodó aún más sobre la cama–. ¿También ha venido para dar las buenas noches a su Excelencia? Me temo que tendrá que volver un poco más tarde. En este momento está ocupado.

Remmington lanzó a Patricia una breve y desdeñosa mirada. Luego, sus ojos se encontraron con los de Lily y deseó con todas sus fuerzas que ella lo entendiera.

–Piensa, Lily. Sabes que esto no es lo que parece.

La joven clavó su mirada en la de Remmington durante un largo momento antes de bajar la vista. Después de mirar hacia el suelo durante lo que pareció una eternidad, se adentró en la alcoba. La puerta emitió un suave golpe cuando se cerró tras ella, un sonido que no presagiaba nada bueno en la silenciosa estancia y que pareció tajante.

–Nunca he pensado que fueras un estúpido, milord. –Señaló con la cabeza hacia la cama–. Y esto sería un plan extremadamente estúpido por tu parte. ¿Debo asumir, por tanto, que tu visita no había sido previamente anunciada?

Con más que suficientes pruebas a su alcance para condenar a cualquier hombre, ella creía categóricamente en su inocencia. Lily confiaba en él. Remmington sonrió para hacerle ver cuánto le satisfacía su confianza.

–Exacto.

–¿Te das cuenta de que esto nos plantea un problema?

La seguridad de sus palabras le hizo sentir una punzada de recelo que le recorrió la espina dorsal.

–¿Un problema?

Lily asintió.

–Lady Farnsworth podría contarle a cualquiera que he estado aquí esta noche. ¿Conoce ella nuestro plan?

–No lo creo. –Remmington no tenía la más mínima idea de sobre qué estaba hablando.

La joven miró hacia una de las ventanas.

–¿A qué distancia estamos del suelo?

–Sólo estamos en la segunda planta. –El duque hablaba despacio, intentando captar el hilo de sus ideas–. No estamos demasiado altos, diría yo.

–Una pena. –Lily se volvió y cerró la puerta con pestillo–. No hay suficiente altura.

–Un momento –farfulló Patricia, que se incorporaba para arreglarse la bata y taparse–. ¿Qué estáis tramando vosotros dos?

Lily se aproximó hacia la cama y preguntó en voz baja:

–¿No lo sabe todavía? –Se detuvo a unos pasos de distancia y miró a Remmington–. Acabará por adivinarlo. Se lo contará a Farnsworth y éste nos delatará ante Holybrook. No lo conseguiremos nunca.

–Puede que tengas razón. –Remmington tuvo la esperanza de que ésa fuera la respuesta correcta mientras intentaba averiguar adónde quería ir a parar y trataba de imaginar qué diría a continuación.

La joven empezó a pasear entre la puerta y la cama.

–¿Qué hay de esos piratas que has contratado para que se lleven la momia?

–¿La momia? –gritó Patricia–. ¿Vais a robar la momia?

Remmington dio la espalda a la cama para que lady Farnsworth no pudiera ver su sonrisa. Sin embargo, no tuvo ningún efecto en Lily, que le lanzó una mirada solemne.

–¿Lo ves? Ya te he dicho que lo descubriría. Todo el mundo conoce el valor que tiene una momia y, una vez la reduzcamos a polvo, aún valdrá mucho más. Piénsalo, Remmington. Ese polvo se venderá a mil guineas la onza en Calcuta. Quizá más. Esos derviches indios pagarán lo que sea por ese raro afrodisíaco. –Lily señaló la cama–. Yo digo que dejemos que los piratas se encarguen de ella. Tú mismo dijiste que el que viste de negro con el pañuelo rojo es muy hábil con el cuchillo.

Remmington se frotó la barbilla.

–No tenía ni idea de que me involucrarías en algo tan desagradable y diabólico. Me prometiste que esto no llegaría al asesinato.

–Al parecer te mentí –respondió ella con una sonrisa.

–¡No! –Patricia saltó de la cama y salió corriendo hacia la puerta trazando un amplio semicírculo para esquivar a la pareja.

Mientras la aterrorizada mujer intentaba abrir torpemente el pestillo, Lily avanzaba hacia ella con paso firme. Su tono era bajo y tranquilizador, justo el que alguien usaría para atraer a un animal salvaje hacia su trampa.

–No va a ir a ninguna parte, lady Farnsworth. Si sale por esa puerta...

Finalmente, Patricia consiguió abrir la puerta y desapareció por el pasillo dejando escapar un último grito. Entonces Lily cerró la puerta y volvió a echar el pestillo.

–Qué mujer tan fastidiosa. No puedo evitar preguntarme qué es lo que viste en ella.

Remmington se quedó mirándola durante un largo rato mientras su mente trabajaba para asimilar los acontecimientos de los últimos minutos.

–Pero ¿qué has hecho?

Ella arqueó las cejas mostrando esa cándida e inocente expresión que el duque recordaba de aquellos días que había pasado en su casa.

–Salvar la reputación de ambos, diría yo.

–¿Salvarla? –Sacudió la cabeza–. ¿Cómo puedes creer que has salvado nuestra reputación? Se nos etiquetará a ambos de amantes ilícitos o de ladrones asesinos. O de ambas cosas.

–No, no será así. –La joven se colocó un mechón de pelo en su sitio sin dar ninguna muestra de preocupación– ¿Quién creerá la historia de lady Farnsworth? Vamos, Remmington. ¿Tú, un ladrón? Si le cuenta a alguien lo de la momia, lo más probable es que le administren sedantes.

El duque avanzó decidido hacia ella y apoyó las manos sobre sus hombros. Por primera vez, Lily pareció preocupada.

–¿Estás muy enfadado? –susurró.

–¿Enfadado? ¿Si estoy enfadado? –Echó la cabeza hacia atrás y se rió como hacía años que no lo hacía. Apoyó la frente en su hombro y siguió riendo hasta que, poco a poco, se recuperó lo suficiente para explicarse–. Ah, mi fiera Lily. Estoy asombrado por tu increíble imaginación.

–Por un momento pensé que te habías enojado –murmuró. Remmington alzó la cabeza para mirarla a los ojos y Lily finalmente sonrió–. Ha estado bien para ser una improvisación, ¿no crees?

–¡Ha sido brillante! –Estuvo a punto de soltar otra carcajada–. Dios, nunca olvidaré la cara que ha puesto Patricia. Interpretaste tu papel a la perfección.

–Una vez dijiste que no era una buena actriz –le recordó ella con un delicado resoplido. Pero su altiva expresión quedó arruinada por una sonrisa.

–Las damas de Drury Lane se echarán a temblar si alguna vez oyen hablar de esto –predijo Remmington–. ¿Cómo se te ha podido ocurrir una historia tan atroz?

Lily hizo caso omiso del cumplido.

–No tengo ni idea. Simplemente se me ocurrió. Pero no seas modesto, milord. Tú te mereces la mitad del mérito; has interpretado tu papel bastante bien. –Apoyando el dorso de la mano sobre la frente, Lily le lanzó un pestañeo muy teatral e hizo que su voz sonara como una imitación ridículamente aguda de la del duque–: «No tenía ni idea de que me involucrarías en algo tan desagradable y diabólico». Bien hecho. Tengo grandes esperanzas puestas en tus habilidades interpretativas. Las necesitarás para mantenerte serio mañana cuando se nos acuse de esos crímenes tan ruines.

Él rodeó su cintura con los brazos.

–No soy más que un actor secundario en esta farsa. Me encantará seguir tu ejemplo.

Con los ojos clavados en los de Lily, Remmington sintió que su sentido del humor se esfumaba y era sustituido por el deseo. La magia de su sonrisa le hizo olvidar que no debía tocarla, le hizo olvidarlo todo excepto el placer de estrecharla entre sus brazos. Pero ¿qué estaba haciendo? Consciente de su deber, se alejó de ella.

–Será mejor que aplacemos esta conversación antes de que aparezca alguien más. Mi alcoba parece ser un lugar demasiado popular esta noche.

Lily parpadeó como si la hubiera abofeteado y se metió las manos en los bolsillos de la bata mientras retrocedía unos pasos hacia la chimenea.

–Yo... bueno, he pensado mucho sobre una pregunta que me hiciste la noche de la fiesta de lady Keaton, y finalmente he tomado una decisión.

–¿Qué pregunta es ésa?

Estaba convencido de que no deseaba escuchar nada acerca de cualquier cosa que le hubiera preguntado esa noche, y de que no le gustaría su decisión.

Tenía razón.

–Justo antes de que me acompañaras hasta la puerta de mi casa, me preguntaste si podríamos ser amigos. –Su explicación sonó apresurada–. Debes saber que disfruto mucho de tu compañía y que me he dado cuenta de que lo que siento por ti realmente es amistad. Nada más. Quería disculparme por haberte hecho creer otra cosa.

Por un momento, Remmington no la creyó. Pero cuando dirigió la mirada hacia su rostro en busca de aquella expresión en sus ojos que le era tan conocida y vio que ya no existía, se dio cuenta de que, por fin, lo había conseguido, la había apartado de él.

Aturdido, se sentó bruscamente sobre la cama, incapaz de pensar en algo que decir. Dentro de un mes, Sebastian Lacroix llegaría a Inglaterra para proponerle matrimonio. Parecía un tipo valiente y entregado a su causa, y no había ninguna duda de que Lily y él tenían mucho en común. Lacroix la haría feliz. Intentó imaginársela en sus brazos y no pudo. No lo haría, pues no podía soportar la idea de ver a otro hombre tocarla. Aun así, él continuaría transportando mensajes entre ellos consciente de que, seguramente, contendrían las palabras de cariño que él deseaba decirle. Pero ¿qué le daba derecho a Lacroix a arrebatarle a Lily?

–Si todavía no he agotado del todo tu paciencia –continuó ella–, espero que podamos ser amigos.

Remmington sacudió la cabeza.

–No creo que eso sea posible, Lily.

La joven pareció consternada ante su negativa.

–A mí no me parece algo tan imposible. Tú mismo dijiste que podríamos ser amigos.

–Y tú dijiste que tu definición de «amigo» distaba mucho de la mía. –Se puso en pie y se acercó a ella dando tres largas zancadas. Apoyó una mano sobre la repisa de la chimenea que había tras ella y se inclinó hasta que sus rostros estuvieron a escasos milímetros de distancia. Los ojos de Lily se habían convertido en amplios estanques de color jerez, llenos de curiosidad e inseguridad. Remmington supo instintivamente que la joven no le temía y también estuvo igual de convencido de lo que debía hacer–. Ahora resulta que tenías razón.

Lily se dio cuenta de lo que pretendía en el preciso instante en que sus brazos rodearon su cintura, así que intentó apartarse de él. Se preparó para enfrentarse a la fiera determinación que vio en sus ojos y al duro beso que seguramente le daría. Pero éste no llegó nunca. Remmington la sostuvo firmemente contra su pecho con un brazo y su mano rodeó su rostro.

–Lily –susurró su nombre con una atormentada ternura que la dejó perpleja–: ¿Qué voy a hacer contigo?

El resplandor de sus ojos no correspondía a la ira, sino a un profundo y ardiente deseo. El cuerpo de Lily reaccionó instantáneamente ante ese descubrimiento. Extendió las manos y apoyó las palmas contra el suave satén de su bata sintiendo la fuerza que emanaba de su torso, el firme y constante latido de su corazón bajo la piel. La joven sintió como su propio pulso se aceleraba al tiempo que los labios de él se abrían e inclinaba la cabeza para acariciar su boca con la suya. Remmington vaciló, luego rozó sus labios con su boca muy lentamente, una vez, dos, hasta una tercera vez en una pregunta silenciosa, una invitación no pronunciada. Las defensas de Lily empezaron a desmoronarse. Podía escuchar su pregunta tan claramente como si la hubiera expresado en voz alta, pero aun así, la duda la hizo vacilar. ¿Podría aceptar las condiciones de su amistad? ¿Las consecuencias? Si lo rechazaba en ese momento, ¿volvería a hacerle la oferta de nuevo? ¿Se pasaría el resto de su vida preguntándose qué se habría perdido, lamentando no haber vivido una maravillosa experiencia con el hombre que amaba? La joven sabía que él la apreciaba a su modo. Pero para ella, nunca existiría otro hombre.

Lily rozó sus labios en respuesta, una respuesta vacilante, una caricia igual de insegura que le daba permiso para tomar lo que quisiera de ella. Remmington apoyó la mano en la nuca de la joven y cubrió sus labios con los suyos, la forma perfecta de sellar su silencioso acuerdo. Se apoderó de su boca despacio, con suavidad, ahogándola en ardientes oleadas de deseo. Su lengua rozaba sus labios inesperadamente, y ella sentía una agradable expectación por comprobar cuándo y dónde dirigiría su sensual ataque la próxima vez. Perdida en la magia que él había creado para ella, Lily abrió la boca y Remmington inició en su interior una exploración lánguida y provocadora. Finalmente, apartó los labios de los de la joven, los deslizó hacia su oreja y, con voz ronca por el deseo, susurró:

–Respira, Lily.

Ella dejó escapar un jadeo cuando los dientes de Remmington se cerraron delicadamente sobre su lóbulo, y sólo entonces se dio cuenta de que había contenido la respiración durante demasiado tiempo. Su cálido aliento sobre su piel la mareaba y la desorientaba. Él la levantó en brazos en el preciso instante en que sus piernas empezaron a flaquear, y Lily echó la cabeza hacia atrás para disfrutar de otro beso que envió escalofríos de placer por todo su cuerpo y le robó la poca voluntad que le quedaba.

Los labios del duque se alejaron de los suyos cuando la dejó sobre la cama y Lily experimentó un momento de pánico, seguido por una indescriptible excitación cuando sintió su peso sobre ella. Él se olvidó de ser suave y saqueó su boca, sometiéndola sin piedad a un deliberado ataque a sus sentidos que la hizo olvidarse de todo, excepto de la deliciosa ráfaga de calor que recorría todo su ser. Remmington la alentó a que lo acariciara y guió la mano de la joven bajo las solapas de su bata para sentir su palma contra su pecho desnudo. Sin darle un segundo de respiro, él deslizó una mano por la frágil curva de su cintura, descendió por su cadera y volvió a subir dejando una estela de calor a su paso hasta llegar a uno de sus turgentes pechos. Sin titubear, lo abarcó con su palma adueñándose de él y acarició con suavidad su pezón con el pulgar.

Al sentir como atormentaba su pezón, Lily se estremeció con salvaje violencia. Le rodeó el cuello con los brazos y se apretó contra su duro cuerpo intentando acercarse lo más posible a él, sintiendo que no era suficiente. La lengua del duque exploró su boca más profundamente y la joven, tomando la iniciativa, descubrió su poder y se lanzó a un mundo desconocido lleno de sensaciones placenteras que se intensificaban cada vez más.

Entonces, Remmington deslizó la rodilla entre sus piernas y se quedó inmóvil por un momento. Intentando reunir los restos de autocontrol que todavía le quedaban, se forzó a interrumpir el beso, a alzar sus labios unos milímetros por encima de los de ella.

–Di que me deseas, Lily, dime que no te estoy forzando a hacer esto.

Ella vaciló durante unos segundos; los más largos de la vida de Remmington.

–Te deseo.

–Di mi nombre –le pidió, provocándola con pequeños y medidos besos alrededor de su boca–. Quiero escuchar mi nombre en tus labios.

–Miles –susurró ella–. Te deseo, Miles.

Sus miradas se encontraron y esa vez Lily le dejó vislumbrar su alma, la inocencia y el amor que, de alguna forma, había conseguido ocultar. Al ser consciente de ello, Remmington no pudo reprimir el fiero y posesivo deseo que lo dominaba, reflejado en sus atrevidas caricias. Lily respondió con el mismo abandono ofreciéndosele por completo, rindiéndose a él, abriéndose cálida y acogedora ante su duro empuje.

De pronto, la joven se quedó muy quieta y abrió los ojos de par en par, alarmada. Remmington no sabía si se debía a la conmoción de lo que estaba sintiendo o a los insistentes golpes en la puerta.

Los golpes volvieron a escucharse antes de que pudiera recuperarse lo suficiente como para interpretar el sonido. Tras soltar una suave maldición, el duque rodó sobre su espalda y se quedó mirando el techo. Su excitación había llegado a un punto en que resultaba incluso dolorosa. Lo que necesitaba para calmar ese dolor yacía junto a él, al alcance de su mano. Apretó los puños a sus costados. ¿Realmente estaba tan desesperado? Dios. ¿Realmente deseaba hacerle el amor mientras alguien golpeaba la puerta?

Remmington se dio cuenta vagamente de que Lily se había incorporado a su lado, pero se concentró en una grieta que había en el techo.

–Si es Patricia Farnsworth otra vez, propongo que la tiremos por la ventana.

–No es momento para bromas –susurró Lily sacudiendo frenéticamente la rodilla–. ¡Levántate! Ayúdame a encontrar un sitio donde esconderme.

Remmington la estudió mientras arqueaba una ceja.

–¿Por qué demonios tendrías que esconderte?

–Deja de bromear, Miles. Y baja la voz. Mi reputación quedará hecha trizas si alguien me descubre aquí –afirmó al tiempo que salía de la cama.

La joven seguramente ni siquiera se dio cuenta de que había pronunciado su nombre, pero el sonido de éste le agradó igualmente. Remmington se puso de lado y se irguió apoyándose sobre un codo. El pelo de Lily todavía seguía recogido, pero algunos mechones se habían soltado y sus labios estaban inflamados. Cualquiera que la contemplara en ese instante sabría exactamente qué habían estado haciendo o qué habían estado a punto de hacer. No podía creer que ella hubiera sugerido que fueran amigos, pues estaban hechos para ser amantes. No continuaría negando lo inevitable por más tiempo.

Remmington había conseguido quitarle la bata mientras se besaban, y ahora la observó acercarse a la chimenea. El fuego perfilaba su cuerpo a la perfección a través del fino camisón y le permitió admirar la forma de sus piernas.

–¿Quién dice que alguien va a encontrarte? –preguntó bajando la voz–. No tengo ninguna intención de abrir la puerta.

Se oyó otro golpe aún más fuerte que los dos últimos, pero el duque lo ignoró y soltó un irritado suspiro.

–Se supone que debería estar profundamente dormido. Cualquiera que sea tan estúpido como para llamar a mi puerta a estas horas tendría que darse cuenta de ello.

Lily dejó de retorcerse nerviosamente las manos, las dejó caer inertes a sus costados y dirigió una preocupada mirada hacia la puerta.

–¿Y si no se marcha?

Remmington se miró la mano y estudió sus uñas.

–Yo diría que en tal caso acabará con los nudillos doloridos. –Sin mostrar preocupación, dio unas palmaditas sobre la cama–. Ven a sentarte a mi lado mientras esperamos a que se vaya.

Lily pareció escandalizarse ante semejante invitación.

–¿Cómo puedes pensar en besarme en un momento así?

–No estaba pensando en nada semejante –protestó él con voz ofendida–. Qué vergüenza, lady Lillian. Tienes la imaginación de una mujer nada inocente.

–Yo no era así antes de conocerte.

De repente, desvió la mirada hacia la puerta, donde se podía oír el sonido de una apagada voz masculina.

–¿Remmington? ¿Está despierto?

Los ojos de Lily se abrieron de par en par, horrorizados.

–¡Es lord Holybrook!

–Maldición.

Remmington se levantó de la cama.

Supuso que Patricia le había contado a su esposo alguna versión de lo que había sucedido, y que era lord Farnsworth quien permanecía de pie ante su puerta, pero un airado anfitrión era algo totalmente diferente.

Avanzó hacia la puerta y, manteniendo un dedo sobre los labios, empujó a Lily hacia la pared de modo que nadie pudiera verla desde el pasillo. Un segundo después, abrió la puerta lo suficiente como para que su cuerpo cubriera toda la abertura.

Ataviado con una bata de terciopelo granate y unas zapatillas a juego, lord Holybrook no parecía muy contento de ver al duque. Sus espesas cejas blancas se unían en un gesto de disgusto.

–Discúlpeme por molestarle a estas horas, Excelencia. –Miró hacia el final del pasillo vacío y, después, volvió a dirigir la mirada hacia Remmington–. Lady Farnsworth ha despertado a media ala sur gritando que usted y lady Lillian habían amenazado con matarla. No he creído esa tontería ni por un momento, pero he pensado que debía asegurarme de que no había ningún problema. –Cuando se hizo evidente que el duque no reaccionaría ante esas noticias, lord Holybrook se aclaró la garganta–. Al escuchar lo que decía lady Farnsworth, mi esposa pensó que lo mejor sería comprobar que la hija del conde de Crofford estuviese bien antes de molestarle, Excelencia. Ella no deseaba despertar a nadie de forma innecesaria, así que decidió utilizar las llaves de nuestra ama de llaves para abrir la puerta de la habitación de lady Lillian. Imagine su sorpresa cuando la encontró abierta.

Remmington se quedó muy quieto.

–¿Y?

–Lady Lillian no está en su cama, Excelencia. –Holybrook vaciló y continuó con voz insegura–. Antes de que mi esposa despierte a los sirvientes para registrar la casa, pensé que sería buena idea preguntarle a usted si sabe dónde podemos localizarla.

El silencio que se instauró entre los dos hombres pareció pesar como una losa. Remmington sabía muy bien lo que estaba insinuando su anfitrión.

–Tiene mi palabra de que lady Lillian está perfectamente a salvo, Holybrook.

Las líneas alrededor de la boca del anciano caballero se tensaron en un gesto de desaprobación.

–¿Es consciente de que Crofford es amigo mío y de que estoy obligado a informarle de este... incidente?

–Lo comprendo perfectamente.

–Bien. Le diré a mi esposa que vuelva a comprobar la habitación de lady Lillian, sólo para asegurarse. Es una estancia muy grande y quizá la joven se encontraba en una parte de la habitación que no podía verse desde la entrada. Si escucha golpes en la puerta que hay frente a la suya dentro de un cuarto de hora, le ruego que no se inquiete. –El anciano bajó la vista como si no pudiera soportar seguir mirándolo–. Buenas noches, Excelencia.

–Buenas noches, Holybrook. –Remmington dio un paso hacia atrás y cerró la puerta. Una extraña calma le invadió mientras continuaba mirando fijamente hacia la barnizada madera.

–Lo sabe –susurró Lily, repitiendo las palabras una y otra vez en una angustiosa letanía.

El duque sólo deseaba cogerla de la mano y llevarla hasta el lecho para reconfortarla de la única forma que sabía, y asegurarle que todo iría bien.

Lily pasó por delante de él como en un trance para coger su bata de encima de la cama y luego se dirigió a la salida.

–Tengo que volver a mi habitación antes de que lady Holybrook regrese.

Tenía razón. Disponía de menos de un cuarto de hora antes de que su anfitriona acudiera a su cuarto. Ése no era el momento de discutir la situación, y ella no parecía preparada para escuchar nada de lo que él tuviera que decirle.

Sin vacilar, Remmington abrió la puerta, acompañó a Lily al otro lado del pasillo y le susurró al oído:

–Duerme tranquila. Mañana hablaremos.

–Sí, gracias, lady Holybrook. Estaré bien. –Lily mentía, pero consiguió sonreír–. Buenas noches.

–Buenas noches, querida. –La puerta de la habitación se cerró tras la anciana.

Justo antes de la llegada de su anfitriona, Lily había conseguido despertar a Sophie y le había contado lo que había sucedido, incluido el hecho de que lord Holybrook pensaba decirle a su padre que la había encontrado en la alcoba de Remmington.

Totalmente aturdida, Lily se volvió hacia la cama y buscó la acongojada cara de su amiga.

–¿Qué voy a hacer?

–¿Qué...? –Sophie se aferraba a las mantas que la cubrían. Con cara de preocupación, se aclaró la garganta e intentó hablar de nuevo–. ¿Qué ha dicho Remmington? ¿Qué pretende hacer?

–Ha dicho que hablaríamos mañana, pero no creo que tenga intención de hacer nada. –Se mordió el labio–. Ya sabes que no desea casarse.

–Pero esto lo cambia todo. Tu honor está en peligro.

–No, no cambia nada –rebatió con voz triste–. La primera vez que me besó, él creyó que yo lo había tentado a propósito. Me dijo muy claramente que no se sentiría obligado a hacer una proposición de matrimonio si yo le ponía en un compromiso de forma deliberada. –Lily se acercó a la cama y se sentó en el borde, su voz no reflejaba ni un ápice de esperanza–. Estoy acabada.

–Todo esto es culpa mía –susurró Sophie–. Lo lamento tanto... No pensé que nada de esto pudiera suceder.

Lily sacudió la cabeza.

–No es culpa tuya. Sólo yo soy la responsable. Le pedí una cita a solas. Le hice creer que era un asunto de gran importancia, cuando no tenía ninguna en absoluto.

–Te equivocas. –Sophie se deslizó fuera de la cama, cogió un candelabro que ardía junto al lecho y encendió más velas por toda la habitación hasta que el cálido resplandor de las llamas las envolvió–. Todo lo que me explicaste sobre Remmington me hizo pensar que realmente le importabas. Pensé que si negabas tus sentimientos, él se daría cuenta de que está enamorado de ti.

–Él me desea. Nada más. Debería habértelo dicho. –Lily consiguió esbozar una amarga sonrisa–. Me extrañaba que permitieras que me rindiera con tanta facilidad.

–¿No estás enfadada?

–¿Por intentar ayudarme? –Negó con la cabeza–. Si acaso, estoy furiosa conmigo misma por no reconocer un intento tan evidente de hacer de casamentera. Debería haber sabido que estabas provocándome a propósito, que usabas mi orgullo en mi contra. Sabías que yo no soportaría la idea de que Remmington se compadeciera de mí.

Sophie asintió con expresión insegura.

–Mi plan parecía estar funcionando. Le sorprendí mirándote en más de una ocasión esta noche, y había algo en su expresión que la hacía diferente a la que mostró durante el viaje en el carruaje. Creo que estaba preocupado.

–Al parecer sus preocupaciones estaban bien fundadas. –Lily se arrepintió de sus secas palabras cuando vio como se agolpaban las lágrimas en los ojos verdes de su amiga y le dio unas palmaditas en la mano–. No te culpes, Sophie. Algo así tenía que pasar más tarde o más temprano. No he hecho otra cosa que ignorar las advertencias de Remmington y he procurado cruzarme en su camino siempre que he tenido ocasión. Conocía las posibles consecuencias y las ignoré. Ahora debo pagar el precio.

–Puede que la situación no sea tan grave como parece –aventuró Sophie–. Seguramente lord Holybrook se lo contará a tu padre, pero no puedo creer que él vaya a repetir la historia a nadie más, no cuando es consciente de que tu reputación está en riesgo.

–No tendrá que decírselo a nadie más. –Frunció el ceño ante la confundida expresión de Sophie–. Cuando nuestro anfitrión se dé cuenta de que Remmington no se siente obligado a salvar mi reputación, asumirá que acudí a su alcoba sin ser invitada.

–¡Pero eso no es cierto! Fue su Excelencia quien te dijo que os encontrarais allí.

–Sólo porque pensó que sería más seguro que los lugares que yo sugerí, que nadie se daría cuenta de un encuentro allí. Su preocupación por mi seguridad y mi reputación no cambia el hecho de que fui yo la que pedí verle a solas. –Lily descartó esa parte del problema con un gesto impaciente–. Para cuando finalice el fin de semana, lord Holybrook sabrá que soy yo la responsable, que como mujer soltera y como huésped en su casa mi comportamiento ha sido imperdonable. Estoy segura de que me pedirá que renuncie a formar parte de la Sociedad de Antigüedades.

–No creo que se atreva a ir tan lejos.

Sophie dejó caer los hombros. Ella sabía tan bien como su amiga que sí lo haría. Lily dejaría de ser considerada como una joven «aceptable», y el aprecio de lord Holybrook hacia ella no importaría, ya que había ciertas reglas no escritas en la sociedad que todo el mundo seguía lo quisiera o no.

–También hay que pensar en Patricia Farnsworth –continuó Lily–. Creo que despertó a media ala sur con sus gritos. Ese rumor puede que pase desapercibido, pero la gente empezará a especular pronto sobre las razones por las que ya no soy miembro de la Sociedad de Antigüedades y llegarán a una conclusión evidente. Me convertiré en una marginada. –Frunció el ceño con una expresión pensativa–. ¿Sabes, Sophie? Puede que tengas razón. Puede que no sea tan horrible como parece.

Su amiga se quedó mirándola como si Lily hubiera perdido la cabeza.

–Es un desastre.

–De hecho, podría ser una bendición. No me veré obligada a asistir a bailes o fiestas, o a ninguno de esos aburridos tés. Nadie me invitará a ningún sitio.

–Te volverás loca de aburrimiento –predijo Sophie.

–Lo dudo –se burló–. Podré dedicar todo el tiempo que desee a mi trabajo y a mis estudios.

–Te convertirás en una solterona.

–Haces que parezca un destino peor que la muerte. –Lily se descubrió a sí misma sonriendo–. Creo que me gustará ser una solterona. No tendré que rendir cuentas a nadie y seré libre de hacer lo que me plazca.

–¿Acaso no te das cuenta de que tu padre tendrá algo que decir sobre ese plan tuyo de permanecer soltera? ¿O Robert? Si tu hermano se entera de esto, también deberás considerar la posibilidad de un duelo.

La sonrisa de Lily se desvaneció.

–Les explicaré a ambos que yo soy la única responsable de toda esta situación y que no deben culpar a Remmington en absoluto.

–¿De verdad? –Sophie no se preocupó por ocultar su escepticismo–. Sinceramente ¿crees que alguien en su sano juicio creerá que el duque es inocente en todo este asunto, que es una inofensiva víctima de tu lujuria?

–Supongo que no –reconoció Lily. Se levantó y empezó a pasear, demasiado agitada como para continuar sentada por más tiempo–. Quizá fueran más comprensivos si les dijera que me encontré con él para discutir algún incidente relacionado con mi ataque.

–Lo dudo –comentó su amiga–. No cuando yo le diga a mi tío que Remmington te invitó a su alcoba.

Los ojos de Lily se abrieron ante la sorpresa.

–No lo harás. Sophie, dime que no harás una cosa tan estúpida.

–Estúpido es tu plan para sacrificarte por ese hombre. No importa como lo justifiques en tu mente, él te ha llevado a la ruina. No puedo soportar pensar en qué se convertirá tu vida. Él es igual de culpable y merece pagar el mismo precio. Su honor también estará en riesgo cuando tu padre le haga enfrentarse a la verdad. El duque será obligado a hacer lo que es correcto, o demostrará que es un completo canalla.

–Te lo ruego –suplicó con las manos unidas en un gesto de desesperación–. Te lo ruego, no hagas nada que obligue a Remmington a casarse conmigo. Me aborrecería, Sophie. Estaría atado a mí durante el resto de nuestras vidas y me odiaría. ¡No podría soportarlo! –Lily sintió que incontenibles lágrimas rodaban por sus mejillas y se las enjugó enfadada–. Por favor, dime que no me harás eso.

Sophie atrapó su labio inferior entre los dientes y su firme expresión se desmoronó.

–Yo no podría hacer nada que te hiciera sufrir. Aun así, no puedo creer que vayas a ser más feliz de otro modo. –Hundió el rostro entre sus manos–. ¡Me siento tan impotente!

Lily no vaciló. Se sentó junto a ella y rodeó con su brazo los temblorosos hombros de su amiga.

–Tranquila, tranquila. Todo se arreglará. Ya lo verás.

Sophie logró soltar una risita entre lágrimas.

–No puedo creer que estés intentando consolarme. ¿No te das cuenta de que se supone que soy yo quien debe consolarte a ti?

–Creo que nos estamos reconfortando la una a la otra. –Lily le dio un apretón en el hombro–. En serio, Sophie. Las cosas no están tan mal como tú crees. Saldré de esto siempre que pueda contar con tu hombro para apoyarme en él. –Intentó animarla con otra sonrisa–. Aunque no sea para nada más, esto nos ha brindado la oportunidad de ser testigos del extraordinario gusto de lady Holybrook para las batas. Nunca había visto una hecha totalmente con boas de plumas rosas. Al principio, cuando abrí la puerta, pensé que alguna pieza de la colección de animales salvajes se había escapado y había atacado a nuestra pobre anfitriona.

Sophie le devolvió la sonrisa y luego ambas empezaron a reír.

A la mañana siguiente, Lily no podía pensar en nada que le hiciera reír. Fue la sobrina de Bainbridge quien descubrió la nota que Remmington había deslizado bajo la puerta. Mientras la joven acababa de despertarse, Sophie la leyó en voz alta.

–Dice: «Lily, debo abandonar la casa de Holybrook durante unas pocas horas esta mañana. Mientras esté fuera, quédate cerca de la señorita Stanhope, preferiblemente en vuestra habitación. Te veré cuando empiece la reunión de la Sociedad de Antigüedades a las dos en punto». Firma con una «R». –Preocupada, alzó la mirada hacia Lily–. ¿Qué crees que significa esto?

–No tengo ni idea. –Intentó no pensar en lo que parecía, pero su amiga no le permitió ignorar esa posibilidad.

–¿Crees que tiene intención de volver?

–Por supuesto que sí. Formo parte de su última misión y Remmington nunca eludiría el cumplimiento de su deber.

Sophie le lanzó una irónica mirada.

–Esperemos que sea más serio con ese deber de lo que lo es con otros. –Alzó una mano cuando Lily empezó a protestar–. Perdóname. No he podido evitarlo.

14

A las dos en punto, los miembros de la Sociedad de Antigüedades se reunieron en el vestíbulo que había junto a la sala de billar.

–¿Crees que la gente se comporta de forma diferente conmigo? –Lily se acercó lo máximo posible a su amiga.

–Tú eres la única que actúa de forma diferente –susurró Sophie–. Deja de estirar el cuello. Remmington es tan alto que lo veremos en cuanto llegue. Si llega, claro.

Lily irguió los hombros.

–Me ha parecido que el saludo de lady Orwell parecía un poco más forzado de lo normal.

–Esa mujer está tan agarrotada por la gota que apenas puede caminar. No gires la cabeza cuando oigas lo que voy a decirte, pero he visto aparecer a Remmington a tu izquierda. Viene hacia nosotras.

El corazón de Lily empezó a latir sin control, pero consiguió mantener su mirada centrada en Sophie el tiempo suficiente para recomponerse antes de volverse hacia él. Aun así, estaba tan nerviosa que se le olvidó hacerle una reverencia.

Remmington la contempló con un intenso brillo en la mirada durante largos segundos. Por último, hizo un gesto con la cabeza casi imperceptible, como si acabara de confirmar algo mentalmente.

–Lady Lillian –murmuró mientras alzaba su mano para darle un beso. Después inclinó la cabeza hacia Sophie–. ¿Estáis preparadas para asistir a la reunión?

–¿Dónde has estado? –se atrevió a preguntar Lily, pero de inmediato sintió como el rubor cubría sus mejillas.

El duque sacudió la cabeza.

–Te lo contaré más tarde. Por favor, Sophie, adelántate.

Remmington cogió a Lily del brazo y ambos siguieron a la señorita Stanhope hacia el interior de la sala de billar. El sarcófago de piedra ahora descansaba en horizontal donde antes había estado la mesa de billar. La mayor parte del mobiliario que quedaba en la estancia se había apartado a un lado, y las sillas estaban colocadas en filas semicirculares alrededor del sarcófago para ofrecer a los invitados una mejor visión durante la apertura.

Harry les saludó con la mano desde el otro lado de la sala e hizo señas hacia varias sillas en la segunda fila. Sophie los guió hasta allí.

–Los miembros más antiguos se han reservado los mejores sitios, pero creo que desde aquí lo podremos ver bastante bien –comentó lord Gordon cuando llegaron hasta él.

–Ha sido muy amable por su parte al acordarse de nosotros. Creo que la silla más cercana al centro es la que mejor vista tiene. –Sophie se las arregló para colocarse entre su amiga y Remmington cuando ocuparon los asientos.

Lily dejó escapar un pequeño suspiro y observó al duque de soslayo para estudiar su reacción ante el desaire de Sophie. No parecía preocupado en lo más mínimo. Quizá se alegraba de que no se sentaran juntos. Parecía que nunca pasaba nada bueno cuando se encontraban cerca el uno del otro.

La reunión de la Sociedad de Antigüedades Egipcias empezó casi de inmediato. Un emocionado lord Holybrook se abrió paso hasta el centro de la estancia para dirigirse a los miembros y, tras un breve saludo, empezó a leer un artículo sobre la Sociedad que recientemente se había publicado en el *Times*.

La joven no pudo concentrarse ni siquiera en una sola de las palabras que pronunció. Ansiaba disponer de un momento de intimidad para hablar con Remmington, para decirle que ella aceptaría la responsabilidad del incidente. Por supuesto, tendrían que ponerse de acuerdo en algunos detalles si quería mantener la esperanza de convencer a todos de su culpabilidad. Aunque, con toda seguridad, Remmington se negaría a tener con ella otra reunión en privado.

Finalmente, lord Holybrook presentó al doctor Alexander y Lily intentó prestar atención a la reunión. La principal autoridad en antigüedades egipcias no tenía el aspecto de un rudo aventurero. Su piel extremadamente bronceada era una muestra de las horas que había pasado bajo el sol del desierto pero, por otra parte, el buen doctor parecía poco acostumbrado a pasar penurias de cualquier tipo. Su delgada constitución dejaba entrever una fragilidad que hacía suponer una infancia dominada por una salud delicada.

El experto egiptólogo pronunció un breve discurso sobre la importancia histórica del lugar donde encontró el sarcófago y luego le trajeron un cincel y un mazo para que abriera los sellos. Al instante empezaron a oírse murmullos por toda la estancia.

Sophie cogió la mano de Lily cuando el doctor Alexander empezó a abrirlo.

–¡Oh, Dios mío!

–Parece como si esperaras que salieran volando demonios del sarcófago –comentó Lily–. Cálmate, Sophie. La maldición iba dirigida a los saqueadores de tumbas. El doctor Alexander es sólo un estudioso.

–No creo que Ameana Re vea alguna diferencia –respondió la aludida entre susurros.

Remmington se inclinó hacia ellas.

–¿Quién es Ameana Re?

–La princesa que está en el interior del sarcófago –le explicó Sophie.

El duque desvió la mirada hacia Lily.

–¿Se lo has contado?

–No vi por qué no debía hacerlo. –La joven frunció el ceño–. Sophie está preocupada por la maldición. Hemos acabado de traducirla esta tarde y es tan escabrosa como yo sospechaba.

–¡No me digáis que habéis dado algún crédito a esa tontería! –Al no obtener otra cosa que silencio ante su pregunta, Remmington frunció el ceño–. Para ser dos mujeres modernas y cultas, la creencia en antiguas maldiciones parece un gran paso hacia atrás.

Los gritos de nerviosismo que se oyeron entre el público les hicieron volver la atención hacia la parte frontal de la habitación. Seis corpulentos lacayos estaban insertando largos palos en las aberturas que había en los laterales de la piedra. Con gran esfuerzo, los sirvientes levantaron la losa y la deslizaron para revelar el contenido del sarcófago. Algunos invitados empezaron a estirar el cuello y unos pocos se pusieron en pie. La presión que Sophie ejercía sobre la mano de Lily empezó a resultarle dolorosa, hasta que los lacayos se echaron a un lado y todos pudieron ver que bajo la losa de piedra se hallaba una magnífica obra de arte: un sarcófago perfectamente conservado.

La imagen de la mujer que cubría la parte superior de la caja era tan realista que daba la impresión de poder hablar. Al observar el sarcófago interior con más detenimiento, Lily se dio cuenta de que parecía estar hecho de oro macizo.

Como en un trance, el doctor Alexander se acercó y tocó con reverencia el rostro de la imagen.

–Felicidades, lord Holybrook –dijo el egiptólogo cuando logró apartar por fin la mirada del sarcófago–. ¿Desea descubrir si la momia todavía está ahí?

Cuando vio que lord Holybrook permanecía absorto contemplando fijamente a la princesa egipcia, el doctor Alexander repitió la pregunta.

–¿Qué? ¿Cómo? –consiguió responder el aludido con una mirada perpleja–. ¿Abrirla? No, mi buen amigo. Ésta ya es bastante emoción para un día. ¿Qué le parece si hacemos que los lacayos coloquen el sarcófago en otro lugar para que usted pueda hacer un examen más detallado y lo abrimos mañana? Tenemos que dejar algo de misterio para la reunión final. Biggs –lord Holybrook llamó a su mayordomo–, servid un refrigerio y después encargaros de nuestra amiga egipcia. Yo diría que necesitaremos algunas correas resistentes. Preguntad al encargado de las cuadras.

Las órdenes de lord Holybrook parecieron sacar a todo el mundo de la fascinación en que les había sumido la princesa. Mientras el anfitrión de la reunión se encargaba de organizar la extracción del sarcófago, los sirvientes empezaron a circular entre los invitados con vasos de sidra. Remmington y Harry condujeron a las mujeres lejos del bullicio y encontraron un sitio para ellas en uno de los ventanales de la sala de billar.

–Quizá tenga razón después de todo, Excelencia. –Sophie desvió la mirada de Remmington para dirigirla hacia el sarcófago–. Al parecer las maldiciones no tienen ningún efecto.

–¿Qué maldiciones? –preguntó Harry.

–El ayudante de nuestro mayordomo es egipcio y dice que hay maldiciones grabadas en los sellos de los laterales del sarcófago. Auguran todo tipo de horribles destinos para quienquiera que se atreva a abrirlo –le explicó Sophie.

–¡Vaya! –Un destello de humor iluminó los ojos de Harry–. Si eso es verdad, Holybrook pronto necesitará nuevos lacayos. Además, bastante tuvieron anoche al tener que cargar con lady Farnsworth cuando se desmayó. ¡Qué escena montó! Me ha costado mucho mantenerme serio cuando nuestro anfitrión me ha explicado lo que sucedió.

–Ese incidente me tiene intrigada –comentó Lily–. ¿Qué le ha contado lord Holybrook acerca de lady Farnsworth?

Harry observó como Remmington fruncía el ceño y su sonrisa se desvaneció.

–Oh, poca cosa. En cualquier caso, nada edificante con respecto al carácter de lady Farnsworth. Ella y su marido se han marchado esta mañana a primera hora a Londres para buscar a alguien que pueda tratar sus nervios.

–Oh, ahí está el doctor Alexander –le interrumpió Sophie–. No parece ocupado ahora mismo. Debo preguntarle su opinión sobre el descubrimiento.

Lily la agarró del brazo.

–No creo que debas decirle nada sobre las maldiciones de tu sirviente, Sophie. ¿Por qué preocupar al doctor innecesariamente?

–No lo haré –prometió su amiga–. Sólo quiero saber si había abierto algún otro sarcófago sellado. Puede ser una historia interesante.

Harry también se excusó.

–Voy a preguntarle a Rumford sobre los pergaminos que compró. Tengo entendido que son asombrosamente similares a los míos. –Dirigió a Remmington una preocupada mirada, pero su sonrisa volvió a surgir con más intensidad cuando se inclinó hacia Lily–. Si me disculpa, milady.

–¿Qué es eso de un sarcófago sellado y una historia interesante? –preguntó el duque cuando Sophie y Harry se marcharon–. Da la impresión de estar totalmente decidida a hablarle al egiptólogo sobre las maldiciones.

–En absoluto –le aseguró la joven–. Simplemente pretende preguntar al doctor Alexander si ya ha abierto otros sarcófagos sellados. Si lo ha hecho, encontrará un modo de preguntarle si algo fuera de lo común le sucedió en esa época. Sophie realmente tiene un sirviente egipcio llamado Samir y él le ha llenado la cabeza con relatos sobre maldiciones de tumbas. Seguramente no se lo cree del todo, pero está convencida de que abrir un sarcófago da mala suerte.

–Entonces ¿por qué demonios aceptó presenciar la apertura de uno?

–Yo misma le hice esa pregunta. –Sacudió la cabeza–. Me temo que no puede reprimir su curiosidad.

–Tu amiga me parece extremadamente rara a veces, Lily. –La débil expresión divertida que había en sus ojos se desvaneció y Remmington unió las manos a su espalda–. Y a pesar de que las maldiciones de tumbas me parecen muy interesantes, creo que tenemos que discutir un asunto mucho más serio. Le pedí permiso a Holybrook para usar su estudio durante una hora después de la reunión y él se comprometió a garantizarnos la mayor intimidad.

La sonrisa de Lily desapareció. El duque parecía frío y distante.

–La verdad es que esperaba tener una oportunidad para reunirme contigo hoy. Hay... hay ciertas cosas sobre las que debemos ponernos de acuerdo.

–Desde luego, las hay.

Una peligrosa luz iluminó sus ojos y Lily se apresuró a explicarse.

–Lo más evidente, por supuesto, es el compromiso. Deberíamos ponerle fin en cuanto volvamos a Londres, pero hay otros detalles adicionales que considerar. Por ejemplo, no debes decirle a mi padre o a sir Malcolm que fuiste tú quien sugeriste el lugar de nuestra reunión. Les diré la verdad, que nuestro encuentro fue idea mía, y ellos asumirán que también fui yo quien decidió el lugar.

Remmington le dedicó una sonrisa irónica.

–Me parece difícil que te crean.

–Entonces diré que tu alcoba parecía el lugar más lógico. De hecho, tú tenías varias razones de peso para que nos reuniéramos allí, si no recuerdo mal. Parecerán igual de lógicas cuando las repita yo tras hacerlas mías.

–¿Y qué dirás cuando te pregunten por qué quisiste reunirte conmigo?

–Bueno... en realidad, todavía no he pensado en esa parte. –Bajó la mirada, avergonzada–. Sospecho que me comportaré como una cobarde y mentiré.

Remmington le levantó la barbilla con un dedo y atrapó su mirada mientras le acariciaba la mejilla con el pulgar.

–Lily, nunca dejas de asombrarme.

Estaba convencida de que su cobardía le disgustaba, no obstante, había una extraña y tierna expresión en sus ojos. Perdida en sus pensamientos, apenas se dio cuenta de que su amiga y el experto egiptólogo se unían a ellos en los ventanales.

Sophie fulminó con la mirada a Remmington hasta que éste soltó la barbilla de Lily. Luego esbozó una brillante sonrisa y se volvió hacia el doctor Alexander.

–Ésta es mi amiga, lady Lillian Walters y su... y el duque de Remmington. Estoy segura de que lady Lillian querrá escuchar su experiencia en la Gran Pirámide, doctor Alexander. Precisamente antes estábamos hablando de la extraña racha de mala suerte que parece afectar a los visitantes de ese maravilloso país.

–Sí, señorita Stanhope, la verdad es que se dieron muchas extrañas coincidencias durante mi viaje. –El egiptólogo alzó la mano de Lily para darle un beso, y después se volvió hacia el duque para dirigirle una reverencia formal–. Excelencia, me han comentado que es nuevo en el tema del estudio de la egiptología. ¿Encuentra interesante nuestra reunión?

El duque se encogió de hombros.

–¿Quién no puede quedar impresionado después de ver ese magnífico sarcófago?

De pronto se escuchó un disparo que hizo que los paneles de vidrio explotaran y una lluvia de cristales inundó el interior de la estancia. Al instante, Remmington se abalanzó hacia Lily para protegerla.

El caos reinó en la sala y algunos asistentes a la reunión empezaron a gritar. El duque tiró a Lily al suelo y la apartó de la ventana, colocándola tras la protección de un grueso muro. La sostuvo por los hombros mientras la recorría con la mirada en una rápida y desesperada búsqueda de heridas. Unos pocos trozos de cristal colgaban de su vestido color crema pero, al comprobar que parecía ilesa, el corazón de Remmington volvió a latir de nuevo. En medio de la conmoción general, se concedió un momento para rodear su rostro con la mano, un mísero consuelo para el miedo que todavía lo dominaba. ¡La bala había pasado tan cerca de ella! Unos milímetros más abajo y estaría muerta. Finalmente, se obligó a darse la vuelta en busca de cualquier nuevo peligro, teniendo cuidado de mantenerla a salvo tras su espalda.

Sophie y el egiptólogo todavía permanecían de pie ante la ventana y Remmington les gritó que se apartaran. Pero ambos ignoraron la orden, ya que estaban paralizados por la impresión. Al ver el estado en que se encontraban, el duque agarró del brazo a Sophie y la llevó junto a Lily. El doctor Alexander se quedó mirando por la ventana durante otro momento, luego bajó la mirada hacia la mancha roja que se extendía por su costado y dio un paso vacilante. Remmington se abalanzó sobre él para obligarlo a agacharse y alcanzar la seguridad del suelo.

Otro estallido atravesó los paneles de vidrio.

Actuando de forma instintiva, el duque se inclinó sobre el hombre herido y trató de protegerlo con su cuerpo de los fragmentos de cristal. Aun así, se giró casi inmediatamente buscando con la mirada a Lily. Ella asintió como si supiera que necesitaba que le confirmara que estaba bien.

Se oyeron gritos provenientes del interior de la casa. Pero aquellos que no habían huido cuando sonó el primer tiro permanecían extrañamente silenciosos, todos excepto una mujer que lloraba en voz alta. El resto empezó a mirar a su alrededor, y unos pocos levantaron la cabeza para contemplar la destrozada ventana.

Lord Holybrook se puso en pie para tomar el control de la situación. Desde su lugar cerca de la puerta gritó varias órdenes a sus sirvientes para que buscaran por las inmediaciones. Preocupado por que el anciano pudiera recibir un disparo, Remmington cerró las pesadas cortinas. Al menos, el tirador no podría ver a sus objetivos si es que no había huido, pues sólo un loco se quedaría tras el segundo disparo.

Holybrook abandonó la estancia para dirigir la búsqueda y varios hombres se presentaron voluntarios para unirse a él, con aire de contenida excitación en sus expresiones.

«Un aburrido inglés nunca rechaza una buena cacería», pensó Remmington. Evidentemente a esos hombres no se les había ocurrido que podrían ser de mucha utilidad en la escena del crimen. Antes de que alguien más pensara en mostrar un equivocado sentido del deber, gritó:

–Lathrop, Sanders, Bothwell. –Se dirigió hacia los tres jóvenes, que se le quedaron mirando fijamente desde el suelo y les ordenó–: Llevad al doctor Alexander hasta una cama. Lady Holybrook –dijo volviéndose para mirar a la anfitriona, que ya se había abierto paso hasta el egiptólogo–. Guíelos hasta la habitación del doctor y haga venir a un médico.

Remmington miró por encima del hombro hacia Lily y Sophie, y lo que vio le hizo fruncir el ceño. Buscó por la estancia y fijó la vista en dos mujeres de mediana edad que estaban agachadas junto a la chimenea.

–Lady Penrose, señora Rumford, vayan a las cocinas y asegúrense de que los sirvientes llevan agua caliente, paños limpios y un buen par de tijeras a la habitación de la señorita Stanhope y de lady Lillian. –Al ver que nadie se movía, su profunda voz resonó por toda la estancia–. ¡Vamos, muévanse!

Lady Penrose y la señora Rumford salieron corriendo de la habitación, y los jóvenes se acercaron al doctor Alexander. Entonces el duque fue hasta Lily y se arrodilló a su lado. Tanto ella como Sophie estaban llenas de trozos de cristales; algunos colgaban inofensivos de sus vestidos, otros brillaban desde su pelo. Sus ligeros y suaves vestidos podían ser muy elegantes, pero ofrecían muy poca protección contra los letales fragmentos de cristal. Sólo un pequeño arañazo atravesaba el brazo de Lily, una herida tan leve que, hasta ese momento, Remmington la había pasado por alto. Sin embargo, las heridas de Sophie parecían mucho más graves. Había sufrido un corte en el brazo y una gran cantidad de pequeños arañazos, pero el triángulo de cristal de más de siete centímetros que sobresalía de su hombro era lo más preocupante, ya que parecía haber penetrado profundamente en su carne.

La joven herida yacía inmóvil en el suelo mientras Lily se esforzaba en parar el flujo de sangre que brotaba de la herida con la falda de su vestido.

–El médico tiene que ver el hombro de Sophie –afirmó Lily con voz calmada. Su serenidad impresionó a Remmington. La vista de la herida de su amiga habría hecho que la mayoría de las mujeres se desvanecieran, pero ella parecía darse cuenta de que no era momento de perder los nervios–. Será más fácil extraer el cristal si antes le da láudano.

–Alexander necesita al médico más que tu amiga en este momento. –La voz del duque sonó más dura de lo que pretendía, pero la joven no pareció ofenderse y se hizo a un lado cuando Remmington levantó con cuidado a Sophie en sus brazos–. La llevaré a vuestra habitación. Lily, quiero que permanezcas a mi lado en todo momento.

La sala de billar estaba prácticamente vacía en ese momento. Sólo unas pocas personas continuaban acurrucadas en el suelo. Otros habían salido corriendo cuando Remmington cerró las cortinas. Harry apareció en la entrada justo cuando ellos abandonaban la estancia. Su rostro palideció cuando vio la herida de Sophie.

–Dios mío. –Su mirada se encontró con la del duque–. Acababa de entrar en la biblioteca en busca de algo de brandy cuando escuché los disparos. ¿Qué puedo hacer para ayudar?

–Encuentra a uno de mis hombres y envíalo a mis aposentos. –Pasó por delante de Harry y no volvió a detenerse hasta que llegó a la habitación de las jóvenes. Una vez allí, dejó con mucho cuidado a Sophie sobre la cama–. Lily, busca una camisola o un camisón para presionar la herida y otro para su brazo.

–Sacádmelo –susurró Sophie, mirando su hombro–. Me duele muchísimo.

–El doctor llegará pronto –la animó su amiga mientras le daba unas palmaditas en el brazo ileso.

–Lily, por favor, haz lo que te he dicho. –El duque cogió la mano de Sophie justo cuando ésta la dirigía hacia su hombro–. No lo toques.

Lily trajo dos camisones y Remmington envolvió el brazo de la joven herida con uno de ellos, sujetándolo con un nudo.

–Ahora voy a sacarlo –le dijo a Sophie–. Te causará más daño si lo dejamos ahí.

El duque apoyó una mano contra su hombro ileso para sujetar su cuerpo contra la cama. Tras un rápido examen del lugar de la herida, agarró el fragmento de vidrio y lo sacó con cuidado. La joven se quejó mientras lo hacía, pero se mantuvo inmóvil y no se resistió.

–Bien hecho –murmuró Remmington. Dirigió una rápida mirada al largo y sangriento fragmento de cristal, lo dejó sobre la mesilla y colocó el segundo camisón sobre el hombro, haciendo fuerza con la palma de la mano para ejercer presión sobre la herida–. Ha salido entero. Es una herida limpia, pero profunda. Voy a mantener mi mano sobre tu hombro hasta que se reduzca la hemorragia.

–Hemos traído todo lo que ha pedido –anunció lady Penrose desde la entrada. La señora Rumford la seguía, y detrás de ella llegó una doncella que cargaba un cubo con agua muy caliente.

–Quiero que usted y la señora Rumford ayuden a lady Lillian –dijo el duque a lady Penrose–. Tendrán que cortar la ropa de la señorita Stanhope para que el médico pueda luego coser la herida. –Luego se dirigió a la doncella–. Averigua dónde guarda lady Holybrook el láudano y tráelo aquí junto a un vaso de algo con lo que acompañarlo.

La sirvienta hizo una rápida reverencia y desapareció por la puerta, pero lady Penrose y la señora Rumford se quedaron inmóviles a los pies de la cama.

–Señoras, ¿quién tiene las tijeras?

–Yo. –La señora Rumford se las enseñó–. Pero Excelencia, usted no puede permanecer aquí. Tenemos que quitarle la ropa a la señorita Stanhope.

–Si me marcho, se desangrará hasta morir. –Soltó un suspiro de impaciencia al tiempo que hacía un gesto con la cabeza hacia lady Penrose–. Coja la manta que hay en mi cama. Es la habitación que está enfrente. Pueden usar eso para preservar el pudor de la señorita Stanhope.

Lily cogió las tijeras de la señora Rumford y empezó a cortar una de las mangas del vestido de Sophie mientras lady Penrose iba en busca de la manta.

A través de la puerta abierta, Remmington vio a Harry y a uno de sus hombres de confianza en el pasillo, y les hizo señas de que entraran en la estancia con un gesto de la cabeza.

–Acércate –le dijo a su escolta. Le dio una orden que sólo su hombre pudo escuchar y que le hizo salir de nuevo de la habitación. Luego, dirigiéndose a Harry, le preguntó–. ¿Lo han atrapado?

Lord Gordon negó con la cabeza.

–Jack y dos de tus escoltas están en ello, al igual que los sirvientes de lord Holybrook y unos cuantos de los invitados más audaces. Uno de los jardineros vio a un hombre alejarse a caballo unos minutos después del tiroteo, pero parece que nos lleva mucha ventaja.

Remmington bajó la voz para que Sophie no pudiera oír sus palabras.

–Hazle saber a lord Holybrook que la señorita Stanhope necesita los servicios del médico tan pronto como acabe con el doctor Alexander. De hecho, dile que es muy probable que la herida sea igual de grave.

–El médico está atendiendo al egiptólogo ahora –anunció Harry en un tono igual de bajo que el del duque–. Nuestro anfitrión le había invitado a pasar el fin de semana por si lady Orwell sufría un ataque de gota. Ha sido una coincidencia muy afortunada. Me aseguraré de que alguien informe al médico de que tiene un segundo paciente.

Harry se marchó en el preciso instante en que llegaba la doncella con el láudano. El escolta la seguía cargando con un bulto bajo el abrigo. Lady Penrose se encargó del láudano mientras Lily y la señora Rumford continuaban cortando la ropa de Sophie bajo la manta. Las mujeres, ocupadas en sus respectivas tareas, no se dieron cuenta de que el escolta le tendía un par de pistolas a Remmington. Éste las ocultó bajo la cama, dejándolas al alcance de su mano, antes de ordenar a su hombre de confianza que montara guardia en el pasillo.

Lady Penrose levantó la botella de láudano y estudió su contenido a través del cristal verde. Vertió una dosis en el vaso de agua, estudió de nuevo la botella y volvió a verter otro chorro de láudano en el vaso. Remmington esperaba sinceramente que conociera la diferencia entre la dosis que calmaría la herida y la que la mataría.

–Ya es suficiente, lady Penrose.

Era evidente que Lily compartía su inquietud, aunque no dejó de trabajar ni un momento con rápida eficacia. Sus movimientos eran firmes y seguros mientras que la señora Rumford se mantenía inmóvil, vacilante e insegura. Remmington deseó que si alguna vez le ocurría algo parecido, Lily estuviera a su lado, pues sabía cómo actuar frente a una crisis.

–¿Puede incorporarla un poco? –preguntó lady Penrose.

El rostro de Sophie estaba marcado por el dolor y su boca era una fina línea, pero aun así consiguió beberse la medicina.

–Qué amargo –dijo soltando un suave gruñido. Remmington volvió a recostarla y movió la cabeza hacia él–. Esto todavía no ha acabado, ¿verdad?

El duque la estudió en silencio durante un momento antes de negar con la cabeza lentamente.

–Ya lo sospechaba. –Su voz era débil y su piel había adquirido un tono cadavérico debido a la gran pérdida de sangre–. ¿Tendrán que cerrarme la herida con un hierro al rojo?

–No creo –le dijo Remmington. Las noticias parecieron relajar visiblemente a Sophie–. El láudano hará efecto en unos pocos minutos. Eso te ayudará a soportar el dolor.

–No creo que pueda mirar –susurró lady Penrose.

Remmington frunció el ceño.

–Usted y la señora Rumford pueden irse, si lo desean. Gracias por su ayuda.

Las dos mujeres no protestaron y se fueron apresuradamente.

–La maldición –susurró Sophie. Deslizó la mano del brazo ileso por la manga de Lily y luego la dejó caer sin fuerzas sobre la cama. Podía verse una expresión ausente en sus ojos, la primera señal de que el láudano empezaba a hacer efecto–. El cuchillo de cristal. –Su cabeza empezó a moverse inquieta sobre la almohada–. No puedo recordar esa parte. Léemela otra vez.

–Cálmate –murmuró Lily–. Eso ahora no es importante.

–¡Tienes que decírmelo! Tengo derecho a saber lo que pasará a continuación.

–No pasará nada más. –Su amiga apartó la mirada–. A ti no, al menos.

–¿Al doctor Alexander? –susurró Sophie.

–Sí.

–Dejadlo ya –ordenó Remmington–. Esto no tiene nada que ver con una maldición.

Las dos mujeres se quedaron mirándolo y el duque estuvo seguro de que no le creían.

Lily sacudió la cabeza.

–Tú no has leído el mensaje que había en esos sellos.

Remmington frunció el ceño hacia ella.

–Te prohíbo que digas una palabra más sobre ese tema. En este momento tu amiga no necesita sufrir un ataque de histeria por una tonta superstición.

–Puedo asegurarte que...

–No pasa nada, Lily. –Sophie cerró los ojos–. Como tú has dicho, eso ahora no es importante.

Lily fulminó al duque con la mirada y dijo en voz muy baja:

–La has disgustado.

Al oírlo, Remmington le dirigió una exagerada mirada de incredulidad y exasperación.

–¿Lily? –La voz de Sophie sonó más lenta y sus párpados sólo se abrieron un poco.

–¿Sí?

–Me temo que no voy a poder ofrecerte mi hombro para que te apoyes en él durante una temporada.

Un destello de lágrimas apareció en los ojos de Lily, pero sonrió y le dio unas palmaditas en la mano.

–Entonces tendrás que ser tú quien se apoye en el mío.

El médico llegó un cuarto de hora más tarde y cosió la herida superficial del brazo de Sophie, mientras ésta permanecía en un sueño inducido por las drogas.

Luego el doctor empezó a coser con cuidado la profunda herida del hombro.

–Tendremos que cerrarla con un hierro al rojo –anunció al ver que no paraba de sangrar.

El duque secó la sangre y negó con la cabeza.

–Ya casi ha acabado. Estoy seguro de que ella preferiría evitar esa cura. Mantendré la presión sobre su hombro cuando usted haya finalizado hasta que la hemorragia se detenga.

El médico pareció dubitativo durante un momento antes de asentir.

–La hemorragia no es tan grande como cuando empezamos. Quizá sea lo mejor después de todo.

Los tres permanecieron en silencio mientras el doctor continuaba con su trabajo. Remmington se dio cuenta de que Lily no miraba la labor del médico, pero tampoco se movió del lado de Sophie. Cuando acabó de coserla, la joven ayudó a envolver la herida con un vendaje.

–La hemorragia se ha detenido –comentó el doctor–. Denle más láudano cuando se despierte. Volveré en unas pocas horas para ver cómo está.

–Al menos ha permanecido dormida mientras la cosían –susurró Lily cuando se quedaron solos–. Un hierro al rojo habría sido más doloroso que la propia herida.

–Eso mismo he pensado yo.

–Quiero darte las gracias de parte de las dos. –Hizo una señal con la cabeza hacia Sophie–. Si no nos hubieras sacado de delante de esa ventana... –Lily alzó una mirada agradecida hacia él en la que se reflejaban sus sentimientos–. Te debo la vida.

Esa simple afirmación hizo que un desagradable estremecimiento recorriera al duque. No se merecía su agradecimiento. No había conseguido proteger su reputación, y casi había fallado en su deber de proteger su vida. Las cosas serían más fáciles para ambos si ella reconocía sus defectos y se alejaba de él. Pero su gratitud sólo le hizo estar más decidido a no hacer lo que ambos lamentarían el resto de sus vidas.

15

Los Bainbridge y el conde de Crofford llegaron al amanecer del día siguiente. La tía de Sophie se quedó con las jóvenes en su alcoba mientras los hombres se reunían abajo.

Una hora más tarde se oyeron unos suaves golpes en la puerta. Lady Bainbridge leía en voz baja desde una silla que había acercado a la cama, mientras que Sophie dormitaba en medio del sopor producido por el láudano, así que Lily se levantó para atender la llamada.

Una doncella con un almidonado gorro blanco le hizo una reverencia.

–Su padre desearía verla en el salón azul, milady.

La joven, en cambio, no estaba segura de desear ver a su padre. No había tenido ocasión de hablar a solas con Remmington desde el tiroteo y ahora ya era demasiado tarde. Lily miró por encima del hombro hacia lady Bainbridge, quien, sin interrumpir su suave flujo de palabras, alzó la vista y le hizo señas para que acompañara a la doncella.

Mientras seguía a la sirvienta por las largas escaleras, practicó lo que pretendía decirle a su padre, pero sonaba ridículo y estaba segura de que nunca la creería.

La doncella abrió la puerta del salón azul y Lily entró. Remmington estaba sentado junto a la chimenea en una silla que parecía demasiado delicada para soportar su enorme cuerpo. Tenía las piernas extendidas ante él y los codos apoyados en los largos y delgados brazos de la silla. Parecía contemplar una de sus manos, mientras que su padre paseaba arriba y abajo cerca de él.

Lily reprimió la fuerte oleada de ansiedad que la invadió.

–Me alegro de verte, papá.

Los dos hombres se volvieron ante el sonido de su voz. El duque se levantó para recibirla en el centro de la estancia, con una insondable expresión en los ojos. Sin decir palabra, la condujo hasta el asiento que acababa de dejar libre y se quedó de pie tras ella. El peso de sus manos sobre sus hombros calmó parte de sus miedos. Aun así, se preguntó si era un intento de mostrarle su apoyo, o si el gesto no significaría nada en absoluto.

El conde unió las manos a su espalda y dirigió la mirada hacia su hija.

–Remmington me ha contado que sobreviviste al incidente de ayer con unos pocos rasguños como única consecuencia. Lamento que tu amiga no haya sido tan afortunada.

Lily asintió y esperó a que continuara. Se temía que la conversación tendría poco que ver con la preocupación de su padre por las heridas de Sophie, o sus leves arañazos. Inquieta, ladeó la cabeza para poder mirar a Remmington, pero su expresión permanecía indescifrable. Parecía tan aburrido que casi esperó verlo bostezar.

–También me ha explicado que lord Holybrook pretende informarme de un incidente que tuvo lugar la noche anterior al tiroteo –siguió el conde.

La joven no se sentía capaz de mirar a su padre a los ojos, pues sabía que él deseaba que lo negara, que esperaba escucharle decir que todo había sido un terrible error. En lugar de eso, agachó la cabeza avergonzada y permaneció en silencio.

–Su Excelencia no ha querido avanzarme nada más hasta que tú no estuvieras presente –añadió–. Me gustaría que me dieras una explicación, hija.

Todavía no lo sabía. ¿Acaso el duque deseaba comprobar que realmente era una cobarde? Lily se aclaró la garganta y tuvo la esperanza de que la voz no le fallara.

–Sí, bueno, todo empezó...

Remmington le dio un apretón en los hombros.

–Yo mismo se lo explicaré, milord. Pero quería que su hija estuviera presente porque esto le afecta directamente. En realidad, había planeado reunirme con ella para hablar sobre el asunto antes de su llegada, pero las heridas de la señorita Stanhope tenían prioridad. –Hizo una pausa–. Lo que lord Holybrook pretende contarle es que descubrió a Lily en mi alcoba la noche anterior al tiroteo.

–¿Qué?

El tono de asombrada incredulidad en la voz del conde y la conmoción e incredulidad que aparecieron en sus ojos se clavaron en la joven como si se tratara de puñales.

–No es tan malo como parece, papá. De verdad, yo puedo...

Las manos de Remmington volvieron a hacer presión en los hombros de ella.

–Yo pedí a Lily que se encontrara allí conmigo. Deseaba estar a solas con ella.

–¡Eso no es verdad! Bueno, no es exactamente cierto –se corrigió–. Fui yo quien le pidió que nos viéramos a solas, papá.

–Y yo sugerí que nos reuniéramos en mi alcoba –la interrumpió Remmington–. Lily propuso varios sitios bastante razonables donde nadie podría pensar en lo peor en el caso de que nos encontraran juntos, pero fui yo quien insistió en un lugar más íntimo.

Crofford entornó los ojos.

–¿Se da cuenta de lo que está diciendo, Excelencia?

–Sí, milord, me doy cuenta. La reputación de Lily está en grave peligro. Una vez le di mi palabra de que no me comportaría de forma impropia con su hija, y he roto mi promesa. Mis acciones son inexcusables. Espero que pueda aceptar mis disculpas.

El conde cruzó los brazos.

–Y yo espero que tenga algo más que ofrecer, aparte de sus disculpas.

Remmington asintió.

–Si puede aceptar mis excusas, espero que también pueda aceptarme como yerno.

–¿Qué? –La joven casi gritó la pregunta, pero el duque continuó como si no la hubiera escuchado.

–Ayer obtuve una licencia especial. Con su permiso, desearía casarme con Lily lo antes posible.

Crofford pareció considerar la oferta.

–No apruebo los acontecimientos que han conducido a todo esto, pero supongo que será un marido lo bastante adecuado para mi hija. La situación nos deja pocas opciones.

–Le preguntaré a lord Holybrook si la ceremonia puede celebrarse aquí mismo –anunció el duque–. Cuanto antes nos casemos, menos oportunidades habrá para que surjan rumores desagradables.

Lily no pudo reprimirse y se levantó de la silla para encararse a Remmington.

–No puedo creer que estés haciendo esto. Tú dijiste... –Cerró la boca de golpe para no recordarle que no deseaba casarse con ella. No con su padre delante. Fue entonces cuando Lily pudo contemplar la amarga determinación en los ojos del duque. Él no deseaba ese matrimonio y ella no quería ser considerada un sacrificio hecho en nombre del deber. Sin embargo, la firme línea de la mandíbula de Remmington no dejaba lugar a discusión, así que la joven intentó razonar con su padre–. Su Excelencia tiene una naturaleza muy noble y una tendencia natural a proteger a todos aquellos que hay a su alrededor, papá. Está asumiendo toda la responsabilidad de esta situación a propósito cuando él no es culpable de nada. No debería estar obligado a pagar por mis errores.

Remmington colocó un brazo alrededor de sus hombros, la acercó a él y cogió su mano en un gesto firme y suave al mismo tiempo.

–Me temo que su hija todavía no ha aceptado el hecho de que yo no permitiré que abandone esta casa como una mujer mancillada. Podríamos persuadir a lord Holybrook para que se mantuviera en silencio, pero me temo que lady Farnsworth también vio a Lily entrar en mi alcoba. Si nos casamos enseguida, pondremos fin a cualquier rumor que se pueda extender. Si no lo hacemos, para cuando regresemos a Londres la reputación de su hija ya estará hecha trizas.

–¿Es eso cierto, Lily? ¿Te vio lady Farnsworth entrar en los aposentos de Remmington?

La joven pudo sentir como cualquier alegación que tuviera que hacer sobre aquel asunto se desmoronaba.

–Bueno, sí, pero eso no es todo. Seguramente nadie creerá lo que lady Farnsworth diga sobre nosotros. Verás...

El dedo pulgar del duque acarició el centro de su palma, el sensible lugar donde una vez había sentido sus labios. Continuó con el seductor movimiento incluso después de que Lily dejara de hablar, ocultando la caricia entre sus manos. La joven bajó bruscamente la mirada hacia el suelo, incapaz de mirar a su padre mientras Remmington la acariciaba tan íntimamente.

–Verás...

Pero ¿de qué había estado hablando? El duque continuaba acariciando su palma y Lily deseaba acercarse más a él, apoyar la cabeza contra su pecho, que la envolviera en sus brazos, que le dijera que todo iría bien.

–¿Lily?

–¿Sí? –dijo, y levantó la cabeza sorprendida.

–Hablabas de lady Farnsworth –la animó el conde.

–¿De lady Farnsworth? Oh. Sí. Sí que me vio entrar en la habitación de Remmington.

La joven supo que ésa no era la respuesta correcta en el preciso instante en que salió de sus labios, así que hizo lo único que podía hacer en esas circunstancias. Mantuvo la boca cerrada e inclinó la cabeza frunciendo el ceño.

–Parece evidente que dejar que Lily apareciera en público ha sido un error –afirmó Remmington–. El tiroteo sólo ratifica que celebrar la boda lo antes posible sea lo más aconsejable. Los huéspedes que no se marcharon ayer se irán esta tarde, y estoy seguro de que Holybrook estará encantado de cedernos la capilla para la ceremonia. Podríamos casarnos mañana mismo y, como recién casados, a nadie le parecerá extraño si permanecemos aislados durante un tiempo.

–¿Y bien, Lily? –Crofford esperó hasta que su hija le miró a los ojos–. Tienes que tomar una decisión.

Nerviosa, la joven se mordió el labio, ya que era consciente de que lo que dijera en ese momento afectaría al resto de su vida. Podía rechazar la oferta de Remmington y convertirse en una solterona, o casarse con él y esperar que el aprecio que sentía por ella se convirtiera en algo más profundo. Ambas posibilidades eran potencialmente desastrosas. Su historial con las mujeres no era en absoluto tranquilizador. Puede que durante un tiempo le pareciese divertido su papel de caballero al rescate de una damisela en apuros, pero también era posible que se hartase de interpretar ese papel. Y si eso sucedía, le rompería el corazón.

–Me gustaría pensar en ello esta noche y transmitiros mi decisión mañana.

Crofford negó con la cabeza.

–No veo ninguna razón para alargar esto hasta mañana. Eres mi hija y apoyaré cualquier decisión que tomes, pero en tu corazón creo que sabes que sólo hay una respuesta correcta.

Remmington aumentó la presión casi imperceptiblemente sobre su hombro. Lily sabía que no debía ser así, pero ese pequeño y preocupado gesto influyó en su decisión.

Se casaron al día siguiente.

Lord y lady Holybrook estaban encantados de que la ceremonia se celebrara en su casa e insistieron en organizar una espléndida cena nupcial como parte de su regalo para los recién casados. Sophie todavía estaba débil, pero el médico le permitió asistir a la ceremonia siempre que le prometiera permanecer quieta en un pequeño sofá. Lord Holybrook incluso hizo que unos sirvientes llevaran a la joven a la cena, con el sofá incluido.

–Creo que lo único que le falta a Sophie es un turbante –comentó lady Bainbridge a su anfitriona, mientras se sentaba junto a su sobrina en el sofá para ayudarla a comer–. Con todos estos mimos y su colorida indumentaria, parece una princesa de algún lejano imperio oriental que nos honra con su visita.

Recostada entre almohadas de satén y envuelta en una de las capas de terciopelo de lady Holybrook, Sophie realmente parecía una princesa.

–Es Lily la que parece una princesa con su corona de novia –respondió Sophie–. Yo me siento como la pariente chiflada que insiste en lucir sus ropas de dormir para la cena.

Lily no se sentía en absoluto como una princesa, ya que llevaba el vestido azul celeste que había lucido la noche que llegaron a casa de los Holybrook. Intentando controlar su nerviosismo, extendió el brazo para tocar la corona de flores que sujetaba su peinado, una exuberante creación de pequeñas rosas de color rosa y de otras flores típicas de la estación diseñada por el jardinero de sus anfitriones. La verdad es que la corona de novia le hacía sentirse exótica, diferente de alguna manera. O quizás era la ceremonia que acababa de tener lugar, la sensación de irrealidad que la había dominado mientras permanecía de pie junto a Remmington y le escuchaba repetir las palabras que los unirían para siempre. La joven esperaba despertarse en cualquier momento y descubrir que todo aquello no era más que un sueño.

–Creí que su amigo, lord Gordon, se quedaría para la ceremonia –comentó lady Holybrook a Remmington.

–Harry se marchó a Londres con los Penrose sin saber nada de los planes de boda –respondió el duque–. Lily y yo preferíamos una celebración íntima. Nuestra boda en su capilla era lo que ambos deseábamos, y siempre les estaremos agradecidos por su generosa hospitalidad.

–Es usted quien nos honra, Excelencia –afirmó lord Holybrook en tono solemne–. No creo que en nuestra mansión se haya celebrado nunca antes la boda de un duque. No se hablará de otra cosa durante bastante tiempo.

–¿No se casó su hija, Sally, el año pasado aquí? –preguntó sir Malcolm a su anfitrión.

–Oh, sí. Qué tremendo jaleo. La muchacha insistió en organizar un almuerzo nupcial para doscientas personas.

–Doscientas veinte –le recordó su esposa antes de lanzarse a continuar ella misma con el relato de los acontecimientos.

La conversación fluyó alrededor de la mesa, pero Lily no podía dejar de darle vueltas a sus propios pensamientos. El día ya le parecía un vago recuerdo, exceptuando el momento en que había entrado en la capilla justo antes de que la ceremonia se iniciara. Remmington, que estaba de pie junto al altar, se volvió hacia ella, y la intensidad de su mirada la hizo avanzar hasta que se encontró junto a él sin saber exactamente cómo había llegado hasta allí.

–Algunas novias sonríen de vez en cuando el día de su boda –le dijo el duque en voz baja al mismo tiempo que su mano buscaba la de ella bajo la mesa–. ¿Todo esto no te hace al menos un poco feliz, Lily?

–Creo que todavía estoy aturdida por todo lo que ha sucedido hoy –reconoció–. Pero sí, estoy feliz.

Alzó la vista hacia él y observó como una lenta sonrisa curvaba sus labios. Nunca le había parecido tan atractivo. Ahora estaba casada con él, y pronto la llevaría escaleras arriba y la haría su esposa no sólo de nombre. El misterio sobre lo que les deparaba a ambos esa noche la asustaba y excitaba al mismo tiempo.

De pronto, el sonido de la voz de su padre atrajo de nuevo su atención hacia la conversación de la mesa.

–Tienes un gran descubrimiento en tus manos con esa momia, Alfred. Las antigüedades griegas son mi especialidad, pero he de reconocer que esto supera todo lo que he visto hasta el momento. ¿Hay alguna posibilidad de que abras el sarcófago antes de que nos marchemos?

–¡No! –El grito de Sophie llamó la atención de todos. La joven se aferraba al brazo de su tía como si intentara recuperarse de una punzada de dolor–. No debe abrirlo, lord Holybrook. Esa momia está maldita.

–Querida, no debes alterarte de esta forma. Ya sabes lo que ha dicho el doctor –la reprendió su tía. Después se volvió hacia su anfitrión–. El ayudante de nuestro mayordomo es un nativo de Egipto. Me temo que ha metido en la cabeza de nuestra sobrina algunas ideas un poco extrañas sobre momias y maldiciones.

Lord Holybrook asintió en dirección a Sophie.

–Ya veo que este asunto la altera, señorita Stanhope. Pero no se preocupe, no creo que a la momia le importe si esperamos hasta que el doctor Alexander se sienta lo bastante recuperado como para supervisar él mismo la apertura.

Sophie se estremeció.

–Gracias, se lo agradezco.

Holybrook asintió y luego dirigió la mirada hacia sir Malcolm.

–Un sirviente egipcio, ¿eh? Espero que me permita tener una

charla con ese hombre la próxima vez que las visite. Parece una persona fascinante. –Tras interesarse un poco más por el sirviente, entretuvo a la concurrencia con unas cuantas de sus aventuras en Egipto, y el tema de las maldiciones quedó olvidado.

Después de la cena, las mujeres se reunieron alrededor de Sophie y los caballeros se retiraron a la biblioteca para disfrutar de una copa de oporto. Lady Bainbridge y lady Holybrook hablaron sin cesar de sus propias bodas, mientras que Lily intentaba hacerse a la idea de que realmente se había casado, y de que lo había hecho con el hombre que amaba. Si no fuera por la ceremonia y el sombrío reverendo Clarion, ésa podría ser otra noche cualquiera, otra reunión en la que reír y hablar con amigos; sólo que la joven no podía concentrarse en nada de lo que se decía a su alrededor.

–Debes de estar cansada –comentó lady Bainbridge a su sobrina una hora después–. Creo que es hora de que los sirvientes te lleven arriba. El médico comentó que no debías excederte hoy.

–De verdad que no... –Sophie captó la mirada de advertencia de su tía y se quedó callada.

–¿Por qué no te retiras ya a tu habitación? –sugirió entonces lady Bainbridge a Lily–. Se está haciendo muy tarde. Estoy segura de que tu esposo se reunirá contigo pronto.

–Mi doncella trasladó tus cosas a la alcoba del duque durante la cena –comentó lady Holybrook–. La enviaré allí para que te ayude a cambiarte.

–Gracias, pero eso no será necesario. Puedo arreglármelas sola. –La joven no deseaba a una doncella deambulando a su alrededor esa noche. Sus atenciones sólo conseguirían ponerla más nerviosa, si es que eso era posible.

Lady Holybrook pareció dubitativa, pero finalmente asintió.

–Clara tiene razón. Se está haciendo muy tarde. ¿Quieres que te acompañe arriba?

Lily no creía que fuera tan tarde y no podía imaginar por qué su anfitriona pensaba que necesitaba que la acompañaran a su habitación, así que frunció el ceño y declinó la oferta. Entonces un silencio abrumador reinó en la estancia mientras las tres mujeres la miraban fijamente.

–Bien –dijo Lily al fin–. Será mejor que me retire ya.

Estaba nerviosa y fue incapaz de disimularlo. Casi volcó la silla cuando se levantó con demasiada brusquedad, y ese embarazoso error sólo consiguió crispar aún más sus nervios. Para cuando llegó a la escalera, Lily deseó recuperar sólo una pequeña parte de la hipnótica calma que la había acompañado durante todo el día. Temblaba tanto que reconsideró seriamente la oferta de lady Holybrook de acompañarla hasta su alcoba, pero de alguna manera consiguió llegar hasta la habitación de Remmington, aunque, una vez allí, no tuvo ni idea de qué hacer a continuación.

Un pequeño fuego proyectaba sombras en la estancia y vencía al frío de la húmeda brisa nocturna. Inquieta, se acercó a la chimenea, se quedó mirando las oscilantes llamas naranjas como si estuviera hipnotizada y extendió sus manos hacia el calor, frotándolas como si una tormenta de nieve rugiera en el exterior de la mansión en lugar de una suave lluvia de primavera.

Pasaron unos pocos minutos antes de que Remmington apareciera en la entrada. No pronunció palabra cuando cerró la puerta y deslizó el pestillo. Estaban solos. Esa noche no habría interrupciones ni visitantes inoportunos. En el pasado, su presencia siempre la había tranquilizado, le había proporcionado una sensación de seguridad y de confianza el hecho de que él la protegería incluso de sí mismo. Esa noche se sentía incómoda e insegura a causa de todo lo que no se había dicho entre ellos.

Remmington no se movió de su lugar junto a la puerta, pero Lily podía sentir su mirada sobre ella. ¿Acaso consideraría lo que iban a hacer esa noche sólo como parte de su deber?

–Parece que ha pasado mucho tiempo desde que tuvimos ocasión de estar solos por última vez –dijo Lily–. He pensado que estaría bien que habláramos un rato.

El duque apoyó su hombro contra la puerta mientras la recorría con una mirada de admiración.

–Lily, nunca hemos conseguido limitarnos a hablar cuando nos hemos quedado solos, y eso tiene algo que ver con la razón por la cual estamos solos ahora mismo.

La joven frunció el ceño ante el recordatorio de que él no se había casado con ella por decisión propia.

–Sí, lo sé, pero esperaba poder hablar ahora sobre nuestro matrimonio.

–Me temo que es ya demasiado tarde para que puedas cambiar de opinión.

El duro trasfondo de su voz la sorprendió casi tanto como el hecho de que se preocupara siquiera ante semejante posibilidad. Intranquila, se sentó en un banco junto al hogar y empezó a retorcer los finos lazos rosas que caían de su corona de novia.

–No he cambiado de opinión sobre nada. Sólo he pensado... bueno, esperaba... ¿Querrías sentarte a mi lado un momento?

Remmington se acercó a ella moviéndose con la gracia de una pantera. Pero en lugar de sentarse a su lado, cogió una silla y la colocó frente a ella.

–Muy bien, Lily. Hablemos. –El duque cogió sus manos entre las suyas y Lily fue atravesada por una ráfaga de calor, una sensación que la calmó en lugar de asustarla. Bajó la vista y, al contemplar sus manos unidas, la joven se dio cuenta de la facilidad con la que la mantenía cautiva. Él nunca había utilizado su fuerza contra ella, aunque siempre la había rodeado con su aura de poder y la había mantenido a salvo dentro de su círculo protector. De pronto sintió como Remmington deslizaba su pulgar a lo largo de la sensible piel de su muñeca–. ¿Por qué no empiezo yo diciendo que no hay nada que debas temer decirme? Nada que puedas temer preguntar.

Aun estando atrapado en ese forzado matrimonio, él le hablaba como lo haría un hombre a quien le importara su esposa. Lily sabía que sentía cierto aprecio por ella y se preguntaba si eso sería suficiente, si estaría de acuerdo con su petición.

–La verdad es que había pensado que podríamos hablar sobre las condiciones de nuestro matrimonio.

–¿Qué condiciones?

El duque no pareció especialmente complacido ante lo que ella le dijo, aun así, siguió sosteniendo sus manos con firmeza. No le apretó con más fuerza para mostrar su rechazo a considerar la idea, ni aflojó la presión para dar a entender que descartaba sus condiciones desde un principio, sino que esperó pacientemente una explicación. Pero ¿cómo demonios podría explicárselo?

–No son precisamente condiciones. Estaba pensando en cómo podíamos llegar a un entendimiento.

–Por favor, Lily, esto no es una transacción comercial. Es un matrimonio.

–Oh, yo tenía la esperanza de que lo vieras de esa forma. –Lily asintió para mostrar su aprobación–. Soy consciente de que esto no es un matrimonio por amor, y tú dijiste que no creías en la lealtad o en la devoción dentro del matrimonio. Verás, sólo estaba un poco preocupada porque...

Esa vez sí que aumentó la presión sobre sus manos.

–¿Qué estás intentando decirme exactamente?

–Que espero que no consideres nuestro matrimonio como otra farsa –susurró mirándolo directamente a los ojos, obligándose a no bajar la vista cuando la vergüenza la hizo desear hacerlo. Aquello era demasiado importante como para comportarse de forma evasiva o cobarde. Deseaba que él la comprendiera–. Sé que muchas parejas hacen vidas separadas una vez que se casan, que sus matrimonios, en realidad, son poco más que un acuerdo comercial. Cuando volvíamos de casa de lady Keaton me diste la impresión de que no tenías una buena opinión sobre esos matrimonios. Yo tampoco. Yo deseo un matrimonio de verdad.

Durante un largo momento Remmington no dijo ni hizo nada. Después soltó sus manos y apoyó las palmas sobre sus muslos. Mantuvo el ceño fruncido mientras miraba hacia el suelo que había entre ellos y Lily volvió a colocar las manos sobre su regazo para hacer girar el anillo de oro que él había colocado en su dedo durante la ceremonia. Era un anillo sencillo, sin florituras ni adornos, ni siquiera tenía el habitual grabado en el interior. Sin que nadie se diera cuenta, la joven había conseguido quitárselo durante la cena para comprobar si había alguna inscripción, alguna sencilla palabra o incluso las iniciales de él, pero el interior del anillo era tan suave y liso como el exterior. Lily supuso que no había tenido tiempo para mandar que lo grabaran. Ahora se preguntaba si se lo habría planteado siquiera.

–Tienes mi palabra de que no viviré este matrimonio como una farsa –declaró Remmington al fin.

Ella frunció el ceño.

–No hace falta que finjas devoción, ni siquiera que simules amarme. A falta de otra cosa, simplemente espero que respetes nuestra amistad lo suficiente como para ofrecerme tu lealtad.

El duque la miró a los ojos con expresión sombría.

–Tienes mi lealtad.

–No creo que estemos hablando de lo mismo.

–Sí, yo creo que sí. Pretendo serte fiel, Lily. Nunca romperé los votos que hemos hecho hoy.

Le hizo esa promesa de lealtad sin tocarla, sin revelar ningún tipo de emoción. Finalmente, Lily cayó en la cuenta de por qué. Entonces sacudió la cabeza, pensando que debía estar equivocada.

–Pero ¿acaso crees que yo sí? –Hubo una ligera tensión alrededor de las comisuras de los labios de Remmington, pero no respondió a su pregunta. No tenía que hacerlo–. No confías en mí.

–Sí, Lily. Sí que confío. –El duque extendió el brazo y acarició un rizo de su pelo que caía sobre su hombro–. He visto suficientes pruebas de tu lealtad para saber que incluso si tus sentimientos hacia mí cambiaran algún día, tú continuarías siendo fiel a tus votos. Ésa es una de las razones por las que deseaba casarme contigo. He visto cualidades en ti que son poco comunes y que no tienen precio, rasgos que valoro por encima de todos los demás.

Aun sintiéndose emocionada por su discurso, Lily todavía se sintió obligada a corregirle su error.

–Yo sé que tú no deseabas casarte conmigo. No soy tan vanidosa como para necesitar que me mientas y me digas que sí querías hacerlo.

Remmington arqueó una ceja y una leve sonrisa asomó en sus labios.

–¿Sinceramente crees que daría mi nombre a una mujer con la que no deseara casarme?

Sus palabras le hicieron tener esperanza y Lily intentó buscarles una explicación.

–Bueno, quizá deseabas casarte conmigo porque sentías que era tu deber, pero eso es diferente a querer casarse con alguien porque... bueno, por las razones habituales. Sé que el deber y el honor son muy importantes para ti.

–En efecto, son muy buenas razones. –Asintió en un gesto de severa aprobación, y Lily supo que estaba bromeando–. Sin embargo, no son las verdaderas. Creo que yo ya sabía que este momento llegaría desde el mismo momento en que nos conocimos, cuando te miré a los ojos por primera vez y vi el reflejo de un hombre que no había visto desde hacía mucho tiempo. –Sus dedos acariciaron la suave curva de su mejilla y sonrió–. No tienes la más mínima idea de qué estoy hablando, ¿verdad?

Lily se mordió el labio inferior y elevó los hombros.

–Suena muy bien.

–La inoportuna llegada de lord Holybrook la noche que estuvimos juntos en esta habitación sólo me hizo darme cuenta de que deseaba tener el derecho a hablar contigo siempre que me apeteciera. –Alzó su mano y le dio un dulce beso en la palma y otro en la muñeca–. Quería tener derecho a tocarte, a abrazarte sin preocuparme de que pudieran vernos. –De pronto Lily se encontró sobre su regazo y soltó un pequeño y contenido suspiro–. Y deseaba tener la libertad de besarte sin preocuparme de perder el control. –Rodeó su rostro con la mano y le hizo bajar la cabeza hasta que habló contra sus labios–. Es más, con la esperanza de perder el control.

Remmington no le dio ninguna más de sus razones durante un largo rato. Sin embargo, le dijo todo lo que ella deseaba saber con sus suaves y delicados besos; eran besos despreocupados, sin prisas, como si él no deseara nada más que besarla durante toda la eternidad. Después de unos minutos, la joven se movió inquieta entre sus brazos y el cuerpo de Remmington se puso rígido de repente. Lily, un poco alarmada por el brusco cambio, se echó hacia atrás para poder mirarlo a los ojos.

–Pareces un poco... acalorado.

Remmington emitió un sonido desde lo más profundo de su garganta que podría haber sido una risa.

–No te puedes imaginar cuánto. –La estudió durante un momento, como si buscara algo en sus ojos–. Pero creo que estás preparada para la próxima lección.

Lily le dirigió una sonrisa indulgente.

–¿Acaso te has nombrado a ti mismo mi tutor?

–Eso suena muy interesante. –La sonrisa masculina se volvió tierna cuando le quitó la frágil corona de flores del pelo y la dejó con cuidado a un lado, luego la levantó en brazos y la llevó hasta la cama. La colocó en el centro y se estiró junto a ella, haciendo que se recostase hasta que quedaron tendidos el uno junto al otro mirándose de frente–. La primera regla es que debes decirme todo lo que te gusta y cualquier cosa que te disguste.

–Me gustan los perritos y detesto a las serpientes. –Lily se esforzó al máximo por parecer despreocupada, con la esperanza de ocultar su nerviosismo e inseguridad por lo que sucedería a continuación.

Pero Remmington, como si pudiera leer su mente, la miró con expresión pensativa.

–¿Alguien te ha explicado lo que sucederá esta noche? ¿Lady Bainbridge, quizá? –Lily sintió que sus mejillas se encendían y negó con la cabeza. La expresión pensativa del duque se intensificó cuando frunció el ceño–. ¿Tienes alguna idea de lo que sucede entre marido y mujer en su noche de bodas?

La joven no había creído que fuera posible, pero notó como el color rojo de su rostro se extendía por todo el cuerpo.

–Pasamos mucho tiempo en el campo y es casi imposible no presenciar ciertos acontecimientos que tienen lugar en el corral. –Hizo una mueca y apartó su mirada de él–. Tengo la sensación de que esto va a ser muy embarazoso para los dos.

Lily sintió como se movía la cama cuando él rodó alejándose de ella. Remmington se quedó tendido sobre su espalda y fijó la mirada en el techo con las manos unidas bajo la nuca.

–Había supuesto que alguien te lo explicaría, que al menos tendrías unas nociones básicas.

–No soy una completa ignorante. He traducido algunos manuscritos griegos y ciertos poemas de amor que eran bastante... explícitos. –Se mordió el labio y su voz se convirtió en un susurro–. La prima de Sophie le contó que dolía mucho la primera vez. ¿Es eso cierto?

El duque se volvió para mirarla a los ojos y la acercó hacia él hasta que su cabeza descansó sobre su hombro.

–Creo que me alegro de que reservaras tus preguntas para mí.

–Empezó a acariciar su espalda con movimientos tranquilizadores que llegaban hasta la curva de su cadera–. ¿Te gusta como te sientes cuando nos besamos? –Remmington esperó a que ella asintiera con la cabeza–. Cuando hagamos el amor, sentirás muchas de las mismas sensaciones, sólo que será mejor.

Lily le dirigió una desconfiada mirada.

Él le sonrió.

–¿Recuerdas cómo nos gustó acariciarnos cuando nos estuvimos besando?

–Es difícil que se me olvide.

–Yo querré tocarte y acariciarte cuando nos besemos, y espero que tú desees devolverme esas caricias, tocarme igual de íntimamente.

–¿A qué te refieres por «íntimamente»?

Remmington torció el gesto y frunció el ceño mientras pensaba su respuesta.

–¿Sabes? En vez de explicarlo todo antes de que suceda, puede que funcione mejor si me haces preguntas sobre la marcha.

–No estoy tan segura. Todavía no me has dicho si duele.

–Puede que duela al principio –reconoció él–, pero iré con cuidado y te avisaré cuando vaya a llegar ese momento para que no tengas que preocuparte por ello hasta entonces. –Su expresión se suavizó–. Nada de lo que hagamos será aterrador o desagradable, Lily. Te lo prometo.

La joven extendió el brazo y acarició su mejilla.

–Me da la sensación de que eres muy paciente conmigo.

Remmington pensaba que recibiría una recompensa.

–Y yo tengo la sensación de que merece la pena la espera.

Sonrió y alzó su mano para darle otro beso en la muñeca, pero esa vez recorrió con la punta de la lengua el sensible punto donde podía sentirse su pulso. Lily suspiró a modo de respuesta.

Era tan hermosa, tan inocentemente sensual... Ella volvió a suspirar. La tela de la parte delantera de su vestido se ajustaba de forma tentadora sobre las turgentes curvas de sus senos y Remmington perdió el hilo de sus pensamientos.

–¿Debería ponerme mi camisón ahora? –Se incorporó y se quitó varias horquillas del pelo, dejando caer sobre sus hombros una cascada de encendidos mechones que le llegaban hasta la cintura.

Remmington, tumbado junto a ella, apoyó la cabeza sobre una mano y extendió la otra hacia su cabello. Atrapó un espeso y sedoso mechón y lo frotó entre sus dedos, sorprendiéndose, como siempre, de que pudiera ser tan suave. Aunque sabía que su piel aún lo era más.

Lily se quedó mirándolo con expectación.

–¿Me pongo el camisón?

El duque negó con la cabeza.

–Esta noche no lo necesitarás.

Al ver que su esposa abría los ojos de par en par y se estremecía, Remmington no pudo resistir el impulso de burlarse de ella.

–¿Tienes frío?

–No. Bueno, quizás un poco.

Él sonrió y abrió los brazos.

–Ven, recuéstate conmigo, Lily. –Remmington se las arregló para no gemir cuando ella se apoyó en su pecho. Segundos después, deslizó los dedos a través de su pelo y encontró los pequeños botones de perlas del cuello del vestido en su nuca.

–¿Qué estás haciendo?

–Quitándote el vestido. Ese cuello tan alto debe molestarte.

–No es muy incómodo. Los moretones ya casi han desaparecido.

El duque frunció el ceño al recordar el incidente. Le desabrochó el vestido hasta la cintura, la hizo rodar sobre su espalda y con cuidado le bajó el cuello. Los moretones no eran más que unas débiles marcas amarillas que desaparecerían por completo en unos pocos días. Al verlas, acarició la elegante curva de su garganta con la punta de su dedo e hizo lo mismo con sus labios.

–No le permitiré que vuelva a hacerte daño, pequeña.

Había prometido ser cuidadoso y se lo demostró cuando la besó. Lily abrió los labios bajo los suyos tal y como él le había enseñado, pero cuando su tímida lengua tocó la de él, Remmington olvidó todas sus promesas y consideraciones. El beso se hizo más profundo y él se apoderó de su boca por completo.

Cuando la estrechó con más fuerza, sintió que el cuerpo de Lily se ponía rígido y supo instintivamente que, aunque deseaba entregarse a él, estaba tomando lo que ella le ofrecía demasiado rápido. Pero no podía evitarlo. Su mano subió hasta uno de sus generosos senos y su pulgar jugó con el pezón, hasta que escuchó su asombrado grito de alarma.

Al instante, Remmington se alejó de Lily y rodó hacia su costado. Por un momento se quedó tumbado sobre su espalda mirando hacia el techo, intentando recuperar el aliento. Era su primera vez, se dijo. Tenía que ser paciente.

De pronto Lily se inclinó hacia él, esparciendo su pelo sobre ambos como si se tratara de una cortina de fuego.

–Creo que me he puesto un poco nerviosa. No vas a dejar de besarme, ¿verdad?

El duque sonrió y sacudió la cabeza. Era tan apasionada como él había esperado. Si conseguía mantener bajo control su deseo por ella, la recompensa valdría cada momento de tortura. Su tono persuasivo también le complació y decidió que permitiría que le insistiera un poco más.

–¿Tienes más calor ahora?

–Oh, sí. Mucho más.

–Yo también tengo mucho calor –comentó Remmington en tono reflexivo–. ¿Te importaría ayudarme con la chaqueta?

Lily le dirigió una mirada desconfiada en la que indicaba que era consciente de su juego, pero aun así asintió amablemente. Él se incorporó y se giró hacia un lado mientras ella deslizaba la chaqueta por sus hombros.

–Me parece recordar que he desabrochado los botones de tu vestido para que te sintieras más cómoda. –Se quitó el pañuelo y deslizó un dedo por el interior del cuello de su camisa–. Tal vez podrías devolverme el favor. Esta camisa me resulta extremadamente incómoda ahora mismo.

Lily atrapó su labio inferior entre los dientes y extendió la mano hacia el botón superior. Lo desabrochó muy despacio, concentrándose intensamente en la tarea. A la velocidad que iba, su noche de bodas llegaría a su fin antes de que acabara con la larga hilera de botones. Remmington se sacó la camisa del pantalón y empezó a desabrochar los botones inferiores dejando los tres del centro para ella. Cuando el último botón estuvo desabrochado, la joven mantuvo su camisa cerrada con las manos. Ante su vacilación, él intentó tranquilizarla.

–Ya viste mi torso desnudo aquella noche en mi casa. Ahora no soy diferente a como era entonces.

–Lo sé –susurró ella–. Es que no estoy segura de si estoy preparada para ver tanto de ti otra vez.

Remmington se preguntó cómo reaccionaría cuando lo viera totalmente desnudo.

–¿Acaso fue una visión tan horrible?

Lily negó con la cabeza.

–Fue una visión demasiado tentadora.

–Deseaba que me tocaras esa noche –le confesó Remmington mientras apresaba sus muñecas y las separaba para abrir su camisa–. Tanto como yo mismo deseaba tocarte a ti. Ansiaba explorar tu cuerpo con mis manos. ¿Es eso lo que encontraste tentador?

Ella se quedó mirando su pecho con evidente deseo.

–Sí.

Remmington no tuvo que animarla más. Lily deslizó sus manos bajo la tela de forma que, con un poco de ayuda del duque, la camisa fue a caer sobre la cama. La piel masculina ardía bajo sus palmas.

Él extendió las manos hacia su vestido para acariciar sus hombros y sus brazos mientras le bajaba el corpiño hasta la cintura. Sólo una ligera camisola cubría sus senos y Remmington se tomó un momento para saborear la imagen. Sin poder evitarlo, rodeó su cintura con las manos y una sonrisa empezó a dibujarse en sus labios.

–Imaginaba que no llevarías corsé.

–No suelo usarlo a menudo –admitió ella–. ¿Te importa?

El duque negó con la cabeza mientras dirigía sus manos hacia los tirantes de su camisola.

Una oleada de pudor la invadió y Lily cubrió sus manos como si esa pequeña presión pudiera detenerlo. Remmington liberó sus manos con delicadeza y volvió a colocarlas sobre las de ella, de forma que los dedos de Lily se cerraron alrededor de los finos tirantes. Como si tuvieran todo el tiempo del mundo, deslizó las manos hasta sus muñecas para aplicar la más delicada de las presiones y animarla a que bajara los tirantes por él. Remmington dirigió el movimiento justo hasta que descendieron por debajo de las curvas de sus hombros, haciendo que la camisola de seda se deslizara a un ritmo terriblemente lento. Entonces Lily liberó sus brazos de los tirantes sin hacer, sin embargo, ningún ademán para cubrirse.

Durante un momento, el duque no pudo hacer otra cosa que no fuera mirar. Luego la levantó por la cintura hasta que la dejó de pie junto a la cama y el vestido y la camisola cayeron formando un montículo de seda y satén a sus pies. Se puso en pie a su lado para mirarla de frente y fue entonces cuando Lily sí se cubrió, dejando caer su pelo sobre sus senos y cruzando los brazos en un antiquísimo gesto propio del pudor virginal.

–Mírame.

El deseo que sentía hizo que su voz sonara áspera.

Cuando Lily obedeció, Remmington descubrió que sus ojos se habían oscurecido por la incertidumbre. Deseando calmarla, acarició su mejilla con infinita ternura y le apartó el cabello hacia los hombros.

–Eres muy hermosa, Lily, y me gustaría poder verte.

No desvió la mirada de su rostro en ningún momento mientras esperaba su permiso.

–No me siento especialmente hermosa ahora mismo. Sólo me siento... desnuda –confesó al tiempo que dejaba caer lentamente los brazos a los costados.

Remmington deseaba convencerla de la increíble perfección de su cuerpo, pero no podía pronunciar palabra. Su piel era del color de una perfecta perla bañada por la luz del fuego. Sus pechos, turgentes y perfectamente moldeados, se adaptarían a la perfección a sus manos. Su cintura era tan fina como él había imaginado que sería, la suave piel de su cadera pedía ser acariciada y sus piernas eran largas y bien proporcionadas.

Cada parte de ella parecía ser exactamente como él la había imaginado en sus fantasías nocturnas. Sin embargo, en ninguna de sus ensoñaciones había evocado algo tan perfecto como la sensual criatura que estaba de pie ante él. Su mujer.

Su esposa.

Le pertenecía, podía hacer con ella lo que deseara. Podía hacerle el amor durante toda la noche, besarla y acariciarla como se le antojara, y en el momento y lugar que deseara. Pero más que nada, lo que quería aquella noche era complacerla.

Sin dejar de mirarla un solo momento, apartó las mantas, levantó a Lily en brazos y la colocó en el centro de la cama. Pero ella no se recostó, sino que se quedó sentada con la espalda rígida y se tapó con las sábanas hasta el cuello. Remmington sonrió, sabiendo que él también se encontraría pronto debajo de esas sábanas.

Lily siguió con la mirada el movimiento de sus manos cuando éstas se movieron hasta el cierre de sus pantalones, pero la bajó al ver que él desabrochaba el primer botón. Un momento después sintió como Remmington se deslizaba en la cama junto a ella.

–¿No deberías apagar las velas?

La joven sujetaba con fuerza las sábanas bajo los brazos, aunque sospechaba que él miraba fijamente su espalda desnuda. Sus sospechas se confirmaron cuando el duque deslizó las manos por sus hombros y recorrió su espina dorsal con el índice hasta llegar a su cintura.

–¿Y perderme esta visión?

Lily le miró por encima del hombro. Remmington había apoyado sus almohadas contra la cabecera de la cama y estaba recostado sobre ellas mirándola con intensidad, mientras acariciaba lentamente su espalda. Por la expresión de su rostro, la joven adivinó que deseaba poseerla. Al parecer, ni su nerviosismo y ni su falta de experiencia habían conseguido reducir su deseo.

Por un momento, respiró tranquila. Había estado convencida de que verla desnuda lo decepcionaría, ya que durante su niñez y adolescencia siempre le habían dicho que era demasiado alta, demasiado desgarbada, que no estaba bien proporcionada. Pero aunque se le antojara increíble, él no parecía opinar lo mismo. Incluso daba la impresión de que le gustaba lo que veía. Decidió confirmar esa teoría dejando caer las sábanas hasta su cintura. La mano de Remmington se detuvo, y se quedó mirando su espalda hasta que ella se tumbó a su lado apoyando su peso sobre un codo.

Lily siempre había detestado que los hombres se quedaran mirando su pecho. Ahora sabía por qué. Sólo un hombre podía mirarla de esa forma y hacerla sentir bien. Remmington acarició su cuello y el corazón de Lily empezó a latir con un ritmo firme de deseo que se hizo más potente cuando él deslizó la mano e inició un camino descendente. En una caricia lenta, su mano rodeó un pecho y, por un instante, el corazón de Lily dejó de latir. Sin apresurarse, Remmington estudió su forma, luego las puntas de sus dedos rozaron su pezón y ella sintió como si la hubiera abrasado con un fuego indoloro. Sin poder evitarlo se arqueó pidiéndole más y él se inclinó para atrapar un pezón con su boca y acariciar el otro con sus dedos.

Una extraña agitación se condensó en la boca del estómago de la joven. Deseaba algo más, algo que era incapaz de describir, algo que la obligaba a jadear y a mover la cabeza de un lado a otro de la almohada. Consciente de la creciente inquietud de Lily, Remmington la hizo tumbarse boca arriba y dejó de torturar su pezón con su lengua y sus dientes para besarla en los labios.

Sin darle tregua, su mano se deslizó para acariciar su cintura y su cadera hasta llegar al muslo sin dejar de besarla, de saquear su boca, de decirle sin palabras que estaba llegando al límite de su control.

Durante unos segundos se alejó unos milímetros de su boca e hizo que doblara la rodilla para poder acariciar la cara interna de su muslo.

–Tan bella, tan dulce, tan apasionada...

Remmington se quedó sin aliento cuando su mano llegó al lugar donde se ocultaba el placer de Lily. Acunó sus húmedos pliegues con su palma y ella le respondió arqueando las caderas. Inclinó la cabeza y sus frentes se tocaron, le dio un beso en la sien y otro en el pómulo... hasta que finalmente alcanzó sus labios y su lengua penetró en su boca al mismo tiempo que uno de sus dedos penetraba en su cuerpo.

Lily sintió que una incontenible marea de placer inundaba todo su ser y que músculos cuya existencia desconocía atraían hacia su interior el dedo invasor de su esposo.

Remmington la saboreó profundamente una última vez antes de alejarse de sus labios.

–Dios, Lily. Tu cuerpo ya está preparado para recibir al mío. –Hizo retroceder su dedo y volvió a introducirlo lentamente para confirmar sus palabras mientras la joven se arqueaba contra él sin control–. Una vez que pase el primer momento de dolor, conocerás un placer incluso mayor que éste. –Su voz estaba impregnada de un tono áspero y apremiante.

–No creo que... eso... sea posible –consiguió al fin decir–. ¡Oh, Miles!

De repente Remmington retiró sus dedos y, haciendo que abriera aún más las piernas, se colocó sobre ella y rodeó su rostro con ambas manos. Sus oscuros ojos hablaban de pecado y su mirada era tan intensa que Lily pensó que podía ver el interior de su alma. Se hallaba perdida en una bruma de placer, cuando sintió una fuerte presión entre las piernas, firme, insistente. Se tensó a la espera de que llegara el desgarrador dolor que Sophie le había descrito entre susurros, pero Remmington empujó con fuerza para vencer la frágil resistencia que evidenciaba su inocencia y sus caderas quedaron unidas tan íntimamente como sus cuerpos sin que la joven sintiera más que una breve molestia.

Lily movió las caderas de forma experimental y sintió una sensación similar a un calambre, pero apenas la notó en medio de la plenitud que sentía, una sensación indolora y dolorosa al mismo tiempo que mantenía su cuerpo arqueado contra el de su esposo. Cuando volvió a mover las caderas, Remmington gruñó. Tenía las manos apoyadas a ambos lados de ella, y los músculos de sus brazos y de su pecho brillaban con una fina capa de sudor. Mantenía los ojos cerrados y había una expresión en su rostro que Lily no reconoció.

–¿Ya está? –susurró ella.

–Queda lo mejor.

Los ojos de Remmington eran dos llamas de ardiente deseo mientras salía del cuerpo de Lily. Ella protestó con un gemido y él satisfizo su exigencia volviendo a penetrarla lentamente. La cabeza de la joven cayó sobre las almohadas y se quedó sin aliento mientras él la embestía una y otra vez, torturándola, llevándola a un mundo desconocido para ella. Se hallaba completamente a merced de aquel cuerpo invasor que marcaba un ritmo salvaje.

Lily lo rodeó con los brazos con fuerza deseando más, otra penetración y luego otra. Sus labios también la atormentaban creando erráticos senderos por sus pómulos, su cuello, sus hombros...

Sin ser consciente de ello, Lily le acarició la parte posterior de las piernas con los dedos de los pies, trazando largas caricias que se acoplaban a sus constantes avances. Remmington gimió y le rodeó la cintura con un brazo, como si necesitara acercarse aún más a ella. Cada envite parecía más profundo que el anterior, como si hiciera suyo su cuerpo y su alma a la vez. Contagiada de su fiebre, Lily se movió con él y contra él al mismo tiempo, pero nada parecía ser suficiente.

Él deslizó una mano hasta el lugar donde se unían sus cuerpos y acarició con diferentes presiones el centro del placer de Lily mientras seguía tomando posesión de ella. La joven sintió que todo su ser se fragmentaba en mil pedazos mientras se estremecía salvajemente y su cuerpo se contraía alrededor del grueso miembro de Remmington, al tiempo que gritaba su nombre. Él sujetó con fuerza sus caderas y la penetró una última vez tan profundamente, que ella le clavó inconscientemente las uñas en los hombros mientras él la llenaba con su simiente.

Remmington tardó en volver a la realidad. Cuando rodó hacia un lado continuaba sujetando a Lily entre sus brazos y apretó su cabeza contra su hombro mientras movía la mano trazando caricias al azar. Sentía su cuerpo saciado, aunque aún deseaba tocarla para reconfortarla tras la demoledora experiencia. Lily se había quedado dormida, pero a él todavía le costaba respirar y el sonido de su propio corazón resonaba con fuerza en sus oídos. Deseaba besarla otra vez, ofrecerle besos tiernos por el simple placer de volver a rozar sus labios.

El duque sonrió mirando al techo, recordando su expresión al preguntarle: «¿Ya está?». Si no hubiera estado tan intensamente concentrado en ese momento para mantenerse inmóvil y darle así tiempo al cuerpo de ella para que se ajustara al suyo, habría sonreído ante su muestra de desconcierto. La verdad es que se alegraba de haber tomado su virginidad de una forma tan poco dolorosa. Se había preparado a sí mismo para lo peor, pero tendría que haberlo sabido. Lily nunca hacía nada que él esperara.

Sonriendo, pensó en si tendría alguna pregunta la próxima vez que hicieran el amor. Era demasiado pronto para ella, por supuesto. Y demasiado pronto para él también, pues nunca se había sentido tan completamente saciado, tan plenamente en paz. Aquel pensamiento fue suficiente para hacerle fruncir el ceño. No quería sentirse más cerca de Lily de lo que se había sentido antes de casarse.

Era plenamente consciente de que ese tipo de intimidad cambiaría su relación, pero pensó que hacer el amor pondría fin a su insaciable necesidad de tocarla, de estrecharla entre sus brazos siempre que tuviera ocasión.

Se forzó a sí mismo a aflojar la presión alrededor de ella, a apartarse hasta que ninguna parte de su cuerpo la tocara. Sin embargo, Lily murmuró su nombre en sueños y se acurrucó a su lado. Ver que confiaba en él de una manera tan incondicional le partía el corazón. La deseaba. Ansiaba tocarla, besarla, hacerle el amor una y otra vez.

Remmington rodó sobre su espalda y entrelazó los dedos bajo su nuca. Quizás estaba equivocado sobre sus deseos de hacerla suya una y otra vez. Cada nueva amante parecía especial los primeros días de la relación, pero rara vez mantenía su interés por más tiempo. Poco a poco, su deseo por Lily quedaría saciado y entonces su vida volvería a la normalidad. Entrarían en una rutina y disfrutarían de una vida muy agradable juntos, al lado de sus hijos.

La idea de Lily embarazada de un hijo suyo le excitó al punto del dolor y provocó que su grueso y poderoso miembro se irguiera de nuevo orgulloso. Remmington intentó memorizar los dibujos que formaban las grietas del techo para intentar frenar las demandas de su cuerpo. No sirvió de nada. Las largas e intrincadas líneas tomaban formas nuevas y eróticas y, cuanto más las miraba, más deseaba a Lily. Dormida, la joven le pasó un brazo por el pecho y apoyó la cabeza en su hombro. Él captó el ligero perfume a rosas y sándalo, y un aroma todavía más potente y seductor, el que era fruto de su unión. Y, sin saber cómo, sus brazos acabaron rodeándola.

Sólo una noche más y entonces quedaría saciado. Remmington

le levantó la barbilla, atrapado, por el momento, por la belleza de la joven.

Un esposo más considerado la dejaría dormir, no la despertaría egoístamente para satisfacer su necesidad.

Remmington acarició la curva de su mejilla y murmuró su nombre.

16

–¿Qué? ¿Adónde vamos?

Lily se frotó los ojos y empezó a incorporarse en la cama. Entonces recordó que estaba desnuda y continuó con la cabeza apoyada en la almohada mientras intentaba asimilarlo todo. Remmington estaba de pie frente a una cómoda, ya vestido con una camisa blanca y unos pantalones grises. Sobre el mueble había una palangana y un espejo alargado colgaba de la pared. Sin vacilar, él deslizaba una siniestra navaja por su cara con diestros movimientos que daban la impresión de ser dolorosos. A Lily le pareció un proceso fascinante, pero tenía más curiosidad por saber qué hora era que por las técnicas de afeitado. La cálida luz del amanecer atravesaba las ventanas y el sol apenas surgía por el horizonte.

–Partimos hacia el castillo de Remmington en menos de una hora –repitió el duque.

La joven se volvió para observar su perfil e intentó poner en orden sus adormilados pensamientos.

–Pero... ¿por qué?

Remmington la observó por encima del hombro y le dirigió una mirada fría e impersonal que hizo que Lily se preguntara si lo que habían compartido la noche anterior sólo se había tratado de un sueño. Ajeno a los pensamientos de su esposa, el duque sumergió la navaja en la palangana de agua y la movió en círculos.

–Una boda como la nuestra nunca pasa desapercibida. Si la noticia no ha llegado ya a Londres, pronto lo hará. Los nobles ociosos que no tengan otra cosa mejor que hacer encontrarán una excusa tras otra para visitar Holybrook Hall si nos quedamos aquí, y yo le prometí a tu padre que nos mantendríamos aislados.

Lily frunció el ceño.

–¿Estás enfadado conmigo por algo?

–Por supuesto que no. ¿Qué te ha hecho pensar eso? –Le dirigió una breve y desdeñosa mirada–. Estoy seguro de que querrás despedirte de tu padre y de Sophie. Tienes que vestirte. Ponte ropa que te resulte cómoda para viajar.

Remmington volvió de nuevo la atención a la navaja. Mientras tanto, Lily sujetó las sábanas bajo sus brazos, se incorporó e intentó decidir cuál sería la mejor forma de salir de la cama para coger su bata. Por desgracia, ésta se encontraba en un arcón bastante lejos de su alcance, pero no tenía la más mínima intención de desfilar por la habitación desnuda como si creyera que él disfrutaría de la vista. La noche anterior su esposo había mostrado un intenso deseo de verla desnuda, pero esa mañana no parecía interesarle en lo más mínimo. Lily sabía por qué. De hecho, había esperado su reacción mucho antes. Había visto todos sus defectos y no la encontraba atractiva.

Con cuidado, deslizó las piernas por el borde del lecho, se recolocó las sábanas para cubrir el máximo posible de su cuerpo y luego avanzó lentamente sin levantarse hasta los pies de la cama. La bata todavía estaba a un metro y medio o dos de distancia, así que, tras lanzar una última mirada por encima del hombro, se precipitó sobre el arcón y luego regresó al refugio de las sábanas.

–Maldita sea.

Lily volvió bruscamente la cabeza hacia su esposo, pero él no la miraba; estaba presionando una toalla de lino sobre un pequeño corte en el cuello y fruncía el ceño hacia el espejo mientras se curaba la herida. La joven se esforzó por ponerse la bata con una mano mientras que mantenía la sábana en su sitio con la otra. Su intento de ocultarse por completo no fue todo un éxito, pero finalmente pudo atarse el cinturón. Cuando volvió a alzar la vista, Remmington se secaba otro corte que se había hecho no muy lejos del primero.

La joven se quedó sentada en el borde de la cama y observó cómo recorría con la navaja su mejilla.

–¿Es tu ayuda de cámara quien lo hace normalmente?

El duque maldijo entre dientes cuando otro rasguño apareció en su barbilla. Exasperado, dejó la navaja a un lado, vertió agua fresca sobre la toalla y se limpió la cara con ella.

–¿Hacer qué?

–Afeitarte.

–No.

–Entonces tendrías que andar con más cuidado.

Remmington le lanzó una mirada fulminante y luego le señaló con la cabeza el biombo.

–Tenemos tres cuartos de hora. Deberías vestirte ya, Lily.

Les costó el doble de ese tiempo despertar a todo el mundo e informarles de su inminente partida. Remmington, el conde de Crofford y sir Malcolm se reunieron en la biblioteca, mientras Lily decía adiós a Sophie y a lady Bainbridge en la habitación que, hasta la noche anterior, había compartido con su amiga.

Si no hubiera sido por la actitud distante de su esposo, Lily hubiera agradecido su apresurada marcha, pues aunque a él no parecía preocuparle en lo más mínimo que la gente supiera lo que habían hecho la noche anterior, ella no se sentía capaz de mirar a nadie a la cara, y menos a su padre. Cuando finalmente se alejaron de Holybrook Hall, su alivio se vio ensombrecido por la decepción que le causaba no poder regresar a Londres. Podrían pasar semanas, quizá meses, antes de que sir Malcolm les informara de que habían atrapado al atacante de Lily. Si el humor de su esposo no mejoraba, a su lado cualquier período de tiempo le parecería una eternidad.

El silencio en el coche se prolongó. Estaban sentados en el mismo lado del carruaje, pero el amplio vehículo permitía dejar mucho espacio libre entre ellos. De hecho, Remmington se colocó a más de un palmo de distancia de ella y continuó mirando por la ventana que tenía junto a él mucho tiempo después de que Holybrook Hall desapareciera de su vista.

–Siento que nuestra salida se retrasara un poco.

Lily se preguntaba si realmente la culpaba por el ligero retraso.

Personalmente, creía que no había ninguna prisa, ya que su padre no planeaba enviar el anuncio de su boda a los periódicos hasta el día siguiente. Podrían haberse quedado otro día.

Remmington se encogió de hombros y no dijo una sola palabra. Su gesto de indiferencia finalmente hizo estallar el genio de la joven.

–¿Te importaría decirme por qué estás tan hosco, milord?

El duque pareció sorprendido por la pregunta y le dirigió la primera sonrisa de la mañana.

–No. –Apoyó un pie sobre el asiento opuesto y se quedó mirándola con aire expectante.

–Si estás esperando a que te diga por qué yo sí estoy molesta contigo –le advirtió–, entonces te diré que la respuesta debe de resultar muy obvia.

–¿En serio? –Continuó observándola con una indolente sonrisa, al parecer nada interesado en su respuesta.

Lily alzó la barbilla y apartó su mirada de él.

–Deberías habérmelo dicho anoche.

–¿Decirte qué?

Desenredar las borlas de su abanico, de repente, le pareció una tarea muy importante. Colocó las sedosas cintas en ordenadas filas y después se atrevió a lanzarle una mirada por debajo de sus pestañas. Remmington ya no sonreía y parecía confuso. Lily sintió una oleada de satisfacción. Él había permitido que ella se pasara toda la mañana preguntándose por qué estaría disgustado, por lo que era justo que también sufriera un momento de duda. Así que se tomó su tiempo para contestar.

–La razón que se esconde tras nuestra repentina partida esta mañana. Después de todo, no puedes esperar que adivine tus pensamientos, o que...

La joven no sabía cómo plantear el delicado tema en voz alta. Ella había pensado que lo que había ocurrido entre ellos había sido maravilloso, la experiencia más increíble de su vida y, sin embargo, él se comportaba como si nada hubiera ocurrido. La trataba casi como a una desconocida. Sólo podía haber una razón que explicara su drástico cambio de humor: ella había hecho algo mal. Lo único peor que saber que no había conseguido complacerlo era tener que preguntarle por qué. Era humillante y se negó a hacerlo.

–¡Oh, tendrías que habérmelo dicho anoche!

Remmington arqueó las cejas ante el repentino arrebato.

–No creí que te disgustara tanto, Lily. Si lo hubiera sabido, habría compartido mis planes de viaje contigo mucho antes.

–¿Planes de viaje? –repitió–. ¿De qué estás hablando?

–De mi decisión de partir hacia el castillo de Remmington esta mañana –le aclaró él–. Anoche no quería preocuparte con nuestra marcha. Sophie está en buenas manos y tu padre y sir Malcolm iban a regresar a Londres esta mañana de todos modos. No había ninguna razón para quedarnos, y sí para irnos.

Remmington le dirigió una mirada pensativa.

–¿De qué creías que estaba hablando?

–De eso mismo, por supuesto. –¿Acaso haber hecho el amor significaba tan poco para él? Lily supuso que sí, ya que era evidente que había apartado ese tema de su mente a pesar de que ella llevaba toda la mañana pensando en eso. Si le planteaba sus inquietudes en ese momento, su esposo pensaría que era una completa ingenua en lo referente a las intimidades entre marido y mujer, y estaría en lo cierto–. La noticia de que no regresaríamos a Londres me ha sorprendido, eso es todo.

El duque se quedó callado por un momento, y luego acarició la curva de su mejilla con los nudillos.

–Teniendo en cuenta todo lo que has pasado en las últimas semanas, yo diría que te lo has tomado muy bien.

Lily sintió que la inundaba una creciente oleada de calor ante su cumplido. Alzó la vista para mirarlo y le conmovió la ternura de su expresión.

Remmington levantó su mano y le dio un liviano beso en la muñeca.

–Quiero mantenerte a salvo, Lily. Conozco hasta el último rincón del castillo y a todos los que lo habitan. Parece el mejor lugar para mantenerte a salvo, ya que cualquiera que pudiera confundirse entre la multitud en Londres, llamará la atención allí. –Estaba preocupado por su seguridad y Lily se sintió mal por haberle atacado–. También está el hecho de que mi hermano estará en el castillo. Antes de que partiéramos hacia Holybrook Hall, le pedí que se encargara de un conflicto con un arrendatario. Me gustaría informarle de la boda antes de que se entere por los periódicos.

–¿Tu hermano está al corriente de tu trabajo?

Remmington vaciló un momento antes de asentir.

–Él también trabaja para Bainbridge. Mis títulos conllevan responsabilidades que me impiden abandonar Inglaterra durante largos períodos de tiempo. Trevor se encarga de las misiones que sabemos que exigirán pasar semanas o meses fuera.

–¿Le hablarás de mi trabajo?

–Me gustaría. –La miraba con unos ojos que eran más azules que grises bajo la luz de la mañana.

Lily había asumido que Remmington sería la clase de esposo que creía que tomar semejantes decisiones por su mujer era su derecho y su deber, así que le costó un momento darse cuenta de que estaba esperando su permiso.

–¿No se lo dirás si yo te pido que no lo hagas?

–¿Le hablarías a alguien de mi trabajo si yo te dijera que no lo hicieras?

–No.

Él se encogió de hombros.

–Pues ¿por qué te sorprende que te muestre la misma consideración?

–La mayoría de los hombres no lo harían.

De hecho, en ese momento no se le ocurría ninguno que lo hiciera.

–Yo no soy como la mayoría de los hombres. –Parecía ofendido, aunque Lily dudó de ello cuando vio que arqueaba una ceja–. Algunos hombres podrían ofenderse al verse clasificados en una categoría tan baja por la única persona que debería considerarlo un varón superior a todos los demás, y sabio en todos los aspectos.

Lily le dirigió una sonrisa burlona.

–Puede que no sea una experta en el matrimonio, pero no soy tan ingenua.

El duque apoyó una mano sobre su pecho.

–Has herido mis sentimientos, *chérie*.

Remmington dijo la expresión de cariño en broma, pero aun así la reconfortó.

–Al menos, puesto que tu hermano también es un espía, no pondrá ninguna objeción al hecho de que te hayas casado con una mujer que está confabulada con ellos. Me preguntaba cómo tenías pensado explicarle nuestro matrimonio después de que yo aceptara hace una semana su invitación a un paseo por el parque.

Su sonrisa se desvaneció.

–Eso me recuerda que no me complació mucho enterarme de que habías accedido a pasear con mi hermano.

–No hace falta que me mires así. Se negaba a aceptar un no por respuesta. En eso, tú y tu hermano os parecéis mucho.

–Así que nos consideras persistentes.

–Arrogantes.

–Hmm. Antes me has incluido entre la mayoría de los hombres y ahora dices que soy arrogante. Me pregunto qué pensarás de mí después de una semana de matrimonio.

Lily le devolvió la sonrisa.

–¿Andas a la caza de algún cumplido, milord?

–Miles –la corrigió–. Yo nunca sería tan engreído.

Su carácter la dejaba perpleja. Pasaba de un inquietante silencio a bromear con ella. Lily no tenía ni idea de qué pensar de él después de un día de matrimonio, así que ni siquiera podía imaginar lo que pensaría después de una semana. Y todavía continuaba repitiéndose una y otra vez en su mente la única pregunta que realmente deseaba que le respondiera. «¿Te complací anoche?» Él le había dicho que podía preguntarle cualquier cosa, pero temía su contestación.

–¿Cuánto duran normalmente tus misiones?

Remmington se encogió de hombros.

–Depende de la misión. Los viajes que hago normalmente son a Normandía y no duran más de uno o dos días. Aunque también realizo misiones en otras partes de Francia, y esos viajes pueden durar una semana o más. Luego están los contrabandistas. En la mayor parte de los casos, los funcionarios de los gobiernos locales son conscientes de lo que sucede y conocen los nombres de los involucrados, pero hacen la vista gorda. Sin embargo, nosotros hacemos un seguimiento de las operaciones y nos aseguramos de que los cargamentos sean inofensivos. Esas misiones a veces se alargan varias semanas.

–Pero ¿cómo pueden involucrarse en el transporte de espías hombres como lord Granger?

Remmington frunció el ceño.

–Es muy fácil. Lo único que Granger apreciaba más que el brandy francés eran los juegos de azar. Jugaba a menudo y apostaba fuerte. A veces, sus propiedades estaban tan hipotecadas que ni siquiera sus actividades de contrabando podían mantenerlo a flote. Los funcionarios del gobierno ya conocían los negocios ilegales de Granger, así que nadie se dio cuenta de que su barco transportaba pasajeros. Empezamos a sospechar de él cuando pagó toda su deuda en cuestión de meses. Ahora sabemos que hay cuatro espías que operan a través de Granger. Durante un tiempo pensamos que había un quinto, pero al parecer regresó a Francia antes de que estuviéramos al corriente de la operación.

–En la mansión Crofford, sir Malcolm dijo que no tenía intención de arrestarlos. ¿No tiene miedo de la información que están filtrando a los franceses?

–Ninguno de sus mensajes llega a Francia. Mantuvimos la red abierta sólo el tiempo suficiente para descubrir cómo y dónde obtenían la información. Sir Malcolm los arrestó después de que partiéramos hacia Holybrook Hall.

–¿A lord Granger también? –preguntó Lily.

Pareció que Remmington no tenía prisa por contestarle. Apoyó el pie en el asiento opuesto y unió las manos sobre la rodilla con expresión sombría.

–Bainbridge le ofreció a Granger dos opciones. Una era acabar en la horca por traición.

–¿Y la otra?

El duque arrugó el entrecejo con la mirada fija en sus manos.

–Hace tres días, Granger puso fin a su vida con sus propias manos.

–Oh, Dios mío.

Remmington parecía hablar más para sí mismo que para Lily.

–Bainbridge informó de lo que iba a suceder a sus agentes en Francia antes de arrestar a los espías franceses y de enfrentarse a Granger. En parte, ésa es la razón por la cual me fui a Normandía de una forma tan repentina la semana pasada. El director cree que su homólogo en el gobierno francés tomará represalias y arrestará a cualquiera que sea sospechoso de ser un espía inglés. –Respiró profundamente y luego dejó escapar el aire muy despacio–. En realidad, es como jugar al gato y al ratón. Nosotros arrestamos a uno de los suyos y ellos arrestan a uno de los nuestros. Aunque nunca estamos seguros de quién será el desafortunado.

Lily sintió que se le encogía el corazón.

–Lacroix –consiguió susurrar–. ¿Crees que conocen su identidad?

Su esposo estudió su rostro durante un largo y silencioso momento con una expresión indescifrable.

–Le advertí de las posibilidades y sabe cubrirse las espaldas.

–Pero qué pasaría si... –Lily no pudo acabar la frase, no podía hacerse a la idea de esa posibilidad.

Remmington la rodeó con el brazo y la acercó a él hasta que apoyó la cabeza en su hombro.

–Intenta no preocuparte, cariño. Conozco a Lacroix lo bastante bien como para estar convencido de que sabrá cuidar de sí mismo. Cuéntame más cosas sobre ese código que vosotros dos utilizáis. ¿Por qué necesitas un diccionario para descifrarlo?

Su pregunta fue un claro intento de cambiar de tema de conversación, pero Lily agradeció la distracción, pues no deseaba pensar en el peligro al que se enfrentaba Robert. No cuando ella no podía hacer nada para evitarlo, así que se concentró en explicarle cómo funcionaba el código Cross. Mientras dejaban atrás kilómetros y más kilómetros, Remmington le contó más sobre sus actividades. El sonido de su profunda voz y la tierna forma en que la abrazaba calmaron sus miedos, aunque no hablaron más de Sebastian Lacroix. El suave balanceo del coche y el arrullo de la vibración de las ruedas también la afectaron, y pronto se sumió en un sueño sin sobresaltos.

El duque la despertó varias horas más tarde cuando se detuvieron en un hostal para pasar la noche. Lily percibió su cambio de actitud enseguida. En algún momento mientras dormía, la había deslizado hasta su regazo y la había despertado con un beso. La joven tenía las manos entrelazadas alrededor de su cuello y empezó a devolverle el beso antes de haberse despertado por completo. Se dio cuenta de que el coche había dejado de moverse en el preciso instante en que él se separó de sus labios. Remmington le hizo apoyar la cabeza bajo su barbilla y le oyó respirar profundamente varias veces mientras ella se acurrucaba en su pecho.

–Estamos en un hostal llamado Brass Ring –le informó. Su voz sonaba extrañamente áspera. Lily se esforzó por prestar atención, pero la distraían las relajantes caricias que él le estaba prodigando en la parte posterior del cuello–. He enviado a Jack para que se encargue de nuestra comida y de nuestro alojamiento. ¿Qué equipaje necesitarás para pasar la noche?

–La bolsa azul –susurró mientras frotaba su mejilla contra su pecho.

Intentó acercarse aún más a él, pero Remmington la levantó de su regazo y la colocó sobre el asiento que había junto a él.

–Estoy seguro de que Jack ya se habrá hecho cargo de nuestra habitación. Entremos.

La ayudó a bajar del carruaje y rodeó su cintura con el brazo mientras la guiaba a través del patio de las caballerizas. Casi había anochecido y el lugar bullía de actividad. El Brass Ring era una gran posada, una estructura de ladrillo de tres plantas cubierta casi por completo por la hiedra. Un cartel con su nombre colgaba sobre la entrada que llevaba a los cuartos de los huéspedes. Jack ya se encontraba allí para informarles de cómo llegar a su habitación en el piso superior.

Su alcoba era pequeña, pero era un lugar acogedor en el que se percibía un toque femenino. Coloridas alfombras hechas con retales cubrían el suelo de madera y, junto a la ventana, había una mesa con dos sillas. Un mantel de flores alegraba la mesa y hacía juego con la colcha que había sobre el lecho. Lily paseó la mirada de la cama al enorme cuerpo de su marido, y supo que cuando se acostaran los pies de Remmington quedarían colgando fuera del colchón. Esa imagen la hizo sonreír hasta que recordó que compartiría esa cama con él.

Jack llegó casi inmediatamente con una bandeja que contenía su cena y colocó la comida sobre la mesa mientras los escoltas traían el equipaje. Los sirvientes se marcharon en cuanto el duque les informó de que saldrían al día siguiente, poco después del amanecer.

Lily observó su comida con poco interés. Todavía tenía el estómago revuelto a causa de las largas horas pasadas en el coche. En cambio, el apetito de Remmington no se hallaba afectado en lo más mínimo y casi parecía tener prisa mientras comía, lo que hizo que la conversación fuera casi nula. La forma en que la observó durante toda la cena la puso nerviosa. Remmington arqueó una ceja cuando Lily, finalmente, apartó a un lado su plato sin apenas haberlo probado.

–¿No tienes hambre?

Ella se encogió de hombros.

–Nunca como mucho cuando viajo.

–¿Estás enferma?

–No. Simplemente no tengo hambre. –Lily cogió su jarra de vino caliente y le dio un vacilante sorbo. Estaba más bueno de lo que esperaba, así que le dio otro sorbo más largo.

–¿Cómo te encuentras? –Remmington dejó el tenedor a un lado sin dejar de mirarla mientras esperaba su respuesta.

–Bien.

La joven se sorprendió ante su repentino interés por su salud. Sin saber qué más podía decirle para tranquilizarlo, bebió otro sorbo de vino.

Cuando terminó de cenar, el duque apartó a un lado su plato, se inclinó hacia delante y dijo bajando la voz:

–¿Todavía está dolorida por lo que hicimos anoche?

Le costó un momento captar el significado de sus palabras y, cuando lo hizo, se atragantó con el vino. Alarmado, su esposo empezó a darle palmadas en la espalda. El primer golpe casi la hizo hundir la cara en su plato y, con dificultad, consiguió cogerle la mano entre el tercer y el cuarto golpe para detenerlo antes de que le hiciera realmente daño. Concentrada en mantener el máximo de dignidad posible, dejó la jarra de vino sobre la mesa y cogió su servilleta para secarse los ojos llorosos.

–¿Estás bien?

–Me recuperaré. Eres más fuerte de lo que crees, milord... Miles. Parece que siempre olvido llamarte por tu nombre de pila. Supongo que es natural. Siempre te he conocido por tu título, aunque es un nombre muy bonito. ¿Por qué decidieron tus padres ponértelo?

Remmington se reclinó en su silla y sonrió.

–¿Estás intentando evitar mi pregunta?

–No. –Lily abrió desmesuradamente los ojos a propósito y adoptó una expresión inocente–. Te he dicho que me recuperaré, lo que significa que estaré bien.

–Esa cándida expresión es una de las más encantadoras que tienes, pero te conozco demasiado bien como para que me engañes fingiendo inocencia. Sabes perfectamente a qué me refería con mi pregunta.

La joven desvió la atención hacia el vino que había derramado sobre el mantel.

–Me siento bastante bien en todos los aspectos.

Remmington le cogió la mano y le dio un tierno beso en la palma.

–¿Me estás diciendo la verdad, Lily? No quiero volver a hacerte daño. Si no estás preparada, podemos esperar hasta... mañana por la noche.

–Tú nunca me has hecho daño –afirmó en voz baja. Luego su expresión se volvió pensativa–. Bueno, quizás un poco hace un momento, cuando me has golpeado en la espalda.

La circunspecta expresión del rostro del duque se disolvió en una sonrisa.

–Adoro tu sentido del humor.

Lily se mordió el labio, pero no pudo reprimir la pregunta por más tiempo.

–¿Crees que algún día podrás llegar a adorarme a mí, podrás amarme?

La sonrisa de Remmington titubeó mientras se ponía en pie y tiraba delicadamente de su brazo para que ella hiciera lo mismo. Después colocó las manos sobre sus hombros mientras la miraba con expresión solemne.

–Quiero que en ese aspecto siempre seamos sinceros el uno con el otro, Lily.

La joven sacudió la cabeza, sabiendo por instinto que lo que le iba a decir no le iba a gustar.

–Si no tienes nada bueno que decir, entonces tal vez sea mejor que no digas nada.

–No, Lily. No quiero que te engañes a ti misma, o que me acuses de engañarte en un futuro. Quiero que nuestra relación se base en la sinceridad y la comprensión. Lo que tú entiendes por amor rara vez incluye esas dos características. –Remmington la miró con expectación e hizo una mueca cuando vio que ella no daba muestras de estar de acuerdo con su opinión–. Aprendí hace mucho tiempo que lo que tú crees que es el amor sólo existe en los cuentos de hadas, aunque esa misma palabra puede significar otras cosas. Muchas veces nos engañamos sobre el tema, como yo creo que tú te engañas ahora. Por ejemplo, yo podría decir que soy amante de las fresas con nata, que las adoro, pero eso no significa que esté enamorado de ellas, o que siempre serán mi comida favorita. ¿Entiendes lo que quiero decir?

–Entiendo que me estás comparando con fruta. –Lily se zafó de sus manos–. Y también entiendo que tú crees que mis sentimientos son infantiles e ingenuos.

Remmington suspiró derrotado.

–Te he herido.

–Qué sagaz eres. –Le dio un empujón en el hombro y el duque retrocedió un paso, asombrado–. Yo estoy enamorada de ti. ¡De ti, bestia insensible! –Volvió a empujarle–. Y tú me mentiste anoche. Dijiste que haríamos el amor y yo cumplí con mi parte del trato. Ahora me doy cuenta que no hicimos nada por el estilo. Yo hice el amor, pero para ti... no fue más que un acto para satisfacer tu lujuria. –Le clavó el dedo en el hombro para realzar sus palabras–. Me hiciste pensar que yo te importaba, cuando lo que hicimos no era nada más que un deber para ti. ¡Me has utilizado!

Remmington le cogió la mano antes de que pudiera golpearle de nuevo.

–Yo no te utilicé anoche, ni te mentí. Y no te permitiré que menosprecies o le quites importancia a nuestra noche de bodas sólo porque he herido tus sentimientos.

–Tú acabas de hacer ambas cosas y no creo haber herido tus sentimientos en lo más mínimo. –Lily le lanzó una desafiante mirada–. ¿Cuál es tu excusa?

–No estás siendo razonable, Lily.

–¿No estoy siendo razonable porque tú no me aprecias más que a un cuenco de fruta? No te he pedido que me pongas en un pedestal, pero esperaba significar más para ti que la comida. Me pregunto con qué otras cosas tendré que competir por tu aprecio. Si me comparas con comida, entonces debo de estar muy por debajo de las cosas más importantes de tu vida, como tu par de botas favorito o un caballo de carreras especialmente bueno.

Remmington la acercó a él hasta que sus frentes prácticamente se tocaron.

–Eso no es verdad, y tú lo sabes.

–Yo no sé nada. –Lily apartó la cara, pero él la agarró de la barbilla y la obligó a mirarle.

–Nunca he sentido el más mínimo deseo de besar a una pieza de fruta, a mis botas o a un caballo de carreras.

La joven le dedicó una mirada de exasperación.

–No sabes lo aliviada que me siento.

El duque puso una mano en su cintura y la deslizó por su cadera.

–Te deseo, Lily. En mi vida y en mi cama, pero no mentiré para conseguir lo que quiero diciendo que estoy locamente enamorado de ti. Tienes mi amistad, mi respeto y mi cariño; las bases que harán que nuestro matrimonio sea sólido. No quiero una unión frágil basada en algo tan fugaz y voluble como lo que tú entiendes por amor.

–¿Cómo puedes ser tan frío e insensible con respecto a lo que siento por ti?

Con expresión sombría, Remmington extendió la mano, acarició con ternura su mejilla y atrapó una de sus lágrimas con el pulgar.

–He aprendido que lo mejor es no engañarse a uno mismo con el amor. –El disgusto en su expresión desapareció y dejó paso al dolor–. Ahora casi me gustaría haberte mentido. La verdad duele. Lo lamento, Lily. Déjame compensártelo. Déjame demostrarte que lo que tenemos es suficiente.

Cuando Remmington inclinó la cabeza y capturó sus labios, la joven se dio cuenta demasiado tarde de lo que intentaba. De forma lenta e hipnótica, acarició su boca en vez de profundizar el beso. La suave e insistente presión de su mano en su nuca evitó que ella se apartara, pero no exigió su respuesta, sino que la convenció de que se la diera. Sus manos se deslizaron por su espalda, sujetaron sus caderas y la hizo arquearse contra la dura evidencia de su deseo. Saber que él ya estaba excitado provocó que un estremecimiento de placer recorriera el cuerpo de Lily, pero finalmente consiguió apartarse.

–No deseo acostarme contigo.

Su esposo murmuró su respuesta contra la suave curva de su cuello.

–Ni yo tampoco. Vamos a hacer el amor.

–No puedes hacer el amor si no estás enamorado. –Su voz sonó casi desesperada, y la forma en que él torturaba el lóbulo de su oreja consiguió que su pulso se acelerara aún más.

–En eso te equivocas.

Sus últimas palabras quedaron amortiguadas contra sus labios. Remmington la besó tomándose tiempo para saborear todas las texturas de su boca, convenciéndola, seduciéndola. Le mordió el labio inferior, perfiló la forma de su boca con su lengua y, cuando notó que las rodillas de la joven empezaban a fallarle, la alzó en sus brazos y la llevó hasta la cama.

–No creo que debamos hacer esto. –Lily se preguntó cómo podía seguir besándola mientras se las arreglaba para desvestirlos a ambos–. Desearía tener tiempo para pensar sobre lo que me has dicho.

–Tendrás todo el tiempo que desees. –Sus manos continuaron desabrochando el cierre de sus pantalones–. Mañana. En el coche.

–Querría hacerlo ahora.

Lily apoyó las manos contra sus hombros para apartarlo pero, sin saber cómo, ese gesto se convirtió en una caricia y sus manos se deslizaron sobre su amplio pecho hasta llegar a los pezones, que se endurecieron al instante bajo sus palmas. Intrigada, repitió el movimiento y Remmington gimió. Sus oscuros ojos estaban iluminados por un fuego interior y ella supo lo que le respondería incluso antes de que sacudiera la cabeza en una negativa.

–Mañana.

Atrapó su boca para besarla de nuevo y Lily lo olvidó todo excepto el placer que le daba. Él sabía exactamente cómo aumentar su deseo, dónde tocarla, los lugares que tenía que besar para hacer que se estremeciera y se arqueara contra él, perdido el dominio sobre su cuerpo. Y, al mismo tiempo, le enseñaba el ritmo y la presión con los que debía tocarle para que ambos desearan más. Cuando Remmington sintió que su control se resquebrajaba, sujetó sus caderas y la poseyó profunda y lentamente manteniendo sus oscuros ojos fijos en los de ella, conscientes ambos de cada exquisito movimiento. Lily sostuvo su mirada durante lo que pareció un período de tiempo imposible, sumida en un trance en el que su único punto de referencia era su esposo. El único sonido que podía oír era algún grito ocasional que ella misma emitía cuando se sentía cercana al éxtasis. Entonces él ralentizaba sus movimientos hasta alcanzar un lento y seductor ritmo que la obligaba a rogar por su liberación. La fuerza y la ternura se mezclaron de tal forma en su manera de hacerla suya que los ojos de Lily se llenaron de amor por él.

Finalmente, sus ojos se agrandaron y se sintió atravesada por una ardiente oleada de placer mientras violentas contracciones tomaban el control de su cuerpo. Sus gemidos se confundieron con el grito de triunfo que él emitió al derramar su simiente en su interior. Pero en ningún momento dejó de mirarla a los ojos, permitiendo que viera la verdad de su alma. En aquel instante, Lily comprendió, al fin, el silencioso mensaje que él le transmitía con su cuerpo y con sus ojos.

Remmington le había hecho el amor.

17

Al amanecer, Remmington yacía de costado para observar a su esposa dormida y no pudo resistir el impulso de darle un beso sobre su hombro desnudo, mientras exploraba con la mano las suaves curvas de su cadera. Lily le dio la espalda, pero se acercó a él hasta que su cuerpo se acopló perfectamente al suyo. Complacido por la confianza que le mostraba, frotó la mejilla contra su cabello, inhaló profundamente su aroma y le dio otro beso en el hombro al tiempo que continuaba con su exploración. Deseaba conocer cada parte de su cuerpo, la forma y estructura de sus delicados huesos y sus femeninas curvas, cada milímetro de su aterciopelada piel.

En cualquier otro momento la habría mantenido en su cama día y noche hasta que hubiera acabado con el deseo constante de poseerla, de marcarla como suya, pero no podían quedarse en aquella posada más del tiempo estrictamente necesario. Recorrió su hombro con los labios una vez más y se obligó a alejarse de su tentadora calidez. Y en ese momento algo parecido al miedo se apoderó de su ser, pues se dio cuenta de que no era sólo la lujuria lo que le provocaba la necesidad de poseerla, ya que el solo hecho de abrazarla le causaba placer y una sensación de satisfacción que nunca había conocido. Confuso, sacudió la cabeza y alejó de sí aquellos perturbadores pensamientos relegándolos al más oscuro rincón de su mente.

La habitación todavía estaba cubierta por las sombras, no obstante, había suficiente claridad como para poder estudiar su rostro mientras se vestía, atrapado por la extraña fascinación que sentía por ella.

–¿Lily? –Apoyó la mano sobre su hombro y le dio una suave sacudida–. Lily, es hora de que te vistas.

Sus párpados se abrieron y sus labios se curvaron en una somnolienta sonrisa. Pero al mismo tiempo que su mirada ascendía, también lo hacían las mantas. Para cuando sus ojos se encontraron, las mantas ya la tapaban hasta la barbilla y su encantadora sonrisa no era más que un recuerdo. El receloso destello que vio en sus ojos hizo que Remmington frunciera el ceño y le diera la espalda mientras guardaba la ropa que había llevado el día anterior.

–Voy a reunirme con mis hombres y a asegurarme de que están preparados para salir. Jack ordenó anoche que tuvieran dispuesto el desayuno pronto. Volveré en menos de un cuarto de hora para acompañarte abajo. –Acabó de preparar su equipaje y fue hasta la puerta–. Asegúrate de cerrar con pestillo cuando me vaya.

Remmington le lanzó sólo una breve mirada antes de abandonar la habitación. Su triste expresión le hizo sentirse culpable y le recordó la declaración de amor que la joven le había hecho la noche anterior y que no había obtenido respuesta. No importaba la forma en que lo mirara, Lily no conseguiría hacerle cambiar de opinión ni alteraría sus sentimientos sobre su matrimonio. La lujuria y el deseo estaban perfectamente bien en la cama, pero no basaría su matrimonio en unos cimientos tan endebles. Ya había cometido ese error una vez, y él era un hombre que aprendía de sus errores.

Cuando Lily dejara atrás su enamoramiento, entonces establecerían una cómoda rutina, decidió. Su esposa entraría en razón y se daría cuenta de lo afortunados que eran de que hubiera afecto y amistad entre ellos, ya que pocas parejas tenían tanta suerte. Podrían ser amigos y confidentes durante el día y amantes por la noche.

Después de todo, él no era un hombre que se dejara guiar por la pasión. Podía controlar el impulso que sentía de regresar a esa estancia y hacerle el amor durante horas, ignorar la reacción de su cuerpo ante la visión de su somnolienta y seductora sonrisa. Su autocontrol sería una prueba de la estabilidad de sus sentimientos. Llevarla hasta el castillo de Remmington era mucho más importante que el ansia momentánea de su cuerpo, y no permitiría que eso le distrajera.

Esperó pacientemente al otro lado de la puerta hasta que escuchó como Lily pasaba el pestillo, y entonces se volvió y bajó por las escaleras. Un grupo de clientes había optado por un alojamiento más barato en el mismo comedor de la posada, y el sonido de ronquidos masculinos confirmaba que la mayoría todavía estaban dormidos. Remmington se detuvo durante un momento al final de las escaleras y se quedó mirando a través de la estancia hacia la puerta que llevaba a las caballerizas.

Una hora o dos de retraso no supondrían una grave alteración de sus planes. Como Lily había comentado, le llevaban un día de ventaja a la publicación del anuncio de su matrimonio en cualquier periódico. Aun así, ése no era el motivo de su apresuramiento. El castillo de Remmington había constituido un refugio seguro para innumerables generaciones de su familia, y su instinto le empujaba a buscar la protección de la fortaleza en tiempos difíciles. Deseaba llevar a su esposa a un lugar donde estuviera fuera de peligro, a salvo de cualquier amenaza.

De pronto, una extraña sensación recorrió su espina dorsal seguida de la imperiosa necesidad de olvidarse del vehículo y regresar junto a Lily; no se trataba de lujuria, sino de un impulso protector que le obligaba a asegurarse de que estuviera bien. Pero justo cuando empezaba a darse la vuelta, se abrió la puerta y dos de sus escoltas entraron en la estancia.

Conscientes de la presencia de los otros clientes, sus hombres se inclinaron ante él en un silencioso saludo. En voz baja, Remmington les ordenó que vigilaran la habitación donde se hallaba Lily hasta que él regresara. Aunque sabía que la puerta estaba cerrada, no deseaba que la joven se quedara sola en ese lugar. Por un momento consideró la opción de enviar a uno de sus hombres a las caballerizas en su lugar, pero finalmente decidió no hacerlo ya que Lily sospecharía al verlo volver tan pronto alegando motivos de seguridad.

Y, de hecho, tenía razones fundadas para sospechar. El día anterior casi se había degollado al echar tentadoras miradas a su esposa mientras se afeitaba, pues había colocado el espejo en un ángulo perfecto para observar cada uno de sus movimientos. Cuando ella desapareció tras el biombo, se esforzó por escuchar cada ruidito que hacía mientras su imaginación se centraba en adivinar las prendas que se iba poniendo, qué sensación sentiría él al deslizarse, como ellas, sobre su cuerpo, disfrutando de una deliciosa imagen mental de las partes de su cuerpo que cubrirían. Cuando Lily surgió de detrás del biombo totalmente vestida, Remmington no había deseado otra cosa que desnudarla de nuevo. Lentamente. Muy, muy lentamente. La habitación de la posada no disponía de ningún biombo. Podría observar como se vestía, estudiar cada milímetro de su hermoso cuerpo y recordar qué sentía cuando la tocaba. Incluso podría acariciarla si lo deseaba. Esperaría hasta que se hubiera vestido por completo y se hubiera abrochado hasta el último botón, entonces él...

No. Debía acudir a las caballerizas en ese mismo instante. Tenía asuntos importantes que solucionar allí. Aunque no pudiera recordar cuáles eran en ese momento.

En las cuadras, Jack ya había dado de comer a los caballos y había comprobado los arneses. Remmington revisó el mapa que su sirviente llevaba en el coche mientras comentaban el recorrido del día.

Jack estaba ensalzando las virtudes de un hostal en particular que se encontraba a unas decenas de millas de allí cuando la puerta de la caballeriza se abrió de golpe y asustó tanto a caballos como a hombres. Se trataba de uno los escoltas que el duque había enviado a proteger a Lily. La desesperada expresión de su rostro hizo que Remmington se levantara de un salto.

–¡Excelencia! ¡Debe venir inmediatamente! Hemos oído voces en el interior de su habitación, así que he llamado a la puerta para comprobar si todo estaba en orden y ha respondido la voz de un hombre. ¡Ha dicho que nos apartáramos de la puerta o dispararía a su esposa!

Remmington ya corría hacia la posada mientras su escolta acababa de contarle lo sucedido. Atravesó la habitación común dirigiéndose hacia la escalera y subió saltando de tres en tres los peldaños. Su puerta estaba al final del pasillo y unos cuantos huéspedes curiosos permanecían allí, al igual que el posadero, que mostraba una expresión preocupada y que intentó detenerlo cuando pasó junto a él. Sin embargo, el duque lo apartó a un lado con tanta fuerza que el hombre se golpeó contra el muro.

El segundo escolta permanecía frente a la puerta de la habitación con ambas pistolas en las manos y una oreja pegada a la puerta de roble macizo. En cuanto vio llegar a Remmington, se apartó de la entrada.

–No ha dejado de hablar desde que Tom fue a buscarle –le informó en voz baja–. No deja de decirle a su esposa que ha venido a rescatarla.

–Dame tu capa –le ordenó el duque–. Y tus pistolas.

Mientras su hombre obedecía, Remmington se volvió hacia el posadero.

–¿Preguntó alguien por nosotros después de que llegáramos anoche?

–Sí. –Aturdido, el posadero se frotó la cabeza–. Una hora después de que llegaran, apareció un caballero y dijo que era su primo, que deseaba una habitación junto a la suya para poder encontrarse con su Excelencia por la mañana. –Señaló la habitación que había al otro lado del pasillo, justo enfrente de la suya–. Lo alojé ahí. Parecía todo un caballero y alguien de fiar. Se lo juro, yo nunca habría pensado...

Remmington lo interrumpió con una mirada furibunda. Se colocó la capa del escolta sobre los hombros y cogió las armas; dejó la que llevaba en la mano derecha a plena vista, mientras que ocultó con la capa su brazo izquierdo y la otra pistola. Después se dirigió decidido a la puerta.

–¿Lily? ¿Estás bien?

Durante un momento sólo hubo silencio, luego se escuchó la voz de un hombre.

–¿Eres tú, Remmington?

–Sí. –La boca del duque se convirtió en una fina línea. La voz le sonó familiar, pero no fue capaz de identificarla. Con un gesto de asentimiento, ordenó a su escolta que abriera la puerta–. Voy a entrar.

El pestillo no estaba echado y su escolta abrió la puerta antes de que el hombre que había en el interior pudiera protestar. Remmington se adentró en la estancia y se preparó para lo que pudiera encontrarse dentro.

Lily estaba de pie casi en el centro de la habitación, vestida todavía con el camisón y la bata. Su asaltante permanecía tras ella, sujetándola del pelo y apoyando el cañón de una pistola contra su sien.

El corazón de Remmington dejó de latir y una extraña sensación de calma lo invadió, convirtiendo a las dos personas que había ante él en su único foco de atención. Todo lo demás que había en la habitación se desvaneció en una neblina gris y cada fibra de su ser se centró en salvar a su esposa del hombre que la amenazaba. De pronto vio como Lily echaba la cabeza hacia atrás, obligada por el fuerte tirón que su agresor ejercía sobre su pelo. Verla tan indefensa provocó en él una emoción que nunca antes había sentido y que no fue capaz de identificar; era una extraña sensación de pertenencia y de afán protector que empezó en su pecho y lo envolvió como una serpiente preparada para atacar. Todo su cuerpo se tensó, cada músculo fue consciente de lo que debía hacer, todo su ser se centró en su enemigo. Nunca se había sentido tan dueño de sí mismo.

Levantó el brazo derecho de forma que apuntó con la pistola inofensivamente hacia el techo, cerró la puerta con el pie e incluso llegó a sonreír al hombre que sujetaba a su esposa.

–Buenos días, lord Allen. Creo que me debe una explicación.

–Deje la pistola en el suelo, Remmington.

La orden no le sorprendió y la expresión de desesperación de los ojos de George Allen le hizo obedecer su exigencia, así que dejó el arma en el suelo sin hacer ningún movimiento brusco. Luego volvió a erguirse lentamente y esperó con la mirada fija en el centro de la frente de Allen. No deseaba arriesgarse a mirar a Lily, ya que la expresión de terror que había vislumbrado en su rostro al entrar acabaría con su concentración.

–Me la voy a llevar lejos de ti –anunció Allen.

Sus desafiantes palabras no cuadraban con su temblorosa voz.

La amenaza no inquietó a Remmington, pues sabía que aquel hombre no saldría vivo de aquella habitación.

De repente, Allen elevó la voz hasta un tono casi histérico.

–Nunca volverás a poner tus sucias manos sobre ella. La salvé de Osgoode y también la salvaré de ti. Ella es mía. Siempre será mía.

De alguna forma, Remmington supo que tenía que lograr que el agresor continuara hablando, que hacerlo quizá le calmara lo suficiente como para apartar la pistola de la cabeza de Lily. Sin embargo, un nuevo miedo lo invadió, uno que no había considerado hasta ese momento. Los nervios podrían hacer que Allen aumentara la presión sobre el gatillo accidentalmente.

Remmington centró hasta la última brizna de su control en mantener su voz y su expresión serenas.

–No tienes que tomar unas medidas tan drásticas, Allen. Estás asustando a Lily. Ahora estoy desarmado, así que aparta el arma de su cabeza y podremos discutir el asunto como caballeros.

–¡No! –Allen soltó el pelo de Lily para rodear su cuello con el brazo–. La has puesto en mi contra, maldito bastardo. Vine hasta aquí en cuanto te fuiste esta mañana. Le dije que la amaba, que me aseguraría de que no volvieras a tocarla nunca más y ¿sabes qué me dijo? –El rostro del agresor se retorció en una expresión desdeñosa y apretó su brazo con más fuerza alrededor del cuello de Lily con un movimiento brusco–. Me ha dicho que estabais casados.

Cerró los ojos con fuerza, adoptando la expresión de un hombre atormentado. Cuando volvió a abrirlos, brillaban enloquecidos.

El duque supo entonces que no sería posible mantener una conversación medianamente tranquila, ya que George Allen estaba loco.

–Se suponía que era mía. Nadie podía tenerla excepto yo. –Su mirada se deslizó hacia la joven y frotó su mejilla contra su pelo en una caricia de amante que hizo que Remmington apretara los dientes–. Siempre creí que nos casaríamos, Lily, pero esto será mejor. Te prometo que te mataré rápidamente y que no te dolerá, cariño. Ni siquiera te darás cuenta de lo que ha pasado. –A Remmington se le heló la sangre–. Entonces, él me disparará –continuó Allen señalando con la cabeza hacia el duque–. Moriré por ti, Lily, y estaremos juntos para siempre.

–Hay otra forma de que la tengas –dijo Remmington casi antes de que Allen acabara su obscena amenaza. No era un argumento racional, pero sabía que no estaba tratando con un hombre capaz de razonar–. Si me matas, ella será viuda y podréis casaros.

–¡No! –gritó en ese momento Lily–. ¡No podría soportar que murieras!

Allen la hizo callar dándole un tirón con el brazo al tiempo que la punta de su pistola se alejaba de su sien. Pero el agresor cambió de opinión casi inmediatamente y volvió a apoyar el arma contra su cabeza.

–Tú nunca te sacrificarías por una mujer –se mofó–. ¿Qué pretendes, Remmington?

–Es a mí a quien quieres hacer daño. Fui yo quien te la arrebató. Si le disparas ahora, morirá como mi esposa. Será mía, Allen.

–¡No! ¡Tú no te la mereces!

Allen movió la pistola de forma que ésta quedó apoyada sobre la sien de Lily, pero apuntando hacia el techo. Remmington respiró profundamente y se dispuso a tomar la decisión más importante de su vida.

–¿No la deseas? ¿No eres lo bastante hombre como para llevar a cabo lo necesario para tenerla?

–¡Cállate! –gritó Allen–. ¡No te permito que hables de ella de esa forma!

–¿No quieres conocerla tan íntimamente como yo la conozco? –le provocó–. ¿No quieres saber qué se siente al tenerla en tu lecho? ¿O temes no ser lo bastante hombre para ella?

–¡Cállate! ¡Cállate!

En el momento en que apartó la pistola de la cabeza de Lily, el duque alzó la que mantenía oculta y disparó. Se escuchó una segunda explosión en la habitación y Remmington sintió una ráfaga de aire cuando el disparo de Allen chocó contra la pared que había tras él. El espeso y asfixiante humo de la pólvora llenó la estancia, y un extraño e inquietante silencio se impuso tras las ensordecedoras detonaciones.

Rápidamente, el duque dejó caer su pistola y avanzó a través de la humareda. Encontró a Lily en el suelo, arrastrada hasta allí por el brazo de Allen que todavía rodeaba su cuello. Remmington apartó el brazo inerte y alejó a su esposa de aquel hombre. Con el borde de su capa, limpió la sangre de su rostro, con la visión borrosa a causa de lágrimas no derramadas, y se dio cuenta aliviado de que la sangre no era de ella. Deseaba estrecharla contra su pecho y mantenerla allí hasta que el miedo que lo había invadido, fundiéndose con su sangre, desapareciera. Pero no quería que ella permaneciera ni un momento más en aquella habitación, donde podía ver lo que él había hecho. La puerta se abrió de un golpe cuando él la alzó en sus brazos.

–Encárgate de esto –ordenó a Jack haciendo un brusco gesto de cabeza hacia George Allen. Siguió andando hacia el pasillo en busca del posadero hasta que lo encontró–. Llévanos a una habitación lo más alejada posible de ésta. ¡Ya!

El buen hombre casi tuvo que correr para poder guiar a Remmington, que avanzaba dando largas zancadas. Les hizo subir otro tramo de escaleras hasta el tercer piso y los llevó a una amplia y aireada habitación al final de un largo pasillo.

El duque recorrió la habitación con una rápida mirada y se volvió de nuevo hacia el posadero.

–Traiga lo necesario para un baño y envíe a uno de mis hombres hasta aquí con nuestro equipaje.

–Sí, Excelencia. –Inclinó la cabeza, pero se quedó paralizado cuando vio a Lily–. ¡Su mujer necesita un doctor!

–Mi esposa no está herida –dijo con voz firme mientras dirigía al posadero una mirada llena de silenciosa rabia–. Traiga mucha agua y toallas.

–Sí, Excelencia.

El hombre salió corriendo y cerró la puerta tras él.

Remmington atravesó la habitación y se sentó sobre la cama. Sostenía a Lily entre sus brazos, pero no podía abrazarla lo suficientemente fuerte, no podía mantenerla lo bastante pegada a su cuerpo. Se obligó a mirarla, a contemplar su rostro lleno de sangre. Empezó a rezar, rogando que continuara en estado de *shock*, que todavía estuviera demasiado aturdida por la experiencia como para ser consciente de lo que él veía.

–Quítamelo –susurró Lily con los ojos muy cerrados.

Su voz sonó muy grave, casi histérica.

Un músculo en la mandíbula de Remmington se agitó y la estrechó con más fuerza entre sus brazos.

–No puedo, cariño. Pronto traerán algo para lavarte. No tardarán mucho. Te lo prometo. –Sintió que Lily empezaba a temblar y cerró los ojos. Estaba viva. Eso era todo lo que importaba. Aunque todavía le quedaba un último temor–. Dime que no lo has mirado cuando todo ha acabado. Dios, Lily, dime que no lo has visto.

Remmington pronunció otra silenciosa plegaria de agradecimiento cuando ella negó con la cabeza contra su pecho. Al menos se había ahorrado ese recuerdo. Si lo hubiera visto, la imagen de esa pesadilla la hubiera atormentado durante años.

Él sabía, antes de cruzar la habitación, que había disparado con una puntería letal. La bala había atravesado el centro de la frente de aquel loco. Una muerte instantánea, pero sangrienta, y Lily, atrapada por el abrazo mortal de Allen, estaba cubierta de toda aquella sangre. Remmington había limpiado su rostro lo mejor que había podido, pero con la capa sólo había conseguido extender aún más la sangre. Estaba por todas partes, en su pelo, en su bata, en su piel. Le recorrió un estremecimiento. ¿Dónde diablos estaba ese posadero con el agua?

Un suave golpe en la puerta pareció responder a su silenciosa pregunta. El duque contestó y el posadero apareció en la entrada seguido de dos hombres que cargaban una pequeña bañera dorada. La colocaron en el centro de la estancia mientras otros sirvientes llegaban con toallas y cubos de agua humeante. Finalmente, un escolta trajo su equipaje y luego se quedó en el pasillo para montar guardia.

Cuando finalmente los dejaron solos, Remmington llevó a Lily hasta una silla que uno de los sirvientes había dejado junto a la bañera. Ella estaba aferrada a él; sus dedos estaban apretados formando tensos puños alrededor de sus solapas y, para su sorpresa, le costó un gran esfuerzo conseguir que lo soltara. La dejó sólo un instante para echar el pestillo y luego se arrodilló a su lado para desabrochar su bata y quitarle la mancillada penda pasándola por sus hombros.

Lily permanecía sentada muy quieta dejando que él se encargara de todo. Sus extremidades parecían las de una muñeca de trapo mientras Remmington la liberaba de la bata. Sin perder tiempo, cogió una de las toallas, la hundió en un cubo de agua caliente y se armó de valor para realizar su tarea, pero la imagen que vio le desgarró las entrañas igualmente.

La sangre no era suya. Ella estaba a salvo. Esa letanía se repetía una y otra vez en su cabeza mientras pasaba la toalla húmeda por su rostro y su cuello. Tenía que borrar el horror, limpiarla de esa abominación. Remmington abrió la parte delantera de su camisón rasgando el frágil material hasta abajo y tiró también aquella sucia prenda al suelo.

Sus manos fueron extremadamente tiernas cuando la levantó para meterla en la pequeña bañera, tan inconsciente de su desnudez como lo estaría de la suya propia. La hizo sumergirse en el agua mojándose las mangas de su chaqueta y su camisa en el proceso. Al mirar hacia su ropa, se dio cuenta de que también estaba manchada de sangre en las zonas que habían entrado en contacto con ella. Sus manos se movieron hasta los botones y se quitó ambas prendas.

Entretanto, Lily dobló las rodillas hasta su pecho, acurrucándose para convertirse en un ovillo.

–No, cariño.

Aunque la cogió con firmeza por los hombros, la obligó a recostarse con la mayor delicadeza. Luego le quitó los pasadores del pelo hasta que éste se deslizó por los bordes de la bañera, y apoyó una mano en la parte posterior de su cabeza y otra sobre su frente.

–Mantén la cabeza en esta posición durante sólo un momento. Eso es –la animó Remmington al tiempo que colocaba un cubo vacío bajo su pelo.

Lily cerró los ojos cuando él vertió cazos llenos de agua caliente sobre su cabello y la hizo hundirse aún más en el agua para poder apoyar su cabeza en el extremo de la bañera y pasar, de ese modo, una pastilla de jabón por sus húmedos mechones. Una vez que hubo enjuagado su pelo, la joven extendió el brazo para coger el jabón, frotó la pastilla entre sus manos y luego se restregó con furia el rostro y el cuello una y otra vez. Justo cuando Remmington pensó en detenerla, Lily se inclinó hacia delante y se enjuagó el jabón.

–¿Se ha ido todo? –preguntó secándose el agua de los ojos.

–Sí –murmuró él.

Finalmente, la ayudó a levantarse y la sostuvo mientras salía del baño. Lily cogió una toalla, pero él insistió en secarla él mismo adoptando una actitud tan aséptica al hacerlo como la que había mantenido al bañarla. Remmington encontró una camisola en el equipaje de la joven y se la deslizó por la cabeza hasta que cubrió su desnudez. Después le levantó la barbilla.

Era la primera vez que ella le miraba a los ojos desde el tiroteo. Él la contempló largamente, permitiéndose a sí mismo hundirse en las profundidades de sus ojos color jerez. La expresión de puro terror había desaparecido. Estaría bien, se repetía una y otra vez mientras grababa la imagen de su rostro en su mente, recordando el momento en que había pensado que nunca volvería a verla con vida.

Lily había estado a punto de morir ante sus ojos.

Era un pensamiento horrible, demasiado espantoso; ya no era capaz de imaginarse su existencia sin ella. Deslizó las manos por sus hombros y recorrió sus brazos hasta llegar a sus codos ansiando abrazarla para sentir ese pequeño consuelo de que estaba sana y salva.

La joven pareció leer su mente.

–Abrázame.

Él la estrechó contra sí como si fuera un precioso tesoro que hubiera estado a punto de perder. Lily posó su mejilla contra su pecho, aliviando y, a su vez, intensificando el dolor que su esposo sentía allí. Remmington apoyó la barbilla sobre su pelo húmedo y después volvió la cabeza para recostar su mejilla sobre su frente, satisfecho hasta que sintió que empezaba a estremecerse. Actuando con rapidez, la alzó en brazos y la llevó hasta la cama, donde la colocó con infinito cuidado bajo las mantas. Se tumbaron el uno junto al otro y Lily apoyó la cabeza en su hombro mientras que él la acariciaba con ternura y la abrazaba con fuerza.

Rota al fin, Lily rompió a llorar.

–Está bien –murmuró él–. No te lo guardes dentro, cariño. Llora, sácalo todo.

Si el baño había limpiado su cuerpo, Remmington pensó que las lágrimas limpiarían su alma. Lily empapó su pecho con ellas, hasta que finalmente tuvo que alejarse de ella para coger un pañuelo. Su llanto continuó, a veces casi mudo, a veces en forma de desgarradores sollozos.

–Todo ha terminado. No podrá hacerte daño nunca más.

De pronto, Lily se apoyó sobre un codo y se quedó mirándolo. Sus ojos estaban enrojecidos por las lágrimas y su voz sonó ronca por el llanto.

–He hecho que mataras a un hombre. Habrá una investigación. –Volvió a dejarse caer sobre su pecho y se aferró a él–. ¡Habrá un juicio! Oh, Miles. ¿Y si te envían a prisión?

Tras un ataque que dejaría a la mayoría de las personas bajo un estado de histeria durante días, la mayor preocupación de Lily era la seguridad de su marido. Sus palabras lo dejaron a él sin habla. Poco a poco, consiguió recuperarse y empezó a acariciarle el pelo.

–Cálmate, mi vida. No habrá ningún juicio. Te prohíbo que te preocupes por algo que no ocurrirá.

–Pero...

Remmington la apartó de su pecho y le dio un beso en la frente.

–Habrá una investigación, pero hay muchos testigos que darán fe de que la mente de Allen estaba trastornada. Entró en nuestra habitación esta mañana convertido en un lunático y amenazándonos a ambos con una pistola. Ha sido un caso sencillo de defensa propia, y eso es todo lo que se les dirá a las autoridades.

–Pero eso no es lo que pasó.

–Eso es exactamente lo que sucedió. Nadie más necesita conocer sus anteriores ataques. Eso sólo serviría para alimentar los rumores. Allen estaba loco, pero cualquiera que no hubiera estado presente esta mañana se empezaría a preguntar qué estaba haciendo un hombre solo en una habitación con mi esposa, y haría especulaciones desagradables sobre por qué ese hombre está muerto ahora. Así que le dirás a todo el que te pregunte que yo estaba presente cuando George Allen entró en nuestra habitación.

Lily frunció el ceño, preocupada.

–Había otras personas en el pasillo. ¿Qué pasará si alguien cuenta una versión diferente?

–Sólo hay una versión. La que te acabo de contar. –Se aseguraría de ello–. Hablo en serio, Lily. No quiero que te preocupes por la investigación. No tendrá lugar hasta dentro de unos días y acabará en poco más de una hora.

–¿Tendremos que quedarnos en este lugar hasta entonces?

Remmington negó con la cabeza.

–Aquí nadie tiene autoridad para cuestionar lo que yo haga. Tendremos que regresar a la ciudad.

Lily cada vez se mostraba más abatida.

–¿Y los rumores? En cuanto la gente se entere de esto, el escándalo será horrible. No sé cómo voy a poder mirar a la gente a la cara.

–Lo afrontaremos juntos –afirmó con seguridad–. Nada será tan malo como parece, Lily. Confía en mí. Tú no eres culpable de nada, sólo eres una víctima. Olvídate de todo lo demás.

Remmington estaba contento de que no reparara demasiado en la muerte de Allen. Estaba viva y a salvo. Ésos eran los dos principales pensamientos que ocupaban su mente y era en lo único que deseaba pensar por el momento.

–Cierra los ojos e intenta descansar, cariño. Te hará bien dormir un rato.

La joven frunció el ceño, pero se recostó obediente junto a él. Estuvo callada durante tanto tiempo que Remmington empezó a pensar que realmente se había quedado dormida. Entonces la escuchó susurrar.

–Estaba muy asustada hasta que viniste a rescatarme. Luego me diste un susto de muerte cuando empezaste a provocarle. No sabía que llevabas una segunda pistola. Cuando oí el primer disparo pensé... –Su voz se quebró y Lily se acurrucó aún más contra su pecho–. ¡Pensé que te había matado! Te lo ruego, no vuelvas a asustarme así nunca más.

Remmington no respondió. Un loco la había amenazado con matarla y, aun así, ¿ella temía por la vida de su esposo? Se quedó mirando fijamente el techo y se preguntó si Lily alguna vez descubriría que realmente una parte de él había muerto cuando vio la pistola de Allen en su cabeza. Era esa parte de su corazón, muy pequeña y cínica, que lo creía incapaz de amar.

18

Lily se despertó a la mañana siguiente en su habitación de la mansión de Remmington en Londres. Lo único que recordaba de su viaje de vuelta era que su esposo la había abrazado con fuerza durante todo el camino, que ella había pasado dormitando, despertándose sólo de vez en cuando, invadida por un agotamiento más mental que físico. No guardaba recuerdos de su llegada a la mansión.

La familiar estancia la reconfortó. Nada en la alcoba lavanda había cambiado durante su ausencia e incluso descubrió su vestido a rayas rosa todavía colgado en el armario. Más tarde, encontró a Remmington en la biblioteca con su padre y con sir Malcolm. Los tres caballeros se levantaron para saludarla en cuanto la vieron.

–¡Lily! –Su padre dio un paso hacia ella–. ¿Estás bien? ¿Allen no te hirió?

La joven le dedicó una tranquilizadora sonrisa.

–Estoy bien, papá.

Remmington no se mostró tan reservado y atravesó la estancia para darle un breve beso en la mano con expresión preocupada.

–Hoy deberías descansar, Lily. No te desperté porque pensé que esta reunión te angustiaría demasiado.

–Me siento bastante bien –le aseguró ella con voz tranquila–. Y me gustaría escuchar lo que mi padre y sir Malcolm tienen que decir sobre... el incidente de ayer.

El duque frunció el ceño.

–No quiero que sufras más.

–No te preocupes. Soy más fuerte de lo que crees, Miles.

Remmington pareció algo reticente, pero la guió hasta su asiento tras el escritorio y permaneció de pie junto a ella con una mano apoyada en el respaldo de la silla.

–Tu esposo acaba de contarnos lo que sucedió en la posada –comentó el conde–. No puedo creer que George Allen fuera capaz de hacer nada parecido.

–Debió de ausentarse un momento del baile de los Ashland y luego regresó sin que nadie lo notara –supuso Bainbridge.

Crofford se estremeció.

–Dios mío. Le dejé entrar en mi casa y Lily estuvo arriba durante todo el tiempo. ¡No puedo creer que tuviera el valor de pedirme permiso para cortejarla!

Sir Malcolm frunció el ceño con expresión confusa.

–Lo que no puedo entender es por qué no intentó cortejarla antes de atacarla por primera vez. Lily no estaba comprometida con nadie en esa época.

–¿Quién sabe cómo funciona la mente de un perturbado? –se preguntó Remmington–. Y puedo asegurarles a ambos que Allen estaba loco.

–Creo que volveré a hablar con lord Ashland –reflexionó Bainbridge–. Me dijo que jugó a las cartas con Allen hasta poco antes del amanecer la noche del baile, pero no pensé en preguntarle a qué hora empezó la partida. También hablaré con los sirvientes de Allen. Puede que sepan algo que proyecte más luz en este asunto.

Sir Malcolm movía el puño de plata de su bastón nerviosamente mientras que el tono de su voz se tornaba pensativo.

–¿Han sido informadas las autoridades de la muerte de Allen?

–Creí que lo mejor era notificarles a ustedes primero –respondió Remmington.

Bainbridge asintió.

–Me encargaré de todos los detalles e informaré al tribunal real. La investigación será poco más que una formalidad, pero me gustaría asistir si no le importa.

–Apreciaré su apoyo –manifestó Remmington–. Parece obvio que Allen era nuestro hombre, pero hasta que verifiquemos dónde se encontraba la noche del ataque a Lily, no pienso perder de vista ni un instante a mi esposa. No volveré a poner en peligro su seguridad. Con nuestro reciente matrimonio, a nadie le parecerá extraño que no hagamos vida social durante una o dos semanas.

–Me parece bien –comentó Crofford–. No podemos arriesgarnos hasta que no estemos totalmente seguros.

–Pues yo no estoy de acuerdo –protestó Lily–. Es evidente que lord Allen era el hombre que había tras la máscara. No entiendo por qué se me debe mantener bajo custodia, cuando ya no existe...

–No te mantendré encerrada –la interrumpió Remmington–. Simplemente no nos alejaremos de casa hasta que estemos seguros de que el hombre que te atacó está muerto.

Tras decir aquello, su esposo le lanzó una mirada que le indicó que no admitiría ninguna discusión a ese respecto.

Lily decidió que, al fin y al cabo, el hecho de tener que permanecer aislada y pasar tiempo a solas con su esposo no era tan horrible, así que, finalmente, le dirigió un resignado asentimiento, propio de una esposa abnegada.

El presidente del tribunal y sus magistrados les visitaron dos días después de su llegada a Londres. Lily estaba sirviendo el té de la tarde a sir Malcolm y a su esposo cuando Digsby los anunció, y Remmington le dejó muy claro que debía excusarse y dejar a los caballeros solos.

Ella le obedeció con gran reticencia.

–¿Excelencia? –preguntó el mayordomo.

Lily sintió una oleada de culpabilidad cuando levantó la oreja de la puerta de la biblioteca y se volvió para dirigirse al sirviente. Aun así, mantuvo su tono de voz bajo para que los hombres reunidos en la biblioteca no pudieran oírla.

–¿Sí, Digsby?

–No hace falta que se quede ahí, Excelencia. Yo le informaré cuando la reunión finalice.

–Puede que los caballeros deseen más té –respondió Lily–. Esperaré aquí por si acaso.

–Ése es mi deber, señora.

Desde el interior de la biblioteca, Lily escuchó una voz apagada.

–Estoy convencido de que esto no es más que una formalidad, Excelencia. Si fuera tan amable de explicar los acontecimientos que provocaron el incidente...

La joven levantó la vista a tiempo para ver a Digsby erguirse como si hubiera estado esforzándose por captar las palabras del presidente del tribunal.

–¿Teme perderse algo, Digsby?

El mayordomo ni se inmutó.

–Sí, señora.

–Muy bien. –Lily se hizo a un lado y le dejó sitio frente a la puerta doble–. Hoy compartiremos ese deber.

Mientras permanecían uno junto al otro escuchando lo que sucedía en el interior de la estancia, Jack pasó por allí de camino a las cocinas y se paró en seco al ver a la duquesa y a Digsby con la oreja pegada en la puerta de la biblioteca. Cuando Lily lo descubrió, levantó un dedo hasta sus labios indicándole silencio y, con la otra mano, le hizo señas instándole a que continuara su camino.

Finalmente, la investigación se resolvió de forma satisfactoria para el duque, tal como había augurado Bainbridge. Remmington fue absuelto de cualquier responsabilidad por la muerte de lord Allen y se consideró a este último temporalmente enajenado por razones desconocidas. Si los funcionarios encontraron extraño que el joven caballero se hallara en el mismo hostal aislado que los duques cuando se volvió loco, no hicieron mención al hecho. Ni tampoco preguntaron qué había provocado el arrebato de Allen. Lily supuso que poseer un título sólo inferior en un grado a los de la familia real tenía sus ventajas. Todo el incidente se consideró como un caso claro de defensa propia y la temida investigación acabó en menos de una hora.

Justo antes de que la puerta de la biblioteca se abriera, Digsby se alejó para ir a buscar las capas y los sombreros de los visitantes y Lily simuló arreglar un gran ramo de rosas que adornaba una mesa de roble cercana.

El juez y los magistrados se despidieron mientras Remmington permanecía en la entrada de la biblioteca. Una vez que se marcharon, desvió su mirada hacia Lily y ella pensó que su esposo sospechaba de su prolongada presencia en el vestíbulo.

–Sir Malcolm y yo tenemos unos cuantos asuntos más que tratar, Lily. ¿Por qué no envías un mensaje a tu padre informándole de que la investigación ha finalizado? –Su expresión no cambió a excepción del gesto que hizo al arquear una ceja–. Estoy seguro de que ya conoces el resultado para informarle.

La joven no negó la acusación, sino que le dedicó una débil sonrisa antes de que su marido volviera a desaparecer tras las puertas de la biblioteca. Entonces dio un paso hacia delante y se quedó paralizada a mitad del siguiente cuando las puertas volvieron a abrirse. La sonrisa que consiguió esbozar reflejaba abiertamente su culpabilidad.

–Ahora mismo sería muy buen momento para enviar ese mensaje, Lily.

Ella agachó la cabeza y sacudió una mota de polvo inexistente de su vestido.

–Como desees.

Remmington esperó a que se diera la vuelta y se dirigiera al salón. Cuando Lily oyó el chasquido suave que produjeron las puertas de la biblioteca al cerrarse de nuevo, buscó a Digsby en el vestíbulo y le susurró:

–Quiero que me informes de cada palabra.

Media hora después, el mayordomo se presentó en el salón con un recargado juego de té de plata sobre una bandeja.

–Su té, milady.

–¿Está mi esposo todavía en la biblioteca? –Lily esperaba que Remmington deseara compartir con ella lo que hubiera hablado con Bainbridge, pero sus esperanzas se desvanecieron cuando Digsby negó con la cabeza.

–Su Excelencia y sir Malcolm han salido hacia su club. –El mayordomo colocó la bandeja sobre la mesa que había junto a la duquesa, y luego dio varios pasos hacia atrás hasta que llegó a la puerta, preparado para retirarse–. Su Excelencia mencionó que cenaría en casa a la hora habitual.

Lily le lanzó una clara indirecta.

–Qué pena no haber estado presente en la reunión de mi esposo con sir Malcolm. Estoy más que intrigada por saber de qué han hablado.

El sirviente se estiró la chaqueta con un fuerte tirón, dio otro paso hacia atrás, miró hacia ambos lados del vestíbulo y volvió a entrar en la habitación.

Lily sonrió.

–Digsby, puedes cerrar la puerta si lo deseas.

–Milady, en esta casa las puertas abiertas proporcionan más intimidad que las cerradas.

Ella asintió con un gesto solemne.

–Tienes razón, por supuesto.

–Si hubiera estado presente en la reunión que tuvo lugar tras las puertas de la biblioteca, sabría que sir Malcolm informó a su Excelencia de que lord Ashland se encuentra en una cacería en Escocia y que no volverá hasta dentro de una semana. Por tanto, hasta ese momento, no podrá verificar si lord Allen pudo abandonar el baile de los Ashland en algún momento la noche en que empezaron los ataques. En cambio, los sirvientes de lord Allen sí que informaron a sir Malcolm de que su señor no estaba en casa la noche en que se descubrió a un hombre merodeando en el exterior de la mansión Crofford.

–Entiendo. –Lily sintió una profunda sensación de alivio. Su vida volvía a pertenecerle al fin. Sin embargo, también sintió que un nuevo recelo anidaba en su corazón. Remmington ya no tendría ningún motivo para permanecer tan cerca de ella–. ¿Es eso todo lo que habría escuchado teniendo en cuenta, por supuesto, que hubiera estado presente en esa reunión?

–No, milady. También se habría enterado de que el lacayo de lord Allen entregó una nota en la residencia de lord Osgoode la noche anterior a la muerte de ese caballero. A la mañana siguiente, lord Allen dejó su casa muy temprano para lo que él llamó una «cita al amanecer».

Lily se sentó en una pequeña silla brocada cuando asimiló el significado de las palabras del mayordomo. Osgoode había muerto a manos de George Allen, y todo hacía pensar que había sido por culpa de ella.

–Su Excelencia también mencionó que pensaba que el asunto estaba zanjado –añadió Digsby. Quizás era su imaginación, pero a Lily le pareció oír una nota de compasión en el tono de su voz–. También expresó su alivio, ya que usted podría dejar de preocuparse por este asunto.

Lily hubiera preferido escuchar al propio Remmington tranquilizarla al respecto. Aunque, al menos, Digsby tenía la cortesía de decírselo.

–Muchas gracias. Aprecio tu ayuda y tu comprensión.

El mayordomo le hizo una reverencia y dejó a Lily a solas con sus pensamientos.

–Ya no hay necesidad de que nos mantengamos aislados –anunció Remmington durante la cena de esa noche.

Tras decir aquello, indicó a Digsby con la mirada que volviera a llenar su copa de oporto. A Lily le pareció extraño, ya que nunca bebía más de una copa de vino durante la cena y justo acababan de empezar con el primer plato.

La joven alzó su tenedor lleno de guisantes y lanzó otra disimulada mirada hacia su vestido. Había escogido un modelo de seda violeta y el corpiño cuadrado de la exquisita prenda era tan escotado que temía que el pecho se le fuera a salir en cualquier momento. Sin embargo, su esposo no pareció prestar atención a su indumentaria, a su desasosiego ni a nada relacionado con su aspecto. Así que ya empezaba a arrepentirse del tiempo que había pasado arreglándose el pelo y vistiéndose, cuando parecía evidente que él no valoraba el esfuerzo.

De pronto, Lily experimentó un momento de pánico cuando uno de los guisantes se desprendió de su tenedor, cayó sobre su pecho y desapareció en la hendidura que el ajustado corpiño de su vestido formaba. Justo en ese mismo instante, la joven escuchó a Remmington atragantarse con el vino. Al levantar la mirada, le vio limpiándose la cara con la servilleta mientras comprobaba que la camisa y la chaqueta no se hubieran manchado. Entonces aprovechó su distracción para recuperar el guisante y dejarlo entre la bandeja y su plato. Después comprobó que Digsby permanecía en su lugar junto al bufé con la mirada clavada en un punto indeterminado próximo a la araña que colgaba del techo y, finalmente, Lily soltó un suspiro de alivio, ya que nadie había sido consciente de su contratiempo.

Al momento, Remmington se aclaró la garganta.

–Sí, bien. Como iba diciendo, ya no hay razón para que nos mantengamos aislados. Además, me encontré por casualidad con tu padre en White's esta tarde y mencionó que le gustaría organizar un baile en nuestro honor dentro de dos semanas. Parece la oportunidad ideal para hacer nuestra presentación oficial en sociedad como pareja.

Esa noticia la sorprendió.

–Mi padre no ha celebrado ningún baile desde que mi madre murió.

–Sí, mencionó esa circunstancia. También me preguntó si podría abusar de tu amabilidad para que le ayudaras con algunos de los preparativos. Los músicos, los refrigerios, las invitaciones y otras cosas. Tenía pensado pedirles a lady Bainbridge y a la señorita Stanhope que actuaran como anfitrionas, sin embargo, cree que toda esa actividad supondría demasiado trabajo para ellas teniendo en cuenta el debilitado estado de la señorita Stanhope.

–Hoy he recibido una nota de Sophie. Parece mucho más recuperada, pero no creo que se sienta con bastantes fuerzas para organizar un baile. Veré a mi padre mañana y empezaremos con todos los preparativos –comentó Lily.

–Muy bien.

–Espero que Sophie pueda visitar a mi costurera –reflexionó la joven–. Necesito un vestido nuevo para la ocasión, pero nunca sé qué estilo o qué tela escoger y ella tiene muy buen ojo para ese tipo de cosas.

–No creo que debas forzar a tu amiga a que asista a una prueba en la tienda de una modista que puede durar horas. –Levantó la vista y Lily se preguntó si no habría bebido demasiado vino, ya que tenía un sospechoso brillo en la mirada. Ajeno a los pensamientos de su esposa, Remmington cogió sus cubiertos y cortó una rodaja de rosbif con toda su atención centrada en esa tarea–. ¿Por qué no organizas una prueba aquí en casa? Me gustaría poder dar mi opinión sobre tu vestuario.

Lily se sorprendió un poco ante el hecho de que mostrara interés en el tema.

–¿Estás seguro de que no te importará?

Después de guardar silencio durante unos segundos, el duque se encogió de hombros.

–En absoluto.

Un cuarto de hora más tarde, Remmington acabó su tercera copa de oporto y la dejó a un lado, señal de que daba la cena por concluida. Lily dejó su servilleta y se levantó también. Su esposo la acompañó hasta las escaleras y allí le soltó la mano.

–Tengo algunos documentos que debo revisar en la biblioteca –le explicó–. Me reuniré contigo arriba en una o dos horas.

La joven intentó ocultar su decepción con una forzada sonrisa. Le había puesto la misma excusa la noche anterior y no se había reunido con ella hasta casi cuatro horas después.

–Te veré entonces, Miles.

Lily estaba dormida cuando él se metió en la cama y, antes de que se hubiera despertado del todo, su esposo ya le había quitado el camisón.

–Creí que ya no vendrías. –Su voz sonó entrecortada a causa de los ligeros y sensuales besos con los que Remmington torturaba su cuello–. Sé que he ocupado la mayor parte de tu tiempo durante estas últimas semanas. ¿Estás muy retrasado con tu trabajo?

Él pidió silencio con un sonido que surgió desde lo más profundo de su garganta, mientras la acariciaba hasta llevarla a un punto de excitación sin retorno. Lily pronto olvidó su inquietud sobre su trabajo, lo olvidó todo excepto la exquisita belleza de su forma de hacer el amor.

Remmington la abrazó durante mucho tiempo después, y ella permaneció muy quieta entre sus brazos. Cada noche le hacía el amor durante horas, y a su vez también le enseñaba cómo devolverle el placer que le daba, cómo explorar la pasión que compartían. Luego Lily siempre se dormía acurrucada entre sus brazos mientras él acariciaba su pelo, y sus labios permanecían pegados a su frente o a su sien. Sin embargo, por la mañana, siempre se despertaba sola.

Lily supo que no compartirían habitación cuando al regresar a la ciudad Digsby dejó su equipaje en la alcoba lavanda. La joven había esperado algo así, pues sólo las parejas demasiado pobres para permitirse camas separadas compartían una, o las demasiado enamoradas como para separarse por las noches. Y ése, desde luego, no era su caso. Lily rara vez veía a Remmington durante el día y, cada vez con más frecuencia, lo veía sólo a la hora de la cena y después, durante unas horas, en su cama. A medida que el tiempo transcurría, su esposo se volvía un poco más reservado en su presencia, un poco más distante, y los silencios entre ellos eran un poco más incómodos. Lily se pegó aún más a su costado, apoyó la mano sobre su pecho para sentir el firme latido de su corazón y supo que lo estaba perdiendo.

Reunió el valor suficiente para preguntarle la razón, pero la mano de su esposo continuó acariciándole con ternura los largos mechones caoba de su cabello hasta que no pudo mantener los ojos abiertos por más tiempo. Aun así, abrió los labios para hacer la pregunta, aunque no consiguió articular palabra y, unos instantes antes de dormirse, notó como él se alejaba de ella. No podía abrir los ojos, así que intentó detenerlo extendiendo los brazos, pero parecía no poder moverse. De pronto, sintió su cálido aliento sobre el rostro. Remmington le dio un suave beso en la frente y habló en un tono tan bajo que apenas pudo oírle.

–Buenas noches, cariño.

Entonces Lily sonrió y se quedó dormida.

Al día siguiente, Lily volvió a desayunar sola preguntándose cómo conseguía Remmington levantarse tan temprano cuando se acostaba tan tarde cada noche. Su esposo ya se encontraba en la biblioteca con la puerta cerrada y había informado a Digsby de que tenía trabajo importante del que ocuparse y que no debía ser molestado. La joven casi empezaba a anticiparse a ese anuncio del mayordomo cada mañana.

Tras el desayuno, Lily se dirigió al salón y escribió una breve nota. En ella le preguntaba a Remmington si la llevaría a dar un paseo por el parque esa tarde a las tres. Si él no iba a ser capaz de encontrar tiempo para dedicárselo a su esposa, sería ella quien lo programaría, pues se negaba a que la ignorara por más tiempo. Aquello sería mejor que un enfrentamiento directo, decidió. Además, su paseo supondría la oportunidad perfecta para sacar el tema de sus agendas y rutinas, y para preguntarle por qué la ignoraba durante el día. Lily pidió a Digsby que le entregara la nota al duque cuando le sirviera la comida y poco después salió para dirigirse a su antiguo hogar.

Los preparativos del baile y la compañía de su padre fueron una grata distracción. Pasaron la mañana descifrando uno de sus pergaminos griegos y luego hablaron sobre el baile durante la comida. La joven se marchó justo antes de la una. De esa forma, dispondría del tiempo suficiente para cambiarse y lucir el mejor aspecto para su paseo.

Cuando entró en casa, vio que su esposo estaba a punto de salir, así que se dirigió hacia el vestíbulo y le esperó a los pies de la escalera.

–Ah, estás aquí, Lily. –Remmington se ajustó el pañuelo mientras descendía las escaleras y se detuvo en el penúltimo escalón. Desde luego no iba vestido para dar un paseo a caballo–. Te he dejado una nota en tu habitación. Mi hermano llegó a la ciudad anoche y le prometí que me reuniría con él en White's esta tarde para cenar. Espero que no te importe que pospongamos nuestra salida para otro día.

Lily tuvo que echar la cabeza hacia atrás para poder mirarle.

–No sabía que tu hermano estuviera en la ciudad.

–Me envió una nota esta mañana. Me temo que me comprometí con él antes de recibir tu mensaje.

La joven apretó los dientes. Parecía que no estaba tan ocupado como para que Trevor no pudiera molestarle en su preciosa intimidad. Y eso sí que la disgustó.

–Entiendo.

Remmington le dedicó una sonrisa indulgente.

–Aunque si insistes en salir a pasear esta tarde, estoy seguro de que mi hermano lo entenderá si le envío mis excusas.

–No –respondió con voz controlada. Su sugerencia la hacía sentir como si estuviera suplicándole que le dedicara un poco de su tiempo–. No será necesario.

Remmington empezó a avanzar hacia la puerta y, cuando pasó junto a ella, Lily apoyó una mano sobre su manga.

–¿He hecho algo que te haya disgustado?

El duque se quedó mirando su mano, como si se sorprendiera de que osara tocarle.

–Por supuesto que no, Lily. No estoy en absoluto disgustado contigo.

–Es sólo que pareces tan... tan distante últimamente. –Consciente de que Digsby se encontraba en el vestíbulo a su espalda, la joven se acercó más a su esposo para que el mayordomo no pudiera escucharla, pero Remmington se echó hacia atrás como si no pudiera soportar estar tan cerca de ella. Su reacción sorprendió tanto a Lily que olvidó lo que deseaba decirle.

–No nos estamos distanciando –afirmó Remmington con tono firme–. Simplemente estamos estableciendo una rutina. Las parejas casadas no necesitan estar uno encima del otro constantemente. –Hizo una pausa, dirigió la mirada hacia el reloj del vestíbulo y le anunció–: Ya llego tarde. Tendrás que disculparme.

Alzó su mano para darle un beso impersonal, se dio la vuelta y se alejó. Lily se quedó mirándolo atónita, aferrada con tanta fuerza a la barandilla que los nudillos se le pusieron blancos. De repente vio claro el significado de su apretada agenda y de sus deliberadas ausencias. Remmington estaba utilizando su inclinación por el orden y la rutina como una excusa para alejarse de ella y convertir su matrimonio en una simple farsa, como tantos otros. Esperaba que cada uno hiciera su vida durante el día y que se encontraran sólo por la noche con un único objetivo en mente: tener un heredero. Lily se preguntó si Remmington se volvería un esposo «considerado» cuando ella se quedara embarazada o si la olvidaría entonces para siempre.

El sonido de la puerta principal al cerrarse tras él la arrancó de sus reflexiones. Con determinación, alzó la barbilla y subió las escaleras. Si su esposo deseaba un matrimonio de conveniencia, estaba a punto de sufrir una gran decepción, ya que Lily no tenía ninguna intención de seguirle el juego hasta que no reconociera que un verdadero matrimonio necesitaba cierta dosis de amor para sobrevivir, un amor que ella sentía rebosar en su pecho hasta el punto de que le dolía.

Remmington encontró a Trevor en una mesa situada en un rincón del White's con la cara oculta tras un periódico. Sin esperar una invitación, se sentó y se sirvió una copa de brandy.

El periódico descendió levemente y su hermano se asomó por encima de él.

–Muy bien, gracias. –Trevor levantó la oreja hacia un lado–. ¿El viaje? Ah, sí, ha sido horrible. Ha llovido desde que cruzamos la frontera hasta aquí y mi cochero se ha estado quejando del estómago durante todo el tiempo. Y por cierto, los problemas con tu arrendatario están solucionados gracias, en gran medida, para qué negarlo, a mi carácter salomónico. Gracias por preguntármelo.

–Hoy no estoy de humor –le advirtió Remmington.

Sin embargo, Trevor ignoró la advertencia y su sonrisa se amplió de oreja a oreja al tiempo que dejaba a un lado el periódico.

–Te has hecho muy famoso en mi ausencia, hermano. Todo Londres está alborotado con los rumores sobre tu matrimonio sorpresa y el subsiguiente duelo con George Allen. Tu reputación ha pasado de ser infame a notoria. –Inclinó la cabeza ligeramente–. Mis felicitaciones.

–No fue un duelo –le aclaró–. Cuando disparé a Allen, estaba amenazando con matar a mi esposa.

La sonrisa desapareció del rostro de Trevor.

–¿Bromeas?

–No, no lo hago.

–He escuchado algunos extraños rumores –reflexionó–, pero no les di crédito. La mayoría de la gente dice que Allen te insultó gravemente y que fue lo bastante estúpido como para retarte en duelo.

–Supongo que sir Malcolm fue quien inició ese rumor –comentó Remmington–. Es mi historia preferida y se formaría un escándalo aún mayor si se supiera la verdad.

–No me digas que tu mujer y George Allen...

–No, no era nada por el estilo. Aunque, por desgracia, muchos pensarían eso si los hechos salieran a la luz.

–Entiendo –contestó Trevor–. Acudiste al rescate de tu esposa y nadie conocerá tu heroica hazaña. ¿Es ése el motivo de tu expresión de disgusto?

Remmington frunció todavía más el ceño y se sorprendió tanto a sí mismo como a su hermano cuando empezó a confesar la verdad.

–Mis «heroicas hazañas» –dijo irónicamente– son parte del problema, pero no su falta de reconocimiento. Ése no fue el único ataque que Allen llevó a cabo contra mi esposa.

Remmington le hizo un breve resumen de los acontecimientos que se habían sucedido desde la noche en que conoció a Lily y concluyó con el último infortunado intento de Allen de atentar contra la vida de su esposa.

–¿Sabes qué dijo cuando todo hubo acabado?

Trevor negó con la cabeza. Estaba fascinado ante el relato de los hechos.

El duque apretó con más fuerza la copa de brandy.

–Tenía miedo de que Allen me disparara y lloró porque pensaba que me arrestarían por haber matado a ese bastardo.

–Parece que le importas mucho –comentó su hermano.

–Ella cree que está enamorada de mí. –Hizo una mueca–. Al menos, eso creía, porque teniendo en cuenta el estado actual de nuestro matrimonio, ya no estoy tan seguro de ello. Me temo que mi actitud últimamente está suponiendo una dolorosa prueba para su carácter.

–¿Te comportas de forma hosca porque tu mujer te ama? –Trevor levantó las manos en un gesto de perplejidad–. Dime que me he perdido algo de tu planteamiento del problema.

–Ella sólo cree que está enamorada. Lo que siente por mí no es más que cariño y quizás, en cierto grado, algo de gratitud. He estado a su lado cuando ella necesitaba ayuda y estoy seguro de que eso ha influido en lo que siente por mí. Cuando se dé cuenta de ello, se alegrará de que no me haya convertido en el centro de su vida, ni ella en el de la mía. Cada uno tenemos nuestros propios intereses y no necesitamos depender el uno del otro para mantenernos ocupados.

Trevor se reclinó en su silla, cruzó los brazos y se quedó mirando a su hermano.

–No le has dicho a tu esposa que estás enamorado de ella.

Remmington descartó el comentario con un gesto impaciente.

–Yo no estoy enamorado de Lily.

–¿Nunca te he mencionado el hecho de que siempre tamborileas los dedos en el brazo de tu silla cuando dices una mentira?

De inmediato, Remmington cerró la mano y apretó el puño.

–No pienso continuar con esta conversación.

–¿Por qué no? –Trevor arqueó una ceja–. Tú mismo has dicho que no estás enamorado de tu esposa. Parece como si estuvieras haciendo todo lo que está en tu mano para demostrárselo. ¿Acaso crees que eso lo hará más fácil cuando ella busque en otro el cariño que tú no le das?

–¡Ya es suficiente! –Varios socios del club se volvieron para mirar a Remmington y éste bajó la voz–. Si no fueras mi hermano, te retaría a un duelo en este mismo instante.

–Soy consciente de ello.

–Lily nunca me traicionaría de esa forma. Ella no es como Catherine.

–Lo imagino.

Remmington se recostó en su asiento y observó a su hermano mientras guardaba un cauto silencio.

–Y si no es como Catherine, entonces ¿cuáles son sus defectos? –preguntó Trevor–. ¿Es una engreída, o es tan vanidosa que se queda prendada del primer hombre que le hace un cumplido en cuanto le das la espalda? ¿Acaso mira con ojos codiciosos todo lo que posees? ¿O les ha dicho a sus amigas que tu enamoramiento hacia ella le parece cómico? –Sacudió la cabeza–. No, todos esos defectos eran los de Catherine, así que Lily debe de ser incluso peor que ella.

–Te aconsejo que cierres la boca. Ahora.

Trevor inclinó la cabeza como si fuera a hacer caso de la advertencia.

–Yo siempre sigo tus consejos, hermano. Hace mucho tiempo me dijiste que sólo un estúpido comete dos veces el mismo error. Y eso es lo que crees que harías si le dices a Lily lo que sientes por ella, ¿no es cierto? Sin embargo, créeme, al no hacerlo estás cometiendo un error totalmente nuevo.

Remmington apretó la mandíbula, reticente a reconocer que Trevor quizá tuviera razón. Aquel día en la posada se había dado cuenta de que Lily podría convertirse fácilmente en el centro de su vida, en la única razón de su existencia. Él nunca le daría a una mujer semejante poder y había regresado a Londres con toda la intención de poner en orden su matrimonio, de crear una rutina que garantizara su estabilidad.

Pero algo había ido horriblemente mal. Se pasaba horas sentado en la biblioteca sin hacer nada más que dirigir miradas perdidas a su correspondencia y a documentos políticos, mientras pensaba en su mujer. Se preguntaba dónde estaría y qué llevaría puesto la próxima vez que la viera. Cada hora se convertía en una batalla por mantenerse alejado de Lily hasta la cena, momento en el que podía regalarse los ojos con ella.

Más tarde, sentados a la mesa, Remmington siempre esperaba a que Lily desviara la mirada, y entonces observaba cada pequeño movimiento que hacía, estudiaba todo lo que llevaba puesto e imaginaba las prendas que no podía ver, las finísimas camisolas de seda con sus pequeños y delicados tirantes y su forma de adherirse tentadoramente a los lugares adecuados. La vestía y desvestía mentalmente hasta que no podía concentrarse en nada más que el dolor que le provocaba su erección, sabiendo que pasarían horas antes de que pudiera saciar el deseo que ella provocaba en él.

Cada noche, Lily perfeccionaba la tortura un poco más, pues cada vez lucía un vestido más ajustado o más escotado, o extendía el brazo para alcanzar su copa de vino de una forma que revelaba una escandalosa cantidad de su carne desnuda, o dejaba caer un guisante de su tenedor en la seductora hendidura que formaban sus senos, apenas contenidos por el corpiño. Remmington había deseado recuperar el guisante por ella con la punta de su lengua.

Cada cena parecía durar una eternidad, a pesar de que nunca se prolongaban lo suficiente, pues él deseaba más y más. Sin embargo, se obligaba a disfrutar de menos cada vez y volvía a la biblioteca para amargarse allí hasta estar convencido de que estaría dormida cuando se reuniera con ella en la cama, pues había sabido desde el principio que no podría acudir a su alcoba mientras estuviera despierta, mientras pudiera mirarle ofreciéndole el corazón. Entonces sería demasiado fácil engañarse a sí mismo pensando que ella siempre lo amaría de ese modo. Aunque ¿qué ocurriría si fuera así? ¿Qué pasaría si ella lo mirara todos los días de su vida con los ojos resplandeciendo de amor por él?

Amargamente, Remmington recordó el dolor que había visto reflejado en el rostro de Lily cuando la dejó esa tarde, con sus profundos estanques del color del jerez llenos de orgullo herido. Él había hecho aquel gesto desdeñoso deliberadamente para mantenerla a distancia, lejos de su corazón. Oh, Dios. ¿Qué sería de él si ya era demasiado tarde? ¿Si no podía reparar su error?

Remmington dejó la copa de brandy sobre la mesa con un fuerte golpe.

–Discúlpame, Trevor. Acabo de recordar un asunto que necesita de mi atención.

Lily era incapaz de dar crédito a lo que veían sus ojos. Tampoco había creído a Digsby cuando le había dicho que un caballero la esperaba en la biblioteca, y estuvo a punto de reprenderle al permitir que un hombre entrara en casa mientras su esposo estaba ausente hasta que escuchó su nombre: Sebastian Lacroix.

La joven cerró la puerta tras ella con un golpe sordo y Robert se volvió; ambos se tomaron un momento para estudiarse el uno al otro.

–El matrimonio te sienta bien, Lily.

–¡Oh, Robert! ¡Estás a salvo!

Cruzó la habitación corriendo y se abalanzó en sus brazos.

–¡Oh! –Lacroix dio unos cuantos pasos hacia atrás con gesto

teatral–. Ya veo que no has perdido nada de tu fuerza, ahora que eres una dama casada.

Lily se despegó de su pecho pero mantuvo los dedos doblados alrededor de sus solapas para satisfacer su necesidad de aferrarse a él, de asegurarse a sí misma que realmente estaba allí.

–¿Qué estás haciendo en Inglaterra? ¿Los franceses han descubierto tu identidad? ¿Sabe papá que estás a salvo?

–Todo a su debido tiempo, Lily. Por ahora, todo lo que necesitas saber es que estoy a salvo, que papá sabe que estoy bien y que los franceses no tienen ni idea de dónde me encuentro. Yo tengo unas cuantas preguntas para ti. –A la joven no le gustó la expresión de sus ojos ni la repentina acentuación de las líneas que rodeaban su boca–. Papá me informó de que te habías casado con el duque de Remmington. No me dio muchos detalles y me gustaría saber por qué.

–Nuestro matrimonio no fue exactamente planeado, si es eso a lo que te refieres. –Lily sonrió e intentó reconfortarlo–. Pero no hay ningún motivo para que estés preocupado.

La boca de su hermano se convirtió en una sombría línea.

–Le conozco, Lily. Él cree que no sé quién es, pero lo sé. También soy consciente de que tiene reputación de ser un vividor y un canalla en todo lo referente a las mujeres. Si hubiera sabido que había centrado su atención en ti... –La cogió de los hombros y la miró intentando saber la verdad–. ¿Te obligó a casarte? ¿Puso en un compromiso tu honor para que no tuvieras otra elección que aceptar su oferta?

Lily no pudo evitarlo y empezó a reírse. Apoyó la frente sobre su hombro, pero aun así, no pudo dejar de reír.

–No le veo la gracia a esta situación –rezongó Robert.

–Ni yo tampoco. Aparta las manos de mi esposa, Lacroix. –La dura voz de Remmington resonó en toda la estancia.

Robert retiró las manos de los hombros de la joven y dio un largo paso hacia atrás. Lily supuso que fue la mirada en el rostro de su esposo lo que le hizo hacer eso y se colocó delante de Robert para proteger a su hermano, ya que Remmington parecía decidido a matarlo.

–No... no creí que volvieras a casa tan pronto.

El duque no se movió de su lugar junto a la puerta, pero no dejaba de apretar los puños en un movimiento instintivo.

–Quiero que salgas de mi casa, Lacroix, y no quiero volverte a ver con mi esposa a no ser que yo esté presente.

Robert apoyó la mano sobre el brazo de su hermana.

–¿No se lo has dicho?

Lily apartó la mano de Robert cuando observó la reacción de su marido ante ese inocente contacto y avanzó corriendo hacia él para apoyar la palma de su mano contra su pecho, tratando de impedir que siguiera acercándose hacia su hermano. Remmington se detuvo al instante, cubrió la mano de Lily con la suya y la miró con una expresión similar a la ternura cuando bajó la mirada hacia ella.

–Tendrás que abandonar la habitación ahora, Lily.

Ella negó con la cabeza.

–No. No es lo que piensas.

Remmington cogió las manos de Lily entre las suyas y las levantó para darle un beso en cada muñeca.

–Lo sé, mi amor. La noche que me descubriste en la cama con Patricia Farnsworth me di cuenta de que confiabas en mí de forma incondicional. Yo no te daré menos de lo que reciba, en todos los aspectos.

A Lily se le quedó el aire atascado en la garganta tanto por sus palabras de cariño como por lo que decía.

–¿Significa eso...?

–¿Le encontraste en la cama con otra mujer? –preguntó Robert–. ¿Y, aun así, te casaste con él? Remmington tiene razón, Lily. Tienes que abandonar la habitación.

Lily sintió como la fuerza de Remmington la envolvía protegiéndola de forma casi tangible, pero se alarmó cuando al mirar por encima del hombro vio a Robert que avanzaba hacia ellos. Rodeó el cuello de su marido con un brazo y extendió el otro para frenar a su hermano.

–¡No! Parad los dos. Miles, debes dejar que te lo explique.

–No tienes que explicarle nada –bramó Robert.

La joven le lanzó una furiosa mirada por encima del hombro.

–Robert, cállate antes de que alguien te cierre la boca de un puñetazo. –De inmediato, se volvió hacia su esposo–. Miles, te presento a mi hermano.

Lily esperaba que la tensión entre ambos hombres desapareciera ante su anuncio, pero no fue así. Continuaban fulminándose con la mirada.

–Entonces ¿quién diablos es la mujer de la que me hablaste? –preguntó el duque.

–¿Qué mujer? –repitió Lily.

–Nadie de tu incumbencia. ¿Qué hiciste para obligar a mi hermana a casarse contigo?

Remmington sonrió.

–Nada de tu incumbencia.

Lily suspiró y se apartó de los dos hombres mientras levantaba los brazos.

–Me rindo. Pegaos si es eso lo que deseáis. Pero os juro que no tengo ni idea de por qué queréis hacerlo. –Se cruzó de brazos y esperó.

Ambos fruncieron el ceño hacia ella y luego volvieron a mirarse a los ojos.

–Tu padre le dice a todo el mundo que su hijo está en Grecia –afirmó Remmington– trabajando en unas excavaciones.

–Supongo que imaginas la razón de esa mentira –dijo Robert.

–No os parecéis en nada. –Miró a Lily y luego a su hermano–. Creí que estabas intentando seducirla.

Robert esbozó una sonrisa.

–Ahora sabes que no es cierto, aunque no deberías mostrarte tan indignado teniendo en cuenta que tú no le has sido fiel.

–No he tocado a ninguna otra mujer desde que conocí a Lily. –Remmington extendió el brazo y la acercó a su lado con una maliciosa sonrisa–. O, mejor dicho, no he tocado a ninguna otra mujer de la forma en que toco a tu hermana.

Robert emitió un gruñido de disgusto y se giró hacia Lily con una suplicante mirada en su rostro.

–Dime que ésa no es la razón por la que te casaste con él.

La joven intentó encogerse de hombros, pero el peso del brazo de su esposo sobre ellos se lo hizo imposible. En cambio, le dirigió una sonrisa.

–La verdad es que me gusta la forma en que me toca.

Robert arrugó la nariz.

–No quiero oír nada más.

–Bien –murmuró Remmington con la mirada fija en su esposa–. Deberías marcharte.

Lily negó con la cabeza.

–Pero si acaba de llegar. Ni siquiera nos ha dicho por qué está en Inglaterra.

El duque soltó un rugido que pareció salir del fondo de su garganta.

–Muy bien. –Remmington la condujo hasta su escritorio, se sentó y la colocó sobre su regazo. Después hizo una señal con la cabeza hacia la silla que había frente a la mesa–. Siéntate y cuéntanos por qué estás aquí. Y date prisa.

–La calidez de tu bienvenida me abruma, cuñado. –Robert le dedicó una mirada de exasperación, pero tomó asiento en el lugar que se le había brindado–. Aparte de por la noticia del matrimonio relámpago de mi hermana, he venido a Inglaterra porque creo que los franceses podrían estar siguiéndome la pista. Mi contacto en el Ministerio de Defensa me informó de que hay rumores de que pronto capturarán a un maestro criptógrafo de Inglaterra. Todos los agentes ingleses en Francia saben cómo escribir en código. Pero, modestia aparte –apoyó la mano en el pecho con gesto teatral–, creo que soy el único al que pueden referirse como maestro criptógrafo.

La actitud de Remmington cambió por completo. Aflojó la presión sobre Lily y se inclinó hacia delante.

–En estos momentos no puedes plantearte regresar a Francia. ¿Te mantendrás oculto?

Robert asintió.

–Lo haré hasta que reciba noticias de mi contacto. Ya sabe cómo comunicarse conmigo y podría tratarse sólo de un rumor.

–¿Necesitas un lugar donde quedarte? –preguntó Remmington–. ¿Un medio para que tu contacto envíe su mensaje?

Robert sonrió y negó con la cabeza.

–Tienes una extraña noción de la hospitalidad, cuñado. Primero me ordenas que me marche y ahora me invitas a que me instale.

–Tenía en mente una de mis fincas –aclaró Remmington dirigiéndole una mirada mordaz–. La mayoría están a una distancia considerable de Londres.

–Aprecio tus generosas ofertas, pero no será necesario. Bainbridge se encargó de prepararlo todo para hacerme llegar el mensaje que mi contacto me enviará y me ha encontrado un acogedor refugio para ocultarme mientras tanto. –Hizo una pausa y se volvió hacia Lily–. Sin embargo, tengo que pedirte una cosa.

–Lo que quieras –respondió su hermana.

Robert frunció el ceño y permaneció en silencio durante un largo momento.

–He estado con sir Malcolm esta mañana temprano y me ha explicado todo lo referente a George Allen y cómo intentó matarte. Siento no haber podido estar aquí para protegerte, *chérie.*

–Estoy bien –le tranquilizó Lily–. Tengo un esposo bastante capaz de protegerme.

–Eso parece –asintió Robert–. Sir Malcolm también me dijo que Sophie resultó herida en uno de esos ataques y que volverá a Londres mañana.

Lily asintió y esperó a que continuara, percibiendo en su hermano cierta tensión que parecía aumentar por momentos.

–Cuando regrese, ¿podrías encontrarte con ella a solas para tomar un té o para hacer cualquiera de esas cosas que hacéis las mujeres durante el día? ¿Qué tal el viernes, sobre las tres?

–¿Por qué? –Lily abrió los ojos de par en par cuando Robert empezó a ruborizarse. Él nunca se sonrojaba, no desde que era un niño. Descubrió la razón en el mismo momento en que Remmington lo hizo–. ¿Sophie?

–¿Sophie Stanhope es la mujer de la que me hablaste? –exclamó el duque, sorprendido.

El rubor tan poco común en Robert se intensificó. Pero mantuvo la atención centrada en Lily, y ella supo que intentaba mantener la dignidad.

–Te visitaré a esa misma hora y me gustaría tener la oportunidad de hablar a solas con ella. Te agradecería que no le dijeras que estaré aquí –añadió.

–Sophie Stanhope –repitió Remmington sacudiendo la cabeza.

Robert frunció el ceño y le miró.

–¿Por qué es tan imposible creer que me interese Sophie?

–Ehh... Por nada. La señorita Stanhope es una joven muy agradable. Un poco rara en su forma de pensar sobre algunos temas, y supersticiosa hasta extremos... –Remmington desvió la mirada de la expresión ceñuda de Robert a la de Lily–. Una mujer fantástica. No hay ninguna mejor, excepto mi esposa.

–Estoy segura de que podré hacer que Sophie venga aquí sola el viernes –afirmó Lily–. Y me parece bien que quieras sorprenderla. Sólo recuerda que ha sufrido una grave herida, así que contén tu... entusiasmo cuando la saludes.

–Gracias, Lily. Te adoro. –Se levantó y se dirigió a Remmington, a quien le ofreció su mano–. Aunque odie tener que admitirlo, creo que no me importará tenerte en la familia.

Robert les informó de cómo podían contactar con él en caso de que fuera necesario, y ambos lo acompañaron hasta la puerta trasera cuando les explicó que había entrado por allí para evitar llamar la atención.

Remmington deslizó el brazo alrededor de la cintura de Lily mientras observaban como desaparecía por la calle lateral.

–Tenemos un asunto pendiente en la biblioteca.

En el mismo instante en que Lily le miró a los ojos, supo de qué clase de asunto se trataba.

–¿En la biblioteca? ¿En pleno día?

Remmington se inclinó para acariciarle la oreja con los labios.

–Mmm. Sí. No he pensado en nada más que en ti allí dentro durante toda la semana. No quiero imaginármelo más, te quiero allí en persona y desnuda.

19

–No tenía ni idea de que mi ropa te pareciera tan fascinante.

Remmington depositó a Lily en el centro de su lecho y luego se quitó la chaqueta. Entretanto, recorrió con la mirada su vestido de seda violeta, el que le había pedido que se pusiera para la cena.

–Encuentro lo que hay dentro de tu ropa incluso más fascinante. –Lily se incorporó y empezó a soltar los cierres de su vestido, pero Remmington hizo un gesto negativo con la cabeza mientras se desabrochaba la camisa–. No, déjame a mí hacer eso. Más tarde.

La joven sonrió y volvió a recostarse sobre sus codos en una inconsciente pose que hizo que las manos de su esposo se volvieran torpes. La intrigada expresión de sus ojos hizo que Remmington redujera el ritmo de sus movimientos, consciente de que era la primera vez que ella observaba como se desvestía. A partir de esa noche ya no habría más secretos entre ellos.

–Creí que hablabas en serio cuando dijiste que pretendías quitarme toda la ropa en la biblioteca. –Su delicado rostro se frunció en una mueca maliciosa al tiempo que su tono de voz se volvía reflexivo–. Me alegro de que no lo hicieras. Lo que hemos hecho ahí dentro ya ha sido bastante escandaloso. –Alzó la mirada hacia él y su expresión se iluminó–. Pero he disfrutado mucho.

Remmington sonrió, pero no dijo nada. Cuando se encerraron en la biblioteca tenía toda la intención de desnudarla y de quitarle todas y cada una de las prendas que cubrían su exquisito cuerpo. Sin embargo, en el momento en que desabrochó su corpiño, supo que no podría esperar tanto tiempo. La seductora visión de su figura parcialmente desnuda aumentó su deseo más allá de lo que hubiera imaginado jamás, así que la sentó sobre el escritorio, hizo que abriera las piernas y le subió las faldas hasta las caderas. Sabía que nunca olvidaría esa imagen y que no volvería a trabajar en esa mesa porque no podría pensar en otra cosa que en Lily.

Tomándose su tiempo, Remmington desabrochó los puños de la camisa y dejó que el suave lino se deslizara por sus hombros y brazos hasta que la prenda cayó al suelo. El modo en el que su esposa miraba su pecho hizo que sus músculos se tensaran de deseo. Nunca se había desnudado de aquella forma para una mujer y no había pensado que podría convertirlo en una parte deliberada de su juego de seducción, pero Lily no perdía detalle de sus movimientos y Remmington decidió que se desnudaría para ella todas las noches.

–¿Por qué me has pedido que me pusiera este vestido en particular para la cena? –Su voz sonó ronca de deseo–. De hecho, ¿por qué nos hemos molestado siquiera en cenar? La verdad es que no hemos comido gran cosa.

–Mi deseo es que esta noche sea perfecta en todos los aspectos. –Puso una mano sobre los cierres de sus pantalones y sonrió al ver como la joven se humedecía los labios–. He soñado con una cena como la que acabamos de compartir desde que llegamos a Londres.

–Oh. –Lily arqueó las cejas–. ¿De verdad?

Remmington asintió. Esa noche deseaba que todo fuera perfecto, que saliera bien cada preciso detalle con el que había torturado a su mente durante una semana y, hasta ahora, la velada no podía ir mejor. Excepto, quizá, por una cosa.

Una vez que Robert se despidió de ellos, Remmington se disculpó con Lily por la forma en que la había ignorado y le prometió que no volvería a comportarse así. Pero le había hecho esa promesa en la biblioteca mientras hacían el amor, así que no estaba totalmente seguro de si sus palabras habían tenido sentido. A excepción de eso, no podía pedir una noche más perfecta. Le había hecho el amor en la biblioteca y se había tumbado en la cama de Lily como un gato perezoso mientras la observaba vestirse para la cena, la había seducido en la mesa y ahora volvería a hacerla suya una vez más.

Después, sólo una parte de su plan quedaría pendiente. La mejor y la más importante. La vestiría con ese camisón blanco de encaje que tanto le gustaba y le confesaría que la amaba, que todo su mundo giraba en torno a ella, que su vida no había tenido sentido hasta que la conoció. Con todos sus apetitos saciados durante esa noche de placer, Lily sabría que sus palabras eran sinceras. Luego sellaría su promesa volviendo a poseerla. Si no recordaba mal, ese camisón en particular tenía una encantadora fila de botones de perlas en la parte delantera.

Las palabras de Lily interrumpieron sus pensamientos.

–Creo que Digsby sospecha las razones por las que has cerrado la puerta del comedor con pestillo y lo has dejado fuera. –Bajó la mirada hacia su vestido–. Y tu vino ha estropeado mi corpiño. ¿No te has dado cuenta de la mirada que me ha dirigido cuando hemos abandonado el comedor? Seguramente mañana por la mañana me encontraré con un babero en mi lugar en la mesa.

–Lo dudo. Además, te compraré tantos vestidos como los que estropee, a condición de que sean como éste.

Lily esbozó una sonrisa.

–¿Te gustan los vestidos con escotes escandalosos, milord?

–Mmm. Eso también. –Remmington extendió la mano, rozó seductoramente el borde del corpiño de seda y recorrió con la punta del dedo índice la larga hilera de diminutos botones color azabache. Lily permaneció inmóvil, pero no pudo evitar estremecerse mientras él la acariciaba–. Aunque lo que más me gusta son esos pequeños botones de tu corpiño que llegan hasta tu cintura.

–Este estilo no está de moda esta temporada.

–Al infierno con la moda. Me gustan los botones. No tengo ni idea de por qué, pero la sola idea de desabrocharlos e ir dejando poco a poco tu piel al descubierto me hace perder el control. –Remmington sacudió la cabeza y volvió a encargarse de los cierres de sus pantalones, pero sus manos se paralizaron cuando los dedos de Lily recorrieron el mismo camino que él acababa de seguir, trazando largos y perezosos movimientos desde su corpiño hasta su cintura–. No hagas eso, Lily.

–¿Por qué no? –Su voz sonó casi como un ronroneo.

–Porque yo no... –No podía apartar los ojos de sus lentos y seductores movimientos–. Lily, para. Te lo ruego. Si sigues así estropearás mi plan.

–¿Plan? –La mano de la joven se detuvo–. ¿Tienes un plan para esta noche? ¿Un programa?

Remmington asintió sin pensarlo con la mirada todavía fija en la hilera de botones.

–Un plan muy definido.

–Entonces ¿qué pasa si...? –Lily dejó escapar el aire con un pequeño gemido y, vacilante al principio, pero más segura después, repitió los mismos movimientos cautivadores.

Estaba desnudo. No recordaba haberse quitado el resto de la ropa pero, de alguna forma, estaba desnudo y se dio cuenta de que ése era el motivo de que Lily hubiera perdido el hilo de sus palabras al ir a opinar sobre su plan. Sólo para asegurarse la miró a los ojos, recordándose a sí mismo que los botones todavía seguirían allí después de que hubiera evaluado su reacción ante la visión de su cuerpo.

No podía ser algo nuevo para ella. Le había hecho el amor cada noche, la había recorrido y acariciado de todas las formas imaginables, la había animado a que lo explorara igual de detenidamente y le había enseñado a hacerle cosas que no le hubiera gustado que le hiciera ninguna otra mujer. Sin embargo, nunca se había mostrado de aquella forma, nunca se había puesto de pie ante la luz y le había permitido que lo mirara. De algún modo, Lily había logrado conservar su inocencia, esa ingenua e intrigada mirada que lo llenaba de sorpresa y placer. Remmington tuvo que recurrir a todo su autocontrol para permanecer erguido y no ir junto a ella, mientras los ojos de la joven recorrían muy lentamente cada milímetro de su cuerpo y luego se demoraban durante un período de tiempo increíblemente largo en su dura erección. El duque podía sentir como lo acariciaba con esa mirada.

Lily repitió una orden que él le había dado una vez a ella.

–Respira, Miles.

Remmington aspiró profundamente y apoyó una rodilla sobre la cama, luego la otra, y después colocó las manos a ambos lados de sus hombros al tiempo que hacía descender lentamente su cuerpo sobre el de ella, cubierto de seda. Su piel estaba tan sensible que sintió como subía la temperatura del cuerpo de Lily para darle la bienvenida antes de que llegara a tocarla.

–Lily. –Bajó la frente hasta la almohada que había junto a ella intentando recordar qué había pensado hacer a continuación–. Yo tenía un plan.

–Lo sé.

La joven se arqueó y él sintió cada uno de los diminutos botones azabache sobre su cuerpo.

Remmington empezó a besarla, pero se obligó a detenerse.

–Tengo que decirte algo. –Sus labios se movían por voluntad propia para cubrir el punto de su garganta donde podía sentir su pulso, y sus manos empezaron a acariciarle las caderas. No podía contenerse. Sí, sí podía–. Es importante, Lily.

–¿Sí? –le preguntó con voz trémula mientras echaba su cabeza hacia atrás, invitándolo a que siguiera seduciendo su cuello–. ¿Qué es?

Remmington podía oír los pequeños jadeos que al respirar emitía la joven, y sentir sus pechos elevarse y descender bajo él, todavía constreñidos por el corpiño que apenas los cubría.

Inclinó la cabeza y susurró en su oído:

–Quería hacerlo bien, Lily.

–Entonces, tu plan funciona. –Volvió a arquearse y Remmington deslizó el brazo alrededor de su cintura, acercándola más a él y depositando eróticos besos y pequeños mordiscos en la parte de sus senos que quedaba a la vista–. Los botones –susurró ella–. Desabróchalos.

Remmington oyó su propio gemido de frustración y se obligó a alejar la cabeza de la tentación, pues quería mirarla a los ojos cuando le dijera lo que sentía.

–No, no antes de decirte... –Un movimiento que captó con el rabillo del ojo le distrajo, y Remmington pudo observar como la mano de su esposa se deslizaba con un movimiento sensual por su pecho, descendiendo hasta llegar al primer botón de su vestido. Él apretó los dientes e intentó concentrarse–. Estoy intentando decirte que te amo, maldita sea.

Esta vez su gemido fue de disgusto. Lo había hecho mal. Le había dicho que la amaba mientras miraba sus turgentes senos. Lily odiaba que los hombres le miraran el pecho y, además, había soltado una palabrota. Remmington se maldijo a sí mismo.

–Yo también te quiero, Miles. –Él alzó la cabeza y Lily le dirigió una encantadora sonrisa llena de calidez e inocencia–. Y ahora, ¿me desabrocharás los botones?

Remmington deseaba decirle que había más, que quería pronunciar las palabras como se suponía que debía hacerse. Había practicado mentalmente su declaración de amor durante horas, pero en aquel momento no podía acordarse de lo que quería decirle.

En lugar de eso, usó su cuerpo para transmitirle lo que había en su corazón. La mimó, la sedujo, la torturó, la llevó a la cima del placer una y otra vez, y la poseyó con una necesidad que iba más allá del deseo que sentía su cuerpo y que alcanzaba las profundidades de su alma.

Solo. Así fue como se despertó a la mañana siguiente.

La buscó con su mano por debajo de las sábanas, pero no quedaba ni siquiera un rastro de su calidez. Remmington frunció el ceño incluso antes de abrir los ojos. No debería haberse escabullido aquella mañana. Deseaba decirle que ella era el centro de su vida, maldita sea.

Dirigió la mirada hacia la ventana y se dio cuenta sobresaltado de que era tarde. Él nunca dormía hasta después del amanecer. El motivo de su inusual comportamiento hizo que la expresión de su rostro se suavizara. Aquella noche había dormido en paz consigo mismo por primera vez desde que conoció a Lily. No sólo en paz consigo mismo, sino con todo lo que su vida abarcaba. Había conseguido lo que siempre había ansiado junto a un hermoso lirio, sabiendo que lo que sentía por él nunca se marchitaría ni desaparecería, que su amor lo acompañaría a lo largo de su vida hasta su último aliento. Y también sabía que él la amaría y la desearía hasta el mismo día de su muerte.

Necesitaba abrazarla en ese momento y no soltarla nunca, que nada pudiera hacerle daño, quería verla feliz y siempre sonriente. Soltó un largo suspiro y rodó para levantarse de la cama. Debería haber sabido que ella no estaría donde él esperaría encontrarla. Ésa era una de las razones por las que la amaba.

Jack se sacudió el hombro con la mano para apartar a una molesta mosca. Los gritos de los vendedores callejeros casi se perdían entre el estruendo de vehículos y carros que llenaban de ruido la calle Bond. Desde su posición privilegiada en lo alto del carruaje del duque, el sirviente estudiaba la calle con ojos medio distraídos mientras esperaba que la duquesa saliera de la tienda de impresión del señor Milton. La mañana era inusualmente cálida, así que Jack se quitó la ligera capa que llevaba y la dejó sobre el asiento que había junto a él. Volvió a dirigir la mirada hacia la tienda de Milton. Pósteres y muestras de papel llenaban los escaparates y le impedían ver a la duquesa o saber si estaría acabando con lo que la había llevado hasta allí.

De pronto, un repentino grito proveniente de la calle lateral que había junto a la tienda atrajo la atención de Jack. Instantes después observó como un asistente de la imprenta con el delantal manchado de tinta negra corría hacia el carruaje con una expresión atribulada en su rostro. La mano de Jack se dirigió de inmediato hacia el cuchillo que llevaba sujeto a la cintura.

–¿Es usted el cochero de la duquesa? –gritó el hombre.

Jack asintió, convencido de que algo iba mal.

–Su Excelencia se sintió mareada y salió por la puerta trasera para tomar algo de aire fresco, pero se ha puesto enferma. –Señaló con el pulgar por encima del hombro. –Está ahí, echando el desayuno.

Jack bajó del carruaje y corrió hacia la calle lateral.

–Detrás de esa esquina –le indicó el asistente, señalando con el dedo hacia el final de la calle.

Pero justo cuando Jack aminoraba el paso para doblar la esquina del edificio, sintió que algo grande y duro le golpeaba en la parte posterior de la cabeza. El mundo se desvaneció a su alrededor y cayó desplomado al suelo.

–Éstas son muy bonitas, señor Milton. –Lily le devolvió las muestras de las invitaciones para la fiesta de su padre y luego sacudió algunas minúsculas motas de papel de su vestido color azul lavanda–. ¿Cuándo podrán estar preparadas las tarjetas?

–Esta tarde, Excelencia. –El señor Milton señaló hacia una cortina verde que cubría la entrada al almacén. La joven podía escuchar los rítmicos y apagados sonidos de la imprenta al otro lado. El fuerte y cáustico olor de la tinta impregnaba la tienda. –Tenemos tan poco tiempo que me arriesgué a dar por supuesto que aprobaría el diseño –continuó–. Mis asistentes ya están imprimiendo sus invitaciones mientras hablamos.

–Aprecio sus esfuerzos al disponer de tan poco tiempo, señor Milton.

–Me alegra mucho poder complacerla –respondió el hombre con una modesta reverencia. Luego rodeó el mostrador para colocarse ante un muro repleto de estanterías. Sobres de todos los tamaños y formas llenaban una de las secciones de los estantes. Milton extendió el brazo para coger un inmaculado sobre blanco con líneas doradas–. Este sobre hará juego con los bordes dorados de las invitaciones, Excelencia. ¿Le parece bien que incluya el número correspondiente de sobres a su pedido?

Lily asintió.

–Envíelo todo a mi residencia esta tarde. Ya tiene la dirección.

–Muy bien, Excelencia. –El señor Milton volvió a hacerle una reverencia y la acompañó hasta la puerta de la tienda.

Lily salió fuera todavía sonriendo ante los resultados de los esfuerzos del impresor y los suyos propios. Con esa tarea cumplida, ya podía regresar a casa con su marido. Le había costado hasta la última brizna de su fuerza de voluntad dejar el cálido refugio de su lecho esa mañana. Remmington la abrazaba incluso estando dormido. Sus manos la acariciaban cada vez que ella se movía, en lo que sólo podía ser fruto de una inconsciente conciencia de su cuerpo. No pudo evitar sonreír al pensar en la expresión de su rostro cuando le dijo que la amaba, cuando literalmente juró que la amaba. Le pareció, de alguna forma, entrañable, y le había llegado al corazón. Como para compensarla por su seca declaración, Remmington le había susurrado palabras de amor durante horas, algunas coherentes, aunque la mayoría no lo fueron. Aun así, a Lily le habían encantado todas y cada una de ellas y estaba ansiosa por escuchar qué le diría esa mañana cuando volvieran a verse.

Absorta en sus pensamientos, le llevó un momento darse cuenta de que su carruaje ya no la esperaba ante la tienda. Miró hacia uno y otro lado de la calle, pero no vio ni rastro de Jack ni de la elegante carroza negra con el escudo de armas de Remmington grabado sobre las puertas. Un destartalado coche de viaje granate permanecía donde su carruaje debería haber estado, y su conductor se dirigió hacia ella. Llevaba un abrigo de color habano que cubría un par de caras botas altas, y la saludó levantándose un sombrero de piel de castor y ala ancha.

–Buenos días, Excelencia. Mi señor le ruega que le dedique un minuto de su tiempo, si no le importa subir al coche. –A Lily, aquel hombre le causó un inmediato rechazo. Algo en su forma de actuar encendió una alarma en su cabeza. Inquieta, volvió a mirar hacia la calle en busca de Jack–. Su cochero ha tenido que marcharse –comentó el desconocido como si hubiera leído sus pensamientos–. Si sube al coche, lord Gordon se lo explicará todo.

–¿Trabaja para lord Gordon? –La joven sintió una oleada de alivio cuando el cochero asintió. Se mordió el labio inferior y, finalmente, siguió al hombre hasta el coche. La puerta se abrió y Harry le dirigió un rápido saludo desde el interior. Esa mañana no esbozaba su alegre sonrisa habitual; en su lugar, pudo observar una expresión solemne en sus ojos azules.

–Espero que no la hayamos asustado, Lily. Acabo de llegar de Holybrook Hall y traigo noticias urgentes. –La expresión en su rostro era atribulada, como si se sintiera reacio a divulgar la información–. Fui para que lord Holybrook me diera su opinión sobre una serie de pergaminos que acabo de comprar, pero se había desencadenado una crisis antes de que yo llegara. –Abrió la boca, pero pareció incapaz de articular palabra. Finalmente, soltó un suspiro y sacudió la cabeza con ojos abatidos–. Me temo que no es fácil decirle esto. Se trata de la señorita Stanhope. Ayer por la noche sufrió unas repentinas fiebres y ha empeorado. Lamento tener que ser yo quien se lo diga, pero el estado de su amiga es grave. El médico no tiene muchas esperanzas de que se vaya a recuperar. Lady Bainbridge dice que ha preguntado varias veces por usted y me ha hecho responsable de llevarla junto a ella antes de que sea demasiado tarde.

Lily abrió mucho los ojos, conmocionada no por la noticia de las fiebres de Sophie sino por el hecho de que Harry fuera capaz de contarle una mentira tan atroz. Había recibido una nota de Sophie dos días antes en la que le explicaba que sus heridas evolucionaban muy bien y que tanto ella como su tía tenían previsto llegar a Londres esa tarde.

–Sé que esto es una desagradable sorpresa –continuó Harry–, pero no sabía de qué otra forma podía transmitirle la noticia. Debe regresar a Holybrook Hall conmigo inmediatamente. He enviado a su sirviente para que recoja a Remmington, le comunique la razón de tanta urgencia y le diga que yo misma la acompañaré hasta Basildon. –Lord Gordon extendió una mano para indicarle que subiera–. Rápido, Lily. Debemos apresurarnos.

La joven dio un paso hacia el carruaje, pero se detuvo de pronto y se llevó una mano a la frente.

–¡Las invitaciones! Debo darle instrucciones especiales al señor Milton antes de marcharnos.

–Ahora no es momento para preocuparse por unas simples invitaciones –protestó Harry–. Su amiga se encuentra en su lecho de muerte.

Lily retrocedió antes de que pudiera cogerla de la muñeca para hacerla entrar en el coche.

–Sólo será un momento. Mi padre se pondrá furioso si no le informo de los arreglos que he hecho. Su baile se celebrará en menos de una semana y las invitaciones deben enviarse mañana sin falta.

Harry vaciló, pero acabó cediendo.

–Muy bien, pero que mi cochero, Lando, la acompañe. Él se

asegurará de que el impresor no la haga demorarse más de lo necesario.

–No será más que un momento –prometió Lily.

Se volvió y avanzó apresuradamente hacia la tienda del señor Milton, consciente de que la sombra de Lando la seguía en todo momento. Su corazón se fue acelerando a medida que se aproximaba a la entrada, y la joven supo que él podía percibir su miedo. Su única esperanza era que confundiera su expresión asustada con su preocupación por la salud de Sophie. Su vida dependía de ello.

Por fin empujó la puerta y entró. La campana de la entrada sonó y el señor Milton salió de la trastienda. Lily se acercó al mostrador donde las pruebas de sus invitaciones estaban todavía colocadas en una ordenada pila y las giró antes de que Lando se pusiera a su espalda.

–Tengo que abandonar la ciudad de forma totalmente imprevista –le informó al señor Milton con voz entrecortada–. Debe enviar las muestras a mi padre, a la mansión Crofford, en lugar de a mi esposo.

Lily cogió una pluma que había junto al registro de pedidos del impresor, hundió la punta en la tinta y empezó a escribir en la parte posterior de una invitación.

–También debe enviarle esta nota junto a las muestras para que conozca mis preferencias.

–Pero, Excelencia...

–No tengo tiempo para discutir, mi querido señor Milton. Tengo mucha prisa y no puedo entretenerme.

La joven podía sentir como Lando miraba por encima de su hombro. Sólo para asegurarse, le dirigió una mirada. El supuesto cochero permanecía a menos de un paso de distancia de ella, concentrado en las palabras que estaba escribiendo; incluso pudo ver como movía los labios mientras leía el mensaje. Lily volvió a girar la cabeza hacia la nota y las palabras se movieron en una confusa neblina. Sólo una imagen permaneció nítida, la reciente cicatriz que atravesaba la sien izquierda de Lando, cicatriz que ella estaba segura de que era el resultado de un golpe con un candelabro muy antiguo y pesado.

De alguna forma, consiguió firmar con sus iniciales. La tarea la obligó a concentrarse, a recordar que debía actuar de forma inocente y confiada. Después le tendió la nota al impresor y, aunque pareciera increíble, consiguió que no le temblara la voz.

–Por favor, léala en voz alta, señor Milton. Quiero asegurarme de que mi caligrafía es legible.

El impresor echó un vistazo a la nota y sacudió la cabeza, pero cumplió su petición.

–Ha de usarse papel de grosor medio. A mi parecer, mejor el color almendrado. Recomiendo grabar el escudo de armas de Remmington en el sobre. Resaltar el lacre con color rojo. Y, sobre todo, insertar un lazo amarillo en el lacrado. Lord Crofford deberá dar la aprobación final. Grabar el escudo de armas en dorado. –El señor Milton levantó la vista de la nota y dirigió una impotente mirada de perplejidad a Lily.

Sin embargo, la joven habló en tono firme antes de que pudiera hacerle alguna objeción más.

–Asegúrese de que mi padre recibe la nota con las muestras, señor Milton.

El hombre vaciló un momento antes de dirigirle una reverencia y acatar a sus deseos.

–Sí, Excelencia.

Lily se volvió y salió despacio de la tienda, consciente de cada segundo que pasaba e increíblemente asombrada de que pudiera parecer casi serena ante el señor Milton. Lando mantenía una mano oculta bajo su abrigo y a la joven le preocupaba que sostuviera una pistola. Sólo le costó un momento decidir que sería una estupidez pedirle al impresor que la ayudara a escapar de ese hombre, ya que sabía que Lando era capaz de asesinar y que era muy probable que disparara al pobre hombre antes de que pudiera acudir en su auxilio.

La mano le temblaba cuando la extendió para coger el pomo de la puerta de la tienda. ¿Estaría Jack muerto? Un repentino dolor la sacudió cuando fue consciente de que seguramente así sería. Jack nunca la dejaría, no importaba qué descabellada excusa le hubiera dado Harry. Su dolor se incrementó al darse cuenta de que a ella también iban a matarla. Si subía al coche de Harry, estaba convencida de que nunca saldría de él viva.

No tenía tiempo para preguntarse por qué Harry la quería muerta. El tiempo era algo demasiado valioso. Sólo contaba con una oportunidad de escapar y se la brindaba la esperanza de que Lando no fuera lo bastante atrevido como para dispararle en medio de la calle Bond a plena luz del día. La calle estaba abarrotada de gente, así que lo único que tenía que hacer era gritar. Alguien acudiría en su rescate.

Lily apenas había abierto la boca cuando la mano de Lando se cerró sobre su cara, por lo que sólo un asustado quejido de dolor salió de sus labios en el momento en que algo afilado se clavó en sus costillas.

–Ni se te ocurra intentar escapar de mí –le advirtió el falso cochero entre dientes.

La agarraba de una forma que parecía engañosamente solícita, como si hubiera perdido el equilibrio y él la hubiera agarrado del codo para evitar que se cayera. Oculto entre los pliegues de su abrigo, sólo Lily sabía que aquel hombre sostenía un cuchillo que mantenía pegado a su costado.

Sin miramientos, tiró de su codo hasta llegar al coche, abrió la puerta y le ordenó que subiera.

–Lo sabe –le anunció Lando a Harry, al tiempo que la empujaba.

Lily se encontró mirando directamente el cañón de la pistola de lord Gordon.

–Adelante –la invitó Harry con una sonrisa, señalando con la cabeza el asiento opuesto al suyo mientras la joven subía al coche–. Ponte cómoda, Lily. Preferiría no tener que dispararte.

La joven sintió como un escalofrío le recorría la espina dorsal. Incluso en ese momento, a pesar de que sabía que Harry era cómplice de un asesino, le parecía un simpático joven en lugar de alguien peligroso y amenazador. La puerta del carruaje se cerró tras ella y Lily se removió en el asiento con los ojos clavados en la pistola.

–¿Por qué haces esto?

–Eres una chica tan astuta –reflexionó– que pensé que ya te lo habrías imaginado. –Ladeó un poco la pistola al encogerse de hombros–. Pero creísteis que ya había acabado todo cuando tu esposo mató al pobre loco de lord Allen, ¿verdad? –Su sonrisa se ensanchó–. Me reí durante días por eso. Las cosas no pudieron ir mejor para mí. La culpa del trabajo fallido de Lando recayó en lord Allen y Remmington relajó la vigilancia sobre ti. Casi había perdido las esperanzas de atraparte con vida.

Lily, todavía insegura sobre los motivos de lord Gordon, planteó su pregunta con mucho tacto.

–No nos conocemos tan bien, Harry. No me imagino en qué he podido ofenderte para que desees verme muerta.

–Ah, qué mirada tan inocente –comentó él, arrastrando las palabras–. Me tuviste engañado durante mucho tiempo con tu pequeña farsa. No me di cuenta de que estabas involucrada en el trabajo de tu padre hasta la noche de la cena de lady Keaton, cuando resolviste tan hábilmente el acertijo de mis papiros. Por cierto, tenías razón. Las palabras se traducían exactamente como tú dijiste.

Lily sintió una sensación de vacío en la boca del estómago. Remmington no podía saber lo acertado que había estado aquella noche cuando le manifestó una preocupación que ella había confundido con una actitud posesiva. Se había comportado como una estúpida. La joven no pudo evitar preguntarse si su esposo llegaría a saberlo algún día.

Resuelta a salir con vida de todo aquello, dirigió la mirada hacia Harry y decidió que lo mejor sería dejar de fingir. Negarlo todo sólo debilitaría su posición.

–Si todavía no sabías que yo estaba involucrada, ¿por qué enviaste a tu hombre para que intentara matarme?

–Oh, no tenías que morir la noche del baile de los Ashland –le explicó Harry como si ella debiera haberlo supuesto ya. Luego le dirigió una mirada de fingido dolor–. ¿Cómo has podido pensar semejante cosa de mí, Lily? Eres más inteligente que eso. –La joven permaneció en silencio. No tenía sentido contestarle–. ¿Acaso no eres tan lista como crees? –le preguntó. Su tono tomó un claro deje de deleite–. Habíamos planeado usarte para controlar las actividades de tu padre, mi querida niña. Mientras te tuviéramos prisionera, sabíamos que él haría todo lo que le pidiéramos, que nos daría toda la información que deseáramos para mantenerte a salvo. Es evidente que te adora. Creí que sería un plan muy astuto convertir a Crofford en agente doble, pero ese plan cambió ligeramente cuando descubrí que tú también eras criptógrafa. –Harry esbozó una triunfante sonrisa de placer–. Eres una dama muy valiosa. Los franceses me pagarán una pequeña fortuna cuando te ponga en sus manos. Están ansiosos por conocer todos los secretos que guardas en esa bonita cabecita.

Lily alzó la barbilla para que no le temblara.

–Si soy tan tremendamente valiosa, ¿por qué intentaste matarme en Holybrook Hall?

–Ah, ése fue otro desatino de Lando –le confesó con aparente pesar–. Es un asesino con mucho talento, sin embargo, parece que se convierte en un incompetente en todo lo concerniente a tu persona. Ciertamente tú no eras el objetivo ese día. Remmington te vigilaba tan de cerca que decidimos que ya era hora de quitarlo de en medio. Por desgracia, Lando es más hábil con el cuchillo que con la pistola. –Harry se golpeó la barbilla en un gesto reflexivo–. Debo recordar recomendarle a Manton que le haga practicar más.

La joven se preguntó qué clase de hombre podía planear matar a su propio amigo y no mostrar ni un ápice de remordimiento cuando lo admitía. En lugar de sentirse culpable, los pensamientos de Harry se concentraban en buscar formas para mejorar las habilidades de su asesino a sueldo.

–Ahora ya me tienes –dijo Lily–. Ya no hay ninguna razón para matar a Remmington.

–No –convino Harry–, a no ser que se convierta en una molestia cuando se descubra tu desaparición. –Hizo un aspaviento en el aire–. Aunque Remmington estará a salvo, ya que nunca sospechará que yo tengo algo que ver con tu desaparición. Nadie imagina que trabajo para los franceses. Ni siquiera el fastidioso sir Malcolm Bainbridge. Lord Granger se ha convertido en una perfecta distracción para sir Malcolm durante estos meses, sin embargo, nadie, excepto tu agresor, conoce mi participación. Lando es uno de los mejores agentes de Francia. Deberías sentirte halagada, pues han enviado al mejor para ti. Será él quien te acompañe a Francia, y me atrevería a decir que ambos tendréis mucho de qué hablar.

La idea de que aquel espantoso hombre la acompañara en la travesía por el Canal hizo que se estremeciera, pensando en lo que Lando tendría preparado para vengarse por la cicatriz que lucía.

–¿Por qué trabajas para los franceses? –le preguntó–. ¿Qué es lo que puede hacer que un hombre traicione a su país?

Harry no se ofendió por la pregunta como Lily había temido. Simplemente se encogió de hombros.

–Muy sencillo. El dinero. Los franceses tienen mucho, y yo estoy feliz de ayudarles a deshacerse de una considerable cantidad. Ya he repuesto la fortuna que mi padre dilapidó y tu desaparición será mi último acto como traidor. Ahora podré vivir cómodamente durante el resto de mi vida con el premio que me han prometido a cambio de entregarte sana y salva.

Lily podía sentir como una soga invisible se estrechaba alrededor de su cuello.

–¿Adónde me llevas?

–A mi casa –respondió Harry–. He enviado a mi madre y a mis hermanas, junto a la mayoría de los sirvientes, a pasar una temporada a mi finca en el campo. Te alojarás en una estancia muy acogedora situada en el sótano hasta que tu familia y sir Malcolm cesen en su infructuosa búsqueda. Cuando encuentren el cuerpo de tu cochero, asumirán lo peor y dejarán de buscarte. Entonces será muy sencillo llevarte hasta la costa, donde embarcarás en un navío hacia Francia. Calculo que en una semana o dos te convertirás en prisionera del gobierno francés.

Lily se preguntó si sería capaz de despertar una pizca de compasión en Harry. Estudió su rostro, su forma de actuar, pero sólo vio una alegre determinación en su expresión. En su modo de actuar no se traducía ningún pesar, ningún remordimiento, nada que dejara ver que era consciente de que la estaba condenando a un destino peor que la muerte.

Lily empezó a rezar para que el señor Milton entregara su nota lo antes posible. Estaba claro que el impresor había pensado que se había vuelto loca al darle instrucciones que no tenían nada que ver con sus invitaciones. Por tanto, cabía la posibilidad de que entregara las invitaciones ya impresas y simplemente desechara su mensaje.

La joven tenía que enfrentarse al hecho de que esta vez Remmington seguramente no acudiría a socorrerla.

20

–Me desperté justo en el instante en que dos bastardos intentaban tirarme al río.

Las manos de Jack formaban dos apretados puños. Apenas podía contener la rabia al pensar en la facilidad con la que había caído en la trampa. No había cumplido con su deber.

Los dos hombres que había en el interior del carruaje se sujetaron con fuerza cuando el coche dobló una esquina. La velocidad que Digsby exigía a los caballos hizo que el vehículo diera un bandazo.

Remmington se irguió y continuó cargando sus pistolas mientras el fiel sirviente continuaba su relato.

–Me habían quitado el cuchillo que llevaba en el cinturón, pero no sabían que escondía otro en mi bota. –Jack esbozó una sombría sonrisa–. Puedo asegurarle que lamentaron no haberme cortado el cuello para estar seguros de que no podría regresar de entre los muertos.

–¿Dijeron algo sobre mi esposa? –preguntó Remmington.

Jack negó con la cabeza.

–Sólo pude escuchar algunos fragmentos de su conversación, pero nada de ello tenía mucho sentido. –Vaciló durante un momento y continuó hablando–. Sin embargo hay algo que debe saber, Excelencia. El hombre que me tendió la trampa tenía una cicatriz aquí. –Jack señaló hacia su sien–. La noche que fuimos a la mansión Crofford, Digsby dijo que la duquesa hirió a su asaltante en la cabeza. He sido un estúpido y no lo relacioné hasta después de haberme encargado de sus secuaces.

Remmington sintió que se le helaba la sangre. Comprobó el estado de sus pistolas y volvió a revisarlas de nuevo. Necesitaba hacer algo para mantenerse ocupado, cualquier cosa que combatiera su sensación de impotencia.

¿Yacería Lily en la misma calle donde Jack casi había encontrado la muerte? ¿Estaría sola? De lo que estaba seguro era de que estaría aterrorizada... si todavía seguía viva. Remmington dejó las pistolas a un lado, pues temía dispararse a sí mismo accidentalmente.

El coche se detuvo frente a la tienda de Milton. Digsby se las arregló para entrar en el establecimiento un segundo antes que el duque y abrir la puerta sin arrancarla, como parecía que iba a hacer su señor. Remmington cruzó la tienda en tres largas zancadas.

El impresor permanecía detrás del mostrador y abrió los ojos de par en par cuando vio a Remmington avanzar hacia él, pero dudó durante un segundo más de la cuenta antes de empezar a retroceder y, a consecuencia de ello, un instante después se encontró sobre el mostrador sujeto de las solapas por el propio duque.

–¿Dónde está mi esposa?

Milton se encogió ante la pregunta pronunciada a gritos al tiempo que intentaba tocar suelo con los pies. Las puntas de sus zapatos colgaban a unos centímetros del piso.

–¡Se fue hace unas dos horas! Oh, enseguida supe que algo iba mal. Se comportó de una forma muy extraña, y esa nota...

Remmington lo soltó de un golpe.

–¿Qué nota? Enséñamela.

El impresor se dirigió corriendo en la trastienda en busca del mensaje y salió casi al instante. Su mano temblaba cuando le tendió una hoja de papel a Remmington.

–Esto es sólo una copia, Excelencia. Le envié el original a su padre, como ella me pidió.

El duque leyó la nota.

–¿Tienen estas instrucciones algo que ver con sus invitaciones?

Milton pareció sorprendido.

–Pues no, Excelencia. No tienen nada que ver. De hecho, ella me había dicho precisamente lo contrario antes de salir de la tienda la primera vez. Luego regresó y me dio estas órdenes que no tienen ningún sentido. Además, se comportaba de forma diferente.

–¿A qué te refieres?

–Había un hombre con ella y di por sentado que era su cochero. Sin embargo, no dejaba de mirarle por encima del hombro, sonriendo todo el tiempo y sin parar de hablar, pero sus ojos mostraban una expresión de miedo que no había visto nunca.

–¿Ese hombre tenía una cicatriz en la sien?

Milton asintió.

–Intenté preguntarle qué ocurría, pero ella no me dio tiempo de abrir la boca. Enseguida supe que deseaba que actuara como si no pasara nada, aunque no podía imaginarme por qué. Sólo dijo que tenía que irse de la ciudad y que era muy importante que entregara su nota al conde.

Remmington le dio la espalda a Milton. Podía ver a Lily como si estuviera ante él en ese mismo instante y supo exactamente a qué se refería el impresor cuando le habló de su mirada. Lo que no podía entender era cómo ese hombre podía haberla mirado a los ojos y no haber hecho nada para ayudarla, cómo había podido permitir que Lily abandonara la tienda acompañada por un hombre que la aterrorizaba.

–No sabía qué pensar, Excelencia, así que intenté hacer lo que su esposa parecía desear.

–Lo entiendo, señor Milton.

El duque salió de la tienda sin mirar atrás.

–¿A la mansión Crofford? –preguntó Digsby cuando estuvieron en la calle.

Remmington asintió e irrumpió en la biblioteca del conde menos de un cuarto de hora después. Robert estaba allí, junto a su padre, y ambos se volvieron para mirarlo.

–Lily –consiguió decir el duque a través del nudo que oprimía su garganta–. ¿Tenéis la nota?

–Llegó algo de la imprenta hace cosa de una hora. –Crofford se reclinó en la silla mientras se aferraba con tanta fuerza a la mesa que los nudillos se le pusieron blancos–. ¿Qué ocurre? ¿Qué le ha sucedido?

–Fue a la tienda de Milton esta mañana para dar su aprobación a las invitaciones. Alguien engañó a mi cochero para que se adentrara en una calle lateral y lo golpeó dejándolo sin sentido. Antes de que se la llevaran, Lily consiguió dejar una nota. –Remmington tiró la copia del mensaje sobre la mesa de Crofford–. ¿Qué dice?

Robert se abalanzó sobre el escritorio para mirar por encima del hombro de su padre y leyó de nuevo el mensaje en voz alta:

> Ha de usarse papel de grosor medio. A mi parecer, mejor el color almendrado. Recomiendo grabar el escudo de armas de Remmington en el sobre. Resaltar el lacre con color rojo. Y, sobre todo, insertar un lazo amarillo en el lacrado. Lord Crofford deberá dar la aprobación final. Grabar el escudo de armas en dorado.

–¿Qué significa? –insistió Remmington.

Los dos hombres estudiaron la nota sin pronunciar palabra ni preguntar por Lily. Su mensaje les diría lo que deseaban saber. Tenía que ser así.

El duque empezó a pasearse nervioso.

«¡Deprisa!» La palabra resonaba una y otra vez en su mente. No podía decirla en voz alta, no podía hacer nada que los distrajera de su trabajo. Pero los segundos pasaban y aunque deseaba zarandearlos a ambos para que dijeran algo, eso no les ayudaría. Transcurrieron más segundos. La nota tenía que esconder un código. ¡Tenía que ser así! Su silenciosa exigencia se convirtió en una súplica. «¡Por favor!»

Robert fue quien habló primero.

–Siete frases. Palabras en las frases; siete, siete, once, seis, diez, siete, siete. Cuatro sietes, un once, un seis y un diez. –Se inclinó más sobre la nota y la estudió durante un largo minuto–. ¡Maldita sea, Lily! ¿Dónde has escondido el código?

–Numera las letras –ordenó Crofford.

–No. Son palabras reales. No puede haber usado el código Cross. No, a no ser que dispusiera de más de una hora para redactar el mensaje. –Robert alzó la mirada hacia Remmington–. ¿Cuánto le llevó escribirlo?

–No más de unos minutos.

–Minutos. –Robert se quedó mirando el mensaje–. ¡Ella puede escribir un centenar de códigos en minutos!

–Sí, pero sólo se arriesgaría con un código que conociera bien, uno con el que no pudiera equivocarse –reflexionó su padre.

Remmington dejó de pasearse y se detuvo frente a la chimenea. El reloj de encima de la repisa no dejaba de avanzar. Sin parar, sin detenerse ni un segundo. Le entraron ganas de hacerlo pedazos. En lugar de eso, fulminó al padre y al hermano de Lily con la mirada. «¡Decid algo!»

–Podría ser un código sencillo –especuló Robert–. Un código tan sencillo que fuéramos incapaces de verlo.

–¡Oh, Dios mío! –Crofford se levantó de su asiento y volvió a sentarse igual de bruscamente–. Oh, Dios mío.

Su pluma subrayó la primera letra de cada frase.

–H-A-R-R-Y. L-G. Harry, L-G. Harry, lord Gordon.

Los dos hombres miraron a Remmington.

–Robert, ven conmigo. Crofford, envíe a buscar a Bainbridge. Dígale que he ido a recoger a más de mis hombres y que luego me dirigiré a casa de Harry.

Lily inclinó su pasador de pelo en un nuevo ángulo dentro de la cerradura, incapaz de ver nada de lo que estaba haciendo. Su celda en casa de Harry era una pequeña y angosta habitación que formaba parte del sótano. Olía a moho y a ratones. La joven sólo pudo vislumbrar brevemente los húmedos muros de ladrillo y el suelo sucio antes de que Lando la empujara en su interior y cerrara la puerta de un golpe que la sumergió en la oscuridad. Las paredes parecían estrecharse cada vez más a su alrededor, unas paredes que ni siquiera podía ver. Se sentía como si la hubieran enterrado viva. Le costó hasta el último ápice de su fuerza de voluntad resistirse al impulso de gritar, de ponerse a arañar la puerta suplicando una lámpara o una vela. No estaba dispuesta a mostrarles su debilidad.

El frío que impregnaba la estancia le calaba hasta los huesos, aunque, al mismo tiempo, sentía como su piel se humedecía a causa del miedo. El pasador se partió por la mitad; era el tercero que se le rompía hasta ahora. No tenía ni idea de cuánto tiempo llevaba intentando abrir la puerta. El tiempo se volvía difícil de calcular en medio de aquella oscuridad total. Le parecía que habían pasado días, pero seguramente sólo habrían transcurrido unos minutos. Aun así, seguiría intentándolo las horas que hiciera falta. En algún momento quedaría demostrado que la cerradura era demasiado compleja para sus habilidades, pero Lily no se rendiría hasta que el último de los pasadores se rompiera a causa de sus vanos intentos. Entonces se daría cuenta de que no tenía esperanzas de escapar de ese oscuro agujero y sería cuando se volvería loca.

Lily buscó otra horquilla en su pelo, pero empezó a dominarla el pánico cuando comprobó que no podía sacar la pieza rota que había quedado dentro de la cerradura. Metió el nuevo gancho en el pequeño hueco para extraer el otro trozo y un repentino chasquido la hizo detenerse. Maniobró un poco más y notó que la cerradura giraba. ¡Lo había conseguido!

Buscó a tientas el pomo, pero vaciló durante un largo momento después de haberlo localizado. Alguien podría estar montando guardia en la puerta, esperando a que ella saboreara un instante de libertad antes de obligarla a entrar de nuevo en la celda. Lily sabía que tendrían que golpearla hasta dejarla inconsciente, o algo peor, para poder hacerla volver a esa horrible cámara.

Apoyó el hombro contra la puerta, la empujó con fuerza y dio un paso hacia delante. Sólo la esperaba más oscuridad. La envolvía oprimiéndola cada vez más desde todos los ángulos, esa silenciosa, negra e interminable noche. Luego escuchó un débil sonido de pequeños animales corriendo y unos tenues y rítmicos chasquidos que parecían provenir de varias ratas. Procedía del interior de su celda y se le escapó un grito de sorpresa al mismo tiempo que cerraba la puerta de un empujón. Sus hombros se pegaron a la puerta y un fuerte escalofrío le recorrió todo el cuerpo. Inmóvil, escuchó con mucha atención, pendiente de cualquier otro sonido que viniera del techo y le indicara que se había delatado a sí misma.

Nada.

Si alguien había oído su grito, había dado por hecho que se debía a que había descubierto algo desagradable en su celda. Lily extendió los brazos por delante y exploró la oscuridad que la rodeaba, buscando algo sólido mientras iba avanzando. Las escaleras estaban más hacia delante y a su derecha... ¿o acaso estaban...? Sí. Exacto. Estaban a su derecha.

Otro paso. Uno más, y otro.

No podía estar mucho más lejos. Aunque por un momento pensó que se había equivocado de dirección, de repente su mano se encontró con algo sólido y Lily ahogó un grito, en parte por el susto y en parte por el dolor que había sentido en los dedos. Volvió a extenderlos de forma vacilante y sintió la piedra. Los ladrillos. Era el muro de ladrillos que había frente a la puerta de su celda. Apoyó la palma de la mano contra la mugrienta superficie, una sólida esperanza en el negro vacío que la envolvía, y dirigió la punta del pie hacia delante, dejó caer la pierna hacia abajo y apoyó su peso sobre ella, luego repitió los mismos cuidadosos movimientos con la otra. Después de conseguir dar otros siete lentos pasos como ése, se golpeó el tobillo con algo, el último peldaño de la escalera que carecía de barandilla o de algún punto de apoyo en los lados. La joven avanzó lentamente hasta que su pie se apoyó en el escalón, luego se levantó la falda con una mano y usó la otra para mantener el equilibrio apoyándose en los peldaños que había sobre ella.

Una tenue sombra de luz surgía por debajo de la puerta que había al final de la escalera. ¿Qué pasaría si esa puerta también estaba cerrada con llave? El pomo giró en su mano, pero la sólida madera no se movió. Lily se irguió para dejar caer su peso contra ella, perdió el equilibrio por un momento y casi se cayó hacia atrás. Sólo su mano aferrada al pomo evitó que rodara escaleras abajo. Esperó hasta que pudo recuperar el aliento, volvió a girar el pomo apoyando el hombro contra la puerta y, finalmente, se abrió.

Lily se restregó las manos en la falda dejando oscuros rastros de hollín y mugre sobre su vestido azul lavanda. No le importó en absoluto que se hubiera estropeado. Sin perder un segundo, se sujetó la falda con un gran nudo a la altura de las caderas para dejar sus piernas y manos libres de cualquier obstáculo y poder subir la escalera que se elevaba frente a ella y que conducía al primer piso. Cuando alcanzó el cuarto escalón con las manos, las apoyó en el borde de la madera vertical del peldaño donde era mucho menos probable que un tornillo o un tablón flojo crujieran bajo su peso. Colocó los pies hasta donde le fue posible en la misma posición sobre el primer escalón y empezó a subir las escaleras sintiéndose como una enorme y torpe araña.

Al final de la escalera, una rendija de unos tres centímetros separaba el borde inferior de la puerta del pulido suelo de roble. Lily sabía que detrás estaba el vestíbulo, así que dejó caer todo su peso sobre los escalones de forma que pudiera apoyar la mejilla sobre el último peldaño y echar un vistazo por debajo de la puerta. A su izquierda pudo ver una gran entrada en forma de arco y recordó haber vislumbrado brevemente un salón que estaba frente a la entrada principal. En la parte más alejada de su campo visual pudo distinguir el último escalón de la escalera que llevaba hasta el segundo piso.

Nerviosa, Lily giró la cabeza y miró hacia la derecha.

Se encontró con más suelo pulido de roble en esa dirección y una larga pared en la que aparecía una habitación, quizás una biblioteca, con otra ranura por debajo de sus puertas. La estancia cerrada tenía ventanas, porque podía ver la luz del sol a través de las rendijas. También vio, por un momento, una sombra que sabía que pertenecía a alguien que estaba dentro de la estancia y que había pasado por delante de la puerta de ésta. Debía de ser Harry, o Lando, o uno de los dos sirvientes que había visto cuando llegó, los que habían saludado a Lando en francés y lo trataron como si fuera su jefe.

No pudo ver más movimientos ni oír ningún sonido procedente de cualquier otro lugar de la casa. Si pudiera llegar hasta la entrada principal sin ser descubierta, sería libre. Una vez que estuviera en la calle, tendrían que dispararle para hacerla volver. No se dejaría atrapar sin luchar. Con esa determinación en mente extendió la mano hacia el pomo, pero unos repentinos golpes le hicieron apartarla de nuevo. ¡Alguien llamaba a la puerta principal! ¿Más cómplices? ¿Y si enviaban a alguien para comprobar cómo estaba? Su corazón empezó a latir aún con más fuerza.

Un par de zapatos marrones de piel gastada atravesaron el vestíbulo y se detuvieron frente a la puerta principal. Después vio como ésta se abría.

–¿Puedo ayudarle, señor?

La voz pertenecía a uno de los subordinados de Lando. Lily captó un movimiento con el rabillo del ojo y miró hacia su derecha. La puerta de la biblioteca se había abierto y pudo ver las brillantes botas de montar del hombre que permanecía allí de pie. Harry o Lando. Volvió a dirigir la mirada hacia la entrada principal y, en ese mismo instante, unos pies calzados con botas cruzaron el vestíbulo para quedarse a menos de un paso de su escondite.

–Dígale a lord Gordon que estoy aquí –anunció una voz desde la entrada.

Lily se cubrió la nariz y la boca con ambas manos, intentando contener un sollozo. Sólo una cosa le impedía salir y lanzarse a los brazos de su marido: su convencimiento de que estaría muerto antes de que ella lo alcanzara.

–¿Remmington? –se asombró Harry. El par de botas que estaban junto a la biblioteca avanzaron hasta la entrada–. ¿Qué haces aquí? Pero, por favor, pasa.

Las botas que estaban frente a Lily le bloquearon cualquier visión de la entrada de su marido en el vestíbulo, pero la joven escuchó sus firmes y familiares pasos. Tres hombres se mantenían al alcance de su vista y sólo uno se le escapaba en ese momento. Recorrió el suelo con la mirada y descubrió el último par de zapatos cerca de la entrada del salón. Luego volvió a oír la voz de Harry.

–¡Dios mío, Remmington! ¿Qué haces con esas pistolas?

Lily sonrió aliviada. Su esposo mantenía la situación bajo control. Se preguntó si habría usado el truco de la capa para ocultar las armas. Tan pronto como se sintiera capaz de mantenerse en pie, saldría de su escondite. Todavía no podía mostrar ninguna debilidad frente a sus enemigos, nada que pudiera distraer a Remmington y hacerlo vulnerable. Apoyó la mejilla en el suelo y respiró profundamente. Ahora todo estaba bien. Podía tomarse un momento para recomponerse.

–Creo que sabes exactamente qué estoy haciendo con estas armas. Llévame hasta mi esposa. ¡Ahora!

–No te va a llevar a ningún sitio. –Ésa era la voz de Lando. Lily estaba segura de que era el propietario de las botas que permanecían frente a ella. De pronto se oyeron dos agudos chasquidos–. Estamos igualados, Remmington. De hecho, yo diría que juego con ventaja. Si miras por encima de tu hombro izquierdo verás que mi amigo, Michel, también te tiene en su punto de mira.

–¿Crees que soy tan estúpido como para venir hasta aquí solo? –se burló el duque, desdeñoso–. Llévame ahora mismo hasta mi esposa, Harry.

Fue Lando quien respondió, y lo hizo con un ensordecedor disparo. Lily vio con horror como Harry caía desplomado. Podía ver su rostro, pero no su herida. Su boca se abrió y se cerró, luego se abrió una última vez. En cuestión de segundos, sus ojos se volvieron vidriosos y se quedó mirando hacia ninguna parte.

Lando rompió el silencio que se había erigido.

–Creo que ya mencioné que él no te llevaría a ninguna parte. Me temo que lord Gordon se había convertido en una carga desde el momento en que nos entregó lo que deseábamos. Un pesado lastre. Ese disparo hará que tus hombres se apresuren a entrar, pero dudo que te sean de alguna utilidad con tres pistolas apuntándote al corazón.

–No tienes bastantes armas para dispararles a todos –le advirtió Remmington–. Puedes dispararme a mí y a dos más, pero no será suficiente. Mi esposa no saldrá de aquí contigo.

–¿Acaso he dicho que esté aquí? –preguntó Lando–. ¿Crees que soy tan estúpido como para mantenerla tan al alcance de tu mano? Está en un lugar donde nunca la encontrarás, a no ser que yo mismo te lleve. De hecho, si no me reúno con los hombres que la vigilan en menos de una hora, la matarán.

–Nunca ordenarías una cosa así. No después de haberte tomado tantas molestias para atraparla con vida. –Remmington parecía seguro de sí mismo. Sólo Lily podía reconocer el deje de miedo en su voz.

–Mátame y descúbrelo por ti mismo –le provocó Lando. Transcurrió un momento de silencio antes de que la voz del francés sonara triunfal–. Sabia elección, Remmington. Ahora déjalas en el suelo.

–No hasta que no lleguemos a un acuerdo. Me ofreceré como rehén si me llevas hasta ella y ordenaré a mis hombres que no te disparen a no ser que intentes algo.

«¡No, no, no!» Lily no se atrevió a gritar; no, cuando sabía que su marido había bajado las armas. ¿Dónde estaban los otros?

Sonidos de pasos respondieron a su pregunta. Cada vez eran más y más hasta que Lily vio demasiadas botas como para poder contarlas. Permanecían a una distancia prudente de Lando y de sus hombres.

–¡Remmington! ¿Qué ha pasado? –Era la voz de Robert.

–Ella no está aquí –respondió el duque–. No le disparéis. La vida de Lily depende de ello.

La joven decidió salir, sabiendo que ésa era su única oportunidad. Los hombres de Remmington estarían armados, apuntando al enemigo con sus armas. Pronunció una rápida plegaria, se puso en pie, apoyó la mano en el pomo y lo hizo girar hasta que sintió que la puerta se abría. Despacio, retrocedió dos pasos con la mano todavía sobre el pomo, y se abalanzó contra la puerta con la mayor fuerza que pudo. Lily oyó un disparo en el mismo instante en que la sólida madera golpeaba la espalda de Lando.

Se oyeron tres disparos más mientras ella se tambaleaba hacia el vestíbulo. En ese mismo momento vio a su marido; había levantado las pistolas instintivamente para protegerse de Lando y de sus secuaces, aunque su atención estaba centrada sólo en su rostro, haciéndolo vulnerable. Lily dio un paso hacia delante, impelida por una abrumadora necesidad de protegerlo.

–¡Lily!

Dos disparos más. El duque se abalanzó sobre ella, forzándola con su peso a tirarse al suelo para proteger cada milímetro de su cuerpo igual que ella deseaba hacer con él. Remmington rodeó su cabeza con el brazo izquierdo, levantó el derecho con el que sostenía la otra pistola y disparó. Lando cayó al suelo sólo a unos pasos de distancia con una herida mortal en el centro de su pecho.

–¡Cuidado! –Lily oyó gritar a Jack y sintió una oleada de alivio cuando se dio cuenta de que el cochero estaba vivo.

–Tranquilo –respondió Toro, inclinándose sobre el hombre llamado Michel–. Están todos muertos, excepto éste, pero tiene una herida en el estómago, así que no irá a ninguna parte.

–Vosotros dos –ordenó Robert señalando a Toro y a otro de los hombres de Remmington–. Comprobad las plantas superiores.

Continuó gritando órdenes hasta que todo el mundo estuvo ocupado cumpliendo su cometido. Todos, excepto Lily y su esposo, que permanecían absortos el uno en el otro.

Remmington se volvió hacia ella con una mirada frenética que buscaba su rostro.

–¿Estás herida? ¡Lily! Dime, ¿te han herido?

Dejó caer las pistolas, se apoyó sobre un codo y empezó a recorrer su cuerpo con las manos con detenimiento y preocupación hasta que Lily le hizo detenerse.

–Estoy bien –susurró intentando tranquilizarlo.

–Lily. –Remmington pronunció su nombre con dificultad. Sus ojos buscaban los de ella con una mirada que intentaba llegar hasta su alma. Las arrugas de preocupación de su rostro desaparecieron y su cuerpo rígido empezó a relajarse contra el de ella. Recorrió con las puntas de los dedos el arco de su ceja, su sien, la línea de su pómulo. Rodeó su barbilla e hizo que sus dedos descendieran hasta que su mano cubrió gran parte de su garganta. La joven sintió como frotaba el punto donde su pulso todavía latía a un ritmo errático–. Lily.

La palabra estaba llena de significado. Lo dijo todo con esa única palabra, con la expresión de su rostro cuando la pronunció.

–Yo también te quiero –musitó ella.

El duque la estrechó con fuerza entre sus brazos y hundió su rostro en la frágil curva de su cuello.

–Te quiero –murmuró Remmington–. No podría seguir viviendo si algo te sucediera.

La besó en la garganta, en la mejilla, en el lóbulo de su oreja, y luego le dirigió más palabras dulces en un susurro que llenó los ojos de Lily de lágrimas.

–¡Ejem!

Finalmente, el duque levantó la cabeza para colocar sus labios sobre los de ella en un gesto que pretendía tranquilizar más que seducir, pero Lily le obligó a profundizar el beso. Deseaba que él la poseyera, que la reclamara y le hiciera olvidar todo lo que sucedía a su alrededor, que el resto del mudo desapareciera y que sólo existieran ellos dos. Necesitaba que borrara el miedo que aún persistía en su interior, el recuerdo del agujero negro que había bajo sus pies, el...

–¡Ejem, ejem!

Lily abrió los ojos con dificultad y vio que Robert permanecía de pie frente a ellos con una sombría expresión de desaprobación en el rostro. Intentó apartar la boca de la de su esposo, pero sus débiles esfuerzos no obtuvieron resultado.

Robert debió percibir su dificultad, pues se agachó y golpeó a Remmington en el hombro. Repitió el gesto hasta que su cuñado alzó la cabeza.

–¡Maldita sea! Muestra algo de recato. O al menos, un poco de respeto por los muertos. Hay cadáveres repartidos por todo el vestíbulo. Esto... esto es un sacrilegio.

–Ninguno de mis hombre está herido, ¿no es así? –preguntó Remmington sin apartar los ojos de Lily.

–Ninguno.

–¿Tú tampoco?

–No.

Remmington asintió, luego se puso en pie y ayudó a Lily a levantarse estrechándola contra sí. Recorrió la estancia con la mirada y alzó a su esposa en brazos.

–Apoya la cabeza en mi hombro, Lily.

Ella empezó a mirar a su alrededor y el duque se volvió para que su pecho le impidiera la visión. Remmington fruncía el ceño y Lily supo que no quería que viera los cuerpos. Como diciéndole en silencio que le entendía, asintió y recostó la cabeza sobre su hombro.

Su esposo le dio un beso en la frente.

–Tú sólo mírame a mí, Lily. Te sacaré de aquí.

Dos carruajes pararon frente a la puerta justo cuando abandonaron la casa y varios hombres que Lily no reconoció salieron de ellos, precediendo a su padre y a sir Malcolm.

–¿Estáis todos bien? –preguntó Crofford.

Remmington asintió.

–Robert está dentro con mis hombres. Dejaré que sea él quien lo explique todo. Quiero llevar a Lily a casa cuanto antes. –Se volvió hacia Bainbridge–. ¿Por qué no nos reunimos todos en mi biblioteca cuando hayan acabado aquí? Hay varias cosas que tenemos que hablar.

El director asintió.

–¿Te han hecho daño? –preguntó el conde a su hija con gesto de preocupación.

–No, papá. Estoy bien. –Lily sonrió a Remmington–. Mi esposo me ha salvado la vida.

El duque emitió un gruñido de disgusto.

–Fue ella quien salvó la mía, se lo aseguro –le dijo a Crofford. Luego bajó la mirada hacia su esposa y sacudió la cabeza–. Mi amor, nunca dejas de sorprenderme.

Lily sintió como una oleada de calor invadía sus mejillas. La expresión de los ojos de su esposo le hizo recordar las palabras que él le había susurrado no hacía mucho y deseó escucharlas de nuevo.

–Me encantaría alejarme de este lugar. ¿Podrías sorprenderte en otro sitio, por favor?

Remmington estudió su rostro durante un momento y luego arqueó una ceja.

–Por supuesto.

21

Robert se acabó el brandy y dejó la copa sobre el escritorio de Remmington.

–Maldito desconsiderado. Llevamos aquí casi una hora.

–Ten paciencia –le pidió su padre–. Tu hermana ha vivido un auténtico infierno hoy. Me atrevería a decir que mi pobre niña está arriba llorando a lágrima viva. No puedo criticar al duque por permanecer junto a su esposa para reconfortarla.

Robert se abalanzó sobre el lateral de la mesa para servirse otra copa, al tiempo que murmuraba entre dientes.

–Apostaría diez guineas a que no está dándole palmaditas en la mano y susurrándole: «Tranquila, querida. Tranquila».

–¿Qué has dicho?

–Nada, nada. ¿Alguien desea tomar algo?

Crofford y sir Malcolm declinaron la oferta.

–Deberíamos tratar algunos asuntos mientras les esperamos –sugirió Bainbridge, y se frotó la barbilla con gesto pensativo–. El hermano de Remmington, Trevor, está preparando su barco para zarpar mañana por la mañana. Ya le he dicho que llevará a un pasajero, pero no quiero que corras ningún riesgo innecesario, Robert. Sólo tenemos la palabra de un espía herido que confirma que Lily y tu padre eran sus únicos objetivos. Puede haber otros que te estén buscando en Francia.

Robert sacudió la cabeza.

–Nuestros ejércitos están de camino hacia España para participar en una batalla que seguramente decidirá el final de la guerra. Mi presencia en París es esencial. Si los franceses estuvieran siguiéndome la pista, ya habría tenido noticias de mi contacto a estas alturas.

–A no ser que los franceses lo hayan arrestado –señaló un pesaroso Crofford.

–No lo creo –respondió Robert–. Desconoces quién es mi contacto y te puedo asegurar que los franceses nunca sospecharían de él.

–De acuerdo –concluyó Bainbridge–. Zarparás con Montague por la mañana.

Se volvió hacia Crofford.

–Eso nos deja sólo con el problema de qué hacer contigo, amigo mío. Los franceses conocen tus actividades y podrían mandar a otro agente para que acabe con tu participación.

Crofford asintió.

–He considerado esa posibilidad. Lo mejor es que desaparezca durante una temporada, aunque tengo que permanecer en un lugar donde pueda codificar y descifrar los mensajes de nuestros agentes y los que interceptemos de los franceses. –El conde se reclinó en la silla–. La casa de seguridad en Brighton parece un buen lugar. Doy por supuesto que es un sitio prácticamente inexpugnable. El único riesgo consistirá en transportar los mensajes descifrados de Brighton a Londres.

–Puedo garantizar que el riesgo será muy bajo –aseguró Bainbridge–. Y es mejor que perder tus servicios por completo. Te verás obligado a aprender a descifrar los mensajes de Robert, pues creo que debemos asumir que ya no dispondremos de las habilidades de la duquesa. Estoy convencido de que su Excelencia le prohibirá seguir haciéndolo.

–¿Qué es lo que prohibiré? –preguntó Remmington desde la puerta con la mano sobre la cintura de Lily. Echó un vistazo a los presentes en la reunión y guió a su esposa hasta un sofá situado frente a sir Malcolm y Crofford.

Robert estaba de pie junto a la chimenea con una mano apoyada en la repisa.

–No esperábamos verte, Lily –comentó Crofford a la vez que fruncía el ceño hacia Remmington–. Está pálida. Deberías insistir en que regrese arriba y descanse para recuperarse de esta terrible experiencia.

Remmington se encogió de hombros.

–Su hija ha insistido en lo contrario.

–A mí me parece que está bien –indicó Robert–. No está pálida en absoluto. Debo decir, Remmington, que tus poderes reconstituyentes deben de ser algo fuera de lo común.

–Me gustaría que todo el mundo dejara de hablar sobre mí como si fuera un pisapapeles –protestó Lily con un intenso rubor cubriendo sus mejillas–. Robert, si tienes curiosidad por mi salud, puedes preguntarme a mí directamente.

Su hermano inclinó la cabeza.

–¿Cómo te encuentras, Lily?

–Mucho mejor, gracias. Ahora, ¿podríamos dedicarnos a los asuntos importantes?

Remmington miró con disgusto a Robert.

–¿Has interrogado al espía herido o has encontrado algo más de interés en la casa?

Bainbridge respondió a la pregunta.

–El francés nos dijo lo que deseábamos saber después de que le ofreciéramos un trato: su vida a cambio de la información. Al parecer había un quinto espía en la red de lord Granger. Lando.

–Pero ¿por qué no pudimos seguirle la pista? –se extrañó Remmington–. Los otros cuatro espías se comunicaban a través de Granger de forma regular. ¿Por qué no Lando?

–Era un hombre muy astuto y sabía que las indiscreciones de Granger acabarían llamando la atención de las autoridades –explicó Bainbridge–. En lugar de poner en peligro su misión, Lando cortó sus conexiones con Granger y organizó una operación independiente con la ayuda de lord Gordon.

–Harry actuaba como si no tuviera un penique a su nombre –reflexionó el duque–. En eso, demostró ser más inteligente que Granger.

–Pero ¿por qué le disparó Lando? –preguntó Robert.

–El francés no tenía intención de cumplir las promesas que le había hecho –supuso Remmington–. Su vida dejó de tener valor en el momento que condujo a Lily hasta Lando.

El duque sintió que su esposa aumentaba la presión sobre su brazo, así que levantó su mano y la sostuvo entre las suyas con delicadeza.

–Pretendía utilizarme como rehén y yo ya había aceptado hacerlo.

–¿Qué te empujó a hacer una cosa tan estúpida? –preguntó Robert–. No podía creer lo que veían mis ojos cuando te encontré con las pistolas bajadas.

–No podía estar seguro de si estaba mintiendo sobre el paradero de Lily. –Entrelazó sus dedos con los de su esposa y extendió la otra mano para acariciar los delicados huesos de su muñeca–. En ese momento hubiera aceptado casi cualquier cosa con tal de protegerla, y Lando lo sabía. Imagino que pretendía utilizarme para negociar su embarque en un navío.

–¿Le habrías permitido abandonar el país? –inquirió su cuñado.

–No. A esas alturas ya habría asumido lo peor, que mi esposa no estaba con vida. Habría matado a Lando o hubiera muerto en el intento. Sin un rehén, ese maldito francés no hubiera conseguido salir de Inglaterra con vida.

Durante unos instantes, nadie habló.

Los ojos de Lily brillaban con lágrimas no derramadas cuando alzó la vista para mirar a su hermano.

–Había olvidado darte las gracias por algo, Robert. Todo el tiempo que pasaste enseñándome a abrir una cerradura ha tenido su justa recompensa.

Remmington extendió la mano para enjugar con ternura una lágrima que se deslizaba por la mejilla de su esposa.

–Tu padre tiene razón, mi amor. Deberías estar descansando.

La joven recostó la cabeza sobre su hombro y apoyó una mano en su pecho.

–También puedo descansar aquí.

–No es necesario que abusemos más de vuestro tiempo –anunció Bainbridge–. Lo único que debéis saber es que los franceses son conscientes de las actividades de Lily y de las de su padre. Crofford tiene intención de trabajar desde la casa de seguridad en Brighton y Robert regresará a su puesto mañana por la mañana. Naturalmente, soy consciente de que tú insistirás en que tu esposa renuncie a su posición, pero eso no te garantizará su seguridad. Ambos debéis permanecer alerta hasta que la guerra finalice.

Remmington consideró durante un momento las palabras del director y también la forma en que la mano de su esposa se tensó bajo la suya. Finalmente, le alzó la barbilla y la miró a los ojos.

–¿Quieres renunciar a tu puesto?

Lily se mordió el labio.

–No lo sé.

–Por supuesto que lo hará –afirmó Crofford–. Lily, ¿cómo puedes siquiera plantearte otra cosa?

Remmington sí lo sabía. Lo veía en sus ojos.

–Creo que su hija está pensando en que hay mucho más en riesgo que nuestras vidas. –Se dirigió a Lily mientras le acariciaba inconscientemente la mejilla–. Mis hombres y yo podemos mantenerte a salvo aquí. No será agradable. Permanecerás más o menos prisionera en tu propia casa. Pero estoy dispuesto a convertir este lugar en una fortaleza antes de arriesgarme a perderte otra vez.

Lily le lanzó una mirada de impotencia y sacudió la cabeza.

–No lo sé.

El duque se volvió hacia Bainbridge.

–Supongo que su respuesta puede esperar un día o dos.

–No harás nada semejante –le advirtió Crofford al director–. Les dirás ahora mismo que la colaboración de Lily con el Ministerio de Defensa ha finalizado.

Bainbridge se frotó la barbilla con expresión pensativa.

–Comprendo tu preocupación, Crofford, pero no pondré ninguna objeción si Lily desea continuar trabajando para la organización. Los franceses no pueden saber si ella ha renunciado a su trabajo, así que seguirá siendo un objetivo, independientemente de la decisión que tome.

Remmington observó el rostro de Lily, su indecisión y su miedo. No deseaba volverla a ver llorar.

–¿Hay algo más que debamos saber antes de que se vayan, sir Malcolm?

No fue una indirecta muy sutil y Bainbridge se puso en pie.

–Nada urgente. –Se volvió hacia Crofford y Robert–. Caballeros, creo que es hora de que nos marchemos.

Lily no pudo evitar volver a llorar al despedirse de su padre y de su hermano con la incertidumbre de no saber cuándo volvería a verlos. Una vez que se hubieran ido, Remmington la llevó hasta su cama, donde la abrazó durante mucho tiempo. La joven no había llorado cuando regresaron de casa de Harry. Su esposo la había mantenido demasiado distraída con sus ardientes y posesivos besos. Luego le había hecho el amor, y las emociones que compartieron fueron tan intensas que no pudo pensar en nada más.

Pero ahora lágrimas incontenibles recorrían sus mejillas.

–No puedo parar –se quejó, enjugándose los ojos otra vez con el pañuelo de Remmington. A él no parecía importarle y continuó acariciándole los hombros para reconfortarla–. No sé qué hacer, Miles. Ha habido tantos muertos... Pero ni la guerra ni el espionaje han acabado todavía.

Volvió a sollozar de nuevo.

–Tranquila, mi vida. No pasa nada. No tienes que trabajar para Bainbridge si no lo deseas. –Remmington le colocó un mechón rebelde detrás de la oreja y le dio un beso en la frente–. Ya has hecho más que suficiente.

–Pero no creo que pueda permanecer con los brazos cruzados mientras todos a mi alrededor... –Otro pensamiento hizo que dejara de hablar y que se irguiera, apoyándose sobre un codo, para poder verle la cara–. ¿Continuarás tú con tus deberes?

–Por supuesto –le respondió sonriendo–. Mi actual misión me mantendrá ocupado hasta que la guerra acabe. Trevor puede hacerse cargo de mis deberes en el mar, pero yo no volveré a confiar tu seguridad a nadie que no sea yo mismo.

Lily no compartió su sentido del humor.

–¿Tú renunciarás a tu trabajo, pero no esperas que yo haga lo mismo?

–Únicamente he dicho que pretendo cumplir con mi deber y continuar con mi misión actual. –Sus ojos se iluminaron divertidos–. Un hombre no puede descuidar sus obligaciones.

Lily se volvió entre sus brazos hasta que quedó apoyada sobre su pecho, con las manos extendidas bajo la barbilla.

–Renunciaré si tú lo deseas.

La expresión de Remmington dejó de ser divertida.

–Creo que tu trabajo es demasiado importante como para que renuncies por completo a él, Lily. Aunque reconozco que me sentiría más feliz si dejaras que tu padre se encargara de descifrar los mensajes de todos los agentes, a excepción de los de tu hermano. –Remmington frunció el ceño–. Antes de que todo esto empezara, ¿cuánto tiempo invertías en descifrar mensajes?

–A veces una hora o algo más al día. –Lily frunció el ceño–. Otras, la mayor parte de la jornada.

El duque empezó a acariciar su espalda mientras ella hablaba, demorándose en los pequeños botones de perlas que sujetaban su vestido desde el cuello hasta la cintura.

–¿Cuánto tiempo invertirías si sólo trabajaras en los mensajes de tu hermano?

–Unas cuantas horas, quizás un día o dos, como máximo, a la semana. –Lily sintió como su cuerpo empezaba a relajarse, y se deslizó por el amplio pecho de su esposo para besarle en la barbilla. Le fascinaba la áspera textura de su piel afeitada.

–Eso me parece bien –reflexionó su esposo con voz más ronca de lo habitual–. Llegará el día en que no querrás dedicarle mucho más de un día o dos a la semana a tu trabajo.

Lily reconoció el deseo que ardía en sus ojos, y que no era sino un reflejo del suyo propio.

–¿Y cuándo llegará ese momento, milord?

–Bueno, he oído que a muchas madres primerizas les gusta dedicar gran parte de su tiempo a sus bebés. Así que había pensado...

Lily posó sus dedos sobre sus labios y sacudió la cabeza, incapaz de disimular la decepción en su voz.

–Miles, no estoy embarazada.

Remmington le apartó la mano de su boca y mostró una sonrisa tan tierna que le provocó una punzada de dolor.

–Lo sé, Lily. –Acunó su rostro con las manos y la hizo acercarse a él hasta que sus labios estuvieron a milímetros de los suyos–. No obstante, tengo un plan.

Índice

Títulos de las ediciones originales:
The Warlord; Betrothed; Scoundrel
Traducción del inglés: Yolanda Aldana de la Torre
y Darío Romaí García de *The Warlord*;
Raquel Duato García de *Betrothed* y *Scoundrel*, cedidas por Nefer-JLR
Diseño: Eva Mutter
Foto de solapa: Fátima Mochales

Círculo de Lectores, S. A. (Sociedad Unipersonal)
Travessera de Gràcia, 47-49, 08021 Barcelona
www.circulo.es
1 3 5 7 9 0 1 1 1 8 6 4 2

Licencia editorial para Círculo de Lectores
por cortesía de Nefer-JLR.

Este libro ha sido impreso en papel Supersnowbright
suministrado por Hellefoss AS, de Noruega

Depósito legal: B. 38241-2010
Fotocomposición: Anglofort, S. A., Barcelona
Impresión y encuadernación: Printer industria gráfica
N. II, Cuatro caminos s/n, 08620 Sant Vicenç dels Horts
Barcelona, 2010. Impreso en España
ISBN 978-84-672-4166-2
N.º 28720